C.J. SANSOM

Feindesland

Roman

Aus dem Englischen von Christine Naegele

WILHELM HEYNE VERLAG
MÜNCHEN

Die Originalausgabe erschien 2014 unter dem Titel *Dominion*
bei Little, Brown

Verlagsgruppe Random House FSC®N001967

Deutsche Erstausgabe 2/2020
Copyright © 2014 by C. J. Sansom
Copyright © 2020 der deutschsprachigen Ausgabe
by Wilhelm Heyne Verlag, München,
in der Verlagsgruppe Random House GmbH,
Neumarkter Str. 28, 81673 München
Printed in Germany
Redaktion: Sven-Eric Wehmeyer
Umschlaggestaltung: Das Illustrat
Satz: Christine Roithner Verlagsservice, Breitenaich
Druck und Bindung: GGP Media GmbH, Pößneck
ISBN: 978-3-453-43942-9

www.heyne.de

Der ganze Zorn und die Gewalt des Feindes werden sehr bald gegen uns gerichtet sein. Hitler weiß, dass er keine andere Wahl hat, als unseren Willen auf dieser Insel zu brechen, oder er wird den Krieg verlieren. Wenn wir ihm gegenüber standhaft bleiben, kann ganz Europa frei sein, und das Leben auf Erden wird weite, sonnige Höhen erreichen. Sollten wir aber versagen, dann wird die ganze Welt, einschließlich der Vereinigten Staaten und allem, was wir kennen und lieben, im Abgrund eines neuen dunklen Zeitalters versinken, noch bedrohlicher und womöglich noch länger andauernd infolge der Erkenntnisse einer pervertierten Naturwissenschaft.

Winston Churchill, 18. Juni 1940

Alle Begebenheiten, die am 9. Mai 1940
nach 17 Uhr stattfinden,
sind frei erfunden.

Prolog

Im Sitzungszimmer des Kabinetts, 10 Downing Street,
London, 16.30 Uhr, 9. Mai 1940

Churchill kam als Letzter. Er klopfte einmal laut an und trat ein.
Durch die hohen Fenster fiel das letzte Licht des warmen Früh-
lingstages, an der Horse Guards Parade wurden die Schatten länger. Margesson, der konservative Chief Whip, saß mit Premierminister Chamberlain und Lord Halifax, dem Außenminister,
am Ende des langen, sargförmigen Tisches, der den Raum beherrschte. Churchill trat näher, und Margesson, wie immer formell im schwarzen Cutaway, erhob sich.

»Winston.«

Churchill antwortete mit einem Nicken und sah ihn ernst an.
Margesson, Chamberlains Zögling, hatte ihm das Leben schwer
gemacht, als er sich in den Vorkriegsjahren gegen die Haltung
der Partei im Zusammenhang mit Indien und Deutschland ausgesprochen hatte. Er wandte sich Chamberlain und Halifax zu,
der rechten Hand des Premierministers in den Appeasement-
Verhandlungen mit Deutschland. »Neville. Edward.« Die Männer sahen schlecht aus; keine Spur heute von Chamberlains üb-
lichem Grinsen noch von der bissigen Arroganz, mit der er das
Unterhaus in der gestrigen Debatte über den militärischen Sieg
in Norwegen vor den Kopf gestoßen hatte. Neunzig Konservative hatten mit der Opposition gestimmt oder sich enthalten;
als Chamberlain daraufhin den Sitzungssaal verließ, wurde ihm
»Verschwinde!« hinterhergerufen. Die Augen des Premierministers waren gerötet vom Schlafmangel, vielleicht auch von Trä-

nen – obwohl man sich Neville Chamberlain weinend nur schwer vorstellen konnte.

Gestern Abend hatte es im fieberhaft aufgewühlten Unterhaus geheißen, seine Regierung würde es nicht überleben.

Halifax sah nicht viel besser aus. Zwar hielt sich der hochgewachsene, schlanke Außenminister so aufrecht wie immer, aber er war kreidebleich, seine fahle Haut spannte über dem langen, knochigen Gesicht. Es hieß, er sei nicht bereit, das Amt zu übernehmen, er habe nicht die Nerven dafür – was wörtlich zu nehmen war, denn Stress verursachte ihm quälende Bauchschmerzen.

Churchill wandte sich an Chamberlain, seine tiefe Stimme klang düster, sein Lispeln ausgeprägt. »Was gibt es Neues?«

»Weitere deutsche Streitkräfte, die sich an der belgischen Grenze sammeln. Es könnte jederzeit einen Angriff geben.«

Einen Augenblick war es still, das Ticken der Reiseuhr auf dem marmornen Kaminsims wirkte plötzlich laut.

»Bitte, nehmen Sie Platz«, sagte Chamberlain.

Churchill setzte sich. Chamberlain fuhr zu sprechen fort, es klang leise und traurig. »Wir haben die gestrige Abstimmung im Unterhaus sehr ausführlich diskutiert. Es scheint, als ob es ernsthafte Schwierigkeiten geben könnte, falls ich Premierminister bleibe. Ich bin zu dem Schluss gekommen, dass es besser ist, wenn ich gehe. Meine Unterstützung in der Partei bröckelt weg. Sollte es zu einem Misstrauensvotum kommen, könnten die Enthaltungen von gestern zu Gegenstimmen gegen die Regierung werden. Und die Labour-Partei wäre offenbar nur unter einem neuen Premier zu einer Koalition bereit. Angesichts einer derartigen persönlichen Aversion ist es unmöglich für mich weiterzumachen.« Wieder sah Chamberlain Margesson an, fast schien es, als suche er Trost bei ihm, aber der Chief Whip nickte nur resigniert und sagte: »Wenn wir eine Koalition wollen, und die brauchen wir jetzt, dann ist Einigkeit oberstes Gebot.«

Churchill sah Chamberlain an und konnte nicht anders, als ihn zu bedauern. Der Mann hatte alles verloren. Zwei Jahre lang hatte er versucht, Hitlers Wünschen entgegenzukommen. Er hatte geglaubt, der Führer habe in München seine letzten Gebietsansprüche gestellt, nur um ein paar Monate später mit ansehen zu müssen, wie er die Tschechoslowakei überfiel und kurz darauf Polen. Auf den Fall Polens waren sieben Monate militärischen Stillhaltens gefolgt, der sogenannte Sitzkrieg. Vorigen Monat hatte Chamberlain im Unterhaus verkündet, Hitler habe für eine Frühjahrskampagne »den Bus verpasst«, worauf dieser prompt in Norwegen einmarschiert war und die britischen Streitkräfte zurückgedrängt hatte. Als Nächstes würde Frankreich folgen. Chamberlain blickte von Churchill zu Halifax, dann sprach er mit ausdrucksloser Stimme weiter. »Es liegt jetzt an Ihnen beiden. Falls gewünscht, wäre ich bereit, unter jedem von Ihnen zu dienen.«

Churchill nickte und lehnte sich im Sessel zurück. Er sah Halifax an, der seinen Blick mit kaltem, forschendem Starren erwiderte. Churchill wusste, dass Halifax fast alle Trumpfkarten in der Hand hielt und der überwiegende Teil der Konservativen ihn als nächsten Premierminister wollte. Er war Vizekönig von Indien gewesen, jahrelang einer der höchsten Minister, ein kühler, zuverlässiger olympischer Aristokrat, vertrauenswürdig und hochgeachtet. Und die meisten Tories hatten Churchill seine Vergangenheit als Liberaler noch nicht verziehen, ebenso wenig wie die Opposition in seiner eigenen Partei die Sache mit Deutschland. Sie hielten ihn für einen Abenteurer, unzuverlässig, nicht urteilsfähig. Chamberlain wollte Halifax, genau wie Margesson und die Mehrheit des Kabinetts. Und, das war Churchill ebenfalls klar, genau wie auch Halifax' Freund, der König. Aber Halifax hatte kein Feuer unterm Hintern, nicht den kleinsten Funken. Churchill hasste Hitler. Halifax hingegen behandelte den Naziführer mit einer Art patrizierhaften Verachtung. Er hatte einst gesagt, die einzigen Menschen, denen der Führer das Leben schwer mache, seien doch nur ein paar Gewerkschaftler und die Juden.

Churchill andererseits bekam, seit im letzten September der Krieg erklärt worden war, Rückenwind aus der Bevölkerung. Als sich seine Warnungen über Hitler als richtig erwiesen hatten, war Chamberlain gezwungen gewesen, ihn ins Kabinett zurückzuholen. Aber wie sollte er diese Karte ausspielen? Churchill ließ sich tiefer in den Sessel sinken. *Nichts sagen*, dachte er, *erst mal sehen, wo Halifax steht, ob er den Job überhaupt will und wie sehr.*

»Winston«, fing Chamberlain an, es klang fragend. »Sie waren gestern in der Debatte ziemlich ruppig gegenüber Labour. Und Sie sind immer deren stärkster Gegner gewesen. Wäre das nicht vielleicht ein Hindernis für Sie?«

Churchill erwiderte nichts, sondern stand abrupt auf, ging hinüber zum Fenster und blickte hinaus in den hellen Frühlingsnachmittag. *Nicht antworten*, dachte er. *Erst mal Halifax aushorchen.*

Die Reiseuhr schlug fünf, mit hohem, melodischem Ton. Sie verstummte, jetzt meldete sich Big Ben und schlug dröhnend die Stunde. Als der letzte Ton verklungen war, sprach Halifax schließlich.

»Ich glaube«, sagte er, »dass ich besser geeignet wäre, mit den Abgeordneten von Labour fertigzuwerden.«

Churchill wandte sich um und sah ihn mit düsterem Gesichtsausdruck an. »Die Verhandlungen, die Ihnen bevorstehen, Edward, dürften grauenvoll schwierig werden.« Halifax sah müde und furchtbar unglücklich aus, trotzdem wirkte sein Gesicht entschlossen. Er hatte doch noch so etwas wie einen eisernen Willen in sich entdeckt.

»Und das, Winston, ist genau der Grund, warum ich Sie an meiner Seite haben möchte, in einem neuen, kleineren Kriegskabinett. Sie wären Verteidigungsminister, mit unumschränkter Verantwortung für die Kriegsführung.«

Churchill dachte über das Angebot nach, sein schwerer Unterkiefer bewegte sich mahlend von einer Seite zur anderen. Wenn er die Kriegsführung unter sich hatte, könnte er Halifax vielleicht dominieren und selbst als Premier handeln, bis auf den Titel. Es hing alles davon ab, wen Halifax sonst noch ins Boot holen würde. Er fragte: »Und die anderen? Wen würden Sie noch ernennen?«

»Von den Konservativen gäbe es also Sie und mich und Sam Hoare; ich glaube, damit wäre das Gleichgewicht in der Partei am besten repräsentiert. Attlee für Labour und Lloyd George, um die Interessen der Liberalen zu vertreten und auch als national anerkannte Persönlichkeit, schließlich ist er derjenige, der uns 1918 zum Sieg geführt hat.« Halifax wandte sich an Chamberlain. »Ich glaube, Sie, Neville, wären als Führer der Commons von größtem Nutzen.«

Das war eine schlechte Nachricht, die schlechteste von allen. Lloyd George hatte, trotz seines Zurückruderns in letzter Zeit, Hitler in den Dreißigerjahren vergöttert und ihn Deutschlands George Washington genannt. Und dazu Sam Hoare, der Erzbeschwichtiger, Churchills alter Feind. Attlee war ein Kämpfer, trotz seines mangelnden Selbstvertrauens, aber zusammen wären sie die Minderheit.

»Lloyd George ist siebenundsiebzig«, sagte Churchill. »Kann man ihm diese Bürde noch zumuten?«

»Ich glaube schon. Und er wäre gut für die Moral.« Halifax klang jetzt schon wesentlich entschlossener. »Winston«, sagte er, »ich würde Sie unter diesen Umständen wirklich gern an meiner Seite haben.«

Churchill zögerte. Dieses neue Kriegskabinett würde ihn einengen. Er wusste, dass Halifax das Amt des Premierministers nur widerwillig und aus Pflichtgefühl angenommen hatte. Er würde sein Bestes geben, aber er würde sich nicht mit ganzem Herzen in den Kampf werfen, der ihnen bevorstand. Wie so viele hatte auch er im Großen Krieg gekämpft, und ihm graute vor erneutem Blutvergießen.

Einen Moment dachte Churchill an Rücktritt aus dem Kabinett, aber wem wäre damit gedient? Und Margesson hatte recht, Einigkeit im Volke war jetzt oberstes Gebot. Er würde tun, was er konnte, solange er konnte. Heute früh hatte er gedacht, seine Stunde sei endlich gekommen, aber es hatte schließlich doch nicht sein sollen. Noch nicht. »Ich werde unter Ihnen dienen«, entgegnete er schweren Herzens.

1

November 1952

Fast alle Fahrgäste in der U-Bahn nach Victoria waren an diesem Sonntag wie David und seine Familie auf dem Weg zur Feier des Heldengedenktags. Es war ein kalter Morgen, und alle Männer und Frauen trugen schwarze Wintermäntel. Schals und Handtaschen waren ebenfalls schwarz oder dunkelbraun, die einzigen Farbtupfer bildeten die knallroten Mohnblüten, die alle im Knopfloch trugen. David geleitete Sarah und ihre Mutter in einen Waggon mit zwei leeren Holzbänken, auf denen sie einander gegenüber Platz nahmen.

Die U-Bahn verließ ratternd die Haltestelle Kenton, und David blickte um sich. Die Menschen wirkten traurig und ernst, wie es an diesem Tag angemessen war. Er bemerkte verhältnismäßig wenige ältere Männer – die meisten der Veteranen aus dem Großen Krieg, zu denen auch Sarahs Vater gehörte, waren bereits in der Stadtmitte Londons und bereiteten sich auf den Marsch vor, der am Cenotaph, dem Kriegerdenkmal, vorbeiführte. David selbst war ein Veteran des zweiten Krieges, des kurzen Konflikts 1939–40, der im Volksmund auch die *Kampagne von Dünkirchen* oder der *Judenkrieg* hieß, je nach politischer Sichtweise. Aber Leute wie David, der in Norwegen gedient hatte, sowie die anderen Überlebenden dieser besiegten, gedemütigten Armee – auf deren Rückzug sehr schnell die britische Kapitulation gefolgt war –, wurden bei den Zeremonien zum Heldengedenktag nicht besonders gewürdigt. Ebenso wenig wie die britischen Soldaten, die in den endlosen Kämpfen in Indien und inzwischen auch in

Afrika, welche trotz des Friedensvertrags von 1940 immer wieder ausbrachen, den Tod fanden. Der Heldengedenktag war jetzt von politischer Bedeutung: zur Erinnerung an das Gemetzel zwischen Großbritannien und Deutschland, als sie 1914–18 gegeneinander kämpften, und als Mahnung, dass so etwas nie wieder passieren dürfe. Großbritannien und Deutschland mussten Verbündete bleiben.

»Es hat sich zugezogen«, sagte Sarahs Mutter. »Hoffentlich regnet es nicht.«

»Das wird es nicht, Betty«, beruhigte David sie. »Laut Vorhersage soll es nur bewölkt bleiben.«

Betty nickte. Sie war eine rundliche kleine Frau in den Sechzigern, deren ganzes Leben der Fürsorge um Sarahs Vater galt, dem 1916 an der Somme das halbe Gesicht weggeschossen worden war.

»Es ist sehr unangenehm für Jim, im Regen zu marschieren«, sagte sie. »Das Wasser läuft hinter seine Prothese, und die kann er dann natürlich nicht abnehmen.«

Sarah nahm die Hand ihrer Mutter. Ihr eckiges Gesicht mit dem starken, runden Kinn – dem Kinn ihres Vaters – wirkte würdevoll. Ihr langes blondes Haar, wellig an den Enden, wurde von einem einfachen schwarzen Hut umrahmt. Betty lächelte sie an. Die Bahn hielt an der nächsten Station, und weitere Fahrgäste stiegen ein. Sarah wandte sich an David. »Heute sind mehr Menschen unterwegs als sonst.«

»Die Leute wollen einen Blick auf die Königin werfen, denke ich.«

»Hoffentlich finden wir Steve und Irene«, sagte Betty, schon wieder voll Sorge.

»Ich habe mit ihnen ausgemacht, dass sie in Victoria am Fahrkartenschalter auf uns warten«, sagte Sarah. »Sie werden bestimmt dort sein, keine Angst.«

David sah zum Fenster hinaus. Er freute sich nicht besonders darauf, den kompletten Nachmittag mit der Schwester seiner

Frau und seinem Schwager zu verbringen. Irene war durchaus eine gute Seele. Zwar hatte sie nichts als dummes Zeug im Kopf und hörte nicht auf zu reden, aber seinen Schwager, mit dessen Mischung aus öligem Charme, Arroganz und Schwarzhemden-Politik – ihn hasste David. Wie immer würde es ihn große Mühe kosten, den Mund zu halten.

Der Zug kam ruckartig zum Stehen, knapp vor der Einfahrt in einen Tunnel. Irgendwo zischte es, als er bremste.

»Ausgerechnet heute«, sagte jemand. »Diese Verspätungen passieren immer öfter. Es ist eine Schande.« Entlang der Bahnlinie sah David Londoner Reihenhäuser, Rücken an Rücken, rußgeschwärzte Ziegelbauten. Aus den Schornsteinen stieg grauer Rauch auf, in den Hinterhöfen hing Wäsche. Die Straßen waren menschenleer. Etwas unterhalb von ihnen befand sich ein Lebensmittelgeschäft mit einem großen Schild im Schaufenster: *Wir akzeptieren Lebensmittelmarken*. Mit einem plötzlichen Ruck fuhr der Zug in den Tunnel ein, nur um einen Augenblick später erneut rumpelnd stehen zu bleiben. David sah sein Spiegelbild im verdunkelten Fenster, der Kopf wie eingerahmt von dem schweren dunklen Mantel mit dem weiten Revers. Die Melone verbarg sein kurzes dunkles Haar, von dem nur ein paar widerspenstige Locken zu sehen waren. Sein faltenloses, ebenmäßiges Gesicht ließ ihn jünger als fünfunddreißig erscheinen, es war ohne jedes besondere Merkmal. Plötzlich kam ihm eine Erinnerung aus seiner Kindheit, die ständige Redensart seiner Mutter, wenn weibliche Besucher anwesend waren: »Ist er nicht ein hübscher Junge? Ist er nicht zum Anbeißen?« Sie pflegte es in ihrem breiten Dubliner Akzent zu sagen, sodass er sich vor Verlegenheit krümmte und wand. Eine weitere ungebetene Erinnerung kam ihm. Er war siebzehn gewesen und hatte im Wettkampf der Schulen den Pokal fürs Turmspringen gewonnen. Er erinnerte sich, wie er auf dem hohen Sprungturm stand, weit unter ihm ein Meer von Gesichtern, das Brett unter seinen Füßen leicht federnd. Zwei Schritte vor, dann der Sprung nach unten auf die große, glatte Wasserfläche zu, ein Moment der Angst und schließlich der Rausch beim Eintauchen in die Stille.

Steve und Irene warteten in Victoria. Irene, Sarahs ältere Schwester, war ebenfalls groß und blond, hatte aber ein kleines Kinn mit einem Grübchen, wie ihre Mutter. Ihren schwarzen Mantel schmückte ein dichter brauner Pelzkragen. Steve sah auf leicht verwegene Art gut aus, mit dem schmalen schwarzen Schnurrbärtchen wirkte er wie eine schlechte Kopie von Errol Flynn. Er trug einen schwarzen Filzhut auf seinem reichlich mit Brillantine behandelten Haar, und David nahm den Duft nach Chemie wahr, als er dem Schwager die Hand schüttelte.

»Was macht der Staatsdienst, alter Mann?«, fragte Steve.

»Man überlebt.« David lächelte.

»Passt ihr noch immer gut aufs Empire auf?«

»So halbwegs. Wie geht's den Jungs?«

»Großartig. Werden mit jeder Woche größer und lauter. Nächstes Jahr bringen wir sie vielleicht mit, dann sind sie alt genug.« David bemerkte, wie ein Schatten über Sarahs Gesicht fiel, und er wusste, dass sie an ihren toten Sohn dachte.

»Wir sollten uns beeilen, in die Bahn nach Westminster zu kommen«, sagte Irene. »Seht nur die vielen Menschen hier.«

Sie mischten sich unter die Menge, die zu den Rolltreppen strebte. Das Gedränge wurde so dicht, dass man nur noch langsam vorwärtskam, und David musste einen Augenblick lang an seine Soldatenzeit denken, wie er sich mit dem Rest der erschöpften Truppen auf die Schiffe gedrängt hatte, mit denen man die britischen Soldaten 1940 aus Norwegen evakuiert hatte.

Sie kamen nach Whitehall. Davids Büro lag gleich hinter dem Cenotaph, wo Männer, wenn sie vorbeigingen, noch immer den Hut zogen, respektvoll und wie selbstverständlich. Doch mit jedem Jahr wurden es weniger – seit dem Ende des Großen Krieges waren vierunddreißig Jahre vergangen. Der Himmel war grauweiß, es war kalt. Den Menschen stand der Atem vor dem Gesicht, während sie – ruhig und höflich – um einen Platz hinter den niedrigen Absperrungen gegenüber dem hohen, weißen Rechteck des Cenotaphs kämpften. Vor ihnen stand eine Reihe von Polizisten in schweren Wintermänteln. Manche waren ganz gewöhnliche Konstabler mit Helmen, aber viele gehörten zu einer Spezialeinheit, sie trugen flache Schirmmützen und schmal geschnittene blaue Uniformen. Als diese Einheit 1940 gegründet wurde, um den immer wieder ausbrechenden Unruhen Herr zu werden, meinte Davids Vater, sie erinnerten ihn an die Black and Tans, die brutalen Veteranen der Schützengräben, die Lloyd George rekrutiert hatte, um im irischen Unabhängigkeitskrieg die Polizei zu verstärken. Sie alle waren bewaffnet.

Das Zeremoniell war in den letzten Jahren verändert worden; jetzt zog kein Dienstpersonal mehr auf, das vor dem Cenotaph stand und den Menschen die Sicht nahm, außerdem hatte man hinter der Absperrung Holzbretter auf Blöcke gelegt, um den Zuschauern eine leicht erhöhte Position zu bieten. Premierminister Beaverbrook nannte es »eine Entmystifizierung der Sache«.

Die Familie fand einen guten Platz gegenüber der Downing Street und dem großen viktorianischen Gebäude, in dem sich die Dominionverwaltung befand, in der David arbeitete. Hinter den Barrieren hatten die militärischen und kirchlichen Führungspersönlichkeiten ihre Plätze eingenommen und bildeten ein Viereck um den Cenotaph. Die Soldaten in voller Paradeuniform, Erzbischof Headlam, das Oberhaupt jenes Teils der anglikanischen Kirche, der sich nicht wegen der Kompromisse mit dem Regime von ihr abgespalten hatte, in prachtvollen grün-goldenen Gewändern. Neben ihnen standen die Politiker und Botschafter, jeder mit einem Kranz. David ließ den Blick über sie schweifen; da war Premierminister Beaverbrook mit seinem runzligen kleinen Affengesicht, der breite Mund mit den fleischigen Lippen, traurig nach unten gezogen. Vierzig Jahre lang, seit er, in Geschäftsskandale verwickelt, aus Kanada nach England gekommen war, hatte Beaverbrook es verstanden, ein Zeitungsimperium aufzubauen und gleichzeitig in der Politik seine Anliegen zu vertreten, nämlich eine freie Marktwirtschaft, das Empire und ein Appeasement mit Öffentlichkeit und Politikern. Er genoss das Vertrauen von nur wenigen, war von niemandem gewählt worden, aber trotzdem 1945, nach dem Tod seines Vorgängers Lloyd George, von der Koalition zum Premierminister gemacht worden.

Lord Halifax, der Premierminister, der nach dem Fall Frankreichs resigniert hatte, stand neben Beaverbrook, den er um Haupteslänge überragte. Halifax war jetzt kahl, sein ausgemergeltes Gesicht ein bleicher Schatten unter seinem Hut, die tief liegenden Augen starrten mit leerem Blick über die Menge hinweg. Neben ihm standen Beaverbrooks Kollegen aus der Koalition: der Innenminister Oswald Mosley, groß und stocksteif, der Indienminister Enoch Powell, erst vierzig, aber wesentlich älter aussehend, mit schwarzem Schnurrbart, düster blickend. Viscount Swinton, der Sprecher der Dominions und Davids Minister, hochgewachsen und aristokratisch, ferner Außenminister Rab Butler mit Froschgesicht und Hängebacken, schließlich Ben Greene, in der Koalition als Vorsitzender der Labour Party und einer der wenigen Labourpolitiker, die in den Dreißigerjahren die Nazis bewundert hatten. Als die Labourpartei 1940 zerbrach, hatte Herbert Morrison die Minderheit angeführt, die für das Abkommen war und mit Halifax eine Koalition einging; er war ein Politiker von überwältigendem Ehrgeiz. Doch 1943 war er zurückgetreten; die Zugeständnisse, die Großbritannien Deutschland machte, gingen ihm zu weit, genau wie einigen weiteren Politikern, darunter auch dem Konservativen Sam Hoare. Sie alle hatten sich mit Peerswürde auf Lebenszeit ins Privatleben zurückgezogen.

Ebenfalls anwesend waren, ihrerseits in dunkle Mäntel gekleidet, Repräsentanten der Dominions; David kannte einige der Hochkommissare von seiner Tätigkeit her, wie etwa den untersetzten, stirnrunzelnden Vorster aus Südafrika. Hinter ihnen kamen die Botschafter jener Länder, die im Großen Krieg mitgekämpft hatten: Rommel aus Deutschland, Mussolinis Schwiegersohn Ciano, die Botschafter von Frankreich und Japan, Joe Kennedy aus Amerika. Russland hingegen besaß keinen Repräsentanten; als Deutschlands Verbündeter befand Großbritannien sich offiziell noch immer im Krieg mit der Sowjetunion, obwohl es keine Streitkräfte für den großen Fleischwolf zur Verfügung stellte, den Deutsch-Sowjetischen Krieg, der entlang einer Front von 1200 Meilen nun schon seit elf Jahren tobte.

In einiger Entfernung stand eine Gruppe von Männern mit einer Kamera für Außenaufnahmen, ein riesiges, plumpes Ding mit dicken Kabeln und dem Namenszug der BBC an der Seite. Daneben sah man die massige Gestalt Richard Dimblebys, der in ein Mikrofon sprach. Leider war er zu weit entfernt, sodass David ihn nicht hören konnte.

Sarah fröstelte und rieb die behandschuhten Hände aneinander. »Himmel, ist das kalt. Der arme Dad wird es auch spüren, wie er dastehen und warten muss, dass der Marsch endlich anfängt.« Sie sah zum Cenotaph hinüber, dem schmucklosen, weißen Denkmal. »Mein Gott, wie ist das alles traurig.«

»Nun, wenigstens wissen wir, dass wir niemals wieder einen Krieg gegen Deutschland führen werden«, sagte Irene.

»Sieh mal, dort ist sie.« Betty klang leise und ehrfürchtig.

Die Königin war aus dem Innenministerium getreten. Begleitet von der Königinmutter und ihrer Großmutter, der alten Queen Mary, sowie von Stallmeistern, die Kränze trugen, nahm sie ihren Platz vor dem Erzbischof ein. Ihr hübsches junges Gesicht passte so gar nicht zu der schwarzen Kleidung. Es war einer ihrer wenigen öffentlichen Auftritte seit dem Tod ihres Vaters Anfang des Jahres. David fand, dass sie müde und ängstlich wirkte. Ihr Gesichtsausdruck erinnerte ihn an den verstorbenen König, als Georg VI. 1940 in einer offenen Kutsche neben Hitler Whitehall entlanggefahren war, der erste Staatsbesuch des Führers nach dem Friedensabkommen von Berlin. David, der sich damals noch von den Erfrierungen aus Norwegen erholte, hatte die Zeremonie auf dem neuen Fernsehgerät verfolgt, das sein Vater angeschafft hatte, eins der ersten in ihrer Straße, nachdem die BBC wieder zu senden begann. Hitler hatte gewirkt wie im siebten Himmel, strahlend und mit vor Freude gerötetem Gesicht. Endlich war sein Traum von einem Bündnis mit den arischen Briten wahr geworden. Er lächelte und winkte der schweigenden Menge zu, der König jedoch hatte ausdruckslos dagesessen und nur ab und zu die Hand gehoben, den Körper von Hitler abgewandt. »Es reicht«, hatte Davids Vater danach gesagt. Das war's, er werde jetzt zu seinem Bruder nach Neuseeland ziehen und dort leben, David solle auch mitkommen, wenn er wisse, was gut für ihn sei, und seinen Beamtenjob sausen lassen. Gott sei Dank, hatte er betont, dass Davids Mutter das nicht mehr erleben müsse.

Sarah blickte zur Königin hinüber. »Die Arme«, sagte sie.

David folgte ihrem Blick. »Sie sollte sich von denen nicht zur Marionette machen lassen.«

»Was bleibt ihr anderes übrig?«

David antwortete nicht.

Die Menschen blickten auf ihre Uhren, dann wurden sie still und nahmen Hüte und Mützen ab, während von Big Ben elf Schläge über Westminster dröhnten. Es folgte Kanonendonner, erschreckend laut in der Stille, zur Erinnerung an den Moment, als 1918 die Kanonen schwiegen. Alle beugten den Kopf während des zweiminütigen Schweigens zum Gedenken an den schrecklichen Preis, den der Sieg Großbritannien im Großen Krieg gekostet hatte, oder vielleicht auch, wie für David, die Niederlage von 1940. Zwei Minuten später ertönte die Feldkanone der Horse Guards Parade abermals und beendete das Schweigen. Ein Trompeter blies den Zapfenstreich, es klang unendlich bewegend und traurig. Barhäuptig stand die Menge in der Winterkälte und hörte zu, nur ab und an unterbrochen von einem unterdrückten Husten. Jedes Mal, wenn David an dieser Zeremonie teilnahm, wunderte er sich, dass nie jemand zu schluchzen anfing oder sich beim Gedanken an die jüngste Vergangenheit schreiend zu Boden warf.

Die letzten Töne verklangen. Jetzt spielte die Kapelle der Brigade der Guards den Trauermarsch. Die junge Königin legte einen Kranz aus Mohnblüten, der viel zu groß für sie schien, am Cenotaph nieder und verharrte mit gebeugtem Kopf davor. Langsam ging sie zurück an ihren Platz, jetzt folgte die Königinmutter. »So jung und schon Witwe«, sagte Sarah.

»Stimmt.« David hatte einen schwachen Geruch nach Rauch wahrgenommen, und als er kurz in Richtung Whitehall blickte, bemerkte er einen leichten Dunstschleier. Heute Abend würde es neblig werden.

Die restlichen Mitglieder der königlichen Familie legten ihre Kränze nieder, es folgten die militärischen Führer, der Premierminister und die Politiker, die Repräsentanten des Empires. Am Sockel des schlichten weißen Denkmals befand sich inzwischen ein Teppich aus dunkelgrünen Blättern mit roten Mohnblüten. Nun trat Erwin Rommel vor, der deutsche Botschafter und einer der Sieger des Feldzugs 1940 gegen Frankreich. Schlank und militärisch, das Eiserne Kreuz auf der Brust, das sympathische Gesicht ernst und traurig. Der Kranz, den er trug, war riesig, noch größer als der der Königin. In seiner Mitte ein Hakenkreuz auf weißem Hintergrund. Er legte den Kranz nieder und stand eine Zeit lang mit gebeugtem Kopf, ehe er sich umwandte. Hinter ihm wartete Joseph Kennedy, der alte amerikanische Botschafter. Er war als Nächster an der Reihe.

Plötzlich hörte man hinter David jemanden schreien: »Schluss mit der Naziherrschaft! Demokratie jetzt! Es lebe der Widerstand!« Etwas flog über die Köpfe der Menge und landete vor Rommels Füßen. Sarah schnappte nach Luft. Irene und ein paar weitere Frauen schrien auf. Die Stufen des Cenotaphs und der Saum von Rommels Mantel zeigten rote Spritzer. Im ersten Augenblick dachte David, es sei Blut, doch dann bemerkte er den Farbtopf, der über das Pflaster rollte. Rommel zuckte nicht, er blieb stehen, wo er war. Der Botschafter Kennedy jedoch war erschrocken zurückgewichen. Polizisten griffen nach ihren Pistolen und Schlagstöcken. Eine Gruppe von Soldaten, die Gewehre im Anschlag, trat vor. David sah, wie die königliche Familie eilig in Sicherheit gebracht wurde.

»Nazis raus!«, rief jemand aus der Menge. »Wir wollen Churchill!« Jetzt schwangen sich die Polizisten über die Absperrung. Zwei Männer in der Menge hatten ebenfalls ihre Waffen hervorgeholt und blickten grimmig um sich: geheime Ermittler der Spezialeinheit. David zog Sarah an sich. Die Menge teilte sich, um die Polizisten durchzulassen, und jetzt sah er rechts von sich ein Handgemenge. Sein Blick fiel auf einen erhobenen Schlagstock, und jemand feuerte die Polizisten mit »Haltet die Mistkerle!« an.

»O Gott, was ist da bloß los?«, sagte Sarah.

»Ich weiß es nicht.« Irene hatte den Arm um Betty gelegt. Die alte Frau weinte, während David mit finsterer Miene auf das Durcheinander starrte. Alle redeten jetzt, ein leises Gemurmel lag über der Menge, und hin und wieder hörte man einen lauten Ruf. »Verdammte Kommunisten, schlagt ihnen die Schädel ein!« »Ganz richtig, schmeißt die Deutschen raus!«

Ein britischer General, ein schlanker Mann mit braun gebranntem Gesicht und grauem Schnurrbart, erklomm die Stufen des Cenotaphs mit einem Megafon in der Hand. Vorsichtig stieg er über die Kränze hinweg und rief nach Ruhe und Ordnung.

»Haben sie sie festgenommen?«, fragte Sarah David. »Ich konnte es nicht sehen.«

»Ja. Ich glaube, es waren nur ganz wenige.«

»Verdammter Hochverrat«, sagte Steve. »Hoffentlich knüpfen sie die Strolche auf.«

Die Zeremonie nahm ihren Fortgang. Die restlichen Kränze wurden niedergelegt, dann folgte eine kurze Andacht unter Erzbischof Headlam. Er sprach ein Gebet, das Mikrofon ließ seine Stimme seltsam blechern klingen.

»O Herr, blicke hernieder auf uns, die wir uns heute an unsere tapferen Männer erinnern, die im Kampf für Großbritannien ihr Leben gelassen haben. Wir gedenken der vielen, die zwischen 1914 und 1918 gefallen sind, diesem großen, tragischen Konflikt, dessen Narben wir alle noch tragen, hier und in ganz Europa. Herr, gedenke der Schmerzen derer, die heute hier versammelt sind und geliebte Menschen verloren haben. Tröste sie, tröste sie.«

Nun erfolgte der Vorbeimarsch, Tausende von Soldaten, viele von ihnen ältere Veteranen, die stolz in Reih und Glied marschierten, während die Kapelle beliebte Melodien aus der Zeit des Großen Krieges spielte. Jede Abteilung legte ihren Kranz nieder. Wie immer hielt Davids Familie Ausschau nach Sarahs Vater, aber sie sahen ihn nicht. Die Stufen des Cenotaphs waren mit Rot bespritzt, wo Rommels Hakenkreuz aus den anderen Kränzen herausleuchtete. David fragte sich, wer die Demonstranten wohl gewesen sein mochten. Vielleicht eine der unabhängigen pazifistischen Gruppen, denn wenn sie vom Widerstand gewesen wären, hätten sie Rommel erschossen. Sicher hätten sie schon viele der Nazis erschossen, die in England stationiert waren, wenn ihre Angst vor den Vergeltungsmaßnahmen nicht gewesen wäre. Arme Teufel, wer immer sie waren; jetzt würden sie in den Zellen der Spezialeinheit verhört und gefoltert werden, vielleicht auch im Keller des Senatshauses, in dem sich die deutsche Botschaft befand. Da der Angriff Rommel gegolten hatte, waren die Demonstranten vielleicht den Deutschen übergeben worden. Er fühlte sich machtlos. Er hatte nicht einmal Steve widersprechen können. Aber er musste in Deckung bleiben, durfte keine Linie übertreten, musste den musterhaften Beamten spielen. Und erst recht aufgrund der Vergangenheit von Sarahs Familie. David empfand eine gewisse, wenn auch ungerechtfertigte Irritation gegenüber seiner Frau.

Seine Augen wanderten zurück zu den Veteranen. Ein alter Mann von etwa sechzig Jahren, das Gesicht ernst und herausfordernd, marschierte an ihm vorbei, die Brust stolz herausgereckt. Auf einer Seite seiner Jacke hing eine Reihe von Orden, doch auf der anderen war ein großer gelber Davidstern angeheftet. Juden hatten jetzt im Hintergrund zu bleiben und sollten keine Aufmerksamkeit auf sich ziehen, aber dieser alte Mann hatte sich jeder Vernunft widersetzt und nahm mit dem auffälligen Stern am Marsch teil, obwohl der Davidstern als kleiner Anstecker völlig genügt hätte, den alle Juden inzwischen tragen mussten, sehr britisch und diskret.

Aus der Menge rief jemand »Kike!«, das verächtliche Schimpfwort für Juden. Der alte Mann verzog keine Miene, aber David spürte, wie ihn die Wut packte. Er wusste, dass er nach dem Gesetz ebenfalls den gelben Anstecker tragen müsste und auch kein Beamter im Staatsdienst sein dürfte, eine Anstellung, die Juden verboten war. Aber Davids Vater, zwölftausend Meilen weit weg, war der einzige Mensch, der wusste, dass Davids Mutter eines dieser seltenen Exemplare gewesen war: eine irische Jüdin. Und auch ein halber Jude war jetzt in Großbritannien ein Jude; auf das Verheimlichen dieser Tatsache stand lebenslängliches Zuchthaus. In der Volkszählung von 1941, als die Bevölkerung zum ersten Mal auch die Religionszugehörigkeit angeben musste, hatte er sich als Katholik bezeichnet. Und das hatte er jedes Mal getan, wenn er seinen Personalausweis erneuern musste, genau wie in der Volkszählung von 1951, in der auch nach jüdischen Eltern und Großeltern gefragt wurde. Aber sooft David das alles verdrängte – manchmal wachte er nachts auf, und eine schreckliche Angst überfiel ihn.

Der Rest der Zeremonie nahm ohne Unterbrechung ihren Lauf, und anschließend trafen sie sich mit Jim, Sarahs Vater, um zusammen nach Kenton zurückzufahren. Hier besaßen David und Sarah eine Doppelhaushälfte im imitierten Tudorstil. Sarah wollte für alle kochen. Jim hatte von der Farbattacke nichts mitbekommen, bis die Familie es ihm erzählte, allerdings hatte er die roten Spritzer auf den Stufen des Cenotaphs wahrgenommen. Er sprach auf der Rückfahrt nicht weiter darüber, genau wie Sarah und David, doch Irene und besonders Steve waren schockiert und empört. Nachdem sie angekommen waren, schlug Steve vor, die Abendnachrichten zu sehen, um in Erfahrung zu bringen, wie man auf den Angriff reagierte.

David schaltete den Fernseher ein und stellte die Stühle davor. Es gefiel ihm nicht, dass in den meisten Häusern der Fernseher zum Mittelpunkt der Möblierung geworden war. Im Laufe der letzten zehn Jahre war der Besitz der Idiotenbox, wie manche das Gerät noch nannten, auf die Hälfte der Bevölkerung angewachsen. Der Fernseher markierte jetzt die Trennlinie zwischen Arm und Reich. Das Fernsehen war gekommen und beherrschte das Leben der Menschen. Es war noch etwas zu früh für die Nachrichten, gerade lief eine Kindersendung, eine dramatische Abenteuergeschichte mit weißen Helden und heimtückischen Eingeborenen. Sarah brachte Tee, und David ließ die Zigarettenschachtel herumgehen. Er blickte zu Jim hinüber. Obwohl sein Schwiegervater nach dem Großen Krieg Pazifist geworden war, nahm er doch immer an der Parade zum Heldengedenktag teil, und sosehr er den Krieg auch hasste, er ehrte seine alten Kameraden. David fragte sich, was er über die Farbattacke dachte, aber Jim hatte ihm seine Gesichtsprothese zugedreht. Es war eine ordentliche Prothese, sie saß gut und war fleischfarben, das aufgemalte Auge sogar mit künstlichen Wimpern versehen. Sarah hatte einst gestanden, dass sie sich als Kind vor der primitiven Maske, die er damals trug, gefürchtet hatte. Sie war aus dünnem Metall gewesen, und als der Vater Sarah auf den Schoß nahm, war sie in Tränen ausgebrochen. Irene musste sie an der Hand nehmen und beruhigen. Ihre Mutter hatte sie ein ungezogenes, egoistisches Kind genannt, aber Irene, die vier Jahre älter war, hatte den Arm um sie gelegt und gesagt: »Du darfst dir nichts draus machen. Es ist doch nicht Daddys Schuld.«

Die Abendnachrichten fingen an. Sie sahen, wie die junge Königin ihren Respekt zollte und hörten Dimblebys sonoren, würdevollen Kommentar. Doch den Zwischenfall mit Rommel zeigte die BBC nicht, auf die Kranzniederlegung der Dominion-Repräsentanten folgte ohne Unterbrechung Kennedys Auftritt. Es gab ein kurzes Flackern auf dem Bildschirm, welches man nicht bemerkt hätte, wenn man nicht darauf achtete, auch keine Unterbrechung des Kommentars – die Techniker der BBC mussten ihn hinterher neu aufgenommen haben.

»Nichts«, sagte Irene.

»Sie müssen beschlossen haben, nicht darüber zu berichten.« Sarah war aus der Küche gekommen, um es zu sehen, das Gesicht vom Kochen gerötet.

»Da fragt man sich, was sie uns sonst noch verschweigen«, sagte Jim leise.

Steve sah ihn an. Er trug einen seiner grellbunten Pullover, der sich unvorteilhaft über seinem Bauch spannte. »Sie wollen die Leute nicht beunruhigen«, sagte er. »Noch dazu, wenn so was am Heldengedenktag passiert.«

»Die Leute sollten es aber erfahren«, sagte Irene entschieden. »Sie sollten wissen, wozu diese abscheulichen Terroristen fähig sind. Und noch dazu vor der Königin. Das arme Ding! Kein Wunder, dass sie sich so selten in der Öffentlichkeit sehen lässt. Es ist eine Schande!«

David konnte sich nicht länger zurückhalten. »So was passiert, wenn die Menschen nicht gegen die Obrigkeit protestieren dürfen.«

Steve wandte sich ihm zu. Er war immer noch wütend und suchte Streit. »Vermutlich meinst du damit die Deutschen.«

David zuckte unverbindlich die Schultern, obwohl er Steve am liebsten sämtliche Zähne ausgeschlagen hätte. Sein Schwager fuhr fort. »Die Deutschen sind unsere Partner, und das ist ein ziemliches Glück für uns.«

»Glück für die, die mit ihnen handeln und Geld verdienen«, fuhr David ihn an.

»Was zum Teufel willst du damit sagen? Stichelst du über meine Geschäfte mit der englisch-deutschen Gemeinschaft?«

David sah ihn finster an. »Wem der Schuh passt …«

»Du hättest wohl lieber die Leute vom Widerstand am Ruder, was? Churchill – wenn der alte Kriegstreiber überhaupt noch lebt – und diese Kommunisten, mit denen er unter einer Decke steckt. Soldaten ermorden, Menschen in die Luft jagen – wie das kleine Mädchen in Yorkshire, das letzte Woche auf eine ihrer Minen getreten ist.« Er wurde rot im Gesicht.

»Bitte«, sagte Sarah mit scharfer Stimme. »Fangt doch keinen Streit an.« Sie wechselte einen Blick mit Irene.

»Schon gut«, lenkte Steve ein. »Ich will den Tag nicht noch mehr versauen, als diese Schweine es schon getan haben. So viel zur Theorie, dass Staatsdiener neutral sein sollen«, fügte er spöttisch hinzu.

»Was war das, Steve?«, fragte David mit scharfer Stimme.

»Nichts.« Steve hob die Hände, die Handflächen nach oben gerichtet. »Pax.«

»Rommel«, sagte Jim traurig. »Der war im Großen Krieg auch Soldat, genau wie ich. Wenn nur der Heldengedenktag weniger militärisch aufgezogen würde. Dann fänden die Menschen es vielleicht auch nicht nötig zu protestieren. Übrigens gibt es Gerüchte, dass Hitler sehr krank sein soll«, fügte er hinzu. »Man hört ihn gar nicht mehr im Radio. Und jetzt, da in Amerika die Demokraten zurück sind, wird sich vielleicht doch einiges ändern.« Er lächelte seine Frau an. »Ich habe ja immer gesagt, sie kommen zurück, man muss nur lange genug warten.«

»Ich bin sicher, man würde es uns sagen, wenn Herr Hitler krank wäre«, sagte Steve herablassend. David sah Sarah an, sagte aber nichts.

Später, als der Rest der Familie in Steves neuem Morris Minor weggefahren war, stritten sich David und Sarah. »Warum musst du immer mit ihm streiten, vor allen anderen?«, fragte Sarah. Sie wirkte erschöpft, sie hatte den ganzen Nachmittag über die Familie bedient, ihr Haar hing jetzt müde herab, ihre Stimme klang heiser. »Und besonders vor Daddy, ausgerechnet heute.« Sie zögerte, dann fuhr sie mit bitterer Stimme fort: »Du warst doch derjenige, der mir vor Jahren sagte, ich solle mich aus der Politik heraushalten, weil es sicherer sei, nichts zu sagen.«

»Ich weiß. Es tut mir leid. Aber Steve kann einfach seine verdammte Klappe nicht halten. Heute war es – einfach zu viel.«

»Was meinst du denn, wie Irene und ich uns bei diesen Streitereien fühlen?«

»Du magst ihn doch auch nicht lieber als ich.«

»Wir müssen es ertragen. Der Familie wegen.«

»Ja, und ihn besuchen und die Bilder auf seinem Kaminsims bewundern, von ihm und seinen Geschäftsfreunden mit Speer, seine Mosley-Bücher ansehen, und *Die Protokolle der Weisen von Zion* auf dem Bücherregal«, sagte David müde. »Ich weiß wirklich nicht, warum er nicht den Schwarzhemden beitritt, und damit basta. Aber dann müsste er wohl mit Fitnesstraining starten und etwas von seiner Wampe loswerden.«

Er hatte nicht erwartet, dass Sarah so heftig reagierte. »Haben wir nicht genug durchgemacht?« Sie stürmte aus dem Zimmer. David hörte, wie sie in die Küche ging und die Tür zuknallte. Er stand auf und fing an, die schmutzigen Teller und das Besteck auf den Servierwagen zu stapeln. Er schob ihn in den Flur. Als er an der Treppe vorbeikam, wanderte sein Blick unwillkürlich nach oben, auf die zerrissene Tapete am oberen und unteren Ende der Treppe, wo das Kindergitter befestigt gewesen war. Seit Charlies Tod hatten er und Sarah davon gesprochen, neu zu tapezieren. Aber wie bei so vielen Dingen waren sie noch nicht dazu gekommen. Gleich würde er zu ihr gehen, sich entschuldigen und versuchen, die immer größer werdende Kluft zwischen ihnen beiden ein wenig zu verkleinern. Obwohl er wusste, er würde sie nie ganz schließen können. Nicht mit dem Geheimnis, das er mit sich herumtrug.

2

Angefangen hatte es vor zwei Jahren, mit den Wahlergebnissen von 1950, ein paar Monate nach Charlies Tod. Seit dem ungarischen Bankenkrach 1948, verursacht durch den Zusammenbruch der europäischen Wirtschaft infolge des endlosen Kriegs der Deutschen in Russland, waren die Meldungen aus Wirtschaft und Politik immer schlimmer geworden. In Nordengland und Schottland wurde gestreikt, Indien schien sich in einem Zustand der Dauerrevolte zu befinden, und aufgrund der nie aufgehobenen Sicherheitsverordnungen von 1939 wurden unzählige Menschen verhaftet. Menschen, die sich geduldig mit dem Friedensabkommen von 1940 abgefunden hatten, packte die Wut, und sie kamen allmählich zu dem Schluss, dass Großbritannien sich gegenüber Deutschland energischer behaupten müsse. Und dass es nach zehn Jahren Zeit für eine neue Regierung sei, Zeit, der United Democrat Party von Churchill und Attlee eine Chance zu geben. Trotz der ständigen Pro-Regierungs-Propaganda durch Presse und BBC war Beaverbrook unbeliebt, und es gab Gerüchte, die UDP habe einen großen Zulauf.

Als die Wahlergebnisse bekannt wurden, stellte sich allerdings heraus, dass die Partei den größten Teil ihrer hundert Sitze im Parlament verloren hatte und von der British Union, Mosleys faschistischer Partei, überholt worden war, die von dreißig Sitzen auf einhundertvier zugenommen hatte und Beaverbrooks Koalition aus Pro-Vertragskonservativen und Labour beitrat. Schließlich hatte Churchill eine Rede gehalten, in der er von einer »manipulierten Wahl« sprach, »um ein Gangsterparlament im Amt zu halten«, und danach mit seinen Anhängern das Unterhaus verlassen. So hieß es in den Korridoren von Whitehall, obwohl Presse und Fernsehen berichteten, sie seien empört aus dem Haus gestürmt. Kurz darauf hieß es, die United Democrats hetzten die Arbeiter zu Streiks auf, worauf die Partei für illegal erklärt wurde. Also ging sie in den Untergrund, und an den Hauswänden erschien ein neuer Name, »Resistance«, nach der französischen Widerstandsbewegung.

Die neue Regierung schloss sich jetzt noch enger an Deutschland an. Nach dem Berliner Abkommen von 1940 hatte man deutsche jüdische Flüchtlinge zurückgeführt, aber trotz wachsendem Antisemitismus hatte es für die Juden Großbritanniens relativ wenig Einschränkungen gegeben. Jetzt plötzlich erklärte man die Juden zu unversöhnlichen Feinden des großen Verbündeten und wollte die Nürnberger Gesetze zumindest teilweise übernehmen. David wachte nachts schweißgebadet auf, wenn er daran dachte, was passieren würde, wenn sein Geheimnis ans Licht käme. Jedermann wusste, dass Deutschland sich seit Jahren darum bemühte, die britischen Juden, die zusammen mit den übrig gebliebenen französischen die letzten freien Juden Europas waren, nach Osten umzusiedeln. Vielleicht war es bald so weit. David war klar: Es war nun wichtiger denn je, dass niemand, ganz besonders Sarah, etwas über seine Mutter erfuhr.

In den folgenden Monaten hatte David jedoch angefangen, mit seiner Meinung zu gewissen Themen Sarah und vertrauten Freunden gegenüber nicht hinterm Berg zu halten – der anhaltende Konjunkturrückgang, die ständig wachsende Zahl der »Biff-boys« aus den Reihen von Mosleys Faschisten, die sich als Sondereinheit der Hilfspolizei um Unruhe und Streiks kümmern sollten, das Versprechen Churchills, Großbritannien durch »Sabotage und Widerstand« in Brand zu setzen. Natürlich wurde Churchill und seinen Anhängern Sendezeit in Radio und Fernsehen verweigert, doch man wusste von heimlich aufgenommenen Grammofonplatten, die versteckt weitergegeben wurden und auf denen er davon sprach, dass man sich der »finsteren Tyrannei, die sich über Europa gesenkt hatte«, nie ergeben dürfe. Nach der Wahl war David der Geduldsfaden gerissen; vielleicht auch schon vorher, als Charlie starb.

Am häufigsten hatte er mit Geoff Drax, seinem ältesten Freund, gesprochen. Geoff war mit ihm in Oxford gewesen und hatte zur gleichen Zeit den Kolonialdienst angetreten, als David zur Dominionverwaltung ging. Geoff hatte sechs Jahre in Ostafrika gedient und war 1948 nach London gekommen, um in der Verwaltung zu arbeiten. Schon damals hatte er davon gesprochen, wie schockierend es für ihn war, mit ansehen zu müssen, wie Großbritannien zu einem trostlosen, gleichgeschalteten Satelliten Deutschlands wurde.

Die Jahre in Afrika hatten Geoff verändert. Sein schmales Gesicht unter dem vollen blonden Haar war faltig geworden, sein Mund wirkte verkniffen und unglücklich. Sein Humor war oft spöttisch gewesen, aber jetzt war er bitter und bissig, meist begleitet von einem kurzen bellenden Lachen. Er hatte von einem unglücklichen Liebesverhältnis mit einer verheirateten Frau in Kenia gesprochen und David erzählt, er sei immer noch nicht darüber hinweg. Er beneidete den Freund um sein geordnetes Familienleben mit Sarah und Charlie. Er war nicht glücklich mit seinem Schreibtischjob in der riesigen Kolonialverwaltung im Church House, und als sie sich zum Lunch trafen, merkte David, dass Geoff sich in seinem schwarzen Jackett und der Nadelstreifenhose gar nicht wohlfühlte. Man sah ihm an, dass er viel lieber Shorts und Tropenhelm getragen hätte.

Geoff wohnte in Pinner, nicht weit von Kenton, wo David sein Haus hatte, und oft trafen sie sich am Samstagmorgen, um schwimmen zu gehen oder Tennis zu spielen. Hinterher saßen sie dann im Tennisclub in einer Ecke der Bar und sprachen über Politik – ganz leise, denn im Club hätten sie wenig Sympathisanten gefunden.

An einem Samstag im Sommer 1950 hatte Geoff David von den Zuständen in Kenia erzählt. »Hundertfünfzigtausend Siedler haben sie jetzt dort«, sagte er leise und eindringlich. »Es ist ein einziges Chaos. Arbeitslose mit ihren Familien aus Durham und Sheffield werden rübergebracht, mit dem Versprechen kostenloser Farmen und unbegrenzter Arbeitskraft der Eingeborenen.

Sie absolvieren einen dreimonatigen Kurs in Landwirtschaft, dann bekommen sie tausend Morgen Buschland. Sie haben keine Ahnung und wären verloren ohne die Schwarzen. Aber denen gehört das Land. Es gibt bereits großen Ärger mit den Kikuyu, und es wird zu Blutvergießen kommen. Viele der Gründer dieses geplanten neuen Ostafrika-Dominion werden sich wünschen, sie hätten ihre Heimat nie verlassen.« Er ließ sein ärgerliches bellendes Lachen hören.

David zögerte, dann sprach er mit leiser Stimme. »Einige der Dominionverwaltungen machen sich große Sorgen darüber, was unsere neue Regierung da tut. Die Kanadier und die Neuseeländer sprechen schon davon, das Empire zu verlassen. In der Verwaltung ist man sehr beunruhigt.« Dies war eine Indiskretion von David, die er sich noch vor einem Jahr nicht geleistet hätte. Er fuhr fort und sprach über Neuseelands Proteste gegen die neuen britischen Gewerkschaftsverbote. Als David fertig war, sah Geoff ihn schweigend an, dann flüsterte er: »Ich habe einen Freund, den du kennenlernen solltest.«

David durchfuhr ein ängstlicher Stich, als er merkte, dass er zu viel gesagt hatte. »Ich glaube, ihr würdet feststellen, dass ihr ähnliche Ansichten habt«, fuhr Geoff fort. »Nein, ich bin sogar ganz sicher.«

David sah ihn an. Sofort kam ihm der Gedanke, dass es sich um jemanden aus der Resistance handelte. Geoff war derart unruhig und aufgeregt, dass es eigentlich nur so sein konnte. »Ich weiß nicht«, sagte er. Dabei dachte er an Sarah, die zu Hause saß und um ihren toten Sohn trauerte.

Geoff lächelte etwas mühsam und machte eine wegwerfende Handbewegung. »Ich will dich zu nichts überreden. Es wäre auch nur ein Gespräch mit jemandem, der – nun ja, der die Dinge so sieht wie wir. Es ist doch immer wichtig zu sehen, dass man nicht allein dasteht.«

Eigentlich hätte David gern Nein gesagt und das Thema gewechselt, hin zu Sport oder Wetter, und damit das Gespräch beendet. Doch dann packte ihn plötzlich eine ungeduldige Wut und zerstreute seine Bedenken.

Eine Woche später machte Geoff ihn mit Jackson bekannt. Es war Hochsommer, die Sonne brannte von einem wolkenlosen Himmel. David traf sich am Bahnhof Hampstead Heath mit Geoff, und zusammen wanderten sie den Parliament Hill hinauf. Pärchen schlenderten Hand in Hand dahin, die Frauen in hellen Sommerkleidern, die Männer mit offenem Hemdkragen und leichten Jacketts. Ganze Familien waren unterwegs. Kinder ließen ihre Drachen steigen, bunte Farbtupfer am blauen Himmel.

David hatte erwartet, dass Geoffs Freund in ihrem Alter sei, aber der Mann, der dort auf der Bank saß, war in den Fünfzigern und hatte graue Haare. Er stand auf, als er sie sah. Er war groß und korpulent, bewegte sich aber rasch. Geoff stellte ihn als Mr. Jackson vor, und dieser schüttelte David mit festem Griff die Hand. Er hatte ein großes, offenes Gesicht, wache hellblaue Augen und lächelte zur Begrüßung.

»Mr. Fitzgerald.« Davids Mutter hätte seine Art zu sprechen als affektiert bezeichnet. »Ich freue mich, Sie kennenzulernen.« Er strahlte die natürliche Selbstsicherheit eines ehemaligen Internatsschülers aus, eine Art mühelose Überlegenheit, die David, der ein staatliches Gymnasium besucht hatte, immer etwas in die Defensive trieb.

»Gehen wir ein Stück«, schlug Jackson aufgeräumt vor.

Sie gingen in Richtung Highgate Ponds. Eine Gruppe Jungen in Pfadfinderuniform versuchte sich an einer Gymnastikübung, drei von ihnen bildeten die untere Reihe, zwei weitere balancierten auf ihren Schultern, und ein sechster kletterte an ihnen hoch, um die Spitze zu bilden. Ein paar Spaziergänger sahen ihnen zu. Ein Gruppenleiter kommentierte mit leiser Stimme. »Ganz langsam jetzt, ihr müsst euer Gewicht gut verteilen, das ist das Wichtigste.«

Jackson blieb stehen und sah zu. »Du liebe Zeit«, sagte er leise. »Ich erinnere mich noch an eine Zeit, als Pfadfinder alten Damen über die Straße halfen. Jetzt gibt's nur noch Turnen und militärische Übungen. Aber natürlich haben sie Angst, dass sie sich früher oder später der Faschistischen Jugend anschließen müssen.«

»Das würde niemand akzeptieren«, sagte David. »Da würden sie ihre Söhne rausnehmen.«

Jackson ließ ein leises Lachen hören. »Wer weiß, was die Leute heutzutage noch alles akzeptieren werden?« Er machte kehrt und ging mit großen Schritten über die Wiese. Geoff und David folgten ihm. Jackson verlangsamte das Tempo und wandte sich mit leiser Stimme an David. »Geoff erzählt mir, Sie seien unglücklich darüber, was in unserem armen alten Land vorgeht.«

»Ja, das bin ich.« David zögerte, dann dachte er: *Ach, was soll's.* »Sie sind mit der Wahlfälschung davongekommen. Immer mehr Menschen werden unter Paragraf 18a festgenommen. Und mit Mosley als Innenminister – und diesen antijüdischen Gesetzen – sind wir doch bald genauso faschistisch wie das restliche Europa.« Er merkte, dass er rot wurde, als er die antijüdischen Gesetze erwähnte, und warf einen kurzen Blick auf Jackson, doch der Ältere schien es nicht bemerkt zu haben. Er nickte nur, dachte einen Moment nach und sagte dann: »Sehen Sie das schon lange so?«

»Ich denke schon. Seit Jahren hat sich das in mir angestaut. Und seit der Wahl kann ich es kaum noch ertragen.«

Jackson machte ein nachdenkliches Gesicht. »Wie ich höre, haben Sie kürzlich ein Kind verloren. Durch einen Unfall.«

David hatte nicht damit gerechnet, dass Geoff ihm von Charlie erzählen würde. Er bejahte, wobei er Geoff stirnrunzelnd ansah.

»Das tut mir sehr leid.«

»Danke.«

Jackson räusperte sich. »Geoff erzählte mir, Sie hätten im Krieg gedient.«

»Ja, in Norwegen.«

Jackson lächelte traurig. »Der Norwegen-Feldzug war Chamberlains Ende. Viele sind der Meinung, wenn Churchill damals Premier geworden wäre, hätten wir den Krieg fortgesetzt, nachdem Frankreich gefallen war. Ich frage mich, wie es dann weitergegangen wäre.«

Sie hatten ein zügiges Tempo eingeschlagen. Trotz seiner Körperfülle schien Jackson nicht außer Atem zu geraten. David fuhr fort: »Norwegen war ein Chaos. Ich sah Leute sterben, und die Deutschen schienen – einfach unbesiegbar. Als Frankreich fiel, dachte ich, wir *müssten* einfach Frieden schließen, ich hielt das Abkommen für die einzige Alternative, wenn wir schon nicht siegen konnten.«

»Und Hitler versprach, das Empire in Frieden zu lassen, was vielen großzügig erschien. Churchill dagegen meinte, das Abkommen werde trotzdem zu einer deutschen Vorherrschaft führen, und er hatte recht.« Er lächelte David an, ein freundliches, offenes Lächeln, aber sein Blick blieb hellwach. David merkte, dass er auf eine sehr englische Art und Weise getestet wurde. Jackson strahlte etwas aus, das David verriet, dass er ein Staatsbeamter war wie er selbst auch, nur in sehr viel höherer Position. Er fragte sich, wohin das alles führen würde. Jackson lächelte aufmunternd. David holte tief Luft und entschloss sich zum Kopfsprung, genau wie als Junge vom Fünfmeterbrett.

»Meine Frau ist Pazifistin«, sagte er, »und ich war immer ihrer Meinung. Sie beharrt weiterhin darauf, dass wir immerhin wenigstens den Krieg beendet haben. Auch wenn sie weiß, dass Großbritannien weiterhin billigt, was dort in Russland passiert. Ein endloses blutiges Gemetzel.«

Jackson blieb stehen und blickte hinüber zu den Highgate Ponds. Mit unverändert ruhiger Stimme sagte er: »Deutschland wird in Russland niemals gewinnen. Sie kämpfen dort schon seit elf Jahren, um ihr Ziel zu erreichen: ein deutsches Territorium, das sich von Archangelsk bis Astrachan erstreckt. Hinter dem Ural und in Sibirien dann eine Art kapitalistischen, semikolonialen russischen Staat. Aber sie haben es bisher nicht geschafft. Jeden Sommer schieben sie sich ein bisschen weiter nach Osten vor und überqueren an manchen Stellen auch die Wolga, aber jeden Winter drängen die Russen sie wieder zurück, mit ihren neuen Kalaschnikows, die hinter dem Ural gebaut werden – Millionen von Gewehren, leicht und effizient. Und hinter den Linien halten die Partisanen das halbe Land besetzt. Es gibt Gegenden, wo die Deutschen lediglich die Städte und die Eisenbahnstrecken kontrollieren. Wissen Sie, was passierte, als sie vor zehn Jahren Leningrad eingenommen hatten?«

»Das weiß doch niemand, oder? Man hört immer nur, dass die Deutschen langsam vorankommen.«

»Nun, das tun sie eben nicht. Und was Leningrad anbetrifft, so sind die Deutschen dort gar nicht reingegangen, sie haben die Stadt lediglich belagert und ließen die Bevölkerung verhungern. Mehr als drei Millionen Menschen. Seit 1942 herrscht doch völlige Funkstille um Leningrad. Nichts, kein Pieps. Als sie Moskau einnahmen, trieben sie die Bevölkerung aus der Stadt, sperrten sie in Lager und ließen sie dort verhungern. Genauso wie die europäischen Juden. Die sollen auch alle in Arbeitslagern sein, irgendwo im Osten. Wir haben es in der Wochenschau gesehen, nette Holzhäuschen mit Geranien vor den Fenstern und Rasen davor. Aber kein englischer Jude hat jemals etwas von Freunden oder Verwandten gehört, die dort hingekommen sind: kein Brief, keine Postkarte. Nichts.«

David starrte Jackson an. *Was weiß er über mich?*, fragte er sich. Doch niemand kannte sein Geheimnis, außer seinem Vater. Es konnte wohl nur daran liegen, dass man aufgrund der neuen Gesetze jetzt mehr über die Juden sprach. Er entgegnete: »Es waren sechs Millionen Menschen, oder gar sieben, die in die Arbeitslager geschickt wurden?«

Jackson nickte ernst. »Ja. Jetzt sind nur noch unsere und ein paar von den französischen Juden übrig. Bisher war es eine Frage von Nationalstolz und Unabhängigkeit, sie nicht gehen zu lassen, trotz des Drucks, den die Deutschen ausüben. Aber Mosley will sie loswerden, und der wird mit jedem Monat mächtiger.« Er seufzte. »Was glauben Sie, wohin uns das alles führt, Fitzgerald?«

»Ich denke, per Schubkarren geradewegs in die Hölle.«

Ein junges Paar ging vorüber. Die Frau trug eine Sonnenbrille mit weißem Rahmen und ein rosa geblümtes Kleid. Zwischen sich hielten sie ein kleines Mädchen an den Händen, das sie in die Luft schwangen; das Kind jauchzte vor Wonne. Um sie herum sprang schwanzwedelnd ein Collie. Jackson lächelte, und die Frau lächelte zurück. Die kleine Familie ging weiter, in Richtung See. Als sie außer Hörweite waren, sagte Geoff: »In Indien wird es ebenfalls immer schlimmer. Schon seit Gandhi siebenundvierzig im Gefängnis starb. Unabhängig davon, wie viele Anführer sie zusammen mit Nehru noch einsperren. Es geht immer weiter: mit Mietstreiks, dem Boykott englischer Produkte, Streiks in der Industrie bei Exportgütern für Großbritannien. Diese Meutereien in indischen Regimentern gegen ihre Offiziere – das könnte tatsächlich zum totalen Zusammenbruch führen. Und die Ironie ist, dass das Berliner Abkommen unseren Handel mit Europa eingeschränkt hat – wenn man an die Zölle denkt, die wir für Importe und Exporte zahlen müssen, nur damit Hitler Europa als unumstrittenen Markt für seine eigene Industrie nutzen kann. Aber Beaverbrooks Leute haben es schließlich nicht anders gewollt.« Er schwieg einen Moment. »Freier Handel innerhalb des Empires und Zölle auf alles andere. Sein Lebenstraum.«

»Nun ja, und jetzt hat er ihn erreicht.« Geoff ließ sein humorloses bellendes Lachen hören. »Und wir haben seit zwanzig Jahren eine Depression.«

»Im Büro habe ich gehört«, sagte David zögernd, »dass Enoch Powell zwei neue englische Divisionen zusammenstellen und nach Indien schicken will. Aber damit würde unsere Armee das Limit überschreiten, das im Abkommen festgelegt ist.«

Jackson sagte: »Wussten Sie, dass Hitler uns mal zwei SS-Divisionen leihen wollte, um in Indien aufzuräumen?« *Was weiß dieser Mann?*, dachte David. *Und wer ist er?*

Jackson blickte ihn an. »Geoff sagte mir, dass Sie in der Kolonialverwaltung arbeiten.«

»Ja.« *Das geht mir zu schnell.* Er hatte Geoff schon viel zu viel erzählt.

»Chef in der politischen Abteilung, Hauptaufgabe die Organisation der wöchentlichen Sitzungen des Ministers mit den Hochkommissaren des Dominion.« Jacksons Ton war jetzt knapp und geschäftlich.

»Ja.« Die wöchentlichen Sitzungen zwischen dem Minister und den Hochkommissaren der Kolonien – Kanada, Australien, Neuseeland, Südafrika und, seit letztem Jahr, Rhodesien – wurden von Davids Vorgesetztem organisiert und protokolliert, wobei Davids Aufgabe hauptsächlich in der Zuarbeit bestand.

»Anwesend bei den meisten der Sitzungen?«

David antwortete nicht. Es entstand eine Pause, dann verfiel Jackson wieder in den Plauderton. »Ich höre, Sie sind im Ausland gewesen, in Neuseeland?«

»Ja. Dort hatte man mich von 44 bis 46 hingeschickt. Mein Vater hat Verwandte in Auckland, er lebt jetzt dort. Er ist nämlich auch der Meinung, dass wir hier per Schubkarren in die Hölle landen.«

»Und Ihre Mutter?«

»Sie starb, als ich noch zur Schule ging.«

»Ihrem Namen nach stammen Sie aus Irland.«

»Mein Vater kommt aus einer Rechtsanwaltsfamilie in Dublin. Er brachte meine Mutter und mich herüber, als ich drei Jahre alt war, im Unabhängigkeitskrieg.«

Jackson lächelte. »Sie sehen auch irisch aus, wenn ich das sagen darf.«

»Das finden viele.«

»Empfinden Sie Loyalität gegenüber Irland?«

David schüttelte den Kopf. »Für De Valeras Republik? Nein.

Mein Vater hasste diesen fanatischen katholischen Nationalismus.«

»Haben Sie jemals daran gedacht, bei Ihrem Vater im Kiwiland zu bleiben?«

»Ja. Aber dann entschied ich mich doch zurückzukommen. Dies ist immer noch unsere Heimat.« Und damals hatte es keine antijüdischen Gesetze gegeben, kaum Einschränkungen.

Jackson blickte über London hinweg, das unter dem blauen Himmel lag.

»Großbritannien ist ein gefährliches Pflaster geworden, wenn man aus der Reihe tanzt. Aber«, sagte er leise, »der Widerstand wächst.«

David sah Geoff an. Die Nase seines Freundes wurde langsam rot von der Sonne. Er fragte sich, wie Geoff mit seiner hellen Haut in Afrika klargekommen war. »Ja«, stimmte David zu. »Das stimmt. Und zwar schnell.«

Er fuhr fort: »So viele Menschen kommen um, auf beiden Seiten. Streikende. Soldaten. Polizisten. Es wird immer schlimmer.«

»Churchill sagte, wir müssten ›Großbritannien in Brand stecken‹, nachdem die letzte Wahl gefälscht worden war.«

»Lebt er eigentlich noch?«, fragte David. »Ich weiß, dass illegale Schallplatten von ihm kursieren, mit denen er uns anfeuerte, Widerstand zu leisten, aber davon hat man lange nichts mehr gehört. Er muss bald achtzig sein. Seine Frau Clementine lebt nicht mehr, sie wurde letztes Jahr auf ihrem Herrensitz tot aufgefunden. Lungenentzündung. Ist das denn gerecht, dass so alte Leute ein Leben auf der Flucht führen müssen?« Er schüttelte den Kopf. »Sein Sohn Randolph ist ein Kollaborateur, er hat im Fernsehen die Regierung unterstützt. Und wenn Churchill tot ist, wer soll dann die Resistance anführen? Die Kommunisten etwa?«

Jackson bedachte David mit einem langen, abschätzenden Blick. »Churchill lebt noch«, sagte er leise. »Und die Resistance reicht noch wesentlich weiter als bis zur Kommunistischen Partei.« Er nickte langsam, sah auf seine Uhr und sagte plötzlich: »Also, wollen wir zum Bahnhof zurückgehen? Meine Frau erwartet mich zu Hause. Irgendein Familientreffen.« Es dämmerte David, dass das, was Jackson mit ihm vorhatte, noch eine Weile auf sich warten lassen würde.

Auf dem Weg zum Bahnhof sprach Jackson leutselig über Cricket und Rugby, er hatte in Eton zur Schulmannschaft gehört. Zum Abschied schüttelte er David die Hand, schenkte ihm ein herzliches Lächeln und ging. Mit seltener Begeisterung drückte Geoff Davids Arm. »Er mag dich«, sagte er leise.

»Aber was hat es damit auf sich, Geoff? Warum hast du ihm so viel über mich erzählt?«

»Weil ich dachte, du hättest vielleicht Interesse, bei uns mitzumachen.«

»Wobei?«

»Um uns vielleicht irgendwann – zu helfen.« Ein schnelles, ängstliches Lächeln huschte über Geoffs Gesicht. »Aber es liegt an dir, David. Es ist allein deine Entscheidung.«

David hörte, wie Sarah in der Küche abwusch. Ärgerlich ließ sie die Teller auf dem Abtropfbrett klirren. Er wandte sich von der Treppe ab. Von Anfang an, vom ersten Kennenlernen Jacksons auf Hampstead Heath hatte seine größte Sorge ihrer Sicherheit gegolten. Eine Ehefrau, so hatten seine Kontaktleute ihm später erklärt, konnte nur in die Tätigkeit ihres Mannes eingeweiht werden, wenn sie ebenfalls vollkommen davon überzeugt war. Und obwohl Sarah die Regierung verabscheute, war sie eine Pazifistin und konnte deshalb die Resistance nicht unterstützen. Besonders nicht, seitdem es mit den Bomben und dem Erschießen von Polizisten angefangen hatte. Und seitdem empfand David einen stillen Groll ihr gegenüber, er gab ihr die Schuld dafür, dass er die schwere Last eines weiteren Geheimnisses zu tragen hatte.

3

Am darauffolgenden Sonntag traf Sarah sich in der Stadt mit Irene, um ins Kino zu gehen. Unter der Woche hatten sie miteinander telefoniert und darüber gesprochen, was am Heldengedenktag passiert war. Noch immer hatten die Nachrichten nichts darüber berichtet, es war, als seien die Attacke auf Rommel und die Verhaftungen nie geschehen.

Sie gingen ins Gaumont am Leicester Square, um sich den neuen amerikanischen Film mit Marilyn Monroe anzusehen. Der Vorfilm war wie üblich eine kitschige deutsche Operette, und danach mussten sie die per Regierungsdekret vorgeschriebene Wochenschau über sich ergehen lassen. Dazu wurde es immer hell im Saal, um das Buhen der Unterstützer der Resistance zu verhindern, sobald ein Nazipolitiker auf der Leinwand erschien. Zuerst sahen sie einen Bericht über die europäische Eugenik-Konferenz in Berlin: Marie Stopes, wie sie in einer Säulenhalle mit deutschen Ärzten spricht. Der nächste Beitrag war eine Höllenvision: eine verschneite Landschaft, eine alte, in Lumpen gehüllte Frau, die weinend vor den rauchenden Ruinen einer Hütte steht und auf Russisch etwas ruft, neben ihr ein deutscher Soldat in Stahlhelm und Wintermantel, der versucht, sie zu trösten. Die Stimme von Bob Danvers-Walker klang ernst. »In Russland geht der Kampf gegen den Kommunismus weiter. Sowjetische Terroristen begehen unsägliche Grausamkeiten, nicht nur gegen die Deutschen, sondern auch gegen ihre eigenen Landsleute. Bei Kazan hat eine feige Gruppe sogenannter Partisanen aus dem Schutz des Waldes mit Katjuscha-Raketen ein Dorf beschossen, dessen Bewohner es gewagt hatten, deutschen Soldaten Lebensmittel zu verkaufen.« Die Kamera schwenkte von dem verbrannten Haus über das zerstörte Dorf hinweg. »Manche Russen möchten lieber vergessen, wovor die Deutschen sie gerettet haben: vor der Geheimpolizei, vor der Zwangsarbeit unter

Stalins Regierung mit Millionen von Menschen in arktischen Konzentrationslagern.« Es folgten die üblichen grobkörnigen Aufnahmen eines der Lager, die die Deutschen 1942 entdeckt hatten, zum Skelett abgemagerte Gestalten im tiefen Schnee, Stacheldraht und Wachtürme. Sarah wandte den Blick von den furchtbaren Bildern ab. Die Stimme des Kommentators wurde eindringlich: »Haben Sie keinerlei Zweifel, Europa wird über diese bösartige asiatische Doktrin siegen. Deutschland hat Stalin besiegt und wird auch seine Nachfolger besiegen.« Zur Erinnerung wurden jetzt noch einmal die berühmten Bilder von Stalin gezeigt, wie er im Oktober 1941 nach der Eroberung Moskaus festgenommen wurde: ein untersetzter Mann, pockennarbig, mit dichtem Schnurrbart und wirrem grauen Haar, der finster zu Boden blickt, während er von lachenden deutschen Soldaten an den Armen festgehalten wird. Später war er auf dem Roten Platz öffentlich aufgehängt worden. Als Nächstes kam ein Film über die neuen deutschen Panzerkampfwagen Tiger IV mit sechs Meter langen Kanonenrohren, wie sie auf der Jagd nach Partisanen durch einen Birkenwald brechen und die jungen Bäume wie Streichhölzer umknicken, während über ihnen Hubschrauber knattern. Dann sahen sie den Abschuss einer V3-Rakete; die Kamera folgte dem langen, spitz zulaufenden Zylinder mit seinem Feuerschwanz, wie er in den Himmel aufsteigt und sich auf den Weg zu seinem Ziel jenseits des Urals macht. Das Ganze war von schmissiger Militärmusik unterlegt. Dann wechselte das Bild zu einem Beitrag über Beaverbrook, wie er in den Midlands eine nagelneue Fabrik für Fernsehgeräte eröffnet, ehe es im Saal wieder dunkel wurde und endlich der Hauptfilm anfing, in Technicolor und mit lauter Musik.

Als sie aus dem Kino kamen, neigte sich der kurze Wintertag bereits seinem Ende zu, in Geschäften und Restaurants gingen die Lichter an, gedämpft von einem feinen gelben Dunst. »Es wird neblig«, sagte Sarah. »Die Vorhersage hat es auch angekündigt.«

»In der Untergrundbahn wird man nichts davon merken«, erwiderte Irene. »Wir haben noch Zeit für einen Kaffee.« Sie ging voran über die Straße, wo sie stehen blieb, um eine Straßenbahn vorbeirattern zu lassen. Zwei junge Männer drängten sich an ihnen vorbei, sie trugen lange, weite Jacken und enge Röhrenhosen, das Haar zu fettigen Tollen hochgebürstet. In einiger Entfernung stand ein Polizist in der offenen Tür seines Unterstands und sah ihnen stirnrunzelnd nach.

»Sehen sie nicht lächerlich aus?«, sagte Irene. »Jive Boys.« Ihr Ton war verächtlich.

»Ach, das sind doch noch halbe Kinder, die wollen eben anders aussehen.«

»Diese Jacketts …«

»Zoot Suits.« Sarah lachte. »Die kommen aus Amerika.«

»Und die Schlägerei letzten Monat in Wandsworth, mit den Jungen Faschisten?«, fragte Irene aufgebracht. »Die Messer und die Schlagringe? Da gab es Verletzte. Eigentlich halte ich nichts von körperlicher Bestrafung, aber die hatten es wirklich verdient.«

Sarah lächelte still vor sich hin. Irene war immer so leicht aufgebracht. Aber Sarah wusste, es war meistens nur Gerede, im Grunde war ihre Schwester ein warmherziger Mensch. Der Wochenschaufilm über die Eugenik-Konferenz hatte Sarah an einen Zwischenfall vor ein paar Monaten erinnert. Sie waren aus einem Kino gekommen und sahen eine Gruppe von Jungen, die ein mongoloides Kind quälten. Sie erzählten dem Jungen, dass man ihn sterilisieren würde, sobald die neuen Gesetze in Kraft wären. Und Irene, eine Unterstützerin der Rassenhygiene, war dazwischengegangen und hatte den Mob verjagt.

»Ich weiß nicht, wo dieser Terrorismus noch hinführen soll«, sagte Irene. »Hast du von der Kaserne in Liverpool gehört, die die Resistance in die Luft gejagt hat? Wobei ein Soldat ums Leben gekommen ist?«

»Ich weiß. Vermutlich würde die Resistance argumentieren, sie befände sich im Krieg.«

»Und im Krieg werden Menschen getötet.«

»Du darfst aber auch nicht alles glauben, was über die Resistance erzählt wird. Denk doch nur, wie das vertuscht wurde, was letzten Sonntag passierte.«

Sie steuerten auf ein British Corner House zu, wie alle Lyons Corner Houses jetzt hießen, seit man sie ihren jüdischen Eigentümern weggenommen hatte. Die Teestube mit ihren Spiegeln und dem glänzenden Chrom war voll mit Frauen, die sich von ihren Einkäufen erholten, aber sie fanden noch einen Zweiertisch und nahmen Platz. Die Kellnerin, in adretter weißer Schürze und Häubchen, nahm ihre Bestellung auf, und Irene sah sich um. »Ich muss mir bald mal Gedanken über meine Weihnachtseinkäufe machen. Ich weiß nicht, was ich den Jungs schenken soll. Steve redet von einer großen Hornby-Eisenbahn, aber damit will er nur selber spielen. Nanny sagt, die Jungs wünschen sich eine ganze Armee von Spielzeugsoldaten.«

»Wie geht es Nanny?«

»Sie hat immer noch diesen Husten. Ich glaube, der Kassenarzt, zu dem sie geht, taugt nicht viel, du weißt ja, wie die sind. Ich habe ihr jetzt einen Termin mit unserem Arzt besorgt. Ich befürchte, dass die Kinder sich anstecken könnten, und man merkt auch, dass es dem armen Mädchen nicht gut geht.«

»Mir graut vor Weihnachten«, Sarah klang plötzlich deprimiert. »Schon seit Charlies Tod.«

Irene legte ihre Hand auf die ihrer Schwester und zog ein zerknirschtes Gesicht. »Es tut mir leid, Liebes, ich schwätze so gedankenlos daher …«

»Ich kann nicht erwarten, dass man Kinder vor mir nicht mehr erwähnt.«

Irenes blaue Augen waren besorgt. »Ich weiß, es ist schwer. Für dich und David …«

Sarah nahm ihre Zigaretten aus der Tasche und bot Irene eine an. Plötzlich sagte sie voller Ärger: »Aber nach mehr als zwei Jahren sollte man doch erwarten, dass es allmählich leichter wird.«

»Kein Anzeichen einer neuen Schwangerschaft?«, fragte Irene.

Sarah schüttelte den Kopf. »Nein.« Sie zwinkerte eine Träne weg. »Es tut mir leid, dass David am Sonntag diesen Streit mit Steve hatte. Er ist oft – launisch.«

»Das macht nichts. Wir waren doch alle etwas verstört.«

»Hinterher sagte er, es tue ihm leid. Aber ganz echt war das wohl auch nicht«, fügte sie traurig hinzu.

»Du und David«, sagte Irene zögernd, »ihr tut euch wohl schwer, über eure Trauer miteinander zu sprechen, oder?«

»Wir waren uns immer so nahe. Aber David ist – so unerreichbar geworden. Wenn ich daran denke – wie es zwischen uns war, als Charlie noch lebte.« Sie sah ihre Schwester an. »Ich glaube, er hat eine Affäre.«

»O mein Gott«, sagte Irene leise. »Bist du dir sicher?«

Sarah schüttelte den Kopf. »Nein. Aber ich vermute es.«

Die Kellnerin kam mit einem versilberten Tablett und servierte Tee und Kekse. Irene schenkte ein und reichte Sarah die Tasse. »Warum denkst du das?«, fragte sie leise.

»Bei der Dominionverwaltung arbeitet eine Frau, die er ganz gernhat. Carol. Sie ist Angestellte in der Registratur. Ich bin ihr zwei Male bei Veranstaltungen begegnet, sie ist nicht besonders hübsch, aber intelligent, hat studiert. Und sie hat Ausstrahlung.« Sarah lachte mühsam. »Mein Gott, das hat man von mir auch mal gesagt.« Sie zögerte. »David geht manchmal an den Wochenenden ins Büro, schon seit über einem Jahr. Heute ist er auch dort. Er behauptet, sie hätten viel zu tun, und das kann durchaus sein, jetzt, da das Verhältnis zu den Kolonien so schwierig geworden ist. Aber manchmal geht er auch abends weg, angeblich in den Tennisclub, um mit seinem Freund Geoff zu spielen. Sie haben jetzt eine Halle. Er sagt, er braucht das zur Entspannung.«

»Vielleicht stimmt das.«

»Eher, als bei mir zu Hause zu sitzen, vermutlich, verdammter Kerl«, sagte Sarah ärgerlich, doch dann schüttelte sie den Kopf. »Nein, so meine ich das nicht.«

Irene zögerte. »Warum denkst du, dass er sich für diese Frau interessiert?«

»Sie interessiert sich für ihn. Das habe ich gemerkt, als wir uns begegneten.«

Irene lächelte. »David sieht gut aus. Aber er hat sich doch nie – einen Seitensprung erlaubt, oder? Was man von Steve hingegen nicht sagen kann.«

Sarah blies Rauch aus. »Letztes Mal sagtest du mir, du habest ihm gedroht, dich von ihm zu trennen und die Jungen mitzunehmen.«

»Das habe ich. Und ich glaube, das hat ihn aufgeschreckt, du weißt, wie er die Jungen liebt. Mich ja auch, auf seine Art. Sarah, du denkst doch aber nicht daran, dich von David zu trennen?«

Sie schüttelte den Kopf. »Nein, ich liebe ihn mehr denn je. Eigentlich traurig, findest du nicht?«

»Natürlich nicht. Aber, meine Liebe, das klingt wirklich nicht danach, als hättest du einen Grund für dein Misstrauen.« Sie sah ihre Schwester scharf an. »Oder doch? Bei Steve war es das fremde Parfüm an seinem Kragen, das ihn letztes Mal verraten hat.«

»Vor ein paar Wochen, als es kälter wurde, bat David mich, seinen Wintermantel zur Reinigung zu bringen. Ich habe die Taschen geleert, wie ich es immer tue – er lässt oft Taschentücher darin. Da fand ich eine gebrauchte Eintrittskarte für eins dieser Lunchkonzerte, die in Whitehall in verschiedenen Kirchen stattfinden. Und auf der Rückseite stand ein Name – ihr Name, Carol Bennett. Sie muss sie reserviert haben.«

»Vielleicht gingen sie mit einer ganzen Gruppe hin. Hast du ihn danach gefragt?«

»Nein.« Sarah schüttelte den Kopf. »Ich bin feige«, fügte sie leise hinzu.

»Du bist noch nie feige gewesen«, sagte Irene mit Nachdruck. »War das Konzert an einem Sonntag?«

»Nein, es war an einem Wochentag.« Sarah holte tief Luft. »Und dann, letzten Donnerstagabend, als David angeblich Tennis spielte, rief ich im Club an, um ihn zu sprechen; ich wollte nur prüfen, ob er tatsächlich dort war. Ihm nachspionieren, wenn du so willst. Nun ja, und er war nicht dort.«

»Oh, Schätzchen«, sagte Irene. »Was wirst du tun? Ihn damit konfrontieren?«

»Vielleicht sollte ich das, aber sieh mal …« Sarah zerkrümelte den Keks auf ihrem Teller. »Ich habe Angst, denn wenn ich recht habe, könnte dies das Ende unserer Ehe bedeuten. Und wenn ich nicht recht habe, könnte es uns noch weiter auseinanderbringen. Du siehst also, ich *bin* ein Feigling.« Sie runzelte die Stirn. »Aber ich kann auch nur ein gewisses Maß ertragen. Es geht mir ununterbrochen im Kopf herum, wenn ich den ganzen Tag allein in diesem verdammten Haus sitze.«

»Hast du nicht noch mal darüber nachgedacht, eventuell wieder als Lehrerin zu arbeiten?«

»Als verheiratete Frau wird man doch nicht genommen.« Sarah seufzte. »Na ja, wenigstens habe ich meine ehrenamtliche Arbeit. Das Komitee zur Beschaffung von Weihnachtsgeschenken für die Kinder Arbeitsloser trifft sich nächste Woche. Da komme ich aus dem Haus. Aber davon gehen meine Sorgen auch nicht weg.«

»Schätzchen, du solltest dich aber auch nicht durch einen Verdacht verrückt machen lassen. Denn mir scheint, das tust du.«

»Ich beobachte ihn weiter. Ich werde auch etwas sagen, aber ich muss mir erst sicher sein.« Flehend sah sie ihre Schwester an. »Ich würde doch sonst alles aufs Spiel setzen.«

Es war schon dunkel und leicht neblig, als sie das Corner House verließen. Die nassen Straßenbahnschienen glänzten im Licht der Straßenlaternen. Sie umarmten sich zum Abschied. Sarah ging zur Untergrundstation; falls die Züge pünktlich fuhren, könnte sie das Abendessen fertig haben, bis David um halb acht nach Hause kam. Die Straßen belebten sich, alle trugen Wintermäntel, die Männer mit Melonen, Mützen und Homburgern, die Frauen mit Kopftüchern oder den großen, tellerförmigen Federhüten, die dieses Jahr Mode waren. Vor dem Eingang der Untergrundstation Leicester Square schrubbten ein paar Männer an einem großen »V« aus weißer Farbe, dem Symbol der Resistance. V für »Victory«. Irgendjemand musste es nachts heimlich dort hingemalt haben.

Das Haus war kalt, als Sarah ankam. Sie blieb in dem kleinen Flur stehen, mit dem Garderobenständer und dem großen Tisch, auf dem das Telefon stand, daneben eine große bunte Regency-Vase, die einst Davids Mutter gehört hatte. Als Charlie zu laufen begann, hatten sie sie sicherheitshalber wegschließen müssen.

Als Sarah zwischen den Kriegen ins Erwachsenenalter kam, hatte sie sich als Lehrerin für eine selbstständige Frau gehalten. Ehe sie mit dreiundzwanzig Jahren David kennenlernte, hatte sie sich gelegentlich Sorgen gemacht, dass sie vielleicht eine alte Jungfer bleiben würde, nicht etwa, weil sie für Männer nicht attraktiv genug gewesen wäre, sondern weil sie die meisten Männer einfach zu langweilig fand. Während des Krieges 1939–40 hatte sie sich oft gefragt, ob die Frauen nicht unabhängiger würden, weil ihre Männer eingezogen waren. Doch hinterher war alles wieder wie früher, und nun sorgte die Politik dafür, dass die Frauen zu Hause blieben, um den Männern nicht die Arbeitsplätze wegzunehmen.

Irene hatte immer als die Schönheit in der Familie gegolten, aber Sarah war auch hübsch mit ihren blauen Augen und der kleinen, geraden Nase, und durch ihr eckiges Kinn wirkte ihr Gesicht stark und entschlossen. Sie hatte sich nie verliebt, ehe sie bei einem Ball im Tennisclub David kennenlernte. Er hatte ihr Herz im Sturm erobert, wie es in Liebesromanen heißt. Ein Jahr später waren sie verheiratet, und sie war mitgegangen, als er für zwei Jahre nach Neuseeland geschickt wurde. Als sie zurückkamen, war sie schwanger mit Charlie. Manchmal vermisste sie ihre Arbeit, aber sie liebte ihr Kind und freute sich bereits auf weitere, die folgen würden.

Charlie war ein intelligenter, fröhlicher, aber leicht erregbarer Junge, der früh lief und rasch lernte. Er hatte Sarahs blondes Haar und sah ihr auch sonst ähnlich, doch gelegentlich nahm sein Gesicht einen ernsten Ausdruck an, genau wie manchmal bei ihrem Mann. Doch mit seinem Sohn ging David derart spielerisch und fast kindlich um, dass sie oft gerührt war. Er kam so früh wie möglich von der Arbeit nach Hause, dann saßen sie Hand in Hand da und sahen zu, wie Charlie neben ihnen am Boden spielte.

Die Treppe zum ersten Stock war ziemlich steil, und sie mussten unten und oben Sicherheitsgitter anbringen, worüber der lebhafte kleine Junge in Protestgeheul ausbrach, weil sie seinen Freiheitsdrang einschränkten. Eines Tages, er war fast drei Jahre alt, ging Sarah ins Schlafzimmer, um sich zu schminken, ehe sie einkaufen ging. Sie hatte Charlie mit nach oben genommen und das Gitter hinter sich wieder geschlossen. Draußen schneite es, der Baum und die Ligusterhecke im kleinen Vorgarten lagen schon unter einer dicken weißen Decke, und Charlie konnte es kaum noch erwarten, in den Schnee zu springen. Er war auf den Treppenabsatz hinausgegangen und rief: »Mami, Mami, ich will den Schnee sehen!«

»Gleich. Warte noch einen Moment, Liebling!«

Kurz darauf hörte sie es poltern, ein paar kleine Schreie und dann einen dumpfen Aufschlag, worauf es so totenstill wurde, dass sie das Blut in ihren Ohren rauschen hörte. Einen Moment saß sie wie gelähmt auf ihrem Stuhl, dann rief sie: »Charlie!«, und rannte hinaus in den Flur. Das Gitter am oberen Ende der Treppe war geschlossen, aber als sie nach unten blickte, sah sie Charlie mit ausgestreckten Armen und Beinen am unteren Ende liegen. Erst vor zwei Tagen hatten sie und David darüber gesprochen, wie groß er geworden war und sie aufpassen müssten, dass er nicht drüberkletterte.

Sarah rannte nach unten, gegen alle Vernunft hoffend, aber noch ehe sie unten ankam, sah sie an der völligen Reglosigkeit seiner Augen und an der Art, wie sein Kopf verdreht war, dass Charlie tot war, Genickbruch. Sie hob seinen kleinen Körper auf und hielt ihn fest. Er war noch warm, und sie hielt ihn in den Armen, in dem wilden, irrationalen Gefühl, dass er, solange sie ihn an ihren warmen Körper drückte, nicht kalt werden und irgendwie wieder zum Leben erwachen würde. Später, nachdem sie endlich den Notdienst angerufen hatte und David vom Büro nach Hause gekommen war, hatte sie ihm erklärt, warum sie Charlie so lange in den Armen gehalten hatte, und David hatte es verstanden.

Sarah schüttelte sich, zog den Mantel aus und drehte die Zentralheizung auf. Sie zündete den Kamin an, dann ging sie in die Küche und schaltete das Radio ein, aus dem flotte Tanzmusik erklang. Sie fing an, das Abendessen vorzubereiten. Trotz allem, was sie zu Irene gesagt hatte, wusste sie, dass sie noch nicht mutig genug war, David mit Fragen zu konfrontieren.

4

David war an jenem Sonntagnachmittag ebenfalls nach London gefahren. Er hatte Schlüssel und Kamera aus dem verschlossenen Schubfach genommen und samt seinem Personalausweis in der Innentasche seines Jacketts verstaut. Zwei Jahre als Spion hatten ihn risikobereit und hart gemacht, obwohl er sich manchmal im Netz all der Lügengespinste völlig verloren vorkam.

Es waren nicht viele Fahrgäste unterwegs, ein paar Schichtarbeiter und Leute, die sich vielleicht mit Freunden verabredet hatten. Unter seinem Mantel trug David ein Sportjackett und eine Flanellhose; wer am Wochenende ins Büro ging, durfte zwanglos erscheinen.

Ihm gegenüber saß eine Frau und las die *Times*. Die Zeitung war von Beaverbrook kurz vor seiner Ernennung zum Premier aufgekauft und in sein Zeitungsimperium integriert worden. Jetzt gehörte ihm fast die Hälfte aller Zeitungen im Lande, und Lord Rothmeres *Daily Mail*-Rennstall hatte einen Großteil dessen geschluckt, was noch übrig war. »Was nun, Amerika?«, fragte eine Schlagzeile über einem Bild des neu gewählten Adlai Stevenson mit ernstem, nachdenklichem Gesicht. »*Zwölf Jahre lang hat Amerika sich unter republikanischen Präsidenten um seine eigenen Angelegenheiten gekümmert. Wird Stevenson, genau wie Roosevelt, so naiv sein und sich dazu hinreißen lassen, sich in europäische Angelegenheiten einzumischen?*« Das wird sie aufrütteln, stellte David mit Befriedigung fest. Im Moment lief nichts nach ihren Wünschen. In einem weiteren Artikel wurde darüber spekuliert, ob die Krönung der Königin im nächsten Jahr irgendwie mit der Feier zu Hitlers Jubiläum kombiniert werden könne. Es wären genau zwanzig Jahre nach seiner Machtergreifung in Deutschland, wo man riesige Feierlichkeiten plante, noch größer als die italienischen Feiern Anfang des Jahres zu Mussolinis dreißigstem Regierungsjahr.

Nach seiner Ankunft in Westminster ging er Richtung Whitehall. Es war ein nasskalter Nachmittag. Die wenigen Passanten auf der Straße duckten sich tief in ihre abgewetzten Mäntel. David hatte in den letzten zehn Jahren beobachtet, wie die Menschen immer schäbiger gekleidet und einsamer aussahen. Ein Poster vom Festival des Empire in Greenwich letztes Jahr hing rußbeschmutzt von einer Plakatwand, darauf ein junges Paar, das vor der Kulisse einer hügeligen Landschaft einem Kind beim Füttern eines Kalbes half. »*Ein glückliches neues Leben in Afrika.*«

Die Dominionverwaltung lag an der Ecke Downing Street. David sah den Polizisten vor Nummer 10. Der Berg von Kränzen am Fuße des Cenotaph sah jetzt traurig und zerfleddert aus. Er ging die Treppe hinauf. Über der Tür war ein Fries mit einem Panorama des Empire: Afrikaner mit Speeren, Inder mit Turbanen und viktorianische Staatsoberhäupter bunt gemischt, alle vom Londoner Ruß geschwärzt. Das große Vestibül drinnen war leer. Sykes, der Portier, nickte ihm zu. Ein älterer Mann, aber mit scharfen Augen.

»Tag, Mr. Fitzgerald. Müssen Sie wieder am Sonntag arbeiten, Sir?«

»Ja. Die Pflicht ruft, fürchte ich. Sonst noch jemand da?«

»Der Staatssekretär, im Obergeschoss. Sonst niemand. Manchmal kommt jemand am Samstag zur Arbeit, aber sonntags nur selten.« Er lächelte. »Ich weiß noch, Sir, wie ich hier anfing. Damals kamen Untersekretäre oft erst um elf. Und am Wochenende war nie jemand anwesend, außer den Beamten, die hier wohnten.« Er schüttelte den Kopf.

»Das Empire fordert seinen Preis«, sagte David und erwiderte sein Lächeln. Er trug sich ins Tagebuch ein. Sykes griff hinter sich ans Schlüsselbrett und gab David den nummerierten Schlüssel zu seinem Büro. Er ging zum Aufzug. Ein altes Modell, das manchmal zwischen den Stockwerken stecken blieb. David fragte sich, ob das hundert Jahre alte Kabel vielleicht eines Tages reißen könnte und alle Passagiere in den Tod stürzen würden. Knarrend und ächzend fuhr er hoch in den zweiten Stock. Er zog das schwere Gitter zur Seite und trat hinaus. Vor ihm war die Registratur mit einer langen Theke, an der die Beamten sich während der Woche unendlich viele Aktenordner abholten, die sie quittierten und später wieder zurückbrachten. Hinter der Tür zum Schreibraum hörte man sonst das Klappern der Schreibmaschinen. Am Ende der Theke stand Carols leerer Schreibtisch vor einer Tür mit Milchglasscheiben und der Aufschrift *Zutritt nur für befugtes Personal*. David warf einen kurzen Blick darauf, dann wandte er sich um und ging den langen Gang hinunter. Merkwürdig, wie die Schritte hallten, wenn man allein hier war.

Sein Büro bestand aus der Hälfte eines großen viktorianischen Zimmers, das elegante Kranzgesims war durch einen Raumteiler abgeschnitten. Mitten auf seinem Schreibtisch lag der dicke Ordner des Hochkommissars. Auf dem Deckel klebte die vorläufige Tagesordnung, die er für Hubbold zusammengestellt hatte, mit einer Anmerkung in dessen winziger Schrift. *Haben wir schon diskutiert. Müssen Montag noch mal drüber sprechen.*

David zog seinen Mantel aus und nahm die winzige silberne Kamera aus der Tasche. Es war paradox, dass sie ausgerechnet aus Deutschland kam, eine Leica, nicht viel größer als eine Swan-Vestas-Streichholzschachtel. Damit konnte man Dokumente selbst bei Lampenlicht fotografieren. Als er die Kamera erhielt, war sie für ihn etwas ganz Außerordentliches gewesen, wie ein Ding aus einem Science-Fiction-Roman, doch inzwischen hatte er sich an sie gewöhnt. Er zündete sich eine Zigarette an, um seine Nerven zu beruhigen.

Als David und Geoff sich nach dem Treffen auf Hampstead Heath das nächste Mal im Tennisclub trafen, fragte David: »Dieser Jackson ist doch im Staatsdienst, habe ich recht?«

Über Geoffs Gesicht lief ein kurzes Zucken, eine Mischung aus Ärger und Schuldgefühl. »Das kann ich dir nicht beantworten, mein Lieber, das musst du verstehen, aber ich kann es einfach nicht.«

»Er wusste eine ganze Menge über mich. Gibt es einen besonderen Grund, warum er sich für mich interessiert?«

»Das kann ich dir ebenfalls nicht beantworten. Erst musst du dich entscheiden, ob du bereit bist, uns zu unterstützen.«

»Ich unterstütze euch doch. Oder meinst du damit, ob ich bereit bin, für euch zu *arbeiten?*«

»*Mit* uns. Die Sache nimmt Fahrt auf, jetzt, da wir illegal sind«, sagte Geoff mit einem kurzen, sarkastischen Lächeln. »Vielleicht hast du das schon bemerkt.«

Im Radio hatte David gehört, die britische Resistance sei eine landesverräterische Organisation und die Öffentlichkeit verpflichtet, all ihre Aktivitäten zu melden. Er hatte die neuen Plakate gesehen, sie zeigten ein Bild Churchills als Minister 1939–40, in schwarzem Anzug und Homburg und mit einem Maschinengewehr, die Unterschrift lautete »*Gesucht – tot oder lebendig*«. Er trat näher an Geoff heran und fragte leise: »In den Nachrichten hört man von illegal Streikenden, die bewaffnet sind, und von diesem gepanzerten Polizeifahrzeug, das in Glasgow in die Luft gejagt worden ist, stimmt das alles?«

»Sie haben die Wahl manipuliert«, sagte Geoff mit Nachdruck. »Und sie haben uns den Krieg erklärt. Du weißt ja, was Krieg bedeutet.«

»Ich war nie ein Pazifist wie Sarah.« David schüttelte den Kopf. »Aber falls ich mit euch zusammenarbeiten würde, würde ich alles riskieren. Mein Leben und auch das Leben meiner Frau.«

»Wenn sie es nicht wüsste, dann nicht.« Sie schwiegen eine Weile. »Ist schon in Ordnung, David«, sagte Geoff. »Ich weiß, du hast Verpflichtungen.«

»Ich hasse das alles«, sagte David leise.

Geoff sah ihn an. »Möchtest du Jackson wiedersehen?«

David holte tief Luft. »Ja«, sagte er schließlich.

Gegen Ende 1950, nachdem sie sich einige weitere Male getroffen hatten, eröffnete Jackson David, er sei für die Resistance als Spion innerhalb der Dominionverwaltung vorgesehen. Die beiden saßen in einem Privatzimmer eines exklusiven Clubs in Westminster.

»Wir brauchen Informationen darüber, was die Regierung denkt und tut. Nicht nur in der Innenpolitik, sondern auch in der Außen- und Kolonialpolitik. Schließlich war der Kernpunkt des Abkommens von 1940, dass Hitler Europa bekommen sollte und wir das Empire behalten. Und es auch entwickeln, in einem Maße wie nie zuvor, als Ausgleich für den Verlust des europäischen Markts.« Er lächelte traurig. »Also Rückzug ins Empire. Dieser alte Traum der politischen Rechten, Beaverbrooks Traum.«

»Aber wir haben alles dafür getan, dass uns das Empire hasst.«

»Ja, das haben wir.« Wieder dieses traurige Lächeln. Jackson blickte David lange und intensiv an. »Die Resistance hat Leute in der Indienverwaltung und in der Kolonialverwaltung sitzen. Zum Beispiel hat es seit 1942 in Bengalen drei Hungersnöte gegeben, von denen wir nie etwas gehört haben. Wir brauchen jemanden, der uns sagt, wie es in den Dominions läuft. Das weiße Empire. Wir wissen, dass Kanada, Australien und Neuseeland mit den politischen Entwicklungen hier alles andere als einverstanden sind, nur den Südafrikanern scheint es gleichgültig zu sein. Wir wollen wissen, wie die großen afrikanischen Siedlungsprogramme laufen, die Pläne für die neuen Dominions in Ostafrika und Rhodesien. Diese Informationen könnten Sie uns beschaffen, auch die Papiere. Es gäbe regelmäßige Treffen, an denen ich selbst teilnehmen würde, zusammen mit unserem Mann aus der Indienverwaltung und dem Burschen aus der Kolonialverwaltung.«

»Aus der Kolonialverwaltung, das wäre Geoff, nicht wahr?«, fragte David. *Und du bist vom Außenministerium*, dachte er. Jackson antwortete nicht.

»Ich stehe nicht so hoch in der Hierarchie, dass ich einfach Papiere aus dem Büro mitnehmen kann.«

Jackson nickte mit seinem großen grauen Kopf und lächelte auf seine typische Art, halb vertraulich, halb herablassend. »Da gibt es Mittel und Wege.«

»Was für Wege?«, fragte David. Im Nachhinein wurde ihm klar, dies war der Moment, in dem er sich unwiderruflich darauf eingelassen hatte.

Jackson sagte: »Also werden Sie mitmachen?«

David zögerte ein wenig, dann nickte er. »Ja.«

Jackson schenkte ihm ein warmes Lächeln. »Ich danke Ihnen«, sagte er und drückte David fest die Hand.

Und nach und nach lernte David, dass die Resistance überall Leute untergebracht hatte, in Fabriken, in den Verwaltungen, auf dem Lande. Sie organisierten Proteste, Plakataktionen, Streiks und Demonstrationen. Es gab Gegenden, zum Beispiel Bergarbeiterdörfer und entlegene Landstriche, wo sie das Sagen hatten und die Polizei sich nur als Gruppe hineintraute. Die Zeit des passiven Widerstands war vorbei, die Polizei, die Armee und ihre Gebäude – sie alle bildeten legitime Angriffsziele. Und sie waren mit Widerstandsgruppen auf dem gesamten europäischen Kontinent vernetzt. Sie hatten überall ihre Spione, »Schläfer«, die in den Behörden des ganzen Landes nur darauf warteten, gerufen zu werden.

Kurz danach, als sie sich erneut im Club trafen, sagte Jackson: »Es wird Zeit, dass wir Sie mit der Wohnung in Soho bekannt machen.«

»Warum in Soho?«

»Soho ist ein günstiger Treffpunkt, dort fällt niemand auf.« Er lächelte. »Wenn wir auf der Straße jemandem aus dem Staatsdienst begegnen, würde er denken, wir sind in ähnlicher Mission wie er unterwegs, und darüber würde er kaum reden wollen, nicht wahr?«

In der folgenden Woche besuchte David diese Wohnung zum ersten Mal, eines Abends nach der Arbeit. Es war ein merkwürdiges Gefühl, am Piccadilly Circus aus der Untergrundbahn zu steigen und Richtung Soho zu gehen. Die Adresse befand sich in einer engen Gasse, eine Tür, von der die Farbe abblätterte, neben einem italienischen Café. Dort sah er zwei Jive Boys vor einer Jukebox stehen, aus der diese fürchterliche amerikanische Rock-'n'-Roll-Musik dröhnte. In den Zeitungen las man, die Jukebox sei der Tod der Livemusik und sollte verboten werden. Er klopfte an. Man hörte, wie jemand eine Treppe herunterkam, dann öffnete sich die Tür. In dem schwachen Licht, das aus dem Flur fiel, sah David eine hübsche Frau mit dunklem Haar. Sie trug einen losen Kittel, der mit Farbe bespritzt war. Sie sah ihn mit ihren grünen orientalischen Augen an und sagte brüsk: »Kommen Sie mit nach oben.« Sie sprach mit einem leichten Akzent, den David nicht zuordnen konnte.

Er folgte ihr die schmale Treppe nach oben, wo es nach Feuchtigkeit und altem Gemüse roch, in ein Studio, einen großen Raum, in dem ringsum Bilder an der Wand und auf Staffeleien standen, am anderen Ende ein Bett und eine winzige Küchenzeile. Die Bilder waren Ölgemälde, gekonnt ausgeführt. Einige zeigten Stadtszenen, enge Straßen und Barockkirchen, auf anderen sah man Schneelandschaften mit Bergen im Hintergrund. Auf einem Bild sah man rot bespritzte Gestalten im Schnee liegen, Blut, wie David feststellte. Sofort musste er an Norwegen denken, wo deutsche Flugzeuge eine Kolonne britischer Soldaten angegriffen hatten, die in Todesangst durch den Schnee gestolpert war.

Geoff und Jackson saßen zu beiden Seiten eines elektrischen Heizgeräts. Geoff lächelte verlegen. Die Frau sprach als Erste. »Willkommen, Mr. Fitzgerald. Ich bin Natalia.« Ihr Lächeln war freundlich, aber nicht ganz offen. Im Licht wirkte sie etwas älter, als David sie zunächst eingeschätzt hatte, Mitte dreißig vielleicht, mit winzigen Krähenfüßen um die schmalen Augen, deren Winkel sich leicht nach oben zogen. Sie hatte langes, glattes, braunes Haar, einen breiten Mund und ein spitzes Kinn.

»Hier werden wir uns immer treffen. Unsere kleine Empiregruppe.« Jackson blickte Natalia mit großem Respekt an, was David überraschte. »Natalia ist absolut vertrauenswürdig«, sagte er. »Wenn ich nicht da bin, vertritt sie mich. Nur wir treffen uns hier, sonst niemand, abgesehen von unserem Mann aus der Indienverwaltung.«

»Ich verstehe.«

»Gut.« Jackson legte die Hände auf die Knie. »Tee für alle? Natalia, würdest du so gut sein?«

Das Erste, worüber sie an diesem Abend Ende 1950 sprachen,

war, wie David sich Zutritt zu dem Raum verschaffen könnte, in dem die vertraulichen Akten aufbewahrt wurden. David konnte sich nicht vorstellen, wie er dort hineinkommen sollte, denn die einzigen Angestellten, die einen Schlüssel besaßen, waren Dabb, der Registrar, und die Frau, die den Raum mit den Geheimakten verwaltete, Miss Bennett. Beide mussten ihre Schlüssel beim Portier abgeben, wenn sie das Gebäude verließen.

»Den Schlüssel selbst brauchen wir nicht«, sagte Jackson entschieden, »nur die Nummer auf dem Anhänger. Sie wissen doch, dass auf allen eine vierstellige Nummer eingraviert ist, damit man, falls ein Schlüssel verloren geht, die Nummerierung in den Unterlagen der staatlichen Verwaltung wiederfindet.«

»Alle Aktenschränke des Staatsdienstes samt der Schlüssel werden in den Schlosserbetrieben der Verwaltung hergestellt«, erklärte Geoff. »Als die Gesetze von 48 in Kraft traten, nach denen keine Juden mehr im Staatsdienst arbeiten durften, mussten diese jüdischen Angestellten alle gehen, aus Sicherheitsgründen.«

»Ich weiß.« David erinnerte sich daran, wie er damals, als im Parlament abermals ein antijüdisches Gesetz verabschiedet wurde, nachts neben seiner schlafenden Frau gelegen hatte, mit weit offenen Augen und geballten Fäusten.

Jackson fuhr fort: »Einer von den Schlossern war ein älterer Jude, der damals auch entlassen wurde. Er ist zu uns übergelaufen und hat die Spezifikationen für alle Schlüssel mitgebracht. Wir benötigen also nur die Nummer des Schlüssels zum Aktenraum, und er kann uns eine Kopie anfertigen.« Er grinste. »Diese dämlichen Juden können uns also tatsächlich manchmal eine Hilfe sein.«

»Aber wie komme ich an die Nummer?«, fragte David.

Jackson und Geoff tauschten einen Blick. »Können Sie uns ein wenig über Miss Bennett erzählen?«

»Sie kam 1939–40, als man wegen des Krieges in der Verwaltung Frauen einstellte.«

Jackson nickte. »Ich denke oft, dass diese Frauen, die nach dem Abkommen an ihrer Arbeitsstelle geblieben sind, sich ziemlich fehl am Platze vorkommen müssen. Natürlich alle unverheiratet, denn sonst hätten sie gehen müssen. Wie ist Miss Bennett denn so?«

David zögerte. »Eine nette Frau. Etwas gelangweilt, vermute ich, von ihrer Tätigkeit unterfordert.« Er dachte an Carol, an ihren Schreibtisch hinter der Theke mit den braungelben Aktenordnern, die alle ein großes rotes X und die Aufschrift »Geheim« trugen. In ihrem Aschenbecher glomm meistens eine Zigarette.

»Hübsch?«, fragte Jackson.

Plötzlich merkte David, wo die Sache hinführen sollte, und spürte, wie es ihm eng um die Brust wurde. »Eigentlich nicht.« Carol war hochgewachsen und hager, mit großen braunen Augen und dunklem Haar, Nase und Kinn lang und schmal. Sie kleidete sich gut, immer mit einem Farbklecks, einer Brosche oder einem bunten Halstuch, eine winzige Auflehnung gegen die Ansicht, dass Frauen im Staatsdienst sich unauffällig zu kleiden hatten. Aber er hatte sich nie im Geringsten zu ihr hingezogen gefühlt.

»Interessen? Hobbys? Freunde? Was macht sie, wenn sie nicht arbeitet?«

»Ich habe nur ein paarmal mit ihr gesprochen. Ich glaube, sie geht gern in Konzerte. Sie hat einen Spitznamen, wie viele der untergeordneten Kollegen.« Er zögerte. »Man nennt sie den Blaustrumpf.«

»Also möglicherweise einsam.« Jackson lächelte ermunternd. »Wie wäre es, wenn Sie sich mit ihr anfreunden, vielleicht gelegentlich mit ihr zum Lunch ausgingen? Sie könnte sich geschmeichelt fühlen, wenn ein gut aussehender, gebildeter Mann wie Sie sich für sie interessiert. Dann könnten Sie es vielleicht so einrichten, dass Sie den Schlüssel mal zu sehen bekommen.«

»Schlagen Sie vor, ich soll …« Er blickte von einem zum anderen. Natalia sah ihn mit einem etwas traurigen Lächeln an.

»Das Mädchen verführen?«, sagte sie. »Im Idealfall nicht. Das könnte Klatsch und Schwierigkeiten nach sich ziehen, Sie sind schließlich verheiratet.«

Jackson sah ihn an. »Aber Sie könnten sich mit ihr anfreunden, ihr ein bisschen was vorgaukeln.«

David schwieg. Natalia sagte: »Wir alle müssen jetzt Dinge tun, die wir lieber nicht täten.«

Also freundete David sich mit Carol an. Wenn er Akten herausnehmen oder zurückgeben wollte, ging er stets ans Ende der langen Theke und nutzte die Gelegenheit, mit ihr zu plaudern. Das war leicht, denn Carol war nicht sonderlich beliebt in der staubigen, spießigen Atmosphäre der Registratur und war froh, sich mit jemandem zu unterhalten. Er hatte wie beiläufig bemerkt, dass er gehört habe, sie sei in Oxford gewesen, genau wie er. Sie erzählte, sie habe im Somerville College Englisch studiert, ihre große Liebe gelte jedoch der Musik, nur habe sie leider zu wenig Talent für ein Instrument besessen. Er erfuhr, wie einsam sie war, mit nur zwei Freundinnen und ihrer schwierigen alten Mutter, um die sie sich kümmerte.

Sie hatten David gesagt, er könne sich ruhig Zeit lassen, aber dann war es Carol, die einen Monat später etwas zögerlich die Initiative ergriff. Sie sagte, sie gehe manchmal zu den Lunchkonzerten in den umliegenden Kirchen, und fragte, ob er nicht Lust hätte, irgendwann mal mitzukommen. Er hatte Interesse an Musik vorgetäuscht und sah ihr an, dass sie hoffte, er würde zusagen.

Und so gingen sie zu einem Konzert. Hinterher, bei einem schnellen Imbiss in einem British Corner House, fragte Carol: »Mag deine Frau auch Musik?«

»Sarah geht im Moment nicht gern aus.« David zögerte. »Wir haben Anfang des Jahres unseren kleinen Sohn verloren. Es war ein Unfall im Haus.«

»O nein!« Man sah ihr die Erschütterung an. »Das tut mir furchtbar leid.«

David konnte nicht antworten, seine Kehle war wie zuge-
schnürt. Vorsichtig streckte Carol die Hand nach Davids Hand
aus. Er zog sie scharf zurück, und sie errötete leicht. »Entschuldigung«, sagte er.

»Ich verstehe.«

»Es hilft, wenn man in der Mittagspause rauskommt und etwas
anderes macht.«

»Ja. Ja, natürlich.«

Danach kamen weitere Konzerte, weitere schnelle Mittagessen.
Sie erzählte von den Problemen mit ihrer Mutter. Und wenn sie
zusammen in den Konzerten saßen, sorgte sie dafür, dass sie sich
berührten. Er hasste den Gedanken daran, was er ihr möglicherweise antat. Aber seine Überzeugung für die Resistance hatte sich
verfestigt, und auch er wurde langsam kompromissloser. In Soho
erfuhr David mehr über die Realität hinter der Propaganda in
der Presse und bei der BBC; über die Streiks und Ausschreitungen in Schottland und Nordengland, über das Chaos in Indien
und die unendlichen Grausamkeiten des Kriegs der Deutschen
gegen Russland. Er sah das wachsende Selbstbewusstsein der
Schwarzhemden auf der Straße, wenn die Juden, kenntlich gemacht durch ihre gelben Abzeichen, mit niedergeschlagenen
Augen vorbeischlichen.

Es wurde Januar, ehe er es endlich schaffte, einen Blick auf den
Schlüssel zu werfen. David hatte bemerkt, dass Carol ihn in ihrer
Handtasche verwahrte, ihn aber immer dem Portier übergab,
wenn sie das Haus verließ. Vor ihrem letzten Konzert jedoch
schien sie ein wenig abgelenkt. Beim Lunch erzählte sie, ihre
Mutter sei momentan besonders schwierig und habe sie beschul-
digt, Geld aus ihrer Börse gestohlen zu haben, was absurd war,
da Carols Gehalt ohnehin für den Unterhalt beider sorgen
musste. Sie fürchtete, die alte Dame würde senil.

Er überlegte, wie er es anstellen könnte. In der folgenden Woche schlug er ein weiteres Konzert vor, diesmal in Smith Square.
Carol stimmte begeistert zu. Er sagte, er werde auf dem Heimweg

die Tickets besorgen. Am Tag des Konzerts ging er zu ihr an den Schreibtisch. Sie teilte gerade eine Geheimakte in zwei Ordner auf. Sorgfältig transferierte sie die Dokumente von einer Mappe in die andere. Wie immer vermied David es mit Bedacht, einen Blick darauf zu werfen. Sie war gut geschult, und wie auch immer sie ihn einschätzen mochte, sie hätte es gemerkt. »Freust du dich auf das Konzert?«, fragte er.

Ihre Augen leuchteten. »O ja. Es wird bestimmt schön.«

»Welche Plätze haben wir?«

Sie lächelte verwirrt. »Du hast doch die Karten.«

»Nein, nein, ich habe sie dir gegeben.«

Sie starrte ihn an. »Wann denn?«

»Gestern. Ich bin ganz sicher.«

Sie schloss sorgfältig den Aktenordner, nahm ihre Handtasche und öffnete sie auf dem Schreibtisch, wie er gehofft hatte. Sie nahm ihre Geldbörse heraus und beugte sich darüber, um in allen Fächern nachzusehen. Die Tasche lag offen da. David blickte sich schnell um, aber niemand beachtete sie – ihre Freundschaft war kein Thema für den Büroklatsch mehr –, und Dabb, der Registrator, war mit einer Akte beschäftigt. David beugte sich vor, gerade weit genug, um in die Tasche zu linsen. Er sah eine Puderdose, eine Schachtel Zigaretten und den Schlüssel mit dem Metallanhänger. Er kniff die Augen zusammen und las die eingravierte Nummer: 2342. Er trat in genau jenem Moment zurück, als Carol von ihrer Geldbörse aufsah.

»Hier sind sie nicht.« Ihre Stimme klang ängstlich.

David zog seine Brieftasche heraus und sah nach. Mit überraschtem Gesicht zog er die Karten hervor. »Oh, das tut mir schrecklich leid. Sie waren doch hier drin. Entschuldige bitte, Carol.«

Sie stieß einen erleichterten Seufzer aus. »Einen Augenblick dachte ich schon, ich drehe auch durch, mit all den Sorgen um Mutter.«

Auf dem Weg zurück zu seinem Büro musste David an der

Herrentoilette haltmachen. Er ging in eine Kabine und übergab sich heftig. Zusammengekrümmt und keuchend stand er da. Das Erbrechen löste die fast unerträgliche Spannung, die er verspürt hatte, seit ihm die Nummer bekannt war, aber sein Schuldgefühl verminderte es nicht.

Und so gewöhnte er sich an, am Wochenende in sein Büro zu gehen und Dokumente aus den Geheimakten zu fotografieren. Er traf sich mindestens einmal im Monat in Soho mit Jackson, Geoff – der tatsächlich der Agent der Resistance aus der Kolonialverwaltung war – und Boardman, einem hochgewachsenen, hageren Mann aus der Indienverwaltung, alter Etonzögling wie Jackson. Die geheimen Gespräche in der schäbigen Wohnung zogen sich über Stunden hin, während nebenan eine Prostituierte – ebenfalls Unterstützerin der Resistance – ihr Gewerbe ausübte, wobei die Schreie und das Poltern manchmal durch die Wand zu hören waren.

David erfuhr nach und nach mehr darüber, wie instabil das faschistische Europa war. Die Depression und die Verpflichtung, trotz alledem den gigantischen, endlosen deutschen Krieg gegen Russland zu finanzieren, bluteten die europäischen Länder aus, während der Zwangs-Arbeitsdienst für Deutschland die jungen Männer Frankreichs, Italiens und Spaniens buchstäblich in die Berge trieb. Auf der anderen Seite der Welt war Japan in seinen Krieg mit China ebenso hoffnungslos verstrickt wie Deutschland in Russland. Die Strategie gegen die Chinesen war die gleiche wie die deutsche gegen die Russen und konnte durch die drei »alles« zusammengefasst werden: alles töten, alles niederbrennen, alles zerstören. Jackson – von dem David nun wusste, dass er zum Außenministerium gehörte – hatte kürzlich erzählt, die Gerüchte, Deutschland sei in politischen Schwierigkeiten, entsprächen der Wahrheit. Der Grund, weshalb Hitler sich nie öffentlich zeigte, lag darin, dass er durch seine Parkinson-Krankheit schwer beeinträchtigt war. Er sei kaum noch fähig, Entscheidungen zu treffen, und halluzinierte, dass Juden mit Kippa und Schläfenlocken ihn aus den Zimmerecken angrinsten. Halluzinationen waren manchmal ein Symptom für das letzte und schwerste Stadium der Krankheit. Nach Görings Tod durch Schlaganfall im letzten Jahr hatte er Goebbels zu seinem Nachfolger ernannt, aber dieser hatte viele Feinde. Fraktionen aus Militär, Nazipartei und SS hatten sich gegenseitig verschworen und bekämpften sich.

Auch über die Resistance erfuhr er Neues. Es war ein Bündnis aus Sozialisten und Liberalen mit traditionellen Konservativen wie Jackson und Geoff, die den faschistischen Autoritarismus hassten und traurig zur Kenntnis nehmen mussten, dass die Idee des Empire versagt hatte. Sie wuchs ständig weiter an und musste Gewalt anwenden, um den Polizeistaat zu destabilisieren.

Natalia war immer anwesend, aufmerksam zuhörend, ständig rauchend. David wusste nicht, wo sie politisch stand. Er wusste nur, dass sie ein Flüchtling aus der Slowakei war, einer entlegenen Ecke im Osten Europas, ihm gänzlich unvertraut. Bei den Zusammenkünften sagte sie wenig, aber wenn sie etwas sagte, brachte sie es stets auf den Punkt. Im Laufe der Zeit bemerkte er, dass sie ihn dabei anblickte wie Carol, wie auch Sarah ihn einst angesehen hatte. Er reagierte nicht darauf, aber etwas an ihrer Art, die aufmerksam und engagiert, gleichzeitig aber irgendwie entwurzelt wirkte, berührte ihn.

Er drückte seine Zigarette aus. An diesem Sonntag musste er ein paar Dokumente für die nächste Sitzung des Hochkommissars kopieren, in der es um eine mögliche militärische Hilfe Südafrikas für Kenia ging. Dann musste er ein Geheimdokument fotografieren, von dem er bisher nur gehört, es aber noch nicht gesehen hatte – über Kanadas Uranlieferung an die USA für deren Entwicklung von Nuklearwaffen. Es war bekannt, dass auch die Deutschen an Nuklearwaffen arbeiteten, aber bisher mit geringem Erfolg. Neben allen anderen Schwierigkeiten fehlte ihnen Uran. Sie förderten es im ehemaligen Belgisch-Kongo, hatten aber eine riesige Lieferung verloren, da die Belgier sie noch kurz vor Unterzeichnung des Friedensabkommens von 1940, in dem die Kolonie Deutschland zugeschlagen wurde, in die Vereinigten Staaten verschifft hatten. David musste außerdem versuchen, so viel wie möglich über die Drohung Neuseelands, das Empire zu verlassen, in Erfahrung zu bringen. Dabei musste er an seinen Vater denken, der sich dort sehr wohlfühlte und David und Sarah ständig bat, ihm nachzufolgen. Seufzend steckte David die Kamera in die Tasche, nahm den dicken Ordner des Hochkommissars und verließ den Raum.

Leise ging er den Korridor entlang. Er hätte die Dokumente des Hochkommissars auch in seinem Büro ablichten können, aber Papiere fotografierte man am besten bei hellem Lampenlicht, und der Raum, in dem die Geheimdokumente aufbewahrt wurden, war mit einer hellen Schreibtischlampe ausgestattet. In der Registratur öffnete er die Klappe in der Theke und ging hindurch zu Carols Schreibtisch. Ihr Aschenbecher quoll von Kippen über. Er ging zur Tür mit den Milchglasscheiben, zog sein Schlüsselduplikat heraus und schloss auf.

Der Raum war ziemlich klein, in der Mitte stand ein Tisch, rundum waren Regale voller Ordner. Inzwischen fand er sich in dem Ablagesystem sehr gut zurecht. Auf dem Schreibtisch stand die Bürolampe mit ihrer starken Birne.

Er legte den Ordner des Hochkommissars auf den Tisch und nahm die braungelben Umschläge heraus, die alle ein diagonales rotes Kreuz aufwiesen. Es dauerte eine Stunde, bis er die Dokumente gefunden hatte, die er brauchte. Schnell überflog er sie, um zu prüfen, ob sie relevant waren, dann zog er sie heraus und legte sie ordentlich auf den Tisch, zusammen mit den relevanten Dokumenten aus dem Ordner des Hochkommissars. Er arbeitete effizient, ruhig, sehr leise, immer ein Ohr offen für Geräusche von draußen. Dann knipste er die Schreibtischlampe an und fotografierte die Dokumente, eins nach dem anderen. Als er fertig war, schaltete er das Licht aus, schob die Kamera wieder in die Jackentasche und fing an, die Geheimdokumente in die Ordner zu sortieren, die auf dem Tisch lagen.

Er war zur Hälfte fertig, als er eine laute Stimme vor der Tür hörte, die seinen Namen nannte. Er erstarrte, noch immer eins der geheimen Dokumente in der Hand.

»Fitzgerald ist nicht in seinem Büro.« Es war die tiefe Stimme seines Chefs, Archie Hubbold. »Ich bin hier unten in der Registratur. Sie wissen, dass das Telefon in meinem Büro nicht funktioniert. Das hatte ich schon einmal reklamiert.« David merkte, dass Hubbold vom Telefon der Registratur aus mit dem Portier sprach, und zwar wie immer, wenn es sich nicht um einen Verwaltungsangestellten handelte, wie zu einem schwachsinnigen Kind. »Sind Sie ganz sicher, Sie haben ihn reinkommen sehen?« Er hörte ihn ein paarmal brummen, schließlich: »In Ordnung. Auf Wiederhören.« Es folgten ein paar entsetzliche Minuten der Stille, ehe er vernahm, wie Hubbold leise davonging.

Am Tisch stand ein Stuhl, und David musste sich setzen. Er zwang sich, ruhig zu bleiben. Hubbold kam gelegentlich am Wochenende ins Büro, um zu arbeiten, und offenbar hatte der Portier ihm gesagt, David sei ebenfalls im Hause. Er musste in Davids Büro gewesen sein und war dann in die Registratur gegangen, um zu telefonieren.

Er musste so schnell wie möglich in sein Büro zurück, Hubbold hatte ihm vielleicht eine schriftliche Nachricht hinterlassen. Er würde sagen, er sei auf der Toilette gewesen. Hubbold war viel zu penibel, um dort nach ihm zu suchen. So schnell er konnte, legte David die Papiere in die Ordner zurück. Eigentlich prüfte er immer ein zweites Mal, ob alles am richtigen Ort war, aber jetzt war keine Zeit dafür. Er stellte die Ordner an ihre Plätze. Dann holte er tief Luft, schloss die Tür auf, trat aus dem Zimmer und schloss hinter sich ab.

Hubbold hatte in Davids Büro tatsächlich eine Nachricht für ihn hinterlassen. *Wie ich höre, sind Sie da. Könnte ich bitte die Akte des Hochkommissars noch einmal sehen. A.H.*

David klemmte sich den Ordner unter den Arm, eilte nach draußen und nahm die Treppe zum nächsten Stockwerk, zu Hubbolds Büro.

Archie Hubbold war ein kleiner, untersetzter Mann mit schütteren weißen Haaren. Dicke Brillengläser vergrößerten seine Augen, sodass man seinen Gesichtsausdruck schlecht einschätzen konnte. Er und David waren vor drei Jahren zur gleichen Zeit zur politischen Abteilung gewechselt. Für David war es eine ranggleiche Versetzung gewesen, eigentlich hätte ihm längst eine Beförderung zugestanden. Aber er wusste, dass man ihn, auch wenn er als zuverlässig und gewissenhaft galt, für nicht ehrgeizig genug hielt. Hubbold dagegen war stolz gewesen auf seine Beförderung zum Stellvertretenden Staatssekretär. Er war eitel, aufgeblasen und pedantisch, aber gleichzeitig ein scharfer Beobachter. Wenn politische Fragen diskutiert wurden, führte er gern paradoxe Beispiele an und spielte verschiedene Ansichten gegeneinander aus.

David klopfte an Hubbolds Tür. Eine tiefe Stimme rief »Herein«, und er bemühte sich um ein unbekümmertes Lächeln, als er eintrat.

Hubbold bedeutete seinem Assistenten, sich zu setzen. »Also leisten Sie auch Überstunden.«

»So ist es, Mr. Hubbold. Ich wollte nur sicherstellen, dass die Tagesordnung vollständig war. Ich sah Ihre Nachricht. Tut mir leid, ich war auf der Toilette.« David klopfte auf den Ordner unter seinem Arm. »Sie wollten dies hier sehen?«

Hubbold lächelte leutselig. »Wenn Sie es sich noch mal angesehen haben, dann bin ich sicher, dass alles in bester Ordnung ist.« Er griff in seine Tasche, zog ein kleines silbernes Döschen heraus und klopfte sich zwei kleine braune Pulverhäufchen auf den Handrücken. Viele der älteren Staatsbeamten pflegten eine kleine persönliche Exzentrizität, und Hubbold schnupfte Tabak wie ein Gentleman des achtzehnten Jahrhunderts. Er schnupfte schnell, dann seufzte er befriedigt und blickte David an. »Sie dürfen es sich aber nicht zur Gewohnheit machen, am Wochenende zu arbeiten, Fitzgerald. Was soll Ihre Frau von uns denken, wenn Sie ständig in der Tretmühle stecken?«

»Ab und zu macht es ihr nichts aus.« Hubbold hatte Sarah bei gelegentlichen Feiern im Büro kennengelernt. Auch er war mit seiner Frau da gewesen, einer aufdringlichen, taktlosen Person, welche die Unterhaltung an sich riss, zum offensichtlichen Ärger ihres Mannes. »Das Beieinandersein ist *de bene esse* einer guten Ehe, wissen Sie.« Wie so viele im Staatsdienst liebte Hubbold es, seine Gespräche mit lateinischen Einsprengseln zu würzen.

»Das stimmt, Sir«, erwiderte David, dessen Stimme unwillkürlich kühl geworden war.

In offiziellem Ton sagte Hubbold: »Wir sind gebeten worden, ein Treffen zu arrangieren. Eine etwas heikle Sache. Einige der SS-Leute aus der deutschen Botschaft möchten mit den entsprechenden Vertretern des Südafrika-Hauses zusammenkommen, um zu untersuchen, ob die Aspekte der Apartheid sich auch auf die russische Bevölkerung anwenden ließen. Könnten Sie das morgen in die Wege leiten? Es ist nur eine bilaterale Sache, im Moment noch auf ziemlich niedriger Ebene. Und bitte, schweigen Sie darüber.«

David glaubte, ein angewidertes Zucken auf Hubbolds Gesicht zu sehen, als er die SS erwähnte. Aber er hatte keine Ahnung, wo Hubbold politisch stand, wenn er überhaupt eine dementsprechende Position vertrat. Alle politisch Verdächtigen waren schon vor Jahren aus dem Staatsdienst entfernt worden, zusammen mit den Juden. Die Beamten hatten früher untereinander auf eine neutrale, intellektuelle Art und Weise permanent über Politik diskutiert, aber jetzt vermieden sie es, auch nur die Spur einer persönlichen Überzeugung preiszugeben, außer bei wirklich vertrauenswürdigen Freunden.

»Ich werde morgen mit den Südafrikanern sprechen.« Er verließ Hubbolds Büro, und seine Hände zitterten, als er den Korridor entlangging.

Kurz vor sechs war er zu Hause. Sarah saß am Kamin und strickte. Er hielt ihr einen großen Strauß Herbstastern entgegen, den er auf dem Heimweg an einem Blumenstand gekauft hatte. »Friedensangebot«, sagte er. »Für letzten Sonntag. Ich war ein Esel.«

Sie stand auf und küsste ihn. »Danke. Hattest du ein gutes Tennisspiel?«

»Es war nicht schlecht. Ich habe meine Sachen zum Waschen dort gelassen.«

»Wie geht es Geoff?«

»Ziemlich gut.«

»Du siehst müde aus.«

»Ist nur die Anstrengung. Wie war der Film?«

»Sehr gut.«

»Es wird neblig draußen.« Er zögerte. »Wie geht es Irene?«

»Ihr geht es gut.« Sarah lächelte. »Wir haben am Piccadilly ein paar Jive Boys gesehen, das hat sie ein bisschen in Fahrt gebracht.«

»Das kann ich mir vorstellen.« *Wie schrecklich steif wir uns doch unterhalten*, dachte er. Einem plötzlichen Impuls folgend sagte er: »Hör mal, wollen wir nicht den Flur und die Treppe neu tapezieren?«

Sie schien sich zu entspannen vor Erleichterung. »O David, wenn wir das machen könnten!«

Er zögerte, dann sagte er: »Irgendwie hatte ich Angst – wenn wir das tun, dann könnten wir ihn vergessen.«

Sie umarmte ihn. »Wir werden ihn nie vergessen. Das weißt du doch. Niemals.«

»Vielleicht vergisst man mit der Zeit alles.«

»Nein. Auch wenn wir eines Tages wieder ein Kind haben sollten, würden wir Charlie nie vergessen.«

David erwiderte: »Ich wünschte, ich könnte an Gott glauben. Könnte glauben, dass Charlie weiterlebt, in einer anderen Welt, die nach dem Tod folgt.«

»Das wünschte ich mir auch.«

»Aber wir haben nur dieses eine Leben, nicht wahr?«

»Ja«, sagte sie und lächelte tapfer. »Nur dieses eine. Und wir müssen das Beste daraus machen.«

5

Frank saß am Fenster und blickte hinaus in den Garten der psychiatrischen Klinik, auf den aufgeweichten Rasen und die leeren Blumenbeete. Es regnete schon seit dem frühen Morgen, dicht und unablässig. Das Medikament, das sie ihm hier gaben, Largactil, beruhigte ihn, und er war zumeist müde. Bei der Aufnahme hatten sie ihm eine ziemlich hohe Dosis verabreicht, aber nachdem sie ihn stabilisiert und auf die Station verlegt hatten, war die Dosis herabgesetzt worden. Jetzt wurden die Perioden dumpfer Ruhe manchmal von schlagartigen Erinnerungsattacken unterbrochen: die Schule; Mrs. Baker und ihr »Geistführer«; wie seine Hand verkrüppelt wurde. Er hegte den Verdacht, dass sich sein Körper an die Arznei gewöhnte, sodass deren Wirkung nachließ, aber er wollte nicht wieder zurück zu der höheren Dosierung, denn sein Kopf musste klar genug bleiben, um sein Geheimnis bewahren zu können.

Man hatte ihn an diesem Montagmorgen in einen kleinen Seitenraum neben dem großen Krankensaal verlegt, zum Teil, weil er den anderen Patienten gegenüber Angst empfand, aber auch, um dem grauenvollen Zigarettenrauch zu entkommen. Frank hatte niemals geraucht. In der Schule durfte er es nicht wagen, hinter dem Heizungsraum zu rauchen wie die anderen Jungen, und so hatte er die Tabakleidenschaft verpasst, wie vieles andere. Die Patienten bettelten das Pflegepersonal ständig um Tabak an, eine dünne Woodbine oder auch nur einen Kippenstummel. Die Zimmerdecken waren schon ganz braun gequalmt. Er saß in einem Sessel, der, wie alle Krankenhausmöbel, alt, riesengroß und schwer war. Seine rechte Hand schmerzte, was sie oft tat, wenn es regnete; der Schmerz durchzuckte die zwei lädierten Finger, die zu Krallen geschrumpft waren.

Nachdem Frank vor drei Wochen in diese Klinik gebracht worden war, hatte er sich gewundert, dass die Fenster nicht vergittert waren. Aber als das Polizeiauto, mit dem er gekommen war, durch die Tore fuhr, hatte er auf der Innenseite hinter der hohen Mauer einen breiten Wassergraben bemerkt, der dank einer Ligusterhecke vom Gebäude aus nicht sichtbar war. Einer der Patienten auf der Aufnahmestation, ein Mann mittleren Alters mit kreidebleichem, zerfurchtem Gesicht und wirrem Haar, hatte ihm gesagt, er werde ausbrechen, den Wassergraben durchschwimmen und über die Mauer klettern. Laut Gesetz sei man, wenn man aus einer Nervenheilanstalt entkommen und innerhalb von vierzehn Tagen nicht aufgegriffen wurde, wieder frei. Frank musterte den Mann in seiner grauwollenen Krankenhauskluft, die noch unförmiger aussah als seine eigene. Selbst wenn ein Entkommen gelingen sollte, was er bezweifelte, hätte er keinen Ort, wo er hingehen könnte. Nach allem, was in seiner Wohnung passiert war, würden die Nachbarn sofort die Polizei rufen, sobald er sich blicken ließ.

So war es auch während der Schulzeit gewesen – kein Ausweg, nirgends. Die Tore standen zwar immer offen, aber er wusste genau: Wenn er jemals weglaufen würde, es fertigbrächte, das düstere schottische Hochland hinter sich zu lassen und sein Elternhaus in Esher zu erreichen, hätte seine Mutter ihn unverzüglich zurückgebracht. Die Nervenklinik erinnerte ihn ständig an die Gräuel der Schule – den Schlafsaal mit den eisernen Bettgestellen, die Mitschüler in ihren Uniformen, die ihn zumeist ignorierten. Eine reine Männerwelt; wie alle Nervenkliniken war auch diese hier in einen Teil für Männer und einen für Frauen geteilt, beide streng voneinander getrennt. Aus den Blicken, mit denen die Patienten ihn ansahen, schloss Frank, dass alle wussten, was er getan hatte, vielleicht hatten sie sogar Angst vor ihm. Auch das Personal erinnerte ihn an seine Lehrer; dieser schroffe, militärische Ton und die sofortige brutale Reaktion, sobald jemand Schwierigkeiten machte. Frank hatte jahrelang versucht, nicht mehr an seine Schule zu denken, aber jetzt wurde er permanent daran erinnert. Wobei die Schule allerdings noch schlimmer gewesen war als das hier.

An diesem Nachmittag hatte Frank einen Termin beim Chefarzt Dr. Wilson, in dessen Sprechzimmer im Aufnahmegebäude. Er verspürte keinerlei Lust darauf, am liebsten wäre er in diesem ruhigen Zimmer geblieben. Manchmal kamen andere Patienten herein, aber heute war er allein. Er hoffte, man würde ihn vergessen – manchmal wurden Termine von Patienten vergessen –, doch nach einer Stunde ging die Tür auf, und ein junger Mann mit Schildmütze und der braunen Uniform eines Oberpflegers kam herein. Frank hatte ihn bisher noch nie gesehen. Er war klein und untersetzt, mit schmalem Gesicht und imposanter Nase, die irgendwann einmal übelst gebrochen worden war. Braune wache Augen, in der Hand einen großen, eingerollten Regenschirm. Freundlich lächelnd nickte er Frank zu. Frank war überrascht, denn die meisten Pfleger behandelten die Patienten wie ungehorsame Kinder.

»Frank Muncaster?«, fragte der Pfleger mit breitem schottischen Akzent. »Wie geht's?« Franks Gesicht verzog sich zu einem maskenhaften Grinsen, bei dem er alle seine Zähne zeigte, wie ein Schimpanse. Ein schottischer Akzent konnte ihm die Fassung rauben, denn er erinnerte ihn an seine Schule. Aber der Akzent des Pflegers klang ganz anders als die gedehnten Vokale und das rollende »R« der Edinburgher Mittelklasse, die man in Strangmans überwiegend gehört hatte; er sprach schnell, seine Worte gingen ineinander über, ein kehliger, aber für Frank weitaus weniger bedrohlich klingender Akzent.

Der Pfleger riss kurz die Augen auf, die übliche Reaktion,

wenn jemand Franks Grinsen zum ersten Mal sah. Er sagte: »Ich heiße Ben. Ich bringe Sie jetzt zu Dr. Wilson. Im Aufenthaltsraum hörte ich, dass Sie hier sind.«

Widerwillig folgte Frank ihm nach draußen und durch den Aufenthaltsraum, wo mehrere Patienten vor dem Fernseher lümmelten. Es lief ein Kinderprogramm, eine Marionette in gestreiftem Anzug, die ausgelassen an ihren Schnüren tanzte.

Sie gingen durch widerhallende Korridore zum Haupteingang und hinaus in den Regen. Ben spannte den Schirm auf und bedeutete Frank, darunter Schutz zu suchen. Sie platschten den Weg zwischen den Rasenflächen entlang. Um etwas zu sagen, bemerkte Ben: »Sie haben Dr. Wilson wohl schon bei der Aufnahme kennengelernt.«

»Ja. Und letzte Woche habe ich ihn auch gesprochen. Er sagte, er will mich behandeln.« Frank blickte Ben von der Seite an; er hatte seit seiner Ankunft wenig gesprochen, aber dieser Pfleger schien ganz freundlich zu sein.

»Was für eine Behandlung?«

Frank zuckte die Schultern. »Weiß ich nicht.«

»Er probiert gern neue Methoden aus, unser Dr. Wilson. Ich glaube, manche seiner Ideen sind gar nicht schlecht. Dieses neue Largactil ist viel besser als das alte Phenobarbital und das Paraldehyd – mein Gott, wie hat das Zeug immer gestunken.«

»Ich habe ihm gesagt, ich möchte raus hier und wieder arbeiten, aber er meinte, ich sei noch lange nicht so weit. Er fragte mich, ob ich über meine Eltern sprechen möchte, keine Ahnung, warum.«

»Ja, das macht er oft.« Bens Stimme klang teils amüsiert, teils abfällig.

»Ich habe ihn gefragt, was das soll, mein Vater ist gestorben, ehe ich geboren bin, und meine Mutter ist jetzt auch tot. Er sah mich an, als ob er mir das übel nahm.«

»Sie haben als Wissenschaftler gearbeitet, ehe Sie herkamen, nicht wahr?«

»Ja.« In Franks Stimme schwang Stolz mit. »Ich forsche an der Universität Birmingham. Fachbereich Geologie.«

»Ich hätte gedacht, Sie könnten sich ein Privatzimmer in der Villa leisten, wo Sie allein sind.«

Frank schüttelte traurig den Kopf. »Da ich entmündigt bin, habe ich wohl auch das Recht verloren, über mein Geld zu verfügen. Und ich kenne niemanden, der als mein Betreuer fungieren könnte.«

Ben schüttelte mitleidig den Kopf. »Die Krankenhausfürsorgerin sollte das für Sie klären. Sie sollten Wilson darauf ansprechen.«

Sie kamen zum Aufnahmegebäude, einem zweistöckigen Rechteckbau, der wie alle Gebäude der Klinik mit roten Ziegeln verkleidet war. Unter der Tür schüttelte Ben das Wasser aus dem Schirm. Frank blickte zurück zu dem riesigen Hauptgebäude. Es stand etwas erhöht, an einem klaren Tag konnte man von hier aus Birmingham im Dunst liegen sehen. Mit ihren vielen Fenstern und den gepflegten Rasenflächen sah die psychiatrische Klinik von außen wie ein Landsitz aus, aber innen war es vollkommen anders. Tausend Patienten, in riesige Säle gesperrt, mit klapprigen Möbeln und abblätternder Farbe. Zwei Krankenschwestern, die Capes über der gestärkten Tracht, kamen aus dem Frauengebäude. »Guten Morgen, Mr. Hall«, sagte die eine fröhlich zu Ben. »Sauwetter.«

»Ja, das kann man wohl sagen.«

Die Schwestern spannten ihre Schirme auf und gingen mit raschem Schritt auf die verschlossenen Tore zu. Frank blickte hinter ihnen her. Ben berührte ihn am Arm. »Na los, mein Freund, aufwachen«, sagte er leise.

»Ich wünschte, ich könnte hier raus.«

»Damit wird's wohl nichts, nach allem, was Sie angestellt haben, Frank«, sagte Ben ernst. »Kommen Sie, gehen wir rein.«

Frank widerstrebte es, an den Vorfall zu denken, der ihn hergebracht hatte. Nur manchmal, wenn die Wirkung des Largactil nachließ, dachte er darüber nach.

Es hatte angefangen, als seine Mutter starb, vor einem Monat. Sie war über siebzig, eine kleine, verkrümmte und nörglerische alte Frau, die ganz allein in ihrem Haus in Esher lebte. Frank besuchte sie normalerweise zwei Male im Jahr, aus Pflichtgefühl. Sein Bruder Edgar sah sie nur bei einem seiner seltenen Besuche aus Kalifornien. Wenn Frank bei ihr war, verglich Mrs. Muncaster ihn immer mit seinem Bruder, wie sie es ihr ganzes Leben lang getan hatte und wobei Frank stets den Kürzeren zog. Edgar war verheiratet und hatte Kinder. Er war Physiker an einer großen amerikanischen Universität, während Frank schon zehn Jahre mit derselben langweiligen Tätigkeit vertan hatte. Sie sagte immer, sie lebe nur für Edgars Briefe. Frank glaubte, dass sie in letzter Zeit außer ihm kaum noch andere Leute sah, denn ihre Beschäftigung mit dem Spiritismus hatte sie vor fünf Jahren aufgegeben, nachdem Mrs. Baker, ihr spiritueller Guru, gestorben war und die allwöchentlichen Séancen im Speisezimmer nicht mehr stattfanden.

Die Polizei hatte Frank im Institut angerufen, um ihm mitzuteilen, dass seine Mutter beim Einkaufen einen Schlaganfall erlitten hatte und zwei Stunden später im Krankenhaus gestorben war. Frank schickte Edgar ein Telegramm, der zu Franks Überraschung sofort antwortete, er werde zur Beerdigung kommen. Frank wollte Edgar eigentlich gar nicht dabeihaben, denn er hasste ihn. Aber obwohl er nicht gern mit der Bahn fuhr, war er aus Birmingham nach Esher gereist und hatte Edgar im selben Haus wiedergesehen, in dem sie beide aufgewachsen waren. Unterwegs hatte er sich gefragt, ob sein Bruder sich wohl verändert habe. Er war jetzt amerikanischer Staatsbürger. Die Briefe, die seine Mutter ihm gezeigt hatte, erzählten von seinem ereignisreichen Leben in Berkeley, wie gern er in San Francisco war und wie es seiner Frau und den drei Kindern ging.

Aber als Frank seine Mutter über Ostern besucht hatte, war ihm aufgefallen, dass sie über Edgar verärgert war, zum ersten Mal. Er hatte ihr geschrieben, er wolle sich scheiden lassen. Mrs.

Muncaster war schockiert gewesen, und ihre verkrümmten Hände ringend, hatte sie Frank erzählt, sie habe Edgars Frau ohnehin nicht gemocht, als ihr Sohn sie ein einziges Mal mit nach England gebracht hatte. Sie fand sie ordinär und eingebildet, eine typische Amerikanerin eben. Weinend hatte sie geklagt, sie werde ihre Enkel nie mehr sehen, und bitter hinzugefügt, von Frank könne sie ja kaum noch welche erhoffen. Frank fragte sich, ob diese Aufregung und Enttäuschung nicht der Grund für ihren Schlaganfall gewesen waren.

Die vielen Menschen in der Bahn machten ihm Angst, und er war froh, als er in Esher aussteigen konnte. Er ging zu seinem Elternhaus, es war ein kalter, nebliger Nachmittag. Ein Junge auf einer dieser neuen Vespa-Roller knatterte an ihm vorbei, und er erschrak. Als er ins Haus trat, spürte er eine ungewohnte Leere, eine große Stille. Mrs. Baker hätte bestimmt gesagt, es läge daran, dass eine Seele sich nach drüben verabschiedet hatte. Frank fröstelte. Überall lag Staub, die Tapete löste sich, er sah feuchte Stellen an der Wand. Es war ihm nie aufgefallen, wie stark seine Mutter das Haus vernachlässigt hatte.

Ein paar Stunden später traf Edgar ein. Er hatte zugenommen, seit Frank ihn das letzte Mal gesehen hatte. Er war jetzt vierzig, mit gerötetem Gesicht und Brille, der Haaransatz zurückweichend. Die jugendliche Frische, um die Frank ihn immer beneidet hatte, war nur noch Erinnerung. »Na ja, Frank«, sagte er mit schwerer Stimme. »Jetzt ist sie also von uns gegangen.« Und genau wie Edgar sich einen schottischen Akzent angeeignet hatte, als er in Strangmans war, so sprach er jetzt mit nasalem amerikanischen Akzent.

Frank führte Edgar durchs Haus. »Es ist in schlechtem Zustand«, sagte Edgar. »Einige dieser Zimmer sehen aus, als seien sie jahrelang nicht mehr betreten worden.« Sie gingen ins Speisezimmer. Auf dem Boden lagen Mäuseköttel. »Zum Teufel«, sagte Edgar aufgebracht, »ich weiß nicht, wie sie hier leben konnte. Hast du nie versucht, sie zu einem Umzug zu überreden?«

Frank antwortete nicht. Er blickte auf den großen Esstisch, die Lampe darüber war immer noch mit einem Mulltuch verhängt. Mrs. Baker brauchte gedämpftes Licht, wenn sie mit der Geisterwelt Kontakt aufnahm.

Edgar spitzte nachdenklich die Lippen. »Wie sind denn die Hauspreise in England im Moment?«

»Sie fallen. Der Wirtschaft geht es nicht gut.«

»Das Beste, was wir tun können, ist, dieses Haus abzustoßen, so schnell wir können. Wir sollten es einem Bauunternehmer verkaufen.«

Frank legte die Hand auf den Tisch. »Erinnerst du dich noch an die Séancen?«

»Ein verdammter Quatsch.« Edgar lachte verächtlich. »Die waren doch alle nicht ganz dicht. Mum auch nicht. Kaum zu glauben, dass Dad jede Woche zu ihr kam, nur um sich von ihr ausschimpfen zu lassen, weil er 1914 in den Krieg gezogen war und sie verlassen hatte.«

»Ich glaube, sie hat ihm nie verziehen, dass er damals in den Krieg zog.«

Edgar sah seinen Bruder nachdenklich an. »Vielleicht hat sie dich deshalb nicht sehr gerngehabt, weil du ihm so ähnlich siehst.«

Am Abend schlug Edgar vor, irgendwo essen zu gehen, also gingen sie zu Fuß in ein Restaurant, das ein paar Straßen weiter lag. Es war nichts Besonders. Sie aßen Rindergulasch mit Kartoffeln und Rosenkohl, das Zeug schwamm in einer wässrigen Soße. Edgar bestellte sich ein Bier. Frank trank sehr wenig, wie immer, aber er merkte, dass Edgar sehr schnell trank, ein Bier nach dem anderen.

»Das Essen hier ist noch immer eine Katastrophe«, sagte Edgar. »In Kalifornien gibt's alles, was du willst, gut zubereitet und vor allem reichlich.« Er schüttelte den Kopf. »Jedes Mal, wenn ich hier bin, wirkt England noch erbärmlicher und elender.«

»Warst du im Sommer in San Francisco bei der Olympiade?«

»Nein. Die hat den Verkehr ganz schön lahmgelegt, das kann ich dir sagen. Das nächste Mal findet sie in Rom statt, nicht wahr? Nun, der alte Mussolini wird schon dafür sorgen, dass ein Chaos ausbricht, die Spaghettifresser kriegen das doch nie hin. Übrigens habe ich hier überall die Buchstaben V und R an den Mauern gesehen. Was hat das zu bedeuten?«

»Die Symbole der Resistance. R für ›Resistance‹ und Churchills V für ›Victory‹.«

»Dem würde ich eher den Stinkefinger zeigen.« Edgar lachte. »Und was macht Beaverbrook? Kriecht er noch immer den Deutschen in den Arsch?«

»Ja, das tut er«, erwiderte Frank.

»Gott sei Dank, dass Großbritannien den Krieg verloren hat und Roosevelt 1940 die Wahl, und dass Taft dieses Abkommen mit den Japsen getroffen hat. Aber wenn dieser Gutmensch Adlai Stevenson die Wahl im November gewinnen sollte, könnte es sein, dass er sich neuerlich in Europa einmischt.«

»Glaubst du das wirklich?«, fragte Frank plötzlich voller Interesse.

Edgar sah ihn scharf an. »Wie ich höre, richten die Leute von der Resistance viel Unheil an. Klauen Pistolen und Gewehre von Polizeirevieren, mit denen sie Streikende bewaffnen, jagen Gebäude in die Luft und bringen Leute um.«

Frank erwiderte, plötzlich mutig geworden: »Vielleicht sollte Stevenson sich tatsächlich einmischen und der Sache ein Ende bereiten.«

»Amerika muss sich um seine eigenen Angelegenheiten kümmern. Uns macht niemand Schwierigkeiten«, sagte Edgar selbstgefällig. »Besonders jetzt nicht, da wir die Atombombe haben.«

Vier Jahre vorher, 1948, hatten die Amerikaner, wie sie behaupteten, eine Atombombe getestet; es gab sogar einen Film darüber, wie sie in der Wüste von New Mexico explodierte. Die Deutschen wiederum hielten das Ganze für eine Fälschung. »Ich war mir auch nie sicher, ob diese Geschichten wahr sind«, sagte Frank. »Ich weiß, theoretisch sind Atombomben möglich, aber man braucht doch wohl eine Unmenge Uran dafür. Ich habe gehört, die Deutschen wollen auch eine bauen, aber bisher sind sie nicht sehr weit gekommen. Wenn sie es wären, hätten wir sicher davon gehört.« Er sah seinen Bruder an, ein Wissenschaftler den anderen. »Was denkst du?«

Edgar blickte ihm fest ins Gesicht. »Wir haben die Atombombe. Wir haben auch noch andere Waffen, neue Arten von Brandbomben, Chemiewaffen – und in ein paar Jahren werden wir auch über Interkontinentalraketen verfügen. Die Deutschen vielleicht auch, aber wir haben dann zusätzlich noch die Atombombe.«

»Und was wird dann aus uns allen?«, fragte Frank traurig.

»Was aus dir wird, weiß ich nicht, aber wir werden in Sicherheit leben.«

»Während Großbritannien an Deutschland gebunden ist.« Frank schüttelte den Kopf. Er hatte die Nazis und die Schwarzhemden immer gehasst, dieses ganze gewalttätige Pack. Er hatte sich 1940 gewünscht, Großbritannien würde sich nicht ergeben.

Edgar konnte es nicht ertragen, wenn Frank ihm widersprach. Stirnrunzelnd nahm er einen Schluck Bier. »Hast du eigentlich eine Freundin?«, fragte er.

»Nein.«

»Du hast noch nie eine gehabt, oder?«

Frank antwortete nicht. »Frauen sind verdammte Zicken«, sagte Edgar plötzlich so laut, dass die Gäste an den Nachbartischen herübersahen. »Also, ich hatte eine kleine Affäre mit meiner Sekretärin, und warum auch nicht? Und jetzt verlangt Ella die Hälfte meines Einkommens als Unterhalt.«

»Das tut mir leid.«

»Ich könnte meinen Anteil von Mamas Haus gut gebrauchen.«

»Ich habe nichts dagegen. Wir können es verkaufen, wenn du willst.« Das also war der Grund, weshalb Edgar herübergekommen war, er wollte sein Erbe.

Edgar sah erleichtert aus. »Sind die Grundbuchauszüge im Haus?«, fragte er.

»Ja. In irgendeiner Schublade. Zusammen mit Mamas Sparbüchern.«

»Die werde ich an mich nehmen, wenn du nichts dagegen hast. »Zur – wie nennt man es – Testamentseröffnung?«

»Wenn du willst.«

»Arbeitest du noch immer als Laborassistent an der Uni in Birmingham?«, wollte Edgar wissen.

»Ich bin kein Laborassistent. Ich bin Mitarbeiter in der Forschung.«

»Und worüber forschst du?« Edgars Ton klang aggressiv, Frank merkte, dass er ziemlich betrunken war. Er erinnerte sich an einen Dozenten in Birmingham, der nach seiner Scheidung ebenfalls zu trinken begonnen hatte, bis man ihn in den vorgezogenen Ruhestand versetzt hatte.

»Über die Struktur von Meteoriten«, erwiderte er. »Aus welchen Elementen sie bestehen.«

»Meteoriten!«, lachte Edgar.

»Und woran arbeitest du?«

Mit der albernen Geste eines Betrunkenen tippte Edgar sich seitlich an die Nase, wobei seine Brille verrutschte, bevor er mit leiser Stimme sagte: »Arbeit für die Regierung. Kann dir nichts darüber erzählen. Man war auch nicht sehr glücklich darüber, dass ich wegen der Beerdigung herkommen musste. Ich muss mich jeden Tag bei der Botschaft melden.« Er griff nach der Speisekarte. »Was gibt's hier als Nachtisch? Du lieber Himmel – Rosinenpudding.«

Mrs. Muncasters Beerdigung fand ein paar Tage später statt. Frank hatte es mit dem Pfarrer der nächstgelegenen Kirche ausgemacht, wobei er sorgfältig vermied, Mrs. Muncasters religiöse Ansichten zu erwähnen. Außer Frank und Edgar kamen nur zwei Frauen aus der Zeit der Séancen. Frank hatte ihre Namen im

Adressbuch seiner Mutter gefunden. Sie waren alt, traurig und verblichen. Nach der Trauerfeier kam eine von ihnen zu den Brüdern und sagte, ihre Mutter sei jetzt auf der anderen Seite und wandele mit ihrem Mann in den Gärten der Geisterwelt. Frank bedankte sich höflich, aber Edgar betrachtete sie mit angewidertem Blick. Als sie den Friedhof verließen, sagte Edgar: »Da wir gerade von geistigen Dingen sprechen, ich könnte jetzt einen Drink vertragen.«

Sie gingen zu einem Pub an der Hauptstraße von Esher. Edgar trank ziemlich viel, wurde diesmal aber nicht aggressiv. Für Frank war der Trauergottesdienst nichts weiter als ein Ritual, eine Zeremonie wie die Séancen, Edgar hingegen hatte er berührt. Er sagte: »Seltsamer Gedanke, dass es Mutter nicht mehr gibt. Mein Gott, was war sie für ein komischer Vogel.«

»Ja, das war sie.« In diesem Punkt wenigstens waren sich die Brüder einig.

»Ich muss so bald wie möglich zurück. Ich werde in Berkeley gebraucht. Ein paar Tage habe ich allerdings noch.« Er schaute seinen Bruder an. »Es wäre eine große Hilfe, wenn wir das Haus auf den Markt bringen könnten.«

Frank hatte mehr als genug von Edgar, er hatte schon die Stunden bis zur Beerdigung gezählt. »Mach du das, wenn du willst«, sagte er. »Ich muss noch heute nach Birmingham zurück.«

»Du könntest doch einen oder zwei weitere Tage bleiben. Ich weiß nicht, wann wir uns wiedersehen werden. Mein Gott«, sagte er abermals, »Mama ist nicht mehr. Verdammt, alle Menschen in meinem Leben scheinen verschwunden zu sein«, fügte er voll Selbstmitleid hinzu.

Schnell sagte Frank: »Ich habe versprochen, morgen wieder zu arbeiten.« Er stand auf. »Tut mir leid, Edgar, ich muss wirklich los, wenn ich rechtzeitig zurück sein will.«

Edgar verzog schmollend den Mund und starrte Frank durch seine Brillengläser an. Dann streckte er seine große, fleischige Hand aus, und Frank ergriff sie. »Na ja«, sagte Edgar mühsam.

»Das wär's dann.« Plötzlich erschien ein hämisches Glitzern in seinen Augen, und er deutete mit dem Kopf auf Franks Hand mit den verkrüppelten Fingern. »Wie geht's damit?«, fragte er.

»Bei schlechtem Wetter schmerzt es ein wenig.«

»Das war ein merkwürdiger Unfall, nicht wahr?«

Frank wechselte einen Blick mit Edgar und merkte, dass sein Bruder wusste, was wirklich passiert war. Er war damals schon auf der Universität, pflegte aber immer noch Verbindungen zu alten Freunden von Strangmans, und irgendjemand musste es ihm erzählt haben. Frank stand auf. »Leb wohl, Edgar«, sagte er und ging rasch hinaus.

Er fuhr zurück nach Birmingham und ging zur Arbeit. Es war ein herrlicher Oktober, ein milder Sonnentag nach dem anderen. Gelbe Blätter fielen leise von den Bäumen.

Während der letzten zehn Jahre hatte Frank in einer großen viktorianischen Villa gewohnt, die in mehrere Mietwohnungen aufgeteilt war. Ihm standen vier Zimmer im ersten Stock zu. Das Haus wurde nicht gut instand gehalten, an der Haustür und den Fensterrahmen blätterte die Farbe ab, und an vielen der Schiebefenster war das Holz verrottet. Es war ein Sonntag, zehn Tage nach der Beerdigung seiner Mutter. Er saß da und las gerade *Zwanzigtausend Meilen unter dem Meer*, als es an seiner Tür klingelte. Erschrocken fuhr er hoch, dann ging er nach unten und öffnete. Da stand Edgar, offenbar ziemlich betrunken, obwohl es erst drei Uhr nachmittags war. Fassungslos starrte Frank ihn an.

»Überrascht?«, fragte Edgar. »Willst du mich nicht hereinbitten?«

»Ja. Entschuldige.« Frank wandte sich um und ging nach oben, Edgar folgte ihm. Frank klopfte das Herz bis zum Hals. Warum war er gekommen? Was wollte er? Sie traten in Franks Wohnung, die er nach seinem Einzug mit Möbeln vom Flohmarkt ausgestattet hatte.

»Du liebe Zeit«, sagte Edgar. »Das erinnert mich an Mamas

Haus. Das habe ich übrigens einem Makler übergeben und einen Rechtsanwalt mit der Testamentseröffnung beauftragt.«

»In Ordnung«, sagte Frank.

»Dann habe ich beschlossen herzukommen, um es dir zu sagen. Du solltest dir ein Telefon anschaffen. In den USA haben die meisten Leute ein Telefon.«

»Ich brauche kein Telefon.«

Edgar blickte auf zwei verstaubte gerahmte Fotos, die auf einem kleinen Tisch standen. »Ich sehe, du hast ein Bild von Dad. Mein Gott, er sah wirklich genauso aus wie du.«

Frank betrachtete das sepiabraune Bild seines Vaters in Uniform, der reglos und unglücklich in die Kamera starrte. Frank fragte sich manchmal, ob er im Geist bereits die Schützengräben sah, die ihn erwarteten.

»Und das andere Bild?«, fragte Edgar.

»Mein Jahr in Oxford.« *Warum ist er gekommen?*, dachte Frank. *Was will er?*

Edgar trat an das Bücherregal und betrachtete die zerlesenen Science-Fiction-Romane. »Hey, einige von diesen hattest du schon als Kind. Die hast du doch in den Ferien immer gelesen.« Er wandte sich um und verzog das Gesicht zu einem schiefen, betrunkenen Lächeln. »Ich fliege morgen Abend zurück, deshalb dachte ich, ich komme her und erzähle dir, wie es mit dem Haus steht.« Er zögerte, dann fügte er hinzu: »Ich wollte nicht, dass wir uns im Bösen trennen.«

»Oh.«

»Vielleicht könnte ich bleiben und mir morgen deine Laboratorien ansehen.«

»Tut mir leid«, haspelte Frank. »Das passt gerade schlecht. Du siehst doch, ich habe nur dieses eine Bett.«

Edgar wirkte verletzt, dann ärgerlich und irgendwie überrascht.

»Ich bekomme nie Besuch«, fügte Frank hinzu.

Edgar setzte eine entschlossene Miene auf. »Nein. Das glaube ich dir gern. Darf ich mich hinsetzen?« Er wankte zu einem Sessel. »O Gott, Frank, grinse nicht schon wieder dieses Affengrinsen.«

Frank erinnerte sich an eine schreckliche Szene, die sich zugetragen hatte, als er zwölf Jahre alt gewesen war. Er und Edgar waren in den Sommerferien von Strangmans nach Hause zurückgekehrt. Edgar war damals sechzehn, groß und blond, und er entwickelte eine nicht unerhebliche Arroganz. Ihre Mutter hatte den ungewöhnlichen Vorschlag unterbreitet, sie sollten alle zusammen in den Zoo gehen. »Wir denken nicht oft genug an die Tiere«, hatte sie gesagt. »Mrs. Baker meint, sie haben Seelen, genau wie wir.« Dabei hatte sie die Jungen mit ernstem, traurigem Blick angesehen.

Sie fuhren nach Whipsnade und wanderten an den Gehegen entlang. Als sie am Affenhaus vorbeikamen, sagte Edgar: »Lasst uns hier reingehen.« Er ging voran, Frank folgte zögerlich mit seiner Mutter, die in einen Zustand der Geistesabwesenheit, einen ihrer Traumzustände, abgedriftet war. Drinnen war es schrecklich, ein langer Betonkorridor mit vergitterten Käfigen zu beiden Seiten, ein fauliger, ekliger Gestank, am Boden Strohbündel, welche die Affen aus ihren Käfigen geworfen hatten. Ein paar Leute gingen vorbei und lachten über die Possen der kleineren Äffchen. Ein großer Orang-Utan blickte düster aus seiner dunklen Zelle. Edgar sah Frank an, dann wandte er sich an seine Mutter. »Sieh mal, der Schimpanse, Mum!« Es gab nur einen Schimpansen, der allein in seinem Käfig auf einem schmutzigen Strohhaufen saß und sie anstarrte. Edgar winkte, und der Schimpanse lehnte sich zurück und entblößte seine Zähne zu einem Grinsen, von dem Frank wusste, dass es ein Zeichen von Angst war.

»Was für ein hässlicher Typ«, sagte Mrs. Muncaster.

Edgar lachte. »Erinnert dich dieses Grinsen nicht an Frank?«

Zerstreut sah Mrs. Muncaster Frank an. »Ja, ich glaube schon, in gewisser Weise.«

»Die Jungen in der Schule nennen ihn Monkey wegen diesem Grinsen. Monkey Muncaster.«

»Ich wünschte, du würdest das nicht machen, Frank«, sagte Mrs. Muncaster.

Frank war es so heiß geworden, dass er dachte, er würde ohnmächtig werden. Edgar grinste. Mrs. Muncaster sagte: »Es stinkt ganz schrecklich hier drin. Ich muss sagen, ich kann mir nicht vorstellen, dass es solche Tiere in den Gärten der Geisterwelt auch gibt. Gehen wir lieber zu den Vögeln.«

Und jetzt war Edgar hier, in seiner Wohnung. Er saß in dem schäbigen Sessel und sah sich nach wie vor im Zimmer um. »Ich hätte gedacht, dass du es inzwischen zu etwas mehr gebracht hast.«

»Es genügt mir.«

Wieder dieser verblüffte starre Blick von Edgar. »Ich konnte nie verstehen, warum du Naturwissenschaften studiert hast. Wolltest du mit mir konkurrieren, mir zeigen, dass du es auch kannst?«

»Nein.« Frank merkte, dass seine Stimme vor Ärger zitterte. »Ich habe es studiert, weil es mich interessierte. Und weil ich gut darin bin.«

Edgar schien enttäuscht. Dann lächelte er spöttisch, genau wie er es damals im Zoo getan hatte. »In der Erforschung von Meteoriten?«

»Richtig.«

Edgar rutschte im Sessel herum. »Hast du was zu trinken?««

»Nur Tee oder Kaffee.« Sie starrten einander an. »Ich glaube auch, du solltest nichts mehr trinken. Du – du hast genug.«

Edgar lief rot an. Er presste die Lippen zusammen und beugte sich vor. »Weißt du eigentlich, was ich tue, was für einer Arbeit ich nachgehe?«

»Nein. Sieh mal, Edgar, vielleicht solltest du gehen. Ich habe nichts zu trinken …«

Edgar stand auf, leicht schwankend, mit drohendem Gesichtsausdruck. Frank stand ebenfalls auf. Plötzlich hatte er Angst. Edgar trat über den staubigen Teppich und blieb vor ihm stehen, sein nach Alkohol stinkender Atem dicht vor Franks Gesicht. »Ich werde dir sagen, was ich arbeite, verdammt noch mal.«

Und Edgar erzählte es ihm, erzählte, mit welcher Art von Arbeit er sich beschäftigte und, von einem Wissenschaftler zum anderen, wie sie diese Arbeit erfolgreich abgeschlossen hatten. Die Erklärung war auf schreckenerregende Weise extrem plausibel. »Du siehst also, wir haben's geknackt«, krähte er, die Stimme voll von bierseligem Stolz.

Frank taumelte zurück, Entsetzen im Gesicht. Jetzt verstand er, warum Edgars Vorgesetzte nicht begeistert waren, dass er zur Beerdigung nach England reisen wollte. Er hatte nie etwas anderes verlangt, als in Frieden gelassen zu werden, und jetzt würde es, solange er lebte, keinen Frieden mehr geben, keine Sicherheit. Schreckensszenarien wie in den grausamsten Science-Fiction-Erzählungen waren realisierbar geworden, und Edgar hatte ihm erzählt, wie. Er starrte Edgar an und verstand plötzlich, dass es für seinen Bruder – einen einsamen, gebrochenen Mann – wichtig war, dass Frank begriff, welche Macht er besaß. »Das hättest du mir nicht erzählen dürfen«, flüsterte er völlig verzweifelt. »Du lieber Gott. Hast du das sonst noch jemandem erzählt?« Er raufte sich die Haare und merkte, dass er schrie. »Mein Gott, das dürfen die Deutschen nie erfahren …«

Edgar runzelte die Stirn; sein umnebeltes Gehirn fing gerade an, die Bedeutung dessen, was er getan hatte, zu begreifen. »Natürlich habe ich es niemandem erzählt«, erwiderte er scharf. »Beruhige dich.«

»Du bist betrunken. Du bist die Hälfte der Zeit seit deiner Ankunft betrunken.« Frank ergriff den Arm seines Bruders. »Du musst sofort abreisen, und du darfst es niemandem sonst erzählen. Wenn jemand erfährt, was du mir gesagt hast …«

»Ist ja gut!« Edgar sah nun besorgt aus. »Ist gut. Vergiss, was ich dir gesagt habe …«

»Vergessen!«, schrie Frank. »Wie – kann – ich – das – vergessen!«

»Um Gottes willen, sei still, hör auf zu schreien!« Edgar schwitzte, sein Gesicht war dunkelrot. Einen langen Moment starrte er seinen Bruder an. Dann sagte er leise, nicht nur zu Frank, sondern auch zu sich selbst: »Wenn du etwas weitererzählen würdest, würde dir kein Mensch glauben. Sie würden dich für verrückt erklären, vielleicht tun sie das jetzt schon – sieh dich doch an, du grinsender kleiner Krüppel …«

Da verlor Frank, erst zum zweiten Mal in seinem Leben, die Fassung. Wild um sich schlagend und tretend, stürzte er sich auf seinen Bruder. Edgar war viel kräftiger gebaut als Frank, aber er war sehr betrunken und wich mit erhobenen Armen zurück, um sich zu verteidigen. Frank stürzte sich auf ihn und schlug auf ihn ein, wieder und immer wieder. Edgar stolperte und fiel gegen das Fenster. Der verrottete Rahmen hielt seinem Gewicht nicht stand, und in einem Regen von Glasscherben stürzte er hinaus, mit den Armen rudernd und laut schreiend, bis er verschwunden war.

Frank blickte verwirrt auf das kaputte Fenster. Der Oktoberwind drang ins Zimmer. Von unten aus dem Garten hörte man ein Stöhnen. Er trat ans Fenster und sah zögernd hinaus. Edgar lag auf dem Rücken auf den Pflastersteinen, er umklammerte seinen rechten Arm und wand sich vor Schmerzen. Frank dachte: *Das war's, ich habe es getan, jetzt kommt die Polizei und erfährt alles.* Aus vollem Hals schrie er: »Jetzt naht das Ende der Welt!« Wut und Angst hatten ihn voll im Griff. Als er sich umdrehte, warf er den Tisch um, rannte in die Küche, öffnete die Schränke und riss die Teller heraus, die er zu Boden schmetterte. Ihn hatte der wahnsinnige Gedanke erfasst, dass er, wenn er alles Erreichbare zerbrach und zerstörte, die schreckliche Wahrheit, die Edgar ihm anvertraut hatte, aus seinem Gedächtnis löschen könnte, und damit auch die Wut, die ihn gepackt hatte. Er rannte noch immer in der Wohnung herum, verwüstete seine Möbel und blutete aus mehreren Schnittwunden, als die Polizei eintraf.

Dr. Wilson war ein kleiner, runder Mann mit Glatze, über dem braunen Dreiteiler ein weißer Kittel. Er saß hinter einem großen, unordentlichen Schreibtisch. Seine scharfen Augen hinter der Schildpattbrille wirkten müde. Als Frank eintrat, legte er ein Dokument mit dem Wappen der Regierung aus der Hand: Schild und Löwe und Einhorn. Frank sah die Überschrift. *Sterilisation der Untauglichen. Ein Ratgeber.* Über Wilsons Gesicht huschte ein kurzes, müdes Lächeln. »Wie geht's Ihnen heute, Frank?«

»Ganz gut.«

»Was haben Sie heute gemacht?«

»Ich habe nur im Zimmer gesessen. Wir sind nicht in den Hof gegangen, wegen des Regens.«

»Nein«, sagte Dr. Wilson lächelnd. »Wir bereiten einen besonderen Tagesausflug vor, für ausgesuchte Patienten, der in zwei Wochen stattfinden wird. Zur Kathedrale von Coventry. Der Dekan hat angeboten, mit einem Dutzend Patienten hinzufahren, plus einigen Begleitern natürlich. Ich möchte wissen, ob Sie daran interessiert wären. Es ist ein wunderschönes Gebäude aus dem Mittelalter. Fünfzehntes Jahrhundert, glaube ich. Ich möchte, dass ein paar – gebildete – Patienten teilnehmen. Hätten Sie Interesse?«

»Nein, danke«, sagte Frank und verzog das Gesicht zu dem typischen Affengrinsen. Er interessierte sich nicht für Kirchen, er war noch nie in einer gewesen – Mrs. Baker hätte es nicht gebilligt –, und in diesen hässlichen Anstaltsklamotten zusammen mit einer Gruppe Geisteskranker – nein, das wäre zu entwürdigend.

Dr. Wilson dachte einen Moment nach, dann sagte er leise: »Der Oberpfleger auf Ihrer Station sagt, Sie halten sich von den anderen Patienten fern.«

»Ich bin lieber für mich allein.«

»Machen sie Ihnen Angst?«, fragte Dr. Wilson.

»Manchmal. Ich möchte gern nach Hause«, sagte Frank mit flehender Stimme.

Dr. Wilson schüttelte den Kopf. »Es ist schmerzlich für mich, Frank, dass jemand mit Ihrer Bildung, aus Ihrer Klasse, auf einer Gemeinschaftsstation landen sollte. Eigentlich sind Sie doch Dr. Muncaster, nicht wahr?«

»So ist es.«

»Sie sollten eigentlich nicht zusammen mit diesen Armen untergebracht sein. Ein paar dieser bedauernswerten Menschen haben kaum noch einen eigenen Verstand. Aber ich kann Sie nicht einfach entlassen, Frank. Sie haben Ihren Bruder aus einem Fenster im ersten Stock geworfen; es ist ein Wunder, dass er mit einem gebrochenen Arm davongekommen ist. Ganz zu schweigen von Ihrem Geschrei vom Ende der Welt. Das hat man draußen auf der Straße gehört. Und dann gibt es immer noch die Anklage der Polizei: Auf schwere Körperverletzung steht Gefängnis. Zum Glück will Ihr Bruder Sie nicht verklagen. Aber wie die Sache steht, gelten Sie jetzt als geisteskrank und müssen hierbleiben, bis Sie geheilt sind. Wie geht es Ihnen mit der verminderten Dosis Largactil?«

»Ganz gut. Es beruhigt mich.«

Auf Dr. Wilsons Gesicht erschien ein selbstzufriedenes Lächeln. »Gut. Dies ist eins der ersten britischen Krankenhäuser, in denen Largactil verordnet wird. Wissen Sie, es kommt aus Frankreich, daher ist es durch den Zoll natürlich teurer. Aber ich habe die Verwaltung überzeugt. Mein Vetter arbeitet bei der Gesundheitsbehörde, was mir einen gewissen Einfluss verschafft.« Er lächelte überlegen.

»Ich bekomme einen trockenen Mund davon. Und es macht mich müde.«

»Es beruhigt Sie. Das ist unter diesen Umständen das Wichtigste.«

»Ich werde so etwas bestimmt nie wieder tun.«

Der Arzt legte die Fingerspitzen aneinander. Seine Hände sahen klein und überraschend zart aus. »Die Frage lautet: Warum haben Sie es überhaupt getan?«

»Ich weiß es nicht.«

»Wenn wir Ihnen helfen sollen, müssen Sie darüber reden.« Er spitzte die Lippen. »Glauben Sie tatsächlich, dass das Ende der Welt bevorsteht? Es gibt religiöse Menschen, die davon überzeugt sind.«

Frank schüttelte den Kopf. Das Ende könnte kommen, aber das hätte nichts mit Religion zu tun.

Dr. Wilson forschte weiter. »Als Sie hier ankamen, wurden Sie gefragt, welcher Religion Sie angehören. Sie sagten, Ihre Mutter sei Spiritistin, aber Sie glaubten nicht an Gott.«

»Stimmt.«

»Hat Ihre Mutter Sie zu spiritistischen Kirchen mitgenommen?«

»Nein. Sie hielt in ihrem Haus Séancen mit einer Frau, die behauptete, sie könne Kontakt mit Toten aufnehmen.«

»Und glauben Sie, dass diese Frau das konnte?«

»Nein«, erwiderte Frank unumwunden.

»Also haben Sie nichts davon geglaubt?«

»Nein.«

»Sie haben außer Ihrem Bruder keine Verwandtschaft?«

»Nein.«

»Sie bekommen auch keinen Besuch.«

»Im Labor bin ich nicht besonders beliebt. Ich passe da nicht rein.« Frank merkte, wie ihm die Tränen kamen.

»Nun ja, es ist eine Art Stigma, die Menschen haben Angst vor Nervenheilanstalten. Nach einiger Zeit kommen selbst Verwandte nicht mehr.« Der Arzt lehnte sich zurück. »Aber wenn wir Sie in die Villa auf die Privatstation bekämen, die bestimmt geeigneter für Sie wäre, müsste die Verwaltung sicher sein, dass dafür bezahlt wird.«

»Ich habe Geld. Das kann die Verwaltung doch bestimmt regeln.« Dr. Wilson lächelte ironisch. »Sie können sehr klar und direkt sein, wenn Sie wollen, nicht wahr? Das Problem ist, Frank, dass Sie als Geisteskranker jemanden brauchen, der Ihr Geld verwaltet. Das ist gesetzlich vorgeschrieben. Und dafür benötigen wir einen Verwandten.«

»Ich habe nur meinen Bruder. Und der ist schon wieder in Amerika.«

»Das wissen wir. Wir haben versucht, mit ihm Verbindung aufzunehmen.« Dr. Wilson zog die Brauen hoch. »Ich bin sogar so weit gegangen, ihn in seiner Universität in Kalifornien anzurufen. Aber man sagte mir, er sei in Regierungsangelegenheiten unterwegs und könne nicht kontaktiert werden.«

»Er würde auch nicht antworten«, sagte Frank bitter.

»Sie klingen, als ob Sie ziemlich wütend auf ihn wären. Das müssen Sie wohl auch gewesen sein, um das zu tun, was Sie getan haben.«

Frank antwortete nicht.

»Warum haben Sie sich für die Naturwissenschaften entschieden, wie Ihr Bruder?«, fragte Dr. Wilson, jetzt wieder im Plauderton. »Wollten Sie mit ihm konkurrieren?«

»Aber nein«, sagte Frank müde. »Ich habe mich einfach für Geologie interessiert. Wie alt die Erde ist, auf was für einem winzigen Sandkorn im All wir hier leben. Ich habe es *für mich selbst* getan.« Er sprach mit Nachdruck.

»Es hatte nichts mit Edgar zu tun?«

»Ganz und gar nichts.«

»Frank, wenn ich Ihnen helfen soll, müssen Sie mir mehr erzählen. Ich überlege, ob eine Behandlung mit Elektroschocks helfen würde, Sie aus Ihrer Verschlossenheit herauszuholen. Wir werden darüber nachdenken.«

Später brachte Ben, der Pfleger, Frank wieder auf seine Station zurück. Es hatte aufgehört zu regnen und dämmerte bereits. »Wie ist es gelaufen?«, fragte Ben.

Frank sah ihn an. Es war durchaus möglich, dass Dr. Wilson Ben beauftragt hatte, Frank auszuhorchen und zu berichten, was er geäußert hatte. Deshalb blieb er bei seiner Standardantwort. »Ich weiß es nicht.«

»Sie haben Glück, dass Sie Mittelklasse und gebildet sind. Wilson interessieren die chronisch Kranken nicht, die armen Kerle, die kein Geld haben und schon jahrelang hier sind. Er hält sich sowieso für zu gut für dieses Krankenhaus. Sein Vater ist Arzt, sein Vetter ist beim Gesundheitsministerium. Ein alter Snob ist er, Klasse ist für ihn alles.« Ben redete leise, aber er klang bitter.

»Er sprach von einer Behandlung mit Elektroschock«, sagte Frank zögerlich. Er schluckte. »Davon habe ich auch schon andere Patienten sprechen hören.«

Ben verzog das Gesicht. »Das ist keine schöne Sache. Sie fesseln dich mit Lederriemen, dann schicken sie dir elektrische Schocks durchs Gehirn. Man sagt, es heilt Depression. Ich glaube, das tut es auch, manchmal. Aber hier sind sie ziemlich schnell bei der Hand damit. Und sie sollten den Patienten vorher betäuben.«

»Ist es schmerzhaft?«

Ben nickte.

»Haben Sie es schon mit angesehen?«

»Habe ich.«

Frank bekam Herzklopfen. Er atmete tief durch. Seine verkrüppelte Hand schmerzte, und er massierte die zwei gelähmten Finger. Ihre Füße verursachten auf dem nassen Weg platschende Geräusche.

Ben fuhr fort. »Es gibt aber noch schlimmere Sachen. Lobotomien – alle paar Monate kommt ein Chirurg aus London, der das erledigt. Schneidet einen Teil vom Gehirn weg. Mein Gott, in welchem Zustand manche Patienten danach sind! Aber keine Angst, das werden sie mit Ihnen nicht machen.« Ben sah Frank schuldbewusst an. »Tut mir leid, das hätte ich nicht erwähnen sollen.«

»Aus welcher Gegend Schottlands kommen Sie?«, fragte Frank wie beiläufig.

»Glasgow.« Ben lächelte. »Glesca, wie es im Dialekt heißt. Kennen Sie Schottland?«

»Meine Schule war in der Nähe von Edinburgh.«

»Dachte ich mir doch, dass ich eine Spur von Morningside hörte. Eine dieser Privatschulen in Edinburgh?«

»Ja.«

»Welche?«

»Strangmans«, erwiderte Frank schnell. Er wollte das Thema wechseln.

»Wie ich gehört habe, können diese Schulen schlimm sein. Noch schlimmer als die Schulen in Glesca.«

»Das stimmt.«

»Na ja, aber ich habe auch gehört, dass es in England genauso schlimme Internate gibt.«

»Ja, vielleicht«, sagte Frank mit zögernder Stimme. »Ehe ich herkam, hörte ich in den Nachrichten von dem geplanten neuen Gesetz über Zwangssterilisation. Dr. Wilson las auch gerade etwas darüber.«

»Das ist nur für die Irren, und für diejenigen, die als moralisch minderwertig gelten. Wilson wird ganz froh sein, wenn die sterilisiert werden. Den Bodensatz der Gesellschaft nennt er sie, das alte Scheusal.« Wieder dieser bittere Ton in Bens Stimme. Er blickte auf Franks verletzte Hand. »Wie ist das passiert?«

»Ein Unfall. In der Schule.« Frank sah ihn an. »Ich will hier raus.«

»Das können Sie nicht. Nicht, bis Wilson Sie für geheilt erklärt.« Ben dachte nach, dann fügte er hinzu: »Es sei denn, Sie kennen jemanden, der Einfluss darauf hat, dass Sie verlegt werden, vielleicht in eine Privatklinik, ganz woanders. Was ist mit Ihrem Bruder?«

Frank schüttelte verzweifelt den Kopf. »Edgar nimmt nicht mal die Telefongespräche von hier an.«

»Und die Leute, mit denen Sie arbeiten?«

»Das hat Dr. Wilson mich auch gefragt. Das würde die gar nicht interessieren. Sie wollen mich sowieso nicht in ihrer Abteilung. Das ist mir schon lange klar.« Franks Gesicht verzog sich zu einem krampfhaften Affengrinsen.

Sie hatten den Eingang des Hauptgebäudes erreicht. »Ich werde jetzt für eine Weile auf Ihrer Station arbeiten«, sagte Ben. »Vielleicht kann ich versuchen, jemanden zu finden, der Ihnen helfen kann.«

»Es gibt niemanden.«

»Gibt es nicht jemanden, mit dem Sie zur Schule gingen? Oder zur Universität? Sie müssen doch auf der Uni gewesen sein.«

Vor Franks innerem Auge erschien ein Bild von David Fitzgerald; ein Herbstabend, wie sie in seinem Zimmer in Oxford gesessen und über Hitler und das Appeasement diskutiert hatten. Und sein Erstaunen darüber, dass es zum ersten Mal in seinem Leben einen Menschen gab, der sich für seine Meinung interessierte. Genauso wie bei diesem Pfleger hier. Warum, das konnte Frank sich nicht vorstellen. Er hatte jahrelang keinen wirklichen Kontakt mehr mit David gehabt, aber damals hatte er ihm nähergestanden als irgendwem sonst. »Es könnte jemanden geben«, sagte er nachdenklich.

6

Am folgenden Donnerstag verließ David wie immer das Haus um acht Uhr und ging in Melone, schwarzem Jackett und Nadelstreifenhose zum Bahnhof Kenton Street. Gegenüber lag ein kleiner Park, eigentlich nicht mehr als eine Grünfläche, umgeben von Blumenbeeten, am hinteren Ende einer der viereckigen Betonbunker, die 1939 in Erwartung der Bombenangriffe gebaut worden waren, die dann nicht kamen. Plump, hässlich und verlassen stand er nun da. Manchmal gingen Kinder hinein, um heimlich zu rauchen, man hatte bereits einen Brief an die Stadtverwaltung geschrieben. David nickte seinen Nachbarn zu.

Männer, die ähnlich gekleidet waren wie er und ebenfalls zum Bahnhof gingen. Das Wetter war klar und sonnig, aber kalt für Mitte November. Der Atem bildete Wölkchen vor seinem Gesicht, wie die Auspuffgase des alten Austin Seven, der vorbeituckerte.

In der Untergrundbahn war es eng, die Luft dick vom Zigarettenrauch. Mit einer Hand am Griff las er die *Times*. Die Schlagzeile lautete: »*Beaverbrook und Butler fliegen zu Wirtschaftsgesprächen nach Berlin.*« Das kam ziemlich plötzlich – in den Abendnachrichten war es noch nicht erwähnt worden. »*Optimismus wegen neuer deutscher Wirtschaftsbeziehungen*«, fuhr der Artikel fort. Er fragte sich, was die Deutschen als Gegenleistung verlangen würden.

Durch Victoria Station wälzte sich eine Menschenmenge, das große Bahnhofsgebäude war voll von Pendlern, Rauch und Dampf stiegen in die hohe Halle auf. Am Eingang eines Bahnsteigs stand eine Gruppe deutscher Soldaten in grauer Uniform, wahrscheinlich auf dem Weg zu ihrer Basis auf der Isle of Wight. Sie waren noch sehr jung, rissen Witze und lachten. Vielleicht hatten sie in London ihren freien Tag verbracht. Die Soldaten, die auf der Isle of Wight stationiert waren, hatten Glück; der unersättliche Fleischwolf der russischen Front verschlang schon seit elf Jahren solche jungen Männer, und womöglich würden auch diese hier ihm noch zum Opfer fallen. David empfand ein unerwartetes Mitleid mit ihnen.

Er ging die Victoria Street hinunter zum Parliament Square, dann wandte er sich nach Whitehall zur Dominionverwaltung. Sykes versah seinen Dienst hinter der Empfangstheke. »Morgen, Mr. Fitzgerald. Wieder ein kalter Tag, Sir.«

Der Aufzug war voll und ratterte ächzend nach oben. David stand neben Daniel Brightman aus der Wirtschaftsabteilung, der zur gleichen Zeit wie er seine Tätigkeit aufgenommen hatte. Wie David war er Schüler eines staatlichen Gymnasiums gewesen, hatte sich aber im Laufe der Jahre die gedehnte Sprechweise der

Oberschicht angeeignet. »Ein weiterer Tag in der Tretmühle«, sagte er.

»Ja. Viel zu tun?«

»Ein Treffen mit den Australiern heute, es geht um Weizenpreise.« Er seufzte. »Vermutlich werden sie wieder herumbrüllen, wie üblich. Eine der Geduldsproben, die das Empire uns abverlangt.«

David trat im zweiten Stock aus dem Aufzug und ging an der Registratur vorbei. Die Büroangestellten waren allesamt da. Hinter der Theke saß Carol an ihrem Schreibtisch. Sie lächelte und winkte kurz. Er erwiderte das Lächeln, schuldbewusst beim Gedanken daran, was er am Sonntag getan hatte.

Der alte Dabb, der an der Theke in einer Kartei etwas suchte, blickte auf. »Mr. Fitzgerald«, sagte er, »einen Moment, wenn es Ihnen passt.«

»Natürlich.« David bemerkte Schuppen auf dem Kragen des alten Mannes.

»Ich war etwas in Sorge, Sir«, sagte der Registrator auf seine langsame, traurige Art, »denn ich bemerkte, dass Sie gestern Abend die Akte des Hochkommissars auf der Theke liegen ließen, ohne sich die Rückgabe quittieren zu lassen.« Traurig schüttelte er den Kopf. »Sich einen Augenblick Zeit nehmen kann viel späteren Ärger ersparen.«

»Es tut mir leid, Dabb, wir hatten so viel um die Ohren. Es soll nicht wieder vorkommen.«

Der Vormittag verlief ruhig. David rief im Südafrikahaus an, um zu erfragen, wer an dem Treffen teilnehmen könnte, um das die SS-Leute baten. Er hatte diese Woche schon mehrmals mit einem eifrigen jungen Afrikaner gesprochen und betont, dass die Sache geheim gehalten werden müsse. »Um den Russen zu zeigen, wer Herr im Hause ist, was?«, kicherte der Südafrikaner. »Die Deutschen kümmern sich wohl nicht um den Kongo, oder? Die haben doch genug damit zu tun, mit Russland fertigzuwerden.«

Nein, dachte David, *sie plündern den Kongo bloß aus, genau wie die Belgier es getan haben.* David hasste diese Vertreter der Apartheid und ihre Freundschaft mit den Nazis, aber er blieb kühl und höflich, als er mit den SS-Führern darüber sprach, wer von ihnen – in Zivil natürlich – zum Südafrikahaus kommen sollte. Dann las er einen Bericht über die bevorstehende »Woche des Empire« in Birmingham. Er las, wer die verschiedenen Stände der Kolonien betreten würde und welche wichtigen Firmen teilnahmen, wie etwa Unilever und Lonrho. Er überlegte, ob er in der Mittagspause schwimmen gehen sollte; in der Nähe gab es ein Hallenbad in einem Club, dessen Mitglied er war. Er liebte es noch immer, in die große Stille des Wassers einzutauchen.

Es ging schon auf Mittag zu, als es knapp klopfte und Hubbold mit gerunzelter Stirn eintrat.

»Wir haben eine Nachricht vom Staatssekretär. Wir sollen bei der Sitzung der Hochkommissare das Thema der Vorbereitungen zur Krönung fürs Erste vermeiden.«

»Die *Times* berichtet, dass sie vielleicht mit den Feierlichkeiten zu Hitlers zwanzigstem Jubiläum zusammengelegt werden soll.«

Hubbold lachte leise. »Ach ja, die *Times*. Die haben doch immer gute Ideen. Jedenfalls lauten die Anweisungen von oben, dass wir erst mal mauern sollen. Das ist natürlich ärgerlich, Sie wissen ja, wie verrückt die Hochkommissare auf Themen sind, die mit dem Königshaus zu tun haben. Sie wollen schon wissen, ob es im Frühjahr oder im Sommer sein wird und ob Hartnell die Robe entwirft. Leider werden wir sagen müssen, dass noch nichts entschieden sei, dadurch haben wir dann mehr Zeit für »Verschiedenes«. Ich habe gehört, die Kanadier wollen die Judengesetze nochmals zur Sprache bringen.«

»Haben Sie das aus dem Kanadahaus gehört, Sir?«, fragte David, der plötzlich die Ohren gespitzt hatte.

»Offiziell nicht«, lächelte Hubbold. »*Arcana imperii*, müssen Sie wissen. Geheimnis der Herrschenden.« Er setzte seine Umwelt gern davon in Kenntnis, dass er über eigene Informations-quellen verfügte, ein weiteres Merkmal seines hohen Ranges. Einige von Davids Kollegen duzten sich mit ihren Vorgesetzten, aber Hubbold hatte niemals auch nur andeutungsweise vorge-schlagen, dass David das »Sir« weglässt. Hubbold fuhr fort: »Dem Minister ist dieses Thema ziemlich peinlich. Trotzdem, es ist gut, wenn Sie Bescheid wissen, wie die Stimmung sein wird.«

Kurz nach elf klopfte ein Bote an Davids Tür. Er übergab ihm einen Brief, der in einem Umschlag der Kolonialverwaltung steckte: *Können wir uns schon um 13.15 Uhr zum Lunch im Club treffen statt um 13.30? Geoff.*

Als der Bote gegangen war, setzte David sich stirnrunzelnd hin. Die Nachricht war ein Code, der bedeutete, dass es etwas zu besprechen gab. Sie würden sich um 13.15 Uhr im Oxford und Cambridge Club treffen. Sie vermieden es nach Möglichkeit, Telefonate zu führen, denn man munkelte, dass die Telefone der Beamten inzwischen von der Staatspolizei abgehört wurden. David zündete sich eine Zigarette an und starrte besorgt durchs Fenster nach Whitehall hinunter. Das war bisher nur einmal pas-siert, als Jackson vor einer den Bordellen in Soho geltenden Raz-zia gewarnt worden war und eine ihrer regelmäßigen Zusammen-künfte abblasen musste. Aber wenigstens war es kein Ernstfall, dafür hatten sie noch einen besonderen Code.

David verließ sein Büro um eins und ging hinauf zum Trafal-gar Square. Am Sockel der Nelson-Säule war ein riesiges Poster angebracht. *Wir brauchen Exporte. Wir arbeiten oder darben. Wo bleibt der britische Mumm?* David fragte sich, was die Wirtschafts-gespräche mit Deutschland wohl bringen mochten. Vielleicht Volkswagen statt Hillmans und Morris Minors, die jetzt um den Trafalgar Square ratterten?

Er bog in den Pall Mall ein. Dort patrouillierten zwei Hilfs-polizisten in blauen Uniformen und Mützen, Pistolen am Gür-tel, und beobachteten die Passanten. Auf der anderen Straßenseite, parallel dazu, zwei weitere. Irgendwas war im Busch. *Sarah kommt heute zu einer ihrer Sitzungen in die Stadt,* dachte er. Am Sonntag, nachdem sie über Charlie gesprochen hatten, hatten sie miteinander geschlafen, was immer seltener geschah. Er hatte sich dabei unbeteiligt gefühlt; der kurze Moment von Wärme war schnell verflogen.

David betrat den Club. Aus dem Speisesaal tönte ein Stimmengewirr, aber er ging in die Bibliothek. Hierher kamen mittags nur wenige Leute, und jetzt saß Geoff da, in einem Sessel, von dem aus er die Tür im Blick behalten konnte. David setzte sich ihm gegenüber.

»Ich habe deine Nachricht erhalten«, sagte er.

»Danke, dass du gekommen bist.« Geoff beugte sich vor. »Nachricht von Jackson. Er will morgen ein außerplanmäßiges Treffen abhalten.«

»Wissen wir, warum?«

»Nein. Ich hörte auch erst kürzlich davon und habe dich unmittelbar danach benachrichtigt. Nur, dass wir uns dort einfinden sollen. Um sieben Uhr.«

»Sarah erwartet mich zu Hause. Ich kann nicht einfach sagen, dass wir Tennis spielen wollen, so kurzfristig nicht.« David dachte: *Jetzt ist meine Frau diejenige, die ich belügen muss.* Er seufzte. »Ich werde mir etwas einfallen lassen.«

»Es tut mir leid. Ich weiß, es ist schwer für dich. Ich habe es leichter, ich bin allein.«

David sah seinen Freund an. Er wirkte müde und nervöser als sonst. »Wie geht es deinen Eltern?«, fragte er.

»Oh, die rollen so in ihrer Spur dahin.« Wie David war auch Geoff ein Einzelkind, sein Vater ein Geschäftsmann im Ruhestand. Seine Eltern führten in Hertfordshire ein ruhiges Leben, das sich hauptsächlich um Bowling-Wettkämpfe, Rosenzucht und Golf drehte. »Sie fragen dauernd, ob ich immer noch kein nettes Mädchen kennengelernt habe«, fügte Geoff hinzu. »Ich bin immer versucht zu sagen, dass die Mädchen, die ich kennenlerne, alles andere als nett sind.« Er lachte kurz, dann wechselte er das Thema. »Wie geht's deinem Vater?«

»Gut. Ich bekam vorige Woche einen Brief von ihm. In Auckland ist jetzt Frühling, und er hat sich mit der Familie seines Bruders Rotorua angesehen. Ausnahmsweise hat es mal nicht geregnet.«

»Hat er immer noch keine nette Kiwi-Witwe kennengelernt?«

»Er wird nicht wieder heiraten. Dazu hat er meine Mutter zu sehr geliebt.«

Ein Schatten huschte über Geoffs Gesicht. David vermutete, dass er an die Frau in Kenia dachte. Er wechselte das Thema. »Hast du gehört, dass Beaverbrook nach Berlin fliegt?«

»Habe ich. Und laut Buschtelegraf wird Hitler sich nicht mit ihm treffen können.«

»Vielleicht stimmt es ja wirklich, dass Hitler tot ist, er hat sich seit – was – zwei Jahren nicht mehr öffentlich gezeigt.«

Geoff schüttelte entschieden den Kopf. »Er ist nicht tot. Sonst würden sich die Nazibonzen schon längst um seine Krone prügeln; als Göring starb, haben sie sich doch auch wie die Ratten um sein Wirtschaftsimperium gebalgt.«

»Ich wünschte jedenfalls, Hitler wäre tot.«

»Amen«, sagte Geoff mit Inbrunst.

Als er in Barnet aufgewachsen war, hatte David kaum einen Gedanken daran verschwendet, Ire zu sein. Er wusste, dass in Irland schlimme Dinge passiert waren und seine Eltern ihn nach England gebracht hatten, als er noch klein war. Die Eltern seines Vaters lebten immer noch in Dublin und waren in Davids Kindheit gelegentlich zu Besuch gekommen, aber kurz nacheinander gestorben, als David zehn Jahre alt war. Seine Mutter sprach nie über ihre Familie, und im Laufe der Zeit war David zu dem Schluss gekommen, dass es irgendeinen Familienstreit gegeben haben musste.

Seine Mutter hatte hohe Erwartungen an ihn. Sein Vater war

ein solider, ruhiger und ausgeglichener Mensch, doch Rachel Fitzgerald war klein und dünn und leicht erregbar, immer beschäftigt. Mit ihrer lauten Stimme plauderte sie unablässig in einer Art Singsang mit ihrem Mann oder mit David, mit der Haushaltshilfe oder ihren Freundinnen vom Conservative Club. Und wenn sie nicht redete, hörte sie Radio, summte Melodien oder spielte sie, überraschend gut, auf dem Klavier im Speisezimmer. Sie ermahnte David stets, in der Schule fleißig zu sein – seit dem Krieg gab es viele Arbeitslose im Land, weshalb es wichtig war, etwas Anständiges zu können. Sie sprach besorgt und eindringlich, als könne ihr gesichertes Leben ihnen jederzeit plötzlich genommen werden.

David war still und introvertiert, wie sein Vater. Er sah ihm auch ähnlich, obwohl er lockiges Haar hatte wie seine Mutter, allerdings dunkles, kein rotes wie sie. »Du und dein Pa«, sagte seine Mutter andauernd, »ihr seht euch so ähnlich wie ein Ei dem anderen. Du wirst allen Mädchen das Herz brechen, wenn du groß bist.« Dann wurde David rot, und sein Gesicht verdüsterte sich. Er liebte seine Mutter, aber manchmal machte sie ihn einfach wahnsinnig.

David ging in eine private Grundschule, doch als er elf war, wurde er im Gymnasium aufgenommen; die Prüfung hatte er mit Leichtigkeit bestanden. Als er die Ergebnisse erhielt, hatte sein Vater gesagt, er sei ein schlaues Bürschchen, und ihn mit Stolz und Befriedigung über den Tisch hinweg angesehen, doch seine Mutter hatte ihn mit einem strengen Blick bedacht. »Dies ist die Chance deines Lebens, Davy, mein Junge«, hatte sie gesagt. »Man wird erwarten, dass du fleißig arbeitest, also sieh zu, dass du es auch tust. Mach deine Mama stolz.«

»Bitte, nenne mich David, Mama, nicht Davy.«

»Du wirst noch ein richtiger steifer englischer Junge.« Sie verwuschelte sein Haar. »Du kleiner Lockenkopf. Ach, sieh deine Mama nicht so böse an!«

David zeigte gute Leistungen im Gymnasium. Zuerst war er

etwas befremdet von der steifen Förmlichkeit der Lehrer in ihren schwarzen Talaren. Mehr als alles wurde Ruhe und Gehorsam verlangt. Er hatte eine Menge an Hausaufgaben zu bewältigen, sich aber bald daran gewöhnt. Er gewann schnell Freunde, obwohl er nie ein Anführer war und sich stets eher im Hintergrund hielt. Im ersten Trimester hatte der Klassenrüpel angefangen, ihn Paddy oder Hinterwäldler zu nennen. David hatte ihn eine Weile ignoriert, weil er sich keinen Ärger einhandeln wollte, aber als der Junge eines Tages sagte, Davids Mutter sei ein irisches Bauernmädchen, stürzte sich David auf ihn und warf ihn zu Boden. Ein Lehrer sah die Schlägerei, und beide Jungen wurden mit dem Rohrstock bestraft, doch der Rüpel ließ David künftig in Ruhe.

Er gehörte zu den Besten der Klasse. Er war außerdem gut in Leibesübungen und gehörte zur Rugbymannschaft, obwohl er diesen Sport nicht besonders schätzte. David war ein ausgezeichneter Schwimmer und liebte Kopfsprünge – auf der Leiter bis ganz nach oben steigen und sich dann hinabstürzen, die glatte Oberfläche des Wassers durchbrechen und tief in die stille blaue Welt eintauchen. Später beteiligte er sich an Wettbewerben mit anderen Schulen. Immer gab es eine Menge Zuschauer, aber das Beste war definitiv, auf das Wasser zu treffen und in die Stille einzutauchen.

Er gewann Pokale, und seine Mutter bestand darauf, sie auf dem Kaminsims zur Schau zu stellen. Das eine oder andere Mal war David aus der Schule gekommen, wenn seine Mutter Bekannte zum Tee hatte, dann rief sie ihn ins Speisezimmer und sagte: »Dies ist mein Davy, der all diese Pokale gewonnen hat. Seht doch nur, was für ein hübscher Junge er wird. Ach Davy, sieh mich nicht so an! Seht mal, er wird ganz rot.« Die Damen pflegten dann nachsichtig zu lächeln, und David flüchtete in sein Zimmer. Er hasste dieses Zurschaustellen. Er wollte nichts weiter als ein ganz gewöhnlicher Junge sein.

Mit achtzehn absolvierte er die Aufnahmeprüfung für Oxford.

Er hatte zusätzlichen Unterricht dafür genommen, und zum ersten Mal im Leben fühlte er sich müde und war sich nicht sicher, ob er diese Aufgabe bewältigen würde. Seine Mutter war keine Hilfe; ständig erinnerte sie ihn an die Prüfung. Er sollte abends nicht ausgehen, sondern seine gesamte Zeit mit Lernen verbringen. In letzter Zeit wirkte auch sie überanstrengt und müde. Die Zeitungsnachrichten regten sie auf; es war 1935, in Deutschland hatten die Nazis die Macht ergriffen, und die Italiener waren in Abessinien einmarschiert. Im Gegensatz zu einigen ihrer Freundinnen vom Conservative Club hielt Mrs. Fitzgerald Hitler und Mussolini für Ungeheuer, die die Welt in den Abgrund treiben würden, und sie hörte nie auf, dies zu wiederholen. Aber es war mehr als das. Sie hatte stark an Gewicht verloren, und ihr endloses Geplapper war verstummt, wie ein Wasserhahn, den man zugedreht hatte. David stellte fest, dass es ihm fehlte. Er fragte sich, ob die Angst vor seiner Prüfung der Grund war, und er fühlte sich schuldig und hilflos, aber es ärgerte ihn auch. Er tat doch sein Bestes, wie immer. War es denn nie gut genug? Sein Umgangston mit ihr wurde brüsk und kurz angebunden.

Eines Abends, als sie beim Essen saßen, fing sie zu nörgeln an, dass David zu viel Zeit mit Schwimmtraining verschwende. Er verlor die Beherrschung und nannte sie ein schreiendes irisches Marktweib. Rachel brach in Tränen aus, rannte nach oben in ihr Zimmer und schlug die Tür zu. Davids Vater, der kaum jemals böse wurde, brüllte ihn an, er solle seiner Mutter gegenüber etwas mehr Respekt zeigen, und drohte ihm mit einer Ohrfeige, wenn er es wagen sollte, noch einmal so mit ihr zu sprechen. Doch David war inzwischen gleich groß wie er.

Am Tag, als die Nachricht kam, dass David in Oxford aufgenommen war, zog sein Vater ihn beiseite, er habe ihm etwas zu sagen. Sie gingen ins Speisezimmer und setzten sich. Sein Vater blickte ihn an, wie er ihn noch nie angesehen hatte, ernst und mit traurigem Blick. »Deine Mutter ist schwer krank«, sagte er leise. »Ich fürchte, sie hat Krebs.« Seine Stimme zitterte. »Sie wollte nicht, dass du es erfährst, ehe du die Prüfung hinter dir hast, sie wollte dich nicht damit belasten. Aber jetzt – nun ja, es geht ihr sehr schlecht, und wir müssen eine Pflegerin einstellen. Sie hätte schon längst eine brauchen können.«

Einen Augenblick saß David reglos da. Dann sagte er mit brechender Stimme: »Ich habe mich ihr gegenüber schändlich benommen.«

»Du hast es nicht gewusst, Junge.« Sein Vater sah ihn ernst an. »Aber jetzt musst du sehr lieb zu ihr sein. Wir werden sie nicht mehr lange haben.«

David tat etwas, was er seit seiner Kindheit nicht mehr getan hatte. Er schlug die Hände vors Gesicht und brach in lautes Schluchzen aus. Er zitterte am ganzen Körper. Sein Vater trat neben ihn und legte ihm ungeschickt eine Hand auf die Schulter. »Ja, mein Junge«, sagte er. »Ich weiß.«

In jenem Sommer tat David für seine Mutter, was er nur konnte. Er ging der Hausgehilfin und der Pflegerin zur Hand, beschäftigte sich mit allen möglichen Arbeiten im Haus und brachte seiner Mutter das Essen nach oben. Er fühlte sich schuldbeladen, umso mehr, als ihre heftige, vereinnahmende Liebe jetzt einer erschöpften Hilflosigkeit gewichen war. Manchmal half er ihr beim Aufstehen oder wieder ins Bett zurück. Sie war nur noch Haut und Knochen. Sie lächelte tapfer, strich ihm manchmal mit zitterndem Finger übers Gesicht und sagte, er sei ein lieber Junge, sie habe es ja immer gewusst.

Er war bei ihr, als sie starb. Sein Vater saß auf der anderen Seite des Bettes. Es war ein warmer Samstag im September, in wenigen Wochen würde er in Oxford sein Studium beginnen. Rachel wechselte zwischen Wachsein und Bewusstlosigkeit und sah zu, wie die Sonne über den Himmel wanderte. Plötzlich schaute sie David ins Gesicht. Sie sagte etwas zu ihm, ihre Stimme voller Traurigkeit, und er konnte die Worte nicht verstehen. Es war kaum mehr als ein Flüstern. »*Ich hob dich lib.*«

David sah seinen Vater an. Der beugte sich vor und drückte

die Hand seiner Frau. »Wir haben dich nicht verstanden, Schätzchen«, sagte er.

Sie runzelte die Stirn und versuchte sich zu konzentrieren, dann fiel ihr Kopf zurück, und das Leben wich aus ihr.

Später erzählte sein Vater ihm die Wahrheit. »Die Familie deiner Mutter war jüdisch. Sie kamen irgendwoher aus Russland. Während der Zarenzeit, als es dort Pogrome gab, wanderten viele nach Amerika aus. Die Eltern deiner Mutter, also deine Großeltern, verließen Russland ebenfalls, zusammen mit deiner Mutter und ihren drei Schwestern. Sie war damals acht.«

David schüttelte den Kopf und versuchte zu verstehen. »Aber wie ist sie dann nach Irland gekommen?«

»Damals haben sich viele Schwindler um die Auswanderer bemüht. Deine armen Großeltern sprachen kein Wort Englisch. Ein Schiff brachte sie nach Dublin, wo sie dachten, dass sie dort auf ein Schiff nach Amerika umsteigen würden. Aber sie kamen nicht weiter, man ließ sie hier sitzen. Dein Großvater war ein geschickter Möbeltischler, und mithilfe einiger weiterer Juden gelang es ihm, eine Werkstatt aufzumachen. Es wurde ein erfolgreiches Geschäft. Seine Kinder wuchsen auf und sprachen Englisch, dazu wurden sie auch nachdrücklich angehalten, um nicht für anders gehalten zu werden. Aber ich bin sicher, tief im Inneren haben sie ihre Muttersprache nie ganz vergessen.«

»Sprach Mama denn Russisch?«

»Nein. Die Juden im Osten Europas haben ihre eigene Sprache. Jiddisch. Es ist ähnlich wie Deutsch, aber doch anders. Ihr Familienname war übrigens Feldman.« Er lächelte verlegen. »Das klingt ziemlich jüdisch, nicht wahr?« Er schwieg eine Weile. »Viele Jahre später wurde deine Mutter Musiklehrerin. Das war, kurz bevor ich sie kennenlernte. Die Osteraufstände begannen, und in Irland wurde es ziemlich gewalttätig. Mr. Feldman beschloss, den Betrieb zu verkaufen und nach Amerika zu gehen, wo sie Verwandte hatten. Besser später als gar nicht, dachte er wohl.« Er lächelte wehmütig. »Er bestand darauf, die ganze Familie solle mitkommen. Aber deine Mutter wollte nicht, sie wollte in Irland bleiben. Es gab auch noch andere Probleme. Die Familie war sehr religiös, aber deine Mutter hielt das alles für Hokuspokus, genau wie ich. Also kam es zum Krach, ihre Eltern und Geschwister reisten ab, und sie hat keinen von ihnen je wiedergesehen. Sie haben sich auch nie geschrieben, ihr Vater war der Boss, und er verstieß sie konsequent. Ich denke, Mr. Feldman war ein übler alter Tyrann. Ich weiß auch nicht, wo ihre Schwestern jetzt sind. Ich kann ihnen nicht einmal schreiben, dass sie tot ist«, fügte er traurig hinzu.

»Warum hast du mir das nie erzählt?«

»Ach, Junge, wir hielten es für das Beste, dich einfach in dem Glauben zu lassen, deine Mutter sei Irin. Sie wollte so sehr, dass du Erfolg hast, und sie wusste, dass hier …«, er kniff die Augen zusammen, »na ja, es ist nicht wie damals in Russland oder jetzt in Deutschland, aber hier gibt es Vorurteile. Hat es immer gegeben. Inoffizielle Quoten für Juden. Sogar das Gymnasium hat eine Quote, wie du wissen solltest.« Er sah David mit ernstem Blick an. »Deine Mutter wollte ihre Abstammung vergessen, um deinetwegen. Und ich erfuhr, dass ihre Einwanderungspapiere während der Aufstände verloren gegangen waren. Auf unserer Heiratsurkunde steht, dass wir die britische Staatsangehörigkeit besitzen – und damals war Irland natürlich britisch.« Ärgerlich brach es plötzlich aus ihm heraus: »Die Menschen einzuteilen nach Nationalität oder Religion, das ist das Schlimmste, was es gibt, es bringt nichts als Elend und Blutvergießen. Sieh dir Deutschland an.«

David dachte nach. In der Schule hatte es zwei jüdische Mitschüler gegeben, die beim Morgengebet immer nach draußen gegangen waren. Manchmal riefen die anderen ihnen draußen etwas hinterher, »Yarmulke« oder »Judenbengel«. Sie taten ihm leid. Es gab schon genug Vorurteile gegenüber den Iren, aber für die Juden war es noch schlimmer.

»Also bin ich ein Jude«, stellte David fest.

»Nach deren Gesetz bist du es, denn deine Mutter war eine Jüdin. Aber soweit es uns betraf, warst du weder Jude noch Christ. Du bist nicht beschnitten und nicht konfirmiert und« – sein Vater beugte sich zu ihm herüber und ergriff seine Hand – »du warst immer nur Mamas Davy, und du kannst sein, was du sein willst.«

»Ich fühle mich auch nicht jüdisch«, sagte David leise. »Aber wie fühlt sich eigentlich das an, jüdisch zu sein? Und wenn Mama nicht wollte, dass ich es weiß, warum hat sie dann Jiddisch mit mir gesprochen? Was war das, was sie gesagt hat, Dad?«

Sein Vater schüttelte den Kopf. »Tut mir leid, Junge, das weiß ich auch nicht. Sie hat nie in dieser Sprache gesprochen. Ich dachte, sie hätte alles vergessen. Aber vielleicht wurde sie ganz am Ende von ihrer Vergangenheit eingeholt.«

David weinte, die Tränen rollten ihm übers Gesicht. Er und sein Vater saßen in dem stillen Wohnzimmer. Als Davids Tränen versiegt waren, ergriff der Vater seinen Arm. »Es ist nicht nötig, dass du jemals einem Menschen etwas davon erzählst, David. Es ergibt keinen Sinn, es würde dich nur zurückhalten und wäre gegen die Wünsche deiner Mutter. Es muss einfach unser Geheimnis bleiben.«

David blickte ihn an und nickte. »Ich verstehe«, sagte er. »Ich verstehe. Du hast recht. Und ich tue es für sie. Das schulde ich ihr.«

»Für dich wird es auch besser sein.«

Und das war es. In den Jahren nach dem Berliner Abkommen hatte es ihm seinen Arbeitsplatz und seine Karriere erhalten. Aber immer war da dieser kleine Zweifel, dieses Gefühl, dass er das alles nicht verdiene. Er empfand Schuld und Angst, aber auch ein seltsames Gefühl der Zugehörigkeit, wenn er auf der Straße Menschen begegnete, die den gelben Anstecker trugen und mit jedem Jahr elender und bedrückter aussahen.

7

Donnerstagmorgen nahm Sarah die Untergrundbahn nach London, um an der Sitzung der Londoner Arbeitslosenhilfe teilzunehmen, welche im Gebäude der Quäker in der Euston Road stattfand. Während der Fahrt las sie ihr Buch aus der Bibliothek, Daphne du Mauriers *Rebecca*. Sie gelangte zu der Stelle, an der die geistesgestörte Hausdame, Mrs. Danvers, die zweite Mrs. de Winter ermuntert, aus dem Fenster zu springen. »*Sie sind der Geist und der Schatten. Sie sind hier in Manderley unerwünscht und vergessen und verstoßen. Nun wohl, warum räumen Sie ihr nicht das Feld? Warum gehen Sie nicht?*«

Sarah gefiel das Buch nicht; gewiss, es war spannend, aber auch unheimlich. Die Büchereiregale waren neuerdings ziemlich leer, bis auf Liebesromane und Krimis. So viele Schriftsteller, die sie schätzte, waren inzwischen schwer aufzutreiben – Priestley, Forster, Auden, Männer, die sich gegen die Regierung ausgesprochen hatten und die, genau wie ihre Bücher, sang- und klanglos aus den Augen der Öffentlichkeit verschwunden waren.

Sie lehnte sich zurück. David hatte seit Sonntag nicht mehr mit ihr geschlafen. Er tat es jetzt immer seltener. Sein Liebesspiel war langsam und zärtlich gewesen, aber in letzter Zeit, wenn es denn einmal dazu kam, war es von Unruhe und Eile geprägt, und wenn er seinen Höhepunkt erreichte, stöhnte er, als bereite sie ihm weniger Lust als vielmehr Schmerzen. *Sie sind der Geist und der Schatten.* Sie fuhr sich mit der Hand über das Gesicht. Wie konnte es so weit kommen? Sie dachte an ihre erste Begegnung, 1942 beim Ball im Tennisclub.

Sie hatte mit einer Freundin zusammen dagestanden, und ihr Blick wanderte immer wieder zu David, der sich in der Ecke mit einem anderen Mann unterhielt. Er sah auf eine klassische Art gut aus, schlank und muskulös, und er strahlte männliche

Schönheit, Sanftheit, sogar eine gewisse Traurigkeit aus, von der sie sich angezogen fühlte. Er fing ihren Blick auf, entschuldigte sich bei seinem Freund und kam herüber, um sie zum Tanzen aufzufordern, selbstbewusst, aber gleichzeitig auch irgendwie bescheiden. Sarah trug ihr Haar damals kurz – wie lange es diese Mode doch schon gab –, und als sie zur Musik der Band über die Tanzfläche wirbelten, machte sie eine ihrer kessen Bemerkungen und sagte, sie wünschte sich Naturlocken wie seine. Er lachte und erwiderte mit seinem leisen Humor, von dem gegenwärtig nicht mehr viel zu spüren war: »Sie haben mich noch nicht mit Lockenwicklern gesehen.«

Sie heirateten im folgenden Jahr, 1943, und kurz darauf wurde David für zwei Jahre in die Verwaltung des Britischen Hochkommissars nach Auckland geschickt. Davids Vater hielt sich bereits in Neuseeland auf; er war eine ältere, fülligere Version von David, mit breitem irischen Akzent. Zu dritt hatten sie oft über die politische, sich stetig verdüsternde Situation in der Heimat diskutiert. Sie waren sich alle einig, das Bündnis mit Deutschland und den wachsenden Autoritarismus in England zu fürchten. Aber das war vor der Wahl von 1950; im Parlament knurrte Churchill noch immer von den Oppositionsbänken herüber, Attlee an seiner Seite, und man hegte die Hoffnung, bei der nächsten Wahl würde sich alles ändern. Davids Vater hatte gewollt, dass sie blieben. Neuseeland war fest zur Demokratie entschlossen, und hier herrschte eine Freiheit, die in England nach und nach verschwand. Allmählich ließ Sarah sich überzeugen, auch wenn ihr das Herz schwer wurde bei dem Gedanken, ihre Familie zu verlassen. Doch schließlich war es David, der meinte: »Was in England passiert, kann nicht ewig dauern, und wenn wir dort sind, können wir wählen und unsere Stimme abgeben. Wir sollten zurückkehren. Es ist unser Land.« Damals wussten sie noch nicht, dass sie mit Charlie schwanger war. Wenn sie es gewusst hätten, wären sie wahrscheinlich in Neuseeland geblieben.

Sarah blickte zum Fenster hinaus. Es war ein freundlicher Tag, aber London schien so grau und schmutzig wie immer. Sie erinnerte sich an eine Reise, die sie und David in den Westen der Südinsel Neuseelands geführt hatte. Sie hatten in einem großen alten Militärzelt geschlafen, das sie in Auckland gekauft hatten. Sie erkundeten die hohen, entlegenen Berge, die von baumhohen Farnen bewachsen waren. Bei Nacht hörten sie das Plätschern der silbrigen Gebirgsbäche und die kleinen flugunfähigen Vögel, die im Unterholz herumstöberten, während sie, eng aneinandergeschmiegt, sich darüber amüsierten, wie schmutzig und verwildert sie waren, wie Pioniere in einem unentdeckten Land oder wie Adam und Eva im Paradiesgarten.

Sie zuckte zusammen, als die Bahn in Euston hielt. Dann stand sie auf und schob ihr Buch in die Aktentasche. In einem Geschäft am Bahnhof gab es bereits Stechpalmenzweige. Es war noch etwas mehr als einen Monat bis Weihnachten, und bald würde die übliche falsche Bonhomie wieder ausbrechen. Das war schwer zu ertragen, wenn man gerade ein Kind verloren hatte.

Sarah überquerte die Straße zum Haus der Quäker. Wie immer stand ein Polizist davor Wache. Die Quäker stellten sich gegen die Gewalt im Empire und den Krieg in Russland, und gelegentlich wagten sie auch, mit Sitzstreiks dagegen zu demonstrieren. Sarah dachte daran, wie sie als Kind Polizisten als freundliche, hilfsbereite Menschen wahrgenommen hatte. Jetzt übten sie Macht aus und waren gefürchtet. In den Kinofilmen waren sie nicht mehr, wie früher, die tollpatschigen Kontrastfiguren zu den Detektiven, sondern Helden und starke Männer, die gegen Kommunisten, amerikanische Spione und Betrüger mit jüdischen Gesichtszügen kämpften. Sie zeigte dem Polizisten ihren Ausweis und ihre Einladung zur Sitzung, und er ließ sie passieren.

Das Londoner Komitee zur Unterstützung Arbeitsloser war Anfang der Vierzigerjahre gegründet worden, um die Familien der vier Millionen Arbeitslosen mit Nahrungsmittelpaketen, Kleidung und Ferienreisen für die Kinder zu versorgen. Sarah gehörte zu dem Unterkomitee, das Weihnachtsgeschenke für bedürftige Kinder im Norden der Stadt beschaffen sollte. Manchmal fragte sie sich, wie den Eltern dabei zumute sein musste, wenn sie ihren Kindern Geschenke von unbekannten Wohltätern unter den Baum legten, aber andererseits würden diese Kinder sonst gar nichts bekommen. Sarah bewies großes Talent für diese Art von Arbeit; gelegentlich vertrat sie Mrs. Templeman, gehörig Respekt gebietende Gattin eines Geschäftsmannes. Heute allerdings war Mrs. Templeman an ihrem Platz, den kleinen Hut fest auf dem grauen, dauergewellten Haar, eine dicke Perlenschnur über ihrem stattlichen Busen. Sie nickte beifällig, als Sarah über ihren Briefwechsel mit verschiedenen Spielwarengeschäften berichtete, in dem sie Preisnachlässe für Großaufträge ausgehandelt hatte. Sarah meinte, es sei wichtig, dass die Kinder verschiedene Arten von Spielzeug bekämen – schließlich wolle man nicht, dass in einem bestimmten Dorf in Yorkshire jedes Kind den gleichen Teddybären oder die gleiche Holzeisenbahn erhielt. Sie erklärte, die Vielfalt sei zwar teurer, für die Familien aber wichtig. Dabei lächelte sie Mr. Hamilton freundlich zu, einem kleinen, dicken Mann mit einer Nelke im Knopfloch, welcher der Wohltätigkeitsbeauftragte einer großen Spielwarenhandlung war. Er nickte nachdenklich, und Mrs. Templeman blickte wohlwollend.

Nach der Sitzung trat Mrs. Templeman zu Sarah, dankte ihr auf überschwängliche, gönnerhafte Weise für alles, was sie getan hatte, und fragte sie, ob sie mit ihr zum Lunch gehen wolle. Sie trug einen schweren Mantel und um den Hals einen Fuchspelz, ein schreckliches Ding mit ins Maul geklemmtem Schwanz und Glasaugen, die Sarah anstarrten. Mrs. Templeman schien enttäuscht, als Sarah ablehnte. Sarah wusste, sie langweilte sich und war genauso einsam wie sie selbst, aber als sie die Dame einmal zum Lunch begleitet hatte, hatte Mrs. Templeman ununterbrochen geredet, von ihrem Mann und ihren Komitees und ihren

Ehrenämtern in der Kirchengemeinde. Sie war eine engagierte Christin, und Sarah verspürte permanent das Gefühl, sie könnte versuchen, sie zu bekehren. Sie brachte heute schlicht nicht die Energie auf, sich das anzutun.

Doch heimfahren wollte sie auch noch nicht. In einem Corner House aß sie allein zu Mittag, dann ging sie spazieren. Die Luft war kalt und klar, es roch nach Frost. Seit Charlies Tod war Sarah oft in die Innenstadt Londons gefahren, um ihrem leeren Haus zu entfliehen; für gewöhnlich ging sie dann durch die alten Straßen der City mit ihren Lagerhäusern und Bürogebäuden und den winzigen engen Gassen, von denen Dickens erzählt, mit den schönen alten Kirchen Christopher Wrens, wie St. Dunstan's und St. Swithin's, wo sie oftmals in stiller, wenn auch weltlicher Betrachtung saß. Heute jedoch wollte sie zur Westminster Abbey gehen, wo sie jahrelang nicht mehr gewesen war. Sie ging die Gower Street hinab, vorbei an dem großen weißen Turm des Senate House, dem zweithöchsten Gebäude Londons. Das Hauptgebäude der ehemaligen Londoner Universität war nun die größte deutsche Botschaft der Welt, von Stangen auf dem Dach hingen zwei riesige Hakenkreuzfahnen bis zur halben Höhe des Gebäudes herab. Grimmig aussehende Staatspolizisten mit automatischen Gewehren standen ringsum entlang der hohen Absperrung, die wegen möglicher Angriffe der Resistance zusätzlich von Stacheldraht umgeben war, Wache. Innen stieg gerade ein Funktionär in brauner Naziuniform aus einer Limousine. Er wurde von einer Gruppe Männer begrüßt, einige im Anzug, ein paar in militärischem Feldgrau, einer in schwarzer SS-Uniform, in der er aussah wie ein gepanzerter Käfer. Sarah eilte vorbei. Als 1940 uniformierte deutsche Offiziere in England angekommen waren, hatte Sarah über die intensiven Farben gestaunt, die knallroten Armbinden mit den schwarzen Hakenkreuzen auf weißem Grund. Bis dahin hatte sie die Nazis nur im Film gesehen, in Schwarz, Weiß und Grautönen. Aber sie wussten zweifellos, wie man mit Farben Eindruck schinden konnte.

Gleichzeitig fiel ihr auf, während sie durch die Straßen ging, wie müde, kalt und grau die meisten Menschen aussahen. Auf dem Trottoir saß ein Einbeiniger und spielte Geige, seine Mütze vor sich. *Veteran von 1940 bittet um Hilfe* stand auf einem Stück Pappe. Die Polizei würde ihn bald weiterschicken; Bettler waren ein immer größeres Problem in London gewesen, bis vor ein paar Jahren, als sie, nach einer Kampagne der *Daily Mail*, gewaltsam »Zurück aufs Land« beordert worden waren, in landwirtschaftliche Siedlungen, die Lloyd George gegründet hatte, um auf brachliegendem Land Gemüse für die Bevölkerung anzubauen. Sarah warf eine halbe Krone in die Mütze des Mannes. In letzter Zeit nahm sie die deprimierenden Anzeichen von Armut und Unterdrückung immer stärker wahr, jahrelang hatte sie davor die Augen verschlossen. Als sie David kennengelernt hatte, war ihre politisch aktive Zeit bereits vorbei, es war zu gefährlich geworden. Sie und David waren, nachdem sie aus Neuseeland zurückgekehrt waren, der Ansicht gewesen, dass sie nichts weiter tun konnten, als die Sache auszusitzen, bis sich etwas änderte, was mit Sicherheit geschehen würde.

Sie wanderte Richtung Westminster und bemerkte, dass viele Hilfspolizisten unterwegs waren. Verschiedentlich fiel ihr ein neues Poster auf, das Werbung für Mosleys Faschisten machte. Es war schrill und geschmacklos: im Vordergrund eine Frau, die ein Baby vor einem gigantischen, King-Kong-ähnlichen Affen mit überzeichneter Judennase, Stahlhelm und einem roten Stern auf dem Kopf schützte. *Kampf dem bolschewistischen Terror! Werde jetzt Mitglied im BUF!*

Sie ging Whitehall hinunter und sah hoch zu den Fenstern der Dominionverwaltung, wo David arbeitete. Im Laufe der letzten Wochen hatte sie sich immer mehr über ihn geärgert, aber nachdem sie mit Irene gesprochen hatte, war ihr aufs Neue klar geworden, wie sehr sie ihn liebte und wie sehr sie fürchtete, ihn zu verlieren.

Sie ging am Palast von Westminster vorbei zur Abbey. Innen war es kühl und dunkel, ihre Schritte hallten. Es waren nur wenige

Leute anwesend. Auf dem Grabmal des Unbekannten Soldaten häuften sich noch immer die Kränze vom Heldengedenktag. Sie blickte sich in dem riesigen Raum um. Hier würde die Krönung stattfinden, irgendwann nächstes Jahr. Sie bedauerte die Königin, so jung und ganz allein mitten in diesem Schlamassel. Sie musste an die Weihnachtsansprache ihres Vaters denken, die George VI. 1939 gehalten hatte, dieser einzigen Kriegsweihnacht. Die Familie hatte um das Radio gesessen, alle mit Papierkronen, aber ernst und schweigend. Der König, der wie üblich mit seinem Stottern kämpfte, hatte aus einem Gedicht zitiert:

»*Ich sprach zu dem Mann, der am Tor des Jahres stand,*
Gib mir ein Licht, damit ich sicher ins Unbekannte gehen kann.«
Und er erwiderte: »*Gehe hinaus in die Dunkelheit und lege deine*
Hand in Gottes Hand.
Das wird besser für dich sein als ein Licht, und sicherer als jeder
bekannte Weg.«

Der arme König, dachte sie, der nie auf den Thron wollte und ihn doch hatte besteigen müssen, nachdem sein Bruder, der verantwortungslose Nazisympathisant Edward VIII., abgedankt hatte. Edward und Wallis Simpson führten ein schönes Leben auf den Bahamas, wo er der Gouverneur war. König George schien in den Jahren seit 1940 dahinzuschwinden, wie so viele offizielle Gestalten der Dreißigerjahre. Er erschien immer seltener in der Öffentlichkeit, und wenn er es tat, wirkte er traurig und angestrengt.

Man hatte Stühle für eine Andacht aufgestellt, und Sarah nahm Platz. Im kalten Dämmerlicht betete sie, zum ersten Mal seit vielen Jahren. »Lieber Gott, wenn es Dich gibt, dann schenke uns noch ein Kind. Es wäre eine Kleinigkeit für Dich, aber würde alles für uns bedeuten.« Sie weinte lautlos.

Sarah hatte eine glückliche Kindheit verlebt. Sie war das Nesthäkchen gewesen, ein hübsches blondes Kind, geliebt von ihrer Mutter und der älteren Schwester, obgleich sie wusste, auch für diese beiden kam der Vater an erster Stelle: Jim, dessen verstümmeltes Gesicht ihr manchmal Angst eingeflößt hatte, als sie klein war.

Jim war Buchhalter im Rathaus und verbrachte viel Zeit mit der Arbeit für pazifistische Projekte, dem Völkerbund und später der Peace Pledge Union. Sein größtes Anliegen bestand darin, einen neuen Krieg zu verhindern; er war überzeugt, die Menschheit würde dergleichen ein zweites Mal nicht überleben.

Was sie bei sich zu Hause hörte, war etwas anderes als das, was sie in der Schule lernte. Sie stritt mit ihrer Schwester. »Irene, Mrs. Briggs in der Schule sagt, der Kaiser hat den Krieg angefangen und musste gestoppt werden.«

»Das stimmt aber nicht. Es ist nicht fair, den Deutschen an allem die Schuld zu geben. Und der Versailler Vertrag war auch unfair, anderen Ländern Teile von Deutschland zu überlassen und dann auch noch Wiedergutmachung zu verlangen. Die können sie sich nicht leisten, und deshalb liegt ihre Wirtschaft am Boden. Daddy war im Krieg, viele seiner Freunde sind gefallen, und am Ende war alles umsonst. Wir müssen dafür sorgen, dass das nicht wieder passiert.«

»Aber brauchen wir denn keine Armee, um uns zu verteidigen, falls jemand uns angreift?«

»Niemand wird sich verteidigen können, wenn es einen neuen Krieg gibt. Alle Länder werden bombardiert werden, die Flugzeuge werden Giftgas abwerfen. Weine nicht, Sarah, es wird nicht passieren, weil vernünftige Leute wie Daddy es verhindern werden.«

Als Sarah älter wurde, wurde sie eine genauso leidenschaftliche Friedensaktivistin wie ihre Schwester und ihr Vater. Als Teenager unterschrieb sie das Friedensgelöbnis und nahm an den Sitzungen teil, die oft um den Esstisch in ihrem Elternhaus stattfanden. Doch wenn sie ehrlich sein sollte, fand sie viele Leute der Friedensbewegung streitsüchtig und langweilig. Sarahs Mutter spielte die Rolle der geschäftigen Gastgeberin, kochte Tee und sorgte für Sandwiches und Kuchen. Sarahs Vater sagte bei diesen Zusammenkünften nicht viel, er saß dabei und rauchte seine Pfeife, sein entstelltes Gesicht war ernst.

Eines Abends jedoch äußerte er sich. Sarah würde es nie vergessen. Und jedes Mal, wenn sie an den Zielen der Pazifisten zweifelte, erinnerte sie sich wieder daran. Es war kurz vor ihrem achtzehnten Geburtstag, ein schwüler Sommerabend 1936. Sie führten eine Kampagne, um mehr Unterschriften für das Friedensgelöbnis zu bekommen, und sie saßen um den Tisch und steckten Flugblätter in Umschläge. Sarah war müde und reizbar, sie fragte sich, wie es wohl auf dem Lehrerseminar sein würde – sie war gerade aus der Schule gekommen –, und war im Zweifel wegen eines Jungen, der sie umwarb, den sie aber eigentlich nicht mochte.

Der Spanische Bürgerkrieg war gerade ausgebrochen, und Leute, die jahrelang gegen den Krieg gewesen waren, fanden es plötzlich schwer, nicht Partei zu ergreifen. Ein junger Mann, Mitglied der Labour-Partei, sagte: »Wie können wir den Spaniern Vorwürfe machen, wenn sie sich gegen die Militaristen wehren, die eine gewählte Regierung stürzen wollen?«

Irene ereiferte sich: »Na ja, die spanische Armee sagt, sie versuchen, das Chaos zu beenden und wieder Ordnung zu schaffen. Aber wir können keine Gewalt unterstützen, weder auf der einen noch auf der anderen Seite. Wir müssen unseren Vorsätzen treu bleiben.«

»Ich weiß«, sagte der junge Mann. »Aber – es ist schwer, mit anzusehen, wie diese Faschisten auf unschuldigen Menschen herumtrampeln.«

»Und was sollen wir dagegen tun? Sollen wir gegen Hitler hochrüsten, wie es dieser ekelhafte Kriegstreiber Churchill fordert?«

Er schüttelte den Kopf. »Ich weiß nicht. Es ist schwer, aber – es ist auch schrecklich, dass diese faschistischen und nationalistischen Parteien in ganz Europa immer mehr an Macht gewinnen. 1914 gab es eine richtige Orgie von Nationalismus und Fahnenschwenken, und man sollte meinen, die Menschen hätten gelernt, wozu das geführt hat. Aber jetzt …« Seine Stimme erstarb.

Daraufhin sprach Jim. »In den Schützengräben, nachts, konnte es manchmal richtig still werden. Die meisten Menschen wissen davon nichts. Dann fingen die Kanonen wieder an, drüben auf der deutschen Seite, irgendwo an der Frontlinie. Und ich saß da und fragte mich, ob der Donner näher kommen würde, ob die Granaten vielleicht auf uns landen würden. Ich dachte daran, dass dort drüben ein junger Kerl sitzt, genau wie ich, und schwitzend eine Granate nach der anderen hineinschiebt. Genauso ein junger Kerl wie ich. Es waren solche Nächte, in denen ich zu dem Schluss kam, dass Kriege völlig sinnlos sind. Nicht in der Hitze des Gefechts, sondern in den ruhigen Augenblicken, wenn man Zeit zum Nachdenken hatte.«

Im Zimmer war es still geworden. Der junge Mann blickte zu Boden.

Für die Friedensbewegung war es jedoch nie mehr wie vorher, nachdem der Spanische Bürgerkrieg ausgebrochen war. Wie fast alle Pazifisten hatte Sarah sich als progressiv betrachtet, aber jetzt gab es Leute, welche die Pazifisten als blinde Dummköpfe beschimpften, als Reaktionäre gar. Es würde einen Krieg geben, der Faschismus war auf dem Vormarsch, und man musste sich entscheiden, auf welcher Seite man stand. Sie und Irene sahen sich den Film *Was kommen wird* von H.G. Wells an, und die Bilder der Bomber am Himmel, die Gaswolken, die zerlumpten Menschen, die danach in einer zerbombten Ödnis lebten, verfolgten sie. Sie erinnerte sich daran, wie sie, nachdem Deutschland in Österreich einmarschiert war, als Lehramtsstudentin einer Klasse dreizehnjähriger Mädchen Chamberlains Appeasement-Politik zu erklären versucht hatte. »Ich will nicht behaupten, Hitler sei ein guter Mann, aber Deutschland hat durchaus ein gewisses Recht, sich benachteiligt zu fühlen. Warum soll es sich nicht mit Österreich zusammenschließen, wenn beide Länder das wollen? Appeasement bedeutet, Streitigkeiten beizulegen, damit wieder Ruhe einkehren kann, und nicht alles aufzurühren. Ist das nicht vernünftig?« Wenn sie allerdings Szenen aus der österreichischen Wochenschau sah, in denen Juden aus ihren Wohnungen gezerrt wurden und die Straßen reinigen mussten, während sie von Soldaten getreten wurden, kamen ihr zwar noch keine wirklichen Zweifel, aber es schmerzte sie.

Für Irene war es einfacher, sie war seit jeher ein Mensch gewesen, der sich voll und ganz für die eine oder die andere Seite entschied. Jetzt war sie der Liga für Englisch-Deutsche Verständigung beigetreten. Dort hatte sie Steve kennengelernt und war durch ihn zur Hitler-Verehrerin geworden. Sarah fragte sie, wie jemand, der Frieden wollte, den Faschismus gutheißen konnte. Irenes Antwort lautete: »Hitler ist ein Mann mit Visionen, der den Frieden will, du darfst der Propaganda nicht alles glauben. Er will nichts weiter als Gerechtigkeit für Deutschland und Freundschaft mit Großbritannien.«

Sarah wandte sich Hilfe suchend an ihren Vater. »Du hast ganz recht, mein Schatz«, sagte er. »Hitler ist ein übler Militarist. Aber wenn wir uns auf einen Krieg mit ihm einlassen, kämpfen wir mit den gleichen Waffen wie er. Mr. Chamberlain liegt schon richtig.« Er sprach leise und kummervoll. Sie trafen sich jetzt seltener; oft saß Jim da und starrte traurig ins Leere.

Dann kamen der Herbst 1938 und die Münchner Krise. Die Leute gruben Parks und Grünflächen auf und hoben Gräben aus, in denen sich die Bevölkerung schützen sollte, wenn Bomben fielen. Die Fenster in den Schulen wurden kreuzweise mit Klebeband gesichert, um die Kinder vor splitterndem Glas zu schützen. *Jetzt steigen also auch die Zivilisten in die Schützengräben*, dachte Sarah. Die Schule erhielt eine Lieferung Gasmasken, schreckliche Dinger aus Gummi und Glas, große für Erwachsene und kleine mit Mickey-Maus-Gesichtern für die Kinder. Als Sarah morgens in der Schule ankam und den Berg dieser blind starrenden Masken sah, musste sie sich an einem Stuhl festhalten, bis sie sich wieder gefangen hatte. Auch die anderen Lehrer starrten entsetzt auf die Masken. Die Rektorin sagte, man müsse den Kindern zeigen, wie sie angelegt werden. Eine Lehrerin fragte mit Tränen in den Augen: »Wie erklären wir diesen Knirpsen denn, wofür diese Dinger gut sein sollen? Sollen wir ihnen sagen, dass Menschen in Flugzeugen uns mit Gas bombardieren werden? Wie sollen wir das anstellen?«

»Wir müssen es einfach tun, verdammt noch mal!«, rief die Rektorin mit brechender Stimme. »Denn wenn wir es nicht tun, sind sie tot. Sie denken, das hier ist schlimm, aber Sie sollten mal die Entbindungsstation sehen, wo meine Schwester arbeitet! Dort gibt es sogar verdammte Gasanzüge für Neugeborene!«

Aber es kam nicht so weit. Chamberlain kehrte mit dem Münchner Abkommen zurück, welches Deutschland einen Teil der Tschechoslowakei zubilligte. »Nur den Teil, in dem Deutsche wohnen, keine Tschechen«, erklärte Irene zufrieden. Steve meinte, wenn ein Krieg ausgebrochen wäre, hätte er das Land finanziell ruiniert; den Bankern und Geschäftsleuten hatte vor dieser Möglichkeit gegraut. »Das ist ein Denkzettel für Churchill, diesen Kriegstreiber!« Auf Sarah wirkte die Neuigkeit wie eine belebende Droge. Aber nur ein Jahr später, im August 1939, geschah dasselbe abermals, diesmal ging es um Polen. Wieder Gräben, Gasmasken und Evakuierungspläne, und diesmal wurde der Krieg tatsächlich erklärt, wie Chamberlain mit brechender Stimme im Radio bekannt gab. Zum ersten Mal heulten die Sirenen, zunächst nur zu Übungszwecken, aber bei der nächsten Gelegenheit könnte es schon den Ernstfall bedeuten. Überall in London sah man Menschen mit grimmigen Gesichtern und Tränen in den Augen, die ihre Hunde und Katzen zum Tierarzt brachten, um sie einschläfern zu lassen, denn sie würden sich vor den Bomben nicht schützen können. In der ersten Septemberwoche führte Sarah eine traurige Schar von Kindern mit Koffern und

Gasmasken, begleitet von ihren Müttern, zur Victoria Station, von wo aus sie verschickt werden sollten.

Die Achterbahn zwischen Hoffen und Bangen nahm eine neue Wendung. Nach der Evakuierung geschah monatelang gar nichts. Nachdem die Deutschen in Polen einmarschiert waren, gab es keine Luftangriffe, und es wurde auch nicht gekämpft. Die Eltern fingen an, ihre Kinder wieder zu sich zu holen. Man sprach von einem »Sitzkrieg«. Manche fragten, was für einen Sinn es habe, diesen Krieg fortzuführen. Man hatte sich darauf eingelassen, um den Polen beizustehen, aber jetzt war Polen besiegt, erledigt, aufgeteilt zwischen Deutschland und Russland. Als Sarah im bitterkalten Winter 1939–40 zusah, wie die Kinder im Schulhof sich mit Schneebällen bewarfen, begann sie wieder zu hoffen. Doch im April marschierten die Deutschen plötzlich in Dänemark und Norwegen ein, wo sie die britischen Streitkräfte mühelos zurückwarfen.

Chamberlain trat zurück und wurde durch Lord Halifax ersetzt, kurz darauf griff Deutschland die Niederlande und Frankreich an. Wieder fegten die Deutschen alles zur Seite, was sich ihnen in den Weg stellte, sie zerschlugen die französische Armee und schickten die britische Armee von Dünkirchen aus zurück in die Heimat, ohne alles, ohne Ausrüstung. Die Stimmen der Nachrichtensprecher bei der BBC klangen stetig ernster, und die Menschen fingen wieder an, ängstlich zum Himmel zu blicken, wo jetzt Fesselballons schwebten. Die französische Armee zog sich weiter und weiter zurück. Dann erfolgte Mitte Juni die Meldung, dass Frankreich und Großbritannien um einen Waffenstillstand ersucht hatten. Einen Monat später wurde das Berliner Abkommen unterzeichnet, ein Friede, den die Presse und die BBC als von Hitlers Seite aus überraschend großzügig bezeichneten. Keine Besetzung, keine Wiedergutmachung; weder Großbritannien, das Empire, noch die Flotte sollten angetastet werden, es wurden keine Kolonien aufgegeben, mit Ausnahme von Belgisch-Kongo, das an Deutschland abgetreten wurde. Es sollte auch keine deutsche Besatzung geben, bis auf die große Militärbasis auf der Isle of Wight. Deutsche Juden, die seit der Machtergreifung der Nazis nach England geflohen waren, wurden zurückgeführt, aber die britischen Juden wurden dabei nicht erwähnt. Sarah erinnerte sich an eine Wochenschau im Kino, wie Lord Halifax aus Berlin zurückkommt, Butler und Douglas-Home neben ihm auf dem Rollfeld, und die Ergriffenheit in der aristokratischen Stimme, als Halifax erklärt: »Der Friede, den wir mit Deutschland geschlossen haben, wird, so Gott will, von ewiger Dauer sein.« Im Kino brach allgemeiner Jubel aus, man hörte Hurrarufe, und es wurde begeistert geklatscht. Sarah war mit ihrer Familie da, Irene jubelte lauter als alle anderen, und ihre Mutter weinte Freudentränen. Sarah blickte zu ihrem Vater, aber die unverletzte Seite seines Gesichts war von ihr abgewandt. Sie konnte nicht sehen, wie er darauf reagierte.

Ein Jahr später, kurz nachdem der Krieg mit Russland begonnen hatte, trat Halifax zurück – aus Gesundheitsgründen, wie es hieß, und tatsächlich ähnelte sein ausgezehrtes Gesicht einer traurigen Maske, als er Downing Street verließ. Man hörte Gerüchte, er sei gegen den deutschen »Kreuzzug« gewesen. Ihm folgte der alte, aber fröhlich-aggressive Lloyd George nach, der Hitler den größten Deutschen dieser Ära genannt hatte. Es hieß, er sei nicht viel mehr als ein Strohmann. Im Fernsehen sah er aus wie ein lebendes Fossil, dessen Gebiss beim Sprechen laut klapperte, das weiße Haar wild und wirr. Nach seinem Tod 1945 folgte ihm der Zeitungsbaron und Kabinettsminister Beaverbrook ins Amt nach, der alle Berichte über die Gräueltaten aus Europa kalt zurückwies. Sein Lebenstraum von einem Freihandels-Empire war endlich wahr geworden.

Als Sarah aus der Westminster Abbey trat, war sie überrascht, wie spät es war. Die Sonne ging bereits unter, die zahllosen Fenster im Palast von Westminster leuchteten im reflektierten Licht und blendeten sie. Der Himmel im Westen war wie ein Gemälde von

Turner, ein Nebel aus roten und violetten Farbtönen. Nach ihrem Gebet und den Tränen fühlte sie sich etwas besser, auch wenn sie nicht daran glaubte, dass es wirklich einen Gott gab, der sie gehört hatte.

Sie überquerte die Straße zur Untergrundbahn. Vor dem Bahnhof herrschte viel Betrieb; ein Straßenhändler, in einen dicken Schal vermummt, verkaufte Gemüse an einem Stand. Ein Zeitungsverkäufer rief: »*Evening Standard! Beaverbrook trifft sich mit Laval!*« Sie kaufte eine Zeitung. Beaverbrook hatte auf seinem Weg nach Berlin einen Zwischenstopp in Paris eingelegt, und es gab ein Bild von ihm mit Präsident Laval. Frankreich wurde jetzt, genau wie Großbritannien, von einem Zeitungsmogul regiert.

Plötzlich bemerkte sie Aufruhr in der Nähe. Vier junge Männer, höchstens zwanzig Jahre alt, in Regenmänteln und mit Umhängetaschen, rannten die Straße entlang auf sie zu, schlängelten sich durch die Menge und zogen Flugblätter aus den Taschen, die sie den überraschten Passanten in die Hand drückten oder handvollweise in die Luft warfen. Jemand rief: »Hey!« Sarah dachte, es sei vielleicht ein Studentenstreich, aber die Gesichter der jungen Männer waren zu ernst. Sie rannten vorbei und ließen die Flugblätter auf den Gemüsestand herabregnen. »Arschlöcher!«, schimpfte der Zeitungsverkäufer hinter ihnen her, als sie am Eingang zur Untergrundbahn vorbeiliefen. Ein Stoß warmer Luft aus dem Inneren ließ die Blätter aufwirbeln wie Herbstlaub. Eins davon landete auf Sarahs Mantel, und sie griff danach.

Wir fordern
EIN FREIES PARLAMENT!
EINE FREIE PRESSE!
FREIE GEWERKSCHAFTEN!
Die Deutschen halten die Isle of Wight besetzt!
Streikende werden hingerichtet!
Die Deutschen verfolgen die Juden!

WER WIRD DER NÄCHSTE SEIN?
WEHRT EUCH GEGEN DIE DEUTSCHE BEVORMUNDUNG!
SCHLIESST EUCH DEM WIDERSTAND AN!
W. S. Churchill

Sie blickte auf. Die vier jungen Männer bogen gerade um die Ecke. Plötzlich tauchten wie aus dem Nichts ein Dutzend Hilfspolizisten auf, rannten hinter ihnen her und warfen sie zu Boden. Einer fiel vom Bordstein, und ein Taxi musste wild hupend einen Bogen um ihn machen. Die Polizisten rissen die jungen Leute hoch und drückten sie gegen die Wand, wobei sie keine Rücksicht auf die Passanten nahmen. Eine alte Frau mit einer Einkaufstasche bekam einen solch heftigen Stoß ab, dass der Inhalt ihrer Tasche auf der Straße landete. Ein Mann mit Regenschirm und Melone wurde von den Beinen gerissen; Sarah sah, wie sein Hut unter einen Bus rollte und von den Rädern platt gewalzt wurde. Die Passagiere im Bus verfolgten die Szene mit offenem Mund, doch die meisten wandten sich schnell wieder ab.

Die Polizisten hatten ihre Schlagstöcke gezogen und prügelten ohne Gnade auf die jungen Männer ein. Sarah hörte Holz splittern, dann einen Schrei. Die Hilfspolizisten, die meisten von ihnen selbst noch sehr junge Männer, schlugen erbarmungslos zu. Sarah sah, dass ein junger Mann am Mund blutete. Ein weiterer Polizist bearbeitete einen anderen mit den Fäusten, das Gesicht bleich vor Wut, jeder Schlag von einem Schimpfwort begleitet. »Elendes – judenfreundliches – Kommunisten – Arschloch.«

Die meisten Passanten beeilten sich, mit abgewandten Gesichtern vorbeizugehen, aber einige blieben stehen, und aus der Menge vernahm man den Ruf »Schande!« Der Polizist, der den jungen Mann geschlagen hatte, drehte sich um, griff an seine Hüfte und zog die Pistole. Die Zuschauer schnappten nach Luft und wichen zurück. »Wer war das?«, schrie der Hilfspolizist. »Wer war das?«

Jetzt kam mit laut heulender Sirene ein Polizeiwagen dazu und hielt am Bordstein. Vier weitere Polizisten sprangen heraus und rissen hinten die Doppeltüren auf. Die jungen Leute wurden wie Säcke hineingeworfen, die Tür mit einem Knall geschlossen, und der Wagen raste mit schriller Sirene davon. Die Hilfspolizisten zogen ihre Uniformen zurecht und blickten drohend in die Menge, als wollten sie weitere Rufer warnen. Doch niemand wagte es. Selbstbewusst zogen die Polizisten ab. Sarah blickte auf das Trottoir an der Mauer, das voller Blut war. Neben ihr stand zitternd ein älterer Mann in Mütze und Schal. Vielleicht war er es gewesen, der gerufen hatte. »Diese Schweinehunde«, murmelte er, »diese Schweinehunde.«

Sarah sagte zu ihm: »Das kam alles so plötzlich. Wohin fahren sie wohl mit ihnen?«

»Scotland Yard vermutlich.« Der alte Mann sah Sarah an. »In den Keller, zum Verhör. Arme kleine Teufel, das sind doch noch halbe Kinder. Vielleicht lassen sie auch die schwarzen Hexen aus dem Senatshaus auf sie los. Die werden sie in Stücke reißen.«

»Schwarze Hexen?«

Der alte Mann sah sie mitleidig an. »Die Gestapo. Die SS. Wissen Sie denn nicht, wer hier wirklich das Sagen hat?«

8

Gunther Hoth kam am frühen Freitagnachmittag in London an. Er hatte den täglichen Lufthansaflug von Berlin genommen. In Croydon erwartete ihn ein großer schwarzer Mercedes mit diplomatischem Kennzeichen. Der Fahrer, ein schneidiger junger Mann, begrüßte ihn mit »Heil Hitler!«.

»Heil Hitler!«

»Guter Flug, Herr Sturmbannführer?«

»Ziemlich ruhig.«

»Mein Name ist Ludwig. Ich soll Ihnen heute zur Seite stehen.« Der junge Mann sprach förmlich, wie ein Fremdenführer, aber seine Augen waren aufmerksam. Vermutlich gehörte er der SS an. Dankbar ließ Gunther sich in den weichen Autositz sinken. Er war müde, und die empfindliche Stelle in der Mitte seines Rückens schmerzte. Gestern Abend hatte er nach der Sitzung mit Karlson sofort mit Packen begonnen und versucht, ein wenig zu schlafen, dann war er früh aufgestanden, um den Flug zu erreichen. Er blickte aus dem Fenster, während das Auto lautlos durch die grauen Londoner Vorstädte glitt. England war noch genauso, wie er es in Erinnerung hatte, kalt und feucht. Die Menschen waren blass und wirkten geistesabwesend, die Kleidung der meisten Berufstätigen sah abgetragen und schäbig aus. Viele der rußgeschwärzten Gebäude schienen in schlechtem Zustand. Überall lagen Hundehaufen, in den Gossen, aber auch auf den Trottoirs. Es hatte sich kaum etwas verändert, seit er vor sieben Jahren das letzte Mal hier gewesen war. Eigentlich sah es noch genauso aus wie damals, als er 1929 als Student England erstmals besucht hatte.

Aber er war froh über seinen Auftrag. Er war seine Tätigkeit bei der Gestapo leid, hatte es satt, Informanten zu befragen, deren Augen vor Bösartigkeit oder Habgier leuchteten, hatte es satt, in endlosen Karteien zu wühlen. Selbst das Erfolgserlebnis, wenn er dank seines Spürsinns einen der letzten versteckten Juden ausfindig gemacht hatte, brachte ihm inzwischen nicht mehr dieselbe Befriedigung wie früher.

Mehr als zwanzig Jahre lang hatte er die Juden gehasst für das, was sie Deutschland angetan hatten. Er wusste, sie waren noch immer eine Bedrohung, mit ihrer Macht, die sie in Amerika besaßen, sowie den Regimen, die von Russland übrig geblieben waren, aber in den letzten Jahren hatte er das Gefühl, als ließen sein Zorn und sein Ehrgeiz mit zunehmendem Alter nach – bald würde er fünfundvierzig sein. Gestern hatte er im Morgengrauen zusammen mit vier Polizisten ein Haus in einem wohlhabenden Berliner Vorort aufgesucht, an die Tür gehämmert und Einlass verlangt. In dem feuchten Keller hatten sie eine jüdische Familie entdeckt, Vater, Mutter und einen elfjährigen Jungen. Der Keller war mit Stockbetten, Sessel und sogar einem kleinen Spülbecken ausgestattet. Sie hatten die drei nach oben gezerrt – die Mutter hatte geweint und geschrien – und in die Küche gebracht, wo Herr und Frau Müller, die ihnen Unterschlupf gewährten, mit ihren Kindern warteten, zwei kleinen blonden Mädchen in identischen hellblauen Nachthemden, die jüngere eine Stoffpuppe an sich drückend.

Gunthers Leute schubsten die drei Juden an die Küchenwand. Die Frau hatte aufgehört zu schreien und weinte leise, die Hände vor dem Gesicht. Kopflos versuchte der kleine Junge plötzlich wegzulaufen, aber einer von Gunthers Männern packte ihn am Arm und drückte ihn zurück an die Wand, wobei er ihm einen Faustschlag versetzte und der Junge aus dem Mund zu bluten begann. Gunther runzelte die Stirn. »Das reicht, Peter«, sagte er. Er wandte sich an die deutsche Familie. Er wusste, Herr Müller war ein Bahnbeamter ohne politische Vergangenheit. »Warum haben Sie das getan?«, fragte er traurig. »Sie wissen, was Ihnen nun blüht.«

Müller, ein kleiner, schmächtiger Mann mit schütterem Haar, deutete mit dem Kopf zu einem kleinen Holzkreuz an der Wand. Gunther nickte. »Ich verstehe. Evangelisch? Bekennende Kirche?«

»Ja«, sagte der Mann. Er blickte zu den hilflosen Juden hinüber und sagte mit plötzlichem Zorn: »Sie haben auch Seelen, genau wie wir.«

Dieses dämliche Argument hatte Gunther schon oft gehört. Er seufzte. »Damit haben Sie nur sich selbst in Schwierigkeiten gebracht.« Er nickte zu den Juden hinüber. »Und die dort auch. Sie hätten sich umsiedeln lassen sollen, wie alle anderen. Stattdessen sind sie wahrscheinlich jahrelang von Haus zu Haus gezogen, um sich zu verstecken.« Leute wie die Müllers waren wirklich dumm. Sie hätten ein normales, ruhiges Leben führen können. Stattdessen würden sie jetzt von der SS verhört und dann aufgehängt werden.

Frau Müller holte tief Luft. »Bitte, tun Sie unseren Kindern nichts«, bat sie mit zitternder Stimme.

»Hätten Sie nicht an die beiden denken sollen, ehe Sie das getan haben?« Gunther seufzte abermals. »Es ist schon in Ordnung, Ihren Kindern wird nichts passieren, sie werden von guten deutschen Familien adoptiert werden – Familien, die vielleicht an der Ostfront Söhne verloren haben«, fügte er bitter hinzu und sah die Frau an.

Der Mann sagte: »Geben Sie mir darauf Ihr Wort?«

Gunther nickte. Die Frau sagte: »Danke«, dann senkte sie den Kopf und brach in Tränen aus. Gunther runzelte die Stirn. Bisher hatte ihm noch niemand gedankt, den er verhaftet hatte. Er blickte auf das kleine Kruzifix an der Wand. Er war selbst evangelisch erzogen worden und sich dementsprechend der Tatsache wohlbewusst, dass das Kreuz ein Symbol des Opfers darstellte. Gunther wusste darüber hinaus, was ein wirkliches Opfer war. Hans, sein Zwillingsbruder, war vor acht Jahren in der Ukraine von Partisanen getötet worden. Jetzt, im bequemen Auto, in dem er durch London fuhr, erinnerte er sich an den ersten Urlaub seines Bruders, 1941 nach der Invasion in Russland. Hans war als Teil einer SS-Einsatzgruppe nach Russland gezogen, um Bolschewiken und Juden zu liquidieren. Hans war dreiunddreißig gewesen, als er im Dezember zurückkam, aber er hatte älter ausgesehen. Er hatte in Gunthers Wohnzimmer gesessen, nachdem Gunthers Frau zu Bett gegangen war. Sein Gesicht hob sich bleich und erschöpft von der schwarzen SS-Uniform ab. Er sagte: »Ich habe Hunderte von Menschen umgebracht, Gunther. Frauen und alte Leute.« Er fuhr fort und redete plötzlich schneller. »Einmal ein ganzes jüdisches Dorf, ein Schtetl. Wir ließen sie eine große Grube ausheben, dann knieten sie nackt am Rand, und wir haben sie erschossen. Es war furchtbar kalt, sie zitterten, sobald sie ausgezogen waren, aber natürlich war es hauptsächlich die Angst.« Hans tat einen tiefen, erschauernden Atemzug, dann raffte er sich zusammen und richtete sich auf. »Aber Himmler sagt, wir müssen hart und gnadenlos vorgehen. Er sprach zu uns, ehe wir nach Russland aufbrachen. Er sagte, wir müssen es für die Zukunft des Deutschen Reiches tun. Für die Generationen von Ungeborenen.« Er sah seinen Bruder an, es war ein verzweifeltes, grimmiges Starren. »Ganz egal, was es kostet.«

Nach den Verhaftungen hatte Gunther den Rest des Tages im Gestapo-Hauptquartier in der Prinz-Albrecht-Straße verbracht und sich mit Papierkram beschäftigt. Er unterschrieb die Dokumente, mit denen die jüdische Familie in Heydrichs jüdisches Evakuierungslager und die Müllers zum Verhör geschickt wurden. Dann ging er müde die breite Treppe hinunter, vorbei an den Büsten deutscher Helden, und zu Fuß nach Hause. Sein Weg führte durch das riesige, endlose Baugebiet im Stadtzentrum, wo Germania, Speers neues Berlin, rechtzeitig für die Olympiade 1960 entstehen sollte. Die geplanten Gebäude waren so groß, dass sie auf dem sandigen Untergrund dreißig Meter tiefe Betonfundamente erforderten, um stabil zu sein. Man hatte extra Schienen verlegt, um den Sand abfahren zu können. Auch an einem kalten, klaren Tag wie diesem lag Staub in der Luft; manchmal war er so dicht, dass Gunther, wie andere empfindliche Menschen, eine dieser kleinen weißen Masken aus Amerika vor Mund und Nase trug. Tausende polnischer und russischer Zwangsarbeiter wuselten um die riesigen Baugruben, die das Projekt zur größten Baustelle der Welt machten. Jeden Tag starben ein paar von ihnen, und Gunther sah die Hände und Füße von Toten, die unter hastig ausgebreiteten Planen hervorragten. Überall patrouillierten bewaffnete Polizisten, denen die Bauarbeiter zahlenmäßig weit überlegen waren, aber ein Mensch mit einem Gewehr kann etliche unbewaffnete Menschen mühelos in Schach halten.

Er bemerkte, dass inzwischen weniger Leute ihr Naziabzeichen trugen als früher. Die Straßen, die nicht erneuert worden waren, sahen unglaublich heruntergekommen aus. Billige Importware aus Frankreich und den besetzten Ostländern hatte den Lebensstandard in Deutschland bis vor zwei Jahren auf einem guten Niveau gehalten, doch das fiel jetzt ab, da der Krieg mit Russland sich endlos hinzog. Fünf Millionen Deutsche waren bereits gefallen, und mit jedem Tag wurden neue Verluste gemeldet. Bei der Geheimpolizei war es Tagesgespräch, dass die Moral stetig nachlasse, viele Menschen grüßten sich nicht einmal mehr mit dem Deutschen Gruß, dem obligatorischen »Heil Hitler«.

In seiner Wohnung hatte er wie gewöhnlich am Küchentisch sein einsames Abendessen zu sich genommen und dann Radio gehört. Er machte eine Flasche Bier auf und dachte an seine Frau und seinen Sohn. Klara hatte ihn vor vier Jahren wegen eines Polizeikollegen verlassen. Sie hatten seinen Sohn Michael mitgenommen und lebten jetzt als subventionierte Siedler auf der Krim, dem einzigen Gebiet Russlands, aus dem die ursprünglichen Bewohner gänzlich vertrieben worden waren, eine leicht zu verteidigende Halbinsel, wo die Deutschen sich sicher fühlten. Doch Gunther wusste, dass die neue, mehr als tausend Kilometer lange Bahnstrecke dorthin ständig von Partisanen angegriffen wurde.

Er schaltete das Radio aus. Man spielte Mozart, eine Musik, die er dekadent und irritierend fand. Er legte die Platte mit Tschaikowskys Ouvertüre 1812 auf, deren selbstbewussten, kräftigen Rhythmus er liebte, auch wenn Tschaikowsky ein Russe und seine Musik eigentlich nicht erwünscht war. Die Musik munterte ihn auf, aber als sie zu Ende war, verfiel er wieder in diese traurige, leere Stimmung, unter der er manchmal litt. Er sagte sich, es liege an den Umständen der Zeit. Wer an Deutschland glaube, müsse für dessen Zukunft eben einen hohen Preis zahlen.

Er fuhr zusammen, als das Telefon klingelte. Es war das Hauptquartier der Gestapo. Er solle sofort kommen, Superintendent Karlson wünsche ihn zu sehen.

Karlson hatte ein großes Büro im Obergeschoss des Gebäudes in der Prinz-Albrecht-Straße. Dicke Teppiche, an den Wänden Bilder von Berlin im achtzehnten Jahrhundert, auf Schreibtisch und sonstigen Flächen kostbare Porzellanfiguren, wahrscheinlich Stücke aus jüdischem Besitz. Karlson war schon seit den Zwanzigerjahren Parteimitglied und genoss viele Privilegien. Er war einer der »goldenen Fasanen«, der alten Kämpfer, von robustem Körperbau, strahlte eine fröhliche Jovialität aus und zeichnete sich wie so viele der altgedienten Parteigenossen durch ein derbes, aber auch gewitztes Naturell aus. Neben dem großen Schreibtisch, unter den Porträts Hitlers und Himmlers, saß ein unbekannter Mann. Der Fremde war groß und schlank, in den Vierzigern, schwarzes Haar und scharfe blaue Augen. Seine SS-Uniform war makellos, die rote Armbinde mit dem Hakenkreuz im weißen Feld hob sich vom schwarzen Stoff ab. Karlson trug heute ebenfalls Uniform, obwohl er normalerweise im Anzug erschien, ebenso wie Gunther, der für seine Arbeit eher im Schatten bleiben und nicht auffallen wollte. Er bemerkte, dass der Fremde eine offene Akte auf den Knien mit den scharfen Bügelfalten hielt.

Karlson begrüßte Gunther herzlich und deutete auf einen Stuhl vor dem Schreibtisch. Er sagte: »Danke, dass Sie so kurzfristig gekommen sind.«

»Ich hatte nichts Besonderes vor.«

Karlson blickte auf den Fremden, in seiner Stimme lag ein unterwürfiger Ton. »Darf ich Ihnen Obersturmbannführer Renner von der Division E7 vorstellen?« *Also ein SS-Brigadier vom Reichssicherheitsamt, zuständig für Großbritannien*, dachte Gunther, *die suchen jemanden.* An Renner gewandt, fuhr Karlson fort: »Sturmbannführer Hoth ist einer meiner besten Offiziere. Seine Aufgabe ist es, Juden aufzuspüren, die sich in Berlin verstecken. Heute sind ihm wieder drei ins Netz gegangen.«

Der dunkelhaarige Mann nickte. »Gratuliere. Was meinen Sie, gibt es noch viele?«

»In Berlin nicht mehr. Wir sind fast am Ende. Aber wie ich höre, gibt es in Hamburg noch ein paar.«

»Vielleicht mehr, als wir ahnen«, sagte Karlson. »Die sind wie Ratten. Man denkt, man ist sie los, und sofort sind sie wieder zurück und nagen einem mit ihren scharfen Zähnen die Zehen ab, ist es nicht so?« *Er muss sich wieder in Szene setzen*, dachte Gunther.

»Nein«, erwiderte Renner leise. »Ich glaube, Sturmbannführer Hoth hat recht, es gibt nicht mehr viele.« Interessiert blickte er Gunther an. »Ich nehme an, Sie haben den Stellvertretenden Reichsführer Heydrich schon kennengelernt?«

»Ich habe ihn nur einige Male gesehen. Als ich in der Hitlerjugend war.«

Renner nickte nachdenklich. Er schien Gunther immer noch zu taxieren. »Was denken Sie, was Sie tun werden, Sturmbannführer Hoth, wenn die Juden alle aus Deutschland verschwunden sind?«, fragte er.

»Das weiß ich noch nicht. Ich habe noch ein paar Jahre vor mir, ehe ich mich zur Ruhe setzen kann. Ich dachte, ich könnte vielleicht nach Polen gehen. Wie ich höre, gibt es dort noch einiges zu tun.« Er hatte gedacht, wenn er das täte, würde seine alte Energie wieder aufflammen, und wenn nicht, würden die Partisanen ihn vielleicht in die Finger kriegen, genau wie seinen Bruder Hans. Dann wäre das Familienopfer komplett.

Renner sagte: »Sie haben eine interessante Laufbahn vorzuweisen, Hoth. Einen Universitätsabschluss in Englisch, ein Jahr in England gelebt, nach Ihrer Rückkehr Mitglied in der Partei, danach fünf Jahre bei der Kriminalpolizei.«

»Ja, mein Vater war ebenfalls Polizist.«

Renner nickte, und das silberne Abzeichen mit dem Totenkopf an seiner schwarzen SS-Mütze blitzte im Licht. »Ich weiß. 1936 wurden Sie von der Gestapo-Spionageabwehr angeworben, unter Brigadeführer Schellenberg, wie er damals noch hieß, und arbeiteten an Geheimdienstprojekten, die mit England zu tun hatten, darunter auch an dem Entwurf für eine Besatzungsregelung, die dann, wie sich herausstellte, glücklicherweise nicht benötigt wurde.« Er lächelte kühl. »Dann, nach 1940, fünf Jahre England, wo Sie von unserer Botschaft aus mit der britischen Spezialeinheit gearbeitet haben und ihr halfen, Programme gegen staatsgefährdende Aktivitäten zu entwickeln.« Während er sprach, blickte er mehrmals in den Ordner auf seinen Knien, und Gunther stellte fest, dass es sich um seine Personalakte handelte. Renner sah ihn etwas ratlos an. »Und doch stellten Sie 1945 den Antrag, nach Berlin zurückzukehren, zur Abteilung III. Und hier sind Sie nun seither, beschäftigen sich mit ethnischen Fragen und haben in den letzten Jahren versteckte Juden aufgespürt. Sie haben sich nie um eine Beförderung bemüht.«

Gunther sagte: »Ich hatte die Nase voll von England, meine Frau erst recht. Und mein augenblicklicher Rang reicht mir.«

»Ihre Frau hat Sie verlassen, wie ich sehe.«

»So ist es.«

Renners Gesichtsausdruck wurde ein wenig milder. »Das tut mir leid. Ihre Leistungen sind vorbildlich, Sie haben viel für das Reich getan. Ich sehe hier, dass Sie analytisches Geschick besitzen. Sie bemerken Verhaltensmuster, die anderen Offizieren entgehen.« Wieder sah Renner Gunther lange und abwägend an, dann wandte er sich an Karlson.

»Ja«, sagte Karlson. Er lehnte sich im Stuhl zurück und blickte Gunther aus seinen großen, rot geäderten Augen an. »Obersturmbannführer Renners Abteilung hat einen Antrag von hochrangigen Leuten der Londoner Botschaft erhalten. Die brauchen dort jemanden für« – er lächelte – »für eine Aufgabe von einiger Bedeutung. Sie sprechen Englisch, Sie waren dort auf der Universität, und Sie haben fünf Jahre lang mit der Polizei im Senate

House zusammengearbeitet. Man möchte, dass Sie für eine Woche, vielleicht auch zwei, nach drüben gehen.«

Gunther zögerte, dann sagte er: »Natürlich. Wenn ich dort behilflich sein kann.«

»Obwohl Sie England nicht sehr mögen?«, fragte Renner.

Gunther erwiderte: »Ich weiß, Großbritannien ist unser Verbündeter, aber weder mag ich die Briten, noch traue ich ihnen. Ich habe sie immer für – ziemlich dekadent gehalten.« Renner nickte. »Und Beaverbrook ist eine Witzfigur«, fügte Gunther hinzu.

Wieder nickte Renner. »Da bin ich ganz Ihrer Meinung. Aber noch ist Mosley nicht stark genug, um ihm die Sache abzunehmen, auch wenn er als Innenminister viel Macht besitzt. Die Engländer sind Arier, doch trotz ihrer Erfolge denken sie nicht rassistisch genug. Aber es stimmt, sie sind dekadent, sie können ja selbst ihr britisches Empire nicht mehr unter Kontrolle halten. Und Churchills Leute sorgen für steigende Unruhe.«

»Das habe ich auch gehört.«

»Beaverbrook ist momentan in Frankreich und führt Gespräche mit Laval.« Renner lächelte kühl. »Anschließend kommt er nach Berlin. Er bemüht sich um engere Wirtschaftsbeziehungen zu Deutschland und zusätzliche Truppen für Indien. Die Briten können von ihrem Empire nicht mehr leben, deshalb suchen sie jetzt nach den Krumen, die von unserem Tisch fallen. Doch dafür werden sie bezahlen.« Er sah Karlson an, der seine pummeligen Hände auf dem Tisch verschränkte und sich vorbeugte.

»Den Einsatz, bei dem Sie helfen sollen, führt die SS. Wir wissen, dass wir uns auf Ihre Loyalität verlassen können. Sie werden in London mit unserem Mann vom Geheimdienst kooperieren. Botschafter Rommels Leuten werden Sie nichts davon erzählen, auch nicht irgendwelchen anderen, die Sie von früher kennen mögen. Und schon gar nicht den Armeeangehörigen, von denen es in der Botschaft wimmelt.«

Also ist es eine Sache der SS, ein geheimer Krieg mit der Armee, dachte Gunther, ein Krieg, der bereits jahrelang tobt. Die Armee sah sich als die historischen Hüter Deutschlands, während die SS sich für die Kraft der Zukunft hielt, für diejenigen, die über die minderwertigen Rassen Großdeutschlands herrschen würden, bis sie ausgestorben waren und die deutsche Rasse in Zukunft bewahren würden. Hitler hatte die SS vorgezogen, sie aus dem Nichts groß gemacht, aber jetzt war er krank, ernstlich sogar, wie es manchmal hieß, und weder Armee noch SS schienen in Russland letztendlich siegen zu können. In der Gestapo kursierten Gerüchte, die Armee wolle den Krieg in Russland beenden; die Ukraine, Westrussland und den Kaukasus wolle man behalten, und die Russen könnten im Osten ihr eigenes korruptes Reich errichten. Aber für Himmler war klar: Wenn Deutschland ganz sicher sein sollte, musste der Krieg bis zum bitteren Ende ausgefochten werden. Jetzt, da Göring tot war, lag der größte Teil der wirtschaftlichen Macht bei Speer, den die Armee respektierte, den Himmler und die SS aber für kaum besser hielten als einen Bolschewiken, mit seinen großen staatlichen Unternehmen und seiner Verachtung für den freien Markt. Goebbels, den Hitler nach Görings Tod zu seinem Nachfolger bestimmt hatte, hielt das Gleichgewicht zwischen ihnen, aber niemand wusste so recht, wo Goebbels augenblicklich stand.

»Also sind Rommels Leute nicht involviert?«, fragte Gunther vorsichtig.

»Rommel weiß gar nichts davon. Die Sache ist ausschließlich eine Angelegenheit der SS.« Renner fügte hinzu: »Wenn das ein Problem für Sie darstellt, Hoth, dann müssen Sie es jetzt sagen. Dann hat dieses Gespräch nie stattgefunden.«

»Es ist kein Problem für mich.«

»Gut.« Renner lehnte sich zurück.

»Sie werden morgen früh von Tempelhof nach London fliegen«, sagte Karlson. »Man wird Sie zur Botschaft bringen, dort werden Sie weitere Einzelheiten über Ihre Aufgabe erfahren. Und in der Zwischenzeit sprechen Sie mit niemandem darüber.«

»Sehr wohl.« *Ich habe ja niemanden mehr, dem ich es erzählen könnte*, dachte Gunther.

Karlson sagte: »Und bitte, bringen Sie mir ein bisschen englischen Tee mit, am liebsten Earl Grey.« Er lachte und sah Renner an. »Ein Getränk für alte Damen. Meine Frau serviert ihn gern, wenn sie ihre Tanten einlädt.«

Als der Wagen sich der Innenstadt näherte, wurde der Verkehr immer dichter. Der große Mercedes hielt an einer Ampel, zu beiden Seiten die kleinen, stupsnasigen englischen Autos. Gunther sah seine Züge in der Fensterscheibe gespiegelt. Sein Gesicht wurde allmählich schlaffer, er begann Hängebacken zu entwickeln, aber Mund und Kinn waren immerhin noch so fest wie immer. Er müsste mehr Sport treiben. Hans hatte sich immer fit gehalten. Ein leichter Nieselregen prasselte auf die Scheibe, als sie die breite Euston Road entlangfuhren.

Das erste Mal war Gunther 1929 für ein Jahr als Oxford-Student in England gewesen. Schon damals hatte er die Engländer als dekadent und verweichlicht empfunden. Trotzdem war er nach dem Berliner Abkommen zurückgekehrt, um in London zu arbeiten. Fünf Jahre hatte er mit der britischen Polizei zusammengearbeitet, hatte geholfen, sie im Umgang mit Unruhen, Ausschreitungen und Terrorismus zu schulen. Die Briten selbst hatten bereits viel von den Iren gelernt, waren aber in den friedlichen Vierzigerjahren nachlässig geworden.

Der Wagen bog nach links ab, vorbei an großen alten Gebäuden und grünen Rasenflächen, die Bäume waren bereits kahl. Das Auto fuhr zur Rückseite von Senate House, wo die Botschaft durch eine sieben Meter hohe Betonmauer geschützt wurde, auf der britische Polizisten patrouillierten. Ein deutscher Soldat öffnete das Stahltor zum Parkplatz. Etwas steif stieg Gunther aus. Er blickte hoch auf das neunzehn Stockwerke aufragende Gebäude, in Stufenbauweise, wie eine hohe, schmale Pyramide, von der die riesigen Hakenkreuzfahnen träge in der feuchten Luft herabhingen. Er hatte das Gebäude seit jeher bewundert, wegen seiner Proportionen und seiner Funktionalität.

Der Fahrer und Gunther gingen hinein, durch die vertrauten gefliesten Korridore in das große Vestibül in der Mitte, wo auf hohem Sockel eine drei Meter hohe Marmorbüste des Führers stand. Hier ging es genauso lebhaft zu wie früher. Schritte und Stimmen hallten von den Wänden wider: Männer in Uniform, Sekretärinnen in eleganten Kostümen und auf klappernden hohen Absätzen mit Ordnern unterm Arm. Sie traten zu den Aufzügen. Der Fahrer zeigte dem Bediensteten, einem Soldaten, seinen Pass. Sie waren die einzigen Menschen im Aufzug, der sie leise zum zwölften Stock hinauffuhr. »Wie fühlt es sich an, wieder zurück zu sein, Sir?«, fragte Ludwig.

»Deprimierend vertraut. Wenigstens hängt hier nicht so viel Staub in der Luft wie in Berlin.«

»Ja. Aber der britische Nebel kann auch schlimm sein.«

»Daran kann ich mich gut erinnern.«

Die Tür ging auf. Ludwigs Ton wurde wieder offiziell. »Ihr Termin, Sir, ist mit Standartenführer Gessler. Danach bringe ich Sie zu Ihrer Unterkunft. Die Wohnung befindet sich in Russell Square, sehr komfortabel und angenehm gelegen.«

»Ich danke Ihnen.« *Ein Oberst des Geheimdienstes also,* dachte Gunther, einer der höchsten SS-Offiziere der Botschaft. Er verspürte eine innere Anspannung, wie er sie lange nicht mehr erlebt hatte.

Das Büro, in das Gunther trat, war klein, mit weißen Wänden und einem herrlichen Panoramablick auf London unter grauer Wolkendecke. Auf einem Tisch am Fenster stand ein Globus, auf dem sich das Deutsche Reich bis zum Ural erstreckte. Hinter dem Schreibtisch die obligatorischen Bilder von Hitler und Himmler. Das Hitlerbild war das letzte von ihm, es war 1950 aufgenommen worden und zeigte ihn grauhaarig, mit eingefallenem Gesicht und hängenden Schultern. Trübsinnig starrte er

Gunther an, ein bemerkenswerter Kontrast zu Himmlers kaltem Selbstbewusstsein.

Der Mann, der sich nun erhob, um ihn zu begrüßen, trug die volle SS-Uniform. Gessler war Anfang fünfzig, von kleiner Gestalt, das schüttere dunkle Haar sorgfältig über den Schädel gekämmt, um eine kahle Stelle zu bedecken. Der runde Zwicker und das ernste Gesicht mit den strengen Zügen um den Mund erinnerten Gunther an seinen alten Schulrektor in Königsberg. Er war einer der alteingesessenen, farblosen Technokraten, die Himmler und Heydrich für die höheren Ränge bevorzugten. Doch wie Gunther wusste, konnten solche Leute auch brutal werden; wie sein alter Rektor neigten sie oft zum Jähzorn. Gessler hob den Arm zum Deutschen Gruß und sagte »Heil Hitler«. Gunther tat es ihm gleich. Man bedeutete ihm, Platz zu nehmen. Gessler blickte ihn an. Er legte die Hände flach auf die Schreibtischplatte, seine Finger waren kurz und dick. Der Schreibtisch wirkte sehr aufgeräumt, die Federhalter und Bleistifte in der flachen Schale wiesen allesamt in dieselbe Richtung, die Papiere sauber gestapelt.

Gessler sprach sachlich und ohne Umschweife. »Inspektor Hoth, man sagte mir, ich könne mich auf Ihre absolute Diskretion verlassen. Dass Sie die Engländer, ihre Gepflogenheiten und vor allem ihre Polizei kennen. Dass Sie diplomatisch geschickt sind, wenn nötig. Sie sind bis ins Mark ein Offizier der Gestapo.« Zum ersten Mal riskierte er ein Lächeln, plötzlich vertraulicher geworden. »Und dass Sie ein guter Menschenjäger sind.«

»Ich hoffe, all das entspricht der Wahrheit.«

»Wiederholen Sie das auf Englisch.«

Gunther tat es, und Gessler nickte kurz. »Gut. Man sagte mir, Sie sprechen fast ohne Akzent.« Er schwieg. »Ich habe gehört, Ihr Bruder sei sehr jung der SS beigetreten. Und dass er heldenhaft in Russland gefallen ist.«

»Das stimmt.« Gunther sehnte sich nach einer Zigarette, aber er sah keinen Aschenbecher im Büro.

139

Mit leiser Stimme fuhr Gessler fort: »Und man hat mir berichtet, dass auch Sie, genau wie er, überzeugt sind, dass Deutschland bis zum Äußersten gehen muss, um seine Feinde zu vernichten, damit künftige deutsche Generationen friedlich und in Sicherheit leben können.«

»Das tue ich seit mehr als zwanzig Jahren.«

»Sie und Ihr Bruder traten 1930 in die Partei ein.«

»So ist es. Während der chaotischen Weimarer Zeit.«

Gessler schlug die Beine übereinander. »Und doch haben Sie sich, im Gegensatz zu Ihrem Bruder, nie darum bemüht, in die SS einzutreten. Als Mitglied der Gestapo unterstehen Sie selbstverständlich dem Stellvertretenden Reichsführer Heydrich. Aber Sie gehören nicht zur SS. Das schien meine Kollegen in Berlin zwar nicht zu stören, aber mir scheint – ich hätte doch gern eine Erklärung dafür.« Er lächelte erneut, allerdings diesmal ohne Wärme.

Gunther holte tief Luft. »Mein Bruder Hans fühlte sich – zu einem idealistischen Leben hingezogen. Ich dagegen neige zur Polizeiarbeit, wie mein Vater auch. Das liegt mir. Das ist meine Art, Deutschland zu dienen.«

Gessler ließ ein kurzes, scharfes Knurren hören. »Ich sehe, dass Körperertüchtigung in Ihrem Leben keinen besonders hohen Stellenwert hat.« Er selbst wirkte schlank und fit in seiner tadellos sitzenden schwarzen Uniform. »Das ist merkwürdig. Ich dachte, eineiige Zwillinge zeigten ein identisches Verhalten.«

Gunther vermutete, dass Gessler ihn provozieren wollte. Leise erwiderte er: »Nicht immer.«

Gessler dachte einen Augenblick nach. Dann stand er plötzlich auf und ging hinüber zum Globus. Er legte die Hand auf Europa. »Dieser Globus, ist, wie wir beide wissen, eine Zukunftsvision. Ein großes Gebiet westlich der Wolga ist nach wie vor in der Hand Russlands. Sie besitzen noch immer die Ölfelder an der Wolga und die neuen, die man in Sibirien entdeckt hat, während es in den von uns eroberten Gebieten von Partisanen nur so wimmelt. Genau wie in Polen. Unsere Siedlungen dort werden zunehmend unsicherer. Manche Leute sind der Meinung, wir sollten den Krieg beenden und uns mit Chruschtschow und Schukow und ein paar von den kleinen Kapitalisten einigen, die jetzt hinter der Wolga auftauchen, seit die kommunistische Regierung sie an der Macht beteiligt. Was halten Sie davon?«

Gunther wusste, welche Antwort Gessler erwartete, und diese entsprach auch seinem eigenen Standpunkt. »Wenn wir mit den Russen ein Abkommen schließen würden und es bei einem mächtigen russischen Staat bliebe, der uns immer wieder bedrohen könnte, dann wäre das ein schlechter Preis für die fünf Millionen deutscher Soldaten, die dort ihr Leben gelassen haben. Und unsere Waffentechnologie macht schließlich laufend Fortschritte.«

Gessler drehte den Globus herum und deutete auf die Vereinigten Staaten. »Leider nicht so schnell wie in Amerika. Und in ein paar Wochen ist Präsident Taft weg, und dieser Liberale Adlai Stevenson wird am Ruder sein. Man sagt, er sei vorsichtig. Das wird er sicher sein, aber er ist nicht unser Freund.«

»Die Amerikaner sind schon immer unberechenbar gewesen.«

»Ja. Und sie haben trotz ihrer Isolationspolitik die Entwicklung furchtbarer Waffen vorangetrieben. Denken Sie nur mal an diese angebliche Atombombe, eine Wunderwaffe, die alles, was wir kennen, in den Schatten stellen soll.«

»Aber das soll alles gefälscht sein, diese Filme nichts weiter als ein Hollywood-Trick«, sagte Gunther, obwohl er selbst nie so recht davon überzeugt war.

»Nein, sie existieren wirklich«, sagte Gessler sachlich. »Diese Filme von der pilzförmigen Wolke in der Wüste waren keine Fälschungen. Dort ist der Sand zu Glas geschmolzen.« Er zog die dichten dunklen Augenbrauen hoch. »Wir haben Spione und Sympathisanten in Amerika. Schon seit Roosevelts Tagen. Und auch in der US-Botschaft in London, davon werde ich Ihnen gleich noch ein bisschen was erzählen. Aber zunächst zurück zu uns. Wir haben unser eigenes Programm für Nuklearwaffen, das ist kein Geheimnis. Doch es kommt nicht so recht voran. Wir sind überzeugt, die Amerikaner sind uns diesbezüglich in der Forschung weit voraus. Dann die biologischen Waffen. Und sogar bei den Raketen scheint es, als hätten sie uns eingeholt.« Er ließ ein unerwartet nervöses Lachen hören. »Vielleicht liegen die Science-Fiction-Schriftsteller richtig, und wir werden eines Tages Krieg auf dem Mond führen.«

Er nahm wieder hinter seinem Schreibtisch Platz. »Bisher ist es uns nicht gelungen, etwas Näheres über das Waffenprogramm der Amerikaner zu erfahren, denn wie Sie sich vorstellen können, funktioniert die Geheimhaltung absolut wasserdicht.« Er lächelte, und seine Augen wurden ein wenig größer. »Aber jetzt könnte es einen winzigen Spalt geben. Vielleicht.«

Gunther spürte wieder diese Erregung, ein fast unmerkliches inneres Beben. »Hat meine Mission etwas damit zu tun?«

Gessler lehnte sich im Stuhl zurück. Er wirkte plötzlich müde. »Es sieht nicht gut aus. Ich wünschte, der Führer würde wieder einmal die Stimme erheben und zu uns reden, wie früher. In Russland ist ein neuer Winter angebrochen, und die Züge mit dem Nachschub, den unsere Armee dringend benötigt, werden schon wieder angegriffen. Die Russen wissen, wie man vom Land leben kann, welche Pflanzen man essen kann, wie man sich vor der Kälte schützt und wie man bei Temperaturen von minus 40 Grad überlebt. Wir sind ziemlich sicher, sie werden eine neue Winteroffensive starten, mit Versorgungsgütern aus ihren Fabriken, die sie in den Wäldern hinter dem Ural gebaut haben. Unsere Raketen sind da ziemlich nutzlos; wir wissen ja nicht einmal, wohin wir sie richten sollen. Und diese Widerstandsbewegungen in Spanien und Italien, in Großbritannien und Frankreich …« Er schüttelte den Kopf und schaute Gunther an. »Wenn wir den russischen Krieg gewinnen wollen, müssen wir denselben Wissensstand wie die Amerikaner erlangen.«

Gunther rutschte unruhig auf seinem Stuhl herum. Wenn

selbst ein SS-Oberst sich so pessimistisch äußern konnte, was meinten dann erst Speer und das Militär? Gessler registrierte seinen Gesichtsausdruck und setzte sich aufrecht hin, mit zusammengezogenen Brauen und jetzt wieder ganz offiziell. »Haben Sie schon mal etwas von der Tyler-Kent-Affäre gehört?«, fragte er plötzlich.

»Kent war einer unserer Sympathisanten in der amerikanischen Botschaft, kurz vor dem Sieg 1940.«

»Richtig. Er gab uns wertvolle Hinweise über Churchills Kontakte zu Roosevelt, ehe er verhaftet wurde. Er kannte einige britische Faschisten wie Maule Ramsay, den amtierenden schottischen Minister. Der britische Geheimdienst hat ihn enttarnt. Botschafter Kennedy – der schon lange dort und ziemlich nachlässig geworden ist – sympathisiert mit uns. Wir haben Spione in der Botschaft, neue Typen wie Tyler Kent, und vor ein paar Wochen hat einer von ihnen uns etwas sehr Interessantes erzählt.« Gessler beugte sich vor und faltete die Hände. »Ein amerikanischer Wissenschaftler – es gibt Gründe, warum ich Ihnen nicht sagen kann, auf welchem Gebiet er gearbeitet hat, außer, dass er am Rande mit der Waffenforschung zu tun hatte – kam zur Beerdigung seiner Mutter nach England. Er heißt Edgar Muncaster. Ursprünglich war er Brite, doch seit fast zwanzig Jahren ist er amerikanischer Staatsbürger. Ein Kontaktmann, den wir in der US-Botschaft haben, hörte, dass die Sicherheitsleute in Grosvenor Square sich Sorgen machten, weil er sich ganz frei in London bewegte.«

»Hegt er Sympathien für die Resistance?«

Gessler schüttelte den Kopf. »Ganz im Gegenteil. Total überzeugt von einem abgeschotteten, mächtigen Amerika. Das ist auch nicht das Problem. Aber nach seiner kürzlichen Scheidung hat er zu trinken begonnen. Er blieb eine Weile in London, weil er das Haus seiner Mutter verkaufen wollte, und er schien sich mehr oder weniger im Griff zu haben. Dann war er eines Tages verschwunden. Er stand unter Beobachtung, aber er hat sich an diesem Tag abends nicht in der Botschaft gemeldet, wie er es hätte tun müssen. Dann gab es einen Anruf von ihm, er sei in einem Krankenhaus in Birmingham, mit gebrochenem Arm.«

»Wie kam das?«

»Er hatte seinen Bruder besucht. Dieser ist Geologe und arbeitet an der Uni in Birmingham. Sie stritten sich, was damit endete, dass der Bruder unseren amerikanischen Freund aus dem Fenster warf.«

»War er sonst noch verletzt?«

»Nur der gebrochene Arm. Aber die Amerikaner holten ihn mitsamt Gipsarm aus dem Krankenhaus, nahmen ihn fest und setzten ihn in ein Flugzeug Richtung Heimat. Reiseziel, soweit unser Mann in der Botschaft es mitbekommen hat, Folsom, Kalifornien. Hochsicherheitsgefängnis, Isolierzelle.«

»Also muss er etwas verbrochen haben«, sagte Gunther.

Gessler nickte lebhaft. »Oder etwas gesagt haben. Was, das wissen wir nicht. Unser Spion verfügt nicht über ausreichenden Bewegungsspielraum.«

»Waren die Briten involviert?«

»Nein. Die Amerikaner wollen nicht, dass etwas davon an die Öffentlichkeit dringt. Soweit es sie betrifft, haben sie lediglich einen verletzten US-Bürger nach Hause geflogen.«

Gunther dachte nach. »Wem untersteht unser Mann in der US-Botschaft?«

Gessler lächelte. »Rommels Leuten nicht. Er arbeitet für uns, für die SS. Und wir haben diese Geschichte für uns behalten. Wir haben uns bei einigen unserer guten Freunde von der Spezialeinheit erkundigt. Wir haben sie gebeten, sich den Hintergrund des Bruders näher anzusehen. Ich glaube, Sie kennen den gegenwärtigen Kommissar.«

»Ja«, sagte Gunther. »Aus der Zeit, als ich das letzte Mal in diesem Land war. Ein überzeugter Verfechter der Idee, dass Deutschland und Großbritannien zusammenarbeiten müssen. Und ein aufrechter Antisemit.«

Gessler nickte. »Wir könnten mit einigen von ihnen zusammenarbeiten, wenn wir es vorsichtig genug angehen. Nicht mit dem britischen Geheimdienst, oder vielmehr dem, was davon noch übrig ist, nachdem wir im Rahmen unserer Kreml-Eroberung deren kommunistischen Maulwürfen auf die Spur gekommen sind. Dort sind jetzt nur noch ein paar zum äußersten entschlossene Ehre-oder-Tod-Patrioten übrig.«

»Richtig«, stimmte Gunther abermals zu. Als er in England stationiert war, hatte er miterlebt, wie die Spezialeinheit aus einem Sonderbereich der Metropolitan Police, der sich mit Spionen und Staatsfeinden befasste, zu einem eigenen Hilfspolizei-Apparat wurde, der Informanten und Spione in regierungsfeindliche Organisationen einschleuste.

»Was hat diese Spezialeinheit herausgefunden?«, fragte er.

»Dass der Bruder, Frank Muncaster, wegen versuchten Mordes verhaftet wurde. Er hat seine Wohnung kurz und klein geschlagen, und als sie ihn festnahmen, tobte er und verkündete das Ende der Welt. Und schrie seinen Bruder an, dass er ihm nicht hätte erzählen dürfen, was er offenbar erzählt hat.«

Gunther lachte etwas unbehaglich. »Das Ende der Welt?«

»Ja. Zum Glück wurde die Anklage auf grobe Körperverletzung herabgesetzt. Sein Verhalten war so bizarr, dass er nicht ins Gefängnis, sondern in ein psychiatrisches Krankenhaus eingeliefert wurde. Wo er noch immer ist. Das wissen wir von der Polizei in Birmingham. Wir haben den Leuten von der Spezialeinheit mitgeteilt, wir gingen davon aus, dass Bruder Frank unerlaubte politische Verbindungen in Europa pflegt. Als sie uns versicherten, das treffe nicht zu, haben wir uns höflich bedankt und sind gegangen.«

Gunther überlegte. »Die Amerikaner dürften sich auch für den Mann interessieren, wenn sein Bruder ihnen erzählt hat, was passiert ist.«

»Sicher. Auf jeden Fall konnten sie Edgar Muncaster gar nicht schnell genug in die Staaten zurückbringen. Sie könnten versuchen, den Bruder umzubringen. Aber sie können dabei keine offiziellen Kanäle benutzen, denn sie wollen schließlich verhindern, dass die Briten etwas über ihre Geheimwaffen erfahren. Falls es das war, wovon Edgar Frank berichtete.«

Gunther dachte einen Moment nach. »Also, ich bitte um Entschuldigung, Herr Oberst, aber wir wissen doch gar nicht, ob dieser – Irre – tatsächlich irgendwelche Geheimnisse erfahren hat.«

»Nein, das wissen wir nicht. Aber es lohnt sich auf jeden Fall, Näheres darüber in Erfahrung zu bringen.«

»Hat er im Krankenhaus Weiteres dazu gesagt?«

»Das wissen wir nicht. Vielleicht haben sie ihn mit Medikamenten vollgepumpt, um ihn ruhigzustellen. Wie man das eben mit gewalttätigen Durchgeknallten macht. Allerdings werden ein gewisses Geschick und ein wenig Ortskenntnis erforderlich sein, um in diesem Krankenhaus an ihn heranzukommen.« Er zuckte die Schultern. »Sie kennen ja die Briten, alle möglichen bürokratischen Hürden, die verschiedenen Teile des Systems hermetisch voneinander getrennt. Der Chefarzt, Dr. Wilson, ist verwandt mit einem Beamten der Gesundheitsbehörde.«

»Die wollen doch gerade ein Gesetz zur Zwangssterilisation verabschieden, nicht wahr?«

Gessler winkte verächtlich ab. »Völlig überflüssig. Die reden nur um den heißen Brei herum. Sie sollten das ganze Gesindel einfach vergasen, wie wir es getan haben. Aber das wollen sie nicht.«

»Ja«, sagte Gunther nachdenklich. »Sie haben mehr als zehn Jahre gebraucht, um so etwas wie eine autoritäre Regierung auf die Beine zu stellen.«

»Na ja, aber jetzt sind sie immerhin auf dem richtigen Weg.« Er lächelte. »Die Briten werden in Kürze etwas anderes haben, mit dem sie sich beschäftigen können.«

»Wirklich?«

Gessler lächelte vielsagend, das typische Grinsen eines Menschen, der etwas wusste. Plötzlich wirkte er kindisch. »Werden sie.« Jetzt wurde er wieder geschäftlich. »Ich möchte, dass Sie nach Birmingham fahren. Verschaffen Sie sich Zutritt zu der Wohnung von Muncaster, und suchen Sie nach vielversprechenden Spuren. Besuchen Sie Muncaster. Später könnten wir Ihnen dann vielleicht den Auftrag erteilen, Muncaster zu entführen und hierherzubringen. Aber fürs Erste will ich, dass Sie herausfinden, in welchem Zustand er sich befindet und ob er etwas erzählt hat. Sie werden die Hilfe der Spezialeinheit bekommen.«

Gunther nickte. Sein Interesse war geweckt, er hatte ein Ziel.

»Natürlich könnte sich auch herausstellen«, sagte Gessler, »dass das alles ein riesiges Windei ist. Aber der Auftrag zu dieser Untersuchung kommt von ganz oben, vom Stellvertretenden Reichsführer Heydrich persönlich.« Gunther bemerkte ein kleines ehrgeiziges Blitzen in Gesslers Augen.

»Ich werde tun, was ich kann, Herr Oberst.«

»Sie werden hier ein Büro zur Verfügung haben, und Polizeiinspektor Syme von der Spezialeinheit wird Ihnen als Assistent zur Seite stehen. Er ist ein guter Freund, hat in Deutschland gelebt. Er ist jung, aber intelligent und ehrgeizig. Übrigens wurde er von Ihrem Nachfolger hier empfohlen. Lassen Sie sich bei dem Routinekram von ihm helfen.« Gessler deutete mit dem Zeigefinger auf Gunther, eine Geste, die ihn wieder an seinen alten Rektor erinnerte. »Aber was Syme anbelangt, und auch jeden anderen, der Fragen stellen sollte: Wir wollen Muncaster nur wegen des Verdachts auf politische Verbindungen. Ich wünschte, wir hätten uns direkt nach oben wenden und Beaverbrook bitten können, ihn an uns auszuliefern. Aber unter diesen Umständen müssen wir unter dem Radarschirm fliegen, wie die Luftwaffe es ausdrücken würde. Wenigstens vorläufig.«

»Glauben *Sie* denn, dass etwas an der Sache dran ist, Herr Oberst?«

»Ich weiß ein bisschen mehr als Sie.« Gessler konnte sich sein nerviges Grinsen nicht verkneifen. »Darüber, woran Edgar Muncaster gearbeitet haben könnte. Genug, um zu wissen, dass es wichtig sein könnte. Ich kann es Ihnen nicht verraten, Hoth. Um ganz ehrlich zu sein: Was Sie nicht wissen, können Sie auch nicht weitergeben. Es genügt, dass Himmler und Heydrich daran gelegen ist.«

Gunther dachte bereits darüber nach, wie er sich den Weg durch die britischen Behörden bahnen könnte, ohne zu verraten, was er eigentlich vorhatte. Wenn Heydrichs Verdacht sich als wahr herausstellen sollte, könnte sein Leben vielleicht doch noch eine nützliche Wendung nehmen.

9

In Birmingham hatte der Regen vor zwei Tagen aufgehört. Jetzt lag das Krankenhaus in leichtem Nebel. Frank saß auf seinem üblichen Platz im Ruheraum. Am Tag zuvor hatte er Ben, dem schottischen Pfleger, ein wenig von David, seinem Freund aus Universitätstagen, erzählt. Ben hatte vorgeschlagen, Frank solle ihn anrufen und fragen, ob er ihm nicht helfen könne, in eine Privatklinik verlegt zu werden. »Schließlich müsste er als Beamter wissen, wie man so etwas anstellt. Sie können das Telefon im Stationszimmer benutzen, wenn ich Dienst habe.«

Aber Frank war sich nicht sicher. Je weniger Kontakte er knüpfte, desto besser war das Geheimnis gehütet, das Edgar ihm anvertraut hatte. Und er war Ben gegenüber skeptisch. Warum wollte ausgerechnet dieser Pfleger ihm helfen, nachdem er doch so erbittert festgestellt hatte, dass Dr. Watson ihn bevorzuge, weil er zur Mittelklasse gehörte? Ben schien durchaus ehrlich und freundlich zu sein, und dennoch war etwas an ihm, das nicht ganz ins Bild passte. Zum Beispiel betonte er seinen Glasgower Akzent manchmal besonders stark, wenn er glaubte, etwas damit bezwecken zu können.

Heute Vormittag war er zu Frank gekommen und hatte ihn

gefragt, ob er noch mal darüber nachgedacht habe, seinen Freund anzurufen. Da fragte Frank ihn ganz direkt: »Warum tun Sie das? Gibt es einen Grund, weshalb Sie mir helfen wollen?«

Ben hob abwehrend die Hände. »Was sind Sie doch für ein misstrauischer Mensch. Ich habe einfach das Gefühl, Sie gehören nicht hierher, Sie sollten versuchen, hier rauszukommen. Aber es liegt natürlich bei Ihnen, mein Freund. Wenn Sie Vertrauen zu Dr. Wilson haben, dann ist ja alles in Ordnung.« Damit war er gegangen, und Frank hatte ihm verunsichert hinterhergestarrt. Ben hatte recht, er misstraute jedem, schon seit seiner Kindheit. Dr. Wilson hatte zwar nichts mehr über eine Elektroschocktherapie gesagt, aber Frank befürchtete trotzdem, einer solchen unterzogen zu werden, und dann würde er vielleicht verraten, was er wusste. Wieder musste er an David Fitzgerald denken. Dieser war einer der wenigen Menschen gewesen, dem Frank wirklich vertraute und dessen Gesellschaft er genoss. Allerdings hatte er ihn schon einige Jahre nicht mehr gesehen. Nach ihrem Studium in Oxford waren sie noch eine Weile brieflich in Kontakt geblieben, und David hatte ihn 1943 zu seiner Hochzeit eingeladen. Aber Frank war noch nie bei einer Hochzeit gewesen und hatte das Gefühl, dass er mit so vielen Menschen nicht zurechtkommen würde. Danach waren die Abstände zwischen den Briefen immer länger geworden, und die beiden letzten Jahre hatten sie nur noch Weihnachtskarten ausgetauscht.

Frank zog es vor, hier in diesem ruhigen Zimmer zu sitzen, aber die Pfleger drängten ihn immer wieder, in den Aufenthaltsraum zu gehen und sich unter die anderen Patienten zu mischen. Er hatte keine Lust dazu, das würde ihn nur daran erinnern, in was für einer schrecklichen Situation er sich befand. Manche verbrachten den ganzen Tag damit, die Wand anzustarren, andere wieder erlitten völlig unmotivierte Wutausbrüche. Manche Gesichter waren von jahrelanger Geisteskrankheit zu grotesken Masken geworden. Aber Frank war sich bewusst, dass auch er eine merkwürdige Eigenheit besaß, nämlich sein gewohnheitsmäßiges Grinsen. Und er hatte seinen Bruder angegriffen. War er denn ebenfalls verrückt? Es war erträglich, solange die Wirkung des Medikaments anhielt, aber wenn sie zwischen den drei täglichen Dosen nachließ, fing sein Herz an, vor Angst zu hämmern, und er hätte am liebsten laut geschrien. Und obwohl er, seit er Strangmans verlassen hatte, nie mehr von seiner Schule geträumt hatte, träumte er jetzt wieder von ihr. Hier gab es so vieles, was ihn daran erinnerte. Sogar Mrs. Baker hatte ihm zwei Albträume beschert.

Mrs. Baker war eine Spiritistin gewesen. Franks Mutter war überzeugt, sie könne mit seinem Vater in Verbindung treten, der 1917 bei Passchendaele umgekommen war, zwei Wochen ehe Frank als Frühgeburt zur Welt kam. Seine Mutter hatte den Tod ihres Mannes nie verwunden. George Muncaster war Arzt gewesen, er hätte sich nicht freiwillig melden müssen, und Franks Mutter hatte ihn angefleht, nicht zu gehen, doch er hielt es für seine Pflicht, den Dienst bei der Sanitätstruppe anzutreten. Dann war er gefallen, wie seine Frau es befürchtet hatte, und sie war allein in dem großen Haus zurückgeblieben, mit den zwei Jungen und Lizzie, der Haushaltshilfe.

Frank wusste, dass die Liebe seiner Mutter lediglich seinem Bruder galt, nicht ihm. Edgar, der fast vier Jahre älter war als Frank, wurde geboren, als sie jung und glücklich war, ehe die Welt 1914 aus den Fugen geriet. Für sie war Edgar ein Musterkind, klug und gehorsam, Frank hingegen mit seinen vielen Kinderkrankheiten und den merkwürdigen Angewohnheiten, die er schon als Kind zeigte, nur eine Last.

Andererseits ähnelte Frank seinem Vater am meisten. Das Bild von ihm, das, mit schwarzem Trauerflor umwunden, auf dem Kaminsims stand, dokumentierte die gleiche lange Nase, einen vollen, weichen Mund und große, dunkle und leicht verwundert dreinblickende Augen. Genau der gleiche Blick wie Frank, als jage die Welt ihm Angst ein. Edgar hingegen war groß, stämmig und selbstbewusst. Ehe er mit einem Kriegswaisen-Stipendium nach Schottland zur alten Schule seines Vaters aufbrach, hatte er Frank oft als »Kümmerling« oder »Hänfling« bezeichnet; manchmal bedachte er ihn auch mit einem Wort, welches er in einem Märchen der Gebrüder Grimm gefunden hatte: »Du bist schlicht verhutzelt, Frankie, ein verhutzeltes Geschöpf.«

In den Zwanzigerjahren hatten sich Tausende von Frauen dem Spiritismus zugewandt, Frauen, die Söhne, Ehemänner oder Brüder in den Schützengräben verloren hatten. Mrs. Baker war Ende 1926 in das Haus in Esher gekommen, als Frank neun Jahre alt war. Edgar war bereits in Schottland, und Frank, ein stilles, furchtsames Kind, das wenig Freunde hatte, besuchte eine kleine Schule in der Nachbarschaft.

Das Haus, in dem sich auch die Praxisräumlichkeiten des Vaters befunden hatten, war so groß, dass Mrs. Baker ihre Séancen dort abhalten konnte. Die Gruppe kam am Dienstagabend, ein halbes Dutzend Frauen, die alle älter wirkten, als sie tatsächlich waren. Lizzie, die Hausgehilfin, die immer nett zu Frank war, sagte zu ihm, sie halte nichts vom Spiritismus und auch er solle sich besser davon fernhalten.

Die Frauen kamen, kurz bevor Frank zu Bett ging, und begrüßten seine Mutter freundlich und etwas steif. Lizzie hatte bereits alkoholfreie Getränke und Sandwiches bereitgestellt – Mrs. Baker behauptete, Alkohol beeinträchtige ihre Verbindung zur Geisterwelt. Sie unterhielten sich zunächst über ganz normale Dinge, über ihre Gärten, die Hausangestellten oder diese pflichtvergessenen Bergarbeiter, die noch immer streikten. Doch wenn Mrs. Baker eintraf, senkte sich eine ehrfürchtige Stille über die Gesellschaft. Sie war eine große, kräftige Frau um die fünfzig, ihr eckiges Gesicht mit den kleinen blauen Augen war von kurzen Löckchen umrahmt. Sie war stets nach der neuesten Mode gekleidet, obwohl die strengen Schnitte, die gerade en vogue waren, nicht zu ihrem stämmigen Körperbau passten; dazu trug sie eine lange Perlenkette, die bis zu ihrem Gürtel reichte. Sie hatte stets eine große Tasche mit Paisleymuster über dem Arm.

Frank durfte die Sandwiches herumreichen. Die Frauen fragten höflich, wie es ihm gehe, und Mrs. Baker betrachtete ihn von weit oben herab und sagte, sie hoffe, er sei ein braver Junge und seiner Mutter eine Hilfe. Eine andere Frau hatte ihn einst ein armes vaterloses Lämmchen genannt, doch Mrs. Baker hatte sie missbilligend angesehen und mit ihrer vollen Altstimme sehr ernst gesagt, Franks Vater sei im Geiste bei ihm. Nach zwanzig Minuten Small Talk klatschte Mrs. Baker in die Hände. »Es wird Zeit, dass wir anfangen, meine Damen. Ich merke, dass Meng Foo sich nähert.« Meng Foo war ihre Geistführerin, eine Prinzessin aus dem alten China. »Sie ist bereit«, sagte Mrs. Baker, »ich sehe, wie sie auf mich zukommt, behutsam und vorsichtig geht sie auf ihren eingebundenen Füßchen.« Die Frauen senkten respektvoll die Augen, und Frank wurde von seiner Mutter zu Bett geschickt. Daraufhin öffnete sie die Flügeltür zum Speisezimmer, wo der große Tisch stand.

Lizzie hatte einst gesagt, als Frank bei ihr in der Küche saß und beim Kochen zusah, sie finde es merkwürdig, dass Mrs. Baker ihren Damen geraten hatte, sich von der neuen Spiritistenkirche fernzuhalten, die etwa eine Meile entfernt lag. »Ist ja gut und schön, wenn deine Mama sagt, die anderen Spiritisten hätten Mrs. Baker rausgeekelt, weil sie neidisch sind, dass sie auf einer höheren Ebene operiert. Ich weiß aber, dass sie für diese Abende bezahlt wird. Wie viel sie dafür bekommt, weiß ich nicht, aber ich wette, es ist eine ganze Menge.«

Franks Mutter erzählte ihm, Mrs. Baker stehe fast jede Woche mit seinem Vater in Verbindung. Sie habe ihn durch Mrs. Baker sprechen gehört, seine Männerstimme mit seinem schottischen Akzent. Wenn sie von ihren Séancen sprach, wich ihr zumeist trauriger Gesichtsausdruck einem glücklichen, leicht überraschten Lächeln. Franks Vater, erzählte sie, befinde sich an einem Ort mit sonnigen Gärten und herrlichen Palästen. Manchmal sehe er in der Ferne Jesus wandeln, ganz von einem weißen Heiligenschein umgeben. Sie sagte, es tue ihm leid, dass er in den Krieg gezogen sei und sie allein gelassen habe, er wisse, dass es falsch war. Aber er wache immer liebevoll über Frank.

Der Gedanke, dass sein Vater über ihn wachte, bedeutete Frank nicht viel, denn er hatte ihn nie gekannt. Und in ihm keimte ein Samenkorn des Zweifels, von Lizzie genährt, über Mrs. Bakers Gewerbe.

Getrieben von seiner Neugier, fing Frank an, dienstagabends, wenn die Damen ins Speisezimmer gegangen waren, sein Bett zu verlassen und auf halber Treppe durch die Stäbe des Geländers die geschlossene Tür zu beobachten und zu lauschen. Manchmal hörte er es poltern oder klopfen, dann die überraschten Ausrufe der Frauen, gelegentlich weinte auch eine. Das Poltern ängstigte ihn, und wenn er jemanden weinen hörte, hätte er am liebsten mitgeweint, aber er blieb stur auf der Treppe sitzen.

An einem späten Abend im Frühling war er auf seinem gewohnten Posten auf der Treppe. Aus dem Speisezimmer hatte er kurz eine Männerstimme gehört, dann das Weinen einer Frau, ein furchtbares, verzweifeltes Schluchzen. Es hörte gar nicht wieder auf. Frank traten die Tränen in die Augen. Dann öffnete sich plötzlich die Tür zum Speisezimmer, und Mrs. Baker trat heraus. Sie machte die Tür zu, lehnte sich gegen die Wand und schloss die Augen.

Frank verhielt sich mäuschenstill. Das Licht im Flur war schwach; wenn er sich nicht bewegte, würde sie ihn nicht entdecken. Wie immer trug Mrs. Baker ihre Tasche mit dem Paisleymuster über dem Arm, die sie jetzt hinstellte und öffnete. Er war völlig verblüfft, als sie eine Halbliter-Flasche Whiskey herausnahm. Nach einem kurzen Blick auf die geschlossene Tür hob sie die Flasche an den Mund und nahm einen kräftigen Schluck. Sie tat einen tiefen Seufzer, dann nahm sie einen weiteren Schluck, wischte sich den Mund ab und blickte abermals ängstlich zur Tür. Von dahinter erklang immer noch das Weinen. Sie murmelte etwas, und Frank verstand die Worte »dämliche Zicken«. Mrs. Bakers Gesicht sah jetzt ganz anders aus, hart und verächtlich wirkte es, als sie die Flasche wieder in ihre Tasche schob, ein Päckchen Pfefferminzbonbons herausfingerte und einen davon in den Mund steckte. Jetzt blickte sie auf und entdeckte Frank, der sie anstarrte.

Ihre Augen zogen sich zusammen. Nach einem hastigen Blick auf die Tür zum Speisezimmer kam sie zur Treppe geeilt, die lange Perlenkette schaukelte hin und her. Frank hatte Angst, aber er konnte sich nicht rühren. Mrs. Baker schritt die Treppe herauf und beugte sich über ihn. Die Perlen streiften sein Gesicht, aber er zuckte nicht. Sie packte ihn am Arm, ihre dicken, kräftigen Finger drückten fest zu. »Du bist ein widerlicher, neugieriger kleiner Bengel«, zischte sie zornig. »Was wir hier tun, ist privat und nichts für Kinder. Die Geister werden sehr ungehalten sein. Dass du kein Wort verlierst über das, was du gerade gesehen hast, sonst schicke ich dir böse Geister, ganz schlimme, grausame, die dir das Leben schwer machen werden.« Sie schüttelte ihn heftig. »Hast du mich verstanden?«

»Ja, Mrs. Baker.«

Ihr Griff um seinen Arm wurde noch fester. »Bist du auch ganz sicher? Denk nicht, dass ich keine bösen Geister rufen kann, denn ich kann es wirklich.«

»Ich verstehe.«

»Das will ich dir auch geraten haben. Du hinterhältiger kleiner Spion.«

Sie sah hinter ihm her, als er hinauf in sein Zimmer stolperte. Zitternd lag er im Dunkeln auf seinem Bett. Er hatte Angst, aber nicht vor bösen Geistern. Jetzt wusste er, dass Lizzie recht hatte. Mrs. Baker war eine gewissenlose Schwindlerin. Er wusste außerdem, dass es war, wie er immer befürchtet hatte: Die Welt war schlecht, voll von Leuten, die ihm Böses antun wollten, wo sie nur konnten.

Die Séancen wurden fortgesetzt. Mrs. Baker war freundlich wie immer zu Frank, aber es lag etwas in ihren Augen, wenn sie ihn ansah. Ein paar Wochen später rief seine Mutter ihn und teilte ihm mit, sie habe eine Botschaft von seinem Vater erhalten, dass es für ihn an der Zeit sei, ins Internat zu gehen, wo sein Bruder schon war. Sie blickte ihn an, nicht mit ihrem gewöhnlichen, ängstlichen Blick, sondern mit echter Sorge. »Ich bin mir gar nicht sicher, ob Strangmans College die richtige Schule für dich ist, du bist so zart. Aber dein Vater hat mich durch Mrs. Baker wissen lassen, dass du dort Disziplin lernen wirst, damit etwas aus dir wird. Sie sagt, du musst gehen, die Geisterwelt weiß es besser als wir. Ach Frank, bitte hör auf, so albern zu grinsen.«

Ein paar Wochen später, kurz nach seinem elften Geburtstag, reiste Frank ins Internat ab. Lizzie hatte Tränen in den Augen, als sie seiner Mutter half, seinen Koffer zu packen. Im Zug nach Edinburgh dachte Frank, von jetzt an würde vielleicht alles besser werden. Aber bald sollte er feststellen, dass er sich geirrt hatte. Mrs. Baker hatte ihm tatsächlich eine ganze Horde böser Geister auf den Hals geschickt.

Im Krankenhaus wurde sehr auf ausreichend Bewegung geachtet. Wenn es den Patienten gut genug ging, verbrachten sie jeden Tag eine Stunde an der frischen Luft. Zwecks dessen gab es große Innenhöfe im Krankenhauskomplex, offen, aber mit überdachten Galerien an der Seite. Eine Stunde lang drehten die Patienten hier ihre Runden, und die Aufseher achteten darauf, dass niemand zurückblieb. Einige der Patienten durften allein auf dem Gelände spazieren gehen, bis zu den Schildern »Freigangsgrenze«, aber Frank gehörte nicht zu ihnen.

Er saß wie gewöhnlich in seinem Sessel im Ruheraum und blickte aus dem Fenster. Mit ihm war ein weiterer Patient im Zimmer, ein kräftiger älterer Mann namens Mr. Martindale, der überzeugt war, dass Kommunisten und Juden Botschaften in seinen Kopf sandten, weswegen er sich angewöhnt hatte, sich die Ohren zuzuhalten und vor sich hin zu murmeln, um die Stimmen zu übertönen. Er war schon viele Jahre hier. Früher hatte er in einer Erzhütte gearbeitet. Frank wusste, dass er nicht gestört werden wollte, und wenn man ihn in Ruhe ließ, war alles gut.

Es war später Vormittag, bald würden sie nach draußen geschickt werden. Frank hörte, wie die Tür hinter ihm geöffnet wurde und jemand mit festem, militärischem Schritt näher kam. Ben hatte heute keinen Dienst; es war Sam, ein ehemaliger Soldat mittleren Alters, adrett in seiner frisch gebügelten Arbeitsuniform. Er trat vor den Sessel. »Na, Frank«, sagte er mit seinem Birmingham-Akzent, »verstecken Sie sich wieder mal hier drin? Aber los jetzt, es ist Zeit, frische Luft zu schnappen. Auf geht's!« Widerwillig stand Frank auf. Sam wandte sich an Mr. Martindale. »Und Sie auch, kommen Sie mit.«

Mr. Martindale sah Sam kläglich an. »Bitte. Mir geht's nicht gut. Die Stimmen sind so laut heute. Lasst mich in Ruhe!«

»Sie bekommen später ein paar Tabletten«, sagte Sam. »Aber Sie brauchen etwas Bewegung. Also los, hopp, hopp!«

Die Patienten starteten ihren Rundgang im Hof. Vor einigen Tagen hatte man Frank die Haare geschnitten; dies war Aufgabe der Pfleger, aber der diensthabende hatte es nicht besonders gut hinbekommen und Franks wirres braunes Haar zu einem militärischen Bürstenschnitt gekürzt. Es war kaum mehr übrig als ein Flaum. Frank spürte die kalte, feuchte Luft auf seinem Kopf. Die gedankenlose Art, auf welche die Dinge hier liefen, erinnerte Frank aufs Neue an Strangmans, aber auch daran, was er jetzt war: ein Patient in der Psychiatrie. Er sehnte sich nach dem Ruheraum.

Er ging neben Mr. Martindale, der noch immer vor sich hin murmelte. Er stolperte, die Hände über den Ohren. Sam rief ungeduldig: »Martindale! Hände runter! Sie werden hinfallen, wenn Sie nicht aufpassen!«

Der andere Wärter, ein junger Mann, der neu war, sah besorgt aus, aber Sam, der seine Autorität beweisen wollte, wiederholte laut: »Martindale! Hände runter!«

Frank sah, wie mit Mr. Martindales Augen etwas passierte. Bisher hatte er sie niedergeschlagen, aber jetzt blickte er auf und starrte Sam mit wildem Blick an. Er sah sich nach Frank um, ein schreckliches Starren, vor dem Frank zurückwich. Dann sah er hinüber zu den anderen Aufsehern, ehe er blitzschnell über das winzige Rasenstück in der Mitte des Hofes schoss. »Du verdammtes Arschloch!«, schrie er Sam an. »Kannst du mich nicht in Ruhe lassen, verdammt noch mal!« Mit fliegenden Fäusten warf er sich leider nicht auf Sam, sondern auf den jungen Aufseher. Dessen Mütze fiel auf den Boden, und er flog gegen die Mauer. Sam zog seine Trillerpfeife heraus und ließ einen langen Pfiff ertönen. Wie versteinert stand Frank da, als Sam mit Mr. Martindale rang und versuchte, ihm den Arm nach hinten zu drehen. Die anderen Patienten standen ihrerseits da und sahen zu. Der ein oder andere lachte, ein junger Mann fing gleichzeitig zu hüpfen und zu weinen an.

Rennend erschien ein halbes Dutzend Wärter. Mr. Martindale wurde zu Boden geworfen, und Sam verpasste ihm einen Fußtritt in den Rücken. Die anderen Patienten wurden eilig ins Haus gebracht. Wieder auf Station, gelang es Frank, sich unbemerkt in den Ruheraum zurückzuziehen. Er setzte sich in seinen Sessel. Seine Hände zitterten, und seine verstümmelte Hand schmerzte. Er hatte schon mehrmals Patienten fluchen und schreien gehört, hatte erlebt, wenn jemand gegen seinen Willen ins Bett gezwungen wurde, aber offene Gewalt wie diese hatte er noch nicht bezeugen müssen. Hier war er nicht sicher, hier konnte alles Mögliche geschehen. Wieder dachte er an die Elektroschock-Behandlung und das, was sie ihm möglicherweise entlocken würde. Er flüsterte vor sich hin: »Ich tue es. Ich rufe ihn an. David, bitte hilf mir.«

10

Freitags verließ David das Büro um fünf Uhr und nahm die Untergrundbahn nach Piccadilly. Carol hatte ihn gefragt, ob er nächste Woche Lust auf ein neuerliches Konzert hätte, und er hatte zugestimmt. Er war instruiert worden, die Sache am Köcheln zu halten, wie Jackson es ausgedrückt hatte, also besuchten sie meist einmal im Monat ein Konzert.

Er ging in Richtung Soho. Es war ein nasskalter Abend, die Neonreklamen der Geschäfte spiegelten sich auf den nassen Fußwegen – Bovril, Streichhölzer namens Englands Glory, Emu-Weine aus Australien zum Weihnachtsfest. Die engen Straßen waren belebt, Angestellte aus der City, protzig gekleidete Zuhälter, extravagante Typen und Soldaten in schweren Wintermänteln, auf Urlaub aus Indien oder Afrika. Die Prostituierten in den Hauseingängen trugen ihr Haar jetzt nach deutscher Mode, blonde Zöpfe, zu Affenschaukeln hochgebunden. Ein Betrunkener in der Uniform der Schwarzhemden torkelte vorbei.

David bog in die feuchte Gasse neben dem Café ein und trat vorsichtig über aufgeweichte Zigarettenschachteln und Hundekot hinweg. Im Café saß eine Gruppe halbwüchsiger Jungen, die über ihre Kaffeetassen hinweg den Frauen nachgafften. Einer von ihnen hatte seine Haare zu einer geölten Tolle gebürstet, die seine Stirn um mehrere Zentimeter überragte. Vor einigen Wochen waren an einem Samstagabend ein paar Schwarzhemden nach Soho gekommen, hatten sämtliche Jive Boys gepackt, die sie finden konnten, und ihnen mit scharfen Messern die Köpfe rasiert. Aber es gelang nicht, sie von hier zu vertreiben.

Die grüne Tür war nicht abgeschlossen. Eine nackte Glühbirne sorgte für schwaches Licht auf der Treppe. Von den feuchten Wänden blätterte die Farbe. Aus der Wohnung der Prostituierten kam ein kräftig gebauter Mann mittleren Alters, die Melone in der Hand. David, der nach oben wollte, trat zur Seite und ließ ihn vorbei. Das verschwitzte Gesicht des Mannes sah zufrieden aus. »Großartige kleine Fotze«, sagte er verträumt. »Ganz großartig.«

David klopfte an die Tür gegenüber, und Natalia ließ ihn herein. Wie immer trug sie ein altes Oberhemd, völlig mit Farbe bekleckst, kein Make-up, das Haar ungekämmt. Normalerweise begrüßte sie ihn mit einem warmen, vertrauten Lächeln, aber heute hatte sie eine ernste Miene aufgesetzt. »Komm rein«, sagte sie.

In dem großen Raum war es kalt. Es roch nach Farbe. Auf der Staffelei stand ein neues Bild – verfallene Häuser an einer steilen Straße, in der Ferne eine große viereckige Burg. Wie auf allen Stadtbildern, die Natalia malte, waren die Gesichter der Menschen entweder zu Boden gerichtet oder abgewandt.

Jackson stand am Kamin. Der große Mann sah besorgt aus und hatte die Lippen zusammengepresst. »Danke, dass Sie so kurzfristig gekommen sind«, sagte er.

»Bitte, setzt euch.« Natalia deutete auf die abgewetzten Sessel vor dem Kamin. Ihr Ton war oft sehr höflich und formell. Dann klang ihr leichter Akzent deutsch, aber wenn sie mit Leidenschaft sprach, wurde ihre Stimme tiefer und tönte ganz anders, mit offenen, längeren Vokalen. »Es gibt eine Neuigkeit«, sagte Jackson mit leichtem Unbehagen. »Und die ist ziemlich wichtig.«

»Kommen Geoff und Boardman nicht?«, fragte David.

»Heute nicht.« Er hielt den Blick auf David gerichtet.

David holte tief Luft. »Hat man uns entdeckt?«

Jackson schüttelte den Kopf. »Nein, keine Angst. Es hat nichts mit der Arbeit unserer Zelle zu tun. Es ist etwas anderes, die Information kommt von ganz oben.« David sah Natalia an. Sie nickte ernst. »Es geht um jemanden, den Sie von Oxford her kennen«, fuhr Jackson fort. »Einen Mann namens Frank Muncaster. Sagt Ihnen dieser Name etwas?«

David runzelte überrascht die Stirn. »Ja, klar, Geoff kannte ihn ebenfalls.«

Jackson schien überrascht, dann sagte er, zu Natalia gewandt: »Natürlich, die beiden waren im selben College.«

Sie sagte: »Daran hat niemand gedacht.«

»Das könnte uns helfen«, sagte Jackson.

David erinnerte sich an Frank, wie sie zusammen mit Geoff in Oxford in einem Pub gesessen hatten, sein dunkles Haar lang und unordentlich wie immer, das schmale Gesicht unruhig und angespannt; man hatte immer den Eindruck, als habe er vor allen Menschen Angst. »Was ist mit ihm?«, fragte er leise.

Jackson sagte: »Wie ich höre, haben Sie und Muncaster in Oxford zusammengewohnt. Sie waren sein bester Freund.«

»Das könnte stimmen.«

»Was für ein Mensch war er?«

»Außergewöhnlich. Schüchtern. Ängstlich fremden Menschen gegenüber. Ich glaube, er hatte eine ziemlich miserable Kindheit. Aber er war ein anständiger Kerl, tat keiner Fliege etwas zuleide. Und er war sehr nachdenklich, entwickelte interessante Ideen, wenn man ihm zuhörte.«

»Dann warst du wohl so was wie sein Beschützer«, sagte Natalia.

»Warum sagst du das?«

»Wir wissen, dass er zu dir aufblickte.«

»Tatsächlich?«

»Glauben wir wenigstens.«

»Er war viel mit Geoff und mir zusammen, in unserem Freundeskreis. Als wir in den Staatsdienst gingen, blieb Frank in Oxford und machte seinen Doktor. Er ist hochintelligent.« Jackson und Natalia hörten aufmerksam zu. »Aber in den letzten Jahren haben wir uns ein wenig aus den Augen verloren und schreiben uns mittlerweile nur noch Weihnachtskarten.« David sah Natalia an. »Ist er tot?«, fragte er plötzlich.

»Nein«, sagte sie. »Aber er steckt in ziemlichen Schwierigkeiten.«

»Inwiefern?«

Jackson sagte: »Muncaster wurde Geologe, nicht wahr? Irgendein Forschungsprojekt an der Uni in Birmingham.«

»Richtig. Er hätte niemals Lehrer werden können.«

Jackson nickte. »Soweit ich weiß, starb sein Vater im Großen Krieg, und er wurde von seiner Mutter in der Nähe von London großgezogen, zusammen mit seinem älteren Bruder. Sie besuchten beide ein Internat in Schottland.«

»Sie wissen viel über ihn«, sagte David.

»Wir müssen noch mehr erfahren«, sagte Natalia. »Er braucht unsere Hilfe.«

David holte tief Luft. »Frank hat nie viel über seine Kindheit gesprochen. Aber ich weiß, dass seine Mutter unter dem Einfluss einer Schwindlerin stand, die sich als Spiritistin ausgab.«

»Und was ist mit seinem älteren Bruder?«, fragte Natalia.

»Ich glaube, mit dem hat Frank sich nicht sehr gut verstanden. Er ging in den Dreißigern nach Amerika. Er war ebenfalls Wissenschaftler.« David zog die Brauen zusammen. »Frank vermied es entschieden, über sich zu sprechen. In der Schule hatte es mal einen Unfall gegeben, bei dem seine Hand schwer verletzt wurde, aber er hat nie darüber gesprochen, wie es passiert ist. Ich glaube, er hatte es schwer in der Schule. Wahrscheinlich wurde er gemobbt.«

Jacksons Gesicht wirkte unbeeindruckt. »Viele Jungen werden in der Schule gemobbt.«

Natalia unterbrach ihn leise: »Wahrscheinlich passte er dort nicht hin, der arme Junge.«

Jackson fuhr fort. »Frank Muncasters Bruder ist also auch Wissenschaftler, Physiker. Er wurde amerikanischer Staatsbürger und hat die letzten zehn Jahre in gehobener Position an einer Universität in Kalifornien gearbeitet. Seine Arbeit hat mit der amerikanischen Waffenforschung zu tun, ich weiß nicht genau, inwiefern, aber es muss ziemlich wichtig sein.« Jackson wartete einen Moment, dann fügte er hinzu: »Im letzten Oktober ist die alte Mrs. Muncaster gestorben, und Bruder Edgar kam zur

Beerdigung herüber. Mrs. Muncasters Haus ist auf dem Markt, das wissen wir. Kann sein, dass Edgar das Geld wollte. Er hat sich scheiden lassen und braucht Geld für die Unterhaltszahlungen, außerdem scheint er unter einem ziemlichen Alkoholproblem zu leiden.«

»Haben wir diese Information aus Amerika?«, fragte David. »Sind die involviert?«

»Kontaktpersonen aus dem US-Geheimdienst sind es«, sagte Natalia. »Aber wir erhalten auch Informationen aus gewissen Quellen hier bei uns.«

Jackson stand auf und fing an, auf dem abgewetzten Teppich auf und ab zu gehen. Ein wollüstiges Gelächter vom neuesten Kunden der Nachbarin drang durch die Wand. David fragte sich, wie es für Natalia sein mochte, allein hier zu wohnen und sich das anhören zu müssen. Jackson verzog angewidert das Gesicht, dann sagte er: »Die Resistance hält Verbindung zu den Amerikanern. Zwar mögen uns die meisten von ihnen nicht besonders, aber es könnte sein, dass wir uns unter Adlai Stevenson bald besser verstehen. Für ein Europa unter Naziherrschaft haben sie allerdings noch weniger übrig, und da sind wir ein nützlicher Kontakt für sie. Manchmal helfen wir ihnen, Leute in die Vereinigten Staaten zu schaffen – zum Beispiel jüngst zwei jüdische Wissenschaftler, die sie haben wollten.« Er tat einen tiefen Atemzug. »Vor vierzehn Tagen kontaktierte uns ein hochrangiger Mann aus ihrem Geheimdienst. Offenbar wurde Edgar Muncaster letzten Monat mit einem gebrochenen Arm nach Amerika zurückgebracht, wo er ein Geständnis abgelegt hat.«

»Ein Geständnis?«

»Ja. Während er in England war, besuchte er seinen Bruder Frank in Birmingham, und die beiden hatten einen Riesenkrach.«

David schüttelte den Kopf. »Ich kann mir gar nicht vorstellen, wie Frank einen Krach mit jemandem haben könnte.«

»Vielleicht hatte er Angst vor dem, wozu er imstande sein könnte, falls er je die Kontrolle verliert?«, sagte Natalia traurig.

Irritiert sah Jackson sie an. »Wir wissen nicht, worum es ging«, fuhr er fort, »und die Amerikaner verraten es uns nicht. Und Frank Muncaster auch nicht. Aber die Amerikaner vermuten, Edgar könne etwas über das Waffenprogramm preisgegeben haben. Was immer es war, es genügte, um Frank Muncaster dermaßen außer Fassung geraten zu lassen, dass er seinen Bruder im ersten Stock aus dem Fenster warf.«

Der Gedanke, dass Frank jemanden angegriffen haben könnte, war für David völlig unvorstellbar. Er hatte sich doch immer streng unter Kontrolle gehalten. Was hätte Frank derart ausrasten lassen können? Und was für Konsequenzen könnte das für ihn haben?

»Wir gehen davon aus, dass es ein Unfall war, der Fensterrahmen war verrottet, aber Edgar hatte Glück, mit einem gebrochenen Arm davongekommen zu sein. Inzwischen begann Frank, seine Wohnung zu verwüsten und vom Ende der Welt zu faseln. Das Ganze endete damit, dass er in eine Psychiatrie bei Birmingham eingeliefert wurde, und dort ist er jetzt.« Jackson schüttelte den Kopf, als könne er das Ganze kaum fassen.

Natalia sagte leise: »Die Amerikaner sind äußerst besorgt, dass jemand hier etwas über Edgars Arbeit erfahren könnte. Sowohl unsere Regierung als auch die Deutschen. Wir glauben aber, dass Frank bisher nichts erzählt hat.«

»Wie könnt ihr das wissen?«

»Wir haben jemanden in diesem Krankenhaus, einen Angestellten.«

»Du lieber Himmel.«

Jackson lächelte. »Wie alle diese Einrichtungen ist es sehr groß, über tausend Patienten. Der Mann ist einer unserer vielen Schläfer, der einem ganz normalen Job nachgeht, bis er eines Tages gebraucht wird. Ein Pfleger, oder Wärter, wie sie dort genannt werden. Ein guter Mann mit reichlich Erfahrung.«

»Er ist auf Franks Station«, fügte Natalia hinzu. »Er kümmert sich um ihn.«

»Und was ist mit Edgar passiert?«

Jackson erwiderte: »Soweit wir wissen, hat man ihn in den Staaten an einem sehr sicheren Ort eingesperrt.«

»Dann werden sie schon wissen, ob er Frank irgendetwas erzählt hat.«

»Richtig«, stimmte Jackson zu. »Das werden sie. Sie sagen es uns zwar nicht, aber es deutet alles darauf hin, dass er es getan hat.«

»Mein Gott. Es könnte sich um die Bombe handeln.«

»Oder um Raketen oder biologische Waffen«, sagte Natalia. »Die Amerikaner betrachten sich als die letzte Bastion der Demokratie, aber die Projekte, an denen sie arbeiten, sind – einfach schrecklich.«

»Die Amerikaner wollen Frank Muncaster«, sagte Jackson klipp und klar. »Unser Mann hat es geschafft, wenigstens bis zu einem gewissen Grad, sein Vertrauen zu gewinnen. Muncaster hat natürlich noch nie solch ein Krankenhaus von innen gesehen und wahnsinnige Angst davor, was sie mit ihm anstellen könnten.«

»Was zum Beispiel?«

»Elektroschock-Therapie, oder Schlimmeres.«

David schüttelte den Kopf.

Natalia sagte: »Vielleicht schaffen wir es, ihn dort rauszuholen.«

Jackson setzte sich wieder und sah sie an. »Möglich. Aber wir müssen sehr vorsichtig sein, dass man nicht auf ihn aufmerksam wird. Sollte er etwas darüber erzählen, was Edgar ihm verraten hat, dann könnte es natürlich sein, dass man dies als Hirngespinst eines Irren verbucht, aber wenn er plötzlich verschwindet, sähe das Ganze anders aus.« Er runzelte die Stirn. »Der Chefarzt des Krankenhauses, Wilson, ist zum Glück nicht der hellste Kopf in der medizinischen Welt, aber er scheint sich für Frank zu interessieren. Außerdem ist er verwandt mit einem führenden Beamten unter Church, dem Gesundheitsminister.«

David blickte auf. »Ist Church nicht derjenige, der das Gesetz zur Zwangssterilisierung Geisteskranker verabschieden will?«

»Ja, er ist ein alter Eugeniker. Brachte schon 1930 den Gesetzentwurf ein. Aber kein großer Freund Deutschlands, sondern vielmehr ein Verfechter der Unabhängigkeit britischer Institutionen.« Jackson lachte spöttisch. »Hat anscheinend immer noch nicht gemerkt, dass die Schlacht längst verloren ist. Also, unser Mann berichtet, Muncaster sei sehr verschlossen. Wilson hat es bisher nicht geschafft, ihn zum Reden zu bringen. Er braucht einen Freund, der wirklich auf ihn eingeht.« Er zog abermals die Brauen hoch. »Und wie es aussieht, sind Sie der einzige Mensch, dem er volles Vertrauen schenken würde. Dementsprechend hat er sich jedenfalls unserem Pfleger gegenüber geäußert.«

David war es, als senke sich ein Zentnergewicht auf ihn herab. »Hat er denn in Birmingham keine Freunde?«

»Er schien sehr zurückgezogen zu leben. Ich glaube, seine Forschungsabteilung empfand ihn auch nicht gerade als eine Bereicherung. Und die Amerikaner wollen nicht, dass sein Bruder Edgar involviert wird.«

»Ich habe immer befürchtet, dass Frank aus der Spur geraten könnte«, sagte David leise. »Aber nicht auf diese Weise. Und wenn es um Waffenforschung geht …« Er blickte Jackson an. »Weiß unsere Regierung etwas über diesen Vorfall?«

Jackson sah ihn an. »Glauben Sie, Muncaster würde ungestört in einem psychiatrischen Krankenhaus sitzen, wenn es so wäre?«

David fuhr sich mit der Hand durch die kurzen Locken. »Mein Gott.«

Natalia beugte sich vor. »Wirst du ihm helfen? Fahr dort hin, besuch ihn, lasst eure alte Freundschaft aufleben.«

David blickte von einem zum anderen. »Und dann? Was wird dann aus ihm?« Er sah Jackson ins Gesicht. »Ist doch klar, dass die Amerikaner ihn am liebsten tot sähen.«

Jackson schüttelte den Kopf. »Nein. Im Gegenteil, sie haben gesagt, sie wollen ihn lebendig, damit sie ihn verhören können.

Und dies geschähe dann unter unserer Kontrolle.« Er lächelte ironisch. »Und wenn man ihn hier lieber tot sähe, dann wäre er es schon. Unser Mann ist Pfleger und hat Zugang zum Medikamentenschrank.«

David lehnte sich im Sessel zurück. Selbst wenn Frank in Sicherheit war – im Moment zumindest –, ließ Jacksons Bemerkung ihn erschauern.

Natalia sah ihn an. »Wir werden nicht zulassen, dass er umgebracht wird. Zumindest nicht, solange keine direkte Gefahr besteht, dass die Deutschen ihn in die Finger kriegen. Und wenn sie ihn kriegen, dann ...«

David beendete den Satz. »Dann wäre es besser für ihn, er wäre tot.«

»Unser Mann im Krankenhaus hat versucht, Muncaster zu überreden, Sie anzurufen«, sagte Jackson. »Wenn wir einverstanden sind, erhalten Sie morgen Abend einen Anruf von Frank, der Sie bitten wird, ihm zu helfen, aus dem Krankenhaus herauszukommen. Dann möchten wir, dass Sie und Natalia – und ich denke, auch Geoff Drax, wenn er ein Freund von ihm war – nach Birmingham fahren und ihn besuchen. Am Sonntag, das ist der Besuchstag. Gewinnen Sie sein Vertrauen, versuchen Sie herauszufinden, wie es um ihn steht. Sie geben den Leuten, die Sie reinlassen, natürlich falsche Namen und sagen, Sie kennen Frank von der Schule her. Unser Mann wird dafür sorgen, dass die Krankenhausverwaltung nicht weiß, dass Sie kommen. Sie bekommen gefälschte Ausweise, falls Sie am Tor danach gefragt werden.«

David holte tief Luft. »Das klingt nach einer ziemlich großen Sache, was?«

Jackson nickte. »Potenziell schon. Unsere Anweisungen kommen von ganz oben. Es ist nicht gefährlich, zumindest jetzt am Anfang noch nicht.« Er lächelte, ein verschmitztes, vertrauliches Lächeln. »Man setzt ziemlich viel Vertrauen in Sie.«

David lachte trocken. »Der Mann vor Ort.«

»So ist es, wenn man einmal zu uns gehört. Glauben Sie, dass Sie es durchziehen können?«, fragte Jackson.

»Was ist mit meiner Frau?«

»Die braucht nichts davon zu erfahren, genauso wenig wie über das, was Sie in Ihrem Büro für uns tun. Sie müssen sich nur einen Grund einfallen lassen, weshalb Sie am Sonntag nicht da sind.«

David stellte sich Frank bei einem Verhör der SS vor. In den beiden letzten Jahren hatte er manchmal daran gedacht, wie es ihm selbst dabei ginge. »Ja«, sagte er. »Ich werde Frank besuchen.«

»Danke.« Jackson stand auf. »Ich muss ein paar Anrufe tätigen. Und morgen spreche ich mit Drax. Wir treffen uns alle morgen früh im Club.« Er lächelte, und in seinen Augen funkelte aufrichtige Dankbarkeit, während er seine Handschuhe anzog.

»Geoff war nicht annähernd so gut mit Frank befreundet wie ich. Vielleicht wäre Frank überrascht, wenn er uns beide sieht.«

»Sie könnten sagen, Geoff hat angeboten, Sie zu fahren, weil Ihr Auto kaputt ist«, schlug Jackson vor. Er wandte sich an Natalia. »Und du könntest vorgeben, Drax' Freundin zu sein. Ein gutes Alibi. Auf jeden Fall wäre es eine Hilfe bei der Einschätzung, wie es um seinen Zustand bestellt ist.«

Er wandte sich wieder an David. »Fragen Sie Muncaster nicht, was mit seinem Bruder passiert ist, ermuntern Sie ihn einfach zum Reden, und warten Sie, wohin es führt. Das ist ganz wichtig. Machen Sie sich ein Bild von seinem Geisteszustand. Übrigens ist Natalia verantwortlich für die Unternehmung am Sonntag. Wenn irgendetwas schiefläuft, trifft sie die Entscheidungen. Sie wird auch bewaffnet sein, nur für den Notfall.« Er grinste. »Und sie ist eine scharfe Schützin.«

David blickte Natalia an, die stumm nickte.

»Alles so weit klar?«, fragte Jackson übertrieben gut gelaunt. »Besucht Muncaster, dann seht euch seine Wohnung an, unser Mann besorgt den Schlüssel. Dann ruft mich von einer Telefonzelle aus an.«

»In Ordnung«, sagte David. »Der arme alte Frank«, fügte er hinzu.

»In der Tat.« Jackson nickte. »Es liegt an uns, ihm zu helfen und aus dieser Sache rauszukommen.« Er schwieg, dann wechselte er das Thema. »Ich sehe, dass Beaverbrook sich heute in Berlin mit Goebbels und Speer getroffen hat.«

»Aber nicht mit Hitler«, sagte Natalia.

»Nein.« Jackson lachte grimmig. »Letztes Jahr war ich mit einer Delegation des Außenministeriums in Deutschland, zur Eröffnung der neuen Kunstgalerie des Führers in Linz. Lauter wunderbare Sachen, Kunstschätze, alles aus osteuropäischen Ländern zusammengeklaut. Jemand dort erzählte, Hitler sei am Tag davor zu einer privaten Besichtigung da gewesen. Er wurde in einem Rollstuhl herumgefahren, und durch sein Parkinson zitterte er so stark, dass er kaum die Bilder ansehen konnte, ganz zu schweigen davon, dass er den ›Deutschen Gruß‹ nicht mehr schaffte.« Sein Gesicht verdüsterte sich. »Ich habe ihn einst persönlich kennengelernt.«

»Hitler?«, fragte David.

»Ja. Ich begleitete den Außenminister, Lord Halifax, als er ihn 1937 besuchte. Sein Atem roch furchtbar faulig, und er furzte in einem fort. Ein abstoßender Kerl. Große, irre Augen. Man konnte sich jedoch durchaus vorstellen, wie er eine Menschenmenge damit manipuliert.«

»Vielleicht war er damals schon krank.«

»Möglich.« Jackson grinste. »Und jetzt ist er schwer krank. Und in Amerika ist Stevenson gewählt worden. Vielleicht ändert sich ja doch bald etwas.« Er ging zur Tür. Sie verließen die Wohnung immer einzeln. »Es ist wieder sehr kalt geworden. Hoffentlich bekommen wir diesen Winter nicht wieder so viel Nebel. Also dann, gute Nacht.« Er ging hinaus, und einen Moment später hörte David seinen schweren Tritt auf der Treppe.

David stand auf. Er war noch nie mit Natalia allein gewesen. Sie sagte: »Mr. Jackson ist typisch englisch. Er muss ständig das Wetter kommentieren.«

»Ja, das ist er. Und jeder Zoll ein Internatsschüler, wie man so sagt.«

»Er führt ein sehr gefährliches Leben.« Offenbar war ihr der missbilligende Ton in Davids Stimme nicht entgangen.

»Das stimmt.«

»Dein Freund tut mir leid. Ich kannte mal jemanden, der von einer Krankheit dieser Art befallen war. Er führte ein qualvolles Leben.«

David seufzte. »Frank war nicht immer unglücklich. Nur hat er einfach nicht ...«

»In diese Welt gepasst?«

»Ja. Aber er hat ein Recht darauf, in ihr zu leben. Wie wir alle. Dafür kämpfen wir schließlich.«

»Ja, das ist richtig.« Er sah eine Träne in ihrem Augenwinkel und verspürte plötzlich den großen Wunsch, zu ihr zu gehen und sie zu umarmen. Dann dachte er an Sarah, die zu Hause auf ihn wartete; er hatte ihr gesagt, es gebe eine Krise im Büro und er müsse länger arbeiten. Jetzt würde er ihr noch weitere Lügen auftischen müssen. Seine Augen wanderten von Natalia zu dem Bild, an dem sie gerade arbeitete. »Wo ist das?«

»Bratislava, im Osten Europas. Einst wurde die Stadt von Ungarn regiert, dann wurde sie ein Teil der Tschechoslowakei, jetzt ist sie die Hauptstadt der Slowakei. Einer von Hitlers Marionettenstaaten.« Sie blickte auf das Bild, auf die Menschen in den engen Straßen. »Als ich dort aufwuchs, war es sehr kosmopolitisch, wie in den meisten Städten in Osteuropa. Slowaken, Ungarn, Deutsche. Viele Bewohner waren Mischlinge aus allen drei Ländern, wie ich.« Wieder ihr trauriges, ironisches Lächeln. »Ich bin eine Kosmopolitin. Aber dann erhoben die Götter des Nationalismus ihre Häupter.«

»Gab es dort auch viele Juden?«

»Sicher. Ich hatte viele jüdische Freunde. Jetzt sind sie alle fort.«

Abrupt sagte David: »Jetzt muss ich aber nach Hause zu meiner Frau.« Natalia nickte langsam. Er wandte sich um und ging.

11

Am Mittwochnachmittag hatte Frank wieder einen Termin bei Dr. Wilson. Ben ging mit ihm hinüber ins Aufnahmegebäude. Der junge Schotte schien Frank inzwischen deutlich sympathischer; er war freundlich zu ihm, und Frank war jetzt oft genug mit ihm zusammen gewesen, um zu wissen, dass er wirklich nichts mit den Leuten in Strangmans gemein hatte. Und trotzdem war da etwas an Ben, etwas schwer Definierbares, das Frank davon abhielt, ihm voll und ganz zu trauen.

Der Arzt war gerade mit einigen Akten beschäftigt. Er bedeutete Frank, sich zu setzen. »Wie geht es Ihnen?«

»Danke, ganz gut.«

»Ich habe Nachricht von der Polizei.« Frank bekam heftiges Herzklopfen. »Es ist immer noch nicht klar, ob Sie angeklagt werden. Man kann auch Ihren Bruder nicht ausfindig machen. Der Fall hängt also in der Schwebe. Sollte es aber zu einer Verhandlung kommen«, fügte er beruhigend hinzu, »dann könnte die Verteidigung auf Geistesgestörtheit plädieren. Ich wünschte allerdings, Ihr Bruder würde sich melden. Es ist völlig ausgeschlossen, Sie in die private Villa zu verlegen, bis wir einen Vormund für Sie gefunden haben, der über Ihr Geld verfügt. Bis dahin müssen wir Sie auf der Station behalten.«

»Ich verstehe«, sagte Frank niedergeschlagen.

Wilson sah ihn neugierig an. »Wie ich höre, sind Sie immer noch sehr verschlossen. Sie reden kaum mit dem Pflegepersonal oder mit den anderen Patienten.«

Frank antwortete nicht. Wilson lehnte sich im Stuhl zurück, nahm einen Stift in die Hand und fing an, damit zu spielen. »Haben Sie und Ihr Bruder als Kinder miteinander gespielt?«, fragte er plötzlich. »Vielleicht auch zusammen mit Ihrer Mutter?«

Frank sah ihn an. Er durfte sich nicht in ein Gespräch über

Edgar verwickeln lassen. »Unsere Mutter hat nicht viel – ge-spielt.«

»Hat sie Edgar vorgezogen?«

»Das weiß ich nicht.«

»Hatten Sie das Gefühl, dass sie es tat?«

»Weiß ich nicht.«

Wilson seufzte. »Ich werde Sie für die Elektroschock-Therapie vormerken lassen, Frank. Nächste Woche ist alles schon aus-gebucht, aber in der Woche danach. Wir müssen Sie aus Ihrer Depression herausbringen.«

Ben brachte Frank zurück auf die Station. Es war kälter ge-worden, und die Luft roch nach Frost. Der Gedanke an Elektro-schocks erfüllte Frank mit Entsetzen. Er wollte fort von diesem Ort. Er hatte eine Karte mit Genesungswünschen erhalten, aus-gerechnet von seinen Kollegen in Birmingham, aber abgesehen davon hatte er von niemandem etwas gehört. Und Edgar hatte wahrscheinlich beschlossen, dass er nichts mehr mit ihm zu tun haben wollte. Vielleicht saß er jetzt irgendwo in San Francisco in einer Bar, trank reichlich Whiskey wie Mrs. Baker und versuchte, alles zu vergessen. Frank hasste Alkohol, er raubte den Menschen alle Hemmungen, und Hemmungen waren das Einzige, was sie davor bewahrte, sich wie Wilde zu benehmen. »Betrunkene«, murmelte er laut.

»Wie?«, fragte Ben.

»Nichts.«

»Sie sollten damit aufhören, mein Freund, mit sich selbst zu reden. Das gilt hier als eine ganz schlechte Angewohnheit.«

Frank hätte Ben gern ausführlicher über die Elektroschocks ausgefragt, aber er brachte es nicht fertig. Er verspürte eine große Müdigkeit und Verzweiflung.

»Was hat Wilson denn gesagt?«, fragte Ben.

»Nur, dass sie meinen Bruder immer noch nicht ausfindig ge-macht haben.«

»Haben Sie noch mal darüber nachgedacht, ob Sie nicht doch Ihren alten Freund anrufen wollen?«

Frank antwortete nicht und hielt den Blick auf seine Füße gerichtet. Er wusste immer noch nicht, ob es sicher war.

Ben brachte Frank in den Aufenthaltsraum zurück. Die Patienten saßen um den Fernseher und sahen zu, wie Fanny Cradock Sauerkraut zubereitete. Einige saßen am Tisch und schnitten mit stumpfen Scheren Papier in Streifen; obwohl es noch über einen Monat bis Weihnachten war, hatte man bereits angefangen, sie mit den Arbeiten für die Dekoration zu beschäftigen. Mr. Martindale war nicht mehr auf dieser Station; nach seinem Wutausbruch hatte man ihn in einer der Weichzellen untergebracht.

Frank verdrückte sich in den Ruheraum und nahm seinen gewohnten Platz im Sessel vor dem Fenster ein. Er dachte an seine Wohnung in Birmingham. Ob jemand sie aufgeräumt hatte? Er hatte sich in seiner Wohnung wohlgefühlt, trotz ihrer Schäbigkeit. Nur lag Birmingham leider sehr weit vom Meer entfernt. Das Meer hatte er immer geliebt, seit er als Zehnjähriger mit seiner Mutter einen Vetter des Vaters in Skegness besucht hatte. Edgar war damals nicht mitgekommen, sondern auf Klassenfahrt in Frankreich. Frank war tagelang allein am Wasser entlanggewandert, der Strand war voll von Feriengästen, aber das Meer war so weit und leer und trotzdem immer in Bewegung. Zum Schwimmen war es zu kalt, er hatte mit den Füßen im Wasser geplanscht, aber die Kälte tat weh. Trotzdem wäre er am liebsten einfach im Wasser verschwunden. Zu Hause bei den Verwandten hatte seine Mutter diese wohl von der Geisterwelt im Jenseits zu überzeugen versucht, zu der Mrs. Baker einen so großartigen Kontakt hielt. Sie waren nie wieder eingeladen worden.

In den letzten Tagen hatte Frank mit dem Gedanken gespielt, sich das Leben zu nehmen und dadurch sein Geheimnis für immer zu bewahren, statt zu riskieren, dass jemand davon erfuhr, auch David nicht. Aber er wusste, dass ihm dazu der Mut fehlte.

Außerdem stand man an diesem Ort ständig unter Beobachtung. Nach jeder Mahlzeit wurden die stumpfen Messer und Gabeln der Patienten gezählt, und die Haken für die Lampen an den Decken waren viel zu schwach, um sich daran aufzuhängen. Allerdings prangte im Ruheraum an der nikotingelben Wand ein großes Bild, eine viktorianische Hochlandszene mit einem Hirsch, umgeben von bellenden Hunden. Dieses Bild musste an einem starken Haken befestigt sein. Frank schloss die Augen und erschauerte unwillkürlich. Nein, er wollte nicht sterben, obwohl er sich in der Schule manchmal danach gesehnt hatte. Er wünschte, er könnte aufhören, ständig wieder an diesen Ort zu denken.

Strangmans College war ein langes, viereckiges Gebäude auf einer kahlen, windigen Anhöhe am Rande von Edinburgh. Eine der vielen Privatschulen dort. In der viktorianischen Zeit hatte ein Rektor die Schule dorthin verlegen lassen, weil die frische, belebende Luft den Jungen guttun würde.

Es war in der Tat erfrischend, als Frank aus dem Schulbus stieg, der ihn am Bahnhof Waverley abgeholt hatte, an jenem Sonntagnachmittag im Jahre 1928. Vom Firth of Forth blies ein Sturm, der gefrierenden Regen mitbrachte und ihn fast umgeblasen hätte. Im Bus saßen noch drei weitere neue Internatsschüler – die meisten Schüler von Strangmans waren Tagesschüler, nur eine kleine Minderheit wohnte im Internat –, und die vier Elfjährigen in ihren neuen roten Uniformen standen jetzt ängstlich und eingeschüchtert da und hielten sich an ihren Mützen fest.

Frank starrte die Einfahrt entlang auf das Sandsteingebäude. Es kam ihm riesig vor und war rötlich gelb gefärbt, obwohl alle Gebäude, die er sonst in Edinburgh gesehen hatte, von Ruß geschwärzt waren, noch schlimmer als in London. Die Tagesschüler würden erst morgen zum Anfang des neuen Trimesters erscheinen; heute war die Schule wie ausgestorben. Frank hatte gehofft, dass Edgar, der schon einen Tag vor ihm eingetroffen war, ihn begrüßen würde, aber stattdessen stand nur ein Lehrer mit Klemmbrett da, ein großer hagerer Mann, Hut und Regenmantel, Brille und strenges Gesicht.

Frank blickte noch immer um sich und hoffte, Edgar zu entdecken, als er einen Rippenstoß spürte. »He«, sagte der Lehrer mit scharfer Stimme. »Du träumst, Junge!« Mit dem langen, gerollten »R« klang es wie »trrräumst«. »Wie heißt du? Bist du Muncaster?«

»Ja. Ich heiße Frank.«

Der Mann runzelte die Stirn. »Ja, was?«

Frank starrte ihn verständnislos an.

»Ja, *Sir*. Die Lehrer werden hier mit ›Sir‹ angesprochen. Und du bist Muncaster minor, hier wird man als Schüler beim Zunamen gerufen.« Wieder runzelte er die Stirn. »Und hör auf, so albern zu grinsen. Warum grinst du mich so an?« Einer der anderen Jungen kicherte. Frank stand stocksteif da und musste sich gegen den dringenden Wunsch wehren wegzulaufen.

Der Lehrer ging mit den Jungen zu einem Anbau hinter dem Hauptgebäude, wo er sie in einen spartanisch eingerichteten Raum mit vier eisernen Bettstellen führte, neben jedem Bett ein Nachtschrank. Draußen prasselte der Regen an die Fenster. »Dies ist euer Schlafsaal«, sagte der Lehrer. »Nummer acht, vergesst es nicht. Ich heiße Mr. Ritner, und eure Klasse ist die 4B. Um vier Uhr gibt es Tee, der Speisesaal ist im ersten Stock. Und nun könnt ihr auspacken.« Er ging davon, seine Schritte hallten auf den bloßen Fußbodenbrettern. Frank stand mit offenem Mund da, den Kopf voll mit den vielen Anweisungen.

Beim Tee, der in einer Ecke des großen Speisesaals serviert wurde, an langen Tischen und Bänken, erschien Edgar mit einem Dutzend weiterer Internatsschüler verschiedener Altersstufen. Edgar war jetzt fünfzehn, groß und breit, ein Aufsichtsschüler, der durch eine Quaste an der Mütze zu erkennen war. Er setzte sich neben Frank und sagte leise: »Also bist du angekommen.«

»Hallo, Edgar. Mein Gott, bin ich froh, dich endlich zu sehen.«

Mit versteinertem Gesicht sah sein Bruder ihn an. »Also hör mal, Frank, nur weil du mein Bruder bist, bedeutet das nicht, dass wir uns dauernd sehen werden. Verstanden?« Er sprach mit schottischem Akzent. »Du bist hier nichts weiter als ein kleiner Knirps. Und du lässt mich in Ruhe, okay? Ich bin in der Flohkiste der Senioren, also wirst du mich sowieso nicht häufig zu Gesicht bekommen.«

»Flohkiste?«

»So heißen die Wohnhäuser hier.« Edgar klang ungeduldig, als müsse Frank das eigentlich wissen. Er stand auf. »Hier musst du auf eigenen Füßen stehen. So ist das in Strangmans. Du wirst dich von nun an abhärten müssen.«

In den nächsten Tagen lebte Frank in ständiger Panik. Er fand sich in dem großen Gebäude nicht zurecht, wo so furchtbar viele Jungen durcheinanderwuselten oder in ordentlichen Reihen durch die Korridore marschierten. Mehrmals verlief er sich und fragte andere Jungen nach dem Weg, aber die lachten nur. Einer sagte drohend: »Warum grinst du mich so an? Du siehst aus wie ein blöder Spasti.« Frank musste seine Tränen unterdrücken. »Heulst du etwa, du kleine Memme?« Andere Jungen blickten ihn angewidert und verächtlich an. Schnell sprach sich in der Schule herum, dass es in den Flohkisten einen Neuen gab, ein Weichei, ein Jammerlappen, der geweint hatte. Und noch schlimmer, er war Edgar Muncasters Bruder. Wie konnte jemand wie Edgar Muncaster einen solchen Schwächling zum Bruder haben? Es war eine Schande für die Schule.

Franks Leben wurde zur Qual. Auf dem Schulhof umringten ihn die Jungen und verspotteten ihn, machten sich lustig darüber, wie mager er war, was für große Ohren er hatte, lachten über sein merkwürdiges, krampfhaftes Grinsen und sein Geheule. Anfangs hatte er voller Angst in der Mitte gestanden und sie angeschrien, sie sollten ihn in Ruhe lassen. Aber das machte die Sache nur noch schlimmer, und nach einer Weile merkte

Frank, dass es besser war, still zu sein, nicht zu weinen und möglichst gar nicht zu reagieren.

Einmal, nur ein einziges Mal verlor Frank die Geduld. In seiner Klasse war ein Tagesschüler namens Lumsden. Er war groß und dick und bebrillt und hätte seinerseits ein Mobbingopfer abgeben können, aber er war klug, hatte sich ein selbstsicheres Auftreten angewöhnt und nutzte seine Körperfülle. Bald war er der Anführer von Franks Peinigern. Es war an einem kalten Herbsttag, das harte Gras auf dem kahlen Hügel war bereits bereift vom ersten Frost, als sich in der ersten Pause eine Gruppe von Jungen um Frank scharte und versuchte, ihn zum Weinen zu bringen. Reglos stand er mitten unter ihnen. Da trat Lumsden vor, ging in die Hocke, pendelte mit den Armen und setzte ein Grinsen auf, das Frank als Abbild seiner eigenen Grimasse erkannte. »Huu-huu-huu«, grunzte Lumsden und imitierte Affengeräusche. »Muncaster ist wie der Schimpanse, den ich im Zoo gesehen habe, die grinsen auch dauernd so. Monkey Muncaster, Monkey Muncaster!«

Die Jungen lachten. Lumsden hatte ins Schwarze getroffen. In Frank riss etwas, und er stürzte sich auf den größeren Jungen, ballte die Fäuste und bearbeitete ihn. Er wollte ihm die Zähne ausschlagen, ihn umbringen, aber seine Wut ließ ihn tollpatschig agieren. Lumsden trat gegen sein Bein, und er stürzte auf den Asphalt des Pausenhofs. Lumsden stand über ihn gebeugt. »Das hast du davon, Monkey«, sagte er mit wutverzerrtem Gesicht.

»Pass auf, dass du ihn nicht verletzt, Hector«, warnte einer der Jungen.

Breitbeinig stand Lumsden über Frank und boxte ihn in den Magen, wieder und immer wieder, bis er keine Luft mehr bekam und fast ohnmächtig wurde. »Das reicht jetzt, Hector«, rief jemand. »Sonst bringst du den Schwächling noch um.«

Lumsden richtete sich auf, das Gesicht rot angelaufen. Mit zufriedenem Spott sah er Frank an. »Das wird dich hoffentlich dran erinnern, wer du bist.«

Jetzt wusste Frank, dass er nichts ausrichten konnte, hier war er völlig hilflos. Er konnte sich wegen seiner Peiniger auch nicht an Edgar wenden, der immer eine andere Richtung einschlug, sobald er Frank kommen sah. Und an die Lehrer auch nicht. Sie wussten genau, wie er behandelt wurde – sie hätten blind und taub sein müssen, um es nicht zu merken –, aber Edgar hatte ihm den Grundsatz von Strangmans erklärt, welcher lautete, dass jeder Junge lernen müsse, sich selbst zu behaupten. Die Lehrer taten nichts, es sei denn, es gab eine sichtbare Verletzung. Außerdem war Frank bei ihnen auch nicht beliebt. Im Unterricht hatte er Schwierigkeiten, sich zu konzentrieren; er schien in einer Traumwelt zu leben und wurde oft gerügt, weil er aus dem Fenster starrte. Manchmal bekam er den Riemen dafür, Schläge auf die Hand mit einem schmalen Ledergürtel, der am Ende zweigeteilt war, damit es noch stärker schmerzte.

Also lernte Frank, sich zu verstecken, worin er es zur Meisterschaft brachte. Während der Pausen und in der Mittagsstunde versteckte er sich in den Toiletten oder in leeren Klassenräumen. Am besten jedoch war die Aula, wo die Jungen sich zur Morgenandacht versammelten. Hier entdeckte er einen riesigen Stapel von Stühlen, die nur zu offiziellen Anlässen aufgestellt wurden. Sie waren mit einem dicken, alten Vorhang zugedeckt, und wenn man sich zwischen den aufgestapelten Stühlen hindurchquetschte, stieß man in der Mitte auf einen Hohlraum, in dem ein kleiner Junge bequem hocken konnte. Er wusste, dass es nicht sicher war, aber das war ihm egal. Für ihn war es ein Zufluchtsort.

Seine Peiniger machten sich nicht die Mühe, nach ihm zu suchen. Schließlich gab es an einer so großen Schule Wichtigeres zu tun, und Frank ignorierte alle, soweit er konnte. Obwohl er aufgrund seiner stummen Duldsamkeit die meiste Zeit in Ruhe gelassen wurde, schrien die Jungen oft hinter ihm her, wenn sie ihn sahen. »Monkey! Spasti! Grins mal, Monkey!«

So ging es immer weiter, denn niemand gebot ihnen Einhalt. Die Jungen durften nach dem Unterricht hinaus in das hügelige

Gelände, und Frank verbrachte viele Stunden mit einsamen Wanderungen zwischen Ginster und den vom scharfen Wind flach geschliffenen Granitfelsen, stets mit den Augen am Horizont und bereit, hinter einem Ginsterbusch zu verschwinden, wenn er andere Jungen von Strangmans entdeckte.

Frank wurde zwölf, dann dreizehn und vierzehn, und noch immer hatte er keinen einzigen Freund. 1931 wurde Edgar achtzehn, verließ Strangmans und ging nach Oxford, um Physik zu studieren. Zu dieser Zeit lebte Frank schon gar nicht mehr in der wirklichen Welt. Der einzige Ort, an dem er sich wohlfühlte, war die Bibliothek. Die beliebtesten Bücher – Henty und Bulldog Drummond – reizten ihn nicht besonders, aber er liebte Science-Fiction, besonders Jules Verne und H. G. Wells. Er begeisterte sich für die Welten im Inneren der Erde und unter dem Ozean, für Reisen zum Mond, Invasionen vom Mars und Reisen in die Zukunft. In den Ferien hatte er in einer Zeitschrift von einem deutschen Wissenschaftler gelesen, der vorhersagte, dass eines Tages Menschen mit Raketen zum Mond fliegen würden. Als die Jungen Physikunterricht bekamen und lernten, wie das Sonnensystem funktionierte, wurde Frank hellhörig. Der Physiklehrer, dem man gesagt hatte, Muncaster sei ein Problemschüler, lernte ihn als schnell auffassenden und aufmerksamen Schüler kennen, der auch komplexe Mathematikaufgaben zügig bewältigte. Zum ersten Mal bekam Frank in einem Fach gute Noten. Die anderen Lehrer runzelten die Stirn und schüttelten den Kopf; sie hatten ja immer gesagt, Muncaster verfüge über einen brauchbaren Verstand, sei aber zu faul und verträumt, um ihn zum Einsatz zu bringen. Jetzt gebrauchte er ihn, um Newton und Kepler und Rutherford zu verstehen. Er stellte sich vor, wie er in andere Welten reiste, wo höher entwickelte Wesen ihm mit Freundlichkeit und Respekt begegneten. Mitunter träumte er in seinem harten eisernen Bett auch von Marsmenschen, die auf die Erde kamen, und davon, wie einer von H. G. Wells' Dreibeinigen Herrschern eine Strahlenkanone auf Strangmans richtete und es wie ein riesiges Puppenhaus explodieren ließ.

Er fuhr hoch. Er war in seinem Sessel eingeschlafen. Im Ruheraum war es kalt. Bäume und Rasen draußen waren weiß, die Feuchtigkeit war zu Raureif geworden. Er überlegte, wie spät es sein mochte. Es wurde bereits dunkel, also war es etwa vier Uhr. Dann hatte Ben wieder Dienst. Frank dachte zurück an die Universität, als seine Schreckenszeit vorüber war.

Sein Lehrer für Naturwissenschaften an der Schule, Mr. Kendrick, der einzige Mensch in Strangmans, der versucht hatte, ihm zu helfen, hatte auch seine Vorbereitung zur Aufnahmeprüfung für Oxford überwacht. »Ich denke, du wirst sie bestehen«, hatte er gesagt. Er zögerte ein wenig, dann sagte er: »Ich glaube, dir wird das Leben in Oxford besser gefallen, Muncaster. Du wirst fleißig sein müssen, wenn du Erfolg haben willst, aber du kannst selbstständig arbeiten, was dir in der Schule nicht möglich ist. Und ich denke, du wirst dort – nun – ein leichteres Leben haben. Aber du musst dir Mühe geben, wenn du Freundschaften schließen willst. Wirklich Mühe geben, denke ich.«

Frank kam 1935 nach Oxford und wollte Chemie studieren. Edgar hatte sein Studium bereits abgeschlossen und war als Postgraduierter nach Amerika gegangen. *Gott sei Dank, dass ich ihn los bin*, hatte Frank gedacht. Er war in Oxford umhergeschlendert, begeistert von der einnehmenden, altehrwürdigen Architektur und Aura der Colleges. Er hatte gehofft, allein zu wohnen, und hörte mit Bangen, dass er mit jemandem teilen müsse. Aber Frank hatte inzwischen gelernt, die Menschen einzuschätzen, ob sie eine Bedrohung für ihn darstellten oder nicht, und nachdem er David Fitzgerald kennengelernt hatte, fühlte er sich sicher. Der hochgewachsene, sportliche Londoner war introvertiert, aber sehr liebenswürdig.

»Was studierst du?«, fragte David.

»Chemie.«

»Ich studiere Geschichte der Neuzeit. Sag mal, welches Schlafzimmer möchtest du haben? Das eine ist etwas größer, aber das andere bietet den Blick auf den Innenhof.«

»Ach, das ist mir egal.«

»Dann nimm das mit dem schöneren Ausblick.«

»Danke.«

Frank war zu schüchtern und misstrauisch, um echte Freundschaften zu schließen. Er arbeitete in den Labors mit anderen Studenten zusammen, vermied es aber, sich an ihren Unterhaltungen zu beteiligen. Er hatte Angst, sie könnten plötzlich gegen ihn sein und ihn »Monkey« nennen. Aber er schaffte es, sich lose Davids Freundeskreis anzuschließen, der wie David selbst aus ernsthaften, vernünftigen jungen Leuten bestand, die nicht zu Blödeleien neigten. David genoss das Ansehen der Gruppe, denn er hatte angefangen zu rudern und es in die Universitätsmannschaft geschafft.

Frank erinnerte sich immer noch an einen Abend gegen Ende des ersten Trimesters. Italien war in Abessinien einmarschiert, und das Abkommen zwischen Großbritannien und Frankreich, das den Italienern erlaubte, einen Großteil des Landes zu annektieren, gab Anlass zu heftigen politischen Debatten. Frank und David saßen in ihrer Wohnung und diskutierten die Situation mit Davids bestem Freund, Geoff Drax.

»Wir müssen akzeptieren, dass Italien den Krieg gewonnen hat«, sagte Geoff. »Natürlich wünschte man sich, es wäre anders ausgegangen, aber es ist doch besser, sich zu einigen, damit das Kämpfen aufhört.«

»Aber das wird das Ende des Völkerbundes bedeuten.« In Davids sonst so ruhiger Stimme schwang eine außergewöhnliche Leidenschaft mit. »Es ist eine Lizenz für jedes andere Land, ebenfalls einen Krieg anzuzetteln.«

»Der Völkerbund ist sowieso erledigt. Er hat auch Japan nicht davon abgehalten, in die Mandschurei einzufallen.«

»Umso wichtiger, jetzt Position zu beziehen.«

Bei Kinobesuchen in der Oberstufe hatte Frank gesehen, was in Europa passierte: der unheimliche Stalin, die aufgeblasenen Diktatoren Hitler und Mussolini. Wochenschauen aus Deutschland, wo die Schaufenster jüdischer Geschäfte von pöbelnden Braunhemden eingeschlagen wurden, während die Eigentümer zitternd dabei zusehen mussten – das alles löste ein instinktives Mitgefühl für die Opfer in ihm aus. Er hatte angefangen, regelmäßig die Nachrichten zu hören. Jetzt sagte er: »Wenn Mussolini damit durchkommt, wird das Hitler nur bestärken. Er hat ohnehin schon die Wehrpflicht eingeführt, und Churchill sagt, er baue eine Luftwaffe auf. Er will einen neuen Krieg in Europa beginnen, und Gott weiß, was er dann mit den Juden machen wird.«

Frank merkte, dass er mit Leidenschaft, sogar heftiger Leidenschaft gesprochen hatte. Plötzlich brach er ab. David hatte die Augen auf ihn gerichtet, und langsam dämmerte es Frank, dass sich zum ersten Mal in seinem Leben jemand dafür interessierte, was er zu sagen hatte. Geoff ebenfalls, der allerdings meinte: »Wenn Churchill recht hat und Hitler eine Gefahr darstellt, dann ist es umso wichtiger, Mussolini zu unterstützen.«

»Hitler und Mussolini sind aus demselben Holz geschnitzt«, entgegnete Frank. »Die werden sich früher oder später einig sein.«

»Ja, das werden sie«, sagte David. »Und du hast recht. Was wird dann aus den Juden?«

Jemand kam in den Ruheraum und unterbrach seine Träumereien. Ben sah ihn aufmerksam an. »Alles in Ordnung mit Ihnen? Sie machen ein ziemlich besorgtes Gesicht.«

»Mir geht's gut.« Wieder dachte Frank: *Warum interessiert ihn das?* Dann dachte er an die Selbstmordpläne, mit denen er sich getragen hatte, an Wilson und die Schocktherapie. Jetzt war ihm klar – es gab nur eine mögliche Alternative. Er holte tief Luft. »Ich habe nachgedacht. Vielleicht könnte ich meinen Freund David, mit dem ich auf der Uni war, doch anrufen.«

Ben nickte zustimmend. »In Ordnung. Sie könnten das Telefonat am Wochenende führen, wenn ich im Dienstzimmer bin.

Sagen Sie aber den anderen Pflegern nichts davon; ich will nicht, dass Wilson seine Nase da reinsteckt.«

Frank dachte an die Peinlichkeit, wenn er David erklären müsste, wo er sich befand. Damals, als er mit ihm und seinen Freunden auf der Universität war, hatte er sich zeitweise fast wie ein normaler Mensch gefühlt. Aber jetzt war das alles wieder völlig anders.

Ben zog die Augenbrauen hoch und neigte fragend den Kopf. »Abgemacht?«, fragte er.

»In Ordnung«, sagte Frank. Er versuchte ein Lächeln, ein echtes diesmal.

12

Es war kurz nach fünf, als Sarah am Freitag von ihrer Sitzung zurückkehrte. Auf dem Weg vom Bahnhof blickte sie über den kleinen Park hinweg zum alten Luftschutzbunker. Gott sei Dank, dass wir den nie gebraucht haben, hatte sie oft gedacht, aber jetzt fragte sie sich, ob eine Fortsetzung der Kämpfe 1940 wirklich so viel schlimmer gewesen wäre als das, was sie momentan erleben mussten. Ratlos schüttelte sie den Kopf.

Auf der Fußmatte lag ein handgeschriebener Zettel. Es war ein Kostenvoranschlag der Firma, die sie wegen der Tapezierung des Treppenflurs angerufen hatte. Müde ließ sie sich in einen Sessel fallen, den Zettel in der Hand. Sie dachte an die jungen Männer, die in London vor dem Bahnhof blutig geschlagen worden waren. Sie wünschte sich, ihr Vater hätte ein Telefon; sie hätte ihn trotz der Kosten in Clacton angerufen. Sie hätte auch Irene anrufen können, aber sie wusste, was ihre Schwester sagen würde – es müsse für Ordnung gesorgt werden, auch wenn die Hilfspolizei es manchmal etwas übertreibe.

Sie erinnerte sich, wie ihr Vater 1941 verhaftet worden war.

Die Pazifisten, die das Abkommen von 1940 unterstützten – die pazifistischen Labour-Abgeordneten, die Mitglieder der Friedensbewegung, die Quäker –, sie alle hatten schon früh Bedenken geäußert, als Flüchtlinge des Naziregimes, vor allem Juden, gemäß des Abkommens nach Deutschland zurückgeschickt wurden. Aber es war der Ausbruch des Krieges der Deutschen gegen Russland im folgenden Frühjahr, der zu einem Massenprotest führte, als Lloyd George, das alte Schlachtross, es offenkundig genoss, nach fast zwanzig Jahren wieder Premierminister zu sein, und britische Freiwillige anfeuerte, sich dem deutschen Feldzug gegen den Kommunismus anzuschließen.

Damals hatte sich eine neue Bewegung unter dem Namen »Für Frieden in Europa« gebildet, und Sarahs Vater war ihr beigetreten. Sie organisierten Märsche, verteilten Flugblätter und riefen zum Boykott deutscher Produkte auf. Die Zeitungen, wie Beaverbrooks *Express*, hatten sich über diese »vegetarischen Sandalenträger« lustig gemacht, die, genau wie die Kommunisten, ihr Mäntelchen nach dem Wind gehängt hatten, jetzt, da Hitler das deutsch-russische Abkommen gebrochen und die Heimat des Kommunismus angegriffen hatte.

Im Oktober 1941, gleich nachdem Moskau gefallen war, hatte es eine riesige Demonstration am Trafalgar Square gegeben, und Sarahs Vater hatte sich entschlossen, daran teilzunehmen. Es war das einzige Mal, dass Sarah und Irene einen ernsthaften Krach miteinander hatten. Irene war inzwischen mit Steve verheiratet und keine überzeugte Pazifistin mehr, aber Sarah hatte vor, ihren Vater auf dem Marsch zu begleiten. Jim war allerdings strikt dagegen, denn selbst die BBC betrachtete die Kriegsgegner als gefährliche kommunistische Strohmänner. Jim war bereits im Ruhestand, aber Sarah hätte ihre Stelle als Lehrerin verlieren können. Deshalb nahm sie nicht teil, sie hörte nur in den Nachrichten, die Demo sei in wüsten Anarchismus ausgeartet. Später hörte sie von ihrem Vater, was tatsächlich passiert war, von den Tausenden, die friedlich am Fuße der Nelson-Säule gesessen hatten: Bertrand Russell und Vera Brittain und A.J.P. Taylor, Hunderte von Geistlichen, Londoner Hafenarbeiter, Hausfrauen, Arbeitslose und Peers aus dem britischen Hochadel. Die Sicherheitsorgane hatten den Platz mit Panzerwagen umstellen lassen und dann die Polizei mit Schlagstöcken losgeschickt. Viele der Anführer waren für zehn Jahre im Gefangenenlager auf der Isle of Man gelandet, von anderen wiederum hieß es, man habe sie an die Deutschen auf der Isle of Wight ausgeliefert. Weitere Demonstrationen waren aufgrund des Kriegsgesetzes von 1940 verboten worden. Lloyd George sprach davon, dass man subversive Aktivitäten mit fester Hand verhindern müsse. Einige berühmte Pazifisten wie Vera Brittain und Fenner Brockway begannen auf der Isle of Man einen Hungerstreik, und man ließ sie sterben. Es war schließlich ihre Entscheidung, wie Lloyd George sagte. Es gab noch weitere kleine Demos; Jim erfuhr über Freunde davon, aber sie wurden nie öffentlich bekannt und rücksichtslos niedergeschlagen. Jim war der Meinung, er sei zu alt, um bei illegalen politischen Aktivitäten nützlich zu sein, und er riet Sarah, den Mund zu halten und auf bessere Zeiten zu warten. Das war auch Davids Ansicht, als Sarah ihn kennenlernte. Aber die Situation war ständig schlimmer geworden, die Menschen schimpften und murrten, doch nun waren sie machtlos.

Sarah stand im Hausflur und überlegte, ob sie David überhaupt etwas davon erzählen sollte, was am Nachmittag passiert war. Es würde noch Stunden dauern, ehe er nach Hause kam, und sie war sich nicht sicher, ob seine Erklärung, er müsse Überstunden leisten, der Wahrheit entsprach. Sie ging ins Wohnzimmer und stand einen Moment da, die Arme um sich geschlungen. Sie seufzte. Man vergaß so leicht, was dort draußen passierte, vielleicht war es ganz gut, wenn man es einmal hautnah miterlebte. Sie zündete das Feuer im Kamin an, das die Haushaltshilfe schon vorbereitet hatte, dann ging sie in den Flur zurück. Sie betrachtete die beschädigte Tapete. Auf einem Tischchen stand die große Regency-Vase mit den bunten Blumen, die eines der kostbarsten

Besitztümer von Davids Mutter gewesen war. Als sein Vater nach Neuseeland ging, hatte er sie David überlassen. Sarah erinnerte sich an einen weiteren Nachmittag, vor einer gefühlten Ewigkeit. Charlie, im Krabbelalter, war zu dem Tischchen gerobbt und hatte versucht, sich an der Tischkante hochzuziehen, um zu stehen. Die Vase hatte geschwankt. Mit großen, leisen Schritten war David hinter seinen Sohn getreten, um ihn nicht zu erschrecken, hatte Charlie unter den Armen gepackt und ihn fortgezogen. Der kleine Junge hatte seinen Vater derart erstaunt angesehen, dass seine Eltern lachen mussten, bis Charlie auch mitlachte. David hob ihn hoch bis über seinen Kopf. »Wir werden Omas Vase wegschließen müssen, sonst kriegt unser kleiner Racker sie noch kaputt.« Sie hatten die Vase in einem Schrank verwahrt, aber nach Charlies Tod wollte David sie wieder zurückstellen. »Sie hat in meinem Elternhaus immer im Flur gestanden.«

Sarah blickte die Vase an. Dann krümmte sie sich zusammen und fing heftig zu weinen an.

David kam um acht Uhr nach Hause. Inzwischen hatte Sarah sich wieder gefangen und das Abendessen zubereitet. Sie strickte an einem Pullover, ein Weihnachtsgeschenk für Irenes älteren Sohn. Sie verbrachte in diesen Tagen immer mehr Zeit mit Stricken, es war eine Art Beschäftigungstherapie, wenn sie einsam zu Hause saß. Sie legte das Strickzeug hin und sah ihren Mann an. Er sah müde und blass aus, nicht wie jemand, der mit einer Geliebten im Bett gewesen war. Sie gab ihm einen Kuss, wie immer. Er roch auch nicht nach fremdem Parfüm, nur nach dem kalten Rauch der Londoner Straßen. Er sagte: »Es tut mir leid, ich wollte eigentlich viel früher zu Hause sein.« *Er hat wirklich Überstunden gemacht*, dachte sie, *er ist todmüde*. Es sei denn, die Schauspielerei strengte ihn an. Sie trat zurück, und David sah sie an. »Alles in Ordnung mit dir?«, fragte er. Als sie nicht antwortete, packte er sie sanft bei den Armen. »Sarah, ist etwas passiert?«

Sie musste verstörter wirken, als sie dachte. »Ja«, sagte sie, »heute Nachmittag in der Stadt. Da habe ich etwas Furchtbares erlebt.«

Sie setzten sich, und sie erzählte von dem Vorfall. »Die Burschen haben nur Flugblätter verteilt. Diese Hilfspolizisten sind Barbaren, sie schlugen sie zusammen und ließen sie in einem Van abtransportieren. Ein älterer Mann sagte, sie brächten sie zur Gestapo.«

David blickte ins Feuer. »Sagte Gandhi nicht, friedlicher Protest wirkt nur, wenn die, gegen die du protestierst, fähig sind, sich zu schämen?«

Sarah blickte ihn an. »Sie haben ihren Standpunkt vertreten. Sie waren mutig. All diese Gewalt, zu der der Widerstand aufruft, das macht alles doch nur noch schlimmer. Und deshalb rekrutiert die Regierung immer mehr Hilfspolizisten. Es ist ein Teufelskreis.«

David sah sie eindringlich an. »Und was können wir sonst tun? Wir haben uns alles nehmen lassen. Die Demokratie, unsere Unabhängigkeit, unsere Freiheit.«

»Einfach abwarten.« Sie lachte bitter. »Machen wir das nicht schon seit zwölf Jahren? Ich glaube, auf diese Art und Weise hat die Menschheit seit jeher schlechte Zeiten überbrückt. Hitler hat sich nicht öffentlich gezeigt, um sich mit Beaverbrook zu treffen, oder? Sein wichtigster Verbündeter. Vielleicht stirbt er ja wirklich.«

»Wenn er stirbt, könnte Himmler sein Nachfolger werden.«

Sarah blickte ihn an. Er war genauso gegen diese Regierung wie sie, und sie hatte erwartet, er würde wütend werden über das, was mit diesen jungen Burschen in London passiert war. Schließlich sagte er: »Es ist einfach unerträglich, was in der Welt passiert.«

»Du bist müde«, sagte sie. »Geh nach oben, und zieh dir etwas Bequemes an. Ich decke den Tisch.«

Sie legte den Kostenvoranschlag neben seinen Teller. Als David sich zum Essen hinsetzte und Sarah die Lammkoteletts servierte, sagte sie: »Das kam heute Nachmittag, als ich weg war. Er könnte nächste Woche anfangen.«

David schaute über den Tisch. »Hat dir das auch zu schaffen gemacht? Außer der Sache in London?«

»Ein bisschen schon, ja.« Sie zögerte. »Ich glaube, wir haben uns nicht immer so beigestanden, wie wir es hätten tun können.«

»Ich weiß«, sagte er leise. »Und das tut mir leid.«

Sie lächelte bedauernd. »Es waren zwei schlimme Jahre für uns, nicht wahr?«

»Höllisch.«

»Ich habe am Sonntag wieder eine Sitzung im Komitee.«

»Und wirst du es schaffen hinzugehen?«

»Ja. Ja, ich werde hingehen.«

Später sahen sie die Fernsehnachrichten, jeder in seinem Sessel. Beaverbrook meldete sich aus Berlin, er stand auf den Stufen des Reichstags und grinste die Reporter an, gut gelaunt wie immer. Er sprach mit seiner scharfen Stimme und seinem bekannten kanadischen Akzent. »Ich freue mich, Ihnen mitteilen zu können, meine Herren, dass meine Gespräche mit Herrn Goebbels sehr zufriedenstellend verlaufen sind. Ich hatte heute früh außerdem eine Audienz bei Herrn Hitler. Er schickt den Menschen in Großbritannien und dem Empire seine herzlichsten Grüße. Ein neues Zeitalter wirtschaftlicher und militärischer Zusammenarbeit mit Deutschland bricht an, was unserem Land in dieser schwierigen Zeit eine große Hilfe sein wird. Die Handelszölle zwischen Großbritannien und dem europäischen Festland werden gesenkt, was die Kosten verringern und unsere Industrie voranbringen wird. Die britische Armee wird um hunderttausend Mann aufgestockt, womit das Berliner Abkommen geändert und unsere Streitkräfte gestärkt werden. Ich bringe den Schlüssel zu neuem Wohlstand und Stärke für unser Land und das Empire mit mir zurück. Ich danke Ihnen.«

David lachte spöttisch. »Wenn die Deutschen uns mit Europa Handel treiben und mehr Soldaten rekrutieren lassen, dann werden sie das nicht umsonst tun. Handelsbeziehungen – ich vermute, dabei wird es sich um Aufträge für unsere Rüstungsindustrie handeln. Die versucht doch schon seit Jahren, mithilfe des russischen Krieges den Fuß in die Tür zu bekommen.«

»O Gott.« Sarah schüttelte den Kopf. »Denk mal an die Dreißigerjahre, wie die Leute über Mosley und seine strammen Schwarzhemden gelacht haben. Wir waren überzeugt, Briten könnten niemals zu Faschisten oder faschistische Kollaborateure werden. Aber doch, sie können es. Vermutlich kann jeder es, unter den geeigneten Umständen.«

»Ich weiß, du hast recht.«

Jetzt wurde im Fernsehen gezeigt, wie in Norwegen eine riesige Tanne geschlagen wurde, das alljährliche Geschenk, das in wenigen Wochen auf dem Trafalgar Square stehen würde. Premierminister Quisling applaudierte, als der große Baum fiel und Wolken von Schnee aufstoben. Sarah wusste, dieser Anblick würde David an den norwegischen Feldzug von 1940 erinnern. Er sagte: »Ich muss morgen ins Büro, ziemlich früh. Nur eine kurze Besprechung. Bis Mittag bin ich wieder zurück.«

»In Ordnung«, seufzte sie.

»Ich bin müde, ich gehe zu Bett«, sagte er. »Du brauchst noch nicht mitzukommen. Bleib ruhig noch unten, wenn du willst.«

Am Samstagmittag kehrte David mit einem Gefühl äußerster Anspannung von seinem Treffen mit Jackson zurück. Sarah durfte von Franks Anruf nichts erfahren, und wenn er morgen nach Birmingham fuhr, musste sie denken, er sei ganz woanders.

David hatte einen Großonkel in Northampton, der seinen Eltern sehr geholfen hatte, als sie nach England gekommen waren. Der Onkel hatte eine kleine Baufirma besessen, aber jetzt war er in den Achtzigern, ein kinderloser Witwer. Davids Vater hatte ihn gebeten, sich ein bisschen um Onkel Ted zu kümmern, und David besuchte den alten irischen Onkel zweimal im Jahr, meist allein, denn Teds schlechte Laune war legendär. Die Geschichte, die er sich ausgedacht hatte, war, dass Onkel Ted gestürzt war und im Krankenhaus lag. Franks Anruf, der laut Jackson zwischen vier und fünf Uhr nachmittags erfolgen würde, sollte offiziell vom Onkel sein. Bei ihrer Besprechung hatte David eingewandt: »Wie kann ich verhindern, dass Sarah den Anruf beantwortet? Wir haben ein Telefon im Schlafzimmer, aber warum sollte ich an einem Samstagnachmittag um vier dort oben sein?«

»Krankheit«, hatte Jackson vorgeschlagen. »Aber nichts, was Sie daran hindern würde, am nächsten Tag zu fahren.«

Nach dem Mittagessen ging er in den Garten und harkte die Blätter zusammen. Es war ein kalter, ungemütlicher Tag. Sarah, in einem alten Mantel und mit Kopftuch, kam ebenfalls raus und half ihm, die nassen Blätter zu einem Haufen zusammenzutragen. Sie zündeten sie an, und eine dünne Rauchfahne stieg in die windstille Luft. Sarahs Wangen waren rot vor Kälte. Es war lange her, seit sie etwas Derartiges zusammen gemacht hatten. Sie sah gut aus, die Arbeit hatte sie entspannt. Sie war so ehrlich, so anständig. David spürte einen heftigen Stich, eine Mischung aus Liebe und schlechtem Gewissen.

Um halb eins ging Sarah hinein, um das Mittagessen zuzubereiten. Während er allein weiterarbeitete und tote Pflanzen aus den Beeten grub, fragte David sich, was in aller Welt es sein mochte, das Frank wusste. Oder wusste er am Ende gar nichts? War sein labiler Geist endgültig zusammengebrochen? Nein, das konnte es nicht sein, denn schließlich wollten ihn die Amerikaner. Ihm war nicht wohl bei dem Gedanken, dass Frank in Gefahr sein könnte. Er selbst hatte sich lange genug in Gefahr gefühlt.

Er erinnerte sich, wie er mit seinem Vater 1946 am Kai in Auckland gestanden und auf das Schiff nach England gewartet hatte. Seine Zeit in Neuseeland war zu Ende. Sarah war auf der

Damentoilette. Sein Vater sagte: »Wie ich höre, haben sie einen harten Winter in England. Na ja, der müsste vorbei sein, bis ihr ankommt.«

»Ja, wir reisen vom Spätsommer direkt in den Frühling.«

Plötzlich sagte sein Vater: »Bleibt hier, David. In England wird es immer schlimmer.«

»Dad, wir haben das doch alles besprochen. Sarah und ich sind der Ansicht – dass es unsere Heimat ist. Dort gehören wir hin.«

Sein Vater entgegnete leise: »Es gibt einen guten Grund, warum du dort nicht hingehörst, Junge, gerade jetzt nicht. Und hier spielt das keine Rolle.«

»Das weiß doch niemand. Und ich sehe auch nicht, wie jemand es erfahren könnte.«

Sein Vater seufzte. »Ich habe mich oft gefragt, was deine Mutter dir damals sagen wollte, kurz bevor sie starb. Vielleicht wollte sie dich warnen.«

David erinnerte sich an den Anblick seines Vaters, der vom Kai aus winkte, als das Schiff ablegte und abfuhr. Sein graues lockiges Haar wehte im Wind. Er legte den Spaten nieder und ging ins Haus. Er sagte zu Sarah: »Ich glaube, ich habe es etwas übertrieben mit der Gartenarbeit, mir tut der Rücken weh. Ich werde mich nach dem Essen ein bisschen hinlegen.«

Während des Essens sah Sarah ihn mitleidig an. »Du hast zu viel geschuftet«, sagte sie. »Geh nach oben, ich bringe dir einen Tee. Leg dich flach auf den Rücken und ziehe die Knie an, das ist am besten.« Sie glaubte ihm, und das verursachte David erneut unnötige Probleme – am liebsten hätte er geschrien, dass sein verdammter Rücken völlig in Ordnung sei. Aber er ging nach oben und legte sich aufs Bett, wie sie ihm geraten hatte. Auf dem Nachttisch neben ihm stand das Telefon; diesen Anschluss hatte er letztes Jahr installieren lassen, falls es nachts einen Ernstfall im Büro gäbe, wie er ihr erklärte.

Sie brachte ihm den Tee, und er trank ihn. Nach einer Weile wurde ihm seine Lage unbequem, also setzte er sich auf die Bettkante und blickte durch die Stores hinaus auf die kahlen Bäume und den grauen Himmel.

Um zehn Minuten nach vier, gerade als es zu dämmern begann, klingelte das Telefon. Obwohl er darauf gewartet hatte, erschrak David von dem schrillen Ton. Hastig nahm er den Hörer auf. »Kenton 4815.«

Einen Augenblick blieb es still, dann hörte er eine dünne, zitternde Stimme. »Ist dort David Fitzgerald?«

»Ja. Wer ist da?«

»Hier ist – Frank, David. Frank Muncaster. Erinnerst du dich?«

»Natürlich. Frank? Wir haben lange nichts voneinander gehört. Wie geht es dir?« David sprach leise.

»Oh …« Die Stimme klang verzweifelt. »Ich habe Probleme. Mir geht es nicht gut.«

»Das tut mir leid, Frank, wirklich.«

»Ich bin – nun ja, ich bin in einem psychiatrischen Krankenhaus.« Franks Stimme wurde lauter und dringlicher. »David, es tut mir sehr, sehr leid, dich aus heiterem Himmel zu belästigen, aber ich brauche jemanden, der mir hilft. Ich bin im Krankenhaus, und es gibt ein Problem mit den Kosten – es geht nicht ums Geld, ich habe genug, aber ich komme nicht dran.« Frank verstummte abrupt, als könne er nicht weiterreden.

»Hör mal, Frank, ich tue alles, um dir zu helfen. Sag mir, was ich machen soll.«

Die Stimme wurde wieder unsicher, er sprach schnell. »Ich bin entmündigt worden, David. Ich komme hier nicht raus. Ich brauche einen Verwandten, der meine Vormundschaft übernimmt. Meine Mutter ist tot, und Edgar ist in Amerika. Sie können ihn nicht erreichen. David, gibt es irgendeine Möglichkeit, dass du mir hilfst, die Dinge wieder in den Griff zu kriegen? Es gibt sonst niemanden. Wirklich niemanden.«

»Wo bist du?«

»Bartley Green Hospital, in der Nähe von Birmingham.«

David holte tief Luft. »Hör mal, Frank, ich könnte morgen zu dir kommen.« Er sprach schnell, denn er hörte Sarah die Treppe heraufkommen.

»Könntest du das? Ach, das kann ich dir nicht zumuten …«

Sarah kam herein, sie blieb an der Tür stehen und blickte ihn fragend an. Deutlich sagte David: »Ich komme. Mit der Bahn ist es ganz einfach. Wie sind die Besuchszeiten?«

»Du müsstest bitte am Nachmittag kommen. Hier gibt es einen Pfleger namens Ben. Hier sind lauter Pfleger, Krankenwärter …«

David unterbrach ihn. »Ich komme morgen, sagen wir um – drei Uhr.«

»Ja. Ja, das wäre sehr gut. Ach, ich danke dir.« Franks Stimme bebte erneut. »Es wird so schön sein, dich zu sehen. Aber es tut mir leid, es ist dein Wochenende. Ich habe nicht einmal gefragt, wie es dir geht, dir und deiner Frau …«

»Sarah geht es gut. Bis morgen dann. Ich tue alles in meiner Macht Stehende, um dir zu helfen …«

»Danke, David. Ich muss jetzt Schluss machen, ich rufe von einem Krankenhaustelefon an, und dies ist ein Ferngespräch.«

»In Ordnung. Bis morgen dann.«

»Wiedersehen, David.« Frank klang unglaublich erleichtert. »Vielen, vielen Dank.« Es klickte. David wartete eine Sekunde, dann sprach er in das stumme Telefon: »In Ordnung, Onkel, mach dir keine Sorgen, morgen komme ich. Auf Wiedersehen.« Langsam legte er den Hörer auf und wandte sich an Sarah. »Das war Onkel Ted. Er ist gestürzt und liegt im Krankenhaus.«

13

Gunther stand im Wohnzimmer des großen Apartments am Russell Square und sah sich um. Es war Freitagabend. *Vielleicht werde ich wochenlang hier wohnen*, dachte er. Das Innere des viktorianischen Gebäudes war modernisiert worden, mit klaren Linien, glatten Oberflächen und muschelförmigen Wandlampen. Die Bilder hingegen zeigten typisch deutsche Szenen, die diplomatische Standardmöblierung. Sein Blick blieb an einer Seelandschaft hängen, Strandhafer im Wind, dahinter die Ostsee, blaugrau unter einem weiten, hellen Himmel. Am Horizont ein einsames Segelboot. Es erinnerte Gunther an seine Kindheitsferien am Meer.

Die Wohnung bot ein Schlafzimmer mit Ehebetten sowie ein Arbeitszimmer mit Schreibtisch, auf der Schreibunterlage ein Notizbuch mit Bleistift. In einer Ecke hing ein Bild des Reichsführers Himmler im Halbprofil, die wachsamen Augen hinter den Brillengläsern auf einen Punkt neben der Kamera gerichtet. Eine Erinnerung daran, dass Gunthers Loyalität nunmehr nicht dem Botschafter Rommel, sondern der SS zu gelten hatte.

Er trat in die Küche. In dem hohen Kühlschrank lagen Roggenbrot, eine geräucherte Wurst, Käse und mehrere Flaschen Bier. Sehr gut, der englische Polizeiinspektor würde vielleicht ein Glas Bier zu schätzen wissen. Gunther ging ins Schlafzimmer, zog Jackett und Schuhe aus und schritt in Socken zurück ins Wohnzimmer. Die kleine Uhr auf dem Kaminsims zeigte Viertel vor sieben. Syme, der Polizist, sollte um halb neun kommen. Gunther war gespannt darauf, ihn kennenzulernen. Auf seinem Weg vom Senate House zur Wohnung hatte er bemerkt, wie schäbig und heruntergekommen London aussah, Abfall und Hundehaufen auf den Trottoirs, müde Menschen, die sich freudlos und ohne Motivation von der Arbeit nach Hause schleppten. Eine Zeitungsreklame kündigte weitere Streiks in Schottland an. Auf einer Sonderkonferenz der Schottischen Nationalpartei war beschlossen worden, den Behörden jede Hilfe zu gewähren, im Gegenzug für einen Parteitag, bei dem es um Selbstverwaltung gehen sollte, als ersten Schritt zu einer angestrebten Unabhängigkeit. Gunthers eigene Zukunftsvision, die deutsche Version natürlich, erstrahlte klar, logisch und in hellen Farben, ein totaler Gegensatz zu dem wirren, chaotischen Zustand, in dem dieses Land sich befand. Er schaltete den Fernseher ein, der in der Ecke stand. Es lief gerade ein Cowboyfilm, billiger amerikanischer Kitsch, den das deutsche Fernsehen niemals gesendet hätte. Er schaltete wieder aus, zündete sich eine Zigarette an und starrte auf das Bild an der Wand, das ihn an seine Kindheit erinnerte.

Gunther wurde 1908 geboren, sechs Jahre vor dem Großen Krieg. Sein Vater war Polizeiwachtmeister in einer kleinen Stadt in der Nähe von Königsberg, Ostpreußen, der östlichsten Provinz des Deutschen Kaiserreichs. Er war zehn Minuten älter als sein Zwillingsbruder Hans. Äußerlich waren sie nicht zu unterscheiden, das gleiche kantige Gesicht und das hellblonde Haar, aber sie entwickelten sich zu zwei völlig verschiedenen Persönlichkeiten. Hans war lebhafter, witziger, mit einer quecksilbrigen Energie, die Gunther abging. Gunther war eher wie sein Vater, ruhig und solide. Er war ein tollpatschiger, unordentlicher Junge, dessen Kleidung ständig zerknautscht war, während Hans stets aussah wie aus dem Ei gepellt.

Beide waren gut in der Schule. Gunther war eher ein Arbeitstier, während Hans eine schnelle Auffassungsgabe und viel Fantasie besaß, gelegentlich etwas zu viel für die preußische Disziplin der Lehrer. Gunther fühlte sich als Beschützer seines Bruders, gleichzeitig war er eifersüchtig auf ihn und beneidete ihn darum, dass er zunächst unter den Jungen und später auch bei den Mädchen der beliebtere Zwilling war. Hans wollte Gunther überall dabeihaben, während Gunther im Zweifel lieber allein gewesen wäre.

Ihre Mutter war eine zierliche, müde und bescheidene Frau, der Vater ein stattlicher Mann mit zerfurchtem Gesicht und einem Schnurrbart, dessen Enden gewachst nach oben standen, wie der des Kaisers. In seiner Uniform mit dem Helm gab er eine respektgebietende Erscheinung ab. Ordnung und Obrigkeit gingen ihm über alles. Als der Große Krieg ausbrach, verkündete er stolz, dass jetzt ganz Europa deutsche Zucht und Ordnung kennenlernen werde. Aber Deutschland verlor den Krieg. Der alte Polizist war entsetzt über die Dekadenz und das Chaos, das mit der Weimarer Republik folgte. Es war nicht lange nach dem Krieg, als sie eines Tages beim Essen saßen. »Heute gab es eine Studenten-Demonstration in der Stadt«, erzählte der Vater. »Anarchisten und Kommunisten.« Mit Tränen in den Augen fuhr er fort: »Wir standen am Rand des Platzes und sollten dafür sorgen, dass es nicht aus dem Ruder lief. Und sie haben uns *ausgelacht*, haben uns verspottet und uns Schweine und Speichellecker genannt. Wohin soll das noch führen?« Gunther war entsetzt, als er feststellen musste, dass sein Vater, dieser starke Vater, Angst verspürte.

Auf dem Gymnasium entdeckte Gunther sein Interesse am Englischunterricht. Die Sprache lag ihm, und er war fasziniert von der Geschichte Großbritanniens, das ein so riesiges Empire aufgebaut hatte. Zwar hatte die deutsche Industrie Großbritannien inzwischen überholt, aber Deutschland hatte versäumt, sich seinerseits ein Empire aufzubauen und sich die nötigen Rohstoffe zu sichern. Sein Lehrer, ein strammer Nationalsozialist, erklärte ihnen, dass es mit England jetzt bergab gehe, ein großes Volk, das trotz seiner großartigen Geschichte durch demokratische Dekadenz heruntergewirtschaftet war. Gunther wünschte sich, Deutschland hätte auch ein solches Empire, statt eine eingeschüchterte Nation zu sein, wie es der Lehrer nannte, mit den Provinzen, die ihnen durch den Versailler Vertrag verloren gegangen waren, und einer Wirtschaft, die durch die Reparationszahlungen am Boden lag. Oft erzählte Gunther seinem Bruder von seinen Träumen eines Empires, und Hans mit seiner sprudelnden Fantasie erfand Geschichten für ihn, von großen Schlachten unter der glühenden Sonne Indiens, von Siedlern in Afrika und Australien, die gegen feindselige Eingeborene kämpften. Gunther bewunderte diese Gabe seines Bruders, auf so lebhafte und anschauliche Weise eine andere Welt schildern zu können, von ganzem Herzen.

Am Wochenende fuhren die Zwillinge oft mit dem Fahrrad durch die riesigen Nadelwälder, die sich endlos zu beiden Seiten der Straße erstreckten. An einem heißen Sommertag, inzwischen waren sie dreizehn, fuhren sie weiter als sonst. Sie kamen durch kleine Dörfer mit schwerfälligen Pferdewagen und passierten ein großes Herrenhaus aus rotem Backstein, umgeben von gepflegtem Rasen, der Landsitz eines preußischen Junkers. Um die Mittagszeit setzten sie sich am Straßenrand ins Gras und aßen ihre Brote. Es war ganz still, bis auf das Summen der Insekten, die träge in der Sommerhitze taumelten. Hans hatte den gesamten Morgen über ziemlich nachdenklich gewirkt. Jetzt sagte er: »Was sollen wir später mal werden?«

Gunther stieß mit der Fußspitze gegen einen Stein. »Ich möchte Sprachen studieren.«

Hans zog ein enttäuschtes Gesicht. »Oh«, sagte er überrascht. »Das könnte ich nicht.«

»Was willst du denn werden?«

»Ich möchte Polizist werden, wie Vater.« Hans lächelte, und seine Augen leuchteten. »Das könnten wir doch beide machen. Und alle bösen Menschen festnehmen.« Mit dem Finger zielte er auf die leere Straße. »Peng, peng.«

1926 waren die Zwillinge achtzehn. Gunther ging nach Berlin an die Universität, um Anglistik zu studieren. Hans hatte sich in der Schule gelangweilt, er war bereits abgegangen und arbeitete in Königsberg als Büroangestellter. Seinen Traum, dem Vater in den Polizeidienst zu folgen, schien er vergessen zu haben. Das hatte Gunther zwar nicht, im Gegenteil, er hatte oft daran gedacht, aber der Gedanke an ein Universitätsstudium reizte ihn mehr. Er war noch nie aus Ostpreußen herausgekommen und sehnte sich danach, Berlin kennenzulernen. Seine Eltern, stolz auf seinen Erfolg, unterstützten ihn dabei. Am Abend vor Gunthers Abreise saß er mit seinem Vater im Wohnzimmer. Der alte Mann stand kurz vor seiner Pensionierung. Er war ruhiger und das Leben leichter geworden. Nach dem Albtraum der Inflation war unter Stresemann wieder ein gewisser Wohlstand in Deutschland eingekehrt. Der Vater schenkte Gunther ein Bier ein und bot ihm eine Zigarette an. Er lächelte seinen Sohn durch den dichten Schnurrbart an, dessen Enden jetzt herabhingen und der nicht länger blond war, sondern weiß, mit braungelben Nikotinsträhnen darin.

»Ein Sohn von mir, der auf die Universität geht. Du wirst mit der Bahn durch den Polnischen Korridor fahren, jenen Teil von Deutschland, der uns 1918 weggenommen wurde. Und während der Zug durchfährt, werden die Rollos runtergezogen. Wenigstens glaube ich, dass sie das noch machen. Ich hoffe es.« Sein breites Gesicht wurde ernst. »Mein Junge, pass auf dich auf. Dass du mir nicht in schlechte Gesellschaft gerätst, Nachtklubs und solche Sachen. Berlin ist ein gefährliches Pflaster.«

»Ich werde schon aufpassen, Vater.«

»Das weiß ich. Du bist ein zuverlässiger Junge.« Der alte Mann lächelte traurig. »Bei Hans würde ich mir Sorgen machen. Ich habe ja keine Ahnung, was er dort in Königsberg anstellt.« Er schüttelte den Kopf.

Gunther erwiderte darauf nichts. Er hatte immer gewusst, dass sein Vater ihm näherstand, auch wenn er das Gefühl verspürte, dass Hans in vielerlei Hinsicht besser war als er.

Gunther verbrachte drei glückliche Jahre in Berlin. Er ging selten aus, seine Freunde waren überwiegend ruhige, fleißige junge Leute, die gleich ihm mit der Berliner Avantgarde, den Künstlern, Schreiberlingen und Schwulen nichts anfangen konnten. Es war seine erste Woche in Berlin, als er mit einigen Kommilitonen eine Straße in einem Berliner Vorort entlangging und beobachtete, was um sie herum vor sich ging. Als er in eine Seitengasse blickte, sah er einen merkwürdig aussehenden alten Mann, der ihn anstarrte. Er trug einen dunklen Mantel, und sein schwarzes Haar, das von einem Käppchen gekrönt wurde, hing in langen Locken an seinen Schläfen herunter. Er starrte Gunther ängstlich und feindselig an. Mit leisem Lachen sagte Gunther: »Was zum Teufel war denn das für einer?«

Einer der anderen sagte verächtlich: »Ein Jude.«

»So sehen die doch nicht aus. Was ist denn mit Steiner und Rabinowicz in unserem Semester, die sehen doch genauso aus wie wir und ziehen sich auch nicht anders an.«

Sein Kommilitone warf ihm einen verärgerten Blick zu. »Die tun nur so normal. In Wirklichkeit sind sie alle wie dieser alte Mann, nur kleiden sie sich und reden wie wir und tun auch so, als seien sie Deutsche, damit wir nicht merken, wie sie uns beklauen. Kapierst du denn gar nichts?«

Diese Begegnung hinterließ ein mulmiges Gefühl bei Gunther. Zum ersten Mal wurde ihm bewusst, dass es in ihrer Mitte eine geheime, unsichtbare Bedrohung gab.

Im Sommer 1929 ging er nach England, um ein Jahr in Oxford zu studieren. Doch er fühlte sich einsam und fehl am Platze, umgeben von Menschen, die entweder dekadente Aristokraten waren oder sich zumindest benahmen, als wären sie welche. Gunther war kein politischer Mensch, aber wie sein Vater stand er auf Seiten der konservativen Deutschnationalen, die Deutschland wieder groß machen wollten, durch Ordnung und Stabilität. Im ständigen englischen Nieselwetter sehnte er sich nach der sauberen, belebenden Luft Ostpreußens. Er hatte nicht genug Geld, um auszugehen oder zu reisen, und manchmal vergingen mehrere Tage, ohne dass er mit jemandem sprach. Er studierte und lernte, besonders englische Geschichte. Er bekam Briefe von seinen Eltern, gelegentlich auch von Hans, den seine Arbeit langweilte, der aber auch nicht wusste, was er sonst hätte machen sollen.

In jenem Herbst brach die amerikanische Börse zusammen. In Großbritannien schlossen viele Firmen, und die Arbeitslosigkeit nahm rapide zu. Wie Gunther hörte, stand es auch um Deutschland schlimm, der kurze Wohlstand der späten Zwanzigerjahre war vorüber, und die Zahl der Arbeitslosen ging in die Millionen. In Berlin durften obdachlose Arbeiter, um zu schlafen, für ein paar Pfennige in zugigen Hallen auf Schemeln sitzen, die Ellbogen auf ein Seil gestützt, das quer durch den Raum gespannt war. Die Politiker schienen hilflos und rannten herum wie kopflose Hühner. Hans schrieb, er habe seine Stellung in Königsberg verloren und wohne wieder bei den Eltern. Niemand wusste, wie es weitergehen sollte.

Im Sommer 1930 kehrte Gunther nach Deutschland zurück, froh, den englischen Ruß hinter sich zu lassen. In Berlin sah er obdachlose Bettler, Frauen und Kinder, die sich an Straßenecken feilboten. In der Straßenbahn, mit der er vom Bahnhof zu seinem Zimmer in der Uni fuhr, kam er an einer kommunistischen Demonstration vorbei, Männer in Schals und Mützen, die ein rotes Banner mit Hammer und Sichel schwenkten, Plakate trugen, auf denen sie nach Arbeit verlangten, und die »Internationale« sangen.

Das Semester hatte noch nicht angefangen, deshalb fuhr Gunther zunächst nach Hause. Wieder wurden die Rollos heruntergelassen, als der Zug durch den Polnischen Korridor fuhr. Er war wieder zurück in dem kleinen Haus mit dem Garten, um den seine Mutter sich kümmerte und der so sauber und ordentlich aussah wie immer. Im hellen Sonnenschein sah das Häuschen ein wenig trist aus, es hätte einen neuen Anstrich vertragen können. Seine Mutter öffnete die Tür und umarmte ihn. »Gott sei Dank, dass du zurück bist«, sagte sie. Sein Vater saß wie üblich in seinem Sessel, neben sich ein Glas Bier. »Na, mein Junge«, begrüßte er ihn. Der stattliche Mann schien irgendwie geschrumpft zu sein. Gunther und seine Mutter setzten sich an den Tisch. Er fragte: »Wie geht es euch?«

»Nicht gut«, erwiderte seine Mutter. »Die Pension deines Vaters ist weniger geworden. Es ist schwer, über die Runden zu kommen.«

»Wo ist Hans?«, fragte Gunther.

»Der sollte eigentlich schon zurück sein.« Sie lächelte. »Er hat sich so auf dich gefreut.«

»Hat er Arbeit?«

Sein Vater schnaubte verächtlich. »O ja«, sagte er bitter. »Hans hat Arbeit.«

Gunther sah seine Eltern fragend an. Seine Mutter senkte den Kopf.

Er hörte, wie die Küchentür geöffnet wurde. Hans kam herein. Er lächelte Gunther an, mit blendend weißen Zähnen im gebräunten Gesicht. Er trug eine Uniform, die Gunther bereits in Berlin aufgefallen war: braunes Hemd und schwarze Hose mit scharfer Bügelfalte, braune Mütze, dunkle Krawatte, solide schwarze Stiefel. Gunthers erster Gedanke war, wie gut Hans darin aussah, was für ein Kontrast zu seinen eigenen zerknitterten Klamotten. Über dem Hemdärmel trug sein Zwillingsbruder eine rote Armbinde mit dem Hakenkreuz.

Am Abend nahm Hans seinen Bruder mit zu einer Versammlung. Er war im Frühjahr der NSDAP beigetreten und hatte die letzten zwei Monate für sie als Jugendleiter gearbeitet. Wegen der Reichstagswahlen, die in zwei Monaten stattfinden sollten, stellte die Partei zusätzliche Leute ein.

Gunther wusste wenig über die Nazis, abgesehen davon, dass sie eine Randpartei mit wenigen Sitzen im Reichstag waren, und er erinnerte sich, dass er als Junge von einem Putsch in der Komischen Oper in München gehört hatte, an Bilder in der Zeitung von einem Mann mit energisch gerunzelter Stirn und einem kleinen Bürstenschnurrbart. Oben, in ihrem alten Zimmer, erzählte Hans seinem Bruder mit vor Glück strahlenden Augen alles über diese Bewegung. »Wir sind auf dem Weg. Wir hoffen, dass wir nach den Septemberwahlen hundert Abgeordnete im Reichstag haben.«

»Hundert?«, fragte Gunther spöttisch.

»Ja. Die Menschen strömen in Scharen zu uns. Die Parteien der Bourgeoisie in Deutschland haben versagt.«

»Bourgeoisie? Du klingst ja wie ein Kommunist.«

»In Berlin verjagen wir die Kommunisten von den Straßen«, erwiderte Hans ernst. »Wir sind eine deutsche Partei, eine rassereine Partei, wir sind die deutsche Partei aller Klassen.«

»Vater scheint das nicht sehr zu gefallen. Das wundert mich auch nicht, wenn eure Partei Schlägereien auf der Straße anzettelt.«

Hans schüttelte energisch den Kopf. »Nur weil wir verhindern wollen, dass die Roten uns den Russen in die Arme treiben. Wenn wir erst an der Macht sind, herrscht wieder Ordnung im Land. Wirkliche Ordnung. Aber es wird nicht leicht sein, das wissen wir. Wir sind Realisten. Vater denkt, dass man nur irgendeinen Zauberstab zu schwingen braucht, dann ist alles wieder wie früher im Kaiserreich. Aber so ist es nicht. Und dann …« Seine Augen leuchteten. »Dann machen wir Deutschland zum Herrscher über Europa.« Er legte die Hand auf ein dickes Buch auf dem Tisch, ehrfürchtig, wie ein Pfarrer, der eine Bibel berührt. »Hier steht alles ganz genau drin, im Buch *Mein Kampf*, das der Führer geschrieben hat.« Der Glanz in seinen Augen war beängstigend, aber gleichzeitig auch mitreißend. »Komm schon, Gunther«, sagte Hans und breitete die Arme aus. »Du weißt, wie unterdrückt und heruntergekommen Deutschland war. Das verdienen wir nicht.«

»Ich weiß das, aber …«

Hans beugte sich vor. »Wovon bist du überzeugt?«, fragte er seinen Bruder.

»Dass ich aus dem englischen Regen wegwollte.«

»Und was willst du jetzt machen?«

Gunther rutschte unschlüssig auf dem Stuhl herum. Dies war ein ganz neuer Hans, der ihn mit solchen Fragen bombardierte. Aber Hans hatte schon immer intensiver über diese Dinge nachgedacht als er selbst. »Ich weiß es nicht«, erwiderte er. »Während ich weg war – bin ich zu dem Schluss gekommen, dass dieses akademische Leben nichts für mich ist. Ich habe überlegt, ob ich nicht alles hinschmeißen und vielleicht doch zur Polizei gehen soll. Dort tue ich etwas Handfestes, etwas Sinnvolles.«

»Komm heute Abend mit«, sagte Hans leise. »Ich werde dir etwas Handfestes und Sinnvolles zeigen.«

Sie radelten in den Wald hinaus, ihre Fahrradlampen beleuchteten den Weg. Gunther fühlte sich müde, in seinem Kopf wirbelten die Eindrücke der letzten Tage durcheinander – der Abschied von England, die lange Bahnfahrt nach Berlin, die Bettler und Demonstranten, Hans in dieser Uniform. In den schmalen Lichtkegeln ihrer Lampen tanzten Nachtfalter. Weitere Radfahrer in braunen Hemden gesellten sich zu ihnen, viele davon noch Teenager in schwarzen Shorts; sie alle riefen Hans freundliche Grüße zu.

Sie gelangten zum Anfang eines Waldweges, der zu einem der vielen kleinen ostpreußischen Seen führte. Hier gingen sonntags viele Familien spazieren, auch Hans und Gunther waren als Kinder oft mit ihren Eltern an diesem Ort gewesen. Heute Abend stand am Waldesrand eine Gruppe älterer Braunhemden, am Boden neben ihnen Öllampen und mehrere ordentlich in Reih und Glied abgestellte Fahrräder. Hans ging zu ihnen hinüber, hob den Arm und rief: »Heil Hitler!« Es war das erste Mal, dass Gunther den Nazigruß hörte. Einer der Braunhemden legte Gunther die Hand auf die Brust. »Wer bist du?«, fragte er mit drohender Stimme. »Wo ist deine Uniform? Du siehst aus wie ein elender Penner.« Gunther empfand es als Beleidigung, dass dem Mann nicht aufzufallen schien, dass sie Zwillinge waren.

»Das ist mein Bruder«, sagte Hans. »Er ist gerade aus England zurückgekommen.« Der Mann richtete die Taschenlampe auf Gunthers Gesicht. »In Ordnung, Hoth. Aber du bist für ihn verantwortlich.«

Gunther und Hans schlossen sich einer Reihe von Männern und Jungen an, die lebhaft schwätzend den Waldweg entlanggingen, den sie mit ihren Fahrradlampen beleuchteten. Sie gelangten an den kleinen See. Am Ufer brannten hohe Fackeln in Feuerschalen, über die jeweils ein Junge wachte, um die Flammen in dem trockenen Wald unter Kontrolle zu halten. Etwa zweihundert Leute waren bereits anwesend. Hans sagte: »Ich muss meine Jungs in Reih und Glied aufstellen. Heute haben wir einen Redner aus Berlin da. Stell dich irgendwo an die Seite und sieh zu. Aber setz dich nicht hin«, fügte er hinzu. »Das wäre respektlos.«

Gunther sah zu, wie Hans zwei Dutzend Jungs in geordneten Reihen antreten ließ. In strammer Haltung standen sie am Seeufer. Ein Befehl ertönte, und sofort wurde es still. Gunther konnte den Wind in den Bäumen rauschen hören. Es war eine eindrucksvolle, dramatische Szene: der Fackelschein, die uniformierten Männer, die schweigend in Reihen an dem ruhigen, mondbeschienenen See standen, im Hintergrund der Wald. Gunther erschauerte leise. Dann traten vier Braunhemden aus den Bäumen hervor, begleitet von einem schlanken jungen Mann in schwarzer Uniform. Er war blond und hatte ein außergewöhnlich langes und schmales Gesicht, asketisch fast, mit einer langen Nase und einem vollen, breiten Mund, der Stärke und Willenskraft ausstrahlte. Er stand neben einer Fackel, den Rücken zum Wald, und blickte auf die Versammlung. Er wurde als Volksgenosse Heydrich aus Berlin vorgestellt, welcher kürzlich zum Leibwächter des Führers ernannt worden war.

Heydrich ergriff das Wort. Er sprach zuversichtlich und mit durchdringender Stimme. »Vor sechzehn Jahren, im Jahre 1914, lieferte sich Deutschland in einem Wald nicht weit von hier eine große Schlacht und gewann sie. Die Russen hatten uns überfallen, sie wollten Deutschland erobern und uns vernichten. Aber in der Schlacht von Tannenberg wurden sie zurückgeschlagen. Ihre Armee wurde vernichtet, und die wenigen Russen, die es überlebten, flüchteten. Deutschland verlor 20.000 Soldaten, tapfere Männer, deren Gebeine in diesen Wäldern liegen, in der deutschen Erde, die sie verteidigten. *Dazu* sind mutige Deutsche fähig! Wie ist es also möglich, Kameraden, dass wir so tief gesunken sind?«

Damit meinte Heydrich die Kapitulation der deutschen sozialistischen Politiker am Ende des Großen Krieges, die Vernichtung der deutschen Wirtschaft durch die Alliierten, die Depression, die unschlüssigen Volksparteien und die wachsende Bedrohung durch die Kommunisten. Er sprach davon, dass ein neues Deutschland aus den Ruinen entstehen müsse. Er hatte militärische Haltung angenommen, die Hände auf dem Rücken, seine Stimme immer nachdrücklicher. »Wir werden siegen, denn es ist Deutschlands Bestimmung, groß zu sein, das hat uns die Geschichte gelehrt, klar und deutlich für alle, die sie lesen können. Ein Erbe, das unsere Vorfahren uns hinterlassen haben, die als Erste diese Wälder besiedelten, die heldenhaften teutonischen Ritter.« *Ich habe jahrelang englische Geschichte studiert*, dachte Gunther plötzlich. *Aber was ist mit meiner Geschichte, der deutschen Geschichte? War das alles nur Zeitverschwendung?*

Heydrich hob die schlanke Hand und deutete auf die Reihen vor ihm. »Aber wenn wir unseren Auftrag erfüllen sollen, müssen wir auf der Hut, müssen uns der Feinde von außen und im Reich bewusst sein. Es wird Jahre dauern, sie niederzuschlagen, aber wir werden es schaffen. Die Franzosen, die Sozialisten, die Katholiken mit ihren Herren in Rom, die Kommunisten mit ihren Herren in Russland. Und die Herren über alles, die Hand, die alles kontrolliert, der Feind im In- und Ausland. Die Juden.«

Gunther hatte jahrelang nicht mehr an den alten Juden gedacht, den er in Berlin gesehen hatte, aber jetzt erinnerte er sich deutlich an ihn.

Heydrich war verstummt. Gunther blickte zu Hans hinüber, der ihn ansah. Sein Zwillingsbruder nickte ihm lächelnd zu. Auf ein Zeichen hin fingen die Braunhemden an zu singen. Ihre klaren, jugendlichen Stimmen hallten über den See:

204

»Die Fahne hoch! Die Reihen fest geschlossen!
SA marschiert mit ruhig festem Schritt …

Gunther hörte andächtig zu und dachte: *Jetzt kann ich wieder stolz darauf sein, dass ich ein Deutscher bin.*

Mit einem Knurren wachte er auf. Er war über seinen Erinnerungen im Sessel eingeschlafen. Er blickte auf die Uhr; der Engländer würde in einer halben Stunde da sein. Gunther hatte Hunger. Er ging in die Küche, bereitete sich ein Wurstbrot zu und setzte sich damit an den kleinen Tisch. Dann ging er wieder ins Schlafzimmer und nahm frische Kleider aus seinem Koffer. Er betrachtete sich im Spiegel, das schlaffe Gesicht und den Bauch, der sich vorwölbte. Er hatte sich seit seiner Scheidung gehen lassen. Seine Frau stammte ebenfalls aus einer Polizistenfamilie, trotzdem konnte sie sich nie an Gunthers unregelmäßige Arbeitszeiten gewöhnen. Und sie hatte England gehasst, als er dorthin versetzt worden war. Doch als sie wieder in Deutschland waren, war sie mit seinem neuen Auftrag ebenfalls nicht einverstanden, jenem, die Juden aufzuspüren, die sich noch immer in Deutschland versteckt hielten, und ihre geheimen Netzwerke, die ihnen dies ermöglichten. »Ich weiß ja, dass sie umgesiedelt werden müssen«, hatte sie gesagt, »aber ich finde den Gedanken scheußlich, dass du Menschen jagen musst wie Wild.«

»Wenn du akzeptierst, dass sie im Osten angesiedelt werden müssen, wie sollen wir es denn deiner Vorstellung nach umsetzen?«

»Das weiß ich nicht. Aber ich mag es nicht, wenn du vor unserem Sohn darüber sprichst.«

Jetzt verstand er, dass sie sein Vorgehen missbilligte, auch wenn sie grundsätzlich verstand, was er tun musste. Selbst in seinen jüngeren Jahren bei der Polizei, als er gewöhnliche Diebe und Mörder verfolgt hatte, war er gezwungen gewesen, hart durchzugreifen – besonders in jenen chaotischen letzten Tagen der Weimarer Republik. Und mit den Juden war es das Gleiche. Man konnte eine solche Bedrohung nicht mit Nachgiebigkeit behandeln. Er hatte während seiner Ausbildung die Ghettos im Osten besucht, hatte die Juden dort erlebt, wo sie gezwungen waren, auf engstem Raum zusammenzuleben – dreckig und stinkend und katzbuckelnd gegenüber der deutschen Obrigkeit. Ungeziefer, dessen man sich entledigen musste. Es war schwer und unangenehm, aber notwendig, wie Hans ihm erklärte.

Er erinnerte sich, wie ein Informant ihn auf jemanden aufmerksam gemacht hatte, von dem es hieß, er sei Jude. Er hatte den Verdächtigen festgenommen, und der Mann hatte das Verhör nicht überlebt. Später hatte sich herausgestellt, dass es sich um einen Irrtum handelte. Der Mann war gar kein Jude gewesen, der Informant wollte lediglich eine persönliche Rechnung begleichen. Darüber hatte Gunther sich geärgert, und es war ihm nachhaltig an die Nieren gegangen, aber im Krieg mussten schließlich auch Unschuldige sterben.

Er vermisste seine Frau nicht länger, aber sein Sohn fehlte ihm sehr. Michael war jetzt zwölf, und er hatte ihn mehr als ein Jahr nicht mehr gesehen. Er wandte sich vom Spiegel ab. Wie so oft überkam ihn das Gefühl, den Dingen nicht gewachsen zu sein. Besonders im Vergleich zu seinem toten Bruder. Er dachte an Hans' Begeisterung, seine Energie, seine Lauterkeit.

Syme kam zehn Minuten zu spät, was Gunther missfiel. Als er die Tür öffnete, sah er einen großen, hageren Mann, etwa Mitte dreißig, in Wintermantel und Filzhut vor sich. Er hatte ein schmales, kluges Gesicht, heiter, aber listig, mit hellwachen braunen Augen.

»Herr Hoth?« Der Mann streckte mit freundlichem Lächeln die Hand aus. »William Syme, Spezialeinheit London.« Gunther schüttelte ihm die Hand und bat ihn herein. Er nahm ihm den Mantel ab. Darunter trug Syme einen eleganten teuren Anzug, weißes Hemd und eine seidene Krawatte. Sie wurde von einer goldenen Krawattennadel gehalten, auf der ein schwarzer Kreis mit einem weißen Blitz darin zu sehen war, das Symbol der britischen Faschisten. »Wie ich höre, sind Sie erst heute aus Berlin angekommen«, sagte Syme mit seiner munteren Stimme.

»Ja. Bitte, nehmen Sie Platz. Kann ich Ihnen einen Tee oder Kaffee anbieten?«

»Nein, danke. Ich hätte eher Lust auf ein Bier, wenn Sie eins haben.« Gunther stellte einen leichten Cockney-Akzent fest und vermutete, dass Syme, wie so viele ehrgeizige Engländer, die Karriere machen wollten, sich Mühe gab, akzentfreies Englisch zu sprechen.

Gunther holte zwei Glas Bier aus der Küche und bot Syme eine Zigarette an. Syme sah sich im Zimmer um. »Schöne Wohnung«, sagte er anerkennend.

»Ein wenig zu modern für meinen Geschmack.«

Syme grinste. »Ich war ein paarmal in Berlin, Vergnügungsreisen mit der Partei. Großartige Gebäude gibt's dort. Vor zwei Jahren waren wir auch beim Reichsparteitag in Nürnberg, leider konnte der Führer nicht teilnehmen. Ich hätte ihn gern gesehen. Wie ich höre, ist er krank.« Seine Augen blitzten neugierig.

»Der Führer muss vielen Pflichten nachkommen«, erwiderte Gunther kühl.

Syme neigte den Kopf. »Jetzt ist Beaverbrook bei ihm. Was die wohl vereinbart haben?«

Das hätte Gunther auch gern gewusst. Er dachte an Gesslers Worte, dass die englische Polizei bald alle Hände voll zu tun haben werde. Was immer es war, Syme wusste es anscheinend auch nicht. Gunther stellte fest, dass ihm der Mann nicht sympathisch war. Doch dann sagte er sich, diesem Gefühl dürfe er nicht nachgeben, schließlich sollte er eng mit ihm zusammenarbeiten. Er schenkte Syme ein entwaffnendes Lächeln. »Also, Mr. Syme, sind Sie schon lange bei der Polizei? Sie sind jung für einen Polizeiinspektor.«

»Ich fing mit achtzehn an. Wurde vor zwei Jahren befördert, als ich zur Spezialeinheit kam.«

Gunther lächelte. »Ich arbeitete in England, als die Spezialeinheiten aufgestellt wurden. Ich erinnere mich an die Worte des damaligen Kommissars an die ersten Kandidaten: Sie sollten nicht zimperlich sein, wenn es darum gehe, ohne die Höflichkeiten auszukommen, die in normalen Zeiten üblich sind. Ich fand das eine sehr englische Weise, die Dinge zu beschreiben.«

Syme erwiderte: »Stimmt. Heutzutage ist es unsere Hauptaufgabe, den Widerstand zu bekämpfen. Auf jede nur mögliche Weise.«

Gunther deutete mit dem Kopf auf die Krawattennadel. »Wie ich sehe, sind Sie Mitglied der Faschistischen Partei?«

Syme nickte stolz. »Und ob ich das bin.«

»Gut.« Gunther deutete auf den Stuhl. »Bitte, setzen Sie sich doch. Wir sind Ihren Leuten sehr dankbar, dass Sie uns in dieser Sache helfen wollen.«

»In meiner Abteilung der Spezialeinheit stehen wir alle auf Seiten der Deutschen.«

Gunther nickte. Mit neutraler Stimme sagte er: »Ich habe den Eindruck, dass es unter den britischen Faschisten Unstimmigkeiten gegeben hat, als es darum ging, eine Koalition mit den alten Parteien, den Konservativen und Labour, einzugehen.«

Syme zuckte mit den Schultern. »Es war ein Anfang. So hat Hitler doch auch angefangen, oder? Und wenn wir Mosley als Chef der Polizei haben, ist das doch ein großer Schritt nach vorn.«

Gunther nickte. »Ja, da haben Sie recht.«

»Allerdings wundert sich der Kommissar durchaus ein bisschen darüber, weshalb Sie diesen bekloppten Muncaster so dringend wollen.« Symes Augen zogen sich zusammen. »Soweit wir wissen, hat er keinerlei politische Vergangenheit oder Verbindung zur Resistance.«

Gunther beugte sich vor. Dieser Mann war dreist, aber auch klug. Er sagte: »Weder Polizei noch Geheimdienst sind unfehlbar.« Er lächelte bescheiden. »Selbst unsere nicht. Aber wir glauben, dass dieser Muncaster politische Verbindungen nach Deutschland unterhalten könnte. Es bestehen gewisse Befürchtungen. Auf höchster Ebene.«

»Ich dachte, die Nazigegner sind allesamt erledigt.«

Gunther hob die Hand. »Mr. Syme, darüber kann ich nichts sagen. Das ist eine interne Angelegenheit. Ich hatte angenommen, man hätte Ihnen das mitgeteilt«, fügte er hinzu.

Syme grinste. »Sie können es mir wohl kaum verübeln, wenn ich es mal versuche.«

Gunther runzelte die Stirn. Dieser junge Mann ging entschieden zu weit. »Die Bedingungen unserer Zusammenarbeit wurden, wie ich bereits sagte, auf höchster Ebene vereinbart.«

Syme schien verwirrt. Man konnte ihm seine Gefühle vom Gesicht ablesen, das für einen Kriminalbeamten vielleicht zu viel verriet. Mit leicht geschärfter Stimme sagte er: »Nun ja, der Kommissar sagt, ich soll Ihnen zur Verfügung stehen.«

»Vielen Dank.«

»Und was soll ich für Sie tun?«

Gunther nahm einen Zug von seiner Zigarette. »Wir möchten über Frank Muncaster so viel wie möglich erfahren. Wie es um seinen Geisteszustand bestellt ist, ob er einigermaßen klar im Kopf ist, und falls ja, was er uns mitteilen kann. Unser Problem ist, dass wir als Gestapo nicht einfach in dieses Krankenhaus gehen und verlangen können, ihn zu sprechen.«

»Nein.« Syme runzelte die Stirn. »Die britische Polizei kann heutzutage mehr oder weniger tun, was sie will, besonders die Spezialeinheit. Aber Irrenanstalten unterstehen nach wie vor der Gesundheitsbehörde.«

Gunther nickte. »So ist es. Und wir wollen vermeiden, dass unser Interesse an Muncaster publik wird.«

»Ich verstehe. Glaube ich jedenfalls.«

»Interessiert sich sonst jemand außerhalb des Krankenhauses für ihn?«

»Wer zum Beispiel? Die Resistance?«

»Es deutet nichts darauf hin, dass die etwas über ihn wissen. Aber wir müssen vorsichtig sein.«

Syme zog ein Päckchen Zigaretten aus der Tasche, Woodbines ohne Filter, und Gunther nahm eine, obwohl er lieber mildere Sorten rauchte. Syme sagte: »Niemand scheint auch nur das geringste Interesse für Muncaster aufzubringen. Ich habe den Polizeibericht gesehen. Frank Muncaster ist nicht aktenkundig, aber letzten Oktober drehte er plötzlich durch und stieß während eines Streits seinen Bruder aus dem Fenster im ersten Stock, dann fing er an, vom Ende der Welt zu krakeelen. Man hat ihn in die Irrenanstalt eingeliefert, und mehr wissen wir nicht. Er ist Akademiker, Geologe. Diese Typen sind doch alle nicht ganz dicht.«

Wieder lächelte Gunther. »Leider dürfen wir Sie nicht in alles einweihen. Aber wir werden zusammenarbeiten und der Sache auf den Grund gehen. Und wenn sich dabei etwas Wichtiges ergibt, werden wir beide die Lorbeeren dafür ernten.«

Das klang gut. Syme nickte bedächtig. Er sagte: »Und wenn Sie entscheiden sollten, dass Sie ihn haben wollen, würden Sie ihn mit nach Deutschland nehmen? Ihn ausliefern?«

»Vielleicht. Zunächst möchte ich, dass wir zwei dieses Wochenende dorthinfahren, uns seine Wohnung ansehen und mit ihm sprechen. Wenn Ihnen das passt«, fügte er höflich hinzu.

»Das ist bereits geregelt. Wir haben einen Brief an das Krankenhaus geschickt, dass wir mit Muncaster über den Polizeibericht im Zusammenhang mit der Körperverletzung sprechen müssen. Sonntag ist dort Besuchstag. Der Arzt, der ihn behandelt, rief uns an und wollte wissen, was es damit auf sich hat; offenbar hoffte er, bei dem Interview dabei zu sein. Möchte seinen Patienten wohl schützen«, fügte er spöttisch hinzu. »Er sagte, Muncaster sei ein promovierter Wissenschaftler, ein Mann von einigem Ansehen, wie er sich ausdrückte. Ich selbst weiß schon, was ich mit diesen Irren machen würde, nämlich dasselbe wie die Deutschen. Ich erinnerte Wilson an das Landesschutzgesetz. Da wurde er still.«

»Sehr gut.«

»Aber vielleicht sollten wir ihn beobachten, sein Cousin ist Beamter im Gesundheitsministerium. Das könnte von Vorteil für ihn sein, falls wir ihm auf die Füße treten sollten.«

»Stimmt.« Gunther lächelte. »Ich weiß schon. Samthandschuhe. Also, wenn wir mit Dr. Muncaster sprechen, dann sagen Sie bitte, ich sei Ihr Vorgesetzter. Ich werde nichts sagen. Ich habe zwar fünf Jahre in England gelebt, aber er würde natürlich sofort meinen deutschen Akzent bemerken.«

»Den hört man aber kaum.«

»Vielen Dank. Ich habe hier studiert, und nach dem Abkommen habe ich ein paar Jahre als Berater der hiesigen Spezialeinheit gearbeitet. Ich kannte den gegenwärtigen Kommissar.« Er schwieg, dann fügte er hinzu: »Er hat diese Operation abgesegnet.«

Syme nickte langsam, beeindruckt, seine Hände zuckten nervös. Er zündete sich eine neue Zigarette an.

»Und was soll ich ihn fragen?«

»Ich habe eine Liste mit Fragen, die könnten wir jetzt mal durchgehen. Übrigens, könnten Sie für ein Auto sorgen?«

»Wir können meins nehmen. Hinterher können wir dorthinfahren, wo Muncaster gewohnt hat. Es ist eine Wohnung. Die Schlüssel sollte das Krankenhaus in Gewahrsam haben. Die Jungs vor Ort werden uns einen Schlüsseldienst besorgen, ich habe schon mit ihnen gesprochen.«

Gunther nickte zustimmend. »Danke, das war sehr aufmerksam.«

»Na ja, wissen Sie, wir Engländer sind auch nicht ganz dämlich.«

Der restliche Abend verging damit, die Pläne durchzugehen und über die Fragen zu sprechen, die Syme Muncaster stellen sollte. Gunther betonte mehrmals, wie sehr die Gestapo seine Mitarbeit schätzte. Es war etwa zehn Uhr, als sie fertig waren.

»Zeit, dass ich nach Hause komme.« Syme stand auf und streckte seine langen Arme.

»Haben Sie eine Frau, die auf Sie wartet?«

Syme schüttelte den Kopf. »Nein, ich wohne in meinem Elternhaus. Das habe ich letztes Jahr geerbt, als meine Mutter starb.«

»Wo ist das?«

Syme zögerte kurz, dann sagte er: »In Wapping. Aber es war das Eigentum meiner Eltern«, fügte er stolz hinzu.

Gunther nickte. »Was war Ihr Vater von Beruf?«

»Er war Hafenarbeiter. Verunglückte tödlich, als eine Kiste sich vom Kran löste und auf ihn stürzte.«

»Das tut mir leid.«

»So was passiert im Hafen schon mal. Ich bin froh, dass ich da raus bin.« Bei diesem Satz war sein Cockney-Akzent verschwunden. Er sah Gunther erwartungsvoll an.

»Mein Vater war Polizist«, sagte Gunther. »Leider inzwischen auch tot.«

Während sie zur Tür gingen, sagte Syme: »Letzte Woche dachten wir, wir seien Churchill auf die Spur gekommen, der Gast bei einem entfernten Verwandten der Marlboroughs in irgendeinem großen Landhaus in Yorkshire sein sollte. Aber falls er tatsächlich dort war, war er schon wieder weg, als wir kamen. Er hält sich nie lange an einem Ort auf.«

»Der muss doch inzwischen fast achtzig sein.«

»Stimmt, das alte Arschloch kann's nicht mehr lange machen. Und seinen alten Kumpel Ernie Bevin haben wir schon letztes Jahr erschossen.« An der Tür wandte Syme sich noch mal zu Gunther um und sagte: »Viele Juden dort, wo wir wohnen. Aber wenigstens werden die jetzt kleingehalten. Waren immer ziemlich unverschämt.«

»Ja. Die sind ein Fremdkörper.«

Auf Symes Gesicht zeigte sich offene Neugier. »Die Leute hier fragen oft, was Sie mit denen gemacht haben. In manchen Teilen Europas gab es Millionen davon, nicht wahr, die schwärmten doch überall aus wie die Heuschrecken. Ich weiß schon, es heißt, sie wurden alle in den Osten umgesiedelt, aber manchmal hört man im Revier auch andere Sachen. Von großen Vergasungsanstalten.«

Gunther schüttelte lächelnd den Kopf. »Soweit ich weiß, Herr Inspektor, sind sie alle in Lagern, wo sie fleißig arbeiten müssen, in Polen und Russland. Gut bewacht und gut versorgt.«

Syme grinste und kniff ein Auge zu.

Nachdem er gegangen war, seufzte Gunther tief auf. Syme war ihm nicht sympathisch. Aber er war effizient und hatte alles gut vorbereitet. Er dachte daran, was er über die Juden gesagt hatte. Wie alle in seiner Abteilung der Gestapo wusste Gunther sehr genau, was mit den Juden passiert war, die in den Osten deportiert worden waren. Sie waren alle tot, vergast und verbrannt in den riesigen Vernichtungslagern in Russland und Polen. Einige der kleineren Lager waren inzwischen geschlossen worden, aber andere waren nach wie vor offen für Juden und Asoziale, die noch nicht gefasst worden waren, aber auch für russische Kriegsgefangene. Einige Angehörige des höheren Lagerpersonals waren schon zurückgekehrt und bekleideten jetzt andere Posten im Gestapo-Hauptquartier; sie waren allesamt zuverlässige und effiziente Leute, auch wenn sie dazu neigten, zu viel zu trinken. Aber was hätte Deutschland sonst machen sollen, mit dem Krieg, der in Russland tobte? Man hätte sich doch nicht mit Millionen feindlicher, gefährlicher Juden in den Ghettos des Ostens belasten können. Auf ausdrücklichen Befehl Himmlers persönlich wurde dieses Thema allerdings niemals außerhalb der Gestapobehörden erwähnt.

Wieder dachte er an seine Antipathie gegenüber Syme. Er kannte sich selbst gut genug, um sich zu fragen, ob seine Abneigung etwas mit dem zu tun hatte, was Gessler ihm am Ende ihres Gesprächs gesagt hatte: »Falls der englische Polizist etwas von der geheimen Sache erfährt, von der Muncaster möglicherweise Kenntnis hat, dann muss er beseitigt werden. Umgehend. Mit dem Innenministerium regeln wir das später.« Gesslers Worte hatten Gunther den ganzen Abend über beschäftigt. Er war schockiert. Ein Polizist bringt keinen Kollegen um.

14

Am Sonntagmorgen verließ David das Haus um kurz vor neun. Er wollte die Bahn nach Watford nehmen, sich dort mit Geoff und Natalia treffen und zusammen mit ihnen nach Birmingham fahren. Sarah schlief noch, als er aufstand und einen unauffälligen Anzug anzog. In der Küche aß er Cornflakes und ein paar Scheiben Toast. Es würde ein langer Tag werden. Er erinnerte sich, dass Sarah eine Sitzung in der Stadt zu besuchen hatte. Hoffentlich würde nicht wieder etwas passieren.

Er hatte noch etwas Zeit, ehe er zur Bahn musste, deshalb ging er in den Garten und zündete sich eine Zigarette an. Es war kalt, auf dem Rasen lag leichter Raureif, der Himmel war milchig weiß. Seine Augen fühlten sich müde und trocken an, er hatte den größten Teil der Nacht wach gelegen. David musste sich eingestehen, dass er Angst hatte. Physisch war er kein Feigling, das hatte er bei seinem Einsatz in Norwegen bewiesen, und auch für das Spionieren im Büro brauchte man Mut. Doch obwohl das, was er tat, Hochverrat war, hatte er sich auf eine merkwürdige Art und Weise im Staatsdienst eingebunden, ja fast sogar durch ihn geschützt gefühlt. Doch was er jetzt vor sich hatte, war etwas völlig anderes, und er fühlte sich in höchstem Maße exponiert. Er sah auf die Uhr. Es war Zeit zu gehen.

Natalia und Geoff warteten bereits auf dem Parkplatz, als David in Watford ankam. Sie standen neben einem großen schwarzen Austin. Vor irgendwoher klang Glockengeläut. Natalia trug einen weißen Trenchcoat und einen Schal, darunter einen warmen Pullover. Zum ersten Mal, seit David sie kannte, war sie sorgfältig geschminkt und sah dadurch aus wie eine normale Frau aus der Mittelklasse, die mit zwei Freunden einen Wochenendausflug unternimmt.

»Alles in Ordnung?« Sie klang noch nüchterner und sachlicher als sonst.

David antwortete ebenso sachlich: »Ja. Sarah hat die Geschichte von meinem Großonkel geschluckt. Ich habe sie schlafen lassen.«

»Habt ihr beide an eure Ausweise gedacht?«, fragte Geoff mit etwas schwerfälligem Humor. Auch er war unauffällig, aber formell gekleidet.

»Natürlich. Den falschen fürs Krankenhaus und den richtigen für alles andere. Aber es ist doch unwahrscheinlich, dass jemand uns danach fragt, oder?«

»Das kann man nie wissen«, sagte Natalia. David merkte, dass auch sie unter Spannung stand, vielleicht hatte sie sogar ebenfalls Angst.

»Laut Vorhersage soll es in den Midlands später neblig werden«, sagte Geoff.

Natalia fuhr fort: »Denk daran, wenn wir deinen Freund besucht haben, müssen wir noch nach Birmingham rein, um uns seine Wohnung anzusehen. Vielleicht finden wir dort ja etwas Interessantes, Papiere oder so. Unser Mann im Krankenhaus besorgt uns den Schlüssel.«

David antwortete nicht. Ihm war nicht wohl bei dem Gedanken, in Franks Wohnung einzudringen.

Sie fuhren auf die neue M1 Richtung Norden; es war eine Schnellstraße nach dem Muster deutscher Autobahnen. Natalia fuhr ruhig und in gleichmäßigem Tempo. Es herrschte wenig

Verkehr, nur ein paar Autos, ab und zu ein Lkw. Bei Welwyn Garden City überholte sie ein Armeelaster, die Plane hinten offen, sodass die auf der Ladefläche hockenden Soldaten in Kakiuniform freien Blick auf sie hatten. Als sie die Frau am Steuer des Austin sahen, vollführten sie obszöne Gesten, doch der Lkw fuhr schneller und war bald verschwunden.

»Ich frage mich, wo die wohl hinfahren«, sagte Natalia.

»Vermutlich zu einem der Lager im Norden«, erwiderte David. »Es heißt doch, die Bergarbeiter wollen wieder streiken.«

Sie sah ihn im Rückspiegel an. »Du warst 1939–40 doch auch beim Militär, nicht wahr?«

»Ja, in Norwegen.«

»Wie war es dort?« Sie lächelte, aber ihre Augen blickten aufmerksam.

»Die ersten paar Monate passierte gar nichts, und ich verbrachte den Winter in einem Lager in Kent.« Grinsend wandte er sich an Geoff. »Da habt ihr alle trocken und warm in Afrika gesessen.«

»Regionalbeamte wie mich haben sie gar nicht eingezogen, obwohl ich wollte.«

David fuhr fort. »Dann sind die Deutschen aus heiterem Himmel in Dänemark und Norwegen einmarschiert. Mein Regiment wurde nach Namsos beordert, ganz im Norden.«

»Ich habe gehört, es sei ein chaotischer Einsatz gewesen«, sagte Natalia.

»1940 waren alle Einsätze chaotisch.« David erinnerte sich, wie sie endlich in See gestochen waren. Das Truppenschiff pflügte durch die schwer rollende See, alle Soldaten waren seekrank, schließlich Schneestürme, sodass das Deck weiß war. Ihrem ersten Blick auf Norwegen präsentierten sich riesige weiße Gipfel, die aus dem Wasser aufragten. »Als wir ankamen, gingen wir von Bord und marschierten sofort in Richtung der deutschen Truppen. Wir trugen dicke Wintermäntel, in denen man tagsüber in Schweiß gebadet war, der dann nachts gefror. Unsere Stiefel versanken im

Schnee, sobald wir die Straße verließen. Aber von anderen Invasionsorten hörte ich, dass die Soldaten dort überhaupt keine Winterkleidung besaßen.«

»Die Deutschen müssen unter den gleichen Problemen gelitten haben, aber sie setzten sich einfach darüber hinweg«, sagte Geoff.

»Sie hatten alles vorher genau geplant. Wir nicht. Genau wie in Frankreich.« David erinnerte sich, wie sie eine Straße entlangmarschiert waren, Berge und Wälder und Schnee in solchen Massen, wie er es sich nicht hätte vorstellen können. Wieder sah er deutsche Bomber und Kampfflugzeuge auf sie herabstoßen, die Kampfflugzeuge so tief, dass man das Gesicht des Piloten sehen konnte. Sie feuerten in die Kolonne, und der Schnee färbte sich rot. Das Bild in Natalias Wohnung hatte ihn daran erinnert. »Die Deutschen schienen unbezwingbar«, sagte er leise. »Ich erlitt Erfrierungen und war zu Hause auf Erholungsurlaub, als sie in Frankreich mit derselben Methode kämpften. Ich konnte mir nicht vorstellen, wie wir danach noch hätten weiterkämpfen sollen.«

»Ich auch nicht«, sagte Geoff. »Ich weiß noch, wie ich dachte, wenn wir uns jetzt nicht ergeben, wird London plattgemacht, genau wie Rotterdam oder Warschau.« Er runzelte schuldbewusst die Stirn.

»Sie sind nicht unbezwingbar«, sagte Natalia mit fester Stimme. »Das hat Russland uns bewiesen. Sie ziehen ja nicht einmal überall eine richtige Frontlinie; manchmal haben die Deutschen das eine Dorf unter Kontrolle und die Partisanen das nächste, und das Ganze verändert sich je nach Jahreszeit. Sie haben sich dort hoffnungslos festgefahren.«

»Aber Russland hat Deutschland auch noch nicht besiegt«, erwiderte David. »Es ist eine komplette Pattsituation. Am Ende wird es dadurch entschieden werden, wer als Erster keine Soldaten mehr hat«, fügte er mit bitterer Stimme hinzu.

»Es wird ja auch nicht nur durch die Kämpfe entschieden«,

sagte Geoff, »wenn es wahr ist, was wir über die Cholera- und Typhusepidemien hören, die auf beiden Seiten wüten.«

Natalia schüttelte den Kopf. »Es gibt aber mehr Russen als Deutsche. Und sie haben General Winter auf ihrer Seite, die kommen mit ihrem Klima besser zurecht als die Deutschen. Sie wissen, was man anziehen muss, wie man in den Wäldern überlebt, welche Beeren und Pilze man essen kann.«

David fand diese Bemerkung etwas zu sachlich. »Vermutlich sind in deiner Heimat die Winter auch sehr streng, oder?«

Natalia nickte. »O ja, wir haben sehr lange Winter mit viel Schnee.«

Sie kamen an einer alten Dorfkirche vorbei, wo der Gottesdienst gerade zu Ende war. Die warm angezogenen Besucher standen in Gruppen vor der Kirchentür. Ein rotgesichtiger Pfarrer im weißen Chorhemd schüttelte Hände. »Die sehen alle sehr zufrieden aus«, sagte David.

»Ja«, stimmte Geoff zu. »Die werden zu Headlams Leuten gehören.« Die Anglikanische Kirche hatte sich vor zwei Jahren gespalten – eine große Minderheit, die gegen die Regierung war, hatte sich, ähnlich wie die Bekennende Kirche in Deutschland, zu einer eigenen Glaubensgemeinschaft zusammengeschlossen, aber diese blühend erscheinende Gemeinde hier schien sich eher an dem deutschfreundlichen Erzbischof Headlam zu orientieren.

»Bist du als Anglikaner aufgewachsen, Geoff?«, fragte Natalia.

»Mein Onkel war Pfarrer. Ich war lange Zeit gläubig, deshalb habe ich auch den Kolonialdienst angetreten, weil ich den armen, unterdrückten Eingeborenen helfen wollte.« Er ließ sein bellendes kleines Lachen hören, dann strich er sich schnell mit dem Finger über seinen Schnauzer, eine merkwürdig verärgerte und abrupte Geste. »David und ich haben auf der Uni oft über Religion gestritten. Er gewann schließlich, soweit ich mich erinnere.«

»Du wirst dank deiner irischen Abstammung sicher als Katholik aufgewachsen sein, David?«, sagte Natalia.

»Meine Eltern hatten in Irland die Nase voll von Religion.« Er blickte Natalia an. »Und du?«

»Ich wurde evangelisch erzogen, obwohl die meisten Bewohner der Slowakei katholisch sind. Aber ich bin auch enttäuscht von der Kirche. Wusstet ihr, dass Tiso, unser kleiner Diktator, ein katholischer Priester ist? Seine slowakischen Nationalisten haben Hitler dabei geholfen, die Tschechoslowakei aufzuteilen, und jetzt haben wir unseren eigenen kleinen katholischen Faschistenstaat, genau wie Kroatien und Spanien. Und als die Deutschen 1942 die Juden deportieren wollten, hat unsere Hlinka-Garde – das Gleiche wie eure Schwarzhemden – sie in Züge verfrachtet.«

Ihre Stimme klang so zornig, wie David es noch nie erlebt hatte. Geoff sagte: »Ich dachte, die ganze Tschechoslowakei sei von Deutschen besetzt.«

»Nein. Wir sind ein Satellitenstaat mit eigener Regierung, genau wie Großbritannien und Frankreich.« Sie blickte auf die Straße, wo sie gerade von einem kleinen Sportwagen überholt wurden, ein junges Pärchen beim Sonntagsausflug.

Geoff fragte: »Zeigen die Bilder, die du malst, deine Heimatstadt?«

»Die meisten sind von Bratislava, der slowakischen Hauptstadt, wo ich lebte, ehe ich herkam.«

»Und die Schlachtszenen?«, wollte David wissen.

»Die Slowakei schickte zusammen mit den Deutschen ebenfalls Soldaten nach Russland, als Hitler einmarschierte. Wir waren das einzige slawische Land, das sich an der Invasion beteiligte. Es war nur eine kleine Alibi-Truppe.« Sie zögerte, dann fügte sie hinzu: »Mein Bruder war dabei, an der Front im Kaukasus. Er wurde schwer verwundet und ist später gestorben.«

»Das tut mir leid«, sagte David.

»Die Ironie lag darin, dass er in den Dreißigerjahren Kommunist gewesen ist. Er ging für eine Weile nach Russland, voller

Hoffnung natürlich, kam aber ziemlich desillusioniert zurück. Russland war der Friedhof seiner Hoffnungen, und schließlich hat er auch sein Leben dort gelassen.«

»Und dann kamst du nach England?«

»Ja, ein paar Jahre später. Und hier bin ich nun«, sagte sie, als wollte sie das Thema beenden.

Neben der Autobahn sahen sie eine der landwirtschaftlichen Siedlungen für Arbeitslose. Die Regierungspropaganda predigte, das Ackerland repräsentiere die britische Seele, die Menschen müssten nur wieder damit in Kontakt gebracht werden. David sah die schäbigen Baracken auf matschigem Boden, Parzellen, die von Hühnerdraht und windschiefen Zäunen umgeben waren, wie eine Schrebergartensiedlung, nur viel größer.

»Hier wird unser glorreiches Mittelalter wieder lebendig«, spottete Geoff.

Sie sahen Menschen arbeiten, tief gebückt pflanzten sie spindeldürre Bäumchen. Eine müde Frau in Mantel und Kopftuch schleppte ein verdrecktes Kind in eine der Hütten.

»Es ist überall in Europa dasselbe«, sagte Natalia. »Die Verherrlichung des Landlebens. Das Herzstück des nationalistischen Traumes. Seht euch das an.«

Geoff schlug vor, das Radio einzuschalten, und eine Weile hörten sie beim Wunschkonzert zu, wo die Familien von Soldaten sich für ihre Lieben in Indien, Aden, Malaysia und Afrika bestimmte Melodien wünschen konnten. Nach den Grüßen einer Mutter an ihren Jungen in Kenia bat Geoff Natalia, es wieder auszuschalten. Er fand das Programm bedrückend.

Zum Mittagessen hielten sie an einer alten Raststation, deren Inneres modernisiert worden war. Auf schwarz gestrichenen Eichenbalken und geweißten Wänden funkelten Zierbeschläge aus Messing, die früher zum Pferdegeschirr gehört hatten. Über dem Kamin hing ein Schild mit gekreuzten Schwertern. An einem Ende der Theke ein Fernseher, der eine Vorführung von Moriskentänzern zeigte. Unter der Woche wäre es hier sicher voll von reisenden Vertretern gewesen, aber heute saßen nur ein paar ältere Gäste an den Tischen, und an der Bar standen zwei alte Militärs im Ruhestand. David ging an die Theke, um Getränke zu holen und den Lunch zu bestellen.

»Das Problem mit dem britischen Arbeiter«, sagte einer der alten Männer an der Bar, »ist, dass er, ehrlich gesagt, nicht gern arbeitet, er ist zu verdammt faul dazu.« Er zeigte mit dem Finger auf seinen Freund. »Die Antwort wäre militärische Disziplin für alle, wo diese faulen Säcke vor versammelter Mannschaft eine Tracht Prügel beziehen würden. Und von diesen demonstrierenden Gewerkschaftlern sollte man ruhig ein paar mehr erschießen, so wie sie es im Sommer in Bradford gemacht haben.«

»Ich weiß nicht, ob öffentliche Züchtigung sich durchsetzen würde, Ralph. Beaverbrook ist noch immer ein bisschen zu lasch dafür.«

»Jetzt gibt Mosley den Ton an. Er wird die Faulpelze schon zum Arbeiten bringen, dann kann unsere Industrie sich vielleicht auch wieder mit den Deutschen messen, und mit den verdammten Yankees.« Er lachte. »Dasselbe noch mal?«

Als er zum Tisch zurückging, dachte David daran, dass das Erschießen von Gewerkschaftlern unter den Freunden seines Vaters damals ein geschmackloser Witz gewesen war, aber es geschah tatsächlich, und Typen wie diese alten Säufer fanden es auch ganz richtig. Sie hatten sich einen Tisch am Fenster ausgesucht, von dem aus man die braunen bereiften Felder überblicken konnte. Geoff hatte sich seine Pfeife angezündet. Mit selbstironischem Lachen sagte er: »Ich habe mal wieder von meinem Leben in Kenia erzählt und Natalia zum Gähnen gelangweilt.«

Sie lächelte Geoff an, was David einen kleinen Eifersuchtsstich verpasste. »Es war nicht langweilig«, sagte sie. »Afrika. Klingt wie eine andere Welt. Wie ein Paradiesgarten.«

»Es ist heiß dort, und es ist voller Krankheiten.«

»Das Grab des weißen Mannes.«

»Das ist Westafrika. Aber es bedeutet Schwerstarbeit. Dort draußen, wo ich war, in den Stammesgebieten, da haben eine Handvoll von uns ein Gebiet halb so groß wie Wales verwaltet. Na ja, eigentlich haben die Häuptlinge dort regiert, aber sie mussten alles von uns absegnen lassen. Wir haben eine Straße gebaut, als ich dort war. Ich dachte, es sei eine gute Sache, würde ihnen helfen, ein wenig Handel zu treiben, aber sie wurde ausschließlich dazu benutzt, um die Gebiete der weißen Siedler mit schwarzen Arbeitskräften zu versorgen.« Er presste den Mund zusammen.

Natalia meinte: »Es muss sehr einsam für dich gewesen sein, wenn du der einzige Weiße dort warst.«

»Ja, die pflegen einen ganz anderen Lebensstil. Sie trauen uns nicht wirklich. Kann man ihnen eigentlich auch nicht verdenken, wir sind einfach gekommen und haben uns alles genommen.« Er lachte bitter. »Manchmal kam ich mir dort vor wie jemand, der mit einer schwachen Funzel im Dunkeln herumstolpert.«

»Wir hatten manchmal schwarze Besucher in der Dominionverwaltung«, sagte David. »Ich weiß noch, kurz nachdem ich angefangen hatte, musste ich mich um einen südafrikanischen Studenten kümmern, der ohne Geld hier gestrandet war und nicht nach Hause wollte. Ich dachte, ich hätte liberale Vorstellungen, wenn es um Rasse geht, aber als er reinkam, konnte ich nur dasitzen und ihn anstarren, weil er so fremd aussah. Er muss mich für verrückt gehalten haben. Sprach übrigens makelloses Oxford-Englisch.« Er schüttelte den Kopf. »Natürlich dürfen Afrikaner und Inder jetzt nicht mehr in England studieren.«

Geoff paffte an seiner Pfeife. »Wenn ich ehrlich sein soll, ich war immer froh, wenn ich weiße Verwalter, Tierärzte oder Forstbeamte sah. Und ich bin oft nach Nairobi gefahren.« Sein Gesicht wurde ernst, und er verfiel in Schweigen. David dachte: *Er ist noch immer nicht über den Verlust dieser Frau hinweg, die er*

222

dort hatte, auch wenn es schon Jahre her ist. Es war eine außergewöhnliche Treue, bewundernswert, aber irgendwie auch besorgniserregend. Er fragte sich, ob Natalia Geoffs Geschichte kannte. Wahrscheinlich schon – sie wusste vermutlich alles über diese kleine Gruppe.

Sie tauschten einen kurzen Blick, dann sah sie aus dem Fenster. »Der Winter kommt früh dieses Jahr. Es erinnert mich an meine Heimat.« Sie lächelte traurig.

Die Männer an der Bar waren angetrunken und sprachen immer lauter. »Im Großen Krieg, wenn ein Mann sich da nicht richtig ins Zeug legte und kämpfte, kam er vors Kriegsgericht, dann nahmen sie ihn mit nach draußen und erschossen ihn. Ich habe es selbst gesehen. Warum sollte man es nicht genauso machen mit Leuten, die sich vor der Arbeit drücken?« David erinnerte sich daran, wie Sarah einmal gesagt hatte, der Große Krieg habe Massenmord zu etwas Alltäglichem gemacht, deshalb konnten Stalin und Hitler auch in einem Ausmaß morden, das vor 1914 undenkbar gewesen wäre. Und deshalb konnten diese alten Männer reden wie Sowjetkommissare oder SS-Männer.

Der Barmann hatte den Fernseher lauter gestellt. Alle blickten sich um. Im Hintergrund der sich drehende Globus, darunter die Initialen der BBC, dann hörten sie den Ansager: »… Sondersendung des Indienministers, des Ehrenwerten Enoch Powell, MP.« Powells asketisches Gesicht erschien, der schwarze Schnurrbart und die Augen mit dem intensiven, leidenschaftlichen Blick. Alle Gäste blickten gebannt auf den Bildschirm. Er sprach mit seiner durchdringenden Stimme und Birminghamer Akzent, das Gesicht ernst – Powell lächelte niemals. »Ich möchte heute zu Ihnen über den wertvollsten Besitz unseres Imperiums sprechen, über Indien. Sie alle werden von den aufrührerischen Rebellen und dem Terrorismus dort gehört haben. Selbst einheimische Regimenter der indischen Armee sind davon infiziert. Aber ich möchte Ihnen heute versichern, dass wir nicht – niemals – nachgeben werden. Wir wissen, dass die Mehrheit der indischen Bevölkerung hinter uns steht, die einfachen Leute, denen wir Eisenbahnen und Bewässerung gebracht haben, und damit auch einen gewissen Wohlstand. Die Regierenden in den Fürstenstaaten sind unsere treuesten Verbündeten. Die islamische Liga fürchtet eine Dominanz der Hindus. Wir regieren Indien seit zweihundert Jahren, gerecht und mit fester Hand. Und es ist unsere Bestimmung, dort zu regieren.«

Er beugte sich vor, die blitzenden Augen auf dem Bildschirm schienen jeden einzelnen Zuschauer persönlich anzustarren. »Und deshalb werden wir, mit Zustimmung unserer deutschen Verbündeten, hunderttausend Mann rekrutieren, um unsere Präsenz dort zu festigen. Bald wird Indien aufs Neue mit fester, ruhiger Hand regiert werden. Wir werden uns nicht zurückziehen oder Kompromisse eingehen, niemals. Eine Nation, die eine solche Schwäche zeigte, würde sich den eigenen Scheiterhaufen errichten. Deshalb seien Sie versichert, britische Herrschaft und britische Obrigkeit werden in Indien in Zukunft noch gefestigter sein.«

Die alten Männer an der Bar jubelten und klatschten Beifall.

»Wir wussten ja, dass dergleichen kommen würde«, murmelte Geoff.

»Indien. War Churchill nicht auch entschlossen, es um jeden Preis zu halten, vor dem Krieg?«, sagte Natalia.

»Er weiß, dass er ihn verloren hat«, sagte Geoff.

Eine Kellnerin kam mit Hirtenpastete, langweilig, aber sättigend. Hinterher sagte Natalia, sie würde sich gern die Beine etwas vertreten, nur zehn Minuten, denn sie hätten noch ziemlich weit zu fahren. Geoff fand es zu kalt und wollte lieber im Auto warten. Es gab keinen richtigen Spazierweg, nur am Rand des fast leeren Parkplatzes entlang, und David und Natalia gingen los, langsam und dabei rauchend. Sie hatte eine Hand in der Tasche. *Vielleicht hat sie die Pistole dort drin*, dachte David. Jackson hatte sie eine scharfe Schützin genannt. *Wen hat sie wohl schon erschossen?*, fragte er sich. Auf der anderen Seite des Feldes sah er ein Dorf. Wie in vielen Dörfern in dieser Gegend waren die Häuser aus Backstein; sie befanden sich tief in den Midlands.

Natalia sagte: »Nicht mehr lange, und du wirst deinen Freund Frank wiedersehen. Er klingt, als hätte er große Probleme.« Ihr Gesicht drückte Mitgefühl aus.

»Manchmal frage ich mich, wie Frank es bisher geschafft hat.«

»Mein Bruder hatte auch Schwierigkeiten«, erwiderte sie. »Sein ganzes Leben lang. Aber das hat unsere Regierung nicht davon abgehalten, ihn nach Russland zu schicken.«

»Das tut mir leid, das habe ich nicht gewusst.«

Sie lächelte traurig und wandte den Blick hinüber, dorthin, wo ein Bauer das Feld pflügte, mit zwei großen Arbeitspferden, die einen altmodischen Pflug zogen. Sie sah ihn an. »Es gibt eben Menschen, die eine bestimmte Eigenart haben, gegen die sie nichts machen können.«

»Ich glaube, in Franks Kindheit ist ziemlich viel schiefgelaufen.«

Sie blieb stehen und sah den pflügenden Pferden zu. »Bei meinem Bruder war von Anfang an etwas nicht in Ordnung. Aber er hatte ein Recht darauf zu leben.« Sie sah David mit plötzlicher Heftigkeit an. »Genauso ein Recht zu leben wie jeder andere Mensch.«

David zögerte etwas, dann sagte er: »Wie du sagtest, hat eure Regierung auch geholfen, die Juden in Züge zu verladen.«

»Ja, das stimmt.«

Das Schicksal der Juden war ein Thema, das David eher vermied. Aber zumindest wusste Natalia mehr darüber, was mit ihnen im Osten Europas geschehen war. Er fragte: »Weißt du, wo man sie hinbrachte?«

»Das weiß niemand genau. Aber ich glaube, es war nichts Gutes, was sie erwartete.«

»Wir wissen hier eigentlich gar nichts darüber. Wir haben nur immer von leidlich angenehmen Arbeitslagern gehört.«

Sie gingen weiter. »Vor dem Krieg hatten wir viele Juden in Bratislava. Ich hatte mehrere jüdische Freundinnen.« David nickte lächelnd; er wollte, dass sie weitersprach. »Es passierte schrittweise. Erst gab es Einschränkungen, wo die Juden arbeiten durften, dann nahm man ihnen ihre Betriebe weg, und so wurden die Daumenschrauben immer fester angezogen.«

»Genau wie jetzt bei uns.«

»1941 wurden sie dann alle aus Bratislava ausgewiesen.« Ihre Stimme klang unbeteiligt, und David ahnte, wie schwer es für sie war, keine Emotionen zu zeigen. »In unserer Straße gab es eine Familie, der Mann war Bäcker. Eines Morgens wachte ich auf, als ich splitterndes Glas klirren hörte. Ich ging ans Fenster und sah, wie die Männer von der Hlinka-Garde – das ist, wie gesagt, unsere faschistische paramilitärische Polizei – sie aus dem Haus zerrten und schlugen und mit Füßen traten. Dann warfen sie sie in einen Lieferwagen und fuhren davon. Ein paar Männer der Hlinka-Garde waren dageblieben, und ich hörte, wie sie im Haus Sachen kaputtschlugen und dann mit Armen voller Kleidung und Wertsachen herauskamen. Später hörten wir, dass in der ganzen Stadt dasselbe passiert war. Einer der Hlinka-Leute zog mit seiner Familie in das Haus des Bäckers und nahm den Betrieb wieder auf, als hätte es ihnen seit jeher gehört. Das ist es doch, was die meisten Faschisten sind – Diebe, die auf Beute aus sind.«

David erschauerte. »Hat niemand protestiert?«

Sie sah ihn verbittert an. »Was hätte zum Beispiel ich denn tun sollen? Hätte ich den Hlinka-Leuten befehlen sollen aufzuhören? Was glaubst du, was sie mit mir gemacht hätten?«

»Nein, natürlich konntest du nichts tun.«

»Und es ging alles so schnell. Es gab durchaus Leute, die hinterher protestierten, sogar ein paar Priester, was Tiso sehr peinlich war. Und für eine Weile hörten die Deportationen auch auf.

Aber später fingen sie wieder an.« Sie seufzte. »Ich wünschte nur, ich *hätte* etwas tun können.«

»Das konntest du nicht. Es tut mir leid, ich weiß ja, du konntest es nicht.«

Sie lächelte und sah plötzlich sehr verletzlich aus. »Nein. Aber die Menschen hier sollten es wissen. Es ist gut, dass du gefragt hast.«

»Und dann hat man sie in Zügen weggeschafft?«

»Das war ein Jahr später. Erst hieß es, die Juden seien in Arbeitslagern interniert, irgendwo auf dem platten Land, keiner wusste, wo. Und allmählich vergaß man sie. Und eines Tages, an einem herrlichen Sommertag, unternahmen mein Verlobter und ich einen Ausflug mit dem Auto. Er besaß eins, das Glück haben nicht viele in der Slowakei. Wir fuhren weit hinaus. Sehr weit.« Sie blickte in die Ferne. »Mittags hielten wir an einem Berghang und packten unser Picknick aus. Ich weiß noch, wie ein paar Rehe hinter uns aus dem Wald kamen und am Bach tranken. Wir saßen ganz still und beobachteten sie. Danach machten wir eine kleine Wanderung, wir gingen über Felder und Wiesen, in der Ferne sahen wir die Berge.« *Also hatte sie einen Verlobten*, dachte David. *Was war wohl mit ihm geschehen?*

»Wir überquerten einen großen Hügel. Auf der anderen Seite war eine Bahntrasse, die über das Gebirge nach Polen führt. Wir hatten gar nicht gemerkt, wie weit wir gegangen waren.« Sie sprach langsamer. »Und dort stand ein Zug, mitten in der Wildnis, wahrscheinlich hatte es ein Hindernis auf der Strecke gegeben. Ein langer Güterzug, Waggon um Waggon, der dort in der prallen Sonne stand. Wir hätten uns nicht weiter dafür interessiert, aber dann hörten wir etwas.« Sie schüttelte den Kopf und schloss die Augen. »Alle Waggons wiesen kleine Schlitze zur Belüftung auf, mit Stacheldraht davor. Wir hörten Stimmen, die uns auf Jiddisch etwas zuriefen. Wir verstanden überhaupt nicht, was wir da sahen, Gustav und ich, also gingen wir ein bisschen näher ran, und dann bemerkten wir den entsetzlichen Gestank – ich weiß nicht, wie lange diese Menschen schon gefahren waren, aber es muss sehr lange gewesen sein, und das in dieser Hitze.«

»Wie viele waren es wohl in dem Zug?«

»Ich weiß nicht. Hunderte. Eine Frau rief uns immer wieder und bettelte verzweifelt um Wasser. Dann bogen zwei Männer in schwarzer Hlinka-Uniform um das Ende des Zuges – sie waren offenbar die andere Seite des Zuges entlangpatrouilliert – und winkten und brüllten uns an, wir sollten verschwinden. Also liefen wir zurück. Ich hatte Angst, sie würden uns eine Kugel in den Rücken jagen, weil wir all das gesehen hatten. Aber da Gustav in Uniform war, haben sie es anscheinend nicht gewagt.«

»War er Soldat?«

»Mit leisem Trotz in der Stimme erwiderte sie: »Ja. Ein Deutscher.«

Überrascht sah David sie an. Wie zur Verteidigung sagte sie: »Er war beim deutschen militärischen Geheimdienst, der Abwehr. Er hatte keine Ahnung von dem, was da passierte, er bekleidete einen sehr niedrigen Rang, und er war genauso schockiert. Wir wussten beide: Wenn man Menschen auf diese Art und Weise transportiert, würden viele von ihnen bereits bei der Ankunft tot sein.« Sie sah ihn an. »Die Briten und auch die Franzosen sagen immer, sie seien stolz darauf, dass sie ihre Juden beschützten und nur die ausländischen Juden deportierten. Aber das, was wir sahen, war das Schicksal der Deportierten.«

»Mein Gott, das ist ja entsetzlich.«

»Ich weiß.« Sie lächelte traurig. »Das habe ich auch noch nicht vielen erzählt.«

»Es muss schwer sein, darüber zu sprechen.«

»So ist es.«

»Was wurde aus deinem Verlobten?«

»Wir haben geheiratet. Jetzt ist er tot.« Ihre Stimme veränderte sich, wieder sprach sie in diesem unbeteiligten Tonfall. Sie wandte sich ab und drückte ihre Zigarette auf dem Asphalt aus. »Und nun sollten wir zurückgehen und weiterfahren. Und uns auf deinen Freund Frank konzentrieren.«

15

Frank saß wie gewöhnlich in seinem Sessel und blickte nach draußen, wo leichter Nebel herrschte. Es war Sonntag, und einige der Patienten besuchten den Gottesdienst, deshalb war es auf der Station ruhiger als sonst.

Heute würde also David kommen. Nach dem Telefonanruf gestern Abend war Frank aufgewühlt gewesen; das Gespräch mit seinem Freund hatte ihn völlig durcheinandergebracht, insbesondere die Frage, wie er hergekommen war und was er wusste. Er war in Sorge, dass er sein Geheimnis versehentlich preisgeben könnte. Während er so dasaß, wanderten seine Gedanken zurück in die Schulzeit. Vielleicht lag es daran, dass er gerade wieder ein Largactil eingenommen hatte – jedenfalls stellte er fest, dass er diesmal völlig unbeteiligt und emotionslos daran denken konnte, so, als sei all das einem anderen passiert.

Als Frank das zweite und dritte Jahr in Strangmans war, verlief sein Leben merkwürdig routinemäßig. Man ging ihm mehr oder weniger aus dem Weg, obwohl die Jungen, wenn sie ihm in den Schulkorridoren begegneten, immer noch »Monkey« hinter ihm herriefen, »Grins mal, Schimpanse«, andere Beleidigungen wie »Spasti« oder »Jammerlappen« und manchmal auch »englisches Arschloch«. Es gab zwar noch weitere Engländer im Internat, aber bei Frank war es ein weiterer Stock, mit dem man ihn prügeln konnte – natürlich nur im übertragenen Sinn, denn in der Schule galt der alte Spruch »Stöcke und Steine brechen mir die

Beine, aber Namen können mir nichts tun«. In der Flohkiste fehlten manchmal die Laken auf seinem Bett, oder jemand hatte in sein Wasserglas auf dem Nachtschrank gepinkelt; aber er hatte seine Bücher, und die meiste Zeit über lebte oder vielmehr existierte er in seiner eigenen Welt. Dennoch – die Tatsache, dass die anderen Jungen und die meisten seiner Lehrer ihn verachteten, bedrückte ihn und machte ihn todunglücklich.

Zu Beginn seines vierten Jahres, er war gerade vierzehn, wurde es für ihn wieder schlimmer. Edgar war schon auf der Universität, und die Jungen in Franks Klasse veränderten sich, und zwar nicht nur körperlich. Sie wurden kräftiger, ihr Haarwuchs nahm zu, wie bei Frank auch. Aber auch ihre Persönlichkeiten veränderten sich; manche wurden introvertiert, während andere vor Wut und ungebremster Energie nur so schäumten. Frank lauschte ihnen, wie sie sich in der Klasse brüsteten, ehe der Lehrer hereinkam, von Mädchen fantasierten und von Sex und davon, wie sie es mit Frauen treiben würden. Auch Frank entwickelte sexuelle Fantasien, aber sie waren anders, seltsam romantisch und nicht weiter beunruhigend. Während der Ferien in Esher ging er oft allein ins Kino. Es war 1931, und das Zeitalter des Tonfilms war angebrochen. Die romantischen Filme, die Frank sich ansah, waren meist sehr keusch und rein, aber sie berührten ihn und bildeten für ihn ein Fenster in eine glücklichere Welt.

Lumsden, der Junge, der Frank im ersten Jahr das Leben schwer gemacht hatte, war nun wieder obenauf. Er war in die Höhe geschossen, fast einen Meter achtzig groß, und sein Körperfett hatte sich in feste Muskeln verwandelt. Er war ein angeberisches Großmaul und hatte wie früher schon ständig eine Clique von Bewunderern um sich. Eines Tages begegnete Frank ihnen im Korridor, und ohne ein Wort trat Lumsden auf ihn zu und versetzte ihm einen Boxhieb in den Bauch, genau wie damals, als Frank sich auf ihn gestürzt hatte. Frank krümmte sich und schnappte nach Luft, während Lumsden und seine Anhänger lachend weitergingen.

Nach diesem Vorfall ließ Lumsden ihn nicht mehr in Ruhe. Er und seine Freunde stellten sich vor Frank und pendelten mit den Armen, ihre Affennummer. Eines Tages verstellte Lumsden ihm im Korridor den Weg und fragte ihn, warum er so ein verdammter, nutzloser, grinsender, spastischer Schimpanse sei und nie etwas zu seiner Verteidigung vorbringen könne. Er wollte eine Antwort; Franks übliches Schweigen provozierte ihn. Frank blickte seinem Peiniger in die Augen, große, helle Augen hinter Brillengläsern, vor Wut blitzend.

»Bitte«, sagte Frank, »ich habe doch gar nichts *getan!*« Er merkte, dass Wut in seiner wehleidigen Stimme hochkochte.

»Warum zum Teufel sollten wir dich in Ruhe lassen?« Der große Junge runzelte die Stirn in ehrlichem Zorn. »Du bekloppter, grinsender, kleiner Idiot bist eine Schande für die Schule, wie du hier rumkriechst wie ein dämlicher Affe. Oder etwa nicht?«

»Nein! Lass mich einfach in Ruhe.« Jetzt verlor Frank die Beherrschung und schrie: »Du bist böse!«

Lumsden packte mit seiner feuchten, schweren Pranke Franks Arm und drehte ihn auf dessen Rücken. »Du bist ein elender, grinsender kleiner Schimpanse! Stimmt das etwa nicht?« Er drehte den Arm weiter herum, und Frank schrie vor Schmerz auf. »Los, sag es!«

Verzweifelt blickte Frank Lumsdens Freunde an, die allesamt lächelten, mit strahlenden Augen wie ihr Anführer. Keuchend wiederholte er: »Ich bin – ein grinsender – kleiner Schimpanse!« Lautes Gelächter. Einer von Lumsdens Anhängern sagte: »Der kleine Spasti wird gleich heulen!«

Einer der Jungen flüsterte: »Lehrer!« Eine Gestalt in schwarzem Talar näherte sich vom anderen Ende des Korridors. Lumsden ließ von Frank ab. Als er davonstolperte, zischte er ihm eine Drohung hinterher. »Böse? Na, wir werden dir zeigen, was böse ist, Schimpanse, keine Sorge.«

Er schrak hoch, die Tür zum Aufenthaltsraum stand offen, er hörte Glas klirren, dann einen Schrei und etwas, das auf ein Handgemenge schließen ließ. Jemand rannte. Frank bekam Angst.

Einen Moment später kam Ben mit gerunzelter Stirn herein, doch als er Frank sah, entspannte sich seine Miene, und er lächelte. »Ach«, sagte er. »Sie sind wieder hier.«

Frank drückte sich in seinen Sessel. »Was ist da draußen los?«

»Nichts Schlimmes. Copthorne, der neue Patient, hat mit der Faust das Fenster eingeschlagen. Wollte sich die Pulsadern aufschneiden.« Er sagte es eher beiläufig. Selbstmordversuche waren keine Seltenheit, trotz aller Vorsichtsmaßnahmen.

»Wieso?«, fragte Frank.

Ben zuckte mit den Schultern. »Keine Ahnung. Er hat den Gottesdienst besucht, vielleicht war es die Predigt. Übrigens, Ihr Freund wird in ein paar Stunden hier sein. Sie können in diesem Zimmer mit ihm sprechen, wenn Sie wollen; ich werde dafür sorgen, dass niemand reinkommt und stört.«

»Danke.«

Ben musterte ihn. »Sie kommen mir ein bisschen benebelt vor, nicht ganz wach.«

»Mir geht's gut.«

Frank fand den Raum kalt, wie immer verbreitete der Heizkörper in der Ecke nur wenig Wärme. Seine verkrüppelte Hand schmerzte, und er rieb sie.

Von draußen erklangen Stimmen. Frank vermeinte, Dr. Wilson zu hören. »Ich muss gehen«, sagte Ben. »Die hohen Herrn werden alles über Copthorne wissen wollen. Sie werden nach dem Essen draußen im Hof sein. Versuchen Sie, sich einen klaren Kopf zu verschaffen, ehe Ihr Freund eintrifft.« Frank blickte in Bens scharfe braune Augen und dachte erneut: *Warum tust du das?*

Während jenes schrecklichen Herbst-Trimesters in Strangmans fühlte Frank sich ständig bedroht. Wenn Lumsdens Gruppe ihm im Korridor begegnete oder im Speisesaal in seiner Nähe saß, starrten sie ihn feindselig an. Einmal zog Lumsden seinen Finger quer über seinen Hals, eine eindeutige Geste. Frank fühlte sich sicherer, wenn die Tagesschüler gegangen waren und er im Haus seiner Wohngruppe war. Dort gab es ein ruhiges Studierzimmer, wo meist ein Lehrer Aufsicht hatte; dies war abends der sicherste Ort für ihn. Die größte Angst litt Frank an den Nachmittagen, an denen viele der Tagesschüler noch dablieben, um Rugby zu spielen oder mit dem Kadettenkorps zu exerzieren.

Vor dem Schultor hielt ein rotweißer Bus aus Edinburgh, der morgens die Tagesschüler aus der Stadt brachte und sie nachmittags wieder abholte. Seine Endstation lag weiter südlich, in den Ausläufern der Pentland Hills. Am Nachmittag, nach Ende des Unterrichts, ging Frank manchmal zum Tor und setzte sich in den fast leeren Bus, um bis zur Endstation und wieder zurück zu fahren, was jeweils eine halbe Stunde dauerte. Meist nahm er ein Buch mit und las. Manchmal unternahm er diese Fahrt sogar zweimal an einem Nachmittag. Die Schaffner schauten ihn schräg an, und gelegentlich fragte ihn einer, warum er dauernd hin und her fahre. Er antwortete, die Fahrt mache ihm einfach Spaß. Und er hatte immer seinen Penny Fahrgeld parat.

Die Endhaltestelle befand sich in einer kleinen Haltebucht, umgeben von Hügeln. Der Bus wartete zwanzig Minuten, ehe er wieder zurückfuhr, und während dieser Pause saßen Fahrer und Schaffner in einer Holzhütte, tranken Tee aus ihren Thermosflaschen und rauchten. Manchmal ging Frank ein Stück den Fußweg entlang, der hinauf in die Hügel führte. Wenn der Tag windig war und die Wolken über den Himmel jagten, war das Spiel von Licht und Schatten auf den Bergen besonders reizvoll. An solchen Tagen dachte er manchmal daran, einfach weiterzugehen, immer tiefer in die Pentlands, bis er schließlich irgendwann in der Nacht vor Erschöpfung umfallen würde. Aber als der Herbst in den frühen schottischen Winter überging, mit kaltem Regen und manchmal auch schon mit Schnee auf den Bergen, dachte er trotzig: *Warum sollte ich diesen Mistkerlen den Gefallen tun, dort draußen in der Kälte zu sterben?*

Bei der letzten Morgenandacht vor den Weihnachtsferien gab der Rektor bekannt, dass im nächsten Trimester an jedem Mittwochnachmittag Geländeläufe stattfinden würden, solange der Schnee nicht zu hoch läge. Franks Mutter musste ihm Laufschuhe kaufen und schimpfte über die Kosten.

Frank hoffte, der Schnee würde die Läufe unmöglich machen, aber als er im Januar in die Schule zurückkehrte, war das Wetter mild und feucht. Und folglich musste er sich am ersten Mittwoch im großen Umkleideraum neben der Sporthalle einfinden, wo es nach Schweiß und alten Socken roch. Wie er befürchtet hatte, waren Lumsden und zwei seiner Freunde ebenfalls da. Frank zog sich um und vermied es, sie anzusehen. Er würde versuchen, in der Nähe des Lehrers zu bleiben, der mit ihnen lief.

Sie rannten los, hundert Jungen, die durch das Schultor in Richtung der Hügel davontrabten. Der Sportlehrer, ein massiger Mann namens Fraser, ehemaliger Rugbyspieler für Schottland, trieb die Jungen zu einem ordentlichen, gleichmäßigen Tempo an, damit sie sich warm liefen.

Frank versuchte, so gut es ging, mit Fraser Schritt zu halten, aber aufgrund seiner Angewohnheit, sich unter Stühlen oder in Klassenzimmern zu verstecken oder in Bussen zu fahren, war er nicht besonders gut in Form. Die neuen Laufschuhe waren eng, und bald begannen seine Füße zu schmerzen. Die Reihe der Jungen zog sich in die Länge, die größeren und fitteren an der Spitze, am Ende Nachzügler wie Frank. Mr. Fraser rannte ganz vorn und sah sich nur selten um. Frank blieb immer weiter zurück, aber er war froh, dass Lumsden und seine zwei Freunde ihm ein gutes Stück voraus waren.

Als es bergauf ging, blieben immer mehr Jungen zurück. Mr. Fraser merkte es nicht; vielleicht war es ihm auch egal, dass etliche mit dem Tempo, das er anschlug, nicht mithalten konnten. Als Frank keuchend auf dem ersten Hügelkamm ankam, waren Mr. Fraser und die Spitze schon über den nächsten Hügel und nicht mehr zu sehen. Ein Junge vor ihm fiel stöhnend ins nasse Gras und hielt sich die Seite. Etwas weiter hinten waren zwei weitere, und als sie merkten, dass der Lehrer außer Sichtweite war, blieben sie einfach stehen und setzten sich hin.

Frank rannte auf ein kleines Dickicht aus Büschen und Ebereschen zu, die in einer Senke zwischen den Hügeln standen. Jetzt war er der Letzte. *Hier kann ich mich verstecken*, dachte er. Ihm war leicht schwindelig, sein Herz raste, seine Füße schmerzten. Durch das Dickicht führte ein schmaler Pfad, und hier ließ er sich japsend auf einen Teppich aus feuchten Blättern fallen und lehnte sich gegen einen Baum. Erleichtert zog er seine Laufschuhe aus, in seinen Füßen pochte der Schmerz, er schloss die Augen. Langsam normalisierte sich sein Atem. Er spürte die Blätter unter seinen nackten Beinen, an seinem Körper trocknete der kalte Schweiß. Plötzlich roch er etwas, sehr vertraut, intensiv und scharf. Hastig setzte er sich auf, sein Herz klopfte. Lumsden und seine Freunde, jeder mit einer Zigarette, standen nicht weit von ihm, ihre Arme und Beine rotfleckig von der Kälte. Lumsden grinste hämisch, seinen Blick auf Frank gerichtet, wie der eines Raubtieres.

»Sieh mal an«, sagte er mit schneidender Stimme. »Das Männlein im Walde. Na ja, der Affe eigentlich.« Die drei Jungen kamen näher. Frank rappelte sich auf, aber Lumsden versetzte ihm einen Stoß, sodass er wieder gegen den Baumstamm fiel.

»Wir haben dich eine ganze Weile nicht gesehen, Monkey«, sagte McTaggart, ein großer, langgliedriger Junge mit schwarzem Haar. Er sprach ganz freundlich, aber seine Stimme hatte einen drohenden Unterton.

»Richtig«, stimmte der dritte Junge zu. »Man könnte fast meinen, er geht uns aus dem Weg, weil er uns nicht mag.«

»Tut er auch nicht«, sagte Lumsden. »Er war verdammt frech,

als ich das letzte Mal mit ihm sprach. Und jetzt drückt er sich hier im Gebüsch vor dem Geländelauf.« Seine Stimme wurde immer lauter, immer selbstgerechter.

Verzweifelt erwiderte Frank: »Ihr ja auch, und ihr raucht.«

Drohend baute Lumsden sich vor ihm auf. »Willst du uns etwa maßregeln, du kleiner Spasti?«

»Eine Unverschämtheit«, sagte McTaggart.

»Er ist ein frecher kleiner Lümmel.« Lumsden verschränkte die kräftigen Arme vor der Brust. Er klang wie ein Lehrer. Er blickte auf Franks Laufschuhe, und ein breites Grinsen breitete sich auf seinem Gesicht aus. »Ich glaube, er muss bestraft werden. Das hier sollte dafür taugen.« Er bückte sich, hob einen von Franks Schuhen auf und fuhr mit der Hand über die Spikes.

McTaggart kicherte, aber der dritte Junge, ein kleiner, untersetzter Bursche namens Vine, bekam es mit der Angst. »Was willst du tun, Hector? Wir wollen uns doch wegen diesem Affen hier nicht in Schwierigkeiten bringen.«

»Werden wir auch nicht«, sagte Lumsden.

Frank rappelte sich auf und wollte wegrennen, aber er hatte keine Chance. McTaggart und Vine packten ihn bei den Armen. Wütend trat er um sich, aber sie warfen ihn wieder zu Boden. Lumsden beugte sich über ihn, nahm ihn beim Kinn und starrte ihm in die Augen. Leise sagte er: »Wir werden dich jetzt bestrafen, kleiner Affenmensch, um dir ein paar Manieren beizubringen.« In seiner Stimme schwang Vorfreude. »Und wenn du zurückkommst, sagst du, du hättest deine Schuhe ausgezogen, und als du sie wieder anziehen wolltest, bist du draufgefallen. Verstanden? Denn wenn du das nicht machst«, fügte er langsam hinzu, »dann steht dein Wort gegen uns drei, und das nächste Mal bringen wir dich um, du kleines Arschloch.«

»Du willst ihn doch nicht etwa mit den Spikes schlagen, Hector?«, fragte Vine.

Lumsden drehte sich drohend zu ihm um. »Willst du auch ein paar?« Vine sah McTaggart an. Der dunkelhaarige Junge zögerte einen Augenblick, dann setzte er ein schiefes Lächeln auf. »Na gut, es wird ja nur ein bisschen bluten, oder?«

Frank schrie: »Bitte nicht, Lumsden, ich will nur in Ruhe gelassen werden, bitte tu es nicht …«

»Du hast mich böse genannt, du kleiner Bastard!« Lumsden zog ein dreckiges Taschentuch aus der Tasche seiner Shorts und stopfte es Frank in den Mund. Seine Schreie waren jetzt gedämpft, und Vine und McTaggart zerrten ihn auf die Beine. Lumsden packte seinen rechten Arm und riss ihn nach vorn. Instinktiv ballte Frank die Hand zur Faust.

»Mach die Hand auf«, bellte Lumsden. »Auf den Knöcheln tut es noch mehr weh.« Er sprach jetzt sehr streng und tat so, als sei er ein Lehrer.

McTaggart lachte. »Sieh ihn dir gut an, mit der Rotzfahne im Mund.«

»Haltet ihn fest«, befahl Lumsden. Vine hielt Frank von hinten umschlungen, und McTaggart hielt seinen ausgestreckten Arm fest. Frank starrte Lumsden entsetzt an, als der größere Junge den Laufschuh hob, die Spikes nach unten, und sein Gleichgewicht verlagerte, um besser zielen zu können. Frank schloss die Augen, als der Schuh mit aller Wucht, zu der Lumsden fähig war, auf seine Hand niederfuhr. Der Schmerz war grausam. Die scharfen Spikes drangen in seine Handfläche ein. Frank würgte und dachte, er müsse ersticken. Er machte die Augen auf. Der Schlag hatte mehrere tiefe Einstiche hinterlassen, die alle heftig bluteten, aber einer der Spikes hatte ihn am Handgelenk erwischt, und an jener Stelle spritzte das Blut wie Wasser aus einer Quelle.

»Verdammte Scheiße, Hector«, sagte McTaggart leise und ließ Franks Arm los. Er zog ihm das Taschentuch aus dem Mund und drückte es auf das blutende Handgelenk, wo es sofort durchtränkt war. Das Blut strömte an Franks Arm herab, und er fing zu stöhnen an.

»Scheiße, Hector«, sagte Vine. »Wie können wir die Blutung stoppen?«

Lumsden war blass geworden. »Ich weiß es nicht. Irgendwie müssen wir das schaffen, bis zur verdammten Schule ist es mindestens eine Meile.«

Frank stürzte gegen den Baum und umklammerte seinen Arm, während das Blut in sein Hemd sickerte.

Plötzlich sagte McTaggart: »Wir müssen einen Druckverband anlegen.«

»Einen was?«

»Meine Schwester fiel mal vom Baum und schlug sich das Bein auf. Mein Dad band ein Taschentuch darum und sagte, sie solle ihr Bein hochhalten. Er sagte, das habe man bei den Verwundeten in den Schützengräben auch gemacht.«

»Dann tu es!«, schrie Lumsden ihn an, »mach schon, sonst sitzen wir in der Scheiße.«

McTaggart ging zu Frank, nahm das blutgetränkte Taschentuch und hob seinen Arm an. Dann band er das Taschentuch fest um Franks mageren Unterarm. »Das wird schon wieder, Kleiner«, sagte er. Plötzlich klang seine Stimme erstaunlich sanft. Aus Franks Handgelenk spritzte es noch einmal, was ihn aufschreien ließ, aber dann verringerte sich der Blutstrom zu einem dünnen Rinnsal. Sein Arm wurde weiß.

»Du musst den Arm hochhalten«, sagte McTaggart. Frank starrte ihn verständnislos an, also nahm McTaggart seinen Arm und hielt ihn hoch. Der Blutstrom wurde schwächer, hörte aber nicht auf.

Lumsden trat auf ihn zu. »Wir bringen dich zurück zur Schule«, sagte er leise. »Wir sagen, wir haben dich hier gefunden. Du sagst, du bist auf die Spikes gefallen, verstanden?« Frank starrte ihn an. Seine Zähne begannen zu klappern. Lumsden wurde noch lauter, Panik in seiner Stimme: »Sag, du wirst es so erzählen, Muncaster, oder wir lassen dich hier liegen, verdammt noch mal!«

Frank blickte auf Lumsdens rotes, entsetztes Gesicht. Er nickte.

»Schwöre es auf die Bibel.«

238

Frank nickte erneut.

»Sag es! Ich schwöre auf die Bibel!«

»Ich schwöre«, flüsterte Frank, »auf die Bibel.«

»Dann komm, halt den Arm hoch. Hier, ich halte ihn.«

Sie stützten Frank und halfen ihm, seine Schuhe anzuziehen, halfen ihm aus der Senke und sagten, er solle aufpassen, als er über einen Ast stolperte. Seltsam, wie sie ihm jetzt Beistand leisteten, als seien sie seine Retter.

Sie hatten erst den halben Weg zur Schule zurückgelegt, als Frank ohnmächtig wurde.

Er erwachte in einem Krankenhausbett. Rund um ihn Männer, überwiegend alte, schlafend oder lesend. Sein rechter Arm lag auf der Bettdecke, dick verbunden bis fast zum Ellbogen hinauf. Er versuchte, die Finger zu bewegen, und ein scharfer Schmerz schoss ihm durch den Arm. Eine Schwester erschien, eine stämmige Frau in blauer Tracht und einer großen weißen Haube. Sie beugte sich über ihn. »Hallo, na, bist du aufgewacht?«

»Wo bin ich?«, krächzte Frank.

»Königliches Krankenhaus Edinburgh. Du wurdest von der Schule hergebracht. Wir mussten deine Hand operieren, du wirst von der Narkose noch eine Weile ziemlich müde sein.« Sie legte ihre kühlen Finger auf sein unverletztes Handgelenk und fühlte seinen Puls.

»Wird – wird meine Hand wieder ganz heil werden?«

Die Schwester lächelte. »Das werden wir sehen«, lautete ihre ausweichende Antwort.

Frank schlief wieder ein. Irgendwann wurde er von einer anderen Schwester sanft geweckt. Neben ihr stand ein Arzt, ein schmächtiger, grauhaariger Mann mit Brille, im weißen Kittel und mit einem Stethoskop um den Hals. Er lächelte Frank an. »Wie geht es dir jetzt, mein Junge?«

»Meine Hand. Es tut weh, wenn ich sie bewege. Aber ich habe

auch kein richtiges Gefühl darin.« Ihm kamen die Tränen. Der Arzt zog einen Stuhl heran und setzte sich neben das Bett. Leise sagte er: »Ich fürchte, die Nerven in deinem Handgelenk sind verletzt. Wir müssen abwarten, wie es sich entwickelt, aber du könntest Schwierigkeiten mit einigen Fingern bekommen.« Er lächelte. »Aber dein Daumen und der Zeigefinger sollten in Ordnung sein, also wirst du schreiben können.« Er schwieg einen Moment. »Die Schule sagte, ihr wart auf einem Geländelauf, und du hast deine Schuhe ausgezogen und bist auf die Spikes gefallen. Stimmt das, mein Junge?«

Frank zögerte, dann sagte er: »Ja.«

»Dann musst du aber mit deinem vollen Körpergewicht auf den Spikes gelandet sein.«

»Ja. Ja, so war es.«

»Ein merkwürdiger Sturz.«

»Ja?«

»Du hattest Glück, dass diese Jungen hinter dir waren und dich fanden.«

Der Arzt sah ihn zweifelnd an. Frank dachte: *Wenn ich ihm die Wahrheit sage, muss ich vielleicht nie mehr dorthin zurück.* Doch der Arzt lächelte und sagte: »Ich war auch in Strangmans. Eine großartige Schule. Diese Jungen, die dich fanden, haben enorme Geistesgegenwart bewiesen, wie ihr Druckverband belegt. Du hättest sonst verbluten können.«

Frank schloss die Augen.

Am nächsten Tag kam seine Mutter ihn besuchen. Sie weinte, als sie seine verbundene Hand sah, dann schüttelte sie den Kopf und fragte, wie Frank nur so unvorsichtig und dumm sein konnte. Er fragte, ob er mit nach Hause kommen dürfe, aber sie sagte, damit würde sie nicht klarkommen; nach allem, was passiert war, sei es besser, er bliebe auf der Schule, wo man sich besser um ihn kümmern könne. Sie sagte, sein Vater wünsche es, er habe es ihr aus dem Jenseits durch Mrs. Baker mitgeteilt.

In der Schule ließen die anderen Jungen Frank jetzt strikt in Ruhe. Lumsden und seine Freunde gingen ihm sorgfältig aus dem Weg. Die Lehrer waren netter zu ihm. Aus der Art und Weise, wie sie ihn ansahen, schloss Frank, dass sie entweder wussten oder ihre Schlüsse gezogen hatten, was wirklich passiert war, aber man sprach immer nur von einem schrecklichen Unfall, der sich dank seiner eigenen Unvorsichtigkeit ereignet hatte. Lumsden verließ die Schule am Ende des Trimesters, um auf eine andere Schule zu wechseln. Frank war erleichtert und fragte sich, ob die Schule dies veranlasst haben mochte. Sein Englischlehrer, der ihn bisher verspottet hatte, weil er sich für nichts als Science-Fiction interessierte, war jetzt viel geduldiger und half ihm, wieder schreiben zu lernen. Er arbeitete fleißig und sprach kaum mit den anderen Jungen. Doch er hörte ihren Gesprächen zu und ahnte, dass das Leben an ihm vorbeilief, dass er zurückblieb, der Welt abhandenkam. Er verstand nicht einmal mehr die neuesten Slangausdrücke, die sie inzwischen benutzten.

Eines Tages im Frühling bat ihn der Lehrer für Naturwissenschaft, Mr. McKendrick, nach dem Unterricht dazubleiben. Er war ein kräftiger Mann mittleren Alters, dessen Anzug unter dem Talar immer schäbig wirkte. Seine Stimme war sanft, aber er sprach mit einer Begeisterung, die unter den mürrischen Lehrern in Strangmans eine Seltenheit darstellte. Er setzte sich an seinen Tisch und blickte Frank an.

»Wie geht's deiner Hand?«, fragte er freundlich.

»Ganz gut, Sir.« Das stimmte nicht, sie kribbelte und schmerzte oft, aber der Arzt sagte, mehr könne man nicht tun.

»Du bist ein kluger Junge, Frank, das weißt du.«

»Bin ich das, Sir?«

»Ja. Du verstehst wissenschaftliche Zusammenhänge besser als irgendein anderer Schüler, den ich bisher unterrichtet habe. Du könntest auf die Universität gehen und dein Leben mit wahrer wissenschaftlicher Forschung verbringen.«

Frank überlief es warm vor Stolz, und hinzu gesellte sich ein völlig neues Gefühl: Hoffnung. Mr. McKendrick fuhr fort: »Aber du musst auch in den anderen Fächern härter arbeiten. In Englisch bist du nicht schlecht, aber deine anderen Noten sind nicht besonders.«

»Nein, Sir.«

Mr. McKendrick wirkte nachdenklich. Er beugte sich vor und sagte: »Du scheinst keine Freunde zu haben, stimmt's, Muncaster?«

»Nein, Sir.« Frank rutschte ein wenig herum, nun eher verlegen statt stolz.

»Du solltest versuchen, dich mehr zu beteiligen.« Mr. McKendrick sah ihn aufmunternd an. »Warum versuchst du es nicht mit Sport, wenn deine Hand wieder in Ordnung ist?«

»Ja, Sir«, sagte Frank ohne Überzeugung. Er hasste Rugby und war froh, dass er dieses Trimester nicht zu spielen brauchte. Niemand wollte ihn im Team, und man versuchte immer, ihn so schnell wie möglich auszuschalten, wenn er nur in die Nähe des Balles kam.

»Ach, Muncaster, hör bitte auf, so zu grinsen«, seufzte Mr. McKendrick. »Ich möchte doch nur, dass du dein Talent nicht verschwendest, mehr nicht.« Er schwieg. »Verschwendung ist furchtbar«, sagte er leise. »Ich erinnere mich an die Listen der Gefallenen im Großen Krieg, die Jungen, deren Namen auf der Tafel in der Aula stehen. Für mich waren das nicht nur Namen. Ich sehe dann die Schulbänke und denke, dieser Junge saß da, jener dort. Und ich bete zu Gott, dass es nie wieder einen Krieg gibt.«

Frank starrte ihn an. Er verstand, was Mr. McKendrick vom Krieg sagte, er hatte schließlich seinerseits den Vater verloren. Aber was den Rest betraf, das war Unsinn. Als ob die anderen Jungen ihm jemals die Chance gäben, sich zu beteiligen. *Aber ja*, dachte er, *er würde fleißiger arbeiten*. Der Gedanke, irgendwo Naturwissenschaften zu studieren, gab ihm zum ersten Mal ein Ziel. Ein Leben weit, weit weg von Strangmans.

»Frank!« Sam, der ältere Pfleger, rief ihn von der Tür her.

Müde stand er auf. Es musste wohl Zeit für seine Runden auf dem Hof sein. Aber Sam sagte: »Sie sollen in Dr. Wilsons Büro kommen. Sie haben Besuch.«

Verwundert runzelte Frank die Stirn. Es war zu früh für David; außerdem hatte er gedacht, er würde sich hier mit ihm treffen. Er bekam Herzklopfen. Aber sein Freund war gekommen. David würde ihn retten.

»Es ist die Polizei. Vielleicht gibt es Neuigkeiten von Ihrem Bruder«, sagte Sam.

16

Gunther wurde um zehn Uhr von Syme mit einem alten Volvo von seiner Wohnung abgeholt. Sie fuhren eine Stunde später als David und seine Freunde los. Die stillen Straßen der Vorstadt waren leer, bis auf ein paar Kirchgänger. Es war ein kalter Tag und der Himmel bewölkt.

Als Gunther aufgestanden war, hatte er einen Brief vorgefunden, der unter seiner Tür durchgeschoben worden war. Er war an seine Berliner Wohnung adressiert, und er erkannte die Handschrift seiner Frau. Der Poststempel auf dem grauen Kopf des Führers zeigte einen Ort auf der Krim. Die Gestapo musste ihn aus seiner Wohnung mitgenommen und an die Londoner Botschaft umadressiert haben, von wo ihn jemand hergebracht hatte. Man kümmerte sich wirklich sehr aufmerksam um ihn.

Der Brief enthielt ein paar kurze, sachliche Zeilen von seiner Ex-Frau unter dem Datum der vorigen Woche. Sie berichtete, ihr Sohn zeige gute Leistungen in der Schule, und sie hoffe, dass die Sicherheitslage einen Besuch von Michael im nächsten Frühjahr bei seinem Vater in Berlin erlaube und es gesundheitlich gut bestellt um ihn sei.

Ungeduldig öffnete er den Brief seines Sohnes und las ihn.

Lieber Vater,
ich hoffe, es geht Dir gut und dass Du Erfolg hast bei Deiner Arbeit,
böse Leute festzunehmen, die Deutschland schaden wollen. Hier ist
es kalt geworden, aber nicht so kalt wie in Berlin, und ich habe
einen neuen Mantel, den Mama mir für die Schule gekauft hat. Ich
bin ganz gut in Deutsch, aber in Mathe weniger. Im Turnen bin ich
Zweitbester. Nebenan ist eine neue Siedlerfamilie aus Brandenburg
eingezogen. Die haben einen kleinen Jungen, der heißt Wilhelm
und geht mit mir zur Schule, und ich helfe ihm, damit er sich zu-
rechtfindet. Letzte Woche haben Terroristen die Bahnstrecke nach
Berlin angegriffen, und ein Güterzug ist entgleist. Es war in der
Nähe von Kherson. Ich hoffe, es gibt einen richtig kalten Winter in
Russland und dass die Terroristen alle verhungern.
Danke, dass Du mir zu Weihnachten eine Eisenbahn versprochen
hast. Ich freue mich schon sehr darauf. Wir werden nächste Woche
den Weihnachtsbaum aufstellen, und am Weihnachtstag werde ich
an Dich denken.
Mama sagt, ich darf Dich nächstes Jahr in Berlin besuchen. Darauf
freue ich mich.
Grüße und Küsse,
Michael

Gunther faltete den Brief zusammen und legte ihn auf den Couchtisch. Er ließ seine Hand darauf ruhen. Sein Sohn, das Einzige, was ihm an Familie geblieben war, so weit weg.

Syme sprach wenig während der Fahrt, aber auf seinem Gesicht lag ein stilles Grinsen, das sich Gunther nicht erklären konnte. Außerdem schien der Inspektor ziemlich nervös, er rauchte eine Zigarette nach der anderen. Als sie die Vororte von Birmingham erreichten, sagte er: »Ich hatte eigentlich erwartet, wir würden unterwegs etwas Interessantes zu sehen bekommen, aber anscheinend hat der Spaß noch nicht angefangen.«

»Wovon reden Sie?« Gunther versuchte, sich seine Irritation nicht anmerken zu lassen.

»Ich hörte es, als ich den Wagen abholte. Heute Morgen werden die Juden abgeholt und in Lager gebracht. Alle sind daran beteiligt, die Sondereinheit, die Hilfspolizei, die reguläre Polizei, sogar das Militär.«

Gunther starrte ihn an. Er ärgerte sich über Symes selbstgefälligen Ton.

»Die Pläne waren natürlich schon jahrelang fertig, wir mussten ja damit rechnen, dass die Regierung dem Druck der Deutschen irgendwann nachgibt. Wurde auch Zeit, wenn Sie mich fragen.«

Gunther runzelte die Stirn. »Das wusste ich nicht.« Das also war es, was Gessler mit seiner Aussage, die Polizei würde bald andere Sorgen haben, gemeint hatte.

»Keiner wusste davon.« Syme grinste, offenbar sehr zufrieden darüber, dass er dem Deutschen Informationen voraushatte. »Man sagt, Beaverbrook und Himmler haben sich in Berlin über die letzten Einzelheiten geeinigt. Mosley wird später im Fernsehen etwas dazu verkünden.«

»Was sind das für Lager, in die man sie bringt?«

»Fürs Erste leere Kasernen, stillgelegte Fabriken, Fußballplätze. Scheint aber, als sollten sie später woanders hin.« Er sah Gunther an und lächelte. »Vielleicht schicken wir sie zu euch.«

Gunther nickte nachdenklich. Dies war ein großer politischer Schritt vorwärts Richtung Deutschland. Der Preis, so vermutete er, den sie für wirtschaftliche Vorteile und das Recht auf mehr Truppen für das Empire zahlen mussten. Und mit Mosleys Leuten in der Regierung war der Druck, die Juden loszuwerden, jetzt natürlich noch größer geworden. »Glauben Sie, dass es Widerstand in der Bevölkerung geben wird?«, fragte er.

»Wenn ja, dann kümmern wir uns darum. Aber der Plan war, es aus heiterem Himmel durchzuführen, an einem Sonntagmorgen, wenn niemand unterwegs ist, außer den Kirchgängern. Und falls die Schwierigkeiten machen sollten, damit werden wir leicht fertig.«

»Ich gratuliere Ihnen«, sagte Gunther. »Es hatte uns Sorgen bereitet, dieses fremde Element in Großbritannien, unserem wichtigsten Verbündeten. Vielleicht schaffen die Franzosen sich jetzt ebenfalls ihre Juden vom Hals«, fügte er hinzu bei dem Gedanken, dass Beaverbrook auf seinem Weg nach Berlin in Paris zwischengelandet war.

Syme sagte: »Im Hafenviertel hat es nur so gewimmelt von Juden und Ausländern. Ich habe sie immer gehasst, allesamt. Und mein Vater auch.« Er war erregt, und seine Augen glänzten.

»Sind Sie deshalb den Faschisten beigetreten?«

»Ja. Ich bin 1934 zu ihnen gestoßen, als Polizeikadett. Eine ganze Reihe von Polizisten aus dem East End unterstützten Mosley. Und nach dem Berliner Abkommen wurde man eher befördert, wenn man einen Parteiausweis vorzeigen konnte. Und jetzt erst recht, da Mosley Innenminister ist.«

»In Deutschland ist es genauso. Als Alter Kämpfer kommt man besser voran.«

Syme sah ihn an. »Sind Sie in der NSDAP?«

»Schon seit 1930. Ich bin auch jung beigetreten.«

»Es hat mir geholfen, zur Staatspolizei zu kommen und es bis zum Inspektor zu bringen. Ich habe ein paar Untersuchungen geleitet, in denen wir Mitglieder der Resistance aufgespürt haben.«

»Ich bin sicher, Ihre Fähigkeiten haben ebenfalls dazu beigetragen.«

»Das Schlimme ist, dass es heutzutage so viele Idioten gibt, die mit der Resistance sympathisieren, weil die Depression schon so lange anhält. Ich wünschte, wir könnten Churchill ausfindig machen.«

Gunther betrachtete die fast leere Autobahn und die stille, kalte Landschaft ringsum. »Ich glaube, hier in England hat man die Dinge zu lange schleifen lassen, hat sich mit halben Sachen zufriedengegeben. Wir haben gleich am Anfang alle Volksfeinde festgenommen und die Kontrolle übernommen. Wenn man eine Revolution will, muss man schnell und entschlossen handeln.«

Syme runzelte die Stirn und tat einen Zug an seiner Zigarette. »Das konnten wir eben nicht. Wie Sie sich vielleicht erinnern, haben Sie bei den Verhandlungen unsere sogenannten demokratischen Traditionen weiter bestehen lassen.«

Gunther nickte zustimmend. »Ja. Damals schien das der einfachste Weg, den Krieg zu beenden.«

»Es hat zwölf Jahre gedauert, bis wir das alles los waren. Wir haben bis 1950 sogar noch eine Opposition geduldet. Und jetzt, da wir strenger durchgreifen, gibt es Probleme. Wissen Sie, uns fehlt einfach der deutsche Respekt vor der Obrigkeit«, fügte er mit etwas plattem Humor hinzu. »Aber wir werden es schon schaffen. Dies ist die letzte Schlacht.«

Gunther fragte sich, ob das so einfach gehen würde. Großbritannien war inzwischen schwach und korrupt geworden. Syme fuhr fort: »Ich habe überlegt, ob ich mich in den Norden versetzen lassen soll. Dort oben sind inzwischen etliche Jungs aus London unterwegs. Es gibt viele Überstunden, und ein wenig Trubel wäre nicht schlecht. Vielleicht in Schottland. Wie Sie sicher wissen, bewaffnen wir gerade ein paar schottische Nationalisten, um mit den streikenden Arbeitern in Glasgow fertigzuwerden. Bei den Nationalisten hat es schon immer einen pro-faschistischen Flügel gegeben. 1939 waren sie gegen die Wehrpflicht für Schotten, und damals haben wir die Partei gespalten, um die liberalen Wirrköpfe und die Linken loszuwerden.« Er grinste Gunther an. »Das haben wir von Ihnen gelernt, einheimische Nationalisten gegen die Roten. Man muss ihnen natürlich eine Karotte vor die Nase halten. Beaverbrook versprach ihnen damals, den Stone of Scone wieder nach Schottland bringen zu lassen – das ist der Felsbrocken, den die schottischen Könige unter ihren Thron legten. Außerdem Straßenschilder in Gälisch und unverbindliche Zusagen über eine spätere Unabhängigkeit.«

»Ja. Das haben wir bei den Flamen und den Bretonen ähnlich gemacht. Versprachen ihnen Lametta, wenn sie gegen die Roten kämpfen. Und die Kroaten – die haben wir gegen die Serben aufgehetzt, das war ein großer Erfolg. Eine gute Taktik. Apropos Stone of Scone – unterschätzen Sie nicht, wie wichtig einem Volk ein so altes Symbol sein kann. Reichsführer Himmler hat eine ganze Institution dafür geschaffen, das »Ahnenerbe«; die Leute dort tun nichts weiter, als die Ursprünge der arischen Rasse zu erforschen.«

Gunther sprach mit Begeisterung, es war ein Thema, das ihn leidenschaftlich interessierte. »Vor Kurzem entdeckten wir in polnischen Höhlen Malereien, die eindeutig Hakenkreuze zeigen, womit bewiesen ist, dass die arische Rasse dort zuerst existierte. Es ist ein Teil unseres urzeitlichen Erbes.«

»Wirklich?«, Syme klang interessiert. »Also, dort oben im Norden gegen die Roten kämpfen, das würde ich wirklich gern machen. Ich könnte etwas Abwechslung gebrauchen. Die Iren haben auch angeboten, uns zu helfen, De Valeras Leute. Die wollten hier Spione in die irischen Verbände einschleusen – da gibt es viele Rote. Aber im Gegenzug wollte er einen Teil von Nordirland, deshalb haben wir abgelehnt. Die Ulster Unionists würden ausrasten.«

»Ja«, stimmte Gunther zu. »Er hat auch Deutschland seine Hilfe angeboten, unter ähnlichen Bedingungen. Aber Irland ist ein Problem, in das wir lieber nicht verwickelt werden wollen.« *Ein bisschen Abwechslung*, dachte er verächtlich, in der Nazipartei gab es so viele, die ähnlich tickten. Er misstraute solchen Menschen und ihren Ideen, sie waren meist ziemlich wirr und ohne klares Ziel. Aber Syme schien fokussiert.

»Worin besteht denn jetzt Ihre Arbeit in Deutschland, wenn es keine Unruhestifter mehr gibt?«

»Oh, es wird immer welche geben. Ich suche immer noch nach Juden, William, und nach denen, die sie schützen. Es gibt zwar nur noch sehr wenige, aber in Polen finden sich noch ein paar.«

»Also wird immer noch gekämpft?«

»Am Kämpfen liegt mir nichts«, sagte Gunther ernst. »Wir versuchen nur, Europa für künftige Generationen sicherer zu gestalten, indem wir dieses jüdisch-bolschewistische Geschwür herausschneiden. Wir müssen das ernst nehmen, sehr ernst.« Syme antwortete nicht, und Gunther merkte, dass er wohl ziemlich pathetisch geklungen hatte. Eine Weile war es still, dann fragte er: »Haben Sie Familie in London?«

»Niemand, der wichtig wäre. Ich war mal verlobt, aber das Mädchen hat die Verlobung gelöst. Sie sagte, mit meiner Arbeit und dem, was ich außerdem noch bei den Schwarzhemden treibe, sehe sie mich kaum noch.«

Gunther lächelte traurig. »Meine Frau hat sich aus ganz ähnlichem Grund von mir getrennt. Sie ist mit meinem Sohn auf die Krim gezogen.«

Syme sah ihn mitfühlend an. »Das tut mir leid, das ist bestimmt nicht leicht für Sie.«

»Frauen verstehen nicht, unter welchem Druck Männer in Zeiten wie diesen leben.«

»Da haben Sie recht. Die Heldengeneration, wie?«

»Die Generation, die alles opfern muss.« Gunther sah zum Fenster hinaus. Es hatte angefangen, in nassen, schweren Flocken zu schneien.

Dr. Wilson saß mit gefalteten Händen an seinem Schreibtisch und blickte die zwei Polizeibeamten missbilligend an. Nachdem sie auf ihrer Fahrt durch den nassen Schnee endlich im Krankenhaus angekommen waren, war Gunther von den gepflegten Gärten und der großartigen Fassade des Gebäudes beeindruckt gewesen, aber als sie dann hineingingen, war er entsetzt über das, was sich ihm bot: überfüllte Krankensäle, Patienten mit leeren oder völlig verzweifelten Gesichtern. Er war froh, dass es derlei in Deutschland nicht mehr gab.

Sie wurden zu Dr. Wilsons Büro geführt, wo Syme sich als Inspektor der Staatspolizei vorstellte und Gunther als seinen Sergeanten. Der kleine dicke Irrenarzt hatte ihnen zwei Stühle angeboten und dann hinter seinem Schreibtisch Platz genommen, wo er wichtigtuerisch, aber gleichzeitig besorgt wirkte. »Für mich ist es unvorstellbar, dass Dr. Muncaster in politische Aktivitäten verwickelt sein könnte«, sagte er.

»Es ist oft die letzte Person, von der man so etwas vermutet, Sir«, erwiderte Syme.

Die Falten auf Wilsons Stirn wurden noch tiefer. »Sie verstehen nicht. Alles jagt ihm Angst ein. Das Einzige, was ihm Sicherheit gibt, sind Ruhe und eine feste Routine. Und die will ich nicht stören.« Wilsons ganze Aufmerksamkeit war auf Syme gerichtet, er nahm Gunther kaum zur Kenntnis. Wahrscheinlich hielt er ihn für einen kleinen Sergeanten mittleren Alters, und genau das wollte Gunther. »Ich möchte Ihnen dringend raten, sehr vorsichtig mit Dr. Muncaster zu sein«, fuhr Wilson fort. »Sollten Sie einen erneuten Anfall bei ihm auslösen, lehne ich jede Verantwortung ab. Das letzte Mal wurde jemand schwer verletzt, wie Sie vielleicht wissen.«

Syme sprach jetzt mit beruhigender Stimme. »Ich werde sehr vorsichtig mit ihm umgehen, das verspreche ich. Ich will mir lediglich einen ersten Eindruck von ihm verschaffen. Ich werde ihm sagen, dass ich neu hier bin und mich mit seinem Fall vertraut machen möchte. Sie könnten recht damit haben, dass er kein politischer Mensch ist; vielleicht wird es sogar nötig sein, ihn direkt darauf anzusprechen. Wir wollen bloß ein paar Ungereimtheiten ausräumen.«

Wilson schüttelte den Kopf. »Es ist alles andere als die Regel, dass jemand wie Dr. Muncaster, ein studierter Mann, auf der allgemeinen Station behandelt wird. Wir würden ihn in die Villa mit den Privatzimmern verlegen, wenn wir Zugriff auf sein Geld hätten. Er unterliegt meiner Verantwortung, und ich will bei Ihrem Gespräch dabei sein.«

Syme schüttelte den Kopf. »Das wird nicht möglich sein, Sir. Ich verspreche aber, dass ich ihn nicht aufregen werde. Nur ein paar Fragen. Wenn Sie Einwände haben, können Sie gern in London anrufen«, fügte er hinzu.

Wilson presste die Lippen zusammen und schwieg. Syme machte seine Sache gut, dachte Gunther. Wie die meisten Menschen fürchtete Wilson Unannehmlichkeiten mit dem Innenministerium.

Es klopfte, und ein Mann mittleren Alters trat ein. Seine Hand umfasste den Arm eines mageren Mannes, mit kahl geschorenem Kopf und in einem schlottrigen grauen Krankenhausanzug. Abgesehen von seinen abstehenden Ohren hätte man Muncasters Gesicht mit den großen Augen und dem vollen Mund fast gut aussehend nennen können, wenn er Wilson, Gunther und Syme nicht mit Todesangst angestarrt hätte. Syme stand auf und lächelte beruhigend. »Frank«, sagte Dr. Wilson sanft, »diese Herren sind von der Polizei. Inspektor Syme hier hat den Fall Ihres Bruders übernommen.«

Muncaster fuhr zurück. Der Wärter packte seinen Arm fester. »Ruhig, Muncaster, ganz ruhig.« Er führte ihn zu einem Stuhl, und Frank setzte sich.

Dr. Wilson fuhr fort: »Wir lassen Sie jetzt ein paar Minuten mit diesen Herren allein, Frank. Es ist weiter nichts, sie wollen Ihnen nur ein paar Fragen stellen.« Er sah den Wärter an. »Warten Sie draußen, Edwards.« Mit einem letzten strengen Blick in Symes Richtung verließ Wilson den Raum, und Edwards folgte ihm.

Muncaster saß schwer atmend auf seinem Stuhl und umklammerte die Armlehnen. Fast sah es so aus, dachte Gunther, als sei er bereits zum Verhör im Gestapo-Hauptquartier. Er bemerkte, dass Muncasters rechte Hand verkrüppelt war. Er nickte ihm zu, und Muncaster versuchte, das Lächeln zu erwidern, eine schreckliche Grimasse. Syme zog ein Notizbuch aus der Tasche, sah hinein und sagte dann in freundlichem Ton: »Wie der Doktor bereits sagte, ich bin von London hierher versetzt worden und habe die Sache mit dem Unfall Ihres Bruders übernommen. Wie ich sehe, will er keine Anklage erheben. Aber schauen Sie, der Fall ist noch offen. Ich möchte nur ein paar Dinge klarstellen. Es war ja eine ziemlich ernste Körperverletzung, Frank, nicht wahr? Dürfen wir Sie Frank nennen?«

Muncaster nickte. »Ich – ich weiß, dass es ernst war, aber es war wirklich ein Unfall.« Gunther bemerkte, wie wachsam seine großen braunen Augen waren. Neben der Angst war da noch etwas anderes, etwas Abwägendes in seinem zwischen Gunther und Syme hin und her wandernden Blick.

»Nun ja, hier wird es als Körperverletzung behandelt, verstehen Sie? Sie haben ihn aus dem Fenster gestoßen. Wenn Sie verklagt würden, könnte dies eine Gefängnisstrafe nach sich ziehen. Natürlich wollen wir das nicht«, fügte Syme beruhigend hinzu, dann lächelte er. »Sollte er Sie hingegen provoziert haben, dann wäre es Notwehr. Dann könnten wir uns sogar entschließen, die Sache zur Gänze fallen zu lassen.« Syme hatte ein Bein über das andere geschlagen und wippte nervös mit dem Fuß. Gunther wünschte, er hätte sich weniger nervös verhalten.

»Also kommen Sie«, sagte Syme, »erzählen Sie uns, was an diesem Abend wirklich passiert ist. Ich weiß, Sie waren damals in keiner Verfassung, eine vernünftige Aussage zu tätigen, aber jetzt geht es Ihnen doch besser, oder?«

Muncaster blickte zu Boden. »Unsere Mutter war gestorben«, sagte er leise. »Edgar kam zur Beerdigung rüber. Er und ich haben uns nie gut verstanden, und Edgar – er, nun ja, er hatte getrunken. Wir stritten uns, er fing an, und ich stieß ihn von mir. Er stolperte nach hinten und fiel durchs Fenster. Es war ein Unfall. Er war betrunken und verlor das Gleichgewicht, und der Fensterrahmen war ziemlich verrottet.«

Das klingt wie auswendig gelernt, dachte Gunther.

Syme beugte sich vor. »Was hat Ihr Bruder getan, dass Ihnen derart der Kragen geplatzt ist? Das muss doch etwas ziemlich Schlimmes gewesen sein, denn Sie wirken nicht wie ein aggressiver Mensch und sind auch noch nie mit der Polizei in Konflikt geraten, das weiß ich.«

»Es war eine Familienangelegenheit«, erwiderte Muncaster hastig. »Etwas Persönliches.« Wieder zeigte er sein merkwürdiges Grinsen.

Syme sah in sein Notizbuch. »Ihr Bruder lebt in Kalifornien, nicht wahr? Haben Sie ihn jemals dort besucht?«

»Nein.« Muncaster blickte auf seine Hand.

»Was ist mit Ihrer Hand geschehen?«, fragte Syme.

»Ein Unfall, damals in der Schule. Ich bin auf die Spikes meiner Laufschuhe gestürzt.« Er wandte den Blick ab, während er sprach, und Gunther wusste, dass es eine Lüge war.

Syme fragte: »Glauben Sie, es liegt daran, dass Sie sich nicht verstehen, weshalb Ihr Bruder sich nicht bei Dr. Wilson meldet? Ich höre, er kann ihn nicht erreichen. Vielleicht liegt es daran, dass er weiß, dass er Sie provoziert hat?«

Muncaster nahm diesen Vorschlag bereitwillig auf. »Ja, ja, ich glaube, das könnte es sein.«

»Wie ich höre, ist Ihr Bruder Wissenschaftler, wie Sie.«

Muncaster ballte seine gesunde Hand zur Faust. »Nein, nicht wie ich.«

»Er ist Physikprofessor. Das klingt beeindruckend. Nicht, dass ich etwas davon verstünde.«

»Ich weiß nicht, was Edgar macht«, sagte Muncaster schnell. »Ich hatte ihn, ehe unsere Mutter starb, jahrelang nicht gesehen.«

Syme erhöhte den Druck. »Ich könnte mir vorstellen, dass Sie über Ihre Arbeit gesprochen haben, ein Gespräch unter zwei Wissenschaftlern.«

»Ich bin lediglich wissenschaftlicher Mitarbeiter.« Wieder dieses bizarre Grinsen. »Er hielt mich eines Fachgespräches nicht für würdig.«

Syme dachte über diese Antwort nach, dann sah er Gunther an. »Wie es scheint, muss es sich um eine Provokation gehandelt haben, Sergeant.«

»Ja«, stimmte Gunther zu. Er sah, wie ein Hoffnungsschimmer in Muncasters Augen aufleuchtete. Diesen Blick hatte er bei Verhören schon oft wahrgenommen. Verzweifelte Menschen klammerten sich an jede Möglichkeit, die man ihnen bot, um nicht verurteilt zu werden.

Ihm tat dieser jämmerliche kleine Mann leid, genau wie die Familie in Berlin, die die Juden versteckt hatte. Vorsichtig, damit sein Akzent nicht auffiel, fragte er Syme: »Wird Mr. Muncaster entlassen werden, wenn er geheilt ist?«

»Vielleicht.« Syme blickte Muncaster an. »Was würden Sie tun, wenn man Sie entlassen würde, Frank?«

Muncaster zuckte die mageren Schultern. »Weiß ich nicht. Ich weiß nicht, ob man mich an der Uni wieder aufnehmen würde.«

»Und gibt es sonstige Verwandte, bei denen Sie unterkommen könnten?«

»Nein.« Nach kurzem Zögern sagte Muncaster: »Ich weiß nicht, ob man etwas für mich tun kann.«

»Nun ja, wir müssen uns den Fall noch mal näher ansehen. Zunächst bleiben Sie ja auch hier«, sagte Syme wie beiläufig. »Wo es so viel Ärger auf der Welt gibt, die Unruhen in der Industrie und was sonst alles, sind Sie doch hier viel besser aufgehoben, nicht wahr?«

»Das weiß ich nicht.«

»Es heißt, nach dem Unfall Ihres Bruders hätten Sie etwas vom Ende der Welt gerufen. So steht es im Polizeiprotokoll.«

»Ich weiß nicht mehr, was ich von mir gegeben habe.« Muncasters große Augen waren schmaler geworden. Syme blickte Gunther an, der nickte, und die beiden standen auf. Syme sagte

in mitfühlendem Ton: »Nun ja, ich sehe, Sie haben eine schwere
Zeit hinter sich.« Er sah Gunther an. »Ich glaube, wir sollten uns
auf den Weg machen, Sergeant. Wir haben diesen armen Mann
genug strapaziert.« Gunther nickte zustimmend. Er wandte sich
an Muncaster. »Es könnte sein, dass wir noch einmal mit Ihnen
sprechen möchten, aber keine Sorge, es wird sich alles aufklären.«

Syme ging zur Tür und rief den Wärter. Er wartete, während
Muncaster hinausgeführt wurde. An der Tür wandte Frank sich
kurz um, und sein Blick traf Gunther. Dieser bemerkte neuerlich, wie wachsam dieser Blick war, als verstecke sich hinter der
lähmenden Angst ein intelligenter, die Dinge sorgsam abwägen-
der, gar berechnender Mensch. Der Wärter informierte sie, dass
Dr. Wilson bald zurückkehren werde. Nachdenklich setzte Gunther sich auf seinen Stuhl.

»Genug gesehen?«, fragte Syme.

»Genug, um zu wissen, dass der Mann uns etwas verheimlicht.«

»Das dachte ich mir auch. Aber er sieht nicht aus wie jemand,
der etwas mit der Resistance zu schaffen hat. Wilson hatte recht,
er benahm sich, als hätte er Angst vor seinem eigenen Schatten.«

»Er mag kein Politischer sein, aber er könnte jemanden schützen, der es ist.«

»Was ist mit seinem Bruder? Diesbezüglich hat er uns nicht
die ganze Wahrheit gesagt, oder?« Gunther antwortete nicht sofort. »Seine Wohnung in Birmingham. Ist jemand dort gewesen,
seit die Polizei gerufen wurde?«

»In der Akte steht nichts darüber. Der Hausbesitzer wollte das
Fenster reparieren lassen.«

Gunther stützte sein Kinn auf die Hände. »Ich denke, ich würde mir die Wohnung gern mal anschauen. Ist der Schlüsseldienst
zu erreichen, den Sie erwähnten?«

»Die Staatspolizei Birmingham verfügt über eine ganze Liste

von Schlüsseldiensten, die jede Tür aufsperren, ohne Fragen zu stellen«, antwortete Syme. Er klopfte auf den Ordner. »Wir gehen zum Superintendenten der hiesigen Polizei, mit dem ich Verbindung aufgenommen habe. Er ist ein guter Faschist. Obwohl er heute viel um die Ohren haben wird, mit den Juden.«

Gunther nickte. »Danke. Machen wir das. Werfen wir das Netz aus.«

»*Was* sollen wir machen?«

»Das ist aus der Bibel. Ich bin evangelisch aufgewachsen.«

»Mein Dad hatte keine Zeit für Religion.«

Gunther zuckte die Schultern. »Zumindest ist die Bibel gute Literatur.«

Syme sah ihn aufmerksam an. »Und dann? Wenn wir in der Wohnung waren?«

»Ich glaube, wir müssen Muncaster zwingen, uns mitzuteilen, was er für sich behalten hat. Und das wird leichter sein, wenn er woanders ist. Ich werde vorschlagen, dass wir ihn zum Senatshaus bringen.«

»Sie wollen das volle Gestapo-Programm mit ihm durchziehen?«

Gunther neigte den Kopf. »Ich glaube, es wird reichen, wenn er nur dorthin gebracht wird.«

»Dieser Dr. Wilson wird es nicht sehr schätzen, wenn Sie in sein Hoheitsgebiet eindringen. Und er hat das Gesetz auf seiner Seite.«

Gunther sah ihn ernst an. »Dr. Wilson wird gar nicht wissen, dass die Deutschen involviert sind. Wenn meine Leute einverstanden sind, spricht die Botschaft mit dem Innenministerium, und dann kann man ihn unter Druck setzen.«

Syme starrte ihn lange und eindringlich an. »Was genau geht hier eigentlich vor?«

Gunther lächelte. »Ich kann nur wiederholen, dass wir sehr dankbar für Ihre Hilfe sind. Sie erweisen sich als wahrer Freund.« Er sah Syme bedeutungsschwanger an. »Unsere Dankbarkeit könnte Ihnen den Weg zu der Versetzung ebnen, die Sie anstreben.« Er wurde sachlicher. »Also, Dr. Wilson wird gleich zurück sein. Sagen Sie ihm, er solle seinem Patienten mitteilen, dass wir sehr zufrieden sind mit dem, was er uns gesagt hat.« Er blickte zum Fenster hinaus. Es hatte aufgehört zu schneien, aber jetzt war es neblig und die Sicht schlecht. »Sehen Sie sich das an«, sagte er. »Wir sollten uns schleunigst auf den Weg nach Birmingham begeben.«

Syme lachte. »Sie sollten mal den Nebel sehen, den wir in London haben. Dagegen ist das hier nichts.«

17

Sarah verließ das Haus eine Stunde später als David. Die Sitzung des Komitees für Weihnachtsspielzeug fand um zwölf Uhr statt. Es war zwar lästig, am Sonntag in die Stadt fahren zu müssen, aber ein wichtiges Mitglied des Komitees, das im Aufsichtsrat eines großen Spielzeugherstellers saß, hatte unter der Woche keine Zeit. Rasch ging sie zur U-Bahn-Station Kenton. Dabei dachte sie an David, der nach Nordengland fuhr. Sie konnte das unbestimmte Gefühl nicht loswerden, dass es vielleicht gar nicht Onkel Ted gewesen war, der da angerufen hatte, sondern die Frau aus seinem Büro. Doch sie wehrte sich gegen diese dumme Idee, sie hatte schließlich das Ende des Gesprächs mit angehört, und David war auch den Rest des Tages mit besorgter Miene herumgelaufen.

Auf dem Weg zum Bahnhof sah sie neben dem Zeitungskiosk ein Poster. *TV heute Abend: Mosleys Ansprache an die Nation.* Sie kaufte sich eine *Sunday Times*, die inzwischen ebenfalls Beaverbrook gehörte. Sie las, der Premierminister sei aus Deutschland zurück und der Innenminister werde um 19 Uhr im Fernsehen eine Ansprache halten, fand aber keine weiteren Details. Eine Farbbeilage im Inneren der Zeitung enthielt Werbung für die neueste Pariser Herrenmode: enge dunkle Anzüge mit kurzen Revers, die an militärische Uniformen erinnerten. »SS-Kitsch« nannten das die Leute.

Am Sonntag fuhren weniger Züge, trotzdem musste Sarah außergewöhnlich lange warten, über eine halbe Stunde auf dem offenen Bahnsteig. Ihr war kalt, und sie war froh, dass sie unter ihrem neuen grauen Wintermantel einen warmen Pullover trug; allerdings fror sie an den Handgelenken, die von neumodischen weiten Ärmeln des Mantels nicht bedeckt wurden. Die wenigen Leute auf dem Bahnsteig sahen immer wieder auf ihre Uhren und schnalzten ungeduldig mit der Zunge. Manchmal, wenn sie zu einer Sitzung des Komitees fuhr, stieg Mrs. Templeman in Wembley zu. Sarah tröstete sich damit, dass ihr wenigstens das heute erspart bliebe, wenn es Probleme mit den Zügen gäbe, und sie nicht den ganzen Weg bis Euston ihrem Redeschwall zuhören müsste. Als der Zug endlich einfuhr, stieg sie in das erstbeste Abteil, obwohl es für Raucher war. Ihr gegenüber saß ein älterer Mann mit Mütze und Schal, ein Arbeiter mit schweren, genagelten Stiefeln. Er rauchte Pfeife, die ihn in aromatischen blauen Rauch hüllte. Sarahs Vater hatte seine Pfeife geliebt, und der Geruch störte sie nicht.

Doch das Glück war ihr nicht hold, denn als der Zug in Wembley hielt, sah sie Mrs. Templemans stattliche Gestalt auf dem Bahnsteig, in ihren schweren Mantel gehüllt, eine runde Pelzmütze auf den dauergewellten Locken und die schreckliche Fuchsstola um den Hals. Sie entdeckte Sarah, winkte mit ihrer molligen Hand und eilte zu ihrem Abteil. Schwer atmend ließ sie sich auf den Platz ihr gegenüber fallen. »Hallo, meine Liebe. Du lieber Himmel, ich habe eine Ewigkeit gewartet.«

»Ich auch. Und es war so kalt auf dem Bahnsteig.«

»Es soll der kälteste November seit vielen Jahren sein. Hoffen wir nur, dass es nicht wieder ein Winter wie '47 wird. Da froren bei uns alle Wasserrohre ein.« Mrs. Templeman sprach laut und schnell, wie immer. Sie rückte ihre Fuchsstola zurecht, die gläsernen Augen starrten Sarah an. »Alles bereit für das Komitee, meine Liebe?«

»Ja. Ich habe die Kostenvoranschläge dabei.« Sarah klopfte auf ihre Tasche. »Wenn heute alles abgesegnet wird, kann ich gleich morgen die Bestellungen aufgeben.«

»Ich wünschte, wir hätten uns nicht an einem Sonntag treffen müssen. Das ist eine solche Hetzerei, nach der Kirche.«

»Ja, es ist lästig, aber wir müssen Mr. Hamilton bei Laune halten.«

»Er ist sehr großzügig. Mein Gott, hier drin herrscht ziemlich dicke Luft, nicht wahr?« Mrs. Templeman blickte missbilligend auf den Mann mit der Pfeife. Der lächelte, sah zum Fenster hinaus und blies eine frische Rauchwolke hinterher.

»Es ist ein Raucherabteil«, sagte Sarah leise.

»Ja, natürlich. Ich rauche ja abends auch gern eine Zigarette, aber mein Mann …« Sie verstummte, als der Zug derart abrupt bremste, dass sie auf ihren Sitzen zurückgeworfen wurden. »Ach Gott, was ist jetzt schon wieder los? Wir kommen zu spät …«

»Vermutlich irgendein Problem auf der Strecke.« Sarah blickte zum Fenster hinaus und bemerkte, dass auch keine Züge in die Gegenrichtung fuhren. Sie waren noch nicht in den Tunnel eingefahren und standen auf einer Brücke, von der aus man auf Reihen enger, rußgeschwärzter Londoner Häuser hinuntersah. Aus den Schornsteinen stieg grauer Rauch, in den Hinterhöfen hing Wäsche und an einer Mauer ein großes Plakat: *Kauft Staatsanleihen. Spart für eine gemeinsame Zukunft.* Heute, am Sonntag, waren die Straßen so gut wie menschenleer. Ein Altwarenhändler führte ein mageres braunes Pferd über das Kopfsteinpflaster, auf seinem Wagen stapelten sich ausrangierte Möbel und Lumpen. Sarah erinnerte sich an den Mann, der während ihrer Kindheit ihre Nachbarschaft besucht hatte. Ihre Mutter gab ihr immer einen Penny für ihn, und als Gegenleistung durfte sie sein Pferd streicheln. Jetzt waren es Männer in Anzügen, die an der Haustür in Kenton klingelten, um Staubsauger oder Kühlschränke auf Ratenzahlung zu verkaufen, und mit einem fröhlichen, manchmal aber auch leicht verzweifelten Lächeln ihre Hüte zogen. Sie dachte an die Glöckchen an den Pferdegeschirren ihrer Kindheit. Charlie hätte sie geliebt.

»So tief in Gedanken, meine Liebe?« Mrs. Templeman sah sie fragend an.

»Entschuldigung. Ich dachte gerade an meinen kleinen Sohn.«

»Der ist sicher zu Hause bei Ihrem Mann?«

»Nein. Er starb vor zwei Jahren. Ein Unfall im Haus.«

»Das tut mir sehr leid, meine Liebe.« Mrs. Templeman wirkte erschrocken und ehrlich betroffen. »Das muss entsetzlich für Sie gewesen sein.«

»Er ist die Treppe hinabgefallen.«

»Ich denke auch immer noch an meinen Fred«, sagte Mrs. Templeman leise. Er ist im Krieg gefallen, bei Dünkirchen. Er wäre dieses Jahr vierzig geworden.« Sie schwieg einen Moment, dann fügte sie hinzu: »Mein Glaube ist mir eine große Hilfe. Ich wüsste nicht, wie ich sonst damit fertigwürde.« Sarah antwortete nicht. »Ich glaube, dass Er uns alle führt, auch wenn wir oft den Weg nicht erkennen. Aber wir wissen, Er will, dass wir Menschen in Not helfen. Und deshalb bin ich bei diesem Komitee.«

»Ich frage mich manchmal, ob alles einen Sinn hat«, erwiderte Sarah trübsinnig. »Ob überhaupt irgendwas einen Sinn hat.«

Mrs. Templeman wechselte das Thema. Sie erzählte von ihrem Bruder, der gerade aus dem indischen Staatsdienst in den Ruhestand gegangen war und jetzt bei ihnen wohnte, bis er ein Haus gefunden hatte. Er hatte bei den Aufständen in Kalkutta letztes Jahr eine schlimme Zeit mitgemacht. Sarah fragte Mrs. Templeman, ob sie von der angekündigten Rede Mosleys gehört habe, aber die schüttelte den Kopf und sagte, sie lese im Moment gar keine Zeitung, es sei ja alles so deprimierend.

Die Sitzung im Quäkerhaus verlief reibungslos. Mrs. Templeman war unbestritten eine gute Vorsitzende, welche die Tagesordnung zügig abhandelte. Hinterher gab es Kaffee. Sarah hatte Kopfschmerzen, und ihr graute bei dem Gedanken an die Rückfahrt zusammen mit Mrs. Templeman. Deshalb entschloss sie sich zu einer Notlüge. »Ich fahre noch nicht gleich nach Euston zurück«, sagte sie, »sondern treffe mich mit meinem Mann in der Tottenham Court Road.«

»Dann gehe ich mit Ihnen, meine Liebe, wenn es Ihnen nichts ausmacht. Ich kann jetzt nach der Sitzung etwas frische Luft vertragen. Und es ist ein netter Spaziergang über die kleinen Plätze. Ich nehme die Untergrundbahn von Tottenham Court Road und steige dann um.«

»Schön, in Ordnung.« Sarah dachte, wenn sie dort ankäme, müsste sie so tun, als sei ihr Mann noch nicht da und sie würde auf ihn warten. Nun ja, so konnte es gehen, wenn man Lügen auftischte.

»Ich frische nur schnell mein Make-up auf.« Mrs. Templeman ging in die Damentoilette, und Sarah blieb vor der Tür stehen. Ein paar Komiteemitglieder grüßten sie im Vorbeigehen zum Abschied, alle fest in ihre Mäntel gehüllt, als sie nach draußen gingen. Sarah bemerkte, dass heute kein Polizist vor der Tür stand. Vielleicht legte er irgendwo eine Zigarettenpause ein.

Mrs. Templeman erschien wieder, mit frisch gepudertem Gesicht. »Also los jetzt, meine Liebe«, sagte sie. »Trotzen wir der Kälte.«

Sie gingen durch das Gewirr der Plätze im georgianischen Stil hinter der Euston Road, breite Straßen mit kleinen Parks in der Mitte. Hier gab es teure Wohnungen, kleine Hotels und Teile der Universität, nachdem die deutsche Botschaft das Senate House in Beschlag genommen hatte. Sie gingen rasch, denn es war bitterkalt und der Himmel bleigrau. Auf der Straße war kaum ein Mensch zu sehen.

»Ich möchte Ihnen für Ihre Arbeit danken, Mrs. Fitzgerald.«

Mrs. Templeman lächelte. »Ich weiß, dass es nicht die aufregendste Aufgabe ist, ein Geschäft nach dem anderen anzurufen.«

»Ist schon in Ordnung. So habe ich wenigstens tagsüber etwas zu tun.«

»Ihr Mann arbeitet im Staatsdienst, nicht wahr?«

»Ja, in der Dominionverwaltung.«

»Meine Schwester lebt in den Dominions. In Kanada, Vancouver.« Sie lachte. »Wie Sie sehen, eine Familie, die über das ganze Empire verstreut ist. Ich liege meinem Mann in den Ohren, sie mal zu besuchen …« Sie unterbrach sich. »Mein Gott, was ist denn da los?«

Sie bogen gerade in die Tottenham Court Road ein. Hier war es fast so ruhig wie auf den Plätzen. Die Geschäfte waren geschlossen, aber hinter der Scheibe eines Kaufhauses sah man eine Verkäuferin, die Weihnichtsdekorationen anbrachte. Doch die wenigen Passanten waren allesamt stehen geblieben und starrten auf eine seltsame Prozession, die ihnen auf der Straße entgegenkam. Ungefähr hundert ängstlich dreinblickende Leute schleppten sich dahin, Männer, Frauen und Kinder, manche in Mänteln und Hüten und mit Koffern, andere nur in Jacketts oder Strickjacken. Neben ihnen etwa ein Dutzend Hilfspolizisten in Wintermänteln und Mützen, Pistolen am Gürtel. Allen voran zwei reguläre, blau behelmte Polizisten auf großen braunen Pferden. Einen Augenblick erinnerte es Sarah an die Kinderschar, die sie 1939 bei der Evakuierung zum Bahnhof begleitet hatte. Anders als damals war es hier jedoch totenstill. Außer dem Trappeln der Pferdehufe und den Schritten auf dem Straßenpflaster hörte man nichts als das durchdringende Quietschen der Räder eines Kinderwagens, den eine junge Frau schob. Als der Zug näher kam, sah Sarah die gelben Abzeichen an den Kleidern.

»Das sind Juden«, sagte Mrs. Templeman flüsternd. »Man hat irgendwas mit ihnen vor.«

Die meisten Passanten gingen schnell vorbei oder bogen in

die Seitenstraßen ab. Andere blieben stehen und schauten zu. Die beiden Polizisten am Kopf des Zuges ritten an ihnen vorbei. Einer schon älter, mit den Streifen eines Sergeanten am Ärmel, der andere noch jung, mit einem dünnen Oberlippenbärtchen. Er schien Schwierigkeiten zu haben, sein Pferd ruhig zu halten. Eine Passantin, eine junge Frau mit einem kleinen Mädchen an der Hand, nickte beifällig und spuckte in den Rinnstein. Ein anderer rief »Schande!«. Ein Hilfspolizist, ein großer, hagerer Mann mit Mosley-Schnurrbart, lächelte die Zuschauer an, dann blickte er zurück auf die dahinziehenden Gefangenen – denn das mussten sie wohl sein – und forderte sie mit munterem Spott auf: »Na los, schwingt die Hufe! Singt doch was. Wie wäre es mit ›A Long Way to Tipperary‹?«

Mrs. Templeman drückte mit den behandschuhten Händen ihre Handtasche an die Brust. »O nein«, sagte sie. »Das können sie doch nicht machen. Doch nicht hier, in England.«

»Sie tun es aber«, entgegnete Sarah mit trauriger Stimme.

»Wo bringen sie sie wohl hin?« In Mrs. Templemans Gesicht zeigte sich Schmerz, sie war bleich geworden unter der Puderschicht, all ihr Optimismus war dahin. Auf der anderen Straßenseite fuhr langsam ein großer Vauxhall vorbei, aus dem Beifahrerfenster blickte ein erstauntes Frauengesicht. Ein Hilfspolizist winkte ihn zügig vorbei. Sarah betrachtete die Juden, wie sie dahinschlurften. Ein alter Herr mit Melone marschierte mit aufrechtem Schritt vorbei, wie ein Soldat, der er wahrscheinlich an der Front auch gewesen war. Hinter ihm eine Frau mittleren Alters, noch in geblümter Schürze und Kopftuch, mit einem mageren kleinen Jungen in kurzer Hose und Schulpullover dicht neben sich. Ein junges Pärchen in modischen Dufflecoats und den bunten Schals ihrer Universität hielt sich an den Händen; dem jungen Mann, groß und breitschultrig, stand Trotz ins Gesicht geschrieben, dem Mädchen, zierlich, mit langem dunklen Haar, Todesangst. Der quietschende Kinderwagen kam. Sarah sah ein warm eingepacktes Kind darin liegen.

Von der anderen Straßenseite ertönte ein Schrei, jemand rief etwas. Alle, die Juden, die Polizisten und die Leute auf dem Trottoir, drehten sich um. Die Tür eines unscheinbaren Gebäudes zwischen zwei Kaufhäusern hatte sich geöffnet, und etwa ein Dutzend Männer, alle sonntäglich gekleidet, kam heraus. Sie trugen ausgerechnet Instrumentenkoffer verschiedener Formen und Größe. Sarah entdeckte ein Schild an der Wand: Universität London, Hochschule für Musik. Vermutlich kamen sie gerade von einer Probe. Sarah beobachtete, wie ein großer, älterer Mann mit wirrem Silberhaar und einem zerknautschten Anzug mitten auf die Straße lief und mit tiefer Stimme rief: »Halt! Was geht hier vor?« Er stand direkt vor den beiden berittenen Polizisten, die innehalten mussten, um ihn nicht niederzureiten. Das Pferd des jüngeren Polizisten wieherte unruhig. Die anderen Männer, die dazugehörten, standen verunsichert und ängstlich auf dem Trottoir und starrten den älteren an. Einer rief: »Sir! Seien Sie vorsichtig!«

Das Gesicht des alten Mannes war rot vor Zorn. Mit wütenden kleinen Augen funkelte er den berittenen Sergeanten an. »Was tun Sie hier?«, schrie er ihn an. »Was haben Sie mit diesen Leuten vor?«

Der ältere Polizist, mit dem Rücken zu Sarah, rief mit tiefer, lauter Stimme, die weit zu hören war: »Weitergehen, Sir. Heute verlassen alle Londoner Juden die Stadt.«

Ein Hilfspolizist in Sarahs Nähe, ein Mann mittleren Alters mit dem weißen Blitz der Schwarzhemden am Mantel, lachte spöttisch. »Beschissene Akademiker.« Er wandte sich den Juden zu, legte die Hand auf die Pistole an seinem Gürtel und rief drohend: »Ihr bleibt, wo ihr seid. Das hier dauert nicht lange.«

Sarah war geschockt, sie konnte sich nicht vom Fleck rühren. Mrs. Templeman neben ihr atmete schwer, ihr Gesicht war seltsam verzerrt, und ihre Finger gruben sich schmerzhaft in Sarahs Arm. Der alte Musikprofessor wich nicht von seinem Platz. Er gestikulierte wild in Richtung der Juden. »Das können Sie nicht machen! Das sind britische Staatsbürger!« Das Pferd des jungen Polizisten wurde unruhig und tänzelte ein paar Schritte rückwärts. Der Sergeant drehte sich um und bellte: »Halt das verdammte Vieh ruhig!«

Vom Trottoir schrie jemand: »Das sind doch dreckige Juden, du alter Trottel!« Einer der Männer vor der Musikhochschule stellte den Kragen hoch und ging eilig davon. Ein zweiter folgte ihm, dann noch einer.

Die Stimme des berittenen Polizisten war laut und deutlich, aber immer noch ruhig. »Wir führen einen offiziellen Auftrag durch. Sie verletzen den Landfrieden, Sir. Machen Sie Platz, oder wir müssen Sie festnehmen.«

Jetzt ließ Mrs. Templeman Sarahs Arm los und trat ebenfalls auf die Straße. Sie ging zu dem alten Musikprofessor und stellte sich neben ihn. Sie bebte vor Angst, die grauen Löckchen unter ihrer Pelzmütze zitterten.

»Ach, Scheiße«, sagte der Polizist neben Sarah und fummelte an seiner Pistole. Die Juden traten von einem Fuß auf den anderen und zogen ängstliche Gesichter.

»Also, jetzt reicht's«, sagte der Sergeant. »Sie sind beide verhaftet.« Der alte Musikprofessor blickte Hilfe suchend zu seinen Leuten, die auf dem Trottoir standen. Sie sahen einander an. Drei weitere von ihnen hasteten davon. Ein junger Mann mit einem Geigenkasten blieb mit gequältem Gesichtsausdruck stehen, aber die vier übrigen traten zögernd auf die Straße, gingen hinüber und stellten sich neben den Alten und Mrs. Templeman. Der Sergeant rief über die Schulter und gestikulierte mit den Armen. »Holt diese Leute von der Straße!«

»Ihr macht unsere Welt zur Hölle!«, rief der Musikprofessor. Er war außer sich und hatte Speichel in den Mundwinkeln. Von weiter hinten kamen Hilfspolizisten angerannt und griffen nach den Schlagstöcken an ihren Gürteln. Sarahs Herz klopfte, als wollte es zerspringen. Mrs. Templeman sah die Hilfspolizisten kommen und setzte sich, einer plötzlichen Eingebung folgend, auf das kalte Straßenpflaster. Ihr Mantel öffnete sich, sodass ihre fetten bestrumpften Oberschenkel für alle sichtbar wurden. Ihr bleiches Gesicht wirkte entschlossen. Der alte Mann starrte sie einen Moment an, dann setzte er sich, gestützt auf ihre Schulter, ebenfalls auf die Straße. Die vier anderen Männer zögerten einen Augenblick, dann setzten auch sie sich hin. Der unentschlossene junge Mann mit dem Geigenkasten wandte sich um und ging.

Vier Hilfspolizisten rannten nach vorn, an den Pferden vorbei. Das Pferd des jüngeren Polizisten bäumte sich auf und keilte mit den Hinterhufen aus. Der Reiter schrie auf und versuchte, das Tier wieder unter Kontrolle zu bringen. Es schnellte nach vorn, und Sarah sah mit Entsetzen, wie einer der großen Hufe Mrs. Templeman an der Stirn traf. Mit einem leisen Stöhnen kippte sie nach hinten, ihre Pelzmütze und die Fuchsstola fielen auf die Straße. Sie lag ganz still, die Arme nach hinten geworfen, und aus einer tiefen Wunde auf ihrer Stirn quoll Blut und tropfte rot auf das graue Straßenpflaster. Ihre Augen wirkten leblos und glasig, genau wie bei Charlie an jenem schrecklichen Tag, und Sarah stellte mit Entsetzen fest, dass Mrs. Templeman tot war. Die Demonstranten und die Hilfspolizisten blickten auf das bockende Pferd, das der junge Beamte in all dem Chaos schließlich doch noch zur Ruhe brachte.

Sarah war wie erstarrt. Ihr Selbsterhaltungstrieb sagte ihr, sie müsse dasselbe tun wie der junge Mann mit dem Geigenkasten, nämlich sich umdrehen und weglaufen. Sie dachte an David, an ihr Heim und an Sicherheit, lauter Bilder der Geborgenheit. Doch dann siegte ihre Entschlossenheit, klar und eiskalt. Sie drückte ihre Tasche an sich und ging auf die Straße. Sobald sie vom Bordstein getreten war, dachte sie nur noch sachlich: *So, das war's, jetzt ist alles vorbei.* Zwei Hilfspolizisten hatten den weißhaarigen Musikprofessor ergriffen und zerrten ihn aufs Trottoir. Er schrie und wehrte sich mit aller Kraft. Sarah ging zu Mrs. Templeman, die breitbeinig und ihrer Würde beraubt auf der Straße lag, und setzte sich neben die Tote. Sie blickte hinüber zum Trottoir und hoffte verzweifelt, andere würden es ihr gleichtun. Ein schmächtiger junger Mann mit Schal kam zu ihr und setzte sich ebenfalls, er schwitzte vor Angst. Weitere Hilfspolizisten kamen angerannt. Sarah starrte sie an. Ihr Herz klopfte so stark, dass sie kaum noch Luft bekam.

Die Juden hatten sich verängstigt zusammengedrängt, auch wenn einige der Jüngeren um sich blickten, als überlegten sie, ob sich ein Fluchtversuch lohne. Doch die übrigen Hilfspolizisten hatten ihre Pistolen gezogen und hielten die Gefangenen in Schach. Den Musikprofessor hatte man unsanft aufs Trottoir gesetzt, aber noch immer wehrte er sich, schimpfte und fluchte laut. Die anderen Hilfspolizisten begannen, die am Boden sitzenden Demonstranten in die Höhe zu zerren. Starke Hände packten Sarah unter den Armen und zogen sie aufwärts. Einer der Musiker versuchte, sich zu wehren, erhielt einen Schlag auf den Kopf und sackte bewusstlos zusammen. Als Sarah hochgehoben wurde, kam ihr der Gedanke, dass sie David womöglich nie wiedersehen würde. *Wie ich ihn liebe*, dachte sie.

Erneut ertönten Schreie. Sie blickte um sich und sah ein halbes Dutzend Jive Boys in ihre Richtung rennen, unrasiert, mit wild hüpfenden Haartollen und fliegenden Rockschößen. Sie sahen ziemlich mitgenommen aus. Einer von ihnen hatte ein blaues Auge, ein anderer umklammerte eine fast leere Whiskeyflasche. Wahrscheinlich hatten sie irgendwo die Nacht durchgefeiert und waren jetzt auf dem Heimweg. Einer rief: »Auf sie! Macht die Arschlöcher fertig!« Die Whiskeyflasche flog in hohem Bogen und verfehlte den Sergeanten nur knapp, während die Jive Boys sich auf die Hilfspolizisten stürzten, welche die Demonstranten von der Straße holen wollten. Der Polizist, der Sarah hochgehoben hatte, sagte: »Scheiße!«, als einer der jungen Männer ihn angriff. Sarah sah eine Klinge in der Hand des Jivers blitzen. Der Polizist ließ sie los, und sie fiel wieder auf die Straße. Der Sergeant zog seine Pistole und schoss in die Luft.

Das war zu viel für das nervöse Pferd. Es bäumte sich auf und warf den jungen Polizisten ab. Schreiend lag er da und umklammerte sein Bein, während das Pferd kehrtmachte und mit lautem Hufgetrappel die leere Straße entlangraste. Jetzt wurde auch das Pferd des Sergeanten unruhig und tänzelte im Kreis. Es war ein einziges Chaos. Sarah sah hastig in die Runde, und ihr Blick fiel auf Mrs. Templemans regloses Gesicht, ihren blutigen Kopf.

Jetzt kam Bewegung in die Gruppe der festgenommenen Juden, sie breitete sich aus wie eine Welle, und einige von ihnen fingen zu rennen an. Andere, vor allem die älteren, drängten sich noch dichter zusammen. Die Frau mit dem Kinderwagen beugte sich schützend über ihr Baby. Eine Handvoll jüngerer Juden mischte sich unter die Schlägerei. Jetzt ertönte ein Schuss, und einer der Jive Boys, in die Brust getroffen, brach blutend zusammen. Man hörte Schreie, dann einen weiteren Schuss.

Sarah wurde erneut gepackt und aufs Trottoir gezerrt. Sie wollte sich wehren, aber eine ärgerliche Stimme mit Yorkshire-Dialekt schrie ihr ins Ohr: »Wir wollen dich doch bloß hier rausholen, du dumme Kuh!« Sie blickte auf und sah den Jungen mit dem Uni-Schal und dem Dufflecoat, den sie an der Seite des Mädchens bemerkt hatte. Überall hatten sich die Juden jetzt auf die Flucht begeben, sie rannten in eine schmale Seitengasse neben einem Pub. Man hörte abermalige Schüsse. Sarah sah neben sich den alten Juden mit der Melone zusammenbrechen. Auf der gegenüberliegenden Straßenseite sah man, wie die Verkäuferin, die die Weihnachtsdekoration aufgestellt hatte, jetzt ängstlich hinter einer Ladentheke kauerte. Ein loser Strang Flittergold hing verloren im Schaufenster.

Sarah folgte dem jungen Pärchen in eine weitere Seitengasse. Der junge Mann rannte durch die offene Tür eines Wohnhauses und betrat ihnen voraus ein dunkles, übel riechendes Treppenhaus. Keuchend blieben sie stehen. Draußen rannten Flüchtende vorbei, ihre Schritte hallten auf den Pflastersteinen. Sarah hörte mehrere Schüsse, dann die Trillerpfeife eines Polizisten, immer wieder.

»Joe«, sagte das Mädchen atemlos, »wir müssen weiter!« Sie sprach wie Sarah, mit dem Akzent der Mittelklasse.

Der junge Mann schüttelte ungeduldig den Kopf. »Nein. Gleich werden sie zu Dutzenden anrücken. Versteck dich hier drunter.« Er schob sich in eine feuchte Nische unter der Treppe. Das Mädchen folgte ihm. »Kommen Sie schon, Lady«, forderte sie Sarah ungeduldig auf. Sarah quetschte sich neben sie und spürte ihre Körperwärme. Neben ihnen stand eine große Mülltonne, die nach faulenden Gemüseabfällen stank. Sarah fühlte sich kalt und klamm, aber merkwürdig ruhig.

»Mein lieber Mann«, sagte Joe, »ich dachte, das war's jetzt für uns.«

In der Ferne hörte man das laute Heulen einer Polizeisirene. Das Mädchen begann zu weinen. »Sie haben geschossen, sie haben Menschen umgebracht.« Ihre Stimme wurde hysterisch. Sarah packte sie bei den Schultern. »Bitte, bitte«, sagte sie, »wir müssen leise sein.«

Das Mädchen schluchzte noch ein paar Male, dann sah sie ihren Freund an. »Was sollen wir bloß tun, Joe? Wohin können wir gehen?«

»Wir warten, bis es dunkel ist, dann fahren wir zu Marks Freund in Watford.« Er griff nach dem gelben Anstecker an seinem Mantel. »Erst mal will ich dieses verfluchte Ding loswerden. Und unsere Ausweise brauchen wir auch nicht mehr.« Er zerrte an seinem Abzeichen, aber seine Hände zitterten so stark, dass er es nicht vom Mantel bekam. Das Mädchen war jetzt entspannter und legte ihre Hand auf die seine. »Nein, Joe, du musst die Nadel öffnen. Wenn dein Mantel an der Stelle kaputt ist, sieht man doch gleich, dass du dort etwas abgerissen hast.«

»Okay. Kannst du das machen, Ruth? Ich – ich schaffe das nicht.«

Gemeinsam entfernten sie ihre Anstecknadeln, dann nahmen

sie ihre Ausweise mit dem gelben Stern auf der Vorderseite, zerrissen sie und warfen die Schnipsel in die stinkende Abfalltonne. Sarah spitzte die Ohren; sie hatte Angst, jemand könnte aus einer Wohnung kommen und sie entdecken. Aber die Hausbewohner hatten vermutlich die Schüsse gehört und sich in ihren vier Wänden verschanzt. Sie wandte sich an den jungen Mann. »Ich danke Ihnen«, sagte sie atemlos. »Danke, dass Sie mich gerettet haben.«

Joe lächelte, seine weißen Zähne blitzten im Dunkel. »Ist schon gut.« Es war schwer zu sehen in der Dunkelheit, aber Sarah wusste, dass er errötete. *Sie sind doch noch Kinder,* dachte sie verzweifelt.

Ruth sagte: »Sie haben uns geholfen. Sie und Ihre Freundin.«

Sarah hatte einen Kloß im Hals. »Meine Freundin ist tot.«

»Ich weiß. Ich habe es gesehen.« Das Mädchen fing wieder zu weinen an.

Vorsichtig wagte Joe einen Blick aus der Nische. »Dort draußen liegen eine ganze Menge Tote.« Seine Stimme zitterte.

»Was ist passiert?«, fragte Sarah. Wohin wollten die euch bringen?«

»Sie schaffen alle in London gemeldeten Juden aus der Stadt. Wohin, das wissen wir nicht. Ich wohne im Studentenheim, sie kamen heute Morgen um sieben Uhr, um uns abzuholen.« Sie schlug die Hände vors Gesicht.

»Ich dachte, Juden dürften gar nicht mehr studieren.«

Joe erklärte: »Wir starteten, kurz bevor dieses Gesetz in Kraft trat. Deshalb gibt es im letzten Studienjahr noch ein paar von uns.« Er sah seine Freundin an. »Du hattest recht, als du sagtest, eines Tages würden sie uns holen.« Er blickte Sarah an, in seinem Gesicht arbeitete es heftig. »Ich dachte, Juden wären sicher. Ich hätte nie gedacht, dass unsere Regierung uns ausweisen würde. Ein Verbrechen gegen den Nationalstolz, gegen das sprichwörtliche britische Fairplay«, fügte er mit bitterer Stimme hinzu. »Wenn sie uns auch unsere Arbeit und unsere Geschäfte nehmen, so dachte ich doch, sie würden es nicht derart weit kommen lassen, uns an die Deutschen auszuliefern. Aber das tun sie jetzt, etwas anderes kann es gar nicht sein.«

Ruth sagte leise: »Das hat Beaverbrook offenbar in Berlin mit den Nazis ausgehandelt.« Joe schüttelte den Kopf. »Das müssen sie schon seit längerer Zeit geplant haben.«

»Vielleicht war es ein Alternativplan«, sagte Sarah. »Und jetzt zwingen die Nazis sie, ihn umzusetzen. Die Behörden hecken immer Alternativpläne aus, mein Mann arbeitet im Staatsdienst ...«

Auf einen Schlag wurde Joes Gesicht feindselig. »Tut er das?«

»Er ist in der Dominionverwaltung, die haben mit diesen Dingen nichts zu tun ...«

»Die haben alle etwas damit zu tun, alle, die für Beaverbrook und Mosley arbeiten.«

»Nicht so laut«, mahnte Ruth.

Joe sprach weiter, leiser jetzt, aber immer noch mit Zorn in der Stimme. »Nun ja, jetzt wissen wir, was wir vom britischen Fairplay zu halten haben, wenn es hart auf hart kommt. Von dem Moment an, in dem man uns festgenommen hat, haben die Leute doch nur dagestanden und zugesehen oder sind in ihren Autos an uns vorbeigefahren. Haben sich möglichst unsichtbar gemacht.«

»Bis auf den alten Mann«, sagte Ruth. Sie sah Sarah an. »Und Ihre Freundin.«

»Erst als die Jive Boys kamen, ist wirklich etwas passiert.« Joe lächelte traurig. »Obwohl es denen auch egal ist, was mit uns passiert; ich habe viele Geschichten darüber gehört, wie sie Juden verprügelt haben. Sie sahen einfach eine Schlägerei und mischten mit.«

In Sarahs Kopf tobten die Gedanken. Ihretwegen war Mrs. Templeman hergekommen. Sie hatte sie immer nur für eine herrische alte Frau gehalten. Und dann tat sie etwas so unglaublich Mutiges. Es wurde ihr heiß und kalt bei dem Gedanken, dass sie selbst ebenfalls hätte getötet werden können. Sie hatte befürchtet, David könnte sie verlassen, aber wenn sie erschossen worden wäre, hätte sie ihn verlassen.

Der Junge nahm sie beim Arm und brachte sie in die Gegenwart zurück. »Da draußen ist es jetzt ruhig. Es wird es aber nicht lange so sein. An Ihrer Stelle würde ich gehen, solange es möglich ist. Besitzen Sie einen Ausweis?«

»Ja, sicher.«

»Wo wohnen Sie?«

»In Kenton, in der Nähe von Pinner.«

»Sie sollten diesen Mantel nicht anbehalten, er ist zu auffällig. Sie haben damit auf der Straße gesessen, und man wird eine blonde Frau suchen, in Ihrem Alter und in einem grauen Mantel«, sagte Ruth.

»Tauschen wir die Mäntel. Dufflecoats tragen viele Leute«, gab Sarah zurück.

Sie traten aus der Nische, und während Joe die Eingangstür im Auge behielt, tauschten die beiden Frauen die Mäntel. Ruths Dufflecoat war Sarah ein bisschen zu eng. Sie hob ihre Handtasche auf und nahm ihren Geldbeutel heraus. »Hier, nehmen Sie mein Geld.« Sie hielt Ruth zwei Zehn-Schilling-Scheine und eine Handvoll Münzen hin. »Bitte. Ich habe eine Rückfahrkarte. Ich brauche heute kein Geld mehr.«

Joe zog ein skeptisches Gesicht, aber Ruth nahm das Geld. »Vielen Dank.«

Sarah fragte: »Wo wohnen Ihre Familien?«

Ruth sagte: »Meine Familie wohnt in Highgate, aber die sind bestimmt auch mitgenommen worden.« Sie errötete. »Ich habe die Nacht bei Joe verbracht.«

»Meine Leute sind in Bradford. Dort werden sie die Juden vermutlich auch zusammentreiben.« Joe versagte die Stimme, und Sarah sah, dass es mit seiner Fassung am Ende war. »Gehen Sie jetzt, Lady«, sagte er barsch. »Gehen Sie schon.«

Ruth nahm sie beim Arm. Sarahs grauer Mantel war zu groß

für die junge Jüdin. »Wir werden nie vergessen, was Sie und Ihre Freundin getan haben.«

Sarah lächelte. »Viel Glück«, sagte sie, dann holte sie tief Luft und trat hinaus. Alles war still, kein Mensch war zu sehen. Sie schob sich die Tasche über den Arm und ging davon, in Richtung Tottenham Court Road. In der Ferne heulten Sirenen. Sie hatte weiche Knie, aber sie zwang sich weiterzugehen, in Richtung Untergrundbahn, die sie nach Hause brachte.

18

Das Krankenhaus zu finden war komplizierter, als David angenommen hatte. Obwohl sie schon in unmittelbarer Nähe Birminghams waren, fuhren sie jetzt auf schmalen Landstraßen, gesäumt von Bäumen und mit nur wenigen Wegweisern. Und nachdem etwas nasser Schnee gefallen war, fing es nun auch noch an, neblig zu werden.

Wieder diskutierten sie, wie sie mit Frank Muncaster umgehen sollten: vor allem vorsichtig und mitfühlend. Schweigend fuhren sie weiter, und David dachte darüber nach, was Natalia ihm über die slowakischen Juden erzählt hatte. Er wusste, sie hätte nichts tun können, um diesen Menschen zu helfen, und der Gedanke machte ihm Angst. Er fragte sich, wie Sarah reagieren würde, wenn sie wüsste, dass er Halbjude war. Sie fand es abstoßend, wie man die Juden in England behandelte, aber es war doch noch etwas anderes, mit einem verheiratet zu sein. Solche Vorurteile konnten tief verwurzelt sein, es hatte sie schon vor den Vierzigerjahren gegeben, als die antijüdische Propaganda ihren Anfang nahm.

Seine Gedanken wurden von Geoff unterbrochen. »Wir sind da«, sagte er leise. Sie hatten eine Weggabelung erreicht, wo ein

Wegweiser zur Nervenklinik Bartley Green deutete. Sie fuhren durch ein Wäldchen, dann sahen sie vor sich auf einem Hügel ein großes viktorianisches Backsteingebäude mit einem Wasserturm und gepflegten Gärten, das Ganze von einem hohen Holzzaun umgeben, durch den Nebel drang ein Lichtschein. David hatte nicht erwartet, dass es so groß und imposant sein würde.

Die Straße führte am Zaun entlang zu einem hohen eisernen Tor. Daneben das Pförtnerhaus mit einem Fenster, von dem aus man die Straße überblickte. Sie rollten weiter, vorbei an einer Schwester im dunklen Cape, die auch aufs Tor zuging, und einem älteren Ehepaar, die Köpfe gebeugt. David spähte durch das Gitter des Tores, von wo eine lange, gerade Straße zum Hauptgebäude führte. Natalia hielt an. »Geht ihr beide und redet mit dem Pförtner«, sagte sie.

David und Geoff stiegen aus. Es war etwas wärmer hier, aber sie waren von nasskaltem Nebel umgeben. Sie gingen zum Fenster, wo die Krankenschwester mit dem Pförtner sprach. Vor ihnen stand schweigend das ältere Ehepaar. Der Pförtner war ein kleiner älterer Mann; seine schwarze Uniform erinnerte David an Sykes am Empfang der Dominionverwaltung. Das große Schlüsselbrett hinter ihm fehlte ebenfalls nicht. Ein jüngerer Pförtner saß an einem Schreibtisch, neben ihm das Schaltpult der Telefonzentrale.

»War ziemlich viel los zur Besuchszeit, aber das Schlimmste ist inzwischen vorbei.« Der Pförtner gab der Schwester einen Schlüssel und wandte sich dem älteren Ehepaar zu, das vor David und Geoff stand. Der alte Mann sprach im Dialekt des Black Country: »Wir möchten unsere Tochter besuchen. Amy Lascelles, Station Domville.«

Der Pförtner schüttelte vorwurfsvoll den Kopf. »Die Besuchszeit ist fast abgelaufen.«

»Es ist ein weiter Weg von Walsall hierher.«

Der Pförtner seufzte. »Ausweise?«

Das Ehepaar zeigte sie, und der Pförtner notierte einen Eintrag in sein Buch. »Okay«, sagte er. »Warten Sie bitte einen Moment.« Er wandte sich an David und Geoff. »Ja, meine Herren?«

»Wir möchten ebenfalls einen Patienten besuchen. Frank Muncaster«, erwiderte David. »Tut uns leid, dass wir ein bisschen spät dran sind, aber wir kommen aus London.«

Der Pförtner wurde höflicher, als er Davids Akzent bemerkte. »Weiß man auf der Station, dass Sie kommen, Sir?«

David holte tief Luft. »Nein. Dieser Herr hier und ich sind alte Schulfreunde von ihm. Wir hörten von einem Freund aus der Universitätszeit Dr. Muncasters, dass er hier ist – das hat uns ziemlich schockiert. Also beschlossen wir, herzukommen und ihn zu besuchen.«

Der Pförtner blickte hinüber zu Natalia, die im Auto saß. »Und die Dame?« Geoff sagte: »Das ist eine Freundin von mir. Sie hat uns gefahren.«

»Nun ja, ich denke, das ist in Ordnung. Darf ich Ihre Ausweise sehen?«

David gab ihm die gefälschten Ausweise. Der Pförtner trug die falschen Namen in sein Buch ein, dann wandte er sich an den jungen Mann an der Schaltzentrale. »Ruf auf Station Iron-bridge an, Dan, und gib Bescheid, dass Besucher für Muncaster kommen. Sie sollen jemanden an den Eingang schicken, um sie abzuholen. Muncaster ist heute ein gefragter Mann«, fügte er hinzu.

David sah Geoff an. »Was meinen Sie damit?«, fragte er wie beiläufig.

»Nun, vorhin kamen zwei Polizeibeamte, hatten wahrschein-lich weitere Fragen wegen des Unfalls.« Der Pförtner lehnte sich bequem auf das Fenstersims. »Sie wissen vermutlich, dass er sei-nen Bruder angegriffen und aus dem Fenster geworfen hat? Ich begegnete ihm, als man ihn einlieferte, er sah gar nicht so ge-walttätig aus, aber man kann natürlich nie wissen. Ich erinnere mich noch an einen Mann, der war jahrelang mäuschenstill, bis er eines Tages zwei Wärter und einen Arzt so schnell bewusstlos schlug, dass man es kaum fassen konnte.« Der Pförtner schüttelte mit lustvollem Erschauern den Kopf.

Der jüngere Mann drehte sich vom Telefon um. »Mr. Hall wird an der Tür auf die Besucher warten.«

»Mach ihnen bitte das Tor auf.«

Der junge Pförtner ging hinaus und rasselte mit dem Schlüsselbund. Die Schwester war bereits durch die Seitentür verschwunden. David und Geoff setzten sich wieder ins Auto. Der Pförtner öffnete das Tor, sie fuhren hindurch, und das ältere Ehepaar folgte ihnen zu Fuß. Als Natalia den Motor anließ, erzählte David ihr vom Besuch der Polizei. Sie hörten, wie das Tor hinter ihnen zufiel.

»Und worum ging es?«

»Das wusste er nicht. Er vermutet, es war wegen der Sache mit Franks Bruder.«

»Wir müssen diesen Ben Hall fragen. Es kann nichts allzu Ernstes sein, sonst hätte er uns gewarnt. Aber wir wissen ja, dass die Akte bei der Polizei noch offen ist.«

Kurz hinter dem Tor führte eine Betonbrücke über einen breiten Graben mit steilen Seitenwänden, in dem schlammiges Wasser stand. Dahinter befand sich eine hohe, dichte Ligusterhecke, die als Sichtschutz diente. David blickte die Straße hinunter auf das große Gebäude. Als sie sich der Tür näherten, sahen sie, wie ein untersetzter junger Mann in einer kurzen braunen Uniformjacke heraustrat und auf der Treppe stehen blieb. Er war in den Dreißigern und hatte ein sympathisches, aber faltiges und frühzeitig gealtertes Gesicht mit einer gebrochenen Nase. Am Gürtel trug er eine Kette, an der eine Trillerpfeife und ein Schlüsselbund hingen. Natalia parkte auf einer Seite der Treppe. »Okay«, sagte sie, »das ist unser Mann, ich kenne ihn vom Foto her. Ich bleibe hier. Viel Glück.« David und Geoff stiegen aus. Der junge Mann lächelte und streckte die Hand aus, wobei er sie mit scharfem Blick musterte.

»Mr. Ladyman und Mr. Hedges?« Er sprach mit starkem Glasgower Akzent.

»Ja«, erwiderte David. »Ich bin Hedges. Guten Tag.«

»Hi. Danke, dass Sie gekommen sind. Frank wird sich freuen, Sie zu sehen.«

David blickte zurück. Das alte Ehepaar hatte jetzt ebenfalls beinahe die Treppe erreicht. Beide hielten schamhaft die Köpfe gesenkt, während sie sich dem Gebäude der Psychiatrie näherten.

Die Wände im Inneren des Hauses waren im typischen Anstaltsgrün gehalten, beim Fußboden handelte es sich um abgenutztes Parkett. Ben schloss eine schwere Innentür auf, hinter der sich ein langer Korridor öffnete. Sie begegneten zwei Männern in Uniformen aus grauem Wollstoff, die sie gleichgültig musterten. Sie trugen ihr Haar in albern wirkenden Topffrisuren, unter denen ihre Ohren wie Henkel abstanden.

»Der Pförtner sagte, Frank habe heute schon Besuch von der Polizei erhalten«, sagte David leise.

»Das stimmt.« Der Wärter sprach seinerseits leise. »Darüber können wir uns im Büro unterhalten.«

»Sie scheinen eine ziemlich hohe Sicherheitsstufe zu pflegen«, sagte Geoff.

»So ist es. Hier kommt man nur mit einem Schlüssel vom Pförtner rein, und alle inneren Türen sind ebenfalls verschlossen.« Ben wandte sich an David und sagte im Plauderton: »Also waren Sie und Frank gute Freunde?«

»Ja, an der Uni. Allerdings haben wir uns jahrelang nicht mehr gesehen.«

»Er scheint große Stücke auf Sie zu halten«, sagte Ben. »Er erinnert sich auch an Ihren Freund, aber an Ihnen scheint er am meisten zu hängen. Ich habe ihn in einen kleinen Raum gebracht, wo es etwas privater ist.«

»Sind denn noch andere Besucher anwesend?«

»Ein paar. Die meisten sind schon wieder weg, die bleiben nicht lange. Die meisten armen Teufel hier bekommen keinen Besuch. Die Familien kommen ein, zwei Jahre lang, dann bleiben sie weg. Sie schämen sich, wenn sie sehen, wo ihre Verwandten gelandet sind.«

»Sie sagten, Frank hänge an mir?«, sagte David unbehaglich. »Das klingt ein bisschen wie bei einem Hund.«

Ben nickte. »Ja, so ist er auch. Wie ein geprügelter Hund, der einen guten Herrn sucht.«

»In vielerlei Hinsicht ist er aber auch sehr klug«, erwiderte David in leicht vorwurfsvollem Ton.

Wieder nickte Ben. »Das behält er entschieden für sich. Er spricht im Allgemeinen nicht viel. Vielleicht wird er sich Ihnen gegenüber ein wenig redseliger zeigen. Wenn möglich, sollten Sie erwähnen, dass Sie ihn hier rausholen könnten.« Er öffnete eine weitere Tür mit dicken Glasscheiben, und sie traten in einen großen Raum, in dem etwa zwei Dutzend Männer, alle in den gleichen grauen Anzügen, herumstanden oder vor dem Fernseher hockten. Einige saßen um einen großen Tisch und klebten bunte Weihnachtsketten aus Papier, angeleitet von einem älteren Mann in einer braunen Uniform, wie Ben sie trug. Es roch nach Tabakrauch und Desinfektionsmittel. In einer Ecke unterhielt sich ein junger Mann mit einem älteren Ehepaar, das besorgt und verängstigt wirkte. Wahrscheinlich Eltern, die ihren Sohn besuchten. Interessiert musterten die Bewohner der Station die zwei gut gekleideten Männer.

»Besuch für Muncaster«, informierte Ben einen älteren Wärter.

»Der ist ja heute schwer gefragt.«

»Stimmt«, erwiderte Ben locker, »wo ist er?«

Der andere Wärter deutete mit dem Kopf auf eine der Türen, die aus dem Hauptraum hinausführte. »Schmollt im Ruheraum vor sich hin, wie immer.« Seine Stimme klang gelangweilt und verächtlich.

»Ich will noch kurz mit diesen beiden Jungs im Büro sprechen.« Ben ging mit David und Geoff in einen kleinen Raum mit einem Schreibtisch, zwei ramponierten Sesseln und einem großen verschlossenen Wandschrank. Er schloss die Tür.

»Was war das mit der Polizei?«, fragte David sofort.

Bens Gesicht wurde ernst. »Zwei davon kamen heute Vormittag und wollten Frank sehen. Ich war nicht hier, aber ich habe später mit Frank gesprochen. Soweit ich ihn verstanden habe, handelte es sich um einen neuen Inspektor, der den Fall mit seinem Bruder übernommen hatte und ihn dazu befragen wollte. Das jedenfalls erzählte mir Frank. Die Polizei ist sich noch nicht sicher, ob sie Anklage erheben wollen. Ich denke, es ist schon in Ordnung. Zumindest hoffe ich es. Aber Frank war starr vor Angst.«

»Hat er den Polizisten etwa erzählt, dass wir kommen?«, fragte David mit besorgter Stimme.

»Er sagt, er habe nichts davon erzählt. Ich hatte ihm auch gesagt, er solle es niemandem gegenüber erwähnen, damit die Bürokraten Sie da nicht mit hineinziehen.«

»Würden sie das denn tun?«

Ben zuckte mit den Achseln. »Schon möglich. Frank ist ein Problem für sie, er hat keine Verwandten oder Freunde, die sich um seine Angelegenheiten kümmern. Jedenfalls wollte ich Ihren Besuch nicht an die große Glocke hängen.«

Geoff fragte: »Was wissen Sie über den Grund für unsere Anwesenheit?«

Ben sah ihn an. »Nicht mehr, als dass unsere Leute sich sehr für Frank interessieren.« Er lächelte höhnisch. »Das heißt aber nicht, dass sie jemandem wie mir alle Einzelheiten auf die Nase binden würden. Ich weiß doch, dass Sie den hohen Tieren in London Bericht erstatten, wichtigen Leuten wie Sie selbst. Und jetzt«, sagte er sachlich und sah David an, »ist mir auch klar, dass Sie zunächst mit Frank allein sprechen wollen.«

»Das war die Absicht«, bestätigte David. Er dachte daran, wie weit das Netzwerk der Resistance gespannt war, wie wenig jedoch deren Mitglieder voneinander wussten. Durch den kleinen

Seitenhieb auf seine Klasse erriet David, dass der schottische Wärter ein Linker war, vielleicht sogar Kommunist. Vielleicht hatte er prinzipiell etwas gegen Leute wie ihn.

»Frank will weg von hier, nicht wahr?«, fragte David plötzlich.

»O ja.« Ben sah ihn an. »Ich habe ihn davor gewarnt, was man hier mit manchen Patienten anstellt. Elektroschocks und diese Lobotomien, Gehirnoperationen.«

David runzelte die Stirn. »Um ihm Angst einzujagen?«

»Um ihn zu warnen«, sagte Ben. »Verstehen Sie, Kumpel, der Chefarzt spricht bereits davon, ihn mit Elektroschocks zu behandeln.« Er blickte David ins Gesicht. »Und trotzdem, Frank musste immer wieder angefeuert werden, ehe er endlich etwas unternahm, um von hier zu verschwinden. Die Medikamente entspannen ihn, aber trotzdem hat er immer noch Angst vor seinem eigenen Schatten. Sitzt den ganzen Tag im Ruheraum und starrt aus dem Fenster. Es war nicht leicht, ihn zu überreden, Sie anzurufen.«

»Vergessen Sie nicht, dass ich sein Freund bin.«

»Wir alle sind seine Freunde, mein Bester.«

Geoff fragte: »Was für ein Mensch ist der Chefarzt?«

»Ein Idiot«, sagte Ben verächtlich. »Frank traut ihm nicht über den Weg, er hat ihm nichts davon erzählt, was mit seinem Bruder war.« Aufmerksam blickte er von einem zum anderen. »Und mir haben unsere Leute gesagt, dass ich in dieser Hinsicht keinen Druck auf ihn ausüben soll. Ich weiß nur das, was alle wissen, nämlich, dass sie sich gestritten haben und der Bruder aus dem Fenster gefallen ist. Und dass deshalb die Polizei gerufen wurde. Einer der Nachbarn sagte, Frank habe etwas vom Ende der Welt gefaselt. Und deshalb haben sie ihn hergebracht. Ich fragte mich immer wieder, was er wohl damit gemeint haben kann.«

»Wer weiß?«, sagte Geoff und schüttelte den Kopf.

»In Ordnung, Leute«, sagte Ben geschäftig. »Gehen wir jetzt zu ihm.« Er sah Geoff an. »Warten Sie bitte vorläufig noch hier draußen.«

Sie schritten in den Aufenthaltsraum. David betrachtete die Männer, die sich im Fernsehen das Kinderprogramm ansahen; es lag etwas furchtbar Trauriges und Hoffnungsloses darin, wie sie so krumm auf ihren Plätzen hingen. Das ältere Ehepaar saß immer noch bei dem jungen Mann. Er kehrte ihnen den Rücken zu, sein Gesicht war rot vor Zorn. Die Frau weinte.

Ben führte sie in einen kleineren Raum mit schweren alten Ledersesseln und einem riesigen viktorianischen Gemälde an der Wand, das einen von Hunden eingekreisten Hirsch zeigte. In der Ecke stand ein grauhaariger Mann, der am ganzen Körper zitterte. Ben trat zu ihm und sagte behutsam: »Würden Sie bitte in den Aufenthaltsraum zurückgehen, Harris, wir möchten uns ein wenig mit Muncaster unterhalten.« Der Mann nickte und ging hinaus.

David blickte hinter ihm her. Ben erklärte: »Schützengrabenschock aus dem Großen Krieg, der arme Teufel.«

Zuerst dachte David, es sei sonst niemand im Zimmer, doch dann erhob sich eine schmale, grau gekleidete Gestalt aus einem der hohen Sessel, die zum Fenster gerichtet waren. Frank Muncaster starrte ihn an, dann lächelte er – nicht die peinliche, starre Grimasse, an die David sich erinnerte, sondern ein scheues, fast ungläubiges Lächeln. »David?«, sagte er im Flüsterton, als könne er es nicht ganz glauben.

»Hallo, Frank.« Verlegen trat David auf ihn zu und streckte die Hand aus. »Tut mir leid, dass wir etwas spät dran sind.«

Mit dem schlurfenden Schritt eines alten Mannes trat Frank näher. Sein Gesicht war bleich, und sein dichtes braunes Haar war zu einem unordentlichen Mopp kurz geschnitten, unter dem seine großen Ohren abstanden; seine Krankenhauskleidung schlotterte an ihm und war gleichzeitig zu kurz. Er reichte David die Hand, und David schüttelte sie, vorsichtig, wegen seiner verkrüppelten Finger. Sie fühlte sich schlaff und feucht an. Der Ausdruck in Franks Augen wirkte unendlich müde.

»Du hast dich nicht sehr verändert«, sagte Frank. »Ich kann es kaum glauben, dass du hier bist«, fügte er mit zitternder Stimme hinzu.

Einen Moment herrschte verlegene Stille, dann raffte Frank sich auf. »Leg deinen Mantel ab. Setz dich. Danke, dass du gekommen bist.«

»Gern geschehen.«

Sie nahmen einander gegenüber Platz. Ben postierte sich an der Tür, gerade noch in Hörweite. Frank blickte hinüber zu ihm, leicht unruhig, wie David befand. »Kann ich allein mit ihm reden?«, fragte er.

Mit dickem Glasgower Akzent sagte Ben: »Ich habe Anweisung dazubleiben.«

David bot Frank eine Zigarette an.

»Danke, ich rauche nicht.«

»Natürlich. Hatte ich vergessen. Macht es dir was aus, wenn ich rauche?«

»Nein.« Frank warf einen Blick aus dem Fenster. »Ich habe hier gesessen und den Nebel angeschaut«, sagte er leise. »Vorhin hat es ein wenig geschneit. Es tut mir leid, dass du dich am Wochenende hierherbegeben musstest.«

David beugte sich vor. »Ich wollte doch sehen, ob ich dir irgendwie helfen kann, alter Knabe.«

»Wie geht es übrigens deiner Frau?« Frank zog die Brauen zusammen. »Lizzie heißt sie doch, nicht wahr?«

»Sarah. Ihr geht es gut.«

»Natürlich.« Frank schüttelte den Kopf. »Lizzie war unsere Hausgehilfin, als ich klein war.« Er runzelte die Stirn. »Mir geraten die Dinge im Moment etwas durcheinander. Die Medikamente machen mich müde. Es tat mir leid, als ich von eurem kleinen Jungen hörte«, fügte er hinzu und blickte zu Boden.

»Danke.« David lächelte. »Und danke auch für deinen Brief damals.«

»Wie lange ist das jetzt her?«

»Mehr als zwei Jahre.«

Frank nickte traurig.

»Wie wirst du hier behandelt?«, fragte David nach einer kleinen Pause.

»Nicht schlecht.«

»Ben sagte mir, dass du viel Zeit allein in diesem Raum verbringst.«

»Ja. Hier ist es ruhig.« Frank blickte hinüber zu Ben. »Ben hat mich auch überredet, dich anzurufen. Er interessiert sich ein wenig für – für meinen Fall. Warum, weiß ich nicht«, sagte er leise.

Es folgte eine weitere kurze Pause. Schließlich sagte Frank mit einem kleinen mühsamen Lachen: »Die anderen Pfleger wollen immer, dass ich in den Aufenthaltsraum gehe, mich unter die anderen Patienten mische. Aber die sagen auch nicht viel, und manche – machen mir Angst.« Er wandte den Blick ab. »Obwohl die vor mir vielleicht auch Angst haben, nach dem, was ich getan habe.«

»Wir haben von Ben ein bisschen was darüber gehört«, sagte David.

Plötzlich wurden Franks Augen hellwach und misstrauisch. »*Wir?* Ich dachte, du bist allein gekommen. Wer ist denn sonst noch …«

David hob beruhigend die Hand. »Geoff begleitet mich. Er arbeitet jetzt in der Kolonialverwaltung. Ich hatte ihm erzählt, dass du angerufen hast. Mein Auto ist in der Werkstatt, und seine – Freundin hatte angeboten, mich zu fahren. Er ist draußen, aber ich wollte zunächst allein mit dir sein.« Die Lügen gingen David glatt von den Lippen, aber er hatte in letzter Zeit auch viel Übung gehabt.

Frank wirkte erleichtert. Er seufzte so tief, dass sein magerer Leib bebte. »Tut mir leid«, sagte er. »Die Polizei war heute schon da, deshalb bin ich etwas nervös.«

»Richtig«, rief Ben in lockerem Ton von der Tür her. »Es ging darum, ob Anklage erhoben werden soll. Und Frank dachte schon, Sie seien früher als geplant angekommen.«

»Was wollten sie, Frank?«

»Der Inspektor sagte, sie würden die Sache vielleicht fallen lassen. Aber ich weiß es nicht. Mit ihm war noch ein Sergeant da, ein großer, wortkarger Mann. Der war mir nicht ganz geheuer.«

»Warum nicht?«

»Keine Ahnung. Er hatte irgendetwas an sich.« Frank runzelte die Stirn. »Du hast meinen Bruder nie kennengelernt, oder?«

»Nein. Er ging nach Amerika, kurz bevor wir nach Oxford gingen.«

»Er kam zur Beerdigung rüber, nachdem unsere Mutter gestorben war. Es ist erst ein paar Wochen her, aber es kommt mir vor wie Jahre. Und damit fing alles an.« Er schüttelte den Kopf.

»Das tut mir leid«, sagte David.

»Sie hatte einen Schlaganfall. Sie hat nicht lange gelitten.« Frank klang fast gleichgültig. David erinnerte sich an das schreckliche Verlustgefühl, als seine Mutter gestorben war. Aber er wusste, dass Frank und seine Mutter nie ein enges Verhältnis zueinander hatten.

»Edgar ist geschieden«, fuhr Frank fort. »Er wollte, dass Mutters Haus schnell verkauft wird. Er ist ein Säufer und konnte schon immer schnell unangenehm werden. Jedenfalls kam er eines Tages in meine Wohnung, und ich verlor die Geduld mit ihm. Ich schubste ihn, und er fiel aus dem Fenster. Es war ein Unfall, der Fensterrahmen war verfault. Eigentlich war es viel Lärm um nichts«, fügte er mit seinem verkrampften Lächeln hinzu. Er hatte zügig, aber deutlich gesprochen, als hätte er es geprobt oder auswendig gelernt.

»Das passt aber gar nicht zu dir, so auszurasten, Frank«, sagte David vorsichtig.

»Nein. Und wenn es mir nicht passiert wäre, wäre ich auch nicht hier.« Er lachte kurz, aber es klang traurig. »Wenn ich ehrlich bin, habe ich schon immer Angst gehabt, eines Tages an einem Ort wie diesem zu landen. Ich weiß, dass man mich auch dort, wo ich arbeite, für ziemlich merkwürdig hält.« Er zögerte. »Vielleicht dachtet ihr das ja ebenfalls.«

»Nein. Du warst bloß schüchtern, mehr nicht.«

Frank sah ihn an. »Es war wirklich nur ein Unfall.«

David dachte, sagte es aber nicht: *Und das Geschrei vom Ende der Welt?*

»Das Problem ist«, fuhr Frank fort, »dass das Krankenhaus versucht hat, mit Edgar Verbindung aufzunehmen, aber er ruft nicht zurück. Ich kann es ihm auch nicht verdenken. Andererseits ist er nun einmal der einzige Verwandte, den ich noch habe, und deshalb sitze ich ziemlich in der Tinte.« Er rieb seine Hände auf den Oberschenkeln – die beiden verkrüppelten Finger an seiner rechten Hand waren kreideweiß –, dann zupfte er mit seiner gesunden Hand nervös am Bezug des Sessels. »Ich habe genug Geld, um mich privat unterbringen zu lassen, dazu kommt dann noch das Geld vom Hausverkauf, aber im Moment geht gar nichts. Ich komme nicht dran, verstehst du, ich bin entmündigt, ich gelte als – Irrer. Ich brauche einen Betreuer, der mein Geld verwaltet. Vielleicht weißt du das, David, brauche ich wirklich einen Betreuer? Dein Vater ist doch Rechtsanwalt, könntest du den fragen?«

»Tut mir leid, Frank, mein Vater lebt in Neuseeland. Er ist schon vor Jahren ausgewandert …«

»Ach ja, natürlich. Das hast du mir in einem Brief geschildert.« Frank zögerte, dann sagte er hastig: »Es soll ein Gesetz verabschiedet werden, dass Irre sterilisiert werden sollen, wusstest du davon? Und hier behandelt man Patienten mit Elektroschocks und noch schlimmeren Sachen, Hirnoperationen. Ich will hier raus. Wenn ich irgendwo in eine private Einrichtung könnte, wäre es möglicherweise besser. Es wäre bestimmt sicherer für mich.«

»Sicherer?«

»Ich meine, wo ich mehr Ruhe hätte. Wo ich ein Zimmer für mich allein hätte und man mich einfach in Ruhe ließe. Ich

285

würde so etwas wie – wie das, was ich gemacht habe, nie wieder tun.«

»Ich werde sehen, was sich machen lässt.«

»Ich bin so müde, David.«

»Das merke ich, alter Freund.« David lächelte, bis Frank sich wieder einigermaßen gefangen hatte.

»Es kommt mir vor wie hundert Jahre, seit wir an der Uni waren. Ich war dir damals dankbar, dass du mich mit deinen Freunden mitgenommen hast, wenn ihr etwas unternommen habt. Ich weiß, ich war etwas sonderbar, das muss dir manchmal peinlich gewesen sein.«

Diese brutale Ehrlichkeit kam unerwartet, und David wusste nicht, was er erwidern sollte. Frank schüttelte den Kopf. »Unsere Gespräche haben mir immer viel Spaß gemacht, über Politik und andere Dinge. Die Welt hat sich stark verändert, überall nur noch Gewalt. Hier, in Europa, dann der Krieg in Russland. Kein Mensch hätte erwartet, dass es so schlimm werden könnte, oder?«

»Nein. Ich frage mich oft, wie wir das zulassen konnten.«

»Aber du bist ja noch viel näher dran an den Dingen, als Staatsbeamter.«

David vermied, ihn anzusehen. »Eigentlich nicht.«

»Ich habe immer versucht, möglichst nicht daran zu denken, sondern einfach ganz in Ruhe mein Leben zu leben. Wie es doch die meisten Menschen tun, nicht wahr?«

David blickte hinüber zu Ben, dann wieder zu Frank. »Ben sagte, du hättest, als du hier aufgenommen wurdest, etwas vom Ende der Welt geschrien. Hast du damit die allgemeine Verfassung gemeint, in der sich die Welt befindet?«

»Ja. Ja, genau das habe ich damit gemeint.« Frank sprach schnell, und David ahnte, dass es nicht die Wahrheit war. »David, das mit deinem Sohn tut mir wirklich leid«, sagte er wieder. »Das muss furchtbar für euch gewesen sein.«

»Er fehlt uns sehr.« Sie schwiegen.

Endlich sagte David: »Möchtest du Geoff nicht begrüßen? Er sitzt dort draußen vor der Tür.«

Frank zögerte einen Moment, dann seufzte er. »Klar, warum nicht?« David konnte verstehen, dass Frank in diesem Zustand von niemandem gesehen werden wollte, und er konnte sich denken, wie schwer und peinlich es für ihn gewesen sein musste, sich an ihn zu wenden. Aber andererseits wollten die Leute von der Resistance möglichst auch Geoffs Eindrücke berücksichtigen.

»Holen wir ihn rein«, sagte Ben. Mit einer Kopfbewegung deutete er an, David solle ihm folgen. David hatte gehofft, Ben würde allein gehen und ihm eine Minute Zweisamkeit mit Frank gönnen, aber es sollte nicht sein. Also stand er auf und schritt zur Tür. Im Vorbeigehen drückte er tröstend Franks Schulter. Zusammen mit Ben ging er durch den Aufenthaltsraum, wo neugierige Blicke ihnen folgten. Geoff saß im Büro und blickte hinaus in den Nebel.

»Er möchte Sie sehen«, sagte Ben.

Die drei gingen zurück in den Ruheraum. Geoff trat zu Frank und begrüßte ihn mit festem Händedruck. »Hallo, Frank«, sagte er.

»Danke, dass du gekommen bist. Tut mir leid, euch hierherzuzerren.«

»Ist schon in Ordnung«, sagte Geoff mit übertrieben munterer Stimme. »Wir müssen doch sehen, ob wir dir nicht irgendwie helfen können.«

»David schrieb mir, du lebtest in Afrika.«

»Ja, in Kenia. Aber ich bin schon seit ein paar Jahren zurück. Ich arbeite jetzt in der Kolonialverwaltung in London, gleich um die Ecke von David.«

»Bist du auch verheiratet?«

»Nein. Noch nicht.« Geoff ließ sein kleines, bellendes Lachen hören.

»Hast noch nicht die Richtige gefunden, was? Genau wie ich.« Frank lächelte traurig.

»Oh, ich hatte sie schon gefunden, aber für sie war *ich* nicht der Richtige.« Geoff biss sich auf die Lippe, dann sagte er leise: »Tut mir verdammt leid, dass du hier bist.«

»Weißt du, was ich meinem Bruder angetan habe?«, fragte Frank unvermittelt.

»Ja. Das war ziemlich überraschend zu hören. Er muss dich schwer provoziert haben.«

»Ja, da hast du recht«, Frank klang eifrig. »Das hat er. Das habe ich auch der Polizei erzählt.«

»Anscheinend war Franks Bruder ziemlich betrunken und unbeherrscht«, sagte David.

»Na also.« David sah Geoff an, der Franks Stimmung ein wenig aufgelockert hatte.

»Dein Bruder ist doch irgendwie Wissenschaftler, stimmt's?«, fuhr Geoff fort.

»Ja, stimmt.«

»Und er will dir nicht helfen?«

»Nein. Er reagiert nicht einmal auf meine Anrufe von hier.«

Geoff blickte zu Ben an der Tür. Dieser schüttelte fast unmerklich den Kopf.

»Hör mal, Frank«, sagte David. »Ich setze mich mit der früheren Kanzlei meines Vaters in Verbindung, ich will rausfinden, ob es dort jemanden gibt, der sich mit – nun ja, mit Fällen wie diesem auskennt. Wir werden sehen, was sich machen lässt.« Noch während er sprach, dachte er: *Unsere Leute werden mir das vermutlich gar nicht erlauben.* In Franks Augen standen Tränen, was die ganze Sache noch schlimmer machte. Er beugte sich vor, stützte den Kopf auf die gesunde Hand und begann zu weinen. Es klang verzweifelt, verloren. »Tut mir leid«, schluchzte er. »Es tut mir leid, aber ich kann – ich kann mich heute einfach nicht zusammenreißen.«

Geoff beruhigte ihn: »Ist schon in Ordnung.«

Frank zog ein schmutziges Taschentuch hervor und trocknete sich die Augen. Er blickte auf, sein Gesicht war rot. »Ich will einfach nur raus hier. Ich kann niemandem trauen, ich kann kaum mehr auseinanderhalten, was real ist und was nicht. Ach, wäre bloß Edgar nicht gekommen.«

David legte ihm die Hand auf die Schulter. »Wir helfen dir, Frank, wir tun alles, was wir können.« Er zögerte, dann fügte er hinzu: »Du kannst uns vertrauen. Aber erzähle niemandem etwas davon, dass wir hier waren, noch nicht.« Er sah Geoff an. »Erst müssen wir rausfinden, was als Nächstes zu tun ist.«

Danach ging Ben mit ihnen zurück in sein Büro. Sie zündeten sich Zigaretten an. »Mir scheint, Sie sind beide ziemlich fertig.«

»Nun ja, aber wir haben unsere Pflicht getan«, sagte David kurz. »Er will hier raus.«

Ben fragte: »Würden Sie mir zustimmen, dass es da etwas gibt, was er nicht verrät? Über seinen Bruder?«

David sah Geoff an, der langsam nickte. »Ja, das stimmt.«

»Er ist mit den Nerven ziemlich am Ende«, sagte David.

»Also«, sagte Ben, »und wie geht's jetzt weiter?«

»Ich weiß nicht«, erwiderte David. »Erst mal müssen wir unseren Bericht abliefern.«

»Diese Frau, die mit Ihnen gekommen ist, die leitet diese Sache, nicht wahr?«

»Natalia? Ja, so ist es.«

»Ich habe gehört, sie soll gut sein.«

David sah Ben an. »Frank vertraut darauf, dass ich ihn raushole. Aber er vertraut mir nicht genug, um mir alles über seinen Bruder zu erzählen. Und Ihnen vertraut er, wie ich glaube, auch nicht ganz; er versteht nicht, warum Sie ihm helfen wollen.«

Ben lachte trocken. »Also ist er doch nicht so irre, wie er scheint, oder?«

David sagte ärgerlich: »Sie haben ihm Angst eingejagt, um zu erreichen, dass er mich anruft.«

Ben wurde rot. »Steigen Sie bloß runter von Ihrem hohen Ross mit diesem moralischen Getue«, fauchte er. »Sie haben eine Aufgabe übernommen, genau wie ich.«

»David«, sagte Geoff und hob beschwichtigend die Hand. »Er hat recht.«

David winkte ab und funkelte Ben an. »Mir ist Frank nicht gleichgültig, das sollten Sie besser nicht vergessen.«

»Ist das so?« Ben beugte sich vor, er sprach leise und mit Wut im Bauch. »Dann sollten Sie wirklich darüber nachdenken, wie Sie ihn hier rausholen, mein Freund, ehe er das, was er so unbedingt geheim halten will, den falschen Leuten erzählt. Denn wenn das passiert, werden Mosleys Leute ihn abholen, und die werden nicht lange fackeln. Ich habe das 41 erlebt, als die Kommunistische Partei verboten wurde, damals hat man mir diese Nase verpasst. Die werden ihn ausquetschen wie eine verdammte Zitrone. Und das wollen wir alle nicht.« Er stand auf. »Also genug jetzt, oder wollen Sie, dass man hört, wie wir uns streiten?«

»Also wirklich …«

»Wir alle wollen doch, dass er in Sicherheit kommt«, sagte Geoff entschieden und sah Ben an.

David holte tief Luft. »In Ordnung. Aber vergessen Sie nicht, was ich gesagt habe.«

»Und vergessen *Sie* nicht, dass ich es bin, der hier für seine Sicherheit sorgt, tagein, tagaus. Und jetzt Schluss.«

Ben trat mit ihnen nach draußen, wobei er sorgfältig Tür um Tür auf- und wieder zuschloss. Der Nebel war jetzt mit Regen vermischt. Natalia saß noch immer im Auto. Sie hatte den Motor abgestellt, und David ging davon aus, dass sie fror. Die drei Männer standen auf der Treppe. Ben blickte sich um, dann gab er David einen Briefumschlag. »Ich habe die Schlüssel zu Franks Wohnung aus dem Sicherheitsschrank entwendet«, sagte er knapp. »Sie werden doch jetzt dort hingehen, oder?«

»Richtig. Natalia hat die Adresse.«

»Und Sie wissen, wo Sie die Schlüssel hinterher abzugeben haben? Weiß Natalia das auch?«

»Ich glaube schon.«

»Gut. Ich muss die Schlüssel wieder in den Schrank hängen, sonst handele ich mir Schwierigkeiten ein.«

»Wir sorgen dafür, dass sie zurückgegeben werden.«

Ben sagte: »Also gut.« Er tat einen tiefen Atemzug. »Man hat mir mitgeteilt, es könnte nötig werden, Frank zu entführen. Wenn er etwas Wichtiges weiß, was er nicht verraten will, dann ist es genau das, was die Bosse da oben machen werden. Versuchen, ihn außer Landes zu bringen.«

»Aber wie könnte man ihn hier rausholen?«, fragte David, »bei diesen Sicherheitsvorkehrungen? Und wenn jemand ihn mit Gewalt entführen wollte, würde er doch Zeter und Mordio schreien.«

Leise sagte Ben: »Es gibt nur einen Menschen, der imstande wäre, ihm etwas zu spritzen, um ihn ruhigzustellen, und dann das Personal hier zu überzeugen, dass man Frank mitnehmen darf. Und das bin ich. Und dann wird man einen Preis auf meinen Kopf aussetzen, Freundchen, und meinen Job bin ich auch los. Ich säße bis zum Hals in der Scheiße. Aber Sie können denen in London sagen, dass ich es machen werde, wenn sie es für nötig halten.«

David merkte, dass Ben entschlossen war. Er nickte. »In Ordnung.«

»Und jetzt fahren Sie endlich los.«

Alle drehten sich um, als sich hinter ihnen das Haupttor öffnete und ein Wärter einen Patienten am Arm herausführte. Ben nickte ihm zu, als er mit dem Mann einen Seitenweg einschlug. Der Wärter trug eine Schildmütze. Der Patient war barhäuptig, schien den kalten Regen jedoch gar nicht zu spüren. Wieder sah Ben David an. In etwas ruhigerem Ton sagte er: »Keine Sorge. Bei mir ist er in Sicherheit.«

19

David setzte sich wieder auf den Rücksitz, dort konnte er besser nachdenken. Sie erzählten Natalia, was sie im Krankenhaus erlebt hatten: Franks stumme Verzweiflung, sein Widerwille, über seinen Bruder zu sprechen, der Besuch von der Polizei. Sie dachte einen Moment nach, dann sagte sie: »Also denkt ihr, dass er etwas verheimlicht.«

»Könnte sein. Oder vielleicht war es auch nur etwas Persönliches.«

»Mein Eindruck war, dass es mehr als das ist«, sagte Geoff leise.

»Und die Polizei«, sagte Natalia. »Es ist beunruhigend, dass die sich immer noch für ihn interessieren.«

»Dieser Typ, Ben, sagte, Frank habe denen nichts anderes erzählt als das, was sie bereits wussten.«

»Sie könnten noch mal zurückkommen«, gab Natalia zu bedenken.

David sah ihr Gesicht im Rückspiegel. »Und wie geht's jetzt weiter?«

»Das müssen Mr. Jackson und seine Chefs entscheiden.«

»Wenn man Frank aus England herausbringen wollte«, fragte Geoff, »wie könnte das geschehen? Es müsste wohl auf dem Seeweg passieren.«

»Das weiß ich nicht.«

David sah, wie Natalia Geoff kurz und scharf anblickte. *Ist es das, was die Leute an der Spitze planen?*, dachte er. Er fragte sich auch, ob Frank vielleicht irgendein großes militärisches Geheimnis mit sich herumtrug, an dem die Resistance ebenfalls interessiert wäre. Plötzlich stellte er fest, dass er, obwohl er schon zwei Jahre für sie arbeitete, die Resistance immer noch als etwas völlig Fremdes betrachtete, zu dem er nicht gehörte. Er fragte: »Wie sollte Frank bis zur Küste kommen? Es sind mehr als hundert Meilen, egal, in welche Richtung man fährt.«

»Und er würde vielleicht versuchen zu entkommen«, fügte Geoff hinzu.

Natalia sah David im Rückspiegel an. »Es sei denn, er würde mit jemandem reisen, dem er vertraut.«

»Meinst du mich?« David runzelte die Stirn. »Ich bezweifle, dass er mir total vertrauen würde. Vor allem dann, wenn ich ihn entführe, nachdem ich versprochen habe, ihm zu helfen.«

»Und was würde mit ihm passieren, wenn er tatsächlich etwas Wichtiges weiß und es dort ungewollt preisgibt?« Es war mehr oder weniger das, was Ben angedeutet hatte. »Ich habe durchaus Mitgefühl. Dein Freund tut mir leid. Aber wenn er in dieser psychiatrischen Klinik bleibt, wird nichts Gutes für ihn dabei herauskommen.«

»Ich weiß«, sagte David. Natalia sah ihn immer noch an, ihre leicht schräg gestellten Tatarenaugen wirkten hart und berechnend.

Als sie sich der südlichen Vorstadt näherten, war es immer noch neblig, ein nasser Dunstschleier mit leichtem Regen. Sie kamen auf eine Hauptstraße und fuhren an einem Komplex von Fabrikgebäuden vorbei, aus dem ein ununterbrochenes metallisches Dröhnen drang. Dann kamen sie an einer riesigen Stellfläche mit Hunderten von identischen Autos vorbei, die Stoßstange an Stoßstange standen. Über den Toren sah man den Namenszug *Longbridge Works*.

»Das müssen die Austin-Morris-Werke sein«, sagte Geoff. David sah, dass es in einem der hohen Gebäude gebrannt hatte, es war nur noch ein schwarzes Skelett. Geoff fuhr fort: »Ich habe gehört, dass vor einem Monat ein Bürogebäude abgebrannt ist. Die Arbeiter haben randaliert, weil sie nicht der Gewerkschaft beitreten dürfen. Inzwischen passiert dergleichen nicht nur im Norden Englands.«

»Erinnert ihr euch an den Lkw voller Soldaten auf dem Weg hierher? Es wird ganz schön rabiat in Yorkshire«, meinte Natalia.

»Es wird noch viel Blutvergießen geben«, sagte David.

»Was sollen die Leute sonst machen?«, wandte sie ein.

»Was hättest du denn gern?«, fragte David. »Eine Revolution der Arbeiterklasse? Ich glaube, so etwas stellt sich dieser Ben vor. Aber ich bezweifle, dass Churchill das zulassen würde.«

»Die Resistance bildet ein Bündnis mit antifaschistischen Kräften, wie alle Widerstandsbewegungen in Europa. Wenn wir gewinnen, wird es freie Wahlen geben, und die Menschen können selbst bestimmen, wer sie regiert. Aber nein, ich will keine Revolution.«

Geoff sagte: »Ich wünschte, wir könnten noch mal dort anfangen, wo wir vor dem Krieg waren.«

»Das ist ein Wunschtraum«, sagte Natalia entschieden. »Es wird noch schlimmer werden, ehe es besser wird. Und egal, wie es endet, die Welt wird nie wieder so sein wie vor 1939. Daran müssen wir uns gewöhnen.«

Sie folgten der Wegbeschreibung, die Natalia sich eingeprägt hatte. An der Universität vorbei, dann durch einen Stadtteil mit engen Reihenhäusern, deren schäbige Eingangstüren sich direkt zur Straße öffneten. Weiter nach Osten jedoch wurden die Häuser größer, mit kleinen Vorgärten. Sie erreichten einen Park und befanden sich nun in einer Gegend mit frei stehenden viktorianischen Villen, drei bis vier Stockwerke hoch. An diesem düsteren Nachmittag waren die Fenster bereits erleuchtet und erschienen als gelbe Vierecke im Nebel. David blickte durch ein Fenster und sah ein Zimmer mit hoher Decke, darin einen Mann mit einem kleinen Mädchen auf dem Schoß, an den Wänden Spiegel und Bilder. Im Obergeschoss des nächsten Hauses stand eine Frau am Herd und rührte in einem Topf. Sie fuhren langsam und versuchten, die Hausnummern zu erkennen. Plötzlich sagte Geoff: »Halt mal. Seht ihr, dort im ersten Stock, dort ist ein Fenster mit Brettern vernagelt.«

Sie stiegen aus. Verglichen mit den Nachbarn, war das Haus schäbig, auf den roten Ziegeln hatte sich Moos gebildet. Ihre Gesichter wurden nass vom Sprühregen. Die Fenster im Erdgeschoss und im ersten Stock waren dunkel, aber im zweiten Stock brannte Licht. Sie gingen den kurzen Weg durch den Vorgarten. David betrachtete das vernagelte Fenster, dann den gepflasterten Weg darunter, mit Unkraut in den Ritzen zwischen den Platten. »Franks Bruder hatte Glück, dass er sich nicht das Rückgrat gebrochen hat.«

»Dann wäre er wegen Mordes angeklagt worden«, sagte Geoff.

Die Haustür war groß und solide, daneben drei Klingelschilder. David nahm die beiden Schlüssel aus der Tasche, die Ben ihm gegeben hatte. Er steckte den größeren Schlüssel ins Schloss, und die Tür ging problemlos auf. Im Inneren des Hauses roch es nach feuchter Kälte. Natalia blickte vorsichtig zu beiden Seiten die Straße entlang, aber an diesem ungemütlichen Sonntag war niemand unterwegs. Es wurde bereits dunkel, bald würden die Straßenlaternen angehen. David trat ins Haus und drückte auf den Lichtschalter. Eine nackte Glühbirne beleuchtete den staubigen Fliesenfußboden und die Wände, von denen die Farbe abblätterte.

»Was für ein Loch«, sagte Geoff.

»Sprich leise«, ermahnte ihn Natalia.

Sie gingen die Treppe hinauf. Auf dem ersten Absatz war eine Tür mit dem Schild »Wohnung 2«. David schloss auf. Ein muffiger Geruch schlug ihm entgegen. Er knipste das Licht an, und sie kamen in einen kleinen Flur mit einem fadenscheinigen Läufer. Die Türen waren alle zu, und vorsichtig öffneten sie eine nach der anderen. Sie entdeckten ein kleines, ziemlich schmutziges Badezimmer mit Schimmel auf den Kacheln sowie eine Küche mit einem alten, geschwärzten Kochherd. Alle Küchenschränke standen offen, am Boden verstreut Dosen und zerbrochenes Geschirr. Das große Schlafzimmer mit dem Einzelbett und dem altmodischen Kleiderschrank schien der Zerstörung entgangen zu sein. Der letzte Raum war ein großes Wohnzimmer, das große Fenster mit Brettern gesichert – total verwüstet, schief hängende

Bilder, umgeworfene Stühle. Bücher und Zeitschriften – Science-Fiction, soweit David sehen konnte – waren aus dem Bücherregal gerissen worden und lagen auf dem Teppich. Durch den Bildschirm des Fernsehers lief ein Sprung, daneben lagen zwei gerahmte Bilder am Boden.

Geoff sagte: »Mein Gott, hat Frank das etwa angerichtet?«

»Muss er wohl.« David blickte auf das Fenster. Pressspanplatten, an den Rahmen genagelt. »Das hat wahrscheinlich der Hausbesitzer veranlasst.« Er wandte sich den Fotos zu. Sie waren genauso staubig wie alles andere. Eines war ein Bild vom College aus dem Jahre 1936. Er hob es auf, und sein damals wesentlich jüngeres Gesicht blickte ihn an, neben ihm Geoff und Frank mit seinem seltsamen Grinsen. Das andere Bild, etwas kleiner, zeigte einen Mann in Uniform, der den Betrachter mit bangem Blick anstarrte.

Geoff stieß einen leisen Pfiff aus. »Der ist Frank wie aus dem Gesicht geschnitten. Das muss sein Vater sein.«

Natalia betrachtete es lange. »Ich habe ein Bild von meinem Bruder, kurz vor seinem Aufbruch nach Russland aufgenommen.« Ihre Stimme wurde sanfter. »Er hatte genau denselben Blick.«

»Franks Vater war Arzt«, sagte David. »Was hat dein Bruder gemacht?« Sie lächelte traurig. »Er hat gemalt, aber viel besser als ich. Er hatte sogar eine Ausstellung in Prag.« Sie wandte sich ab und öffnete den Schreibtisch, indem sie die Abdeckung nach oben rollte. »Wir müssen diese Wohnung durchsuchen. Nehmt ihr zwei euch bitte die anderen Räume vor. Sucht nach Briefen, Papieren oder Notizbüchern.« Sie fing an, Papiere aus dem Schreibtisch zu nehmen, die sie mit geübtem Blick musterte. »Und bitte, wir müssen schnell sein. Zieht die Vorhänge zu, ehe ihr das Licht einschaltet.«

Geoff sagte ernst: »Sie hat recht. Falls es hier etwas gibt, was die Behörden besser nicht sehen sollten, würde Frank uns dankbar sein, wenn wir es mitnehmen.«

David ging in die Küche. Unter seinen Schuhen knirschten die Scherben. In den Wänden waren Löcher von den vollen Dosen, die jemand dagegengeworfen hatte. Es war schwer, die bleiche, zusammengesunkene Gestalt im Krankenhaus und diese wahnsinnige Zerstörungswut in Einklang zu bringen. Die Schränke waren leer, bis auf ein bisschen verbogenes Besteck in den Schubladen. Geoff tauchte neben ihm auf. »Im Badezimmer ist nichts. Ich denke, ich überlasse dir das Schlafzimmer.«

»Okay.«

David ging ins Schlafzimmer. Er durchsuchte das Bett – die Laken hatten dringend eine Wäsche nötig – und wühlte in der Kommode durch Socken und Unterwäsche, bevor er die Taschen der wenigen Jacketts und Hosen durchging, die im Schrank hingen. Er fand nichts bis auf ein paar Münzen und zerknitterte Busfahrscheine. Er blickte unter das Bett und entdeckte einen großen braunen Koffer. Er zog ihn hervor und öffnete ihn. Darin war ein Päckchen, in braunes Papier eingewickelt. Er nahm es in die Hand. Papiere. Mit Herzklopfen öffnete er das Päckchen, aber es enthielt nur einen Stapel pornografischer Zeitschriften, nackte Frauen, die sich lasziv auf Betten rekelten oder rittlings auf Stühlen saßen. Außerdem eine Sammlung von Filmzeitschriften aus den Dreißigern: Jean Harlow und Katherine Hepburn und Fay Wray in seelenvollen Posen. Er zwang sich, die Zeitschriften schnell durchzublättern, falls etwas zwischen den Seiten verborgen sein sollte, aber er stieß auf nichts. Er packte das Päckchen wieder zusammen und schob den Koffer zurück unter das Bett, wobei er eine Staubwolke aufwirbelte.

Im Wohnzimmer hatte Geoff einen Sessel auf die Beine gestellt und sich hingesetzt, um Bücher und Zeitschriften zu durchsuchen. Natalia war noch immer mit den Papieren in Franks Rollschreibtisch beschäftigt. Sie blickte auf.

»Irgendwas im Schlafzimmer?«

»Nichts.«

»Ich sehe nach, ob hier irgendwo Unterlagen oder Dokumente

versteckt sind«, sagte Geoff. »Bisher auch nichts.« Er hielt eine amerikanische Zeitschrift hoch, *Amazing Science Fiction*. »Genau nach Franks Geschmack.«

David hob eine Zeitschrift auf. »Besser als das Zeug, was meine Neffen lesen. Comics über den Krieg in Russland.«

»Im Schreibtisch ebenfalls nichts«, sagte Natalia. »Nur Rechnungen und Briefe von einem Rechtsanwalt über den Nachlass seiner Mutter. Ach ja, und das hier.« Sie reichte David ein Bündel Briefe, säuberlich mit einem Gummiband zusammengehalten. David war überrascht, als er seine eigene Handschrift erkannte. Es waren Briefe, die er Frank im Laufe der Jahre geschrieben hatte. Er öffnete einen davon.

21. August 1940
Lieber Frank,
entschuldige, dass ich auf deinen letzten Brief nicht früher geantwortet habe, aber hier ging es etwas hektisch zu. Letzte Woche wurde ich aus dem Pflegeheim entlassen (schade, ich werde die hübschen Schwestern vermissen), und meine Füße scheinen wieder in Ordnung zu sein. Ich kam mir so blöd vor, mitten im Sommer Erfrierungen behandeln zu lassen! Im Moment wohne ich bei meinem Vater, nächste Woche gehe ich wieder ins Büro.
Also, was hältst Du von dem Berliner Abkommen? Ich muss schon sagen, wir sind recht glimpflich davongekommen, wenn man bedenkt, wie Adolf unsere Armee zugerichtet hat. Nur schade, dass wir die Air Force aufgeben müssen …«

Natalia sah ihn neugierig an. »Er hat deine Briefe aufbewahrt«, sagte sie. »Fast wie Liebesbriefe.«

»So hätte Frank das nie gesehen«, sagte David entschieden. Er dachte an die pornografischen Hefte, erzählte Natalia aber nichts davon.

»Hast du seine Briefe auch aufgehoben?«

»Nein. Aber ich hatte auch noch andere Freunde.« David sah

sich in dem trostlosen Zimmer um. »Was in aller Welt ist hier nur geschehen? Worum ging es? Edgar kam ihn besuchen. Er war betrunken und sagte etwas, was Frank durchdrehen ließ. Nach all den Jahren, in denen er immer alles in sich hineingefressen hatte.«

»Vielleicht war es etwas Persönliches«, überlegte Geoff. »Irgendeine Familiensache.«

»Schon möglich«, stimmte Natalia zu. Sie legte die Papiere zurück in den Schreibtisch.

David hob das Bündel Briefe auf. »Ich glaube, die sollten wir mitnehmen.«

Sie nickte. »Ja, das wird am besten sein.« David steckte sie in seine Manteltasche. Natalia wischte sich ihre staubigen Finger an einem Taschentuch ab. Mit spöttischem Lächeln sah sie David an. »Ihr Engländer haltet eure Gefühle derart unter Verschluss, dass es nicht überrascht, wenn ihr gelegentlich durchknallt.«

»Manchmal muss man eben sehr viel unter Verschluss halten.«

Erschrocken drehten alle drei sich um, als sie einen Schlüssel im Türschloss hörten. Natalias Hand fuhr in ihre Manteltasche; jetzt wusste David, dass sie dort ihre Pistole trug. Sie stand vor dem Schreibtisch, als sich die Wohnungstür öffnete. Ein kleiner, alter, weißhaariger Mann in einer ausgebeulten Strickjacke und in Filzpantoffeln starrte sie an und kam ins Wohnzimmer geschlurft.

»Dachte ich mir doch, dass ich hier jemanden gehört habe.« Er hatte eine hohe Stimme und sprach mit Birmingham-Akzent. Völlig furchtlos blickte er sie aus seinen kurzsichtigen Augen an. »Wer sind Sie?«

David erklärte: »Wir sind Freunde von Dr. Muncaster. Wir haben ihn gerade im Krankenhaus besucht.«

»Wohnen Sie in einer der anderen Wohnungen?«, fragte Geoff.

»Die Wohnung über dieser. Ich heiße Bill Brown.« Der alte Mann sah sich im Zimmer um. »Ich habe auch die Polizei gerufen, vorigen Monat. Sie werden ja Bescheid wissen, wenn Sie Freunde von Dr. Muncaster sind.«

»Wir wissen es, ja.«

Der alte Mann schüttelte den Kopf. »So was habe ich noch nie gehört, einen Krach und ein Geschrei, und dann, wie das Fenster zersprang. Ich schaute raus, und da lag dieser arme Mann auf der Erde. Ich dachte, den hat's erwischt.« Mit seinen hellen Äuglein starrte er sie an. »Und Dr. Muncaster tobte und schrie und schlug alles zu Kleinholz. Zum Glück hat meine Tochter drauf bestanden, dass ich mir ein Telefon anschaffe, da konnte ich sofort die 999 wählen. Ich brauche solche Sachen nicht in meinem Alter. Ich bin achtzig, müssen Sie wissen«, fügte er stolz hinzu.

»Wer hat das Fenster verschließen lassen?«, fragte David.

»Ich habe den Hausbesitzer angerufen, der hat's wohl gemacht. Er hat Schlüssel für alle Wohnungen. Er hat mir einen dagelassen.« Bill starrte ihn an, mit wässrigen, aber wenngleich ziemlich wachen Augen. »Ein Haus mit einem kaputten Fenster zieht schließlich Einbrecher an. Wie geht's Dr. Muncaster? Kommt er bald zurück?«

»In naher Zukunft wohl eher nicht.«

Der alte Mann nickte. »Sind Sie verwandt mit ihm?« Nacheinander musterte er sie.

»Mein Freund und ich gingen mit ihm zur Schule.« David nannte keine Namen. »Wir sind von London gekommen, um ihn zu besuchen. Wir hörten von jemandem in der Universität, was passiert war. Wir wollten uns nur vergewissern, dass hier alles in Ordnung ist.«

»Wie geht's Dr. Muncasters Bruder?«

»Der ist wieder in Amerika«, sagte Natalia.

»Arm gebrochen, sagte die Polizei.« Bill bestaunte das Chaos rings um sich.

»Er war immer so ruhig, Dr. Muncaster. Höflich. Hätte nie gedacht, dass er mal so durchdreht.«

»Nein«, sagte David. Im Plauderton fügte er hinzu: »Dabei soll er etwas vom Ende der Welt gerufen haben.«

»Das hat er. So was habe ich noch nie gehört. Es war immer ein ruhiges Haus. Ich wohne schon hier, seit meine Frau tot ist. Fünfzehn Jahre. Mann, hat der getobt und rumgeschrien. Dass das Ende der Welt naht.« Bill sah Natalia an. »Sind Sie Deutsche, Miss?«, fragte er plötzlich.

»Nein.«

Einen Moment hielt er ihrem Blick stand, dann fragte er: »Was sagen sie denn im Krankenhaus?«

David antwortete. »Im Moment können sie noch nicht viel sagen. Als wir Frank trafen, war er sehr still.«

»Bartley-Green-Klapsmühle, stimmt's? Ich habe mal mit einem Mann gearbeitet, der dort eine Schwester hatte. Er sagte, es sei eine jämmerliche Bude. Und natürlich, wenn man erst mal in so einer Klapse steckt, kommt man oftmals erst wieder in einer Kiste raus.« Niemand antwortete. »Wie gesagt, ich hatte nichts gegen ihn. Aber vom diesem komischen Grinsen bekam ich immer Gänsehaut.« Bill schaute auf das Foto von Franks Vater. »Ist das sein Dad?«

»Ja.«

»Sieht ihm sehr ähnlich. Mein Sohn ist bei Passchendaele gefallen.«

»Das tut mir leid«, sagte Geoff.

Bill sah ihn an. »Wir haben damals gegen den falschen Feind gekämpft.« Seine Augen leuchteten. »Haben Sie von den Juden gehört?«

»Was ist mit denen?«, fragte David.

Der alte Mann grinste. »Die werden im ganzen Land zusammengetrieben. Es war in den Nachrichten. Heute Abend will Mosley im Fernsehen sprechen. Die sind heute früh alle abgeholt worden.«

»Wohin bringt man sie?«, fragte David.

»Keine Ahnung. Isle of Man, Isle of Wight? Ich glaube, am besten wäre es, sie an die Deutschen auszuliefern.«

»Sind Sie da ganz sicher?«, fragte Geoff.

»Natürlich bin ich das, es kam ja in den Nachrichten. Ganz schöne Überraschung, oder? Ich hatte keine Ahnung, wie viele Juden es in Birmingham gibt, bis sie diese gelben Anstecker tragen mussten. Bin froh, dass wir die los sind. Und dass wir diese gelben Abzeichen nicht mehr sehen müssen, die fand ich gruselig.« Bill blickte von einem zum anderen, dann sagte er spöttisch: »Aber Sie klingen wie gebildete Leute, vielleicht sehen Sie das anders. Na ja, ich lasse Sie jetzt mal hier weitermachen.« Er sah sich im Zimmer um. »Wenn er nicht zurückkommt, kann man diese Wohnung wohl wieder vermieten.« Er nickte ihnen zu und grinste boshaft, dann schlurfte er davon und schloss die Tür hinter sich.

David sah Natalia an. Er versuchte, sich seinen Schock nicht anmerken zu lassen, als er sagte: »Sieht aus, als ob du recht hattest. Dass die Juden hier keine Zukunft haben.«

Sie antwortete nicht. Geoff sagte: »Das wird irgendein Deal mit den Deutschen sein, Beaverbrook wird im Gegenzug etwas dafür bekommen haben.«

Natalia entgegnete: »Ich glaube, wir sollten jetzt gehen. Hier ist nichts zu finden.« Sie runzelte die Stirn. »Das Ende der Welt. Was kann er bloß damit gemeint haben?« Sie blickte noch einmal im Zimmer umher und holte tief Luft. »Kommt jetzt, wir müssen uns eine Telefonzelle suchen und Mr. Jackson anrufen.«

20

Gunther und Syme fuhren weiter Richtung Birmingham, die Scheibenwischer kämpften gegen Nebel und Regen an. Irgendetwas schien Syme zu beschäftigen; ständig zündete er sich mit der freien Hand frische Zigaretten an. Gunther vermutete, dass er durch den Besuch misstrauisch geworden war. Vielleicht konnte er nicht glauben, dass gefährliche politische Verbindungen im Spiel waren, sondern war überzeugt, dass noch etwas anderes dahinterstecken musste.

»Wann waren Sie das letzte Mal in Berlin?«, fragte Gunther, um eine Unterhaltung in Gang zu bringen.

»Vor fünf Jahren. Ich wette, es hat sich sehr verändert. Man hofft doch, dass all diese Riesengebäude bis zur Olympiade 1960 fertig sein werden, oder nicht?«

»Ja. Aber es gibt auch große Probleme, wenn man derart gigantische große Gebäude auf Sandboden bauen will. Sie sind noch immer dabei, für die Fundamente auszuschachten. Hoffentlich wird alles rechtzeitig fertig.« Er lächelte. »Das Stadtzentrum von Berlin ist eine einzige Staubwolke. Viele Leute haben Probleme mit dem Atmen.«

»Besitzen Sie dort auch ein Haus?«

»Nur noch eine Wohnung. Meine Frau und ich hatten ein Haus, aber nach unserer Scheidung haben wir es verkauft.«

»Wenn ich einige Zeit im Norden arbeite, könnte ich vielleicht genug Geld sparen und ein Darlehen für ein genügend großes Haus bekommen. Dann würde ich mir ein nettes Mädchen suchen, das nichts gegen meine Arbeitszeiten einzuwenden hat.«

»Ja, es geht nichts über ein eigenes Haus und eine Familie.« Gunther klang traurig. »Ich hoffe, ich kann im Frühjahr meinen Sohn besuchen. Auf der Krim.«

»Gibt es dort keine Probleme mit russischen Terroristen?«

»Auf der Krim nicht mehr. Da haben wir die Einheimischen schon vor zehn Jahren verjagt. Jetzt leben da nur noch deutsche Siedler. Deshalb ist man dort sicher, obwohl es immer wieder Angriffe auf Züge aus Deutschland gibt. Allerdings auch nicht mehr so viele, denn wir konzentrieren uns inzwischen stärker darauf, die Strecken zu bewachen.« Er schwieg eine Weile. »Russland ist riesengroß, weshalb ich glaube, dass es noch eine weitere Generation dauern wird, ehe wir es völlig unter unserer

Kontrolle haben. Wir erleben den größten Eroberungskrieg der Geschichte.«

Syme sah ihn an. »Sie sagen, Speer und die Armee würden gern ein Abkommen mit den Russen schließen, wonach sie östlich von Moskau alles behalten könnten. Goebbels übrigens auch, habe ich gehört.«

»Niemals«, sagte Gunther mit Bestimmtheit. »Was wir angefangen haben, das ziehen wir auch durch. Wir werden den jüdischen Bolschewismus für immer ausrotten.«

Syme lachte, seine gute Laune war wiederhergestellt. »Na ja, und wir tragen auch das Unsere dazu bei, im Rahmen dessen, was heute passiert. In was für einer Zeit wir doch leben. Verdammt aufregend, was?« Für einen Moment war er wieder in sein Cockney verfallen.

Gunther dachte: *Ja, ich weiß, du genießt die Aufregung, aber ich fange an, mich vor der Zeit alt zu fühlen.*

Sie fuhren durch die winterliche Landschaft, und kaum etwas deutete darauf hin, dass dieser Sonntag anders war als andere Sonntage. Nur einmal kamen sie nahe an eine Bahnstrecke, auf der ein Güterzug langsam nach Süden rollte. Einen Moment glaubte Gunther, Schreie aus den Waggons zu hören, aber er war sich nicht sicher, und Syme schien nichts zu bemerken.

Auch in den Vororten von Birmingham war alles ruhig, nur ab und zu raste eine grüne Minna mit lautem Sirengeheul vorbei. Als Gunther in eine der Seitenstraßen blickte, bemerkte er mehrere Wagen vor einem Haus, wo es nach einem Handgemenge aussah. Aber er konnte nichts Genaues ausmachen, es war zu diesig.

Sie fuhren ins von zahlreichen großen, rußgeschwärzten, viktorianischen Gebäuden im gotischen Stil geprägte Stadtzentrum. Man sah nicht viele Leute auf den Straßen, dafür eine Menge Hilfspolizisten. Gunther bemerkte mehrere davon vor einer Kirche, wo sie mit einer Gruppe von Leuten diskutierten, einer davon im geistlichen Ornat.

»Ich wusste, dass die Kirchgänger Ärger machen würden«, sagte Syme. »Wir haben's nicht mehr weit, die Zentrale der Staatspolizei von Birmingham ist gleich um die Ecke, in der Corporation Street.«

Sie bogen in eine breite Geschäftsstraße ein und hielten vor einem Gebäude mit einer blauen Lampe über der Tür und mehreren Autos davor. Gunther sah eine Reihe von Leuten, die auf der Treppe bis auf die Straße hinunter Schlange standen. An der Tür waren zwei Hilfspolizisten postiert, zwei weitere auf der Treppe, um die Schlange zu bewachen. Als Gunther und Syme ausstiegen, trat einer von ihnen zu ihrem Auto. Er war groß, sehr jung, das Gesicht voller Pickel. Sein Blick war abweisend, bis Syme ihm seinen Dienstausweis zeigte.

»Ist Inspektor Blake da?«, fragte er.

»Ich glaube schon, Sir. Aber er ist sehr beschäftigt. Sie wissen doch sicher, was heute passiert ist?«

»Wir haben davon gehört.«

Gunther blickte an der wartenden Menschenschlange entlang. Niemand schien das gelbe Ansteckzeichen zu tragen, aber viele sahen besorgt aus, manche auch ausgesprochen verärgert. Ein junger Mann hatte einen Hilfspolizisten am Arm gepackt und flehte ihn an, fast unter Tränen. »Er ist der Bruder meiner Frau. Ich muss wissen, wo er ist.«

»Warten Sie, bis Sie an der Reihe sind, Sir«, erwiderte der Polizist. »Das werden Sie vorn an der Theke erfahren.« Ein älteres Ehepaar, die Gesichter starr vor Schock, kam aus der Tür des Polizeigebäudes und ging die Treppe hinab, sich fest an den Händen haltend.

»Sind das alles Freunde von Juden?«, fragte Gunther den Polizisten.

Dieser hatte seinen Akzent bemerkt und blickte ihn interessiert an. »Sind Sie aus Deutschland, Sir? Als Beobachter?«

»Nur Besucher. Aber ich bin bei der Gestapo.« Er deutete mit dem Kopf auf den jungen Mann in der Schlange, der nach dem

Bruder seiner Frau gefragt hatte. »Juden, die mit Ariern verheiratet sind, werden also freigestellt?«

»Ich weiß nicht genau, wie die Vorschriften lauten, Sir.« Der junge Polizist schien verlegen. »Man hat uns nur Namen und Adressen von denen gegeben, die wir mitnehmen sollten.«

Gunther blickte erneut auf die traurige Menschenschlange im Regen. »Wir hatten am Anfang einige Ausnahmen gemacht. Zu viele. Es sorgt später nur für Scherereien.«

Der junge Mann sagte verlegen: »Ganz ehrlich, mir tun sie leid.«

Gunther nickte. »Ja, es berührt uns auch, es ist nicht einfach. Und trotzdem muss es sein.«

Der Polizist begleitete sie hinein. Vor der Theke standen ebenfalls Leute, dahinter blätterten Polizisten seitenlange Listen durch. »Ich sehe nach, ob Inspektor Blake zu sprechen ist«, sagte der junge Polizist und öffnete den Durchgang in der Theke. Gunther hörte Gesprächsfetzen, wie sie vor langer Zeit auch auf deutschen Polizeiwachen zu hören gewesen waren.

»Sie werden sich eine Weile außerhalb der Stadt aufhalten, bis die neuen Unterkünfte fertig sind …«

»Winterkleidung wird gestellt. Sie werden nicht frieren …«

»Nein, wir dürfen Ihnen nicht sagen, wo sie sind. Nationale Sicherheit …«

»Keine Besuche …«

»Warum können Sie den Hund nicht zu sich nehmen …«

Gunther sah Syme an, der eine halb amüsierte, halb verächtliche Grimasse schnitt. Der junge Polizist kam zurück. »Der Inspektor kann jetzt mit Ihnen sprechen, Sir, aber nur für ein paar Minuten. Sie sehen ja, was hier los ist.« Er hob die Klappe an der Theke, und sie gingen durch, vorbei an Zivilbeamten an Schreibtischen, dann einen dunklen Korridor entlang in ein kleines Büro mit verglaster Tür.

Dort saß ein untersetzter, müde aussehender Mann mittleren

Alters an seinem Schreibtisch. Er trug einen zerknautschten Anzug und rauchte Pfeife. Die Luft in dem kleinen Raum war zum Schneiden. Er beugte sich vor, schüttelte ihnen mit ernstem Gesicht die Hand und stellte sich als Inspektor Blake vor. Syme stellte sich und Gunther vor. »Erfreut, Sie kennenzulernen, Sir«, sagte Syme. »Wir haben telefoniert.«

Blake sah Gunther an. »Ich wusste nicht, dass die Gestapo jemanden herübergeschickt hat, um sich um den Fall zu kümmern. Dieser Irre scheint wichtig zu sein.«

Gunther antwortete höflich. »Wir befürchten, er könnte politische Kontakte nach Deutschland geknüpft haben.«

»Er ist Brite. Wir könnten mit ihm fertigwerden«, knurrte Blake. Er sah Syme unfreundlich an. »Sogar wir hier in der Provinz.«

Syme hob beschwichtigend die Hände. »Es war der Wunsch des Kommissars. Wir sind heute hergefahren und haben Muncaster besucht.«

»Haben Sie was gefunden?« Blake sah sie neugierig an.

»Nichts Bestimmtes«, erwiderte Gunther. »Aber immerhin genug, um ihn näher unter die Lupe zu nehmen.«

»Weil wir schon da sind«, erklärte Syme, »dachten wir, wir könnten uns mal seine Wohnung ansehen. Wir haben gehört, Sie könnten uns einen Schlüsseldienst besorgen, der uns hineinlässt.«

»Wir wären Ihnen sehr dankbar«, fügte Gunther hinzu.

Blake lachte. »Sie haben sich den ungünstigsten Tag dafür ausgesucht. Heute sind in der ganzen Stadt Schlüsseldienste unterwegs, um die Wohnungen der Juden abzusichern. Wir hatten bereits Ärger mit Plünderern, die eingebrochen sind und sich bedient haben; sogar unsere eigenen Leute haben versucht, Sachen mitzunehmen.« Er blickte Syme an. »Können Sie die Tür nicht einfach aufbrechen?«

»Wir wollen kein Aufsehen erregen«, sagte Gunther. »Und würden die Wohnung hinterher auch gern wieder verschließen.«

Blake runzelte die Stirn. »Was genau suchen Sie denn?«

Syme antwortete: »Beweise für etwaige Verbindungen ins Ausland. Tut mir leid, dass wir ausgerechnet heute kommen, aber ich wusste bis heute Morgen nichts von der Aktion mit den Juden. Die Gestapo wäre Ihnen sehr dankbar, wenn Sie uns helfen könnten.«

Blake schüttelte müde den Kopf, dann griff er zum Telefon und fragte jemanden, ob ein Schlüsseldienst verfügbar sei. »Nun ja«, sagte er, »es geht langsam aufs Ende zu, aber es kann noch ein bis zwei Stunden dauern, bis jemand frei ist. Können Sie warten?«

»Natürlich«, sagte Gunther.

»Wie ist es heute gelaufen?«, fragte Syme.

Blake lehnte sich zurück und faltete die Hände über dem dicken Bauch. »Nicht schlecht. Die meisten sind ruhig geblieben, nur in der Universität gab es ein kleines Gerangel mit ein paar Studenten, und hier und da wollte sich einer weigern, als er abgeholt wurde. Soweit ich höre, ist es im ganzen Land ähnlich verlaufen.« Er lächelte müde. »Man muss sie überraschen, das ist das Beste.« Er sah Syme jetzt etwas freundlicher an. »Ich weiß, Sie sind ein altes Schwarzhemd, genau wie ich. Wir hätten das schon vor Jahren erledigen sollen.«

»Das können Sie laut sagen. Wo werden sie denn alle hingebracht?«

»Das kann ich Ihnen nicht sagen.« Blake schüttelte den Kopf. »Das ist Verschlusssache. Wir wollen nicht, dass jemand dort auftaucht und Ärger macht. Die Kirchenleute prügeln schon genug auf uns ein, der Bischof will morgen eine Demonstration vor dem Rathaus organisieren. Das hatten wir eigentlich nicht erwartet, wir dachten, er sei auf unserer Seite. Wir werden heute Abend in der Innenstadt Straßensperren aufstellen.«

»Nehmt die Arschlöcher fest«, sagte Syme.

Blake zuckte die Schultern. »Grundsätzlich gebe ich Ihnen recht. Aber die Herren dort oben haben sich noch nicht entschieden. Die haben nach wie vor Schiss davor, Bischöfe festzunehmen.« Er sah Gunther an. »Haben Sie eine Ahnung, warum die Juden ausgerechnet jetzt zusammengetrieben werden? Den Krisenplan dafür hatten wir schon seit Jahren in der Schublade, aber das grüne Licht erhielten wir erst, während Beaverbrook in Deutschland war.«

»Ich weiß es nicht«, sagte Gunther.

Blake kniff die Augen zusammen. »Scheint mir der Preis zu sein für eine engere Zusammenarbeit mit Deutschland. Jetzt, da Stevenson die Wahl gewonnen hat, wird sich unser Verhältnis zu Amerika vermutlich abkühlen. Na ja, das soll mir recht sein, Amerika funktioniert auch nur mit jüdischem Geld.«

»Ich finde aber, sie machen gute Filme«, sagte Syme.

»Alles Propaganda. Hollywood ist doch auch in jüdischer Hand.«

»Das ist richtig«, stimmte Gunther zu.

»Also, ich kann Ihnen einen Verhörraum zur Verfügung stellen, wo Sie warten können, bis der Schlüsseldienst kommt. Allerdings könnte es sein, dass Sie ihn verlassen müssen, falls jemand Schwierigkeiten macht und wir ihn uns vornehmen müssen. Ich bin überzeugt, wir wären auch mit Ihrem Irren fertiggeworden«, fügte Blake hinzu, in dessen Stimme wieder dieser gekränkte Ton mitschwang. »Aber der Kommissar weiß es ja am besten.«

Es war dunkel, als sie endlich das Polizeigebäude verließen und zu Muncasters Wohnung fahren konnten. Der Schlüsseldienst wollte dort auf sie warten. In der nebligen Stadt war es ruhig. Sie fuhren hinaus in den Vorort, parkten vor dem Haus und gingen zur Tür. Gunther blickte hoch zu dem vernagelten Fenster. Der Mann vom Schlüsseldienst war weit und breit nicht zu sehen. Doch zu ihrer Überraschung öffnete sich die Haustür, und ein kleiner alter Mann in einer Strickjacke kam heraus. Aufmerksam sah er sie an. »Inspektor Syme?«, fragte er.

»Ja«, sagte Syme kurz angebunden. »Wer sind Sie?«

»Ich heiße Bill. Ich wohne im zweiten Stock. Ich sah den Mann vom Schlüsseldienst hier draußen warten und habe ihn in Dr. Muncasters Wohnung gelassen. Was halten Sie von dieser Sache mit den Juden?«, fragte er gespannt.

»Na ja«, antwortete Syme unverbindlich.

Der alte Mann ging ihnen voraus nach oben, und sie traten in eine schäbige Wohnung.

Durch die offene Küchentür sah Gunther kaputtes Geschirr und verbeulte Konservendosen. Im Wohnzimmer saß ein grauhaariger Mann im Sessel, in der Hand eine Tasse Tee, die der alte Mann ihm gebracht haben musste. Gunther betrachtete das Chaos. Merkwürdiger Gedanke, dass Muncaster, dieser ängstliche Kerl, das angerichtet haben sollte.

»Sieht aus, als würden Sie hier nicht mehr gebraucht«, sagte Syme barsch zu dem Mann vom Schlüsseldienst. »Sie können gehen.«

Der Mann stand auf. »Alles klar. Aber den Auftrag muss ich Ihnen trotzdem in Rechnung stellen.«

»Er erzählt, dass er die Häuser der Juden sichern musste«, sagte der Alte. »Mensch, ich wette, da gibt's wertvolle Sachen.« Fröhlich plaudernd begleitete er den Mann zur Tür. »Man sieht auch immer noch ein paar Schwarze in der Stadt. Die sollten sie als Nächstes holen.«

»Großbritannien den Briten«, stimmte der Mann zu. Er ging, aber Bill blieb im Hintergrund stehen. »Wo habt ihr sie hingebracht?«, fragte er Syme. »Die Juden, meine ich.«

»Sehen Sie heute Abend fern. Mosley wird sprechen.«

»Was will die Polizei hier?« Bill blieb hartnäckig, er schien sich keinerlei Schamlosigkeit bewusst. »Dr. Muncaster war doch kein Jude, oder?«

»Das geht Sie nichts an, Freundchen.«

»Wie Sie meinen. Aber es ist schon komisch. Erst kommt wochenlang niemand und dann gleich zweimal an einem Tag Besuch.«

Gunther wandte sich um und sah Bill mit einem Blick an, der diesen einen Schritt zurückweichen ließ.

»Zweimal? Wer war noch hier?«, fragte er mit scharfer Stimme.

Unbekümmert erzählte Bill ihnen von den Besuchern am Nachmittag, von den beiden Männern, die Dr. Muncaster von der Schulzeit her kannten, und von der Ausländerin. Plötzlich wurde Syme sehr freundlich, er beglückwünschte Bill zu seinem guten Gedächtnis, seinem Patriotismus und seinen überaus hilfreichen Informationen. Gunther hatte seinerseits noch ein paar Fragen. Als Bill merkte, dass er Deutscher war, blickte er ihn mit einer Mischung aus Scheu und Ehrfurcht an. Er erzählte, wie er Muncaster gehört hatte, als er seinen Bruder anschrie: »Warum hast du mir das erzählt?«, und dann habe er noch etwas über die Deutschen hinzugefügt. Er sah Gunther mit zusammengekniffenen Augen an und sagte: »Es klang so wie ›Sie dürfen es nicht wissen‹.«

»Was genau dürfen sie nicht wissen?«

»Ich weiß es nicht, Sir«, erwiderte Bill. Sein Ton war jetzt deutlich respektvoller. »Aber davon habe ich den anderen Besuchern nichts erzählt.«

»Warum nicht?«

»Ich mochte sie nicht. Sie waren hochnäsig, sprachen gestelzt. Man hat auch gemerkt, dass es ihnen nicht gefiel, als ich ihnen von den Juden erzählte.«

Gunther lächelte. »Das war klug von Ihnen.«

»Man sollte Leuten, denen man nicht traut, keine Geheimnisse erzählen«, sagte Bill. »Das ist ein guter Grundsatz.«

Schließlich dankte Gunther ihm höflich für seine Hilfe und sagte, er solle Syme sofort kontaktieren, wenn noch jemand in die Wohnung kommen sollte. Syme nickte zustimmend.

Bill fragte: »Geht es um den Bruder? War er schwerer verletzt, als man mir mitteilte? Er ist doch nicht gestorben, oder?«

»Sagen wir, es geht ihm nicht sehr gut. Und jetzt hätte ich von Ihnen gern den Wohnungsschlüssel.«

Bill zog ein enttäuschtes Gesicht. »Der gehört eigentlich dem Hausbesitzer.« Gunther fragte sich, ob Bill vielleicht auf eigene Faust herumschnüffeln wollte. Syme streckte wortlos die Hand aus, und widerwillig fummelte Bill den Schlüssel aus seiner Jackentasche und händigte ihn aus.

Syme dirigierte Bill zur Tür. Neugierig drehte sich der alte Mann noch einmal um, dann verschwand er. Gunther ging hinüber und betrachtete die Fotos von Muncasters Vater und der Studentengruppe. Er warf Syme einen Blick zu. »Wir wären ihnen vielleicht in die Arme gelaufen, wenn wir nicht so lange im Polizeipräsidium hätten warten müssen.« Er lächelte grimmig. »Und ich frage mich, was dann passiert wäre. Wäre vielleicht ganz schön aufregend geworden. Also besaßen diese Besucher einen Schlüssel. Woher hatten sie den wohl?« Er studierte das Foto vom College. »Ich war auch ein Jahr in Oxford, wussten Sie das? Das ist mehr als zwanzig Jahre her.«

»Tatsächlich?«

»Ich hasste es dort.« Gunther musterte die Gesichter. »Zum Regieren geboren.« Er zog die Brauen zusammen. »Das hat jemand in der Hand gehalten, um es anzusehen. Sehen Sie die Fingerabdrücke?«

»Vielleicht der alte Mann?«

»Warum sollte ihn das interessieren?« Gunther dachte nach. »Schulfreunde auf Besuch. Fast zwanzig Jahre, nachdem sie auseinandergingen?« Er schüttelte den Kopf. »Aber Freunde von der Uni, deren Foto man aufbewahrt …«

»Denken Sie, dass die das gewesen sein könnten?«

»Möglich. Der Alte sagte, sie waren im gleichen Alter wie Muncaster.«

»Aber warum sollten sie lügen?«, fragte Syme. »Wenn sie von der Resistance sind, muss der Geheimdienst informiert werden.«

»Ich weiß ja noch nicht, wer und was die sind.« Gunther studierte das Bild eingehend. »Da ist er, das ist Muncaster. Schauen Sie sich das Grinsen an. Es dürfte einfach sein, das College ausfindig zu machen und die Namen der anderen in Erfahrung zu bringen.«

»Und dann?«

»Das weiß ich noch nicht. Tut mir leid. Ich muss mit meinem Vorgesetzten sprechen, und der wird sich mit Ihrem Chef absprechen.«

»Warum löst das ein so mulmiges Gefühl in mir aus?«, fragte Syme. »Der Bruder ist ein amerikanischer Wissenschaftler. Was hat der seinem Bruder erzählt, das die Deutschen nicht wissen dürfen?«

»Ich weiß es nicht. Aber ich verspreche Ihnen, wenn es etwas mit der Resistance zu tun hat, werden Sie es erfahren. Und jetzt werde ich mir den Rest der Wohnung ansehen, und dann fragen wir den alten Mann noch mal, ob er das Bild angefasst hat oder darauf einen der Männer erkennt, die hier gewesen sind.«

»Soll ich Ihnen dabei helfen?«

Gunther zögerte, dann sagte er: »Ja. Ja, vielen Dank.«

Zusammen durchsuchten sie die Wohnung sehr systematisch. Sie fanden nichts, bis auf die Pornozeitschriften unter dem Bett, aber Gunther merkte, dass die Wohnung schon durchsucht worden war; überall sah man Fingerabdrücke im Staub, die Spuren von Händen, die ebenfalls etwas gesucht hatten. Als sie fertig waren, standen sie wieder im Wohnzimmer. Syme sah auf die Spinnweben über ihnen. »Ein trostloses Loch, nicht wahr?«

»Reden wir mit dem alten Mann und zeigen wir ihm die Fotos. Dann fahren wir zurück nach London und warten ab, was die in der Botschaft von der ganzen Sache halten.«

Er nahm die beiden Bilder, Muncasters Vater und die Studenten-Truppe, und klemmte sie sich unter den Arm, als sie die Wohnung verließen. Gunther knipste das Licht aus, und das Zimmer mit dem vernagelten Fenster lag abermals im Dunkeln.

Die Wohnung des alten Mannes war fast so schmutzig und heruntergekommen wie Franks. Doch er besaß einen großen neuen Fernseher, auf dem gerade ein Krimi lief, Polizisten mit kantigem Kinn, die von amerikanischen Spionen in einem Keller festgehalten wurden, der sich langsam mit Wasser füllte. Gunther zeigte ihm das Foto und fragte ihn, ob er es berührt habe.

Er schüttelte den Kopf. »Nein, warum sollte ich?«

»Kein bestimmter Grund«, beruhigte er ihn. »vielleicht waren es diese ominösen Besucher. Ich weiß, sie sagten, sie seien alte Schulfreunde, aber könnten Sie sich das Bild nochmals ansehen, ob Sie einen dieser Männer erkennen?«

»Na gut«, sagte der alte Mann aufgeräumt, erfreut, sich nützlich machen zu können. Er holte seine Brille und betrachtete das Foto. »Mann, das ist eine ziemlich unscharfe alte Aufnahme, nicht wahr? Und sie sind alle viel jünger.« Er deutete auf einen der Studenten. »Der hier, der Blonde, das könnte einer von ihnen gewesen sein. Ja, ich glaube, das war er.« Er starrte wieder auf das Bild, dann deutete er auf einen dunkelhaarigen, gut aussehenden Jungen in der hinteren Reihe. »Der andere könnte dieser hier gewesen sein. Aber ich bin mir nicht ganz sicher.« Er sah Gunther entschuldigend an. »Tut mir leid, aber ich hatte meine Brille nicht auf, als ich sie unten traf.«

»Ist schon in Ordnung. Sie waren uns eine große Hilfe«, sagte Gunther lächelnd.

21

Sarah befand sich in einer Art Schockstarre, als sie nach Hause fuhr. In Ruths Dufflecoat gehüllt, saß sie allein in einem Abteil der Untergrundbahn, als sie plötzlich anfing, unkontrolliert zu zittern. *Ich muss nach Hause*, dachte sie, *ich darf keine Aufmerksamkeit auf mich ziehen.* Sie drückte ihre Tasche an sich und blickte aus dem Fenster. Es herrschte dieselbe ruhige, schläfrige Sonntagsstimmung wie auf dem Weg in die Stadt mit Mrs. Templeman, was ihr jetzt vorkam wie vor einer Ewigkeit.

Ein junges Paar stieg ein und fing an, sich gereizt darüber zu streiten, bei wessen Familie sie Weihnachten verbringen würden. Sarah sah weiter zum Fenster hinaus und versuchte, ihr Zittern zu beherrschen. Als der Zug in Wembley hielt, dachte sie an Mrs. Templemans Mann, der jetzt wahrscheinlich zu Hause auf ihre Rückkehr wartete. Sie hielt sich die geballte Faust vor den Mund, um nicht laut zu weinen.

Zu Hause angekommen, zog sie als Erstes Ruths Mantel aus, legte ihn aufs Sofa und betrachtete ihn. Es würde noch Stunden dauern, ehe David zurückkäme. In plötzlicher Panik dachte sie: *Ich muss ihn loswerden, wenn sie hinter mir her sind, könnte er mich verraten.* Sie versuchte sich zu erinnern, ob jemand im Quäkerhaus gesehen haben könnte, dass sie zusammen mit Mrs. Templeman aufgebrochen war. Sie nahm es nicht an, konnte sich aber nicht sicher sein. Sie war in Gefahr, vielleicht suchte man sie bereits, und David und die gesamte Familie könnten davon betroffen sein. Ihr Herz fing an zu hämmern, und sie atmete tief durch, um sich zu beruhigen. Dann stieg das Bild wieder vor ihr auf, wie Mrs. Templeman auf der Straße zurücksackte und sie ausrief: »Sie ist tot, sie ist tot!« Sie schlug die Hände vors Gesicht und brach in krampfhaftes Schluchzen aus, wie sie es seit Charlies Tod nicht mehr getan hatte.

Das Telefon klingelte, und sie erschrak. Sie ging in den Flur. Vielleicht war es die Polizei. Zögernd nahm sie den Hörer in die Hand.

»Hallo.«

»Hallo, Liebes.« Es war Irene. »Seid ihr beide unterwegs gewesen? Ich habe schon mehrmals versucht, euch zu erreichen.«

Sarah atmete erleichtert auf. »David ist nach Northampton gefahren, sein Onkel liegt im Krankenhaus. Und ich war – ich hatte eine Sitzung des Komitees …«

»Ist alles in Ordnung, meine Liebe?« Irene klang besorgt. »Du klingst so merkwürdig.«

»Nein – nein, ich brüte nur eine Erkältung aus, sonst ist nichts.«

»Es hat nichts mit David zu tun, oder? Hast du schon mit ihm über diese Frau in seinem Büro gesprochen?«

»Nein. Nein, habe ich noch nicht.«

»Hast du gesehen, ob in der Stadt heute etwas passiert ist?«

»Nein.« Ihr Herz klopfte. »Was meinst du?«

»Hast du die Nachrichten nicht gehört? Es hieß, heute seien alle Juden aus den Städten abtransportiert worden. In irgendwelche Lager. Mosley will heute Abend im Fernsehen sprechen.«

»Ich – ich habe nichts davon mitbekommen.«

»Steve ist der Ansicht, dass es auch langsam Zeit wurde. Aber ich hoffe, sie werden nicht misshandelt. Das würden wir doch niemals machen, oder?« Irene klang unsicher.

»Ich weiß es nicht. Irene, Schätzchen, ich muss Schluss machen, David wird bald zurück sein, ich habe etwas auf dem Herd …«

»Oh, in Ordnung, meine Liebe.« Irene schien erstaunt über den abrupten Abbruch des Gesprächs. »Sag David, ich hoffe, dass es seinem Onkel bald wieder besser geht.«

»Ja. Ja, mache ich.« Sarah legte den Hörer auf und blieb im Flur stehen. Es wurde langsam dunkel, und sie knipste das Licht an. Wie gern hätte sie ihren Vater angerufen, aber sie durfte der Familie nichts erzählen. *Aber was ist mit David?*, dachte sie. *Als ich auf die Straße ging, habe ich ihn und alle anderen im Stich gelassen.* Sie blickte durch das Milchglas der Haustür in den dunklen Nachmittag hinaus, stellte sich vor, dass uniformierte Männer dort stehen könnten, und wünschte sich verzweifelt, David wäre da und sie könnte seine Stimme hören.

Sie ging ins Wohnzimmer zurück und setzte sich. Sie nahm Ruths Dufflecoat und drückte ihn an sich. Sie fragte sich, wo Ruth wohl jetzt war, ob sie und Joe es geschafft hatten. Sie hörte im Geiste die Gewehrschüsse und zuckte zusammen. Wieder rannen ihr Tränen über das Gesicht. Jetzt war es kein wildes Schluchzen mehr, sondern ein unaufhaltsamer, trostloser Kummer.

Es war fast sieben, als sie Davids Schlüssel in der Haustür hörte. Sie hatte mehrere Stunden dagesessen, den Dufflecoat gehalten und weder das Feuer im Kamin angezündet noch das Licht angeknipst. Sie war einfach zu geschockt und erschöpft. Als David das Licht einschaltete, blinzelte sie. Er ging zu ihr und packte sie bei den Armen.

»Was ist passiert?«, fragte er erschrocken, »Sarah, was ist los?«

»Sie haben die Juden abtransportiert«, sagte sie.

»Ich weiß. Ich habe es gehört.«

Sein Gesicht war bleich und ratlos.

»Ich habe es gesehen. In der Tottenham Court Road. Dort gab es eine Protestdemonstration, Menschen wurden erschossen. Mrs. Templeman ist tot, sie ist tot ...« Sarah schluchzte auf und fing wieder zu weinen an. Er setzte sich neben sie und hielt sie fest umschlungen, wie er es seit einer Ewigkeit nicht mehr getan hatte. Seine Kraft gab ihr das Gefühl von Sicherheit, es war eine Zuflucht. Sie erzählte ihm die ganze Geschichte. Zum Schluss sagte er: »Es ist irgendein neuer Deal mit Deutschland, etwas anderes kann es nicht sein. Diese Bastarde.«

»Wo hast du es gehört? Im Krankenhaus?«

»Ja – dort wurde auch davon gesprochen. Nur, dass man Leute aus der Stadt gebracht hatte.«

»Wie geht's Onkel Ted?«

»Schon besser, er wird nächste Woche entlassen. Er ist schlecht gelaunt wie immer.« Dabei lächelte er kurz und unsicher und sah sie nicht an; in seinem Ton lag etwas, das ihr verriet, dass es gelogen war. Ihr Herz wurde schwer, und sie dachte: *Ich kann es nicht ertragen, nicht auch das noch.*

Leise sagte David: »Denkst du denn, dass sie dich suchen werden?«

»Ich weiß es nicht. Sie wissen ja nicht, wer ich war, sie haben mich nur gesehen. Sie werden Mrs. Templemans Ausweis gefunden haben, und sie werden im Quäkerhaus nachfragen und ihren armen Mann verhören. Sie hat 1940 auch einen Sohn verloren.« Sie runzelte die Stirn. »Ich spreche immer von Mrs. Templeman, aber ihr Vorname war Jane. Ich sollte sie Jane nennen.«

David nahm sie bei den Schultern, schüttelte sie sanft und zwang sie, ihn anzusehen. »Sarah«, sagte er eindringlich, »dieser Dufflecoat ist ein Beweisstück. Wir sollten ihn verschwinden lassen. Ich werfe ihn in die Mülltonne, sie wird morgen geleert.«

»Ja.« Sie seufzte. »Ja, das wird am besten sein.«

»Ich mache Feuer. Liebling, du bist ja halb erfroren. Hast du die ganze Zeit hier im Dunkeln gesessen?«

»Ja. Ich wusste nicht, was ich machen soll.«

»Dann bleib hier sitzen, damit dir erst einmal warm wird.«

»Es tut mir leid, David, es tut mir so leid. Ich habe euch alle in Gefahr gebracht …«

Sein Mund zuckte, und sie merkte, dass er ebenfalls den Tränen nahe war. »Was du getan hast, war sehr mutig, und sehr gut.«

»Was sollen wir jetzt nur tun?«

»Wenn wir diesen Dufflecoat los sind, gibt es keinen Beweis dafür, dass du es warst. Wir müssen es lediglich aussitzen.«

Doch sie sah ihm an, dass er besorgt war. »Was ist, wenn sie Joe und Ruth festnehmen und sie verhören?«

»Hast du ihnen deinen Namen gesagt?«

»Nein. Wirst du mir beistehen?«, fragte sie leise.

Er ergriff ihre Hände und sah sie an, voller Schmerz, aber auch schuldbewusst, wie ihr schien. Er sagte: »Natürlich werde ich das.« Er warf einen Blick auf die Uhr. »Es ist zehn vor sieben. Wir sollten die Nachrichten schauen.«

Sie nickte müde.

Als David den Fernseher einschaltete, lief immer noch *Songs of Praise*, eine Kirche voller Menschen, die alle kräftig und leidenschaftlich sangen, die Frauen mit großen Hüten, ein typischer Gottesdienst am Sonntagabend. Dann folgte der Abspann, und eine ernste Stimme kündigte eine Ansprache des Innenministers Oswald Mosley an. Und da war er schließlich. Er saß in seinem großen Büro, die gefalteten Hände auf dem Schreibtisch. Er wirkte entschlossen und vertrauenswürdig, wie immer makellos gekleidet, das Abzeichen der Schwarzhemden gut sichtbar auf dem Revers. Mit tiefer, wohlklingender Stimme hob er an:

»Heute Abend teile ich Ihnen mit, dass die Regierung nach langem Erwägen beschlossen hat, alle britischen Juden in spezielle Bezirke außerhalb der Großstädte umzusiedeln, die für sie vorbereitet worden sind. Zunächst kommen sie vorübergehend in Lager, wo sie warm und bequem untergebracht sind. Langfristige Lösungen wird es später geben. Die meisten wurden heute früh umgesiedelt. Wir halten diesen Schritt für notwendig, weil es Beweise gibt, dass Terroristen der sogenannten Widerstandsbewegung von subversiven Elementen aus der jüdischen Bevölkerung unterstützt werden. Durch die Unterbringung in separaten Lagern sind nicht nur wir geschützt, sondern auch die Juden vor sich selbst, vor Unruhen und Ausschreitungen durch diese Außenseiter.« Mosley lächelte beruhigend. *»Die heutige Aktion wurde mit typisch britischer Effizienz und Gutmütigkeit durchgeführt, sie verlief ruhig und ohne Zwischenfälle. Juden, die noch nicht umgesiedelt sind, werden aufgefordert, sich sofort bei ihrer nächsten Polizeidienststelle zu melden. Sie sollten Handgepäck je nach Bedarf und natürlich ihren Ausweis mitbringen.«*

Seine Stimme wurde streng. *»Diese Maßnahme ist notwendig für die Sicherheit Großbritanniens. Die Bedrohung durch Terroristen des Widerstands ist leider allgegenwärtig. Jeder Einzelne von uns muss wachsam sein, um seiner selbst und des Landes willen. Wir leben in schwierigen Zeiten, in der Heimat und im Empire.«* Er lächelte väterlich, und sein grauer Schnurrbart zuckte. In etwas milderem Tonfall fuhr er fort: *»Jedoch kann ich Ihnen auch mitteilen, dass aufgrund der Gespräche, die der Premierminister letzte Woche mit* *unseren deutschen Verbündeten führte, sowie der Aufstockung des britischen Truppenkontingents für Indien, die Mr. Powell heute bekannt gab, neue wirtschaftliche Abkommen beschlossen worden sind, die es britischen Firmen ermöglichen werden, noch intensiver mit Europa zusammenzuarbeiten …«*

Er sprach noch einige Minuten länger und erwähnte neue Joint Ventures zwischen britischen Waffenproduzenten und Krupp, um schwere Artillerie für den Krieg in Russland zu liefern, sowie gemeinsame wirtschaftliche Projekte zwischen ICI und IG Farben. Er schloss seine Rede mit ernster Stimme. *»Gemeinsam kann die britische Bevölkerung gegen Anarchie und Kommunismus siegen. God Save the Queen.«* Die Nationalhymne erklang, und Mosley stand stramm und streckte stolz die Brust vor. David schaltete den Fernseher ab. Er und Sarah starrten auf den dunklen Bildschirm.

»Kein Wort über die Menschen, die heute getötet worden sind«, sagte Sarah leise. »Nichts. Und was ist sonst noch im Land passiert?«

»Ich vermute, sie haben sich einen Sonntagmorgen dafür ausgesucht, weil da nur wenige Leute unterwegs sind und auch wenig Verkehr herrscht.« Mit seinen blauen Augen sah er sie eindringlich an. »Die werden das, was in der Tottenham Court Road passiert ist, unter den Teppich kehren, und vermutlich ähnliche Zwischenfälle anderswo genauso. Bestimmt wollen sie eine große, offizielle Untersuchung vermeiden.«

Plötzlich stand sie auf, den Dufflecoat in der Hand.

»Was ist los?«, fragte David.

»Musst du so – so gefühlskalt sein? Genau wie ein verfluchter Beamter? Ich habe heute Morgen erlebt, wie Leute erschossen wurden, junge Studenten, die um ihr Leben gerannt sind, eine Frau, die ich kannte, wurde getötet …«

Auch er war aufgestanden, und erneut packte er sie bei den Schultern. »Ich bin nicht gefühlskalt, Sarah. Du lieber Gott, das bin ich ganz und gar nicht.« Er holte tief Luft. »Das ist nur meine

Art, mit dergleichen fertigzuwerden.« Sie setzte sich wieder hin. Er nahm ihre Hand und sagte: »All das geht mir ebenso nahe wie dir. Vielleicht noch mehr.«

»Noch mehr?«

»Tut mir leid, ich meinte nicht …« Er schüttelte den Kopf. »Es ist nicht immer leicht bei meiner Arbeit. Ich sehe diese Leute, Mosley und die anderen Faschisten und ihre Freunde, wie sie in Downing Street ein und aus gehen. Und es ist mir genauso verhasst wie dir. Tut mir leid, Liebling.«

Sie dachte: *Vielleicht habe ich mich getäuscht, vielleicht liegt es wirklich nur daran, was um uns herum passiert, dass er in letzter Zeit so kalt und distanziert ist.* »Wie können die Menschen nur so einen Unsinn glauben, dass die Juden eine Bedrohung unserer Nation darstellten?«, fragte sie.

»Vorurteile hat es immer gegeben, und seit 1940 sind sie besonders angeheizt worden. Wenn eine Regierung den Leuten Jahr um Jahr dieselben simplen Geschichten auftischt, glauben die meisten irgendwann daran. Goebbels nannte es die große Lüge.« Er nahm den Dufflecoat. »Lass mich den wegbringen, ich werfe ihn in die Mülltonne und leere obendrauf die Papierkörbe aus.«

»Im Abfalleimer in der Küche sind auch Kartoffelschalen«, sagte Sarah müde, »und die Koteletts im Kühlschrank sind nicht mehr gut. Schütte das alles obendrauf, dann wird niemand darin herumwühlen.« Sie verspürte ein merkwürdig widerstrebendes Gefühl, als sie ihm den Mantel gab.

David zerriss den Ärmel des Dufflecoats, falls sich bei der Müllabfuhr jemand wundern sollte, weshalb er weggeworfen wurde. Er füllte die Mülltonne und trug sie durchs Haus in den Vorgarten. Ihr Nachbar brachte ebenfalls seinen Abfall nach draußen. Er nickte David zu. »Kalt heute Abend, was?«

David antwortete mit erzwungener Fröhlichkeit. »Ja, scheint, dass der Winter jetzt da ist.«

»Wetterbericht kündigt für morgen Nebel an.« Der Mann nickte wieder und ging ins Haus zurück. In dieser Straße sprach man unter Nachbarn nicht viel miteinander, überhaupt schienen die Leute den Kontakt mit Fremden immer mehr zu scheuen. David stand am Tor und blickte über die Straße. Der alte weiße Luftschutzbunker auf der anderen Seite des kleinen Parks wirkte gespenstisch. Er dachte an Sarahs Mut. Als er sie dort im Dunkeln sitzen sah, hatte er für einen Augenblick gedacht, man hätte ihn entdeckt und Sarah verhört. Einen Moment war er sogar froh gewesen, dass es jetzt vorbei war mit den Lügen und Heimlichkeiten, und seine alte, leidenschaftliche Liebe zu ihr war mit einem Schlag zurückgekehrt, ein Gefühl, das er unwiederbringlich verloren geglaubt hatte. Aber nach dem, was heute passiert war, konnte er ihr die Wahrheit nicht erzählen. Es war zu gefährlich.

Nachdem sie Franks Wohnung verlassen hatten, waren er, Geoff und Natalia durch die dunklen, nebligen Straßen gefahren und hatten eine Telefonzelle gesucht. Als sie endlich eine gefunden hatten, ging Natalia hinein. Geoff und David warteten im Auto. Sie sahen, wie sie ein Schillingstück nach dem anderen in den Schlitz warf. Sie musste sie in der Tasche bereitgehalten haben, zusammen mit der Pistole. Sie hielt sich eine geraume Weile in der Telefonzelle auf und gestikulierte mit lebhaftem Gesichtsausdruck. David fragte sich, ob sie mit Jackson telefonierte, aber er glaubte es eigentlich nicht, bei ihm hätte sie beherrschter gesprochen. Als sie wieder ins Auto stieg, sagte sie leise. »Morgen werden ein paar unserer wichtigsten Leute zusammenkommen.« Sie schwieg. »Ich glaube, wir werden Dr. Muncaster dort rausholen müssen. Wahrscheinlich schon bald.«

David fragte: »Hast du ihnen gesagt, dass er Vertrauen zu mir hat?«

»Ja. Wir werden dich wahrscheinlich wieder brauchen. Vielleicht sogar euch beide.«

»Ich würde es machen. Aber meine Frau müsste in Sicherheit sein.«

»Darum werden sie sich kümmern«, sagte Geoff.

»Und was ist mit den Juden?«

»Es ist wahr«, sagte Natalia ausdruckslos. »Sie sind abtransportiert worden. Wir haben nichts davon gewusst, Mosley hat alles vom Innenministerium aus organisiert.«

Sie sprachen wenig auf dem Weg zurück nach London. David schwirrte der Kopf. Er dachte über den Besuch bei Frank nach und überlegte, was zum Kuckuck mit den Juden passiert war. Die Straßen waren kalt, still und menschenleer. Sie fuhren nach Pinner und setzten Geoff vor seinem Haus ab. Natalia wollte David bis zum Anfang seiner Straße fahren. Sie sprachen nichts, aber als sie ankamen, stieg er aus, blieb neben dem Wagen stehen und schien sich plötzlich nicht weiterbewegen zu wollen. Sie kurbelte das Fenster herunter. »Alles in Ordnung mit dir?«, fragte sie.

»Ja.« Er holte tief Luft. »Wie konnte nur die Resistance nichts davon wissen, was sie mit den Juden vorhatten?«

»Wir haben niemanden im Innenministerium, auch nicht bei den höheren Ebenen in der Polizei. Leider nicht mehr.«

»Hatten wir denn Leute dort?«

»Wir hatten ein ganzes Netzwerk. Aber es flog auf, vor drei Jahren. Der Mann, von dem wir dachten, er gehöre zu uns, hat für die andere Seite gearbeitet. Damals sind viele Leute umgekommen.«

»Du trägst eine Pistole in der Tasche, nicht wahr?«, sagte David. »Ich habe es bemerkt, als der alte Mann in Franks Wohnung kam.«

»Es gibt Situationen, in denen man sich verteidigen muss. Das verstehst du doch auch.«

Er fragte: »Würdest du die Waffe jemals auf Frank richten?«

»Nur dann, wenn er denen in die Hände fallen sollte.« Sie sah ihm in die Augen. »Dann wäre es das Beste für ihn, glaube mir.«

»Hast du jemals einen Menschen getötet?«

Sie nickte langsam. »Habe ich. Aber nicht in England. Ich wünschte, es wäre niemals nötig. Aber manchmal ist es das.«

Er seufzte. »Ja, ich weiß.«

»Was ist los, David?«, fragte sie leise. »Seit wir den alten Mann in der Wohnung trafen, hast du fast – verzweifelt gewirkt. Es muss doch um mehr gehen, als deinen alten Freund in diesem Zustand zu sehen.«

Er lächelte traurig. »Vielleicht sind wir Engländer doch nicht so gut darin, unsere Gefühle unter Verschluss zu halten.« Er zuckte die Schultern. »Es geht um das, was heute mit den Juden passiert ist. Das hat mich schockiert.«

Sie nickte, dann sah sie ihn lange und forschend an. Sehr leise und vorsichtig sagte sie: »Ich erinnere mich an meine jüdischen Freunde in der Slowakei. Ich sah, wie sie reagierten, als es wirklich schlimm wurde.«

David trat einen halben Schritt zurück und wäre fast vom Kantstein gerutscht. *Sie hat es erraten,* dachte er.

Durchs Fenster ergriff sie seine Hand und hielt sie sehr fest. »Wer weiß es noch?«, fragte sie.

»Niemand.« Davids Herz klopfte wie wild. »Nur mein Vater. Meine Mutter war eine irische Jüdin. Ihre Papiere wurden während der Unruhen in Irland vernichtet, da ist sich mein Vater sicher. Er ist Rechtsanwalt. Bei der Volkszählung habe ich gelogen und beide Eltern zu Katholiken gemacht.«

»Und er ist jetzt in Neuseeland?«

»Richtig.«

»Deine Frau weiß es nicht?« Sie klang überrascht.

»Nein. Woher weißt du es?«

»Wie ich schon sagte, ich habe gesehen, wie Menschen reagieren. Manche sind hocherfreut, wenn Juden abgeholt werden. Anderen ist es egal, sie halten sich aus allem raus. Manche sind todunglücklich. Aber ich glaube, nur die, die selbst von dem Risiko betroffen sind, zeigen diese Angst, diese Trauer, die ich heute bei dir gesehen habe. Und« – sie lächelte zögernd – »ich beobachte dein Gesicht oft. Deine Mimik.«

Er fragte: »Wirst du es ihnen erzählen, Jackson und seinen Leuten?«

»Unseren Leuten.« Sie zögerte. »Nein, ich werde es ihnen nicht sagen, obwohl ich eigentlich dazu verpflichtet wäre. Aber das solltest du selbst tun.«

Er sah sie eindringlich an. »Du sagtest, du seist in deiner Heimat mit einem Deutschen verheiratet gewesen.«

»Das ist eine lange Geschichte.« Um ihren Mund zuckte es. Dann drückte sie ein letztes Mal überraschend fest seine Hand. »Sei vorsichtig.«

»Ich bin schon jahrelang vorsichtig.«

»Ich weiß.« Natalia biss sich auf die Lippe, dann kurbelte sie das Fenster hoch und fuhr langsam davon.

22

Gunther rief aus einer Telefonzelle am Stadtrand von Birmingham im Senatshaus an. Syme blieb im Auto sitzen. Gessler hatte auf den Anruf gewartet und bestellte ihn zu einem ausführlichen Debriefing, sobald er wieder in London sei. Gute zwei Stunden später setzte Syme ihn vor der Botschaft ab, und Gunther eilte unverzüglich nach oben in Gesslers Büro. Sein Chef hörte aufmerksam zu, als Gunther ihm seinen Eindruck von Muncaster schilderte, als einen Mann, der vor Angst fast verging, aber ausweichend und verschlossen reagierte. Er berichtete außerdem von Muncasters anderen Besuchern, die vor ihnen in der Wohnung gewesen waren und sie vermutlich durchsucht hatten.

Gessler zog die Brauen zusammen, sodass sie sich fast in der

Mitte trafen. Er schien beunruhigt. »Waren die von der Resistance?«

»Könnte sein. Warum sollten sie sonst die Wohnung durchsuchen?« Gunther legte die Bilder, die er mitgenommen hatte, auf den Tisch und zeigte darauf. »Wenn es Freunde aus seiner Studentenzeit waren, dann sind sie hier drauf.«

»Verdammt!«, brach es aus Gessler heraus. Gunther war überrascht; am Freitag hatte er ihn als jemanden kennengelernt, der seine Gefühle unter Kontrolle behielt. Er wies Gunther an, seinen Bericht zu schreiben, dann nach Hause zu gehen und am nächsten Morgen wiederzukommen. Bis dahin wollte Gessler mit Berlin telefoniert haben.

Gunther saß in dem kleinen Büro, das man ihm zugewiesen hatte, und schrieb in seiner kleinen, sauberen Handschrift ohne Hast seinen Bericht. Das Büro war kahl bis auf den üblichen Schreibtisch und ein paar Stühle und Aktenschränke, außerdem ein Kleiderschrank, in dem seine Gestapo-Uniform hing. Er trug sie selten, weil er fand, dass er darin dick wirkte; sein aufgedunsenes Gesicht wurde durch die scharfen Linien der Uniform noch stärker betont. Er beneidete Gessler, der in seiner SS-Uniform so schneidig aussah, obwohl er zehn Jahre älter war. An den Wänden Bilder von Hitler und Himmler, auf dem Schreibtisch die Bilder von Bruder und Sohn. Durch das Fenster genoss man einen Panoramablick auf London, genau wie in Gesslers Büro. Eine Stunde später ging er zu Fuß nach Hause. Er war todmüde.

Er aß eine Kleinigkeit und sah sich die Nachrichten im Fernsehen an, worauf eine Wiederholung von Mosleys Rede folgte. Es war gut, dass die Briten endlich gehandelt hatten, aber Gunther fragte sich, warum dies grade jetzt der Fall war. Ehe er zu Bett ging, las er noch einmal den Brief seines Sohnes. Gunther hatte Michael im letzten Sommer auf der Krim besucht. Zwei Tage lang war er mit dem Zug durch die Wälder und Sümpfe Weißrusslands gerattert, dann über die ukrainischen Ebenen, wo im

Abstand von jeweils einer Meile bemannte Wachttürme aus Beton an der Strecke standen. Michael hatte sich gefreut, seinen Vater wiederzusehen, und sie waren fast jeden Tag am Strand gewesen. Sein Sohn war ein begeisterungsfähiges Energiebündel, blond und sportlich. Es war derselbe ungezügelte Enthusiasmus wie bei Hans, auch konnte man die körperliche Anmut seines Zwillingsbruders bereits erahnen. Michael war im Oktober elf geworden, und Gunther hatte lediglich eine Karte und ein Geschenk schicken können.

Jetzt ging er zu Bett, aber er schlief schlecht und wälzte sich unruhig hin und her. Er hatte einen wirren Traum, in dem er mit seinem Bruder wieder in dem Wald am See war, wo Heydrich zu ihnen gesprochen hatte. Hans blickte über das Wasser, auf seinem Gesicht lag eine unendliche Traurigkeit.

Am nächsten Morgen um acht Uhr war er wieder in der Botschaft. Als er Gesslers Büro betrat, blickte dieser aus dem Fenster über die Stadt hinweg. Seine Augen waren blutunterlaufen, und er war unrasiert, außergewöhnlich für einen sonst so adretten Mann. Wahrscheinlich hatte er die ganze Nacht durchgearbeitet. Wieder war der Himmel kalt und bleigrau, es herrschte leichter Nebel. Gessler deutete auf einen Stuhl. Sein Gesicht war ernst, er schien angespannt und besorgt, ganz anders als am Freitag.

Gunther spürte immer noch die Traurigkeit und Leere, die er am Abend zuvor empfunden hatte. Er versuchte auch nicht, dagegen anzukämpfen, denn es half ihm, distanziert und sachlich zu bleiben. Der Bericht, den er am Abend geschrieben hatte, lag auf Gesslers Schreibtisch, zusammen mit dem Bild von Franks Studienfreunden. Um das Schweigen zu brechen, sagte er: »Die Zeitungen sind voll von Berichten über den Abtransport der Juden. Die Regierung beglückwünscht sich selbst zu einer reibungslosen Aktion.«

Gessler wandte sich um und antwortete mit einem Nicken und einem sparsamen Lächeln, wie ein strenger Lehrer, der die gute Arbeit eines Schülers zur Kenntnis nimmt. »Das ist doch zu Hause auch Ihr Arbeitsgebiet, nicht wahr? Aber wie ich höre, verlief die Sache hier doch nicht so ganz ohne Probleme. Und natürlich«, fügte er in verächtlichem Ton hinzu, »mussten einige Pfaffen Ärger machen und versuchen, Proteste zu organisieren. Wenn England bloß katholisch wäre! Der Papst weiß nämlich ganz genau, dass seine wirklichen Feinde die Kommunisten sind.«

»Aber man hat sie doch alle zusammengetrieben, oder?«

»Fast alle. Annähernd 150.000. Natürlich wusste ich, dass es passieren würde, aber leider durfte ich Ihnen vorher nichts davon erzählen.« Die alte Selbstgefälligkeit war wieder da. »Diese Operation musste streng geheim gehalten werden, um den Erfolg zu garantieren.«

»Selbstverständlich.«

»Sie ist Teil einer größeren Übereinkunft zwischen beiden Regierungen. Bisher haben die Briten sich immer gegen jeglichen Druck von unserer Seite gewehrt. Aber jetzt«, sagte er mit kühlem Lächeln, »bekommen wir vielleicht doch noch ein judenfreies Europa. Mit den Franzosen reden wir auch über eine endgültige Säuberung dort drüben.«

Gunther nickte. »Und was passiert jetzt mit den britischen Juden?«

»Die kommen erst mal auf die Isle of Wight, dann ab nach Osten. Hoffentlich bald. Man trifft Vorbereitungen für ihre Aufnahme in Polen. Damit die Öfen in Auschwitz voll ausgelastet sind.« Er lächelte wieder. »Beaverbrook war eigentlich nie besonders antisemitisch, aber er begreift, wann und wenn es um seinen Vorteil geht.«

»Er ist ein Weichei und korrupt. Genau wie Laval. Und wie Quisling. Wir brauchen bessere Männer als sie, wenn wir ein neues Europa aufbauen wollen.«

Gessler nickte zustimmend. »Ja. General Franco ist der Einzige, der wirklich Rückgrat hat. Er hat seine Feinde gleich bei der ersten Gelegenheit umgelegt.« Er seufzte und kratzte sich die kahle Stelle auf dem Kopf. Dann sagte er leise: »Ich habe letzte Nacht lange mit Berlin gesprochen. Der Führer ist tatsächlich schwer krank, man sagte mir, er könne jeden Moment sterben.« Er beugte sich vor. »Ich habe Erlaubnis, Ihnen das mitzuteilen, denn wenn er stirbt, wird es einen Machtkampf geben. Deshalb müssen diejenigen, die loyal zur SS stehen, sich bereithalten.«

Gunther wurde es plötzlich kalt. »Bereit wofür?«, fragte er.

»Ein Machtkampf zwischen uns und der Armee. Es sieht nicht gut aus in Russland, und wir vermuten, dass die Russen diesen Winter eine Großoffensive vorhaben. Außerdem ist bei unseren Truppen im Kaukasus die Beulenpest ausgebrochen. Die Armee will eine Einigung, wonach die Russen alles östlich von Moskau und nördlich des Kaukasus behalten.«

»Was? Mit den Kommunisten? Schukow und Chruschtschow?«, fragte Gunther bitter. »Denn das sind sie doch, ganz gleich wie sie es drapieren und von ihrem Großen Patriotischen Krieg schwafeln.«

»Nein. Der SS-Geheimdienst ist überzeugt, dass die Armee bereits auf andere russische Fraktionen setzt. Das kriminelle Element, das es im kommunistischen Staat immer gegeben hat – einige davon sind zu Geld gekommen, jetzt, da die Russen bestimmte Märkte wieder geöffnet haben. Und einige in der russischen Sicherheitspolizei, alte NKWD-Leute, die sich während des Nazi-Sowjet-Pakts mit unserem Militär angefreundet hatten. Es wird ein Verbrecherstaat sein, der die alten ethnischen Gegenden von Russland regieren würde.«

»Eine ewige Gefahr für uns.« Er dachte an seinen Bruder Hans. »Und dafür haben fünf Millionen Deutsche ihr Leben gelassen?«

»Deshalb müssen wir bereit sein. Falls die SS gegen die Armee kämpfen muss, was Gott verhüten möge.«

»Und was ist mit der Partei?«

Gessler schüttelte den Kopf. »Die ist gespalten. Speer ist auf Seiten der Armee. Reichsführer Goebbels ist das ranghöchste

Parteimitglied, jetzt, wo Göring tot und der arme Rudolf Hess in der Irrenanstalt ist: Er ist der Nachfolger, vom Führer dazu bestimmt. Er könnte die Sache so oder so entscheiden. Er ist dabei, seine Position zu stärken, und das ist auch der Grund für diesen Deal mit Beaverbrook. Die Verbindung zwischen Deutschland und Großbritannien stärken, ihnen wirtschaftliche Unterstützung zusichern, die wir uns gar nicht leisten können, und sich im Gegenzug der Juden entledigen.«

»Goebbels ist, was die Juden anbelangt, immer sehr zuverlässig gewesen.«

»In der Sache mit Russland schwankt er aber noch. Dies könnte ein Manöver sein, um Deutschland enger an Großbritannien zu binden, und dadurch an die Vereinigten Staaten. Man munkelt, dass Stevenson über ein Embargo für europäische Waren nachdenkt; wenn er das tut, würde es uns schwer treffen. Goebbels ist zwar dem Führer gegenüber loyal, aber wenn dieser stirbt ...«

Gunther dachte nach. »Wenn die britischen Juden erst deportiert sind, haben die Amerikaner keine Wahl, sie müssen die Tatsachen akzeptieren. Dann hätten sie kein Druckmittel mehr.«

Gessler entgegnete: »Wenn es in Deutschland einen Machtkampf geben sollte, könnte das bis in diese Botschaft Wellen schlagen.« Er schüttelte den Kopf. »Nach all unseren Siegen hatte ich gedacht, wir könnten nicht mehr verlieren, wir seien allmächtig. Aber jetzt ...«

»Das können wir immer noch sein, wenn wir den Mut nicht verlieren«, entgegnete Gunther. »Die Macht der SS wächst seit zwanzig Jahren ständig.«

Darauf Gessler, mehr zu sich selbst als zu Gunther: »Wenn es einen Machtkampf gibt und die SS verliert, dann können sie uns wohl nicht alle erschießen. Wahrscheinlich werden wir degradiert und versetzt.« Plötzlich wurde er milder, er sprach geradezu vertraulich. Er nahm seinen Kneifer ab und rieb sich den Nasenrücken. »Ich frage mich nur, wohin. Ich war 1942 in Leningrad, wissen Sie. Nachdem die Armee die Stadt völlig eingekesselt hatte und die Bewohner im Laufe des Winters verhungert waren. Die Wehrmacht hat nie gezögert, wenn es darum ging, in Russland das Notwendige zu tun. Manche geben vor, Skrupel zu haben, wenn sie vom Frieden sprechen, aber ich habe gesehen, wie die Jungs dort mit den Russen umgegangen sind. Nur verlieren in den höheren Offiziersrängen immer mehr das nötige Rückgrat. Schwäche im Angesicht des Feindes.« Still und nachdenklich saß er da. »Ich war mit der ersten SS-Truppe in Leningrad, im April, um ein paar der Überlebenden zu befragen – hauptsächlich kommunistische Parteibonzen, die den spärlichen Rest, der noch übrig war, an sich gebracht hatten, aber trotzdem sahen sie aus wie wandelnde Skelette. Mein Gott, hat es in der Stadt – oder besser der Ruine, die unsere Artillerie und die Bomben davon übrig gelassen hatten – gestunken. Drei Millionen Leichen, die in den Trümmern verfaulten. Das konnte gefährlich werden, wissen Sie, besonders wenn viele auf einem Haufen lagen – sie zersetzten sich sehr schnell, wenn der Schnee schmolz. Dann sammelte sich innen Gas an, und schließlich platzten sie. Man konnte nachts hören, wie sie explodierten. Wölfe waren in die Stadt geschlichen, und natürlich krochen überall Ratten herum. Kein Wasser, keine Abwässer – wir mussten nach einem Monat wieder raus, denn in der Truppe hatte sich Typhus ausgebreitet. Es ist ja noch immer abgesperrt. Moskau konnten wir wenigstens ohne lange Belagerung einnehmen, wir warfen die Bewohner einfach raus und schickten sie in Lager, wo sie still und leise verhungerten. Der Führer will die Gebäude abreißen und dort einen See anlegen lassen, wenn wir siegen. Aber ich will nie wieder in den Osten, es war zu schrecklich.« Angewidert verzog er das Gesicht, dann seufzte er und sah Gunther an. »Ihren Unterlagen entnehme ich, dass Sie geschieden sind, Hoth.«

»So ist es. Aber ich habe einen Sohn auf der Krim.«

»Ich habe eine Frau und zwei Töchter, in Hannover. Dort war ich Sportlehrer an einer Schule, als ich aus dem Großen Krieg nach Hause kam. Dann trat ich in die Partei ein, danach in die SS. Ich bin gut vorangekommen.«

Ein kleiner Goldfasan, dachte Gunther, *der es nie wieder schwer haben möchte.* »Wir werden es schaffen«, sagte er leise.

Gessler schlug mit der Hand auf die Tischplatte, seine Stimmung hatte sich von einem Augenblick zum anderen geändert. »Natürlich werden wir es! Daran darf niemand zweifeln!« Er atmete zweimal tief durch, setzte seinen Kneifer wieder auf und sprach ruhig weiter. »Bitte wiederholen Sie gegenüber anderen nichts von dem, was ich Ihnen erzählt habe.«

»Natürlich nicht.«

»Vielleicht sind es auch nur Gerüchte. Sie wissen ja, wie es im Hauptquartier zugeht.«

»Selbstverständlich.« Aber innerlich fröstelte Gunther noch immer.

»Nun zu diesem Besuch, den Muncaster hatte«, sagte Gessler wieder ganz sachlich. »Glauben Sie immer noch, die könnten von der Resistance gewesen sein? Nachdem Sie die Sache überschlafen haben?«

»Das glaube ich. Ganz sicher kann ich mir natürlich nicht sein, aber möglich wäre es.«

»Warum hat Dr. Wilson Ihnen nichts von den anderen Besuchern erzählt?«

»Ich glaube, er wusste gar nichts davon.«

»Wir werden ihn heute Morgen anrufen.« Gessler schüttelte den Kopf. »Wenn sie von der Resistance waren, woher wussten sie von Muncaster?«

»Die plausibelste Antwort ist, durch die Amerikaner. Der Bruder wird ihnen alles darüber berichtet haben.« Gessler nickte. Gunther dachte: *Alles worüber? Was genau war es, das Muncaster wusste? Und wie viel weiß Gessler darüber?*

»Und der alte Mann hat definitiv erzählt, Muncaster habe gesagt: Die Deutschen dürfen es nicht wissen?«

»Das ist richtig.«

»Da dies sehr wichtig sein könnte, ist man in Berlin der Meinung, dass man Muncaster herbringen und verhören sollte. Er würde schnell einknicken, da bin ich mir sicher, wir würden sehr bald herausfinden, ob er wirklich etwas Wichtiges weiß.«

Gunther fuhr fort: »Ich glaube, es würde schon genügen, ihn in den Keller einzusperren und ihm ein paar mögliche Behandlungsdetails zu nennen.«

»Gut. Ein richtiges Verhör eines britischen Staatsangehörigen wäre politisch heikel. Die behalten diese Sachen lieber selbst in der Hand.«

»Ich weiß.«

Gessler runzelte abermals die Stirn und trommelte mit den Fingern auf der Tischplatte. »Und das ist unser Problem. Am liebsten würde ich einen SS-Trupp in dieses Krankenhaus schicken und ihn einfach mitnehmen. Aber der Befehl aus Berlin lautet, jedes Aufsehen zu vermeiden. Wenn die britischen Behörden feststellen, wie wichtig Muncaster ist, werden sie ihn für sich behalten wollen. Auf keinen Fall wollen wir den britischen Geheimdienst in diese Sache verwickeln, die sind unzuverlässig, lauter wilde Abenteurer. Und wenn die Leute von der Resistance ihrerseits hinter Muncaster her sind, dann dürfen sie nicht erfahren, dass wir an der Sache dran sind, sonst könnten sie versuchen, ihn vorher zu kidnappen oder umzubringen.«

»Sie haben ja bereits Kontakt mit ihm aufgenommen. Wenn er etwas weiß, was die Amerikaner der Öffentlichkeit vorenthalten wollen, warum haben sie ihn nicht schon umgebracht?«

»Vielleicht wollen die Amerikaner ihn lebend. Vielleicht will die britische Resistance diese Geheimsache für sich selbst.«

»Und was ist, wenn diese Besucher wiederkommen?«

»Dr. Wilson wird strikte Anweisung bekommen, dann einen guten Freund von uns im britischen Innenministerium anzurufen. Er wird es tun; zwar wird er sich etwas zieren, aber schließlich weiß er, dass er seinen Job aufs Spiel setzt, wenn er nicht gehorcht.«

»Vergessen Sie nicht, dass er einen Verwandten im Gesundheitsministerium hat.«

»Es ist das Innenministerium, das zählt. Und in der Zwischenzeit müssen wir uns die Leute auf dem Universitätsfoto ansehen, von denen der alte Mann zwei zu erkennen glaubte. Das bringt mich zum nächsten Punkt. Wie lief es gestern mit Syme?«

Gunther hatte bereits über seine Antwort nachgedacht. »Sehr gut. Er hat bei der Befragung Muncasters das Wort geführt, sich aber von mir leiten lassen. Ich glaube, Muncaster hat nicht einmal gemerkt, dass ich Ausländer bin. Danach hat Syme mir geholfen, in die Wohnung zu gelangen.«

»Wie weit können Sie ihm vertrauen?«

Gunther dachte nach. »Er ist nicht ganz einfach. Er leidet unter einem gewissen Komplex, weil wir das Sagen haben. Er ist nicht dumm, er hat gemerkt, dass es bei dieser Sache um mehr geht. Aber er liebt Geld und ein gutes Leben, und ich habe ihm gesagt, dass wir ihn für seine Hilfe belohnen werden.«

Gessler tippte auf das Bild der Studenten aus Oxford. »Würden Sie ihm anvertrauen, sich um diese Angelegenheit zu kümmern? Herauszufinden, wer die Leute auf dem Bild sind? Natürlich werden sie in der Klinik falsche Namen angegeben haben.«

»Ich glaube, das könnte ich. Aber man müsste wachsam sein, denn wenn es zu einem Konflikt zwischen britischen und deutschen Interessen kommt, wäre ich mir nicht sicher, auf welcher Seite er stünde. Er ist ein guter Faschist, aber, wie gesagt, mit einem Komplex. Die Frage einer Belohnung wäre ziemlich wichtig.«

»Sie mögen ihn nicht, stimmt's?«, fragte Gessler.

»Nein. Aber das ist unwichtig. Ich glaube, er kann uns sehr nützlich sein.«

»Dann setzen wir auf seine Geldgier.« Gessler lächelte. »Das funktioniert fast immer.« Seine alte Zuversicht war zurückgekehrt, als hätte das Gespräch über Hitlers Krankheit nie stattgefunden. »Ich spreche mit seinem Vorgesetzten. Er soll Syme Kontakt mit Oxford aufnehmen lassen, um herauszufinden, wer die Leute auf dem Bild sind. Gehen Sie heute Abend mit Syme in ein erstklassiges Restaurant, vielleicht das Café de Paris, wir können Ihnen dort einen Tisch reservieren. Loben Sie ihn für seine Hilfe, erzählen Sie ihm, dass die deutsche Regierung ihm aus Dankbarkeit ein Reichsmark-Konto einrichten wird.« Er blickte auf die Uhr an der Wand. »Und jetzt erwarte ich gleich einen Anruf aus Berlin. Gehen Sie in Ihre Wohnung, schmieren Sie Syme Honig ums Maul. Und im Übrigen warten Sie auf einen Anruf.« Er sah Gunther scharf an. »Aber seien Sie bereit, für alles. Und denken Sie daran, es ist Heydrichs Wunsch, dass Muncaster in unsere Hände fällt. Und sollte es hart auf hart kommen, ist Syme entbehrlich.«

Am Abend ging Gunther mit Syme wie besprochen zum Dinner im Café de Paris. Nachdem er in seine Wohnung zurückgekehrt war, hatte er in Symes Büro angerufen und sich betont freundlich gegeben. Dann hatte er, da er die Wohnung nicht verlassen sollte, in der Botschaft angerufen und gefragt, ob man ihm einen Smoking beschaffen könne. Der wurde eine Stunde später geliefert, genau seine Größe, zusammen mit einem gestärkten und tadellos gebügelten Hemd. Man hatte auch einen Tisch im Restaurant reservieren lassen, was so kurzfristig bestimmt nicht einfach gewesen war.

Immer wieder musste er über Gesslers Worte nachdenken. Objektiv betrachtet war ihm natürlich klar gewesen, dass Hitler schwer krank war und sterben könnte und Politik sich dann schwieriger gestalten würde. Aber es war doch etwas anderes, persönlich zu erfahren, dass dies nun wahrscheinlich kurz bevorstand. Mehr als zwanzig Jahre lang hatte Gunther den Führer als ein fast übermenschliches Wesen betrachtet, dem gebrochenen deutschen Volk vom Schicksal gesandt. Er erinnerte sich an die Plakate, die in den Dreißigerjahren auf den Straßen zu sehen waren: *All das verdanken wir dem Führer*. Er wusste, dass Martin

Bormann zwar Hitlers rechte Hand, aber gleichzeitig ein Niemand war. Gessler hatte recht, die Schlüsselfigur war Goebbels. Für welche Seite würde er sich entscheiden, für die SS oder für das Militär? Gunther saß da und sinnierte, aber über allem schwebte die kalte Angst bei dem Gedanken, dass Hitler, der Grundpfeiler, in naher Zukunft nicht mehr sein würde.

Erschöpft von seinen Grübeleien, legte er sich schließlich aufs Bett und fiel in einen unruhigen Schlaf. Er träumte von seinem Sohn. Michael ging über ein Stoppelfeld, von dem Gunther wusste, dass dort Minen verborgen waren, aber irgendwie war es ihm nicht möglich, den Jungen zu warnen. Dann sah er einen anderen Mann über das Feld kommen und auf Michael zugehen. Es war sein Bruder Hans. Er wusste, dass Hans und Michael gleich zerrissen werden würden, aber obwohl er versuchte, ihnen etwas zuzurufen, konnte er nicht sprechen, sondern war nur zu einem leisen Krächzen fähig. Nach Luft schnappend, wachte er auf.

Es kam kein Anruf von der Botschaft, und um sieben Uhr rief er in Gesslers Büro an, wo eine kühl-effiziente Sekretärin ihm mitteilte, man würde ihn, falls nötig, im Café de Paris anrufen. Er ging zur Untergrundbahn am Euston Square. Es war leicht neblig, einschließlich Schwefelgeruch, der ihn zum Husten reizte, wie immer, wenn er in London war. Wenn es so weiterging, würde er sich eine Gesichtsmaske anschaffen müssen. Er dachte an seinen Albtraum und fühlte sich ratlos und leer. Allerdings durfte er sich Syme gegenüber nichts anmerken lassen.

Auf dem Bahnsteig sah er ein großes, grelles Plakat: ein Clown mit bemaltem Gesicht, der einen brennenden Reifen hielt, durch den ein Löwe sprang. *Großes Weihnachtsspektakel in Billy Smarts Zirkus.* Er fragte sich, ob es wohl auf der Krim auch einen Zirkus gab.

Das Café de Paris war ein großes Lokal im Untergeschoss. Gunther kannte es von früheren Besuchen in England. Zumeist wurde es für langweilige Veranstaltungen der Botschaft benutzt. Er hatte gehört, dass es 1939–40, als in England die Angst vor deutschen Bomben groß war, als sicherstes Restaurant Londons galt. Die Beleuchtung war diskret, auf jedem Tisch eine kleine Lampe. Gunther hatte gehofft, einen der Tische auf der Galerie zu bekommen, die rings um die Tanzfläche verlief – irgendwie fühlte er sich immer sicherer, wenn er seine Umgebung von oben überblicken konnte –, aber er wurde zu einem Tisch in der Nähe der Tanzfläche geführt, von wo man die Kapelle sehen konnte. Sie spielte lauten, misstönenden Jazz.

Gunther sah auf die Uhr, er war früh dran. Er blickte sich nach den Leuten an den anderen Tischen um. Ein paar ältere Damen trugen Ballroben, die jüngeren Frauen hingegen kurze Kleider, manche weit und berüscht, andere gewagt eng, viele mit Nerzstolen um die nackten Schultern. Vier Obersten der Wehrmacht saßen beisammen, vielleicht militärische Berater der Botschaft, Rommels Leute, Angehörige der Clique, die einen Deal mit dem Feind aushandeln wollten. Sie wirkten fröhlich und guter Dinge. An einem großen Tisch in der Nähe saß eine Gruppe Engländer mittleren Alters in Begleitung jüngerer Frauen, die wie Prostituierte aussahen und mit denen sie lautstark und fröhlich zechten. Ihrer lauten Unterhaltung entnahm er, dass sie Angehörige der ICI waren, die den Abschluss eines neuen Vertrags mit Siemens feierten. Eine Kellnerin kam, und er bestellte sich einen Orangensaft. Er wollte heute Abend nicht zu viel Alkohol trinken.

Eine Viertelstunde später traf Syme ein, in einem Smoking, der ihm etwas zu groß war. Gunther unterdrückte ein Lächeln, dann stand er auf und begrüßte ihn. Sie setzten sich. Syme blickte um sich, offenbar beeindruckt. »Tolles Restaurant, was? Ich habe schon davon gehört, war aber noch nie hier.«

»Wir wollten Ihnen unsere Wertschätzung zeigen.« Eine Kellnerin erschien. »Was möchten Sie trinken?«

»Einen Brandy, wenn das okay ist. Bisschen auf den Putz hauen. Was haben Sie denn da?«

»Orangensaft. Aber ich nehme jetzt auch einen Brandy.«

Etwas leiser sagte Syme: »Ich wurde heute zum Superintendenten gebeten.«

»Tatsächlich?«

Er lächelte verschwörerisch. »Man will, dass ich Ihnen weiterhin behilflich bin.«

»Und was halten Sie davon, William?«

»Es würde mich freuen.« Sein Gesicht wurde ernst. »Sieht aus, als hätten Sie ein gutes Wort für mich eingelegt. Ich bin Ihnen dankbar.«

»Wir tun, was wir können.« Die Getränke kamen, und Gunther hob das Glas. Syme rutschte auf seinem Stuhl herum, und wieder wünschte sich Gunther, er würde nicht immer so zappeln.

»Lassen Sie mich wissen, was Sie brauchen.« Syme lachte. »Wir werden Sherlock Holmes und Dr. Watson spielen und große Verbrechen aufklären.«

Gunther lächelte. Er hatte die Geschichten von Sherlock Holmes immer für ziemlich konstruiert und moralisierend gehalten; sie wiesen wenig Ähnlichkeit mit der wirklichen Welt auf. Die Kapelle war mit ihrer Tanznummer am Ende und Gunther dementsprechend erleichtert, doch dann erschien ein übertrieben schöner, südländisch aussehender Mann in einem Anzug mit glitzernden Revers auf der Bühne. Alles klatschte, und Syme stieß einen leisen Pfiff aus. »Wow, das ist ja Guy Mitchell.«

»Wer?«

»Ein amerikanischer Sänger. Er ist berühmt, nicht ganz so wie Crosby oder Sinatra, aber auch ziemlich gut. Man hört ihn oft im Radio.« Er lachte vergnügt. Der Mann sang zwei Nummern, er hatte eine gute Stimme, aber die Texte waren ziemlich schwachsinnig. Syme hatte sich umgedreht und sah zu, sein Fuß wippte im Takt mit. Gunther war erleichtert, als der Sänger sich verbeugte und von der Bühne verschwand, sein Magen knurrte, und er wollte endlich bestellen. Syme, der inzwischen beim dritten Brandy war, wandte sich wieder ihm zu.

»Tolle Musik, was?« Hoffnungsfroh blickte er hinüber zu den Mädchen am Tisch der Geschäftsleute. »Die werden später sicher tanzen. Diese Flittchen dort sind wohl nicht mehr frei, aber vielleicht gibt's ja andere, die zu haben wären.« Er zog die Brauen hoch. Gunther bemerkte seinen Cockney-Akzent wieder, der Alkohol hatte seine Zunge gelöst. Wie albern dieses englische Klassendenken doch war. Als Faschist sollte Syme eigentlich wissen, dass es nicht auf Klasse, sondern auf Rasse und Nationalität ankam. Rundheraus sagte er: »Sie sprechen jetzt ganz anders.«

Syme lächelte spöttisch. »Man muss schon versuchen, etwas vornehmer zu sprechen, wenn man es bis ganz nach oben schaffen will. Und die richtigen Ausdrücke kennen. »Also, wie wäre es, wollen wir uns ein paar saftige Flittchen anlachen?«

Gunther schüttelte den Kopf. »Ich habe im Moment nicht die Energie dazu. Und morgen muss ich früh raus.«

Ein Kellner kam, und sie bestellten. Das Essen war gut, aber die Kapelle setzte erneut ein, und sie mussten laut sprechen, um sich zu verständigen. Syme fragte: »Gefällt Ihnen die Musik nicht?«

»Nein. Es ist wie mit allem, was aus Amerika zu uns kommt. Laut, aufdringlich und unmelodisch.«

Amüsiert blickte Syme ihn an. »Was mögen Sie denn lieber, etwa dieses klassische deutsche Zeug?«

Gunther zuckte die Schultern. »Alles, nur das hier nicht.«

»Unser Kulturministerium versucht, die traditionelle Volksmusik wiederzubeleben, Moriskentänzer in albernen Perücken, die auf den Dorfplätzen mit grünen Zweigen wedeln und Blechflöten blasen.« Er lachte. »Mir ist etwas mit ein bisschen Swing schon lieber.«

»Negermusik. Ich dachte, Sie mögen keine Schwarzen.«

Syme beugte sich über den Tisch. Sein Gesicht war ernst. »Wissen Sie, mein Lieber, ich mag Sie. Aber Sie sollten die Gelegenheit nutzen und sich ein bisschen amüsieren. Und wieder Spaß am Leben finden.«

Gunther lächelte ironisch. »Mein Leben besteht aus Pflicht.«

»Die Generation, die alles geopfert hat, um Europa zu retten?«

»Genau wie Sie für Ihr Empire.«

Syme beugte sich noch weiter zu ihm herüber. »Hören Sie mal, ich weiß, die Russkis sind noch nicht ganz besiegt, aber bald werden sie es sein. Und überall sonst sind wir doch schon die Bosse. Wir haben alles. Das ganze Geld von den Juden, genau wie ihr, als ihr Euch 1940 die Schweiz mit den Spaghettifressern und den Froschfressern geteilt habt.« Er lachte. »Das war eine Meisterleistung. Ihr habt alle Schweizer Banken gekriegt und das gesamte Vermögen beschlagnahmt, das die Juden dort deponiert hatten, nachdem ihr an die Macht gekommen wart. Und dazu die russischen Vermögen. Deutschland und wir Seite an Seite, wir geben den Ton an und sacken die Beute ein. Das sollten wir ausnutzen.«

Gunther lächelte und neigte den Kopf. »Wenn diese Sache hier gut ausgeht«, sagte er, »dann könnte es sein, dass die dankbaren Deutschen Ihnen in Basel ein Konto einrichten.«

Symes Augen glänzten. »Das wäre – fantastisch.« Er grinste. »Man hat mir schon versprochen, wenn alles gut läuft, ist für mich ein Haus mit vier Schlafzimmern in Golders Green reserviert. Ein Judenhaus, vollgestopft mit teuren Möbeln.« Er nahm einen Schluck von dem Wein, den er bestellt hatte. »Leben Sie ein bisschen, mein Freund«, sagte er mit freundlicher Herablassung. »Ich für meinen Teil habe es vor.«

23

Nachdem David und Geoff mit Ben gegangen waren, blieb Frank im Ruheraum. Er drehte seinen Sessel wieder zum Fenster, damit er von der halb geöffneten Tür aus nicht gesehen werden konnte.

David hatte versprochen, ihm zu helfen und die juristische Seite zu prüfen, und Frank sagte sich, daran müsse er sich zunächst klammern. Es war so seltsam gewesen, ihn und Geoff nach all den Jahren wiederzusehen; David hatte sich nicht sehr verändert, obwohl Unsicherheit und Sorge sich in seinem Gesicht widerspiegelten, ebenso wie in Geoffs. Geoff war älter geworden, der blonde Schnurrbart veränderte sein Gesicht ziemlich stark. Frank wusste, dass er ein schreckliches Bild geboten haben musste; er selbst hatte sich an die schlecht sitzende, viel zu große Anstaltskleidung und seinen kahlen Kopf gewöhnt und dachte nicht mehr über sein Aussehen nach, aber es war ihm bewusst gewesen, was für ein fremdartiger Anblick er für seine alten Freunde gewesen sein musste.

Doch irgendwie war an der Unterhaltung etwas gewesen, das ihn verunsicherte, vor allem die Art und Weise, wie David und Ben sich angesehen hatten, als gäbe es ein stilles Einverständnis zwischen ihnen. Und dass Ben nicht gewollt hatte, dass David allein mit ihm redete. Was war der Grund? Und dass sie Frank nach seinem Bruder gefragt hatten, genau wie diese schrecklichen Polizeibeamten, die vorher da gewesen waren. Er fragte sich, ob er langsam paranoid wurde – ein Ausdruck, der in diesem Krankenhaus oft zu hören war –, denn es war doch eigentlich klar, dass David ihn nach dem Grund fragen musste, warum er hier war. Und doch hatte bei beiden Besuchen irgendetwas nicht ganz gepasst. Die Polizeibeamten waren ihm zutiefst unsympathisch gewesen. Die Freundlichkeit des großen Mannes war nur vorgetäuscht – Frank hatte es an seinen Augen gesehen –, und der dicke, stille Sergeant hatte etwas Furchteinflößendes an sich gehabt. Der Inspektor hatte den Sergeanten ein- oder zweimal angesehen, als sei er der Wichtigere von beiden. Sie hatten keine Ähnlichkeit mit den Polizeibeamten, mit denen er es bisher zu tun gehabt hatte.

»Wie geht's, Kleiner?« Frank fuhr erschrocken zusammen. Ben war hereingekommen, jetzt stand er neben ihm und sah ihn an.

»Ich habe Ihre Freunde verabschiedet, die fahren jetzt zurück nach London.«

»Ist gut.«

»Das lief doch ganz okay, oder? Sieht aus, als ob sie alles tun werden, um Ihnen zu helfen.«

»Ja. Ja, finde ich auch.«

Ben sah ihn mit seinen scharfen Augen an. »Muss schon bisschen komisch gewesen sein, sie nach so langer Zeit wiederzusehen. Und noch dazu gleich nach dem Besuch der Polizei.«

»Es – es ist ein aufregender Tag gewesen.«

»Sie kommen mir ein bisschen nervös vor, Frank. Es wird Zeit für Ihre nächste Tablette. Die hole ich jetzt. Danach habe ich frei.«

»Ja, in Ordnung.«

»Ich glaube, es wird am besten sein, wenn Sie Dr. Wilson und dem anderen Pflegepersonal erst mal nichts davon erzählen, dass Ihre Freunde Sie hier rausholen wollen«, sagte Ben mit betonter Lässigkeit.

»Warum nicht?«

»Nur fürs Erste. Lassen Sie Ihre Freunde zunächst die juristische Seite abklären. Damit sie, wenn sie mit Dr. Wilson sprechen, auf alle Argumente vorbereitet sind.«

Frank nickte zwar, aber plötzlich dämmerte ihm, dass es hier um irgendeine geheime Sache gehen musste, etwas, das mit Ben und David und Geoff zu tun hatte, und vielleicht auch mit der Polizei. *David würde mich doch sicher nicht verraten*, dachte er. *Andererseits: Warum sollte er es nicht tun? Was bedeutete Frank ihm schon?*

»Sehr vernünftig«, sagte Ben. »Ich hole jetzt Ihre Tablette.«

Er ging hinaus. *Ich werde sie nicht nehmen*, dachte Frank, *ich werde nur so tun, aber ich schlucke sie nicht. Ich muss gründlich nachdenken.* Seine verletzte Hand schmerzte. Er hielt die Armlehne seines Sessels so fest umklammert, dass es wehtat und die verkrüppelten Finger kribbelten.

Später holte ihn Sam, der ältere Wärter, der ihn zu den Polizeibeamten geführt hatte, zum Essen in den Speisesaal. Ben hatte ihm noch seine Tablette und ein Glas Wasser gebracht. Es war nicht schwer gewesen, die Tablette unter der Zunge verschwinden zu lassen und dann in die Tasche zu stecken, sobald der Wärter verschwunden war. Er musste wach bleiben, hellwach, um sich nicht überrumpeln zu lassen.

»Na los, Muncaster«, sagte Sam ungeduldig. »Zeit zum Abendessen. Auf, zum Speisesaal.«

»Na gut.«

Sam ging mit ihm den Korridor entlang zum Speisesaal. »Sie hatten einen ereignisreichen Tag.«

»Ja.«

»Was wollten die Bullen denn?«

»Das war bloß ein neuer Inspektor, der den Fall besprechen wollte.«

»Dieser Ältere, der Blonde, war das ein Engländer?«

Frank sah Sam an, plötzlich aufmerksam geworden. »Weiß ich nicht, er hat kaum geredet.«

Sam sagte: »Ich sah ihn im Korridor und dachte, er könne vielleicht Deutscher sein. Die halten sich alle so kerzengrade, auch dicke Männer wie er, vor allem, wenn es sich um Soldaten oder Staatsdiener handelt. Ich war nämlich im Großen Krieg in deutscher Gefangenschaft. Sind harte Kerle. Trotzdem, ich denke, man braucht solche Typen, um den Schlamassel aufzuräumen, in dem Europa steckt.« Aufmerksam sah er Frank an. »Er sprach gar nicht mit Ihnen, sagen Sie?«

»Kaum.« Frank täuschte Desinteresse vor.

Ihm schwirrte der Kopf, als Sam ihn in den Speisesaal mit den langen Tischen brachte, hinein in den Mief nach verkochtem Gemüse. Die Patienten bildeten entlang der Wand vor der Durchreiche eine Schlange, bewacht von Sam und zwei weiteren Wärtern. Frank reihte sich ein, während er immer noch verzweifelt darüber nachgrübelte, was diese Besuche bedeutet haben könnten.

Hatte Edgar etwa den amerikanischen Behörden gestanden, was er Frank erzählt hatte? Aber die Amerikaner würden doch bestimmt nicht die Briten involvieren, ganz zu schweigen von den Deutschen.

»Aufwachen, Muncaster«, sagte Sam. »Weitergehen, sonst gibt es nichts mehr.«

Frank fühlte sich gefangen, wie eine Ratte im Käfig. Er ging mit einem Tablett zur Durchreiche und bekam einen Teller mit grauer, unappetitlich aussehender Leber, matschigem Gemüse und klumpigem Kartoffelpüree, das mit einem Eisportionierer serviert wurde. Als er sich zu den Tischen umwandte, hörte er lautes Klirren und erschrak. Ein grauhaariger Mann hatte sich umgedreht und seinen Teller auf den Fußboden geworfen. Die anderen Patienten nahmen es lediglich mit beiläufigem Interesse zur Kenntnis; solche Dinge ereigneten sich hier oft. Ein kräftiger Wärter rannte hinüber und packte ihn fest beim Arm. »Jack, was zum Teufel bildest du dir ein!«

»Ich esse dieses Zeug nicht!«, rief der Patient. »Da sind Sachen drin, Chemikalien, die uns sterilisieren sollen. Ich will das nicht!«

»Halt die Klappe, du Esel! In dem Essen ist nichts! Wenn du dein Essen nicht willst, dann eben nicht. Komm jetzt, zurück auf Station.« Mit festem Griff führte der Wärter den Mann hinaus, der jetzt wie ein Kind heulte.

Frank gegenüber saß Patrick, ein kleiner dicker Mann in den Dreißigern mit einem ungepflegten schwarzen Bart. Er gehörte zu den Patienten, die wenig redeten, und verbrachte die meiste Zeit im Aufenthaltsraum vor dem Fernseher. Der diensthabende Pfleger sprach das Tischgebet, einen hastig heruntergeleierten Dank für das Essen, das Gott ihnen geschenkt hatte – ganz der Krankenhausordnung entsprechend. Die Patienten nahmen ihr Besteck, die Messer waren so stumpf und die Zinken der Gabeln so kurz, dass Frank anfangs Schwierigkeiten hatte, damit zu essen. Er zwang sich, wenigstens etwas von dem unappetitlichen Fraß auf seinem Teller zu sich zu nehmen. Er dachte, David würde doch bestimmt nicht mit den Deutschen zusammenarbeiten. Aber er war Beamter, er arbeitete für die Regierung.

»Die Leute werden unruhig«, sagte Patrick plötzlich. »Wegen diesem neuen Gesetz.«

Überrascht sah Frank ihn an. Patricks Blick war klar und wach. Es geschah hin und wieder, dass jemand, der wochenlang stumm herumgeschlurft war, plötzlich etwas sehr Vernünftiges sagte und man dann merkte, dass in diesem traurigen Geschöpf ein ganz normaler Mensch steckte.

»Der arme alte Jack«, fuhr Patrick fort. »Er hat Angst davor, sterilisiert zu werden. Kam mit siebzehn hier rein, weil er mit seiner Schwester rumgemacht hatte. Wusstest du das?«

»Nein. Und seitdem ist er hier?«

»O ja.« Aber damit schien Patricks Interesse abrupt erschöpft, und er konzentrierte sich darauf, ein Stück gummiartiger Leber auf seinem Teller herumzuschieben.

Frank hörte, wie einige Patienten sich darüber unterhielten, dass man die Juden aus den Städten deportiert hatte. Angeblich sollte im Fernsehen etwas darüber kommen, also gingen sie nach dem Essen in den Aufenthaltsraum, um Mosleys Ansprache zu hören. Die ruhige, sachliche Erklärung des Faschistenführers zu dieser neuesten Grausamkeit verstärkte Franks Angstgefühl nur noch mehr. Danach saßen sie lustlos herum und sprachen über die Deportationen; manche waren der Ansicht, dass sie längst überfällig gewesen waren, andere fanden sie unmenschlich, und viele hatten sie anscheinend gar nicht wahrgenommen. Frank schlich sich wieder zurück in den Ruheraum. Er ging auf und ab und fühlte sich unruhiger denn je, ein Kribbeln, als hätte er Ameisen auf der Haut. Er überlegte, ob er nicht doch seine Tablette nehmen sollte, tat es aber lieber nicht. Er musste klar denken können. Sein Atem ging schnell, wie in Panik, seine Gedanken überschlugen sich. War dieser Polizeibeamte ein Deutscher? Steckte er mit Ben und David unter einer Decke? Und wenn ja, was hatten sie vor?

An diesem Abend bekam er, wie alle Patienten, die übliche doppelte Dosis Largactil, damit er schlafen konnte. Dennoch wachte er in den frühen Morgenstunden auf: ringsum schlafende Patienten, die Nachtwache am Schreibtisch mit der Leselampe. Wieder dachte Frank an Selbstmord. Wenn er tot wäre, hätte er keine Möglichkeit mehr, sein Geheimnis zu verraten, und er wäre nicht mitverantwortlich für die schlimmen Dinge, die danach passieren würden. Er dachte: *Ich hätte gesiegt, alle Schmerzen und Angst wären vorbei, ich habe ohnehin keine Zukunft, außer einem Leben in einer Institution wie dieser. Und wenn ich den Deutschen in die Hände fallen sollte …*

Ein neuer Tag brach an. Aufstehen, anziehen, zum Frühstück gehen. Sam schob Dienst. Nach dem Frühstück gingen die Patienten zurück in den Tagesraum, wo sie ihre Medikamente bekamen. Frank nahm seine Tablette von Sam entgegen und täuschte abermals nur vor, sie zu schlucken. »Dr. Wilson möchte Sie um zehn Uhr sehen, Muncaster. Sie sollen auf Station bleiben«, sagte Sam.

Fast hätte Frank vor lauter Panik die Tablette tatsächlich verschluckt. »Was will er?«, konnte er gerade noch nuscheln.

»Weiß nicht. Das müssen Sie ihn fragen.«

Die Patienten drängten sich im Tagesraum um den Fernseher. Um neun Uhr wurde ein Fitness-Programm ausgestrahlt; die Menschen draußen schienen neuerdings alle von Fitness besessen zu sein. Frank hatte die Patienten voll Erwartung davon sprechen hören. Es hatte eine Vorschau über die Fitness-Kurse in den Butlin's-Ferienlagern gegeben, in denen halb nackte Frauen Streck- und Dehnübungen vollführten. Die Männer, von denen viele jahrelang kaum je eine Frau zu Gesicht bekommen hatten, grinsten erwartungsvoll, als sie sich hinsetzten.

Frank ging zurück zum Ruheraum. Er lehnte die Tür an. Draußen war es wieder neblig, vor den Fenstern sah man nur undeutliche, graue Gestalten. Was wollte Wilson von ihm? Wollte er etwa mit den Elektroschocks anfangen? Wollte er ihm mitteilen, dass die Polizei ihn abholen würde? Er blickte auf das große Bild an der Wand gegenüber, auf den Hirschen, von Hunden umgeben. In seiner Verzweiflung kam ihm eine Idee. Mit schlotternden Knien trat er vor das Bild. Es war schwer und mit seiner schwachen rechten Hand für ihn nicht einfach, das Bild vom Haken zu nehmen, selbst wenn er sich auf den Stuhl stellte, den er davorgeschoben hatte. Aber er schaffte es. Mit zitternden Armen ließ er es langsam herab und stellte es auf den Boden. Er war schweißgebadet. Nervös blickte er immer wieder zur Tür. Aus dem Tagesraum drang die fröhliche Stimme der Fernsehansagerin. Er stellte fest, dass sich hinter dem Bild ein großer Metallhaken befand, der tief im Mauerwerk verankert war.

Frank starrte ihn an. *Ich will nicht sterben.* Aber er würde es nicht für sich selbst tun, er würde damit sicherstellen, dass er sein schreckliches Geheimnis mitnahm. Er fasste den Haken mit beiden Händen und hängte sich mit seinem vollen Gewicht daran. Er bewegte sich nicht. Er ging erneut ans Fenster und blickte hinaus. Er tat langsame und tiefe Atemzüge und überlegte wieder, ob seine Einschätzung der gestrigen Vorfälle nicht vielleicht doch ein Irrtum war. *Schließlich waren die Nazis David und Geoff genauso unsympathisch wie mir.* Aber er hatte David mehr als zehn Jahre nicht gesehen. In dieser Zeit hatte sich alles verändert. Er dachte, seine beiden Freunde und der Polizeibeamte könnten zusammenarbeiten und versuchen, ihn gefügig zu machen. Und wenn man ihn wirklich unter Druck setzte, würde er zusammenbrechen, das wusste er. Er dachte an die Methoden, von denen man gehört hatte, mit denen die Deutschen Verhaftete zum Sprechen brachten. Er kniff die Augen zusammen. Plötzlich dachte er an seinen gefallenen Vater. Wenn er es tat, dann wäre das ebenfalls eine Heldentat. Von draußen erklang obszönes Gelächter. Er trat wieder zu dem Haken, in seinen Ohren rauschte das Blut. Nicht mehr lange, und man würde ihn abholen zu seinem Termin mit Dr. Wilson. Schnell zog er seine Jacke aus, dann sein zerknautschtes Hemd, das er zu einem dicken Wulst zusammendrehte. Es war schwierig, aber er brachte eine Art Schlinge zustande. Im Unterhemd stand er auf dem Stuhl und band das eine Ende des Hemdes fest um den Haken. Er war fest entschlossen, wie ein Soldat, der aus dem Schützengraben steigt. Das andere Ende des improvisierten Stricks schlang er sich um den Hals. Er beugte die Knie, um ihn festzuziehen. Es hielt. Dann sprang er.

24

Am nächsten Tag ging David wie gewöhnlich zur Arbeit. Es war immer noch kalt, der Himmel war bleigrau, und für später war wieder Nebel angesagt. Nach allem, was seit Freitag passiert war, fühlte es sich merkwürdig an, am Montagmorgen wieder zum Bahnhof zu gehen und zusammen mit den anderen Pendlern in den Zug nach London zu steigen.

Am Sonntagabend, nach Mosleys Fernsehansprache über die Deportationen, hatten David und Sarah bedrückt und schweigend im Wohnzimmer gesessen. Sarah hatte das Bedürfnis verspürt, Mr. Templeman anzurufen, aber es war ihr klar, dass sie das nicht durfte – eigentlich durfte sie ja nicht einmal wissen, dass ihre Freundin tot war. Beide erschraken, als das Telefon klingelte, aber es war nur wieder Irene, die wissen wollte, wie es Onkel Ted gehe, und sich dann nach den Weihnachtsplänen der Familie erkundigte. Sarah saß auf dem Stuhl neben dem Telefontischchen und war schon erschöpft von der Anstrengung, möglichst normal zu klingen. Sie nahm sich eine neue Zigarette, die sie am Ende der alten anzündete. Seit der Fernsehansprache hatten sie beide geraucht wie die Schlote, und die Luft um sie herum war blau. David entnahm ihren Antworten, dass Irene das Thema gewechselt hatte und jetzt über die Juden sprach.

Sarah wurde langsam ungehalten. »Wie kannst du behaupten, dass es angenehm für sie ist – man hat sie aus ihrem Zuhause gerissen, und sie mussten unter Bewachung losmarschieren, bestimmt kommen sie um vor Angst …« Schließlich sagte Sarah müde: »Es hat keinen Zweck, noch weiter darüber zu diskutieren, Irene.« Wütend knallte sie den Hörer auf die Gabel. »Wenn sie glaubt, zu diesem Thema etwas Bestärkendes von mir zu hören, dann ist sie an der falschen Adresse!«

»Sei vorsichtig, was du sagst. Denk daran, dass Steve Freunde bei den Schwarzhemden hat.«

»Ach, zum Teufel mit denen«, fauchte sie. Eigentlich war David froh, dass sie wütend war, denn daran merkte er, dass ihre Willensstärke wieder durchbrach, auch wenn sie ihn für kühl und übervorsichtig hielt.

Sie setzte sich wieder zu ihm aufs Sofa. Zusammen saßen sie da, starrten kettenrauchend auf den schwarzen Bildschirm und fürchteten, dass das Telefon erneut klingeln oder, noch schlimmer, jemand an die Tür klopfen könnte.

Am nächsten Morgen hatten sie nach einer schlaflosen Nacht rot geränderte Augen. Müde standen sie auf und begannen ihre tägliche Routine. Beim Frühstück fragte David Sarah, ob es ihr wirklich nichts ausmache, allein im Haus zu bleiben. Sie war noch im Morgenmantel, blass und erschöpft.

»Heute Morgen soll ich die Spielwarengeschäfte kontaktieren. Und ich werde mir einen Grund ausdenken, auch im Quäkerhaus anzurufen. Ich will wissen, ob jemand die arme Jane erwähnt.«

»Gib acht, was du sagst.«

»Natürlich.«

»Ich rufe dich in der Mittagspause aus einer Telefonzelle an, um zu sehen, wie es dir geht.«

»Warum kannst du nicht vom Büro aus anrufen?«

»Ich will lieber vorsichtig sein.«

»Wenn ich dieses Wort noch einmal höre, fange ich an zu schreien.«

In der überfüllten Bahn, die Hand fest am Griff über sich, stürmten die Erlebnisse der letzten Tage nochmals auf David ein. Natalia hatte sein Geheimnis erraten, der einzige Mensch, der ihn jemals durchschaut hatte. Sie hatte zwar gesagt, sie würde es niemandem verraten, aber ihre Loyalität galt ganz der Resistance und nicht ihm. Und wie würde es jetzt mit Frank weitergehen? Und mit Sarah, die durch ihn immer mehr in Gefahr geriet?

Die Leute lasen heute ihre Zeitungen außergewöhnlich intensiv. Ein älteres Ehepaar unterbrach die Lektüre immer wieder durch heftiges Flüstern. »Mistkerle. Ganz unglaublich, widerlich. Man muss sich schämen, Engländer zu sein.« Es schien ihnen egal zu sein, ob man sie hörte. Der eine oder andere Fahrgast runzelte wohl auch die Stirn, aber die meisten vergruben sich nur noch tiefer in ihre Zeitungen. Der Zug fuhr in einen Tunnel, und David bemerkte sein Spiegelbild im Fenster. Er sah erschöpft aus, gezeichnet von den Anstrengungen der letzten Tage. Er musste sich mehr zusammenreißen.

Als er das Verwaltungsgebäude betrat, hatte er zum ersten Mal das Gefühl, dass es keine sichere Zufluchtsstätte für ihn war. Seit Jahren wusste er, dass die Beamten hier eine bösartige Regierung unterstützten und hoffnungslos von ihr verdorben waren, aber jetzt war es das erste Mal, dass es ihn bis ins Mark erschütterte.

Im Aufzug unterhielten sich zwei Kollegen darüber, welche Auswirkungen die Deportationen auf die Beziehungen mit den Dominions haben würden. Sie sprachen in der typischen Art von Beamten, kühl und distanziert, als gehe es um ein rein theoretisches Problem.

»Natürlich haben wir das Gegenargument, dass sie ja selbst alle auch keine jüdischen Immigranten mehr aufnehmen, außer Neuseeland. Und selbst die sind der Meinung, dass es jetzt reicht.«

»Stimmt. Wer im Glashaus sitzt, sollte nicht mit Steinen werfen.«

»Genau.«

»Vielleicht kommt jetzt die Palästina-Lösung wieder ins Spiel.«

»Das glaube ich sicher nicht, mein Lieber. Da gibt es zu viele Unwägbarkeiten.«

»Hast du den neuen Flyer der Resistance gesehen?«

»Nein.«

»In meinem Zug lagen sie haufenweise am Boden. Das übliche Churchill-Gelaber – unsere Freiheit wird uns genommen, die britische Bevölkerung wird gespalten, wer wird der Nächste sein? Und natürlich voll von ›V‹s und ›R‹s. Und da drängt sich mir die Frage auf, ob man die Juden überhaupt als Briten bezeichnen kann.«

»Ja, tatsächlich. Das ist eine interessante Frage.«

»Vermutlich wird das alles wieder zu neuen Streiks und Unruhen führen.«

»Es wird alles immer noch schlimmer. Ich weiß, dass Mosley Vergeltungsmaßnahmen plant, nach denen die Familien von Mitgliedern der Resistance als Geiseln genommen werden sollen und für jeden toten Soldaten oder Polizisten einer von ihnen erschossen werden soll.«

»Die deutsche Methode, nicht wahr? Aber ich glaube, das ginge doch ein bisschen zu weit.«

»Vielleicht.«

David starrte reglos vor sich hin, während der Aufzug nach oben fuhr. Er empfand das dringende Bedürfnis, den beiden mit der Faust ins Gesicht zu schlagen.

An diesem Vormittag hatte er Mühe, sich zu konzentrieren; zum Glück war es nur Schreibtischarbeit, reine Routine. Er dachte an

Natalia, wie sie ihn mit ihren mandelförmigen Augen aus dem Auto angesehen hatte. *Du solltest es ihnen erzählen.*

Draußen senkte sich langsam der Nebel über die Stadt. Gegen Mittag schaltete David die Lampe an. In der Mittagspause ging er schwimmen, aber vorher rief er noch Sarah an. Sie hob sofort ab und klang ganz normal.

»Ich bin's, Schatz«, sagte er. »Gibt's was Neues?«

Jetzt wurde ihre Stimme unsicher. »Ja, im Quäkerhaus hat man mir gesagt, Mr. Templeman habe angerufen und mitgeteilt, seine Frau sei gestorben, ein Herzinfarkt. Ich habe ihn angerufen, um ihm mein Beileid auszudrücken. Der arme Mann. Er gab sich Mühe, tapfer zu sein, aber man merkte, dass seine Stimme kurz vor dem Versagen war.«

»Ein Herzinfarkt?«, wiederholte David ungläubig.

»Ja. Die Polizei kam zu ihm und sagte, sie sei vor dem Bahnhof von Wembley tot zusammengebrochen. Sie behaupteten, es sei ein Herzinfarkt gewesen. Er sagte, es würde eine Autopsie geben. Aber sie werden das Ergebnis natürlich fälschen, nicht wahr? Ich habe doch das Blut gesehen …« Sarahs Stimme war ebenfalls kurz davor zu versagen.

»Das wird ein Pathologe vom Innenministerium erledigen, und es wird nicht das erste Mal sein, dass sie etwas fälschen.«

»Mr. Templeman sagte, die Beerdigung sei nächste Woche. Ich möchte hingehen.«

»Ja, natürlich. Willst du, dass ich mitkomme?«, fragte er.

»Wieso denn? Du kanntest sie doch gar nicht. Oder hast du Angst, dass ich etwas Unüberlegtes von mir gebe?«

David schloss genervt die Augen. »Nein. Um dir beizustehen.«

Sarah seufzte. »Tut mir leid, ich wollte nur … ja, bitte komm mit.«

»Hör mal, das alles bedeutet doch, dass sie es vertuschen wollen, aber sie werden immer noch herauszufinden versuchen, was wirklich geschehen ist. Wir müssen weiterhin vorsichtig sein.«

»Ich weiß. Wann wirst du zu Hause sein?«

»Ich werde versuchen, etwas früher wegzukommen.«

»Ja, bitte tu das.« Sie machte eine kleine Pause. »Es ist schwer, nicht wahr?«

»Ja. Ja, es ist schwer.«

Er ging ins Büro zurück, tief in seinen Mantel vergraben. Carol war im Aufzug, zusammen mit einigen anderen Kollegen, die von der Mittagspause zurückkamen. Die Spitze ihrer schmalen Nase war rot vor Kälte. Sie strahlte ihn an. »Hallo, David. Grässliches Wetter, was?«

Es fiel ihm schwer, im fröhlichen Plauderton zu antworten. »Schrecklich. Ich hoffe, dieser Nebel setzt sich nicht fest.«

»Wird er nicht, heißt es wenigstens.«

Sie stiegen im zweiten Stock aus. Carol sah ihn besorgt an. »Geht's dir nicht gut?«

»Etwas erkältet, glaube ich.«

Sie lächelte. »Du siehst ein bisschen käsig aus, wenn ich das sagen darf.«

Er fragte sich, was Carol wohl von den Deportationen hielt. Sie war eine liebenswürdige Frau, aber man konnte nie wissen; es kam immer wieder vor, dass auch hochanständige Leute die schrecklichsten Dinge billigten.

»Hoffentlich geht's dir bis Freitag wieder besser«, sagte sie.

»Freitag?«

»Das Konzert. Bartok, in St. Mary's.«

»Ach, natürlich. Bis dahin geht es mir bestimmt besser.« Er hatte es vollkommen vergessen.

»Am neunten Dezember gibt es in der Queen's Hall ein Konzert. Beethovens Fünfte. Es ist ein bisschen weit, aber wenn wir unsere Mittagspause um eine halbe Stunde verlängern dürften …«

»Mal sehen.« Er wandte sich ab und wusste, dass er sie mit dieser brüsken Antwort gekränkt hatte.

Um kurz nach drei Uhr klopfte es energisch an die Tür, und Hubbold trat ein. Er setzte sich und zog seine silberne Schnupftabaksdose aus der Tasche. »Ich war gerade beim Staatssekretär«, sagte er abrupt. »Diese Sache mit den Juden wird viel Staub aufwirbeln. Die Kanadier und die Australier werden diese Woche beim Treffen der Hochkommissare ganz schön in Harnisch sein. Unser Standpunkt wird lauten, dass dies nicht nur zu unserem, sondern auch zu ihrem Schutz geschieht. Behandeln Sie die Sache mit Samthandschuhen, so ist die Order von oben. Gott sei Dank ist die Tagesordnung schon raus, sie können es also nur noch unter ›Sonstiges‹ bringen.« Er starrte David an. Wie immer war es unmöglich, den Ausdruck seiner Augen hinter den dicken Brillengläsern zu erkennen, aber es klang wie eine Aufforderung, als wollte er andeuten, dass dies eine ganz normale Angelegenheit wie jede andere sei.

»Natürlich, Sir. Ich verstehe«, sagte David in neutralem Ton.

»Vielen Dank übrigens, dass Sie das Treffen zwischen der SS und den Südafrikanern organisiert haben.«

»Ich glaube, die Südafrikaner gehen am Mittwoch in das Senatshaus.«

Hubbold nickte. »Gut. Ich vermute, sie werden den Deutschen erklären, ihr Problem sei, dass sie es nie geschafft haben, die Russen zu entwaffnen. Sie lassen doch keinen Schwarzen auch nur in die Nähe eines Gewehres.«

»Stimmt.« David nickte. »Es dreht sich letztendlich alles darum, wer die Waffen hat.«

Hubbold nickte bedächtig. Plötzlich wirkte sein Gesichtsausdruck besorgt, er schien verlegen. David fragte sich, ob die gestrigen Vorfälle ihn ebenfalls schockiert hatten und er beinahe eine unüberlegte Bemerkung gemacht hätte. Doch stattdessen fuhr Hubbold fort: »Es gibt ein Problem mit einem unserer Ordner. Eine der Verschlusssachen, zu der ich Zugang habe. Die kanadische. Ich fand ein Dokument, das dort nicht reingehört, es geht um die militärische Unterstützung Südafrikas für Kenia. Das lag im falschen Ordner.«

David dachte: *Das habe ich da reingelegt, am vorletzten Sonntag, als Hubbold in die Registratur kam.* Er starrte seinen Vorgesetzten an. Hubbold sagte: »Sie hatten den Ordner rausgenommen für das Meeting letzte Woche. Hatten Sie gesehen, ob das Kenia-Dokument schon drin war?«

»Nein. Es gehörte nicht zu den Dokumenten, die ich mir angesehen habe.« Es gelang ihm, ruhig zu bleiben. »Ich erinnere mich aber daran, es ist schon ein paar Wochen her, stimmt's?« Er war erleichtert, als Hubbold nur nachdenklich mit seinem weißen Kopf nickte.

»Ja, es wird durch einige Hände gegangen sein. Ich versuche herauszufinden, wer in unserer Abteilung es benötigt hat. Aber ich habe nichts in Erfahrung bringen können. Zehn zu eins, dass dieses Mädchen, das für Dabbs arbeitet, es falsch abgelegt hat.« Er runzelte die Stirn. »Aber ich kann nicht verstehen, wie sie überhaupt an den Kenia-Ordner gekommen sein kann. Er ist restringiert, wenn auch nicht topsecret. Sie verstehen sich doch ganz gut mit ihr, habe ich recht?«, fügte er hinzu.

»Ganz gut, ja.« Davids Herz hämmerte so laut, dass er fürchtete, Hubbold könnte es hören.

»Glauben Sie denn, dass sie für diesen Job geeignet ist? Sie wissen doch, wie zerstreut Frauen sein können.«

»Ich habe keinen Grund anzunehmen, dass sie nicht geeignet ist.«

Hubbold schien auf seinem Stuhl etwas zusammenzusacken. »Ich muss es dem Staatssekretär melden, und dann wird es eine Untersuchung geben. Er wird es intern halten, denn bestimmt will er nicht, dass die Clowns vom MI5 sich hier breitmachen.« Er schüttelte den Kopf. *Er hat Angst, einen Fleck auf seine weiße Weste zu bekommen, ehe er in den Ruhestand geht,* dachte David. Hubbold stand auf und lächelte verlegen. »Nun, ich danke Ihnen. Das bleibt natürlich unter uns.« Er ging.

Einen Augenblick starrte David auf die Tür, dann griff er nach einer Zigarette. Das könnte ernst werden. Zum ersten Mal war er unvorsichtig gewesen. Er spürte Gefahr von allen Seiten. Und Carol, was war mit Carol? Würde er sie etwa mit in den Abgrund ziehen?

Er schickte einen interministeriellen Boten mit einer Nachricht zu Geoff. Ob sie sich nach Feierabend auf einen Drink treffen könnten, um fünf vor dem Haupteingang? Die Antwort kam sofort: Ja, natürlich.

Als er das Gebäude verließ, herrschte dichter Nebel, Autos und Busse fuhren im Schneckentempo. Die Angestellten quollen aus den Bürogebäuden und verschwanden im Dunst. Er wartete auf der Treppe der Dominionverwaltung, und kurz darauf tauchte Geoff auch schon auf, die Pfeife im Mund, im gleichen Aufzug wie David, dunkler Mantel und Melone. Er sah müde und leicht zerzaust aus, wie immer. »Gehen wir ein Stück um den Trafalgar Square«, sagte David. »Ich habe Neuigkeiten.«

Geoff sah ihn an. »Ich auch.«

Sie gingen Whitehall hinunter, wo sie in der Menge nur langsam vorankamen. David dachte an die Juden, all diese gefangenen, verängstigten Menschen, die jetzt irgendwo zusammen eingepfercht waren, während die Londoner Pendler wie immer nach Hause gehen konnten. In der Ferne hörte man die Glocken von Big Ben.

Am Trafalgar Square war der Verkehr fast zum Stillstand gekommen. Ein Zeitungsverkäufer an der Ecke rief: »*Evening Standard!* Eisenbahner drohen mit neuem Streik.«

Geoff sagte: »Lass uns versuchen, nach drüben auf den Platz zu kommen, dort scheint es etwas ruhiger zu sein.« Ein alter Mann ging vorbei, nach vorn gebeugt und im rauchigen Nebel hustend, ein schreckliches Röcheln.

Vorsichtig überquerten sie die Straße an einer Stelle, wo der Verkehr zum Stehen gekommen war und ein Bus mit laut ratterndem Motor stand, dessen Passagiere müde durch die beschlagenen Scheiben starrten. Ein kleiner Junge mit Schulmütze streckte ihnen frech die Zunge heraus.

Auf dem gepflasterten Platz in der Mitte des Trafalgar Square waren nur wenige Leute. Die Nelsonsäule war praktisch unsichtbar. Sie gingen auf dem breiten Fußweg um den Platz herum, neben ihnen der mühsam sich dahinschiebende Verkehr. Geoff sagte: »Es gibt eine schlechte Nachricht von Ben Hall aus der psychiatrischen Klinik.«

»Von Frank?«

»Ja. Wir haben heute Nachmittag erfahren, dass er – also, er hat versucht, sich zu erhängen.«

David blieb stehen. »O Gott.«

»Er hat es nicht geschafft. Er versuchte es an einem Bilderhaken an der Wand, aber der hat sein Gewicht nicht gehalten.« Geoff seufzte. »Lass uns weitergehen. Frank ist jetzt in einem Raum, wo er sich nichts antun kann. Gummizelle und Zwangsjacke, leider.« Geoff verzog angewidert das Gesicht.

»Armer, verrückter Frank.« David holte tief Luft. »Und wie geht's jetzt weiter?«

»Frank muss dort raus. Sie wollen, dass wir zwei dafür sorgen. Im Moment sondieren sie, welches der praktikabelste Weg ist. Aber es könnte eine weitere Reise nach Birmingham erforderlich machen, David, und zwar ohne lange Vorankündigung.«

»Mein Gott.« David sah seinen Freund an. »Hör zu, ich habe ein Problem.« Er erzählte Geoff von dem Dokument, das er falsch abgelegt hatte. »Hubbold muss eine Untersuchung in die Wege leiten.«

»Gibt es etwas, was direkt auf dich hinweisen würde?«

»Nein. Mehrere Personen haben diesen Ordner benutzt. Aber wir werden alle befragt werden. Und wenn sie keine Erklärung finden, werden sie die Sicherheitsleute hinzuziehen. Hubbold will das zwar nicht, aber über kurz oder lang wird das wohl doch nötig sein.«

Geoff blieb stehen. Seine Pfeife war ausgegangen, er kaute auf dem Stiel herum. Sie standen neben einem der Sockel, auf dem einer der riesigen Bronzelöwen stand, welche die Nelsonsäule bewachten. Der Sockel ragte wie eine rußige Wand aus Granit neben ihnen auf. Auf der anderen Straßenseite war der Verkehr langsam wieder in Bewegung geraten. Geoff lächelte mühsam. »Es wird allmählich schwierig, nicht wahr?«

David nickte.

»Na ja, aber darüber waren wir uns ja immer im Klaren.«

»Das ist noch nicht alles. Sarah geriet gestern in einen Krawall. Die Polizei führte eine Gruppe von Juden ab, und ein paar Leute setzten sich vor ihnen mitten auf die Straße, darunter auch Sarah. Dann kamen ein paar Jive Boys hinzu, und die Sache geriet außer Kontrolle.«

Geoff nickte. »Unsere Leute haben schon gehört, dass die Deportationen nicht überall ganz so reibungslos verlaufen sind.«

»Es war noch schlimmer. Es gab Tote. Darunter eine Frau, die Sarah kannte.«

»Mein Gott! Hat man sie festgenommen?«

»Nein. Einige der Juden konnten fliehen, und zwei von ihnen halfen ihr wegzukommen. Ein Studentenpaar. Aber Sarah ist ziemlich geschockt. Ihre Bekannte, die dort umkam – man hat ihrem Mann erzählt, sie habe auf der Straße einen Herzinfarkt erlitten. Sie wollen es vertuschen. Aber erledigt ist die Sache damit noch nicht. Es könnte sein, dass eine Spur zu Sarah führt.«

Er schwieg. Dann sagte er: »Ich bin jetzt ein Risikofaktor, Geoff.«

David kam plötzlich der verwegene Gedanke, dass die Resistance Sarah und ihm helfen könnte, zu verschwinden, vielleicht sogar das Land zu verlassen, zusammen mit Frank. Ehe sein tiefstes Geheimnis ans Licht kam – dass er selbst ein sogenannter Halbjude war.

»Es ist nicht deine Schuld«, sagte Geoff.

»Ein bisschen schon«, sagte David betreten. »Weil ich dieses Dokument falsch abgelegt habe.«

Geoff blieb stehen und nahm ihn beim Arm. »Hör auf, dir für alles die Schuld zu geben. Das ist deine größte Schwäche, und das weißt du auch. So war es schon immer.«

»Aber was zum Teufel sollen wir jetzt machen?«

Geoffs Gesicht war entschlossen. »Jetzt suchen wir eine Telefonzelle. Und dann rufen wir Jackson an.«

25

Am frühen Dienstagmorgen wurde Gunther durch einen Anruf von Gesslers Büro geweckt, durch den man ihm mitteilte, er möge sich um acht Uhr persönlich dort einfinden. Während er sich anzog, hoffte er, dass es nun voranging und man Muncaster sicher ins Senatshaus bringen würde.

Er hatte noch einige Minuten Zeit, deshalb schaltete er den Fernseher an, um die Nachrichten zu schauen. Über die Juden hatte es seit Sonntag keine weiteren Meldungen mehr gegeben. Jetzt sah er sich einen Beitrag über den Krieg in Russland an; ein britischer Reporter berichtete von einer V3-Basis irgendwo im nördlichen Wolgagebiet, im Hintergrund eine der riesigen Raketen auf der Abschussrampe. Der Countdown erfolgte auf Deutsch, dann hob die V3 ab und schoss, einen Feuerschweif hinter sich herziehend, mit grollendem Donner in den Himmel. Die Kameras folgten der Rakete, bis sie als winziger Punkt verschwand. Der Reporter erläuterte: *»Diese Rakete zielt auf eine Stadt irgendwo im Westen Sibiriens. Angesichts einer solchen Waffe muss man sich fragen, wie eine Bevölkerung, selbst eine so unbelehrbare und fanatische wie die Russen, einen derartigen Dauerangriff überleben kann?«*

Gunther verzog das Gesicht. Er wusste – unabhängig davon, welche Verwüstungen diese Rakete in einer sibirischen Stadt anrichtete –, dass die Russen ihre Rüstungsindustrie auf Dutzende von Standorten in den riesigen sibirischen Wäldern verteilt hatten, viele davon außerhalb der Reichweite einer V3. Er trat ans

Fenster und blickte nach draußen. Der Nebel hatte sich im Laufe der Nacht aufgelöst. Auf der anderen Straßenseite befand sich ein Zeitungskiosk. Vor der Tür stand eine Holzfigur, ein kleiner Bettlerjunge mit Kinderlähmung, beide Beine in Schienen und mit traurigem Gesicht. Er hielt ein Plakat in die Höhe: »Bitte um Spenden«. In seinen Kopf war ein Schlitz für Münzen eingelassen. Gunther hatte Polio-Opfer gesehen, die sich mühsam durch die Londoner Straßen schleppten. *Wie viel besser wäre es doch*, dachte er, *das Leiden eines solchen Kindes mit einer schnellen, schmerzlosen Spritze zu beenden.*

Im Senatshaus saß Gessler in seinem Büro. Man sah ihm an, dass er verärgert war. Auf seinen Wangen prangten rote Flecken. Er funkelte Gunther an und sagte brüsk: »Dieser wahnsinnige Muncaster hat gestern Abend versucht, sich aufzuhängen.«

»Warum sollte er jetzt versuchen, sich umzubringen? Ich dachte, er habe sich immer sehr ruhig verhalten, seit er dort ist. Sollte es etwa damit zusammenhängen, dass wir ihn dort besucht haben? Oder liegt es an den anderen Besuchern?«

»Wer weiß, warum Irre tun, was sie eben tun?« Gesslers Stirn war vor Wut gefurcht. »Anscheinend redet er jetzt gar nicht mehr. Kein Wort. Bestätigt nicht mal die Namen seiner Besucher. Ich würde das schon schnell genug aus ihm herausbringen. Aber es gibt da ein Problem mit diesem Dr. Wilson. Der verhält sich ziemlich störrisch; unsere Freunde im Innenministerium haben ihn aufgefordert, Muncaster an uns zu überstellen, aber er weigert sich. Er behauptet, er könne jemanden, der so krank ist, nicht einfach verhören lassen. Falls er befragt werden sollte, dann müsse das unter Aufsicht des Krankenhauses passieren.«

Gunther runzelte die Stirn. »Warum tut er das?«

»Britischer Starrsinn und Drang zur Selbstbehauptung, denke ich.«

»Ja. Der ist von Zeit zu Zeit immer noch sehr zu spüren.«

»Das Problem ist: Wilson hat sich an seinen Vetter gewandt,

der für Church arbeitet, den Staatssekretär im Gesundheitsministerium. Er hat gestern mit ihm gesprochen, und er unterstützt Wilson.«

»Ich dachte, im Gesundheitsministerium wimmelt es jetzt von Eugenikern. Rät Mary Stopes ihnen denn nicht, die Verrückten allesamt zu sterilisieren?«

»So ist es, und im Ministerium hat der Herzog von Westminster das Sagen. Beaverbrook hat ihn dort reingesetzt, um damit zu demonstrieren, dass soziale Fragen in seiner Regierung keine Priorität haben. Aber er ist einer von uns, dabei alt und dumm. Und in diesem Ministerium gibt es immer noch viele Weltverbesserer, typische Vorkriegstypen. Berlin arbeitet daran, aber sie müssen vorsichtig sein. Es könnte eine Weile dauern. Wenn das, was wir anstreben, zu einem Kleinkrieg zwischen Mosleys Innenministerium und dem Gesundheitsministerium führen sollte, dann könnte die britische Regierung plötzlich hellhörig werden, weshalb wir Muncaster unbedingt in die Finger kriegen wollen.«

»Und viel Zeit haben wir nicht.«

Zornig schlug Gessler mit der Faust auf den Tisch, sodass Federhalter und Tintenfass hüpften. Gunther sah, dass die Papiere auf seinem Schreibtisch heute unordentlich herumlagen. Gessler hatte sich nicht mehr unter Kontrolle. »Das weiß ich, verdammt noch mal! Aber sie hören nicht auf mich. Und sie wollen mir nicht sagen, weshalb Muncaster so wichtig für sie ist, sie verraten mir nicht, was das für ein verdammtes Geheimnis ist, das er mit sich herumträgt. Können die mir nach all den Jahren immer noch nicht vertrauen?« Er funkelte Gunther an, als sei alles seine Schuld. Gunther überlegte, ob lediglich der Frust über diesen Fall seinen Vorgesetzten derart außer Fassung brachte oder ob es an den besorgniserregenden Nachrichten aus Deutschland lag, von denen er gestern gesprochen hatte.

Gessler lehnte sich zurück und versuchte, seine Selbstkontrolle wiederzugewinnen. Ungeduldig wedelte er mit der Hand. »Wir müssen einfach weitermachen, so gut wir können.«

»Gibt es neue Informationen über Muncasters andere Besucher?«

»Wir haben Namen und Beschreibungen, aber die Namen sind gefälscht. Der Pfleger, der sie mit Muncaster zusammenbrachte, sagte uns, sie hätten ihm dieselben falschen Namen genannt. Er führte sie auch nur zu Muncaster und zog sich dann wieder zurück. Angeblich lautete seine Erklärung gegenüber Wilson, dass »Leute dieser Klasse über jeden Zweifel erhaben seien«. Der Pförtner bestätigte ebenfalls, sie hätten, wie er es nannte, »gebildet gesprochen«.

Gunther schüttelte müde den Kopf. Er empfand eine gewisse Verachtung für Gessler, weil dieser offenbar nicht fähig war, seine Wut zu zügeln.

»Wilson sagt, Muncaster bleibe unter seiner persönlichen Aufsicht sicher verwahrt. Er hat offenbar keine Ahnung, was wir mit ihm machen könnten, falls er nicht aufhört, uns zum Narren zu halten«, fuhr Gessler giftig fort.

Aber Gunther wusste auch, wie eisern die Briten die letzten Reste ihrer Unabhängigkeit zu verteidigen versuchten. Dies hier war nicht Polen. Gessler blickte mit mürrischem Gesicht zum Fenster hinaus. Abrupt wechselte er das Thema. »Goebbels hat für heute eine wichtige Rede angekündigt, in der er den Briten dafür danken will, dass sie sich des jüdischen Problems angenommen haben. Er erhoffe sich eine engere Verbindung mit Großbritannien und neue Ansätze in der Außenpolitik.«

»Er will die Briten auf seiner Seite haben, wenn er die Nachfolge antritt.«

»Ich weiß. Neue Entwicklungen in der Außenpolitik, was kann er damit meinen? Verhandlungen mit den Amerikanern? Mit den Russen?«

»Ich weiß es auch nicht«, sagte Gunther besorgt. »Ich wünschte, ich wüsste es.«

Gessler schwieg für einen Moment. Dann fragte er: »Wie lief es gestern Abend mit Syme?«

»Oh, ich glaube, den haben wir in der Tasche.«

»Das klingt gut.«

»Er sagte mir, sein Superintendent möchte, dass er weiter mit uns arbeitet. Er weiß auch, dass er dafür belohnt werden wird.«

»Dieser Köder stammt von mir.« Gessler richtete sich auf, wieder ganz Herr der Lage. »Also, ich möchte, dass Sie Syme heute nach Oxford schicken, um die Namen der Leute auf dem Foto in Erfahrung zu bringen. Ein Auto steht für ihn bereit. Er wird allein fahren müssen, es muss eine alleinige Ermittlung des Geheimdienstes sein. Er wartet unten, geben Sie ihm Ihre Anweisungen, ehe er losfährt.«

»Natürlich. Und danach«, fügte Gunther hinzu, »könnte es eine gute Idee sein, wenn wir uns noch mal Muncasters Kollegen an der Uni in Birmingham vornehmen. Ich weiß schon, die Polizei hat nicht viel Erfolg gehabt, als sie sie nach dem Unfall befragten, aber vielleicht kann Syme ein wenig nachbohren; mal sehen, was er zutage fördert. Vielleicht könnten die Kollegen von der Spezialeinheit in Birmingham ihm dabei helfen.«

»Da möchte ich Sie aber dabeihaben, das sollten Sie im Auge behalten. Ach ja, und das Haus von Muncasters Mutter in Esher. Laut Lokalzeitung ist es auf dem Markt.«

»Dann könnte ich es mir vielleicht ansehen. Einen potenziellen Käufer spielen.«

»Ein Deutscher, der sich für eine Immobilie interessiert?«, fragte Gessler zweifelnd.

Gunther lächelte. »Ich kann mich als Schwede ausgeben. Ist doch ganz nützlich, dass wir dieses Land nicht besetzt haben.«

Syme wartete auf der mit Leder bezogenen Bank im Vorraum des Senatshauses. Sein Fuß tippte ungeduldig auf den Marmorboden, während er das Kommen und Gehen mit großem Interesse verfolgte. Er trug einen neuen Anzug und eine dezente Krawattennadel statt jener mit dem Faschistensymbol. Als Gunther auf ihn zutrat, stand er auf und streckte die Hand aus.

»Was gibt's?«

Gunther reichte ihm das Bild aus Muncasters Studentenzeit und sagte, er brauche die Namen der Studenten auf der Fotografie. Syme schien sich über den Auftrag zu freuen. »Das wird Spaß machen, einigen dieser versnobten Akademikertypen Fragen zu stellen.«

»Schmeicheln Sie ihnen, wenn möglich. Sagen Sie, Sie suchen Muncasters Freunde, um herauszufinden, ob jemand als sein Betreuer fungieren könnte.«

»In Ordnung.« Syme blickte auf die große Hitlerbüste und die riesige Hakenkreuzfahne, die von der hohen Decke hing. »Also hier spielt die Musik. Es hat mich schon immer interessiert, wie es hier drinnen aussieht. Es ist wie eine andere Welt. Sauber, hell, modern.«

»Richtig«, stimmte Gunther zu, wobei er an die Fraktionskämpfe und das endlose Machtgerangel zwischen SS und Militär dachte.

»Es heißt, dass es im Januar große Feierlichkeiten im Senatshaus geben soll, zum zwanzigsten Führerjubiläum.«

»Ja, bis dahin sind es nur noch zwei Monate.«

Syme lächelte und zog die Brauen hoch. »Ich habe gehört, es soll auch einen Empfang für die Britische Faschistenpartei geben. Sir Oswald soll dabei sein.«

»Stimmt.« Gunther lächelte. »Soll ich versuchen, für Sie eine Einladung zu bekommen?«

»Das wäre großartig.«

»Ich denke, das lässt sich durchaus machen. Aber jetzt sollten Sie aufbrechen, Ihr Fahrer wartet schon.«

Sechs Stunden später ging Gunther eine lange Straße in Esher entlang, mit überwiegend viktorianischen Villen, den Schlüssel zu Mrs. Muncasters Haus in der Tasche. Der Nebel von gestern hatte sich aufgelöst, aber es war ein kalter, feuchter Nachmittag. Am Morgen hatte er den Makler angerufen und sich als Vertreter einer schwedischen Firma vorgestellt, die sich für den englischen Immobilienmarkt interessiere und alte Häuser renovieren wolle. Der Makler war sehr eifrig, und als Gunther in seinem Büro eintraf, hatte er ihm bereitwillig die Schlüssel übergeben, damit er das Haus selbst besichtigen könne. »Es ist eine weise Entscheidung, sich zum gegenwärtigen Zeitpunkt für Immobilien zu interessieren«, hatte der Makler in einer Art geschönter Verzweiflung geäußert. »Alle sagen, die Preise würden im nächsten Jahr anziehen. An diesem Haus muss allerdings einiges gemacht werden, eine alte Dame hat jahrelang allein darin gewohnt. Es ist ideal für einen Investor. Der Rechtsanwalt, der den Nachlass verwaltet, hat das Testament noch nicht eröffnet, deshalb haben wir das Haus bedauerlicherweise noch nicht räumen können.« *Sehr gut*, dachte Gunther. »Der Erbe, der den Rechtsanwalt und uns beauftragt hat, lebt in Amerika«, fuhr der Makler fort. »Dadurch verzögert sich alles. Aber wenn wir ein Angebot bekämen, würde es bestimmt schneller vorangehen.«

Als Gunther vor dem Haus stand, sah er, dass der Makler recht gehabt hatte. Das Haus war ziemlich heruntergekommen, an Fenstern und Tür blätterte die Farbe ab, das Gartentor war halb verrottet und der Vorgarten von Unkraut überwuchert. Es war ein großes Haus für eine alleinstehende alte Frau. Als er die Haustür öffnete, schlug ihm der Geruch von Feuchtigkeit und altem Staub entgegen. Das Haus war düster und der Strom abgeschaltet. Die Atmosphäre erinnerte Gunther an Muncasters Wohnung in Birmingham.

Er ging von einem Zimmer zum nächsten und öffnete Schubladen und Schreibtische. Das Haus war auch innen jahrelang nicht renoviert worden. In der Küche standen ein paar Tassen und Teller auf dem Abtropfbrett. Hier hatten sich vor noch gar nicht langer Zeit zwei Personen aufgehalten, wahrscheinlich Muncaster und sein Bruder. Ein großer Raum an der Vorderseite des Hauses war das Sprechzimmer eines Arztes gewesen, die Einrichtung entsprach dem Standard vor vierzig Jahren. Mrs. Muncaster musste es so gelassen haben, wie es war, als ihr Mann starb. *Dummes Weib,* dachte Gunther, *sie hätte alles verkaufen und sich verkleinern sollen.* Er öffnete die Schubladen im Schreibtisch des Sprechzimmers, aber sie waren leer. In der Schublade eines Sekretärs im Wohnzimmer fand er Haushaltsrechnungen und ein paar alte Fotografien, die aussahen, als stammten sie aus der Zeit vor dem Großen Krieg.

Es war enttäuschend. Er musste husten, Staub und Feuchtigkeit reizten Nase und Hals.

Oben sah es nicht besser aus. Hier gab es zwei Schlafzimmer mit Einzelbetten, an den Wänden Landkarten und Bilder von Eisenbahnen, die Zimmer kleiner Jungen. Ein größeres Zimmer musste Mrs. Muncasters Schlafzimmer gewesen sein; dort stand ein Kleiderschrank voller dunkler Garderobe, die bereits muffig roch. An der Wand ein Bild eines stattlichen, gut aussehenden jungen Mannes in akademischer Robe – das musste Edgar sein, der Bruder. Ein Bild von Frank hatte Gunther nirgendwo gesehen.

Gunther fühlte sich in seinem Vorhaben enttäuscht. Hier war nichts, keinerlei Information über die beiden Brüder. Es war, als stehe er vor einer Mauer. Langsam wurde es dunkel, und man konnte nicht mehr viel sehen. Er öffnete die letzte Tür. Es war ein weiteres kleines Schlafzimmer. Ein weiteres Einzelbett, eine viktorianische Kommode. Aber vor dem Fenster stand ein Tisch und darauf etwas Merkwürdiges, Unerwartetes: ein großes Foto einer Frau in einem breiten Silberrahmen, der mit schwarzem Krepp drapiert war. Vor dem Bild stand ein silberner Leuchter mit einer Kerze, in einem Schälchen lagen abgebrannte Streichhölzer. Gunther nahm das Bild in die Hand, wobei der Krepp abrutschte. Die Frau war mittleren Alters, mit kurzen, dichten Löckchen und einer Perlenkette um den Hals. Ihr Gesicht war markant: breit und fleischig, mit scharfen Augen. Keine vertrauenswürdigen Züge, wie er mit dem Instinkt des Polizisten feststellte. Das Bild war in der rechten unteren Ecke signiert: *Ethel*

Baker, 1928, und daneben die Worte: »*Die Geister sind unter uns*«.

Gunther stellte das Bild wieder auf den Tisch. Das Zimmer schien eine Art Schrein darzustellen, es löste ein unbehagliches Gefühl in ihm aus. Gunther glaubte an Vernunft, Ordnung, an die helle Klarheit historischer Bestimmung. Er hielt nichts von Fantasien und eingebildeten Erscheinungen, aber hier in diesem Zimmer schien die traurige Atmosphäre des Hauses sich zu konzentrieren, und ihn umgab eine unheimliche Dunkelheit. Eine seltsame Vorstellung von verkrüppelten Geschöpfen, die über den staubigen Teppich auf ihn zukrochen, überkam ihn. Und plötzlich schien es ihm, als sei die ganze Welt von ihnen erfüllt, und bald würde niemand und nichts außer ihnen mehr übrig sein. Verärgert schüttelte er sich und verließ das Haus, wobei er die Tür hinter sich zuknallte. Er hatte nichts gefunden, rein gar nichts.

26

An diesem Abend begab sich David nach der Arbeit wieder nach Soho. Geoff hatte ihm die Nachricht geschickt, dass Jackson sich heute Abend mit ihm treffen wolle. David hatte Sarah angerufen, um ihr mitzuteilen, dass er doch wieder länger arbeiten müsse. Verärgert hatte sie gefragt, ob das wirklich sein müsse. Er wusste, dass sie noch immer unter Schock stand nach all dem, was sie am Sonntag erlebt hatte. Er entschuldigte sich, beruhigte sie und versprach, so bald wie möglich zu Hause zu sein.

Ein Tag war vergangen, seit Hubbold mit ihm über die falsch abgelegten Dokumente gesprochen hatte. Niemand hatte es weiter erwähnt, aber vermutlich hatte Hubbold auch andere Kollegen gefragt und sie, genau wie ihn, zum Stillschweigen über die Sache verpflichtet. Auf dem Weg über den Korridor zum Aufzug hatte er Carol gesehen, rauchend an ihrem Schreibtisch und mit leerem Blick vor sich hin starrend. Sie hatte ihn nicht einmal bemerkt. Sicher war auch sie gefragt worden.

Es war ein kalter, ungemütlicher Abend. Die exotischen Lebensmittelgeschäfte in Soho schlossen gerade, Angestellte in braunen Kitteln räumten die Auslagen ein und zogen die Rollläden herunter. Zwei junge Männer in Filzhüten und Mänteln mit breiten Schulterpolstern gingen vorbei und unterhielten sich auf Italienisch. Unter einer Straßenlaterne stand ein Mann in den Vierzigern, wie David in Mantel und Melone, und blickte nervös um sich. David vermutete, dass er nach einer Prostituierten Ausschau hielt, aber die Freudenmädchen würden erst später unterwegs sein. Der Mann bemerkte seinen Blick und drehte sich schnell weg. David bog in die Gasse neben der Kaffeebar ein.

Er wollte gerade klingeln, als eine große, attraktive Frau heraustrat, in einem grünen Mantel mit einer modischen Tellermütze auf ihrem roten Haar. Sie musterte ihn mit ihren grünen Augen, dann lächelte sie. »Sie sind ein Freund von Natalia, nicht wahr? Ich bin Dilys, aus der anderen Wohnung. Ich gehe nur grade einkaufen. Ich dachte schon, Sie seien ein besonders früher Kunde. Ist schon in Ordnung, ich habe Bilder von Ihnen allen, damit ich Sie erkenne. Ich passe immer auf, wenn Natalias Freunde kommen, müssen Sie wissen. Gehen Sie nur hinauf«, fügte sie leicht vorwurfsvoll hinzu. David merkte, wie er errötete.

»Ich – vielen Dank.«

Sie lächelte über seine Verlegenheit, dann machte sie sich auf den Weg. David ging nach oben und klopfte an Natalias Tür. Sie öffnete sie einen Spaltbreit und spähte hindurch, ehe sie ihn erkannte, woraufhin ihr Gesicht sich aufhellte und sie ihn einließ.

»Tut mir leid«, sagte er. »Ich habe nicht geklingelt. Die – also Dilys hat mich hereingelassen, sie brach gerade auf. Sie erkannte mich und erklärte, sie hätte Bilder von uns.«

Natalia nickte. »Ja. Dilys ist wichtig für uns. Ohne sie besäßen wir diese Wohnung nicht. Sie ist eine gute Freundin.«

Heute trug Natalia keinen Malerkittel, sondern einen dicken grauen Pullover, der sich auffällig von ihrer blassen Haut abhob. »Wie geht's dir?«, fragte sie und sah ihn besorgt an.

»Ich habe ein ziemliches Problem im Büro.«

»Davon habe ich bereits gehört. Erzähl mir noch nichts weiter davon, sondern warte, bis Mr. Jackson da ist.« Sie lächelte, traurig und zugleich ironisch. »Das ist ihm lieber.«

»Ich weiß schon.«

Auf ihrer Staffelei stand eine Kohlezeichnung, undeutliche Gestalten auf einer engen Straße mit Kopfsteinpflaster, auf beiden Seiten halb verfallene Häuser. Sie stellte sich neben ihn. »Das habe ich gestern begonnen, nachdem wir miteinander gesprochen hatten. Es ist das jüdische Viertel von Bratislava.«

»Sieht ziemlich runtergekommen aus.«

»Dort haben die ärmeren Juden gelebt, Krämer, Schuster, Arbeiter.«

David sagte: »Als meine Mutter gestorben war, erzählte mir mein Vater, mein jüdischer Großvater sei Möbelschreiner gewesen. Eigentlich ist das kein Beruf, den man mit Juden in Verbindung bringt.«

Wieder ihr ironisches Lächeln. »Jesus Christus war ebenfalls ein jüdischer Zimmermann.«

»Ja, das war er vermutlich.«

»Woher stammte die Familie deiner Mutter?«

»Von irgendwoher im alten russischen Kaiserreich, genau weiß ich es nicht. Vielleicht aus Polen oder Litauen. Die Slowakei gehörte doch vor dem Großen Krieg zu Österreich-Ungarn, oder?« Er lachte verlegen. »Mein Vater hatte einen alten Schulatlas aus der Zeit vor 1914, da habe ich neulich nachgesehen.«

»Stimmt. Manche nannten dieses Kaiserreich einen Völkerkerker. Aber nach dem Krieg kam es fast noch schlimmer, weil alles zerteilt wurde, weil alle ihre eigenen Nationalitäten beanspruchten und lauter Minderheiten entstanden, die sich gegenseitig hassten. Und alle diese Nationalisten hassten natürlich gemeinsam die Juden, als angeblich fremdes Volk. Die Tschechoslowakei war nicht ganz so schlimm, bis Hitler sie zerstörte.« Sie berührte kurz seinen Arm. »Entschuldige, ich bin kein großer Trost für dich.«

Er bot ihr eine Zigarette an. »Du hast doch niemandem von mir erzählt, oder?«

»Das habe ich dir doch versprochen.« Sie sah ihn an. »Aber ich finde nach wie vor, dass du es tun solltest.«

David lachte bitter. »Ich habe wirklich nicht den Eindruck, dass jetzt die günstigste Zeit dafür ist.«

Sie neigte den Kopf und trat zurück. Er zwang sie, ein Geheimnis für ihn zu bewahren. Hätte sie am Sonntag doch nur nicht davon angefangen. Plötzlich fragte er: »Haben die Juden in Bratislava eigentlich Jiddisch gesprochen?«

»Ja, das taten sie. In ganz Osteuropa haben die Juden Jiddisch gesprochen.« Sie lächelte. »Unsere Länder waren ein wahres Babel, jeder sprach mindestens drei oder vier Sprachen, zumindest ein wenig.« Leise fragte sie: »Hat deine Mutter Jiddisch gesprochen?«

»Sie hat das alles verdrängt und wurde zur Gänze anglo-irisch. Aber sie sagte etwas, ehe sie starb. Mein Vater und ich konnten es nicht verstehen.«

»Erinnerst du dich, was es war?«

David lachte verlegen. »Das war vor siebzehn Jahren. Ich weiß es nicht mehr genau, es klang wie »ik hobdik lib«.« Er wandte sich ab, mit einem Mal tief bewegt. Er hörte, wie sie die Worte mit anderer Betonung wiederholte. »Ich hob dich lib.« Er fuhr herum. »Genau so klang es. Was heißt das?«

»Ich weiß es nicht«, sagte sie und blickte zu Boden. »Ich kenne auch nur ein paar Redewendungen.«

Es klingelte an der Tür, und beide fuhren zusammen. Natalia ging hinaus. David hörte ihre leichten Tritte auf der Treppe. Sie kam mit Geoff zurück. »Hallo, mein Alter«, sagte Geoff mit erzwungener Munterkeit. »Wie geht's?«

»Ich glaube, Hubbold verhört alle.«

Geoff legte Hut und Mantel ab und lächelte, aber sein Blick war besorgt. »Wird schon werden.«

Es klingelte abermals. Kurz darauf hörte David Jacksons schweren Schritt. Er trat ein. Mit grimmigem Gesicht nickte er David und Geoff zu. Er legte seinerseits Hut und Mantel ab, ließ sich schwer in den Sessel fallen und sagte zu David: »Sie scheinen gleich mehrfach in der Tinte zu sitzen, wie ich höre.«

David erzählte ihm wieder, was Sarah am Sonntag erleben musste, und von der verschwundenen Akte. Jackson hörte zu, ausdruckslos, nur ab und zu unterbrach er ihn mit einer Frage. Als David geendet hatte, saß er da und dachte eine Weile nach.

»Ich denke, Ihre Frau ist in Sicherheit«, sagte er endlich. »Wir haben die zwei Studenten ausfindig machen können. Die meisten von denen, die fliehen konnten – es waren nirgends sehr viele –, sind bei unseren Leuten untergetaucht. Diejenigen Gojim, die ihnen zu helfen bereit sind, halten meist Kontakt mit uns.«

»Was passiert mit ihnen?«

»Sie bekommen neue Identitäten. Die Juden sind nicht die Ersten, für die wir das tun, bei Weitem nicht. Also, ist Ihre Frau sich ganz sicher, dass niemand im Komitee weiß, dass sie zusammen mit dieser Frau unterwegs war, die getötet wurde?«

»Da ist sie sich ganz sicher.«

»Es war harte Arbeit für uns, diese beiden Studenten aufzuspüren.« Er seufzte. »Aber diese andere Geschichte, geheime Dokumente in einem öffentlich zugänglichen Ordner abzulegen, das ist besorgniserregend.« Seine scharfen Augen drückten seinen Ärger aus.

Geoff sagte: »David dachte, er würde ertappt werden, deshalb musste er schnell handeln.«

Jackson blickte ihn kurz an, erwiderte aber nichts. Er wandte sich wieder David zu. »Sie glauben, Carol Bennett ist schon befragt worden?«

»Davon gehe ich aus. Zumindest wirkte sie so, als ich sie in der Mittagspause sah.«

»Was glauben Sie, wie sie reagiert hat?«

»Sie wird sich nicht unter Druck setzen lassen. Sie wird sagen, sie sei es nicht gewesen und wisse nicht, wie es passiert sein könnte. Und das stimmt ja auch.«

»Glauben Sie, dass sie einen Zusammenhang zwischen Ihnen und den vermissten Papieren vermuten könnte?«

»Nein. Dazu hat sie keinen Grund. Und das Bild, das sie sich von mir macht, ist – verzerrt.«

»Versuchen Sie, weiterhin ganz normal mit ihr umzugehen. Und erwähnen Sie nichts davon, dass Sie auch befragt worden sind, denn sie könnte sonst Verdacht schöpfen.«

»Ich werde am Freitag mit ihr ein Konzert besuchen.«

»Das würde ich absagen. Es ist sicher besser, wenn Sie und Miss Bennett nicht zusammen gesehen werden.«

»Das werde ich morgen erledigen.« Er seufzte. »Ich werde mir eine Ausrede einfallen lassen.«

»Was sollte David denn machen, wenn er nochmals wegen der Dokumente befragt wird?«, wollte Natalia wissen.

Jackson starrte David an. »Sagen Sie, Sie hätten keine Ahnung. Ich bin fast vierzig Jahre im Dienst, und es ist nicht das erste Mal, dass so was passiert. Sie werden sich eine Weile im Kreis drehen und alle aushorchen, und wenn niemand die Verantwortung für den Fehler übernimmt, werden sie schließlich den MI5 einschalten müssen, jedenfalls das, was noch davon übrig ist. Und die werden einen Sündenbock finden, jemanden, den sie nicht leiden können und dem man es mit einiger Wahrscheinlichkeit anhängen kann. Vielleicht Miss Bennett.« Er dachte einen Moment nach. »Fürs Erste sind wir jedenfalls auf der sicheren Seite. Zeit genug, um uns mit dem Allerwichtigsten zu befassen, nämlich Frank Muncaster. Werden Sie die Nerven behalten, Fitzgerald, falls Sie nochmals befragt werden sollten?«

»Sicher«, sagte David. »Ich leugne einfach alles, richtig? Aber früher oder später werden sie es damit in Zusammenhang bringen, dass ich oft am Wochenende im Büro bin.«

»Sie sind aber nicht der Einzige, auf den das zutrifft. Und Sie bringen eine zwanzigjährige unbescholtene Vergangenheit mit, gelten als loyal und nicht zu ambitioniert, ein ruhiger Familienmensch.« Jackson lächelte kalt. »Unterschätzen Sie nicht, wie wichtig das ist. Deshalb haben wir Sie angeworben.«

»Ja, inzwischen bin ich das Lügen gewohnt«, erwiderte David leise. Er sah Natalia an, die aber den Blick abwandte.

Jackson stand auf und ging im Zimmer auf und ab, wie so oft, während die anderen sitzen blieben. Geoff zündete seine Pfeife an. Draußen auf der Treppe hörten sie zwei Paar Füße, dann fiel die Tür der Prostituierten zu. David hörte eine Frau lachen. Jackson setzte sich wieder. Er sagte: »Unser Freund Ben Hall in der psychiatrischen Klinik war ziemlich pfiffig. Man hat ihn wegen unseres Besuches am Sonntag verhört, und er sagte aus, für ihn seien Sie Fremde gewesen, alte Freunde Muncasters, die er mit seiner Erlaubnis angerufen hatte. Seine Beschreibung Ihrer Personen sind leicht irreführend.« Er schüttelte den Kopf. Wieder sein kaltes Lächeln. »Das sind schon hartgesottene Kerle, diese Roten. Jetzt besteht immer noch die Gefahr, dass Muncaster auspackt. Aber anscheinend streikt er im Moment, er redet überhaupt nicht. Nun ja, das soll uns recht sein.«

»Ich kann mir nicht vorstellen, dass Frank sich dabei wohlfühlt«, sagte David.

Jackson runzelte die Stirn. »Zum Glück hat Hall ein Auge auf ihn.«

»Dieser Selbstmordversuch«, sagte Geoff, »war das ernst gemeint oder nur ein Hilfeschrei?«

»Oh, er hat es sehr ernst gemeint, wie Hall berichtet. Aber wir können uns nicht darauf verlassen, dass Muncaster weiterhin sein Schweigen durchhält.« Jackson holte tief Luft. »Von oben hat man entschieden, dass er entführt werden soll, und zwar bald.« Er blickte alle an. »Und Sie drei sollen dabei mitwirken.

Sie sind schon in dem Krankenhaus gewesen, Drax und Fitzgerald kennen ihn. Sie könnten ihn dazu bringen, dass er mitmacht.«

»Wie soll das gehen?«, fragte Natalia.

Wieder stand Jackson auf und begann abermals, auf und ab zu gehen. »Ben Hall wird dafür sorgen, dass er Nachtdienst schiebt. Leider muss dies noch ein paar Tage warten, weil er sich nicht durch einen Sonderwunsch verdächtig machen will. Anscheinend werden alle Patienten nachts ruhiggestellt, damit sie Schlaf finden, deshalb gibt es nur eine Notbesetzung. Es wird seine Aufgabe sein, Muncaster rauszubringen, während Sie im Auto warten. Sie fahren mit ihm an die Küste, immer nur kurze Strecken, mit Unterbrechungen in sicheren Häusern, das Ganze verteilt über zwei bis drei Tage. Das organisieren wir gerade. Dann wird ein amerikanisches U-Boot auf ihn warten, an einem Ort, den wir mit den Yankees noch vereinbaren werden, und ihn wegschaffen. Ben Hall wird mit Ihnen fahren. Sie müssen Urlaub nehmen, vielleicht ein Notfall in der Familie.« Er blickte sie nacheinander an, sein Ton war plötzlich milde. »Ich will nicht behaupten, dass es ungefährlich ist. Aber Sie werden falsche Papiere und eine plausible Geschichte parat haben, falls eine Erklärung nötig sein sollte. Und soweit uns bekannt ist, weiß niemand, dass Frank Muncaster etwas anderes ist als lediglich ein entlaufener Irrer.«

»Wir entführen ihn«, sagte David. »Darauf läuft es doch hinaus. Franks Entführung.«

»In seinem eigenen Interesse«, sagte Natalia. »Zu seiner Sicherheit.«

»Ich weiß schon«, sagte David und sah sie und Jackson an. »Ich weiß, wir müssen es tun.«

Jackson nickte. »Also gut. Ben Hall wird ihn unter Drogen setzen. Er wird dementsprechend ziemlich müde sein. Natürlich wird er neue Kleidung bekommen. Auf andere Leute wird er bloß ein bisschen seltsam wirken.« Jackson zog die Augenbrauen hoch. »Ich fürchte allerdings, es wird noch ein paar Tage dauern, bis alle Figuren auf dem Schachbrett bereitstehen.«

David sagte: »Also wird man ihn nach Amerika bringen. Und was dann?«

Jackson zuckte mit den breiten Schultern. »Verhör. Danach vielleicht eine wissenschaftliche Tätigkeit, ein neues Leben. Ben Hall geht mit ihm, denn im Krankenhaus wird seine Tarnung natürlich aufgeflogen sein.«

»Könnte man Frank einsperren, wie seinen Bruder?«

»Sein Bruder hat das Gesetz gebrochen. Frank Muncasters Situation ist eine gänzlich andere.«

»Wir können nicht vorhersehen, was sie mit ihm machen werden«, sagte Geoff.

Jackson breitete die Hände aus. »Was können wir sonst tun?« Er klang verärgert. »Welche andere Möglichkeit haben wir denn?«

»Keine.« David dachte einen Augenblick nach. Er holte tief Luft, dann sagte er: »Wie wäre es, wenn ich ebenfalls aufs U-Boot ginge? Mit Sarah. Dann würden wir hier kein Risiko mehr darstellen.«

Jackson starrte ihn an. »Was, glauben Sie, würde Ihre Frau dazu sagen?«

»Ich glaube, mittlerweile würde sie jede Chance ergreifen, England zu verlassen.«

»Das können wir nicht so einfach machen, Fitzgerald«, sagte Jackson ungeduldig. »Wenn Sie abhauen, Ihre Arbeit hinschmeißen, würde das eine richtig große Untersuchung nach sich ziehen; unser gesamtes Netzwerk unter den Beamten stünde in Gefahr. Das wäre nur ein allerletzter Ausweg.«

»Ich bin eine Gefahr«, sagte David. »Ich bin ein Risiko.«

Jackson erwiderte: »Wenn es darum geht, Frank Muncaster dort rauszuholen, sind Sie einer unserer größten Aktivposten.«

»Was wirst du Sarah erzählen?«, fragte Geoff.

»Ich habe einen alten Onkel, von dem ich angab, er sei krank, als wir Frank besuchten. Ich werde ihr sagen, er sei gestorben und ich müsse nach Northampton fahren, um mich um das Nötige zu kümmern.«

»Sehr gut«, sagte Jackson.

Plötzlich fragte David: »Was zum Teufel ist es eigentlich für ein Geheimwissen, das Frank angeblich hütet?«

Jackson dachte einen Moment nach, dann sagte er leise: »Die Welt steht auf der Kippe. Hitlers Krankheit, die Deutschen, die den Krieg in Russland verlieren, der Widerstand, der überall stärker wird, der neue amerikanische Präsident. Und wenn die andere Seite erfährt, was Muncaster weiß« – er hob seine große manikürte Hand und kippte sie wie eine Wippe hin und her – »könnte sich das Gleichgewicht leicht auf die falsche Seite verlagern.«

27

Am Donnerstagnachmittag fuhr Sarah mit David zu Mrs. Templemans Beerdigung. Die Trauerfeier fand in einer hässlichen modernen Kirche in Wembley statt, nicht weit vom Stadion. An eine Mauer in der Nähe hatte jemand das große »R« der Resistance gemalt, was Sarahs Herz ein wenig erleichterte. Der Leichenwagen mit dem blumenbedeckten Sarg wartete am Eingang des Friedhofs. Sarah drehte es den Magen um bei der Vorstellung, dass der Sargdeckel nach der Autopsie garantiert zugenagelt worden war, damit niemand den zertrümmerten Kopf sah. Es war kalt für Ende November, und als sie Arm in Arm mit David den Weg entlangschritt, sah sie Reif auf dem Gras rund um die Gräber. Sie dachte daran, wie Mrs. Templeman am Sonntag im Zug gesagt hatte: »Angeblich ist dies der kälteste November seit Jahren.« Etwas abseits standen zwei Männer in Overalls bei einem frisch ausgehobenen Grab, die Spaten neben sich, die Mützen als Zeichen des Respekts in der Hand.

Sarah klammerte sich an Davids Arm, dankbar, dass er mitgekommen war.

Am Kirchenportal versammelten sich schwarz gekleidete Trauergäste. Sie erkannte ein paar Komiteemitglieder aus dem Quäkerhaus, die anderen mussten Verwandte oder Freunde sein. Sie wurde mit Mr. Templeman bekannt gemacht, einem kleinen, schmächtigen Mann, das Gesicht unter dem Homburg kreideweiß. Er schien völlig in sich zusammengesunken vor Trauer und stützte sich schwer auf den Arm einer Frau, die dem Aussehen nach seine Schwester war. *Gott sei Dank, dass der arme Mann Verwandte hat*, dachte Sarah; sie erinnerte sich, dass Mrs. Templeman ihr erzählt hatte, ihr Sohn sei 1940 gefallen. Mr. Templeman erwiderte ihren Händedruck und lächelte, als sie ihm ihr Beileid aussprach. Ihr Name schien ihm nichts zu sagen; offenbar hatte er vergessen, dass sie miteinander telefoniert hatten. Ein Bestatter mit Zylinder trat heran und sprach leise zu der Schwester. Sie sagte: »Ja, wir sollten jetzt wohl hineingehen.«

Sarah blickte zurück auf den Weg, wo der Sarg gerade aus dem Leichenwagen gehoben wurde. Sie ließ ihren Blick über die Häuser gegenüber der Kirche schweifen und fragte sich, ob dort wohl ein Polizist der Sondereinheit hinter einem der Fenster stand und beobachtete, wer hier kam und ging. David sagte: »Komm, Schatz.« Sie wandte sich um, und sie betraten die Kirche.

Sarah hatte vor dieser Beerdigung gegraut. Sie hatte sich am Vormittag mit Flickarbeiten beschäftigt und dann das Mittagessen für David zubereitet, der sie abholen wollte. Sie schaltete das Radio ein in der Hoffnung, dass leichte Musik ihr helfen würde, sich etwas zu entspannen, aber als es an der Haustür klingelte, fuhr sie erschrocken zusammen.

Vor der Tür stand ein Mann um die sechzig, in Mütze und braunem Overall. Er rückte an der Mütze. »Mrs. Fitzgerald?«

»Ja?«

»Mein Name ist Weaver. Weaver und Sohn. Sie hatten uns

um einen Kostenvoranschlag für Tapezierarbeiten gebeten. In Ihrem Hausflur.« Sarah hatte völlig vergessen, dass heute jemand kommen wollte. Sie bat ihn herein und zeigte ihm die zerrissene Tapete, wo früher das Kindergitter gewesen war. »Da werden wir bis ganz oben neu tapezieren müssen, wenn es vernünftig aussehen soll«, sagte er. »Denn diese Tapete wird es nicht mehr geben.«

Der Mann zückte seinen Zollstock, dann fragte er, welche Art von Tapete sie sich vorgestellt habe. Sarah fiel ein, dass sie sich darüber noch gar keine Gedanken gemacht hatte. Er zeigte ihr ein Buch mit Mustern, und sie wählte mehr oder weniger aufs Geratewohl aus.

»Kann ich Ihnen jetzt die Sache überlassen?«, fragte sie den Mann. »Ich bin nämlich gerade mit Kochen beschäftigt.«

»In Ordnung. Ich schicke Ihnen ein Angebot.« Der Tapezierer lächelte. »Was hatten Sie denn dort? Ein Kindergitter?«

»Ja, das war es.«

»Alt genug, um jetzt allein rauf und runter zu laufen, stimmt's?«

»Ja«, sagte Sarah schnell, »so ist es.« Noch vor kurzer Zeit wäre sie bei den Worten des Mannes in Tränen ausgebrochen.

»Na ja, ich muss weiter«, sagte der Mann. »Sie bekommen das Angebot in etwa zwei Tagen. Möchten Sie, dass es noch vor Weihnachten erledigt wird?«

»Eigentlich so bald wie möglich.«

Die fröhliche Tanzmusik aus der Küche wurde für die Zwölf-Uhr-Nachrichten unterbrochen. Am Ende der Sendung, wie nach jeder Meldung in dieser Woche, forderte der Nachrichtensprecher alle Juden, die noch nicht umgesiedelt worden waren, auf, sich bei der nächsten Polizeiwache zu melden. Mr. Weaver sagte: »Sieht aus, als hätten sie immer noch nicht alle.« Er sagte es mit neutraler Stimme, wie Leute heutzutage mit anderen Leuten sprachen, deren politische Einstellung sie nicht kannten.

»Stimmt«, sagte Sarah. Nachdem sie die Tür geschlossen hatte, blickte sie die Treppe hinauf. Irgendwie hatte sie das Gefühl, dass

Charlie nun wirklich von ihnen gegangen war, verschwunden an jenen Ort, wo Tote eben hingingen.

Der Pfarrer, der den Trauergottesdienst hielt, sprach langweilig und ohne Inspiration. Er sagte, er habe Mrs. Templeman seit Jahren gekannt, er lobte ihren Glauben, ihre Güte und ihre guten Taten. Er sagte, ihr sei ein schnelles und schmerzloses Ende vergönnt gewesen, wofür sie alle dankbar sein sollten. Er versicherte ihnen, dass sie jetzt in den Armen Jesu Christi sicher und geborgen sei. Sarah sah, dass Mr. Templeman gar nicht zuhörte; er sah aus, als wisse er nicht so recht, wo er eigentlich war. So war es ihr und David bei Charlies Beerdigung auch gegangen. Sie sah ihren Mann an, der den Pfarrer mit einer Art verständnislosem Zorn fixierte. Sie sangen das Lied »Onward Christian Soldiers«, und ihre Stimme zitterte. David mit seiner schwerfälligen Baritonstimme sang ziemlich falsch. Sie waren beide keine guten Sänger, worüber sie oft Witze rissen.

Nach der Beerdigung gingen sie zurück zum Tor. Der anschließende Empfang war nur für Verwandte und enge Freunde. Sarah sagte: »Danke, dass du mitgekommen bist, David.«

»Jedenfalls scheinen alle die Geschichte vom Herzinfarkt zu glauben«, sagte er leise.

»Außer uns weiß ja auch niemand etwas anderes. Die armen Leute.«

»Lass uns gehen«, sagte er sanft.

Im Auto erzählte sie ihm vom Besuch des Tapezierers. »Wir hätten es schon lange machen sollen«, bemerkte er, doch als sie zu Hause waren, sagte er plötzlich: »Ich fürchte, es könnte bald noch eine Beerdigung geben. Onkel Ted geht's gar nicht gut.«

»Ich dachte, es ginge ihm wieder besser.«

»Dachte ich auch. Aber er ist wieder im Krankenhaus. Du weißt ja, wie es ist, wenn alte Leute sich die Hüfte brechen.«

»Wann hast du das gehört?«

»Ich habe dem Krankenhaus meine Nummer vom Büro gegeben. Es könnte jederzeit zu Ende gehen, sagten sie.« Er lächelte bemüht. »Wenn es dazu kommt, muss ich noch mal hinfahren und alles regeln. Aber du brauchst nicht mitzukommen.«

Sie runzelte die Stirn. »Das wäre dir gegenüber aber nicht fair. Natürlich komme ich mit. Du bist heute auch mitgekommen.«

»Ich werde mir ein paar Tage freinehmen müssen, bis alles geregelt ist. Du weißt doch, ich bin sein Betreuer.«

Sie dachte an Mr. Templeman und sein ausdrucksloses Gesicht. »Der arme Onkel Ted«, sagte sie leise. »Niemand, der wirklich um ihn trauert.«

David zog ein betroffenes Gesicht. »Niemand, der zurückbleibt und ihn vermisst, so kann man es auch sehen. So wie wir nach Charlies Tod.«

Sie seufzte. »Ich glaube, wir sollten heute Abend eine Flasche Wein mitnehmen, wenn wir zu Steve und Irene gehen.«

»Ich wünschte, sie hätten uns nicht eingeladen.« Irene hatte am Tag zuvor angerufen.

»Nun ja, sie haben es nun einmal gemacht. Ich gehe noch einkaufen. Ich habe gesehen, dass es belgische Pralinen gibt. Die können wir Irene mitbringen. Mit Zoll wird die Schachtel zwar ein kleines Vermögen kosten, aber trotzdem …«

»Schon gut.«

Das Telefon klingelte. Diesmal erschraken sie zwar nicht, aber eine gewisse Spannung verspürten sie dennoch. Sarah war näher dran und nahm den Hörer ab. »Hallo.«

Einen Moment war es still am anderen Ende, dann hörte sie eine weibliche Stimme, kultiviert und leicht atemlos, die sagte: »Könnte ich bitte mit Mr. Fitzgerald sprechen?«

Sarah sah David an. »Wer möchte ihn sprechen?«, fragte sie.

»Mein Name ist Bennett, Miss Bennett. Ich bin eine Kollegin von Mr. Fitzgerald. Spreche ich mit Mrs. Fitzgerald?«

»Ja, das bin ich. Was können wir für Sie tun, Miss Bennett?«, fragte Sarah leise und in beherrschtem Ton, während sie David ansah. Er riss die Augen auf, gab sich aber Mühe, eine möglichst neutrale Miene aufzusetzen.

Die Stimme am anderen Ende klang besorgt. »Es geht um ein Problem im Büro, es ist etwas vorgefallen. Ich wäre Ihnen wirklich dankbar, wenn ich ihn sprechen könnte.«

»Einen Moment, bitte.« Sie legte die Hand über die Sprechmuschel und sah David an.

»Was will sie?«, fragte er.

»Sie sagt, es gebe ein Problem im Büro, über das sie mit dir reden muss.«

»Scheiße.« David griff nach dem Hörer. Sarah blieb neben ihm stehen, weil sie mithören wollte. Von früheren Feiern im Büro her erinnerte sie sich an Carol Bennetts Gesicht: schmal, angestrengt, entschlossen.

»Hallo, Carol«, sagte David leicht verwundert. »Was ist los, warum rufst du mich zu Hause an?«

»Warum hast du mir diese Nachricht hinterlassen, dass du morgen nicht ins Konzert gehen willst? War das Mr. Hubbolds Idee?« Sarah konnte sie hören, sie war lauter geworden und klang ängstlich.

»Nein«, erwiderte David. »Ich hatte dir doch erklärt, dass ich heute zu einer Beerdigung muss, deshalb werde ich morgen viel nachholen müssen. Wir sind gerade zurückgekehrt.«

»Aber – haben sie dich auch wegen einer verschwundenen Akte befragt?«

David zögerte, dann sagte er: »Ich habe keine Ahnung, wovon du sprichst.«

»Na ja, sie haben mich gefragt, und ich fürchte, ich stecke in Schwierigkeiten. Tut mir leid, dass ich dich zu Hause anrufe, ich habe deine Nummer im Telefonbuch gefunden. Können wir uns morgen zum Lunch treffen? Ich brauche jemanden aus dem Büro, mit dem ich reden kann.«

»Geht es um eine Geheimakte? Denn wenn es …«

»Bitte, versprich mir, dass wir uns morgen zum Lunch treffen.

Beim British Corner House. Um eins. Bitte.« Danach musste sie das Gespräch beendet haben, denn David starrte den Hörer einen Moment lang verblüfft an, ehe er ihn auflegte.

Sarahs Knie zitterten. Sie ging ins Wohnzimmer und setzte sich. David kam hinter ihr herein. Sarah holte so tief Luft wie noch nie in ihrem Leben, dann sagte sie: »Hast du eine Affäre mit dieser Frau? Eine verschwundene Akte, das war doch nur eine Ausrede, falls ich den Hörer abnehme.«

Ausdruckslos sah er sie an. »Natürlich nicht. Wie um Himmels willen kommst du darauf?«

»Sie sagte, du hast ein Konzert abgesagt. Du bist also mit ihr in Konzerten gewesen. Das weiß ich, denn ich habe schon vor einigen Wochen ein Ticket gefunden, auf dem ihr Name stand.« Sie merkte, dass sie laut wurde.

David blickte auf sie hinab, sein Gesicht war rot vor Zorn. »Du hast meine Taschen durchsucht?«

»Natürlich habe ich das nicht, verdammt noch mal! Ich habe es gefunden, als ich deinen Mantel zur Reinigung bringen wollte. Und findest du es nicht normal, dass man Verdacht schöpft, so oft wie du anrufst und behauptest, du müsstest Überstunden leisten? Und die vielen Wochenenden, an denen du ins Büro musst? Tennis mit Geoff, zu dem du dich meist ziemlich kurzfristig verabredest? Du musst mich für dämlich halten!«

»Ich mache keine …«

»Ich habe vorige Woche im Tennisclub angerufen, als du angeblich dort warst, aber du warst nicht da!« Ihre Worte überschlugen sich. Sie hatte Angst, aber gleichzeitig war es eine unglaubliche Erleichterung. »Warum sollte sie dich wegen ein paar vermisster Akten zu Hause anrufen?«

Schwer atmend stand David da. »Sarah«, sagte er. »Um Gottes willen, ich habe keine Affäre mit Carol Bennett. Ich habe ein paar Lunchkonzerte mit ihr besucht, aber abgesehen davon bin ich nie außerhalb des Büros mit ihr zusammen gewesen. Nie, kein einziges Mal.«

»Du bist bei euren Festen mit ihr zusammen gewesen …«

»Nur, wenn du auch dabei warst …«

»Ich habe doch gemerkt, wie sie dich ansieht …«

»Dafür kann ich doch nichts!«, schrie er. »Ich bin mit ihr zu den Konzerten gegangen, um zwischendurch aus dem verdammten Büro rauszukommen. Und die gibt's nur alle paar Wochen!«

»Und was war an dem Abend, als du nicht im Tennisclub warst?«

Sie merkte, dass er einen Moment nachdenken musste, ehe er antwortete. »Da müssen die sich an der Rezeption geirrt haben. Ich war dort. Du kannst Geoff fragen.«

»O ja, Geoff. Dein bester Freund, der würde dich natürlich decken!« Ihr ganzer angestauter Ärger brach jetzt aus ihr heraus.

»Jetzt bist du wirklich dämlich. So was würde Geoff nie tun.«

»Verdammt, ich bin nicht dämlich!«

David tat einen tiefen Seufzer und schloss genervt die Augen. Als er sie wieder öffnete, sprach er kühl und sachlich. »Ich habe keine Affäre mit Carol Bennett. Weder mit ihr noch mit sonst jemandem. Wenn sie sich im Büro in Schwierigkeiten gebracht hat, werde ich ihr raten, mit – mit ihren Vorgesetzten zu sprechen.« Sein Gesicht wurde weicher, und er sagte: »Urteile nicht zu hart über sie.«

»Warum nicht?«

»Weil sie nichts weiter ist als eine dumme, einsame Frau.«

»Sie tut dir wohl leid, oder?« Sarah gab nicht nach. »Das wollen solche Frauen doch. Dass Männer wie du Mitleid mit ihnen haben. So fängt es an.«

»Ich habe keine Affäre mit ihr.« Leiser fuhr David fort. »Ich habe nur versucht, dich zu beschützen. Gott allein weiß, was ich alles getan habe, um dich zu beschützen.«

»Wovor? Vor dieser Affäre?«

»Es gibt keine Affäre!« Jetzt schrie er ebenfalls. »Nein, vor der Welt, vor allem, was außerhalb dieses Hauses passiert.«

Sie starrte ihn an. »Ich brauche nicht beschützt zu werden. Sag mir die Wahrheit.«

»Ich habe keine Affäre mit Carol Bennett, sie interessiert mich nicht im Geringsten. Das ist die Wahrheit. Wenn du mir nicht glauben willst – zwingen kann ich dich nicht.« Und damit – fast, als hätte er Angst, mehr zu sagen – verließ David das Zimmer.

28

Am Dienstag hatte Gunther Syme nach Oxford geschickt. Am Donnerstagabend, dem 27. November, wussten sie noch immer nicht, wer Muncaster am letzten Sonntag besucht hatte. Gessler geriet in seinem Büro zunehmend in Rage. Im Gesundheitsministerium verhielten sie sich dickköpfig und verteidigten ihr Revier – man war nicht bereit, Muncaster der Gestapo zu überlassen. Trotzdem hatte sich Gunther nach dieser merkwürdigen kurzen Panikattacke in Mrs. Muncasters Haus wieder einigermaßen beruhigt. Aus langer Erfahrung wusste er, wie schwer es sein konnte, jemanden zu identifizieren, der unerkannt bleiben wollte. Es konnte langwierig und mühsam sein, auf den entscheidenden Hinweis oder Geistesblitz zu warten. Syme tat sein Möglichstes; er und sein Superintendent hatten Leute beauftragt, die systematisch an der Identifizierung der Studenten auf dem Foto arbeiteten und die Informationen, welche die Universität Syme nur widerwillig hatte zukommen lassen, mit den Unterlagen der Spezialeinheit aus London abglichen.

Syme war außerdem nochmals in Birmingham gewesen und hatte Muncasters frühere Kollegen befragt, allerdings nichts Neues in Erfahrung gebracht. Muncaster sei ein Einzelgänger gewesen, der seine Arbeit gut gemacht habe, aber ansonsten keinerlei Kontakte pflegte. Sie erzählten, dass sie Muncaster manchmal

Streiche spielten, was er ganz und gar nicht leiden konnte. »Was war bloß los mit diesem Schwachkopf?«, sagte Syme ungeduldig zu Gunther. »Man muss auf dieser Welt doch ein bisschen Blödelei ertragen und sich auch zu verteidigen wissen, falls nötig.« Muncasters frühere Dozenten hatten ihm ein ähnliches Bild vermittelt. Muncaster sei immer für sich geblieben und habe keine nennenswerten Freundschaften gepflegt; einige erinnerten sich nur an sein merkwürdiges Affengrinsen. Sein alter Tutor war noch am College tätig, befinde sich im Moment jedoch gerade per Schiff auf dem Rückweg von einer Konferenz in Dänemark und würde erst am Mittwochabend zurück sein.

Am Donnerstag sah Gunther sich nochmals die Informationen über Muncasters frühere Kommilitonen an, die von der Spezialeinheit zum Senatsgebäude geschickt worden waren. Es interessierte ihn, was in den achtzehn Jahren seit damals aus ihnen geworden war. Einige hatten eine akademische Laufbahn eingeschlagen, andere waren Geschäftsleute oder Beamte geworden. Einige hatten 1939/40 im Krieg gedient, einer war gefallen. Mehrere waren in die Kolonien ausgewandert. Einige waren ziemlich heruntergekommen, einer saß wegen Betrugs im Gefängnis. Einer war Jude, und aus seiner Akte ging hervor, dass er am Sonntag gefasst worden war. Keiner hatte Verbindung zur Resistance, obwohl das kein Beweis dafür war, dass nicht vielleicht doch Unterstützer darunter waren. Gunther hatte überlegt, ob die Leute, die Muncaster am Sonntag besucht hatten, nicht vielleicht eine gänzlich andersartige Verbindung zu ihm pflegten. Doch weitere Menschen, die Muncaster hätten besuchen können, existierten offenbar nicht, und laut Muncasters Nachbar, dem alten Mann, schienen die Leute, die dort gewesen waren, auch von Klasse und Alter her zu ihm zu passen. Gunthers Instinkt sagte ihm, dass sie diejenigen auf dem Foto sein mussten.

Da die Detailarbeit in den Händen von Syme und der Spezialeinheit lag, hatte Gunther viel freie Zeit. Er schrieb an seinen Sohn auf der Krim und erzählte ihm, dass er wegen eines neuen

Falls wieder in England sei, wo es so kalt und nass wäre wie eh und je. Als er eine Seite geschrieben hatte, fiel ihm nichts mehr ein. Über seine Arbeit durfte er nichts erzählen, über England wollte er nichts schreiben, und ansonsten gab es nichts in seinem Leben. Er stand auf, rollte mit seinen steif gewordenen Schultern und befand, dass er, seit er dieses düstere, verlassene Haus besucht hatte, in ziemlich trübseliger Stimmung war.

Am Vormittag hatte Gunther den Offizier aufgesucht, der das Verhörzentrum im Untergeschoss des Senatsgebäudes unter sich hatte. Der Mann, Hauser, hatte Gunther als Gestapokollegen freundlich begrüßt. Er war etwas älter als Gunther, von kräftigem Körperbau und hatte im Gegensatz zu Gunther kein Fett angesetzt. Er erzählte ihm, er habe jahrelang in Polen und Russland gearbeitet, jetzt aber Rheuma in den Füßen, sicher eine Folge der vielen Winter im Osten. Hier in England ging es ihm wieder besser, trotz des feuchten Klimas. »Ich war früher schon mal in England, Mitte der Vierziger«, sagte Gunther. »Damals haben wir Ihre Abteilung im Keller eingerichtet.«

»Da war ich in Russland. Eine schwere Zeit. Aber jetzt ist es auch nicht besser. Es heißt, ihr General Rokossowski leite die gerade begonnene Winteroffensive. Ein guter Mann, ebenso wie Schukow. Die müssen einen Schuss deutsches Blut in den Adern haben.«

Er sah Gunther bedeutungsvoll an. »Aber wir müssen weitermachen, bis die Sache durchgestanden ist.«

»Ja, das müssen wir. Ich habe dort draußen einen Bruder verloren. Erstaunlich, wie sie uns immer wieder angreifen und immer weitermachen. Man weiß doch, dass Stalin bereits Millionen umgebracht hatte, ehe wir dort einmarschiert sind, und dann sind durch uns ungefähr weitere dreißig Millionen umgekommen. Aber nach wie vor kommen aus dem Osten neue nach.«

»So viele gute Deutsche … verloren.« Hauser ballte die großen Fäuste. »Aber wir werden weiterkämpfen, wir machen sie fertig, und dann haben wir erreicht, was der Führer geplant hat: Alles westlich von Archangelsk bis Astrachan wird deutsch besiedelt. Die Russen lassen wir verhungern, ein paar behalten wir als Sklaven. Und keiner von ihnen kommt auch nur in die Nähe einer Waffe. Wenn der Krieg vorbei ist, wird das ganze Land von unseren Veteranen besiedelt.«

Gunther nickte. »Und von anderen Ariern, Holländern und Skandinaviern und Osteuropäern, soweit sie die Rassenkriterien erfüllen. Das ist unsere Pflicht, das ist Deutschlands Bestimmung.«

»Deutsche Bauernhöfe bis runter zum Kaspischen Meer, was?«

»Ja«, stimmte Gunther zu. »Und riesige Denkmäler für unsere Gefallenen, darunter auch mein Bruder. Ich habe in Berlin erfahren, was sie planen, große Kriegerdenkmäler, Hunderte von Metern hoch, mit ewigen Feuern, die nachts über das Land leuchten.«

Schweigend sahen sie sich an. Dann fragte Hauser: »Woran arbeiten Sie hier?«

»Ist geheim, tut mir leid.« Gunther lächelte. »Aber wenn es gut läuft, haben wir vielleicht einen neuen Kunden für Sie.«

»Einen können wir immer noch unterbringen. Wir haben eine ganze Reihe deutscher Juden hier, von den Festnahmen in dieser Woche. Solche, die in den Dreißigerjahren als Flüchtlinge herkamen und sich bei britischen Juden versteckten, als die deutschen 1940 zurückgeschickt wurden.«

Gunther schüttelte den Kopf. »Die Juden helfen sich immer gegenseitig.«

»Deshalb müssen wir die Sache in Russland durchziehen, damit wir die hinter den russischen Linien auch noch schnappen.«

»Gibt's was Neues aus Berlin?«

»Ich glaube, dem Führer geht es nicht besser.« Wieder sah Hauser ihn bedeutungsvoll an. »Wir müssen dafür sorgen, dass die richtigen Leute ans Ruder kommen, wenn er abtritt.«

»Das tun wir.«

»Ich sah neulich Rommel in seiner Uniform durchs Foyer stol-
zieren, steif und finster und mit beleidigter Miene wie immer.«
Hauser lachte. »Haben Sie gehört, dass man ihn bei der Feier am
Heldengedenktag mit Farbe beworfen hat?«

»Ja, davon hat jeder gesprochen.«

»Irgendeine kleine, unabhängige britische Gruppe. Wir haben
sie uns hier unten vorgeknöpft. Wenn es die Resistance gewesen
wäre, hätten sie ihm den Kopf weggeblasen. Damit hätten sie
uns vielleicht sogar einen Gefallen getan«, fügte er leiser hinzu.

»Stimmt. Wenn der Führer stirbt und das Militär versuchen
sollte, ans Ruder zu kommen, wäre Rommel sofort dabei.«

»Und wir werden hinter Reichsführer Himmler stehen. Der
wird eine Million Leute von der Waffen-SS parat haben, keine
Sorge.«

»Das hoffe ich.«

Hauser war voll angriffslustiger Zuversicht, aber Gunther überkam wieder diese leise Furcht, die Angst vor der unvorstellbaren
Möglichkeit, deutsche Kräfte und Fraktionen könnten gegeneinander Fronten bilden und aufeinander losgehen.

Syme sollte um vier bei Gunther sein. Jetzt war es halb drei.
Gunther hatte eine Kopie von Muncasters Studentenfoto gegen
einen Bücherstapel auf seinem Schreibtisch gelehnt. Wieder sah
er das Bild an, aber wenn man diese grobkörnigen kleinen Gesichter zu lange anstarrte, verschwammen sie einem vor den
Augen. Er stand auf. Im Hauptquartier der Englisch-Deutschen
Freundschaft ganz in der Nähe gab es eine Ausstellung, *Aus der
Asche zum Ruhm – Zwanzig Jahre Nationalsozialistisches Deutschland*, und er beschloss, sie sich anzusehen, um den Kopf frei-
zubekommen. Die Ausstellung war gut kuratiert. Beim Gang
durch eine Reihe von Räumen folgte man dem Lauf der Geschichte, wie Deutschland nach der Niederlage und dem Ruin
von 1918 die Inflation, die Depression und den Triumph der Juden durchgemacht hatte. Dann der Aufstieg des Führers, der

Wiederaufbau des Staates, die Eroberung Zentraleuropas und der Sieg über den Westen, schließlich das große Epos Russland. Gunther fühlte sich wieder innerlich aufgerichtet. *Das alles habe ich miterlebt*, dachte er, *ich war am größten Abenteuer der Geschichte beteiligt.*

Er kehrte zurück ins Senatsgebäude. Als er durch das Hauptportal trat, sah er Syme, der wieder auf derselben Bank saß wie vor einigen Tagen, und beobachtete, wie eine Delegation deutscher Geschäftsleute vom Personal der Botschaft begrüßt wurde. Auf seinem mageren Gesicht lag ein nachdenkliches Lächeln, ein Fuß wippte auf und ab, wie üblich. Gunther trat zu ihm. Syme sah auf und sagte leise: »Ich glaube, wir haben einen von Muncasters Freunden identifiziert.«

Muncasters alter Tutor, soeben aus Dänemark zurückgekehrt, hatte den entscheidenden Hinweis gegeben. »Er erinnerte sich an diesen David Fitzgerald besser als an Muncaster. Er hatte ihn unterrichtet.« Syme imitierte sehr überzeugend die dekadente, lang gezogene Sprechweise der englischen Oberklasse: »*Fitzgerald war ein sehr sympathischer junger Bursche, er hätte sogar charismatisch sein können, wenn er sich die entsprechende Mühe gemacht hätte. Aber er war einer dieser strebsamen Gymnasiasten und umgab sich mit einem ziemlich langweiligen Freundeskreis. Muncaster teilte das Apartment mit ihm, und Fitzgerald nahm ihn unter seine Fittiche. Mir persönlich verursachte Muncaster eine Gänsehaut.*« Syme sprach mit normaler Stimme weiter. »Ich hatte den Eindruck, die alte Schwuchtel könnte es damals auf Fitzgerald abgesehen haben.« Er kniff die Augen zusammen. »Er erinnerte sich, dass Fitzgeralds Clique gegen das Appeasement war.«

»Und der andere Typ? Der Blonde?« Der war inzwischen als Geoffrey Drax identifiziert worden.

»An den erinnert er sich nicht.«

»Und über die Frau wissen wir auch noch nichts. Trotzdem …« Gunther schaute auf die Notizen, die er sich über die Studenten gemacht hatte, und blieb bei David Fitzgerald stehen. »Staatsbeamter«, sagte er nachdenklich. »Dominionverwaltung.«

»Richtig«, bestätigte Syme. »Ein Staatsbeamter.« Er warf Gunther einen merkwürdigen, abschätzenden Blick zu und schien heute noch angespannter und zappeliger als gewöhnlich. »Ich habe das hier mitgebracht«, sagte er und legte ein Foto auf den Schreibtisch. Es war einer der Jungen von dem Foto aus der Wohnung, aber stark vergrößert und grobkörnig. Ein hübsches Gesicht, ernster Ausdruck, wie der Tutor gesagt hatte. Dunkles, gewelltes Haar, irischer Typ. Syme sagte: »Ich habe das Foto heute Morgen per Kurier zu dem alten Mann in Muncasters Wohnhaus geschickt. Seine Antwort lautete, er sei überzeugt, dass dieser Fitzgerald einer der Besucher war.«

»Vielen Dank«, sagte Gunther erleichtert.

»Auch wir Briten können effizient arbeiten.«

»Ich weiß.«

»Natürlich gibt es immer noch die Möglichkeit, dass Muncaster diesen Fitzgerald nur deshalb als alten Freund angerufen hat, um ihn zu bitten, ihn aus diesem Loch herauszubringen. Fitzgerald pflegt keinerlei Verbindung zur Resistance, soweit wir wissen. Auch Drax nicht, falls er der andere in der Wohnung war.«

»Warum haben wir dann die Wohnung durchsucht? Das ist die Frage, die ich mir immer wieder stelle.« Gunther blickte abermals in seine Notizen. »Ich sehe hier, dass Fitzgeralds Frau aus einer pazifistischen Familie stammt.«

»Aber die Pazifisten sympathisieren doch nicht mit der Resistance. Die sind ihnen zu gewalttätig. Haben Sie übrigens gehört, dass gestern in Liverpool ein gepanzertes Fahrzeug in die Luft gesprengt wurde? Diese Mistkerle«, fügte Syme hinzu. »Und seit 1938 ist Fitzgerald im Staatsdienst tätig, bis auf seine Zeit beim Militär.«

»Ja, er war in Norwegen.«

Syme holte tief Luft. Er sagte: »Wenn Fitzgerald bei der Resistance ist und im Staatsdienst arbeitet, dann stellt er ein Sicherheitsrisiko für Großbritannien dar. Wir wissen nicht, zu welchen Informationen er Zugang hat. Mein Superintendent meint, wir sollten ihn deshalb befragen. Wir, die Spezialeinheit. Wir können ihn nicht einfach Ihnen überlassen.« Über Symes Gesicht huschte ein Lächeln, teils nervös, teils herausfordernd.

Gunther sagte: »Ich verstehe, was Sie meinen. Ich glaube, ich sollte mit Standartenführer Gessler darüber sprechen.«

»In Ordnung.« Syme lächelte leicht hinterhältig. »Ich vermute allerdings, der Kommissar der Spezialeinheit könnte schon mit ihm gesprochen haben.«

Als Gunther Gesslers Büro betrat, sah der Standartenführer reichlich erschöpft aus, viel zu müde, um noch zu schreien oder zu fluchen. Der Kommissar der Spezialeinheit hatte tatsächlich bereits telefonisch mit ihm über Fitzgerald gesprochen, und sie hatten einen Kompromiss geschlossen: Als Staatsbeamter konnte Fitzgerald von Gunther und Syme gemeinsam interviewt werden. Es könnte um ernste Konsequenzen für die innere Sicherheit gehen. »Und die Gesundheitsbehörde macht noch immer Schwierigkeiten wegen Muncaster«, sagte Gessler. »Jemand aus Berlin muss mit dem Minister reden, aber im Moment kommt man nicht durch. Ich weiß nicht, was in Berlin los ist. Wenn das schiefgeht, dann können Sie sich vorstellen, wem man das in die Schuhe schieben wird.« Mit einem Anflug seiner alten Grimmigkeit sah er Gunther an. »Also, die Absprache mit dem Kommissar sieht vor, dass Sie und Syme nach Whitehall gehen und mit dem Vorgesetzten dieses Fitzgerald über ihn sprechen. Die Dominionverwaltung muss darauf aufmerksam gemacht werden, dass sie womöglich ein Mitglied der Resistance in ihren Reihen hat, darauf könnte die Spezialeinheit sich etwas einbilden.«

»Und sie bei ihrem Grabenkampf mit dem MI5 unterstützen?«

»Genau.« Gessler lächelte säuerlich. »Und hier in der Botschaft kennen wir uns doch mit Grabenkämpfen aus, nicht wahr?« Und wenn Sie dann noch immer glauben, dass Fitzgerald Ihr Mann ist, können Sie ihn verhaften und verhören lassen.«

»Wo?«, fragte Gunther leise.

»Hier im Senatsgebäude. Aber von Ihnen beiden. Das war alles, was ich dem Kommissar der Spezialeinheit abringen konnte.«

Gunther sagte: »Falls Fitzgerald weiß, über welche geheimen Informationen Muncaster verfügt, dann wird Syme es auch erfahren.«

»In dem Falle wird man, wie ich schon sagte, handeln müssen. Wenn Sie Fitzgerald herbringen, nehmen Sie am besten gleich eine Pistole zum Verhör mit«, sagte er brutal.

»Aber welche Erklärung hätten wir dafür, falls wir Syme erschießen müssten?«

»Das ist das Problem von denen in Berlin«, sagte Gessler brüsk. »Die waren da ganz entschieden. Jegliche Information, über die Muncaster verfügt, ist allein uns vorbehalten.«

Zurück in seinem Büro erzählte Gunther Syme von der gemeinsamen Befragung. Der Inspektor benahm sich auf eine gänzlich neue Art großspurig; das Verhältnis zwischen ihnen hatte sich verändert, zumindest Symes Einschätzung zufolge. Gunther sah ein, dass es inzwischen nötig werden könnte, ihn zu beseitigen. Schließlich versuchte der Mann, deutsche und britische Organisationen gegeneinander auszuspielen, er hatte seinem Kommissar von der möglichen Rolle des Staatsbeamten erzählt, ohne es zuvor Gunther gegenüber erwähnt zu haben. Er hätte wissen müssen, wohin das führen würde. *Er ist von seiner eigenen Arroganz geblendet*, dachte Gunther.

»Also geht's nach Whitehall«, sagte Syme. »Die gehen alle um fünf nach Hause, also werde ich uns für morgen früh einen Termin mit Fitzgeralds Boss holen.«

Gunther sah ihn lange und ernst an. »Sagen Sie ihm, dass es streng vertraulich bleiben muss, und erwähnen Sie Fitzgeralds Namen nicht.«

Syme grinste. »Dafür sorgen wir schon.«

»Und welche Rolle spiele ich dabei? Wieder den schweigsamen Sergeanten?« *Vorsicht*, dachte er, *lass dir nicht anmerken, dass du dich ärgerst.*

»Nein. Wir halten es für besser, wenn wir erklären, dass die deutsche Polizei uns mit dem überseeischen Aspekt des Falles hilft«, sagte Syme mit provozierendem Grinsen.

29

Früh am Freitagmorgen fuhr Syme mit Gunther durch die belebten Londoner Straßen nach Whitehall. Es war ein weiterer kalter Tag und der Himmel mit grauen Wolken verhangen. Gunther fragte: »Waren Sie schon einmal an Untersuchungen bei Dienststellen der Regierung beteiligt?«

»Nein. Das ist immer noch das Feld vom MI5. Aber seit der Widerstandsgruppe im Innenministerium vor ein paar Jahren hat es in Whitehall keine Spionagefälle mehr gegeben. Damals handelte es sich um Doppelagenten. Die Bosse in Whitehall hatten danach alle unzuverlässigen Kandidaten abserviert. Oder dachten zumindest, sie hätten es.«

»Mit wem genau haben wir diesen Termin?«

»Mit Fitzgeralds Abteilungsleiter. Hubbold. Ein alter Knacker, der nur noch seine Zeit bis zum Ruhestand absitzt, wie mein Boss mir erklärt hat. Unser Anruf hat ihn anscheinend ziemlich verunsichert. Ich glaube, er wird uns keine Probleme bereiten.«

»Was hat man ihm denn gesagt?«

»Nur, dass es einen Verdacht gegenüber einem seiner Angestellten gibt. Es ist alles gut, wir haben Fitzgeralds Namen nicht erwähnt.«

Sie fuhren nach Whitehall, am Cenotaph vorbei, und hielten an der Ecke Downing Street. Als Gunther die Treppe hinaufging, blickte er hoch zu dem Fries an der Fassade, der Afrikaner, Inder und andere Menschen aus den Kolonien zeigte, jetzt alle rußgeschwärzt. Syme nannte dem alten Portier am Empfang seinen Namen und sagte, sie hätten einen Termin mit Mr. Hubbold. Der alte Mann telefonierte kurz und sagte, es werde gleich jemand kommen und sie nach oben begleiten. Er bat sie, sich in das Besucherbuch einzutragen, was Gunther mit einem unleserlichen Schnörkel erledigte. Während sie warteten, beobachteten sie die Boten in braunen Overalls und die Beamten in ihren schwarzen Jacketts und Nadelstreifenhosen. Leise sagte Syme: »Was für eine Truppe. Sehen Sie sich nur mal diese muffigen Klamotten an.«

Gunther lächelte. »In Deutschland gibt es auch noch Staatsbedienstete, die so aussehen. Allerdings nicht mehr sehr viele.«

Ein junger Büroangestellter erschien, und sie fuhren in einem alten, ächzenden Aufzug nach oben. Durch das Gitter sah Gunther unterteilte Büroräume, winzige Kämmerchen und lange dunkle Korridore. Sie blieben vor einer Tür stehen, auf welcher der Name *A. Hubbold* in Goldbuchstaben prangte. Der junge Mann klopfte, und eine tiefe Stimme sagte: »Herein.«

Syme stellte sich vor und zeigte Hubbold seinen Dienstausweis. Dann stellte er Gunther als deutschen Kollegen vor. Hubbold erschrak sichtlich.

»Ich wusste gar nicht, dass der deutsche Staat hier involviert ist.«

Syme sagte: »Unsere Information in dieser Angelegenheit kommt aus Deutschland. Wir arbeiten zusammen mit unseren deutschen Kollegen.«

Hubbold schluckte. »Ist der Staatssekretär darüber informiert worden?«

»Alles zu seiner Zeit«, erwiderte Syme mit Nachdruck. Gunther bewunderte ihn, wie er die Regie übernahm. »Vorläufig, Sir, wollen Sie die Sache bitte absolut vertraulich behandeln. Wie der Kommissar Ihnen gestern Abend mitteilte, haben die Sicherheitsbehörden aufgrund der Sonderbefugnisse die Möglichkeit, jeden Bürger …«

»Jaja, ich weiß«, sagte Hubbold leise. »Ich kann es nur nicht glauben, dass einer meiner Mitarbeiter in – Verrat involviert sein soll.« Er holte tief Luft. »Wer ist es? Gegen wen ermitteln Sie?«

»Sein Name ist David Fitzgerald.«

Geschockt starrte Hubbold sie durch seine Brille an. »Mr. Fitzgerald genießt einen mustergültigen Ruf«, stotterte er.

»Wie lange arbeitet er schon für Sie, Sir?«, fragte Syme.

»Seit drei Jahren. Er ist sehr fleißig, äußerst gewissenhaft und verschwiegen. Ein ruhiger Familienmensch.«

»Höre ich da ein ›aber‹ heraus, Sir?«, fragte Syme lächelnd.

Hubbold blickte auf seine Hände, klein und zierlich. Sein Unterkiefer mahlte kurz, dann sah er auf. »Es ist da kürzlich eine Frage aufgetaucht, ein Problem. Mr. Fitzgerald ist – nun ja, zumindest potenziell involviert. Aber nur potenziell, eigentlich ist es ein Problem der Registratur, die mir nicht untersteht.«

Hubbold erzählte ihnen von dem Memorandum, das auf unerklärliche Weise in der Geheimakte aufgetaucht war. Er sprach zu Syme, aber sein Blick wanderte immer wieder zu Gunthers unbewegtem Gesicht. »Es war meine Pflicht, bei der Aufklärung mitzuwirken. Aber da es, wie gesagt, eine Sache der Registratur ist, spricht der Leiter der Registratur mit der Beamtin« – ein leichter Widerwille schwang in seiner Stimme – »die den Raum mit den Geheimakten unter sich hat. Aber die offene Akte, aus der das fremde Dokument kam, ist durch mehrere Hände gegangen.«

Gunther ergänzte: »Und Mr. Fitzgerald hat Zugang zu dieser Akte, aber nicht zu den Geheimakten in der Registratur.«

Hubbold sah ihn mit ausdruckslosem Blick an.

»Richtig.«

»Worum ging es in der Geheimakte?«

Hubbold richtete sich auf und verschränkte die Hände. »Das darf ich Ihnen nicht sagen. Nicht ohne die Zustimmung des Staatssekretärs …«

»Könnten wir den Leiter der Registratur herbitten, zusammen mit der Angestellten, um zu hören, was sie dazu zu sagen haben?« Gunther hatte es leise und höflich gesagt, er spielte den netten Polizeibeamten gegenüber Symes strengem. »Und dann könnten wir vielleicht mit Mr. Fitzgerald sprechen.«

»Jetzt?«, fragte Hubbold.

»Wenn ich bitten darf«, sagte Syme. »Und vielleicht könnten Sie auch Mr. Fitzgeralds Personalakte heraufbringen lassen.«

»Ich nehme an, er arbeitet heute?«, fügte Gunther hinzu.

»Ja. Ich traf ihn heute Morgen im Aufzug.«

Gunther wandte sich an Syme und sagte leise: »Vielleicht könnte der Portier am Eingang Fitzgerald aufhalten, falls er gehen will.«

Syme nickte und bedachte Hubbold mit einem boshaften Lächeln. »Könnten Sie das veranlassen, Sir? Rufen Sie bitte an, jetzt gleich?«

»Das muss ein Irrtum sein. Fitzgerald …«

»Die Anrufe, Sir.« Syme sprach mit Schärfe. Er genoss es, den alten Staatsdiener herumzukommandieren. Hubbold nahm den Telefonhörer und sprach zuerst mit dem Portier am Eingang, dann mit der Personalabteilung. Schließlich bat er Dabb zu sich, zusammen mit Miss Bennett. Seine tiefe, ruhige Stimme hatte angefangen, leicht zu zittern.

Sie warteten. Hubbold starrte auf seine gefalteten Hände auf der Schreibunterlage. Von draußen drangen leise die Geräusche des Arbeitsalltags herein. Hubbold griff in die Tasche, zog eine kleine Silberdose hervor, und zu Gunthers Überraschung schüttete er zwei kleine Pyramiden aus braunem Pulver auf seinen Handrücken. Syme beugte sich vor. »Was machen Sie da, Sir?«

Hubbold starrte zurück. »Ich nehme eine Prise Schnupftabak. Haben Sie etwas dagegen, Herr Wachtmeister?«

Syme zuckte lachend die Schultern. »Ich dachte, das sei mit der Arche aus der Mode geraten.«

»Nicht im Geringsten. Es ist viel gesünder als Zigaretten.« Hubbold schnupfte das Pulver. Er runzelte kurz die Stirn, dann sagte er: »Dabb, der Registrator, wird Ihnen vermutlich erzählen, dass Fitzgerald sich ziemlich gut mit dieser Beamtin versteht, Carol Bennett. Ich bin sicher, sie sind nur befreundet, aber – nun ja, man sollte es wohl besser erwähnen.«

Es klopfte, und ein Mitarbeiter erschien mit der Personalakte. Hubbold nahm sie in Empfang, und nach kurzem Zögern reichte er sie Syme. Der öffnete sie. Gunther beugte sich vor, um mitzulesen. *Arbeitet gut mit Kollegen zusammen, zeigt aber eine gewisse Reserviertheit. Scheint nicht sehr ehrgeizig.* Gunther sah, dass außer der Ehefrau auch ein Kind erwähnt wurde, das aber gestorben war. Fitzgeralds Mutter war ebenfalls tot, sein Vater in Neuseeland. Es gab ein Bild von einem jungen Mann in Uniform, die Haltung genauso aufrecht wie auf dem Foto aus der Studentenzeit. Es war typisch für die Briten, dass sie Fitzgeralds Foto seit 1940 nicht mehr erneuert hatten.

Gunther prägte sich Fitzgeralds Privatadresse ein und merkte, dass Hubbold ihn anstarrte. »Das alles ist« – Hubbold suchte nach Worten – »äußerst widerwärtig.«

»Verrat ist ebenfalls widerwärtig, Sir«, sagte Syme. Hubbold zuckte zusammen.

Wieder klopfte es, und zwei Personen traten ein, eine intelligent aussehende Frau mit schmalem Gesicht in den Dreißigern und ein gebeugter älterer Mann mit altmodischem Kläppchenkragen. Hubbold bat sie, Platz zu nehmen, und sie zogen sich Stühle heran. Er stellte Gunther und Syme als Mitarbeiter der Spezialeinheit vor. Der alte Mann hielt den Mund fest geschlossen und warf der Frau einen kurzen, ärgerlichen Blick zu. Sie riss vor Angst die Augen auf.

Hubbold sprach als Erster. »Es geht um das – äh – fremde Dokument in der Geheimakte.«

Dabb schien entsetzt. Mit scharfer Stimme fragte er: »Seit wann ist das eine Angelegenheit für die Polizei? Die interne Untersuchung ist noch nicht abgeschlossen.«

Müde schüttelte Hubbold den Kopf. »Das weiß ich auch nicht. Nur, dass man unsere volle Kooperation erwartet.«

Jetzt verließ Dabb der Kampfgeist. Er sackte auf seinem Stuhl zusammen und sagte leise, aber mit zorniger Eindringlichkeit: »In all diesen vielen Jahren ist so etwas in meiner Registratur noch nie passiert. Die Leute befolgen zwar die Anordnungen nicht immer ganz so, wie sie es müssten, und sie werden dafür zur Rechenschaft gezogen. Aber dass eine Geheimakte, die meiner Kontrolle unterliegt, in falsche Hände gerät, niemals!« Ungläubig schüttelte er den Kopf.

»Dann haben Sie die Kontrolle über die Geheimakten?«, fragte Syme brüsk. »Über diesen separaten Raum?«

»Mir untersteht die Registratur«, erwiderte Dabb zögerlich. »Aber ich muss mich auf meine Mitarbeiter verlassen, dass ihnen keine – groben Irrtümer unterlaufen.« Er sah die Frau anklagend an, während er sprach. Sie starrte ihn an und atmete schwer. *Er versucht, die Schuld auf sie abzuwälzen*, dachte Gunther.

»Haben Sie etwas dazu zu sagen, Miss Bennett?«, fragte Syme.

»Ich weiß nicht, wie das Kenia-Dokument in die Geheimakte gelangte. Ich hatte es noch nie zuvor gesehen.« Sie sprach klar und sachlich. *Sie ist zwar keine besonders attraktive Frau*, dachte Gunther, *aber beeindruckend und offensichtlich intelligent.*

»Und was meinen Sie, wie es dorthin gekommen ist?«, fragte Dabb müde. »Hatte es vielleicht beschlossen, ein wenig herumzubummeln?«

»Ich weiß es nicht. Das schwöre ich.«

Sie sagt die Wahrheit, dachte Gunther, *aber es steckt mehr dahinter.*

»Es gibt sicher nicht viele Frauen, die einen solchen Posten wie den Ihren bekleiden«, bemerkte Syme. »Hätte nicht gedacht, dass das eine Arbeit für Frauen ist. Ist schon was anderes als Lehrerin oder Krankenschwester.«

Er versuchte, sie zu provozieren, aber sie blieb ruhig. »Ich arbeite seit dreizehn Jahren im Staatsdienst. Meine Sicherheitsüberprüfungen sind über jeden Zweifel erhaben. Ich glaube, ich habe Mr. Dabb noch nie Grund zur Klage gegeben.« Selbstbewusst sah sie die Männer an.

Dabb verzog übellaunig den Mund. »Sie sind kompromittiert«, sagte er bitter. »Kompromittiert.« Er blickte Syme an. »Ich kann mir nicht vorstellen, dass die Akte, aus der dieses Dokument stammte, nur rein zufällig von einem Mitarbeiter eingesehen wurde, mit dem Miss Bennett gut befreundet ist.« Anklagend sah er Hubbold an. »Ihr Untergebener. Mr. Fitzgerald.«

Also hat auch Dabb diesen Schluss gezogen, dachte Gunther.

»Es hatten noch andere die Akte«, erwiderte Hubbold gereizt.

Carol sah Syme an. »Ich bin schon jahrelang mit Mr. Fitzgerald befreundet. Aber wirklich nur befreundet.«

»Männer und Frauen können nicht nur befreundet sein«, fauchte Dabb. »Das ist unnatürlich.«

»Da ist was dran«, stimmte Syme zu, dabei sah er Carol an und zog eine Augenbraue hoch. Jetzt wurde sie rot. Unverblümt fragte er sie: »Unterhalten Sie eine unangemessene Beziehung zu David Fitzgerald?«

»Nein«, erwiderte sie mit fester Stimme.

»Sie gehen ab und zu in Konzerte«, sagte Dabb. »Darüber wird schon lange im Büro geklatscht.«

Symes Lächeln wurde zu einem anzüglichen Grinsen. »Und wo gehen Sie hin? In irgendein kleines Hotel?«

»Wir gehen zu Lunchkonzerten, das ist alles, was wir jemals zusammen unternommen haben«, erwiderte Carol. Ihre Stimme zitterte. »Sie können sich erkundigen, wo Sie wollen, fragen Sie David – Mr. Fitzgerald. Sie werden nichts Unangemessenes erfahren. Nichts. Niemals. Schließlich ist er ein verheirateter Mann.«

Gunther vernahm die Bitterkeit in ihrer Stimme und dachte: *Du wünschst dir, er wäre es nicht.* Laut sagte er: »Eine Freundschaft. Einfach so. Aber hätte Mr. Fitzgerald durch diese Freundschaft Gelegenheit gehabt, Zugriff auf geheimes Material zu erhalten?«

Carol sah ihn an, schluckte und holte tief Luft. »Sie sind Deutscher, nicht wahr? Darf ich fragen, was Sie mit dieser Sache zu tun haben?«

»Das geht Sie nichts an«, sagte Syme barsch. »Er arbeitet mit mir zusammen, das genügt. Beantworten Sie die Frage.«

»Ich kann mir nicht vorstellen, wie David sich Zutritt zu den Geheimakten verschaffen könnte«, sagte sie. »Ich habe nie mit ihm über meine vertrauliche Arbeit gesprochen, das würde ich niemals tun. Und er hat mich auch nie danach gefragt.«

Gunther fragte: »Was ist mit den Schlüsseln zu dem Raum mit diesen Akten? Sie haben ihm nie Zugang dazu verschafft?«

»Natürlich nicht«, erwiderte sie mit verzweifelter Stimme. »Ich habe die Schlüssel immer bei mir im Büro, und wenn ich weggehe, lasse ich sie vorn an der Rezeption zurück.« Ruhig blickte sie die Männer an. »Es ist nicht fair. Sie würden diese Fragen nicht stellen, wenn es sich um die Freundschaft zwischen zwei Männern handelte.«

Syme lachte. »Darüber könnte ich Ihnen auch so einiges erzählen.« Hubbold und Dabb blickten ihn angewidert an.

Gunther dachte: *Die Schlüssel. Es gibt viele Möglichkeiten, Schlüssel zu kopieren.* An Carol gewandt, sagte er: »Also ist es reiner Zufall, dass einer der wenigen Leute, die Zugang zu dieser Akte hatten, ein Freund von Ihnen ist?«

»Ich weiß nicht, was es ist«, sagte sie heftig. »Ich verstehe es ja auch nicht.«

»Haben Sie und Mr. Fitzgerald sich jemals über Politik unterhalten?«

»Nein«, erwiderte sie erschöpft.

»Wie, würden Sie sagen, fällt seine politische Einstellung aus?«, fragte Syme.

»Keine Ahnung.«

»Und Ihre?«

»Ich habe keine.« Ihre Stimme klang jetzt müde. »Ich kümmere mich um meine kranke Mutter und habe meine Arbeit. Ich beschäftige mich nicht mit Politik.«

Einen Moment war es still. Gunther blickte zu Syme, dann sagte er: »Ich glaube, das ist alles, was wir im Moment von Miss Bennett wissen wollen.« Er stand auf, und die anderen folgten ihm. Gunther lächelte Carol an. »Vielen Dank, Miss Bennett.«

Unsicher sah sie ihn an, dann ging sie. Als die Tür hinter ihr geschlossen war, sagte Dabb zu Syme: »Ich habe sie von ihrer normalen Arbeit abgezogen. Ich kümmere mich jetzt selbst um die Geheimakten. Ist das in Ordnung?«

»Ich glaube schon. Jedenfalls fürs Erste.«

»Der Staatssekretär muss informiert werden. Und zwar sofort. Polizei, hier im Büro!«

»Darum kümmern wir uns.« Syme sah Gunther an. »Ich glaube, er kann jetzt auch gehen?« Gunther nickte zustimmend. Syme grinste Dabb an. »Sie können gehen, Freundchen.«

Dabb machte ein Geräusch, als sei ihm etwas im Hals stecken geblieben, dann trat er schnell hinaus. Sie blieben mit Hubbold zurück. »Und jetzt?«, fragte er leise.

»Arbeitet man hier auch außerhalb der normalen Zeiten?«, fragte Gunther. »Zum Beispiel am Wochenende?«

»Wenn es nötig ist, schon.« Hubbold zögerte, dann fügte er hinzu: »Mr. Fitzgerald organisiert die Sitzungen der Hochkommissare des Commonwealth. Damit hat er in den letzten Monaten viel zu tun gehabt, und er kommt deshalb auch am Wochenende her. Ich habe ihn manchmal schon damit aufgezogen und ihm gesagt, er könne doch seine Frau nicht immer im Stich lassen.«

Gunther sagte: »Ich glaube, wir würden uns jetzt gern mit

Mr. Fitzgerald unterhalten. Unter vier Augen. Könnten Sie uns eine Weile allein lassen?«

»Dies ist mein Büro«, erwiderte Hubbold mit überraschender Sturheit.

Darauf Syme: »Wissen Sie was? Warum gehen Sie nicht runter und holen Fitzgerald herauf? Holen Sie ihn von seinem Schreibtisch weg.«

Hubbold presste die Lippen zusammen, dann stand er auf. Er ballte die Fäuste, als wäre er am liebsten auf Syme losgegangen, doch dann meinte er steif: »Na gut«, und verließ das Büro.

Als er die Tür geschlossen hatte, sagte Syme: »Da ist etwas faul zwischen Fitzgerald und dieser Frau. Ich kann es fast riechen.«

Gunther erwiderte: »Ich glaube nicht, dass sie ihm Zugang zu diesem Raum verschafft hat. Aber ich glaube, er hat sich durch sie selbst Zugang verschafft. Irgendwie hat er sich die Schlüssel verschafft; ich kann mir nur nicht ganz vorstellen, wie.«

»Er hat am Wochenende mit der Geheimakte gearbeitet und das Dokument falsch eingeordnet?«

»Das würde Sinn ergeben.«

»Was machen wir, wenn sie zurückkommen? Sollen wir den alten Dummkopf irgendwie loswerden und Fitzgerald verhaften?«

»Ja, das denke ich.«

»Und die Frau ebenfalls?«

»Nein. Noch nicht.« Gunther sah Syme an. »Lassen Sie uns nicht gleich zu hohe Wellen schlagen. Erst mal nur Fitzgerald. Wir bringen ihn ins Senatsgebäude und lassen ihn verhören.«

»Ein Verhör nach deutscher Art?«, fragte Syme.

»Zunächst nur eine normale Befragung«, sagte Gunther müde. »Dann sehen wir weiter.«

Syme zuckte die Schultern, dann blickte er Gunther ernst an. »Spione der Resistance, die geheime Regierungsakten durchsuchen. Das könnte ein großes Ding werden.«

»Ich weiß.«

Die Tür ging auf. Hubbold stand auf der Schwelle, mit rotem Gesicht, das weiße Haar in wilder Unordnung, die Augen hinter den Brillengläsern größer denn je. Es sprudelte aus ihm heraus. »Er ist weg. Fitzgerald ist verschwunden. Ich war in seinem Büro, und er war nicht da. Ich habe den Portier gefragt. Er sagte, Fitzgerald sei in Hut und Mantel heruntergekommen und er habe ihm gesagt, er solle in seinem Büro bleiben, aber er sei einfach gegangen. Er hat meinen Befehl ignoriert. Er ist weg.« Mit plötzlich aufwallender Emotion schlug er mit der Faust gegen die Tür, und es klang wie eine Wehklage, als er aufschrie: »Er hat mich verraten.«

30

An diesem Vormittag war David mit der Tagesordnung für die nächste Sitzung der Hochkommissare beschäftigt. Als er ins Büro kam, war Carol noch nicht an ihrem Platz. Ihr Telefonanruf am Abend zuvor hatte ihn äußerst beunruhigt. Er wusste nicht, ob sie, nachdem sie verhört worden war, nur eine Schulter zum Ausweinen suchte oder irgendwie ahnte, dass er selbst auch involviert war. Er war entsetzt gewesen, dass Sarah ihn verdächtigte, eine Affäre zu haben.

Am Abend zuvor waren sie bei Steve und Irene gewesen, aber David und Sarah hatten angespannt und geistesabwesend gewirkt. Beim Essen hatte Irene die Unterhaltung beherrscht, sie sprach über ihre Weihnachtsvorbereitungen, die Leistungen ihrer Kinder in der Schule, das kalte Wetter, während ihr Blick ständig zwischen David und Sarah hin und her wanderte. Offenbar ahnte sie, dass etwas nicht stimmte. Steve hatte versprochen, sich zusammenzunehmen, und er erwähnte weder die Politik noch die Deportationen. Irene jedoch berichtete von Unruhen in Wandsworth; anscheinend hatte eine Gruppe von Jive

Boys die Sitze in einer Konzerthalle aufgeschlitzt, wo eine neue Rock-'n'-Roll-Band aus Amerika gastierte. »Es heißt, man will verbieten, dass noch mehr dieser Schallplatten aus Amerika zu uns kommen.«

»Das sollte man auch«, stimmte Steve zu. »Diese Jive Boys sind doch immer in Schlägereien verwickelt. Eine Bande von Schlägertypen. In ihren Gehröcken sehen sie aus wie Schwule, aber sie benehmen sich wie Rüpel.«

»Und die Schwarzhemden etwa nicht?«, fragte David.

»Schon gut«, sagte Irene schnell, damit das Gespräch nicht wieder eskalierte. »Es ist doch allgemein bekannt, dass die Jive Boys nicht politisch sind. Denen macht es einfach nur Spaß, sich zu prügeln, egal mit wem.«

Nach dem Essen sahen sie sich eine Fernsehkomödie mit Frankie Howerd an, die David zum Gähnen langweilig fand. Als sie ihre Mäntel holten, erwähnte Steve, dass er nach Weihnachten eine Geschäftsreise nach Deutschland unternehmen müsse.

»Nach Linz«, sagte er. »In die Heimatstadt des Führers. Ein neues Bauprojekt.«

David schluckte den Köder nicht. Er und Sarah fuhren in eisigem Schweigen nach Hause. Als sie in ihre Straße einbogen, sagte David: »Ich habe keine Affäre mit dieser Frau. Wenn du mir das nur glauben könntest.«

»Das würde ich gern«, sagte Sarah traurig. »Aber ich kann es nicht.«

Es war schwer, sich am nächsten Morgen auf die Arbeit zu konzentrieren. Kurz vor zehn klingelte sein Telefon. »Fitzgerald«, sagte er kurz angebunden.

»David?« Er erkannte Carols Stimme. Sie klang angestrengt, atemlos.

»Ja?«

»David, ich muss es kurz machen. Es ist etwas passiert.«

»Was …«

»Ich rufe aus einem anderen Büro an, im Moment ist es leer,

404

aber es könnte jeden Moment jemand hereinkommen. Bitte hör zu, ich habe nicht viel Zeit.« Sie sprach mit großer Dringlichkeit. »Ich komme gerade von einem Gespräch zwischen Dabb und deinem Boss, Mr. Hubbold. Außerdem waren« – David hörte, wie sie tief Luft holte – »es waren auch zwei Polizeibeamte dabei. Sie sagten, sie seien von der Spezialeinheit, aber einer war ein Deutscher. In einer der Geheimakten ist ein Dokument aufgetaucht, das dort nicht hineingehört, und es stammte aus einer Akte, mit der du gearbeitet hattest.« Sie sprach immer schneller. »Hubbold meldete es Dabb, und der versuchte, mir die Schuld anzuhängen …«

Davids Herz klopfte wie wild. Er sagte: »War es das, worüber du gestern Abend sprechen wolltest?«

»Ja. David, bitte hör zu. Die Polizeibeamten, sie fragten mich über unsere – Freundschaft aus. Sie glaubten offenbar, ich hätte dir Zugang zu dem Raum mit den Geheimakten verschafft. Ich sagte ihnen, wir seien nur gute Freunde und dass du mich nie um etwas gebeten hast. Aber auf Hubbolds Schreibtisch lag eine offene Akte, auf der dein Name stand. Ich glaube, es war deine Personalakte. Ich rufe dich an, um dich zu warnen. Es könnte sein, dass sie dich auch vorladen.«

David zwang sich, ruhig zu bleiben. »Wie kommt es, dass die Spezialeinheit sich damit befasst? Und dieser Deutsche?« Er dachte: *Das muss mit Frank zu tun haben, irgendwie sind sie über ihn auf mich gekommen.*

»Ich weiß es nicht. Aber ich muss dich warnen. Ich weiß nicht, wie es weitergehen wird.« Carol versagte die Stimme. »Bitte erzähl es mir nicht, falls du etwas Unerlaubtes getan hast, ich will es nicht wissen …«

Er sagte: »Carol, es tut mir leid …«

»*Erzähl mir nichts*«, zischte sie ärgerlich. »Was ich nicht weiß, kann ich denen auch nicht verraten. Du bist ein anständiger Kerl, David.« Ihr Ton war wieder sanfter geworden. »Was immer du getan haben magst, es wird einem guten Zweck dienen, da bin ich sicher.« Traurig fuhr sie fort: »Du weißt doch, was ich für dich empfinde. Das weißt du doch, nicht wahr? Ich habe es gemerkt.«

Er konnte nicht antworten.

Es trat eine kurze Stille ein. Dann sagte Carol sehr leise: »Sie werden nichts finden, was gegen mich spricht, denn es gibt nichts. Selbst wenn du weggehen solltest.« Er antwortete nicht. »Du wirst doch weggehen, nicht wahr? Nein, antworte nicht.«

»Carol …«

»Du musst tun, was du für richtig hältst. Du bist ein anständiger Mensch, David.« Das Gespräch brach ab.

Geschockt legte er den Hörer auf. Dann lief in seinem Kopf das Programm an, das er sich eingeprägt hatte. Was er tun musste, wenn es an seiner Arbeitsstelle eine Krise gab, wenn es aussah, als sei er entdeckt worden. Er musste sofort das Büro verlassen, sich eine öffentliche Fernsprechzelle suchen und die Nummer anrufen, die er vor langer Zeit auswendig gelernt hatte. Entschlossen stand er auf. Er wusste, wenn er ging, würde Carol in noch größere Schwierigkeiten geraten. Sie hatte ihn geliebt, und er hatte sie benutzt, und trotzdem versuchte sie immer noch, ihn zu retten.

Sarah. Auch sie war in Gefahr. Alle waren in Gefahr, wenn man ihn verhaften würde. Er blickte zur Tür. Der Moment war gekommen. Hubbold und alle, die er sonst im Büro kannte, waren jetzt zu Feinden geworden, die ihn möglicherweise festsetzen würden. Er ergriff Mantel und Hut vom Haken hinter der Tür, nahm seine Aktentasche und seinen Schirm. Schnell ging er die Treppe hinab ins Foyer. Am liebsten wäre er gerannt, aber damit hätte er Aufmerksamkeit auf sich gezogen. Als er durch das Foyer ging, hörte er, wie Sykes, der Portier, rief: »Mr. Fitzgerald! Mr. Hubbold sagt, Sie sollen bitte warten!« David blieb weder stehen, noch wandte er sich um, sondern eilte mit festem Schritt zum Ausgang. Eine ältere Putzfrau in geblümtem Kittel und Kopftuch starrte über ihren Mopp hinweg hinter ihm her.

»Mr. Fitzgerald!«, rief Sykes wieder. »Bitte warten Sie!«

Er ging durch die Tür, die Treppe hinunter zur Straße, dann rannte er los, bis er in Whitehall war.

An der Ecke vom Trafalgar Square entdeckte er eine Telefonzelle. Sie stank nach Urin. Er fischte ein paar Münzen aus der Manteltasche und wählte die Nummer, die er auswendig gelernt hatte. Er wartete. Das Rufzeichen ertönte wieder und wieder, aber niemand antwortete.

Jetzt fing er an, in Panik zu geraten. Hatte die Polizei die Leute am anderen Ende bereits gefasst, war es das Ergebnis einer größeren Razzia? Das war doch nicht möglich, sonst wäre man einfach zu ihm gekommen und hätte ihn verhaftet, ohne vorher Hubbold und Dabb zu involvieren. Das Rufzeichen brach ab. Er wählte erneut. Er hielt den schweren schwarzen Hörer so fest umklammert, dass seine Hand schmerzte. Jetzt warf er ihn zornig hin und starrte durch die schmierigen Scheiben der Telefonzelle auf die Menschen, die an diesem grauen Morgen draußen vorbeigingen, auf die schmutzigen Tauben, die um den Sockel der Nelson-Säule flatterten. Es war absurd, aber er hatte Angst, die Telefonzelle zu verlassen, sie schien wie eine Art Zufluchtsort. Dann dachte er: *Ich muss zu Sarah. Sie werden wissen, wo ich wohne, und sie werden kommen, aber ich muss es versuchen.* Das war gegen die Regel, aber irgendetwas musste geschehen sein; er war jetzt ganz auf sich gestellt. Er wählte seine Nummer zu Hause. Er wusste, die Haushaltshilfe kam am Freitag nicht, Sarah war allein. Er wollte ihr sagen, sie solle sofort das Haus verlassen und sich in der Stadt mit ihm treffen. Aber wieder ertönte das Freizeichen, ohne dass jemand abnahm. Bei der Vorstellung, dass man sie vielleicht schon festgenommen haben könnte, zitterten ihm die Knie, und er musste sich an die kalte, feuchte Wand der Telefonzelle lehnen. Er sagte sich, sie sei vielleicht nur einkaufen gegangen, wie sie es fast jeden Tag tat. Er musste zu ihr. Er wusste, es konnte gefährlich sein, sein Haus könnte von Polizisten beobachtet werden, aber er musste es tun. Er wählte die Nummer abermals, aber noch immer kam keine Antwort. Er drückte auf den Knopf, seine Münzen fielen heraus – vielleicht würde er sie noch brauchen –, und er verließ die Telefonzelle. Erst jetzt bemerkte er, wie kalt es war. Er ging zur U-Bahn und empfand erst etwas Erleichterung, als er in der Anonymität des unterirdischen Gewühls verschwand.

Obwohl er jeden Tag mit der Bahn zur Arbeit fuhr, war es Jahre her, seit er sie mitten an einem Wochentag benutzt hatte. Das letzte Mal, als Charlie gestorben war. Das war auch im Winter gewesen, es hatte heftig geschneit, und die Züge hatten Verspätung gehabt. Unterwegs war ihm schlecht geworden, und als er zu Hause ankam, war er auf dem Gartenweg ausgerutscht und gestürzt, aber er konnte nicht wieder aufstehen, seine Beine gehorchten ihm nicht. Sarah hatte es gesehen und war gekommen, um ihm zu helfen, wodurch sie endlich gezwungen gewesen war, ihr totes Kind loszulassen.

Auf dem Sitz neben ihm hatte jemand die *Times* liegen gelassen. Er hob sie auf. Auf der Vorderseite war ein Bericht über ein Treffen zwischen Himmler und seinen osteuropäischen Alliierten, dazu ein Bild von ihm zusammen mit den Regierungschefs der Slowakei, von Rumänien, Kroatien und Bulgarien. Einer von ihnen war ein großer, dicker Mann mit breitem Mondgesicht, heruntergezogenen Mundwinkeln und einem Priesterkragen. Das musste Tiso sein, der Premierminister der Slowakei, von dem Natalia gesprochen hatte. Natalia, zu der er sich hingezogen fühlte. Anders als Carol, für die er nichts empfand. Und Sarah war seine Frau. Was würde jetzt mit ihnen passieren? Er stützte den Kopf in die Hände. *Nicht denken*, befahl er sich. *Kühl bleiben, klaren Kopf bewahren.* Sein Blick fiel auf die Aktentasche zwischen seinen Beinen, die er instinktiv ergriffen hatte. Vielleicht würde er sie nie mehr brauchen, niemals mehr sein Büro sehen, nie mehr zu der Menge von Pendlern mit Melone auf dem Kopf gehören.

In Kenton stieg er aus. Auf dem Heimweg blickte er um sich, ob er etwas Verdächtiges feststellen konnte; er bekam Angst, als er plötzlich schnelle Schritte hinter sich hörte, und er bereitete sich innerlich darauf vor loszurennen. Er dachte daran, wie sein Vater einst nach einem großen Strafprozess gesagt hatte, er könne sich nicht vorstellen, wie jemand ein Leben als Verbrecher führen könne, da man doch in ständiger Angst leben müsse, plötzlich die Hand eines Polizisten auf der Schulter zu spüren. Jetzt verstand er es. Er war selbst ein Verbrecher.

Das Haus lag, genau wie die gesamte Straße, an diesem Wintermorgen still und ruhig da. Vorsichtig schloss er auf und ging hinein. Er ließ die Haustür angelehnt, falls die Polizei schon da war und er die Flucht ergreifen müsste. Aber im Haus war es still, das einzige Geräusch war das gleichmäßige Ticken der Küchenuhr. Wenn Sarah da gewesen wäre, wäre sie jetzt herausgekommen, aber sie kam nicht. David ging von einem Zimmer ins andere, bange, was ihn erwarten könnte, wenn er die jeweils nächste Tür öffnete, aber alles war wie immer. Er sah, dass das Telefonbuch aus dem Korb genommen worden war und auf dem Telefontisch lag, neben der Vase seiner Mutter. Er schloss die Haustür und setzte sich ins Wohnzimmer, um auf Sarah zu warten. Durchs Fenster beobachtete er die Straße. *Das ist Wahnsinn*, dachte er, *die Polizei konnte jederzeit kommen*. Aber er durfte Sarah jetzt nicht allein lassen. Das Haus war furchtbar still, und er dachte: *So muss es für Sarah sein, wenn sie allein zu Hause ist, diese Stille und nur die Erinnerung an Charlie*. Wenn sie einkaufen gegangen war, würde sie in spätestens einer halben Stunde wieder da sein. Er öffnete die Hintertür, dann ging er ins Wohnzimmer zurück. Wenn er jemandem am Gartentor sah, würde er durch die Hintertür fliehen und versuchen, über den Zaun zu entkommen. Oder wäre es nicht besser, wenn er sich gleich festnehmen ließe? Vielleicht würden sie dann das Interesse an Sarah verlieren. Aber was wäre dann mit den anderen seiner Zelle, Geoff und Jackson und Natalia und dem Mann aus der Indienverwaltung? Er wusste, wenn man ihn foltern würde, würde er es nicht lange aushalten.

Eine halbe Stunde verging. Er war unruhig im Zimmer auf und ab gegangen, jetzt trat er in den Flur und wählte Irenes Nummer. Sie antwortete sofort. Er versuchte, sorglos zu klingen. »Hier ist David. Ich musste heimkommen, mir geht's nicht so gut. Sarah ist nicht da. Hast du eine Ahnung, wo sie sein könnte?«

»Oje«, sagte Irene, »hoffentlich ist es nichts Ernstes? Kann ich dir irgendwie helfen?«

»Eine Magengeschichte wahrscheinlich, ich musste mich übergeben. Ich bin nur etwas verwundert, weil Sarah nicht zu Hause ist.«

»Tut mir leid, David, ich habe keine Ahnung, wo sie ist. Hat sie vielleicht eine Sitzung?«

»Nein, heute nicht.«

Er beendete das Gespräch und stand unschlüssig im Flur. Er dachte daran, erneut die Kontaktnummer zu wählen, aber das durfte er nicht von zu Hause aus, sein Telefon wurde wahrscheinlich schon abgehört. Eigentlich hätte er auch Irene nicht anrufen sollen. Ihm fiel ein, dass die Miniaturkamera und der Nachschlüssel zum Raum mit den Geheimakten oben lagen. Er holte sie, dann setzte er den Hut auf und verließ das Haus. Vor dem Bahnhof stand eine Telefonzelle, von hier aus würde er die Kontaktnummer nochmals anrufen. Vielleicht würde er sogar Sarah auf dem Rückweg treffen.

Aber er sah sie nicht. Er ging in die Telefonzelle, wählte die Nummer und war unglaublich erleichtert, als sofort eine Männerstimme antwortete. Schnell sagte er: »Hier ist Fitzgerald, David Fitzgerald. Die Polizei ist im Büro, es geht um ein Dokument, das ich falsch eingeordnet habe. Sie sind zu zweit, einer ist ein Deutscher …«

Der Mann schien zu wissen, wer David war, und fragte unverzüglich: »Wo sind Sie?« Es war eine junge Stimme mit starkem Cockney-Akzent.

»In einer Telefonzelle in der Nähe meines Hauses. In Kenton. Eine Kollegin sagte mir, dass die Polizei bei meinem Boss ist, also habe ich das Büro schnellstens verlassen. Der Portier versuchte, mich aufzuhalten, aber ich kam noch raus.«

»Scheiße.«

»Ich hatte schon vor über einer Stunde versucht, Sie aus der Stadt anzurufen, aber es hat niemand geantwortet.«

»Ich musste kurz weg, es waren nur zehn Minuten. Das hätte ich nicht machen sollen – Mist! Warum sind Sie nach Hause gefahren?«, fragte er laut und anklagend.

»Weil ich mir Sorgen um meine Frau machte. Sie ist nicht zu Hause, ich weiß nicht, wo sie ist.«

»Ist in Ihrem Haus alles in Ordnung? Gibt es Anzeichen dafür, dass jemand dort war?«

»Nein. Ich habe gewartet, ich dachte, sie sei nur einkaufen gegangen.« David holte tief Luft. »Was soll ich tun? Mir wurde gesagt, wenn etwas passieren sollte, würden Sie sich um meine Frau kümmern.«

Die Stimme am anderen Ende klang beruhigend. »Okay. Wir müssen Sie in Sicherheit bringen. Gehen Sie jetzt erst mal zur konspirativen Wohnung. Wir schicken jemanden nach Kenton, um Ihr Haus zu beobachten und Ihre Frau abzuholen, wenn sie zurückkommt.«

»Und Geoff. Geoff Drax.«

»Wir rufen ihn an, ebenso wie die anderen aus Ihrer Zelle. Ich leite das jetzt in die Wege. Aber Sie müssen jetzt zum geheimen Unterschlupf gehen. Sofort.«

David atmete auf. »In Ordnung. Ich stehe vor der U-Bahn-Station.«

»Gut. Mit der U-Bahn ist es am sichersten. Wir haben Ihre Privatadresse, wir schicken ein Auto hin, und man wird vor dem Haus auf Ihre Frau warten.«

»Ich fahre jetzt los.«

David verließ die Telefonzelle und stand unschlüssig vor dem

Bahnhof. Eine Frau sah ihn neugierig an. Er versuchte, sich zusammenzureißen. *Wie kann ich wissen, dass sie die Wahrheit sagen*, dachte er, *dass sie wirklich jemanden schicken, um Sarah abzuholen?* Aber er musste ihnen vertrauen, es gab keine andere Möglichkeit. Plötzlich wurde ihm klar, wie stark er bisher mit der Welt verwurzelt war, in der er aufgewachsen war und von der er sich tief im Inneren wünschte, dass es sie noch gäbe: Großbritannien, sein Heimatland, langweilig und mit sich selbst beschäftigt, ironisch, selbst wenn es um die eigenen Schwächen ging. Aber dieses Großbritannien gab es nicht mehr, es war zu einem Land geworden, in dem eine autoritäre Regierung zusammen mit faschistischen Schlägertypen an ihren Nazifantasien von einem neuen Empire arbeiteten, wofür sie Sündenböcke und Feindbilder brauchten. Und auch er war jetzt unwiderruflich zu einem Feind geworden.

31

Nachdem David am Freitag zur Arbeit gefahren war, konnte Sarah nicht zur Ruhe kommen. Sie konnte seinen Beteuerungen wegen Carol einfach nicht glauben, denn wenn er nichts zu verbergen hatte, hätte er es ihr doch sicher ganz offen erklären können. Stattdessen hatte er sich immer mehr zurückgezogen, und folglich auch sie. An diesem Vormittag hätte sie eigentlich bei den Spielzeugläden nachhaken und sicherstellen sollen, dass die Päckchen für die Kinder der Arbeitslosen gepackt wurden, aber sie konnte sich nicht dazu aufraffen. Sie hatte ihre Tasche mit den Unterlagen seit dem Zwischenfall in Tottenham Court Road nicht mehr aufgemacht.

Sie ging ins Wohnzimmer und versuchte, ihre Frauenzeitschrift zu lesen, die am Morgen per Post gekommen war. Es war kalt, aber sie hatte keine Lust, Feuer im Kamin zu machen. Sie fühlte sich ruhelos und hatte den Drang, irgendwas zu tun, egal was. Sie ging in den Flur und nahm das Telefonbuch aus dem Korb. Von einer Feier in Davids Büro, bei der sie Carol kennengelernt hatte, erinnerte sie sich, dass sie mit ihrer Mutter irgendwo im Norden Londons wohnte. Sie fand Namen und Adresse sofort: *Bennett, Mrs. D. und Miss C., 17 Lovelock Road, Highgate.* Das musste sie sein. *Aber sie wird jetzt wohl arbeiten,* dachte Sarah. *Ich werde hinfahren, aber erst heute Abend, und die Sache ein für alle Mal klären.* Aber bis dahin wollte sie aus dem Haus sein.

Sie holte Hut und Mantel und ging zur Tür. Beim Öffnen blieb sie einen Moment stehen und dachte: *Wenn ich das wirklich tue, dann könnte es das Ende für uns beide bedeuten.* Sie blieb stehen und umklammerte die Türklinke. Sie überlegte, Irene anzurufen, aber sie wusste, ihre Schwester würde versuchen, es ihr auszureden. *Ich kann so nicht weitermachen,* dachte sie, *sonst werde ich verrückt.*

Sarah ging hinaus und schloss die Tür ab, dann ging sie die Straße hinunter und wollte die U-Bahn in die Stadt nehmen. Vielleicht würde ihr dort etwas einfallen, was sie ablenken würde. Es war sehr kalt unter dem bleigrauen Himmel. Kurz hatte sie daran gedacht, den Tower zu besuchen, aber als die U-Bahn in Tottenham Court Road hielt, stieg sie kurz entschlossen aus. Sie musste den Ort noch einmal sehen, wo Schüsse gefallen und Menschen gestorben waren. Vielleicht würde ihr das helfen, diesen Wahnsinn zu begreifen, der rings um sie herrschte.

Aber dort sah alles so aus, als sei nie etwas geschehen. Autos und Busse fuhren wie immer auf der Straße über die Stelle, an der Mrs. Templeman gestorben war. Die Straßen waren voller Frauen mit Weihnachtseinkäufen – sämtliche Schaufenster geschmückt mit Papiergirlanden und kleinen Weihnachtsbäumchen. Vor einem großen Ladenlokal blieb sie stehen, weil sie feststellte, dass es zu denen gehörte, die bei dem Aufruf für Not leidende Kinder mithalfen. Ein großer Weihnachtsmann aus Holz mit rot angemalten Wangen und falschem Bart stand im Schaufenster. Eine Frau in einem Mantel aus Kunstpelz und mit einem nörgelnden Kind an jeder Hand rempelte sie an und fauchte: »Können Sie nicht aufpassen?«

»Entschuldigung«, sagte Sarah, aber die Frau ignorierte es und war schon weitergegangen. Sarah fiel auf, dass die Leute allesamt schlecht gelaunt und angespannt wirkten. Daran war Weihnachten schuld. Möglicherweise war es schon immer so gewesen, ohne ihr je aufzufallen. Charlie war von dem Weihnachtsbaum begeistert gewesen, den sie an seinem letzten Weihnachtsfest für ihn aufgestellt hatten, mit kleinen bunten Glühlämpchen. Weihnachten war ein Fest für Kinder; dabei sollte man doch eigentlich die Geburt Jesu feiern, der sich später selbst opferte. Sie erinnerte sich an ihr verzweifeltes Gebet in der Westminster Abbey. Seitdem war alles nur noch schlimmer geworden.

Sarah betrat das Geschäft, vor allem, um sich ein wenig aufzuwärmen. Der große Raum war vollgestopft mit Spielzeug. Alles war jetzt noch viel teurer als vor drei Jahren, als sie zum letzten Mal Geschenke für Charlie gekauft hatte. Sie ging an einer Ausstellung mit Puppenhäusern vorbei. Auf der Seite gegenüber waren Zinnsoldaten aufgebaut, *Eine Freude für jeden Jungen*. Auf einem Schlachtfeld aus Pappmaschee standen sie sich gegenüber: deutsche Soldaten in adretten grauen Uniformen mit Stahlhelm und winzigen Armbinden mit dem Hakenkreuz, auf der anderen Seite des Hügels eine kleine Gruppe von Russen in mattgrünen Uniformen, auf die man Risse und Flicken gemalt hatte.

»Mrs. Fitzgerald?« Sie erschrak, als sie die Stimme neben sich hörte. Im Moment erschrak sie wegen jeder Kleinigkeit. Sie wandte sich um und erblickte einen kleinen, zierlichen Mann in den Fünfzigern, mit schütterem grauen Haar und freundlichem Blick. Sie erkannte den Geschäftsführer der Firma, der im Quäkerhaus bei einigen Sitzungen des Komitees dabei gewesen war.

414

»Mr. Fielding, hallo!« Sie streckte die Hand aus.

»Tut mir leid, falls ich Sie erschreckt haben sollte.«

»Ja, ich war ziemlich in Gedanken.«

»Suchen Sie nach Weihnachtsgeschenken?«

»Ich werde vielleicht etwas für meine Neffen kaufen. Mir scheint, dass alles sehr teuer geworden ist.«

Er nickte traurig. »Ja, leider. Ich beobachte so viele Leute, die sich für Sachen interessieren und dann enttäuscht mit leeren Händen wieder gehen.«

»Es ist sehr großzügig, dass Ihre Firma uns bei unserer Arbeit unterstützt.«

»Wir tun, was wir können, für Menschen, die gar nichts haben. Übrigens ist mit Ihren Päckchen alles in Ordnung, es wird rechtzeitig ans Quäkerhaus geliefert werden.« Er seufzte. »Wenn es nur nicht dauernd diese terroristischen Angriffe und Überfälle gäbe; so kann ja das Land nicht wieder auf die Beine kommen. Jetzt sollen auch noch die Eisenbahner streiken.«

Sarah hätte etwas darauf erwidern können, aber sie brachte es nicht über sich. Mr. Fielding war ein netter, großzügiger Mensch. Sie sagte nur: »Es ist schrecklich kalt heute, nicht wahr?«

»Das stimmt. Wenn es so weitergeht, haben wir vielleicht weiße Weihnachten.« Er schwieg einen Moment, dann sagte er: »Es tat mir sehr leid, von der armen Mrs. Templeman zu hören. Ich konnte leider nicht zur Beerdigung kommen, aber wir haben Blumen geschickt.«

»Ich habe sie gesehen. Das war sehr freundlich von Ihnen.«

»Ein plötzlicher Herzinfarkt, soweit ich hörte. Nun ja, es gibt schlimmere Todesarten.« Einen Moment sah er traurig aus, und Sarah fragte sich, ob auch er ein Veteran des Großen Krieges war, wie ihr Vater. Er lächelte. »Sie war schon etwas Besonderes, nicht wahr?«

»Sie war eine sehr selbstlose Frau.«

»Nun, ich muss weitermachen. Noch einen schönen guten Morgen, Mrs. Fitzgerald.«

Sie blickte hinter ihm her, wie er durch den Laden ging und den Kassiererinnen zunickte. Bei seinen freundlichen Worten hatte sie feuchte Augen bekommen. Sie trat wieder hinaus in die Kälte.

Zum Lunch setzte sie sich in ein Café, danach ging sie in die National Portrait Gallery und verbrachte eine Stunde bei den Bildern von Königen, Königinnen und Staatsmännern. Die Galerie war fast leer, die uniformierten Aufseher saßen in den Ecken und dösten. Sie kam in die Abteilung mit den Porträts zeitgenössischer Politiker. Obwohl die Galerie eigentlich englischen Porträts vorbehalten war, gab es hier ein großes Bild von Adolf Hitler. Es war vor etwa fünf Jahren entstanden, vor seiner Erkrankung. Er stand in einem braunen Zweireiher da, die Hand auf einem Globus, seine blauen Augen unter der grauen Haartolle blickten in die Ferne, als denke er über seine Bestimmung nach. Seit zwanzig Jahren baute er nun schon an seiner Welt aus Blut und Schrecken, und es schien kein Ende zu nehmen.

Sie ging für eine Ewigkeit durch die Straßen und fand, dass alles ganz normal aussah, als sei letzte Woche nichts geschehen. Sie sah auf die Uhr. Halb vier. Sie merkte, wie ihre Entschlossenheit nachließ. Es wäre so schön gewesen, einfach nach Hause zurückzukehren. Doch dann entschied sie, jetzt nach Highgate zu fahren und dort vielleicht in einem Café zu warten.

Sie ging zur U-Bahn-Station Embankment, wo sie an einem Zeitungsstand einen Londoner Straßenführer kaufte. Sie fand Carols Straße, die nicht weit von der Haltestelle Highgate entfernt lag.

Sie stand auf dem Bahnsteig und wartete auf die Bahn. Arbeiter waren damit beschäftigt, die Pläne der U-Bahnen an den Wänden zu ändern. Einige Stationen im Osten Londons, wie Bethnal Green, Whitechapel und Stepney Green, waren schwarz übermalt und mit dem Wort »Geschlossen« versehen. *Das sind jüdische Viertel,* dachte sie. *Vielleicht sind die Schwarzhemden dabei, die Häuser zu plündern, und wollen nicht beobachtet werden.*

Die Bahn kam schließlich, und langsam ratterten sie hoch nach Highgate. Als Sarah auf die Straße hinaustrat, ging der trübe Wintertag bereits in Dämmerung über. Sie holte tief Luft, und mit dem Straßenplan in der Hand suchte sie die Lovelock Road.

Es war eine Straße mit viktorianischen Reihenhäusern und kleinen Vorgärten hinter staubigen Ligusterhecken, das Trottoir von hohen Linden gesäumt. Sie ging auf der Seite mit den geraden Hausnummern entlang, bis sie gegenüber der Nummer 17 stand. Sie blickte über die Straße. Die Ligusterhecke war sauber gestutzt, vor den Fenstern hingen Gardinen. Sie ging ein Stück weiter, dann kehrte sie um. Hier herrschte kaum Verkehr. Hinter ihr tuckerte ein Milchwagen die Straße entlang, die Kästen mit den Flaschen rasselten auf der Ladefläche.

Wieder blieb sie vor dem Haus stehen. Wie in der Tottenham Court Road wollte sie den Ort sehen, auch wenn es weiter nichts war als ein ganz normales Wohnhaus. Wieder spürte sie die Kälte. Sie trug ihren alten braunen Mantel und hoffte, dass jetzt Ruth, das jüdische Mädchen, irgendwo ihren neuen Mantel trug und in Sicherheit war.

Plötzlich öffnete sich die Haustür von Nummer 17, und eine kleine alte Frau erschien, die Sarah böse anfunkelte. Sie trug eine schmuddelige Kittelschürze. Ihr faltiges Gesicht sah zornig aus, ihr weißes Haar hing ihr wirr um den Kopf. Mit schnellen, ruckartigen Schritten ging sie den Gartenweg entlang, wobei sie Sarah nicht aus den Augen ließ. Entsetzt dachte Sarah: *Dies muss Carols Mutter sein.* Sie weiß, wer ich bin, sie weiß alles.

Die alte Frau stieß das Gartentor auf und trat auf die Straße, ohne darauf zu achten, ob vielleicht ein Auto kam. Ein paar Schritte vor Sarah blieb sie stehen und starrte sie an. »Ich habe Sie beobachtet«, rief sie wütend mit dem typischen Akzent der Oberklasse. »Ich bin nicht so dumm, wie Sie denken. Sie wollen mich abholen, oder nicht?«

417

»Nein. Ich war ...«

»Heutzutage kann jeder abgeholt werden, das weiß ich doch! Aber meine Tochter wird das nicht zulassen. Sie klaut Sachen, das weiß ich auch, aber sie wird Ihnen nicht erlauben, mich abzuholen! Haben Sie das kapiert?«

Sarah merkte, dass die Frau senil, wahrscheinlich dement war. Sie blickte in die wütend funkelnden Augen. »Ist ja gut«, sagte sie ruhig. »Ich gehe schon.« Sie ging ein paar Schritte. Die alte Frau blieb stehen, wo sie war, die Arme vor der mageren Brust verschränkt. Sarah ging noch etwas weiter, ehe sie sich umwandte und zurückblickte. Die Frau stand immer noch auf der Straße. Sarah rief: »Passen Sie auf, falls ein Auto kommt!«

»Kümmere dich um deinen eigenen Scheiß, du blöde, neugierige Kuh.« Diese plötzliche Pöbelei in einem so gebildeten Akzent klang wirklich bizarr. Sarah ging ein paar Schritte weiter, und als sie sich abermals umdrehte, stolperte die alte Frau gerade über die Straße zurück zu ihrem Haus. Sarah merkte, dass ihr die Knie zitterten.

Sie ging zurück zur Bahnstation. Sie war müde und völlig durchgefroren. Jetzt wurde es wirklich dunkel, die Straßenlaternen leuchteten bereits. Neben der Station sah sie ein Café, durch die beschlagenen Scheiben strömte warmes Licht. Sie trat hinein. Sie musste sich dringend aufwärmen. Es war eine billige Kneipe. Müde alte Männer in Schiebermützen saßen an Tischen mit karierten Wachstuchdecken und lasen die *Daily Mail* oder den *Express*. In einer Ecke lümmelten zwei halbwüchsige Jungen mit fettigen Haartollen. Die Luft war stickig von Feuchtigkeit und Zigarettenrauch. Ein großes altmodisches Radio spielte Tanzmusik. Sie ging an den Tresen, wo unter einem gerahmten Bild der Königin ein dicker Mann mit Schürze stand, und bestellte einen Tee und ein Milchbrötchen. Der Mann sah sie neugierig an, weil sie aussah, als passe sie nicht recht hierher, aber das störte sie nicht; ihr war so kalt, dass sie nicht wählerisch sein konnte. Sie nahm ihren Tee und setzte sich an einen freien Tisch. Die Jungen starrten sie ungeniert an. Sarah ignorierte sie.

Fast zwei Stunden saß sie da und trank mehrere Tassen starken, süßen Tee. Niemand sprach sie an, und nach einiger Zeit verließen die beiden Jungen das Lokal. Sarah fühlte sich merkwürdig befreit hier, wo niemand sie kannte. Sie dachte an die irre alte Frau und verspürte Mitleid mit Carol, die Tag für Tag mit ihr fertigwerden musste. Durch das beschlagene Fenster sah sie, dass es draußen jetzt völlig dunkel war, die Passanten hatten sich in Schatten verwandelt. Sie sah auf die Uhr. Es war Viertel vor sieben; David würde jetzt auf dem Heimweg sein und in ein leeres Haus kommen, ein seltsamer Gedanke. Sie könnte ihn anrufen und sagen, dass sie in der Stadt war und aufgehalten worden sei. Aber der eigensinnige Trotz, den sie am Morgen verspürt hatte, war unvermindert präsent und stark.

Sie verließ das Café. Es war noch kälter geworden, und jetzt hing ein leichter Schwefelgeruch in der Luft, doch zum Glück war es nicht neblig. Langsam ging sie zurück zur Lovelock Road. Carol war vielleicht inzwischen zu Hause. Sie blieb vor dem Haus stehen, die Vorhänge waren inzwischen zugezogen, aber innen brannte Licht. Sie schreckte zurück bei dem Gedanken, einfach an der Tür zu klingeln, vielleicht bekäme sie es wieder mit der irren alten Frau zu tun. Aber sie zwang sich, zur Haustür zu gehen, und entschlossen zog sie an dem altmodischen Glockenstrang.

Carol kam an die Tür. Sarah erkannte sie sofort. Sie trug einen Rollkragenpullover und eine weite Hose. Ihre Augen waren gerötet, als hätte sie geweint. Verständnislos starrte sie Sarah einen Moment an, dann erschrak sie. »Mrs. Fitzgerald?«

Sarah merkte, wie das Blut in ihren Ohren rauschte, aber sie zwang sich, mit ruhiger, fester Stimme zu sprechen. »Ja. Miss Bennett, es tut mir sehr leid, aber ich muss Sie dringend sprechen.«

Sie hatte befürchtet, es könne womöglich zu einem Streit

zwischen Tür und Angel kommen, aber Carol sagte leise: »Kommen Sie herein«, wobei sie zur Seite trat, um sie hereinzulassen. Sarah bemerkte, dass sie dabei schnell zu beiden Seiten die Straße hinunterblickte, ehe sie die Tür schloss. Der Hausflur war voll mit altmodischen, schweren Möbeln. Hinter einer geschlossenen Tür hörte man eine Stimme: »Wer ist das, Carol? Was wollen die?«

»Es ist alles in Ordnung, Mutter. Bleib da, ich bringe dir gleich dein Essen.«

»Was ist da los?«, ertönte wieder die zitternde Stimme. »Da ist doch etwas passiert, ich habe es an deinem Gesicht gesehen, als du reinkamst!«

Carol rief: »Mutter! Gedulde dich!« Sarah hatte Angst, dass die Tür sich öffnen und die zornige alte Frau wieder auf sie zustürzen könnte, aber es geschah nichts. Mit tiefrotem Gesicht machte Carol eine weitere Tür auf und ließ Sarah in ein ungeheiztes Zimmer eintreten.

»Bitte, setzen Sie sich«, sagte Carol leise. »Kann ich Ihnen einen Sherry anbieten?«

Sarah setzte sich in einen großen Sessel mit gehäkelten Schutzdeckchen. Kühl und förmlich sagte sie: »Nein, danke.« Auf einem Tisch am Fenster stand eine Schusterpalme, daneben mehrere gerahmte Fotos; das größte davon zeigte einen jungen Offizier in der Uniform der Navy.

Carol setzte sich ihr gegenüber auf das Sofa. »Was ist passiert?« Ihre Stimme klang schneidend und angsterfüllt.

»Ich verstehe nicht …« Sarah starrte sie an.

»Mit David – Mr. Fitzgerald – bitte, was ist mit ihm passiert?«

Sarah runzelte die Stirn. »Nichts. Soweit ich weiß, müsste er jetzt zu Hause sein. Wovon reden Sie eigentlich, um Himmels willen?« Ihre Stimme war lauter geworden, sie wurde unruhig. Hier lief irgendetwas ab, was sie nicht verstand.

Abrupt fragte Carol: »Warum sind Sie dann gekommen?«

»Warum haben Sie gestern Abend bei uns angerufen? Ich war

am Telefon und habe mitgehört, was Sie sagten. Warum wollten Sie sich heute unbedingt mit meinem Mann treffen?«

Carol schlug die Augen nieder. Sarah merkte, wie die Frau um Fassung rang. Sie holte tief Luft. »Ich will wissen, was zwischen Ihnen und meinem Mann abläuft.«

Carol hob den Kopf. Sie war verlegen, ihr Gesicht rot. »Wie meinen Sie das?«

»Ich weiß, dass schon längere Zeit etwas läuft. Ich habe eine Konzertkarte mit Ihrem Namen in seiner Manteltasche gefunden. Dann haben Sie gestern Abend angerufen. Hatten Sie das Problem im Büro nur erfunden, weil ich am Apparat war?«

Carol faltete die Hände im Schoß und blickte lange zu Boden. Dann sah sie Sarah an und sagte langsam: »Mrs. Fitzgerald, es gibt nichts zwischen David und mir. Ich will ehrlich sein. Ich hege – gewisse Gefühle für ihn, schon lange. Er erwidert sie nicht, aber ich habe mir lange etwas vorgemacht.« Sie lachte kurz auf. »Ist es nicht merkwürdig? Hier sitzen wir jetzt und sprechen darüber. Ich habe mir oft gewünscht, es gäbe Sie nicht oder dass Sie sterben würden.« Ihr Blick war so durchdringend, dass Sarah überlegte, ob Carol nicht vielleicht auch leicht geistesgestört war, wie ihre Mutter.

»Nun, wenigstens sind Sie ehrlich«, erwiderte sie trocken.

»David ist ein anständiger Mensch. Glauben Sie mir, ich kenne viele Männer, die das nicht sind.« Sie runzelte die Stirn. »Waren Sie heute Nachmittag schon einmal hier? Meine Mutter sagte, eine Frau habe unser Haus beobachtet.«

»Ja. Ja, das war ich.«

Carol sagte: »Ich bekam Angst, als sie mir das erzählte. Also sind Sie wegen des Anrufes gekommen. War das der einzige Grund?«

»Ja. Was für einen anderen Grund könnte es noch geben? Miss Bennett, warum haben Sie gefragt, ob David etwas zugestoßen ist?«

Carol stand auf und trat an den Tisch. Sie fuhr mit der Hand über den Rahmen des Bildes mit dem Navy-Offizier, und Sarah fragte sich, ob es ihr Vater war, da sie glaubte, eine gewisse Ähnlichkeit festzustellen. Carol wandte sich um und blickte Sarah an. »Im Büro ist heute etwas vorgefallen. Ich verwalte den Raum, in dem die streng vertraulichen Akten untergebracht sind, die Geheimakten. Vor ein paar Tagen fand man in einer der Akten ein Dokument, das dort nicht hineingehörte. Heute wurde ich, deshalb von der Polizei verhört.« Sie wandte den Blick ab. »Und sehen Sie, alle im Büro wissen, dass David und ich befreundet sind, man lacht darüber. Und heute wurde ich von diesen beiden Polizeibeamten ausgefragt. Sie fragten, ob wir« – ihre Stimme versagte – »ob David und ich … na ja, ich sagte ihnen, dass das nicht der Fall ist, und das entspricht der Wahrheit.«

»Polizeibeamte?«, fragte Sarah fassungslos.

»Sie sagten, sie seien von der Sondereinheit. Aber einer von ihnen war ein Deutscher. Sie wollten wissen, ob ich David Zugang zu den Geheimakten verschafft habe, doch das habe ich nicht. Das würde ich nie tun. Ich mag ja – wie nennt man es – eine liebestolle alte Jungfer sein, aber so liebestoll bin ich auch wieder nicht.« Ein Gedanke ging ihr durch den Kopf, und sie runzelte die Stirn. »Aber vielleicht hat David genau das ja gedacht, vielleicht hat er sich deshalb mit mir angefreundet.«

Sarah überlief eine Welle kalter Angst. Ein Deutscher. »Wollen Sie damit sagen, dass sie – dass diese Männer – vermuten, David sei eine Art Spion?«

»Sie hatten seine Personalakte auf dem Tisch. Als sie mich gehen ließen, rief ich David an, ich musste ihn warnen. Sie schicken doch nicht ohne Grund Deutsche vorbei, oder? Ich habe ihn nicht gefragt, ob er etwas Verbotenes getan hat. Ich will es auch gar nicht wissen. Aber er hat auch nicht versucht, sich zu verteidigen.« Traurig schüttelte sie den Kopf. »Eigentlich hat er gar nichts gesagt.«

Leise fragte Sarah: »Haben Sie sich jemals abends mit meinem Mann getroffen?«

»Nein. Niemals. Das schwöre ich.«

»Er ist irgendwo hingegangen, schon ein Jahr lang. Er sagte, er spiele Tennis, und ich habe – Verdacht geschöpft.« Ihre Stimme versagte.

Carol beugte sich vor. »Sie müssen ihm jetzt helfen.«

»Du lieber Gott.« Sarah schloss die Augen. »Hat man David denn auch befragt?«

»Das weiß ich nicht. Ich sagte ihm, er solle gehen, aber ich weiß nicht, was danach passiert ist.«

»Also könnte es sein, dass er verhaftet worden ist?«

»Ich weiß es nicht. Ich weiß nur, dass Mr. Dabb, mein Chef, mir sagte, die Polizei wolle mich morgen erneut sprechen, sie werden mich rufen lassen.«

»Also könnte David unter Arrest stehen?«

»Ich sagte ja schon, ich weiß es nicht. Aber wenn er noch wegkam, würde er dann nicht nach Hause gehen?«

»Ich bin den ganzen Tag in der Stadt gewesen.« Sarah ergänzte den Satz nicht um *wegen Dir.* »Dann sollte ich jetzt wohl nach Hause fahren, vielleicht ist er dort.«

»Ja«, stimmte Carol zu. »Und selbst wenn er nicht da ist, könnte er vielleicht anrufen.«

Sarah blickte sie an. Es war seltsam, jetzt standen sie beide auf derselben Seite. Sie fragte: »Warum haben Sie ihn heute gewarnt? Das bedeutete doch ein großes Risiko für Sie.«

»Weil ich weiß, dass er ein anständiger Mensch ist. Wenn er etwas tut, dann nur, weil er glaubt, dass es richtig ist.«

»Würden Sie auch glauben, dass es richtig ist? Wenn ein Staatsbeamter gegen seine Regierung spioniert?«

Carol lächelte traurig. »Ich verstehe nichts von Politik. Und David und ich haben auch nie drüber gesprochen. Das tut man nicht, wenn man im Staatsdienst arbeitet, es sei denn, man kennt jemanden wirklich gut. Mir gefällt vieles nicht, was im Moment passiert, vieles davon ist mir zuwider. Aber ich muss mich damit arrangieren. Geht es nicht den meisten Menschen so, dass sie sich arrangieren, weil sie es müssen? Meine Mutter – nun ja, sie haben ja gesehen, wie es um sie steht. Und wenn die Alternative zu Beaverbrook und Mosley eine Revolution ist, dann will ich das auch nicht. Ich bin nicht so mutig wie David.«

Sarah entgegnete: »Ich bin immer Pazifistin gewesen. Mir gefällt es nicht, wie gewalttätig die Resistance agiert. Aber in letzter Zeit …«

»Ja. Die Juden, die Deportationen und diese Gewalt, es ist schrecklich.« Nach einem Moment fragte Carol: »Könnten Sie sich denn vorstellen, dass David ein Spion ist?«

»Es würde vieles erklären.« Plötzlich blickte Sarah auf. »Aber ich sollte nun gehen.«

Carol trat einen Schritt auf sie zu, dann blieb sie stehen. Sie rieb sich die Stirn. »Ich weiß nicht, ob ich es Ihnen hätte erzählen sollen. Aber ich musste es. Werden Sie ihm sagen, dass wir miteinander gesprochen haben?«

»Das werde ich wohl müssen.« Nun musste Sarah kurz lachen. »Ich musste mich zwingen herzukommen, ich war entschlossen, die Wahrheit zu erfahren, aber manchmal bekommt man dabei mehr, als man geahnt hat, stimmt's?«

Carol lächelte traurig. »Ja. Aber Sie – Sie müssen ihm jetzt wirklich helfen.«

»Das werde ich tun.« Sarah sah Carol an. Sie empfand keinerlei Zorn mehr. Sie stellte fest, dass sie unter anderen Bedingungen mit dieser Frau hätte befreundet sein können. Doch als Carol impulsiv die Hand ausstreckte, schüttelte Sarah den Kopf. Sie wusste, Carol hätte ihr David weggenommen, wenn sie es gekonnt hätte.

Carol führte sie zur Tür. Ehe Sarah ging, sagte sie: »Viel Glück. Für Sie beide.«

Sarah nickte. Sie wandte sich ab, dann blickte sie zurück und sagte: »Vielen Dank.«

Sarah fuhr nach Hause. Die Stoßzeit war vorüber und die Bahn nur halb voll. Mit leerem Blick starrte sie auf die Tunnelwände. Die Möglichkeit, dass David für die Resistance arbeitete, passte zu seinem Verhalten. Sie war zornig auf ihn, empfand heftige Wut, falls alles, was er ihr vorenthalten hatte, wahr sein sollte, über die Gefahr, in die er sie beide gebracht hatte. Dann dachte sie daran, dass er möglicherweise irgendwo in einer Polizeizelle lag, vielleicht sogar im Senatsgebäude, wo die SS Menschen folterte, wie man erzählte. Bei der Vorstellung, dass er mit Blutergüssen und gebrochenen Gliedern in einer Gefängniszelle liegen könnte, hätte sie am liebsten laut geschrien.

Sie kam in Kenton an und begab sich auf den Heimweg. Jetzt fing sie zum ersten Mal an, aufmerksamer um sich zu blicken und ihre Situation einzuschätzen. Sie dachte daran, dass ihr Haus beobachtet werden könnte. In diesem Fall würde ein Auto davor parken, oder zumindest ganz in der Nähe. Was würde sie dann tun? Sie wusste, es war zwecklos wegzurennen, man würde sie schnell fassen. Außerdem war Flucht ein Eingeständnis von Schuld. Nein, sie würde trotzdem in ihr Haus gehen. Aber wenn David gar nicht da war? Vielleicht war er zurückgekommen, während sie weg war. Sie würde nachsehen, ob er Kleidung mitgenommen hatte. Und was dann? Sie würde sich Irene anvertrauen müssen. Dann fiel ihr Geoff ein, der ruhige, zuverlässige Geoff. Sollte David nicht da sein, würde sie nach Pinner fahren.

Am Straßenrand waren ein paar Autos geparkt, aber keines davon in der Nähe ihres Hauses, und in keinem der Autos saß jemand, obwohl man das bei der trüben Straßenbeleuchtung nicht so genau erkennen konnte. Im Haus brannte kein Licht, die Vorhänge waren nicht zugezogen. Sie schloss auf und ging hinein. Alles war still. Das Londoner Telefonbuch lag noch auf dem Tisch, wo sie es am Morgen liegen gelassen hatte. Sie ging in die Küche und knipste das Licht an. Dann schrie sie auf.

Am Küchentisch saßen zwei Männer. Sie hatten im Dunkeln auf sie gewartet. Sie sah, dass die Hintertür aufgebrochen worden war. Einer der Männer war in den Dreißigern, groß und schlank, mit hartem, verschlagenem Gesicht. Der andere war älter, leicht korpulent, mit traurigem, schlaffem Gesicht, das blonde Haar in Unordnung. Er starrte sie mit seinen kalten blauen Augen an, dass es ihr durch Mark und Bein fuhr. Jetzt hob er zu sprechen an, und Sarah erkannte sofort, dass er mit deutschem Akzent sprach. Es klang nicht bedrohlich, eher traurig. »Guten Abend, Mrs. Fitzgerald.«

32

Vor dem Bahnhof verspürte David plötzlich einen merkwürdigen Widerwillen, ihn zu betreten; er wusste zwar, die Leute von der Resistance hätten damit eine wesentlich bessere Chance, Sarah zu retten, aber wenn er jetzt hineinginge, wäre das der endgültige Verrat an ihr, ebenso wie der unwiderrufliche Abschied von seinem bisherigen Leben.

Er war bisher noch nie tagsüber in Soho gewesen. Es erschien ihm grauer, alltäglicher – enge Straßen voller Marktstände mit Obst und Gemüse. Die Kaffeebar an der Ecke der Gasse war geschlossen, die Gasse selbst wirkte bei Tageslicht noch schmuddeliger. Die Tür mit den beiden Klingelknöpfen war einst grün gewesen, aber der größte Teil der Farbe war längst abgeblättert und das kahle Holz sichtbar. Er klingelte bei Natalia.

Keine Reaktion. Er wartete und klingelte wieder, aber noch immer hörte er keine Schritte auf der Treppe. Er versuchte, die Tür zu öffnen, aber sie war abgeschlossen. Ein alter, gebeugter Mann in einem fadenscheinigen Mantel schlurfte die Gasse entlang und warf David einen missbilligenden Blick zu, wahrscheinlich hielt er ihn für einen Kunden der Prostituierten. David geriet in Panik – er befürchtete, dass auch hier schon etwas passiert sein könnte. Er wünschte, er sähe weniger auffällig aus in diesem Mantel und der Melone.

Schließlich kam doch jemand die Treppe herab. Die Tür öffnete sich einen Spaltbreit, und die Prostituierte spähte hindurch. Sie trug einen teuer aussehenden seidenen Morgenrock, das rote Haar fiel lockig um ihr Gesicht. »Sie haben mich geweckt mit Ihrem Klingeln.« Sie klang verärgert, aber dann erkannte sie ihn, und ihr Gesicht hellte sich auf.

»Dilys, ich muss mit Natalia sprechen …«

»Sie ist wohl einkaufen gegangen. Ist etwas passiert?«

»Ich muss sie wirklich dringend sprechen.«

Das Mädchen überlegte einen Augenblick, dann sagte sie: »Komm mit rauf.«

David folgte ihr die knarrende Treppe hinauf in ein kleines Schlafzimmer, in dem das riesige, ungemachte Bett und ein Toilettentisch voller Cremes, Puder und Schminkutensilien gerade so eben Platz fanden. Der Raum war nur durch eine nicht besonders solide wirkende Tür von der restlichen Wohnung abgetrennt. Es roch nach billigem Parfüm und Zigarettenrauch, und es war drückend heiß, in der Ecke zischte die Gasheizung. Das Mädchen setzte sich auf einen Stuhl am Toilettentisch und deutete auf das Bett. »Setz dich.« Sie wandte sich zur Tür, und zu Davids Überraschung rief sie: »Helen!« Eine Frau mittleren Alters erschien an der Tür. Dilys sagte: »Der Tee ist ausgegangen, meine Liebe. Bitte geh und besorge neuen, und bring auch etwas zu essen mit. Lass dir ruhig Zeit.«

Die Frau warf David einen strengen Blick zu. »Können wir das riskieren?«

»Aber natürlich. Der hier ist ein ganz schüchterner Junge, oder bist du das etwa nicht?«

Die Frau zog ein zweifelndes Gesicht und verschwand. Dilys lächelte verschmitzt. »Bist du zum ersten Mal bei jemandem wie mir?«

»Ja … ja, das bin ich.«

427

Sie deutete mit dem Kopf zur Tür. »Helen ist meine Hausgehilfin. Wir Mädchen haben immer eine ältere Frau bei uns, die dafür sorgt, dass wir ohne Angst arbeiten können. Helen weiß nichts von unseren Nachbarn.« Dilys holte tief Luft. »Irgendwas ist doch passiert, stimmt's? Ich sehe es dir an.«

»Ich fürchte, es sieht so aus.«

»Werde ich gehen müssen?«

»Das weiß ich nicht. Ich weiß nur, dass sie hinter mir her sind.«

Dilys setzte eine betroffene Miene auf. »Irgendwann verlässt einen das Glück, so ist es doch immer.« Sie sprach leise. »Ihr solltet es mich einfach nur rechtzeitig wissen lassen, wenn ich ausziehen muss, wirst du das den anderen sagen? Wegen Geld habe ich kein Problem, aber ich muss für Helen sorgen, bis wir etwas anderes gefunden haben. Ich will auf keinen Fall, dass sie den verdammten Schwarzhemden in die Fänge gerät.«

»Ich werde es ihnen sagen.«

»Danke. Erzähl weiter nichts«, fügte Dilys schnell hinzu. »Es ist besser, wenn ich so wenig wie möglich weiß.«

»Richtig«, stimmte er zu. Genau das Gleiche hatte Carol am Telefon auch gesagt.

»Man kann nur das verraten, was man weiß. Möchtest du einen Tee?« Jetzt klang sie wieder munter. *Armes Mädchen*, dachte David. *Sie muss einfach immer ein fröhliches Gesicht machen.*

»Nein – nein, danke.«

Wehmütig sah sie ihn an. »So ein hübscher Kerl wie du, du kannst es bestimmt kriegen, sooft du willst, oder? Hast meinesgleichen nicht nötig.« David merkte, wie er rot wurde. »Ich sehe, du trägst einen Trauring. Ich wette, du gehörst zu den treuen Männern.« Sie sprach jetzt neckisch, um die Stimmung aufzulockern. »Hast du zufällig maltesisches Blut in den Adern?«, fragte sie plötzlich.

»Nicht, dass ich wüsste.«

»Du erinnerst mich ein bisschen an meinen Guido. Die Arschlöcher haben ihn vor zwei Jahren deportiert. England für die Engländer, wie sie sagen. Und natürlich auch für die Deutschen und die Italiener«, fügte sie bitter hinzu. »Damals bin ich zu euch gestoßen. Man hat mich hierhergeschickt, damit ich die Augen für euch offen halte.«

»Vielen Dank«, sagte David.

Dilys öffnete eine Schublade in ihrem Toilettentisch und förderte eine Flasche Gin und zwei verschmierte Gläser zutage. »Willst du einen?«

»Ich sollte besser einen klaren Kopf bewahren.« David stellte fest, dass er seit dem Frühstück nichts zu sich genommen hatte. »Du hast nicht zufällig etwas zu essen?«

»Ich schaue mal nach, was ich finde.«

Sie ging hinaus und kam mit etwas kaltem Schinken, Brot und Butter zurück. Erfreut griff David zu. Dilys saß an ihrem Toilettentisch, sah ihm beim Essen zu und trank Gin, ihre Hand mit dem Glas zitterte leicht. Als er fertig war, fragte sie: »Ob ich den Laden wohl heute öffnen sollte?« Verständnislos sah er sie an, und sie lachte. »Meine Arbeit. Gewöhnlich fange ich um fünf Uhr an, und jetzt ist es fast vier.«

»Ich glaube – vielleicht wäre es besser, es nicht zu tun. Es könnte sein, dass noch mehr von uns hier auftauchen.«

Sie holte tief Luft. »Ich hänge einfach einen Zettel an die Tür, ich sei krank. Ich habe zwar freitags ein paar Stammkunden, die werden enttäuscht sein, aber das kann ich nicht ändern. Na ja, dann kann ich mir wenigstens ersparen, mich zurechtzumachen, nicht wahr?«

David sah sie neugierig an. »Wie bist du – zu diesem Job gekommen?«

Sie runzelte die Stirn. »Du bist schockiert, was?«

»Nein. Es ist nur … ich habe noch nie …«

Sie lächelte. »Du bist ein richtiges kleines Unschuldslamm, habe ich recht? Mein Dad fiel in Dünkirchen, er gehörte leider nicht zu denen, die davongekommen sind. Meine Ma brach zusammen und begann zu trinken. Wir hatten kein Geld. Da machte mich eine Freundin mit diesem Geschäft bekannt.«

Er blickte sich im Zimmer um. »Ist es nicht – ich meine – gefährlich?«

Plötzlich lachte sie. »Du fragst, ob das, was *ich* mache, gefährlich ist? Da nennt der eine Esel den anderen Langohr, wenn das jemals auf jemanden gepasst hat.«

Eine Viertelstunde später hörte man erneut Schritte auf der Treppe. Dilys richtete sich auf und schien erleichtert. »Das ist Natalia.« Sie ging nach draußen, und David hörte die beiden Frauen im Treppenhaus flüstern. Sie kamen herein, Natalia in einem alten grauen Mantel und Hut, eine Einkaufstasche in der Hand. Neben Dilys' farbenfroher Weiblichkeit wirkte sie schäbig und langweilig. David nahm an, dass dieser Eindruck wahrscheinlich beabsichtigt war, um nicht aufzufallen. Traurig, dass derlei nötig war. Sein Herz tat einen Freudensprung, als er sie sah, aber unverzüglich überfiel ihn aufs Neue die Angst, als er an Sarah dachte, die irgendwo dort draußen in großer Gefahr schwebte.

Natalia sah ihn an und sagte leise: »Komm mit durch. Dilys, ich erzähle dir, was los ist, sobald ich mehr weiß.«

Sie gingen in Natalias Wohnung. Wie immer roch es nach Farbe, aber die meisten Bilder hatte sie abgehängt und an die Wand gelehnt. Nur die dramatische Schlachtszene war noch da, mit den toten Soldaten, die im Schnee lagen, und den weißen Bergen im Hintergrund. Der Raum war kalt. Natalia folgte Davids Blick. »Ja«, sagte sie, »ich packe, ich muss ebenfalls abhauen. Es sieht sehr ernst aus.«

Er sah sie an. »Das tut mir leid.«

Sie lächelte traurig. »So was passiert eben. Wir haben immer einen Zufluchtsort, an den wir ausweichen können.«

Einen langen Moment blickten sie einander an. Dann sagte Natalia: »Setz dich doch.« David setzte sich und sah zu, wie sie den Gasheizer anzündete; sie beugte sich hinab, um die Münzen in den Automaten zu schieben. Über die Schulter hinweg sagte sie: »Es tut mir leid, dass ich vorhin nicht da war. Einer von unseren Leuten kam vorbei und sagte, du seist auf der Flucht, deshalb musste ich ein paar Anrufe hinter mich bringen. Mr. Jackson wird bald hier sein, Geoff Drax auch.«

»Geoff? O nein!«

Sie stand auf und sagte bedauernd, fast entschuldigend: »Wenn es deinetwegen Nachforschungen gibt, werden sie schnell feststellen, dass ihr beide befreundet seid. Ich musste Mr. Jackson an seinem Arbeitsplatz anrufen. Normalerweise tun wir das nicht, weil wir nicht wissen, bei welchen Beamten die Telefone abgehört werden, aber dies war ein Notfall.«

»Was ist mit den anderen in der Zelle? Boardman, von der Indienverwaltung?«

»Den werden wir warnen. Aber soweit wir wissen, gibt es nichts, was auf ihn hindeuten würde.« Sie setzte sich ihm gegenüber, mit entschlossenem Ausdruck in ihren klaren, mandelförmigen Augen. »Und jetzt erzähle mir bitte alles, was heute passiert ist.«

Ruhig saß sie da und hörte zu, während David berichtete, gelegentlich nickte sie. Als er endete, fragte sie: »Diese Carol – bist du ganz sicher, dass sie nicht weiß, was du getan hast?«

»Ja. Aber – man wird sie noch einmal verhören. Sie hat mich schließlich gewarnt. Man wird versuchen, sie zum Sprechen zu bringen.«

»Wenn sie Glück hat, wird sie lediglich ihren Job verlieren. Falls sie wirklich nichts weiß.«

David atmete tief durch. »Der Mann, mit dem ich am Telefon sprach, sagte mir, sie würden jemanden schicken, um Sarah zu holen. Das war von vornherein ein Teil der Vereinbarung: Wenn etwas passieren sollte, würde man ihr helfen.«

»Das werden wir auch.«

»Wenn sie nur zu Hause gewesen wäre …«

»Du hättest nicht nach Hause fahren sollen, weißt du«, sagte Natalia in leicht vorwurfsvollem Ton.

»Ich wusste nicht, was ich sonst hätte tun sollen. Wenn nur dieser Mann gleich bei meinem ersten Anruf am Telefon gewesen wäre ...«

»Das stimmt. Wenn er seinen Platz verlassen musste, hätte er für Ersatz sorgen müssen. Das war ein Fehler.«

»Ich wusste nicht, was ich denken sollte, als niemand antwortete.« Er lächelte bedauernd. »Irgendwie hatte ich euch wohl für unfehlbar gehalten.«

»Niemand ist unfehlbar. Wir nicht, aber die auch nicht. Sie hätten wissen müssen, dass diese Carol dich warnen würde. Aber gelegentlich überschätzen sie auch die Macht der Angst.« Sie sah ihn an, lange und eindringlich. »Diese Frau muss dich sehr gernhaben.«

»Und jetzt habe ich sie mit in die Sache hineingerissen. Und das alles nur, weil ich dieses verdammte Dokument falsch eingeordnet habe.«

»Wie gesagt, niemand ist unfehlbar. Aber die Frage ist, wie kamen sie überhaupt auf dich?«

»Es deutet doch alles auf Frank Muncaster, oder? Sie werden ihn zum Reden gebracht haben.«

»Ich fürchte, damit müssen wir rechnen.«

»Dann war alles umsonst.« David stützte den Kopf in die Hände. »Armer, dämlicher Frank.«

Natalia sagte leise: »Das tut mir leid. Es ist immer schlimm, wenn es um persönliche Bindungen geht.«

Er hob den Kopf. »Gibt es bei dir keine?«

Sie zündete sich eine Zigarette an. »Jetzt nicht mehr.« Sie blickte ihm in die Augen. »Alle Menschen, die mir etwas bedeuteten, sind tot. Das ist etwas, an das der Feind gar nicht denkt – dass er nämlich Menschen zurücklässt, deren Leben keinen anderen Sinn mehr hat, als ihn zu bekämpfen. So machen sie das in Russland.«

David deutete auf das Bild mit der Schlachtenszene. »Das hast du an der Wand hängen gelassen.«

Sie sagte: »Als mein Bruder aus Russland zurückkam, erzählte er mir von der letzten Schlacht, die er miterlebt hatte. Sein Bein war schwer verletzt, deshalb hatten sie ihn nach Hause geschickt. Er hat nicht viel darüber gesprochen, er konnte es nicht, aber eines Nachts, als es ihm sehr schlecht ging, da hat er geredet.« Ihre Stimme klang monoton; sie hatte offenbar große Mühe, ihre Gefühle zurückzuhalten. »Es war 1942, die Offensive im Kaukasus. Die Russen hatten eine günstige Position erobert, die sie verteidigten, und Peter musste miterleben, wie viele seiner Freunde fielen. Dort in der Ferne, das sind die Berge des Kaukasus. Jetzt alles in deutscher Hand.«

»Ich wusste gar nicht, dass dein Bruder zurückgekommen ist. Ich dachte, er sei gefallen.«

»Nein. Sein Bein war völlig zerschmettert, die Behandlung im Feldlazarett war eher schlecht, er hätte nie wieder richtig gehen können. Aber seine psychische Verletzung war das eigentlich Schlimme. Manche Menschen können einen Krieg psychisch gut überstehen, aber Peter konnte es nicht.«

David schüttelte den Kopf. »Ja, und das bleibt. Nach allem, was ich in Norwegen erlebt habe, hielt ich den Frieden mit Deutschland auch für richtig. Ich sehnte mich nach Frieden, genau wie all die anderen Dummköpfe.«

»Obwohl du Halbjude bist.«

»Ich sagte es dir ja«, erwiderte er bitter, »das haben wir eisern unter Verschluss gehalten. Ich habe mir sogar selbst lange Zeit etwas vorgemacht.« Er schwieg. »Seit wir darüber gesprochen haben, habe ich mich oft gefragt, ob ich Verwandte haben könnte – Cousins zweiten oder dritten Grades vielleicht –, die in solchen Zügen saßen, wie du sie beschrieben hast. Ich schäme mich dafür.«

»Warum? Weil dir diese Züge und die neuen britischen Internierungslager erspart geblieben sind? Das brauchst du nicht.« Sie sprach mit Nachdruck. »Es ist nicht deine Schuld, dass du anders bist und ein anderes Schicksal erfährst. Und du kämpfst ja auch, du kämpfst gegen die Faschisten.«

David lächelte mühsam. »Ich zahle es ihnen zurück, wie? Als es mit den antisemitischen Gesetzen wirklich ernsthaft losging, fing ich an, mich zu schämen. Vermutlich war das der Grund, weshalb ich mich der Resistance anschloss. Wahrscheinlich denken alle, ich sei nur einer dieser altmodischen Engländer, die empört sind über das, was hier passiert. Aber das ist nicht alles. Ich nehme es persönlich.«

»Auf die eine oder andere Art ist es doch für uns alle eine persönliche Sache«, sagte Natalia leise.

»Du meinst deinen Bruder?« Das Gespräch war sehr vertraulich geworden, sie saßen beide leicht vorgebeugt. Die Gasheizung zischte im Hintergrund.

»Unter anderem, ja. Als er zurückkehrte, habe ich ihn zu Hause gepflegt. Anfangs half mein Vater mir, aber er ist später im selben Jahr gestorben. Dann gab es nur noch Peter und mich. Er traute sich nicht nach draußen, das Haus war der einzige Ort, wo er sich einigermaßen sicher fühlte, aber selbst da hatte er Angst, es könnte jemand kommen – Russen oder Deutsche – und ihn erschießen. Es gab keinen bestimmten Grund dafür, einfach nur, weil seinerzeit eben Menschen erschossen wurden. Das Verrückte war, dass Peter, der eine solche Angst vor dem Sterben hatte, sich schließlich selbst das Leben nahm, er sprang aus dem Fenster unserer Wohnung. Wir wohnten im dritten Stock. Er tat dasselbe, was dein Freund Frank versucht hat.«

»Das tut mir leid.« Eine Weile war es still, dann fragte David: »Was ist jetzt mit Frank?«

»Darüber wird Mr. Jackson mehr wissen.«

Er sah sie an, dann sagte er: »Du hasst die Faschisten, und doch warst du mit einem Deutschen verlobt.«

Natalia sprach mit Entschiedenheit. »Er war kein Nazi. Und außerdem war er nicht nur mein Verlobter, sondern kurz darauf mein Ehemann. Nach dem Gesetz besitze ich also sogar die deutsche Staatsbürgerschaft. Ich bin mir nicht sicher, ob ich die Rassenkriterien erfülle, aber wir haben das zurechtfrisiert – so nennt man es doch, nicht wahr? Zurechtfrisiert.« Sie deutete auf ihre Augen. »Die Mongolen kamen bis an die Grenze meines Landes, und es gehörte jahrhundertelang zum osmanischen Reich. Aus der Zeit stammt der Rest von asiatischem Blut in meinen Adern.« Sie lächelte. »Und du hast es bemerkt.«

Ihr Gesichtsausdruck wurde härter. »Von einem Moment zum anderen können dir die kostbarsten Dinge deines Lebens genommen werden. Aber deine Frau werden wir retten, soweit es uns möglich ist. Und sie – nun ja, sie ist dein kostbarster Besitz. Sonst würde es dir nicht so viel ausmachen, dass du sie zurückgelassen hast.«

Er blickte zu Boden. »Ich …« Vorsichtig streckte er die Hand aus. Er musste sie berühren, er brauchte es jetzt einfach.

Erschrocken sprangen beide auf, als es stürmisch an der Tür klingelte. In Natalias Gesicht arbeitete es, dann nickte sie David zu und trat nach draußen.

David hörte, dass zwei Personen mit ihr die Treppe heraufkamen: Jackson und Geoff. Jackson schien verärgert, auf seinen vollen Wangen glommen rote Flecken. Er trug eine Aktentasche und warf sie auf den Tisch. Dann blickte er David an und sagte: »Ich fürchte, jetzt haben Sie die Konsequenzen zu tragen, Fitzgerald.« Er trat an das Gasfeuer, drehte sich um und ließ sich den Rücken wärmen.

»Es ist nicht Davids Schuld«, protestierte Geoff, aber Jackson sah ihn nur zornig an, holte tief Luft und wandte sich David zu. »Die vollständige Geschichte, bitte.«

David erzählte alles und ließ kein Detail aus.

»Diese Frau, Carol, war sich also sicher, dass einer der Männer Deutscher war?«, fragte Jackson.

»Ich glaube nicht, dass sie sich diesbezüglich irren würde.«

Jackson legte die Hände auf den Rücken, wippte auf den Fersen und dachte nach. »Es ist die Gestapo, sie arbeitet von der Botschaft aus zusammen mit Mosleys Leuten von der Spezialeinheit. So läuft es, dessen bin ich sicher.« Er blickte aus dem Fenster. Draußen war es jetzt dunkel. In ruhigerem Ton fuhr er fort: »Wir haben jemanden zu Ihnen nach Hause geschickt, um Ihre Frau abzuholen. Sind Sie ganz sicher, dass sie nichts weiß?«

»Ich habe ihr niemals auch nur den leisesten Hinweis gegeben.«

Jackson blickte Natalia an. »Na ja, das ist dann das Ende dieser Zelle«, sagte er mit schwerer Stimme. »Wir räumen noch heute alles hier aus.«

»Was ist mit Dilys?«, fragte Natalia.

»Sie muss ebenfalls gehen. Wenn möglich, gleich morgen. Ich vermute, in ihrem Beruf hat sie es leichter, sie kann schnell eine andere Bleibe finden und weiterarbeiten. Man könnte sie fast beneiden.« Jackson blickte David und Geoff an. »Ich fürchte, als Agenten sind Sie beide erledigt. Fertig. Aufgeflogen. Auf der Flucht. Es ist besser, dass Sie es gleich wissen.«

David sah Geoff an. »Du auch?«

»Ich habe heute Nachmittag die Flatter gemacht, als sie anriefen. Außerdem glaube ich, dass sie sowieso langsam Zweifel an mir hegten. Zu wenig Begeisterung für die Besiedlung Afrikas. Ich war noch nie ein guter Schauspieler. Natürlich brauchte ich anfangs nicht zu schauspielern, ich war ja tatsächlich mit gebrochenem Herzen zurückgekehrt« – Geoff ließ sein bellendes kleines Lachen hören – »aber das ist schon ein paar Jahre her. Und sie werden bestimmt bald die Verbindung zwischen dir und mir herstellen; es ist ja kein Geheimnis, dass wir alte Freunde sind.« Er sah Jackson an. »Ich komme damit klar, Sir, aber was wird aus meinen Eltern? Gibt es eine Möglichkeit, sie auch irgendwie in Sicherheit zu bringen?«

Jackson schüttelte den Kopf. »Das wäre keine gute Idee. Wenn man sie wegbrächte, würde man sie verfolgen, und in ihrem Alter – na ja, das Leben mit uns ist eben nicht einfach. Sie wissen von nichts?«

»Sie würden es nie billigen, wenn sie es wüssten. Mein Pa ist Rotarier, und sie sind beide Mitglied der konservativen Koalitionspartei, selbst jetzt noch.«

»Das wird sie schützen«, sagte Jackson. »Zum Glück müssen die Deutschen sich immer noch zurückhalten – bisher –, weil wir kein von ihnen besetztes Land sind. Sie können nicht einfach Leute verschwinden lassen, wenn diese nichts Unrechtes oder Verdächtiges getan haben. Die britische Regierung legt großen Wert darauf, dass sie immer noch das Sagen hat. Deshalb ist Muncaster ja auch noch in seinem Krankenhaus.«

»Ist denn jetzt das gesamte Spionagenetz der Staatsbeamten in Gefahr?«, fragte David zaghaft.

»Das weiß ich doch nicht, verdammt noch mal!«, brach es aus Jackson heraus. Er lief im Zimmer auf und ab. Mit gerunzelter Stirn wandte er sich an David. »Tut mir leid«, sagte er. »Wir stehen alle unter Stress.«

Natalia sagte: »David und ich vermuten, dass die Deutschen ihn aufgrund eines Hinweises von Muncaster verhört haben.«

Jackson schüttelte den Kopf. »Das glaube ich nicht. Wir haben heute Nachmittag mit unserem Mann im Krankenhaus gesprochen. Muncaster spricht immer noch nicht, und man hat auch nicht versucht, ihn zu verhören. Unser Mann glaubt, dass Dr. Wilson ihn schützt. Muncaster ist wohl so eine Art Spezialfall für ihn, ein Lieblingspatient.«

Geoff fragte: »Unser Mann? Sie meinen Ben, den schottischen Wärter, den wir dort kennengelernt haben?«

»Das ist der Name, unter dem Sie ihn kennen. Wir stehen über Kurzwelle mit ihm in Kontakt. Aber auch er befindet sich nun in akuter Gefahr.« Jackson blickte in die besorgten Gesichter um sich, dann brach er in ein entwaffnendes Lächeln aus. »Ich muss wirklich aufhören, so herumzurennen, nicht wahr? Das ist schlecht für unser aller Nerven. Kommen Sie, Drax, setzen wir uns. Ich will Ihnen jetzt sagen, was wir beschlossen haben und was als Nächstes passieren wird. Wir haben nicht viel Zeit.«

Jackson nahm sich den Sessel bei der Gasheizung. Er dachte einen Moment nach. »Ich habe heute mit Leuten auf höchster Ebene gesprochen. Auf wirklich höchster Ebene.« David überlegte, ob er damit Churchill meinte. »Und man hat entschieden, dass Muncaster aus dem Krankenhaus geholt werden muss. Wir werden diese Situation dazu nutzen. Sie drei werden das übernehmen, unter neuerlicher Leitung Natalias.«

»Wie sollen wir vorgehen?«, fragte sie.

»Sonntag Abend um elf wird der Wärter, Ben Hall, Muncaster aus der Station abholen und ans Tor bringen. Etwas früher wäre uns lieber gewesen, aber Hall kann vor übermorgen seine Nachtschicht nicht verlegen. Im Krankenhaus bekommen die Patienten ein Beruhigungsmittel, damit sie schlafen, deshalb schiebt nur ein einziger Wärter Nachtdienst auf den Stationen. Ben hat mit dem Pfleger auf Muncasters Station getauscht. Und er ist auch befugt, Muncaster aus seinem Zimmer zu schaffen. Dann wird er ihn aus dem Gebäude und bis zum Tor bringen. Das Problem wird sein, Muncaster am Pförtnerhaus vorbeizuschleusen. Dort befinden sich die Schlüssel. Normalerweise hat dort nachts nur ein Mann Dienst, den wird Ben vorübergehend außer Gefecht setzen müssen.«

David warf ein: »Wenn Ben allein ist, wird er dann auch mit Frank fertigwerden? Der könnte ziemliche Schwierigkeiten machen.«

»Er wird ihm an diesem Abend noch eine Extradosis Beruhigungsmittel verabreichen, damit er ruhig bleibt. Wenn Hall die Dosierung richtig hinbekommt, sollte er gerade noch imstande sein herauszuwanken. Hoffen wir, dass er das schafft, davon hängt viel ab.«

»Armer, bedauernswerter Frank«, wiederholte David.

»Der arme Frank würde noch viel bedauernswerter aussehen, wenn er den Deutschen in die Hände fiele«, sagte Jackson schroff. »Hall wird ihn durchs Tor geleiten, und draußen wird ein Auto bereitstehen, mit Ihnen dreien darin.«

»Das klingt vernünftig«, sagte Geoff. »Wir sind ja ohnehin auf der Flucht. Wir haben nichts zu verlieren.« Er nahm seine Pfeife aus der Tasche und begann sie zu stopfen.

»Genau«, stimmte Jackson zu. »Danach fahren Sie alle zu einem anderen konspirativen Haus, das sich in einiger Entfernung vom Krankenhaus befindet. Hall ebenfalls, denn wenn herauskommt, was er getan hat, wird man auch seine Spur verfolgen.« Er sah David und Geoff an. »Wie Drax schon sagte: Sie sind dazu prädestiniert, die Sache durchzuziehen. Sie sind schon einmal dort gewesen, und jetzt müssen Sie sowieso verschwinden. Aber auch deswegen, weil man natürlich damit rechnen muss, dass Muncaster Schwierigkeiten macht, sobald die Sedierung nachlässt. Wer weiß, wie er reagieren wird, wenn er merkt, dass er sich außerhalb des Krankenhauses befindet, an einem Ort, den er nicht kennt, von Bewaffneten bewacht.« Jackson sah David an. »Deshalb ist es wichtig, dass Sie dabei sind. Wenn jemand ihn überzeugen kann, dass alles in seinem besten Interesse geschieht, dann sind Sie das.«

»Und wenn wir Frank draußen haben, was passiert dann?«, fragte David.

»In einigen Tagen erwarten wir ein amerikanisches U-Boot im Ärmelkanal. Man wird Muncaster, Sie, Drax und Hall abholen. Natürlich ist geplant, auch Mrs. Fitzgerald mitzunehmen. Nächste Station – wenn alles nach Plan läuft – ist New York.«

»Mein Gott«, sagte David.

»Wir versuchen immer, unser Bestes zu geben, um unsere Leute herauszubringen.« Jackson deutete auf seine Aktentasche. »Ich habe Ihre neuen Ausweise schon dabei.«

»Bleibe ich in England?«, fragte Natalia.

»Wenn alles gut geht, ja«, erwiderte Jackson. »Sie stehen nicht unter Verdacht, und wir haben eine andere Aufgabe für Sie.« Fragend sah er sie an. »Es sei denn, Sie würden auch lieber gehen.«

Natalia warf David einen kurzen Blick zu, dann sagte sie: »Nein. Nein, ich sollte wohl besser bleiben.«

»Gut.« Jackson wandte sich wieder David und Geoff zu. »Noch Fragen? Kommentare?«

»Ich mache es«, sagte David. Er hatte für Sarah alles getan, was er konnte, und Jackson hatte recht – sie mussten versuchen, Frank außer Landes zu schaffen.

Als Nächster äußerte sich Geoff. »Okay. Vermutlich werden meine Eltern nie erfahren, was mit mir geschehen ist«, fügte er leise hinzu.

»Ich weiß, es ist schwer«, sagte Jackson. »Aber wir alle sind uns dessen bewusst, dass wir vielleicht eines Tages fliehen müssen und unsere Lieben nie wiedersehen werden. So geht es uns allen. Auch mir.« Er lächelte traurig. Jetzt wirkte er genauso schutzlos wie die anderen.

David dachte an Irene und Sarahs Eltern. Auch Sarah würde ihre Familie vielleicht nie wiedersehen. Würden sie über die Runden kommen? Steves Verbindungen zu den Schwarzhemden konnten ihnen sicher helfen.

Jackson stand auf, trat an den Tisch und öffnete die Aktentasche. Er nahm zwei braune Ausweise heraus und gab sie David und Geoff. David öffnete seinen; vor zwei Jahren war er beim Fotografen gewesen und hatte ein Bild machen lassen, falls er jemals eine neue Identität brauchte. Und hier war das Foto, mit dem Prägestempel, der wie der Stempel des Innenministeriums aussah, auf einem Ausweis, auf dem er Henry Bertram hieß und aus Bushey, Hertfordshire kam. Verheiratet. Staatsbeamter im Verkehrsministerium.

Jackson sagte: »Sie sind beide Staatsbeamte, verrichten also einen ähnlichen Job wie Ihren tatsächlichen, um glaubwürdig über Ihre Arbeit sprechen zu können, falls es nötig sein sollte. In den Städten ist immer noch viel Polizei im Einsatz, und einige der Straßen, die zu den neuen jüdischen Internierungslagern führen, sind gesperrt. Es ist möglich, dass Sie sich ausweisen müssen, und eine Lüge ist immer umso glaubwürdiger, je näher sie der Wahrheit kommt.« Wieder griff er in die Aktentasche und zog einen weißen Umschlag heraus. »Hier ist noch etwas.« Er sah sie an, jetzt war sein Blick streng. »Wenn Sie den Deutschen in die Hände geraten sollten, dann, fürchte ich, wird es im Keller des Senatsgebäudes bei der Gestapo kein Pardon geben.«

David sah Geoff an, der tief durchatmete, als Jackson den Umschlag öffnete und zwei kleine runde Gummikügelchen auf seine Handfläche rollen ließ. »Das sind Zyankalikapseln«, sagte er. »Natalia kennt sie, sie besitzt auch eine. Tragen Sie die lose in der Hosentasche bei sich. Und um Gottes willen, verlieren Sie sie nicht. Sollten Sie gefangen genommen werden und wissen, dass Sie nicht mehr entkommen können, stecken Sie die Kapsel in den Mund. Nicht schlucken, sondern zerbeißen. Innen ist eine Glasampulle. Es geht sehr schnell.« Er streckte die Hand aus, und David und Geoff nahmen jeweils eine der Kapseln. Als David sie in die Tasche steckte, kam ihm der Gedanke: *Der Tod wiegt fast gar nichts.*

»Wir alle haben den Tod schon vor Augen gehabt, scheint mir«, sagte Jackson. »Ich war im Großen Krieg in den Schützengräben, Fitzgerald war 1940 im Krieg, und Sie, Drax, Sie haben in Afrika bestimmt auch ein paar heikle Situationen erlebt. Es ist komisch, ich habe festgestellt, dass man an der Front immer aufs Sterben vorbereitet sein muss. Man hält diesen Gedanken zwar in einer separaten Kiste, muss aber stets bereit sein, diese Kiste sofort aufzumachen und dem Tod ins Auge zu schauen und zu wissen, dass es das Letzte ist, was man sehen wird.« Er grinste etwas verlegen. »Vermutlich weiß jeder Mensch, dass er eines Tages sterben wird, jeder hat irgendwo seine Kiste stehen. Vermutlich ist es einfacher, wenn man religiös ist.«

David berührte die Kapsel in seiner Tasche. Er blickte hinüber zu Natalia, aber sie starrte blicklos in die Ferne. Ihr Gesicht war wie versteinert. Wahrscheinlich trug sie ihre Kapsel schon lange mit sich herum.

Jackson klatschte in die Hände, und David erschrak ein wenig. »Nun also«, sagte er, »sehen wir es optimistisch, die Mission hat große Chancen auf Erfolg, Sie könnten alle zu Helden werden. Und wenn wir Sie in den Vereinigten Staaten haben, dann gibt es ein Abkommen mit unseren Unterstützern dort drüben. Man bringt Sie nach Kanada, wo Sie als britische Immigranten mit neuen Papieren ausgestattet werden.«

David dachte: *Dort spielt es keine Rolle, dass ich Halbjude bin. Oder jedenfalls keine große. Vielleicht sollte ich dann wirklich nach Neuseeland zu Dad übersiedeln.* Er fragte sich, ob Sarah wohl mit ihm ginge oder nun alles zu Ende sei, wie er befürchtete. Dann fiel ihm etwas ein, und er blickte Jackson an. »Sie haben uns keine Kapsel für Frank gegeben«, sagte er.

Jackson schüttelte den Kopf. »Wir können nicht sicher sein, dass er sie nehmen würde. Vielleicht würde er sie auch sofort nehmen, wenn man sie ihm aushändigt. Wenn es wirklich dazu kommen sollte, dann ist Natalia bewaffnet, und wir verlassen uns darauf, dass sie Muncasters Festnahme verhindert.«

David sah sie an. Sie sagte: »David, ich muss diejenige von uns sein, die die Pistole trägt. Sie werden nicht vermuten, dass ich als Frau bewaffnet bin. Ich habe damit Erfahrung, außerdem sorgt es noch für ein zusätzliches kleines Überraschungselement.«

»Was sehr nützlich sein kann, wenn man schnell handeln muss«, stimmte Jackson zu. Er schloss seine Aktentasche. »Natalia, so leid es mir tut, aber ihr solltet innerhalb einer halben Stunde zum Abmarsch bereit sein. Nimm nur mit, was du an persönlichen Sachen brauchst, und sorge dafür, dass nichts zurückbleibt, was denen nützlich sein oder sie zu uns führen könnte. Ich habe eine Adresse, wo ihr die nächsten zwei Nächte verbringen werdet. Geh jetzt und sag Dilys Bescheid. Sag ihr, sie soll sich ebenfalls auf ihren Auszug vorbereiten.«

»Meine Bilder werde ich wohl hier zurücklassen müssen«, sagte Natalia.

»Ja, das fürchte ich.« Jackson lächelte bedauernd. David dachte: *Er respektiert sie. Er vertraut ihr. Aber Geoff und ich sind Untergeordnete, und ich habe bereits einmal versagt.*

442

Natalia ging und schloss leise die Tür hinter sich. Jackson zog die Brauen hoch. »Also«, sagte er. »Das wäre alles.«

»Wäre es nicht bizarr, falls sich herausstellen sollte, dass Frank Muncaster gar nichts Wichtiges weiß?«, fragte Geoff.

»O nein«, sagte Jackson bedeutungsschwanger. »Wir sind uns ziemlich sicher, dass er etwas weiß.«

33

Gunther fuhr mit der Frau zurück zum Senatsgebäude. Im Auto hatte sie kein Wort gesprochen, aber Gunther, der neben ihr auf dem ledernen Rücksitz saß, spürte, wie sie zitterte. Nachdem sie hereingekommen war und sie in der Küche hatte sitzen sehen, war sie vor Schreck wie erstarrt gewesen. Dann hatte Syme ihr mitgeteilt, sie sei verhaftet, weil sie unter Verdacht stehe, Mitglied einer illegalen Organisation zu sein, welche die nationale Sicherheit gefährde. Gunther fragte, wo ihr Mann sei, und sie hatte geantwortet, sie wisse es nicht, eigentlich hätte sie ihn längst von der Arbeit zurückerwartet. Ihrer Miene hatte Gunther abgelesen: *Da steckt mehr dahinter*, deshalb hatte er ihre Handtasche verlangt und sie aufgefordert, ihre Manteltaschen zu leeren. Darauf hatte sie in sehr bestimmtem Ton erklärt, ohne einen Rechtsanwalt würde sie kein Wort mehr sagen. Korrekterweise hatte sie noch hinzugefügt, es tue ihr leid, wenn das unhöflich klinge, worüber Syme lachen musste. Danach hatte sie konsequent geschwiegen.

Nachdem sie das Tor des Senatsgebäudes passierten, parkte Syme auf Gunthers Anweisung hin den Wagen neben einem Seiteneingang. Davor hielt ein Wehrmachtssoldat Wache. Sie stiegen aus, und Gunther nahm Sarah am Arm. Er merkte, wie sie die Augen aufriss. Vielleicht war ihr jetzt plötzlich klar geworden, dass sie sich auf deutschem Hoheitsgebiet befand. Er dankte Syme, er werde sich von hier ab selbst um alles Weitere kümmern. »Ich rufe Sie später wieder an.«

Syme wurde rot im Gesicht. Er trat dicht an Gunther heran und flüsterte: »Bei dem Verhör sollte ich dabei sein. So war es ausgemacht.«

»Das bezog sich auf den Mann. Den müssen Sie jetzt finden, und zwar dringend. Mit ihr können Sie später reden.«

Syme kniff die Augen zusammen. »Dies ist ein gemeinsames Projekt.«

»Ich weiß, aber der Mann muss aufgespürt werden. Und Sie haben die Möglichkeit dazu.«

Syme zog immer noch ein misstrauisches Gesicht. Als sie am Nachmittag in das Haus in Kenton eingedrungen waren, hatte er darauf bestanden, es zusammen mit Gunther zu durchsuchen. Sie hatten allerdings nichts gefunden. Gunther überlegte, ob es nicht langsam vielleicht an der Zeit war, sich auch mit Syme zu beschäftigen.

»Also gut«, sagte Syme. Er wandte sich zu der Frau um, die zu der riesigen, flutbelichteten Mauer des Senatsgebäudes hochblickte. Dann beobachtete sie, wie Syme wieder ins Auto stieg und sie damit den Deutschen überließ. Gunther sagte leise: »Es ist schon in Ordnung, wir wollen Ihnen nur ein paar Fragen stellen.« Beruhigend lächelte er sie an. Ihr Blick war verängstigt und hasserfüllt gleichermaßen.

Die Wache ließ sie passieren, und Gunther führte Sarah durch einen hallenden Korridor mit Marmorboden. Am anderen Ende befand sich eine Metalltür, vor der ein weiterer Soldat Wache stand, diesmal in der schwarzen SS-Uniform. Gunther nickte, und der Soldat öffnete die schwere Tür. Sie stiegen die Steintreppe hinunter in den Keller. Wie er Hauser erzählt hatte, hatten die Deutschen 1940, als sie das Senatsgebäude übernommen hatten, im Keller Räume zum Verhör eingerichtet. Am häufigsten waren sie 1943 benutzt worden, nachdem unter

Mitarbeitern der Abwehr, des Geheimdienstes des deutschen Militärs, eine Verschwörung aufgedeckt worden war, Hitler umzubringen. Damals waren sämtliche Mitstreiter liquidiert worden, die loyalen Mitarbeiter hatte man in die SS aufgenommen. Gunther war damals noch in England gewesen – zu wahrlich schwierigen Zeiten. Zwei Offiziere, die er gut gekannt hatte, waren hier unten verhört worden, ehe sie nach Deutschland zurückgeschickt wurden. Er wusste, dass es hier spezielle Folterzellen gab, daneben aber auch Räume, die aussahen wie die, in denen *Sergeant Dixon* in der Fernsehserie seine Übeltäter ins Gebet nahm. In einen solchen führte er Sarah. Hier gab es einen Tisch, der am Boden festgeschraubt war, ein paar harte Stühle sowie ein Telefon, das an der grün gestrichenen Wand hing. Er sagte, er müsse sie für eine kurze Weile allein lassen, und fragte, ob sie einen Tee wolle. Sarah schüttelte den Kopf. Sie hatte, seit sie das Haus verlassen hatten, keine Silbe mehr von sich gegeben. Gunther schloss die Tür und ging an den anderen Zellen vorbei zum anderen Ende des Korridors, wo ein untersetzter junger Gestaposoldat saß und die deutsche Militärzeitschrift *Signal* las. Auf dem Titelbild sah man eine Gruppe deutscher Soldaten auf dem Beckenrand eines kunstvollen Springbrunnens sitzen und mit ein paar Mädchen plaudern. *Das Vergnügen, in Rom zu dienen.* Gunther nickte in Richtung Telefon. »Bitte holen Sie mir Standartenführer Gessler an den Apparat.«

Gunther sah, wie der Soldat wählte. Gessler war außer sich gewesen vor Zorn, nachdem Gunther ihn am Vormittag angerufen und berichtet hatte, dass Fitzgerald entkommen war. Außerdem hatte er gesagt, sie hätten noch immer keine Genehmigung, Muncaster festzunehmen. »Das artet langsam zur größten verpfuschten Sauerei der Geschichte aus!«, hatte er hilflos ins Telefon gebrüllt.

Der Soldat übergab Gunther den Hörer, und er informierte Gessler, Fitzgeralds Frau verhaftet zu haben, womit das Gespräch beendet war. »Er ist auf dem Weg hierher«, sagte er zu dem Soldaten, der schnell das *Signal* in einer Schublade verschwinden ließ und einen Stapel Formulare auf seinem Schreibtisch ausbreitete.

»Wie sieht es im Moment aus?«, fragte Gunther. »Wie ich höre, hat man wieder ein paar deutsche Juden verhaftet.«

Der junge Soldat rümpfte die Nase. »Scheißhaufen, die dachten, sie könnten sich in der Jauchegrube verstecken.«

Gunther schüttelte den Kopf. »Die lernen es nie.«

Wenige Minuten später traf Gessler ein, eine dünne Akte in der Hand. Gunther bemerkte, wie müde er aussah, kränklich, mit rotem Gesicht und unrasiert, in völligem Gegensatz zu der selbstbewussten, schulmeisterlichen Art, wie Gunther ihn bei seiner Ankunft erlebt hatte. Doch noch schaffte er es, wenn auch nur mit Mühe, sich unter Kontrolle zu halten. Der Gestaposoldat stand stramm und salutierte. Gessler wandte sich an Gunther. »Wo ist sie?«

Gunther begleitete ihn zu Sarahs Zelle und schob den Deckel von dem kleinen Türspion. Gessler spähte hindurch, dann richtete er sich auf. »Haben Sie schon mit dem Verhör begonnen?«

»Sie hat im Auto kein Wort gesagt, sie verlangt einen Rechtsanwalt.« Gessler lachte, und auch Gunther lächelte. »Ich wollte sie erst mal eine Weile allein lassen, damit sie ihre Lage begreift.«

»Sie sitzt da und starrt in die Luft.« Gessler überlegte. »Wissen Sie, heute Abend ist Dr. Zander anwesend. Sie könnten ihr doch ein paar Beispiele seiner Arbeit zeigen. Das würde sie sehr bald zum Reden bringen.«

»Mit Verlaub, ich möchte es erst mit ein paar Fragen versuchen. Ich werde schnell feststellen, ob sie in Verhörmethoden geschult ist. Wenn nicht, dann wäre das ein Hinweis, dass sie nicht mit ihrem Mann zusammengearbeitet hat. Wenn sie es ist …«

»Dann reichen wir sie gleich an Zander weiter.« Gessler tippte auf seine Armbanduhr. »Die Zeit läuft uns davon.«

»Verhören ist eine Kunst«, sagte Gunther.

»Und eine Wissenschaft«, erwiderte Gessler unverblümt. »Ein Zweig der *medizinischen* Wissenschaft.«

Gunther wusste, dass Folter manchmal notwendig war – er hatte in der Ausbildung Filme darüber gesehen –, aber es hatte ihm nie behagt. Wenn Deutschlands Feinde erst besiegt waren, würde man auf derlei Methoden verzichten können, aber bis dahin war es noch ein weiter Weg.

Gessler gab ihm die schmale Akte. »Das ist alles, was wir über sie in Erfahrung bringen konnten. Nicht viel. Der überwiegende Teil stammt aus der Akte der Spezialeinheit über ihren Vater. Vor dem Krieg aktiver Pazifist, einer von denen, die uns nicht leiden konnten. Diese Frau und ihre Schwester waren ebenfalls Pazifistinnen. Aber seit 1940 keinerlei Hinweise auf eine politische Tätigkeit. Der Mann ihrer Schwester unterhält Verbindungen zur Britischen Faschistischen Partei.«

Während Gunther die Akte flüchtig durchblätterte, sagte Gessler: »Übrigens ist heute Nachmittag auch ein Beamter der Kolonialverwaltung von seinem Arbeitsplatz verschwunden. Geoffrey Drax. Jetzt können wir ziemlich sicher davon ausgehen, dass er der andere Mann aus Muncasters Wohnung war. Es sieht danach aus, als hätten wir einen Spionagering bei den Staatsbeamten aufgedeckt. Die Spezialeinheit wird sich sehr gründlich damit befassen. Aber wir haben noch niemanden gefasst, abgesehen von dieser Frau.«

Gunther tippte mit den Fingern auf die Akte. »Wer hat Fitzgerald vor unserem Besuch in der Dominionverwaltung gewarnt? Ich würde diese Carol Bennett auch gern herholen lassen.«

»Später«, sagte Gessler. Er deutete auf die Zellentür. »Bringen Sie erst mal die zum Reden, Hoth.«

»Observiert jemand Fitzgeralds Haus?«

»Ja. Vom Auto aus, in einiger Entfernung. Unsere Leute. Bei Tageslicht wird das nicht ganz einfach sein, denn wenn man in einer bewohnten Straße im Auto sitzt, fällt das schnell auf. Dann wird an den Vorhängen gezupft.«

Gunther nickte. Daran hatte er auch schon gedacht.

Gunther ging zurück in die kahle, fensterlose Zelle. Die Frau saß auf dem Stuhl. Obwohl es sehr warm hier unten war, hatte sie ihren Mantel nicht ausgezogen. Sie blickte ihn mit einer Mischung aus Angst und Trotz an. Sie besaß ein markantes Gesicht. Wahrscheinlich war sie einmal hübsch gewesen, hatte inzwischen aber eindeutig zu altern begonnen. Sie zitterte nicht mehr, sondern schien die Angst zu unterdrücken. Er legte die Akte auf den Tisch, nahm ihr gegenüber Platz und lächelte. »Ich habe mich noch gar nicht vorgestellt. Mein Name ist Hoth, von der deutschen Sicherheitspolizei. Ich bin kein Soldat, bloß Kriminalbeamter.«

»Von der Gestapo.« Sie klang völlig trostlos.

Er neigte den Kopf. »Das ist ein dehnbarer Begriff.«

»Ich will einen Anwalt.«

Gunther schüttelte den Kopf. »Darauf haben Sie kein Anrecht.« Im selben sanften Ton fuhr er fort: »Sehen Sie, Sie sind hier in der Botschaft, das ist deutsches Hoheitsgebiet. Ich habe nur ein paar Fragen an Sie, weiter nichts. Nur ein paar Fragen. Also, Sie heißen Sarah Fitzgerald, richtig?« Sie starrte ihn an. »Ach, kommen Sie«, lachte Gunther, »das können Sie doch wenigstens beantworten.«

Sie zögerte. »Ja.«

Gunther vermutete, dass sie von Verhörtechnik keine Ahnung hatte, sonst wäre es nicht so leicht gewesen, ihr die Antwort zu entlocken. »Gut, gut«, sagte er. »Und geboren sind Sie am 17. Mai 1918.« Sie schien erschrocken. Er lächelte. »Das steht in Ihrem Ausweis. Erinnern Sie sich, wir nahmen Ihnen Ihre Handtasche ab und baten Sie, Ihre Taschen zu leeren, als Sie nach Hause kamen? Übrigens tut es mir leid, wenn wir Sie dort erschreckt haben. Aber wir konnten ja kein Licht brennen lassen.«

»Sie wollten, dass ich Ihnen in die Arme laufe. Und genau das habe ich getan.«

»Ja.«

Sie starrte ihn an. Ihr Gesicht drückte gleichzeitig Unsicherheit, Angst und Wut aus. Offenbar hatte sie nicht damit gerechnet, so sanft behandelt zu werden. Gunther tippte auf die Akte. »Wie ich sehe, war Ihr Vater in den Dreißigerjahren Pazifist. Genau wie Sie und Ihre Schwester. Tja, ich wünschte, Ihre Leute hätten damals Erfolg gehabt, dann hätte es den Krieg 1939–40 nicht gegeben.«

»Woher wissen Sie das alles?«, fragte sie.

»Das Innenministerium hat Akten über Leute, die vor dem Krieg in der Politik aktiv waren.« Fast klang es entschuldigend. »Aber nach unseren Informationen scheint Ihre Familie nach 1940 den Status quo akzeptiert zu haben, zumindest Ihre Schwester. Und nach 1941 auch Ihr Vater.«

»Dann muss die Regierung ja Tausende solcher Akten haben«, sagte sie leise wie zu sich selbst.

Gunther breitete die Hände aus. »Bei den Scherereien, die die Resistance uns bereitet, können Sie sicher verstehen, warum man das für notwendig hält. Diese Ausschreitungen, die Bomben, die Attentate. Hier ist es fast so schlimm wie in Frankreich. Aber ich weiß, als Pazifistin hätten Sie sich daran nicht beteiligt.«

Sie antwortete nicht. Gunther lächelte. »Auch ich wünsche mir Frieden, das können Sie mir glauben. Die Deutschen haben den Krieg gründlich satt. Ich sehne mich nach dem Tag, an dem wieder Frieden auf der Welt herrscht.«

»Und Sie alles unter Ihrer Fuchtel haben«, sagte sie bitter.

»Ich wünschte, Sie könnten es verstehen.« Gunther konnte eine gewisse Irritation in seinem Ton nicht unterdrücken. Er sehnte sich wirklich nach Frieden. Und diese Frau, eine nette, gebildete Frau, rein arisch dem Aussehen nach, sollte eine zufriedene Hausfrau sein und sich um Mann und Kinder kümmern. Er sagte: »Wo waren Sie heute Nachmittag, Mrs. Fitzgerald?«

»Ich habe den Tag in der Stadt verbracht. Ich war bei Blakeley in der Spielzeugabteilung und sprach mit dem Geschäftsführer. Das können Sie nachprüfen, wenn Sie wollen.«

»Woher kennen Sie den Geschäftsführer von Blakeley?«

»Ich arbeite ehrenamtlich für eine Organisation, die Spielzeug für die Kinder bedürftiger Familien sammelt. Mr. Fielding hat uns dabei unterstützt.«

»Aha, so was Ähnliches wie unsere Winterhilfe.«

»Nein«, sagte sie, »das ist es nicht.« Sie dachte einen Moment nach, dann sagte sie: »Oder vielleicht doch.«

»Sie und Ihr Mann haben keine Kinder?«

Sie blickte ihn an. »Wir hatten einen Sohn, aber er starb bei einem Unfall.«

»Das tut mir leid«, sagte Gunther.

Sie war überrascht, es klang nach ehrlichem Mitgefühl.

»Haben Sie Kinder?«, fragte sie.

»Einen Sohn, Michael. Er lebt mit seiner Mutter auf der Krim. Er fehlt mir sehr.«

»Warum haben Sie mich festgenommen?«, fragte sie plötzlich. »Was habe ich getan?«

»Dazu kommen wir noch. Aber zunächst, wo gingen Sie hin, nachdem Sie das Geschäft verlassen hatten?«

»In die National Portrait Gallery. Vorher habe ich noch gegessen.«

»Es war nach acht Uhr, als Sie nach Hause kamen, Mrs. Fitzgerald. Die Galerie schließt um fünf. Was haben Sie also nach Ihrem Besuch dort gemacht?«

Gunther merkte, dass sie zögerte. »Ich bin spazieren gegangen.«

»An diesem kalten, dunklen Wintertag?« Er spürte, dass sie jetzt zu lügen anfing.

»Eine Weile saß ich in einem Café.«

»Wo war das?«

»Irgendwo in der Nähe vom Victoria-Bahnhof.«

»Und warum? Hätte Ihr Mann nicht erwartet, dass Sie zu Hause sind, wenn er von der Arbeit heimkommt?«

»Manchmal arbeitet er länger.« Er merkte, dass ihr Ton leicht verärgert klang. *Also sieht es zu Hause nicht ganz so rosig aus,* dachte er. Sie fragte: »Wissen Sie, wo er ist?«

»Nein.«

»Sehen Sie mich an.« Gunther sprach leise. »Sehen Sie mich an. Ich weiß, Sie halten etwas zurück.«

Sie schwieg lange. Er merkte, dass sie nachdachte. Dann sagte sie fast flüsternd: »Ich hatte Angst, mein Mann könnte eine Affäre haben. Mir fielen verschiedene Kleinigkeiten auf, sein Verhalten mir gegenüber hatte sich verändert. Der Tod unseres Sohnes war ein schwerer Schlag.«

»Mit wem, dachten Sie, sollte er diese Affäre haben?«

»Ich – ich weiß es nicht. Die Frauen fanden ihn immer sehr attraktiv.«

Jetzt verstand Gunther. Er sagte: »War die Frau, die Sie verdächtigten, Carol Bennett?«

Sarah atmete scharf ein. Ihre Augen wurden groß.

»Sie war es doch, nicht wahr?«

»Woher wissen Sie das?«

»Wir haben Information, dass Ihr Mann in illegale Aktivitäten verwickelt ist. Wir haben heute an seinem Arbeitsplatz verschiedene Leute befragt, die ihn gut kannten. Darunter war auch Miss Bennett.«

Sarah sagte: »Sie hatte keine Affäre mit ihm. Sie hätte es wohl durchaus gewollt, aber er – er nicht. Ich habe heute Abend mit ihr gesprochen. Ich war bei ihr. Ich wollte sie konfrontieren.«

Gunther lächelte. »Das glaube ich Ihnen. Darf ich fragen«, fuhr er fort, »wie lange Sie schon verheiratet sind?«

»Neun Jahre.«

»Meine Frau hat mich nach sieben Jahren verlassen. Sie konnte sich mit meinen Arbeitszeiten nicht abfinden.«

Neugierig sah sie ihn an. »Wo haben Sie so gut Englisch gelernt?«

»Ich habe in Oxford studiert. Dann habe ich ein paar Jahre hier für die Botschaft gearbeitet.«

Sie schüttelte den Kopf. »Sie gehören zu denen, die das alles glauben, nicht wahr? Dieses ganze Nazi-Gift.«

»Vergessen Sie nicht, wo Sie sich befinden, Mrs. Fitzgerald.« Seine Stimme klang plötzlich scharf.

Sie antwortete mit einem kleinen trockenen Lachen. »Das wird wohl kaum möglich sein, oder?«

»Hatten Sie erwartet, dass Ihr Mann zu Hause ist, als Sie von Miss Bennett zurückkamen?«

»Ja. Ich habe keine Ahnung, wo er ist. Oder warum Sie ihn suchen.« Sie schwieg. »Er hat mir immer gesagt, es sei zwecklos, sich politisch zu engagieren, wir müssten uns mit dem System arrangieren. Genau das hat er gesagt, all die Jahre.«

»Vielleicht wollte er Sie schützen.« Sie antwortete nicht. »Ich fürchte, die Beweise sind ziemlich eindeutig. Ihr Mann gehört zu einem größeren Spionagering im Innenministerium. Sie werden natürlich seinen Freund kennen, mit dem er auf der Uni war. Geoff Drax.«

»Geoff?« Sie wirkte aufrichtig überrascht.

»Ja. Beide sind heute Nachmittag von ihrem Arbeitsplatz verschwunden. Sie sollten verhaftet werden, aber jemand muss sie gewarnt haben.« Carol Bennett, vermutete er, aber er sprach es nicht aus.

»Warum sollte ich glauben, was Sie mir erzählen?«, fragte sie.

»Warum wären wir sonst in Ihr Haus eingedrungen?«

»Sie sagen, ich würde David vielleicht nie wiedersehen.« Sie klang verzweifelt, es war wie eine Feststellung.

»Und Sie haben wirklich nichts davon geahnt?«

»Nein. Nein, ich schwöre, er hat mir nie etwas davon erzählt.«

»Sie schwören. Sind Sie Christin?« Er musste an die Frau denken, die in ihrer Berliner Wohnung Juden versteckt hielt.

»Nein. Ich glaube nicht mehr an Gott.« Sie sah ihn an. »Wie könnte ein Gott zulassen, dass es in der Welt so aussieht?«

»Vielleicht ist dies die Welt, die uns vom Schicksal bestimmt ist. Eine sichere, saubere Welt. Und die Mächte des Bösen und der Gewalt hindern uns daran, sie aufzubauen.« Gunther lächelte ironisch. »Haben Sie jemals darüber nachgedacht?«

»Nein«, erwiderte sie mit Nachdruck. »Was gerade mit den Juden passiert ist, das wurde von Deutschland aus befohlen, nicht wahr? Was geschieht jetzt mit ihnen?«

»Mit Verlaub, Mrs. Fitzgerald, Sie sind hier, um *meine* Fragen zu beantworten. Sagt Ihnen der Name Frank Muncaster etwas?«

Sie schien verwirrt. »Er ist ein alter Studienfreund meines Mannes. Sie schreiben sich gelegentlich, aber ich habe ihn nie kennengelernt.«

Man konnte in ihrem Gesicht lesen. Er war sich nicht sicher, ob sie ihm die ganze Wahrheit über diesen Nachmittag erzählt hatte, aber doch das meiste. Und er war sich sicher, dass ihr Mann sich ihr niemals anvertraut hatte und sie nichts über Frank Muncaster wusste.

Er ging hinaus und nach oben in Gesslers Büro. Gessler telefonierte, sein Gesicht war wütend, aber sein Ton unterwürfig. Er winkte Gunther, er solle sich setzen, während er den Anruf beendete. »Das Innenministerium kann einem Beamten vom Gesundheitsamt nicht einfach befehlen, einen Patienten aus einem psychiatrischen Krankenhaus zu entlassen. Der Beamte würde sich ans Ministerium wenden, wenn es uns beträfe, sogar an den Premierminister. Und Sie wissen ja, wie unberechenbar Beaverbrook ist …«

Gessler unterbrach sich und hörte auf das, was am anderen Ende gesagt wurde. Wer immer es war, er schrie. »Bei allem Respekt, Sir«, sagte Gessler schließlich, »es ist nur eine Abteilung der Spezialeinheit, die mit uns arbeitet, und selbst die haben keine Ahnung, worum es geht …«

Erneutes Geschrei am anderen Ende, ein harscher, blecherner Ton. Schließlich sagte Gessler: »Mein Mitarbeiter, der die Frau verhört hat, ist gerade hereingekommen. Lassen Sie mich mit ihm sprechen, dann rufe ich Sie wieder an. Ja, in zehn Minuten. Jawohl. Heil Hitler.« Er legte den Hörer hin. »Heydrichs Leute«, fauchte er. »Ich habe sie über den Spionagering im Innenministerium aufgeklärt. Wird Syme auch den Mund halten?«

»Fürs Erste schon.«

»Sein Superintendent ist der Meinung, dass man bei dem Spionagering schnell handeln muss. Sie wollen reinen Tisch machen. Wir können die Sache nicht lange unter Verschluss halten. Was hat die Frau Ihnen erzählt?«

»Ich bin ganz sicher, dass sie nicht wusste, was ihr Mann trieb. Sie dachte, er hätte eine Affäre. Ich habe sie gefragt, ob der Name Muncaster ihr etwas bedeutet, und sie sagte, nur als alter Studienfreund ihres Mannes, den sie nie kennengelernt hat. Ich glaube ihr.«

Gessler zog die Brauen zusammen. »Je weniger Leute wissen, dass wir uns für ihn interessieren, desto besser.«

»Ich fragte nur ganz beiläufig.«

»Also glauben Sie, es ist eine Sackgasse?« Gessler blickte ihn anklagend an, als sei es Gunthers Schuld.

»Dürfte ich einen Vorschlag machen?«

Gessler nickte.

»Als wir heute Abend auf Mrs. Fitzgerald warteten, bemerkte ich gegenüber dem Haus einen großen Rasen, fast wie ein kleiner Park. Am anderen Ende davon befindet sich ein alter Luftschutzbunker aus Beton, bis dahin sind es zwei- bis dreihundert Meter. Er sieht ziemlich heruntergekommen aus, aber wenn wir dort jemanden postieren würden, mit Radiosender und starkem Feldstecher, könnte er von dort aus das Haus beobachten. Wir könnten sie gehen lassen, ihr verbieten, das Haus zu verlassen, und sehen, wer sie besuchen kommt. Es ist doch Ehrensache für die Resistance, die Angehörigen ihrer Agenten rauszuholen. Man wird sie nicht anrufen, sie wissen, dass die Telefone abgehört werden. Wenn sie mit dem Auto kommen, könnte der Beobachter die Nummer aufschreiben, und man könnte sie festnehmen. Aber wenn wir sie hierbehalten, werden sie gar nichts unternehmen, sie kommen schließlich nicht an sie ran. Und ich glaube nicht, dass sie uns im Moment noch weiter nützlich sein kann.«

Gessler sah ihn an, die Augen zusammengekniffen. »Sie wollen wirklich nicht, dass sie hart angefasst wird, stimmt's? Es ist schön und gut, wenn man bei Frauen etwas sentimental wird, aber Spione, nun ja, das sind doch keine normalen Frauen.«

»Ich glaube nicht, dass sie eine Spionin ist. Aber ich denke, dass wir mit meinem Vorschlag eine Chance hätten, die zu finden, die tatsächlich Spione sind.«

Gessler dachte kurz nach, dann nickte er. »Sie haben eine Menge Erfahrung mit solchen Dingen, nicht wahr? So macht man Juden und ihre Beschützer ausfindig.« Er schüttelte den Kopf. »Entschuldigen Sie, es war falsch, Sie sentimental zu nennen. Das war Ihre Arbeit in Deutschland bestimmt nicht, das weiß ich.«

»Vielen Dank«, erwiderte Gunther bescheiden. Er hatte nicht damit gerechnet, dass Gessler zu einer Entschuldigung fähig sei.

»Wenn wir das machen, muss die Mannschaft dazu aus der Botschaft kommen.«

»Ich denke, wir sollten es versuchen«, bekräftigte Gunther leise, aber bestimmt. »Ich glaube, so könnten wir sie kriegen.«

34

Frank bewohnte jetzt eine Gummizelle, tief im Inneren des Gebäudes. Wände und Fußboden waren mit dickem, grobem Stoff verkleidet, man fühlte sich wie im Inneren einer mächtigen, erdrückenden Matratze. Die Polster wiesen eklig aussehende Flecken auf, der ganze Raum roch nach Desinfektionsmittel und Erbrochenem.

Frank war ohnmächtig geworden, nachdem er vom Stuhl gesprungen war. Als er wieder zu sich kam, lag er im Ruheraum am Boden, seine Kehle schmerzte, und Wärter hielten ihn an Armen und Beinen fest. *Ich bin immer noch da*, dachte er mit Bedauern, leistete aber keinen Widerstand, als man ihn in eine Zwangsjacke steckte und aus dem Zimmer zerrte. Seine Beine schleiften über den Boden, und die anderen Patienten drehten sich nach ihm um. In der Gummizelle hatte man ihm die Zwangsjacke ausgezogen. Hier würde er nun eine Weile bleiben, erklärte man ihm, und wenn er Ärger mache, würde man ihn wieder festschnallen.

Dr. Wilson hatte ihn mehrfach besucht. Er schien enttäuscht, sogar leicht verärgert, als habe Frank ihn persönlich gekränkt. »Ich dachte, Sie hätten sich eingelebt«, sagte er vorwurfsvoll. »Was war denn so schlimm hier, dass Sie Ihr Leben beenden wollten?« Frank bemerkte seinen berechnenden Blick, der nicht zu seinen Worten passte. Irgendwie schien er außerdem verängstigt. Frank vermutete, Wilson habe seine Schlüsse gezogen und Franks Selbstmordversuch mit den Besuchen seiner alten Freunde und der Polizei in Verbindung gebracht. Frank hatte bereits entschieden, dass sein einziger Schutz darin bestand, überhaupt nichts mehr zu sagen, sondern konsequent zu schweigen. Er blickte zu Boden. Möglicherweise war Dr. Wilson ebenfalls in die Verschwörung verwickelt.

Wilson sagte: »Sie werden hierbleiben müssen, wenn Sie nicht sprechen wollen, Frank.« Einen Moment dachte Frank daran, doch zu kooperieren und zu tun, was sie von ihm verlangten, um aus dieser Zelle herauszukommen. Aber er wusste, selbst wenn sie ihn aus der Gummizelle herausließen, würden sie ihn überwachen; er hätte keine weitere Chance mehr, sich das Leben zu nehmen. Aber er würde es tun, er würde die erste Gelegenheit nutzen, die sich ihm bot. Wilson blickte auf den Plastikbecher mit Eiswasser, der auf einem Tablett am Boden stand. Er sagte: »Sie sollten so viel wie möglich trinken, das wird Ihrem Hals guttun.« Ausdruckslos sah Frank ihn an. Es bereitete ihm eine perverse Befriedigung, sich dem Arzt zu widersetzen. Er bekam jetzt permanent eine doppelte Dosis Largactil.

Das war vor einigen Tagen gewesen. Seine Mahlzeiten servierte man ihm auf einem Tablett, und er musste an die Tür klopfen, wenn er zur Toilette wollte.

Die Wärter, die ihm das Essen brachten, achteten streng darauf, dass er seine Tabletten nahm. Aber ebenso wie bei der niedrigeren Dosierung gab es auch hier eine kurze Zeitspanne vor der nächsten Dosis, in der die Wirkung nachließ und sein Kopf klar wurde, zu klar vielleicht, denn er füllte sich mit wahnhaften Vorstellungen, die ihm Angst machten. Doch es war besser, sicherer, wenigstens für kurze Zeit einen klaren Kopf zu bewahren. Neben seinem Schweigen war es die einzige Waffe, die ihm noch blieb, und er würde sie gebrauchen, solange er konnte.

An diesem Abend brachte Ben ihm das Essen. Frank hatte am Boden gelegen und gedöst, den Kopf auf dem Kopfkissen, das man ihm zugestanden hatte, als die Tür sich mit ihrem gewohnten metallischen Quietschen öffnete. Ben kam herein, das Tablett in einer Hand.

Er sah Frank anders an als sonst, irgendwie intensiver, nachdenklich. Aber er zeigte sein übliches aufgeräumtes Grinsen und sagte: »Aufwachen, Frank, Abendessen.«

Frank setzte sich auf. Er hätte gern gefragt, wie spät es sei, aber er wollte ja nicht sprechen. Ben gehörte vermutlich auch zu dieser ominösen Verschwörung, denn er hatte David zu ihm geführt. Man hatte ihm seine Uhr abgenommen. Die Zelle hatte kein Fenster, nur eine Lampe in der Decke, die von einem Metallgitter geschützt wurde und bei Nacht gedimmt war. Abgesehen davon waren die Mahlzeiten Franks einziger Anhaltspunkt für die Tageszeiten. Wenn es Abendessen gab, musste es etwa sechs Uhr sein.

»Wieder saukalt draußen. Wenigstens hast du es schön warm hier drin«, sagte Ben. Er stellte das Tablett auf den Boden. Ein Tablett aus Plastik, Teller und Besteck aus Plastik, ein graues Stück Fisch mit zerkochtem Gemüse, ein Plastikschälchen mit einem quietschgelben Wackelpudding, ein Plastikbecher mit seinen Tabletten, daneben ein zweiter mit Wasser. Frank sah, dass die Tabletten heute anders aussahen, weiß wie immer, aber größer.

Ben hockte sich auf die Fersen. »Komm, Kumpel«, sagte er aufmunternd. »Ich bin's. Sprich mit mir, Frankie.«

Wieder sah Frank die Tabletten an. Ganz eindeutig, es waren heute andere. Er dachte an die Geschichten, die unter den Patienten kursierten, dass man ihnen etwas zu trinken gab, was sie steril machte. Oder war es noch etwas anderes, was Ben ihm verabreichen wollte? Er konnte nicht fragen, er durfte nicht sprechen. Er starrte Ben an. Der Wärter seufzte und schüttelte den Kopf. »Mein Gott, Frank«, sagte er. »Das ist kein sehr freundlicher Blick. Da war es schon besser, als du noch gegrinst hast.« Frank nahm den Becher mit Wasser. Er steckte die Tabletten in den Mund und schluckte sie, dann öffnete er den Mund, damit Ben sich überzeugen konnte. Ben runzelte die Stirn. »Na gut, wenn du meinst.« Er deutete mit dem Kopf zum Tablett. »Und nun iss.«

Frank wollte nicht essen. Er setzte sich hin und lehnte sich gegen die Wand. Ben seufzte schwer. »Sieh mal, Frank«, sagte er, »du musst essen. Wilson wird sich Sorgen machen, wenn du zu allem anderen jetzt auch noch in den Hungerstreik trittst.« Frank schloss die Augen. Einen Augenblick später hörte er, dass Ben die Zelle verließ. Ihm wurde übel vom Geruch des Fisches auf dem Tablett. Er wurde schrecklich müde, der Kopf sank ihm auf die Brust.

Er wachte kurz auf und stellte fest, dass das Hauptlicht erloschen war, in seiner Zelle glomm nur das schwache Nachtlicht. Das Tablett war weg, Ben musste es geholt haben. Wie merkwürdig er sich heute Abend verhalten hatte. Frank erinnerte sich an den Besuch von David und Geoff. Wie hatte er sich gefreut, David wiederzusehen. Aber der gehörte jetzt zu seinen Feinden. Er erinnerte sich an das Gespräch über die Appeasement-Politik in der Universität, wie herrlich es gewesen war, als er merkte, dass David, dass überhaupt irgendjemand sich dafür interessierte, was er zu sagen hatte.

Er spürte, wie ihm Tränen in die Augen traten, aber selbst zum Weinen war er zu müde.

Wieder schlief er ein, ein sehr tiefer Schlaf diesmal. Plötzlich schreckte er auf, als sich seine Tür öffnete. Das Licht wurde angeknipst. Frank blinzelte desorientiert.

Er merkte, wie jemand ihn auf die Füße zog. »Was ist …«

Er wurde von starken Armen herumgedreht und blickte in Bens Gesicht. Er wirkte entschlossen, sein Mund unter der gebrochenen Nase war zu einem dünnen Strich zusammengepresst. Ben sprach leise, aber sehr ernst. »Du musst jetzt mitkommen, Frank, sofort. Ich bringe dich in Sicherheit. Komm jetzt. Aber sag nichts, fang um Gottes willen nicht ausgerechnet jetzt zu sprechen an. Sonst müsste ich dich bewusstlos schlagen. Das möchte ich keinesfalls, aber ich würde es tun.«

Verständnislos sah Frank ihn an. Ben packte ihn fest am Arm und führte ihn aus dem Raum in den Korridor. Er blinzelte, sein Kopf schwamm. Der Korridor war dunkel, bis auf die Nachtbeleuchtung. Er ließ sich von Ben führen. Er dachte: *Das war's jetzt, er bringt mich zu den Deutschen.* Aber er konnte nichts tun, um die Benommenheit in seinem Kopf loszuwerden. Das waren bestimmt die großen Tabletten gewesen, sie hatten ihn außer Gefecht gesetzt. Er ließ sich durch schwach beleuchtete Korridore führen, ab und zu stolperte er. Sie kamen an einem anderen Wärter vorbei, und Frank spürte, wie Ben seinen Arm fester packte. Der Wärter, ein junger Mann, wirkte gelangweilt und müde. Er sah Ben neugierig an.

»Wo bringst du ihn hin, mitten in der Nacht?«

»Ihm geht's nicht gut. Ich bringe ihn zum Notarzt.«

»Viel Glück. Heute Nacht hat Blackstone Dienst.«

»Ach ja, und der wird bestimmt schon blau sein.«

Ben ging mit ihm weiter, vorbei an Sälen mit Betten, in denen sedierte Männer schliefen, in jedem Saal ein Wärter, der am Schreibtisch beim Licht einer abgedunkelten Lampe las. Ben öffnete eine Seitentür, und Frank, der nur einen Krankenhauspulli trug, spürte einen Schwall eisiger Kälte. Er schnappte nach Luft.

»Ist schon gut, wir müssen nur noch bis zum Tor.« Ben ging mit Frank den Weg hinunter, seine Schritte wurden schneller. Benommen starrte Frank um sich. Es war eine klare, mondhelle Nacht, auf dem Gras glitzerte Raureif. Er fing zu zittern an. Sie gingen direkt aufs Pförtnerhaus neben dem verschlossenen Tor zu. Frank spähte durch das kleine Fenster, das auf der Innenseite offen war. Er sah einen Mann, der reglos am Boden lag. Frank sah mit Entsetzen, dass seine Arme auf den Rücken gefesselt waren, sein Gesicht blutig verschmiert. Angstvoll fuhr er zurück. Ben sagte: »Ist schon in Ordnung, Frank. Ehrlich, er ist okay. Ich bringe dich nur hier raus, ich helfe dir beim Ausbrechen. Gottverdammt, komm endlich.«

Frank stöhnte, ließ sich aber von Ben zum Tor führen. Seine Knie zitterten erbärmlich. Er dachte, er müsse hinfallen, als Ben in seine Tasche griff und einen Schlüssel herauszog, einen ziemlich großen, keinen von denen, die er sonst an seiner Kette trug. Immer noch hielt er Frank mit einer Hand fest, mit der anderen schloss er das Tor auf. Frank blickte zurück auf die dunklen, kahlen Fenster des Krankenhauses.

Ben schob ihn durchs Tor auf die Straße. Ihr Atem stand in Wölkchen vor ihnen. Es war dunkel, die Straße schien wie ausgestorben.

Plötzlich leuchteten in der Nähe Scheinwerfer auf, und Frank sah ein Auto, ein großes Auto. Eine Tür öffnete sich, ein großer Mann in Mantel und Hut stieg aus und kam schnell auf sie zu. Ein zweiter Mann folgte, dann eine Frau. Frank dachte: *Es sind die Deutschen, sie holen mich ab, ich werde mein Schweigen brechen.* Seine Beine versagten, und er wäre gestürzt, wenn Ben ihn nicht festgehalten hätte.

Der Mann blieb ein paar Schritte vor ihnen stehen. Frank wollte ihn nicht ansehen. Vermutlich war es einer der Polizeibeamten, vielleicht der deutsche. Dann spürte er eine Hand auf seiner Schulter, und eine vertraute Stimme sagte: »Es ist alles gut, Frank, ich bin's. Geoff ist auch da, wir sind gekommen, um dir zu helfen.«

Er blickte auf. »David?«

David lächelte. Sein Blick war besorgt, wie damals, als er ihn besucht hatte. Aber irgendwie hatte er sich verändert. Im Licht des Autoscheinwerfers schien sein Gesicht um Jahre gealtert.

35

David und Geoff hatten zwei Nächte in der Wohnung über einem Lebensmittelgeschäft in Brixton verbracht. Natalia hatte sie dort abgesetzt und gesagt, sie werde am Sonntag kommen und sie abholen, wenn sie zusammen nach Birmingham fahren würden. *Sonntag der dreißigste,* dachte David. Der letzte Tag im November. Es schien so lange her seit der Zeremonie am Heldengedenktag.

Der Ladenbesitzer, Mr. Tate, war ein Mann mittleren Alters, mit rotblondem Haar und von offener, fröhlicher Art. Er erinnerte sie daran, während der Geschäftszeiten leise zu sein, und David und Geoff verbrachten in ihrem Zimmer viel Zeit mit Lesen und Kartenspielen. Das Zimmer war kalt, und aus dem Erdgeschoss roch es durchdringend nach Käse und Räucherspeck. Der Ladenbesitzer brachte ihnen das Essen. Am zweiten Tag erzählte er ihnen, dass sein Sohn in Burma beim Kampf gegen nationalistische Partisanen umgekommen sei, kurz darauf war seine Frau an einem Schlaganfall gestorben. Damals hatte er sich der Resistance angeschlossen. »Wir müssen dafür sorgen, dass es aufhört, dieses Morden«, sagte er. »Müssen uns irgendwie mit den Verantwortlichen in Fernost einigen. Man bekommt ja nicht einmal mehr vernünftigen Tee aus Indien, weil überall auf den Plantagen gestreikt wird.«

Am ersten Abend nach Ladenschluss saßen David und Geoff zusammen und unterhielten sich leise. Geoff erzählte von der Frau, die er in Kenia gekannt hatte. »Ihr Mann war Arzt. Er war dorthin gekommen, um für eine Wohltätigkeitsorganisation zu arbeiten und den Eingeborenen zu helfen. Er war ein anständiger Kerl, nur war er völlig von seiner Arbeit besessen und hatte kaum noch Zeit für Elaine. Sie war ganz auf sich allein gestellt, gehörte nirgendwo dazu. Die weißen Bewohner blickten auf sie herab, als Frau eines Weltverbesserers. Ironischerweise hatte sie einen Hass auf die Schwarzen, sie fürchtete sich vor ihnen, das war ihr von klein auf so eingeimpft worden, wie den meisten Leuten. In dieser Hinsicht habe ich ihr aber, glaube ich, etwas mehr Verständnis vermitteln können. Ein bisschen jedenfalls.« Er lächelte spöttisch. »Ich glaube, wir fühlten uns zueinander hingezogen, weil wir beide nirgendwo dazupassten. Ich bat Elaine, sich von ihrem Mann scheiden zu lassen und mit mir zurück nach England zu gehen. Aber das wollte sie nicht, sie war katholisch und hielt nichts von Scheidung.« Er seufzte. »Also machten wir Schluss, und ich bemühte mich um eine Versetzung in die Heimat. Und weißt du, was das Verrückte dabei war? Nachdem wir Schluss gemacht hatten, erzählte sie alles ihrem Mann. Weiß der Himmel, warum. Warum musste sie das tun, wo doch alles vorbei war?« Geoff schüttelte den Kopf. »Und natürlich war es während meiner letzten Wochen dort Stadtgespräch.«

»Hat sie es dir nie erklärt?«

»Ich habe seitdem mit keinem von beiden mehr gesprochen. Sie vermieden es, in die Stadt zu gehen, nachdem es bekannt geworden war. Ich glaube, Ron – ihr Mann – muss es seinen Kollegen erzählt haben. Ich sah Elaine nur noch ein einziges Mal. Ich stand an einem Ende der Straße, sie am anderen. Sie sah mich, drehte sich um und verschwand in einem Geschäft. Und ich dachte, na ja, das war's dann.« Er lachte spöttisch. »Aber trotzdem, mein gebrochenes Herz war eine dankbare Tarnung, als ich anfing, für die Resistance zu spionieren.«

»Bist du inzwischen darüber hinweg?«, fragte David.

Geoff schüttelte den Kopf. »Weißt du, ich habe an dieses romantische Zeug geglaubt, dass es für jeden Menschen nur einen gibt, der für ihn bestimmt ist …«

»Daran glaube ich auch nicht …«

»Aber ich habe seitdem keine andere Frau kennengelernt.« Sein Gesicht wurde ernst. »Ich glaube, es hat mich verbittert gemacht. Wahrscheinlich bin ich auch deshalb zur Resistance gegangen.«

David sagte: »Und ich war wütend, nachdem Charlie gestorben war. Das war zum Teil bei mir der Grund.« Er blickte Geoff an. »Hast du das bemerkt, damals? Wie wütend ich war?«

»Ich habe gemerkt, dass du nach der Wahl 1950 langsam immer unzufriedener wurdest. Du sprachst mehr über Politik. Aber ich habe das nicht mit Charlie in Verbindung gebracht. Bereust du jetzt, auf was wir uns eingelassen haben?«

»Es tut mir leid, dass ich Sarah hintergangen habe. Wo mag sie jetzt nur sein? Weiß der Himmel, was mit ihr passiert.«

Geoff beugte sich vor und berührte seinen Freund am Arm. »Sie werden sie finden. Was das anbetrifft, sind sie wirklich gut.«

»Und dann noch Carol, du weißt ja, was ich der angetan habe. An der Nase herumgeführt. Und trotzdem hat sie mich am Ende noch gerettet.«

»Da hast du's, das nenne ich Loyalität.«

David sah seinen Freund an. »Vielleicht empfindet sie für mich dasselbe, was du für Elaine empfunden hast. Das kann einem schon manchmal Angst machen.«

»Ja«, sagte Geoff nachdenklich. »Das stimmt wohl. Und – was ist mit Natalia?«

David fühlte sich unbehaglich. »Was meinst du?«

»Ich meine nur – gibt's da etwas zwischen euch beiden?«

Mit scharfer Stimme sagte David: »Das ist jetzt wohl kaum die richtige Zeit dafür, findest du nicht?«

»Nein. Nein, du hast recht.«

Der zweite Tag war ein Sonntag, und das Geschäft war geschlossen. Es regnete, stark und gleichmäßig. David beobachtete, wie ein älteres Ehepaar in Sonntagskleidung und Schirmen die Straße entlangging, vielleicht auf dem Weg zur Kirche. *Es ist gerade eine Woche her, seit sie die Juden abgeholt haben,* dachte David.

Mr. Tate kam herein und brachte ihnen das Mittagessen. Immer noch keine Nachricht von Sarah. Mr. Tate schien etwas lockerer, weil das Geschäft geschlossen war. Er berichtete: »Die Chinesen haben eine neue Offensive gegen die Japaner gestartet, an einem Ort namens Chiyang. In den Nachrichten sagten sie, die Japaner planten eine Gegenoffensive, aber es ist wie mit den deutschen Truppen in Russland, in vielen Gegenden halten sie nur die Städte und die Straßen besetzt, die sie verbinden. In Teilen Indiens wird es genauso sein, wie man hört. Wie die Fäden und Knoten in einem Netz. Wenn man genügend Fäden zerreißt, bricht alles zusammen. Das weiß die deutsche Armee auch, und deshalb werden sie mit Russland Frieden schließen, sobald Hitler tot ist.«

»Gibt es etwas Neues aus Amerika, was Adlai Stevenson vorhat, wenn er Präsident ist?«, fragte Geoff.

Mr. Tate schüttelte den Kopf. »Nein. Jedenfalls nichts bei der BBC. Da haben sie auch wegen der Sache mit den Juden nicht viel gebracht. Ich glaube, sie hoffen, dass wir all das vergessen.«

*Wenn die Regierung es so will, vergessen wir es vielleicht tatsäch-
lich*, dachte David.

Am Nachmittag, kurz nach drei, erschien Natalia. Sie hatte Kleidung zum Wechseln für David und Geoff mitgebracht, billige
Anzüge, Filzhüte und dunkle Mäntel. David trug immer noch
sein schwarzes Jackett und die Hose mit den Nadelstreifen, alles
inzwischen stark zerknittert.

Ohne Umschweife und geschäftsmäßig nahm sie die Sache in
die Hand und forderte sie auf, sich zu rasieren, damit sie ordentlich aussahen. Geoff ging zuerst ins Bad. Allein mit David, sagte
Natalia: »Es tut mir leid, dass du immer noch ohne Nachricht
von deiner Frau bist. Aber eines von unseren Radios ist kaputt;
möglicherweise ist sie in Sicherheit, und der, in dessen Obhut sie
sich gerade befindet, kann nicht durchkommen.« Sie warf ihm
ein kurzes Lächeln zu. »Das ist sehr gut möglich.«

»Das zur modernen Technik.«

»Wir werden sie in Sicherheit bringen. Ihr verschwindet alle
nach Amerika.«

David sagte: »Ich glaube nicht, dass sie mich begleiten will.
Warum sollte sie das gerade jetzt tun? Sie hat mich immer für
ehrlich und zuverlässig gehalten. Sie wusste nichts von diesem
Lügengespinst.«

Natalia blickte ihn an. »Nach allem, was du mir über sie erzählt hast, wird sie verstehen, was du getan hast.« Sie lächelte
traurig. »Ich weiß, es war schwer für dich. Ich habe es da in gewisser Weise leichter. Ich bin frei. Wo ich herkomme, hatten die
Menschen nie dieses sichere Gefühl von Identität wie die britische Mittelklasse. Meine Welt war immer bunt gemischt, die
Menschen hatten völlig verschiedene Wurzeln. Vielleicht macht
es das leichter für diejenigen von uns, die entkommen sind. Wir
sind nicht so stark verwurzelt.«

»Leichter? Trotz der Menschen, die ihr verloren habt?«

»Ja. Gerade deshalb. Leichter als für euch mit euren starken

Wurzeln«, sagte sie mit plötzlicher Zärtlichkeit. »Wenn wir euch erst mal weggebracht haben, werdet ihr Gelegenheit haben, wieder Wurzeln zu schlagen.« Sie zögerte, dann fragte sie: »Möchtest du diese Chance nicht auch haben?«

»Ich weiß es nicht.«

»Du solltest es versuchen.«

Er sah sie an. »Und du?«

»Ich gehe, wohin der Kampf mich trägt. Das ist jetzt mein Leben.« Liebevoll blickte sie ihn an. »Das musst du verstehen. Und jetzt mach dich fertig. Wir haben eine wichtige Aufgabe vor uns.«

36

Diesmal bot Geoff an zu fahren. Natalia saß vorn neben ihm, David erneut hinten. Als Geoff den Motor anließ, sah David auf die Uhr. Schon nach sechs. Um elf mussten sie beim Krankenhaus sein, Ben wollte um Viertel nach elf herauskommen. Im Pförtnerhaus würde das Licht brennen, und Ben müsste den Pförtner außer Gefecht gesetzt haben. Jackson hatte gesagt, dass sie, sobald sie Frank und Ben abgeholt hätten, zu einem sicheren Haus in der ländlichen Umgebung fahren sollten, etwa fünfzehn Meilen vom Krankenhaus entfernt. Dort würden sie weitere Anweisungen erhalten, wann und wie sie nach London zurückkehren sollten, wo sie mindestens einmal übernachten müssten, ehe sie an die Südküste fahren konnten. Falls Ben und Frank bis Mitternacht nicht auftauchten, sollten sie trotzdem zum geheimen Unterschlupf fahren.

Auf der Fahrt sprachen sie wenig. Geoff schaltete das Radio an, und sie hörten seichte Musik, zu jeder vollen Stunde von den Nachrichten unterbrochen. In seiner präzisen Sprache erklärte der Nachrichtensprecher, der drohende Streik der Bahnangestellten sei abgewendet. Ben Greene, Arbeitsminister und Vorsitzender der Labourpartei in der Koalition, hatte sich mit der Gewerkschaft der Bahnangestellten geeinigt.

»Das hätte ich nicht erwartet«, sagte Geoff.

Natalia stimmte zu. »Gestern hieß es noch, sie wollten Militär einsetzen, um die Züge am Laufen zu halten, und alle verhaften, die nicht zur Arbeit erscheinen.«

»Vielleicht sind sie zu dem Schluss gekommen, dass sie im Moment genug um die Ohren haben, ohne sich auch noch mit den Bahnangestellten herumschlagen zu müssen«, sagte David.

Sie fuhren durch die Dunkelheit über größtenteils leere Straßen. Bei Stratford sahen sie, dass eine Ausfahrt der Autobahn gesperrt war. Bewaffnete Hilfspolizisten standen neben einem hastig errichteten, hölzernen Wachposten. David überlegte, ob vielleicht eines der neuen Internierungslager für Juden in der Nähe war. Seine Hand wanderte in die Tasche zu der kleinen Gummikapsel. Er wusste, er sollte nicht daran herumfummeln, aber zwanghaft zog es seine Hand immer wieder dorthin, wie die Zunge zu einem schadhaften Zahn. Er dachte an die Pistole, die Natalia irgendwo in ihrem weiten Trenchcoat verborgen trug. Er war sich ihrer Anwesenheit sehr bewusst, gleichzeitig war er äußerst beunruhigt wegen Sarah. Was war mit ihr geschehen? Allerdings musste er zugeben, dass ihr Verlust, ihre Abwesenheit ihn nicht so schwer beunruhigte, wie es sich für einen liebenden Ehemann gehört hätte.

Die Fahrt verlief ohne Zwischenfälle. Es gab keinen Hinweis, dass ihnen jemand folgte, die schmalen, bewaldeten Straßen zum Krankenhaus waren völlig leer, die einzigen Lebenszeichen hier und da die hellen Fenster eines Bauernhauses. An diesem kalten, frostigen Abend blieb man im Warmen. Hinter London hatte der Regen aufgehört, und je weiter sie nach Norden kamen, desto kälter wurde es. Jetzt tauchte in der Ferne das Krankenhaus auf, das große, dunkle Gebäude auf dem Hügel, die wenigen erhellten Fenster winzige Lichtpunkte in der Dunkelheit. Zehn Uhr war längst vorbei, die Patienten waren alle im Bett und schliefen ihren traurigen, künstlich induzierten Schlaf, sodass nur wenige Wärter für den Nachtdienst nötig waren.

In einer Haltebucht warteten sie bis fast elf Uhr, dann fuhren sie langsam am Zaun des Krankenhausgeländes entlang bis zum Pförtnerhaus. Dort brannte ein schwaches Licht, aber man sah niemanden darinsitzen. Auf Natalias Anweisung hin fuhren sie vorbei, blieben ein Stück weiter am Straßenrand stehen und schalteten die Scheinwerfer aus. Entschlossen sagte sie: »Ich gehe jetzt und schaue mal nach. Geoff, sollte etwas Unvorhergesehenes passieren, fährst du sofort los.«

Sie stieg aus und ging die Straße entlang, eine Hand in der Tasche, wahrscheinlich an der Pistole. David rutschte auf dem Rücksitz in die Mitte, damit er sie besser sehen konnte. *Wie viele Aufträge dieser Art hat sie wohl schon ausgeführt?*, fragte er sich.

Sie trat an das erleuchtete Fenster des Pförtnerhauses und stellte sich auf die Zehenspitzen, um das Innere besser einsehen zu können, dann wandte sie sich um und hastete zum Auto zurück. Sie wirkte erleichtert. »Der Pförtner liegt gefesselt unter seinem Schreibtisch«, sagte sie. »Er scheint bewusstlos zu sein. Das bedeutet, dass Ben jetzt im Haus ist und Frank holt.« Im Gegensatz zu Jackson nannte sie Frank beim Vornamen.

»Wird das mit dem Pförtner auch gut gehen?«, fragte Geoff.

»Sollte es eigentlich. Er ist geknebelt; wenn er aufwachen sollte, könnte er sich also weder bewegen noch um Hilfe rufen.«

»Wenn jemand bewusstlos und geknebelt ist, könnte er beim Aufwachen erbrechen, was zur Folge hätte, dass er erstickt. Das habe ich mal in Kenia erlebt, bei einem misslungenen Einbruch.«

»Ben ist ein Profi«, erwiderte Natalia ruhig. »Er weiß, was er tut.«

»Ich meine ja nur …«

»Du weißt, was hier auf dem Spiel steht«, erwiderte sie energisch, ihr Akzent war stärker als sonst. »Wir müssen etwas riskieren ...« Sie verstummte. Sie hatte am Krankenhaustor eine Bewegung wahrgenommen, David sah, dass ein Flügel leicht offen stand. Er beugte sich vor, um besser sehen zu können. »Da kommt jemand heraus – nein, es sind zwei Personen.« Er sah einen kräftigen, untersetzten Mann mit einer schmächtigen, leicht torkelnden Gestalt am Arm.

Natalia schaltete die Scheinwerfer an. Blinzelnd starrten Frank und Ben auf das Auto. David öffnete die Tür und stieg aus, Natalia und Geoff folgten ihm, als er zu den beiden Männern ging. Er sah, dass Frank zusammensackte und beinahe gestürzt wäre, aber Ben hielt ihn fest. Sein Kopf sank ihm auf die Brust. Sanft berührte David ihn an der Schulter. »Es ist alles gut, Frank«, sagte er. »Ich bin's. Geoff ist auch da, wir sind gekommen, um dir zu helfen.«

Natalia setzte sich ans Steuer. Sie fuhren durch ein schlafendes Dorf, und kurz dahinter verlangsamte sie das Tempo. Frank schien zu schlafen, sein Kopf hing schlaff herab. David gab ihm einen kleinen Stoß, worauf er leise brummte, aber nicht aufwachte. Die Landstraße war sehr dunkel. Natalia sagte: »Wir müssen nach einer langen Mauer Ausschau halten, am Tor ist ein Schild mit dem Namen *Rose Grange*.

»Und wer wohnt dort?«, fragte David.

»Ein alter Offizier im Ruhestand. Colonel Brock. Er hat die meiste Zeit seines Lebens in Indien verbracht.«

»Ach, einer von diesen Typen«, sagte Ben wegwerfend.

»Er ist seit 1940 bei uns. Für den aktiven Dienst ist er inzwischen zu alt, aber er hat vielen von uns Unterschlupf gewährt. Seht mal, da ist schon das Schild.«

Sie hielt an. Geoff stieg aus und öffnete das quietschende Metalltor, woraufhin sie eine kurze Einfahrt entlangfuhren, zu beiden Seiten von Büschen gesäumt sowie von einer Palme, deren Blätter tot und vertrocknet aussahen. Dann hielten sie vor einer viktorianischen Villa, die früher mal ein Pfarrhaus gewesen sein mochte. Nirgendwo brannte Licht. Im Inneren des Hauses hörte man Hundegebell. Natalia stieg aus und öffnete die hintere Tür. »Bringt ihn raus«, sagte sie leise.

Mit einiger Mühe zogen Ben und David Frank aus dem Auto. Er murmelte etwas und fröstelte, als er die kalte Luft spürte. Er konnte sich nicht ohne Hilfe auf den Beinen halten, weshalb Ben und David ihn stützten, während Natalia zur Haustür ging und klingelte. Es war sehr kalt, man konnte den Frost in der Luft riechen.

Im Flur ging ein Licht an. Das Gebell wurde lauter. Eine Männerstimme rief: »Nigger, halt die Klappe!« David und Ben gingen mit Frank zur Tür. Sie wurde geöffnet, und ein Mann blickte sie an. Er war hochgewachsen, mit schütterem grauen Haar und einem ernsten, zerfurchten Gesicht.

»Colonel Brock?«, fragte Natalia.

»Der bin ich.«

»Azteke.« Es war das Kennwort der Gruppe.

Der alte Mann nickte. »Mission gelungen?«, fragte er leise.

»Ja. Wir haben ihn sicher herausgebracht.«

»Hallo, Kumpel«, sagte Ben aufgeräumt.

Der Colonel nickte würdevoll, dann blickte er auf Frank. »Ist er das? Er scheint ziemlich fertig zu sein.«

»Er ist schwer gedopt«, sagte Ben. »Er muss dringend ins Bett.«

»Kommt rein.«

Sie brachten Frank ins Haus. Er war durch die Kälte etwas wacher geworden und blickte jetzt ängstlich im Flur um sich, vom Licht geblendet. Die Einrichtung war eine skurrile Mischung aus ramponierten englischen Möbeln und exotischen Erinnerungsstücken aus Indien – eine kleine Steinskulptur eines Ochsen, der einen Wagen zog, das Porträt eines königlich aussehenden Inders mit Turban. Neben Colonel Brock stand ein schwarzer Labrador, der die Besucher misstrauisch musterte. Jetzt öffnete sich eine weitere Tür, und eine kleine, pummelige

Frau erschien. »Meine Frau«, sagte der Colonel und nickte in ihre Richtung. »Elsie, meine Liebe, hast du für unseren Besuch vielleicht etwas zu essen?«

»Aber natürlich.« Die Frau blickte sie nervös an, ihr Blick blieb an Frank hängen.

»Mit dem ist alles in Ordnung«, sagte der Colonel mit fester Stimme. »Wir bringen ihn jetzt zu Bett. Nun komm, Schätzchen, Essen!« Colonel Brock ging zur Treppe. David und Ben halfen Frank, der alte Mann ging voraus, die verkrümmte Hand am Geländer. David bemerkte, dass er sich große Mühe gab, aufrecht zu gehen, obwohl sein Rücken gebeugt war.

Er führte sie in ein kleines Schlafzimmer mit einem schmalen Bett: das Zimmer eines Schuljungen, an der Wand eine Weltkarte, rundherum am Rand Bilder von Menschen aus dem Empire. Regale mit Schulbüchern, in der Ecke ein Stapel alter Ausgaben von *Magnet*, der Zeitschrift für Jungen. Auf dem Deckblatt des obersten Heftes ein Comic von Billy Bunter, der erfolglos versuchte, auf einem Teich Schlittschuh zu laufen, um ihn herum eine Gruppe lachender Jungen. Sie ließen Frank aufs Bett gleiten, wo er sich zur Seite drehte und sofort wieder einschlief. Ben fühlte seinen Puls, dann zog er ihm die Schuhe aus und deckte ihn zu. »Ich denke, er wird bis morgen früh schlafen. Aber es sollte jemand bei ihm sein.« Er sah David an. »Ich werde bis um vier bei ihm bleiben, könntest du es dann übernehmen? Wenn er aufwacht, sollte er jemanden sehen, den er kennt.«

»Natürlich.«

Der Colonel blickte auf Frank hinab. »Was hat er genommen?«, fragte er.

»Largactil. Ein Beruhigungsmittel. Ich habe ihm eine ziemliche Dosis verabreicht, weil ich ihn ohne Gegenwehr rausschaffen musste.«

»Sieht völlig fertig aus, der arme Kerl.«

Sie ließen Ben bei Frank zurück und gingen nach unten. Der Colonel bat David und Geoff in ein großes Speisezimmer. Der

Fernseher lief sehr leise, eine Quizsendung, Isobel Barnett im Abendkleid. Der vierarmige Gott Shiva stand etwas stilbrüchig auf einer walisischen Anrichte. David betrachtete die Statue. »Heidnisches Zeug, ich weiß«, sagte Colonel Brock. »Aber sehr gut gearbeitet.« Er wandte sich an Natalia. »Ich sollte jetzt ans Radio gehen und Bescheid geben, dass Sie gut angekommen sind. Es steht bei Elsie in der Küche.«

»Vielen Dank.«

David fragte: »Gibt es vielleicht eine Nachricht von meiner Frau? Jemand wollte hinfahren, um sie abzuholen.«

»Darüber habe ich noch nichts gehört.« Der Colonel sah ihn mitfühlend an. »Ich frage mal nach.« Er ging hinaus. David, Natalia und Geoff nahmen am Esstisch Platz.

»Vielleicht ist keine Nachricht ja eine gute Nachricht, alter Junge«, sagte Geoff.

»Aber wenn sie in Sicherheit ist, sollte man doch annehmen, dass man es uns irgendwie mitteilen würde.«

Die Frau des Colonels kam mit einem großen Tablett herein: Teller mit Gemüsesuppe, ein Laib Brot und Butter. Geoff stand auf und half ihr, alles auf den Tisch zu stellen. »Schmale Kost heute, fürchte ich«, sagte sie. »Wir haben unserer Haushälterin ein paar Tage freigegeben, weil wir wussten, dass Ihr Besuch bevorstand.«

Der Colonel kam zurück und setzte sich an den Kopf des Tisches. »Vielen Dank, meine Liebe«, sagte er zu Elsie. »Du solltest jetzt wohl besser zum Radio zurück.« Er sah David an. »Noch keine Nachricht bezüglich Ihrer Frau, Fitzgerald«, sagte er leise, »aber vielleicht ist London einfach noch nicht durchgekommen. Im Moment geht vieles durcheinander wegen der Sache mit den Juden. Elsie wird uns Bescheid geben, wenn es etwas Neues gibt.«

»Danke«, sagte David.

»Wie ich höre, ist der Mann dort oben ziemlich wichtig?«, sagte Colonel Brock.

»Er könnte wichtig sein, Sir«, erwiderte Geoff.

Der alte Mann hob die Hand. »Ich brauche keine Einzelheiten zu wissen. Ich habe nur gehört, dass Churchill sich persönlich für ihn eingesetzt hat.« Er blickte Natalia an, leicht besorgt, wie es David schien. Es wurde still, während sie die dicke, ziemlich fade Suppe aßen. David war plötzlich sehr müde. Er dachte: *Noch vor achtundvierzig Stunden saß ich in meinem Büro bei der Arbeit. Wie instabil unser Leben doch ist, wie sich von einem Tag zum nächsten alles ändern kann.*

Um die Stille zu unterbrechen, sagte Geoff: »Sie haben viele Andenken aus Indien gesammelt, Sir.«

»Stimmt. Habe dreißig Jahre dort gedient. Mein Sohn ist immer noch dort, Gott schütze ihn. Voriges Jahr hat man ihm bei Ausschreitungen in Delhi mit einem Backstein den Arm gebrochen.«

»Ich habe ebenfalls bei der Kolonialverwaltung gearbeitet. Ich war eine ganze Weile in Kenia.«

Der Colonel lächelte. »Ich habe mich schon gefragt, ob Sie irgendwo draußen im Empire waren. Sie sind immer noch ziemlich braun.« Er knurrte. »Ist ruhiger dort, in Afrika. Die Schwarzen wissen, wo sie hingehören. Gott allein weiß, wie es in Indien enden wird.« Geoff wollte etwas antworten, schwieg dann aber. Der Colonel fuhr fort: »Die Linken in der Resistance sind der Meinung, wir sollten uns zurückziehen, und selbst Churchill scheint das nunmehr akzeptiert zu haben. Vermutlich sollte ich das auch, aber dafür bin ich nicht zur Resistance gegangen.«

»Warum sind Sie dazugestoßen, Sir?«, fragte David.

Colonel Brock richtete sich auf. »Weil es feige war, dass wir 1940 kapitulierten. Ich habe immer gewusst, dass es so kommen würde, dass diese Nazi-Schlägertypen uns eines Tages bevormunden würden. Winston hatte recht, wir hätten uns darauf einlassen sollen, dass sie die Invasion wagen, dann hätten wir sie in die Flucht geschlagen.« Angriffslustig sah er sie an. »Ich weiß, ich bin ein altes Relikt des Empire, meine Ansichten sind bei der Resistance nicht mehr gefragt. Aber es ist schwer, wenn man mit ansehen muss, wie einem das eigene Lebenswerk unter den Händen zerrinnt. Gott allein weiß, was für ein Chaos die Inder aus der Unabhängigkeit machen werden, falls es wirklich dazu kommt.«

Abrupt stand er auf. »Ich denke, wir brauchen jetzt etwas Stärkeres.« Er ging zu einem Tablett mit Flaschen neben der Statue des Shiva. Er schenkte Whiskey für die Männer ein, für Natalia hingegen, ganz alte Schule, einen Sherry. Als er die Gläser herumreichte, ging die Tür auf. Hastig blickte David auf. Er hoffte, es könnte die Frau des Colonels mit einer Nachricht von Sarah sein, aber es war Ben mit einem Tablett in der Hand. Er stellte es auf den Tisch. »Ihre Frau sagte, ich soll das runterbringen, wenn ich fertig bin«, sagte er zum Colonel, wobei er seinen Glasgower Akzent absichtlich dick auftrug.

»Ihr Schützling schläft noch immer?«

»Ja, wie ein Baby. Keine schlechte Suppe, Kumpel«, sagte Ben grinsend zum Colonel. »Kompliment an Ihre Frau.«

»Danke«, erwiderte der alte Mann etwas steif, und Ben verschwand wieder. Der Colonel blickte zur Tür und knurrte: »Er ist Kommunist, dieser Kerl, müssen Sie wissen. In der Organisation steht er aber im Rang über mir, woran er mich gern erinnert.«

»Er hat heute Abend etwas sehr Mutiges getan«, sagte Natalia leise.

»Oh, ich stelle seinen Mut nicht in Frage. Ich mache mir nur Gedanken, ob seine Leute mich nicht eines Tages an die Wand stellen werden.« Brock ließ ein humorloses Lachen hören, dann nahm er einen kräftigen Schluck Whiskey und stand auf. »Ich muss jetzt mit dem Hund noch ein Stück laufen, sonst ist er heute Nacht unruhig.«

David schlief fest, als Ben ihn um vier weckte. Im ersten Moment dachte er, er sei zu Hause im Bett und Sarah schüttle ihn, dann erinnerte er sich, und in seinem Inneren wurde ihm so kalt wie in diesem dunklen, kleinen Zimmer.

»Bereit zur Ablösung?«, flüsterte Ben. David nickte und stand auf. Geoff schlief mit regelmäßigen, tiefen Atemzügen.

Leise fragte David: »Gibt's etwas Neues von Sarah?«

Ben schüttelte den Kopf. »Tut mir leid, Alterchen, noch nicht.«

David zog sich schnell an und folgte Ben über den Korridor zu Franks Zimmer. Frank lag auf der Seite, die Hände neben dem Kopf zusammengelegt wie ein betendes Kind. »Kein Mucks bisher«, flüsterte Ben. »Hier, der Colonel hat dir eine Strickjacke dagelassen, es ist kalt. Er ist gar kein so übler alter Knacker, finde ich«, sagte er etwas widerwillig. »Für jemanden wie ihn.«

David nickte, er wollte Frank nicht wecken. Er dachte: *Lass ihn lieber durchschlafen und aufwachen, wenn es hell ist.* Er sah ihn an und dachte an die Hölle, die Frank durchgemacht haben musste, an seinen Selbstmordversuch. Er fragte sich, ob er sein Geheimnis hatte mitnehmen wollen, und wünschte, er hätte ihm öfter geschrieben in diesen letzten Jahren. Schon in Oxford hatte David befürchtet, Franks hoffnungslose und verzweifelte Verletzlichkeit könnte eines Tages zu etwas Ähnlichem führen.

Er blickte auf die blau-orangen Hefte des *Magnet* in der Ecke und erinnerte sich daran, wie auch er sie als Junge immer gelesen hatte. Colonel Brocks Sohn hatte bestimmt auf diesem Bett gelegen und dieselben Internatsgeschichten gelesen. Jetzt war er draußen in Indien, auf der falschen Seite aus Sicht der Resistance. Davids Mutter hatte manchmal geschimpft, wenn er Comics las, Unfug nannte sie es, primitives Zeug. Jetzt merkte er, was für ein Glück er hatte: das einzige Kind liebevoller Eltern, Klassenprimus und ein guter Sportler, genau wie die Helden in den Comics. Doch er hatte immer gegen die Erwartungen rebelliert, die man an ihn richtete. Er wollte nichts Besonderes sein, nur ein ganz normaler Junge. Aber hatte man wirklich zu viel von ihm verlangt? Er blickte auf Franks schmales, unglückliches Gesicht und spürte eine neue Motivation. Frank wusste etwas, das den Deutschen nützen konnte, und sie mussten dafür sorgen, dass sie es nicht erfuhren, egal wie.

Eigentlich hatte er wach bleiben wollen. Während des Norwegen-Feldzugs hatte er oft nachts Wache schieben müssen, aber der Sessel war zu bequem, und er musste eingeschlafen sein, denn plötzlich wurde er wach gerüttelt, und es war heller Tag. Er blinzelte in die Sonne, dann starrte er Natalia an. Sie blickte auf ihn herab und lächelte etwas spöttisch. Sie trug einen weißen Rollkragenpullover gleich jenen, mit denen Navy-Leute ausgestattet wurden. Er stand ihr gut. »O Gott«, sagte David. »Ich bin eingeschlafen …« Rasch drehte er sich um. »Frank …«

»Dem geht's gut.« Frank schlief immer noch, er hatte sich nicht einmal gerührt.

»Es tut mir leid …«

»Du hattest gestern einen anstrengenden Tag. Es ist alles in Ordnung, Ben und ich haben die ganze Nacht am Radio gesessen oder aufgepasst, dass niemand sich dem Haus nähert. Ab und zu haben wir auch nach euch geschaut. Die alten Leutchen haben wir ins Bett geschickt.«

»Das Radio – habt ihr etwas gehört …«

»Von deiner Frau? Nein, tut mir leid, noch nicht.«

David rieb sich das bartstoppelige Gesicht. Natalia sah ihn mit ihren grünen, mandelförmigen Augen an. »Deine Frau ist in Sicherheit, daran zweifele ich nicht. Wir holen sie raus, und ihr reist alle nach Amerika.«

David lachte hohl. »Das klingt wie ein Wunschtraum, wie eine Fantasie.«

Er sah sie an. Er wollte sie, und er wusste, sie wollte ihn auch, aber sie hatte recht gehabt, Sarah hatte Vorrang. Und sie selbst blieb in England zurück. David seufzte und wandte sich wieder Frank zu. »Vermutlich werden wir ihn wecken müssen.«

»Richtig. Ich hole Ben. Es wird gut sein, dass er euch beide sieht, wenn er aufwacht.«

David sagte: »Der Colonel meint, Ben sei Kommunist. Wie dein Bruder.«

Sie lächelte. »Du erinnerst dich, dass ich dir das erzählt habe?«

»Ja, klar.«

»Peter war kein Kommunist mehr, nachdem er aus Russland zurückkam.« Sie blickte auf ihn herab. »Vielleicht erzähle ich dir das alles eines Tages.«

»Auf dem Weg zum U-Boot, ja?«

Sie lachte und verließ das Zimmer. David fragte sich, wo Natalia politisch stand. Und wo stand er selbst eigentlich? Er sehnte sich nach Demokratie, nach einem Ende des Autoritarismus, der Angst und der Judenverfolgung. Weiter fiel ihm nichts ein. Er beugte sich über Frank und schüttelte vorsichtig seine Hand. Er spürte, wie dünn sein Handgelenk unter dem Ärmel war. Frank reagierte nicht, schwer atmend schlief er weiter.

Die Tür ging auf, und Ben kam herein. Auch er sah müde und unrasiert aus, aber seine Augen waren hellwach wie immer. David sagte: »Ich habe versucht, Frank zu wecken. Ich habe ihn am Arm geschüttelt, aber er rührt sich nicht ...«

Ben trat ans Bett. »Er schläft immer noch tief, das arme Kerlchen. Schon gut, ich werde ihn wecken.« Er kniff Frank in den Arm. Frank rührte sich und stöhnte. Er bewegte die Hände; jetzt sah man die rechte mit den verkrümmten Fingern und der vernarbten Handfläche.

»Wach auf, Frankie, mein Junge«, sagte Ben aufmunternd. Er kniff ihn etwas fester. Frank machte die Augen auf und blinzelte. Zu Tode erschrocken, starrte er sie an, dann setzte er sich auf und stieß einen Angstschrei aus.

37

Nachdem der Deutsche gegangen war, hatte Sarah eine Stunde allein in der Zelle gesessen. Sie stand immer noch unter Schock, zum einen, weil sie überhaupt hier war, vor allem aber wegen dem, was David getan hatte. Wo mochte er jetzt sein? Sie war so müde, dass sie irgendwann nicht mehr in der Lage war zu denken und nur noch dasaß und ihre trostlose Umgebung anstarrte. Aber bald meldete sich die Angst zurück, sie dachte an diesen Moloch von Gebäude über ihr und an die Macht des Dritten Reiches, das es verkörperte, an die schrecklichen Gerüchte, wie man Menschen hier unten behandelt hatte. Sie fühlte sich einer Ohnmacht nahe und musste sich am Tisch festhalten.

Kurz vor Mitternacht hörte sie, wie draußen ein Schlüsselbund rasselte. Mit Herzklopfen blickte sie auf und erwartete, den großen blonden Mann wieder zu sehen. Sie fürchtete sich vor ihm, trotz seiner Höflichkeit hatte er etwas Unberechenbares an sich gehabt. Aber es kam ein junger Mann herein, in SS-Uniform, mit rundlichem Gesicht, das braune Haar gut geölt. Er hatte eine Ledertasche in der Hand, und einen furchtbaren Moment lang dachte Sarah, es seien vielleicht Folterinstrumente darin. Aber als er sie auf den Tisch entleerte, fielen ihre eigenen Sachen heraus, Handtasche, Ausweis, Geldbeutel und Schlüssel.

»Sie können gehen, Mrs. Fitzgerald«, sagte er in höflichem Ton und mit starkem deutschen Akzent, »ich werde Sie nach draußen begleiten. Fahren Sie bitte direkt nach Hause, und bleiben Sie zunächst dort. Es könnte sein, dass die britische Polizei noch mit Ihnen sprechen will.«

»Mein Mann …«

»Sie müssen die Polizei benachrichtigen, falls er Kontakt mit Ihnen aufnimmt. Und jetzt …« Er blickte auf die Gegenstände auf dem Tisch, dann deutete er auf die Tür.

Sarah packte ihre Sachen zusammen und folgte ihm aus dem Raum und den Korridor entlang. Zwei weitere SS-Männer kamen ihnen entgegen, sie stützten einen älteren Mann in einem zerknautschten Anzug mit gelbem Abzeichen. Er war unrasiert, das Gesicht zerbeult, die grauen Haare standen ihm vom Kopf ab, und seine Augen waren vor Angst aufgerissen. Sie gingen an Sarah und ihrem Begleiter vorbei, und sie hörte, wie eine Tür zuknallte. Sie blickte ihren Bewacher an. Er ging mit ihr dieselbe Treppe hinauf, die sie mit Gunther heruntergekommen war, durch weitere leere Korridore, dann durch eine Seitentür hinaus in die kalte Nachtluft. Sie gingen um das Haus herum zur Vorderseite des Senatsgebäudes, wo die riesige Hakenkreuzfahne hing, von Scheinwerfern angestrahlt. Der Mann führte Sarah zu einem Seitentor in der hohen Mauer, die oben durch eiserne Stäbe und Stacheldraht gesichert war, und schloss auf. Er deutete tatsächlich eine leichte Verbeugung an, als sie an ihm vorbei in die Gower Street hinaustrat. Ein britischer Polizist, der mit einem Maschinengewehr vor der Botschaft Wache stand, drehte sich um und betrachtete sie gleichgültig. Mit leisem Dröhnen schloss sich die Tür hinter ihr, und sie stand da und blickte die dunkle Straße entlang. Dann machte sie sich schnell auf den Heimweg.

Sie erreichte gerade noch die letzte Bahn nach Hause. Um diese Nachtstunde waren nicht mehr viele Leute unterwegs. Doch sie bemerkte einen kleinen Mann in schwerem Wintermantel, der am Euston Square in denselben Wagen einstieg wie sie und ebenfalls in Kenton ausstieg. Doch als sie aus dem Bahnhof traten, ging er in die andere Richtung. Als sie endlich zu Hause ankam, war sie so verängstigt und erschöpft, dass ihre Hände zitterten und sie mehrere Versuche unternehmen musste, ehe sie den Schlüssel ins Schloss bekam und aufschließen konnte. Sie betrat das kalte, leere Haus und ging in die Küche. Da war der Tisch, an dem die Männer auf sie gewartet hatten. Die Tür zum Garten stand offen. Sie machte sie zu, das Schloss war kaputt. Dann ging sie nach oben, zog die Schuhe aus und legte sich aufs Bett. Im nächsten Moment war sie schon eingeschlafen, noch im Mantel. Und allein.

Sie wurde von der Haustürklingel geweckt, die laut und hartnäckig läutete. Sie erschauerte. Sie hatte schrecklich geträumt, wieder war sie mit dem Deutschen in der Zelle gewesen, aber diesmal war David auch da, als Gefangener. Er hatte das Gesicht abgewandt, aber als sie ihn rief, wollte er sich nicht umdrehen, und sie wusste, man hatte ihm etwas Schreckliches angetan. Stöhnend setzte sie sich auf. Es war heller Tag, sie hatte die ganze Nacht durchgeschlafen. Mühsam stand sie auf und ging zitternd nach unten, immer noch im Mantel und in Strümpfen, in Todesangst, erneut abgeholt zu werden.

Aber es war Irene, die vor der Haustür stand, elegant wie immer in ihrem Mantel und dem kleinen runden Hut mit der roten Feder. Sie riss die Augen auf. »Schätzchen, was ist denn mit dir passiert?«

Sarah schluckte, ihr Hals war trocken. Irene ergriff ihren Arm. »Ich habe gestern Abend immer wieder versucht, dich anzurufen! Wie geht es David, geht es ihm besser, wie krank ist er …«

Sarah starrte ihre Schwester verständnislos an. »Krank?«

»Er rief mich gestern an und sagte, er sei krank, er sei vom Büro nach Hause gekommen und versuchte, dich zu finden …«

»David war hier? Gestern?«

»Ja. Gestern Vormittag. Sarah, was ist passiert?«

»Komm rein.«

»Warum hast du denn einen Mantel an? Warst du schon unterwegs …«

»Komm ins Wohnzimmer, lass mich Feuer machen. Meine Füße sind eiskalt.«

Irene übernahm die Regie, sie zündete das Feuer an und ging in die Küche, um Tee zu kochen. Sarah streckte ihre vor Kälte tauben Füße zum Feuer hin. Die Uhr auf dem Kaminsims zeigte zehn Uhr. Irene kam mit einem Tablett herein und stellte es auf den Couchtisch. Sarah merkte, dass ihre Schwester sich zwang, ruhig zu bleiben. Sie dachte: *Ich muss ihr erzählen, was passiert ist, vielleicht werden Steve und sie auch verhört.* Sie nahm sich eine Zigarette, bot Irene eine an und nahm einen Schluck heißen, süßen Tee. Er schmeckte wunderbar. Sie holte tief Luft, dann sagte sie: »David hatte keine Affäre, Irene. Er hat für die Resistance

480

spioniert und Informationen aus seiner Abteilung weitergegeben. Sein Freund Geoff Drax ebenfalls. Sie sind beide auf der Flucht. Ich war letzte Nacht in der deutschen Botschaft und bin verhört worden.«

Mit weit aufgerissenen Augen starrte Irene sie an. »David hat für die Resistance gearbeitet?«

»Ich hatte keine Ahnung davon. Ich konnte denen auch nichts erzählen, weil ich nichts wusste. Sie ließen mich wieder gehen. Ich soll im Haus bleiben. Ich habe das Gefühl, dass mir in der U-Bahn jemand gefolgt ist, aber ganz sicher bin ich mir nicht.«

»Haben sie … haben sie dir etwas getan …«

Sarah schüttelte den Kopf. »Sie waren sehr höflich. Aber als sie mich nach draußen brachten, habe ich einen Gefangenen gesehen, der sah – furchtbar aus.« Sie erzählte Irene alles, was passiert war. »Ich habe Angst«, schloss sie mit leiser Stimme.

»Diese Schweine!«, brach es aus Irene heraus. Im ersten Moment dachte Sarah, sie meinte die Deutschen, aber dann fuhr sie fort. »Bomben und Aufstände und Polizisten umbringen! Das sind doch alles Mörder! Ich wusste schon, dass sich David in den letzten Jahren gegen die Deutschen gewandt hatte, aber das …«

»Welch andere Möglichkeit gibt es denn sonst noch, um sich zur Wehr zu setzen?«

»Wir haben immer nur den Frieden gewollt!« Irenes Stimme wurde vor Empörung immer schriller. »Er hat dich in schreckliche Gefahr gebracht! Uns alle, die ganze Familie! Spionage für diese Schlägertrupps der Resistance!«

Sarah schlug die Hände vors Gesicht. Entschuldigend streckte Irene die Hand nach ihr aus. »Tut mir leid«, sagte sie. »Es ist nur ein solcher Schock …«

Sarah blickte auf. »Ich weiß. Gott sei Dank, dass Charlie das erspart geblieben ist. Aber andererseits denke ich, wenn er nicht gestorben wäre, hätte David das vielleicht auch nicht getan. Ich war ihm nicht genug, verstehst du? Jedes Mal, wenn er erst so spät nach Hause kam, wohin er an den Wochenenden verschwand – mein Gott, das mit seinem Onkel Ted wird wohl auch eine Lüge gewesen sein.«

»Er wusste, was du davon halten würdest, wenn du es gewusst hättest«, sagte Irene bitter.

Sarah blickte ihre Schwester an. »Ich frage mich, ob es ihn gekümmert hätte.« Sie runzelte die Stirn. »Du sagst, er hat dich von hier aus angerufen, also wollte er anscheinend zu mir zurück.« Sie dachte nach. »Er muss gehofft haben, dass ich mit ihm zusammen verschwinde.«

»Flüchten? Du wärst doch nicht etwa mitgegangen?«

»Ich weiß nicht.« Aber noch während sie sprach, wusste sie, dass sie David gefolgt wäre.

Irene sagte: »Er hat immer auf Steve und mich herabgeschaut, schien sich immer für etwas Besseres zu halten …«

»Ich glaube, so war es nicht«, sagte Sarah leise. »Ich glaube eher, dass sich in den letzten Jahren eine Wut in ihm aufgestaut hat, die Wut darüber, was aus Großbritannien geworden ist.«

»Willst du damit sagen, dass du es gutheißt? Nach allem, was er getan hat?« Irenes Stimme hatte wieder ihren alten, selbstgerechten Ton angenommen.

»Vielleicht schon.« Sarah dachte an Mrs. Templeman. »Ich habe Sachen erlebt, von denen ich dir nichts erzählt habe. Wie Mosley und seine Leute vorgehen.« Plötzlich klang sie wütend. »Die helfen den Deutschen doch nur, ihr sadistisches Reich weiter auszubauen.«

»Oh Sarah«, erwiderte Irene ungeduldig. »Was würde es uns bringen, wenn die Resistance gewinnt? Mehr Gewalt, mehr Sündenböcke, vielleicht sogar Kommunismus? Und wie können sie überhaupt daran denken, jemals die Deutschen zu besiegen?«

»Sind die Deutschen wirklich so unschlagbar? Vielleicht ist das der Fehler, den wir die letzten zwölf Jahre begangen haben. In Russland sind sie dabei zu unterliegen, man hört doch, dass das System sich auflösen wird, sobald Hitler tot ist.«

»Aber …«

»In Frankreich gibt es inzwischen Probleme, weil Franzosen in Deutschland Zwangsarbeit leisten sollen. Und in Spanien auch. Und uns gelingt es auch nicht besonders glänzend, das Empire zusammenzuhalten, oder?« Sarah schüttelte den Kopf. »Du lieber Gott, und wir sitzen hier und streiten uns schon wieder über die verfluchte Politik!«

Irenes Gesicht wurde sanfter. »Es tut mir leid, Schätzchen. Nur – ach, ich weiß nicht. Ich finde ja auch, dass das mit den Juden nicht richtig ist, dass man sie in Lager steckt, aber …« Ihr kamen die Tränen. »Ich habe Angst um meine Kinder, verstehst du, um die Jungen. Wenn – wenn unsere Ordnung zusammenbricht, dann fürchte ich einfach um ihre Zukunft.«

»Dies ist nicht die Welt, die wir uns gewünscht haben, nicht wahr?«

Irene schüttelte den Kopf. »Nein.«

»Weißt du noch, als wir jung waren, die Friedensarbeit, für die wir uns mit Daddy eingesetzt haben?«

»Das scheint so lange her.«

»Arme Mummy, armer Daddy«, sagte Sarah. »Ich kann mir vorstellen, dass dies Daddy den Rest geben wird. Ich frage mich, ob David jemals daran gedacht hat«, fügte sie traurig hinzu.

Irene stand auf. »Ich bleibe eine Weile bei dir«, sagte sie entschlossen. »Steve ist zu Hause. Ich rufe ihn an und sage ihm, dass er sich heute um die Jungen kümmern muss. Und jetzt komm, du musst dich waschen und umziehen. Wann hast du zuletzt etwas gegessen?« Sie nahm Sarah am Arm und half ihr auf die Beine.

»Ich hatte gestern Nachmittag Tee und ein Milchbrötchen.« Auf einmal merkte Sarah, wie hungrig sie war. Sie dachte an das Café in Highgate und an ihr Treffen mit Carol. *Was wird mit ihr passieren?* Sie stöhnte auf, und Irene hielt sie fest umarmt. »Jetzt komm, Schätzchen, du musst etwas essen.«

Irene kümmerte sich um sie, als sei sie wieder ein Kind. Sie ließ Badewasser ein, kochte für sie, dann saß sie bei ihr, und sie sprachen über ihre Kindheit. Nicht über ihre Friedensaktivitäten, sondern über ganz normale Erinnerungen, ihre Erlebnisse zu Hause und in der Schule. Der Morgen war kalt und klar. Dankbar sagte Sarah: »Du hast dich immer um mich gekümmert, stimmt's?«

»Dazu ist eine große Schwester doch da.«

»Weißt du noch, als ich klein war und so schreckliche Angst vor Daddys Gesichtsprothese hatte? Mummy wurde böse, aber du hast mich getröstet. Ich hatte oft Schuldgefühle, weil ich Daddy damit verletzt habe.«

»Diese Masken für Verwundete nach dem Großen Krieg waren auch schlimme Dinger. Für mich war es leichter, ich war älter. Aber als kleines Mädchen musste man ja Angst davor kriegen.« Irene ging mit nach oben, um ihre Schwester ins Bett zu bringen. Mit den beruhigenden Geräuschen von unten, wo Irene das Geschirr spülte, schlief Sarah bald wieder ein.

Sie schlief zwei Stunden, und als sie aufwachte, war sie sofort hellwach. Es war fast drei Uhr. Irene saß im Wohnzimmer und trank Tee. Auch sie sah abgespannt aus. Sarah bemerkte, dass ihre Schwester graue Strähnen im Haar hatte. Mit müdem Lächeln blickte Irene sie an.

»Wie geht's dir jetzt?«

»Ach, ganz gut. Nur leichte Kopfschmerzen.«

Irene stand auf. »Jetzt, da du wach bist, könnte ich eigentlich nach Hause gehen und ein paar Sachen packen, dann komme ich und bleibe über Nacht hier.«

»Und was wird Steve dazu sagen?«

»Das geht schon in Ordnung. Ich sage ihm, dass du dich nicht wohlfühlst. Ich gehe nur schnell zur Toilette, dann hole ich meinen Mantel.«

Sie ging nach oben. Im Vorbeigehen berührte sie sanft Sarahs

Arm. Sarah blickte zum Fenster hinaus. Der Rasen des kleinen Parks auf der anderen Straßenseite war bereift, am anderen Ende befand sich der alte Luftschutzbunker. Sie dachte an David, wie adrett er aussah in Anzug und Melone, wie sie getanzt hatten an dem Abend, als sie sich kennengelernt hatten, wie er im Schnee zusammengebrochen war, nachdem Charlie gestorben war. Seine kühle Distanz in letzter Zeit. Warum war er gestern zurückgekehrt? War es nur aus Pflichtgefühl, um sie nicht allein den Wölfen zu überlassen, oder war es mehr als das? Wenn ich gewusst hätte, was er tat, überlegte sie, hätte ich ihn dabei unterstützt? Das ist ja das Traurige, er hat mir nicht genügend vertraut, um mich darum zu bitten. Kalte Wut stieg in ihr auf.

Ein Läuten an der Tür riss sie wieder in die Wirklichkeit zurück. Abermals wurde sie von Angst gepackt, als sie zur Haustür ging. Zaghaft rief sie: »Wer ist da?«

»Polizei.«

Sie öffnete die Tür einen Spaltbreit. Ein großer Mann mittleren Alters mit dichtem Schnurrbart stand auf der Schwelle, auf dem Ärmel der blauen Uniform die Streifen eines Sergeanten. Er sah aus wie ein traditioneller britischer Polizist, abgesehen davon, dass er die flache blaue Mütze der Hilfspolizei trug. An seinem Gürtel zeigte sich dort, wo er die Pistole trug, eine Wölbung.

»Darf ich eintreten, Madam?« Sein Ton war höflich, aber bestimmt. Sarah trat zurück. Er blickte sich im Flur um und putzte auf der Fußmatte sorgfältig seine Stiefel ab. Er nahm die Mütze ab. Im Gegensatz zu seinem üppigen Schnurrbart war sein Kopf spiegelblank.

»Mrs. Sarah Fitzgerald?«

»Ja.«

»Ich fürchte, wir haben ein paar Fragen an Sie, Madam.«

»Wieder im Senatsgebäude?« Ihre Stimme zitterte.

»Vorerst bei uns auf dem Revier. Dort hält sich ein Beamter von der Spezialeinheit auf, der mit Ihnen sprechen möchte.«

Sarah fragte: »Gibt es – gibt es eine Nachricht von meinem Mann?«

Er schüttelte den Kopf. »Darüber weiß ich nichts, Madam.« Aus dem ersten Stock hörte man die Toilettenspülung. Der Sergeant blickte nach oben. »Wer ist das?«, fragte er abrupt.

»Meine Schwester.«

Sie blickte an ihm vorbei in die Küche und sah, wie die Hintertür sich langsam öffnete. Sie war völlig konsterniert, als eine Frau in einem grauen Mantel hereinkam, klein und untersetzt, mit rundem Gesicht und scharfen Augen hinter einer Nickelbrille, den Mund fest zugekniffen. Sie hatte eine Einkaufstasche in der Hand. Sie legte einen Finger auf die Lippen, um Sarah anzudeuten zu schweigen. Dann, während Sarah noch wie erstarrt dastand, trat sie schnell und leise durch die Küche in den Flur und blieb hinter dem Polizisten stehen. Sie nahm etwas aus der Manteltasche, hob die Hand und versetzte ihm einen Schlag auf den Hinterkopf, gerade, als er sich nach ihr umdrehen wollte. Mit einem Schrei taumelte er gegen das Treppengeländer, aus seinem Hinterkopf quoll Blut. Sarah sah ein Stück Bleirohr in der Hand der Frau, die Art von Waffe, wie sie bei den Jive Boys beliebt war.

»Ich bin von der Resistance«, sagte die Frau schnell und in bestimmtem Ton. »Ihr Mann ist bei uns, wir sind hier, um Sie abzuholen.« Während sie sprach, behielt sie den benommenen Polizisten im Auge. Er stöhnte, und zu Sarahs Entsetzen schickte er sich an aufzustehen; blinzelnd blickte er die zwei Frauen an. »Ihr verfluchten Schlampen«, murmelte er undeutlich, »jetzt hat's euch erwischt …«

Er griff in seinen Mantel. Die Frau hatte drohend ihr Stück Bleirohr erhoben, bereit, zuzuschlagen, aber der Polizist zog seine Pistole. Sarah hörte es klicken, als er sie spannte. In diesem Moment hörte er einen Schrei von oben und blickte hoch. Dort stand Irene, den Mantel über dem Arm, und starrte ihn entsetzt an.

Mit beiden Händen ergriff Sarah die schwere Regency-Vase vom Telefontisch. Sie hob sie hoch und ließ sie mit aller Kraft auf den Kopf des Polizisten niedergehen. Er stöhnte kurz auf und brach zusammen.

Irene schlug die Hände vors Gesicht. »O Gott, o Gott«, stöhnte sie immer wieder. Die fremde Frau bückte sich und hob die Pistole auf. Dann legte sie die Finger an den Hals des Polizisten. Alles, was sie tat, wirkte gut trainiert und professionell.

»Er lebt noch«, sagte sie mit scharfer Stimme. »Das haben Sie gut gemacht.« Sie ging ins Wohnzimmer, zog kurz den Vorhang zur Seite und blickte hinaus. Irene kam die Treppe herunter und blieb fassungslos stehen. Sarah legte den Arm um sie. Die Frau kam zurück. »Mrs. Fitzgerald«, sagte sie streng, »wir müssen jetzt los.« Sie sah Irene an. »Sind Sie ihre Schwester?«

»Ja. Sind Sie von …«

»Der Resistance, ja. Weiß jemand, dass Sie hier sind?«

»Nein …«

»Dann verschwinden Sie von hier. Sofort. Setzen Sie sich ins Auto und fahren Sie los. Wir gehen hinten raus. Wir haben nicht viel Zeit, man wird sich bald wundern, wo er bleibt.« Sie blickte hinunter auf den bewusstlosen Polizisten. »Ich kümmere mich um ihn.«

»Was meinen Sie, Sie kümmern sich um ihn?«, fragte Irene, Entsetzen in der Stimme.

Die Frau blickte vielsagend auf die Pistole, dann auf Irene.

»Nein!«, rief Sarah. »Sie können in meinem Haus keinen Menschen erschießen!«

»Er hat mich gesehen«, erwiderte Meg ungerührt. »Und was noch schlimmer ist, er hat Ihre Schwester gesehen. Möchten Sie, dass er Ihre Schwester identifiziert, dass ihre Familie verhaftet und verhört wird?«

»Mein Gott, die Kinder …« Irene saß zusammengesunken auf der untersten Treppenstufe.

Mit strengem Blick sah Meg Sarah an. »Wir befinden uns im

Krieg, und Sie sind jetzt mittendrin. Sie sind nicht mehr nur am Rande des Geschehens.«

»Woher wussten Sie über den passenden Moment zum Eingreifen Bescheid?«, wollte Sarah wissen.

»Ich habe dieses Haus stundenlang beobachtet«, fauchte Meg. »Ich habe Ihnen beiden durchs Fenster zugesehen. Ich wollte Sie heute früh gerade abholen, als …« – sie deutete mit dem Kopf auf Irene – »Sie ankamen. Ich bin auf der Straße hin und her gelaufen und habe gewartet, dass Sie endlich gehen. Dann sah ich das Polizeiauto und dachte, jetzt oder nie. Zufrieden?« Ihre Stimme klang verärgert.

»Geh jetzt«, sagte Sarah zu Irene. »Sofort.« Liebevoll umarmte sie ihre Schwester. »Es tut mir leid, es tut mir so leid.«

Irene löste sich von ihr. Sie blickte auf den Bewusstlosen am Fuße der Treppe, auf die bunten Scherben der Vase. »Ich habe dich lieb«, sagte sie zu Sarah.

»Ich dich auch. Und nun geh, denk an deine Kinder.«

Einen unerträglichen Moment lang stand Irene noch unschlüssig da, dann zog sie ihren Mantel an und ging langsam zur Tür hinaus.

Die Frau wandte sich an Sarah. »Sie ziehen sich besser auch Ihren Mantel an, es ist kalt. Los jetzt.«

»Wie heißen Sie?«

»Meg. Jetzt machen Sie schon.«

Sarah holte Mantel und Handtasche. Draußen hörte man, wie Irene den Wagen startete und davonfuhr. Sie fragte sich, ob sie ihre Schwester jemals wiedersehen würde. Meg sagte: »Gehen Sie hinten raus, und warten Sie im Garten auf mich. Ich komme gleich nach.«

Sarah stand im Garten und betrachtete die Blumenbeete, an denen sie mit David noch vor einer Woche gearbeitet hatte, als sie im Haus einen dumpfen Schuss hörte. Sie schloss die Augen.

Meg kam heraus, den strengen kleinen Mund zusammengekniffen. Trotzig erwiderte sie Sarahs Blick. »Wir müssen über den Zaun steigen und den Weg nehmen, der hinter den Gärten entlangführt. So bin ich auch gekommen. Seien Sie vorsichtig, dass Sie sich nichts zerreißen. Wir werden mit öffentlichen Verkehrsmitteln fahren, und Sie sollten keine Aufmerksamkeit erregen.«

»Wohin gehen wir?«

Meg lächelte aufmunternd, das erste Zeichen von Menschlichkeit, das Sarah auf ihrem Gesicht bemerkte. »Dorthin, wo wir in Sicherheit sind«, sagte sie.

38

Frank spürte, wie Ben ihn kniff, und als er aufwachte, dachte er, er sei wieder in der Schule, im Schlafsaal, und sie quälten ihn. Er schrie. Dann sah er, dass er in einem fremden Zimmer war, David und Ben waren auch da, und langsam kam alles wieder zurück. Es war ihm nicht gelungen, sich das Leben zu nehmen, und dann hatten sie ihn abgeholt.

David legte ihm die Hand auf die Schulter, und Frank zuckte zusammen. Er sagte: »Es ist alles gut, Frank, wir haben dich aus dem Krankenhaus herausgeholt und bringen dich jetzt an einen Ort, wo du in Sicherheit bist.« Frank starrte ihn an. Als David ihm gestern Abend auf der Straße entgegengekommen war, hatte er zunächst eine große Erleichterung verspürt, doch gleich darauf packte ihn erneut die Angst, denn sein Freund musste offenbar zu der Verschwörung gehören. Danach konnte er sich an nichts mehr erinnern. Davids Gesichtsausdruck war heute genau wie gestern, eine Mischung aus Verzweiflung und Mitleid.

»Wo bin ich hier?«, sagte Frank. Sein Kopf dröhnte, und er war heiser.

»Wir sind ein paar Meilen vom Krankenhaus entfernt. In diesem

Haus sind wir sicher.« Frank hörte Schritte vor der Tür. David lächelte ihn schief an. »Du hast uns allen einen ziemlichen Schrecken eingejagt mit deinem Geschrei.«

Die Tür ging auf, und Geoff kam herein. »Was ist denn los?«

»Frank ist aufgewacht und hat geschrien, weil er verwirrt war. Ist schon in Ordnung.«

Ben fragte Frank: »Wie geht's dir?«

»Ich habe Kopfschmerzen.« Jetzt erschienen noch andere Personen an der Tür. Er sah eine große, hübsche Frau, von der Frank glaubte, dass er sie schon am Abend zuvor gesehen hatte, und einen ernst aussehenden alten Mann.

»Was ist los?«, fragte der Mann streng. »Dieser Schrei hat Elsie sehr erschreckt. Was hat er?«

Besorgt blickte er Frank an. Frank kannte diesen Blick, er hatte ihn bei Besuchern im Krankenhaus gesehen, die sich vor den Geisteskranken ängstigten. Ben sagte schnell: »Lasst David und mich mit ihm allein. Es ist schon alles in Ordnung.«

Die anderen gingen hinaus, wobei der alte Mann noch mal zu Frank zurückblickte. Ben fragte ihn nach seinen Kopfschmerzen, die jetzt nachließen, und hielt ihm seine Finger vors Gesicht, die er zählen sollte. Dann kontrollierte er Franks Puls. »Wird schon werden«, sagte er erleichtert. »Tut mir leid, dass ich dir gestern Abend so eine hohe Dosis verpassen musste, aber ich musste dich rausbringen.« Er machte ein aufrichtig bedauerndes Gesicht.

»Warum hast du das getan?«

»Weil wir alle für die Resistance arbeiten, Kumpel. Wir bringen dich außer Landes.«

Frank wandte sich an David und fragte mit unsicherer Stimme: »Aber warum?«

»Erinnerst du dich, warum man dich in dieses Krankenhaus gebracht hat?« David zögerte. »Wegen deinem Bruder« – er zögerte erneut – »der aus dem Fenster gefallen ist.«

»Ich habe ihn gestoßen«, sagte Frank schuldbewusst.

»Nun ja, wir wissen, dass dein Bruder dir etwas Wichtiges erzählt hat.« Franks Augen wurden groß vor Angst, und David hob beruhigend die Hand. »Mehr wissen wir nicht. Dein Bruder hat jedoch in Amerika darüber ausgesagt, was er getan hat, und von dort aus hat man uns gebeten, dich hier rauszuholen. Wir wissen nichts darüber, was du weißt, und wir wollen es auch gar nicht wissen. Vermutlich würden wir es sowieso nicht verstehen«, fügte er scherzhaft hinzu.

»Wo ist Edgar?«

»Noch immer in Amerika. Irgendwo, wo er in Sicherheit ist. Mehr wissen wir auch nicht. Zu deiner Information, der amerikanische Geheimdienst hat sich an uns gewandt und uns gebeten, dich rauszuholen.«

»Wir fahren mit dir an die Südküste«, fuhr Ben fort. »Die Amerikaner wollen uns mit einem U-Boot abholen. Wie gefällt dir das?«

Frank versuchte nachzudenken. Er sagte: »Aber da waren doch auch zwei Polizeibeamte bei mir, kurz vor eurem Besuch. Einer davon war ein Deutscher. Ich dachte, ihr arbeitet mit denen zusammen.«

»Nein.« David wirkte gekränkt. »Wie kommst du denn auf diese Idee?«

»Wie sollte ich es anders wissen?«, sagte Frank ärgerlich.

Dann sagte Ben: »Wir gehen davon aus, dass die Deutschen ebenfalls wissen, dass du über wichtige Informationen verfügst. Deshalb mussten wir dich schnellstens entführen.«

Frank blickte von einem zum anderen. Es war schwer für ihn, all das zu verarbeiten. Ben fragte ihn: »Hast du den Polizeibeamten etwas erzählt, als sie dich damals besucht haben?«

»Nein! Und ich sage auch sonst nichts mehr, zu niemandem. Vielleicht weiß ich ja auch gar nichts«, fügte er trotzig hinzu.

»Schon gut, Frank«, beruhigte David ihn. »Aber bitte, du musst uns vertrauen.«

Ben fragte: »Hast du deshalb versucht, dich umzubringen?

Weil du Angst hattest, man könnte dich mit Gewalt zum Reden bringen?«

Frank nickte stumm. Er hatte noch immer Kopfschmerzen, aber er musste sich konzentrieren. Er war sich nach wie vor nicht sicher, ob David und Ben die Wahrheit sagten, aber in ihm keimte etwas auf, was er lange nicht mehr gespürt hatte: ein Funken Hoffnung. Er sagte: »Sie werden hinter uns her sein.«

»Stimmt«, sagte David in deprimiertem Ton. »Wir müssen uns hier verstecken, bis unsere Leute Bescheid geben, dass es sicher ist, nach London zu fahren.«

Plötzlich kam Frank ein Gedanke. »Was ist mit deiner Frau, David? Und mit deiner Arbeit?«

»Mit meiner Arbeit ist es vorbei. Ich bin jetzt auf der Flucht, genau wie du.« Er wirkte bedrückt. »Meine Frau wusste nicht, dass ich für die Resistance arbeite. Unsere Leute versuchen, sie ebenfalls in Sicherheit zu bringen.«

Ben sagte: »Komm, ich rasiere dich, dann kannst du die neuen Sachen anziehen, die wir für dich mitgebracht haben. Und dann frühstücken wir.« Er legte Frank die Hand auf die Schulter, wobei dieser wieder zurückzuckte. »Ist ja alles okay, du brauchst uns gar nichts zu erzählen, du kommst einfach nur mit. Dadurch wird alles für uns einfacher und sicherer. Bist du einverstanden, Frank?«

»Sie werden uns doch verfolgen«, sagte Frank. »Wenn sie merken, dass wir verschwunden sind.«

»Aber sie werden uns nicht kriegen, denn wir sind schlauer.«

»Ich will nicht wieder gedopt werden wie gestern Abend.«

»In Ordnung. Ich gebe dir nur deine normale Dosis. Damit du dich ein bisschen beruhigst.«

»Ich werde mich schon benehmen«, sagte Frank bitter. Er hasste die Art und Weise, wie Ben manchmal mit ihm sprach, als sei er ein kleines Kind. Langsam fing er an, ihre Geschichte zu glauben, aber selbst wenn das, was sie behaupteten, wahr sein sollte, würden die Polizei und die Deutschen doch bestimmt schon nach ihnen fahnden. Wenn die Deutschen auch nur die geringste Ahnung davon hätten, was er wusste, würden sie alles daransetzen, ihn ausfindig zu machen. Er dachte: *Ich warte ab. Ich werde schon eine Gelegenheit finden. Ich bringe es zu Ende.* Aber wenn er in Davids ernstes, unglückliches Gesicht blickte, verkehrte die Erinnerung an ihre alte Freundschaft alles ins Gegenteil, und er klammerte sich wieder an das Leben. Doch er ballte seine gesunde Hand zur Faust. Solche Gedanken durfte er nicht an sich heranlassen. Es gab nur eine einzige Möglichkeit, sein Geheimnis zu bewahren.

Ben ging mit ihm ins Badezimmer und rasierte ihn. Frank vermutete, dass er ihm mit einem offenen Rasiermesser nicht traute. Danach zog er sich mit Bens Hilfe um. Als er fertig war, trat er ans Fenster und blickte hinaus. Dort war eine Kiesauffahrt, ein Gebüsch, eine tot aussehende Palme, alles vom Frost bereift. Direkt unter dem Fenster stand das Auto, mit dem sie gestern gekommen waren und dessen Dach ebenfalls weiß glitzerte. Sie waren im ersten Stock. Wenn er von hier hinuntersprang, würde er auf dem Auto landen und sich höchstens einen Arm oder ein Bein brechen, mehr nicht. Plötzlich wurde ihm das vollständige Ausmaß dessen, was er plante und bereits getan hatte, klar, es überwältigte ihn, und er lehnte seinen Kopf an die kalte Fensterscheibe.

Ben trat zu ihm. »Was machst du da?«, fragte er streng.

»Nichts.«

»Komm jetzt, wir frühstücken.« Er ergriff Franks Arm und ging mit ihm zur Tür.

Unten hatten die anderen bereits gegessen, sie saßen rauchend am Tisch, und die alte Frau, die Frank am Abend zuvor bereits gesehen hatte, lief geschäftig mit Tellern hin und her. Geoff stand auf. »Guten Morgen, Frank. Na, geht's dir besser?«

»Immer noch etwas benebelt.« *Ich werde mich blöder geben, als ich bin,* nahm er sich vor.

Die Frau brachte ihm ein reichhaltiges Frühstück, Schinken und Eier, Haferbrei, Toast und Butter. Frank merkte jetzt, dass er sehr hungrig war, und alle sahen zu, wie es ihm schmeckte. Die Ausländerin war auch wieder da. Er bemerkte ihre leicht schräg stehenden Augen, die ihn freundlich ansahen, obwohl er eine gewisse Härte in ihrem Gesicht feststellte. David hatte sich ebenfalls rasiert, aber er sah immer noch erschöpft aus. Nur Geoff war ganz der Alte, wie er dasaß und seine Pfeife rauchte.

Nach dem Frühstück gab Ben ihm seine Tablette, nur eine kleine, die übliche Dosis, und die ausländische Frau überreichte ihm einen Ausweis auf den Namen Michael Hadleigh. Sie beugte sich herüber zu ihm, sah ihn mit ihren leicht schrägen Augen an und sagte in ihrem fremden Akzent: »Nur für den Fall, dass wir uns aus irgendeinem Grund ausweisen müssen, dies ist dein neuer Name. Sieh ihn dir an, und präge ihn dir gut ein. Wirst du das schaffen, Frank?«

»Ja, ja, das kann ich schon.« Er fragte sich, woher sie kam. Immerhin, es war kein deutscher Akzent, Gott sei Dank.

»Ich habe auch einen Brief von einem Arzt, keinen echten, aber er sieht echt aus. Darin steht, dass du TB hast und wir, deine Freunde, dich in ein Sanatorium in London bringen. Wenn wir uns irgendwo ausweisen müssen, werden sie uns schnell gehen lassen, denn vor TB haben alle Angst. Davon gibt es jetzt jeden Winter mehr Fälle.«

»Ganz schön schlau, was?«, sagte Geoff.

»Ja, das stimmt«, erwiderte Frank.

Natalia wandte sich wieder an ihn und sagte leicht entschuldigend: »Ehe wir losfahren, würden wir dir aber gern die Haare waschen und dich ein bisschen ordentlicher herrichten. Würde dir das etwas ausmachen?«

»Nein«, sagte Frank und fuhr mit der Hand durch seine unordentliche Mähne. Es war sogar eine sehr gute Idee. »Ist es wahrscheinlich, dass man uns anhält?«

»Nein«, sagte Geoff beruhigend. »Aber heutzutage kann man da nie ganz sicher sein.«

»Besonders nach dem, was mit den Juden passiert ist«, stimmte Natalia zu.

»Was haben sie denn mit ihnen gemacht?«, fragte Frank. »Ich habe gehört, sie sind alle abtransportiert worden.«

»Genau wissen wir das auch nicht«, erwiderte David finster. »Sie sind in Internierungslagern außerhalb der Städte. Aber was dann mit ihnen passieren soll, wissen wir nicht.«

»Vielleicht bringt man sie mit der Bahn auf die Isle of Wight. Und dort werden die Deutschen sie vielleicht umbringen«, sagte Geoff. »Oder vielleicht lässt Beaverbrook sie erst mal da, wo sie sind, und benutzt sie als Druckmittel gegenüber den Deutschen.«

»Sie werden sie schon den Deutschen überlassen«, meinte David bitter. »Die werden sie nach Osteuropa bringen und dort erledigen.«

»Barbaren!«, platzte Colonel Brock plötzlich heraus und stand auf. »Ich selbst habe nie viel für die Israeliten übriggehabt, aber das ist – barbarisch, einfach barbarisch.«

Die Tür ging auf, und seine Frau kam herein, ihr Gesicht war vor Aufregung gerötet. Sie blickte David an. »Ich habe am Radio gerade Nachricht von unseren Leuten in London bekommen. Ihre Frau ist in Sicherheit, sie ist bei unseren Leuten.«

David wurde von einer Welle der Erleichterung überflutet. Colonel Brock kam herüber und schüttelte ihm die Hand. »Gott sei Dank! Glückwunsch, alter Freund!« Geoff schlug ihm auf die Schulter. Frank sah, wie David zu Natalia hinüberschaute. Sie lächelte kurz und nickte.

Mrs. Brock fuhr fort. »Und Sie alle sollen ein paar Tage hierbleiben.« Gestern Abend war sie sehr nervös gewesen, aber diese gute Nachricht schien ihr neue Energie verliehen zu haben. »Um Birmingham herum haben sie Straßensperren errichtet. Das ist gut, denn anscheinend denken sie, dass man Dr. Muncaster dorthin gebracht hat.« Sie warf Frank einen flüchtigen Blick zu, genau wie ihr Mann schien sie ein wenig Angst vor ihm zu haben. »Das U-Boot wird am Wochenende vor der Küste erwartet. Und sobald sich die Situation etwas beruhigt hat, werden Sie alle nach London fahren.«

Ihr Mann fragte: »Wissen wir denn, wohin an der Südküste sie fahren sollen?«

»Nein, das sagen sie uns jetzt noch nicht.«

Colonel Brock nickte. »Das ist vernünftig.« Er blickte die Gruppe an. »Na ja, dann sieht es also aus, als würden Sie noch eine Weile bei uns sein. Bitte, gehen Sie nicht nach draußen und im ersten Stock auch nicht an die Fenster. Man kann nämlich von der anderen Seite der Mauer dort oben reinsehen.«

»Und sind wir auch wirklich sicher hier?«, fragte Geoff.

»O ja. Was die Nachbarn anbelangt, sind wir einfach nur zwei alte Leute im Ruhestand.« Er nickte seiner Frau zu. »Mrs. Brock führt die Regie beim dörflichen Weihnachtstheaterstück.«

»Wir sollten das Auto verstecken«, sagte Natalia. »Nur für den Fall.«

Colonel Brock nickte. »Sehr richtig. Ich fahre es in die Garage und decke eine Plane darüber. Also«, sagte er entschlossen, »dann wissen wir jetzt alle, was Sache ist, richtig?«

Sie blieben vier Tage lang, in denen sie das Haus nicht verließen. Das Wetter war kalt und trocken, nachts gab es Frost. Frank verbrachte den größten Teil der Zeit in seinem Schlafzimmer, und immer war jemand bei ihm, meist David oder Ben. Er sprach so wenig wie möglich und war erleichtert, dass auch sie ihr Versprechen hielten und ihm keine Fragen wegen seines Bruders stellten. Manchmal spielten sie Schach, wofür Frank schon immer ein großes Talent gehabt hatte. Ben gab ihm regelmäßig seine Tabletten und achtete sorgfältig darauf, dass er sie auch schluckte. Am Abend eine doppelte Dosis, genau wie im Krankenhaus. Frank hätte gern gewusst, wie viel Ben ihm am Abend vor ihrer

Flucht gegeben hatte. Natalia und die Brocks sah er nicht oft, aber vom Fenster aus sah er, dass Mrs. Brock manchmal ausging, vermutlich ins Dorf, und zweimal am Tage ging Colonel Brock mit dem schwarzen Labrador spazieren, der genauso alt und steif war wie sein Herr. Wenn sie sich zu den Mahlzeiten trafen, versuchte Ben hin und wieder, den Colonel zu einem Streitgespräch zu provozieren. Eines Abends zeigte der Colonel ihnen eine vergoldete Schnitzerei des elefantenköpfigen Hindugottes Ganesha, eine herrliche Arbeit. »In Bombay für einen Spottpreis gekauft«, sagte er stolz.

»Und damit die Einheimischen beraubt, oder nicht?«, sagte Ben.

Der Colonel wurde rot im Gesicht, und Frank dachte schon, er würde explodieren, aber er fauchte nur: »Ich habe den fairen Marktpreis bezahlt.« Frank wünschte, Ben hätte auf derlei Sticheleien verzichtet.

Er hatte immer noch vor, sich umzubringen, sobald er eine Chance dazu bekäme, aber er befand sich unter ständiger Beobachtung. In der Zwischenzeit versuchte er, so viel wie möglich darüber in Erfahrung zu bringen, was um ihn herum passierte. In seinem Zimmer fragte er Ben, was ihn dazu veranlasst hatte, in einer Nervenklinik zu arbeiten.

»Ich war schon dort, ehe du kamst«, sagte Ben. »Es gibt jetzt viele Leute, die der Resistance dienen, wir sind überall. In den meisten der größeren Kliniken haben wir inzwischen Sympathisanten und Aktivisten.«

»Und wie kamst du zu diesem Job?«

Ben grinste, man sah seine schiefen Zähne. »Ich war vor ein paar Jahren in Glasgow in Schwierigkeiten geraten, beim Kampf gegen die Faschisten. Man entschied, dass ich eine neue Identität brauchte, und einen neuen Job. Ich hatte mir nämlich schon als Junge Ärger eingehandelt. Also erhielt ich einen neuen Namen und bewarb mich um eine Ausbildung als Krankenpfleger in der Psychiatrie. Man wird leicht angenommen, für diesen Beruf gibt es nicht gerade Tausende von Bewerbern. Und ich kann mich auch verteidigen, das ist in diesem Job ganz wichtig.«

»Also ist Ben nicht dein richtiger Name?«

Er schüttelte den Kopf. »Nein. Aber ich bin schon so lange Ben Hall, dass ich meinen alten Namen fast vergessen habe.«

»Weswegen bist du als junger Mann in Schwierigkeiten geraten?«

Ben zuckte die Schultern. »Mit siebzehn kam ich in eine Erziehungsanstalt, dort wurde ich erst richtig radikalisiert. Danach wurde ich Gewerkschaftler in Glasgow, ich arbeitete für die Partei und versuchte, die Leute dazu zu bringen, dass sie sich auflehnen und für ihre Rechte kämpfen. Es gab auch ein paar Ausschreitungen, bei denen die Hilfspolizei eingreifen musste.«

»Die Partei – meinst du damit die Kommunistische Partei?«

»Richtig.« Er sah Frank an. »Wir haben nie Angst davor gehabt, uns die Hände schmutzig zu machen.«

»Du meinst, Menschen umzubringen«, sagte Frank.

»Wo gehobelt wird, fallen Späne.«

Frank dachte an Russland, an all die Gefangenenlager, die die Deutschen entdeckt hatten. »Die armen Späne«, sagte er.

»Du hast keine Vorstellung davon, wie das Leben für arme Leute ist.« Bens Miene war finster. »Die Preise steigen, die Löhne werden niedriger, und wenn du protestierst oder streikst, kommst du in den Knast. Der letzte Streik, den ich organisierte, war in den Werften. Wir marschierten nach Glasgow, eine friedliche Demonstration, bei der auch viele Angehörige der Labourpartei und Unpolitische dabei waren, aber sobald wir uns dem Stadtzentrum näherten, kamen die Hilfspolizisten mit ihren Schlagstöcken und prügelten auf uns ein, und wenn wir versuchten wegzulaufen, warteten in den Nebenstraßen schon die Schlägertrupps von den Schottischen Nationalisten auf uns. Mit Messern und Schlagringen haben sie uns bearbeitet, während irgendwo so ein Arschloch im Kilt dabeistand und auf seinem verdammten Dudelsack spielte. Einer von denen schlug mir auf den Kopf. Es wäre aus mit mir gewesen, wenn nicht ein paar meiner Freunde mich weggezerrt hätten. Und danach beschloss man, mir eine neue Identität zu verpassen. Sie hatten es nämlich auf mich abgesehen.«

Frank sah ihn an. »Wir hatten in Strangmans einen Lehrer, der war schottischer Nationalist. Geschichtslehrer, sein Lieblingsthema waren die englischen Landbesitzer und Räumungen im schottischen Hochland.«

»Dann war er nicht gut informiert. Denn es waren hauptsächlich die schottischen Landbesitzer, die die Hochländer rauswarfen, weil sie das Land für ihre Schafe haben wollten. Die SNP.« Er verzog angewidert das Gesicht. »Unter diesen Großgrundbesitzern gab es ein paar faschistische Sympathisanten, die haben die Schottische Nationalistische Partei gegründet. Alles für die glorreiche Nation. Es gab auch ein paar Linke mit derlei romantischen Anwandlungen, aber die wurden nach 1940 rausgeworfen. Dazu muss man wissen, dass die Nationalisten 1939 gegen die Wehrpflicht waren, sie sagten, es sei gegen das schottische Gesetz, für die britische Armee verpflichtet zu werden. Das war denen wichtiger, als gegen die Nazis zu kämpfen.« Ben lachte bitter. »Wenn eine Partei dir weismachen will, dass in der Politik nationale Identität wichtiger ist als alles andere, dass der Nationalismus alle Probleme lösen kann, dann musst du aufpassen, denn dann findest du zügig den Weg in den Faschismus. Und selbst wenn das nicht der Fall ist: Allein die Vorstellung, dass Nationalität eine Art Zauber ausübt, der alle anderen Probleme zum Verschwinden bringen kann, ist ebenso logisch wie der Glaube an den Weihnachtsmann. Und natürlich brauchen Nationalisten immer ein Feindbild, die Engländer oder die Franzosen oder die Juden, es muss immer einen Bösewicht geben, der an allen Problemen schuld ist.«

Frank antwortete nicht. Bens Leidenschaft machte ihm fast Angst.

»Diese Schule in Edinburgh, hat man dich da gemobbt, weil du Engländer warst?«, fragte Ben.

»Eigentlich nicht. Bloß manchmal riefen sie »englischer …« und dann ein unanständiges Wort. Aber ich bin zur Hälfte schottisch, mein Vater war Schotte.«

Ben sah ihn neugierig an. »Und wie stehst du zu Schottland?«

Frank zuckte die Schultern. »Wie du schon sagtest, in England gibt es bestimmt genauso schlimme Dinge. Mir ist es egal, ob Menschen Schotten oder Engländer sind, dieser ganze dämliche Nationalismus, da bin ich ganz deiner Meinung. Aber Kommunist bin ich auch nicht.«

Ben nickte lächelnd. »Du bist ein guter Kerl, Frank, in dir steckt kein Fünkchen Bösartigkeit.«

Frank zögerte, dann sagte er: »Erinnerst du dich, du hast mir erzählt, in meiner Krankenakte stehe, meine Hand sei bei einem Unfall in der Schule verletzt worden?«

»Ja.«

»Na ja, es war aber kein Unfall.«

»Du meinst, jemand hat es absichtlich getan?« Ben wirkte schockiert, obwohl Frank immer dachte, seinen Pfleger könne nichts mehr schockieren.

Frank schüttelte den Kopf. Er fühlte sich plötzlich etwas merkwürdig im Kopf. Er hatte schon zu viel gesagt.

Frank fand es einfacher, sich mit David und Geoff zu unterhalten. Sie sprachen über ihre gemeinsame Zeit in Oxford. Frank versuchte immer noch, so viel wie möglich zu erfahren, deshalb fragte er sie, wie sie zur Resistance gestoßen waren.

»Bei mir war es, als ich mit ansehen musste, wie man in Kenia die Schwarzen von ihrem Land vertrieb, um für weiße Siedler Platz zu schaffen.« Geoff nahm die Pfeife aus dem Mund und deutete damit auf David. »Und dann habe ich diesen Kerl hier angeworben.«

»Was hast du für sie getan?«, fragte Frank.

David blickte ihm ins Gesicht. »Ich habe Staatsgeheimnisse an die Resistance weitergegeben.«

»Hat es etwas mit mir zu tun, dass man dich enttarnt hat?«

»Nein. Nein, es lag daran, dass mir ein Fehler unterlaufen ist.«

»Und deine Frau hat es nicht gewusst?«

»Ich konnte sie nicht mit hineinziehen. Sie ist Pazifistin, musst du wissen.«

»Vermutlich bin ich das auch«, sagte Frank. »Aber jetzt – kann das vermutlich auch bloß als Ausrede dienen, wenn man sich nicht einmischen will.«

David runzelte die Stirn. »Sarah ist kein Feigling.«

»Entschuldige. Ich wollte nicht – ich meinte, ich bin der Feigling. Ich bin immer einer gewesen.«

»Das stimmt nicht, mein Freund.« Geoff sah Frank an. »Nicht nach dem, was du im Krankenhaus versucht hast.«

Frank wechselte das Thema. Er wandte sich an David. »Wenn wir hier wegkommen, wirst du also mit deiner Frau wieder zusammen sein.«

»Ja. Ja, das werden wir wohl.« Er seufzte.

»Es ist komisch, hier zu sein, nicht wahr?«, sagte Geoff. »Wenn man auf der Flucht ist, fühlt man sich irgendwie – isoliert.« Er runzelte die Stirn. *Ich bin schon mein ganzes Leben lang isoliert*, dachte Frank. Und doch fühlte er sich an diesem Ort, in diesem Moment weniger einsam als jemals zuvor.

Es war der dritte Tag bei den Brocks. Frank spielte mit Ben eine Partie Schach, als Natalia, die Osteuropäerin, an die Tür klopfte und eintrat. Frank schien es, als hielte sie sich von den anderen fern. Sie sprach kaum mit David und sah ihn auch nicht an. Vielleicht mochte sie ihn nicht, obwohl Frank sich nicht vorstellen konnte, was der Grund dafür sein mochte. Er wusste, dass Natalia ihre Anführerin war.

Sie setzte sich Frank gegenüber an den Tisch. »Also«, sagte sie, »morgen geht es los. Wir haben es gerade am Radio erfahren. Wir sollen nach London fahren, dort steht südlich der Themse ein Haus, wo wir bleiben können, bis an der Küste alles für uns bereit ist.«

»Großartig«, sagte Ben. »Ich hab's nämlich satt, hier rumzusitzen. Was meinst du, Frank?«

»Klingt gut.« Frank dachte: *Wann werde ich eine Gelegenheit finden, es zu tun, mich endlich umzubringen?* Sein Herz begann zu rasen, als er merkte, dass er es eigentlich gar nicht mehr wollte. Aber er musste es tun. Natalia sah ihn aufmerksam an.

»Fühlst du dich fit genug für eine Reise, Frank?«

»Ja, schon.«

»Hast du Vertrauen zu uns?«, fragte sie mit ihrer direkten Art, die manchmal etwas irritierend sein konnte. »Glaubst du, dass wir dich hier rausbringen wollen?«

»Ja«, sagte er. »Jetzt glaube ich es.«

»Gut. Deshalb musst du auch bereit sein, genau das zu tun, was wir dir sagen.«

»Weil die Deutschen hinter uns her sind?« Er sah sie an.

»Ja. Aber die Lage hat sich ein wenig beruhigt. Und wir haben außerdem unsere neuen Ausweispapiere und eine Geschichte als Alibi.«

»Sie könnten uns aber immer noch entdecken.«

»Ein Restrisiko bleibt immer. Aber wir sind ziemlich zuversichtlich, sonst würden wir dich nicht mitnehmen.«

»Stimmt«, bekräftigte Ben. Er wandte sich an Natalia. »Er spricht jetzt viel mehr, ist manchmal eine richtige Quasselstrippe, habe ich recht, Frank?«

Natalia blickte Frank an. »Sollten wir durch irgendwelche Umstände dennoch festgenommen werden«, sagte sie ernst, »würden sie uns nicht lebend bekommen. Dafür haben wir vorgesorgt.«

»Wie denn?«

»Es ist besser, dass du es weißt. Wenn wir verhaftet werden, schlucken wir Gift.«

»Und ich?«

Sie schüttelte den Kopf. »Nein, tut mir leid.« Frank dachte: *Weil sie Angst haben, ich würde das Gift gleich bei der ersten Gelegenheit nehmen.* Sie sagte: »Ich würde mich um dich kümmern, Frank, das verspreche ich dir.« Sie sah ihm in die Augen. »Wenn es dazu käme. Vertraust du mir?«

Er antwortete nicht. Er glaubte Natalia, aber er hatte furchtbare Angst, es könnte ihr nicht gelingen, die gesamte Mission könnte misslingen. Es sprach doch alles gegen sie. Er dachte an den deutschen Polizeibeamten, der ihn im Krankenhaus besucht hatte. Was auch immer geschehen mochte, diesem Mann wollte er nicht wieder in die Hände fallen.

39

Am Freitagmorgen, den fünften Dezember, brachen sie auf. Das Wetter war immer noch klar und frostig, und für Frank fühlte es sich merkwürdig an, wieder draußen an der frischen Luft zu sein. Ihr Auto wurde aus der Garage gefahren. Schon am Abend zuvor hatten Geoff und Colonel Brock neue Nummernschilder angebracht.

David sollte das Steuer übernehmen, mit Natalia auf dem Beifahrersitz, die Straßenkarte auf dem Schoß. Colonel Brock und seine Frau waren herausgekommen, um sie zu verabschieden. Frank wollte gerade einsteigen – Ben hatte ihm die Hand auf den Arm gelegt –, als der Colonel unerwartet zu ihm trat und ihm vorsichtig die Hand schüttelte. »Viel Glück, mein Freund«, sagte er etwas verlegen.

Eine schwache Sonne fing an, den Reif auf Bäumen und Hecken wegzutauen. Geoff hatte Frank gesagt, während des ersten Teils der Fahrt würden sie ruhige Landstraßen wählen und dann bei Northampton auf die Autobahn fahren. Frank starrte aus dem Fenster auf die menschenleere Landschaft. Er musste daran denken, was mit den Juden passiert war. Es überraschte ihn allerdings nicht, was die Regierung getan hatte, es war ihm seit jeher klar gewesen, dass denen, die jetzt am Ruder waren, alles zuzutrauen war. Er erinnerte sich an einen jüdischen Mitschüler in Strangmans, Golding. An dieser presbyterianischen Schule gab es eigentlich weniger Antisemitismus als an anderen Schulen, die Frank kannte; die religiösen Vorurteile richteten sich eher gegen die Katholiken als die Juden. Trotzdem galt Golding als »anders«. Er nahm weder an der Morgenandacht noch am Religionsunterricht teil, aber abgesehen davon machte er überall mit, er war ein guter Schüler und hatte einen großen Freundeskreis. Auch er hatte Frank manchmal »Monkey!« oder »Spasti!« hinterhergerufen, genau wie die anderen. Frank hatte sich oft gefragt, wie Golding, der Außenseiter, es schaffte dazuzugehören und er selbst nicht. Was war los mit ihm? Vom ersten Tag an war er ihr Opfer gewesen, und es war wie ein Schneeball, der rollte und immer größer wurde, und niemand und nichts konnte ihn aufhalten. *Na ja*, dachte er schweren Herzens, *das ist jetzt auch egal.*

Sie folgten dem Umweg, den Natalia auf der Karte markiert hatte, und kamen durch ein Dorf namens Sawley, dann gabelte sich die Straße.

Frank war entsetzt, als er einen Gefängnistransporter sah, der die rechte Gabelung absperrte, die sie eigentlich hatten nehmen wollen. Zwei Hilfspolizisten in schweren blauen Wintermänteln, Gewehr über der Schulter, blockierten ihnen den Weg und stampften in der Kälte mit den Füßen. Frank spürte die Spannung, die alle erfasste.

David schlug das Lenkrad ein, um die linke Ausfahrt zu nehmen, aber einer der Polizisten winkte ihm, er solle halten. Er schlurfte über die Straße, der Lauf seines Gewehrs blinkte in der Wintersonne. Langsam kurbelte David das Fenster runter, und der Polizist beugte sich herein und nickte zur Begrüßung. Er blickte nur flüchtig in ihre Gesichter, sie schienen ihn nicht zu interessieren. Sein eigenes, volles Gesicht war rot vor Kälte.

»Wohin wollen Sie, Sir?«

»Nach Northampton«, erwiderte David mit dem übertrieben lang gezogenen Akzent der Oberklasse. »Wir kommen aus Sawley. Gibt es ein Problem, Constable?«

»Nein, Sir, aber diese Straße ist gesperrt. Wir bewachen das neue Lager für die Juden aus Birmingham.«

Frank starrte auf die gesperrte Straße. Sie war von Bäumen gesäumt, ihre kahlen Äste wirkten wie ein Gitter, dahinter gepflügte braune Äcker. In der Ferne etwas, das aussah wie eine Reihe hoher Pfähle, dazwischen anscheinend gespannter Draht.

»Ach so?« An Davids Ton war etwas, was den Polizisten veranlasste, ihn schärfer anzusehen.

Ben beugte sich vor. »Solange wir nur die Juden aus den Städten los sind, nicht wahr?«, sagte er fröhlich. »Ist doch in Ordnung, wir können auch den längeren Weg nehmen.« Der Polizist sah David nochmals an, dann nickte er und trat zurück. David lenkte das Auto nach links, und wortlos fuhren sie los, bis sie über den nächsten Hügel waren.

Geoff atmete hörbar auf. »Du großer Gott«, sagte er.

»Tut mir leid«, sagte David, »ich konnte nicht anders.«

»In diesem Job sollte man bisschen schauspielern können, Freundchen«, sagte Ben vorwurfsvoll. »Davon könnte unser verdammtes Leben abhängen.«

Der Polizist hätte unsere Papiere verlangen können, dachte Frank, *er hätte uns zu seinem Wachposten mitnehmen können, und dann …*

»Ich muss mal pinkeln, es ist ziemlich dringend«, sagte er. »Können wir anhalten?«

»Wie dringend?«, fragte Ben. »Kannst du noch ein bisschen warten? Wenn wir ein Café oder etwas Ähnliches finden, kannst du dort aufs Klo gehen.«

»Ich muss aber jetzt. Es tut mir leid, bitte …«

»Wir sollten sehen, dass wir weiterkommen«, erwiderte Ben. »Ich will so weit wie möglich von diesen Polizeiposten weg.«

»Wenn Frank muss, dann muss er«, sagte Geoff gereizt. Er beugte sich vor und flüsterte David etwas zu. Frank hörte es. »Was ist, wenn er sich in die Hose macht? Dann stinkt das ganze Auto.« Sie bogen in eine Seitenstraße ab, zu beiden Seiten hohes Lorbeergebüsch. David hielt neben einer kleinen Lücke, gerade groß genug für einen Menschen, um hindurchzuschlüpfen. Ben stieg aus und hielt die Tür für Frank auf. Es war ungewohnt für ihn, hier mitten in der offenen, welligen Landschaft zu stehen. Nach den vielen Wochen seiner Gefangenschaft schwindelte ihn. Er war froh über den Wintermantel, den sie ihm vor der Abfahrt gegeben hatten. Er musste wirklich, aber er überlegte auch, dass dies seine Chance zur Flucht sein könnte. Die Wirkung seiner ersten Tablette ließ nach, und er dachte, er könne wegrennen. Hinter der Hecke war ein braunes, frisch gepflügtes Feld, die Furchen noch immer weiß bereift, dahinter ein dichter Wald. Dort würde er hinlaufen, und wenn er die Bäume erreicht hatte, brauchte er nur einen mit einem kräftigen Ast, dann seinen Gürtel …

»Komm schon, Frank, wach auf«, sagte Ben nicht unfreundlich. Er deutete auf die Lücke in der Hecke. »Dort können wir uns gerade so durchquetschen.«

»Ich kann das allein.«

Ben zögerte. Natalia kurbelte ihre Scheibe herunter. »Lass ihn gehen«, sagte sie mit unerwarteter Schärfe. »Hör auf, ihn wie ein Kind zu behandeln.«

Ben runzelte die Stirn, und Frank wartete, ob er widersprechen würde. Er ging über den Grünstreifen, das bereifte Gras knirschte unter seinen Schuhen, dann bückte er sich, um durch die Hecke zu schlüpfen. Ben folgte ihm nicht. Franks Mantel blieb an den dornigen Zweigen hängen, was ihn zusammenzucken ließ.

Auf der anderen Seite der Hecke öffnete er schnell seinen

Mantel, dann den Reißverschluss seiner Hose und pinkelte ausgiebig auf den gepflügten Acker. Gleichzeitig sah er sich schnell um, sein Herz raste. Er holte tief Luft, dann rannte er los, so schnell er konnte, über das Feld.

Es war viel schwerer, als er es sich vorgestellt hatte. Der Boden war hart vom Frost, aber er musste von Furche zu Furche springen, die Schollen krachten und zerbrachen unter seinen Schuhen. Er war lange nicht gerannt, seine Beine zitterten, in seinen Ohren dröhnte es.

Dann spürte er, wie etwas seine Beine umklammerte, und er fiel mit dem Gesicht nach unten auf die aufgeworfene Erde einer Furche. Keuchend lag er da und rang nach Atem. Starke Hände packten ihn an den Schultern und drehten ihn um. David kniete über ihm, das Gesicht rot vor Anstrengung. »Um Himmels willen, Frank«, rief er. »Was zum Teufel denkst du, was du da tust?«

Noch immer keuchend, setzte Frank sich auf. Geoff, Ben und Natalia waren nun ebenfalls durch die Hecke geschlüpft und kamen angerannt. David hob die Hand, und sie blieben in einiger Entfernung stehen, wirkten auf dem leeren Feld wie Vogelscheuchen. Verärgert rief er: »Warum bist du weggerannt, Frank? Warum?« Seine Stimme hallte über das Feld und erschreckte ein paar Krähen am Waldrand, die sich krächzend in die Luft schwangen.

»Tut mir leid.«

»Hast du kein Vertrauen zu uns?«

Frank blickte David ins Gesicht. »Darum geht es nicht. Aber ich glaube einfach nicht, dass ihr es schafft«, sagte er. »Ich habe Angst, dass sie uns festnehmen und dann aus mir herauskriegen, was sie wissen wollen.«

»Hattest du etwa gedacht, du könntest allein davonkommen?«, fragte David wütend. »Wo zum Teufel wolltest du denn hin?« Er packte Frank an der Schulter und schüttelte ihn. »Wohin wolltest du rennen? Wenn du hier in der Umgebung jemanden hast, der dir helfen könnte, Frank, dann musst du es uns sagen. Wir setzen unser Leben aufs Spiel, um dich rauszuholen.«

Frank blickte wieder zum Wald. Die Krähen hatten sich beruhigt und landeten wieder auf den Bäumen. »Es gibt niemanden hier, David«, sagte er leise. »Ich wollte mich umbringen. Ich muss es einfach tun. Das ist die einzige Art sicherzustellen, dass sie nicht gewinnen. Verstehst du das nicht?«

David kniete neben ihm. »Du solltest dein Leben nicht so leichtfertig wegwerfen, Frank.«

»Du weißt nicht, um was es geht. Ich bin so müde, David.« Er flüsterte: »Es geht um die Bombe. Edgar hat an der Atombombe mitgearbeitet, und er hat mir etwas darüber verraten, wie sie sie gebaut haben. Wenn die Deutschen das erfahren, könnten sie auch Atomwaffen herstellen.«

Mit offenem Mund starrte David ihn an. »Um Gottes willen«, flüsterte er, »erzähl mir nichts weiter. Kein Wort.«

»Wäre es nicht einfacher, wenn ihr mich einfach töten würdet? Wäre das nicht sicherer? Ich habe mit niemandem sonst über das gesprochen, was Edgar mir erzählt hat, mit niemandem.«

»Es ist dir wirklich ernst damit, nicht wahr?«

Frank nickte.

David sagte: »Du weißt doch, falls es zum Äußersten kommen sollte, kriegen sie uns nicht lebend.« Er seufzte. »Es gibt kein Zurück. Wir müssen uns jetzt alle aufeinander verlassen und uns gegenseitig vertrauen. Wenn wir zusammenhalten und klaren Kopf behalten, haben wir eine gute Chance. Und es gibt ein ganzes Netzwerk von Leuten, die uns helfen, Frank. Bitte versprich mir, dass du so etwas nicht wieder tust. Wenn du es noch mal versuchst, könntest du unser aller Leben aufs Spiel setzen.«

Frank zögerte, er sah David an, dann nickte er.

David half ihm auf. Sie machten sich auf den Weg zurück zu den anderen. David hielt ihn am Arm fest. »Du hast die Nazis immer gehasst, stimmt's?«, sagte Frank.

»Du doch auch.«

»Ja, und deshalb würde ich lieber sterben als ihnen helfen.«

»Noch besser ist es, sie zu erledigen und weiterzuleben«, erwiderte David entschlossen.

Frank sagte: »Damals, auf der Uni, muss ich für dich und Geoff doch ein schrecklicher Klotz am Bein gewesen sein.«

»Du warst unser Freund.«

»Ich wollte nie etwas anderes sein als ein ganz normaler Mensch, der nicht auffällt. Aber das schaffe ich wohl nicht.«

David lächelte ironisch. »Für mich war es genauso. Schon immer.« Er lachte. »Und umso mehr jetzt, nach dem, was du mir erzählt hast.«

»Um Gottes willen«, flüsterte Frank. »Erzähl es bloß nicht den anderen …«

David blickte ihn an. »In Ordnung, das werde ich nicht. Aber du musst am Leben bleiben, um unseretwillen, Frank.«

David brachte ihn ins Auto zurück, dann blieb er noch ein paar Minuten draußen stehen und sprach mit den anderen. Frank nahm an, dass sie jetzt alle wütend auf ihn waren, besonders die Frau, aber als sie merkte, wie er sie anstarrte, lächelte sie zurück. *Sie versteht es*, dachte er.

Als sie wieder losfuhren, sagte Ben: »Du hast Schweres durchgemacht, Frank, das weiß ich. Und du hast es verdammt gut gemacht, wie du dich im Krankenhaus gegen die Polizei behauptet hast. Aber jetzt bist du bei uns, und wir werden die Sache mit dir zu Ende bringen. Ganz bestimmt. Und das musst du uns glauben.«

»Ist gut«, erwiderte Frank. Er war zu erschöpft, um noch mehr zu sagen. Sie fuhren durch die Winterlandschaft, dann auf die große Fernstraße nach Norden, auf der sie schneller fahren konnten. *Sie sind alle bereit zu sterben, nur um mich rauszubringen*, dachte Frank. Er hatte noch immer Angst davor, was alles passieren könnte, aber gleichzeitig empfand er eine große Wärme für seine Gefährten.

Gegen dreizehn Uhr verteilte Geoff die Sandwiches, die die Frau des Colonels ihnen mitgegeben hatte. Anschließend nahm Frank wieder eine Tablette und döste vor sich hin; das Motorengeräusch nahm er nur noch sehr undeutlich wahr.

Er wachte auf, als er Stimmen hörte. Es wurde bereits dunkel.

»Das ist schon der zweite Zug, den wir auf offener Strecke stehen sehen«, sagte Ben.

»Vielleicht gibt es ein Problem mit den Signalen oder etwas Ähnliches«, meinte Geoff. »Das scheint allerdings immer an einem Freitagabend zu passieren«, fügte er beiläufig hinzu, als seien sie eine ganz normale Reisegruppe, die einen Wochenendausflug vor sich hatte. Frank blickte aus dem Fenster. Auf einem Bahndamm neben der Autobahn stand ein Zug, durch die beschlagenen Fenster sah man die Passagiere in Mänteln und Hüten. »Wo sind wir?«

»Nur noch zwanzig Meilen bis London.« Natalia sah ihn lächelnd an.

Sie fuhren weiter. Frank döste aufs Neue ein. Er wachte auf, weil das Auto plötzlich sehr langsam fuhr. Er bemerkte einen unangenehmen, schwefeligen Geruch. Er setzte sich auf. Draußen war es dunkel. Sie befanden sich in einer langen Autoschlange, die sich im Schneckentempo vorwärtsbewegte. Er stellte fest, dass er weder Straßenlaternen noch Lichter aus den Häusern ausmachen konnte, und durch die Windschutzscheibe sah er im Scheinwerferlicht einen dichten, gelben Dunst wabern. Nebel, wie er ihn noch nie erlebt hatte.

Er setzte sich auf. »Was ist los?«

»Wir sitzen fest«, sagte David. »Das ist das Letzte, was wir heute Abend brauchen. Es fing vor einer halben Stunde an, und je näher wir der Stadt kommen, desto schlimmer wird es.«

Geoff stieß einen leisen Pfiff aus. »Das ist ein verdammter Nebel, wie er im Buche steht.«

40

Es war der dichteste Nebel, den David jemals gesehen hatte, und immerhin hatte er sein ganzes Leben in London verbracht. Kein gewöhnlicher Nebel, sondern ein chemischer, schwefeliger Smog mit grün-gelber Tönung. Wie er da im Scheinwerferlicht waberte, wirkte er fast flüssig mit den kleinen Wellen und Wirbeln, die sich bildeten. Der Verkehr quälte sich mit schmerzhafter Langsamkeit dahin, und der Schwefelgeruch im Inneren des Autos wurde immer stärker. David spürte bereits ein Brennen im Hals. Geoff hinter ihm hustete, und David fiel ein, dass sein Freund sehr unter Smog litt, sodass er manchmal eine der kleinen weißen Gesichtsmasken trug, wie man sie in der Drogerie kaufen konnte.

»Wo sind wir?«, fragte David Natalia.

Sie musste sich die Karte dicht vors Gesicht halten, um sehen zu können. »Kurz vor Watford, glaube ich.«

David kurbelte das Fenster herunter. Er konnte fast nichts erkennen, selbst die Straßenlaternen waren nur undeutliche gelbe Flecken, es war unmöglich, Entfernungen abzuschätzen. Er schloss das Fenster wieder. Das Auto vor ihnen kroch dahin. David folgte ihm, musste aber nach nur wenigen Metern wieder anhalten. Jetzt sah er etwas Rotes glühen, und durch eine kleine Lücke in den Nebelschwaden erkannte er ein Kohlebecken neben der undeutlichen Gestalt des Polizisten, der den Verkehr regelte. Seine Arme waren nur sichtbar, weil er Handschuhe mit langen weißen Stulpen trug.

David sah in den Rückspiegel. Frank, der zwischen Geoff und Ben saß, starrte gebannt nach draußen. Angst stand ihm ins schmale Gesicht geschrieben. »Alles in Ordnung mit dir, Frank?«, fragte er.

»Was sollen wir bloß machen? Es ist gefährlich für uns, hier festzusitzen. Sie könnten uns kriegen.«

Natalia drehte sich um und beruhigte ihn. »Es weiß doch niemand, dass wir hier sind. Der Nebel hilft uns sogar, der bringt alles durcheinander.«

»Wohin fahren wir?«

»Auf die andere Seite der Themse. Nach New Cross. Dort erwartet uns ein konspiratives Haus.«

»Wenn es so weitergeht, kann es noch Stunden dauern, verdammt noch mal«, sagte Ben ungeduldig.

»Er hat recht«, stimmte Geoff zu. »Es wird immer schlimmer, je weiter wir in die Stadt eindringen.« Er hustete wieder.

David überlegte einen Moment. Er sah im Rückspiegel Franks ängstliches Gesicht und sagte: »Wir könnten das Auto in Watford stehen lassen und mit der U-Bahn in die Stadt fahren. Dann kommen wir wenigstens weiter.«

»Ja«, stimmte Frank eifrig zu, »wir sollten in Bewegung bleiben, wir müssen es. Es ist sehr gefährlich, wenn wir nicht weiterkommen.«

Ben sah ihn vielsagend an. »Aber du musst bei uns bleiben, kein Weglaufen mehr.«

»Ich verspreche es.«

Das Auto vor ihnen ruckelte ein paar Meter vorwärts. Langsam, mühsam erreichten sie den Kreisel. Der Polizist hob die Hand, und sie mussten anhalten. Der Feuerschein des Kohlebeckens warf ein schwaches rotes Licht ins Innere des Wagens. Frank drückte sich in seinen Sitz zurück. Der Polizist winkte ihnen weiterzufahren, und sie bogen auf die Hauptstraße von Watford ein, wo es in Extremzeitlupe weiterging. Hier war der Verkehr weniger dicht, dennoch musste man langsam fahren, denn man sah die Rücklichter des vorausfahrenden Autos erst, wenn man es schon beinahe berührte.

Alle Geschäfte waren geschlossen, aber schließlich entdeckten sie den Eingang zum Bahnhof, wo man im schwachen Licht undeutliche Gestalten ausmachen konnte. »Hier wären wir«, sagte David. »Jetzt müssen wir uns entscheiden.«

»Was machen wir mit dem Auto?«, fragte Geoff.

»Das lassen wir einfach hier zurück«, sagte Natalia. »Daran kann man uns nicht identifizieren. Die Nummernschilder sind sowieso falsch. Und ich glaube auch, dass heute Abend noch sehr viele Autos stehen bleiben werden.«

Sie ließen das Auto stehen, betraten den Bahnhof und folgten den Hinweisschildern zur U-Bahn. Frank hatten sie in die Mitte genommen, Bens Hand lag auf seinem Arm. Zu Davids Erleichterung zeigte er keinerlei Neigung wegzulaufen – im Gegenteil, er schien froh, Menschen um sich zu haben, die ihn vor der anonymen Menge abschirmten. Es schien, als hätten die meisten beschlossen, die U-Bahn zu nehmen, statt sich mit Autos und Bussen abzuquälen. Der Nebel war bis in die Bahnhofshalle gedrungen, grün-gelblich sah man ihn unter den Deckenlampen wabern. David hatte schon oft Nebel erlebt, aber noch nie so dicht.

»Ich löse die Karten«, sagte er zu Natalia. »Wohin fahren wir?«

»Bis New Cross Gate.«

David arbeitete sich zum Fahrkartenschalter durch, die anderen blieben an der Seite stehen, und Frank drückte sich an die Wand. *Er ist so viele Wochen eingesperrt gewesen,* dachte David, *und jetzt plötzlich mitten drin im Geschehen.* Er löste fünf Einzelkarten, und als er mit einer Pfundnote bezahlte, stellte er fest, dass er nur noch sehr wenig Bargeld besaß. Er steckte seine Geldbörse ein und fühlte dabei die harte, kleine Zyankalikapsel in der Tasche.

Sie fuhren mit der Rolltreppe nach unten und standen in der hinteren Reihe des Bahnsteiges, wo es von Menschen wimmelte. Eine Bahn fuhr ein, aber da sie weit hinten standen, kamen sie nicht hinein. Als sie abfuhr, rückten die zurückgebliebenen Passagiere nach vorn an den Rand des Bahnsteiges. David sah, wie Frank, der neben ihm stand, mit einer Art morbider Faszination auf die Schienen hinabstarrte. Er packte ihn am Arm, der schrecklich mager war. »Alles in Ordnung?«, fragte er.

»Diese vielen Menschen«, murmelte Frank. Geoff, auf Davids anderer Seite, hustete noch immer.

Der nächste Zug kam angerattert. Die Türen gingen auf und spuckten eine riesige Menge von Leuten aus, alle waren müde und mürrisch, manche sahen krank aus, sie keuchten und husteten. David, Franks Arm fest im Griff, steuerte ihn schnell zu einem Doppelplatz und setzte sich neben ihn.

Die Fahrt nach London war schrecklich. Der Zug war überfüllt, und bei jeder Haltestelle quetschten sich noch mehr Leute hinein. Man schimpfte über den Smog, etwas derart Grässliches hatte man noch nie erlebt. In manchen Teilen der Stadt war es übler als in anderen, sie erzählten sich, dass es Stellen gab, an denen man völlig freie Sicht genoss, nur um ein paar Schritte weiter wieder im dichtesten Dunst zu stehen. Es schien, als bewegte sich der Nebel durch die Londoner Straßen wie ein lebendiges Etwas.

Frank starrte zu Boden, wo jemand eine leere Flasche hingeworfen hatte, die im Schmutz hin und her rollte. Er beobachtete sie angestrengt.

»Geht's dir gut?«, fragte David.

»Ja.« Er blickte nicht auf. »Diese Flasche.«

»Was ist damit?«

»Man sollte annehmen, man könnte vorhersagen, wie lange sie braucht, um von einer Seite zur anderen zu rollen, aber man kann es nicht. Jede kleine Änderung in der Bewegung des Zuges beeinflusst auch ihre Bahn.« Mit ernstem Gesicht sah er David an. »Man kann Dinge nicht vorhersagen, auch wenn man glaubt, man könnte es. Es gibt zu viele Variablen.«

David wusste, er dachte über ihre Reise nach, ihre Hoffnung, sicher anzukommen. »Nun ja, solange nur du nicht irgendwo herumrollst.«

Frank sah ihn an. »Das werde ich nicht. Ich habe es versprochen.«

David lächelte unsicher. Er wünschte, Frank hätte ihm nicht erzählt, dass seine geheimen Informationen mit Nuklearwaffen zu tun hatten. Er fragte sich, ob die, die die Entführung geplant hatten, davon wussten, oder lediglich die Amerikaner. Er nahm an, wenn Franks Geheimnis den Deutschen dazu verhelfen würde, eine Atombombe zu bauen, dann würde es den Briten ebenfalls helfen. Und den Russen. Hatten die Russen das Wissen oder die Rohstoffe, etwas Derartiges zu entwickeln? Das wusste niemand, dabei experimentierten sie vielleicht schon jahrelang. Das britisch-deutsche Abkommen verbot Kernforschung in Großbritannien, aber wer wusste, was im Geheimen passierte?

Sie mussten zweimal umsteigen. Die Menschenmenge war ein Albtraum, und der Smog sorgte in den überfüllten Bahnhofshallen für einen unangenehmen Dunst. Sie brauchten eine gute Stunde, bis sie ihr Ziel erreicht hatten. Als sie auf die Straße hinaustraten, war der Nebel dichter denn je, sie konnten sich gerade noch gegenseitig sehen, aber mehr auch nicht. Als sie auf dem Fußweg standen, tauchte plötzlich ein Bus aus dem Nichts auf, der noch eine Sekunde vorher unsichtbar gewesen war, obwohl alle Fenster erleuchtet waren. Und genauso schnell war er auch wieder verschwunden.

»Wohin jetzt?«, fragte Geoff.

»Es muss ganz in der Nähe sein«, sagte Natalia. »Ich habe mir die Richtung gemerkt.«

Sie führte sie nach links. Langsam gingen sie durch eine Straße mit kleinen Reihenhäusern und Vorgärten, die von niedrigen Mauern begrenzt wurden. David hoffte inständig, dass Frank jetzt keinen Fluchtversuch unternehmen würde, denn unter diesen Umständen würden sie ihn nie wiederfinden. Ben hielt ihn am Arm fest. Es waren nur wenige Leute unterwegs, die meisten tasteten sich an Hecken und Zäunen entlang, denn ohne einen Fixpunkt verlor man sofort die Orientierung. Sie sahen verschwommen das gelbe Licht der Straßenlaternen, die Fenster mit den zugezogenen Vorhängen erschienen als undeutliche Flecken. Es war unmöglich, Entfernungen abzuschätzen, und es war sehr still – der Nebel dämpfte alle Geräusche.

Fast wären sie mit drei jungen Frauen kollidiert, die ihnen entgegenkamen. Sie liefen hintereinander und hielten sich an den Händen. Sie hatten sich Schals vor Mund und Nase gebunden. Natalia fragte, ob das der richtige Weg zur Kitchener Street sei, und erfuhr, dass schon die nächste Querstraße die richtige war. Als sie vorbei waren, sagte Natalia: »Das sollten wir auch machen, uns an den Händen halten. Dann können wir uns nicht verlieren.«

»Gute Idee«, stimmte Ben zu. Er hielt immer noch Frank am Arm fest, jetzt streckte David die Hand aus, um ihn an der anderen Hand zu nehmen. Schnell sagte Frank: »Das ist meine verletzte Hand. Fass mich am Handgelenk, sonst tut es weh.«

»Okay.«

Natalia nahm Davids andere Hand. Ihre Hand war warm und trocken. Er stellte fest, dass er sie noch nie berührt hatte. Bei den Brocks war sie ihm ständig aus dem Weg gegangen. Er wusste, sie wollte nicht, dass ihn Schuldgefühle überkamen, wenn er wieder mit Sarah zusammen war. Aber jetzt spürte er, dass er sie immer noch begehrte.

Im Schneckentempo gingen sie weiter, dicht an den Ligusterhecken entlang. Die Blätter fühlten sich nass und schmierig an. Noch mehrmals wären sie beinahe mit anderen Passanten zusammengestoßen, aber alle nahmen es von der heiteren Seite. Es erinnerte David an die Bombenalarme von 1939–40, als er auf Urlaub zu Hause war. An die zwanghafte Fröhlichkeit der Menschen, wenn sie in die Luftschutzbunker eilten, mit der sie ihre Angst vor der Vernichtung aus der Luft überspielten, die schließlich doch nicht kam.

Sie fanden die Querstraße und entzifferten mit etwas Mühe den Namen auf dem Straßenschild. Natalia beugte sich hinab, um die Hausnummer an einem Gartentor zu lesen. »Dies ist

Nummer vier«, sagte sie. »Wir wollen zu Nummer 42. Am besten zählen wir mit.«

Sie blieben vor dem Haus stehen, das sie für das richtige hielten. David öffnete das Gartentor, ging den kurzen Weg zur Haustür und klopfte an. Eine hagere, abgehetzte Frau in Lockenwicklern kam an die Tür, hinter ihr hörte man Kinderstimmen. Sie starrte ihn an. »Ja?«

Das Kennwort war dasselbe, was sie bei den Brocks benutzt hatten, *Azteke*, aber David ahnte, dass dies nicht das richtige Haus war. »Ich suche Nummer 43«, sagte er stattdessen.

Die Frau runzelte die Stirn. »Zwei Häuser weiter.«

David tippte an seinen Hut. »Vielen Dank.«

»Dieses verfluchte Zeug«, sagte sie. »Jetzt kommt es mir auch noch ins Haus.« Mit leisem Krachen fiel die Tür zu. Im Gehen sah David, dass der Vorhang vor einem Fenster zur Seite gezogen wurde, hinter dem ein kleiner Junge ihn mit misstrauischem Blick anstarrte.

Sie gingen zwei Häuser weiter. Diesmal kam ein stattlicher Mann an die Tür, dunkelhaarig, in den Vierzigern, in Unterhemd und Hosenträgern. Fragend sah er David an.

»Mr. O'Shea?«

»Das bin ich.« Bei dem irischen Akzent musste David an seinen Vater denken.

»*Azteke*«, sagte David, wobei er sich etwas albern vorkam.

»Sind Sie alle in Sicherheit?«, fragte der Mann leise.

»Ja. Ja, das sind wir.«

Er führte sie durch den schmalen Hausflur in ein enges Wohnzimmer im hinteren Teil des Hauses. Im Kamin brannte ein Kohlenfeuer. In der Ecke stand ein altmodisches Fernsehgerät mit winzigem Bildschirm, gerade lief eine Sendung über einen neuen Damm, den die Italiener in Äthiopien bauten. Eine kleine, stämmige Frau in einer geblümten Schürze, das dunkle Haar leicht ergraut, saß vor einer Nähmaschine auf dem großen Tisch, der fast das ganze Zimmer einnahm. Sie stand auf, als sie sich hereindrängten. Leise sagte der Mann: »Sie sind sicher angekommen. Zu fünft, wie angekündigt.«

Die Frau lächelte. Ihr Gesicht war zerfurcht, aber energisch und freundlich. »Alles gut gegangen?« Auch sie war Irin.

»Es ist bestens gelaufen«, erwiderte Ben, »bis auf diesen Nebel.«

Die Frau blickte Frank an. »Sind Sie der Wissenschaftler?«

Franks Augen waren weit aufgerissen, und er hatte ängstlich um sich gestarrt, aber offenbar wirkte Mrs. O'Shea beruhigend auf ihn. »Jawohl«, erwiderte er höflich.

Sie sah die anderen an. »Und wer von Ihnen ist Mr. Fitzgerald?«

David trat vor. »Das bin ich.«

Sie ging zu ihm und ergriff seine Hand. Im ersten Moment dachte er, jetzt käme eine schlechte Nachricht, aber dann sagte sie leise: »Ihre Frau ist in Sicherheit. Nur damit Sie es wissen, es ist alles gut.«

David tat einen tiefen, erlösten Atemzug. »Vielen, vielen Dank. Kommt sie – kommt sie auch hierher?« Plötzlich merkte er, dass er sich vor dieser Möglichkeit fürchtete.

»Nein, wir hielten es für klüger, sie gleich aus London wegzubringen. Sie werden sich später wiedersehen. Es ist alles geregelt. Aber wo sind meine guten Manieren? Bitte, setzen Sie sich doch alle.«

Sie setzten sich um den großen Tisch. Mr. O'Shea schaltete den Fernseher aus und nahm auf dem durchgesessenen Lehnstuhl daneben Platz. Er zündete seine Pfeife an, und seine Augen wanderten von einem zum anderen. Natalia fragte: »Und was passiert als Nächstes?«

»Sie bleiben erst mal zwei Tage hier«, sagte Mrs. O'Shea. »Dann fahren Sie an die Küste, wahrscheinlich mit der Bahn. Wir müssen warten, bis dieser Nebel sich auflöst, er ist zu dicht, um irgendwo hinzukommen, außerdem sind die Fahrpläne der Bahn im Moment auch etwas durcheinander.«

»Ich arbeite im Güterbahnhof«, sagte ihr Mann. »Dort hatte man für dieses Wochenende mehrere große Transporte nach Portsmouth vorbereitet. Vermutlich war das auch der Grund, warum der Streik abgeblasen wurde. Aber was immer sie vorhatten, auch das hat der Nebel verhindert.«

»Wir glauben, dass man die Juden auf die Isle of Wight bringen wollte, in deutsche Hände.« Mrs. O'Shea strich mit den rauen Händen ihre Schürze glatt. »Es ist ganz furchtbar.«

David war entsetzt. »Jetzt schon?«

Mr. O'Shea nickte, von einer Wolke von Pfeifenrauch umgeben. »Ich glaube schon. Wir haben es kommen sehen. Wir wussten, dass die Armee schon monatelang riesige Mengen an Stacheldraht geliefert bekam. Für die Internierungslager natürlich.«

»Und als sie alle aus ihren Häusern abgeholt wurden, am vorletzten Sonntag, ging das so ruhig und reibungslos vonstatten, dass die meisten Leute es nicht einmal mitbekamen. Heute haben wir gehört, dass sie es mit den französischen Juden genauso gemacht haben. O ja, sie hatten das von langer Hand geplant, diese Teufel.«

Einen Moment war es still, dann fuhr sie fort: »Nun ja, jedenfalls wird es etwas schwieriger werden, als wir dachten, bis Sie alle weiterkommen. Und solange Sie bei uns sind, müssen Sie im Haus bleiben, fürchte ich. Für Besucher sind Sie zu viele. Die Nachbarn hier bekommen alles mit.«

»Daran haben wir uns gewöhnt«, sagte Ben. »Stimmt's, Frank?«

»Wir sind aus Versehen erst zu einem anderen Haus gegangen, ehe wir herkamen«, sagte Natalia. »Zwei Häuser vor diesem, es muss Nummer 38 gewesen sein.«

Mr. und Mrs. O'Shea wechselten einen besorgten Blick. Mr. O'Shea fragte: »Mit wem haben Sie dort gesprochen?«

David sagte: »Mit einer Frau. Und ein kleiner Junge hat durchs Fenster geschaut. Ich habe das Kennwort nicht genannt, nur nach Nummer 42 gefragt. Sie machte schnell wieder die Tür zu, wegen des Nebels.«

»Das sind die Sperrins«, sagte Mrs. O'Shea. »Er ist aktiv in der Labour-Koalition und hat Freunde bei den Schwarzhemden.« Sie dachte einen Moment nach. »Hat sie Sie alle gesehen?«

»Das glaube ich nicht. Der Nebel ist so dicht, sie kann nur mich gesehen haben.«

»Sie wird morgen früh einkaufen gehen. Ich werde ihr sagen, Sie hatten sich im Nebel verlaufen und suchten die Nummer 42 in der Majuba Street.« Sie stand auf. »Und jetzt mache ich Ihnen etwas zu essen.«

»Kann ich Ihnen helfen?«, fragte Natalia und folgte Mrs. O'Shea in die Küche.

Ihr Mann fing Davids Blick auf. »Bert Sperrin war mit mir in der alten Labour-Partei. Als die sich 1940 aufspaltete, blieb ich bei Attlee, aber er schloss sich der anderen Seite an. Er war immer der große Verfechter des Empire.« Er schürzte traurig die Lippen. »Wir waren Freunde, können Sie sich das vorstellen? Und er weiß, wo ich jetzt stehe, also müssen wir uns vor ihm in Acht nehmen.«

»Das tut mir leid.«

Er antwortete nicht und stieß dicke Rauchwolken aus. Dann blickte er David an. »Fitzgerald, das ist auch ein irischer Name.«

»Ja, mein Vater kam aus Dublin.«

»Aber Sie sind in England aufgewachsen?«

»Ja. Aber mein Vater hat seinen Akzent nicht verloren. Er lebt jetzt in Neuseeland.«

Mr. O'Shea seufzte. »Na ja, in De Valeras Republik ist auch nicht mehr viel Vernünftiges für die Iren übrig geblieben, außer für deutschfreundliche Katholiken wie ihn und seinen Klüngel.«

»Das bin ich nie gewesen«, sagte David.

»Nein«, sagte Mr. O'Shea. »Sie klingen, als seien Sie in einem englischen Internat gewesen.«

»Nur auf einem staatlichen Gymnasium.«

»Ach so.«

»Haben Sie Kinder?« Geoff deutete mit dem Kopf auf einen Karton mit Comics unter dem Tisch.

»Eamonn und Lucy. Elf und zwölf.« Mr. O'Sheas Stimme wurde sanfter. »Wir haben sie zu ihrer Tante geschickt. Kleine Töpfe haben große Ohren, und selbst in ihrem Alter kriegen sie in der Schule schon eingebläut, dass sie vor Terroristen auf der Hut sein sollen. Das, und dazu die endlosen Geschichten über Englands glorreiche Vergangenheit«, fügte er bitter hinzu. »Die allen die Zivilisation gebracht hat, selbst Irland. Seit sie Sir Arthur Bryant, diesen faschistischen Trittbrettfahrer, zum Bildungsminister gemacht haben, ist der Geschichtsunterricht noch nationalistischer und imperialistischer geworden.« Neugierig sah er Frank an. »Und Sie sind also der Mann, hinter dem alle her sind.«

Frank schien auf seinem Stuhl zurückzuschrecken. »Dazu kann ich nichts sagen. Ich darf es nicht.«

»Sie würden nicht glauben, welchen Aufwand man treibt, um Sie außer Landes zu bringen.«

»Vergessen Sie es, mein Freund«, sagte Ben entschieden.

»Ist er überhaupt vertrauenswürdig?«, fragte Mr. O'Shea rücksichtslos. »Er war doch in der Klapsmühle.«

»Er ist absolut zuverlässig.«

Frank sagte: »Ich fühle mich nicht sehr gut, Ben. Mein Mund ist ganz trocken, und ich habe Herzklopfen.«

»Ich glaube, du brauchst deine Tablette, Frank. Ich hole dir ein Glas Wasser.«

Frank sah Mr. O'Shea an. »Ich will sie nicht hier vor allen nehmen«, sagte er mit einem Anflug von Trotz.

Mrs. O'Shea kam aus der Küche herein. »Gibt's hier ein Klo, wo ich mit ihm hingehen kann, verehrte Hausherrin?«, fragte Ben.

»Ja. Dann kann ich Ihnen auch gleich zeigen, wo Sie schlafen.« Sie lächelte Frank an. »Armes Schäfchen.«

Im Obergeschoss gab es drei kleine Schlafzimmer. In einem schliefen Mr. und Mrs. O'Shea, in den beiden anderen hatten sie Matratzen auf den Boden gelegt, die Kinderbetten waren in eine Ecke geschoben. Frank und Ben würden in einem der Zimmer schlafen, David und Geoff in dem anderen. Natalia sollte unten nächtigen. Wie schon bei den Brocks würden sie nachts abwechselnd wachen, obwohl es bei dem Nebel nicht viel zu sehen gäbe, wie Mrs. O'Shea feststellte. Als sie wieder im Wohnzimmer waren, schauten sie die Nachrichten im Fernsehen. Man sah Busse, die sich durch die Straßen von London quälten, vor ihnen Polizisten mit Laternen; Menschen, die vor Drogerien Schlange standen, um Gesichtsmasken zu kaufen; sämtliche Theater und Kinos waren geschlossen. Zwei Frauen waren im Smog überfallen und ausgeraubt worden. Es gab noch keine Anzeichen dafür, dass sich der Nebel auflösen würde, und Menschen mit Atemwegsproblemen wurde geraten, im Haus zu bleiben.

Natalia und Mrs. O'Shea brachten das Essen herein, und sie setzten sich an den Tisch. Frank war sehr still, er schlief schon fast. Natalia dankte den O'Sheas im Namen aller. »Wir wissen, was wir Ihnen zumuten«, sagte sie.

»Nennen Sie mich Eileen«, sagte Mrs. O'Shea. »Und das ist Sean.« Ihr Mann nickte kurz. »Ich gehe morgen einkaufen, da treffe ich meine Kontaktperson und bekomme weitere Informationen.« Sie sah David an. »Ich werde Ihrer Frau sagen lassen, dass Sie in Sicherheit sind.«

»Vielen Dank.«

»Sean hat morgen Frühschicht. Ich werde eine ganze Weile weg sein, denn wie es aussieht, wird es selbst tagsüber nicht einfach sein, irgendwo hinzukommen. Bitte denken Sie daran, dass keiner von Ihnen das Haus verlassen darf.« Mit ihren klaren blauen Augen blickte sie alle nacheinander fest an.

»Wir bleiben drin«, versprach Natalia.

Geoff hustete. »Wenn Sie in die Nähe einer Drogerie kommen, könnten Sie mir bitte eine dieser Gesichtsmasken mitbringen? Tut mir leid, ich weiß, es klingt albern.«

»Es ist überhaupt nicht albern. Natürlich mache ich das.«

»Selbst hier im Haus tut mir der Hals weh.« David blickte seinen Freund an. Er sah nicht sehr glücklich aus. Der scharfe Geruch des Nebels drang langsam auch in das Haus.

Mr. O'Shea fragte: »Was ist das noch mal für eine Redensart, die die Deutschen benutzen, wenn sie jemanden verschwinden lassen?«

»Bei Nacht und Nebel«, erwiderte Geoff. »*Nacht und Nebel.* Ein Zitat von Wagner.«

»Natürlich! Von dem Arschloch hören wir gerade genug im Radio.«

»Wenn Sie erst mal in Amerika sind, gibt's dann wahrscheinlich nur noch Rock 'n' Roll«, sagte Eileen mit ihrer resoluten Fröhlichkeit. David schüttelte den Kopf. Es war schwer, daran zu glauben.

»Die Erzbastion des Kapitalismus«, sagte Ben ironisch. »Na ja, aber in der Not frisst der Teufel Fliegen.« Er wandte sich an Sean. »Sie arbeiten also bei der Bahn?«

»Seit '23, als ich rüberkam, nach dem Unabhängigkeitskrieg.«

»Haben Sie auch gekämpft?«, fragte David.

Sean nickte. »Im Bürgerkrieg ebenfalls. Ich war Anhänger von Michael Collins. Meine Leute sind bettelarme Kleinbauern, aus Wexford.«

»Was denken Sie, warum die Bahnarbeiter mit ihren Lohnforderungen durchgekommen sind?«, fragte Ben. »Ich hatte nicht damit gerechnet, dass die Regierung nachgeben würde.«

»Ach, sie haben sich an die Vorsitzenden der Gewerkschaft gewandt und ihnen gerade so viel geboten, um die Leute zu beruhigen. Sie werden schließlich gebraucht, wenn die Juden abtransportiert werden sollen. Diese sogenannten Gewerkschaftler«, fügte er bitter hinzu, »sind nichts als rechte Koalitionsanhänger der Labour-Partei.«

Ben nickte zustimmend. »Das ist ziemlich raffiniert. Sie wissen, wie viel sie mindestens bieten müssen, damit es akzeptiert wird. Gewerkschaften, die den Namen verdienen, würden die

Leute streiken lassen, wie bei den Hafenarbeitern in Liverpool. Aber am Ende werden die Arbeiter trotzdem gewinnen, das müssen sie.«

Sean sah ihn von der Seite an. »Das klingt eher nach Kommunismus.«

»Aber so ist es, Genosse.«

Sean schüttelte den Kopf. »Nein, so ist es eben nicht. Die Bahnarbeiter standen immer rechts. Haben Sie Jimmy Thomas vergessen, der die Bergleute beim Generalstreik verraten hat?« Mit dem Pfeifenstiel deutete er auf Ben. »Sie würden staunen, wie viele Gewerkschaftler das Friedensabkommen von 1940 unterstützt haben und es immer noch tun. Und auch jetzt waren es die niedrigen Löhne, weshalb sie mit Streik drohten, nicht die Politik.«

»Die Gewerkschaftsvertreter hätten mehr verlangen sollen. Die Bahnarbeiter könnten doch das ganze Land lahmlegen.«

»Dann würde man die Armee einsetzen.«

»Mein Mann ist seit über zwanzig Jahren Gewerkschaftsvertreter«, schaltete Eileen sich ein. »Es wird immer gefährlicher. Es bräuchte nur eine Resistance-freundliche Bemerkung von ihm auf die falschen Ohren zu treffen, und sofort würde er wegen Volksverhetzung angeklagt werden.« Ärgerlich zeigte sie auf Ben. »Glauben Sie ja nicht, dass er nur mit dem Finger zu schnipsen braucht, um eine Revolution loszutreten.«

»Aber oben im Norden kämpfen sie doch«, entgegnete Ben aufgebracht. »Sie demonstrieren, bieten der Polizei Paroli, sie wehren sich. Was ist mit dem Streik der Hafenarbeiter in Liverpool, den Bergleuten in Yorkshire, den Druckern in Schottland …«

Geoff sagte: »Sie sind eben verzweifelt im Norden, wo die hohe Arbeitslosigkeit die Löhne derartig gedrückt hat …«

»Außerdem herrschen dort besondere Umstände«, sagte David. »Es ist doch allgemein bekannt, dass die Bergwerke in einem hoffnungslosen Zustand sind, all diese kleinen, ineffizienten Betriebe, die sich nur am Leben halten, weil sie die Löhne noch weiter drücken …«

»Hier im Süden sind die Löhne auch niedrig«, erwiderte Ben. »Obwohl das Leute mit dem Gehalt eines Staatsbeamten wahrscheinlich gar nicht merken«, fügte er spöttisch hinzu. »Aber das Blatt wendet sich, und das ist es, was im Moment mit unserer Geschichte passiert. Die deutschfreundlichen Zeitungsmagnaten kontrollieren die Presse seit vor dem Krieg – einen von ihnen haben wir als verdammten Premierminister –, und die BBC auch, aber auf ewig können sie uns, die kleinen Leute, nicht unterdrücken …«

»Das Proletariat, meinst du«, sagte Natalia mit müder Stimme.

»Genau, das Proletariat. Die Arbeiterklasse. Am Ende werden wir siegen, genau wie Lenin in Russland …«

»Also möchtest du, dass es in Europa so kommt, wie es in Russland war?«, fragte Natalia. »Mit riesigen Gefangenenlagern, die die Deutschen dort entdeckt haben?«

»Die Deutschen haben diese Lager doch selbst gebaut«, sagte Ben. »Dann haben sie russische Schauspieler reingesetzt, die sich als Gefangene ausgegeben haben …«

Natalia schüttelte den Kopf. »Nein, da irrst du dich. Ich verstehe genug Russisch, ich habe mit den Überlebenden gesprochen. Und du hast in der Wochenschau ihre Gesichter gesehen, wie verhungert sie waren, viele sind gestorben …«

»Okay. Vielleicht ist Stalin ein bisschen zu weit gegangen, aber die Menschen übertreiben doch auch gern. Chruschtschow und Schukow wollen ein ganz anderes Russland …«

Sean sagte: »Vielleicht wird die Opposition ja wirklich stärker. Aber diese Regierung hat noch immer viele Unterstützer, auch aus der Arbeiterklasse, wie unser verdammter Nachbar hier. Beaverbrook hat seine Zeitungen hinter sich. Und die Polizei und die Armee und die Deutschen. Es wird ein langer, blutiger Kampf, und ich hoffe nur, dass am Ende etwas Besseres dabei herauskommt als das, was die Russen danach hatten.«

»Vielleicht wird es wie in Amerika«, sagte Geoff. »Aber ich weiß nicht, ob das wirklich so toll wäre.«

Frank setzte sich aufrecht hin. »Streitet euch nicht«, bat er. »Bitte, hört auf.«

»Wir unterhalten uns doch nur …«, meinte Ben.

»Ihr seid doch alle nur meinetwegen hier.« Plötzlich wurde es still am Tisch. »Ihr seid die Mutigen, ihr habt zu kämpfen beschlossen. Ihr müsst zusammenhalten.«

Nach dem Essen gingen sie zu Bett, alle völlig übermüdet. Im Schlafzimmer zog Geoff sich schnell aus und schlüpfte unter die Decke.

»Wie geht's dir?«, fragte David.

»Ich werde es überleben.« Geoff deutete auf den Becher mit Wasser, den er mit hochgebracht hatte. »Mein Hals ist so schrecklich trocken, ich muss dauernd trinken. Ich befürchte, ich werde in der Nacht aufstehen müssen, um zu pinkeln. Komisch, dieser verdammte Nebel macht manchen Menschen viel mehr zu schaffen als anderen.« Er lächelte. »Gute Nachrichten von Sarah, was?«

»Ja.«

»Ich kann nicht aufhören, mir wegen Mum und Dad Sorgen zu machen. Aber wie Jackson erklärte: Sie wissen von nichts, und sie haben gute Beziehungen.«

»Sie sind bestimmt in Ordnung.«

»Was hältst du von Franks Zustand?«

»Der ist immer noch ziemlich durcheinander, das hat man auch daran gemerkt, wie er sich beim Essen geäußert hat. Aber ich glaube nicht, dass er noch mal weglaufen wird. Er hat es mir versprochen. Ich denke, ich werde nach ihm sehen, ehe ich zu Bett gehe.«

David klopfte beim Nachbarzimmer an. Ben stand in Unterhose da und legte seine ordentlich zusammengelegten Kleider neben die Matratze. David bemerkte eine große, runde Narbe auf der Seite seines stämmigen Körpers, und auf den Rückseiten seiner Oberschenkel fanden sich weitere lange Narben. Die runde Narbe sah nach einer Schusswunde aus. Er stellte fest, wie wenig er über Ben wusste oder über das, was er durchgemacht hatte. Frank zog gerade sein Hemd aus. Sein bleicher Körper war schrecklich mager.

»Alles in Ordnung?«, fragte David.

»Ja«, sagte Ben aufgeräumt. »Wir gehen gerade zu Bett, wie du siehst.«

»Ich bin sehr müde«, sagte Frank. »Ich habe meine Schlaftabletten genommen.«

»Wir sind alle müde«, sagte Ben. »Aber morgen können wir ausschlafen. So ist es nun einmal im Krieg. Einen Tag nichts als Hektik, am nächsten rumsitzen und nichts tun.« David merkte, dass Ben ganz zufrieden war, er genoss die Gefahr. »Wir können morgen eine Partie Schach spielen, wenn du Lust hast«, sagte er zu Frank. »Du kannst mich wieder schlagen.«

David wünschte gute Nacht. Er wollte noch eine Zigarette rauchen, aber mit Rücksicht auf Geoffs Hals – sein Freund hatte den ganzen Abend keine Pfeife geraucht – ging er nach unten in die Küche. Natalia stand da, sie rauchte ebenfalls. Wieder spürte er diese plötzliche körperliche Anziehung.

Lächelnd nickte sie ihm zu. »Ich habe gerade nach draußen geschaut«, sagte sie. »Man sieht absolut nichts.«

David zündete sich eine Zigarette an und lehnte sich an den Herd. »Umso sicherer sind wir, wenn man uns nicht sieht.«

»Stimmt.«

»Ich glaube, du hast bei deinem Streitgespräch mit Ben heute Abend die Oberhand behalten. Als es um die Sowjets ging.«

»Ben ist ein guter Kerl und Frank für ihn wichtiger, als er sich anmerken lässt. Aber was Russland betrifft, ist er ziemlich naiv.« Sie seufzte. »Ich vermute, er braucht etwas, an das er sich klammern kann, wie wir alle, die mit dem normalen Leben abgeschlossen haben.«

»Und woran klammerst du dich?«

Sie stieß eine Rauchwolke aus. »Den Sieg über die Faschisten.«

David sagte: »Dann hoffe ich, dass der Nebel sich noch etwas hält, weil er sie daran hindert, die Juden auf die Isle of Wight zu bringen. Denn sonst würden die Deutschen sie doch nach Osten abtransportieren, nicht wahr?«

»Ja.« Natalia schlug die Augen nieder. »Aber leider kann der Nebel sich nicht ewig halten.«

Er zögerte, dann sagte er: »Natalia, du hast es doch niemandem erzählt, oder? Dass ich Halbjude bin? Ich frage nur, weil Mrs. O'Shea mich heute Abend so komisch angesehen hat …«

Sie runzelte die Stirn. »Nein, ich habe nichts gesagt, ich habe es dir doch versprochen.« Ernst sah sie ihn an. »Du solltest es unseren Leuten selbst sagen«, fügte sie hinzu. »Wir sind alle dagegen, was dort passiert, das weißt du doch.«

»Vielleicht. Nur – ich habe es jetzt schon so lange geheim gehalten.«

»Schämst du dich denn?«, fragte sie. »Dass du Halbjude bist?«

»Es gibt keine Halbjuden mehr in Europa, Natalia. Das weißt du doch. Entweder du bist Jude oder nicht. Nein, ich schäme mich nicht, Jude zu sein, obwohl ich keine Ahnung habe, wie man sich als Jude fühlen soll. Und warum sollte es wichtig sein, was unsere Eltern waren, warum sollte das etwas ausmachen? Aber nur Nationalität und Rasse – das ist alles, was heutzutage zählt.«

»Ich weiß. So ist es in ganz Europa.«

»Wofür ich mich schäme, sind Geheimnisse. Auch wenn meine Eltern mein Geheimnis bewahrten, damit ich weiterkam.« Er lächelte traurig. »Vielleicht ein gutes Training für einen Spion.«

Sie nickte mitfühlend.

»Weißt du«, sagte David plötzlich, »ich habe Angst davor, sie wiederzusehen. Meine Frau.«

»Sehnst du dich nicht danach?«

»All diese Geheimnisse, die ich vor ihr hatte.« Er schüttelte den Kopf. »So viele. Dazu kommt, dass dies das erste Mal ist, dass ich von Sarah getrennt bin, seit wir verheiratet sind. Ich bin mir wirklich nicht sicher, ob wir wieder zueinanderfinden werden. Ich habe ihr das Haus genommen, ihre Sicherheit und allen Grund, mir jemals wieder zu vertrauen. Ich weiß ja gar nicht, ob sie es überhaupt wieder versuchen will.« Er biss sich auf die Lippe, dann sagte er: »Oder ob ich es will.« Er blickte zu Boden. Er merkte, wie Natalia näher kam. Sie legte die Hand auf seinen Arm. Überrascht blickte er sie an. Sie lächelte. Sie gab nach, wie sie es schon seit langer Zeit gewollt hatte. Und er wollte sich an sie klammern, an eine Frau, aber vor allem an sie, mehr als je zuvor in seinem Leben. Doch dann schüttelte er plötzlich den Kopf. »Nein. Du hattest recht. Jetzt nicht.«

Sie lächelte traurig und wandte sich ab.

»Bitte entschuldige«, sagte er und ging zur Treppe.

41

Nachdem Meg den Polizisten erschossen hatte, machte sie sich mit Sarah schnell auf den Weg in Richtung Bahnhof. Sarah konnte kaum glauben, was sie getan hatte. Noch immer sah sie vor ihrem inneren Auge, wie die Vase auf den Kopf des Polizisten traf und Blut spritzte und Scherben flogen. Aber er hatte eine Pistole gehabt und hätte sie alle getötet.

Sie stolperte; Meg drehte sich um und sah sie unwirsch an. »Kommen Sie schon«, bellte sie, »ehe sie den Mann vermissen und wir von hundert Polizisten verfolgt werden. Benehmen Sie sich nicht auffällig, versuchen Sie, ganz normal zu erscheinen. Aber beeilen Sie sich.« Sarah versuchte, sich zu beruhigen. Sie dachte daran, wie es für Meg gewesen sein musste, vor ihrem Haus die Straße auf und ab zu gehen und darauf zu warten, dass

Irene ging, und dann plötzlich mit ansehen zu müssen, wie ein Polizist das Haus betrat. Doch es schien ihr nichts weiter auszumachen, soeben kaltblütig einen Menschen erschossen zu haben. Waren sie alle so brutal in der Resistance? War David etwa auch so, unter der sensiblen Oberfläche?

Sie gingen in den Bahnhof hinein. Meg kaufte zwei Fahrkarten. Die Bahn kam bald, und im Nu waren sie auf dem Weg in die Stadt. Am Piccadilly Circus stiegen sie aus. »Wir sind da«, sagte Meg entschlossen. Eine Schlange warm eingemummter, aufgeregter Kinder mit ihren Eltern wartete vor einem Geschäft, an dessen Tür ein großes Plakat verkündete: *Heute Nachmittag kommt der Weihnachtsmann!* Meg betrachtete das Plakat, ihre Augen hinter der Nickelbrille blitzten missbilligend. »Weihnachten sollte eigentlich die Zeit sein, in der wir uns an die Geburt unseres Erlösers erinnern sollten«, sagte sie.

Sie überquerten die Straße. Der Verkehr war dicht, es begann zu dämmern. Sarah dachte an ihr Haus, in dem jetzt der Tote lag. Meg führte sie durch ein Gewirr kleiner Straßen mit Kaffeebars, Geschäften mit exotischen Früchten, heruntergekommenen Pubs und Läden mit schwarz angestrichenen Schaufenstern.

»Eine gottlose Gegend«, murmelte Meg missbilligend.

»Wieso?«

»Eine Höhle Satans. Hier kennt man keine Moral. Daran sind nur die Katholiken schuld.«

»Woran?« Sarah fragte sich allmählich, ob Meg nicht leicht meschugge war.

»Die Schwarzhemden. Die Nazis. Werkzeuge des Papstes. Hat doch alles in Rom mit Mussolini angefangen, oder? Sehen Sie sich doch mal Italien an, oder Spanien, oder Frankreich. Die Katholiken stecken überall mit den Faschisten unter einer Decke. In Wirklichkeit halten die doch die Zügel in der Hand.«

»Mir ist durchaus bekannt, dass die katholische Kirche kollaboriert, aber das Sagen hat sie doch eher nicht …«

»Sie untergräbt die Moral der Protestanten, daran gibt es keinen Zweifel. Ich habe an einer Hauptschule unterrichtet und dort erlebt, wie Jungen, die in der Uniform der Schwarzhemden rumstolzierten, den Lehrern Obszönitäten nachriefen und ungestraft davonkamen, deshalb habe ich dort aufgehört …« Sie blieb so plötzlich stehen, dass Sarah sie beinahe umgerannt hätte, und bog in eine schmuddelige, enge Gasse ein. An einer Tür, deren grüne Farbe abblätterte, drückte sie auf die Klingel, dann sah sie Sarah grimmig lächelnd an. »Ich hoffe, Sie sind nicht zu leicht schockiert.«

Man hörte Schritte, und eine junge Frau öffnete die Tür. Sie war groß, mit beeindruckendem roten Haar und grünem Rollkragenpullover. Sie sah Meg an, die ihr kühl zunickte.

»Ach, Sie sind es«, sagte die junge Frau nicht gerade begeistert.

Meg wandte sich brüsk Sarah zu. »Hier ist sie.«

Die Frau lächelte Sarah freundlich an. »Hallo. Ich heiße Dilys. Kommen Sie rein.«

Sie führte sie in einen schäbigen Flur, die Treppe hinauf und in eine Art Wartezimmer mit Stühlen an den Wänden. Auf einem der Stühle saß ein Mann um die fünfzig, in dunklem Mantel mit Samtkragen, die Melone und den Schirm auf dem Stuhl neben sich. Er stand auf und streckte Sarah die Hand entgegen. Er lächelte, aber seine Augen blieben kalt und hart.

»Mein Name ist Jackson«, sagte er. »Mrs. Fitzgerald?«

»Ja.«

»Es gab Schwierigkeiten«, sagte Meg unumwunden. »Ihre Schwester war bei ihr, und ich musste stundenlang auf der Straße auf und ab gehen. Dann kam ein Polizist. Den mussten wir loswerden.« Sie sah Sarah an. »Sie hat ihm eins auf die Rübe gegeben. Dann habe ich ihn erschossen.«

Jackson runzelte die Stirn. »Das wird nicht gut ankommen. Einer von ihnen. Jetzt werden sie ihre Anstrengungen verdoppeln.«

»Er hätte mich identifizieren können. Und ihre Schwester.«

Sarah schwankte. Plötzlich hatte sie Angst, sie könnte ohnmächtig werden. Sie sagte: »Tut mir leid. Aber ich kann es einfach nicht glauben – was ich da getan habe«, während Dilys sie zu einem Stuhl führte.

»Wir führen Krieg, meine Liebe, es ist besser, Sie gewöhnen sich daran«, sagte Meg streng.

Jackson runzelte die Stirn. Er blickte nach hinten zu Dilys und sagte: »Bitte mach uns einen Tee, ja? Sei so lieb.« Dilys, die Meg ärgerlich angesehen hatte, trat hinaus.

»Wo sind wir hier?«, fragte Sarah.

»Dies ist ein Bordell«, erwiderte Jackson sachlich. »Unsere Meg billigt das zwar nicht, aber so ist es nun einmal, es gibt solche und solche Menschen.« Jackson lächelte, ein wenig herablassend, fand Sarah. »Vermutlich ist dies alles ein ziemlicher Schock für Sie.«

»Bitte, wissen Sie, wo mein Mann ist? Ich mache mir schreckliche Sorgen …«

»Er ist in Sicherheit. Bei unseren Leuten. Geoff Drax ebenfalls. Nicht mehr lange, dann sind Sie alle wieder vereint.«

»Bitte, Sie müssen mir sagen …«

Jacksons Ton wurde strenger. »Müssen tun wir gar nichts, Mrs. Fitzgerald. Wir haben uns die größte Mühe gegeben, Sie zu retten, und Meg hat sich dabei in erhebliche Gefahr begeben.«

»Wie lange hat David für Sie gearbeitet? Können Sie mir wenigstens das sagen?«

»Schon ziemlich lange. Er ist ein wertvoller Mitarbeiter, Ihr Mann. Beharrlich, vertrauenswürdig. Er hat uns geholfen, indem er uns Informationen aus seiner Abteilung verschafft hat. Leider ist dabei etwas schiefgegangen und die ganze Sache aufgeflogen. Wir hatten Glück, dass er entkommen konnte.«

»Das wusste ich nicht«, sagte Sarah. »Ich bin von den Deutschen verhört worden, im Senatshaus. Aber ich konnte ihnen nichts verraten.«

Jackson und Meg tauschten einen besorgten Blick. Er beugte sich vor. »Man hat Sie wegen Ihres Mannes verhört?«

»Ja. Aber ich wusste von nichts.«

»Hat man Ihnen gegenüber auch den Namen Frank Muncaster erwähnt?«

»Frank?« Sie dachte nach. »Ja, das haben sie. Aber sie sagten nicht, warum.«

»Was haben Sie ihnen erzählt?«

»Dass ich ihn nicht persönlich kenne. David bekommt Weihnachtskarten und ab und zu einen Brief von ihm. Ich weiß nur, dass er in Oxford mit David befreundet war, er hatte Probleme, psychische Probleme, glaube ich. David hat ihn ein wenig unter seine Fittiche genommen. Gehört er auch zu Ihren Leuten? Man sagte mir, Geoff Drax gehöre ebenfalls dazu.«

Jackson wirkte erleichtert. Er lächelte beruhigend. »Ja, Drax gehört dazu. Es tut mir leid, dass Sie in diese ganze Geschichte verwickelt worden sind. Aber es ist Ehrensache für uns, auch die Familien unserer Agenten in Sicherheit zu bringen. Wie ich höre, sind Sie Pazifistin«, sagte er, noch immer lächelnd. »Vielleicht halten Sie nicht viel von uns.«

»Von Gewalt habe ich nie etwas gehalten. Aber was jetzt passiert, ich habe Dinge gesehen …« Sie schüttelte den Kopf.

»Nun ja, immerhin sieht es nicht schlecht für uns aus. Adlai Stevenson hat gerade in einer Rede geäußert, die Vereinigten Staaten würden jetzt anfangen, mit Russland Handel zu treiben. Und die neue russische Offensive scheint die Deutschen an der gesamten Front zurückzudrängen. Sie könnten diesen Winter zwei Städte einnehmen.«

»Dieses unendliche Blutvergießen«, sagte Sarah.

»Eines Tages ist es zu Ende. Ihr Mann gehört zu einem Netzwerk von Staatsbeamten, die später das Land regieren und, wie ich hoffe, verhindern werden, dass die Roten sich breitmachen. Und die Katholiken, richtig, Meg?«

»Ich weiß schon, Sie halten das für einen Witz …«, sagte Meg gereizt.

Jackson lächelte kühl. Er war Sarah nicht sympathisch. Und Meg schien eine Art fanatische Protestantin zu sein.

Dilys kam mit einem Tablett herein. Jackson rieb sich die Hände. »Ah, der Tee. Aber keine Kekse – na ja, macht nichts.« Er nahm eine Tasse und reichte sie Sarah. »Und jetzt, Mrs. Fitzgerald«, sagte er langsam und sehr ernst, »will ich Sie mit unseren Plänen vertraut machen. Dilys wird Ihnen die Haare färben und anders schneiden. Dann bekommen Sie andere Kleider. Denn natürlich wird man nach Ihnen fahnden. Und dann bringen wir Sie hinunter an die Südküste.«

»An die Südküste? Warum das?«

»Weil Ihr Mann auch sehr bald dort sein wird. Ich hoffe, wir können Sie morgen schon hinbringen, allerdings fahren die Züge diese Woche ziemlich unregelmäßig. Wir machen hier dicht, Dilys muss auch morgen verschwinden. Sie bekommen einen neuen Ausweis und ein Alibi – Sie sind eine Witwe, die an die Küste fährt, um ein bisschen auszuspannen. Wohnen werden Sie bei unseren Leuten. Ist so weit alles klar?«

»Ist es.«

»Haben Sie ein einigermaßen gutes Gedächtnis?«

»Ja. Aber wann wird mein Mann dort ankommen?«

»In ein paar Tagen, hoffen wir. Dann gibt es einen Plan, wie wir Sie alle wegbringen. Im Moment kann ich leider noch nicht mehr darüber erzählen, Mrs. Fitzgerald.« Er zeigte wieder dieses herablassende Lächeln. »Sie müssen uns vertrauen.«

Kurz darauf brachen Jackson und Meg auf. Dilys ging mit Sarah in ein Nebenzimmer mit abblätternder Tapete und einem großen, schmutzigen, ungemachten Bett, wo sie am Toilettentisch Platz nahm. Sarah war kurz zurückgeschreckt, als sie merkte, dass sie sich im Schlafzimmer einer Prostituierten befand, aber Dilys war sehr freundlich zu ihr, nach Megs ruppiger Art eine wahre Erleichterung. Sie legte Sarah einen Frisierumhang um.

»Ich werde es erst schneiden, dann färbe ich es. Sie werden ein Rotschopf sein, meine Liebe.«

Tapfer lächelte Sarah sie im Spiegel an. »Na ja, mein Leben ist ohnehin schon auf den Kopf gestellt, da macht eine andere Haarfarbe auch nicht mehr viel aus.«

Sie saß still, während Dilys ihr schnell und mit geübter Hand das Haar schnitt. Sarah dachte, sie könnte früher Friseuse gewesen sein. »Ich kenne Ihren Mann«, sagte die junge Frau. »Vorsicht, nicht den Kopf bewegen. Mr. Jackson traf sich mit seinen Agenten in der Wohnung nebenan. Und Ihr Mann war gestern auch da, nachdem er geflüchtet war. Er ist ein netter Kerl, sieht gut aus. Ich mag dunkle Typen. Ich fragte ihn, ob er maltesisches Blut in den Adern hätte.«

»Er ist Ire. Aber das vermutet man nicht, wenn man ihn sprechen hört.«

»Er hat eine schöne Stimme. Wie Mr. Jackson, nur nicht so großspurig.« Sie mussten beide lachen.

»Also müssen Sie jetzt auch ausziehen«, sagte Sarah.

»Wir müssen manchmal sehr schnell umziehen. Ich werde die Frau vermissen, die hier in der Wohnung lebte. Osteuropäerin, sehr klug. Sie ist Malerin und war sehr traurig, dass sie ihre Bilder zurücklassen musste. Ich habe zwei davon aufgehoben, falls ich sie wiedersehe. Eines davon ist dort drüben an der Wand. Es war ihr Lieblingsbild.«

Sarah sah das Bild im Spiegel, ein Gebirge mit Schnee und, wie es schien, gefallenen Soldaten im Vordergrund, graue Gestalten mit roten Flecken.

»Also kannte David diese Frau auch«, sagte Sarah. Eine ganze neue Welt, von der sie nichts geahnt hatte.

»Ja.« Dilys lächelte beruhigend. »Aber keine Sorge, ich habe gleich gemerkt, dass Ihr Mann loyal ist.«

Loyal, dachte Sarah. Und Jackson hatte ihn vertrauenswürdig genannt. Sie ahnten nicht, wie ironisch das war, auch wenn sie gewusst haben mussten, dass er sie jahrelang belogen hatte.

42

Gunther stand im Bademantel am Fenster und blickte hinaus in den Smog. Ein schreckliches Zeug, giftig und schmierig. Mitten am Tage hatte es angefangen, und seitdem war es ständig schlimmer geworden. Auf dem Heimweg vom Senatsgebäude hatte er sich fast nur tastend bewegen können, eine von tausend verschwommenen Gestalten, die sich mit schmerzender Kehle durch die dunklen Straßen kämpften. Er hatte im Fernsehen gerade die Wettervorhersage gesehen, der Nebel sollte bleiben. Irgendein Experte hatte von hohen und warmen Luftmassen erzählt, unter denen sich kalte Luft fängt, eine Folge der Millionen von Kohlenfeuern im Themsetal, wie Gunther wusste.

Müde und mit einem Gefühl des Versagens wandte er sich ab. Gessler in der Botschaft war nur noch ein Schatten seiner selbst; oft sah Gunther ihn am Schreibtisch sitzen und ins Leere starren, völlig hilflos. Nach den Ereignissen der letzten Woche war es kein Wunder, dass man in einen derartigen Zustand verfiel. Es waren fünf Tage, ganze *fünf Tage*, seit dieser irre Muncaster aus der Nervenklinik entführt worden war, und noch immer gab es keine Spur von ihm. Alle Nachforschungen waren im Sande verlaufen.

Am Montag war Gessler noch ganz anders gewesen, als ihn die Nachricht von Muncasters Verschwinden traf. Er hatte getobt und geschrien, voller Wut und Panik. Gunther jedoch war ruhig geblieben, diese weltabgewandte Ruhe, die ihn oft in einer Krise überkam, obwohl er innerlich ein Gefühl hatte, als sei er in einem Aufzug gefangen, der unaufhaltsam in die Tiefe stürzte.

»Jetzt haben wir es nicht mehr mit einer Ermittlung, sondern mit einer Verfolgungsjagd zu tun«, hatte Gessler gesagt, als er sich ein wenig beruhigt hatte. »Hätten wir Muncaster bloß früher rausgeholt! Aber es ist nicht meine Schuld, ich lasse mir das nicht in die Schuhe schieben!«

»Das Wichtigste ist doch jetzt, dass wir ihn finden.«

Gessler warf ihm einen wütenden Blick zu. »Man wird mir die Schuld geben, das wissen Sie genau, und Ihnen auch. Wenn er entkommt – werden wir erschossen. Als Sündenböcke, weil Berlin ihn nicht ausgeliefert bekommen hat.«

Wahrscheinlicher ist es, dass wir beide irgendwohin nach Osten strafversetzt werden, wo es gefährlich ist, dachte Gunther. Danach hatte er sich sowieso gesehnt, ein ehrbares Ende seines einsamen Lebens, obwohl sich jetzt plötzlich irgendetwas in ihm gegen diese Vorstellung sträubte. Er wollte unbedingt Muncaster ausfindig machen und seinen Auftrag zu Ende bringen. Er sagte: »Wenn wir ihn und seine Entführer finden wollen, müssen wir uns jetzt ganz und gar auf die Sonderermittler verlassen. Sie müssen Zugang zu allen Mitgliedern aus diesem Spionagering der Staatsbeamten erhalten. Das weiß ich, ich habe mit Berlin gesprochen.« Ein Anflug von Selbstmitleid, dann ein scharfer Blick. »Natürlich musste ich sie auch über die Katastrophe in Fitzgeralds Haus informieren.«

»Richtig«, erwiderte Gessler. Am Samstagnachmittag hatte Gunther erfahren, wie der SS-Mann in Zivil in den Luftschutzbunker eingebrochen war und dann stundenlang mit dem Feldstecher das Haus beobachtet hatte. Da dort niemand kam oder ging und abends auch kein Licht brannte, merkte der Mann, dass keine Menschenseele dort war. Schließlich war ein Polizeiauto gekommen, ein paar Männer waren zur Haustür gegangen, dann an die Hintertür im Garten. Der SS-Mann war durch den kleinen Park zum Haus gerannt und hatte an die Tür geklopft. Ein ungehaltener Polizeibeamter hatte ihm geöffnet. Hinter ihm lag ein uniformierter Polizist tot im Flur. Sarah Fitzgerald war weg, sie musste verschwunden sein, ehe die Polizei eintraf.

Gessler sagte: »Ich habe gestern stundenlang telefoniert, konnte aber nicht die richtigen Leute erreichen. Niemand war da, sie waren alle in Besprechungen. Dort muss gerade etwas Wichtiges laufen. Daran können wir leider nichts ändern, aber wieder ist viel Zeit verschwendet worden.« Er setzte sich aufrecht hin. »Sie bestätigen allerdings, dass wir von jetzt an mit den britischen Sonderermittlern kooperieren müssen. Ich weiß nicht, über welche Informationen dieser Muncaster verfügt, es gibt immer nur kleine Andeutungen, aber wenn die britische Polizei es erfährt …« Er zuckte die Schultern. »Ich werde in Berlin sein und es mit Beaverbrook besprechen. Und vergessen Sie, dass ich davon sprach, Syme zu eliminieren, falls er etwas von Muncaster erfahren sollte. Wie gesagt, volle Kooperation. Die Ermittler müssen alles daransetzen, Muncaster zu finden. Eine landesweite Menschenjagd. Für Sie und Syme wird Fitzgerald der Ansatzpunkt sein. Dabb und Hubbold und diese Bennett werden heute Abend verhaftet und hergebracht. Sie und Syme sollen sie verhören, dann allen Verbindungen von Fitzgerald und Drax nachgehen. Allen. Sie sind schon clever, unsere Gegenspieler. Die Bolschewiken und die Juden«, fuhr Gessler mit leiser Wut fort. »Das haben wir immer gewusst, wir wussten auch, wie schwer der Kampf werden würde.« Er schüttelte den Kopf. »Die Juden sollten heute auf die Isle of Wight verlegt werden, aber das hat dieser verdammte Smog jetzt vermasselt.«

»Er wird nicht ewig andauern. Und wir werden gewinnen«, sagte Gunther. Aber neben der Erleichterung, dass er Syme nicht würde liquidieren müssen, meldeten sich doch jetzt auch leise Zweifel in ihm. Zweifel über den Erfolg der Mission und darüber, was gerade in Deutschland passierte. Es erschöpfte ihn, es fraß ihn auf.

Als er am späten Sonntagabend Syme in seinem Büro aufsuchte, hatte er erwartet, den Sonderermittler mit stolzgeschwellter Brust anzutreffen, weil seine Leute endlich die Oberhand hatten. Aber nichts dergleichen. Syme war wütend, dass Muncaster entkommen war, dass, wie er es ausdrückte, »die verfluchte Resistance gepunktet hatte«. Und einen Polizisten umgebracht hatte, einen von ihnen. Das konnte Gunther nachvollziehen.

»Aber wir kriegen dieses irre Arschloch schon noch«, sagte Syme giftig.

»Ich freue mich, dass Sie so zuversichtlich sind.«

Syme blickte ihn vorwurfsvoll an. »Sie hätten Muncaster eher rausholen sollen.«

»Ich weiß. Aber es gab eine Menge politischer Stolpersteine.«

»Wir glauben, wir haben die Identität dieses Krankenpflegers aufgedeckt, der zusammen mit Muncaster verschwunden ist. Ein schottischer Kommunist, hinter dem wir schon seit Jahren her sind. Wir vermuten, dass man ihm eine neue Identität und einen neuen Beruf verschafft hat, als der Boden dort oben zu heiß für ihn wurde. Er war schon in dieser Nervenklinik beschäftigt, deshalb hat man ihm Muncaster zugeteilt. Was hat dieser schottische Bastard alles auf dem Kerbholz« – er schüttelte den Kopf – »schon ehe er anfing, sich politisch zu betätigen – Sie würden nicht glauben, welches Gesindel die für sich arbeiten lassen.« Syme fuhr fort: »Wie es scheint, waren Fitzgerald und Drax schon vorher als Spione tätig und kamen dann zu diesem Fall, weil sie Muncaster von früher her kannten.«

»Das klingt plausibel.«

»In Fitzgeralds Personalakte steht etwas von einem alten Onkel in Northampton. Ich wünschte, wir könnten seinen Vater auch ausfindig machen, aber der ist außer Reichweite. Mir wurde gesagt, dass die Leute aus der Dominionverwaltung, mit denen wir letzte Woche gesprochen haben, morgen zur Befragung hergeschafft werden. Jagen wir denen ruhig etwas Angst ein.«

Gunther sagte ruhig: »Erlauben Sie mir, diese Befragung durchzuführen?« Er befürchtete, Syme würde mit zu harter Hand vorgehen, besonders gegenüber der Frau.

Syme grinste bösartig. »In Ordnung.«

Dabb, der alte Registrator der Dominionverwaltung, war der Erste. Er wurde von einem jungen SS-Mann in den Verhörraum gebracht, in dem Gunther auch Sarah verhört hatte. Er schlotterte vor Angst und schwitzte so stark, dass Gunther befürchtete, er könne einen Schlaganfall erleiden.

»Bitte.« Verzweifelt und mit flehendem Blick sah er sie an. »Ich bin nur ein Angestellter, ein Niemand. Ich weiß von nichts. Ich bin nicht politisch – man sollte als Staatsdiener nicht politisch sein. Dieser Fitzgerald hat nichts mit mir zu tun. Er ist ein Protegé von Archie Hubbold«, fügte er mit plötzlich giftiger Stimme hinzu.

Gunther fragte: »Und Miss Bennett?«

Jetzt verlor Dabb völlig die Fassung und stieß eine Reihe von Obszönitäten aus. »Diese verfluchte verräterische Schlampe! Umschwänzelt Fitzgerald wie eine läufige Hündin – glauben Sie nur nicht, dass ich sie dazu ermuntert habe, das habe ich nicht, ich habe sie immer beobachtet …«

»Offenbar nicht sorgfältig genug, wenn Fitzgerald sich Zutritt zu dem Raum mit den Geheimakten verschaffen konnte.«

Dabb sackte in sich zusammen. »Ich habe mein Bestes getan. Mein ganzes Leben habe ich immer versucht, mein Bestes zu geben. Nur mein Bestes …«

Gunther merkte bald, dass aus diesem lächerlichen alten Mann nichts weiter herauszuholen war. Den Namen Muncaster hatte er noch nie gehört. Er wurde in seine Zelle zurückgebracht, und Archibald Hubbold kam als Nächster herein. Im Gegensatz zu seinem Kollegen trat Hubbold sehr kühl auf. Er setzte sich und starrte Syme und Gunther mit einem Ausdruck beleidigter Unschuld an. *Der hat Mut*, dachte Gunther, *den begrenzten Mut eines Naiven.* Er ahnte nicht, was sie ihm antun könnten, wenn sie wollten. Hubbolds Augen schwammen hinter den dicken Brillengläsern wie fette träge Fische.

»Haben Sie jemals den Namen Frank Muncaster gehört?«, fragte Gunther ruhig.

Hubbold zog die Brauen zusammen, dachte eine Weile nach und schüttelte den Kopf. »Der gehört nicht zur Dominionverwaltung.« Er presste die Lippen zusammen. »Ist das etwa noch ein Verräter, aus einer anderen Abteilung?«

»Fitzgerald hat Ihnen gegenüber diesen Namen nie erwähnt?« Hubbold schien nachzudenken. »Nein, niemals.«

Syme warf grinsend ein: »Der alte Dabb meinte, Fitzgerald sei einer Ihrer Protegés.«

»Ja, ich mochte Fitzgerald«, sagte Hubbold in übertrieben tragischem Ton. »Ich habe ihn gefördert, habe ihm mehr Verantwortung übertragen. Er schien gewissenhaft und loyal. Und intelligent. Er war nicht ehrgeizig, aber das sind intelligente Menschen nicht immer.«

»Das klingt ja fast wie eine väterliche Beziehung.«

Hubbolds Gesicht verdunkelte sich. »Dafür hielt ich es auch, fast. Ich vertraute ihm.«

»Wussten Sie von seiner Freundschaft mit Carol Bennett?«

»Es gab Klatsch im Büro. Darum kümmere ich mich nicht. Ich schätzte Fitzgeralds Arbeit«, sagte er mit schwerer Stimme.

Syme sagte: »Er hat Sie entlastet, nicht wahr?«

»Er war sehr fleißig.«

»Und Sie hatten nie den Verdacht, er könnte ein Spion sein?«, fragte Gunther.

»Nein. Warum sollte ich auch?« Hubbold presste abermals den Mund zusammen und fuhr sich mit der Hand über das weiße Haar. Er beugte sich vor, und seine Stimme zitterte vor Wut: »Ein Staatsbeamter, der seinen Minister verrät, das ist das Schlimmste, was es an Verrat gibt. Deshalb werde ich Ihnen helfen, so gut ich nur kann.«

Hubbold erzählte ihnen alles über Davids Arbeit, über seine Gewohnheiten und ihre gelegentlichen Zusammenkünfte mit den Ehefrauen. Aber es war alles völlig nutzlos, Fitzgerald hatte auch Hubbold komplett an der Nase herumgeführt. Ob er weiß, dass seine Karriere zu Ende ist, fragte sich Gunther, dass ein vorgezogener Ruhestand das Beste ist, was er noch erwarten kann? Wir könnten es noch viel unangenehmer für ihn machen, gleich hier und jetzt. Gessler würde es vielleicht tun, einfach aus Frust, aber was würde das nützen? Als er überzeugt war, dass Hubbold ihm alles erzählt hatte, sagte Gunther: »Ich denke, das reicht zunächst. Stimmen Sie mir zu, William?«

Syme nickte müde.

Hubbold runzelte die Stirn und wandte sich an Gunther. »Ich möchte Ihnen jede mögliche Hilfe anbieten.«

»Ich weiß.«

»Fitzgerald hat nicht nur seine Abteilung verraten, er hat auch mich persönlich verraten. Das schmerzt mich am meisten«, fügte er hinzu. »Ich will ganz ehrlich sein. Ich bin nicht immer ganz einer Meinung mit meiner Regierung. Aber trotzdem ist es meine Regierung. Was Fitzgerald getan hat – sein Verrat in einer verantwortungsvollen Position –, das finde ich unsäglich.« Zornig ballte er die Fäuste.

Er wollte Rache, doch das interessierte Gunther nicht. »Vielen Dank, Mr. Hubbold. Guten Morgen«, beendete er das Gespräch.

»Werde ich – kann ich morgen wieder ins Büro gehen?«

Syme grinste ihn hämisch an. »Nein, Freundchen. Ich bezweifle, dass Sie jemals wieder dort hingehen werden. Sie bleiben zu Hause. Vermutlich werden wir noch mal mit Ihnen sprechen wollen.«

Hubbold wirkte geschlagen. Er hatte verstanden, endlich.

Der SS-Mann, der Hubbold hinausbegleitete, übergab Syme eine Telefonnotiz. Der zeigte sie Gunther. Ein Sonderermittler war nach Northampton gefahren, um mit Fitzgeralds Onkel zu sprechen. Er stellte sich als ein mürrischer alter Mann in den Achtzigern heraus, der ihnen nichts über seinen Großneffen sagen konnte. Der alte Mann hatte behauptet, David Fitzgerald und seine Frau hielten sich für etwas Besseres, und David habe offenbar seine irische Abstammung vergessen. Dann hatte er angefangen, ausfällig gegen die Engländer zu werden. Die Telefonnotiz endete mit den Worten »Zurechtweisung erteilt«. Syme lachte. »Das bedeutet, dass unser Mann ihm eine gescheuert hat. Das stört Sie doch hoffentlich nicht, oder?«

»Wir wollen keine unnötige Aufmerksamkeit auf uns ziehen«, sagte Gunther, »also in Zukunft bitte etwas vorsichtiger. Und jetzt soll Miss Bennett hereinkommen.«

Carol Bennett sah verängstigt und zerzaust aus, als sie in den Verhörraum kam, ihre großen Augen waren weit aufgerissen. Gunther entschied sich, direkt und ohne Umschweife zu beginnen. Er lehnte sich zurück, faltete die Hände über dem Bauch und sagte: »Ihre Dummheit hat Sie in einen ganz schönen Schlamassel gebracht, Miss Bennett. Das heißt, wenn es tatsächlich nur Dummheit war. Sollten Sie hingegen absichtlich der Resistance geholfen haben, dann wäre es besser, Sie legten gleich ein Geständnis ab und bäten dann Ihre Regierung um Milde.«

»Das habe ich nicht.« Sie schien Todesangst zu leiden. »Mein Gott, das habe ich wirklich nicht.« Sie holte tief Luft und versuchte sich zu sammeln. »Bitte, als ich heute Morgen verhaftet wurde, musste ich meine Mutter allein lassen. Sie ist krank, vielleicht irrt sie auf der Straße herum. Können Sie mir nicht wenigstens erlauben, jemanden zu kontaktieren, der sich um sie kümmern kann?«

»Ihre Mutter muss jetzt allein zurechtkommen. Ihr Freund David Fitzgerald ist am Freitag aus der Dominionverwaltung verschwunden. Die Frage ist, woher wusste er, dass wir dort waren? Ich bin zu dem Schluss gekommen, dass Sie die Einzige sind, die in der Lage war, ihn zu warnen.«

Syme fügte hinzu: »Wenn Sie es uns nicht sagen wollen, dann gibt es hier unten Leute, die es schnell aus Ihnen herauspressen werden. Dann würde Ihre arme alte Mutter Sie allerdings nicht mehr wiedererkennen.«

Es war brutal, aber es wirkte. Carol sagte: »Ich war es. Ich habe ihn gewarnt.«

»Warum?«

Sie senkte den Kopf. »Weil ich ihn liebe.«

Gunther sagte: »Haben Sie ihm Zugang zu den Geheimakten verschafft? Bitte, sehen Sie mich an.«

Sie blickte auf, ihre großen Augen voller Tränen. »Nein. Ich wusste von alldem gar nichts, bis Sie ins Büro kamen. Ich habe David nicht geholfen. Ich habe ihm nie Zugang zu meinen Akten verschafft. Ich hätte es auch nicht getan, wenn er mich gebeten hätte, aber das hat er nie getan.«

»Sie haben ihm auch nie Ihre Schlüssel gegeben?«

»Nein. Das schwöre ich. Den Schlüssel habe ich immer in meiner Handtasche. Und wenn ich ausgehe, gebe ich ihn ab.«

Gunther dachte einen Moment nach und tippte mit dem Bleistift auf die Tischplatte. »Ist der Schlüssel nummeriert?«

Sie schien verblüfft. »Ja, auf dem Anhänger ist eine Nummer.«

»Und wo werden die Schlüssel hergestellt?«

»Ich habe keine Ahnung. Im Arbeitsministerium vermutlich.«

Gunther erinnerte sich an einen Fall, der vor langer Zeit seinen Vater betroffen hatte. Ein Schlosser, der die Schlüssel für die Schließfächer einer Bank herstellte, konnte, wenn er die Nummer hatte, ein Duplikat eines solchen Schlüssels herstellen. »Könnte er die Nummer auf dem Schlüssel gesehen haben?«

Sie wirkte betroffen. *Das ist es,* dachte Gunther. *Deshalb hatte Fitzgerald sich mit ihr angefreundet, weil er hoffte, einen Blick auf den Schlüssel werfen zu können.* Er merkte, dass es auch ihr klar wurde. Syme schien leicht unkonzentriert, doch plötzlich war er voll fokussiert. »Also ist jemand involviert, der Schlösser für die Regierung herstellt?«

»Möglicherweise.«

»Und während sie ihn zwischen den Beinen ansah, hat er irgendwie einen Blick auf die Nummer werfen können?« Carol zuckte zusammen, als hätte er ihr einen Schlag versetzt.

»Vielleicht.« Gunther wandte sich an Carol, die tiefrot angelaufen war. »Hat Mr. Fitzgerald jemals den Namen Muncaster erwähnt?«

»Wen?«

»Ein Freund von ihm. Frank Muncaster.«

»Nein. Der einzige Freund von ihm, den ich kenne, ist Mr. Drax.«

»Ganz bestimmt?«

»Ich schwöre es. Beim Namen Gottes.«

Gunther erkannte, dass sie die Wahrheit sagte. Die Enttäuschung stand ihm im Gesicht, denn Syme sagte: »Ich will sie noch mal, wenn Sie fertig sind. Ich will mehr darüber erfahren, wie Fitzgerald an diesen Schlüssel gekommen ist. Wir bringen sie zum Hauptquartier der Spezialeinheit.«

»In Ordnung.«

»Bitte«, sagte Carol. »Kann ich Vorkehrungen für meine Mutter treffen?«

»Scheiß auf die Mutter«, sagte Syme.

Verzweifelt blickte Carol Gunther an. »Es gibt noch etwas, was ich Ihnen sagen kann«, sagte sie. »Es ist alles, was ich weiß, es ist etwas, was ich für mich behalten wollte.«

Gunther zog die Brauen hoch.

»Es betrifft Mrs. Fitzgerald. Ich habe darüber nachgedacht, aber es kann ihr nicht schaden, wenn ich es erzähle, denn es beweist, dass sie nicht mit David zusammengearbeitet hat.« Carol sprach schnell. Sie erzählte von Sarahs Besuch, von ihrem Verdacht, David könne eine Affäre mit ihr haben. »Ich sagte ihr, dass ich ihn gewarnt hatte und dass es aussah, als könne er ein Spion sein. Sie war schockiert, sie wusste von nichts. Also, jetzt habe ich Ihnen wirklich alles erzählt.«

»Sie warnten sie, und davor haben Sie ihn gewarnt«, sagte Gunther sachlich. »Wenn Sie das nicht getan hätten, dann hätten wir ihn jetzt. Die britischen Behörden werden sich mit Ihrem Hochverrat beschäftigen.« Gunther konnte kein Mitleid empfinden, sie war die Sorte Frau, die Ehen zerstörte und das Leben

545

anderer Menschen ruinierte. »Wie gut kannten Sie Geoffrey Drax?«, fragte er.

»Nicht sehr gut«, erwiderte sie mit zitternder Stimme. »Ich bin ihm ein paarmal begegnet. Aber er ist sehr zurückhaltend, man lernt ihn nicht wirklich kennen.«

»Haben Sie mit einem dieser Leute auch über Politik gesprochen?«

»Nein. Das tut man nicht, wenn man im Staatsdienst arbeitet, es sei denn, man kennt jemanden wirklich gut. David und ich haben diese Grenze niemals – wirklich niemals überschritten.«

Sehr direkt fragte er: »Also haben Sie nie mit Fitzgerald geschlafen?«

Sie schüttelte den Kopf. Tränen liefen über ihre Wangen.

»Er hat Sie mit ziemlicher Sicherheit einfach nur missbraucht, das sollten Sie wissen.«

Mit wilder Entschlossenheit sah sie ihn an. »Ich habe ihn geliebt. Ich habe immer gehofft, er würde – es ist schwer für eine Frau, wissen Sie, man kann nie den ersten Schritt tun, wie ein Mann es kann.« Sie lachte bitter. »Ihn einfach nur zu sehen, mit ihm ins Konzert zu gehen, oder zum Lunch, das war – fast wie eine Droge. Wenn man erst ein wenig davon genommen hat, will man immer mehr, ist es nicht so?«

»Dreckige Schlampe«, sagte Syme.

Sie blickte erschöpft zu Boden.

»Nun ja, Miss Bennett«, sagte Gunther mit schwerer Stimme, »jetzt sind Ihnen die Schuppen von den Augen gefallen.« Er dachte an seine Frau. Er hatte sie auch geliebt, bis er entdeckt hatte, dass sie ihn betrog.

Carol sah ihn an. »Ich liebe ihn immer noch. Denken Sie von mir, was Sie wollen. Ich kann nicht anders.« Es klang pathetisch, aber sie sagte es mit großer Würde. Gunther verspürte einen Anflug von Mitgefühl. Er blickte Syme an. »Vielleicht könnten Sie die Polizei zu ihrer Mutter schicken, damit sie irgendetwas für sie tun können. Schließlich wollen wir nicht, dass die alte Frau einen öffentlichen Aufstand verursacht.«

Syme zuckte die Schultern. »Von mir aus. Aber die hier wird ins Hauptquartier der Sondereinheit gebracht.«

»Ich sorge dafür, dass unsere Leute ein Auto bekommen.«

Carol wich auf ihrem Stuhl zurück. »Ich rate Ihnen, auch dort so offen zu sprechen, Miss Bennett«, sagte Gunther ernst, »wie Sie es hier getan haben.«

Syme grinste. »Dafür werden wir schon sorgen.«

Später ging Gunther mit Syme in dessen Büro, um die Sache zu besprechen. Was Muncaster anbetraf, hatten sie nichts erfahren. Sie erfuhren auch am nächsten Tag nichts und am Tag drauf ebenfalls nichts. Muncaster, Drax und Fitzgerald waren verschwunden, zweifellos irgendwo versteckt im Netzwerk der geheimen Unterschlüpfe, über welche die Resistance verfügte. Muncasters Arbeitskollegen wurden nochmals verhört, ebenso wie ein paar frühere Kommilitonen von der Universität. Auch Drax' Eltern wurden verhört. Niemand wusste etwas. Gunther erfuhr von Syme, dass auch innerhalb des Staatsdienstes diverse Untersuchungen liefen, jetzt hatte man auch MI5 eingeschaltet. Gunther zeigte sich erfreut, aber eigentlich interessierte ihn der Spionagering gar nicht besonders.

Am Freitagnachmittag, eine Woche nach Fitzgeralds Flucht, senkte sich dichter Nebel auf die Stadt und deckte London zu. Gunthers Büro lag im Obergeschoss des Senatshauses, und von seinem Fenster aus bot sich ihm etwas sehr Merkwürdiges, der Smog reichte nicht ganz bis zum oberen Ende des Gebäudes, deshalb konnte er ihn von oben sehen. Es war ein erstaunlicher Anblick, wie ein graugelbes Meer, das sich bis zum Horizont erstreckte. Es war wie die giftige Atmosphäre auf einem fernen Planeten, aus dem nur die Spitzen der höchsten Gebäude herausragten. Es war einer der merkwürdigsten Erscheinungen, denen er sich je ausgesetzt gesehen hatte. Die Luft über dem Smog war milchig weiß. Die Wintersonne schimmerte als blassrote Scheibe darin.

Syme kam herein, er ging durchs Zimmer und blieb neben Gunther am Fenster stehen. »Mein Gott«, sagte er.

»Hoffentlich hält das nicht zu lange an.« Gunther sah ihn an. »Gibt's was Neues?«

»Nichts. Wir haben eine ganze Anzahl von Agenten in der Resistance, aber keiner hat etwas von diesen Leuten gehört oder gesehen. Und wenn wir das ganze Land durchkämmen wollen, wird das einige Zeit dauern.«

»Gibt es Fortschritte bezüglich der Spione im Staatsdienst?«

»Ein paar Hinweise. Viel hat das noch nicht gebracht, wird es aber hoffentlich. Ich darf nicht mit Ihnen darüber sprechen«, fügte Syme hinzu, »nur, wenn wir etwas erfahren, was mit Muncaster zu tun hat.«

»Ich verstehe«, sagte Gunther. »Wir werden es schon schaffen. Ganz bestimmt.« Er lächelte aufmunternd. »Sie werden Ihre Beförderung bekommen, den interessanten Job im Norden und ein großes Haus dort, das zu Ihrem neuen Judenhaus in London passt.«

»Und Sie?«

Gunther zuckte die Schultern. Beide blickten auf den Smog hinab. Er wirbelte und waberte unter ihnen, die Oberfläche jetzt vom Schein der untergehenden Sonne rötlich beleuchtet. Gunther lächelte. »Dieser Anblick erinnert mich an eine Geschichte, die ich in der Schule lernte.« Er begann, aus der Bibel zu zitieren. »*Er führte ihn auf einen sehr hohen Berg und zeigte ihm alle Reiche der Welt und ihre Herrlichkeit und sprach zu ihm: Das alles will ich dir geben, und du sollst Herrschaft darüber haben, wenn du niederfällst und mich anbetest.*« Er runzelte die Stirn. »Das ist nicht ganz richtig. War es »Herrschaft« oder »Macht«? Na ja, so was Ähnliches jedenfalls.«

»Jesus war doch Jude, oder? Wer war es denn, der ihn auf diesen hohen Berg führte?«

Gunther zuckte die Schultern. Dann erinnerte er sich plötzlich, dass es der Teufel gewesen war, und es lief ihm kalt über den Rücken.

»Meine Eltern sind nie mit mir in die Kirche gegangen«, sagte Syme.

»Da hatten Sie Glück.« Gunther lächelte traurig. »Es war ziemlich langweilig dort.«

Als Gunther an diesem Abend das Senatsgebäude verließ, musste er sich nach dem Gedächtnis orientieren. Er ging dicht an den Gebäuden entlang, eine Hand an der Mauer, und stieß mit Leuten zusammen, die dasselbe taten. Die Mauern waren feucht, der Nebel war dicht und roch nach Schwefel. Der Dunst reizte ihm Nase und Hals. Er war froh, als er seine Wohnung erreicht hatte. Er musste nachdenken, versuchen, einen neuen Weg zu finden, der sie endlich vorwärtsbrachte. Er nahm ein Bad, dann aß er etwas. Nach einem letzten Blick nach draußen zog er die Vorhänge zu und setzte sich im Bademantel an den Tisch, eine starke Tasse Kaffee neben sich.

Die Verhöre, die Telefonate, die hektische Aktivität, all das hatte nichts gebracht. Man musste ganz von vorn anfangen.

Er stand auf und schritt auf dem dicken Teppich auf und ab. Er merkte, dass er Kopfschmerzen bekam, das musste der Nebel sein, genau wie der Staub in Berlin ihm Kopfschmerzen verursachte. Er überlegte, was die Leute von der Resistance wohl mit Muncaster anstellen würden, jetzt, da sie ihn hatten? Was würde *er* tun, wenn er dazugehörte und jemanden in den Händen hätte, der ein gewichtiges Geheimnis hütete, aber psychisch krank und instabil war? Ihn umbringen vermutlich, um zu verhindern, dass er jemandem in die Hände fiele und alles ausplauderte. Und Muncaster hatte sich ohnehin umbringen wollen.

Aber dann hätte dieser Mann, der sich Ben Hall nannte, ihn doch schon im Krankenhaus umbringen können. Nein, sie wollten ihn lebend. Warum? Es musste etwas mit den Amerikanern zu tun haben. Schließlich hatte all das auch mit ihnen angefangen. Sie mussten die britische Resistance dazu angestiftet haben. Sie werden also versuchen, Muncaster nach Amerika zu bringen, schloss er.

Er trat ans Fenster und zog den Vorhang zur Seite. Draußen herrschte dichte, zähe Finsternis, ein schwaches, verschwommenes Licht von der Straßenlaterne unten, Autohupen, das die Stille unterbrach – fern und gedämpft, wie von einem Schiff weit draußen auf See. Wollten sie Muncaster auf diese Art fortschaffen, auf einem Frachtschiff, das nach Amerika fuhr? Personenbeschreibung und Bilder waren bereits an alle Häfen gegangen. Bei seinem psychischen Zustand und mit der verstümmelten Hand wäre Muncaster leicht zu erkennen. Nein, mit dem Schiff würde man es nicht riskieren.

Mit dem Flugzeug? Das konnte er sich auch nicht vorstellen. Die Kontrollen in den Flughäfen waren schließlich noch strenger als in den Seehäfen. Ein U-Boot also, das war die wahrscheinlichste Lösung. Ein U-Boot der amerikanischen Marine. Und die kamen manchmal bis in den Ärmelkanal.

Er trat an das Bücherregal, nahm einen Atlas heraus und sah sich die Karte von England an. Birmingham, wo sie herkamen, lag im Herzen von England. Sie müssten Muncaster an die Küste bringen, sich aber wahrscheinlich erst für eine Weile verstecken. Wenn sie von einem U-Boot mitgenommen werden sollten, dann vermutlich von einem Hafen an der West- oder der Südküste. Die Küste von Wales? Devon oder Cornwall? Bestimmt nicht in der Nähe der Isle of Wight, die von den Deutschen verwaltet wurde. Sussex oder Kent? Er dachte: *Wenn ich es wäre, dann würde ich es so einrichten, dass man auf kürzestem Weg über London hinkäme.* In der City könnten sie sich auch verstecken. Sie müssten nur auf das günstigste Wetter warten, Mondschein und ruhige See – um dann von London aus die Küste von Sussex oder Kent zu erreichen.

Er dachte: *Wenn es sich um ein U-Boot handelt, würde es mit der Küste per Funk in Verbindung stehen. Aber auf welcher Wellenlänge, in welchem Code?* Er nahm einen Schluck Kaffee. Dabei dachte er an Muncaster, diesen kläglichen kleinen Mann, wie sie ihn irgendwo über den Strand führen würden. Plötzlich hatte er ein Bild seines eigenen Sohnes vor Augen, wie er auf der Krim im Sand spielte. Er ließ sich alles nochmals durch den Kopf gehen, suchte nach möglichen Denkfehlern, die ihm unterlaufen sein könnten. Dann ging er zum Telefon. Er wollte die Botschaft anrufen und Gessler sagen, die Deutschen sollten nach einem U-Boot Ausschau halten und von der Isle of Wight aus auf Radiosignale achten. Doch vorher rief er Syme zu Hause an. Es dauerte etwas, ehe er antwortete, und er klang verschlafen. Es war nach ein Uhr, Gunther hatte die Zeit vergessen.

»Ich habe nachgedacht, William. Ich glaube, Muncaster und seine Leute könnten in London sein. Wie viele Agenten innerhalb der Resistance haben Sie in der Stadt?«

»Eine ganze Menge.«

»Ich glaube, Sie sollten sich darauf konzentrieren. Versuchen Sie, so viel wie möglich von der Londoner Resistance zu durchkämmen. Denken Sie, dass das möglich ist?«

Syme sagte: »Das machen wir gewöhnlich nur, wenn wir hinter einem wirklich großen Fisch her sind.«

»Muncaster ist ein großer Fisch. Und seine Leute haben in der City einen von euch umgebracht.«

»Bei diesem Wetter wird das nicht einfach sein.«

»Für die ist es auch nicht einfacher. Sie werden es schwerer haben weiterzukommen. Können wir uns morgen früh treffen? Gleich als Erstes? Ich bin zu Hause, aber ich gehe jetzt in die Botschaft.«

»Bei diesem Nebel? Es ist doch mitten in der Nacht.«

»Das Recht schläft nie«, sagte Gunther.

43

David erwachte durch Stimmen von unten und den Duft von gebratenem Schinken. Er hörte Eileens schnelles Gemurmel und Seans bedächtige Antworten. Durch die dünnen Vorhänge fiel graues Dämmerlicht. Geoff schlief noch. Er sah nicht gut aus, David war in der Nacht mehrmals von seinem Husten aufgewacht.

Er stand auf und zog die Kleidung an, die man ihm am Tag zuvor gegeben hatte. Geoff setzte sich auf, hustete und trank einen Schluck Wasser. David zog den Vorhang zur Seite. Der Nebel stand wie eine dichte, graugelbe Wand vor dem Fenster, durchsetzt von fettigen Rußpartikeln. Undeutlich erkannte er, dass der kleine Hof von einer Mauer umgeben war. »Da draußen ist es so schlimm wie eh und je«, sagte er zu Geoff. »Wie geht's dir denn?«

Geoffs Stirn war schweißnass. »Nicht so toll. Mir tut immer noch der Hals weh, und ich habe Kopfschmerzen. Mein Gott, wie dieses Dreckszeug ins Haus dringt, man riecht es ja förmlich. Tut mir leid, dass ich dich letzte Nacht geweckt habe.«

»Dafür konntest du nichts.«

»Komisch, ich habe geträumt, ich sei wieder in Afrika. Ich wollte zu Elaine. Ihr Mann war fort, und ich ging die Stufen zu ihrem Bungalow hinauf, aber die Tür wurde von meinen Eltern geöffnet, Mum und Dad. Sie waren noch jung, wie in meiner Kindheit.« Nachdenklich starrte er an die Decke. David hatte ihn noch nie zuvor so offen sprechen hören.

»Denen wird schon nichts passieren«, sagte er.

»Es ist nur der Gedanke, dass ich sie vielleicht nie wiedersehe.«

»Es sei denn, wir schicken die Deutschen zum Teufel, oder?«

Geoff lächelte müde. *Sarah muss es genauso gehen,* dachte David, *mit ihrer Familie.* Für ihn war es nicht so schlimm, er hatte nur noch seinen Vater, und der war in Neuseeland in Sicherheit. Vielleicht würde er ebenfalls dorthin auswandern.

Als sie nach unten kamen, saßen Ben und Natalia bereits beim Frühstück, Eileen eilte mit Tellern hin und her. Aus dem Radio ertönte das allmorgendliche Wunschkonzert für Hausfrauen. Sean zog ein Paar genagelte Stiefel an. »Eier und Schinken?«, fragte Eileen David. Sie blickte Geoff an. »Wie geht es Ihnen?«

»Bisschen angeschlagen.«

»Ich besorge Ihnen Kopfschmerztabletten. Ich fürchte, laut Wetterbericht wird dieser Smog noch den ganzen Tag anhalten, vielleicht sogar noch länger. Sie machen sich schon Sorgen wegen der Rinderausstellung in Smithfield, dort werden sogar die Tiere krank. Ein elendes Zeug. Hier ist Tee, setzen Sie sich doch.«

Als sie sich gesetzt hatten, wechselte David einen Blick mit Natalia. Sie lächelte traurig und leicht verschwörerisch. Ihre frisch gewaschenen Haare glänzten nass. David merkte, dass Geoff ihr Blickwechsel nicht entgangen war, und Natalia wandte ihre Augen ab. »Wo ist Frank?«, fragte Ben.

»Der fühlt sich auch nicht gut. Ich werde ihm gleich das Frühstück nach oben bringen.«

Sean stand auf. »Ich muss jetzt gehen. Werde etwa um sechs zurück sein.« Er nickte seinen Gästen zu, dann küsste er Eileen zärtlich auf die Stirn. »Und sei vorsichtig, hörst du? Damit hier alles gut läuft.«

»Nun geh schon.« Sie strich ihm kurz über die Wange, dann ging sie zurück in die Küche. Die Haustür fiel hinter Sean ins Schloss. »Frank hat das Gefühl, dass Sean ihn nicht mag«, sagte Ben leise. »Deshalb wollte er oben bleiben.«

»Es gibt Leute, die sich vor psychisch Kranken fürchten.« Natalia schüttelte den Kopf. »Das hat Frank Mr. O'Shea angemerkt.«

David sagte: »Ich bringe ihm das Frühstück hinauf. Hat er seine Tablette genommen?«

»Die habe ich ihm gleich beim Aufstehen gegeben.«

»Er ist abhängig von diesen Tabletten, stimmt's?«, fragte Natalia.

»Nein«, erwiderte Ben. »Das stimmt nicht. Sie machen nicht

abhängig, aber die Patienten gewöhnen sich eben daran, dass das Zeug sie beruhigt, deshalb müssen sie ganz langsam entwöhnt werden. Das werden wir in die Wege leiten, sobald wir in Sicherheit sind.« Ben sah sie ernst an. »Aber im Moment muss er ruhig bleiben, nicht nur zu seiner Sicherheit, sondern wegen uns allen.«

David ging mit dem Tablett nach oben. Frank saß auf dem Bett, er trug Colonel Brocks alte Strickjacke und starrte hinaus in den Nebel. Ein elektrischer Ofen mit einer Heizspirale hielt die Temperatur im Zimmer in erträglichem Rahmen. Er begrüßte David mit zaghaftem Lächeln, im Gegensatz zu seinem üblichen krampfhaften Grinsen.

»Ich bringe dir dein Frühstück. Hunger?«

»Ja. Ich könnte schon etwas essen.«

»Ben meinte, du wolltest nicht nach unten kommen.«

»Nein. Dieser Mr. O'Shea …« Er zuckte ratlos die Schultern.

»Sean ist schon in Ordnung. Es ist eben eine Belastung für ihn, dass wir hier sind.« David stellte das Tablett aufs Bett.

Frank tat einen tiefen, verzweifelten Seufzer. »Er sieht es mir an.«

»Was sieht er dir an, Frank?«

»Ich habe schon immer das Gefühl gehabt, dass eine Art Fluch auf mir liegt.« Frank sprach so leise, dass David sich hinabbeugen musste, um ihn zu verstehen. »An mir ist etwas – ich weiß selbst nicht, was« – er machte eine hilflose Bewegung mit seiner verkrüppelten Hand – »etwas, das die Leute reizt, mich zu kränken. So ist es schon immer gewesen.« Er sah David an und lachte trocken. »Und du denkst jetzt auch, dass es mein Wahnsinn ist, der aus mir spricht, das merke ich.«

»Frank, es gibt Menschen, die sich, nun ja, fürchten vor Leuten, die dort waren, wo du warst. Und wahnsinnig bist du nicht«, fügte er mit fester Stimme hinzu.

»Nein, aber es war schon immer so.« Frank schüttelte den Kopf. »Seit ich klein war, noch ehe ich zur Schule ging. Das Leben meiner

Mutter stand völlig unter dem Einfluss dieser Schwindlerin, dieser sogenannten Spiritistin, Mrs. Baker. Sie hat dafür gesorgt, dass ich in dieses Internat gekommen bin. Von der habe ich letzte Nacht geträumt, sie saß in einem Garten. Über ihr flogen Engel, also war es wohl im Himmel. Sie trank Whiskey aus der Flasche und lachte mich aus.«

David legte ihm die Hand auf den Arm. »Jetzt iss dein Frühstück, okay? Sonst wird es kalt.«

Gehorsam nahm Frank das Tablett auf die Knie und begann zu essen. Obwohl seine rechte Hand behindert war, gebrauchte er die Gabel mit großem Geschick. Übung, vermutete David. Als er fertig war, sagte Frank plötzlich: »Hast du es bemerkt, als wir uns kennengelernt haben?«

»Was? Deine Hand?«

»Nein. Die bemerkt ja jeder. Ich meine diese andere Sache an mir – diese Aura. Meine Mutter sprach oft von Aura.«

»Nein, Frank. Ich habe dich nur für – ängstlich gehalten. Ich dachte, das liege vielleicht an dieser Schule, du hast nicht oft darüber gesprochen, aber wenn, dann klang es schlimm.«

»Das war es.« Wieder blickte Frank hinaus in den Nebel. »Aber die meisten sind damit fertiggeworden. Das konnte ich irgendwie nicht.« Er schüttelte den Kopf. »Wenn man nicht genauso war wie sie und tat, was sie verlangten – nun ja, dann konnten sie mit dir machen, was sie wollten. In vielerlei Hinsicht waren sie wie die Nazis. Weißt du«, fügte er hinzu, »ich hatte schon immer das Gefühl, dass mein Leben einmal sehr schlimm enden würde, irgendwie schien das für mich vorhersehbar.« Er blickte David an: »Erinnerst du dich, wie ich dir gestern auf dem Acker sagte, ich wollte immer normal sein, und du sagtest, dass es dir genauso ging. Aber warum? Du bist doch nicht wie ich, du bist das genaue Gegenteil von mir. Die Menschen respektieren dich, sie mögen dich. Das war schon immer so.«

»Tatsächlich?« David rutschte unbehaglich auf seinem Stuhl herum. »Man erwartet etwas. Seit meiner Kindheit schien man immer etwas Besonderes von mir zu erwarten. Du hast recht, ich hatte Vorteile, aber ich hatte immer das Gefühl, dass ich nicht einfach nur normal sein durfte, genau wie du.« Er dachte an seine Schule, wie er im Schwimmbecken getaucht war. Tief hinunter in die Stille, wo es friedlich war. »Aber das hier habe ich nur mir selbst zu verdanken. Ich habe mich der Resistance angeschlossen, meine Frau belogen und alle, mit denen ich zusammengearbeitet habe, weil …«

»Warum?«

»Weil ich innerlich voller Wut war. Ich glaube, das war ich schon immer.« Er sah seinen alten Freund an. »Das musst du doch auch sein, Frank. Bist du nicht auch wütend?«

Frank zuckte die Schultern. »Ich weiß nicht. Vielleicht. Aber was nützt es denn, auf sein Schicksal wütend zu sein?« Jetzt flüsterte er. »Man hat Angst, ja, weil man sein Schicksal nicht ändern kann, man kann nichts machen.«

»Du hast deinen Bruder aus dem Fenster gestoßen.«

»Das war ein Unfall. Aber ja, er hat dafür gesorgt, dass ich die Kontrolle über mich verloren habe. Und die muss ich behalten.« Frank sprach plötzlich sehr eindringlich. »Wenn ich das nicht könnte, hätten sie im Krankenhaus alles aus mir herausgequetscht. Man – muss – sich – unter – Kontrolle – haben«, wiederholte er langsam mit fester Stimme. »Das habe ich in der Schule gelernt.«

»Langsam, Frank, ganz ruhig. Hier bedroht dich niemand. Weder Mr. O'Shea noch sonst jemand.«

»Schon gut.«

»Dazu gehört ein ziemliches Maß von Entschlossenheit, nicht zu verraten, was dein Bruder dir erzählt hat, weder im Krankenhaus noch gegenüber der Polizei.«

»Ich hätte es dir nicht erzählen dürfen. Dass es um die Bombe geht. Das tut mir leid, aber es ist – es ist schwer, dies allein mit sich herumtragen zu müssen.« Er sah David besorgt an. »Du hast es doch niemandem erzählt?«

»Ich habe dir versprochen, es nicht zu tun.«

»Dort auf dem Feld – ich dachte, wenn du erst weißt, wie wichtig es ist, dann würdest du verstehen, dass ich mich umbringen musste.«

»Das musst du nicht. Wir holen dich hier raus. Aber auch du hast etwas versprochen, weißt du noch? Nämlich, am Leben zu bleiben.«

»Ich weiß.« Eine Weile war es still, dann sagte Frank: »Wie wird es wohl sein, in Amerika? Ich habe mal ein paar Amerikaner kennengelernt, die waren immer ziemlich laut. Und dann gibt's dort all die Gangsterfilme. Aber es ist ein großes Land, nicht wahr, vielleicht finde ich irgendwo ein ruhiges Plätzchen. Denkst du, dass ich das schaffe, David?«

»Das hoffe ich doch.«

»Wohin würdest du ziehen? Zusammen mit deiner Frau?«

»Wo Sarah gern leben würde, weiß ich nicht, aber mir wäre Neuseeland lieb. Das ist ein gutes Land. Die Menschen dort sind anständig, die hassen diesen ganzen faschistischen Mist.«

Frank schien erstaunt. »Ihr würdet doch sicher zusammen gehen?«

»Das weiß ich nicht.«

Leise sagte Frank: »Weißt du, David, wir kommen dort auch nicht hin. Es ist ein schöner Traum. Aber sie werden mich noch kriegen.«

»Nein, werden sie nicht. Komm, Frank, jetzt sind wir schon so weit. Wir müssen positiv denken.«

Frank pflückte einen losen Faden aus seiner Matratze. »Du hast gesagt, ihr hättet Zyankalikapseln, falls die Deutschen kämen. Und dass Natalia mich erschießen würde, damit sie mich nicht kriegen. Aber was wäre, wenn sie gar keine Möglichkeit dazu bekäme? David, ich will auch eine Zyankalikapsel. Wenn sie nicht kommen, nehme ich sie nicht, das verspreche ich, aber ich – ich will die gleiche Möglichkeit haben wie ihr.«

David blickte ihn an. Natalia und Ben würden es nie riskieren,

Frank die Gelegenheit zu geben, sich umzubringen. Die Amerikaner wollten ihn lebend. Andererseits betrachteten Ben und Natalia sich auch als seine Beschützer und wollten, dass er lebte. »Ich spreche mit ihnen«, sagte er.

Frank nickte. Aber David sah ihm an, dass er bereits wusste, es würde nicht passieren. *Dieser unheimliche sechste Sinn,* dachte er, *dieselbe Empfindsamkeit wie bei einem bedrohten Tier.*

Nach dem Frühstück überredete Ben Frank, herunterzukommen. Eileen war einkaufen gegangen und würde sich dabei mit ihrer Kontaktperson von der Resistance treffen. Sie saßen im Wohnzimmer. Geoff sah krank aus, er hustete häufig, ein trockenes, bellendes Keuchen. Ben schlug vor, etwas zu spielen; Eileen hatte gesagt, im Nebenzimmer fänden sich verschiedene Brettspiele. David ging, um sie zu holen. Er knipste das Licht an, der Nebel machte das Zimmer sehr dunkel. Es hatte den leicht feuchten Geruch einer wenig benutzten »kalten Pracht«. Unter dem Tisch war ein Karton mit Schach, Dame und Monopoly.

Die nächsten zwei Stunden saßen sie da und spielten Monopoly. Sie wirkten wie eine etwas merkwürdige, bunt zusammengewürfelte Familie. Frank gewann haushoch, neben ihm stapelten sich die Geldscheine. Scherzhaft sagte Ben: »Du bist der typische Monopoly-Kapitalist, Frank. Du hast mir all mein Geld abgenommen, und jetzt bin ich blank.«

Frank machte ein zufriedenes Gesicht. »Ich versuche nur vorauszudenken, weiter nichts.«

Ben schüttelte den Kopf. »Ich habe ein bisschen gespielt, als ich gesessen habe. Da war ich auch nicht schlecht, aber du, Alter, du bist ein verdammtes Genie!«

»Warum warst du im Knast?«, fragte Geoff. »Hatte das politische Gründe?«

Ben sah ihn eindringlich an. »Nein, ich war in der Schule ein böser Junge, habe ein paar schlimme Dinger gedreht. Zumindest fand der Magistrat von Glasgow sie schlimm. Bekam mit siebzehn zwei Jahre Besserungsanstalt und mehrmals körperliche Züchtigung.« David erinnerte sich an die Narben, die er letzten Abend auf Bens Rücken gesehen hatte. »Das war das Ende einer vielversprechenden Karriere. Meine Eltern haben mich enteignet, diese schäbigen Typen. Aber da drin habe ich alles über Politik gelernt, die Leute dort haben mich gründlich über unser Klassensystem aufgeklärt. Und deshalb bedauere ich es nicht.«

David lächelte reumütig. »Klasse ist für dich ein wichtiges Thema, nicht wahr?«

»Ja, das ist es. Mir ist ein- oder zweimal aufgefallen, dass du bei meinem Akzent nicht immer alles verstehst, was ich sage, stimmt's?«

»Den trägst du ja auch manchmal absichtlich dick auf.«

»Dort, wo ich aufgewachsen bin, hättest du niemanden verstanden.«

»Weil du mit schottischem Akzent sprichst.«

»Nein.« Ben sah ihn eindringlich an. »Weil ich zur schottischen *Arbeiterklasse* gehöre.«

Frank sagte: »Da hat er recht. Meine Schule war in Schottland, aber den Akzent dort habe ich problemlos verstanden.«

»Weil dort das Schottisch der Mittelklasse gesprochen wurde. *Morrrningsiide.*« Ben zog den Namen so lang, dass Frank etwas tat, was David so gut wie nie bei ihm erlebt hatte: Er lachte.

»Es ist die Klasse, die die Menschen trennt, nicht die Nationalität«, schloss Ben. Er stieß Frank an. »Jetzt komm, Rockefeller, David hat noch immer ein paar Häuser.«

Danach spielten sie Schach. David spielte gegen Frank, wie versprochen, und die anderen sahen zu. Geoff ging nach oben, um sich hinzulegen. Frank hatte gerade sein zweites Spiel gewonnen, als Sean hereinkam, mitten am Nachmittag. »Sie haben uns nach Hause geschickt«, sagte er. »In London geht nichts mehr, die Güterzüge bewegen sich nicht. Die Zugführer sehen die verdammten Signale nicht. Alles in Ordnung hier?«

»Ja.«

»Eileen schon zurück?«

»Noch nicht«, sagte Natalia. Sean biss sich auf die Lippe.

»Das wird am Nebel liegen, machen Sie sich keine Sorgen«, beruhigte sie ihn.

Sean wandte sich an Frank und lächelte. »Wie geht's, mein Freund? Hören Sie, es tut mir leid, wenn ich gestern Abend etwas unhöflich war. Es ist die Anspannung, verstehen Sie?«

Frank lächelte unsicher. »Ist schon gut.«

»Freunde, ja?« Damit streckte Sean die Hand aus, und Frank schlug ein. David fragte sich, ob Eileen ihm ins Gewissen geredet hatte. Sean blickte sich im Zimmer um. »Wo ist der blonde Typ?«

»Der hat sich oben hingelegt«, sagte David. »Er fühlt sich nicht gut. Wahrscheinlich der Nebel.«

»Das ist auch eine Sauerei. Ein Kollege von mir hat Asthma, den mussten sie heute Nachmittag ins Krankenhaus bringen. Hoffentlich kommen sie dort an, der Verkehr stockt. Wenn sie die Juden heute verlegen wollen, dann können sie das vergessen.« Er seufzte. »Ich mache mir jetzt ein Sandwich.« Damit ging er hinaus in die Küche. David räumte den Tisch ab und brachte alles ins Nebenzimmer zurück. Er machte das Licht an und stellte den Karton unter den Tisch. Als er sich aufrichtete, sah er jemanden draußen vor dem Fenster stehen, ein kleines, blasses Gesicht, das ihn ansah. Einen Moment stand er reglos da, dann trat er ans Fenster. Er erhaschte einen Blick auf einen Kindermantel und eine Mütze, als die Gestalt auch schon wieder im Nebel verschwunden war. Schnell ging er zurück ins Wohnzimmer.

»Was ist los?«, fragte Natalia erschrocken.

»Da war ein kleiner Junge im Vorgarten, der hereinsah. Es könnte der aus dem Haus zwei Nummern weiter gewesen sein.«

»Scheiße«, sagte Ben und machte Anstalten aufzustehen. Sean kam aus der Küche und riss die Haustür auf. Einen Moment später kam er schwer atmend zurück.

»Ich hörte, wie die Haustür von Nummer 38 zugeschlagen wurde. Dieser kleine Mistkerl, er schnüffelt immer herum. Er sieht immer diese Fernsehprogramme, in denen die Leute aufgefordert werden, nach möglichen Terroristen Ausschau zu halten.«

Natalia sagte: »Er hat nur David gesehen, und den hat er gestern auch schon gesehen.«

Sean runzelte die Stirn. »Er wird seinem Dad erzählen, dass der Mann mit dem vornehmen Akzent bei uns ist.« Er setzte sich hin und biss nervös auf seinen Fingerknöcheln herum. »Verdammt, ich weiß auch nicht. Wir müssen warten, was Eileen sagt.«

Eileen kam eine halbe Stunde später nach Hause, mit Einkaufstaschen beladen. »Was für ein Wetter«, sagte sie. »Der Bus war so langsam. Der Smog hinterlässt überall einen fettigen Film, Sie sollten mal die Treppe sehen.« Sie blickte in die Runde, ihr Gesicht wurde ernst. »Ist etwas passiert?«

Sean erzählte, dass David den kleinen Jungen gesehen habe. »Oh, das ist schlecht. Und ich habe seine Mutter auch nicht getroffen, ich dachte, sie würde ebenfalls einkaufen gehen. Aber der kleine Philip linst immer in anderer Leute Fenster, er spielt Spion und Terrorist, wie alle kleinen Jungen heutzutage.« Sie sah Natalia an. »Was denken Sie?«

»Ich weiß nicht. Ich kenne diese Leute nicht.«

»Er hat schon einmal bei uns ins Fenster geschaut, als wir Besuch hatten. Er ist ein einsamer kleiner Kerl. Hat immer mit unseren beiden gespielt, bis die Eltern es ihm letztes Jahr verboten. Ich glaube, es ist schon okay. Er hat sonst niemanden von Ihnen gesehen?«

»Nein.«

»Ich muss eine Gelegenheit finden, um mit seiner Mutter zu sprechen. Ich erzähle ihr, Sie seien ein Verwandter.«

»Mit diesem Akzent?«, sagte Sean.

»Ich habe doch nur ein paar Worte gesagt.« David wurde rot.

»Nun ja, mehr können wir sowieso nicht tun«, sagte Eileen.

»Geh zu ihr«, schlug Sean vor.

Sie schüttelte den Kopf. »Nein, dann würde sie sich fragen, warum es mir so wichtig ist. Das muss wie zufällig passieren.« Eileen runzelte die Stirn, noch immer besorgt. Sie blickte ihre Gäste an. »Wie es aussieht, müssen Sie noch mindestens einen weiteren Tag in London bleiben. Das U-Boot liegt im Ärmelkanal, aber die Frage ist, wann das Wetter günstig genug sein wird, um Sie abzuholen – von wo, darf ich noch nicht sagen.«

Geoff war wieder heruntergekommen und saß am Kamin, er war blass und schwitzte. Er schüttelte den Kopf. »Also wartet dort tatsächlich ein U-Boot auf uns?«

»So ist es.«

David dachte: *Es ist Fakt, es könnte wahr werden!* »Haben Sie etwas von meiner Frau gehört?«, fragte er Eileen.

»Der geht es gut. Sie ist aus London raus und ganz in der Nähe von dort, wo Sie abgeholt werden.« Eileen zögerte. »Nur eine Stunde von hier entfernt.«

Natalia warf ihr einen warnenden Blick zu. David dachte: *Sie hat recht, je weniger wir wissen, desto besser für uns.*

Nach dem Abendessen schlug Eileen vor, dass sie sich die Nachtwache wieder teilten, Ben sollte den Anfang machen. Sie saßen im Wohnzimmer, nur Natalia war nach oben gegangen, wo sie sich in Davids und Geoffs Zimmer etwas hinlegen wollte. Geoff hustete stark, und mit sechs Personen im Zimmer, von denen die meisten rauchten, war die Luft schnell stickig geworden. Eileen schlug vor, Geoff solle sich ins Vorderzimmer setzen. Frank fragte, ob er sich oben eine Weile hinlegen dürfe. Ben blickte David an, der nickte, denn Frank hatte ihm schließlich versprochen, keine Dummheiten zu machen.

Sie sahen die Fernsehnachrichten. London war durch den Nebel zum Stillstand gekommen, und die Ambulanzen der Krankenhäuser waren voll von Patienten mit Atemwegsproblemen. Zwei weitere Frauen waren von Männern, die sie kaum erkennen konnten, überfallen worden; nach einem Schlag auf den Kopf waren ihre Handtaschen weg. Eine hatte Messerstiche davongetragen. Sean knurrte: »Der Herr behüte sie, wie meine Mama gesagt hätte. Bloß tut er es nicht.«

»Sie sind katholisch erzogen worden?« David hatte bemerkt, dass es hier, im Gegensatz zu anderen irischen Haushalten, die er kannte, keinerlei katholische Devotionalien gab.

»Das sind wir beide«, sagte Eileen. »Sie auch?«

»Nein, meine Eltern waren nicht gläubig.«

Ihr Gesicht zeigte einen Anflug von Traurigkeit. »Wie kann jemand einer katholischen Kirche angehören, die all diese faschistischen Regierungen unterstützt hat – in Spanien, Italien und Kroatien?«

Sean nickte zustimmend. »Und Irland ist auch kein Paradies. Hat jemand den Film gesehen, den der Papst vor ein paar Jahren gemacht hat?«

»Den habe ich gesehen«, sagte David. »Pius XII., wie er im Garten flaniert und der Welt demonstriert, wie friedlich man leben kann. Als lebte er überhaupt nicht in dieser Welt.«

»Lebte darin. Ha!«, knurrte Sean. »Er hat doch selbst mitgeholfen, sie zu schaffen. Deshalb wird er jetzt sogar auch im britischen Fernsehen gezeigt.«

Am Ende der Nachrichtensendung gab es ein längeres Interview mit Beaverbrook über die neuen, reduzierten Handelszölle mit Europa. Beaverbrook kämpferisch und optimistisch, der Interviewer respektvoll wie immer. Die Abschiebung der Juden wurde nicht erwähnt. Der Premierminister sagte, er habe bei seinem jüngsten Besuch eine außerordentlich starke Beziehung zu Dr. Goebbels aufgebaut. Er war voll des Lobes darüber, was er als Propagandaminister für Deutschland getan hatte. Sean sagte: »Der Wind steht immer günstiger für Goebbels. Für wen wird er sich wohl entscheiden, wenn Hitler stirbt, Himmler oder Speer?«

Ben stimmte ihm zu. »Für Beaverbrook ist Goebbels eine Art Lebensversicherung. Ich wette, es war auch Goebbels, der ihm bei seinem Besuch in Deutschland das Versprechen abgerungen hat, die Juden loszuwerden. Eine Art persönlicher Gefallen.«

David ging nach oben, um nach Frank zu sehen, der auf der Matratze saß und seine schmerzende Hand massierte. Er sah auf. »Sie tut weh heute. Sie mag dieses feuchte Wetter nicht.«

»Mit etwas Glück können wir in ein, zwei Tagen weiterreisen.«

»Wohin?«

»Das werden wir erfahren, wenn die Sicherheitslage es erlaubt.«

Frank sagte: »Natalia war hier, und wir haben uns eine Weile unterhalten. Sie ist nett, sie versteht einen. Sie erzählte mir von ihrem Bruder. Der hatte auch Probleme. Frauen – meist verstehen sie einen nicht, sie können noch schlimmer sein als Männer. Aber sie ist anders, findest du nicht?«

David lächelte. »Sie ist etwas ganz Besonderes.«

»Ich habe ihr von meiner Schule erzählt.« Er betrachtete seine Hand. »Weißt du, ich frage mich manchmal, wie mein Leben ausgesehen hätte, wenn meine Mutter niemals diese Mrs. Baker kennengelernt hätte und ich nie nach Strangmans gekommen wäre. In Amerika gibt es einen Physiker, der überzeugt ist, dass unsere Welt nur eine von Millionen von Parallelwelten ist, die nebeneinander existieren und sich alle ein bisschen voneinander unterscheiden. Vielleicht Welten, in denen alle glücklich sind.« Sein Gesicht verfinsterte sich. »Und vielleicht andere Welten, wo alle von der Atombombe getötet werden. Daran versuche ich gar nicht zu denken.«

»Wir jedenfalls sitzen in dieser Welt fest«, sagte David. »Sie ist alles andere als ideal, aber wir müssen tun, was wir können.«

»Das hat Natalia auch gesagt.«

»Ich werde jetzt hier schlafen, während Ben Wache hält. Natalia kann sich ruhig noch ein bisschen in meinem Zimmer ausruhen.«

»Ich bin auch bereit fürs Bett.«

»Dann mach du dich erst fertig, ich gehe so lange noch eine rauchen.«

»Okay. Frank zeigte wieder sein sanftes, kleines Lächeln. »Danke, David«, sagte er. »Danke für alles.«

David ging an dem Zimmer vorbei, in dem Natalia lag. Er hörte eine Bewegung. Er zögerte, dann klopfte er leise an. Sie rief, er solle hereinkommen. Sie saß auf der Matratze, auf der er letzte Nacht geschlafen hatte, und bürstete sich das Haar. Sie lächelte ihn an.

»Konntest du nicht schlafen?«, fragte er.

»Nein. Normalerweise kann ich überall schlafen, aber heute Abend nicht.«

»Ich habe über das nachgedacht, was du gestern Abend gesagt hast.« David schloss die Tür. »Du hast recht. Ich werde unseren Leuten sagen, dass ich Jude bin. Aber ich will, dass meine Frau es zuerst erfährt.«

Natalia sah ihn an. »Wird sie unglücklich darüber sein?«

»Das glaube ich nicht. Ich weiß es nicht. Aber sie wird nicht noch ein weiteres Geheimnis brauchen, deshalb will ich es ihr zuerst sagen.«

»Das klingt – vernünftig.«

Er schüttelte den Kopf. »Seit unser Sohn starb – es ist merkwürdig, man sollte denken, so eine Tragödie würde die Menschen noch enger zusammenbringen, aber genauso oft treibt es sie auseinander.«

Sie sah ihn ernst an. »Mein Mann – auch er hatte ein Geheimnis vor mir. Ich sagte dir ja, er war Deutscher. Militärischer Geheimdienst, erinnerst du dich? Die Abwehr?«

»Ja.«

»Er wurde Ende 1942 nach England versetzt, das Jahr, in dem wir im Sommer den Zug sahen, in dem die Juden abtransportiert wurden. Wir heirateten kurz vor der Abreise, in Berlin. Mein Bruder war noch nicht lange tot. Er war Chiffrierbeamter im Senatsgebäude.«

»Wurde die Abwehr nicht aufgelöst? Es gab doch so ein Gerücht über Pläne, Hitler umzubringen.«

»Ja, das war 1943. Ich weiß nicht, was für ein Deutschland diese Offiziere danach geschaffen hätten« – sie lächelte traurig – »etwas Konservatives und sehr Ordentliches wahrscheinlich, Gustav war sehr altmodisch in seinen Ansichten.«

»War er denn daran beteiligt?«

»War er. Er ist nie darüber hinweggekommen, nachdem wir die Juden gesehen hatten, in dem Zug. Aber die Verschwörung ist verraten worden, von wem, haben wir nie erfahren. Viele Angehörige der Abwehr wurden damals hingerichtet. Andere, denen die Nazis nichts Genaues nachweisen konnten, wie Gustav, wurden in den Osten versetzt. Irgendwohin, von wo sie nicht zurückkommen würden. Man hatte sogar Rommel unter Verdacht, konnte ihm aber nichts nachweisen.«

»Wie hast du herausgefunden, dass dein Mann involviert war?«

»Als er nach Russland versetzt wurde, blieb ich zurück. Dafür hatte er gesorgt.« Sie tat einen tiefen Seufzer. »Und eines Tages, nicht lange nachdem er 1945 an der Front gefallen war, kontaktierte mich die Resistance. Es war während der Anfangszeit, Churchill war noch im Parlament, aber er sah alles kommen. Sie hatten bereits ein Netzwerk von Unterstützern, Leute, die mit Informationen aus dem Geheimdienst helfen konnten. Und ich arbeitete als Dolmetscherin, ich lernte viele Deutsche kennen, die hierherkamen. Die Resistance hatte Kontakt zu meinem Mann, der auch für sie arbeitete. Er war nämlich das, was man einen Doppelagenten nennt. Er hatte ihnen zugesagt, dass ich auch helfen könnte, falls ihm etwas zustoßen sollte. Aber solange er lebte, hat er mir nie etwas davon gesagt. Er wollte mich schützen, genau wie du deine Frau schützen wolltest. Ich glaube, er wollte auch, dass ich weiß, dass er sich gegen die Nazis eingesetzt hat.« Sie blickte David mit traurigem Lächeln an. »Siehst du, auch ich weiß, wie es ist, wenn mutige Menschen Geheimnisse haben.«

»Und dann hast du dich der Resistance angeschlossen?« *Dann lebt sie dieses gefährliche Leben schon sieben Jahre lang*, dachte er.

»Ja. Denn mir hatten sie alles genommen. Und ich wollte mich an ihnen rächen. Für Gustav, für meine zerbrochene Heimat, für meinen Bruder. Und um diesen nationalistischen Wahnsinn in Europa zu beenden. Es ist nicht nur Rache, weißt du, ich kämpfe auch für etwas Besseres. Eine bessere Welt.«

David blickte zu Boden. »Frank sagte mir gerade, er habe das Gefühl, dass du ihn verstehst. Ich vermute, das hat mit den Problemen deines Bruders zu tun.«

Sie nickte stumm.

»Es tut mir leid«, sagte er leise. »Sie haben dir wirklich alles genommen, nicht wahr?«

Sie hatte Tränen in den Augen, aber sie lächelte tapfer und sagte: »Gustav und ich hatten auch glückliche Zeiten. Und auch mein Bruder Peter hatte schöne Jahre, vor dem Krieg. Bratislava war damals eine kosmopolitische Stadt, und wir waren ein Teil davon. Wir waren zusammen auf der Universität.« Sie seufzte. »In dieser schönen alten Stadt an der Donau. Aber ich verkläre es jetzt, es gab auch schmutzige und arme Viertel. Aber in unseren Kreisen, unter unseren Freunden, spielte es keine Rolle, ob man zum Teil ungarisch, jüdisch, slowakisch, deutsch oder tatarisch war – es war völlig egal. Jeder Mensch ist schließlich teilweise irgendwas. Im neunzehnten Jahrhundert war es völlig normal in Osteuropa, keine bestimmte nationale Identität zu haben. Erst der Nationalismus hat das zu einem Problem gemacht.«

David zögerte wieder, dann setzte er sich neben sie auf die Matratze. »Wir Engländer halten uns für etwas Besonderes.«

»Das ist ein Teil eurer Kultur, den ihr mit den Deutschen gemein habt. Die Idee der großen imperialistischen Nation. Ich glaube, in den Dreißigerjahren hätte niemand es für möglich gehalten, dass der Faschismus sich jemals in Großbritannien ausbreiten könnte; ihr wart so lange eine Demokratie, und wie du schon sagtest, ihr hieltet euch für etwas Besonderes. Aber ihr habt euch geirrt, unter entsprechenden Umständen kann jedes Land vom Faschismus infiziert werden. Er nährt sich von Hass und Nationalismus, die überall existieren. Niemand ist davor sicher.«

»Ich weiß.«

»Wir haben in der Slowakei auch unsere kleinen faschistischen Führer. Leute, denen der Nationalismus alles bedeutet.«

»Und euer Führer ist ein Priester.«

»So ist es. Monsignor Tiso. Die Regierungspartei hat faschistische und katholische Flügel. Der Vatikan und die Faschisten arbeiten doch fast überall in Europa zusammen. Beide lieben Zucht und Ordnung. Aber als die Juden abtransportiert wurden, haben ein paar katholische Priester protestiert.« Verwirrt schüttelte sie den Kopf. »Andere wiederum behaupteten, sie bekämen endlich das, was sie verdienten. Gustav, mein Mann, war katholisch, weißt du, ein wirklich guter Katholik.« Sie wandte sich ihm zu. »Ein anständiger Mensch, genau wie du.« Sie zögerte, dann legte sie die Hand auf die seine. Und diesmal reagierte David. Er küsste sie.

44

Im Haus von Sean und Eileen gelang es Frank zum ersten Mal seit über einer Woche, für ein paar Stunden nicht an Selbstmord zu denken. Wenn er mit den anderen zusammensaß und sie sich unterhielten, empfand er eine seltsame Wärme für diese Leute, die ihr eigenes Leben für ihn aufs Spiel setzten. Anfangs hatte er sich vor Sean gefürchtet, aber dann hatte dieser sich für sein Verhalten entschuldigt, was Frank noch nie erlebt hatte. An diesem

Nachmittag, als sie im Wohnzimmer bei ihren Brettspielen saßen, hatte er die ständige Gefahr tatsächlich vorübergehend vergessen und sich ein wenig entspannt. Nach dem Abendessen wurde er von seinen Tabletten müde und ging nach oben, um sich hinzulegen und schließlich einzuschlafen.

Ein leises Klopfen an der Tür weckte ihn.

»Ja?«

Natalia kam herein. Frank lächelte nervös.

»Wie geht es dir?«, fragte sie.

»Ganz gut.«

Sie stand an die Wand gelehnt – und sah ihn abschätzend an, wie Frank dachte, aber auf eine nette Art und Weise. »Es muss schlimm gewesen sein für dich«, sagte sie leise. »Seit dem Unfall mit deinem Bruder.« Sie zögerte. »Aber zu versuchen wegzulaufen, wie du es auf dem Acker getan hast, das war nicht in Ordnung.«

»Ich weiß. Ich habe euch alle in Gefahr gebracht. Aber ich konnte mir einfach nicht vorstellen, dass wir alle davonkommen könnten.«

Sie breitete lächelnd die Arme aus. »Aber jetzt sind wir hier. Und du hast gehört, was Eileen gesagt hat, das U-Boot wartet auf uns. Wir nähern uns dem sicheren Ufer, Frank, Schritt für Schritt. Und auch du hast dich bereits verändert.«

»Wie meinst du das?«

»Ich habe dich beobachtet, diese ganze Woche über. Als wir dich aus dem Krankenhaus abholten, gingst du gebeugt und bist dahingeschlurft. Das tust du jetzt viel seltener. Und du sprichst – offener.«

»Wirklich?« Er wollte es ihr glauben, wollte wieder hoffen, aber es fiel ihm schwer. Er wechselte das Thema. »Woher kommst du?«, fragte er neugierig.

»Ich stamme aus der Slowakei. Das war mal ein Teil der Tschechoslowakei, falls du dich erinnerst, das Land, das Mr. Chamberlain Hitler schenkte.«

»Ich war immer gegen das Appeasement. David, Geoff und ich haben in der Uni oft darüber gesprochen.«

Sie zog ein Päckchen Zigaretten hervor. »Darf ich rauchen?«

»Bitte. Bist du aus deiner Heimat geflohen?«

»Ich hatte Glück. Ich lernte einen Deutschen kennen, einen anständigen Deutschen. Mit dem bin ich nach England gegangen. Und nachdem er gefallen war, habe ich beschlossen, der Resistance zu helfen.«

»Du musst doch auch Nazis gekannt haben. Uns wird immer erzählt, sie seien unsere Freunde, aber das habe ich nie geglaubt.«

»Die Deutschen sind einem Verrückten verfallen, zusammen mit einem Großteil der Armee. Aber sie sind realistisch genug, um inzwischen zu wissen, dass sie nie und nimmer ganz Russland in ihre Gewalt bringen werden. Ich glaube, wenn Hitler stirbt, werden Armee und SS sich gegenseitig bekämpfen.« Sie lächelte. »Und dann schlägt in Europa die große Stunde der Resistance.«

Frank sagte: »Die Deutschen dürfen mein Geheimnis nie erfahren. Das verstehst du doch.«

»Natürlich.« Sie nickte ernst. »Es muss schwer sein, ein so gefährliches Wissen mit sich herumzutragen.«

»Aber du weißt doch nicht, worum es sich handelt, oder?« Frank wirkte beunruhigt.

»Nein.«

Er zögerte, dann fragte er: »Hast du auch eine von diesen Giftkapseln, wie David?«

»Ja.«

»Ich habe ihn gebeten, dich zu fragen, ob ich auch eine haben kann.«

Sie schüttelte den Kopf. »Ich fürchte, das geht nicht. Wenn die Deutschen kommen, verspreche ich dir, dass sie keinen von uns lebend zu fassen kriegen.« Sie blickte ihm in die Augen. Er bewunderte ihre kühle, klare Direktheit.

»Auch ihr müsst ans Sterben denken, ihr alle«, sagte er. »Eine plötzliche Dunkelheit, aufhören zu existieren. Oder vielleicht der Himmel, ein Garten, wo wir mit Jesus wandeln.« Er lachte bitter. »Oder die Hölle. Das Leben, das Gott uns gibt, mit all diesen schrecklichen Dingen, denen wir nicht entkommen können. Manchmal denke ich, diesem Gott würde es auch gefallen, uns nach dem Tod in eine Hölle zu schicken.«

»Ich glaube, es wird einfach nur dunkel um uns.«

»Ich eigentlich auch.«

»Darf ich mich hinsetzen?«, fragte Natalia.

»Natürlich.«

Im Zimmer waren keine Stühle, also setzte sie sich ihm gegenüber auf den Boden und lehnte sich an die Wand.

Frank fragte: »Warum wollt ihr unbedingt, dass ich am Leben bleibe?«

»Mir hat man gesagt, dass die Amerikaner es wollen. Wir sollen dich retten und an die Küste bringen.«

»Seid ihr nicht neugierig? Du und die Leute von der Resistance? Zu erfahren, was ich weiß?«

Sie lächelte. »Uns wurde befohlen, nicht zu fragen. Die Resistance ist wie eine Armee, wir sind Soldaten und gehorchen.«

»Und wie Soldaten könnt ihr auch Menschen töten, nicht wahr? Diese Geschichten über Bomben und Attentate, die sind doch wahr, oder?«

»Ich wünschte, es gäbe andere Möglichkeiten. Aber alle anderen Wege sind uns versperrt.«

»Hast du auch schon mal jemanden getötet?«

Sie antwortete nicht. Frank sagte: »All das haben wir meinem Bruder zu verdanken. Er hat uns alle in Gefahr gebracht.«

Sie lächelte traurig. »Ich hatte auch einen Bruder.«

»Ach?«

»Ja. Aber er war anders als deiner. Wir standen uns sehr nahe. Aber er hatte… das, was man als psychische Probleme beschreibt. Es fiel ihm schwer, mit der Welt zurechtzukommen. In seiner

Jugend gab er sich sehr selbstbewusst, aber ich glaube, insgeheim litt er unter ständiger Angst.«

»War er auch im Krankenhaus, wie ich?«

»Nein.«

»Mein Bruder Edgar war sehr selbstbewusst. Ihm gelang alles. Oder zumindest hatte es den Anschein.«

Aufmunternd lächelte sie ihn an. Und zu seiner eigenen Überraschung fing Frank jetzt an, ihr von seiner Kindheit zu erzählen, von seinem Bruder, seiner Mutter, von Mrs. Baker, schließlich von seiner Schule. Er hatte noch nie mit jemandem so offen über diese Dinge gesprochen wie jetzt mit Natalia. Aber sie hörte zu, glaubte ihm und urteilte nicht. »Ich habe auch immer Angst gehabt, genau wie dein Bruder«, schloss Frank.

»Aber bei dir waren es ja ganz reale Dinge, vor denen du Angst hattest«, sagte Natalia. »Bei meinem Bruder war es anders, der hatte keinen Grund, sich zu fürchten. Jedenfalls nicht, solange kein Krieg herrschte.«

»Was für ein Mensch war er?«

»Peter war zwei Jahre älter als ich. Er hatte dieselben Tatarenaugen wie ich, aber er war blond wie meine Mutter, durch deren Adern deutsches Blut floss. Er war ein Mischling. Ein hübscher Mischling. Ein kräftiger, lautstarker Junge, der wegen seiner Streiche oft in Schwierigkeiten geriet. Aber man verzieh ihm immer, denn er meinte es nicht böse, er hätte keiner Fliege etwas zuleide getan. Und die Mädchen schwärmten für ihn.«

Frank runzelte die Stirn. Das klang zu gut, um wahr zu sein. Natalia fing seinen Blick auf und lächelte. »Es ist wahr, alle liebten ihn. Und ich himmelte ihn an. Aber manchmal stand er einfach ganz still mitten im Zimmer und schien furchtbare Angstzustände zu erleiden. Und wenn ich ihn fragte, was los sei, bekam ich zur Antwort: ›Nichts, ich habe nur nachgedacht.‹ Unsere Mutter starb, kurz nachdem Peter auf die Uni gekommen war und ich noch zur Schule ging, das verschlimmerte seinen Zustand.«

»Das tut mir leid.«

»Es war ein Herzinfarkt. Ich weiß noch, wie ich eines Tages, unmittelbar nach ihrem Tod, ins Wohnzimmer kam und Peter am Fenster stand und hinaussah, seine Hände fest ineinander verschränkt. Er hatte diesen angstvollen Blick und Tränen in den Augen. Als ich ihn fragte, was los sei, sagte er: ›Wir sind ganz allein, Natalia. Es hat alles keinen Sinn, es gibt keine Sicherheit. Irgendetwas kann plötzlich wie aus heiterem Himmel passieren und uns umbringen, wie bei Mutter, und wir können nichts dagegen tun.‹ Ich weiß noch ganz genau, wie er sagte: ›Unser ganzes Leben lang bewegen wir uns auf dünnstem Eis, das jeden Moment brechen kann, und dann fallen wir und sinken.‹ Ich sehe ihn immer noch, wie er dort steht und seine Worte sich förmlich überstürzen. Und durch das Fenster hinter ihm blauer Himmel.« Natalia unterbrach sich lächelnd. »Aber es tut mir leid, ich wollte dich nicht damit belasten.«

»Dünnes Eis. Ja, so kam es mir auch immer vor.«

»Vielleicht denken wir das ja alle. Aber wir müssen eben hoffen, dass wir nicht einbrechen.« Sie seufzte. »Oder wir müssen versuchen, wie Peter oder deine Mutter, unsere Zuflucht in irgendeiner bizarren Ideologie zu suchen, einen Glauben an etwas, was es in Wirklichkeit gar nicht gibt.«

»Woran hat er denn geglaubt?«

»An den Kommunismus. Er trat in die Partei ein, kurz nachdem unsere Mutter gestorben war. So viele Menschen in Europa wandten sich damals dem Kommunismus oder dem Faschismus zu. Peter wurde Kommunist und war eine Zeit lang sehr viel zufriedener. Er dachte, er habe den Schlüssel zu unserer Geschichte gefunden. Das dachten die Faschisten natürlich auch, im Nationalismus. Peter beendete dann sein Studium, malte ein bisschen – er war Maler, genau wie ich, aber viel besser. Vor seinem Parteieintritt malte er ein paar bemerkenswerte Bilder, surrealistisch, ich glaube, sie spiegelten seine Verwirrtheit wider. Aber später entwarf er Parteiplakate, darauf Arbeiter

mit kantigen Gesichtern und hübsche Mädchen mit Sicheln ...«
Sie lachte. »Unser Vater war Kaufmann, er war furchtbar böse,
als Peter Kommunist wurde.«

»Ich habe eigentlich nie wirklich an etwas geglaubt«, sagte
Frank traurig. »Ich wollte einfach nur in Ruhe gelassen werden.«

»Du hast an die Wissenschaft geglaubt. Du hast schließlich an
einer Universität gearbeitet.«

»Daran geglaubt? Sie hat mich interessiert.« Er schüttelte den
Kopf. »In meinem früheren Leben habe ich gearbeitet. Und gegessen. Und geschlafen. Ich habe Science-Fiction-Bücher und
die entsprechenden Magazine gelesen. Ich hatte eine Wohnung
in Birmingham. Und bezweifle, dass ich die jemals wiedersehen
werde.«

»Peter lebte in einer Science-Fiction-Welt, die Kommunismus
hieß«, sagte Natalia bitter. »Er dachte, die Zukunft und die wahre
Bestimmung der Menschheit liege in Russland. Aber dann reiste
er dorthin. Eine offizielle Besuchsreise. Ich war gerade in London, wo ich Englisch studierte.«

»Deshalb sprichst du es so gut.«

Sie zündete sich eine neue Zigarette an. »Ich weiß noch, als
ich zurückkam, bereitete Peter sich gerade auf seinen Besuch in
Moskau vor; er war furchtbar aufgeregt und sprach sogar davon,
nach Russland zu emigrieren. Aber als er dort ankam, typisch für
ihn, machte er sich eines Nachmittags allein auf den Weg. Er lief
dem Fremdenführer davon und erkundete Moskau auf eigene
Faust. Die Kommunisten waren gerade dabei, die alte Stadt ab-
zureißen und neue Wohnblocks zu bauen, weiß und luftig,
Wohnraum für den Arbeiter der Zukunft.«

»Hier fangen sie auch damit an. Diese Hochhäuser.«

»Dort, wo Peter wohnte, gab es auch welche. Sie waren ganz
neu, dazwischen gab es noch keine befestigten Wege. Peter erzählte, wie er über das matschige Gelände wanderte, die Tür zu
einem dieser Blocks öffnete und hineinging. Er erzählte, es sei un-
beschreiblich gewesen, überall Dreck und Unrat, die Menschen

hatten sich sogar auf dem Fußboden erleichtert. Die Wohnungen waren vollgestopft, ganze Familien in einem einzigen Raum, manchmal sogar mehrere, mit nur einem schäbigen Vorhang dazwischen, damit sie etwas Privatsphäre hatten, und überall Streit, Fluchen und Prügeleien. Sie schrien ihn an, als er hereinkam. Nachdem er in diesem Wohnblock gewesen war und gesehen hatte, wie die Menschen in seinem kommunistischen Paradies wirklich lebten – das hat ihn total verändert.«

Frank stellte sich vor, wie Peter in diesem Moskauer Neubaugebiet durch den Matsch gestapft war. »Armer Kerl«, sagte er.

»Ja. Armer Peter. Ich weiß auch nicht, was er erwartet hatte, einen Palast etwa?« Sie klang ärgerlich. »Dafür bekam er dann auch noch Schwierigkeiten mit dem Reiseveranstalter. Zum Glück besaß er einen ausländischen Pass. Das war 1937, während der schlimmsten Jahre des Stalin-Regimes. Als Peter nach Bratislava zurückkehrte, trat er aus der Partei aus und verbrachte immer mehr Zeit zu Hause, allein in seinem Zimmer.«

»Ein Zimmer, ein Zuhause, da kann man sich verstecken, nicht wahr?«

»Ja.« Sie blies eine Rauchwolke aus und seufzte. »Inzwischen wurde es draußen in der Welt immer schlimmer. Im nächsten Jahr nahm Hitler sich das Sudetenland, dann, 1939, machte er die Slowakei zu einem unabhängigen Marionettenstaat, dann brach der Krieg aus. Mein Vater war schon im Ruhestand, finanziell abgesichert, und ich arbeitete als Übersetzerin, also konnte ich mich um Peter kümmern. Ich habe zwei Jahre lang für ihn gesorgt. Unser Vater half auch, aber er war alt und kam mit der Situation nicht mehr so ganz zurecht.«

»Peter hat Glück gehabt, dass er jemanden hatte, der sich um ihn kümmerte.«

»Ich tat, was ich konnte. Dann kam 1941, und die Deutschen marschierten in Russland ein. Die slowakische Regierung schickte Truppen zu ihrer Unterstützung. Mein Bruder wurde eingezogen, er war jung und fit, und sein psychischer Zustand interessierte niemanden. Er kämpfte mit bis zum Kaukasus. Dann kam er mit einem zerschossenen Bein nach Hause. Das heilte wieder, aber die Wirkung auf seine Psyche …« Sie schüttelte traurig den Kopf. »Er stand Todesängste aus, er befürchtete ständig, sie kämen, um ihn abzuholen. Kommunisten, Faschisten oder Priester – ich weiß nicht, wer, irgendjemand. Unser Vater war gestorben, während Peter im Krieg war. Schließlich sprang er aus dem Fenster.« Sie sah Frank lange und eindringlich an. »Es war schrecklich, was er mir damit angetan hat.«

»Er konnte mit seiner Angst nicht mehr leben«, sagte Frank.

»Inzwischen hat die ganze Welt lernen müssen, mit der Angst zu leben.« Sie stand auf, wobei ihre Knie knackten. Das erinnerte Frank daran, dass sie so alt war wie er selbst, also nicht mehr ganz so jung. »Es tut mir leid«, sagte sie leise. »Ich wollte gar nicht über all diese traurigen Dinge sprechen.«

»Ist schon gut.«

Sie trat ans Fenster und zog den Vorhang zur Seite. Der Nebel war genau so dicht wie vorher, dick, widerlich, fast flüssig, man konnte nichts sehen, nur Finsternis. »Keinerlei Anzeichen, dass es aufhört«, sagte sie. Dann wandte sie sich zu ihm um und lächelte. »Ich danke dir.«

»Wofür?«, fragte er überrascht.

»Weil du die Sache mit Peter verstehst.«

War ihr Bruder wirklich wie ich?, fragte sich Frank, nachdem sie gegangen war. Er war dezent überwältigt von ihrer Offenheit. Dann kam David kurz herein, um nach ihm zu sehen. Er hatte versucht, wieder etwas zu schlafen, aber er fand keine Ruhe. Sämtliche Gespräche, die er heute geführt hatte, spukten in seinem Kopf herum. Schließlich beschloss er, nach unten zu gehen. Als er an der Tür nebenan vorbeikam, hörte er zu seiner Überraschung leise Stimmen. Ob dort wohl über ihn gesprochen wurde? Er blieb stehen. Jetzt hörte er Natalias Stimme sehr leise sagen: »Du sehnst dich doch genauso sehr nach einer Frau wie ich mich nach einem Mann.« Er wich zurück. Plötzlich empfand er ein Gefühl von Verrat, Verlust, Eifersucht. Er war wie betäubt.

Unten spielte Ben mit den O'Sheas Karten. Er blickte auf. »Alles gut? Ich dachte, du schläfst.«

»Nein. Nein, ich … ich konnte einfach keine Ruhe finden.«

Aufmerksam sah Ben ihn an. »Ist wirklich alles in Ordnung mit dir?«

»Ja.«

»Es ist noch etwas früh für deine Abendtablette. Ich gebe sie dir in einer Stunde, dann wirst du schlafen.«

»Möchten Sie eine Tasse Tee?«, fragte Eileen freundlich, »und vielleicht ein Stück Kuchen?«

»Nein, nein, danke. Wo ist Geoff?«

Sie wies mit dem Kopf zum Vorderzimmer. »Er schläft dort. Warum gehen Sie nicht und sehen nach, wie es ihm geht?«

Frank machte die Tür auf. Er spürte ihre Blicke im Rücken. Das Licht brannte, und Geoff saß schlafend im Sessel, wachte aber auf, als Frank eintrat. Er hustete.

»Entschuldige«, sagte Frank. »Habe ich dich geweckt?«

»Ich habe nicht richtig geschlafen.« Geoff setzte sich auf und hustete erneut, ein hartes, rasselndes Geräusch. Er sah nicht gut aus, seine Stirn war schweißnass. »Wie spät ist es?«

»Neun. Wie fühlst du dich?«

»Ziemlich mies.« Er sah Frank an. »Und du? Hältst du dich tapfer?«

»Ja. Doch, ich glaube schon. Mich kratzt es auch ein bisschen im Hals, aber es ist nicht schlimmer geworden.«

»Ich denke, ich gehe nach oben und lege mich hin.«

Frank hob die Hand. »Nein, ich glaube« – er stolperte über seine eigenen Worte – »lieber jetzt noch nicht.«

Verständnislos sah Geoff ihn an. »Warum nicht?«

»Ich – ich glaube, David und Natalia sind oben.« Frank merkte, wie er rot wurde. »Zusammen.«

Geoff nickte. Er hatte verstanden und lächelte traurig. »Ich hatte mich schon gefragt, ob da etwas im Busch ist. Danke, dass du mich gewarnt hast.« Er runzelte die Stirn. »Aber ich hätte nicht gedacht …« Er sah Frank eindringlich an. »Hör mal, wenn wir Sarah wiedersehen, Davids Frau, darfst du nichts erwähnen. Er und Natalia – nun ja, diese Dinge passieren, wenn man so dicht zusammenrücken muss, noch dazu unter solchen Umständen …«

»Ich sage nichts, das verspreche ich.«

Geoff lehnte sich müde im Sessel zurück. »Dann bleibe ich wohl besser noch eine Weile hier.«

»David und Natalia«, sagte Frank. »Seine Frau. Sie sollten nicht …«

»Wer sind wir, darüber zu urteilen?«

Frank blickte zu Boden. »Ich weiß es nicht.«

Geoff schüttelte den Kopf. »Es ist erst fünfzehn Jahre her, seit du und ich und David auf der Uni waren. Es war eine andere Welt damals, nicht wahr?«

»Ja, das war es.«

Geoff lächelte. »Erinnerst du dich noch an den Tag, als wir zusammen im Pub waren, und dieses Großmaul aus unserem College war auch dort, ich habe seinen Namen vergessen. Er verkündete, Hitler wolle doch nur den deutschen Geist wiederbeleben und sich die Gebiete zurückholen, die historisch zu Deutschland gehörten, und er habe doch alles Recht …«

»Carter«, sagte Frank.

»Richtig. Und du hast gesagt: ›Das sind nicht einfach Gebiete, das sind Orte, wo Menschen leben, und auf die Menschen kommt es doch an.‹ Ich weiß noch genau, er setzte sich einfach hin und starrte dich an. Ich glaube, er war ziemlich platt, dass du ihm widersprochen hattest.«

»Daran erinnerst du dich, nach all diesen Jahren?«, sagte Frank.

»O ja, ich …«

Frank unterbrach sich, weil ein ohrenbetäubendes Krachen von der Haustür hereindrang. Frank wandte sich so schnell um, dass er fast das Gleichgewicht verloren hätte, als ein weiteres Krachen folgte. Geoff sah ihn an, dann riss er die Tür zum Flur auf. Sean war aus dem Wohnzimmer gekommen, stand mit dem Gewehr in der Hand da und zielte auf die Haustür. Sie zersplitterte und flog auf, und drei Männer mit gezogener Pistole drangen aus dem Nebel herein, zwei davon uniformierte Hilfspolizisten. Einer hielt einen Vorschlaghammer in der Hand, der andere eine Pistole. Der dritte war in Zivil, und Frank erkannte entsetzt Syme, den großen, hageren Polizeibeamten, der ihn im Krankenhaus besucht hatte. Auch er hatte eine Pistole in der Hand. Sean schoss auf den bewaffneten Hilfspolizisten, was in dieser Enge einen schrecklichen Lärm verursachte. Der Polizist fiel rückwärts auf die beiden anderen, sodass sie das Gleichgewicht verloren. Er blockierte die Tür, aus seinem Hals schoss Blut. Aber dem Polizisten in Zivil gelang es, auf Sean zu feuern, und der hünenhafte Ire brach zusammen. Sein schwerer Körper krachte auf den Boden, dass die Bretter zitterten.

Frank stand wie gelähmt da. Während die beiden Eindringlinge mit der Leiche ihres toten Kollegen in der Türöffnung beschäftigt waren, packte Geoff ihn am Arm und schob ihn durch die offene Tür ins Wohnzimmer. Ben war erschienen, mit einer Pistole in der Hand. Die Waffen mussten in der Schublade des Esstisches gelegen haben. Hinter ihm stand Eileen und starrte mit entsetzt aufgerissenen Augen auf die Leiche ihres Mannes. Frank warf einen Blick auf Seans Gesicht. Die blauen Augen, vor denen er Angst gehabt hatte, waren jetzt starr und leblos.

Mit eiligen Schritten kamen David und Natalia die Treppe herabgerannt. David damit beschäftigt, seine Kleider zuzuknöpfen. In jeder anderen Situation hätte es grotesk gewirkt. Auch Natalia hielt eine Pistole in der Hand. Syme und der andere Hilfspolizist waren jetzt im Flur und hoben ihre Waffen, aber Natalia schoss zuerst, eine Sekunde später auch Ben von der Tür her. Sie verfehlten Syme, aber Natalia hatte den Hilfspolizisten am Arm getroffen. Er schrie und taumelte. Vor dem Haus hörte man eine Polizeisirene.

Geoff hatte Frank im Wohnzimmer fürs Erste in Sicherheit gebracht. Natalia und David folgten ihnen, und David knallte die Tür zu.

»Hinten raus!«, schrie Eileen und deutete auf Frank. Geoff ergriff Franks Hand und zog ihn in die Küche. Die anderen schoben den schweren Tisch gegen die Tür zum Flur und blockierten sie, gerade als der Polizist in Zivil sich dagegenwarf. Jetzt kamen weitere Polizisten, die Barrikade würde also nicht lange halten. Eileen kreischte: »Lauft!«

Ben öffnete langsam und vorsichtig die Hintertür. Draußen war nichts zu sehen, außer einer undurchdringlichen Nebelwand. Hier erwarteten sie möglicherweise Dutzende weiterer bewaffneter Polizisten, aber es gab keinen anderen Ausweg. Noch mehr Polizisten kamen durch die Vordertür und warfen sich gegen die Tür zum Wohnzimmer. Frank blickte zurück zu Eileen. Sie lächelte traurig, dann griff sie in den Ausschnitt ihres Kleides. Sie nahm etwas heraus und schob es sich in den Mund. Frank sah, wie ihr Körper sich kurz verkrampfte.

Die Hintertür stand halb offen, und Ben lugte hinaus, die Pistole in der Hand. Er winkte den anderen zurückzutreten. Frank erwartete eine weitere Horde blauer Uniformen im Hof. Aber da war nichts, nur der Nebel. Ben holte tief Luft und trat nach draußen, die Pistole in beiden Händen hocherhoben. David und Natalia folgten, dann zog Geoff Frank heraus und warf die Hintertür zu, damit kein Licht nach draußen fiel. Er hatte den Schlüssel abgezogen und verschloss die Tür.

Sie standen im Hinterhof, in Dunkelheit und Nebel. Irgendwo blitzte es auf, und man hörte einen Knall. Geoff, neben Frank, ließ dessen Hand los, schrie auf und stürzte zu Boden. Reglos lag er da, aus seiner Brust floss Blut. Noch einmal zuckte er heftig, dann war er still. Ben und Natalia feuerten blind in die

Dunkelheit, und Frank hörte, wie jemand fluchend zu Boden stürzte. Hier hinten war offenbar nur ein einziger Polizist postiert gewesen. Jetzt ergriff Ben Franks Hand und zog ihn durch den Nebel über den Hof. Frank schrie auf: »Geoff!«

»Er ist tot!«, sagte Ben. Er zerrte Frank bis zur Mauer, die den Hof umgab. Hier stand eine Mülltonne, und David half Natalia hinauf, damit sie über die Mauer klettern konnte. David folgte ihr. Hinter sich hörten sie, wie gegen die Küchentür getreten wurde.

»Komm schon!«, rief Ben Frank zu. Er kletterte auf die Mauer, dann griff er nach unten, packte Frank unter den Armen und hob ihn hoch. Frank klammerte sich an die Mauer, er erwartete jeden Moment eine Kugel im Rücken, fast wünschte er es sich, aber nichts passierte. Von der Mauer aus schoss Ben noch einmal in Richtung Hintertür.

»Verdammt, jetzt komm schon!«, schrie er in Franks Ohr und zerrte ihn gewaltsam über die Mauer. Frank fiel auf das nasse Kopfsteinpflaster und schnappte nach Luft, aber David und Ben zogen ihn auf die Beine und trugen ihn halb die Gasse entlang bis zu einer Straße, in der eine erstickende graugelbe Nebelwand stand. Man hörte weitere Schüsse, helle Blitze im Dunkel. Polizisten, die auf der Straße gewartet hatten. Frank schrammte gegen eine Mauer und schürfte sich den Arm auf, aber Ben hatte ihn am anderen Arm gepackt. Er musste seinen Griff lockern, um immer wieder ins Dunkel zu schießen. Alle feuerten blind um sich, niemand konnte etwas sehen. Frank hörte etwas hinter sich. *Noch mehr Polizisten*, dachte er, *und wahrscheinlich Syme*, der bei den O'Sheas über die Mauer geklettert war und ihn verfolgte.

Er riss sich von Ben los. Panik hatte ihn erfasst – die Schüsse, der Anblick von Sean und Geoff, die tot waren, von Eileen, die unter krampfhaftem Zucken starb. Sie konnten ihn nicht retten, sie würden alle gefasst werden, er hatte es immer gewusst. Er drehte sich um und rannte los in den Nebel.

45

Frank hatte nur den einen Gedanken, zu fliehen, im Nebel zu verschwinden. Er rannte blindlings weiter, die Arme vor sich ausgestreckt. Er spürte einen Stoß im Rücken und merkte, dass er unabsichtlich vom Bordstein auf die Straße getreten war. Er hörte noch mehrere Schüsse hinter sich, dann die Trillerpfeife eines Polizisten. Er blickte zurück, aber es war unmöglich festzustellen, wer da auf wen schoss, er sah undeutlich Gestalten, die im nächsten Moment schon wieder verschwunden waren. Er erreichte den Gehweg auf der anderen Seite, wobei er beinahe über den Bordstein gestolpert wäre. Mit ausgestreckten Armen ging er weiter. Er fühlte eine Mauer und tastete sich an Häusern und nassen Hecken entlang, um nicht versehentlich wieder auf die Straße zu geraten. Wieder hörte er eine Trillerpfeife, doch jetzt schon etwas weiter weg. Er bog um eine Ecke und ging weiter, bis ein Hustenanfall ihn zwang, stehen zu bleiben. Die Luft stank. Er lehnte sich gegen eine Ligusterhecke und wartete, bis er wieder ruhiger atmen konnte. Immer noch hörte er Schüsse, aber jetzt noch weiter entfernt.

Das Haus der O'Sheas war überfallen worden, der kleine Junge aus dem Nachbarhaus musste sie verraten haben. Die anderen waren weg, womöglich tot – wenn sie nicht erschossen worden waren, hatten sie bestimmt ihre Zyankalikapseln genommen. Bei diesem Gedanken würgte Frank ein ersticktes Schluchzen hervor.

Er musste weiter, wenn nötig, die ganze Nacht durch. Wenn er nur etwas sehen könnte. Bei Tag wäre die Sicht besser, aber damit würde man auch ihn besser sehen können. Gott sei Dank hatte er seine Abendtabletten noch nicht genommen, so hatte er wenigstens einen klaren Kopf und war nicht müde. Man würde ihn in ganz London suchen. *Doch es gibt ja Eisenbahnbrücken*, dachte er. Er brauchte nur eine zu finden und hinunterzusprin-

gen, um all dies zu beenden. Dieser Gedanke beruhigte ihn, jetzt
hatte er wieder ein Ziel. Er hatte es gewusst, dass sie nicht entkommen würden, es war naiv, sich das auch nur einzubilden. Er
dachte daran, wie Geoff umgefallen war, an all das Blut, und
beinahe hätte er wieder angefangen zu schluchzen.

Außer ihm war kein Mensch auf der Straße. Undeutlich konnte
er die kleinen hellen Flecken der Straßenlaternen erkennen, um
die der Nebel wirbelte und waberte. In diesem Wetter ging niemand vor die Tür, außerdem hatte man bestimmt die Schüsse
gehört und war schon deshalb im Haus geblieben. Er fröstelte,
denn er hatte nichts weiter an als Colonel Brocks alte Strickjacke,
ein dünnes Hemd und seine Hose, und ihm war sehr kalt. Er
dachte an David und Natalia, die, noch dürftiger angezogen, auf
die Straße gerannt waren. Aber er freute sich für sie, dass sie vor
ihrem Ende noch diese letzte Chance gehabt hatten.

Er hörte das schrille Läuten eines Gefangenenwagens, das näher und näher kam. Eilig tastete er sich an der Hecke entlang. Er
kam an ein Gartentor, tropfnass vom Nebel, es fühlte sich an wie
kalter Schweiß. Er öffnete das Tor, schlüpfte in den winzigen
Vorgarten und kauerte sich hinter die Hecke. Das lange nasse
Gras durchweichte seine Hosenbeine. Er musste sich sehr ruhig
verhalten, denn zwischen den Vorhängen, die nicht ganz geschlossen waren, drang ein dünner Lichtstrahl nach draußen,
nur wenige Meter von ihm entfernt. Er hörte das Geräusch eines
sehr langsam fahrenden Autos. *Sie werden mich nicht finden*,
dachte er, *nicht unter diesen Bedingungen.* Das Auto fuhr vorbei
und verschwand. Zitternd blieb er hocken. Nach einigen Minuten wagte er sich hinaus, vorsichtig und geduckt. Seine Schuhe
und seine Hosenbeine waren völlig durchnässt. Er hustete, dann
ging er langsam weiter.

Er kam an eine weitere Ecke. In einiger Entfernung sah man
die orangen Blinklichter einer Zebrakreuzung; aus irgendeinem
Grund durchdrangen sie den Nebel besser als die Straßenlaternen. Es war außergewöhnlich still, als sei er hier irgendwo auf

dem Lande statt mitten in London. Vorsichtig überquerte er die Straße. Sie war breiter, also musste es eine Hauptstraße sein. Auf der anderen Seite stieß er erneut auf eine Mauer. Er tastete sich entlang und entdeckte ein Fenstersims, höher als gewöhnlich. Es schien sich um ein großes Gebäude zu handeln, womöglich ein Lagerhaus oder ein Bürogebäude, vielleicht konnte er sich dort drin verstecken. Er tastete sich weiter. Plötzlich hörte er von weiter oben in der Straße eine Stimme: »Geht weiter, bis ans Ende der Straße, wo wir sie gesperrt haben!«

»Verdammt noch mal, das hat doch keinen Sinn, Sarge! Sie können sonst wo sein!«

Sie. Er war sich sicher, der Mann hatte von »sie« gesprochen. Sein Herz schlug wie wild, er versuchte, ruhig zu atmen. Also mussten einige von ihnen noch leben. Verschwommen sah er Lichter auf sich zukommen. Taschenlampen, sehr starke, in deren Lichtkegeln der Nebel wirbelte. Er ging weiter die Wand entlang, in die andere Richtung. Wieder bog er um eine Ecke und entdeckte ein hohes eisernes Tor. Mit Mühe erkannte er eine Steintreppe. Er hörte, wie jemand rief: »Verdammte Scheiße! Ich weiß nicht mal, ob ich jemals wieder nach Hause finde, dabei soll ich diese Bastarde suchen!«

Frank wurde klar, dass man die Straße abgeriegelt hatte. Er musste ein Versteck finden. Er öffnete das Metalltor – zum Glück quietschte es nicht – und ging die Stufen hinauf. Oben war eine schwere hölzerne Tür. Er fürchtete, sie könnte verschlossen sein, aber sie ließ sich öffnen. Er schlüpfte hinein und machte sie hinter sich zu.

Jetzt stellte er fest, dass er sich in einer riesigen gotischen Kirche befand, mit hohen Buntglasfenstern und gewölbter Decke. Sie war leer, aber an den Wänden brannten schwache elektrische Lampen. Lange Bankreihen erstreckten sich bis vorn zum Altar, wo in einem verzierten goldenen Gefäß eine rote Kerze brannte. An den Wänden befanden sich Bilder des Kreuzweges. Hier drinnen war es genauso kalt wie draußen, feucht und muffig, aber

584

obwohl man den Nebel auch hier riechen konnte, war dieses Teufelszeug bisher nicht in das Gebäude eingedrungen.

Frank blickte zurück auf die große Tür. Sie hatte einen schweren Riegel, und langsam und leise schob er diesen jetzt vor. Dann blickte er sich abermals in der Kirche um. Es gab mehrere Türen. *Wenn eine davon zu einer Treppe führt*, dachte er, *vielleicht bis in den Turm hinauf, könnte ich hinaufsteigen und hinabspringen.* Das Versprechen, das er David gegeben hatte, zählte jetzt nicht mehr. Sein Herz klopfte wie wild. Die einzige Erfahrung, die er mit Kirchen gemacht hatte, stammte aus seiner Schulzeit: die kalte Kapelle mit ihren kalkweißen Wänden, das Lesepult mit dem geschnitzten, böse starrenden Adler. Mrs. Baker hatte ihren Anhängern verboten, die falschen Tempel der alten Religionen – wie sie sie nannte – zu betreten.

Langsam ging er zur nächsten Tür, bemüht, auf dem Steinfußboden so leise wie möglich aufzutreten. Neben der Tür stand eine Gipsfigur. Christus, sein weißer Körper am Kreuz, Schmerz und Todesangst auf dem schmalen, bärtigen Gesicht. Wie seine Mutter erzählte, hatte Mrs. Baker behauptet, Christus trage immer ein weißes Gewand und warte lächelnd in einem Paradiesgarten auf die ankommenden Seelen, aber diese Figur fiel deutlich anders aus: die skulpturale Verkörperung totaler Agonie.

Vorsichtig öffnete Frank die Tür. Dahinter war ein langer Korridor, an dessen Ende eine geschlossene Flügeltür, hinter der er Stimmen hörte. Einen Moment stand er wie angewurzelt, voller Angst, dass sie ihn aufgespürt hatten und jetzt hier auf ihn warteten. Mit einem unterdrückten Schrei wich er zurück, als sich eine der Türen öffnete. Ein hochgewachsener junger Mann trat heraus, mit einer schmuddeligen Schürze über einem schwarzen Hemd mit weißem Priesterkragen. Er hatte einen wirren braunen Haarschopf, und sein rundes, gutmütiges Gesicht wirkte erschöpft. Aus dem Raum hinter ihm drangen Kochdüfte. Der Mann blickte Frank an und lächelte.

»Hallo«, sagte er fröhlich mit lauter, gebildeter Stimme, »kommen Sie zum Essen?«

Frank starrte ihn an. Er hatte keine Ahnung, wovon der Mann sprach. Er wollte sich gerade umdrehen und wegrennen, als der Mann mit leiser Stimme sagte: »Warten Sie! Es ist schon in Ordnung. Sie sehen aus, als könnten Sie eine warme Mahlzeit vertragen.« Er nickte aufmunternd, trat zur Seite und zog die Tür etwas weiter auf. Frank sah einen Raum mit hölzernen aufgebockten Tischen, an denen zerlumpte Männer und Frauen saßen und Suppe aßen. Neben einer riesigen Terrine auf dem Tisch standen zwei Frauen und verteilten Suppenteller und Brot. Jetzt verstand Frank, dass es sich um eine Suppenküche handelte. Er wusste, dass es gegenwärtig immer mehr davon gab, wegen der hohen Arbeitslosigkeit, aber er hatte noch nie eine mit eigenen Augen gesehen. Er war nicht hungrig, aber völlig durchgefroren, und das große Feuer im Kamin verbreitete eine wohlige Wärme. Er blieb stehen, wo er war, aber der Mann sagte zu ihm: »Hallo. Ich bin der Pfarrer hier. Ich heiße Terry.«

Frank wusste, dass einige Kirchen auf Seiten von Beaverbrook und Mosley standen, viele hingegen nicht. Er zögerte, doch dann wagte er sich langsam hinein in den warmen Raum. Es roch nach ungewaschenen Menschen und feuchten, schmutzigen Kleidern. Die meisten Leute an den Tischen waren Bettler, wie man sie an den Straßenecken traf, Haar und Bärte verfilzt, die zerlumpten Kleider mit Bindfaden zusammengehalten, mit zerfurchten, schmutzigen und ausgemergelten Gesichtern. Der eine oder andere trug einen fleckigen, glänzenden Anzug, ein Versuch vielleicht, dadurch den Rest eines respektablen und soliden Eindrucks zu bewahren. Es saßen auch einige zerlumpte Frauen da, eine mit einem neugeborenen Baby im Arm.

»Wie heißen Sie, mein Freund?«, fragte der Pfarrer.

Frank zögerte. »David.«

Terry sah ihn neugierig an. Er sagte leise: »Sie waren noch nie hier, oder? Wo haben Sie von uns gehört?«

»Ich – das weiß ich nicht mehr.«

»Nun ja, es gibt viele Leute, denen es heutzutage nicht mehr gut geht, dafür braucht man sich nicht zu schämen. Kommen Sie mit, essen Sie etwas. An einem solchen Abend sollte man nicht draußen sein. Dieser dreckige Nebel, so was habe ich noch nie erlebt. Und sie tragen keinen Mantel, Sie müssen ja halb erfroren sein.« Der Pfarrer sah ihn jetzt aufmerksamer an, dann riss er die Augen auf. Frank folgte seinem Blick und bemerkte vorn auf seiner Strickjacke einen großen, dunklen Blutfleck. Erschrocken hielt er die Luft an, weil er dachte, er sei ebenfalls getroffen worden, doch dann fiel ihm ein, dass es Geoffs Blut sein musste.

»Sie sind verletzt«, sagte Terry leise.

»Das ist nichts, ich habe mich nur geschnitten …«

»Lassen Sie mich sehen.«

Frank flüsterte: »Es ist nicht mein Blut.« Er schluckte. »Es ist von meinem Freund. Er ist tot.«

Terry zögerte, dann beugte er sich vor. »Bitte, kommen Sie mit.«

Frank sah in das müde Gesicht des Pfarrers. In seiner Stimme und in seinem Verhalten war ein gewisses Etwas, weshalb Frank sich von ihm in einen Nebenraum führen ließ. Es war ein kleines Büro mit einem stählernen Aktenschrank und einem Tisch mit einem Telefon. Über den Stuhl war ein schwarzes Jackett geworfen worden. An einer Reihe von Garderobenhaken hingen weiße Chorhemden. Der Pfarrer schloss die Tür. Er sagte: »Eben waren zwei Männer hier und sagten, sie hätten in der Nähe Schüsse und Polizeiautos gehört. Sie dachten, es sei eine Bande von Jive Boys. Hatte das etwas mit Ihnen zu tun? Keine Angst«, fügte er schnell hinzu, »ich verrate Sie nicht.«

Frank stand gegen den Tisch gelehnt. Er antwortete nicht, sondern gab lediglich einen verzweifelten Seufzer von sich. Terry sah ihn an. »Ich kann Ihnen helfen, aber Sie müssen Vertrauen zu mir haben. Für mich ist es schon ein Risiko, wenn ich sage, dass ich Ihnen helfen kann.« Er holte tief Luft, und Frank merkte, dass auch Terry Angst hatte. Er sah am Gesicht des Pfarrers, dass er es ehrlich meinte, aber wenn Ben und Natalia und David es nicht geschafft hatten, ihn zu retten, wie sollte dieser Mann es dann können? Es war ein wahnsinniges Risiko, sich ihm anzuvertrauen.

Der Pfarrer ging zu einer der Türen und öffnete sie. Eine Welle kalter, stinkender Luft und Nebelschwaden drangen ins Zimmer. Er ließ die Tür offen und ging zur anderen Tür, die zur Suppenküche führte. »Sehen Sie«, sagte er, »wenn Sie gehen wollen, hindere ich Sie nicht daran. Vielleicht gelingt es Ihnen, in diesem Nebel zu entkommen, vielleicht auch nicht. Ich helfe Ihnen, aber Sie müssen mir sagen, was passiert ist.«

»Ich war mit ein paar Freunden zusammen«, sagte Frank. »Die sind von der Resistance; wir versuchen, aus England herauszukommen. Wir waren in einem Haus, etwa zwei Straßen entfernt von hier. Es wurde überfallen. Einige meiner Freunde wurden erschossen, aber ich bin weggerannt. Die Resistance will verhindern, dass die Deutschen mich lebend bekommen. Ich bin für sie wichtig, ich wünschte, ich wäre es nicht, aber so ist es. Bitte – bitte, machen Sie die Tür wieder zu. Sonst könnte mich jemand hier entdecken, außerdem ist es schrecklich kalt.«

Terry machte die Tür wieder zu. Er nahm das Jackett vom Stuhl. »Setzen Sie sich hin, Sie sind ja völlig fertig.« Frank setzte sich, und Terry legte ihm das Jackett um die Schultern. Er blickte auf Franks verkrüppelte Hand. »Wie ist das passiert? Die Deutschen?«

Frank schüttelte den Kopf. »Nein, das waren andere, da war ich noch ein Schuljunge. Ich gehöre nicht zur Resistance. Ich muss nur – außer Landes gebracht werden.«

»Warum?«

Frank schüttelte entschlossen den Kopf. »Das kann ich Ihnen nicht verraten. Aber die Leute von der Resistance wissen es.«

»Heißen Sie wirklich David?«

Frank schüttelte den Kopf. »Nein. Das war einer meiner Freunde.« Er merkte, dass ihm die Tränen kamen.«

»Können Sie mir Ihren richtigen Namen nennen? Wenn ich den weiß, kann ich um Hilfe telefonieren. Ich habe eine geheime Nummer.« Terry deutete mit dem Kopf zum Telefon auf dem Tisch.

Frank zögerte. Jetzt ging es um alles oder nichts. »Muncaster. Frank Muncaster.«

Terry nahm den Hörer ab. Er wählte eine Nummer. Jemand antwortete, und er sprach mit unerwarteter Bestimmtheit. »Pfarrer Hadley, Lukasgemeinde. Ich habe hier einen Mann, der von der Polizei gesucht wird. Hier in der Nachbarschaft ist ein Haus überfallen worden. Er heißt Frank Muncaster, ich wiederhole, Muncaster. Mittelgroß, sehr schlank, braunes Haar, verletzte rechte Hand.« Es entstand eine Pause, während der der Pfarrer nur gelegentlich nickte und »Ja« sagte. Er sah Frank an und fragte leise: »Wissen Sie, wie viele von Ihren Freunden fliehen konnten?«

»Sean und Eileen, die Leute, die uns beherbergt haben, wurden …« – seine Stimme zitterte – »ich sah, wie sie starben. Und Geoff, einer meiner Freunde, wurde auch getötet, das hier an der Strickjacke ist sein Blut. Die anderen drei – ich weiß nicht, was mit ihnen passiert ist. Dort draußen hörte ich, wie ein Polizist sagte, man suche ›sie‹, also hoffe ich, dass sie entkommen konnten.«

Der Pfarrer gab die Botschaft am Telefon weiter. Schließlich sagte er »In Ordnung« und legte auf. Er blickte Frank an. »Man wird Sie abholen. Aber es kann eine Weile dauern, die Polizei errichtet Straßensperren, das ganze Viertel ist abgeriegelt.«

Frank stand auf, Panik erfasste ihn. »Sie könnten alle Straßen absuchen. Was ist, wenn sie hierher kommen …«

Terry sagte: »Es ist schon gut, wenn sie kommen, kümmere ich mich darum. Die wissen nicht, dass ich Kontakte zur Resistance unterhalte.« Er lächelte traurig und wirkte jetzt um Jahre älter. »Die denken, ich bin hier bloß der lokale Menschenfreund vom Dienst. Unser Mann sagte mir, Sie seien in einem psychiatrischen Krankenhaus gewesen und hätten einen Selbstmordversuch unternommen«, fügte er leiser hinzu.

»Das würde ich jetzt auch machen, wenn ich könnte. Damit sie mich nicht kriegen.«

Terry schüttelte den Kopf. »Das wäre aber nicht Gottes Wille.«

»Nein? Warum beschert er uns dann eine Welt, in der das manchmal die einzige Lösung für uns ist?«

Terry schloss die Augen. Wie unendlich erschöpft er aussah. »Wollen wir für Ihre Freunde beten?«

»Nein.« Franks Stimme zitterte vor Erregung. »Nein.«

Beide erschraken, als es laut klopfte. Der Ton des Pfarrers klang plötzlich sehr entschlossen: »Das ist die Hintertür. Ich gehe nachsehen. Sie bleiben hier. Wenn Sie hören, dass ich mit jemandem zurückkehre, gehen Sie schnell nach draußen. Aber warten Sie vor der Tür auf mich, gehen Sie nicht wieder auf die Straße zurück, sonst wird man Sie finden.« Er sah Frank an. »Versprochen? Ich bin Ihre einzige Chance. Bitte, tun Sie, was ich sage. Meine Frau ist in der Suppenküche«, fügte er mit fast flehender Stimme hinzu.

Frank nickte müde. Es war, wie David auf dem Acker gesagt hatte – er war für das Leben anderer Menschen mitverantwortlich. Und das alles nur, weil Edgar ihm hatte zeigen wollen, was für ein genialer Kopf er war, damals, an jenem Abend in Birmingham.

Der Pfarrer trat hinaus. Frank stand auf und legte das Ohr an die Tür. Er hörte Stimmen, die in der großen Kirche widerhallten, aber die Worte verstand er nicht. Dann folgten Schritte mehrerer Männer, die in die Suppenküche gingen. Er stand an der Tür der Sakristei, bereit, jeden Moment loszurennen.

Doch dann näherten sich andere Schritte, diesmal nur von einer Person. Terry kam in die Sakristei und setzte sich. Er atmete auf und fuhr mit dem Finger an der Innenseite seines Priesterkragens entlang, dann zog er ein Päckchen Zigaretten heraus und zündete sich eine an. Er sagte: »Sie sind weg. Hatten Sie die Kirchentür von innen verriegelt, als Sie hereinkamen?«

»Ja.«

»Gott sei Dank. Ich konnte sie überzeugen, dass ich das schon vor mehreren Stunden gemacht hatte und deshalb niemand hätte hereinkommen können. Sonst hätten sie hier alles durchsucht. Der einzige andere Weg hier herein führt durch die Hintertür, und durch den kommen die Leute in die Suppenküche. Man hat Sie genau beschrieben, man sagte mir, sie suchten außerdem noch zwei Männer und eine Frau.«

Also hatten David, Ben und Natalia fliehen können, zumindest fürs Erste. Terry sagte: »Wie es aussieht, sind Sie derjenige, um den es geht.« Neugierig musterte er Frank. »Sind Sie Jude? Diese Menschenjagden sind unsäglich.«

»Nein. Nein, ich bin kein Jude.«

»Zigarette?«

»Danke, ich rauche nicht.«

»Wir hatten eine ganze Reihe von Juden hier in der Suppenküche, bis sie alle festgenommen wurden. Die armen Menschen, sie durften nicht einmal mehr ihre Berufe ausüben.« Er seufzte. »Und all die anderen, ohne Arbeit und ein Zuhause – mein Vorgänger fing schon in den Dreißigerjahren mit der Suppenküche an, als die Depression und die Massenarbeitslosigkeit begannen, und seitdem wird sie ständig gebraucht. So geht das nun schon zwanzig Jahre, außer 1939–40, als Krieg war und alle Arbeit hatten. Die Polizei kennt mich, und ich habe ihnen mein Wort gegeben, dass niemand hereinkam, auf den Ihre Beschreibung passt. Ich lüge nicht gern, nicht einmal, wenn es sich um die Polizei handelt.«

»Ich danke Ihnen für das, was Sie für mich getan haben«, sagte Frank.

Der Pfarrer lächelte. Etwas unbeholfen fragte er: »Vielleicht beschützt uns der Herr ja doch, nicht wahr?«

»Er hat meinen Freund Geoff nicht beschützt, oder?«, erwiderte Frank traurig. »Und Mr. und Mrs. O'Shea auch nicht.« Er blickte auf zu Terry. »Er beschützt niemanden, nicht wirklich. Merken Sie das nicht?«

46

David, Ben und Natalia blieben stehen und versuchten, wieder zu Atem zu kommen. Am Ende der Gasse, in die sie sich geflüchtet hatten, sahen sie zwei schwache Lichter. *Wenn der Nebel nicht so dicht wäre, hätten sie uns alle gefasst,* dachte David. Aber Geoff war tot, die beiden O'Sheas ebenfalls, und Frank war verschwunden. Jetzt würden sie Frank sicher festnehmen, und dann war alles umsonst gewesen.

»Wo zum Teufel sind sie?«, erklang eine wütende Stimme von der Straße her.

»Bei diesem Wetter finden wir sie nie. Aber wir riegeln alle Straßen ab. Wir müssen sie einkreisen und dann Haus um Haus durchsuchen.« Die Schritte des Polizisten verhallten. In der Ferne hörte man die Sirene eines Gefängnistransporters.

Plötzlich öffnete sich ein Gartentor direkt neben ihnen. Ben und Natalia fuhren herum und richteten ihre Pistolen darauf. David sah eine Gestalt in der Tür, dann erkannte er einen dicken alten Mann in Regenmantel und Mütze, dem vor Schreck der Mund offen stand. Zu seinen Füßen war etwas Weißes – eine kleine Promenadenmischung, die er an der Leine führte.

»Keine Bewegung, Freundchen!«, sagte Ben leise, aber bestimmt. »Kein Wort, dann tun wir Ihnen nichts.«

Der Hund starrte sie an, blickte dann zu seinem Herrn auf und knurrte leise.

Der alte Mann deutete auf sein Ohr. »Taub«, sagte er.

»Verdammte Scheiße!« Ben beugte sich vor. »Wohnen Sie hier?«

»Ja.«

»Allein?«

»Ja.«

Der Hund knurrte wieder. »Ruhe, Rags«, sagte der alte Mann. »Tun Sie ihm nichts«, flehte er leise. »Er ist alt, er beißt nicht.

Bitte, er ist alles, was ich noch habe, seit meine Frau gestorben ist.«

Ben sagte: »Wir brauchen Mäntel.« Er gestikulierte mit der Pistole. »Los, los, zurück ins Haus.«

»Wer sind Sie?«, fragte der alte Mann ängstlich. »Was geht hier vor sich?«

»Das geht Sie nichts an. Was Sie nicht wissen, kann Ihnen nicht schaden.«

Jetzt klang die Stimme des alten Mannes unwillig. »Ihr seid von der Resistance, nicht wahr? Macht euch den Nebel zunutze, um hier ein Ding zu drehen. Warum könnt ihr nicht einfach Ruhe geben?«

»Wir brauchen warme Sachen«, wiederholte Ben grimmig. »Verdammt, nun gehen Sie endlich rein.«

Natalia berührte Davids Hand. »Ich gehe mit rein. Bleib hier. Und nimm die.« Sie gab ihm ihre Pistole. »Du weißt doch, wie man sie benutzt?«

»Ich war Soldat.«

»Gut.« Sie strich ihm zärtlich über den Arm, dann folgte sie Ben und dem alten Mann durchs Tor.

David stand im Nebel und zitterte vor Kälte. Er blickte die Gasse entlang. Im Moment war es ruhig, aber bald würde es hier von Polizisten wimmeln. Eine Straßensperre – wie sollten sie dann noch entkommen? Sie würden gefangen genommen werden oder unverzüglich an Ort und Stelle erschossen, wie Geoff. Er tastete nach der Zyankalikapsel in seiner Tasche. *Wenigstens ist Sarah in Sicherheit*, dachte er.

Er dachte an den Moment, als sie das Krachen an der Haustür vernahmen. David hatte nackt auf der Matratze gelegen. Natalia hatte sich auf ihm ausgestreckt, einen glücklichen, leicht neckenden Ausdruck im Gesicht, während sie mit den Haaren auf seiner Brust spielte und sie zu kleinen gelockten Büscheln zusammendrehte. Aber sie war sofort hellwach und sprang auf, als sie den ersten Schlag gegen die Tür hörte. »Anziehen!«, befahl sie und schlüpfte hastig in ihre Kleider. David hatte beim Militär gelernt, sich in wenigen Augenblicken anzukleiden. Ein zweites splitterndes Krachen verriet ihnen, dass die Haustür aufgebrochen worden war. Als er seine Hose anzog, fühlte er die Zyankalikapsel. Natalia hatte ihn angelächelt, kurz, mit unendlichem Bedauern.

Ben und Natalia kamen zurück. Natalia trug einen altmodischen Pelzmantel, der ihr fast bis zu den Knöcheln reichte, Ben den schweren Mantel und den Schal des alten Mannes. Er reichte David einen blauen Regenmantel. Als er ihn anzog, fragte David: »Und was habt ihr mit ihm gemacht?«

»Wir haben ihn gefesselt und aufs Bett gelegt. Der Hund ist bei ihm.« Er schüttelte den Kopf. »Der dämlichste Köter, der mir je begegnet ist. Eine Nachbarin kommt morgen früh, um für ihn einzukaufen. Die wird ihn finden. Wenn die Polizei ihn nicht schon vorher entdeckt.«

»Du bist gut darin, Leute zu fesseln, nicht wahr?« David konnte sich die Bemerkung nicht verkneifen.

»Was dir auch zugutekommt, mein Freund. Und sei um Gottes willen leise.«

Natalia ging langsam bis zum Ende der Gasse, die anderen folgten ihr. David sagte: »Ich glaube, in diesem Wetter haben wir keine Chance, Frank aufzuspüren.«

»Nein«, stimmte Natalia zu. »Aber wir müssen ein Versteck für uns finden. Wenigstens haben wir jetzt Mäntel, und die werden nach Leuten ohne Mantel suchen. Keine Angst, es gibt einen Alternativplan.«

Mehr als eine Stunde lang tasteten sie sich durch die dunklen, verlassenen Straßen. Sie wagten nur zu flüstern und gingen äußerst langsam, um nirgendwo anzustoßen und unnötigen Lärm zu verursachen. Sie hörten keine weiteren Polizeiwagen mehr. Mehrmals mussten sie sich in enge Gassen oder hinter Zäune drücken, wenn sie Schritte hörten, einmal sahen sie schwache

Lichtkegel von Taschenlampen. Eng beieinander standen sie an eine Mauer gedrückt, bis sie verschwunden waren. »Sie bräuchten Hundertschaften, um in diesem Nebel die Straßen gründlich zu durchsuchen«, flüsterte Natalia.

»Vergesst nicht, einer von denen hat Straßensperren erwähnt«, sagte Ben. »Das würde ich auch machen, alles abriegeln. Lasst uns weitergehen, vielleicht kommen wir ja vorher noch raus.«

Sie gelangten an eine breitere Straße, deren Verlauf sie folgten, immer dicht an die Häuserwände gepresst. Dann endete die Mauer, und statt ihrer gab es dort einen eisernen Zaun, dahinter Gebüsch und undeutliche Konturen von Bäumen. Sie kamen zu einem Tor mit einem Schild, und Natalia bückte sich, um es zu lesen. *Hanwick Park.* Sie blickte die Straße hinunter. Ein kleines Stück vor ihnen erschien ein hohes, undeutlich beleuchtetes Rechteck, das David als Telefonzelle identifizierte. Natalia flüsterte: »Lasst uns versuchen, in den Park zu kommen, dort können wir uns zwischen den Bäumen verstecken. Und ich kann unsere Leute anrufen, damit sie versuchen, uns rauszuholen.«

»Und die Straßensperren?«, fragte David. »Da kommt doch niemand mehr rechtzeitig durch.«

»Auch für solche Situationen gibt es Pläne.«

»Welche denn? Wollen sie sich hier die Bahn freischießen?«

»Eher nicht.« Sie nahm seine Hand. »Ich kann es dir nicht sagen, falls wir vorher gefasst werden. Warte einfach ab.«

»Kommt jetzt«, sagte Ben. Er zog seinen Mantel aus und legte ihn über die Spitzen des Metallzaunes. David tat das Gleiche, und beide schafften es hinüberzuklettern. Natalia ging die Straße hinab und war verschwunden. Vom Park aus sah David das Licht der Telefonzelle nur schwach, aber er erkannte, dass jemand darin war. Sein Herz klopfte vor Angst. Sie war so ungeschützt darin, jeder Polizist würde sie sofort sehen. Es schien ewig zu dauern, bis sie wieder herauskam und im Dunkel verschwand. Dann war sie am Zaun, und sie halfen ihr herüber.

»Ich bin durchgekommen«, sagte sie triumphierend. »Und sie sind auf dem Weg.«

Die drei verschwanden zwischen den triefnassen Bäumen des Parks. Sie folgten dem Zaun an der Innenseite. Der Park war klein, in der Mitte ein offener Rasen.

Am anderen Ende sahen sie Blinklichter auf der Straße, die Lichtkegel starker Taschenlampen und Gestalten, die umherliefen. Sie spähten durch den Zaun und erkannten, dass dort ein Einsatzwagen quer auf der Straße stand, um sie zu blockieren. Das Innere des Wagens war beleuchtet. Dahinter standen weitere Fahrzeuge.

»Denen wären wir beinahe in die Arme gelaufen«, flüsterte Ben.

Natalia sagte: »Es ist okay. Wir müssen jetzt warten. Aber sie kommen.«

»Wie wollen sie denn durchbrechen?«, fragte David verzweifelt. Wieder dachte er an die Kapsel in seiner Tasche. Sie könnten doch hier zusammen sterben, David, Natalia und Ben. Eine Welle der Angst schwappte über ihn hinweg.

»Habt Vertrauen«, flüsterte Natalia.

Sie schwiegen jetzt und versuchten, so viel wie möglich von den Vorgängen dort auf der Straße zu sehen und zu hören. Sie vernahmen ein statisches Knistern, dann eine laute Männerstimme. »Hier brauchte man einen verdammt hellen Scheinwerfer, wenn man in diesem Mist überhaupt etwas sehen wollte! Kommt das von einem Lkw?« Menschen liefen hin und her, undeutliche Gestalten, die kurz im Licht des beleuchteten Autos auftauchten.

Natalia sagte: »Lasst uns ein Stück weiter zurückgehen, unter die Bäume.«

Sie kämpften sich durch das Gebüsch und hielten füreinander Äste zurück, um keine unnötigen Geräusche zu machen. Sie erreichten einen Platz unter den Bäumen, von wo aus sie die Straßensperre gut erkennen konnten. Ben sagte: »Wenn sie einen Suchscheinwerfer hier auf den Park lenken, könnten sie uns dann sehen?«

»Keine Ahnung«, erwiderte David. »Wie der Typ schon sagte, es müsste schon ein sehr starkes Licht sein.« Er blickte Natalia an. »Sollten wir nicht lieber auf die Straße zurückgehen?«

»Nein, wir müssen hierbleiben. Ich habe unseren Leuten gesagt, wo wir sind.«

Einen Moment war es still. Plötzlich flüsterte David: »Geoff haben sie erschossen, nicht wahr?«

Leise sagte Natalia: »Ich glaube schon.«

»Er war der beste Freund, den ich je hatte.«

Sie berührte seinen Arm. Hinter ihnen raschelte es. David fuhr herum, aber es war nur ein Eichhörnchen, das auf einem Ast saß und sie ansah, ehe es unter Protestlauten verschwand.

»Dort draußen passiert jetzt etwas«, flüsterte Natalia aufgeregt.

Sie wandten sich wieder zu dem Polizeiauto um. Jetzt hörten sie ohrenbetäubendes Schrillen, viel lauter als eine Polizeisirene, das sich schnell näherte. »Der Lkw mit dem Suchscheinwerfer«, sagte David. »Mein Gott, warum rast der so?« Seine Hand fuhr in die Tasche mit der Kapsel. War es so weit?

»Nein«, flüsterte Natalia, »das sind unsere Leute.«

Das Schrillen wurde immer lauter. Irgendwie klang es bekannt. Dann erschien ein riesiges Fahrzeug im Nebel, rot, mit kräftigen Scheinwerfern, und fuhr mit halsbrecherischer Geschwindigkeit am Park entlang bis zur Straßensperre. Mit quietschenden Bremsen kam es genau dort zum Stehen, wo das Polizeiauto die Straße blockierte. David stellte erstaunt fest, dass es sich um ein Feuerwehrauto handelte, gigantisch, ein solides Ungetüm, mit Drehleiter auf dem Dach. Das Schrillen verstummte, und in der Fahrerkabine ging das Licht an. Man sah mehrere Männer mit Feuerwehrhelmen aussteigen. David sah, wie drei Polizisten auf sie zugingen. »Die Feuerwehr?«, flüsterte er Natalia zu. »Das sollen unsere Leute sein?«

Ben sah ihn grinsend an. »Die haben doch schon immer zu den überzeugtesten Linken in Großbritannien gehört, die von der Feuerwehr. Brave Sozialisten. Gehen wir also davon aus, dass es sich hier nicht um ein Feuer handelt.«

Die Feuerwehrleute und die Polizisten waren in eine hitzige Diskussion verwickelt. Zuerst konnte David nichts verstehen, aber sie wurden immer lauter, und einer der Polizisten schrie: »Das ganze Gebiet ist abgeriegelt! Niemand kommt hier rein oder raus!«

»Aber die Polizei auf der anderen Seite, in der Priory Street, hat uns durchgelassen. Wir sind auf dem Weg zu einem Großbrand …«

»Das ist nicht erlaubt! Der Befehl lautet, diese Straßen abzusperren!«

»Hören Sie, es handelt sich um ein Krankenhaus! Dort sind Leute eingeschlossen, die können nicht raus! Und es ist noch eine Meile bei diesem Nebel. Wollen Sie dafür verantwortlich sein, dass Kinder und alte Leute im Feuer umkommen? Wollen Sie das?«

David sah eine weitere Gestalt, die schnell und leise hinten vom Feuerwehrauto herunterkletterte. Ben raschelte im Gebüsch, um auf sich aufmerksam zu machen. Ein Mann in Feuerwehruniform stand vor ihnen, ein blasses junges Gesicht unter einem zu großen Helm.

»Schnell«, flüsterte der junge Mann. »Klettert über den Zaun und dann hinten aufs Feuerwehrauto.«

Die Polizei hatte sie nicht bemerkt, und ein paar Meter weiter stritten sie immer noch herum. Geduckt rannte der Feuerwehrmann über den Gehweg zum Auto zurück, die anderen kletterten hastig über den Zaun und folgten ihm. »Kommt schon!«, keuchte der junge Mann, »hier hintendrauf!«

Es war nicht ganz einfach, die fast zwei Meter hohe Leiter mit nassen, glatten Metallsprossen an der Seite des Feuerwehrautos hochzuklettern. David erklomm als Erster den hinteren offenen Bereich des Fahrzeuges, die anderen folgten ihm. Dicht zusammengedrängt duckten sie sich neben dem langen, aufgerollten Schlauch und dem unteren Ende der Feuerleiter so tief wie möglich nieder. Der Feuerwehrmann flüsterte: »Haltet euch irgendwo fest, wir fahren schnell!« David umklammerte mit aller Kraft eine nasse und glitschige Metallschiene, aber hier oben war alles nass. Er sah, dass der Feuerwehrmann eine Pistole trug.

Er hörte, wie sich Schritte dem Wagen näherten, die Türen wurden geschlossen und der Motor angelassen; also hatten die Feuerwehrleute die Polizisten überredet, sie durchzulassen. Sie wurden nach hinten gedrückt, als das Fahrzeug sich in Bewegung setzte. Unter lautem Schrillen fuhren sie los, das Polizeiauto und die nebelhaften Gestalten verschwanden. Mit höchster Geschwindigkeit rasten sie die Hauptstraße entlang und streiften dabei ein Auto, das vor ihnen dahinkroch. Der junge Feuerwehrmann neben David stieß ein Triumphgeheul aus. »Wir haben es geschafft, verdammt, wir haben es wirklich geschafft!« Er rammte die Faust in die Luft. »Das wird in die Geschichte eingehen!«

Auf Davids anderer Seite hockte Natalia, ihr Haar flatterte im Fahrtwind. »Wir hatten noch einen vierten Mann bei uns, der sehr wichtig ist. Der hat die Nerven verloren und ist davongelaufen«, sagte sie zu dem Feuerwehrmann.

Der junge Mann wandte sich ihr zu. »Den haben wir auch. Der ist hier in der Kirche aufgetaucht, dort befindet er sich in Sicherheit.« Sie hörten das laute Hupen eines Autos, das ihnen entgegenkam. Es war nur einen Moment zu sehen, ehe das Feuerwehrauto gefährlich ausscherte und es vorbeiließ. David stieß ein Stoßgebet aus, dass sie keinen Fußgänger überfahren oder gegen eine Mauer rasen würden. Aber er wusste auch, dass die Feuerwehr unglaublich geschickte Fahrer hatte, außerdem würde dieses große, schwere Fahrzeug jedes andere Auto mühelos zur

Seite schieben. Er sah den Feuerwehrmann an. »Also ist mit Frank alles in Ordnung?«

Das Gesicht des jungen Mannes strahlte vor Begeisterung. »Ja! Das meine ich doch! Wir werden, verdammt noch mal, in die Geschichte eingehen!«

Jetzt hatte er es begriffen. Frank war also am Leben.

47

Gunther saß an seinem Schreibtisch im Senatshaus, vor sich vier Fotos. Daneben ein weißes Blatt Papier, auf das er mit seiner kleinen sauberen Handschrift *Unbekannte Frau* geschrieben hatte. Er betrachtete die Fotografien. Muncaster, das Bild, das man bei seiner Aufnahme ins Krankenhaus gemacht hatte, ein schmales Gesicht mit großer Nase, wilden Augen und einem verzerrten, affenähnlichen Grinsen, bei dem man jeden Zahn sehen konnte. Dann die Fotos aus den Personalakten von Fitzgerald und Drax, schließlich einen jungen Mann mit mürrischem Gesicht, der eine Tafel mit einer Gefangenennummer hielt. Die Leute im Archiv der Spezialeinheit hatten viel Mühe gehabt, Ben Halls Foto aus der Personalakte der Klinik mit diesem Bild in Verbindung zu bringen. Sein wirklicher Name war Donald McCall, ein Knastbruder, seit den Dreißigerjahren Mitglied der Kommunistischen Partei, dazu noch verschiedene andere Details, allesamt ziemlich unerfreulich.

Gunther nahm Drax' Bild in die Hand. Der Einzige, den diese Clowns von der Spezialeinheit bei dem Überfall hatten schnappen können. Mit einem Schuss in die Brust, aber immerhin: Er lebte. Gunther betrachtete die markante Nase und das starke Kinn, das blonde Haar und den Schnurrbart. Ein energisches Gesicht, aber kein glückliches.

Gunther hatte recht gehabt, die Befragung der Informanten in London, die er in die Wege geleitet hatte, hatte sie zu den O'Sheas geführt, bekannte Widerständler gegen das Regime. Loyale Nachbarn hatten von einem Besucher erzählt, der mit dem Akzent der Oberklasse sprach und auf den Fitzgeralds Beschreibung zutraf.

Aber als Syme mit der Polizei in das Haus eindrang, hatte es eine Schießerei gegeben, und Drax war der Einzige gewesen, den sie lebend verhaften konnten. Vier waren geflohen, einschließlich der, der nach der Beschreibung Muncaster gewesen sein musste. Jetzt organisierte die Polizei Straßensperren, aber durch den Nebel verzögerte sich alles. Gessler hatte gemeint, falls die Geflüchteten entkämen, könnten sie jetzt wenigstens die britische Polizei dafür verantwortlich machen. Aber in Berlin wollten sie Muncaster nach wie vor, und zwar lebend.

Gunther hatte Drax bereits einmal verhört. Er lag in einer Zelle im Untergeschoss auf einer Pritsche, einen blutgetränkten Verband um die Brust. Normalerweise war es immer gut, wenn man Gefangene erst mal ein paar Stunden allein in ihrer Zelle schmoren ließ. Dann gerieten sie in Panik darüber, was man ihnen wohl antun würde. Aber Drax war zu schwer verwundet. Er hustete, als Gunther hereinkam, und sah aus, als sei er körperlich am Ende. Mit einem Ausdruck hilfloser Wut in seinen blauen Augen blickte er zu Gunther hoch. Gunther sagte: »Wie ich sehe, hat man Sie wieder zusammengeflickt.«

Drax sah ihn nur wütend an.

»Der Arzt meint, Sie hätten außer Ihrer Brustverletzung auch noch eine Nebenhöhlenentzündung. Kein Wunder bei diesem elenden Nebel. Ich habe in Berlin ähnliche Probleme, durch den Staub von den Baustellen. Möchten Sie etwas Wasser?«

»Nein.« Geoff klang sehr heiser.

»Nun ja, wie Sie wollen. Wie ich höre, hatten Sie eine Zyankalikapsel bei sich.«

»Mein Pech, dass ich keine Gelegenheit bekam, sie zu nehmen.«

»Ich vermute, Ihre Freunde haben auch eine. Wir wissen außerdem, dass Mrs. O'Shea ihre benutzt hat.«

»Ich sage nichts«, sagte Drax mürrisch und gleichgültig. »Ich weiß auch, was Sie mit Leuten machen, die nicht reden wollen. Am besten fangen Sie gleich an.«

»Geoffrey Simon Drax. Sie waren mit David Fitzgerald und Frank Muncaster auf der Universität, haben in Afrika gearbeitet und nach Ihrer Rückkehr eine Stellung in der Kolonialverwaltung innegehabt, wo Sie anfingen, der Resistance geheime Informationen zu liefern. Und dieser Spionagering der Staatsbeamten ist jetzt aufgeflogen.«

Drax starrte ihn nur an. Gunther betrachtete sein erschöpftes Gesicht. Ein sehr arisches Gesicht, vielleicht sächsischer oder normannischer Abstammung. Jene Sorte Engländer, wie Gunther vermutete, für die »noblesse oblige« noch wichtig war und die den armen Eingeborenen des Empire die Zivilisation bringen wollten, als könne ein Empire auf etwas anderem als Macht aufgebaut werden. Doch in gewisser Weise bewunderte er Leute wie Drax, denn sie waren meist zähe Typen. »Ich habe nicht vor, Ihnen Schmerzen zuzufügen«, sagte er leise. »Warum haben Sie sich der Resistance angeschlossen?«

»Ich wiederhole, ich sage nichts.«

Gunther zuckte die Schultern. »Ich war nur neugierig. Eigentlich interessieren uns die Spione unter den Staatsbeamten nicht. Damit können sich die britischen Behörden befassen. Uns interessiert Frank Muncaster: warum Sie ihn entführt haben und was Sie mit ihm vorhatten. Was er weiß und warum es Ihnen so wichtig ist, dass er am Leben bleibt.«

»Ich sage nichts.«

Es war die Antwort, die Gunther erwartet hatte, trotzdem war es schade. Aber es gab noch andere Möglichkeiten. Er wandte sich zur Tür. »Ich besorge Ihnen Wasser«, sagte er.

Gunther erledigte einige Anrufe, dann führte er ein langes Gespräch mit den Leuten von der Navy in Portsmouth über das Abhören von Funksprüchen an der Südküste. Schließlich sprach er mit Gessler, der beim nächsten Verhör dabei sein wollte.

Eine halbe Stunde später klopfte es, und Syme trat ein. Er sah müde und frustriert aus und brachte den Schwefelgeruch von draußen mit. Gunther bat ihn, Platz zu nehmen. Syme schlug ein Bein über das andere und fing an, mit dem Fuß zu wippen. Gunther sagte: »Sie haben sie nicht gefunden, stimmt's? Muncaster und seine Leute?« Anderenfalls wäre Syme vor Stolz geplatzt.

»Nein. Die Sache ist total in die Hose gegangen. Wir befürchten, sie sind aus dem Gebiet entkommen, das wir abgesperrt haben. Wir hatten Straßensperren errichtet und wollten anfangen, sämtliche Häuser zu durchsuchen.« Er schüttelte den Kopf. »Aber die Polizei ließ ein Feuerwehrauto durch den abgesperrten Bereich passieren. Der Feuerwehrmann behauptete, sie seien zu einem Brand in einem Krankenhaus unterwegs, und die Polizei ließ sie durch, ehe sie bei der Feuerwache nachfragten und erfuhren, dass es gar keinen verdammten Brand gab. Wir befürchten, sie haben Muncaster und seine Leute mitgenommen. Jedenfalls ist jetzt das Feuerwehrauto samt Besatzung spurlos verschwunden.«

Gunther lehnte sich zurück. Er war nicht wütend, sondern schien sich, was diese Mission anbelangte, in einem Territorium jenseits solcher Gefühle aufzuhalten. Syme fuhr fort: »Die Gewerkschaft der Feuerwehrleute, das waren immer Linke. Wir haben ihnen die Gewerkschaft verboten, weil sie im öffentlichen Dienst stehen, aber einige dieser Arschlöcher gehören immer noch dazu.« Wieder schüttelte er den Kopf. »Die Gestapo wäre vermutlich das Risiko eingegangen und hätte lieber ein Krankenhaus niederbrennen lassen.«

»Das hätten wir, wenn es darum ginge, wichtige Leute zu verhaften.«

Unerwartet entgegnete Syme: »Sie müssen uns für einen Haufen von Versagern halten.«

»Ach, wir machen auch Fehler«, sagte Gunther. Syme und seine Leute wurden schließlich noch gebraucht. »Ist alles in Ordnung mit Ihnen, Sie wurden nicht verletzt?«

»Kein Kratzer. Hat der, auf den wir geschossen haben, schon etwas gesagt?«

»Er verweigert die Aussage, was mich nicht überrascht. Wir werden ein wenig nachhelfen müssen.«

Syme grinste bösartig, und Gunther stellte erneut fest, wie unsympathisch der Mann ihm war. »Die harte Methode?«

Gunther neigte den Kopf. »In gewisser Weise.«

»Gut.« Syme deutete mit dem Kopf auf die Fotos. »Sind sie das? Die Gruppe aus dem Haus?«

»Ja.«

Syme zeigte auf David und Ben. »Die beiden habe ich gesehen. Und eine Frau. Groß, hübsch, braunes Haar. Ich habe sie in meiner Notiz beschrieben.« Er lächelte säuerlich. »Sie hat auf mich geschossen, deshalb erinnere ich mich an sie. Und ich sah auch Muncaster wieder.« Er betrachtete Muncasters Bild und schüttelte den Kopf. »Und das alles wegen diesem irren Spinner.«

Das Telefon klingelte. Gunther dankte dem Anrufer, dann stand er auf. »Also«, sagte er, »die Anweisungen, die ich getroffen habe, sind ausgeführt. Ich gehe jetzt nach unten und beschäftige mich wieder mit Drax. Standartenführer Gessler will auch dabei sein, ich muss ihn anrufen.«

Syme sagte: »Kann ich mitkommen?«

Gunther zögerte, dann nickte er. »Sicher, warum nicht?«

Drax saß immer noch auf seiner Pritsche, aber jetzt war ein Mann in SS-Uniform bei ihm: Kapp, ein kleiner Kerl in den Dreißigern, mit listigem Gesicht, mager, aber fit, der sich auf »die harte Methode« spezialisiert hatte, wie Syme sie nannte. Gessler war bereits da, mit verschränkten Armen stand er in einer Ecke und starrte Drax wütend durch seinen Zwicker an. Eines seiner Augenlider zuckte nervös. Ein grauhaariger Mann mit Brille und weißem Kittel montierte auf der anderen Seite des Raumes eine Filmkamera auf ein Stativ. Drax sah ihm gleichgültig zu, Kapp dagegen mit eifriger Neugier. Gessler lächelte verstohlen, er wusste, was kommen würde.

Gunther wandte sich Drax zu und deutete mit dem Kopf auf Syme. »Erinnern Sie sich an diesen Mann?«

»Er war im Haus der O'Sheas dabei.«

»Richtig«, sagte Syme lächelnd. »Schusswunde in Ordnung?«

Drax antwortete nicht. Der Techniker öffnete eine runde Metalldose und legte eine Filmrolle in den Projektor. »Was ist das?«, fragte Syme.

»Wir sehen uns jetzt einen Film an«, sagte Gessler mit bösartigem Grinsen. Der Techniker entrollte eine weiße Leinwand und hängte sie an die Wand gegenüber. Er sprach mit Gunther. »Wir sollten das Licht ausmachen, Sir. Es ist zu hell.«

»Richtig.« Gunther nickte Kapp zu, der draußen das Licht ausschaltete und wieder hereinkam. Die Tür fiel mit lautem Knall zu. Der Techniker drückte auf einen Knopf, und man hörte ein leises Surren. Dann sah man das Bild einer anderen Zelle. Gunther stellte befriedigt fest, dass der Film in Farbe war. In der Zelle, die gezeigt wurde, befanden sich ein Metalltisch und ein Stuhl, auf den Carol Bennett gefesselt war. Ihre Hände waren mit Gurten auf dem Tisch befestigt. Sie trug einen fleckigen weißen Kittel, ihr Haar war zurückgebunden. Hinter ihr standen zwei Aufseher, einer hielt sie an den Schultern fest. In ihrem Gesicht stand Todesangst. »O nein!«, hörte Gunther Drax leise sagen.

»Erkennen Sie sie?«, fragte er.

»Das ist Miss Bennett, eine Freundin von David. Sie hat nichts mit uns zu tun« – seine Stimme wurde eindringlich – »sie hat nichts mit der Resistance zu tun.«

»Das wissen wir.«

Im Film erschien jetzt ein Mann. Er trug einen langen grünen Kittel, wie ein Chirurg, und hielt eine Metallsäge in der Hand. Gunther warf einen Blick auf Syme, der sich ein wenig vorgebeugt hatte.

Der Mann mit der Säge sagte: »Halten Sie die rechte Hand still.«

Carol begann zu schreien. »Halt! Nein! Halt, bitte nicht!« Sie kämpfte mit aller Kraft, aber einer der Aufseher trat vor und hielt ihre Hand fest. Ohne ein weiteres Wort beugte der Mann mit der Säge sich vor und ergriff ihren kleinen Finger. Er sägte rasch über dem Knöchel, Blut spritzte über den Tisch. Carol schrie und flehte sie an aufzuhören, aber niemand nahm die geringste Notiz davon. Unerbittlich setzten sie ihr Werk fort. In der Dunkelheit hörte Gunther, wie Drax entsetzt aufstöhnte, dann ein kurzes Scharren mit den Füßen, als er versuchte aufzustehen, aber Kapp drückte ihn zurück auf die Pritsche. Er hustete, was klang, als müsse er ersticken. Gunther wandte sich wieder der Leinwand zu; Carol Bennetts kleiner Finger lag abgetrennt auf dem Tisch, aus ihrer verstümmelten Hand quoll Blut. Sie schrie noch immer, als der Mann die Säge ablegte, ihre Hand losband und mit geübten Griffen einen Druckverband um ihr Handgelenk legte. Abrupt endete der Film, die Leinwand war leer. Das Licht des Projektors erhellte den dunklen Raum etwas. Drax schrie: »Ihr Schweine, ihr …« Ein heftiger Hustenanfall unterbrach ihn.

»Das war vor zwei Stunden«, sagte Gunther leise. »Ehe wir sie der britischen Spezialeinheit übergeben haben. Sie hatte Fitzgerald gewarnt, damit er rechtzeitig das Büro verlassen konnte, nur zu Ihrer Information.«

Gessler verließ seinen Platz an der Wand. »Das war lediglich das, was wir als Vorfilm bezeichnen. Der Hauptfilm kommt jetzt.«

Drax hatte aufgehört zu husten. Im Halbdunkel sah Gunther das wütende Blitzen in seinen Augen. Er nickte dem Techniker zu. Der Mann legte eine neue Spule in den Projektor. Trotz der

Dunkelheit arbeitete er mit sicherem, geübtem Griff. Eine andere Zelle erschien auf der Leinwand, wieder mit Stuhl und Tisch. Dort stand ein Mann in Lederschürze und Lederhandschuhen, in der Hand ein großes Tranchiermesser. Die Kamera schwang herum. Man erkannte einen älteren Mann und eine Frau, beide von einem Aufseher festgehalten. Beide nackt, die blassen faltigen Körper den Blicken ausgesetzt, die Brüste der Frau lang und schlaff. Sie hielten sich an den Händen, beide zitterten, Todesangst im Gesicht. Drax schrie auf: »Mum! Dad! Nein! Aufhören!«

Die Leinwand war wieder leer. Drax schrie immer noch: »Aufhören! Nein!«

»Licht an, bitte.« Gunther sprach leise. Kapp ging hinaus und knipste das Licht an. Auf einen Wink von Gunther rollte der Techniker die Leinwand zusammen und verstaute sein Gerät. Er hielt den Blick abgewandt von den Menschen im Raum; er hatte während der ganzen Zeit niemanden angesehen. Syme stand an die Wand gelehnt, ziemlich blass.

»Wir haben die erste Szene nur so weit gedreht«, sagte Gessler zu Drax, seine Stimme voll spöttischem Humor. »Der Film könnte ziemlich lang werden, wenn Sie wollen.«

Mit einem verzweifelten Ausdruck auf dem Gesicht wandte Drax sich an Gunther. »Tun Sie ihnen nichts«, bat er. »Bitte, tun Sie ihnen nichts. Meine Eltern kennen wichtige Leute, Sie könnten Schwierigkeiten bekommen …«

»In diesem Falle nicht«, sagte Gunther fast mitleidig. »Das sind nur provinzielle Mitglieder der Konservativen Partei. Beaverbrook würde für so kleine Fische keinen Finger rühren. Seit Muncaster uns entwischt ist, übt Berlin richtig Druck auf Ihre Regierung aus, und er hat uns Ihre Eltern ausgeliefert. Es tut mir leid, dass Sie das sehen mussten, aber wir müssen Sie zum Reden bringen. Hier bringt es nichts, den Helden zu spielen. Ihre Eltern sind nur ein paar Türen weiter. Was Sie hier gesehen haben, ist vor zehn Minuten passiert.« Er holte tief Luft. »Wir haben Ihnen gezeigt, wozu wir bereit sind, und wenn Sie uns nicht sagen, was wir wissen wollen, dann fangen wir an. Und zeigen Ihnen hinterher den Film in voller Länge.« Gunther hoffte, dass Drax jetzt reden würde. Ihm war das alles nicht angenehm, und es wäre ihm lieber, wenn der kleine Finger der Frau der einzige Preis bliebe.

Kapp sah ihn unbekümmert an. »Sonst – Sie wissen schon.« Er zuckte die Schultern. »Zuerst die Finger. Das ist der Daumen, der schüttelt die Pflaumen. Dann der nächste. Dann die Zehen. Schließlich wenden wir uns den Augen zu.«

»Denn, verstehen Sie, es ist nicht wichtig, ob sie am Leben sind oder nicht«, fuhr Gunther fort. »Und wenn Sie dann immer noch nicht reden, sind Sie an der Reihe, aber in Ihrem Fall würden wir die physischen Methoden wahrscheinlich noch durch Drogen unterstützen. Da haben wir so einiges von den Russen gelernt. Also müssen Sie begreifen: Wie tapfer Sie selbst auch sein mögen, es wird Ihnen am Ende nicht helfen. Aber wir hätten Sie natürlich lieber hellwach. Sie werden spätestens morgen reden, das verspreche ich Ihnen.« Er sah Drax eindringlich an. »Es ist keine Schande, wenn man gesteht, um andere zu retten. Vier Leute sind auf der Flucht, vier Leben. Sie werden vermutlich gefasst werden, aber auch wenn der eine oder andere davonkommt, werden die Amerikaner sie wahrscheinlich umbringen, nachdem sie Muncaster erst zum Reden gebracht haben.« Diese Bemerkung ließ Drax aufhorchen. Gunther wusste nicht, was die Amerikaner mit ihnen vorhatten, aber er wäre keinesfalls überrascht gewesen, wenn sie Muncaster beseitigen würden, falls er wirklich über gefährliches Wissen verfügte. Er merkte jedoch, dass dieser Gedanke Drax noch gar nicht gekommen war. »Wägen Sie das ab gegen die Möglichkeit, dass Ihre Eltern zu Tode gefoltert werden.«

Einen Moment war es still, dann sagte Drax müde und verzweifelt: »Ich weiß nichts. So wird es bei uns gehandhabt, wir erfahren nur immer gerade so viel, wie wir wissen müssen. Ich habe keine Ahnung, warum die Amerikaner Muncaster haben wollen, wirklich nicht.«

Gunther nickte. »Wir wissen mehr, als Sie glauben.« Er holte tief Luft. Jetzt musste er bluffen, solange Drax in diesem geschockten, geschwächten Zustand war. Er sagte: »Sie hatten vor, England zu verlassen. Mit einem U-Boot, wie wir vermuten, vor der Küste von Sussex. Aber die Küste wird beobachtet. Wir werden sie kriegen.«

Drax' überraschtes Gesicht verriet Gunther, dass er richtig getippt hatte. Das war also tatsächlich der Plan.

»Woher wissen Sie das alles?«, fragte er entsetzt.

Gunther antwortete nicht, er neigte nur leicht den Kopf. Der Engländer schwieg einen Augenblick, dann ließ er den Kopf hängen und fing an zu weinen wie ein Kind, seine Schultern bebten, seine ganze stolze Distanz war dahin. Er war zusammengebrochen. Gessler grinste. Gunther schloss die Augen.

»Wenn ich Ihnen das erzähle, was ich weiß, lassen Sie meine Eltern dann gehen?« Drax' Stimme klang wie tot. »Sie scheinen ja bereits alles zu wissen.«

»Natürlich. Dann brauchen wir sie nicht mehr.«

Drax ließ die Schultern hängen. »Ich weiß nicht, von wo man uns abholen wollte, außer, dass der Treffpunkt etwa eine Stunde von hier entfernt liegen sollte.«

Gunther dachte nach. Eine Stunde bis zur Küste. Also mitten in Sussex. Dort gab es viele Klippen, was die möglichen Treffpunkte stark einschränkte. Er sagte: »Vielen Dank.« Er deutete an die Wand, wo die Leinwand gehangen hatte. »Tut mir leid, dass Sie das ansehen mussten, tut mir wirklich leid.«

Drax sagte: »Was Sie da alles schon wissen – wer hat Ihnen das erzählt?«

»Das habe ich mir selbst zurechtgelegt, und Ihr Gesichtsausdruck bewies mir, dass es richtig war. Und jetzt können wir den Ort, an dem sie abgeholt werden, deutlich näher eingrenzen.«

In seiner Hoffnungslosigkeit ließ Drax den Kopf hängen, wie

Menschen es tun, wenn man ihren Willen vollständig gebrochen hat. Gunther nickte Gessler zu, der ihm und Syme aus der Zelle folgte. Kapp blieb da. Nach ein paar Metern blieben sie im Korridor stehen. Vor ihnen saß ein junger SS-Mann am Schreibtisch und füllte Formulare aus. Das Telefon klingelte, und er nahm ab.

Gessler sagte: »Gut gemacht, Hoth. Ein Meisterstück von Verhör. Bewundernswert. Also haben wir es doch noch geschafft.«

»Danke. Ich möchte Sie darum bitten, dass er sorgfältig bewacht wird. Er ist ein Selbstmordrisiko. Jetzt wird er Schuldgefühle bekommen.«

Syme sagte: »Sie haben also geblufft, mit dem U-Boot.«

»Ja. Jetzt können wir unseren Leuten auf der Isle of Wight sagen, sie sollen nach einem amerikanischen U-Boot vor der Küste von Sussex Ausschau halten. Er ist nicht sehr gerissen. Leute wie er sind tapfer, aber ihr Horizont ist zu eng. Seit seiner Verhaftung hat er vermutlich an nichts anderes mehr gedacht, als selbst große Schmerzen aushalten zu müssen. Und das hätte er lange gekonnt.«

Gessler lachte. »Sie haben ihn zum Heulen gebracht wie ein Kind. Wie ein kleines Mädchen.«

Gunther sagte traurig: »Mein Bruder hat immer gesagt, für ihn sei es das Schlimmste, was er mit ansehen müsste. Erwachsene Männer, die wie Kinder weinten, wenn sie neben den Gräbern knieten, die sie selbst hatten ausheben müssen.«

Bei dieser unerwarteten Bemerkung runzelte Gessler die Stirn. Etwas steif sagte er: »Nun ja, halten Sie mich auf dem Laufenden.« Er nickte Syme zu und schritt den Korridor entlang, seine Stiefel hallten vom Marmorboden wider. Der junge SS-Mann hatte den Hörer aufgelegt und stand auf. Er war sehr blass. Er grüßte Gessler, dann sagte er leise etwas zu ihm.

Gunther wandte sich an Syme. »Sie müssen sich für jeden einzelnen Menschen die beste Methode überlegen, verstehen Sie. Das habe ich vor langer Zeit gelernt.« Er merkte, dass Symes Gesicht feucht war von Schweiß, seine Augen blinkten nervös. Er sah aus, als könnte er jeden Moment ohnmächtig werden.

»Ist alles in Ordnung mit Ihnen?«, fragte Gunther und streckte den Arm aus.

»Ja«, sagte Syme brüsk. »Ich hatte nur etwas Gröberes erwartet, ein bisschen – handfester. Dieser Film – der hat mich doch ziemlich überrascht.«

»War es zu viel für Sie?« *Komisch*, dachte Gunther, *wie empfindlich mitunter Leute reagierten, von denen man es am wenigsten erwartet hätte. Wenn sie Drax zusammengeschlagen hätten, wäre Syme vermutlich mit Begeisterung dabei gewesen.*

»Natürlich nicht«, erwiderte Syme mit scharfer Stimme. »Es war nur so verdammt heiß da drin, mit all den Leuten. Und die Kamera, diese Dinger verbreiten viel Wärme. Sehr viel Wärme«, wiederholte er trotzig.

Plötzliche Schritte. Gessler kam eilig auf sie zu, die Hände erhoben, als wollte er etwas Schreckliches abwehren. Der junge Mann am Schreibtisch hinter ihm hatte den Kopf auf die Hände gestützt.

»Was gibt's?«, fragte Gunther.

Gessler schien erschüttert, seine Lippen bebten. »Der Führer«, sagte er. »Er hatte einen Herzinfarkt. Unser Führer ist tot.«

48

Am Sonntag, dem 30. November, war Sarah mit der Bahn nach Brighton gereist. Meg hatte ihr am Abend zuvor erzählt, wohin sie fahren würde. Meg war mit einem Koffer voll neuer Kleidung, etwas Bargeld und neuen Ausweispapieren zu Dilys zurückgekehrt und hatte Sarah schnell und gründlich mit ihrer neuen Identität vertraut gemacht. Von nun an war sie Mrs. Sarah Hardcastle, Witwe eines Londoner Lehrers. Sie würde in Brighton in einer Pension wohnen, bis David und die anderen eintrafen. Ihre Geschichte lautete, dass sie sich ein paar Tage am Meer erholen wollte, nachdem ihr Mann Anfang des Jahres bei einem Autounfall ums Leben gekommen war. Meg wusste nicht, was ihr nächstes Ziel sein würde, vielleicht wollte sie es Sarah auch nicht sagen.

Dilys hatte ihr die Haare gefärbt, sie waren jetzt dunkelrot. Die Farbe wirkte überzeugend, dazu waren sie sehr kurz geschnitten. Als Meg ging, war es schon später Abend und Sarah todmüde. In dieser Nacht schlief sie auf einem Feldbett in dem Raum, in dem sie Jackson kennengelernt hatte und der als Wartezimmer für Dilys Kunden diente, wie diese ihr mitteilte. *Also habe ich es innerhalb eines Tages von einem Wohnzimmer der Vorstadt ins Wartezimmer einer Prostituierten geschafft*, dachte Sarah. Fast wäre sie in hysterisches Gelächter ausgebrochen.

Am nächsten Morgen ging Dilys mit Sarah zur U-Bahn am Piccadilly Circus. Sarah trug ihren Koffer, und ihre Füße steckten in vernünftigen, festen Schuhen. In der überfüllten Bahnhofshalle umarmte Dilys sie herzlich. »Ich danke dir«, sagte Sarah. »Wird mit dir alles in Ordnung kommen? Wohin gehst du jetzt?«, fragte sie.

»In eine neue Wohnung. Viel Glück, Schätzchen.« Dilys umarmte sie nochmals, dann ging sie. Sarah zwang sich weiterzugehen, sie durfte nicht stehen bleiben und die Aufmerksamkeit auf sich lenken. Eine Gruppe junger Schwarzhemden mit dem Blitz der BUF auf den Armbinden schlenderte vorbei. Sarah ging schnell zum Fahrkartenschalter. Sie nahm die U-Bahn bis Victoria und kaufte dort eine Fahrkarte nach Brighton. Auf dem Bahnsteig bekam sie Herzklopfen, als ein Polizist vorbeiging. Sie war froh, als sie im Zug saß.

Nach dem Chaos der letzten Tage kam ihr die Normalität einer Bahnfahrt fast unwirklich vor. Sarah starrte ausdruckslos auf das Wappen der Southern Railway Company, das ihr gegenüber in das Polster geprägt war. Jemand hatte eine Zeitung liegen gelassen. Es war der *Guardian*, die alte liberale Zeitung, die ihr Vater immer las. Doch letztes Jahr hatte Beaverbrook sie gekauft, und jetzt war sie genauso voll mit rechtslastiger Propaganda wie alle anderen Zeitungen. Ein Artikel berichtete von einem Zwischenfall in Frankreich: Kommunistische Unruhestifter der Resistance hatten einen Lkw überfallen, der Juden in das Internierungslager von Drancy bringen sollte. Einige Gendarmen waren dabei getötet worden, zwei Juden ebenfalls. Sie fragte sich, wie viel davon wirklich der Wahrheit entsprach; sie wusste, die französische Resistance nahm zu und war noch gewaltbereiter als die britische. Sie las außerdem einen Artikel über einen hochrangigen Beamten des Gesundheitsministeriums, den man verdächtigte, Beziehungen zu einer Prostituierten zu unterhalten und zusammen mit dem Superintendenten einer psychiatrischen Klinik, einem gewissen Dr. Wilson, Bordelle zu besuchen. Sarah wusste nicht, ob sie das glauben sollte – man hörte oft, dass in der Presse derartige Berichte lanciert wurden, wenn die Regierung jemanden loswerden wollte. Auf jeden Fall würde auch dieser Beamte bald verschwinden.

Es waren nur wenige Passagiere in der Bahn, und als sie Haywards Heath hinter sich gelassen hatten, war ihr Waggon fast leer. Sarah war als Kind ein paarmal in Brighton gewesen, Ausflüge mit der Familie, der Zug voller aufgeregter Kinder. Bei dem Gedanken, dass sie ihre Familie vielleicht nie mehr wiedersehen würde, brach sie in Tränen aus. Zusammengesunken saß sie da und schluchzte leise. Sie wusste, dass sie keine Aufmerksamkeit erregen durfte, aber es half nichts.

Man hatte ihr gesagt, sie solle mit dem Taxi zum Hotel fahren. Der Bahnhof von Brighton roch nach Rauch, aber draußen war die Luft wunderbar klar und sauber, mit einem Hauch von Salz darin, und es war bitterkalt. Sie hielt ein Taxi an, das durch schmuddelige Straßen fuhr und schließlich die breite Allee der Steine erreichte. Sie sah die Kuppeln des Pavillons von Brighton,

des indischen Palastes Georgs IV. Das Taxi bog in eine Seitenstraße mit schmalen dreistöckigen Häusern, an denen die Farbe
abblätterte. Die Beschriftungen über den Türen wiesen viele von
ihnen als Hotel aus, andere hatten einfach nur Schilder mit
»*Zimmer frei*« in den Fenstern hängen. Am Ende der Straße lag,
unerwartet nahe, das Meer.

Das Hotel hieß Channel View. Es gab keinen Portier, und sie
schleppte ihren Koffer in eine dunkle, enge Diele. Hinter der
Theke saß eine kleine, müde aussehende Frau in den Vierzigern.
Sarah legte ihren Ausweis vor. »Mrs. Hardcastle«, sagte die Frau
und sah sie besorgt an. »Kommen Sie mit, damit Sie meinen
Mann kennenlernen.« Sie sprach mit weichem, fast ländlichem
Akzent. Sie öffnete die Klappe, und Sarah folgte ihr in ein kleines
Büro, wo ein pummeliger Mann mit schütterem Haar an irgend-
welchen Konten arbeitete. Seine Frau gab ihm Sarahs Ausweis. Er
las ihn, dann blickte er auf und betrachtete sie.

»Sind Sie gut hergekommen?«

»Ja, danke.«

»Sie sehen aus, als hätten Sie geweint.« Sein Ton war vorwurfsvoll.

»Das habe ich. Im Zug. Aber es war sonst niemand im Abteil.«

Er sah sie streng an. »Aber es hätte jemand hereinkommen
können.«

Sarah holte tief Luft. »Bis vor zwei Tagen war ich eine ganz
normale Hausfrau. Jetzt bin ich auf der Flucht. Ich habe erfahren, dass mein Mann ein Spion ist, habe kein Zuhause mehr und
weiß nicht, wie es meiner Familie geht oder ob ich sie jemals
wiedersehen werde. Also ja, es tut mir leid, aber ich habe geweint.«

»Sie haben nicht gewusst, dass Ihr Mann für uns arbeitet?«

»Das hat er mir nie erzählt.«

»Na ja, das ist auch in der Regel das Beste«, sagte der Mann
jetzt mit ruhigerer Stimme. »Mit Ihrer Familie ist übrigens alles

in Ordnung, das wissen wir. Wir haben Ihre Häuser observieren lassen. Ihre Schwester und Ihre Eltern hatten Besuch von der Spezialeinheit, aber ansonsten ist weiter nichts passiert. Ihr Schwager hat viele Freunde bei den Schwarzhemden« – er sah sie eindringlich an – »das wird geholfen haben.«

Sarah schloss die Augen und holte tief Luft. »Und was ist mit meinem Mann?«

»Der ist in London aufgehalten worden. Es kann noch ein paar Tage dauern, bis er hier ankommt.«

»Und was passiert dann?«, fragte Sarah. »Niemand sagt mir etwas.«

»Der Plan ist, Sie aus England rauszuschmuggeln. Sie und Ihren Mann und ein paar Freunde.«

»Wie? Und wohin?«

Die Frau sagte: »Dorthin, wo Sie in Sicherheit sind, mehr können wir Ihnen im Moment nicht sagen. Tut mir leid. Übrigens heiße ich Jane«, fügte sie hinzu, »und das ist Bert.«

Bert gab ihr den Ausweis zurück. »Wir haben hier ein Zimmer für Sie. Sie können in der Stadt spazieren gehen, wenn Sie möchten, aber gehen Sie nicht zu weit weg. Um diese Jahreszeit haben wir nicht viele Gäste, nur ein paar Vertreter, die kommen und gehen. Am besten ist es, Sie bleiben ganz für sich.«

»Mir wurde gesagt, ich solle mich als Witwe ausgeben, die nach dem Tode ihres Mannes London verlassen wollte. Ich kann ja sagen, dass ich den ganzen Weihnachtsrummel nicht ertrage. Das stimmt sogar, ich hasse ihn.«

»Gut«, sagte Jane. »Lassen Sie sich nicht auf Gespräche mit anderen Gästen ein, einige von ihnen sind sehr neugierig.«

»Ich werde es beherzigen.«

»Die Essenszeiten stehen auf einer Karte in Ihrem Zimmer.« Jane reichte ihr den Schlüssel. »Es gibt reichlich heißes Wasser, falls Sie ein Bad nehmen möchten.«

»Vielen Dank«, sagte Sarah. Als sie sich zur Tür wandte, rief Bert leise: »Mrs. Hardcastle?«

Sie drehte sich um. »Ja?«

Er lächelte. »Ich wollte nur sichergehen, dass Sie Ihren neuen Namen kennen.«

Das Hotel war ein merkwürdiges kleines Gebäude, mit engen Korridoren, kleinen Zimmern und fadenscheinigen Teppichen. Das Bett in Sarahs Zimmer war von den Hunderten von Gästen durchgelegen, die vor ihr hier geschlafen hatten. Channel View war vermutlich im Sommer voll, aber jetzt wohnten nur ein paar Männer mittleren Alters mit schäbigen Anzügen hier, die ihr im Speisezimmer zunickten. Sie nickte zurück, höflich, aber distanziert. Das Essen war grauenhaft.

Die nächsten Tage sprach Sarah mit kaum jemandem. Mehrmals, wenn Jane an der Rezeption allein war, fragte Sarah, ob es Nachricht darüber gebe, wann die Gruppe ihres Mannes ankommen solle, und jedes Mal lautete die Antwort »noch nicht«. Jane war sehr freundlich, aber Sarah spürte, dass Bert ihretwegen beunruhigt war. Sie fragte sich, ob es daran lag, dass sie nicht der Resistance angehörte. Sie war eben nur die Frau eines Spions und damit eher ein Hindernis.

Sie vermied es, in den Aufenthaltsraum zu gehen, und beschränkte sich darauf, nur die Abendnachrichten zu sehen. Am ersten Abend war sie gespannt, ob etwas über den Polizisten käme, den Meg erschossen hatte. Fast erwartete sie, ihr Haus auf dem Bildschirm auftauchen zu sehen, aber es kam nichts. Natürlich wurden solche Zwischenfälle vertuscht. Berichtet wurde nur das Übliche – eine große Demonstration in Delhi; Terroristen der Resistance hatten den Bürgermeister von Walsall, der zu den Schwarzhemden gehörte, durch Schüsse verletzt; die Deutschen vollzogen temporäre strategische Rückzüge an der mittleren Wolga. Die Nachrichten wurden von einigen der Handelsvertreter kommentiert, sie ließen sich leise brummend über die Kommunisten und die »frechen Kanaken« aus.

Sarah verbrachte viel Zeit in ihrem Zimmer, wo sie eselsohrige Liebesromane las, die frühere Bewohner in dem kleinen Bücherregal zurückgelassen hatten, oder sie saß am Fenster, mit dem Blick auf den Hinterhof voller Mülltonnen und die Rückseiten der Nachbargebäude. Während der kurzen Dezembernachmittage unternahm sie Spaziergänge durch die fast menschenleere Stadt oder trank in einem der kleinen Cafés eine Tasse Tee. Mitunter sah sie Gruppen von Jive Boys in farbenfrohen Jacken und Röhrenhosen an den Straßenecken, aber sie wirkten gelangweilt, wie sie dort mit ihren käsigen Gesichtern herumstanden und ihre Selbstgedrehten rauchten. *Wahrscheinlich nur arbeitslose Jugendliche*, dachte sie, machte aber trotzdem einen großen Bogen um sie. Hier und da sah man an den Häuserwänden die »V«- und »R«-Logos der Resistance, wie in London. Das Wetter war sonnig, aber es war sehr kalt und der kleine Teich im Park zugefroren. Sie dachte ständig an David, wo er sein mochte, was er machte, wann er hier sein würde. Sorge und Sehnsucht waren wie ein körperlicher Schmerz, aber gleichzeitig empfand sie Zorn wegen seiner Lügen, wann immer sie an seine Erklärungen für die häufigen Abwesenheiten dachte. Sie wusste, dass David sie einst geliebt hatte, aber dann war Charlie gestorben, und er hatte sich von der ruhigen Zweisamkeit mit ihr verabschiedet und war zum Spion geworden. Ohne auch nur einen Gedanken daran zu verschwenden, sie ins Vertrauen zu ziehen. Für ihn war sie das geworden, was Bert vermutete: ein Handicap. Sie dachte an ihre Verzweiflung, ihre Eifersucht, als sie David verdächtigte, eine Affäre mit Carol zu haben. Sie schwor sich, nie wieder eine solche Situation zuzulassen. Wenn David sie nicht mehr liebte, würden sie sich eben trennen müssen. Falls sie diese Sache überlebten und wirklich irgendwo ein neues Leben anfangen sollten, würde sie sich nicht an eine Ehe klammern, die keine mehr war. Als sie durch die kalten Straßen lief, wo die Möwen über ihr ihre traurigen Schreie ausstießen, hätte auch sie am liebsten laut aufgeschrien vor Verzweiflung und Zorn und Trauer bei dem Gedanken, dass sie den einzigen Mann verlieren könnte, den sie jemals geliebt hatte.

An ihrem sechsten Abend in der Pension bemerkte sie einen sehr schlanken Mann in den Vierzigern mit einem großen, ungepflegten Schnurrbart am Nachbartisch, der den Londoner *Evening Standard* las. Ihr fiel die Überschrift ins Auge. *»Nebel bringt London zum Stillstand«*. Zögernd fragte sie ihn, ob sie die Zeitung einsehen könne, wenn er sie ausgelesen habe.

»Natürlich«, sagte er. Er deutete auf die Schlagzeile. Er hatte freundliche braune Augen, wie ein treuer Hund. Sarah bemerkte, dass er Schuppen auf dem Kragen hatte. »Ich bin gerade aus der City gekommen, dort herrscht totales Chaos. Der schlimmste Nebel, den man je erlebt hat, sagen die Leute. Viele sind im Krankenhaus. Kommen Sie aus London?«, fragte er.

»Ja. Ich bin – nur für ein paar Tage hier.« Sie wunderte sich, wie kühl sie klang.

Der Mann lächelte. »Ich lasse Ihnen die Zeitung hier, wenn ich fertig bin.« Er nickte und wandte sich wieder seinem Essen zu.

Später suchte Sarah Bert und Jane in ihrem kleinen Büro auf. Sie sagte, sie mache sich Sorgen, weil sie immer noch keine Nachricht habe, und fragte, ob der Smog in London das Problem sein könne. Jane lächelte nervös. »Es tut mir leid, meine Liebe. Wir wissen auch nicht mehr als das, was man Ihnen bereits mitgeteilt hat. Es ist immer eine anstrengende Zeit für uns, dieses Warten.« Sarah entnahm ihren Worten, dass es nicht das erste Mal war, dass sie halfen, Menschen aus England fortzubringen.

Am Sonntag ging sie wieder spazieren, hinunter zur Seepromenade. Noch immer war es sonnig und sehr kalt. Das Meer lag glatt und ruhig da, und die Promenade war so gut wie menschenleer, bis auf ein paar ältere Leute, die ihre Hunde ausführten. Das Wasser musste eiskalt sein. Sie schlug den Weg zur Seebrücke ein. Geschlossene Kioske boten auf verblichenen Postern Sommerartikel an.

Auf der Seebrücke hallten ihre schweren Schuhe auf dem Holz wider. Sie ging vorbei am Karussell und dem seinerseits geschlossenen Raritätenkabinett, bis ans Ende des hölzernen Stegs. Hier draußen wehte eine schwache Brise, aber auch sie war kalt und schneidend wie ein Messer, rundum das Rauschen des Meeres.

Außer ihr war nur ein einziger Mensch hier draußen. Er lehnte am Geländer und blickte zum Ufer. Sarah erkannte den Mann aus der Pension, der ihr seine Zeitung überlassen hatte. Zu seinen Füßen stand ein abgewetzter Koffer. Er hörte ihre Schritte und blickte auf, dann tippte er grüßend an den Rand seiner Melone. »Auch ein bisschen Seeluft schnuppern?«, fragte er.

Sie trat näher. »Ja. Furchtbar kalt, nicht wahr?«

»Bitter.«

»Im Radio hörte ich, dass der Nebel in London immer noch so schlimm sein soll.«

»Ja. So hört man.«

Sie wollte weitergehen, denn sie wusste, dass sie nicht mit ihm reden sollte. Aber dieser Mann wirkte irgendwie unwiderstehlich und mitleiderregend, wie er dort gebeugt am Geländer stand, und sie fühlte sich schrecklich einsam. Sie sagte: »Arbeiten Sie heute nicht?«

Er schüttelte den Kopf. »Ich habe gerade ausgecheckt. Muss jetzt zurück nach London. Hatte nicht viel Glück mit dieser Tour. Ich vertrete Spielwaren und Neuheiten, wissen Sie, und bereise die Seebäder hier an der Küste von Sussex. Normalerweise bestellen die Läden jetzt fürs nächste Frühjahr, aber die Zeiten sind schlecht.« Er lächelte traurig. »Ich glaube, ich werde mir diese Weihnachten keine großen Sprünge erlauben können.«

»Spielwaren und Neuheiten?« Sie dachte an ihr Komitee, an das Spielzeug für die armen Kinder in Nordlondon, an Mrs. Templeman.

»So ist es. Ursprünglich bin ich auch aus Brighton, hier kennt mich jeder.« Er streckte die Hand aus. »Danny Waterson.«

»Sarah Hardcastle.«

Sie schwiegen einen Moment. Er sagte: »Wie ich höre, soll die Krönung im Juni stattfinden.«

»Ach ja?«

»Ja. Ich habe heute Morgen in der Firma angerufen, und da erfuhr ich es. Sie haben immer noch keinen Mann für sie gefunden. Es heißt, die Queen Mum versuche, ihr einen deutschen Prinzen schmackhaft zu machen.«

»Vielleicht bleibt sie ja ledig, wie die erste Elizabeth.«

Er blickte wieder zum Ufer. »Ich erinnere mich, wie es 1940 hier aussah. Stacheldraht entlang der ganzen Promenade, bis hinunter an den Strand, und im Wasser Panzersperren aus Beton. Wenn man es jetzt sieht, würde man es nicht für möglich halten.«

»Nein.«

»Und die Rationierung, wissen Sie noch?«

»Ja.«

»Jetzt kann man kaufen, was man will. Wenn man es bezahlen kann.« Er klang leicht verbittert. »Ich war noch zwei Monate bei der Bürgerwehr, kennen Sie die noch?«

Sie erinnerte sich. Alte Männer und Jungen in der Wochenschau, die mit Holzknüppeln über der Schulter marschierten, weil es nicht genug Gewehre gab. Sie hatte oft daran gedacht, wie sie abgeschlachtet werden würden, wenn es zu einer Invasion käme. Danny fuhr fort: »Ich war ein bisschen zu jung, um eingezogen zu werden. Und dann war nach zwei Monaten alles vorbei.« Er lehnte sich wieder ans Geländer. »Ich frage mich, was passiert wäre, wenn wir keinen Frieden geschlossen hätten, ob die Deutschen bei uns einmarschiert wären. Es wäre sicher schwer gewesen, eine Armee über den Kanal zu bringen.«

»Sie erzählen uns, es wäre einfach gewesen. Aber wir haben doch in Dünkirchen unsere gesamte Ausrüstung verloren.«

»Vielleicht. Nun ja, wir haben 1940 unsere Entscheidung getroffen, und jetzt müssen wir damit leben.« Seinem Ton entnahm sie, dass er gegen das Regime war, obwohl er nichts gesagt hatte, womit er sich verdächtig gemacht hätte.

»Ja.« Sarah seufzte schwer.

Traurig schüttelte Danny den Kopf. »Ich mache mir Sorgen um die Zukunft meiner Kinder. Ich habe gestern bei Worthing eines dieser Lager gesehen, wo sie die Juden untergebracht haben. Aus der Ferne, vom Zug aus, sah es aus wie eine alte Kaserne. Von Stacheldraht umgeben, von Wachen umstellt. Meine Frau meint, die Juden verdienten es, man kann ihnen nicht trauen, sie seien nicht wirklich loyal gegenüber Großbritannien.« Wieder schüttelte er den Kopf. »Tja, wir können auch nichts daran ändern.«

Sarah merkte, dass sie in den letzten Tagen kaum an die Juden gedacht hatte. »In den Nachrichten hat man auch nichts weiter gehört«, sagte sie.

»Nein. Die Menschen werden es schnell vergessen, wie immer, wenn sie etwas nicht selbst sehen und es sie nicht direkt betrifft.«

»Wie alt sind Ihre Kinder?«, fragte sie.

»Zwei Jungen. Sechs und acht. Und Sie?«

»Ich – ich bin Witwe.«

»Vom Krieg 1940?«

»Nein. Kürzlich erst. Mein Mann starb bei einem Autounfall.«

»Ah. Das tut mir leid.«

»Aber ich sollte jetzt wohl zurückgehen«, sagte Sarah. »Es ist kalt.«

Er blickte sie an. »Muss schwer sein für Sie, jetzt an Weihnachten.«

»Ja. Deshalb musste ich auch ein paar Tage weg.« Sie stellte fest, dass ihr das Lügen inzwischen ziemlich leichtfiel. War es David auch so gegangen? Sie blickte in Dannys trauriges Gesicht und hatte ein schlechtes Gewissen.

Nervös sagte er: »Vielleicht hätten Sie Lust auf einen Drink? Hier gibt es viele nette kleine Pubs in den Seitenstraßen, mit warmen Kaminfeuern. Die werden jetzt gerade aufmachen.«

Er versucht, mich anzubaggern, dachte sie. Aber vielleicht auch nicht, vielleicht suchte auch er nur etwas Gesellschaft an diesem trostlosen Morgen. Sie zögerte einen Augenblick, dann sagte sie lächelnd: »Vielen Dank, aber lieber nicht. Ich muss jetzt wirklich zurück.«

Er schien leicht verlegen. »Natürlich, tut mir leid, ich hoffe, Sie haben es nicht falsch verstanden …«

»Absolut nicht. Aber jetzt muss ich gehen.«

Er berührte wieder seinen Hut, eine hilflose kleine Geste, dann sagte er: »Dies ist eine traurige Stadt im Winter. Bitte, denken Sie nicht, dass ich mich einmischen will, aber vielleicht würden Sie sich in London doch wohler fühlen.«

Sie seufzte. »Ja, vielleicht …« Sie wandte sich zum Gehen.

»Ich hoffe, ich bin nicht zu weit gegangen …«

»Nein. Nein, es war nett, mit Ihnen zu plaudern.«

Sie ging auf der Seebrücke zurück zur Promenade, wobei sie deprimiert darüber nachdachte, dass sie nun vielleicht für immer einsam sein würde.

Als sie die Promenade erreichte, hörte sie einen Zeitungsjungen vor dem Old Ship Hotel rufen: »Hitler tot! Der Führer ist gestorben!«

49

Nachdem sie die Straßensperre passiert hatten, raste die Feuerwehr mit gefährlicher Geschwindigkeit und heulender Sirene davon. An einer Kreuzung ließ der Fahrer die Hupe ertönen, und ein Mann mit weißer Gesichtsmaske, der die Straße überqueren wollte, sprang erschrocken zur Seite; er war nur kurz im Scheinwerferlicht aufgetaucht. Dann, derart plötzlich, dass David unsanft nach vorne geworfen wurde, kam das mächtige Fahrzeug mit quietschenden Reifen zum Stehen. Etwas unsicher standen David und die anderen auf und blickten hinunter. Die Scheinwerfer waren immer noch eingeschaltet, und obwohl sie kaum durch den Nebel drangen, sah David, dass sie hinter einem großen Lkw mit geschlossener Plane standen. *Das ist ein Militärfahrzeug,* dachte er entsetzt. Der junge Mann neben ihm, der sie gerettet hatte, setzte seinen Helm ab. »Na los«, sagte er munter, »runter mit euch. Euer nächstes Fahrzeug wartet schon.«

»Aber das ist doch ein Militärwagen ...«

Er lachte. »Den haben wir ebenfalls geklaut. Jetzt kommt schon. Die Polizei wird nicht lange brauchen, bis sie merkt, dass es falscher Alarm war.«

David kletterte hinunter auf die Straße, Ben, Natalia und ihr junger Begleiter folgten. Die drei Feuerwehrleute, die in der Fahrerkabine gesessen hatten, stiegen auch aus. David blickte um sich. Sie befanden sich auf einer Straße mit Kopfsteinpflaster, zu beiden Seiten Garagen. Neben dem Lkw stand ein großer, kräftiger Mann in Militäruniform.

»Wer ist das?«, fragte David den jungen Feuerwehrmann.

»Keine Ahnung, Kumpel. Wir sollten euch nur bis an diesen Ort bringen.« Er schlug mit der Hand gegen das Fahrzeug. »Die gute alte Merryweather, die lässt einen nie im Stich.« Er reichte ein Päckchen Zigaretten herum, und David bediente sich dankbar.

Der Soldat kam herüber. Er war um die fünfzig, mit zerfurchtem Gesicht, schwarzem Schnurrbart und harten, ernsten Augen. Er trug die Uniform eines Captains. Er musterte sie.

»Sind Sie tatsächlich ein Soldat?«, fragte Ben.

»Ja«, erwiderte der Captain brüsk. »Aber jetzt bin ich bei Churchill. Also, Sie alle, nach hinten auf den Lkw. Wir müssen Sie fortschaffen.« Er drehte sich um und bellte: »Fowler, aufmachen!« Die Plane wurde zur Seite gezogen, und ein sehniger kleiner Mann in der Uniform eines Gefreiten sprang herab, ließ die Heckklappe runter und winkte ihnen ungeduldig. David bemerkte, dass er ein Gewehr trug.

David schüttelte dem jungen Feuerwehrmann die Hand. »Vielen Dank.« Er blickte zum Rest der Mannschaft. »Auch Ihnen allen vielen Dank.« Sie hoben dankend die Hände.

»Kommt jetzt«, sagte der Captain ungeduldig. »Wir haben nicht viel Zeit.«

Sie kletterten hinauf. Im Inneren roch es nach Schweiß und Maschinenöl. Der Gefreite leuchtete mit der Taschenlampe hinein, und jetzt sahen sie zwei Reihen von Bänken. Ein zweiter Mann in der Uniform eines Gefreiten saß ganz hinten, ein Gewehr über den Knien. Neben ihm, leicht zusammengesunken, ein Zivilist in dunkler Jacke. Davids Herz tat einen Freudensprung, als er Frank erkannte. Auch dessen Gesicht belebte sich, und er rief: »Es ist also wahr! Ihr lebt!«

»Was sie aber nicht Ihnen verdanken«, sagte der sehnige Mann in mürrischem Ton mit Cockney-Akzent. Mit einer Handbewegung deutete er an, David, Ben und Natalia sollten sich setzen. Er schloss die Plane, und der Soldat neben Frank schlug mit der Handfläche an die Rückwand der Fahrerkabine. Dort war ein kleines Fenster, durch das man den Fahrer sehen konnte. Er saß bereits da, ebenfalls in Uniform, und der Captain nahm neben ihm Platz. Der Lkw setzte sich in Bewegung und fuhr langsam weiter.

Der sehnige Gefreite ließ das Licht seiner Taschenlampe über ihre Gesichter gleiten. »Also«, sagte er. »Wir fahren jetzt in eine Seitenstraße, und dort werden Sie alle Uniformen anziehen. Dann sind wir ein Trupp Soldaten, die nach Dover unterwegs sind, um dort im Judenlager Wache zu schieben.« Der Lichtkegel fiel auf Natalia. »Außer Ihnen, Miss. Man würde nicht glauben, dass Sie Soldat sind, falls wir angehalten werden, deshalb werden wir Sie absetzen, und Sie werden über den heutigen Tag Bericht erstatten. Später treffen Sie wieder mit den anderen zusammen.«

»Wo wird das sein?«, fragte Ben.

»Das werden Sie erfahren, wenn Sie dort sind«, sagte der Soldat neben Frank. Er sprach leise, mit Yorkshire-Akzent. »Mehr können wir jetzt nicht sagen.« Er war groß, mit einem Körperbau wie ein Ringkämpfer, aber deutlich freundlicher als sein Kamerad.

»Wer sind Sie überhaupt?«, fragte David. »Der Mann vorne beim Fahrer trägt die Abzeichen eines Captains.«

»War ein ganz normaler Soldat, bis Churchill vom Parlament zurücktrat«, sagte der Mann aus Yorkshire. »Beschloss dann, ihm zu helfen, *Großbritannien in Brand zu setzen*. Erinnern Sie sich an die Rede?«

»Und Sie beide?«

»Wir sind Soldaten der Resistance«, antwortete der Cockney, »wollten nicht für die Faschisten kämpfen. Wir organisieren Militäruniformen und Fahrzeuge. Zwei der Männer, die Sie herbrachten, waren allerdings echte Feuerwehrleute. Damit sind sie jetzt ihren Job los, denn ab sofort sind sie auf der Flucht.«

»Das bin ich auch, mein Freund«, sagte Ben. »Ich war jahrelang Krankenpfleger in einer Nervenklinik, bis letzte Woche. Aber das ist der Preis, den wir zahlen müssen, nicht wahr?«

»In diesem Boot sitzen wir jetzt alle zusammen«, sagte der Mann aus Yorkshire leise.

Der Lkw hielt an. Sie waren nur ein paar Straßen weiter gefahren. Der sehnige Cockney leuchtete mit der Taschenlampe unter die Bänke, wo David eine Reihe von Segeltuchtaschen liegen sah. »So«, sagte der Cockney entschlossen, »jeder von Ihnen nimmt sich jetzt eine von den Taschen, dann steigen Sie aus und ziehen sich um.«

»Ich will wissen, wo wir hinfahren«, beharrte Ben.

Der Cockney leuchtete ihm ins Gesicht. »Jetzt hör mal zu, Schotte. Wir haben heute Nacht in London dank euch ein paar gute Leute verloren. Also tu, was man dir sagt, verdammt noch mal. Raus mit euch.«

Sie waren in einer engen Straße neben einem Gebäude, das wie eine kleine Fabrik aussah. Hier wartete ein Mann, sehr hager, in langem Mantel und Melone, der wie ein Gerichtsvollzieher aussah. Er ging zum Captain, der ebenfalls ausgestiegen war, und unterhielt sich kurz und flüsternd mit ihm. Dann trat er zu Natalia. »Sie kommen bitte mit mir, Miss.«

Natalia blickte David an. »Geben Sie uns einen Moment?«

Er nickte widerwillig. »In Ordnung, aber wirklich nur einen Augenblick.«

David und Natalia traten ein Stück zur Seite. Er sagte: »Wir – es tut mir leid, dass …«

Sie lächelte. »Mir nicht. Wie könnte es? Wir sehen uns bald wieder.«

David blickte hinüber zu den Soldaten, undeutlich als Gruppe im Nebel. Frank und Ben zogen sich um. »Werden wir das?«

»Ja. Ich bin bald wieder bei dir.« Sie zögerte. »Aber wie Eileen mir sagte, wird deine Frau dann auch da sein.«

David nahm ihre Hand. »Glaubst du mir, dass dies das erste Mal war, dass ich ihr untreu war?«

Natalia holte tief Luft. »Dann stimmt es vielleicht, dass es aus ist zwischen euch?« Sie schien unsicher.

Er antwortete nicht. Er konnte nichts sagen. Der Captain trat zu ihnen. »Sie müssen jetzt gehen, Miss«, sagte er streng. »Und Sie« – missbilligend sah er David an – »Sie sollten Ihre Uniform anziehen. Und zwar sofort.«

Natalia streckte sich und gab David einen schnellen Kuss. »Bis später«, sagte sie mit traurigem Lächeln. Sie berührte flüchtig seine Hand, dann ging sie zu dem Mann, der sie abholen sollte. Ohne ein weiteres Wort gingen die beiden los und waren bald im Nebel verschwunden.

»Komm schon«, rief Ben ungeduldig. David fragte sich, was der Schotte von ihm und Natalia dachte, denn er hatte sich nichts anmerken lassen. Geoff hätte es wahrscheinlich missbilligt, aber Geoff war tot.

Schnell zogen sie die dicken, kratzigen Uniformen an. Jetzt waren sie Gefreite. Für David fühlte sich die Uniform vertraut an, es erinnerte ihn an 1940. Er rückte seine Mütze zurecht und tastete in seiner Tasche nach der Zyankalikapsel, die er aus der alten Tasche herausgenommen hatte. Sie kletterten wieder auf den Lkw, der sich in Bewegung setzte und weiter langsam durch die engen Straßen fuhr. Durch das kleine Fenster der Fahrerkabine konnte David am Kopf des Fahrers vorbei nach draußen sehen. Der Nebel war nach wie vor undurchdringlich.

»Wie geht's dir, alter Freund?«, fragte er Frank leise. Frank saß neben ihm und schien leicht benommen.

»Ganz gut, glaube ich. Es fühlt sich komisch an, in dieser Uniform.« Er seufzte. »Tut mir leid, dass ich weggerannt bin, David, ich habe mein Versprechen nicht gehalten. Aber ich dachte, wir würden alle festgenommen werden, und ich war doch der Einzige, der keine – du weißt schon – keine Kapsel hatte.«

»Wohin bist du gerannt?«

»In eine Kirche. Die Polizei war hinter mir her. Der Pfarrer dort hat mich entdeckt. Er hat mir geholfen und mich wieder mit Leuten von der Resistance zusammengebracht. Und er hat mir sein Jackett gegeben.« Er schwieg einen Moment, dann sagte er: »Ich muss immer an Geoff denken.«

»Ich weiß. Er war ein treuer Freund.« Er blickte zu Ben hinüber, der ihm mit gerunzelter Stirn direkt gegenübersaß.

»Alles in Ordnung?«, fragte David leise.

»Ich möchte nur wissen, was sie mit uns vorhaben«, flüsterte Ben. Er sah den Mann aus Yorkshire an und fragte: »Wohin fahren wir jetzt?«

»Aus London raus, mehr weiß ich auch nicht.«

Sie fuhren durch eine belebte Gegend, und der Lkw musste jetzt im Schneckentempo fahren, doch bald kamen sie wieder etwas schneller voran. Außerhalb der Stadt schien der Nebel etwas weniger dicht. Plötzlich hörte David, wie der Captain in der Fahrerkabine sagte: »Aha, jetzt geht es los.« David sah eine hölzerne Schranke, die die Straße absperrte. Der Cockney stand auf und schob David zur Seite, weil er durch das kleine Fenster nach draußen sehen wollte, als ihr Fahrzeug anhielt. Der Mann aus Yorkshire beugte sich vor und tippte Frank aufs Knie.

»Wir müssen anhalten. Aber der Captain wird dafür sorgen, dass wir keine Schwierigkeiten bekommen.« Er sprach wie zu einem schwachsinnigen Kind. »Und Sie sagen bitte nichts. Alles klar?«

David flüsterte Ben zu: »Ich vermute, Franks Tabletten sind bei den O'Sheas geblieben?«

»Das Largactil? Ja.« Ein Polizist erschien und leuchtete mit der Taschenlampe ins Innere. Der Captain kurbelte das Fenster runter. »Guten Abend, Herr Wachtmeister«, sagte er selbstsicher. Der Polizist salutierte.

»Wohin fahren Sie, Sir?«, fragte er. Sein Ton war respektvoll und höflich, aber David fand, dass er irgendwie unsicher wirkte.

»Wir bringen ein paar Leute zum Judenlager in Dover. Wachdienst. Ich selbst bin Vize beim Kommandanten.« Er reichte dem Polizisten ein Schriftstück, der es beim Licht der Taschenlampe las. »Gibt's denn Schwierigkeiten mit den Juden?«, fragte er besorgt.

»Nein. Ich wüsste nicht, warum. Aber die Lager müssen bewacht werden. Weshalb diese Straßensperre?«

»Geflüchtete Terroristen. Drei Männer und eine Frau, alle in den Dreißigern. Die sind bei einem Überfall in New Cross entkommen. Und aus irgendeinem Grund werden ihretwegen alle Hebel in Bewegung gesetzt.«

»Den Deckel drauf, nachdem das Kind in den Brunnen gefallen ist, was?«

»So ähnlich, Sir«, erwiderte der Polizist müde.

»Wir haben niemanden gesehen. Aber bei diesem Nebel sieht man ja nicht mal die eigene Hand vor Augen.«

»Ich weiß. So was habe ich noch nicht erlebt. Merkwürdiger Abend für – na ja, für das, was da in Deutschland passiert ist.«

»Was meinen Sie damit?«

»Hitler ist tot. Jetzt ist es amtlich.«

Die Männer auf dem Lkw sahen sich an, ihre Gesichter strahlten plötzlich. Frank sagte: »Hat er wirklich gesagt …« Der Mann aus Yorkshire beugte sich schnell vor und legte ihm die Hand auf den Mund. »Schschsch.«

»Sind Sie ganz sicher?«, hörte David den Captain fragen.

»Im Polizeirevier hat man es bestätigt.«

»Du lieber Gott«, sagte der Captain. »Wie geht's wohl jetzt weiter?«

»Wer weiß«, erwiderte der Polizist. »Ich hoffe nur, dass die Juden es nicht erfahren, daher meine Frage, ob es Probleme in den Lagern gibt. Auf jeden Fall müssen wir alle Fahrzeuge kontrollieren, die London verlassen. Haben Sie etwas dagegen, wenn ich kurz hinten reinschaue?«

»Bitte sehr.« Der Captain lehnte sich zurück und rief: »Aufmachen!«

Der Cockney-Gefreite öffnete die Plane. Der Polizist beugte sich vor und ließ das Licht der Taschenlampe über die Männer gleiten, dann leuchtete er unter die Bänke. »Mit der Kiste Dosenfleisch in Aldershot hatte ich aber nichts zu tun, Herr Wachtmeister«, witzelte Ben. Die anderen lachten. Der Polizist knurrte und schloss die Klappe. Er winkte ihnen weiterzufahren und salutierte dem Captain. Alle atmeten auf und entspannten sich, außer Frank, der starr vor sich hin blickte.

Der Captain schob die Glasscheibe zur Seite. Sein Gesicht war lebhaft, begeistert geradezu. »Habt ihr das gehört? Er hat gesagt, dass Hitler tot ist!«

»Endlich hat es dieses Arschloch erwischt«, sagte der Mann aus Yorkshire seltsam gefühlvoll.

Sie wurden nicht wieder angehalten und kamen langsam, aber stetig voran. David kam es so vor, als führen sie nach Osten statt nach Süden, aber ganz sicher war er sich nicht. Er überlegte, wo Natalia jetzt sein mochte und ob er sie wiedersehen würde. Und Sarah. War es wirklich vorbei mit Sarah? Er wusste es nicht.

Der Nebel löste sich langsam auf, bis er schließlich ganz verschwunden war und den klaren Sternenhimmel dieser Dezembernacht freigab. David reckte den Hals und spähte nach vorne in die Fahrerkabine. Er sah, dass sie jetzt über ländliche Straßen fuhren, mit kahlen, gespenstisch weißen Bäumen, die im Scheinwerferlicht auftauchten und wieder verschwanden. *Wir fahren nicht an die Küste*, dachte er, *sonst wären wir längst da.* Er sah Ben an, der mit gerunzelter Stirn ins Leere starrte. Am Rumpeln und Holpern des Fahrzeugs merkte man, dass die Straßen schlechter wurden. Dennoch fielen ihnen die Köpfe langsam nach vorne, und sie dösten ein. David beugte sich zu Ben hinüber und flüsterte: »Frank ist eingeschlafen. Er sah vorhin gar nicht gut aus.«

»Klar, er bräuchte eine Tablette. Aber ich musste ja alles bei den O'Sheas lassen. Wo zum Teufel fahren die mit uns hin?«

»Wovor hast du solche Angst?«, flüsterte David.

»Ich will wissen, wohin wir fahren. Warum sagen sie uns das nicht? Sie haben etwas an sich – das mir nicht gefällt.«

»Sie haben schließlich heute Abend Leute verloren.«

»Wir auch.«

David lehnte sich zurück. Schließlich fielen auch ihm die Augen zu, er war völlig erschöpft.

Er schreckte auf, als der Lkw anhielt. Der Captain öffnete das kleine Fenster nach hinten. »Alle raus!«, rief er.

Sie kletterten hinunter. David half Frank, der zitterte. Sie standen im Stockdunkeln auf etwas, das sich wie ein Kiesweg anfühlte, zu beiden Seiten hohe Bäume, die man vor dem dunklen Himmel erkennen konnte. Es war sehr kalt, und die Luft roch feucht. Nirgendwo sah man ein Licht.

»David«, flüsterte Frank ängstlich. »Wo sind wir?«

»Ich weiß es nicht.«

»Nicht reden«, bellte der Captain. »Kommen Sie mit.« Die drei Soldaten hatten sie umstellt, die Gewehre im Anschlag. Ben, neben David, holte tief Luft. *Sie werden uns erschießen*, ging es David durch den Kopf. *Wir haben ihnen so viele Schwierigkeiten bereitet, dass sie uns loswerden wollen, irgendwo hier draußen, wo es niemand merkt. Oder vielleicht lassen sie Frank am Leben, verhören ihn und finden heraus, was sie wissen wollen. Wenn Hitler tot ist, werden sich alle Pläne ändern.* Er blickte auf die schemenhafte Gestalt des Captains, der vor ihm ging.

Er traute dem Mann nicht, er hatte etwas Kaltes, Unversöhnliches an sich.

Sie gingen eine schwarzfinstere Auffahrt entlang, ihre Schritte knirschten leise auf dem Kies. Schließlich erschien der Umriss eines großen Landhauses, David konnte hohe Schornsteine erkennen, die sich von dem dunklen Himmel abhoben. Langsam gingen sie weiter.

Seitlich am Haus wurde eine Tür einen Spaltbreit geöffnet, und ein schmaler Lichtstreifen fiel heraus. »Azteke«, sagte der Captain leise. Der Spalt wurde breiter. David und die anderen gingen ein paar Steinstufen hinauf und traten ins Haus. Sie standen in einem langen Korridor voller Bilder und blinzelten in die ungewohnte Helligkeit. Am Ende des Korridors stand ein junger Mann in Kakiuniform mit dem Union Jack auf der Brusttasche, Gewehr über der Schulter. Die Fenster waren mit dichten Vorhängen verhüllt, die Art von Stoff, an die David sich aus dem Krieg 1939–40 erinnerte, als allgemeine Verdunkelungspflicht bestand. In einiger Entfernung hörte er jetzt Stimmen. Das Haus war groß; vielleicht gehörte es einem Aristokraten, der sich entschlossen hatte, die Resistance zu unterstützen. Irgendwo klingelte ein Telefon, es wurde schnell beantwortet.

Der Mann, der die Tür geöffnet hatte, war schon älter. Er war groß und hager und trug ein weißes Hemd und eine schwarze Weste, wie ein Butler. Er ließ seinen Blick über die Besucher schweifen, dann trat er lächelnd näher. »Willkommen, Gentlemen. Mr. Fitzgerald?«

David trat vor. »Ja?«

»Würden Sie Dr. Muncaster bitte nach oben begleiten? Und Mr. Hall, kommen Sie bitte mit mir? Man möchte Ihren Bericht über die Vorfälle in London hören.«

»In Ordnung«, sagte Ben. »Bis gleich, Frank.« Ben folgte dem Mann den Korridor entlang. Der Captain begleitete sie. Der Mann mit dem Union Jack trat vor und wandte sich freundlich an David und Frank, er sprach mit ausgeprägt walisischem Tonfall: »Bitte, kommen Sie mit mir.« Er blickte die Soldaten an: »Ihr geht jetzt nach draußen, dort wird euch jemand zeigen, wo ihr den Lkw parken könnt und euer Schlafplatz sich befindet.«

Er führte David und Frank den Korridor entlang in eine Eingangshalle mit einer breiten Treppe in der Mitte. Durch eine halb geöffnete Tür sah David mit Tüchern abgedeckte Möbel. Ein zweiter Mann, ebenfalls mit dem Union Jack auf der Brust und einem Gewehr, schloss sich ihnen an. Sie gingen nach oben. Hinter einer geschlossenen Tür hörten sie leise Männerstimmen, irgendwo klingelte ein Telefon. David vermutete, dass sie sich hier in einer Art Hauptquartier befanden. Die Nachricht von Hitlers Tod würde einigen Staub aufwirbeln.

David und Frank wurden in ein großes Schlafzimmer geführt, auch hier die Fenster mit dichten Vorhängen verdunkelt. Da stand ein großes Doppelbett, daneben zwei Feldbetten. »Bitte, halten Sie die Vorhänge geschlossen«, sagte der Waliser in freundlichem Ton. »Die Toilette ist gleich hier im Korridor. Wir lassen Ihnen etwas zu essen bringen. Mr. Hall kommt dann auch zu Ihnen. Übrigens, ich heiße Barry.« Er war der Erste seit ihrer Rettung, der ihnen seinen Namen nannte.

»Können Sie uns sagen, wo wir hier sind?«, fragte David.

»Leider nein«, sagte Barry bedauernd. »Noch nicht. Gibt es sonst noch etwas, das Sie benötigen?«

Frank sagte: »Ich bräuchte eigentlich meine – meine Tabletten, damit ich schlafen kann. Ich brauche sie wirklich. Ben weiß das.«

Der Waliser nickte. »Ich werde mit ihm sprechen.« Er lächelte. »Haben Sie die Neuigkeit schon gehört?«

»Das Gerücht, dass Hitler tot ist? Ja.«

»Es ist kein Gerücht. Im deutschen Rundfunk hört man, dass

Goebbels der neue Führer ist. Vielleicht passiert ja jetzt etwas, nicht wahr?«

Nachdem er draußen war, setzte Frank sich müde aufs Bett.

»Was hältst du davon?«, fragte David.

»Ich weiß nicht, ob ich es glauben kann.« Frank kratzte sich auf der Brust. »Ich fühle mich so schlecht. Ich muss immerzu an Geoff denken, wie er da auf der Erde lag. Und an Sean und Eileen. Ich bin im Auto eingenickt, aber die Bilder, die ich gesehen habe …« Er stützte den Kopf in die Hände.

David setzte sich neben ihn. Er sah auf die Uhr. Es war nach eins. Erschöpft, wie er war, ärgerte er sich plötzlich über Frank. War es denn für ihn schlimmer als für die anderen? David war sich bewusst, dass das, was letzte Nacht passiert war, Folgen für den Rest seines Lebens nach sich ziehen würde. Vorausgesetzt, dass er überlebte. Er blickte auf Franks Scheitel. *Aber er ist nicht freiwillig in dieser Situation, wie wir anderen.* Er legte ihm die Hand auf den Arm. »Jetzt sind wir in Sicherheit.«

Frank blickte auf. »Sind wir das?«

Es klopfte, und Barry trat ein. Er trug ein Tablett mit Sandwiches, daneben ein Glas Wasser und ein Gläschen mit Tabletten. Franks Gesicht hellte sich auf. »Sind das die, die Sie brauchen?«, fragte Barry.

David sagte: »Das Zeug hatten Sie vorrätig? Wussten Sie denn, dass wir kommen?«

»Wir dachten es uns. Wir wussten, dass es für Dr. Muncaster wichtig ist, dass er dieses – wie heißt es – Lar-irgendwas einnimmt.«

»Largactil.« Frank betrachtete das Gläschen mit der Begeisterung eines Süchtigen. Barry gab Frank zwei Tabletten, der sie dankbar schluckte und sich auf dem Bett ausstreckte. »Jetzt wird es mir gleich viel besser gehen«, sagte er. »Und dann werde ich schlafen.« David dachte: *Vielleicht stimmt es ja, dass er körperlich nicht völlig abhängig ist, aber ohne sie geht es eben auch nicht.*

Barry sah David an. »Ich würde an Ihrer Stelle auch ein wenig schlafen. Wird es für Sie – äh – in Ordnung sein, so allein mit ihm?«

»Selbstverständlich«, erwiderte David energisch.

Barry ging. Frank lag auf der Seite, und nach kurzer Zeit wurden seine Atemzüge tief und ruhig. Völlig erschöpft zog David seine Stiefel aus, dann die Militärjacke. Er knipste das Licht aus, dann ging er ans Fenster und zog die Vorhänge einen schmalen Spalt auseinander. Draußen war es stockdunkel, man sah nur die Sterne und in einiger Entfernung eine Reihe großer Bäume. Direkt unter dem Fenster lag eine große Terrasse. Ein Soldat trat unter das Fenster und gab energische Zeichen, er solle den Vorhang wieder schließen. *Dieses ganze Grundstück muss schwer bewacht sein*, dachte David. Er tastete sich zurück zu einem der Feldbetten und legte sich hin. Wenigstens war es warm hier, das Zimmer hatte Zentralheizung. Es dauerte nicht lange, bis auch er eingeschlafen war.

Er wachte auf, als Ben das Licht anknipste. Er sah erschöpft aus. David setzte sich auf, legte den Finger auf die Lippen und deutete auf Frank. Leise trat Ben an das Bett und blickte auf ihn hinab. »Der schläft wie ein Baby«, sagte er leise.

»Sie haben ihm Tabletten gebracht. Er hatte sich nicht sehr gut gefühlt. Wir werden ihn entwöhnen müssen, wenn wir endlich von hier weg sind.«

»Falls wir überhaupt wegkommen.« Erschöpft setzte Ben sich auf das andere Feldbett. Er sah auf die Uhr. »Mein Gott, es ist fast vier. Sie haben mich bis jetzt befragt, sie wollen herausfinden, wie diese Bastarde von der Spezialeinheit uns aufgespürt haben. In ganz London gibt es trotz des Nebels Übergriffe auf Leute, die verdächtigt werden, zur Resistance zu gehören. Ein paar wurden festgenommen, aber wie es aussieht, waren sie hinter uns her.«

»Ich glaube, der kleine Junge hat sie auf die O'Sheas aufmerksam gemacht.«

»Kann schon sein.« Ben sprach im Flüsterton weiter. »Die Leute, die mich verhört haben, sind alle vom Militär. Sie haben es gründlich satt, was dieser Einsatz ihnen an Scherereien gebracht hat. Sie sind nicht besonders gut auf uns zu sprechen.«

»Dabei haben wir doch nur das getan, was man uns gesagt hat.«

»Sie scheinen zu denken, dass wir mehr Probleme bereiten, als wir wert sind.«

»Ich hatte Angst, als wir aus dem Lkw ausstiegen«, gestand David. »Ich dachte schon, sie würden uns vielleicht erschießen. Du doch auch, oder?«

»Ja. Ich dachte, sie wollten sich das Problem ein für alle Mal vom Halse schaffen.«

»Fahren wir denn immer noch zur Küste?«

»Davon haben sie nichts gesagt. Und wo zum Teufel wir hier sind, haben sie mir auch nicht erzählt.«

»Ich habe mal kurz nach draußen gespäht, aber man sieht nur eine Terrasse. Da war eine Wache, die hat dafür gesorgt, dass ich den Vorhang schnell wieder zugezogen habe.«

»Überall im Haus sind Leute mit Gewehren, draußen im Korridor ist auch eine Wache postiert.«

»Ob sie uns wohl weiterschicken werden?«

»Was weiß ich.« Ben blickte hinüber zu Frank. »Armer kleiner Mistkerl, für den ist es schon am besten, er schläft sich aus.«

»Ich habe vorhin überlegt, ob es wohl für ihn schlimmer ist als für uns«, sagte David.

Ben erwiderte: »Ich glaube, für ihn ist das Leben schlimmer als für die meisten Menschen. In der Nervenklinik waren viele der Patienten ganz zufrieden damit, einfach dort zu leben. Vielleicht haben einige auch nur so getan. Aber Frank hat es gehasst.« Er sah David ernst an. »Ich weiß, du denkst, ich bin manchmal etwas zu streng mit ihm, aber in einer Klapsmühle muss klar sein, wer der Boss ist. So ist halt das System, die Menschen sollen ruhiggehalten werden, und zwar auf so billige Art wie möglich. Nach der Revolution wird das anders werden.« Bens Blick trübte sich. »Mir hat das auch nicht gefallen, es erinnerte mich zu sehr an meine Zeit im Knast.«

Neugierig sah David ihn an. Plötzlich merkte er, dass aus dem poltrigen jungen Kommunisten ein Freund geworden war. »Du warst wirklich im Knast, als du jung warst? Weswegen?«, fragte er.

Ben sah ihn unschlüssig an, dann sagte er sachlich: »Als ich siebzehn war, entdeckte man mich mit meinem besten Freund im Bett. Der war sechzehn.«

»Ach.« David war überrascht. Er hatte immer gedacht, Schwule seien verweichlichte und weibische Typen, wie der Mann in der Dominionverwaltung, den sie vor ein paar Jahren entlassen hatten, weil man ihn als potenzielles Sicherheitsrisiko betrachtet hatte. Unwillkürlich lehnte er sich zurück. Ben entging diese Bewegung nicht, und er lächelte spöttisch.

»Ja, ganz richtig. Ich bin auch einer von denen. Der Magistrat in Glasgow hat mir alle möglichen Sachen angehängt, und meine Familie verleugnet mich. Das waren alles Presbyterianer, Mitglieder des Oranierordens, arm wie Kirchenmäuse, wofür sie den Iren die Schuld gaben.« Traurig schüttelte er den Kopf. »Wir waren eine Familie mit fünf Kindern in drei Zimmern, die Babys mussten nachts in Schubladen schlafen, weil es keinen anderen Platz für sie gab. Einmal machte meine Schwester aus Versehen die Schublade mit meinem kleinsten Bruder Tam zu. Er wäre beinahe erstickt und war danach chronisch schwach im Kopf. Ich war der Schlaue, aber das hat mir auch nicht viel gebracht. Ein Jahr in der Erziehungsanstalt und sechs Schläge mit der Birkenrute.«

David wusste nicht, was er sagen sollte. Er dachte an die Narben auf Bens Rücken. »Die Birkenrute«, sagte er leise. »Mein Vater hatte Klienten, die dazu verurteilt wurden. Er sagte, es sei eine barbarische Strafe.«

»Klingt nicht weiter schlimm, wenn man es hört, nicht wahr? Aber wenn man nackt auf eine Bank geschnallt wird und sie mit diesem Bündel aus knotigen Zweigen ankommen, also, da habe ich mich eingenässt. Trotzdem«, fügte er bitter hinzu, »es hat mich hart gemacht, wie man so sagt.« Er blickte David ins Gesicht. »Und hart müssen wir sein, wenn wir für etwas Besseres kämpfen wollen.«

»Ich weiß.« Sie schwiegen. Dann fragte David: »Haben sie etwas davon gesagt, wann Natalia wieder zu uns stößt?«

»Sie haben mir gar nichts gesagt.« Wieder dieses spöttische Grinsen. »Also warst du mit ihr zusammen, oder? Ich habe euch gesehen, als ihr die Treppe runtergekommen seid.«

»Ja«, sagte David leise. »Ja, waren wir.«

Ben zuckte die Schultern. »Ich habe nichts dagegen, Kumpel. Ich wäre der Letzte, der jemandem Vorwürfe machen könnte. Natalia ist zäh. Ich bewundere sie. Sie hat ein paar harte Einsätze hinter sich. Aber ich würde mich keinen allzu romantischen Vorstellungen hingeben«, schloss er.

David schüttelte müde den Kopf. »Ich weiß überhaupt nicht mehr, was für Vorstellungen ich habe.«

»So ist es, wenn man auf der Flucht ist. Kein Anker, keine Sicherheit, nichts Vertrautes. Manchmal klammert man sich dann eben an jemanden und nutzt die Gelegenheit, wenn man die Chance dazu erhält. Aber ein besonders befriedigendes Leben ist es nicht.«

»Nein, da hast du recht.«

Ben sah ihn ernst an. »Deshalb bin ich froh, dass ich Marxist bin. Ich habe etwas, das größer ist als ich, eine Wahrheit, an der ich mich festhalten kann.«

»Auch ein Glaube, wenigstens.«

»Wenn du so willst.«

David sagte: »Ich will nichts weiter, als dass diese Grausamkeiten ein Ende haben.«

»Wollen wir das nicht alle?« Ben stand auf. »Jedenfalls gehe ich jetzt pinkeln, und dann werde ich versuchen, noch etwas zu schlafen.«

David konnte nicht wieder einschlafen. Die furchtbaren Erlebnisse am Tag zuvor wirbelten in seinem Kopf herum. Einen Meter neben ihm hatte Ben angefangen, leise zu schnarchen. Sein Geständnis war eine völlige Überraschung gewesen. *Nichts auf der Welt ist so, wie ich es mir vorgestellt habe, es gibt einfach nichts, was sicher ist,* dachte David.

Auf Strümpfen ging er leise zur Tür und öffnete sie. Im Korridor saß ein junger Mann in der unvermeidlichen Kakiuniform mit Union Jack auf einem Stuhl, das Gewehr auf den Knien, und döste. Er blinzelte, setzte sich auf und blickte David an.

»Ich muss zur Toilette«, sagte David leise.

Der Mann machte eine Kopfbewegung nach rechts. »Zweite Tür von hier.«

»Danke.«

Der Korridor wirkte modern, Wände aus Gipskarton, vielleicht erst vor Kurzem angebaut. David ging zu der Tür, auf die der Mann gezeigt hatte. Auch die Toilette sah aus, als sei sie erst kürzlich hinzugefügt worden. Eigentlich war sie nur ein kleines, fensterloses Schrankzimmer mit Toilettenschüssel und Waschbecken. Als er hineinging, hörte er ein Murmeln von männlichen Stimmen. Sie schienen von unten zu kommen. Er kniete sich hin und legte sein Ohr an die Stelle, wo das Abflussrohr in der Wand verschwand, und jetzt konnte er verstehen, was gesprochen wurde. Es schien sich um eine Art Konferenz zu handeln, vielleicht in einem Raum nebenan. Er hörte verschiedene Akzente, und es wurde laut diskutiert. David erkannte die Stimme des Captains, der sie hergebracht hatte. »Es ist zu gefährlich. Wir müssen den Einsatz aufgeben. Wir erklären den Amerikanern, dass es zu riskant ist.«

»Und was passiert dann mit Muncaster und den anderen?«, fragte jemand mit Liverpooler Akzent.

»Ich bin nach wie vor der Meinung, wir könnten Muncasters Geheimnis selbst aus ihm herausquetschen«, sagte jemand mit der lang gezogenen Sprechweise der Oberklasse. »Könnte nütz-

lich sein, was immer es ist; denn falls Deutschland zusammenbricht und Großbritannien wieder unabhängig wird, würden
wir doch selbst wieder neue Waffen entwickeln.«

Darauf wieder der Captain: »Sei nicht so verdammt naiv,
Brendan. Dann wären die Yankees erst richtig angepisst. Und die
brauchen wir jetzt dringender denn je.«

»Was sollen wir dann mit ihnen machen? Sie erschießen?«

Der Captain sprach mit lauter Stimme. »Diese Leute haben ihr
Leben aufs Spiel gesetzt, um Muncaster hierherzubringen. Wir
können sie in die Organisation aufnehmen. Aber Muncaster – in
seinem psychischen Zustand – ich weiß nicht.«

»Falls wir zu dem Schluss gelangen sollten, ihn aus dem Weg
zu räumen, dann sollten wir vorher aus ihm herauskriegen, was
er weiß«, entgegnete der Mann namens Brendan.

»Wie kannst du auch nur an so etwas denken?«, der mit Liver-
pool-Akzent. »Ein unschuldiger Mensch?«

»Ein potenziell gefährlicher Mensch …«

Der Mann aus Liverpool: »Hör mal, die Deutschen wissen
doch gar nichts von der Entführung.«

»Und wenn wir loslegen und sie festgenommen werden …«

Eine neue Stimme, kalt und emotionslos: »Sie haben Selbst-
mord-Kapseln. Außer Muncaster …«

»Nun ja, wir wissen, welche Möglichkeiten wir haben.« Der
Captain klang müde. »Wir werden uns darüber nicht einigen.
Die letzte Entscheidung liegt sowieso nicht bei uns. Die Besprechung ist morgen früh um halb sieben, deshalb schlage ich vor,
dass wir uns jetzt etwas ausruhen, aber denken wir alle noch mal
gründlich über die Optionen nach. Es wird eine Entscheidung
geben müssen. Überhaupt wird in den nächsten Tagen so einiges
zur Entscheidung anstehen, jetzt, da Hitler tot ist.«

David hörte weiteres Gemurmel, Stühle wurden gerückt, je-
mand lachte, dann knallte eine Tür. Er kniete gebeugt über der
Toilette, Tränen in den Augen, die Faust am Mund, um nicht vor
Wut laut aufzuschreien. Sie waren also nichts weiter als Schach-

figuren. Aber dann dachte er daran, dass Krieg herrschte und sie Soldaten, Freiwillige waren. Frank allerdings nicht.

Jemand klopfte energisch an die Tür. Dann die Stimme des Wachpostens, laut: »Alles okay da drin?«

David rappelte sich auf und öffnete die Tür. Der Mann sah ihn misstrauisch an, dann wurde sein Blick mitleidig. »O Mann, Sie sehen ja miserabel aus.«

»Stimmt. Verstopfung. Schon lange nicht mehr vernünftig gegessen.«

Er ging ins Zimmer zurück. Ben und Frank schliefen noch. David überlegte, ob er Ben wecken und ihm erzählen sollte, was er gehört hatte, aber dann würde Frank womöglich auch aufwachen, und er wusste nicht, wie der reagieren würde. Er müsste bis zum Morgen warten. Er legte sich wieder auf sein Feldbett, aber er bebte vor Zorn. Jetzt würde er erst recht nicht schlafen.

David sah auf seine Uhr. Es war kurz vor sieben, und er hörte, dass es im Korridor lebendig wurde. Draußen dämmerte es, doch dank der schweren Vorhänge blieb es dunkel im Zimmer. Frank und Ben schliefen noch. David stand auf, reckte sich und trat leise ans Fenster. Jetzt musste die Besprechung stattfinden, in der man über ihr Schicksal entschied. Er zog die Vorhänge zur Seite und blickte hinaus.

Das Bild, das sich ihm bot, raubte ihm den Atem. Große, weiß bereifte Rasenflächen, die sanft abfielen bis zu einem von Schilf gesäumten See, auf dessen spiegelglatter Oberfläche Enten schwammen und eine kleine Heckwelle hinter sich herzogen. Die rote Morgensonne stieg hinter den Bäumen auf, darüber der blaue Himmel mit ein paar rosa Wolkenfetzen. Hinter dem See setzte sich die große Wiese fort und stieg an bis zu einem dichten Wald aus Koniferen und kahlen Laubbäumen. Nach den letzten Tagen mit dem ekelhaften Nebel empfand David die Farben dieses Bildes fast körperlich.

Er hörte Ben, der sich hinter ihm rührte. Er stand auf, sah nach

Frank, dann trat er neben David ans Fenster. Die Aussicht entlockte ihm einen leisen Pfiff. »Ein tolles Bild, was?«

»Wo sind wir hier bloß?«

Es klopfte. David und Ben wandten sich zur Tür, und Barry, der Waliser, den sie am Abend kennengelernt hatten, trat ein. Er war unrasiert und sah müde aus. Zu Davids Überraschung folgten ihm zwei Hausmädchen in schwarzer Uniform, mit weißen Schürzen und Häubchen, jede mit einem großen, schwer beladenen Tablett.

Barry nickte ihnen zu. »Morgen.« Er sah Ben an. »Sie sollten Dr. Muncaster wecken. Frühstücken Sie, dann machen Sie sich schnell etwas frisch, Sie werden unten erwartet. In der Toilette finden Sie Rasierzeug.« Er trat an Franks Bett und sah ihn an. »Wird er in der Lage sein, ein paar Fragen zu beantworten?«

»Lassen Sie ihn in Ruhe«, sagte Ben mit scharfer Stimme. »Ich wecke ihn. Es wird schon klappen. Aber wir sollten besser dabei sein, denn er gerät leicht in Panik.«

Barry nickte. »In Ordnung.«

»Was wollen Sie ihn fragen?«

Der Mann blickte ihn ernst an. »Ich nicht, mein Freund. Ein paar hohe Tiere haben sich Gedanken darüber gemacht, was als Nächstes mit Ihnen passieren soll. Mit denen werden Sie sich unterhalten. Kommt jetzt, meine Damen, stellt die Tabletts ab.«

Als Barry und die Mädchen das Zimmer verlassen hatten, war es einen Moment still, dann sagte David leise: »Weck Frank noch nicht. Hör zu, ich habe letzte Nacht etwas erfahren, das du wissen solltest.«

Während David erzählte, verdunkelte sich Bens Gesicht, und er ballte die Fäuste. »Diese Schweine«, sagte er leise. »Du glaubst also, sie könnten versuchen, Frank auszuquetschen, nach allem, was ihm versprochen wurde, verdammt nochmal, oder ihn vielleicht sogar umbringen? Wie denn, wollen sie mit ihm vielleicht raus auf die Terrasse gehen und ihn dort erschießen?«

»Nicht so laut! Ich weiß es nicht. Aber wir können nichts machen, wir werden zu streng bewacht.« Er holte tief Luft. »Das Einzige, was wir tun können, ist, möglichst in Franks Nähe zu bleiben, und zwar ständig, und, wenn es tatsächlich so aussieht, als wollten sie ernst machen, ihm das hier zu geben.« Damit nahm er die Zyankalikapsel aus seiner Tasche und hielt sie Ben hin. »Hast du deine auch mitgenommen, als du dich umgezogen hast?«

»Klar. Natürlich habe ich das.« Er starrte David an. »Wenn wir das machen, setzen wir uns aber wirklich in die Nesseln.«

»Das ist mir egal«, sagte David. »Mir reicht's jetzt, das mache ich nicht mit.«

Ben nickte zustimmend. *Würde Ben ähnlich reagieren, wenn es die Russen wären, die Frank ausquetschen wollten?*, ging es David durch den Kopf. Wer konnte das wissen? Jedenfalls war jetzt völlig offen, was mit ihnen passieren würde.

Es war nicht ganz einfach, Frank wach zu bekommen. Er war ziemlich benommen, wurde aber langsam munterer, als sie frühstückten. Er bat Ben um seine Morgentablette, aber Ben sagte, er müsse hier erst um Erlaubnis fragen, dabei wechselte er einen Blick mit David und schüttelte fast unmerklich den Kopf. Wenn es zum Schlimmsten kam, sollte Frank bei möglichst wachem Verstand sein. Sie gingen nacheinander in den kleinen Toilettenraum, um sich zu waschen und zu rasieren. Als sie zurückkehrten, ließ Ben Frank wissen, dass hier einige Leute mit ihm sprechen wollten.

»Worüber?«, fragte Frank misstrauisch.

»Das wissen wir nicht so genau.« Ben sah David an. »Es könnten ein paar hohe Tiere sein, vermuten wir. Sie wollen mit uns darüber reden, wie es jetzt weitergeht. Das hoffen wir jedenfalls.«

Frank ließ klirrend Messer und Gabel fallen. »Was meinst du damit? Wie könnte es sonst noch weitergehen? Hohe Tiere? Du hattest doch gesagt, niemand würde mich wegen meinem Bruder fragen und danach, was damals passiert ist. Sie wollten nur versuchen, mich nach Amerika zu bringen.« Er wandte sich David zu. »Ich kann es denen nicht sagen, ich werde nicht …«

»Versprochen ist versprochen«, sagte David entschieden. »Sei ganz beruhigt. Es ist alles gut, wir bleiben bei dir.«

Ben blickte Frank ins Gesicht. »Bis zum bitteren Ende, mein Freund«, sagte er. »Verstehst du? Bis zum bitteren Ende.«

50

Zwei bewaffnete Soldaten begleiteten sie nach unten in einen langen Korridor. An dessen Ende hörten sie Stimmen hinter einer geschlossenen Tür. Sie wurden in ein Zimmer geführt, dessen großes Fenster den Blick auf die Parklandschaft draußen freigab. Der Raum war eine Art Arbeitszimmer mit vielen Bildern an den Wänden und wurde von einem großen Schreibtisch mit einem bequemen Sessel beherrscht. Er hatte eine hohe Decke mit Eichenbalken, Mittelalter oder Tudor-Zeit vielleicht; dies musste der älteste Teil des Hauses sein. Auf dem Schreibtisch stand eine Büste von Napoleon und eine weitere von Nelson. An der Wand entlang waren hart und unbequem aussehende Stühle aufgereiht. Die drei wurden aufgefordert, Platz zu nehmen und zu warten.

Frank sprach leise, aber in so entschlossenem Ton, wie David es noch nie von ihm gehört hatte, fast zischend. »Ich erzähle denen nichts. *Gar nichts.*«

»Vielleicht stellen sie dir gar keine Fragen.«

»Bitte, gib mir jetzt eine von deinen Kapseln.«

Ben und David tauschten einen Blick. Wenn sie ihm eine gaben, könnte er sie vielleicht sofort nehmen. »Nein«, sagte Ben. Frank saß aufrecht da und presste die Hände zusammen.

»Ich tue es nicht. Egal, was sie machen …«

»Wir regeln das für dich«, sagte Ben.

Von draußen vernahm man Schritte und ein Stimmengewirr, die Tür am Ende des Korridors war geöffnet worden. Man hörte die Schritte näher kommen, dann ging die Tür auf. Ein hochgewachsener Mann mittleren Alters trat ein. Er trug einen tadellosen dunklen Anzug mit weißem Einstecktuch in der Brusttasche. Er sagte: »Bitte erheben Sie sich, Gentlemen.«

Sie standen auf. Zwei bewaffnete Soldaten kamen herein und nahmen ihre Plätze zu beiden Seiten der Tür ein. Ihnen folgte ein sehr alter Mann am Stock. Von schwerem Körperbau, leicht gebeugt, den großen runden Kopf mit dem schütteren Haar leicht vorgestreckt. Er war merkwürdig gekleidet. Unter seinem blauen Overall, der am Hals offen stand, trug er ein Hemd und eine gepunktete Fliege. David war überrascht, wie alt Winston Churchill geworden war, die Bilder von ihm auf den »Gesucht«-Postern mussten schon vor etlichen Jahren aufgenommen worden sein. Der Anführer der britischen Resistance schritt langsam um den Schreibtisch herum und ließ sich schwer in den Sessel fallen. Er war blass und sah erschöpft aus. Erst als er sich gesetzt hatte, richtete er den Blick auf die drei Männer, die vor ihren Stühlen standen. Es war ein strenger, herausfordernder Blick, die blauen Augen noch immer scharf, das große, eckige Kinn und die Unterlippe aggressiv vorgeschoben, obwohl die Haut um den Hals lose und faltig war. Frank stand ebenfalls leicht vorgebeugt da, seine typische Haltung, und starrte Churchill erstaunt und zugleich entsetzt an. Der große Mann im dunklen Anzug trat neben Churchills Schreibtisch.

»Also sind Sie angekommen«, knurrte Churchill mit seiner tiefen Stimme und dem leichten Lispeln, das David aus den Nachrichtensendungen kannte.

»Ja, Sir«, erwiderte er.

»Zu einem hohen Preis an Menschenleben und Ärger, wie ich von Mr. Colville höre.« Er nickte dem Mann im Anzug zu, der sie ausdruckslos anstarrte.

»Ich fürchte, das stimmt leider, Sir«, sagte David.

»Hitler ist tot«, sagte Churchill ernst. »Haben Sie das schon gehört?«

»Ja, Sir.«

»Dieser bösartige Mensch.« Seine Stimme klang müde. »Wer weiß, wie es jetzt in Deutschland weitergehen wird? Vielleicht schließen sie Frieden mit dem, was von Russland noch übrig ist.« Seine Augen blitzten. »Aber Deutschland ist nach wie vor ein gefährlicher Feind.« Er sah Colville an. »Sie sind immer noch hier, auf der Isle of Wight, im Senatsgebäude, und zweifellos haben sie auch Vertreter in diesen schrecklichen Lagern, in die man die Juden gebracht hat. Sie haben Großbritannien nach wie vor in der Hand, und die Nazis haben ihre Finger in jeder finsteren Ecke unseres Landes.« Sein Gesicht war düster, seine Brauen zusammengezogen, für einen Moment schien er in Gedanken verloren. Dann sah er Frank an. David war angespannt und rückte etwas näher an seinen Freund heran.

»Dr. Muncaster«, sagte Churchill mit monotoner Stimme. »Wie es scheint, sind die Deutschen ebenso an Ihnen interessiert wie die Amerikaner.« Franks Atem beschleunigte sich, und David merkte, dass seine Knie zitterten. *Sie haben das alles inszeniert, um ihn zu erschrecken*, dachte David wütend, die Geheimnistuerei, die Warterei, Churchills unvermitteltes Erscheinen. All das sollte ihn zum Reden bewegen. Er legte Frank die Hand auf den Arm. »Es ist alles gut«, sagte er beruhigend.

»Lassen Sie ihn los!«, bellte Churchill. Er blickte David finster an, dann wandte er sich wieder Frank zu. Sein agiles Gesicht wurde etwas sanfter, und er sprach freundlicher. »Hier, Dr. Muncaster, kommen Sie, setzen Sie sich. John, bringen Sie seinen Stuhl her.« Churchill bedeutete ihm, sich zu setzen. »Ich tue Ihnen nichts«, sagte er mit sanfter Ungeduld. »Ich möchte nur mit Ihnen reden.«

David stellte fest, dass es schwierig werden würde, Frank eine Zyankalikapsel zuzustecken, wenn er dorthin ging und sich setzte. Die beiden Soldaten an der Tür hatten sie während der ganzen Zeit nicht aus den Augen gelassen. Er würde sich schnell auf ihn stürzen müssen, und Frank müsste bereit sein. Aber Frank sah eher aus, als könnte er jeden Moment ohnmächtig zusammenklappen. Langsam und widerwillig trat er vor, setzte sich Churchill gegenüber und starrte ihn mit angstvoller Faszination an.

Churchill fragte: »Wissen Sie eigentlich, wo Sie sich befinden, junger Mann?«

Colville murmelte: »Wir hielten es für besser, es ihnen nicht zu sagen, Sir.«

»Tatsächlich?« Unwillig sah Churchill ihn an. »Verdammte Sicherheit.« Er wandte sich wieder an Frank und sagte stolz: »Sie sind in Chartwell, in Kent. Dies hier war mein Landsitz. Jetzt gehört er meinem Sohn Randolph. Er gibt sich den Anschein, mit *denen* zu arbeiten, deshalb lassen sie uns hier in Ruhe.« Ein Schatten fiel auf sein Gesicht. »Der arme Randolph, sie halten ihn natürlich für ehrlos, das ist der Preis, den er für mich zahlt.« Er lehnte sich zurück. »Ich komme hierher, sooft ich kann, denn an diesem Ort kann ich nachdenken. Obwohl meine Beschützer es für gefährlich halten, stimmt's nicht, Jock?« Er blickte den großen Mann an und lachte heiser, dann wanderte sein Blick zurück zu Frank. »Wie gefällt Ihnen mein Haus?«

»Ich habe heute Morgen die Aussicht bewundert, Sir«, sagte Frank zögernd. »Sie ist wunderschön.«

»Die schönste Aussicht in England«, lächelte Churchill. »Ich höre, Sie sind krank gewesen. In einer Klinik. Eine Art Nervenzusammenbruch«, fügte er sanft hinzu.

»Ja, Sir.« Frank blickte zu Boden.

»Das ist nichts, wofür man sich schämen müsste. Ich selbst leide schon mein Leben lang unter Depressionen. Meinen schwarzen Hund nenne ich das.« Er schwieg. »Manchmal verspürte ich große Lust, allem ein Ende zu bereiten.«

Überrascht sah Frank ihn an. »Wirklich, Sir?«

»O ja. Aber die Antwort ist Handeln, immer in Aktion bleiben.« Churchills Gesicht war plötzlich entschlossen. »Vielleicht sehen Sie das anders.«

Frank holte tief Luft. »Ich war immer zu ängstlich, um zu handeln.«

Er und Churchill sahen sich einen langen Moment an. Irgendwo hörte David eine Uhr ticken. Schließlich sagte Churchill leise: »Sie haben etwas erfahren, nicht wahr? Eine wissenschaftliche Angelegenheit. Meine Berater glauben, es könnte von Wichtigkeit sein. Irgendein Durchbruch in der Waffenentwicklung, der den Amerikanern gelungen ist.«

»Es tut mir leid, Sir, das kann ich Ihnen nicht sagen. Darüber darf ich nur mit den Amerikanern sprechen.«

»Denen es bereits bekannt ist.« Churchill nickte. »Sie wollen nicht, dass dieses Wissen mit anderen geteilt wird.« Churchills Stimme wurde ernst. »Nicht einmal mit uns, den Freunden Ihres Heimatlandes.«

»Es tut mir leid, ich *darf* es Ihnen nicht sagen. Und man hatte mir versprochen, dass man mich nicht danach fragen würde.« Hilfe suchend sah er David an.

»Das hat man ihm versprochen«, bestätigte David. »Uns wurde gesagt, dass die Amerikaner es so wollten. Es war der einzige Weg, ihn zu bewegen, mit uns zu kommen, Sir. Frank – Dr. Muncaster – glaubt, diese Einzelheiten seien zu gefährlich, um sie preiszugeben.«

Churchill funkelte ihn an. »Sprechen Sie gefälligst nur, wenn Sie aufgefordert werden! Impertinenz! Wer sind Sie überhaupt, ein kleiner Beamter?«

David legte die Hand auf seine Tasche. Wenn er könnte …

Churchill schaute wieder zu Frank. Der zitterte, blickte Churchill jedoch tapfer ins Gesicht. Churchill spitzte die Lippen. Fast eine Minute war es still. David merkte, wie ihm der Schweiß von der Stirn tropfte. Endlich sagte Churchill: »Dr. Muncaster, Sie sind ein Ehrenmann.« Er wandte sich an Colville. »Es wird alles ausgeführt wie besprochen. Wir halten unser Versprechen, das wir den Amerikanern und diesem Mann gegeben haben. Das U-Boot liegt noch vor Brighton, nicht wahr? Es ist eine Ehrenschuld. Gegenüber Amerika, dessen Unterstützung jetzt, unter dem neuen Präsidenten, lebenswichtig für uns ist, und gegenüber diesem Mann. Ich werde mein gegebenes Versprechen nicht brechen und einen unschuldigen Menschen opfern.« Churchill ließ die Faust auf den Schreibtisch niedersausen und blickte Colville wütend an.

»Ich stimme Ihnen durchaus zu, Sir«, erwiderte Colville. »Aber auf Seiten des Militärs sind viele anderer Meinung.«

»Die können mich mal.« Churchill blickte Frank an, dann Ben und David. Sehr leise sagte er zu Frank: »Sie würden den Deutschen doch nicht lebend in die Hände fallen, oder?«

»Nein, Sir.«

»Sind Sie ganz sicher?«

»Ja, Sir.«

Churchill sah Ben und David an. »Und das gilt für Sie alle?«

»Ja«, sagte Ben und blickte Churchill ins Gesicht.

»Ja, Sir«, sagte auch David. »Einer von uns ist schon tot.«

Churchill wandte sich an Colville. »Dann bringen Sie sie nach Brighton. Und zwar sofort.« Langsam stand er auf, griff nach seinem Stock und kam um den Tisch herum. Frank stand auf. Churchill verzog das Gesicht zu einem merkwürdigen, zähen Lächeln, als hätte er Angst, seine Gefühle zu zeigen. Dann schüttelte er ihm die Hand. »Viel Glück«, sagte er. Dann ging er zu David und Ben und schüttelte auch ihnen die Hand. »Ich wünsche Ihnen eine sichere Reise«, sagte er. Dann humpelte er langsam zur Tür, die Colville ihm öffnete, und ging hinaus. Die beiden Wachen folgten ihm. Sie waren allein.

Ben setzte sich. »Großer Gott«, sagte er.

David ging zu Frank, der noch immer über den Schreibtisch auf Churchills Sessel starrte. »Alles okay mit dir?«, fragte er.

»Ja«, sagte Frank leise. »Danke.«

Ben sagte: »Können wir ihm trauen?«

Frank sagte: »Ja. Ich habe es gesehen, in seinen Augen. Das können wir.«

Draußen bewegte sich etwas, das Davids Aufmerksamkeit erregte. Eine Gruppe von Leuten kam über den Rasen auf das Haus zu. Unter ihnen war Natalia.

51

Ihr Wagen glitt über die schmalen Landstraßen von Sussex, zu beiden Seiten mit Bäumen bestandene Böschungen. Seit sie von Chartwell losgefahren waren, waren sie gut vorangekommen. Es war Montag Morgen, und die Straßen waren so gut wie verlassen. David dachte an seine erste Fahrt nach Birmingham, als sie Frank besucht hatten. Das war erst vierzehn Tage her, und doch schien es wie eine andere, längst vergangene Zeit. Damals hatte er noch in seinem Büro gearbeitet. Er dachte an den Betrieb und die Gepflogenheiten dort, an Menschen wie Hubbold und Dabb. Er spürte nun, wie eingeengt und erstickt er sich gefühlt hatte, ohne es zu merken, schon vor Charlies Tod. Sein Magen krampfte sich zusammen, als er an Carol dachte, deren Karriere auch zu Ende war, und an seinen toten Freund Geoff. Natalia saß neben ihm, und er fühlte ihre Körperwärme. Er warf ihr einen verstohlenen Blick zu, und sie lächelte. Sein Herz hatte höhergeschlagen, als er sie durchs Fenster sah. Jetzt spürte er wieder, wie er sie begehrte. Warum musste sein sexuelles Verlangen, das ihm in seinem Leben weiß Gott nicht übermäßig viel zu schaffen gemacht hatte, sich ausgerechnet jetzt wieder bemerkbar machen? Lag es daran, wie Ben meinte, dass es einen in Zeiten der Gefahr nach Trost verlangte? Es war mehr als das. Wie Natalia war er heimatlos, und das in einer Zeit, in der Heimatlosigkeit gefährlich war. Er war ohne Bindungen und einsam.

Nach dem Gespräch mit Churchill hatten sie sich einen Tag lang in Chartwell ausruhen können. Es war ihnen allerdings nicht gestattet, ihre Zimmer zu verlassen, deshalb hatte David Natalia nicht sehen können. Von draußen hörten sie ständiges Wispern, klingelnde Telefone, eilige Schritte. Als es dann dunkel wurde, waren die dichten Vorhänge wieder zugezogen worden.

Am Abend fand eine Lagebesprechung mit einem Mitarbeiter Churchills statt, den sie noch nicht kannten. Er sagte ihnen, sie würden am nächsten Morgen mit dem Auto nach Brighton fahren, und abermals erhielten sie neue Identitäten. Sie waren nun Familienangehörige, die zur Beerdigung einer alten Tante nach Brighton fuhren. Sie würden in einer Pension wohnen, bis die letzten Vorbereitungen beendet waren, um sie zu dem amerikanischen U-Boot zu bringen, das im Ärmelkanal lag. Wo genau sie abgeholt würden, teilte er ihnen nicht mit. David, Ben und Frank sollten sich als Cousins ausgeben, Natalia als Davids Frau, denn mit ihrem Akzent konnte sie kaum als Nichte einer Engländerin durchgehen. David nahm an, dass man Frank bei seiner Verfassung nicht als ihren Ehemann ausgeben wollte, und vielleicht wussten sie auch von Bens sexueller Orientierung und hielten ihn für ungeeignet, als Natalias Mann zu gelten. Man informierte sie, dass Sarah bereits in Brighton sei, und die Besitzer ihrer Pension waren benachrichtigt worden, dass die Gruppe auf dem Weg sei. Man würde es Sarah natürlich mitteilen, aber sie müsste so tun, als ob sie ihnen unbekannt wäre.

Am Montag, dem achten, waren sie um neun Uhr in einem großen schwarzen Volvo gestartet. David ging der Gedanke durch den Kopf, dass man die Leute in Brighton erst gestern angerufen hatte, weil es, ehe Churchill seine Entscheidung traf, gar nicht klar war, ob sie überhaupt jemals nach Brighton kommen würden. Frank hätte genauso gut jetzt verhört werden oder schon tot sein können. Churchills Entscheidung war mindestens zum Teil dadurch beeinflusst gewesen, dass Frank an sein Ehrgefühl gerührt hatte. Er fragte sich, ob das wirklich der entscheidende Faktor gewesen war, der alles verändert hatte. David blickte auf

Franks Hinterkopf. Wie die anderen drei trug auch er einen warmen schwarzen Mantel und eine schwarze Melone. Er fand es immer noch unglaublich, dass Frank sich gegen Churchill behauptet und ihm ins Gesicht gesagt hatte, er werde sein Wissen nicht preisgeben.

»Was habt ihr von Churchill gehalten?«, fragte Ben die Freunde. »Ich wäre fast vom Stuhl gefallen, als er reinkam.«

»Er ist sehr alt«, sagte Natalia. »Ich sah ihn gestern im Korridor, und da merkte ich es ganz deutlich. Alt und unglaublich müde.«

»Er ist fast achtzig«, bemerkte David, der ihre Ansicht teilte.

Ben sagte: »Es ist doch die arbeitende Klasse, welche die Last auf ihren Schultern trägt, die Faschisten loszuwerden. Einer unserer führenden Leute sollte hier das Sagen haben, Attlee oder Bevan. Oder Harry Pollitt.«

»Churchill ist seit den Dreißigern die treibende Kraft gegen den Faschismus«, erwiderte Natalia leise.

»Um das Empire zu erhalten. Obwohl selbst er inzwischen weiß, dass es verloren ist.«

»Er hatte verstanden«, sagte Frank plötzlich.

Ben sah ihn an. »Wie meinst du das?«

»Er verstand mich.«

Alle schwiegen, darauf wusste niemand eine Erwiderung. Das Auto fuhr über einen Hügel, und in der Ferne, über Meilen hügeliger Weiden mit Schafen hinweg, sah David die See, blau und glitzernd unter dem weiten Himmel. Frank beugte sich vor und lächelte glücklich.

Sie kamen beim Hotel an und parkten vor der Tür. Als sie ihr Gepäck aus dem Kofferraum nahmen, blickten sie aufmerksam nach beiden Seiten die Straße hinunter. Das Wetter war kalt, klar und windstill. Am Ende der Straße sah man die See, blau und spiegelglatt. Ben trat dicht neben David und sagte: »Es wird doch hoffentlich keine Probleme geben mit deiner Frau und Natalia?«

Stirnrunzelnd sah David ihn an. »Du weißt genau, was ich meine. Wahrscheinlich wartet sie drinnen schon auf dich. Wir können es uns nicht leisten, untereinander in Konflikte zu geraten, ehe wir alle in Sicherheit sind.«

David ergriff seinen Koffer. »Es wird keine Probleme geben«, sagte er mit fester Stimme.

In der düsteren kleinen Diele des Channel View Hotels fand sich keine Spur von Sarah, nur eine müde aussehende Frau, die hinter der Theke stand. David nannte mit leiser, ernster Stimme ihre Decknamen, wie es sich für eine Trauergesellschaft gehörte. Er wusste zwar, dass die Frau zur Resistance gehörte, aber man konnte nie wissen, wer noch mithörte. Mit nervösem Lächeln beugte sie sich über die Theke. »Es ist alles in Ordnung. Unser letzter Vertreter ist gerade abgereist. Und für morgen haben wir keine Reservierungen angenommen. Aber Sie müssen natürlich Ihre Decknamen behalten, nur für den Fall.«

David fragte: »Ist meine Frau hier?«

Sie lächelte. »Sind Sie ihr Mann? Ja. Es geht ihr gut. Hier heißt sie Mrs. Hardcastle und ist Witwe. Sie weiß nicht, dass Sie kommen, uns wurde aufgetragen, sie nicht vorab zu informieren. Sie ist spazieren gegangen. Das macht sie tagsüber oft, so kommt sie aus ihrem Zimmer heraus. Sicher wird sie zum Mittagessen zurück sein.« Sie lächelte. »Wir haben es ein bisschen locker gehandhabt, sie durfte kommen und gehen. Wir wollten sie bewusst nicht eingesperrt halten, sie sah immer so traurig aus.«

»Wissen Sie, wie lange wir bleiben werden?«, fragte Ben.

»Mein Mann ist gerade weggegangen. Er wird aber bald zurück sein, vielleicht weiß er mehr. Gehen Sie jetzt nach oben und packen Sie aus, ich rufe Sie, wenn er wieder da ist.« Sie gab ihnen die Schlüssel vom Wandbrett hinter ihr. »Übrigens, ich heiße Jane.« Sie lächelte erneut. »Ich glaube, es wird nicht lange dauern, dann sind Sie alle fort.«

Sie trugen ihr Gepäck die dunkle, knarrende Treppe hinauf. Frank ging neben David. »Wie geht's dir?«, fragte David.

»Mit mir ist alles in Ordnung.« Er nickte begeistert. »Die See. Ich habe die See immer geliebt. Und jetzt glaube ich, dass wir es fast geschafft haben. Wir können es doch wirklich schaffen, meinst du nicht, David?«

David hatte den Schlüssel mit der Zimmernummer 16, für sich und Natalia. Sie blieben vor der Tür stehen, während Ben und Frank in das Zimmer nebenan gingen. Unsicher lächelte Natalia David an.

»Vielleicht sollten wir wirklich reingehen«, sagte sie.

Das Zimmer war klein und schäbig, durch das Fenster blickte man auf die Rückseiten der Nachbarhäuser. Einziges Möbelstück war ein großes Doppelbett mit einer Bettdecke in einem hässlichen Gelbton. David legte seinen Koffer aufs Bett und sah Natalia beklommen an. Sie lächelte etwas bemüht. »Also ist Sarah im Moment nicht da.«

»Ja.«

»Wie fühlst du dich jetzt, da du sie wiedersehen wirst?«

David setzte sich aufs Bett. »Ich weiß nicht. Wahrscheinlich habe ich Angst.« Er lachte traurig. »Ironisch, oder? Laut unserer Papiere bist du jetzt meine Frau.«

»Du wirst zu ihr zurückkehren, nicht wahr?«

»Wir haben zusammen so viel durchgemacht. Und ich habe ihr so viel zugemutet. Sie braucht mich. Aber …«

Natalia setzte sich neben ihn und sah ihn mit ihren leicht orientalischen grünen Augen an. »Am Ende wirst du doch wieder zu ihr zurückkehren«, sagte sie traurig. »Denn du bist ein loyaler Mensch.«

»Das weiß ich nicht.«

Sie antwortete nicht. Er fragte: »Falls wir es wirklich nach Amerika schaffen, hast du da schon Pläne für dich?«

Sie blickte ihn an, die Sonne fiel durchs Fenster auf ihr glänzendes braunes Haar. »Ehe ich in Chartwell wieder zu euch stieß, sagte man mir, dass ich mit euch nach Amerika gehen werde. Ich muss mich ausruhen. Vielleicht male ich wieder. Ich mache diese Arbeit hier jetzt schon sehr lange. Sie sagten mir, ich stehe kurz vor einem Burnout.«

»Stimmt das?« Er bekam Herzklopfen bei dem Gedanken, dass Natalia auch mitkommen würde.

»Dieser Einsatz ist sehr speziell«, sagte sie. »Weißt du, all die Jahre, seit mein Mann tot ist, hatte ich niemanden. Na ja, vielleicht eine kleine Affäre hier und da, aber nichts Ernstes, eigentlich nur Arbeit. Aber nun habe ich dich kennengelernt.« Sie stand auf. »Leute wie ich sind natürlich nützlich für die Resistance. Leute ohne Nationalität, ohne Identität, ohne Familie. Ich war voller Hass und Wut, das hat mich jahrelang am Laufen gehalten.« Sie hatte Tränen in den Augen. »Und jetzt – ja, ich bin müde. Das ist mir klar geworden, seit ich dich kenne.«

»Mir ist auch vieles klar geworden, seit ich dich kenne.«

Sie lächelte. »Vielleicht bist du ein bisschen verliebt?«

»Ja. Ja, das bin ich.«

»Ich habe mich immer so darauf gefreut, dich zu sehen, an diesen Abenden in Soho. Eure Leute, besonders du, ihr wart so – ehrlich. Viele, mit denen ich die letzten sieben Jahre zu tun hatte, waren es nicht, sondern auf Geld und Macht aus. Ihr wolltet nur Freiheit, dieses ganze Elend beenden.« Sie hatte Tränen in den Augen. Sie griff nach seiner Hand. »Aber damals war deine Frau im Weg, und jetzt ist sie es abermals.«

Sie erschraken, als es an die Tür klopfte. Sie sahen sich an. David ging und öffnete. Er befürchtete, es könnte Sarah sein, die dann Natalia unter Tränen sehen würde, aber es war Ben. Er blickte ihn scharf an. »Janes Mann ist zurück. Er will uns sprechen. Wir sind alle nebenan, kommt rüber.«

»Gib uns eine Minute.«

Ben machte die Tür wieder zu. Natalia ging an das kleine Waschbecken und wusch ihr Gesicht. »Er hat Angst, nicht wahr? Dass es – Komplikationen geben könnte?«

Er streckte die Hand aus, aber sie schüttelte den Kopf. Sie ging an ihm vorbei und berührte nur kurz seinen Arm, ehe sie die Tür aufmachte.

Das Zimmer von Ben und Frank war genauso wie ihres, nur gab es hier zwei getrennte Betten. Ein dicker Mann in Hemdsärmeln, die letzte Haarsträhne sorgfältig über den kahlen Kopf gekämmt, stand am Fenster. Etwas ungeduldig blickte er David und Natalia an. Frank und Ben saßen nebeneinander auf einem der Betten. Ihnen gegenüber auf dem anderen Bett lag eine Karte der Südküste ausgebreitet.

Der Mann sagte: »Ich bin Bert. Wir haben nicht viel Zeit. Ich lasse Jane nicht gern allein unten, in derartigen Fällen.«

»Schon in Ordnung, Kumpel«, sagte Ben.

»Es ist wie in jedem Krieg, es gibt immer Zeiten, wo alles ruhig ist und nichts passiert, aber trotzdem müssen alle ständig bereit sein. Einfach so«, und dabei schnippte er mit den Fingern und sah David streng an. »Wo ist Ihre Frau?«

»Jane sagte, sie sei spazieren gegangen.«

Bert seufzte. »Also gut.« Er klang ärgerlich. »Wir haben tagelang auf Sie gewartet, ohne ein Wort aus London, wann Sie ankommen würden, und dann bricht gestern plötzlich die Hölle los. Heute Abend geht's los.«

»Die Amerikaner auf dem U-Boot wissen, dass wir hier sind?«, fragte Natalia leise.

»Ja. Die haben sich auch gefragt, was zum Teufel hier los ist.«

»Wie stehen Sie mit denen in Verbindung?«, fragte Natalia.

»Über Radio. Nicht von hier aus, sondern von der Stadt.« Er sah sie nacheinander an. »Es ist alles geregelt. Sie fahren heute Abend nach Rottingdean, sobald es dunkel ist. Das U-Boot wartet vor der Küste. Sie werden um ein Uhr nachts abgeholt. Die Wettervorhersage ist günstig, es bleibt kalt und trocken und die See ruhig.« Er trat ans Bett mit der Karte. »Kommen Sie, sehen Sie selbst.« David und Natalia stellten sich ans Fußende des Bettes. Er blickte sie an. Sie wirkte ruhig und konzentriert.

»Kennt einer von Ihnen diese Küste überhaupt?«, fragte Bert. »Nein? Also, sehen Sie diese grauen Flächen? Das sind Klippen, die steil ins Meer abfallen, bei Flut gibt es nur einen schmalen Weg zwischen ihnen und dem Wasser, das ist der Undercliff Walk. Die Klippen fangen hier im Osten von Brighton an und ziehen sich hin bis zu dieser Lücke – sehen Sie? Das ist das Dorf Rottingdean, drei Meilen östlich der Stadt. Dort befindet sich eine Bucht namens Rottingdean Gap. Auf der anderen Seite davon gehen die Klippen genauso steil weiter.«

»Was für ein Ort ist dieses Rottingdean?«, fragte Ben.

»Klein, ein altes Fischerdorf. Im Sommer viele Touristen, aber auch viele Rentner, die sich in dieser Gegend niedergelassen haben. Manche ziemlich wohlhabend. Rudyard Kipling hat auch dort gelebt. An einem Montagabend wird es dort sehr ruhig sein. Kurz vor Mitternacht gehen Sie runter an die Bucht, zwischen den Klippen liegt ein kleiner Strand. Dort wartet ein Boot, mit dem Sie hinausgerudert werden.«

»Und dann fahren sie mit uns los«, sagte David.

Bert nickte. »Es ist ein Spionage-U-Boot, die Amerikaner schnüffeln oft im Kanal herum, um Nachrichten abzuhören. Normalerweise riskieren sie es nicht, Leute von uns mitzunehmen, denn falls etwas schiefgeht, gäbe es diplomatische Verwicklungen.« Verwundert sah er Frank an. »Aber ihn hier wollen sie anscheinend ganz dringend in die Finger kriegen.«

»Ja.« Franks Stimme klang gelassen. »So ist es.«

»Wissen Sie, welches Ziel in Amerika wir ansteuern?«, fragte Ben.

Bert schüttelte den Kopf. »Keine Ahnung. Zunächst irgendwo an die Ostküste, nehme ich an.«

»Und wenn es hier Patrouillenschiffe gibt?«, bohrte Ben nach.

»Wir haben auf beiden Seiten von Rottingdean Leute auf den Klippen, die die See beobachten. Aber sie haben keine verstärkte Aktivität im Kanal festgestellt – und die Deutschen würden die britischen Behörden darüber sowieso nicht informieren. Das

Wasser vor der Küste ist ziemlich flach, deshalb wird das U-Boot auftauchen müssen und etwa eine Meile vor der Küste auf Sie warten. Das ist ziemlich riskant, deshalb ist es wichtig, dass Sie rechtzeitig dort sind und das U-Boot pünktlich erreichen. Jedenfalls sollten unsere Leute gegebenenfalls Schiffe draußen auf See entdecken. Und wenn das der Fall sein sollte, wird alles abgeblasen, und Sie kommen wieder hierher zurück.« Er holte tief Luft. »Alles klar?«

»Alles klar«, sagte Ben. Die anderen nickten. Bert faltete die Karte wieder zusammen.

»Gut. Wir besprechen uns später noch mal, meine Kontaktperson in der Stadt wird heute Nachmittag noch weitere Details liefern können. Gott sei Dank ist es zu kurz bis Weihnachten, als dass die Geschäfte noch Vertreter brauchen könnten, der letzte ist gerade abgereist. Trotzdem möchte ich, dass Sie alle hier im Haus bleiben. Und halten Sie sich an Ihre Decknamen und Alibis. Es kommen manchmal unangemeldet Besucher, und wir wollen nicht auffallen. In Ordnung? Und jetzt muss ich Jane mit dem Lunch helfen.« Er lächelte verlegen. »Ist doch immer am besten, wenn man so weit wie möglich bei seinem gewohnten Tagesablauf bleibt. Lunch gibt's in einer Stunde.«

Natalia fragte: »Haben Sie das schon mehrmals gemacht?«

»Wir haben Leute für ein paar Tage untergebracht. Ein paar Juden, vorige Woche. Aber noch nie ein so großes Ding.«

Natalia sah David an und seufzte. »Ich habe letzte Nacht nicht geschlafen. Ich würde mich jetzt gern etwas hinlegen. David, vielleicht könntest du so lange in den Aufenthaltsraum gehen. Dann kannst du deine Frau begrüßen, wenn sie zurückkommt.«

»Ja«, sagte Ben. »Gute Idee.« Es klang unbekümmert, aber er nickte David entschlossen zu. Auch Frank starrte ihn ernst an.

»Ich zeige Ihnen, wo der Aufenthaltsraum ist«, sagte Bert. »Von dort aus kann man auch die Straße überblicken.« Er lächelte. »Da können Sie nach ihr Ausschau halten.«

Bert ging mit David nach unten. Am Fuße der Treppe blickte

er nach oben und sagte leise: »Dieser Muncaster war in einer Klapsmühle, nicht wahr? Meinen Sie, dass er es schafft und das alles übersteht? Er wird doch hoffentlich nicht durchdrehen, oder? Aus irgendeinem Grund scheint das alles sehr wichtig zu sein, für uns und die Yankees.«

»Wird er nicht«, sagte David, »ich glaube, er wird es schaffen.«

»Das hoffe ich.« Bert hob die Klappe in der Theke und verschwand im Hinterzimmer.

David ging in den Aufenthaltsraum. Dort standen mehrere Sessel, durchgesessen und mit blank gewetzten Armlehnen, ein Schreibsekretär, ein Fernseher und ein Bücherregal mit zurückgelassenen Unterhaltungsromanen. Er ging ans Fenster und versuchte, sich zu beruhigen. Er musste nachdenken.

Hinter ihm ging leise die Tür auf. Er dachte, es sei Natalia, die vielleicht doch nicht schlafen wollte, aber es war Frank. Er machte die Tür zu und lehnte sich unschlüssig dagegen.

»Ich wollte dir noch dafür danken, was du gestern angeboten hast, für mich zu tun. Wenn – wenn es anders gelaufen wäre, mit Churchill.«

David lächelte verlegen. »Ich hätte es nicht zugelassen, dass sie das Versprechen, was sie dir gegeben haben, brechen.«

»Du hättest ein Problem gehabt, mir die Kapsel zuzustecken.«

»Ich hätte es irgendwie hinbekommen, oder Ben.«

»Immerhin, wir haben es geschafft, wir sind in Brighton«, sagte Frank.

»Ja. Da sind wir.«

»Ich habe die See immer geliebt, seit ich ein kleiner Junge war und wir in den Ferien ans Meer fuhren. Du hast bei Schwimmwettkämpfen mitgemacht, nicht wahr?«

»Ja, in meiner Schulzeit. In Oxford habe ich damit aufgehört und angefangen zu rudern, weißt du noch? Aber ich gehe immer noch gern ins Schwimmbad – na ja, ich ging.« Er seufzte. »Ich bin immer gern getaucht, ins tiefe Wasser, in die Stille.«

»Ja. Stille. So friedlich. Eine andere Welt. Vielleicht lerne ich in

Amerika auch schwimmen.« Frank blickte einen Moment zu Boden, dann sah er David erneut an. »Deine Frau wird sicher bald zurück sein.«

»Ja.«

Frank trat nervös von einem Fuß auf den anderen, dann sagte er: »Natalia – sie ist eine nette Frau. Eine sehr nette Frau.«

»Ich weiß.«

»Ich werde auch nichts davon verraten, was ich in der Nacht des Überfalls mitbekommen habe. Aber Sarah ist schließlich deine Frau …«

»Das geht dich nichts an, Frank«, sagte David leise.

Er seufzte. »Nein. Nein, vermutlich nicht.« Er schwieg. »Ich muss immer an Geoff denken.«

»Ich weiß.«

»Er hat den höchsten Preis gezahlt.«

Einen Moment waren sie still, dann sagte David: »Das Geheimnis, die Sache mit den Nuklearwaffen, von der dein Bruder dir erzählt hat …«

»Ich hätte dir nicht sagen dürfen, dass es sich darum handelt. Es tut mir leid …«

»Nein«, sagte David. »Ich habe nachgedacht – worum geht es eigentlich? Was ist das für eine Sache, für die wir alle einen derart hohen Preis zahlen müssen? Es ist nur« – er suchte nach Worten – »weil ich das Gefühl habe, es würde mir helfen, mit allem besser fertigzuwerden, auch mit Geoffs Tod, wenn ich genauer Bescheid wüsste. Schließlich werden wir heute Abend mit Leuten zusammenstoßen, die bereits alles wissen, oder …«

»Oder wir sind tot. Ich weiß.«

»Tut mir leid, ich hätte nicht fragen sollen. Ich kann heute nicht klar denken …«

»Edgar war in jener Nacht sehr betrunken«, sagte Frank leise. »Ich wollte ihn nicht in meiner Wohnung haben, ich wollte ihn nicht sehen. Aber er musste mir zeigen, wie immens wichtiger und klüger als ich er war, wie immer. Ich weiß noch, wie er sagte:

›Weißt du überhaupt, was ich mache, an was ich arbeite?‹ Dann erzählte er es mir, er kam ganz dicht heran, sodass ich es nicht überhören konnte. Er sagte, es sei die Atombombe. Ich hatte nie geglaubt, dass sie wirklich eine gebaut hatten, verstehst du, trotz der Filme mit der pilzförmigen Wolke. Ich dachte, diesmal hätten unsere Regierung und die Deutschen recht, wenn sie behaupteten, das sei alles gefälscht. Denn bestimmt brauchten sie doch von dem Uran, dem explosiven Material in der Bombe, ungeheure, unvorstellbare Mengen.«

»Das Erz bekommen die Amerikaner aus Kanada«, sagte David.

Frank war überrascht. »Woher weißt du das?«

»Das war in der Dominionverwaltung auch ein Thema. Und es war etwas, worüber ich für die Resistance Dokumente kopiert habe.«

Frank sagte: »Alle Wissenschaftler in der akademischen Welt haben schon über die Atombombe gesprochen, seit bekannt wurde, dass es theoretisch möglich ist, eine zu bauen, damals, 1938. Aber Edgar sagte, die Amerikaner hätten bereits in den Vierzigerjahren experimentiert und eine neue Sorte von Uran gefunden, ein sogenanntes Isotop, und von dem genügen ein paar Koffer voll, um eine ganze Stadt zu zerstören. Er erklärte mir die Grundlagen, und weil ich ebenfalls Wissenschaftler bin, konnte ich auch folgen. Ich brauchte nur ein paar Minuten, um es zu begreifen. Nur ein paar Minuten.« Er schüttelte den Kopf. »Und verstehst du, wenn jemand, der eine Bombe bauen will, das wüsste, was Edgar mir erzählt hat, würde ihm das Jahre an Forschung ersparen. Jahre und Jahre. Die Deutschen könnten es. Ich weiß noch, wie Edgar damit prahlte, dass nur eine dieser amerikanischen Bomben – nur eine – ganz London in einem Augenblick zerstören könnte.«

»Großer Gott«, sagte David.

»Hinterher wurde ihm klar, was er getan hatte, und er meinte, ich solle es schnell vergessen.« Frank lachte, und einen Augenblick klang es für David wie das Lachen eines Irren. Dann sagte Frank leise: »Und das war es, was mich noch wütender machte als alles andere, deshalb habe ich meine Selbstbeherrschung verloren und ihn von mir gestoßen. Aber ich stieß ihn so fest, dass er aus dem Fenster stürzte. Und dann bin ich vermutlich durchgedreht.«

»So etwas zu erfahren würde wohl jeden durchdrehen lassen, könnte ich mir denken.«

Frank lächelte traurig. »Aber ich war schließlich schon vorher ein bisschen verrückt. Jetzt immerhin nicht mehr so sehr.«

»Ich glaube, in dieser schrecklichen Welt, in der wir leben, sind wir alle ein bisschen verrückt.«

»Vielleicht«, sagte Frank. »Du kannst dir gar nicht vorstellen, was für eine Erleichterung es ist, jemandem alles zu erzählen. Ich weiß ja, du wirst kein Wort darüber verlieren. Ich glaube, ich lege mich jetzt ein bisschen hin.« Er lachte nervös. »Heute Nacht werden wir vermutlich nicht viel Schlaf bekommen, was?«

»Nein.« David blickte ihn an.

»Bis später dann.« Frank zögerte, dann fügte er hinzu: »Viel Glück.«

David starrte einen Moment auf die Tür, die sich hinter Frank schloss, dann drehte er sich um und blickte wieder aus dem Fenster. Und da sah er Sarah, wie sie auf der Straße auf ihn zukam. Sie trug ungewohnte Kleidung, ihr Haar war rot gefärbt und sehr kurz geschnitten. Ihr knochiges Gesicht wirkte erschöpft. *Was habe ich ihr bloß angetan?*, dachte er.

52

Der Nebel hatte die Stadt nun schon seit drei Tagen fest im Griff, und es fühlte sich an, als wolle es niemals wieder aufhören. Gunther hatte sich eine weiße Gesichtsmaske gekauft, aber sie half nicht besonders. Hals und Nase waren angegriffen, außerdem litt er fast ständig an Kopfschmerzen. Er nahm keine Schmerztabletten; sie machten keinen großen Unterschied, und er bildete sich ein, dass sie ihm den Schädel vernebelten.

An dem Abend, an dem er von Hitlers Tod erfahren hatte, tastete er sich spät nach Hause. Goebbels, der neue Führer, hatte eine Rede gehalten und Hitlers Heldentaten gelobt – die Größe, die Deutschland unter seiner Regierung wiedererlangt hatte, die Herrschaft über Europa, der Niedergang Stalins und die Abrechnung mit den Juden. Deutschlands historische Bestimmung hatte sich erfüllt. Er sprach von der großartigen Trauerfeier, die nächste Woche in Berlin stattfinden sollte. Bis dahin werde Hitlers Leiche in der Reichskanzlei aufgebahrt liegen, wo sich bereits jetzt Tausende einfanden, um Abschied zu nehmen. Den fortdauernden Krieg im Osten hatte Goebbels nicht erwähnt. Er hatte es Himmler überlassen, der zwei Stunden später auf seine monotone, langatmige Art über die Notwendigkeit sprach, auch das letzte Bollwerk des russischen Untermenschen zu zerstören.

Jedes Radio und jedes Fernsehgerät in der Botschaft waren umlagert, SS und Militär fanden sich bereits zu ersten Besprechungen zusammen. Für Gunther war klar: Wenn es zu einem Machtkampf kommen würde, dann würde dieser nicht lange auf sich warten lassen.

Gessler hatte, nach seinem anfänglichen Schock über den Tod des Führers, schnell die Kontrolle über sich zurückerlangt. Er musste jetzt einen klaren Kopf bewahren. Er bestellte Gunther in sein Büro, wo er hinter seinem Schreibtisch Platz nahm, jetzt wieder selbstbewusst und energiegeladen. Er sagte: »Sollte es im Krieg mit Russland Veränderungen geben oder Maßnahmen gegen die SS, so wären wir bereit zuzuschlagen. Das sind wir Adolf Hitler und seinem Vermächtnis schuldig.«

»Es könnte einen Bürgerkrieg geben«, sagte Gunther leise.

»Den werden sie verlieren. Diese ganze starrköpfige Oberklassen-Bande. Wir haben eine Million SS-Leute, alle Gauleiter und den größeren Teil der Parteimitglieder auf unserer Seite.«

»Hat Speer etwas gesagt?«

»Noch nicht.«

»Und was ist mit Bormann?«

Gessler winkte ab. »Jetzt, da Hitler tot ist, zählt der doch gar nicht mehr. Bormann interessiert niemanden.« Er beugte sich vor. »Aber unsere Mission sehr wohl. Ich erwarte jeden Moment Nachricht, wo Muncaster und seine Leute abgeholt werden.« Er lächelte. »Ich habe ein Gespräch mit Heydrich persönlich angemeldet, und ich werde Sie über das Ergebnis informieren. Ich bin nun mehr denn je Heydrichs und Reichsführer Himmlers offizieller Stellvertreter in dieser Botschaft.«

Etwas später an diesem Nachmittag hatte Gunther Drax aufs Neue verhört, der ihm erzählte, wie sie Muncaster aus dem Krankenhaus entführt hatten. Mit einer gewissen Befriedigung in seiner müden, rauen Stimme hatte er berichtet, dass aufgrund des Systems der Zellen bei der Resistance kein Mitglied einer Mission jemanden aus einer anderen Zelle kannte. Drax erzählte von der Frau, die sie begleitet hatte. Sie sei aus Osteuropa und heiße Natalia, mehr wisse er nicht über sie. Wieder war es kaum mehr Information über das hinaus, was Gunther bereits in seiner Akte vermerkt hatte, und ihr Name war womöglich nur ein Pseudonym. Die müde Befriedigung in Drax' Blick bestätigte ihm, dass er wusste, es würde Gunther nicht weiterhelfen. Während des Gesprächs hatte er mehrmals gehustet und die Hand auf seine schmerzende Brust gelegt. Der Arzt hatte Gunther informiert, Drax hätte innere Blutungen und wahrscheinlich nicht mehr lange zu leben. Sie sollten ihn möglichst bald zur Spezialeinheit bringen, damit sie ihn wenigstens noch wegen des Spionageringes innerhalb der Staatsbeamten verhören konnten, ehe er starb.

Gunther sagte: »MI5 ist dabei, dieses Netz in ihrem Verwaltungsdienst zu entwirren. Und wie es bei so einer umfassenden Untersuchung meist der Fall ist, haben sie ein paar Leute gefunden, die eingeknickt sind. Einer von ihnen ein hochrangiger Mann im Außenministerium. Sir Harold Jackson.« Gunther entnahm dem leichten Zucken in Drax' Augen, dass er den Namen kannte. »Als die Leute von der Spezialeinheit ihn in seinem Haus in Hertfordshire verhaften wollten, stand er mit seiner Frau auf der Türschwelle. Sie schossen um sich, dann richteten sie die Waffen gegen sich selbst. Wir gehen davon aus, dass er der Kopf Ihrer Zelle war.«

Drax antwortete nicht. Gunther lächelte säuerlich. »Nun ja, mit dieser Seite der Ereignisse haben wir eigentlich nichts zu tun. Wir werden Sie jetzt in Kürze an die Spezialeinheit übergeben, und die können sich weiter mit Ihnen unterhalten.«

»Warum haben Sie mich nicht längst an sie überstellt? Warum haben Sie mich nochmals verhört? Sie haben Frank Muncaster und die anderen noch gar nicht, stimmt's?«

»Wir werden sie bald haben.«

»Sie sind ein scheinbar ruhiger Typ, nicht wahr?«, sagte Drax, dessen Augen in seinem totenbleichen Gesicht zu brennen schienen. »Sie bemühen sich immer, so vernünftig zu klingen. Aber durch das, was Sie Carol und meinen Eltern angetan haben, geben Sie sich als wahrer Teufel zu erkennen.«

Gunther sprang auf und beugte sich über Drax, in dessen Atem der bevorstehende Tod zu riechen war. »Ist es Ihnen nie in den Sinn gekommen, Mr. Drax, dass, wenn Sie ein normales, geordnetes Leben geführt hätten wie jeder anständige Mensch, Carol und Ihren Eltern all diese Dinge erspart geblieben wären? Es war Ihre Entscheidung, Ihre Regierung zu verraten und sich einer Horde mörderischer Schläger anzuschließen. Ihre allein.« Er stand auf. »Aber das können Leute wie Sie nicht verstehen, nicht wahr? Dass Sie vergeblich versuchen, sich gegen die Flut unseres historischen Schicksals zu stemmen. Eine Flut, in der Sie ertrinken werden.«

Damit verließ er die Zelle.

Am Abend hatte Gessler weitere Neuigkeiten für ihn. Die Funkverbindungen aus Sussex deuteten auf eine verstärkte Aktivität der Resistance dort hin. »Ich habe gute Verbindungen mit der Isle of Wight. Die Leute dort wurden mir gewissermaßen überstellt. Von da kommt alles bei mir an. Dafür hat Heydrich gesorgt.« Seine schmale Brust schwoll vor Stolz an, und Gunther wusste, dass Gessler, falls es zu einem Konflikt zwischen der SS und dem Militär kommen sollte, bis zum bitteren Ende für die Ziele der SS kämpfen würde, wie er selbst auch. Gessler sagte: »Wir werden sie kriegen. Wir werden sie alle kriegen.« Dann runzelte er die Stirn. »Übrigens hat Speer jetzt in Berlin während einer Rede gesagt, die Rekrutierung ausländischer Arbeitskräfte für die Rüstungsindustrie müsse heruntergefahren werden. Und er sprach davon, Frauen einzustellen – jawohl, Frauen –, um unsere Ansprüche an Arbeitskräfte aus Frankreich und anderen Ländern gemäß der Verträge von 1940 zu reduzieren.«

»Damit versucht er, der dortigen Unzufriedenheit zu begegnen.«

Gessler schüttelte den Kopf. »Es geht um mehr als das. Er will uns weichklopfen und einstimmen auf einen Frieden mit dem kümmerlichen Rest, der von Russland noch übrig ist. Zusammen mit Goebbels. Goebbels hat die Bedrohung durch die Juden begriffen, aber nie die durch die Russen. Na ja, wir werden sehen, was daraus wird.« Er sah Gunther an. »Ich glaube, bezüglich unserer Mission wird es in den nächsten Stunden keine weiteren Entwicklungen geben. Doch dann könnte es plötzlich sehr schnell gehen. Gehen Sie jetzt heim, und warten Sie ab, bis es Neuigkeiten gibt. Versuchen Sie, ein wenig zu schlafen«, fügte er hinzu. »Sie sehen todmüde aus.«

Nachdem er sich durch den Nebel nach Hause getastet hatte, schaltete Gunther die BBC ein. Der Nachrichtensprecher äußerte sich in achtungsvollem, ernstem Ton über Deutschlands großen

Verlust. Obwohl es später Abend war und in Berlin schneite, stand bereits eine lange Menschenschlange vor dem Kanzleramt. Auf die Nachrichten folgte ein von Respekt getragener biografischer Abriss von Goebbels. Gunther schaltete den Fernseher aus und dachte darüber nach, was Hitlers Tod für Großbritannien bedeuten mochte. Die Briten würden sich eine stabile Regierung unter Goebbels wünschen, und zweifellos eine Vereinbarung mit Russland. *Sie wollten ein ruhiges Leben, wie immer,* dachte er bitter.

Die Briten verstanden nichts von Rasse; zwar hatten sie ihren nationalen und imperialistischen Stolz, der zu einem guten Stück zum Rassenstolz gehörte, aber sie hatten ein entsprechendes Ziel nie konsequent bis zum Ende verfolgt. Vielleicht würde es im Laufe der Zeit noch dazu kommen, wenn Mosley Premierminister wäre. Er dachte an einen möglichen Bürgerkrieg in Deutschland, Militär gegen SS. Selbst wenn die SS ihn gewann, würde Deutschland dadurch sehr geschwächt werden. Und das nach allem, was sie erreicht hatten.

Gestern hatte ihn eine Weihnachtskarte von seinem Sohn erreicht. Das Bild zeigte einen Weihnachtsbaum in Sewastopol, und er hatte einen Brief beigefügt. Michael erzählte, seine Mutter und sein Stiefvater hätten sich gezwungen gesehen, ihre ukrainische Dienerin verhaften zu lassen, weil sie silberne Löffel gestohlen hatte, die noch von Gunthers Mutter stammten. Sie sollte gehenkt werden. Michael fand das traurig, aber seine Mutter hatte ihm erklärt, solche Dinge müssten eben sein.

Gunther dachte an Hans, seinen Zwillingsbruder. Er erinnerte sich an das erste Weihnachtsfest, als er von der russischen Front nach Hause gekommen war. Er erinnerte sich, wie sie davon sprachen, dass der russische Krieg einen historischen Höhepunkt darstellte im Kampf der überlegenen gegen die minderwertigen Rassen. Das rassische Durcheinander in Osteuropa, durch das die Deutschen hindurchgefegt waren, war ganz abscheulich, eine wahre Jauchegrube. Rassen konnten sich nicht vermischen, durften sich nie vermischen. Hans hatte erzählt, wie er Tausende von russischen Gefangenen gesehen hatte, die 1941 eingekesselt und in große Lager in der Steppe gebracht worden waren, umgeben von Stacheldraht und streng bewacht, wo man sie verhungern und verdursten ließ. Er hatte gesehen, wie die Gefangenen Löcher in die Erde gruben, um sich vor Kälte und Regen zu schützen. »Man konnte die Lager meilenweit riechen«, hatte er erzählt. »Sie werden wieder zu Tieren.«

Und dennoch, dachte Gunther, *die Russen kämpfen immer noch weiter.* Und bald mithilfe der Amerikaner, wie man den Worten von Adlai Stevenson entnehmen konnte. Im Laufe der letzten Jahre waren alle deutschen Rohstoffe in diesen Krieg geflossen. Wenn sie nur bessere Generäle gehabt hätten. Was hätte man mit den russischen Bodenschätzen anfangen können. Wenn sie schließlich Russland besiegt hätten, könnten sie noch immer ein neues Europa aufbauen, in dem jedes Land ein Verbündeter Deutschlands wäre, aber loyal gegenüber der eigenen Rasse und Nationalität. Vielleicht könnte Deutschland mithilfe seiner großen Raketen ins All gelangen und Menschen auf dem Mond ansiedeln. *Eines Tages wird es so weit sein,* dachte er.

Er schlief ein paar Stunden, erschöpft und traumlos. Um sieben Uhr weckte ihn das Telefon, und Gesslers Assistentin beorderte ihn zurück in die Botschaft. Er band sich seine weiße Maske vors Gesicht und stolperte durch den Nebel zurück. Es wurde gerade hell. Nur wenige Leute waren unterwegs. Es war vollkommen still. Plötzlich fühlte er sich desorientiert, als taumele er allein durch eine endlose Leere. Er heftete den Blick auf das schwache gelbe Licht einer Straßenlaterne und befahl sich ärgerlich, die Nerven zu behalten und sich nicht von irgendwelchen lächerlichen Fantasien beunruhigen zu lassen. Schließlich handelte es sich lediglich um schlechtes Wetter. Die Lichter und die Errungenschaften der Zivilisation existierten nach wie vor, nur waren sie vorübergehend durch Smog verborgen. Eines Tages, man brauchte nur lange genug zu warten, würden deutsche Wissenschaftler zweifellos auch das Wetter beherrschen können.

Gessler in seinem Büro war inzwischen wieder extrem zuversichtlich, seine Augen hinter dem Zwicker strahlten. Gunther bemerkte, dass sein Schreibtisch aufgeräumt war. Er winkte mit einem Stück Papier, auf das er ein paar Zahlen geschrieben hatte. »Wir haben das U-Boot geortet, Hoth«, sagte er triumphierend. »Wir wissen, wo es auftauchen soll. Sie werden heute Abend abgeholt.«

Gunthers Herz tat einen Freudensprung. »Wie? Wie haben wir das erfahren?«

»Das haben wir zum Teil Ihnen zu verdanken.« Gessler strahlte. Jetzt war Gunther sein Goldjunge. »Sie hatten vermutet, dass ein U-Boot sie abholen würde, und Sie haben Drax gebluff, sodass er verriet, der fragliche Ort läge irgendwo eine Stunde von London entfernt. Seit gestern haben alle Abhördienste auf der Isle of Wight nach Übermittlungen über eine Abholung durch ein U-Boot gesucht, und jetzt haben sie es. Geheimdienstleute unserer SS. Plötzlich gab es eine regelrechte Explosion von Radiobotschaften. Muncaster und vier weitere werden von einem kleinen Ort namens Rottingdean in Sussex in einer Bucht aufgegabelt, um ein Uhr morgen früh. Es sei denn, das Wetter verschlechtert sich, aber soweit wir wissen, wird es ruhig bleiben.«

»Sie haben es geschafft, die Botschaft zu entschlüsseln?«

»Ja. Gott sei Dank haben uns die Briten seit 1940 ihre gesamte Bletchley-Park-Technologie überlassen. Ein kluger Schachzug von uns, dies zu einem geheimen Teil des Abkommens zu machen. Die Amerikaner haben immer noch keine Ahnung davon, dass wir ihre Codes knacken können. Muncaster und seine Leute werden uns wie reife Äpfel in den Schoß fallen.« Er strahlte.

»Und den Briten erzählen wir nichts davon.«

»Nein. Und außerhalb der SS auch niemandem.« Gunther

lehnte sich im Sessel zurück. Langsam sagte er: »Also wird Muncaster, wenn wir Glück haben, uns direkt in die Hände fallen.«

»Ja. An der Küste ist kein Nebel, das Wetter wird hell und klar sein. Eine halbe Stunde nach Mitternacht sollen sie mit einem Boot abgeholt werden, das erledigt irgendein Einheimischer. Er soll sie zum U-Boot bringen, und das wird dann aufgetaucht sein. Ziemlich riskant für ein fremdes U-Boot. Es beweist, wie wichtig den Amerikanern die Sache ist.«

Gunther erlebte einen Moment reiner, glücklicher Befriedigung. Er zählte die Namen an den Fingern ab: »Muncaster, Hall, Fitzgerald und diese Natalia. Die fünfte Person wird vermutlich Fitzgeralds Frau sein.« Er blickte Gessler an. »Und wie werden wir vorgehen?«

Gessler faltete die Hände über dem Bauch. »Es wird unsere Mission sein, ein SS-Einsatz der Botschaft. Ich werde Sie hinschicken, zusammen mit ein paar guten Leuten, ein halbes Dutzend, wenn ich sie zusammenbekomme. Ich hatte auch an Kapp gedacht, der bei Drax' Verhör dabei war.«

Gunther nickte zustimmend. »Das scheint ein brauchbarer Mann zu sein.«

»Ich habe mir die Karten angesehen. Wir schicken jemanden hin, der das Gebiet auskundschaften soll. Rottingdean ist nichts weiter als ein Dorf in einer Senke zwischen zwei Klippen, nur eine kleine Bucht. Dort verstecken Sie sich und schnappen sich Muncaster und seine Leute, wenn sie ankommen.« Mit ernstem Blick sah er Gunther an. »Aber wir müssen vorsichtig vorgehen. Wir wollen nicht, dass die Briten Wind davon kriegen.« Jetzt klang er weniger begeistert. »Sie wollten heute anfangen, die Juden auf die Isle of Wight zu verlegen, aber der Nebel hat ihnen einen Strich durch die Rechnung gemacht. Und wie ich höre, wollen sie jetzt bis nach Neujahr damit warten. Ich frage mich, ob das politisch motiviert ist. Es gibt ein Gerücht, wonach Rommel Beaverbrook gesagt haben soll, es eile nicht mit diesen Transporten.«

Gunther runzelte die Stirn. »Das Militär hat doch noch nie etwas gegen die Judentransporte gehabt.«

»Nein, aber sie haben oft etwas Nachhilfe gebraucht, vom Führer, möge er in Frieden ruhen. Sie wissen doch, wie die sind, sie behaupten, es lenke vom russischen Krieg ab und verschlinge wertvolle Rohstoffe.« Wieder starrte er Gunther an. »Mit dem Tod des Führers ist alles anders geworden. Sollte es – was Gott verhüten möge – einen Politikwechsel in Berlin geben, ist die Waffen-SS bereit, es mit der Armee aufzunehmen. Und falls das ein längerer Kampf werden sollte, könnte uns, wie ich hörte, Muncasters Wissen sehr nützlich sein.«

Gessler sah Gunther ernst an. »Heydrich weiß, was es ist, und er hat mich eingeweiht. Es geht um Nuklearwaffen. Die Bombe. Der größte Preis, der Hauptgewinn, der nun in die Hände der SS fallen könnte. Und deshalb hat diese Mission jetzt allerhöchste Priorität. Man hat mir gestattet, Sie ebenfalls einzuweihen.« Gessler lächelte. »Da sehen Sie mal, welch großes Vertrauen man in Sie setzt.«

Ich bin so dankbar für dieses Privileg, dachte Gunther. All das tat er für Deutschland, für seinen Sohn, zum Gedächtnis an seinen gefallenen Bruder. »Ich danke Ihnen«, sagte er leise.

Gessler hüstelte. »William Syme wird Sie ebenfalls begleiten.«

Gunther richtete sich auf. »Ist das klug? Wenn Muncaster etwas sagen sollte, wenn Syme auch nur den Schimmer einer Ahnung bekäme, um was es geht …«

»Wir müssen einen Engländer dabeihaben. Man wird die Polizei dort informieren, dass etwas geplant ist und sie sich raushalten sollen; da wird es sie beruhigen, wenn jemand von der Sondereinheit dabei ist, der sich darum kümmert. Und Syme weiß so viel wie jeder andere über Muncaster und seine Leute. Und sollte er wirklich etwas aufschnappen, was er nicht wissen darf – nun ja, wir hatten ja schon über die Möglichkeit gesprochen, uns seiner zu entledigen.«

Gunther verspürte ein unerwartetes Unbehagen. Gessler bemerkte es und neigte den Kopf. »Ich dachte, Sie mögen ihn nicht.«

»Das ist richtig. Aber er hat uns in dieser Sache auch ordentlich unterstützt.« Gunther holte tief Luft. »Falls es erforderlich sein sollte, hätte ich keine Schwierigkeiten.«

»Ich möchte, dass Sie morgen dicht bei Syme bleiben, und hinterher ebenfalls. Ich will, dass Sie ihn hierher in die Botschaft zurückbringen. Zusammen mit Muncaster und seinen Freunden. Haben Sie irgendein Problem damit?«

Sollte das heißen, dass sie Syme trotzdem umbringen wollten? Waren sie der Meinung, dass er bereits zu viel wusste? Es war hart, aber so lief es im Krieg. »Nein, habe ich nicht«, erwiderte er.

»Wenn Sie Muncaster herbringen, möchte ich, dass Sie vorher versuchen, ihn einzuschätzen, Hoth. Überlegen Sie, welche die beste Verhörmethode für ihn ist, ehe wir ihn nach Berlin schicken. Denken Sie daran, er ist nicht – normal.«

»Das werde ich.« Es war die Art von Arbeit, für die Gunther sich ideal qualifiziert fühlte, und es würde interessant sein herauszufinden, wie Muncasters Verstand arbeitete, wie und warum er nicht normal funktionierte. Ihm kam ein Gedanke. »Was ist eigentlich mit dieser Bennett?«

Gessler winkte ab. »Oh, die haben wir gestern Nachmittag den Briten überlassen. Wahrscheinlich bekommt sie eine geheime Verhandlung und dann fünf Jahre in Holloway.« Er lachte. »Fünf Jahre und ein Finger weniger. Werden Frauen hier eigentlich auch körperlich gezüchtigt? Ich habe es vergessen. Aber vermutlich werden sie das, was wir mit ihr angestellt haben, für ausreichend halten.«

»Und was ist mit Drax?«

»Der ist jetzt bei der Spezialeinheit. Seine Eltern haben wir laufen lassen. Ich bezweifle, dass er es noch lange macht.«

53

Sarah hatte einen weiteren Spaziergang unternommen. Sie war in diesen letzten paar Tagen so viel gelaufen, dass Brighton, das ihr anfangs so fremd war, ihr inzwischen vertraut vorkam. Heute Morgen war sie im Wintersonnenschein über die prachtvollen viktorianischen Plätze an der Seepromenade bis nach Hove marschiert. Die Geschäfte, deren Weihnachtsdekorationen hier am Meer seltsam deplatziert wirkten, waren so gut wie leer. Alle Zeitungen brachten Bilder von den Menschenmengen im Berliner Kanzleramt, die an Hitlers offenem Sarg vorbeizogen. Er lag da, die Augen geschlossen, das Gesicht totenbleich, viel bleicher als die Haare und der Schnurrbart.

Als sie zum Hotel zurückkehrte, erkannte sie David am Fenster, der ihr entgegenschaute. Im ersten Moment wallte Freude in ihr auf, dann Sorge, weil er so mager aussah, so viel älter durch die eingefallenen Wangen. Dann stieg Wut in ihr auf. Sie wandte den Blick von ihm ab, als sie die Treppe zum Hotel hinaufstieg, langsam und mit klopfendem Herzen.

Jane saß an der Rezeption hinter der Theke. Sie schien erleichtert, als sie Sarah erblickte. Lächelnd beugte sie sich vor und flüsterte: »Sie sind angekommen. Ihr Mann ist im Aufenthaltsraum.« Sie schien verwundert, als Sarah kein besonders erfreutes Gesicht zog und lediglich sagte: »Ich gehe zu ihm.«

David stand mitten im Raum. Er blickte Sarah lange an, dann ging er schnell auf sie zu und umarmte sie. »Es tut mir leid«, sagte er. »Ich konnte dich nicht wissen lassen, dass wir kommen, wir haben es selbst erst gestern erfahren …«

Sie antwortete nicht, sondern stand still wie eine Statue, so voll von widersprüchlichen Gefühlen, dass sie dachte, sie würde in Stücke zerspringen, wenn sie sich bewegte. David trat einen Schritt zurück, hielt sie aber immer noch an den Schultern fest. Er sagte: »Geht es – geht es dir gut? Was ist mit deinem Haar passiert?«

Sie schüttelte seine Hände ab und sagte mit so kalter Stimme, dass sie selbst überrascht war: »Na ja, ich bin von den Deutschen verhaftet worden, und die haben mich informiert, dass du ein Spion der Resistance bist. Dann wurde ich im Senatshaus verhört.« Sie holte tief Luft. »Dann wurde ich nach Hause geschickt, von deinen Leuten entführt, wobei übrigens eine von ihnen in unserem Haus einen Polizisten erschoss, dann wurde ich hier abgesetzt, um auf dich und ein paar andere zu warten, damit wir Gott weiß wohin geschickt werden können. Mein Haar haben sie abgeschnitten und gefärbt, weil die Spezialeinheit und die Deutschen mich vermutlich suchen.« Ihre Stimme wurde vor Wut immer lauter. »Und meine Familie werde ich auch nie wiedersehen. Abgesehen davon geht es mir blendend. Wer zum Teufel sind überhaupt diese anderen Leute?«

David sagte: »Eine Frau, ein Mann der Resistance und Frank Muncaster, mein alter Freund von der Uni. Du erinnerst dich vielleicht, ich habe dir von ihm erzählt. Was war das mit den Deutschen – sagtest du, du wurdest verhaftet? Das haben unsere Leute mir nicht erzählt, ich habe nur gehört, dass du in Sicherheit bist.« Er blickte sie an, seine blauen Augen weit aufgerissen vor Angst. »Was haben sie mit dir gemacht, haben sie …«

»Mich gefoltert? Nein, das haben sie nicht, denn ich wusste ja nichts. Und ich weiß immer noch nichts, verdammt noch mal!« Sie entwand sich seinem Griff. Ihre Stimme wurde wieder lauter. »Antworte mir, zum Teufel! Was passiert hier? Was machen Frank Muncaster und diese anderen Leute hier?«

David hob beschwichtigend die Hände. »Frank ist Wissenschaftler. Ihm ist etwas Schlimmes zugestoßen, deshalb kam er in eine psychiatrische Klinik in Birmingham. Die Amerikaner wollen ihn, dringend, weil er über gewisse Dinge Bescheid weiß. Also haben wir ihn – entführt. Wir brachten ihn nach London, und jetzt haben wir es endlich bis an diesen Ort geschafft. Sarah« – er klang plötzlich sehr eifrig – »heute Abend sind wir alle auf einem U-Boot nach Amerika.«

Verständnislos sah sie ihn an. »Auf einem *U-Boot*?«

»Ja. Tut mir leid, dass all dies geschehen musste, Sarah, aber man hat mich für diese Mission auserwählt, weil ich Frank kenne und er mir vertraut.«

»Ach, tut er das? Vertraut er dir?« Ihre Stimme klang spöttisch.

»Ja. Ja doch, das tut er.«

Sie starrte ihn an. »Und er ist ein Irrer. Na ja, das muss er wohl auch sein, wenn er dir vertraut, nicht wahr?« Sie war selbst überrascht von dieser bissigen Wut, aber sie hatte schließlich genug mitgemacht, mehr, als jede andere Frau ertragen würde.

»Sarah – ich bin zu dir zurück – sie hatten erfahren, dass ich ein Spion bin, aber ich habe versucht, dich daheim zu treffen …«

Sarah holte lang und tief Luft. »Dieser Mann in London, Jackson, sagte mir, dass du für die Resistance spionierst und ihnen Informationen aus der Dominionverwaltung besorgst hast. Und du hast diese arme Frau mit hineingezogen, Carol Bennett. Hast du dich deshalb mit ihr angefreundet? Am Tag vor meiner Verhaftung bin ich nach Highgate gefahren und habe sie konfrontiert, weil ich dachte, ihr hättet eine Affäre. Das arme, dumme Weib ist in dich verliebt, wusstest du das? Ich vermute, sie ist inzwischen auch verhaftet worden, genauso wie ich.«

David war den Tränen nahe. »Geoff ist tot«, sagte er.

Schockiert starrte sie ihn an. »Tot? Wie?«

»Wir haben uns in einem Haus in London versteckt. Geoff gehörte zu unserem Team, er war dabei, als wir Frank aus dem Krankenhaus holten. Das Haus wurde gestürmt, und die Leute, die uns versteckt hielten, wurden getötet. Geoff ebenfalls.«

»Mein Gott.« Sarah sank auf einen der Sessel nieder.

David kniete neben ihr. »Es ist wirklich wichtig, dass wir Frank nach Amerika bringen. Es geht um eine große Sache, Sarah, eine wirklich große. Er hat Informationen – ich kann dir nicht sagen, was –, aber es könnte für die Deutschen sehr wichtig sein. Die Gestapo ist ebenfalls daran interessiert. Die Sache könnte der

SS helfen, falls es jetzt, nach Hitlers Tod, zu einem Machtkampf kommt.«

»Wie lange habt ihr das getrieben, Geoff und du?«

»Geoff schloss sich vor mir der Resistance an. Er hat mich vor zwei Jahren angeworben.«

»Nachdem Charlie gestorben war.«

»Nicht lange danach, ja …«

Ihr Ton war jetzt anders, sie klang traurig. »Und du hast mir alles verheimlicht. Ich wusste, dass da etwas war, du hattest dich nach Charlies Tod immer weiter von mir entfernt. Was war ich für dich? Das Alibi, die kleine Frau am Herd?«

Heftig schüttelte er den Kopf. »Nein, nein. Das darfst du nicht denken. Als ich anfing, sagte man mir, es sei besser, wenn du nichts wüsstest, falls etwas schiefging und man dich befragen würde.« Bittend sah er sie an. »Und sie hatten doch recht, oder? Du wusstest nichts, und das hat dich geschützt.«

Wütend und leidenschaftlich sagte sie: »Ist dir nie in den Sinn gekommen, dass ich dir hätte helfen können?«

»Ich habe es nie für möglich gehalten, dass du billigen würdest, was ich getan habe. Du hast die Resistance wegen ihrer Gewaltbereitschaft immer kritisiert. Weil bei ihren Aktionen Menschen ums Leben kommen.«

»Nun ja, vielleicht hättest du mich umstimmen können, wenn du es jemals versucht hättest. Ich bin inzwischen sowieso umgestimmt, von ganz allein. Ich weiß, dass man kämpfen muss.« Ihre Augen waren schrecklich traurig. »Auch wenn ich ebenso gut weiß, dass die Gewalt euch alle korrumpiert, denn das tut sie immer.«

»Es war schwer …«

Ihre Stimme wurde wieder lauter. »Du hattest also beschlossen, mich außen vor zu lassen, wie bei allem, seit Charlie tot ist.«

Er sagte: »Ich ahnte ja nicht – wie es für dich gewesen sein muss, allein im Haus. Es tut mir leid …«

»Tu doch nicht so, als hättest du meinetwegen nichts gesagt, als wäre es nicht die einfachere Lösung für dich gewesen. Ich bin offenbar jahrelang blind gewesen«, fügte sie trostlos hinzu. »Weil ich dich so sehr liebte.« Sie blickte in sein unglückliches Gesicht. »War das der Grund, weshalb du für sie gearbeitet hast, weil Charlie tot war und ich dir nicht mehr genügte? Weil du *etwas anderes brauchtest?*«, schrie sie.

Er schrie zurück: »Nein! Es war, weil die Judenverfolgung angefangen hatte und ich Jude bin!«

»Wie meinst du das?« Fassungslos starrte sie ihn an. »Wovon redest du, um Himmels willen?«

Er trat auf sie zu und griff sie bei den Handgelenken. »Die Familie meiner Mutter kam aus Osteuropa nach Irland. Lange bevor sie meinen Vater kennenlernte. Ich wusste es auch nicht, bis sie starb. Mum und Dad hielten es geheim, damit es keine Vorurteile mir gegenüber gab. Dad überredete mich, es weiterhin geheim zu halten.« Er sah sie an. »Und er hatte recht. Wenn sie gewusst hätten, wer sie war, wäre ich aus dem Staatsdienst entlassen worden und jetzt in einem dieser Internierungslager. Du kennst ja die Regel: Ein halber Jude ist auch ein Jude.«

Sie stieß seine Hände weg, stand auf und ging im Zimmer auf und ab. Sie fühlte sich wie vor den Kopf gestoßen. »Du bist Jude. Und wusstest es, ehe wir uns kennenlernten, und hast es vor mir geheim gehalten.« Sie unterbrach sich. »Du bist aber nicht beschnitten …«

»Mum war keine gläubige Jüdin. Dad auch nicht. Ich bin kein Jude und auch kein Katholik – jedenfalls nicht nach den gängigen Regeln. Aber was gelten heute noch gängige Regeln?«

Sie blieb stehen und sah ihn an. »All diese Jahre bin ich mit einem Juden verheiratet. Und du hast mir nichts davon gesagt.«

»Hätte es dir etwas ausgemacht?«

Sie schien verblüfft. »Es hätte mich überrascht, natürlich. Aber – du kennst mich doch, du weißt, dass mir der Antisemitismus immer verhasst war.«

»Aber vor 1940 sind wir doch alle mit Vorurteilen aufgewachsen«, sagte er leise. »Sie sind immer da. Antisemitismus macht sich bemerkbar, wenn man ihn am wenigsten erwartet …«

»Nicht bei *mir*!«, rief sie. »Hast du vergessen, wie meine Eltern mich erzogen haben?«

»Aber Irene …«

»Irene hat einen bigotten Idioten geheiratet! Du weißt, was ich von ihm halte! Aber du hast kein Vertrauen zu mir gehabt. Nur lauter Geheimnisse. Du hast mir nie etwas davon anvertraut. Niemals.«

Er stand auf und ging auf sie zu. »Es tut mir leid. Ich war so daran gewöhnt, dass es niemand wusste. Manchmal hatte ich es ja selbst für eine Weile vergessen, bis die Verfolgungen anfingen. Und wie alles andere tat ich es, um dich zu schützen.«

»Die Hilfe, die ich dir hätte geben können, die Unterstützung, die *Liebe*«, sagte sie verzweifelt. »Das war alles nicht wichtig, oder?«

»Ich hielt es für das Beste.«

Sarah schien diese Antwort sehr dürftig, es sprach keine Liebe daraus. Sie stand da und sah ihren Mann an. Eine Hälfte von ihr wollte ihn berühren, ihm zärtlich übers Gesicht streichen, die andere Hälfte wollte ihn schlagen. Sie schloss kurz die Augen. Dann besann sie sich auf ihre praktische Seite, es war die einzige Möglichkeit, jetzt bei Verstand zu bleiben, und es gab weiß Gott genug Fragen bezüglich ihrer gegenwärtigen Situation. »Was passiert heute Nacht?«

David holte tief Luft. »Ein paar Meilen von hier wartet ein Boot, das uns eine halbe Stunde nach Mitternacht abholen wird. Das bringt uns zu einem amerikanischen U-Boot im Kanal. Dich, mich, Frank und die beiden anderen. Sie sind jetzt alle oben.«

»Frank war doch in einer Nervenheilanstalt. Will er überhaupt mitkommen?«

»Ja. Es geht ihm schon wesentlich besser.«

»Wer sind die beiden anderen?«

»Ben, er war Pfleger in diesem Krankenhaus, und – Natalia, sie ist diejenige, die bei dieser Mission das Kommando führt.« Seine Stimme schwankte einen Moment. »Ein Teil unserer neuen Identität besteht darin, dass Natalia und ich als Ehepaar gelten. Ben und Frank sind meine Cousins, und wir sind alle zur Beerdigung einer alten Tante unterwegs. Du und ich sollen einander übrigens nicht kennen, wir müssen Theater spielen.«

»Theater spielen?« Sarah lachte bitter.

Leise sagte er: »Es tut mir so leid, Sarah. Alles …«

Es klopfte, und Jane trat ein. Sie wirkte ängstlich und sagte: »Es tut mir leid, aber bitte, bitte, sprechen Sie leiser. Man kann Sie oben hören und im Haus nebenan, die Wände sind dünn.« Sie sah David mit vor Schreck geweiteten Augen an. »Was Sie da vorhin gerufen haben…«

»Dass ich Jude bin?« David nickte heftig. »Ja, das ist gefährlich, nicht wahr?«

»Es ist schon in Ordnung«, sagte Sarah. »Ich gehe jetzt nach oben in mein Zimmer.« Sie sah David an. »Komm bitte nicht mit.«

Jane folgte ihr nach draußen und sagte: »Bitte, glauben Sie nicht, dass ich mich einmischen will, nur – Sie müssen bereit sein, heute Nacht aufzubrechen. Sie dürfen sich heute Abend nicht streiten, wirklich nicht.«

Sarah merkte, was für eine Angst Jane hatte. Auch ihr Leben war in Gefahr.

Im Zimmer setzte Sarah sich auf ihr Bett und stützte den Kopf in die Hände. Es war genauso schlimm gewesen, wie sie befürchtet hatte, nein, noch schlimmer. Sie merkte, dass sie unbewusst und gegen alle Wahrscheinlichkeit eine Erklärung von David erhofft hatte, die alles wieder ins Lot bringen würde. Aber er hatte in einer Welt voller Täuschungen und Lügen gelebt, nicht nur, seit er Spion geworden war, sondern schon ehe sie ihn kennengelernt hatte. Sie hatte das Gefühl, als hätte er ihr selbst jetzt noch nicht alles erzählt. Wie konnte sie ihm jemals wieder etwas glauben?

54

Frank und Ben hatten wieder Schach gespielt. Ben, überzeugend geschlagen, schien entschlossen, mindestens ein Spiel gegen Frank zu gewinnen, aber Frank schien leicht gelangweilt und wollte eine Pause einlegen. Er ging zum Fenster und blickte hinaus. Er sah eine große Frau die Straße heraufkommen und auf das Hotel zugehen. Plötzlich blieb sie stehen und starrte auf das Fenster im Erdgeschoss. Sie schien sich ein wenig zu ducken, ehe sie die Stufen zur Tür hinaufging und aus Franks Gesichtsfeld verschwand. Er drehte sich um und sagte: »Da ist jemand angekommen. Ich glaube, es könnte Davids Frau sein.«

Ben saß auf dem Bett, das Schachbrett auf einem kleinen Tisch neben sich. Er trat zu Frank ans Fenster.

»Jetzt ist sie weg«, sagte Frank.

»Wie sah sie aus?«

»Ziemlich groß. Rote Haare. Komisch, nicht besonders hübsch. Ich hätte gedacht, David würde eine hübsche Frau heiraten.«

»So funktioniert das eben nicht immer mit der Liebe«, sagte Ben. »Es ist nicht wie im Film. Man kann sich nicht aussuchen, wen man liebt.« Seine Stimme klang traurig. Frank dachte: *Ich kenne die Liebe sowieso nur aus Filmen.* Er setzte sich wieder auf sein Bett. Ben hatte ihm auf dem Weg zum Hotel eine Tablette gegeben, aber die merkwürdig friedliche Stimmung, die er seit dem Treffen mit Churchill empfand, stellte ein unbekanntes, völlig neues Gefühl dar. Es war verblüffend gewesen. Der alte Mann schien ihn irgendwie zu verstehen. Frank war sich jetzt ganz sicher, dass die Leute von der Resistance ihm sein Geheimnis nicht durch Druck entreißen würden.

Aber ihm war auch klar, dass die Sicherheit ihrer kleinen Gruppe hier genauso gefährdet war wie in London. Und heute Nacht, wenn sie versuchen würden, auf das U-Boot zu gelangen, wäre das der gefährlichste Moment überhaupt.

Ben sah ihn neugierig an. »Alles in Ordnung?«

»Ja.«

»Du bist sehr still.«

»Was passiert mit mir, wenn wir in Amerika sind?«

Ben zündete sich eine Zigarette an. »Sie werden dich befragen über das, was dein Bruder dir erzählt hat, so viel steht fest. Aber damit erzählst du ihnen ja nichts Neues.«

»Ich frage mich nur, was sie danach mit mir machen werden.«

»Vielleicht geben sie dir einen Job, bei dem du an der Atombombe mitarbeitest. Sie lieben ihre Superwaffen, die Amerikaner. Da sind sie fast so besessen wie die Deutschen.«

Frank schüttelte den Kopf. »Das könnte ich nicht.«

»Ich weiß. War auch nur Spaß.«

Frank wirkte irritiert. »Ich will meinen Bruder nicht wiedersehen«, sagte er. »Ich hoffe, sie kommen nicht auf die Idee, mich – weißt du – aus dem Weg zu räumen, weil ich zu viel weiß. Oder mich wieder in eine Klinik zu stecken.«

»Nein, mein Lieber. Für die wirst du ein Held sein, weil du den Deutschen entwischt und zu ihnen geflohen bist. Vielleicht besorgen sie dir eine Bleibe in einer ruhigen, sonnigen Kleinstadt in Kalifornien.« Frank hingegen war klar, dass Ben bezüglich dessen, was die Amerikaner mit ihm machen würden, genauso wenig wusste wie er selbst.

»Bisher wollte ich immer lieber sterben, aber jetzt – ich glaube, jetzt würde ich, wenn möglich, gern leben. Solange ich nicht wieder in ein Krankenhaus eingeliefert werde.«

»Das wirst du nicht. Ich weiß, das war schlimm für dich. Aber im Kommunismus werden ganz andere Verhältnisse herrschen. Ach was, dann haben die Leute überhaupt keinen Grund mehr, verrückt zu werden.«

Frank antwortete nicht. Er schätzte Ben und bewunderte ihn, jetzt, da er wusste, was er riskiert hatte, um ihn zu retten, aber er wünschte, Ben würde den Kommunismus nicht immer so verherrlichen. »Jetzt, da dieser Bastard Hitler tot ist«, fuhr Ben fort, »wird alles anders werden. Warte nur …«

Von unten drang eine laute, wütende Frauenstimme zu ihnen herauf. Und dann David, der ebenso laut zurückschrie. »*Nein! Es war, weil die Judenverfolgung angefangen hatte und ich Jude bin!*«

Erstaunt sahen Frank und Ben sich an. Ben stieß einen leisen Pfiff aus. »Na, wer hätte das gedacht! David? Ein Jude?« Er blickte Frank an. »Wusstest du das?«

»Ich hatte keine Ahnung.«

Ben runzelte die Stirn. »Die sollten besser aufhören, sich anzuschreien, so hellhörig, wie es hier ist.«

Jetzt schrien sie nicht mehr, man hörte nur noch leises Murmeln. Dann wurde unten eine Tür geschlossen, und jemand kam eilig die Treppe herauf.

»Die dürfen sich nicht streiten«, sagte Ben besorgt. »Heute Abend muss alles reibungslos verlaufen.«

Frank antwortete nicht. Er empfand ein merkwürdiges Gefühl des Verrates, genau wie im Hause der O'Sheas, als er David und Natalia beim Liebesspiel belauscht hatte. David ein Jude? Die vielen Jahre, die er David schon kannte, hatte dieser also auch ein Geheimnis mit sich herumgetragen. Er sagte sich, es sei albern. David schuldete ihm schließlich keine vertraulichen Bekenntnisse. »Alle dachten, Davids Eltern wären Iren«, sagte er.

»Sie hatten wohl jüdisches Blut in den Adern, und das haben sie verschwiegen.« Ben seufzte. »Heutzutage müssen so viele Menschen ihre Abstammung verleugnen. In Schottland gibt es Gegenden, in den Hochburgen der SNP, wo man nicht darüber spricht, wenn man englische Vorfahren hat.« Er stieß einen Laut der Verachtung aus. »Nationalismus – was für eine Dreckswelt hat er uns beschert.«

»Es ist komisch. Man fühlt sich – schockiert. Dabei spielt es doch vermutlich gar keine Rolle, ob jemand Jude ist oder nicht, stimmt's?«

»Nein. Viele unserer herausragenden Kommunisten waren Juden. Karl Marx höchstpersönlich zum Beispiel.«

»Und Kapitalisten genauso«, sagte Frank mit leisem Lächeln. »Wie die Rothschilds. Und Wissenschaftler, wie Einstein. Weißt du, die Idee der Nazis, dass es eine Verschwörung zwischen Bolschewiken und jüdischen Kapitalisten gibt, schien mir schon immer aberwitzig. Da hasst doch einer den anderen.«

»Das ist es ja, aber die faschistische Ideologie hat noch nie logisch funktioniert, wenn man genauer darüber nachdenkt.«

»Nichts ist wirklich logisch«, bemerkte Frank traurig.

Ben sah ihn ernst an. »Du weißt doch, dass David und Natalia – na ja, du hast sie gesehen, als wir von den O'Sheas geflüchtet sind, nicht wahr?«

»Ja«, erwiderte Frank bedrückt. »Ich habe sie gesehen. Glaubst du, David hat mit seiner Frau darüber gesprochen, jetzt, dort unten?«

»Ich weiß es nicht. Aber ich gehe nicht davon aus, sonst hätten sie sich deswegen sicher auch noch angeschrien. Aber wir können es nicht zulassen, dass die beiden plötzlich losgehen wie unkontrollierte Feuerwerkskörper. Vielleicht sollte ich mit ihnen sprechen.« Er blickte Frank an. »Das Ganze scheint dir zu schaffen zu machen. Hast du vielleicht auch ein Auge auf Natalia geworfen?«

Frank lächelte traurig. »Nein. Sie ist sehr attraktiv, aber sie« – er lachte verlegen – »sie ist echt. Ich habe in diesem Zusammenhang bloß immer an Filmstars gedacht, Frauen, die unerreichbar für mich sind.« Er war rot geworden. »Und du? Magst du sie auch?«

»Sie ist eine gute Führungsperson. Sie hat einen klaren Kopf und denkt schnell. Aber nein, sie ist …« Ben lächelte ironisch. »Sie ist nicht mein Typ.«

»Hast du denn niemanden?«, fragte Frank. Ben schien ständig auf seine Arbeit fokussiert, darauf, was als Nächstes zu tun war, sodass es Frank noch gar nicht in den Sinn gekommen war, dass er auch ein Privatleben hatte.

Ben verschränkte die Arme vor der Brust. »Nein. Habe nie das richtige Mädchen kennengelernt. Nie jemanden gefunden, der zu mir gepasst hätte.« Er lachte traurig.

»Wie müsste dieser Mensch denn beschaffen sein, um zu dir zu passen?«

»Jemand aus meiner Klasse. Aber – netter, sanfter.«

Frank runzelte die Stirn. Es hatte etwas Merkwürdiges, wie Ben das ausgedrückt hatte, aber er kam nicht darauf, was genau es war. Er sagte: »Ich kann mir gar nicht vorstellen, wie es ist, verheiratet zu sein. Mein Vater starb, ehe ich geboren wurde. Im Schützengraben.«

»Meine Eltern leben noch, irgendwo. Aber ich pfeife auf sie.«

»Ihr habt euch nicht verstanden?«

»Sagen wir mal so: Ich entsprach nicht ganz ihren Erwartungen.«

»Ehepaare. Ich habe die Frauen von Kollegen nur auf der Uni kennengelernt. Bei Weihnachtspartys und ähnlichen Anlässen. Manche schienen ganz glücklich, bei anderen spürte man, wie unglücklich sie waren. Man kann es Davids Frau nicht verdenken, wenn sie aufgebracht ist. Wenn sie von alldem nichts gewusst hat, dass er spioniert, dass er Jude ist …«

»Auf jeden Fall hat es nichts mit dir zu tun, Frankie. Jetzt kommt es nur darauf an, dass wir uns alle auf das Wesentliche konzentrieren. Dich eingeschlossen.«

»Kann ich heute Abend auf die Tablette verzichten? Ich muss wach bleiben. Dort im Nebel war ich – verwirrt.«

»Bist du sicher? Wirst du auch nicht zappelig werden?«

»Nicht, wenn es nur um ein paar Stunden geht.« Frank lächelte leise. »Ich nehme dann wieder eine, wenn wir auf dem U-Boot sind.«

Ben sah ihn ernst an. »Okay. Aber egal, was passiert, diesmal bleibst du bei uns.«

»Ich verspreche es.«

Eine halbe Stunde später hörte Frank Schritte draußen im Korridor, dann Berts Stimme, der mit einer Frau sprach. Es klopfte, und Bert und Jane kamen herein, dahinter die Frau, die Frank vom Fenster aus gesehen hatte. Davids Frau. Sie sah müde und verärgert aus. Bert trug seine große Landkarte zusammengerollt unter dem Arm. Er sagte: »Wir müssen uns noch mal zusammensetzen und über heute Abend sprechen. Damit alles klar ist.«

»Ich hole die anderen.« Jane ging hinaus. Ben trat vor und streckte die Hand aus. »Sie müssen Sarah sein, Davids Frau«, sagte er freundlich, wobei er sich bemühte, seinen Glasgower Akzent zu unterdrücken. »Ich bin Ben.«

Sarah schüttelte ihm die Hand. Ihr Gesicht war misstrauisch, und ihre angenehme Stimme blieb kühl, als sie ihn fragte: »Wie lange sind Sie schon mit meinem Mann zusammen?«

»Ich habe ihn erst vor vierzehn Tagen kennengelernt, ob Sie's glauben oder nicht. Aber es kommt mir vor wie Jahre, ist es nicht so, Frank?«

Sarah musterte Frank aufmerksam. Er stellte sich vor, was sie nun wohl dachte: *Du also bist der, der all das in Gang gesetzt hat.* Dann zwang sie sich zu einem Lächeln und streckte die Hand aus. »Sehr erfreut. Mein Mann hat mir von Ihnen erzählt, von den Briefen, die Sie und er gewechselt haben.« Sie schüttelte vorsichtig seine Hand. Die Verletzung war ihr nicht entgangen.

Frank sagte: »David ist mir ein guter Freund. Schon viele Jahre.«

»Bitte, setzen Sie sich doch. Tut mir leid, dass alles so unordentlich ist«, sagte Ben höflich. »So sieht es eben aus, wenn zwei Männer sich ein Zimmer teilen.« Er klaubte einen Socken vom Bett, und Sarah nahm Platz. Die Tür ging auf, und Bert und Jane kamen herein, dahinter David und Natalia. David sah seine Frau an. Wütend starrte sie zurück. Mit unsicherem Lächeln wandte sie sich Natalia zu. »Ich bin Sarah Fitzgerald.«

»Natalia.« Die Frauen tauschten einen Händedruck, wobei Natalia Sarah kühl musterte. Frank merkte, dass Sarah nichts über sie und David wusste, er hatte es ihr also nicht erzählt. Bert breitete die Karte auf dem anderen Bett aus.

»Also«, sagte er. »Heute Abend um halb elf wird Natalia mit euch allen nach Rottingdean fahren. Hier auf der Karte sieht man die Küstenstraße, aber wir halten es für sicherer, wenn Sie erst nach Norden fahren, dann umkehren und von dort nach Rottingdean kommen.« Er deutete auf die Karte. »Alles so weit klar?« Alle nickten. Bert fuhr fort. »Es gibt einen Weg von Brighton aus, der unter den Klippen entlangführt. Aber der ist zu ungeschützt, dort gibt es keine Möglichkeit, sich zu verstecken, falls etwas schiefläuft. Wenn Sie in Rottingdean sind, gehen Sie zu einem bestimmten Haus im Dorf, wo ein Mann Sie erwartet. Sie werden dunkel gekleidet sein, damit Sie weniger sichtbar sind. Aber es wird warme Kleidung sein, denn draußen auf See ist es kalt.«

»Das scheint ein kleiner Ort zu sein«, sagte Sarah und blickte auf die Karte.

»Ist es auch. Um den Dorfanger herum gibt es ein paar vornehme Häuser, überwiegend Leute im Ruhestand. In Rottingdean lebten schon immer viele Künstler und Schriftsteller und ähnliche Leute. Dann die Hauptstraße entlang, hier gibt es Ladenlokale und kleinere Häuser. Und dort wohnt unser Mann, ein ehemaliger Fischer. Es ist ein ruhiger Ort, dort wird an einer kalten Dezembernacht niemand unterwegs sein. Dann gehen Sie hinunter zur Bucht.« Er blickte in die Runde. »Von da an befinden Sie sich in Gefahr, denn es gibt kein glaubwürdiges Alibi für eine Gruppe von Leuten, die in einer dunklen Dezembernacht an den Strand gehen.«

Sarah schüttelte fast unmerklich den Kopf. »Was ist los?«, fragte David.

»Nichts. Ich denke nur gerade darüber nach, wie viele Identitäten ich in den letzten Tagen schon annehmen musste, und wie viele Verkleidungen.« Sie schaute Bert an. »Ihre Mittel sind nahezu unerschöpflich, nicht wahr? Ihre Ressourcen sind viel üppiger, als ich je für möglich gehalten hätte.«

»Nichts davon ist einfach gewesen«, sagte Natalia kühl. »Das können Sie mir glauben. Jeder hier hat große Risiken auf sich genommen.« Sie zögerte, dann fügte sie hinzu: »Und es hat Tote gegeben.«

Sarah erwiderte ihren Blick. »Ich weiß. Auch ich habe in weniger als zwei Wochen miterlebt, wie zwei Menschen getötet wurden.«

Natalia nickte Frank zu. »Es ist vor allem wichtig, dass dieser Mann außer Landes gebracht wird. Darauf kommt es heute Nacht an, wir anderen sind nur Passagiere. Darüber sollten wir uns alle im Klaren sein.«

Sarah starrte zurück. »Ich verstehe sehr wohl. Ich weiß, was Gefahr ist, das habe ich sehr schnell lernen müssen. Ich bin kein Dummkopf, also bitte, behandeln Sie mich nicht, als wäre ich einer. Sagen Sie mir einfach, was ich tun soll.«

Natalia neigte den Kopf. Ihr Blick drückte Respekt aus.

Bert sagte leise: »Natalia ist die Chefin. Sie alle werden tun, was sie sagt. Soweit wir wissen, ist alles abgesichert. Wir haben die Klippen von unseren Leuten beobachten lassen, auch das Dorf, den Küstenweg und die See. Es ist nichts Außergewöhnliches aufgefallen. Wenn es dunkel wird, haben wir auch heute ein paar Leute zur Beobachtung auf den Klippen postiert, falls irgendwelche verdächtigen Boote auftauchen sollten.«

Ben sagte: »Wichtig ist, dass wir alle so schnell und so leise wie möglich sind.« Er sah Frank an.

»Ja«, stimmte Bert zu. »Das Dorf wird schlafen, Sie sollten niemanden wecken. Es wird eine windstille, klare Nacht, wir haben Halbmond. Die See ist glatt wie ein Ententeich. Unser Mann, der Sie zur Bucht führen wird, besitzt ein Ruderboot und wird Sie um zwölf Uhr dreißig zum U-Boot hinausrudern. Wir haben genaue Koordinaten, es liegt ungefähr eine Meile weit draußen. Und da das Wasser vor der Küste sehr flach ist, muss das U-Boot auftauchen. Es wird Sie an Bord nehmen. Danach fährt es in tieferes Gewässer, taucht ab und bringt Sie zu einem amerikanischen Schiff draußen auf dem Atlantik.«

»Und dann ist alles vorbei«, sagte Frank. Fast ungläubig schüttelte er den Kopf.

Bert blickte erst ihn an, dann Sarah. Frank dachte: *Wir zwei sind die schwächsten Glieder, die anderen können kämpfen.*

Bert fuhr fort. »Wir müssen uns auch Gedanken drüber machen, was passiert, wenn etwas schiefgeht. Natalia, Sie und Ben und David werden Pistolen tragen.«

»Die sollten aber nur als letzte Möglichkeit eingesetzt werden«, sagte Natalia. »Das macht Krach.«

Ben nickte zustimmend. »Richtig. Nur im Falle eines Angriffes.« Er sah Bert an. »Aber was ist, wenn uns zufällig jemand begegnet, zum Beispiel ein Betrunkener, der dort herumirrt?«

»Sie müssten ihn zum Schweigen bringen«, sagte Bert. »Die üblichen Regeln.«

»Sie meinen, wir sollen ihn umbringen? Einen Unschuldigen?«, protestierte Sarah.

»Natürlich nicht«, sagte Natalia. »Was denken Sie denn, wer wir sind? Nein, wir schlagen ihn nur bewusstlos und fesseln ihn.«

»Darin bin ich gut«, sagte Ben aufgeräumt.

Bert sah Sarah an. »Noch eine letzte Sache, Mrs. Fitzgerald. Es ist äußerst wichtig, dass, wenn es zum Schlimmsten kommen sollte, niemand von Ihnen den Deutschen lebend in die Hände fällt. Deshalb erhält jeder von Ihnen eine Zyankalikapsel.«

Sie holte tief Luft und blickte David an.

Er sagte: »Es tut mir leid, aber wenn sie uns festnehmen …«

»Du lieber Gott«, sagte sie leise.

»Geoff hatte eine«, sagte David. »Aber er bekam keine Gelegenheit, sie zu nehmen, da der Nebel ein fürchterliches Chaos verursacht hatte. Aber das dürfte heute Nacht kein Problem darstellen.«

Sarah blickte die Gruppe an. »Besitzen Sie alle eine?«

»Ich nicht«, sagte Frank.

»Um dich würden wir uns kümmern«, versprach Ben. »Das weißt du doch.«

»Aber in dem Londoner Nebel war das nicht möglich. Da konnte mich niemand sehen. Wie David schon sagte, es war ein schreckliches Durcheinander.«

Sarah blickte abermals ihren Mann an. Bert seufzte, griff in seine Tasche und holte eine kleine runde Kapsel heraus.

»Erlauben Sie«, sagte David. Er nahm sie Bert ab und hielt sie Sarah hin. »Die ist für dich«, sagte er. »Sie ist nur für den Fall, dass wir gefangen genommen werden.« Plötzlich traten ihm Tränen in die Augen, und Sarah musste sich stark zusammenreißen, um nicht ebenfalls in Tränen auszubrechen. Sie holte tief Luft, streckte die Hand aus, und David legte ihr die Kapsel in die Handfläche. Mit erstickter Stimme sagte er: »Du schiebst sie in den Mund und beißt darauf. Innen ist eine kleine Ampulle aus Glas. Es wirkt sofort, du spürst gar nichts.«

»Also würden wir beide zusammen sterben«, sagte sie leise und traurig.

»Ja, das würden wir.«

So ist es für jemanden, der nie daran gedacht hat, seinem Leben ein Ende zu setzen, dachte Frank. *Es ist schwer.* Er sah hinüber zu Natalia. Sie blickte David an, ihr Gesicht war ausdruckslos.

Sie verbrachten eine weitere Stunde damit, alles nochmals durchzusprechen, bis sie es sich eingeprägt hatten. Schließlich rollte Bert seine Karte auf. Jane sagte: »Bald gibt es etwas zu essen. Und bitte, heute sollte niemand von Ihnen mehr nach draußen gehen.« Zusammen mit Bert verließ sie das Zimmer.

Die fünf blieben sitzen. Sarah stand auf und ging zur Tür. Ihre Bewegungen wirkten mühsam, als ginge sie durch Wasser. David folgte ihr und legte die Hand auf ihren Arm, aber sie sagte leise: »Ich brauche immer noch etwas Zeit für mich allein. Wir können später reden.« Sie ging in ihr Zimmer. Einen Augenblick später ging David ebenfalls hinaus. Frank hörte, dass er die Treppe hinabstieg.

»Wird das klappen mit den beiden?«, fragte Ben.

»Muss es«, sagte Natalia nüchtern.

Frank sah sie an. Er dachte daran, dass er sein ganzes Leben lang ein Beobachter gewesen war. Manchmal war er selbst überrascht darüber, wie viel er über das Leben und die Gedanken anderer Menschen erraten konnte. Und diese Menschen hier hatte er im Laufe der letzten Woche gut kennengelernt. Sarah hatte er bis jetzt nicht gekannt, aber er sah – was allerdings sicher jeder sehen konnte –, wie sehr sie David liebte und wie schrecklich verletzt sie war. Aber er wusste, dass auch Natalia David liebte. Und als er sie ansah, kam Frank ein anderer Gedanke, der nichts damit zu tun hatte.

Er trat vor, seine Beine fühlten sich merkwürdig steif an. »Natalia«, sagte er, »kann ich dich einen Moment sprechen? Allein?«

»Es geht uns nichts an«, knurrte Ben.

»Bitte«, sagte Frank.

Natalia schaute ihn überrascht an. Dann zuckte sie lächelnd mit den Schultern. »Okay. Warum nicht? Wir können nach nebenan in mein Zimmer gehen.«

Sie ging zur Tür, und Frank folgte ihr. Bens Blick folgte ihnen.

55

Gunther stapfte zügig den Weg entlang, der unterhalb der Klippen von Brighton nach Rottingdean führte. Hinter ihm ging Syme, vor ihm der SS-Mann Kollwitz. Sie alle trugen Schuhe mit Gummisohlen, die auf dem betonierten Pfad kaum zu hören waren.

Schweigend bewegten sie sich so nahe wie möglich an der Felswand entlang, falls Leute von der Resistance von oben die See beobachteten. Alle drei trugen warme dunkle Mäntel, schwarze Rollkragenpullover und Sturmhauben, die Gesichter mit Holzkohle schwarz gefärbt. Kollwitz, einer der vier SS-Männer, die den Einsatz begleiteten und Veteran geheimer Operationen in Russland, meinte, dies könne bei einem Überfall aus dem Hinterhalt den entscheidenden Unterschied bedeuten. Drei weitere SS-Leute näherten sich Rottingdean von der anderen Seite, wo der Weg unter den Klippen entlang nach Osten weiterführte: Kapp, der bei Drax' Verhör anwesend gewesen war, Hauser aus dem Kellergeschoss und Borsig, ebenfalls ein Veteran russischer Operationen und, wie Kollwitz, ein Mitglied der Geheimdienstgruppe der SS innerhalb der Botschaft. Die beiden Gruppen sollten sich bei Rottingdean Gap treffen, wo ein Weg vom schmalen Strand zum Dorf hinaufführte.

Es war bitterkalt, vom Kanal her wehte ein leichter Wind, der aber messerscharf war und alles durchdrang. Die Flut hatte eingesetzt, das Wasser stieg langsam, die See war ruhig. Im Mondlicht sah Gunther die kleinen weißen Schaumkronen dort, wo die Wellen sich unterhalb des Weges brachen. Am dunklen Sternenhimmel stand der Halbmond, der in einem langen Silberstreifen auf dem Wasser reflektiert wurde. Er dachte daran, was Michael vom Schwimmen im Schwarzen Meer erzählt hatte, wie wunderschön die Küstenlinie mit den fernen Bergen im Hintergrund ausgesehen hatte. Er stolperte über einen Kalkbrocken, der sich von der Klippe gelöst hatte. Syme konnte ihn mit festem Griff am Arm packen, damit er nicht das Gleichgewicht verlor. Gunther nickte zum Dank. Innerlich fluchte er und mahnte sich zu erhöhter Achtsamkeit. Er wusste, wie schlaff er war, bei Weitem nicht so fit wie die anderen beiden Männer.

Den ganzen Vormittag hatten sie in Gesslers Büro über Landkarten gebrütet, unter Mithilfe eines Mannes der Spezialeinheit von

Sussex, einer von Symes nützlichen Kontakten. Der Mann wusste weiter nichts, als dass seine Einheit zusammen mit den Deutschen heute Nacht in Rottingdean jemanden abfangen sollte. Der Mann hatte erzählt, die Spezialeinheit habe im Moment ihre eigenen Sorgen, da die Nachricht von Hitlers Tod zu Unruhen in den Judenlagern geführt habe und die Polizei überall in Bereitschaft war, falls Hilfe gebraucht wurde. Außer Gunther, Syme und dem Mann von der Spezialeinheit waren auch die vier SS-Leute anwesend, die Gessler ausgewählt hatte. Zwei davon kannte Gunther noch nicht; Kollwitz war ein junger Mann Ende zwanzig, der zum SS-Geheimdienst in der Botschaft gehörte. Er hatte ein jugendliches Gesicht, blonde Haare und klare, hellblaue Augen. Sein Kollege Borsig, ebenfalls Mitglied des Geheimdienstes, hatte ein kantiges, hartes Gesicht, dunkles Haar und dichte Brauen über seinen scharfen, raubkatzenartigen Augen. Kapp, der dienstbeflissene, wendige Jüngling, der bei Drax' Verhör dabei gewesen war, hatte im Osten gedient; Hauser, der Mann, der für das Kellergeschoss zuständig war, war zwar älter und schwerfälliger, aber immer noch eine eindrucksvolle Erscheinung. Alle vier waren mit Leib und Seele SS-Leute. Wie auch Gunther waren sie zu dieser Sitzung in Zivil erschienen, um Symes Bekannten von der Spezialeinheit nicht zu erschrecken; allerdings schienen sie sich darin nicht sehr wohlzufühlen. Gessler trug als Einziger die übliche schwarze Uniform mit Mütze. Als Angestellte der Botschaft sprachen sie alle gutes Englisch.

Symes Kollege informierte sie, dass Rottingdean ein kleiner Ort war, ein größeres Dorf. Durch seine Lage in einer Senke zwischen den Klippen war es in früheren Zeiten ein Schmugglernest gewesen. Die Resistance war dort nicht sehr aktiv, die Bewohner blieben lieber unter sich. Im Sommer gab es ein wenig Touristenverkehr, aber in einer kalten Dezembernacht müsste es sehr ruhig sein. Die Polizei am Ort war informiert, dass am Strand eine Operation der Spezialeinheit geplant sei und sie sich nicht einmischen sollten, auch wenn sie Schüsse hörten. Da Gunthers

Gruppe aber den Klippenweg nahm, würden sie gar nicht in den Ort hineingehen müssen. Sie würden von Brighton kommen, während die anderen drei aus der entgegengesetzten Richtung anrückten.

Gessler dankte dem Mann von der Spezialeinheit, der sich verabschiedete. Die anderen standen noch um die Karte herum. Die Resistance würde wahrscheinlich Späher auf den Klippen haben, die die See nach außergewöhnlichen Aktivitäten absuchten, aber sie würden kaum erwarten, dass am Strand Deutsche auf die Flüchtigen warteten. Gessler berichtete, dass laut abgehörter Funksprüche ein Fischer im Dorf mit Muncasters Gruppe zusammentreffen und sie an den Strand führen würde, wo ein Boot bereitlag, um sie zum U-Boot zu rudern. Vom Dorf würden sie einen breiten asphaltierten Weg zu der kurzen Promenade nehmen, dann hinunter zu dem kleinen Kiesstrand. Gunther, Syme und die SS-Leute würden sich entweder auf der Promenade oder am Strand verstecken müssen, sodass sie, wenn Muncasters Leute um halb eins kämen, sie überraschen könnten.

Kollwitz fragte: »Wird da nur ein Ruderer dabei sein? Werden nicht vielleicht noch mehr Leute von der Resistance kommen oder am Strand warten?«

»Nein. Das geht ganz klar aus den Funksprüchen hervor«, sagte Gessler mit Befriedigung. »Die wenigen Leute, die die Resistance dort hat, werden von den Klippen aus die See beobachten. Aber seien Sie trotzdem vorsichtig, falls die Pläne geändert werden sollten.«

»Sind von unserer Seite sechs Mann ausreichend?«, fragte Kollwitz.

»Sie sind die einzigen erfahrenen Leute, die wir erübrigen können.«

»Und wir erwarten sechs von denen, die auf das U-Boot wollen, ist das richtig?«, fragte Borsig.

»Zwei Agenten von der Resistance und drei Zivilisten – einen

692

Mann, eine Frau und diesen Verrückten. Dann noch der Fischer, das sind sechs.« Er zuckte mit den Schultern. »Kein Problem.«

»Richtig.« Gessler klang optimistisch. »Für jeden einen. Damit sollten Sie fertigwerden.«

»Die beiden Leute von der Resistance sind nicht einfach«, warnte Syme. »Die habe ich bei dem Überfall in London kennengelernt. Ein Mann und eine Frau. Aber die anderen, ja, das sind Zivilisten.«

»Dieser Staatsbeamte, Fitzgerald, der wirkte ziemlich fit, als ich ihn in der Dominionverwaltung sah«, sagte Gunther. »Und er hat 1940 gedient.«

»Sie werden bewaffnet sein«, vermutete Kollwitz. »Ganz sicher die zwei von der Resistance, aber vielleicht Fitzgerald und der Fischer ebenfalls.«

Gunther nickte zustimmend. »Aber Fitzgeralds Frau nicht, die gehört zu diesen englischen Pazifisten.« Kapp knurrte verächtlich. »Und Muncaster auch nicht.«

»Verrückte können ziemliche Kräfte entwickeln«, gab Borsig zu bedenken.

»Der nicht«, sagte Syme. »Ich habe ihn kennengelernt. Das ist ein kleines Würstchen, das vor seinem eigenen Schatten Angst hat.«

Gunther blickte in die Runde. »Aber vergessen Sie nicht, auf ihn kommt es an. In Berlin wollen sie ihn lebend. Es könnte nützlich sein, wenn wir die Leute von der Resistance ebenfalls schnappen, aber im Grunde sind alle anderen zweitrangig.«

Gessler richtete sich auf. »Es könnte sein, dass sie Selbstmordpillen bei sich tragen, also ist es wichtig, dass sie überrascht werden, sodass sie nicht mehr schnell genug reagieren können. Seien Sie früh genug da, und wählen Sie eine günstige Stelle. Der Mond müsste scheinen, der Wetterbericht sagt eine klare Nacht voraus.«

Gunther blickte Syme an. »Sagten Sie, es ist ein Kiesstrand?«

»Ja.«

»Dann wäre es gut, wenn wir uns dort verstecken könnten, denn dann hören wir sie kommen.«

Kollwitz nickte. »Gute Idee. Wir haben keine Ahnung, wo sie sich im Moment aufhalten?«

Gunther schüttelte den Kopf. »Sie könnten überall in Nähe der Küste sein. Das Einzige, was wir sicher wissen, ist, dass sie um halb eins am Strand von Rottingdean sein werden.«

Hauser grinste und schlug die gewaltige Faust auf seine andere Handfläche. »Es wird sein wie in den alten Zeiten in Russland, wir lauern wieder der Resistance auf.«

Kollwitz blickte in die Runde. »Wie sieht's aus mit Ihren Schießkünsten?«

»Ich übe regelmäßig auf dem Schießstand«, sagte Hauser selbstzufrieden. »Und Kamerad Kapp ebenfalls, ich habe ihn beobachtet.«

Gunther sagte: »Ich trainiere in Berlin auch.« Aber nicht so regelmäßig, wie ich sollte, fügte er im Geist hinzu.

Syme sagte stolz: »Und ich habe bei meinen Schießkursen Preise gewonnen.«

Gunther fasste es zusammen: »Also stürzen wir uns auf sie, entwaffnen sie und nehmen ihnen ihre Selbstmordpillen ab. Wenn Sie schießen müssen, dann möglichst nur, um zu verwunden. Und wir alle sprechen Englisch, sodass jeder uns versteht.« Damit deutete er mit dem Kopf auf Syme.

»Sturmbannführer Hoth übernimmt die Führung«, sagte Gessler. »Er kennt diese Leute besser als sonst jemand, also folgen Sie seinen Befehlen. Und denken Sie daran« – er tippte nachdrücklich mit dem Finger auf die Tischplatte – »wir wollen Muncaster lebend. Das ist wichtiger als alles andere. Dieser Befehl kommt direkt vom Stellvertretenden Reichsführer Heydrich.« Er beugte sich über den Schreibtisch und streckte Gunther die Hand hin. Gunther schüttelte sie. Gesslers Gesicht drückte Rührung und Triumph zugleich aus. »Viel Glück, Hoth«, sagte er. »Und vielen Dank.«

Nach Einbruch der Dunkelheit fuhren sie nach Brighton. In London war im Laufe des Tages ein leichter Wind aufgekommen, und der Nebel begann sich endlich aufzulösen. Während sie in zwei Wagen die Stadt verließen, sah Gunther zum ersten Mal seit Tagen die Straßen unter anständiger Beleuchtung. Alle Gebäude glänzten vor Feuchtigkeit, Fenster und die Dächer geparkter Autos trugen einen grauen Fettfilm. Frauen waren mit Eimern und Lappen beschäftigt, Fenster und Türschwellen zu reinigen. Selbst das Eis auf den gefrorenen Pfützen war schmutzig. Die Schaufenster bildeten dazu einen Kontrast mit ihren Weihnachtsdekorationen und den Rahmen aus aufgesprühtem Kunstschnee. An einem Zeitungsstand sah man bereits die erste Schlagzeile: *Ende des Großen Londoner Nebels*.

Bei klarem Wetter kamen sie gut voran und waren bald in Surrey. Das Auto mit den drei SS-Leuten, die von Osten nach Rottingdean laufen sollten, bog nach Newhaven ab. Auf einer kleinen Landstraße kurz vor Rottingdean warteten zwei weitere Wagen, die sie zusammen mit den Gefangenen später abholen sollten.

Gunther saß hinten neben Syme. Kollwitz fuhr. Sein blondes Haar war kurz geschnitten und sein Kopf, wie bei der SS üblich, hinten vom Hals aus zu einem Drittel kahl geschoren. Gunther bemerkte, dass sich dort ein Furunkel bildete. Syme neben ihm war bestens gelaunt. »Man spricht über meinen neuen Job«, erzählte er Gunther. »Wir bekommen einen neuen, landesweiten Polizei-Geheimdienst. MI5 soll uns angegliedert werden. Wird auch Zeit. Sie werden schimpfen wie die Rohrspatzen, aber schließlich waren wir es, die diesen verdammten Spionagering unter den Staatsbeamten für sie geknackt haben.« Sein Cockney-Akzent war wieder sehr ausgeprägt; vielleicht war das bei Syme ein Zeichen von Stress, jetzt, da der Moment der Entscheidung sich näherte. Gunther selbst war ganz ruhig und entspannt. Syme fuhr fort: »Sieht so aus, als würde ich zum Superintendenten befördert, neben meiner Versetzung nach Norden.« Er lächelte und trommelte mit den Fingern auf sein Knie.

»Gut gemacht.« Aber nach seinem Gespräch mit Gessler war es für Gunther unmöglich, Syme in die Augen zu blicken.

»Sie müssen mich besuchen kommen«, fuhr Syme fort. »Wissen Sie was? Sie sollten nächsten Sommer zur Krönung rüberkommen. Wie wäre das?«

»Ja«, sagte Gunther, »vielleicht.« Syme, sonst überall und in jeder Hinsicht hellhörig, hatte keine Ahnung, dass Gunther ihn nie hatte ausstehen können. Oder vielleicht kümmerte es ihn einfach nicht.

Vom Klippenweg traten sie hinaus auf die Promenade. Sie war kurz, weniger als hundert Meter lang und vielleicht zweihundertfünfzig Meter breit. Es gab keine Lampen, nur das schwache Licht des Halbmondes, aber ihre Augen hatten sich an die Dunkelheit gewöhnt, und sie sahen, dass die Promenade menschenleer war. Auf der Seite zum Land hin befand sich eine hohe Betonmauer, dahinter zog sich eine kleine, mit Gras bewachsene Böschung hoch zu einem großen Gebäude, bei dem es sich, wie sie wussten, um das White Horse Hotel handelte. Auch dort brannte kein Licht. Gunther sah, dass die Betonmauer eine Lücke hatte, von der ein steiler gepflasterter Weg, vielleicht hundert Meter lang, zur Küstenstraße hinaufführte. Auf der anderen Seite des Weges war eine zweite Betonmauer, dahinter die Klippen, unerwartet weiß.

Von der Promenade führten Stufen hinab zu einem Kiesstrand. Im dunklen Schatten einer Buhne blitzte ein winziges Taschenlampenlicht dreimal kurz auf. Das war das vereinbarte Zeichen, die drei anderen SS-Leute waren also schon da. Gunther seufzte erleichtert auf.

Gunther, Syme und Kollwitz gingen die Treppe hinab zum Strand. Die großen, runden Kiesel knirschten unter ihren Schuhen, ein Geräusch, das sich nicht vermeiden ließ. Borsig, Hauser und Kapp kamen von der Buhne her auf sie zu. Auch sie trugen schwarze Kleidung. Kapp lächelte, ein kurzes Aufblitzen seiner weißen Zähne – er genoss das Ganze. »Heil Hitler«, sagte er leise. In Berlin hatte Goebbels gerade entschieden, dass Hitlers Name auch weiterhin und für alle Zeit im Deutschen Gruß erhalten bleiben sollte. Dennoch fügte Kollwitz leise hinzu: »Und Heil Himmler.«

»Alles ruhig?«, fragte Gunther.

»Ja. Wir sind von Saltdean gekommen. Beim Aussteigen haben wir eine Frau mit Hund die Klippen entlanggehen sehen, sie blickte zur See hinaus. Möglicherweise die Resistance. Aber auf dem Weg unter der Klippe wird sie uns weder gehört noch gesehen haben. Wir sind schon eine halbe Stunde hier, kein Mensch weit und breit.«

»Zu kalt für Liebespaare«, murmelte Kapp.

Gunther nickte. In einer derart bitterkalten Nacht kommt doch kein vernünftiger Mensch hierher. Er fröstelte in der Brise, die an dieser Stelle etwas stärker ausfiel. Die Flut war ihrem Höchststand nahe, die schmale Linie der Gischt dicht vor ihnen. Er blickte auf seine Uhr. Fünf nach elf.

Syme blickte hinaus auf die See. »Ist es möglich, dass man uns vom U-Boot aus sehen kann?«

»Die sind eine Meile weit draußen«, erwiderte Kollwitz. »Ich vermute, dass alles, was sie mit dem Periskop hier erkennen könnten, die dunkle Lücke in den Klippen ist. Und wenn sie wirklich beobachten könnten, wie wir Muncaster und seine Leute festnehmen, würden sie sich schnellstens aus dem Staub machen, denn sonst gäbe es diplomatische Verwicklungen, die sie nicht riskieren könnten.«

Borsig sagte: »Wir haben etwas gefunden. Kommen Sie, sehen Sie sich das mal an.«

Er führte sie an einer Seite der Buhne entlang. Am Rande der Gischt sah man ein großes gewölbtes Gebilde, das mit einer Segeltuchplane zugedeckt war. Borsig und Kapp hoben die Plane hoch, darunter fand sich ein umgedrehtes Ruderboot. »Das ist groß genug für sechs Personen. Hier sind auch die Riemen. Das muss das Boot sein, das sie benutzen wollen«, sagte Kapp triumphierend.

»Richtig.« Gunther blickte zurück auf den Strand und den Weg, auf dem die Briten ankommen mussten.

Borsig schlug vor: »Wenn drei von uns unter das Boot kriechen und die anderen drei sich zwischen der Buhne und dem Boot unter der Plane verstecken, dann laufen sie uns direkt in die Arme.«

Gunther nickte. »Das klingt ideal. Wer geht drunter?«

»Sie und Syme und Kapp«, schlug Borsig vor. »Kapp und Syme sind schlank, und wenn Sie den Kies ein wenig zur Seite schieben, können Sie sie kommen sehen und uns das verabredete Zeichen geben. Wir werden sie alle kommen hören, wenn sie erst mal am Strand sind, deshalb schlage ich vor, dass Sie, wenn der Trupp am Boot angekommen ist, an die Seite klopfen, und wir drehen es um und stülpen es über sie, Sie von unten und wir von hinten. Damit werden wir sie völlig überrumpeln. Dann kommen wir raus und packen sie, jeder einen, ehe sie überhaupt reagieren können.«

»Ja. Ja, das klingt gut.« Gunther sah Borsig und Kollwitz an. »Ich merke, Sie haben Erfahrung mit solchen Überfällen.«

»Haben wir. Im Osten gesammelt.«

»Ich ebenfalls, bei der Gestapo. Aber nur in Städten, da ging es meist um Zivilisten. Ich lasse mich von Ihnen führen.«

»Danke sehr. Und jetzt heben wir das Boot hoch.«

»Es wird eine verdammt kalte Wartezeit werden«, bemerkte Syme.

Kollwitz erwiderte: »Das ist noch gar nichts. Versuchen Sie es mal mit einem Hinterhalt im russischen Winter.«

Sie nahmen die Plane ab und wuchteten das Boot in die Höhe. Es war groß und schwer, aber Borsig und Kollwitz hoben es ohne Mühe an. Kapp und Syme schlüpften darunter und schoben die Riemen, die darunterlagen, zur Seite. Gunther merkte, wie seine Muskeln protestierten, als er sich auf den Bauch legte und darunterrobbte.

»Ich werde als Signal seitlich gegen das Boot treten«, sagte er. »Es ist schwer, ihr drei müsst mit aller Kraft dagegen drücken.«

Gunther schob den Kies zur Seite, bis er eine kleine Lücke unter dem Bootsrand geschaffen hatte, gerade breit genug, dass er hindurchspähen konnte, wenn er platt auf dem Bauch lag. Er blickte auf den Weg, der zum Strand herunterführte und als dunkle Lücke in der Promenade sichtbar war. Unter dem Boot war es stockdunkel, und es roch nach Seetang. Gunthers Füße fühlten sich bereits jetzt an wie Eisklumpen. Neben ihm versuchte Syme eine erträgliche Stellung zu finden, wobei er ihm seinen Ellbogen in die Rippen stieß. An Syme war immer ein Körperteil in Bewegung, sodass Gunther schließlich sagte: »Um Himmels willen, liegen Sie still, der Kies macht Lärm, wenn Sie sich bewegen.«

»In Ordnung. Entschuldigung.«

Gunther nahm seine Uhr ab und legte sie neben sein Gesicht. Das Leuchtzifferblatt zeigte 11.45 Uhr. Noch eine Dreiviertelstunde, bis Muncaster und die Gruppe kamen.

56

Nach der Besprechung mit Bert ging David nach unten in den leeren Aufenthaltsraum. Jane, die hinter ihrem Schreibtisch an der Rezeption saß, lächelte ihm besorgt zu, als er an ihr vorbeiging.

Er setzte sich in einen Sessel und blickte zum Fenster hinaus. Was sollte er nur machen? Vernunft, Anstand und eine alte, tief sitzende Liebe sagten ihm, dass er zu Sarah gehörte. Aber wollte sie ihn jetzt noch haben? Natalia bedeutete Spannung, Begeisterung, etwas Neues. Und außerdem hatte sie Verständnis für seine Vergangenheit, seine wahre Abstammung.

Schließlich ging er wieder nach oben, in ihr gemeinsames Zimmer. Er drückte auf die Klinke, aber die Tür war verschlossen. Er hatte das Gefühl, dass Natalia im Zimmer war, aber er hörte nichts, niemand reagierte auf sein Klopfen. Dafür ging Sarahs Tür auf. Sie stand da und sah ihn an.

»Sarah.«

Sie drehte sich um und ging zurück, ließ die Tür aber offen. Er folgte ihr ins Zimmer. Sie saß auf dem Bett und sah ihn mit trostlosem Gesicht an. »Bitte sag nicht schon wieder, dass es dir leidtut. Ich glaube, das könnte ich nicht ertragen.«

Er machte die Tür zu und lehnte sich mit dem Rücken dagegen. »Was kann ich sonst noch sagen?«

»Nichts.« Sie schüttelte den Kopf. »Nichts.«

»Die Sache, dass ich Jude bin. Das musste ich nach 1940 verschweigen. Und erst recht, nachdem Charlie geboren war …«

»Du hättest es mir anvertrauen müssen, David. Es wäre ein Schock gewesen, eine Überraschung, das will ich gar nicht abstreiten, aber es hätte nichts geändert. Und ich hätte dir beistehen können.« Sie blickte ihn an. »Aber das war ja nur der Anfang deiner Lügen.« Ihre Augen bohrten sich in ihm fest. »Was immer du an Liebe für mich empfunden hattest, war mit Charlies Tod verloren, habe ich recht?«

»Nein. Aber sein Tod hat uns – auseinandergerissen. Ich weiß nicht, warum. Und dann, als ich mich der Resistance anschloss – da hatte ich Schuldgefühle, weil ich dich wieder belügen musste, und das machte alles noch schlimmer.« Er legte zwei Finger auf die Nasenwurzel und drückte sie. »Ich war ein verwöhntes Kind, und jetzt bin ich ein egoistischer Mann.«

Leise sagte sie: »Du hast Pflichtgefühl, kennst Selbstverleugnung. Dafür habe ich dich immer bewundert. Aber ich will nicht, dass du bei mir bleibst, nur weil du es für deine Pflicht hältst. Ich weiß auch nicht, ob ich dir jemals wieder vertrauen könnte.«

Er dachte an sein anderes Geheimnis, das letzte. Natalia. Das hatte sie noch nicht erraten. Arme Sarah, selbst jetzt hatte sie nicht den vollen Durchblick. Er holte tief Luft. »Du hast mir nicht gesagt, ob du mich noch liebst.«

»Ich glaube, das allein reicht auch nicht mehr.«

Er schloss die Augen. Sie seufzte, dann stand sie auf. »David, wir sollten jetzt nicht darüber diskutieren. Das wollte ich dir auch sagen. Jane macht sich Sorgen. Egal, was passiert, im Augenblick müssen wir uns darauf konzentrieren, diese Nacht hinter uns zu bringen. Das schulden wir den anderen.«

»Die Pflicht.« Um Davids Mund zuckte ein trauriges Lächeln.

»Ja, Pflicht. Und jetzt, scheint mir, solltest du gehen.«

Er ging hinaus. Natalias Zimmer war immer noch abgeschlossen. Also begab er sich erneut in den Aufenthaltsraum, setzte sich hin und starrte hinaus auf die leere Straße. Zum ersten Mal, seit sie sich kannten, war es Sarah, die am Ruder saß, musste er feststellen.

Um acht Uhr rief Jane sie zum Dinner ins Speisezimmer. Sarah hatte auf ihrem Bett gelegen und einen Krimi von Agatha Christie gelesen, um sich abzulenken. Sie holte tief Luft und nahm allen Mut zusammen, ehe sie nach unten ging. Die anderen vier – David, Frank, der Schotte und die Frau mit dem slawischen Akzent – saßen bereits am Tisch. Bert saß dabei und las im *Daily Express*. Als Sarah näher kam, bemerkte Ben scherzhaft, ihre nächste Mahlzeit werde wahrscheinlich schon amerikanisch sein, auf dem U-Boot.

Jane hatte geschmortes Rindfleisch zubereitet, dazu gab es Kartoffeln und Rosenkohl, genauso geschmacklos wie alles andere, was Sarah in diesem Hotel bisher gegessen hatte, aber es war warm, und man wurde satt. Bert blickte von seiner Zeitung auf. »Hier steht, dass Goebbels alle hochrangigen Offiziere zu einer Konferenz einberuft. Himmler und Heydrich sind nicht eingeladen. Sieht aus, als fangen die Nazis bereits an, sich in zwei Lager zu spalten.«

»Und darüber wird im *Express* berichtet?«, fragte Ben überrascht. »Beaverbrooks Zeitung. Normalerweise können sie uns doch nicht genug davon erzählen, wie mächtig und einig unsere deutschen Verbündeten sind.«

»Na ja, unsere Regierung will, dass Goebbels den Krieg in Russland beendet. Sogar Mosley muss zugeben, dass der nicht zu gewinnen ist.«

»Halten Sie das wirklich für möglich? Eine Art Bürgerkrieg in Deutschland?«, fragte Frank.

David hatte nichts gesagt, aber jetzt blickte er auf. »Ja. Denn Hitler hielt alle Fäden selbst in der Hand. Das Risiko, dass bei seinem Tod alles auseinanderfällt, bestand kontinuierlich. Er sagte immer, das Dritte Reich werde tausend Jahre bestehen, und die Menschen glaubten ihm, aber welches Reich hat je so lange überdauert? Selbst das Römische Reich nicht. Manche Reiche haben ein paar Hundert Jahre geschafft, aber die meisten viel weniger.«

»Zum Beispiel das Britische Empire«, sagte Ben leise.

»Ja.« Davids Stimme klang traurig.

Ben fragte Bert: »Über die Juden steht vermutlich noch nichts in der Zeitung?«

»Nein. Aber ich habe gehört, dass die Pläne, sie auf die Isle of Wight und anschließend nach Deutschland zu schicken, auf unbestimmte Zeit verschoben sind.«

»Aber Goebbels und Himmler hassen die Juden doch genauso wie Hitler. Das ist etwas, worüber diese Mistkerle sich immer einig waren.«

»Die britische Regierung will abwarten, was passiert«, sagte Natalia. »Falls Deutschland zusammenbricht und Großbritannien sich enger Amerika anschließt, ist es besser, die Juden am Leben zu lassen. Als Druckmittel, wenn es zu Verhandlungen kommen sollte. Als Schachfiguren. Der Nebel war eine willkommene Ausrede, die Transporte auszusetzen, er kam gerade zur richtigen Zeit.«

Sarah sah sie an. Natalia war ihr nicht sympathisch, sie fand sie hart und kalt. Deshalb war sie überrascht, als Natalia voller Mitgefühl sagte: »Vorläufig sitzen sie in den Internierungslagern. Und sie müssen schrecklich frieren in diesem Wetter, bei der Kälte.«

Jane kam mit einem großen Tablett herein – der Nachtisch, ein warmer Auflauf mit Vanillesoße. Während sie ihn servierte, sagte sie: »Sie sind aber anders als wir, sie empfinden England gegenüber nicht dieselbe Loyalität.«

Ärgerlich funkelte Bert seine Frau an. »Ich hatte gehofft, Frau, du hättest mit diesem Quatsch schon vor Jahren aufgehört. Wann sind Juden jemals illoyal gegenüber England gewesen? Und zu behaupten, sie seien nicht so wie wir – meinst du damit, sie hätten kein rein englisches Blut in den Adern?«

»Nein. Tut mir leid, ich meinte nur …« Jane sprach nicht weiter.

»Ich habe auch kein englisches Blut«, sagte Ben mit betontem Glasgower Akzent, bemüht, die Stimmung etwas aufzulockern.

Bert sagte: »Entschuldigung, ich hätte *britisch* sagen sollen statt englisch …«

»Keine Sorge.« Ben lachte. »Ich lasse mir keine grauen Haare darüber wachsen, was für eine Mischung ich bin. Aber ein schottischer Nationalist wäre Ihnen jetzt an die Gurgel gegangen, weil Sie englisch und nicht britisch gesagt haben. Aber es ist doch dieser ganze Zirkus mit Reinrassigkeit und Vererbung, der Europa diesen ganzen Scheiß eingebrockt hat.« Er blickte Jane ernst an.

»Tut mir leid. Ich bin ja froh, dass sie nicht deportiert werden. Das wäre schlimm.« Jane blickte Natalia an. »Und Sie haben recht, die armen Leute müssen schrecklich frieren in den Baracken oder wo immer sie festgehalten werden. Es ist nur – ich bin eben so erzogen worden, dass man Juden ablehnt.«

Natalia sagte: »Dort, wohin man sie deportiert, ist es noch viel kälter, nämlich in Osteuropa. Allerdings brauchen sie dort nicht lange zu frieren.«

Frank sah sie an. »Wie meinst du das?«

»Ich halte die Gerüchte für wahr, dass sie in Vernichtungslagern getötet werden.« Natalia wechselte einen Blick mit David. Und jetzt war es für Sarah klar. Sie wusste, dass David Natalia eingeweiht hatte, und sie entnahm ihren Mienen, wie es zwischen ihnen stand. Schnell senkte sie den Blick auf ihren Teller, aber sie konnte keinen Löffel in die Hand nehmen, konnte nichts mehr essen. Abrupt stand sie auf. »Mir ist nicht gut. Ich gehe nach oben.«

»Was ist los?«, fragte David.

»Mir ist schlecht. Ich glaube, es sind meine Nerven, die Aufregung ist mir auf den Magen geschlagen. Es wird schon wieder, ich muss mich nur etwas hinlegen.«

Das letzte Geheimnis. Das Ende. Sarah wünschte, sie hätte das Hotel verlassen und nach London zurückrennen können, zurück zu Irene und Mutter und Vater. Sie dachte an ihr leeres Haus, dann hatte sie eine schreckliche Vision von Charlie, der jetzt als winziger, einsamer Geist dort durch die leeren Zimmer wanderte. Sie weinte verzweifelt, aber leise, damit die anderen es nicht hörten.

Sie war überrascht, als sie merkte, dass sie vor Erschöpfung eingeschlafen war. Als Ben an ihre Tür klopfte, war es dunkel. Er sagte, sie wollten sich alle für eine letzte Besprechung unten treffen. Es war kurz vor zehn. Sie trafen sich im Büro hinter der Rezeption. David lächelte Sarah an, aber sie konnte das Lächeln nicht erwidern. Frank und Ben bemerkten es und wechselten Blicke. Natalia beobachtete David und Sarah ebenfalls, ihr Gesicht verriet nichts. *Sie hat Angst, es könnte zu einem Wutausbruch zwischen uns kommen,* dachte Sarah. *Aber das darf nicht passieren, ich muss mich zusammennehmen.*

Bert und Jane berichteten, in Rottingdean sei alles nach wie vor ganz ruhig, es bleibe wie geplant bei dem Treffen. Die Wettervorhersage sprach von klarem, kaltem Wetter. Bert trat zu einem Safe in der Wand und nahm zwei Pistolen heraus. Sarah durchfuhr es. Sie musste an ihren Vater denken, an die Pistole, die er im Großen Krieg getragen hatte. Bert überreichte Ben eine der Waffen. Natalia sagte: »Sie wissen sicher, dass ich schon eine habe?«

»Ja.« Bert sah David an. »Können Sie mit einer Pistole umgehen?«

»Ich war im Norwegen-Feldzug dabei.« Er nahm die Pistole und untersuchte sie. »Ich kann damit umgehen.« Er steckte sie in die Tasche.

Bert wandte sich an Sarah. Leise sagte er: »Und Sie, Mrs. Fitzgerald?«

Sie schüttelte den Kopf. »Ich könnte es nicht. Ich wüsste gar nicht, wie.« Sie holte tief Luft, griff in ihre Tasche und holte die Kapsel hervor, die David ihr gegeben hatte. Sie hielt sie ihm hin. »Aber ich werde dies hier gebrauchen, falls es nötig ist.«

»Das werden wir alle«, sagte Ben leise.

»Gibt es noch irgendetwas, das wir besprechen müssten, ehe wir aufbrechen?«, fragte Natalia. Sie blickte in die Runde, ihr Blick blieb an Sarah hängen. »Denn von nun an müssen wir voll und ganz auf unsere Flucht fokussiert sein.«

Sarah nickte. »Ich weiß. Ich bin bereit.«

Um halb elf stiegen sie ins Auto und verließen das Hotel. Sie fuhren nach Brighton, vorbei am Pavillon mit seinen Kuppeln, die sich vom Sternenhimmel abhoben.

Natalia fuhr, Ben saß daneben. David saß hinten, zwischen ihm und Sarah war Frank.

Sie fuhren nördlich aus Brighton hinaus in die leere, frostige Landschaft. Eine Weile war es ganz still. Dann sagte Ben: »In den Nachrichten kam, dass der Nebel in London sich aufgelöst hat.

Aber die Notfallstationen sind voll von Leuten mit Asthma und Bronchitis, und bei der Rinderausstellung in Smithfield sind Tiere verendet. Und darüber wurde mehr berichtet als über das, was in Deutschland passiert. Sie berichten einfach nur, dass Goebbels jetzt am Ruder ist. Übrigens soll es morgen windig werden, und in Schottland wird es kräftig schneien.«

»Dort bin ich zur Schule gegangen«, sagte Frank leise.

Sarah wandte sich ihm zu. Er war sehr blass und wirkte verängstigt. Aber er war ruhig, benahm sich überhaupt nicht wie ein Geisteskranker, obwohl er etwas Irritierendes, Merkwürdiges an sich hatte. Mit sanfter Stimme sagte sie: »Und danach gingen Sie nach Oxford und lernten David kennen?« Sie konnte sich vorstellen, dass David sich um Frank gekümmert und ihn beschützt hatte.

»Ja. Es tut mir leid, dass ich Sie beide in diesen Schlamassel reingezogen habe.«

»Du bist doch selbst unabsichtlich hineingeraten«, sagte David. »Eigentlich ist es doch nur ein kleiner Teil des Irrsinns, der dieses ganze Land und die ganze Welt erfasst hat, ist es nicht so?«

Frank blickte David an. »Du bist der beste Freund, den ich je in meinem Leben hatte«, sagte er plötzlich.

»Ach komm, Frank«, sagte David. »Du machst mich ganz verlegen.«

Frank wandte sich wieder an Sarah. Durch das im Wageninneren herrschende Dunkel sah sie, dass seine Augen feucht waren. »Nein, es ist wahr, und dies ist vielleicht meine letzte Chance, es dir zu sagen. Ihr Mann ist ein guter Mensch. Er kümmert sich um andere und beschützt sie. Unter Hunderten gibt es nicht einen wie ihn.«

Wieder wurde es still. Nach einer Weile kehrten sie um und fuhren nach Süden in Richtung Küste.

57

Sie fuhren nach Rottingdean hinein, an ein paar großen Häusern vorbei zum Dorfanger mit dem Teich in der Mitte, dessen Oberfläche von einer dünnen Eisschicht bedeckt war. Daneben ein Kriegerdenkmal, eine Steinsäule mit einem Kreuz darauf. Zur rechten Seite sah Frank eine Windmühle, die sich gegen den Sternenhimmel abhob. Links stieg das Gelände bis zu einer alten Kirche an. Frank dachte an den freundlichen, mutigen Pfarrer in London; wenn er ihm nicht zufällig in die Arme gelaufen wäre, wäre er im Nebel herumgeirrt, bis man ihn gefunden und festgenommen hätte, und dann … Er holte tief Luft.

Vor den großen Häusern rings um den Dorfanger standen ein paar Autos, und Natalia parkte leise und geschickt zwischen zweien von ihnen. Sie stiegen aus in die eisige Kälte. Hier brannten zwei Straßenlaternen, aber es war kein Mensch zu sehen, alle Fenster hatten dichte Vorhänge und waren dunkel.

Natalia bat sie, nicht zu sprechen und ihr so leise wie möglich zu folgen. Frank, der neben David ging, spürte sein Herz klopfen. Hinter ihnen Sarah und Ben, Natalia ging voraus. Sie bogen in eine schmale Straße mit Geschäften auf beiden Seiten ein, einige Schaufenster waren weihnachtlich dekoriert. Am Ende der Straße sah man das Mondlicht auf dem Wasser glitzern.

Frank dachte an sein Gespräch mit Natalia, um das er sie am Nachmittag gebeten hatte. In ihrem Zimmer hatte er sie zögernd gebeten, David eine Chance zu geben, seine Ehe zu retten.

Er hatte damit gerechnet, dass sie vielleicht brüsk oder herablassend reagieren würde, aber sie hatte nur in höflichem, aber bestimmtem Ton gesagt: »Das verstehst du nicht.«

»Das ist schon möglich«, hatte er erwidert. »Aber ich merke, dass Sarah ihn liebt, auch wenn sie jetzt wütend auf ihn ist. Und sie ist ihm ebenfalls nicht gleichgültig, da bin ich mir ganz sicher.«

Natalia zündete sich eine Zigarette an und neigte den Kopf. »Und wenn seine Gefühle für mich stärker sind als für sie?«

»Wenn er sie in Amerika einfach verlassen würde, stell dir vor, was für Schuldgefühle er dann erleiden müsste. David vergisst einen nicht. Denk doch daran, mich hat er auch nicht vergessen, als du ihn darum gebeten hast, mich aus der Nervenklinik zu holen.«

Natalia lächelte traurig. »Du bist genau wie mein Bruder. Dein Problem ist nicht, dass du die Dinge nicht verstehst, sondern dass du sie zu sehr hochspielst. Aber du musst es wirklich David und mir überlassen, was wir tun werden.«

»Ich weiß«, erwiderte er leise. Natalia blickte aus dem Fenster, die Arme verschränkt, mit nachdenklichem Gesicht. Dann wandte sie sich um und sah ihn an.

»Bitte, sprich nicht mit den anderen darüber. Wir müssen uns jetzt auf unsere Flucht konzentrieren.«

»Das werde ich nicht«, sagte Frank. »Aber es gibt noch etwas anderes, worum ich dich bitten wollte. Wegen heute Abend.«

Natalia bog in eine enge Straße ein, in der kleine Häuschen standen, die Fassaden mit dunklem Feuerstein verkleidet. Sie blieb vor dem zweiten Haus stehen, das wie alle anderen im Dunkel lag. Doch als sie sich der Tür näherte, wurde diese einen Spaltbreit geöffnet, offenbar waren sie schon erwartet worden. Sie flüsterte das Kennwort: »Azteke«.

Die Tür wurde weiter geöffnet, und Natalia ging hinein, die anderen hinterher. Einen Moment standen sie in völliger Dunkelheit, dann wurde Licht angeknipst, und sie sahen, dass sie sich in einem kleinen Zimmer befanden. Die Möbel sahen leicht mitgenommen aus, auf dem Kaminsims reihten sich gerahmte Fotos. Mitten im Zimmer stand ein untersetzter Mann um die vierzig in einem dicken blauen Pullover. Sein Gesicht war zerfurcht und vom Wetter gegerbt, Kinn und Wangen stoppelig, aber die kleinen dunklen Augen blickten lebhaft und scharf, als er sie musterte. »Irgendwelche Probleme?«, fragte er leise. Er hatte eine tiefe Stimme und sprach den Akzent der Südküste.

»Keine Probleme«, sagte Natalia.

»Jemanden draußen bemerkt?«

»Niemanden.«

»Wir gehen hinten raus.«

Sie folgten ihm in die unaufgeräumte Küche, wo es stark nach Fisch roch. Er zog die schmutzigen Vorhänge zu und winkte sie an den Tisch, wo Stühle und Hocker bereitstanden. »Setzen Sie sich.« Auch er setzte sich an den Tisch, die rauen Hände ineinander verschränkt.

»Okay«, sagte er. »Sagen Sie mir Ihre Vornamen.«

Sie taten es. »Und ich bin Eddie«, sagte er. »Ich bin Fischer. Ich werde Sie zum U-Boot hinausrudern. Ich habe ein großes, altes Ruderboot, das liegt unten am Strand. Ein paar von Ihnen werden mir jedoch beim Rudern helfen müssen, wir müssen ungefähr eine Meile weit raus. Ich kenne die Position und habe eine rote Taschenlampe, mit der ich signalisieren kann, wenn wir uns nähern. Sie werden das U-Boot rechtzeitig sehen, es ist sehr groß. Sie erwarten uns um eins, also müssen wir um zwölf Uhr dreißig losrudern. Aber es ist ja erst halb zwölf, also haben wir noch reichlich Zeit.« Er nickte zum dunklen Küchenfenster hin und schenkte ihnen ein zahnlückiges Lächeln, seine erste freundliche Geste. »Man muss in einem Boot genau wissen, wo man hinfährt, denn da draußen liegt eine alte versunkene Seebrücke. Ich habe hier neue Sachen für Sie, schwere dunkle Klamotten. Die werden Sie brauchen, es wird ziemlich kalt sein auf See. Alles klar?«

Alle nickten wortlos.

»Unsere Leute sind schon seit heute Morgen mit Feldstechern auf den Klippen stationiert, sie haben nichts Außergewöhnliches festgestellt. Und im Dorf ist es auch den ganzen Tag über ruhig gewesen.« Noch einmal sah er in die Runde, und sein Blick blieb an Frank hängen, wie es fast allen ging. »Sind Sie alle bereit?«

»Sind wir«, sagte Natalia.

»Hat jemand von Ihnen Erfahrung im Rudern?«

David sagte: »Ich habe in Oxford gerudert. Seitdem zwar nicht mehr, aber es wird schon gehen.«

»Gut.« Eddie hängte sich einen Feldstecher um den Hals. »Dann gehen Sie jetzt nach oben und ziehen sich um. Männer nach links, Frauen nach rechts.«

Sie gingen nach oben. Frank, David und Ben zogen sich in einer winzigen Schlafkammer ihre dicken Pullover an, dazu schwere Hosen, Stiefel und Schildmützen. Als sie fertig waren, drückte Ben sich seine Mütze schief auf den Kopf und gab eine kurze Imitation von Long John Silver mit dem entsprechenden Akzent. David gelang ein schwaches Lächeln. Er sah Frank an. »Es wird alles gut werden. Wir haben es fast geschafft.«

Frank nickte. »Du hast nicht viel gesprochen, seit wir hier sind«, sagte David. »Ist wirklich alles okay mit dir?«

»Ist es«, sagte Frank leise.

Sie traten nach draußen, Eddie voraus. Schweigend gingen sie die Hauptstraße hinab, dann überquerten sie auf ein Zeichen von ihm die Küstenstraße, die im rechten Winkel zur Hauptstraße verlief. Gegenüber war ein Hotel, dessen Aushängeschild leise in der Seebrise knarrte. In scharfem Winkel daneben führte ein steiniger Weg zwischen hohen Betonmauern zum Wasser hinunter. Dorthin folgten sie Eddie. Am unteren Ende des Weges begann die Promenade, zu beiden Seiten von Klippen begrenzt. Von der Promenade führten Stufen hinunter an den schmalen Strand. »Warten Sie einen Moment«, sagte Eddie. »Ich sehe mich mal um. Ihre Augen müssen sich erst an die Dunkelheit gewöhnen.«

Er ging weiter, die anderen blieben am Ende des Weges zwischen den Betonmauern stehen. Jetzt gab es keinerlei Beleuchtung mehr, bis auf den Halbmond, der einen Streifen silbrigen Lichts auf das Wasser warf. Frank blickte die anderen an, er fühlte sich plötzlich seltsam distanziert von allem, als hätte dies gar nichts mehr mit ihm zu tun. Plötzlich dachte er an seine Wohnung in Birmingham. Er würde sie nie wiedersehen. Und er merkte, dass es ihm egal war.

Er hörte, wie Sarah leise zu David sagte: »Ich musste eben an Mrs. Templeman denken, ich weiß nicht, warum. Aber vielleicht, weil ich gern wüsste, was sie von dieser ganzen Sache halten würde.«

»Bestimmt würde sie es richtig finden, was wir machen.«

»Und Charlie?«

»Für den wäre es ein großes Abenteuer.« Davids Stimme klang belegt.

Eddie kam zurück. »Sieht alles ruhig aus«, flüsterte er. »Wir überqueren jetzt die Promenade und gehen dann die Treppe runter zum Strand. Folgen Sie mir. Aber langsam, einer nach dem anderen, keine Eile.«

David sah zu, wie Ben hinter Eddie auf die Promenade hinaustrat. Als Nächster kam Frank, dann Sarah. Er wollte ihnen gerade folgen, als er Natalias Hand an seinem Arm spürte. Er blickte sich um. Er konnte ihr Gesicht im Schatten der Mauer nicht klar erkennen, aber es schien sehr ernst.

»Hör zu, David«, sagte sie schnell. »Wir haben nur einen Moment. Aber ich komme nicht mit euch.«

Verständnislos starrte er sie an. »Was meinst du? Du musst doch …«

»Ich will nicht nach Amerika. Dort findet dieser Kampf nicht statt. Der ist hier, in Europa, und jetzt kommt endlich der entscheidende Moment. Ich möchte dabei sein. Ich gehe nach London zurück. Und du – du gehörst zu deiner Frau.«

»Aber warum …«

Sie legte einen Finger auf seine Lippen. Er schmeckte nach Salz. Ihr braunes Haar wehte in der Brise. »Dein Freund Frank war bei mir.« Sie lächelte ironisch. »Er hat etwas gesagt, das für mich den Ausschlag gab. Außerdem – könnte ich nie wieder ein normales, geordnetes Leben führen, selbst mit dir nicht. Denn immer, wenn ich dachte, ich hätte eines, wurde es mir wieder genommen.«

Sie hörten Schritte, die von der Promenade zurückkamen; die anderen würden sich wundern, wo sie blieben. Natalia sagte: »Von jetzt an übernimmt Ben das Kommando.« Sie fasste David bei den Armen und gab ihm rasch einen Kuss. Er sah Tränen in ihren Augen. Leise sagte sie: »Ich hob dich lib.«

Er hielt sie fest. »Was hast du da gesagt?«

»Es ist das, was deine Mutter zu dir sagte. Es heißt: ›Ich liebe dich.‹ Entschuldige, dass ich es dir nicht früher erzählt habe. *Ich hob dich lib, David.*« Damit wandte sie sich um und lief schnell den Weg hinauf. In ihrer schwarzen Kleidung war sie bald verschwunden. Ben tauchte neben ihm auf, eine Hand in der Tasche, wo seine Pistole war. »Was zum Teufel ist hier los?«, zischte er aufgebracht.

»Es war Natalia«, sagte David. »Sie kommt nicht mit uns.«

»Mein Gott.« Einen Augenblick zögerte Ben und blickte den Weg hinauf.

»Sie sagte, du hast jetzt das Kommando. Jetzt komm«, fügte David leise mit zitternder Stimme hinzu. »Ich kenne nicht einmal ihren Nachnamen.«

»Den kennt niemand von uns.«

Jetzt erschien auch Sarah am Ende des Weges, neben ihr Frank und Eddie. »Was ist los?«, fragte Eddie besorgt.

»Natalia bleibt hier«, erklärte Ben.

Sarah blickte ihren Mann an. »Warum?«

Ben sagte: »Das spielt jetzt keine Rolle. Sie ist weg. Jetzt folgt ihr mir. Kommt jetzt.«

Die fünf überquerten die Promenade und stiegen die Steinstufen hinab, wobei sie sich an dem kalten, glatten Metallgeländer festhielten. Der leise zischende Rand aus Gischt war jetzt

712

sehr nahe, die Flut auf dem Höchststand. Eddie zeigte auf eine große dunkle Buhne aus Beton, die etwa zwanzig Meter entfernt lag. Das Mondlicht warf ihren Schatten daneben. »Dort ist das Boot« flüsterte er. »Jetzt gehen wir und drehen es um. Es ist Viertel nach zwölf.«

Sie gingen die wenigen Schritte zum Boot, der Kies knirschte unter ihren Füßen. Es war nicht ganz einfach, im Dunkel das Gleichgewicht zu halten. Sarah wäre beinahe ausgerutscht, und David nahm ihren Arm. Sie sah ihn an und nickte zum Dank.

Und plötzlich brach die Hölle los. Das Boot wurde wie von unsichtbarer Hand angehoben und warf Eddie und Ben zu Boden. Ein Durcheinander aus schwarzen Gestalten umringte sie, starke Hände packten Davids Arme und drehten sie ihm auf den Rücken. Er blickte wild nach links und rechts und sah, dass Frank und Sarah auf die gleiche Weise ausgeschaltet waren, festgehalten von schwarz gekleideten Männern mit schwarzen Sturmhauben und geschwärzten Gesichtern. Ein vierter Mann zerrte Eddie auf die Beine, ein weiterer kämpfte am Boden mit Ben. Ben war kräftig, aber sein Gegner war stärker, und im nächsten Moment stand auch Ben auf den Beinen, die Arme nach hinten gedreht.

Es war noch ein sechster Mann dabei, fülliger als die anderen. Er stand beim Boot und blickte um sich. »Da fehlt jemand«, sagte er mit deutschem Akzent. »Die Frau von der Resistance.« Er ging zu David, sah ihm ins Gesicht und nickte kurz. »Mr. Fitzgerald. Ich erkenne Sie von Ihren Fotos. Wo ist sie?«

»Wer?«

»Die andere Frau, die bei Ihnen sein sollte.«

»Sie ist nicht gekommen«, sagte David.

Der Deutsche runzelte verwundert die Stirn. Er nahm seine Sturmhaube ab. »Wer ist dann Ihr Anführer?«

Ben sagte: »Ich, du dämliches Nazi-Arschloch.« Der große, schlanke Mann, der ihn festhielt, verdrehte grob seinen Arm, sodass Ben aufschrie. »Kommunistenschwuchtel«, spuckte der

Mann, und David merkte, dass er Engländer war. Eddie und Frank standen reglos da. Eddies Gesicht war wütend, aber Frank schien unbeteiligt, er blickte hinaus aufs Meer. *Es ist genau das, was er schon die ganze Zeit erwartet hat,* dachte David, *und er hatte recht. Wir werden ihn doch nicht retten können.*

»Das ist der Mann, der mich im Senatshaus verhört hat. Er ist gefährlich, David«, sagte Sarah.

David sah dem Mann ins Gesicht. Unter der Holzkohle wirkte es fett und aufgedunsen, aber sein Mund war eine schmale Linie, und die Augen blickten klar und durchdringend.

»Wer hat uns verraten?«, fragte David.

Der Deutsche lächelte. »Ich habe Ihren Freund Geoffrey Drax dazu gebracht, mir etwas von Ihren Plänen zu erzählen. Aber den überwiegenden Teil habe ich mir selbst zurechtgelegt, mithilfe gewisser Funk-Abhörstationen.«

»Geoff? Mein Gott. Er lebt?«

»Jetzt nicht mehr, vermute ich. Er war schwer verletzt. Tut mir leid, er war sehr tapfer.« Er wandte sich um und trat zu Frank. »Dr. Muncaster?«, sagte er leise. »Erinnern Sie sich an mich?«

»Ja«, erwiderte Frank ebenso leise.

Gunther vollführte eine Kopfbewegung zu dem großen, schlanken Mann hin, der Ben festhielt. »Und Sie werden sich auch an Inspektor Syme erinnern, der Sie mit mir im Krankenhaus besucht hat. Sie haben uns ziemlich in Atem gehalten. Das muss auch für Sie schwierig gewesen sein, einigermaßen anstrengend, denke ich.« Er sprach voller Mitgefühl. *Der Mistkerl überlegt bereits, mit welchen Methoden er ihn am besten verhören kann,* dachte David.

Gunther seufzte. »Na ja, jetzt ist es vorbei, Frank, Sie haben Ihr Möglichstes getan. Entspannen Sie sich, reden Sie mit uns, wenn wir wieder in London sind. Mehr brauchen Sie nicht zu tun.« Er wandte sich an die anderen und sagte: »Haltet sie fest, ich will sie durchsuchen.« Systematisch durchsuchte er alle Taschen. Er fand Davids und Bens Pistolen und reichte sie an Kollwitz und Kapp weiter. Er entdeckte außerdem die Zyankalikapseln. Er hielt sie auf der Handfläche, dann blickte er Frank an. »Und Sie haben keine?«, fragte er.

Frank schüttelte den Kopf.

»Die hatten wahrscheinlich Angst, er würde sie gleich bei der ersten Gelegenheit nehmen, nach seiner Aktion im Krankenhaus«, sagte Syme spöttisch.

Gunther wandte sich an Ben. »Stimmt das?«

»Ja.« Ben blickte Frank an. »Tut mir leid, mein Freund.«

Frank drehte den Kopf, sein Gesicht bewegte sich kurz. »Ist schon gut«, murmelte er.

»Also gut«, sagte Gunther forsch. »Fesselt sie.« Er nickte in Richtung Sarah. »Die Frau zuerst. Ich decke Sie.« Er zog seine Pistole. »Keine Bewegung, Mrs. Fitzgerald, oder ich erschieße Sie. Sie sind nämlich überflüssig, das muss Ihnen klar sein. Sie haben sich die Haare gefärbt, nicht wahr? Ihr Leute von der Resistance, ihr seid so gründlich. Jetzt die Hände auf den Rücken.« Er zog mehrere Rollen Draht aus seiner Tasche.

Als Sarahs Hände gefesselt waren, warf ihr Geiselnehmer sie unsanft auf den Kies und trat zurück. Jetzt wandte Gunther sich Eddie zu. Der hatte bisher kein Wort gesprochen, aber als er gefesselt wurde, sagte er: »Mein Vater und mein Onkel fielen im Großen Krieg, sie liegen in Flandern begraben. Ich bin nur froh, dass sie ein paar von euren Leuten mitgenommen haben.« Sein Gegenüber verpasste ihm eine schallende Ohrfeige, ehe er ihn neben Sarah auf den Kies warf und ihm die Hände fesselte. Gunther blickte auf Frank, David und Ben; allen dreien wurden die Arme nach hinten gedreht. Gunther deutete auf Frank. »Jetzt er.« David sah, dass Frank zitterte, sein Atem ging schnell. Gunther zielte mit der Pistole auf sein Bein. »Ich werde Sie nicht erschießen, wir brauchen Sie lebend. Aber wenn Sie irgendwas versuchen sollten, trifft eine Kugel Ihre Kniescheibe.«

David beobachtete, wie der große Deutsche, der Frank festhielt, dessen Hände kurz losließ, um Gunther die Drahtrolle

715

abzunehmen. David dachte, er und Ben kämen als Nächste dran, dann würde es für alle vorbei sein. Der Mann, der ihn festhielt, beugte sich vor und flüsterte ihm ins Ohr: »Ich war dabei, als Sturmbannführer Hoth Ihren Freund Drax verhörte.« Er lachte leise. »Er ist sehr raffiniert, ein wahrer Meister seines Faches.«

David wandte den Kopf ab und blickte auf Sarah und Eddie, die gefesselt dalagen, bewacht von zwei Deutschen.

Plötzlich hörte man zwei Schüsse, die von den Klippen widerhallten, und die beiden Deutschen taumelten und fielen. Einer landete auf dem Kies, doch der andere fiel quer über Sarah und Eddie, und David sah, wie Blut über sie spritzte. Gunther fuhr herum. »Nehmt die Gefangenen vor euch!«, schrie er die anderen drei Männer an.

David wurde herangezerrt und neben Frank und Ben gestellt. Die drei standen mit Blick zur Promenade und bildeten einen menschlichen Schutzschild für die zwei Deutschen und den Engländer, die sie von hinten hielten. Gunther stellte sich ebenfalls hinter sie, seine Schritte knirschten auf dem Kies. Alle keuchten schwer, ihr Atem bildete Wölkchen in der kalten Luft. David dachte: *Natalia ist da, sie ist hiergeblieben und hat gesehen, wie sie uns überfallen haben.* Natalia, die Scharfschützin.

»Wie viele Angreifer?« Gunthers Stimme überschlug sich vor Wut.

Franks Geiselnehmer antwortete, mit ruhiger Stimme und schwerem deutschen Akzent. »Ich glaube, nur einer. Ich sah zwei Blitze, beide von derselben Stelle.«

»Ich will versuchen, ihn zu kriegen. Ich halte Muncaster und decke Sie gleichzeitig. Trauen Sie sich das zu, Kollwitz? Es ist offenes Gelände.«

Der Deutsche nickte zur Buhne hin. »Der Schatten dort kann mich decken.« David sah, wie der Mann, der Kollwitz hieß, Gunther mit kaltem, furchtlosem Blick ansah.

»Danke«, sagte Gunther.

David beobachtete, wie Kollwitz zur Buhne lief, geduckt, im Zickzack und erstaunlich schnell. Er blickte hinab auf Sarah, die einen toten Deutschen über sich liegen hatte, den anderen neben sich. Ihre Pistolen lagen dort, wo sie auf den Kies gefallen waren. Auf Sarahs Gesicht prangten dunkle Flecken, es musste Blut von dem Deutschen sein. Sie starrte ihn an, schwer atmend, aber mit unbewegtem Gesicht. Sie nickte kurz. Eddie blickte zur Promenade, von wo die Schüsse gekommen waren.

Kollwitz hatte das Ende der Buhne fast erreicht, als ein weiterer Schuss über den Strand hallte. Diesmal sah David einen Lichtblitz hinter der Brüstung der Promenade. Gunther sah ihn ebenfalls und erwiderte sofort das Feuer. Frank schrak zurück. David hörte einen Schrei von der Promenade, eine Frauenstimme. Er schwankte in den Armen des Mannes, der ihn hielt. Gunther blickte Ben an, das mit Kohle beschmierte Gesicht fassungslos vor Wut. »Das ist sie, nicht wahr, die Frau von der Resistance? Du hast sie dort postiert, als Wache. Jetzt sind zwei meiner Männer tot, du verlogener Bastard!«

Ben antwortete nicht. David sah, wie Kollwitz, dunkel und geduckt, die Treppe hinaufschlich. Er sah ihn auf der Promenade auf und ab gehen, als suche er etwas, dann winkte er zum Zeichen, dass sie sicher waren.

David dachte: *Liegt Natalia jetzt leblos dort oben?* Er sah die dunkle Gestalt des Deutschen die Treppe herabkommen, auf sie zu. Er hatte eine zweite Pistole in der Hand. Er sagte zu Gunther: »Sieht aus, als hätten Sie ihn getroffen. Diese Pistole lag auf der Promenade, und auf dem Weg zur Küstenstraße verläuft eine Blutspur. Ziemlich viel, er ist verletzt.«

»*Sie* ist verletzt«, korrigierte Gunther ihn. »Das war die Frau. Es wird etwas dauern, bis sie zu ihren Leuten stößt, falls sie es überhaupt schafft.«

»Ich hielt es für besser, sie nicht zu verfolgen«, sagte Kollwitz. »Sie dürfte jetzt nicht mehr gefährlich sein.«

Gunther nickte. Er holte tief Luft. »In Ordnung, fesseln wir jetzt die anderen. Sie als Nächstes«, sagte er zu Frank und ließ seine Arme los, während er in seiner Tasche nach Draht suchte. Frank bebte regelrecht.

Und dann begann er zu laufen. Fast hätte er auf dem losen Kies das Gleichgewicht verloren, aber er fing sich wieder und stolperte weiter, auf den weißen Rand aus flüsternder Gischt zu. Sie war dicht vor ihm, die Flut auf dem Höchststand.

Syme, der Ben festhielt, lachte. »Was machst du da, du dämliches Arschloch?«

Aber Gunther hob die Pistole. »Halt!«, schrie er. »Was machen Sie da?« Frank stolperte weiter, jetzt war er beinahe im Wasser. Gunther ließ die Pistole sinken, zielte auf Franks Beine und schoss. Frank brach stöhnend zusammen. Gunther ging zu ihm, beugte sich hinab und drehte ihn um. David sah Franks bleiches Gesicht.

»Warum haben Sie das getan?«, fragte Gunther. Er klang gereizt, wie ein Schulmeister, dessen Schüler eine Dummheit begangen hat. Frank antwortete nicht. Gunther sah sich sein Bein an. »Es ist nur eine Fleischwunde«, sagte er beruhigend. »Wir werden uns darum kümmern.« Er nahm seinen dicken Schal ab und fing an, Frank einen Druckverband zu legen. Gunther rief Syme zu: »Kommen Sie mal rüber, helfen Sie mir, ihn aufzurichten. Kollwitz und Kapp, Sie bewachen die anderen zwei.«

Kollwitz nahm Symes Platz ein und hielt Bens Arme nach hinten gedreht, während der schlaksige Mann von der Spezialeinheit Gunther zu Hilfe eilte. Zusammen zogen sie Frank auf die Beine. Der Deutsche ließ Syme Franks ganzes Gewicht halten. Frank stand auf einem Bein, auf Syme gestützt, seine Hose unter dem Druckverband schwarz von Blut. Gunther zog eine kleine Taschenlampe hervor und leuchtete in Franks Gesicht. Es war weiß und reglos, die Augen groß und starr. »Legen Sie kein Gewicht auf Ihr verletztes Bein«, sagte Gunther. »Wir helfen Ihnen dort zum Boot, da können Sie sich hinsetzen.«

Frank legte sein gesamtes Gewicht auf sein unverletztes linkes

Bein. Dann tat er einen langen, erschauernden Atemzug und präsentierte Gunther sein großes, humorloses Grinsen, die alte Muncaster-Grimasse. Aber diesmal war da noch etwas anderes. Frank hatte etwas zwischen den Zähnen. Gunther schrie: »Nein!«, aber im selben Augenblick biss Frank fest zu, und David hörte das leise Knirschen von Glas. Frank zuckte krampfhaft und ließ sich absichtlich vornüberfallen, um den Deutschen und Syme aus dem Gleichgewicht zu bringen. Gunthers Füße rutschten auf den glatten Kieseln aus, und er fiel rückwärts hin, dann Frank auf ihn. *Natalia muss ihm ihre Kapsel gegeben haben*, dachte David. Er hatte sie offenbar doch überredet. Und er musste sie schon im Mund gehabt haben, als sie in Rottingdean aus dem Wagen gestiegen waren, deshalb hatte er kaum noch gesprochen. Und jetzt war er tot. Frank war tot.

Einen Moment lang standen alle unter Schock, und Ben nutzte die Gelegenheit, um sich heftig rückwärts gegen Kollwitz zu werfen, der seine Arme festhielt. Der Mann verlor das Gleichgewicht und taumelte, Ben riss sich los. David stemmte die Fersen in den Kies und versuchte das Gleiche, doch der Mann, der ihn hielt, packte nur noch fester zu und stieß ein wütendes Knurren aus. Kollwitz hatte sich wieder gefangen und griff nach seiner Pistole, aber Ben war schneller, stürzte sich auf eine der Waffen, die neben Sarah und Eddie lagen, setzte sie an und schoss dem blonden Deutschen mitten in die Brust. Während er zusammenbrach, stieß der Mann, der David festhielt, diesen von sich und zielte auf Ben. Er und Ben schossen gleichzeitig. Beide trafen. Beide stürzten in den Kies. Der Deutsche hatte ein Einschussloch in der Stirn und war tot. Ben wand sich vor Schmerzen und umklammerte seine Schulter.

Jetzt war der Strand geradezu übersät von Menschen: Tote, Gefesselte und Verletzte. Gunther arbeitete sich mühsam unter Franks Leiche hervor. Nur David und Syme standen noch aufrecht da und funkelten sich wütend an. Syme griff in seine Tasche, zog seine Pistole und zielte auf David. »Keine Bewegung, Freundchen«, sagte er grimmig, jetzt in breitem Cockney. »Hände hoch!«

David hob die Arme über seinen Kopf und starrte Syme ins Gesicht.

Nachdem es Gunther gelungen war, sich von Franks Leiche zu befreien, stand er zunächst nicht auf, sondern kniete sich hin und blickte den Mann an, den er quer durch ganz England verfolgt hatte. Noch einmal richtete er die Taschenlampe auf sein Gesicht. David sah Franks Augen, sein Blick genauso starr und leer wie Charlies an jenem schrecklichen Tag, mit dem eingefrorenen Muncaster-Grinsen und winzigen Glassplittern zwischen den Zähnen. Gunther streckte die Hände aus und packte Frank bei den Schultern, dann senkte er den Kopf. Syme blickte David an. »Okay, du Arschloch, Hände auf den Rücken. Wir fesseln dich. Du kannst der Spezialeinheit immer noch nützen. Hoth, decken Sie mich.« Einen Moment sah Gunther ihn wie geistesabwesend an. »*Verdammt, Sie sollen mich decken!*« Symes Stimme hallte über den Strand.

»Ja – ja, natürlich.« Gunther riss sich zusammen, tastete nach seiner Pistole und richtete sie auf David. Gleich hinter Sarah und Eddie lag Ben noch immer am Boden und umklammerte stöhnend seine Schulter, seine Pistole neben sich. Wütend sah Syme ihn an. »Hör auf mit diesem Gejammer, du Arschloch!«

»Ihr habt mir meinen halben verdammten Arm abgeschossen!«, rief Ben.

»Ich werde dafür sorgen, dass du für immer still bist!« Damit ging Syme mit erhobener Pistole auf ihn zu, vorbei an Sarah und Eddie. David sah, wie Sarah sich gegen den Boden stemmte, dann beide Füße anhob und mit aller Kraft zustieß, Syme direkt in den Schritt. Mit einem Schrei krümmte er sich zusammen und ließ dabei die Waffe fallen, direkt neben Sarahs Gesicht. Er wollte sie aufheben, aber sie reckte den Hals und biss ihn, so fest sie konnte, in die Hand. »Verfluchte Schlampe!«, schrie er und stolperte davon, ehe er, vor Schmerz aufheulend, auf dem Kies zusammenbrach.

David stürzte sich auf Symes Waffe, gleichzeitig hörte er einen Schuss von den Kieseln abprallen. Gunther. Er fuhr herum und schoss Gunther in den Arm, sodass dessen Pistole in hohem Bogen davonflog und Blut aufspritzte. Verdutzt blickte Gunther auf seinen Arm, dann auf David, der auf ihn zukam und mit Symes Waffe auf die breite, mit Holzkohle verschmierte Stirn des Deutschen zielte. Ben hinter ihm stöhnte immer noch, und Syme lag, wie ein Fötus gekrümmt, am Boden und heulte vor Schmerzen. Vielleicht hatten Sarahs schwere Stiefel ihm die Eier zerquetscht, hoffte David. Seine Frau hatte ihn gerettet.

Er blickte dem Deutschen ins Gesicht. Es wirkte weder hart noch grausam, wie David erwartet hatte, auch nicht furchtsam, sondern eher traurig und unendlich erschöpft. David bemerkte plötzlich, wie kalt es war, seine Füße waren zu Eis erstarrt, und die Hand, welche die Pistole hielt, war fast ebenso kalt.

Der Deutsche stand da und schien das Blut seines verletzten Armes gar nicht zu bemerken, das am Mantel herablief. Mit einem traurigen, ironischen Lächeln sah er David an und schüttelte leicht den Kopf. Leise sagte er: »Sie werden nicht gewinnen. Sie haben unseren Sieg nur ein wenig verzögert. Zu mehr werden Sie auch niemals fähig sein.« Etwas lauter rief er: »Für Deutschland!«, und gleichzeitig erfolgten ein Schuss und ein Lichtblitz, als David ihm zwischen die Augen schoss. Gunther fiel rückwärts um, mit zerschmetterter Stirn, aus der Blut und Hirnmasse quollen, schwarz und weiß im Mondlicht. Auf seinem Gesicht lag immer noch dieses ironische Lächeln, als wisse er es besser, selbst jetzt. Neben ihm lag Frank mit dem eingefrorenen Muncaster-Grinsen. David blickte zurück zu Syme, der sich mühsam aufrappelte, die Hände zwischen den Beinen. David zielte mit der Pistole auf ihn, und er hob die Hände. Ohne den Blick von ihm abzuwenden, streckte David die Hand aus und schloss Frank sanft die Augen.

Plötzlich hörte er Kies knirschen. Syme lief davon, langsam und qualvoll, in Richtung Promenade. David schoss auf ihn, traf aber nicht. Seine Hand war derart taub vor Kälte, dass er nicht mehr richtig zielen konnte. Syme erreichte die Stufen und schickte sich an, zur Promenade hinaufzusteigen. David schoss erneut, und diesmal traf er. Syme ging zu Boden. Aber er lebte noch. Mühsam kroch er auf allen vieren die Stufen hinauf. David, dessen Beinmuskeln vor Kälte schmerzten, wollte hinrennen, aber Eddie, der noch immer am Boden lag, rief: »Nein! Sie müssen zusehen, dass wir ins Boot kommen! Es ist gerade noch Zeit, das U-Boot zu erreichen! Aber ganz knapp!«

Einen Moment stand David unschlüssig da. Er blickte auf seine Uhr. Es war Viertel vor eins. All das Grauen und Morden hatte gerade mal eine halbe Stunde gedauert. Syme hatte jetzt das obere Ende der Treppe erreicht und kroch auf die Promenade. Wieder hob David die Pistole, aber Sarah rief: »Nein, David! Lass ihn! Du musst uns jetzt helfen, damit wir loskommen! Und Ben ist verletzt!«

Eddie sagte: »Wenn wir nicht bald dort sind, ist das U-Boot weg. Schnell, nehmen Sie uns die Fesseln ab!«

David dachte an Natalia. Er hoffte verzweifelt, dass sie entkommen konnte. Dann blickte er Sarah an und nickte. Er ging zu Ben. Der sah schlecht aus, sein Gesicht schmerzverzerrt, aus einer Wunde in seiner Schulter sickerte Blut. David konnte den weißen Knochen sehen. Ben sagte: »Ich spüre meinen Arm nicht mehr.«

»Wir bringen dich aufs U-Boot, dort bist du sicher.«

Ben betrachtete die Leichen am Strand. »Aber diesen elenden Nazis haben wir's gezeigt, was?«

»Ja, allerdings.«

Er blickte zum Wasser. »Frank ist tot, nicht wahr? Was ist passiert? Ich konnte nichts sehen.«

»Er hatte eine Giftkapsel. Natalia muss sie ihm gegeben haben.«

Ben kamen die Tränen. »Armer Frankie. Armer kleiner Kerl.«

Halb erfroren, durchnässt und immer noch unter Schock fingen David und Eddie an zu rudern, so schnell sie konnten. Draußen auf See war der Wind etwas stärker, und es war bitterkalt. Ben lag im Boot. Sarah öffnete seinen Mantel, sie hatte ihren Pullover ausgezogen und drückte ihn gegen Bens Schulter, um die Blutung zu stillen.

Sie waren bereits in einiger Entfernung vom Ufer, als David sich umwandte. Er sah die Reihe der Kalkklippen, die sich nach Osten erstreckten, die Sieben Schwestern. Einen Augenblick war ihm, als sähe er oben auf den Klippen eine Bewegung. »Eddie«, sagte er, »könnte ich mal das Fernglas haben?«

»Was ist los?«, fragte dieser mit scharfer Stimme.

»Ich dachte, ich hätte jemanden gesehen, da oben auf den Klippen.«

»Machen Sie schnell.« Eddie gab David das Fernglas. Einen Arm auf die Dolle gestützt, suchte David den oberen Rand der Klippen ab. Er sah zwei Gestalten, eine Frau mit langem Haar, die sich auf einen Mann stützte. Die Frau winkte hinaus aufs Meer. *Es ist Natalia*, dachte er, *sie hat es geschafft. Sie hat einen der Posten von der Resistance getroffen.*

»Jemand da?«, fragte Eddie besorgt.

»Ich glaube, ich habe eine Frau winken sehen. Es könnte Natalia gewesen sein.« Er blickte zu Sarah, aber die war mit Ben beschäftigt und sah nicht auf. »Jetzt ist er bewusstlos«, sagte sie. »Es geht ihm schlecht.«

Eddie und David ruderten, so schnell sie konnten. Neben Eddie lag ein Kompass, mit dem er Davids Richtung leicht korrigierte. Die Stille hier draußen auf See war unheimlich nach den Schüssen und den Schreien am Strand. David sah auf die Uhr. Fast Viertel nach. »Nicht mehr weit«, sagte Eddie. »Ganz gerade bleiben jetzt.«

David sah ihn an. »Kommen Sie mit nach Amerika?«

Der Fischer spuckte ins Wasser. »Höchst unwahrscheinlich. Ich habe mein ganzes Leben in Sussex verbracht, das ist meine

Heimat.« Er zeigte sein zahnlückiges Grinsen. »Wissen Sie, seit es mit dem Abkommen von 1940 diese Handelszölle zwischen Großbritannien und Europa gibt, ist der Schmuggel wieder aufgeblüht. Französisches Parfüm, ein großer Renner. Davon lebe ich nicht schlecht.«

»Ist es denn sicher für Sie, wenn Sie zurückkehren?«, fragte Sarah. »Wenn Syme überlebt, könnte er Sie identifizieren.«

»Ich habe Freunde die ganze Küste entlang, die meisten davon bei der Resistance. Mir wird nichts passieren.«

»Warum sind Sie dabei?«, fragte David.

»Weil ich mir nicht gern von Nazis und Faschisten sagen lasse, was ich tun oder lassen soll. So einfach ist das, mein Freund. Und das ist Grund genug.«

»Wenn man den Mut dazu hat«, sagte Sarah.

Es war unerträglich kalt. David spürte seine Hände kaum noch. Er blickte Sarah an. »Wie sieht es mit Ben aus?«

»Er ist ruhig.« Sie sah ihn an und fragte: »Warum ist Natalia nicht mitgekommen?«

David antwortete nicht, er beugte sich tief über die Ruder. Dann spürte er eine Hand am Arm und blickte auf. Sarah lächelte ihn an, mit blutigem Gesicht, aber es war ihr altes, beruhigendes Lächeln, ein Lächeln, das er nicht verdient hatte. Traurig lächelte auch er sie an. Jetzt sprang Eddie auf und zeigte auf etwas. »Sehen Sie!«, rief er. »Dort drüben!«

Sie drehten sich um.

Vor ihnen erhob sich eine hohe Wand aus dem Wasser, dunkel, wie ein Wal. Eddie nahm seine Taschenlampe und blinkte eine Reihe von roten Signalen. Bald darauf wurde mit roten Signalen geantwortet. Sie ruderten schneller. Jetzt sahen sie einen riesigen, zigarrenförmigen Umriss, die Seiten nass und glitschig. Sie sahen eine Reling und ein langes Geschützrohr. Als sie sich ihm näherten, erhob sich das U-Boot über ihnen wie ein Turm, sie erkannten den Kommandoturm mit den Periskopen, dunkle Gestalten, die sich davor bewegten. Die Luke im Kommandoturm öffnete sich, und ein grelles Licht, das sie für einen Moment blendete, ergoss sich über sie.

David rief das Passwort: »Azteke!«

Das Ruderboot stieß gegen die Seite des U-Bootes, dessen dunkle Flanken im Mondschein glänzten. Eine der Gestalten neben dem Kommandoturm warf ihnen ein Tau zu, Eddie fing es auf und machte es fest.

»Azteke, richtig«, rief eine zuversichtliche Stimme zurück. »Jetzt holen wir Sie erst mal an Bord!«

Epilog

Oktober 1953
Zehn Monate später

Ihre frühmorgendliche Ankunft in Chartwell war geheim gehalten worden – drei große anonyme Limousinen, die in gleichmäßigem Tempo die schmalen Landstraßen entlangfuhren und das Herbstlaub aufwirbelten. Als Konferenzraum diente das große Speisezimmer mit dem Blick auf Rasen und Teich, wo sie um den Esstisch saßen. Es waren keine Staatsbeamten zugegen, nur für jede Seite ein Protokollant: Jock Colville für die britische Resistance und ein Sekretär aus dem Büro des Premierministers für die Regierung.

Colville hatte Beaverbrook seit 1940 nicht mehr persönlich gesehen. Der Premierminister war gedämpfter Stimmung, von seiner üblichen Energie und Wortgewalt war nichts zu spüren, er ließ seine runden Schultern hängen, und sein zerfurchtes Gesicht war blass. Er wurde begleitet von drei der wichtigsten Minister seines Kabinetts. Außenminister Rab Butler begrüßte die Unterhändler der Resistance sehr jovial wie alte Freunde, die er in seinem Club lange nicht mehr gesehen hatte. Ben Greene allerdings, der Vorsitzende von Labour in der Koalition, wirkte bereits jetzt wie geschlagen. Sein mächtiger, fetter Körper war über dem Tisch zusammengesackt. Allein Enoch Powell wirkte trotzig. Sein schmales, bleiches Gesicht drückte Ärger und Verachtung aus, und seine Stimme klang kalt und hart, während seine Augen jedoch wie immer vor Leidenschaft brannten.

Die Vertreter der Resistance waren, abgesehen von Churchill, drei Politiker mit Schlüsselrollen, die ihm seit dem Abkommen von 1940 treu gefolgt waren. Clement Attlee und Harold Macmillan traten beide betont formell und mit einem Ausdruck von Bedauern gegenüber den Männern auf, die sie zu Gesetzesbrechern gemacht hatten und sie hatten festnehmen und töten wollen; Aneurin Bevan dagegen konnte seinen Triumph nicht verbergen.

Colville hatte sich um Churchill Sorgen gemacht, denn der alte Mann baute ab. Er hatte im Frühjahr einen Schlaganfall erlitten, und obwohl er sich körperlich wieder erholt hatte, machten sich das Schwinden seiner geistigen Fähigkeiten und der Mangel an Konzentrationsvermögen, der sich im Laufe der letzten Jahre eingestellt hatte, inzwischen immer deutlicher bemerkbar. Manchmal allerdings, wie auch an diesem Morgen, konnte Churchill sein Potenzial noch mit erstaunlicher Wirkung einsetzen. Er überließ das Reden weitgehend seinen Kollegen, beherrschte aber die Runde, indem er seine alten Feinde finster und voller Verachtung anblickte und nur gelegentlich mit scharfen und treffsicheren Bemerkungen eingriff.

Seit Hitlers Tod im vergangenen Dezember hatten sich die Ereignisse überstürzt. Nach anfänglichem Zögern konnte Goebbels sich nicht entschließen, sich der SS zu widersetzen, die ihrerseits fest entschlossen war, den Krieg in Russland bis zum bitteren Ende durchzustehen. Im März hatte sich eine Gruppe von Offizieren aus der Armee, zusammen mit Albert Speer und einflussreichen Männern aus der deutschen Wirtschaft, mit Teilen der Parteiführung verbündet, die ebenfalls überzeugt waren, dass der russische Krieg nicht zu gewinnen war. Im Laufe eines Militärputsches hatten sie Goebbels getötet und sich auf einen dauerhaften Vergleich unter Berücksichtigung »russischer Interessen« geeinigt, ehe der Krieg Deutschland und Europa völlig in den Ruin trieb. Man hatte mit Russland einen vorläufigen Waffenstillstand geschlossen. Aber Himmler und seine SS, mindestens eine Million Mann stark, hatten sofort zum Gegenschlag ausgeholt, wobei sie von der Mehrheit der Partei unterstützt wurden. In Deutschland selbst war es zum Bürgerkrieg gekommen, bei dem beide Seiten sich mit derselben Grausamkeit bekämpften, die sie vorher gegenüber ihren unterlegenen Feinden gezeigt hatten, wobei die deutsche Zivilbevölkerung aufs Land floh oder sich in Kellern versteckte. Auch in Russland hatten Wehrmacht und Waffen-SS begonnen, sich zu bekämpfen. Hitler hatte zwanzig Jahre lang alle Macht in Händen gehalten, und nun, nach seinem Tod, war das gesamte wankende Gebäude aus gegenseitiger Missgunst und Rivalität zusammengebrochen. Diese chaotische Situation machte Russland sich zunutze, man kündigte den Waffenstillstand auf und begann, Richtung Westen zu marschieren.

Die Wehrmacht hatte mit einem schnellen Sieg gerechnet, aber der Bürgerkrieg dauerte mehr als sechs Monate, bis die Armee langsam die deutschen Gebiete wieder fest unter Kontrolle hatte. Sie wurde von der Marine und dem größten Teil der deutschen Bevölkerung unterstützt, und es war ein offenes Geheimnis, dass die Amerikaner, deren Präsident jetzt Adlai Stevenson hieß, die Armee über Hamburg mit wichtigem Nachschub versorgte. Doch unter Himmler, der sich zum neuen Führer erklärt hatte, und Heydrich, seinem Vize, kämpften die SS-Truppen überall bis zum letzten Mann. Erst vor einer Woche war Wien gefallen, und was von den Nazi-Truppen noch übrig war, fand sich jetzt in den engen Tälern der bayrischen und österreichischen Alpen eingeschlossen, wo ihnen die Verpflegung und der Treibstoff ausgingen. Die Ostfront war völlig zusammengebrochen, und die Truppen der Sowjets drängten gen Westen, schneller und raumgreifender, als man es je erwartet hätte. Sie hatten schreckliche Dinge vorgefunden, Arbeitslager, genauso schlimm wie alles, was Stalin jemals geschaffen hatte, Gaskammern und Krematorien. Jetzt kontrollierten sie bereits den größten Teil der Ukraine und einen östlichen Teil Polens. Vor einer Woche waren sie auf die Krim vorgedrungen, man hörte Gerüchte über wahre

Massaker an deutschen Siedlern. Ohne den Rückhalt durch die deutschen Truppen schwankten und fielen die europäischen Satellitenregierungen; überall im Osten wurden deutschstämmige Bewohner, die jahrhundertelang friedlich dort gelebt hatten, ermordet oder mussten nach Westen fliehen. In Frankreich fanden geheime Gespräche statt zwischen der Petain-Laval-Regierung und der französischen Resistance; die französischen Juden waren aus den Internierungslagern befreit worden, wo man sie monatelang festgehalten hatte. In Italien war Mussolini von seiner eigenen faschistischen Partei abgesetzt und in Spanien General Franco soeben gestürzt und von einer Gruppe von Offizieren erschossen worden. Ganz Europa war in Aufruhr, und mancherorts wurde noch gekämpft. In Großbritannien war es im Senatshaus zu einer offenen Schlacht gekommen, Rommel mit der Armee gegen die SS. Die Armee hatte sich durchgesetzt. Rommel war nach wie vor Botschafter, und diejenigen aus der SS-Faktion, die nicht getötet worden waren, saßen jetzt im Gefängnis. Rommel versprach Wahlen in Deutschland, sobald der Bürgerkrieg vorüber war. Jetzt hatte die Stunde Großbritanniens geschlagen.

Am großen Esstisch in Chartwell bot Beaverbrook Churchill einen hohen Posten in einer Regierung der Nationalen Einheit an, eine neue Regierung, in der alle hier versammelten Männer gemeinsam wirken sollten. Ausgeschlossen waren natürlich Mosley und seine Faschisten. Churchill allerdings lehnte brüsk ab; er bestand darauf, allein die britische Resistance habe das moralische Recht zum Regieren. Sie würden sich mit den Leuten von Mosley befassen, die dagegen waren, und dann Wahlen abhalten.

»Die Faschisten werden an ihrer Macht festhalten wollen«, sagte Beaverbrook. »Es wäre besser für Sie, uns auf Ihrer Seite zu haben, um mit ihnen zu verhandeln.«

»Auf Sie kommt es jetzt nicht mehr an«, erwiderte Bevan brutal. »Und was die an Macht besitzen, verdanken sie nur Ihnen.«

Beaverbrook wirkte fassungslos. »Wir waren immer Freunde, Nye.«

»Das war mein Fehler. Den ich vor langer Zeit begangen habe.«

Beaverbrook breitete die Arme aus. »Die Juden werden aus den Lagern entlassen werden. Das habe ich bereits öffentlich bekannt gegeben. Ich wollte sie nie festnehmen lassen.«

»Und sie werden ihre Häuser und ihren Besitz zurückerhalten«, sagte Churchill mit Entschiedenheit. »Diese Bonzen, die Sie und Mosley unterstützt haben und die sich in den Häusern eingenistet haben, werden rausgeschmissen.«

»Das könnte ein Problem werden …«

»Rausgeschmissen!«, brüllte Churchill. »Das ganze verdammte Pack!«

»Also gut. Ich bin auch bereit, Mosley als Innenminister zu entlassen. Damit zeigen wir doch unseren guten Willen.«

»Aber wird Mosley anstandslos gehen?«, fragte Attlee. Bisher hatte er wenig gesagt und nur still seine Pfeife geraucht, doch seinen Augen entging nichts. »Seine Leute sind dagegen, dass die Juden freikommen sollen. Ganz vernünftig deshalb, jetzt die Lager von der Armee bewachen zu lassen. Wenn das noch immer Aufgabe der Hilfspolizei wäre, würden die sich Ihren Befehlen wahrscheinlich widersetzen.«

»Ich werde die Hilfspolizei auflösen.« Beaverbrook sprach laut. »Aber wenn die und Mosleys Leute gegen eine neue Regierung sind, brauchen Sie den alten Polizeiapparat, die Armee und alle Kräfte auf Ihrer Seite, die für Ruhe und Frieden sorgen können. Glauben Sie denn, die werden Ihnen gehorchen, wenn meine Leute und ich Sie nicht unterstützen? Wir haben dieses Land zwölf Jahre lang regiert. Die Hälfte unserer Leute sind Sozialisten, Sie haben die Polizei und die Armee auf den Straßen bekämpft. Was ist, wenn die Hüter von Recht und Ordnung sich Ihnen widersetzen? Wollen Sie dann die Roten bewaffnen, um sie zu bekämpfen? Fabrikarbeiter und Bergleute?«

»Die kämpfen ohnehin schon«, erwiderte Bevan leise. Attlee nickte.

Churchill blickte Beaverbrook an. »Wenn Sie gehen, dann wird jeder vernünftige Mensch merken, dass es mit der autoritären Regierung vorbei ist, und sie werden von Ihrer Seite auf unsere überschwenken, um ihre Haut zu retten. Es geschieht bereits.« Er beugte sich über den Tisch. »Und die, die es nicht tun, die Fanatiker, Mosleys Schwarzhemden, mit denen werden wir uns befassen, ganz egal, welche Kräfte wir dazu einsetzen müssen. Der Wind hat sich gedreht, Max, wie ich es habe kommen sehen. Wie Bevan gerade sagte, Sie zählen jetzt nicht mehr.«

»Und was passiert mit Indien?«, bellte Powell. Herausfordernd blickte er Churchill an. »Sie waren Ihr Leben lang gegen eine Unabhängigkeit Indiens. Sie nannten Gandhi einen halb nackten Fakir. Aber diese Leute, Ihre Leute« – er deutete auf Attlee und Bevan – »die sind der Meinung, wir sollten den Indern ihr Land überlassen.«

»Wir können Indien nicht länger halten«, sagte Churchill mit schwerer Stimme. »Vielleicht habe ich mich geirrt. Auf jeden Fall habe ich verloren.«

Powell starrte wütend in die Runde. »Indien gehört *uns*«, sagte er mit seiner harten, nasalen Stimme. Colville fragte sich, ob Powell, der radikalste Nationalist von allen, am Ende vielleicht sogar auf Seiten Mosleys kämpfen würde.

Nicht aber Beaverbrook. Als der alte Mann jetzt das Wort ergriff, zitterten seine Lippen. »Und wenn ich zustimme und gehe, was wird dann aus mir?«, fragte er. »Und aus den anderen hier am Tisch?«

Churchill antwortete nicht sofort. Schließlich sagte er: »Wenn Sie versprechen, still und leise abzutreten, dann werden wir Sie still und leise abtreten lassen.«

»Ziehen Sie sich auf Ihren Landsitz zurück«, sagte Bevan spöttisch.

»Nein, Sie werden außer Landes gehen, Max«, sagte Churchill. Er machte eine lässige Handbewegung. »Vielleicht nimmt Kanada Sie ja wieder auf, ich weiß es nicht.«

»Meine Zeitungen …«

»Die geben Sie auf«, sagte Bevan mit fester Stimme. »Zwei oder drei Eigentümer, die ihre Vorurteile im Land verbreiten, sind keine freie Presse. Ihre Zeitungen werden verkauft, jede an einen anderen.«

Beaverbrook brauste auf. »Sie wollen mich ins Exil schicken, weil Sie wissen, dass das Volk sich um mich scharen wird …«

»Nein«, sagte Attlee mit fester Stimme. »Weil Sie ein Gift sind. Was Sie schon immer waren.«

Als Beaverbrook und seine Leute gingen, um sich mit dem Rest ihres Kabinetts zu besprechen, wussten die Verantwortlichen der Resistance, dass sie gewonnen hatten. Die meisten waren in Hochstimmung, doch Churchill wirkte erschöpft. Nach einigen Minuten bat er die anderen, ihn mit Colville allein zu lassen.

Als sie gegangen waren, stand er auf, langsam und unter Schmerzen, und setzte sich in seinen Lehnstuhl. »Whiskey, Jock«, sagte er müde. »Und für Sie auch einen.« Er steckte sich eine Zigarre zwischen die Zähne, zündete sie an und biss fest zu.

Colville stand neben ihm. Mit ernstem Gesicht starrte Churchill aus dem Fenster auf den Rasen, der mit Herbstlaub übersät war. »Es wird einen Kampf geben«, sagte er. »Vielleicht schon bald. Mosley wird nicht so einfach aufgeben. Die kleinen Beaverbrook-Leute sind jetzt nicht mehr wichtig, wie ich schon sagte, aber Mosley und seine Leute sind bewaffnet. Und die Hilfspolizei wird sie unterstützen.«

»Nicht alle«, erwiderte Colville. »Einige sind schon auf unserer Seite. Erinnern Sie sich an diesen Inspektor Syme, der bei dieser Muncaster-Affäre dabei war? Er fing sich eine Schussverletzung am Bein ein, hat aber überlebt.« Churchill nickte knurrend. »Er kam letzten Monat auf uns zu. Er kennt eine Menge einflussreicher Leute, von denen man annehmen kann, dass sie sich auf unsere Seite schlagen. Wir könnten ihm eine Stelle im neuen Polizeiapparat übertragen, irgendwo hinter den Kulissen.«

»Diese Teufel, mit denen wir uns jetzt abgeben müssen«, brummte Churchill. Er schien in Trübsinn versunken, sein »schwarzer Hund« war ins Zimmer geschlichen. »Wer weiß, vielleicht gibt Beaverbrook seinen Leuten sogar Befehl, uns heute Abend zu verhaften.«

»Das werden sie nicht tun, Sir. Die wissen, dass es für sie aus ist. Sie werden jetzt alle versuchen, ihre Haut zu retten und festzuhalten, was sie nur können. Es könnte aber eine gute Idee sein, die Amerikaner darum zu bitten zu erklären, dass sie eine neue Regierung in Großbritannien sehr begrüßen würden. Das haben sie gestern gegenüber Frankreich auch getan.«

»Gute Idee, in der Tat.« Churchill nickte, wieder etwas optimistischer. »Rufen Sie im Weißen Haus an, gleich jetzt.«

Colville zögerte. »Wir werden es vorsichtig formulieren müssen. Stevenson hält zwar nichts von der Abschottungspolitik, aber er hat Angst vor einer Revolution in Europa. Und Beaverbrook hatte recht. Wenn die Faschisten Widerstand leisten, müssen wir – was sagten sie doch gleich im Spanischen Bürgerkrieg? Bewaffnet die Arbeiter?«

»Die sind bereits bewaffnet. Und Attlee und Bevan sind festgelegt auf freie Wahlen, waren sie schon immer.« Churchill nickte. »Und bald haben wir sie auch wieder.« Sein Gesicht wurde finster, und er sah Colville an. »Was halten Sie von diesen Gerüchten aus Russland? Dass man Chruschtschow gestürzt hat?«

»Ich glaube, das könnte wahr sein, Sir. Teile des KGB und der staatlichen Industrien behaupten, Moskau zu kontrollieren und einen kapitalistischen Staat gründen zu wollen, ähnlich dem, was die Deutschen östlich von Astrachan in Russland geplant hatten, nur noch größer und auf nationalistischer Basis. Das wird große Zustimmung finden. Die Russen wollen den Kommunismus nicht wiederhaben.«

»Und wer sind die Leute an der Spitze dieser Bewegung?«

»Zwei Unbekannte. Der Oberbürgermeister von Moskau und ein Mann vom KGB. Ich befürchte, eine solche Führung wäre ziemlich korrupt. Das war die Sowjetunion ja ohnehin. Übrigens haben Polen und die Baltischen Staaten sich für unabhängig erklärt. Die kämpfen jetzt gleichzeitig sowohl gegen Deutschland als auch Russland.«

Churchill schüttelte bedauernd den Kopf. »Also wird es weitergehen, zumindest noch für einige Zeit, dieses endlose Elend. Wenn wir 1940 hart geblieben wären, könnte alles längst vorbei sein.« Er senkte den Kopf.

»Werden Sie bei der Wahl für das Amt des Premiers kandidieren?«, fragte Colville.

»Ich weiß nicht. Alt sein ist die Hölle. Besonders ohne Clemmie.« Churchill schwieg einen Moment, dann sah er Colville scharf an. »Aber falls ich es nicht tue, dann sollte Macmillan für die Konservativen kandidieren, nicht Eden. Anthony schafft das nicht.«

»Und Bevan könnte Labour-Kandidat sein. Viele ihrer Leute wollen ihn. Sie halten Attlee für zu alt, zu gemäßigt. Bevan könnte gewinnen. Ein Vollblutsozialist.«

»Wenn die Leute das so wollen, ist es ihre Angelegenheit. Hauptsache, diese schrecklichen Jahre der Unterdrückung und des Blutvergießens werden beendet.« Abermals verfiel Churchill in Schweigen und starrte ins Leere. Schließlich sagte Colville leise: »Soll ich jetzt gehen, Sir? Den Anruf nach Washington anmelden?«

»Diese Muncaster-Geschichte«, sagte Churchill. »Der Mann, der Einzelheiten über die Atombombe wusste. Erinnern Sie sich an ihn?«

»Ja, Sir. Er starb bei dieser Schießerei in Sussex.«

Churchill knurrte. »Mutiger Mann. Nahm lieber sein Ge-

734

heimnis mit ins Grab, als dass er es den Deutschen verraten hätte.« Er blickte Colville scharf an. »Es gab auch unter uns welche, die liebend gern sein Geheimnis aus ihm herausgequetscht hätten, in der Hoffnung, unsere eigene Atomforschung voranzutreiben.«

Colville seufzte. »Nun ja, das Geheimnis wird sich langsam herumsprechen, das kann man nicht verhindern. Dann helfe Gott der zivilisierten Welt.«

Churchill schüttelte den Kopf. »Wir hatten solche Angst, die Deutschen könnten erfahren, was Muncaster wusste, erinnern Sie sich noch? Aber schließlich hätte es nichts geändert, nicht wahr? Sie hätten niemals Zeit genug gehabt, eine Atombombe zu entwickeln, ehe das ganze Regime im Bürgerkrieg endete.«

»Das wussten wir damals aber nicht«, sagte Colville. »Wir hatten keine Ahnung, dass das Ganze so schnell zusammenbrechen würde.«

Churchill brummte zustimmend. »Na ja, jetzt haben nur die Amerikaner die Bombe. Die Mission hatte also Erfolg. Was ist übrigens mit den anderen Leuten passiert? Diese Frau aus – wo war sie noch her?«

»Aus der Slowakei. Sie ging im Frühjahr dorthin zurück. Kurz bevor sich die slowakische Armee gegen die Faschisten erhob.«

»Dann wird dort also noch gekämpft?«

»Ja, es soll dort ziemlich schlimm zugehen, soweit man hört.«

»Und die anderen? Der englische Beamte und der Schotte? Ich erinnere mich, ich habe sie an jenem Abend zusammen mit Muncaster gesehen. Die Frau des Engländers ist ebenfalls davongekommen, nicht wahr?«

»Ja. Sie wurden in Amerika allesamt ziemlich gründlich verhört, das weiß ich. Muncasters älterer Bruder war schon tot, der hatte im Gefängnis einen Schlaganfall erlitten.«

»Dann ist diese ganze Familie also ausgelöscht?«

»Ja. Es gab ein paar Fragen wegen des Schotten – der war Kommunist. Ich glaube, den haben sie nach Kanada abgeschoben. Er

735

hatte bei der Schießerei einen Arm verloren. Der andere Mann und seine Frau wurden als unbedenklich eingestuft und durften in den Vereinigten Staaten bleiben. Was weiter aus ihnen wurde, weiß ich nicht.« Er lächelte. »Vielleicht kommen sie ja jetzt zurück.«

Churchill richtete sich auf. Er wirkte etwas munterer. Er schlug mit der Faust auf die Armlehne des Sessels. »Jawohl. Die Exilanten werden alle bald zurückkommen. Um uns beim Aufbau zu helfen. Beim Aufbau! Jetzt werden alle gebraucht.«

Danksagung

Alle Romane, besonders historische, sind bis zu einem gewissen Grad Erfolge einer Zusammenarbeit. *Dominion* hat mehr als die meisten von ihnen von der Hilfe anderer profitiert. Zuerst muss ich meinen wunderbaren Herausgebern und Agenten danken, Maria Rejt von Mantle/Macmillan, Antony Topping von Greene & Heaton sowie ihren hervorragenden Mitarbeitern – besonders Sophie Orme, Ali Blackburn und Susan Opie bei Mantle und Chris Wellbelove bei Greene & Heaton, die es geschafft haben, eine wichtige Dokumentation über den Großen Smog von 1952 ausfindig zu machen, die 1999 auf Channel 4 gesendet wurde.

Mein Dank an Maria und Antony für ihre Unterstützung ist umso herzlicher, als nach einer Krankheitsphase, die mir alle Kraft nahm und den Erscheinungstermin des Buches platzen ließ, dieses Jahr Knochenmarkkrebs bei mir diagnostiziert wurde. Zusammen mit der Therapie hat es ihr Glaube an das Buch und an mich ermöglicht, das Buch rechtzeitig zum Erscheinungstermin fertigzustellen.

Wieder einmal hat Becky Smith es erstaunlich schnell und akkurat abgeschrieben. Olivia Williams half mir mit einigen wichtigen Recherchen in London, als mein Zustand nicht stabil genug war, um selbst hinzufahren, und ich bin ihr dankbar für die ausgezeichnete Arbeit.

Abermals danke ich der Gruppe von Freunden, die das Manuskript gelesen und wie immer umfassende und kritische Kommentare geliefert haben: Roz Brody, Mike Holmes, Jan King und William Shaw.

Lou Taylor, Professorin für Kleidungs- und Textilgeschichte, und Dr. Gillian Scott, beide von der School of Humanities der Universität Brighton, gewährten mir sehr viel von ihrer Zeit, um über Aspekte der Sozialgeschichte und Mode von 1930 bis 1950 zu diskutieren, was mir bei der Erarbeitung meiner alternativen Welt große Hilfe leistete.

Mein wärmster Dank geht außerdem an Dr. Françoise Hutton für die Diskussion über die Medikamente, die Frank bekommen haben könnte, und über die moderne Geschichte psychiatrischer Krankenhäuser.

Robert Edwards war außerordentlich hilfsbereit mit seinem großen Wissen über Sussex für die Szenen, die dort spielen. Martin Foster half mir, einem völlig Unbedarften auf diesem Gebiet, mit dem Basiswissen über Kommunikation per Funkspruch.

Dies ist schon das zweite Werk, bei dem ich Konteradmiral John Lippiett, Vorsitzender des Mary Rose Trust, für seine Hilfe bei seemännischen Themen, die am Ende der Geschichte wichtig sind, zu danken habe. Ich bin ihm besonders dankbar, dass er sich neben seiner Arbeit an der Vollendung des neuen Mary-Rose-Museums (das 2013 eröffnet wurde) die Zeit dafür genommen hat. (Ich versichere ihm, dass Matthew Shardlake in meinem nächsten geplanten Roman auf dem Festland bleiben wird.)

Alan Purdie von der British Legion hat mir mit Details zur Schilderung der Heldengedenkfeier 1952 im ersten Kapitel sehr geholfen. In meiner alternativen Welt fällt der Festakt gänzlich anders aus, aber ich hoffe, es ist mir gelungen, etwas von der respektvollen Atmosphäre zu bewahren, die diese Feier verdient.

Eventuelle Fehler oder Irrtümer in diesem Buch fallen natürlich in meinen Verantwortungsbereich.

Ich danke meiner Freundin Robyn Young für die geschichtlichen Diskussionen und jenen über die Strategie des Schreibens ebenso wie für ihre Unterstützung in schwierigen Phasen. Mein

Dank auch an Paul Tempest und Peter Allinson für die leihweise Überlassung ihres Hauses, während in meinem Eigenheim Bauarbeiten durchgeführt wurden. Und nicht zuletzt gilt mein Dank Graham Brown von Fullertons für das viele Fotokopieren und die unbegrenzte Versorgung mit Papier.

Bibliografische Anmerkungen

Dominion erforderte einen größeren Umfang an Hintergrundlektüre als jedes andere Buch, das ich bisher geschrieben habe.

Über die soziale und politische Geschichte Großbritanniens von 1930 bis in die 50er-Jahre waren die nützlichsten Werke für mich Angus Calders *The People's War: Britain 1939–45* (1971), das ich immer noch für das beste sozialgeschichtliche Werk über Großbritannien im Zweiten Weltkrieg halte. Ebenfalls sehr hilfreich waren Juliet Gardiners *The Thirties: An Intimate History* (2010), *Wartime Britain 1939–45* (2004) und Richard Overys *The Morbid Age: Britain between the Wars* (2009).

Peter Hennessys *Never Again: Britain 1945–51* (1992) und *Having It So Good: Britain in the Fifties* (2000) sind eine Fundgrube faszinierender Informationen. David Kynastons *Austerity Britain 1945–51* (2008) und *Family Britain 1951–57* (2010) waren ebenfalls sehr nützlich. Ich halte Kynastons Erkenntnis, dass Großbritannien in den zehn Jahren nach dem Zweiten Weltkrieg in vielen gesellschaftlichen Fragen in die Ansichten der Dreißigerjahre zurückfiel, für äußerst wichtig. In den ersten zehn Jahren nach dem Krieg herrschten äußerst kritische Ansichten zu Themen wie Unehelichkeit, Homosexualität und Scheidung, und auch die Ansicht, dass Frauen für Haus und Familie zuständig sind, kehrte nach dem Krieg zurück. In meiner alternativen Welt ist das Großbritannien von 1952 den Dreißigern noch ähnlicher, ohne die Sozialreformen und die Vollbeschäftigung, die 1945–51 unter Attlees Regierung herrschte.

Was besondere Themen anbelangt, ist Juliet Nicolsons *The Great Silence* (2009) ein anrührender und aufrüttelnder Bericht darüber, wie Großbritannien mit den furchtbaren Verlusten des Ersten Weltkrieges umgegangen ist, was in meinem Buch Sarahs Familie betrifft. Barbara Tates *West End Girls* (2010) ist eine faszinierende und ganz außergewöhnliche Erinnerung an das Leben in einem Bordell Sohos aus dieser Zeit, der Dilys' Etablissement in *Dominion* viel verdankt. Die Dokumentarsendung *Killer Fog* auf Channel 4 erzählt die unglaubliche Geschichte des Großen Smogs von 1952, packend und voller Mitgefühl für die vielen Menschen, die damals starben. Rupert Allasons *The Branch* (1983) war für mich eine sehr nützliche kurze Einführung in die Geschichte der Spezialeinheit, und auch wenn der Verfasser mit meiner Darstellung vielleicht nicht einverstanden wäre, wie die Einheit sich in einem autoritären Großbritannien entwickelt hätte, halte ich sie für durchaus wahrscheinlich.

Es gibt etliche Romane, die mir halfen, mir diese Geschichtsperiode vorzustellen, besonders jene von Patrick Hamilton. (Das Wirtshaus, in dem David und seine Gefährten auf dem Weg nach Birmingham Rast machen, hat Ähnlichkeit mit dem »Kings Head« im dritten Band seiner *Gorse Trilogy* (1952–1955).) Norman Collins wunderbarer, aber leider vergessener Roman *London Belongs to Me* (1945) lässt das London der traumatischen Jahre 1938–40 auf einmalige Weise wieder lebendig werden. *Nobless Oblige*, herausgegeben von Nancy Mitford (1956), enthält ihren sehr witzigen Essay über Snobismus und den Gebrauch von Sprache in der zeitgenössischen Gesellschaft.

Die Geschichte Großbritanniens zwischen den Dreißiger- und den Fünfzigerjahren ist zum Teil die Geschichte eines schwindenden Empires. Jan Morris' *Farewell the Trumpets* (1976), der letzte Band ihrer Pax-Britannica-Trilogie, war besonders aufschlussreich. Ich las eine Reihe von Berichten über das Leben der Staatsbeamten dieser Zeit, von denen für mich zweifellos Joe Garners *The Commonwealth Office 1925–68* (1968) am wertvollsten war. Andrew Stewarts *Britain and the Dominions in the Second World War* (2008) ist eine hilfreiche und informative

Studie. Peter Hennessys *Whitehall* (2008) war mir ebenfalls sehr nützlich.

Über Churchill und die Krise vom Mai 1940 ist meiner Meinung nach Roy Jenkins' *Churchill* (2001) bisher die beste einbändige Biografie. John Charmleys *Churchill: The End of Glory* (1993) liefert erschöpfend viel Information, ist aber gleichzeitig auch einseitig in seiner Voreingenommenheit gegenüber Churchill. Madhusree Mukerjees *Churchills Secret War* (2010) hingegen, das über Churchills unglaubliche Gleichgültigkeit gegenüber der Hungersnot in Bengalen berichtet, war eine sehr effektive kalte Dusche für jemanden wie mich, der, wenn er an Churchills Rolle 1940 denkt, dazu neigt, zu ehrfürchtig ihm gegenüber zu sein.

Bezüglich der Kabinettsdiskussionen 1940 über ein Friedensabkommen fand ich Andrew Roberts' *Eminent Churchillians* (1994) und *The Holy Fox: A Life of Lord Halifax* (1991) sehr aufschlussreich, ebenfalls John Lukacs' *Five Days in London: May 1940* (2001) und Ian Kershaws *Fateful Choices* (2007). Richard Overys *The Battle of Britain* war mir am Anfang meiner Recherchen eine Hilfe. Ursprünglich hatte ich vor, die Geschichte in einem Großbritannien spielen zu lassen, in dem die geplante deutsche Invasion 1940, Unternehmen Seelöwe, tatsächlich stattgefunden hatte. Es hat viele Diskussionen darüber gegeben, ob diese Invasion Erfolg gezeitigt hätte, und Overys Buch hat mich schließlich davon überzeugt, dass das nicht der Fall gewesen wäre.

Es gab eine beträchtliche Minderheit der Bevölkerung in Großbritannien, die 1939–40 aus den verschiedensten Gründen gegen die totale Mobilmachung zum Kampf auf Leben und Tod gegen Nazideutschland war. Viele davon waren Pazifisten, einige schottische Nationalisten, die wichtigsten waren Antisemiten oder bekennende Nazis. Was diese Gruppen anbelangt, halfen mir Thomas Linehans *British Fascism 1918–39* (2000) und Richard Griffiths' *Fellow Travelers of the Right: British Enthu-*

siasts for Nazi Germany 1933–39 (1993) sowie sein *Patriotism Perverted: Captain Ramsay, the Right Club and British Anti-Semitism 1939–40* (1998). Dieses Buch erzählt die Geschichte eines führenden nazifreundlichen Antisemiten, der, genau wie Oswald Mosley, im Gefängnis landet und sich dort Gedanken darüber macht – wie es auch die Scottish National Party tat –, ob man Schottinnen zum Arbeiten nach England schicken dürfe. (Ramsay war ein schottischer Abgeordneter der Konservativen.) Der Widerstand der SNP dagegen, dass Schotten eingezogen wurden, um im Krieg gegen die Nazis zu kämpfen, ist in verschiedenen Studien belegt, z. B. Peter Lynchs *The History of the Scottish National Party* (2002).

Zur Geschichte des britischen Antisemitismus fand ich Anthony Julius' *Trials of the Diaspora: A History of Anti-Semitism in England* (2010) sehr fair und informativ in jenen Abschnitten, welche die Jahre bis 1945 behandeln, was für die Nachkriegsjahre meiner Meinung nach allerdings nicht zutrifft. Anne Chilsholms und Michael Davies Biografie *Beaverbrook: A Life* (1992) überzeugte mich, dass der überragende Kandidat, der eine Regierung wie in meinem Buch beschrieben hätte anführen können, Beaverbrook gewesen wäre.

Zum Thema psychiatrischer Krankenhäuser in den Fünfzigerjahren – diese zehn Jahre müssen für psychisch Kranke zu den allerschlimmsten gehört haben; man erprobte experimentelle und oft gefährliche neue Behandlungsmethoden an ihnen, ehe die radikalen Reformen der Sechzigerjahre kamen – fand ich Diana Gittins' *Madness in Its Place: Narratives of Severalls Hospital 1913–97* (1998) besonders hilfreich, ebenso wie Dilys Smith's *Park Prewett Hospital: the History 1898–1984* (1986) und Derek McCarthys *Certified and Detained: A True Account* (2009). Interessant ist, dass alle drei Bücher ein identisches Regime beschreiben, jedoch aus völlig verschiedenen Blickwinkeln. Bartley Green ist frei erfunden, allerdings, wie ich glaube, repräsentativ.

Der Große Nebel im Dezember 1952 entstand infolge außergewöhnlicher Wetterbedingungen in Südengland, zu einer Zeit, als in London noch tonnenweise Kohlerauch von Privathäusern und Kraftwerken ausgestoßen wurde (das Wetter in dieser Woche war ungewöhnlich kalt), dazu die Auspuffgase des immer stärker zunehmenden Verkehrs. Es war der schlimmste Nebel in der Geschichte der Hauptstadt. Man schätzt, dass 12.000 Menschen dabei starben, vor allem an Atemwegserkrankungen. Die Wetterbedingungen und die Luftverschmutzung wären in meiner Alternativwelt dieselben gewesen. Zwar wurden die Todeszahlen von der Regierung geheim gehalten, aber der Smog war ein Grund für das Gesetz zur Luftreinhaltung (Clean Air Act) einige Jahre später.

Als Beispiel, wie die britische Widerstandsbewegung gegen ein kollaborierendes Regime gearbeitet hätte, wäre die deutlichste Parallele (wenn auch nicht ganz exakt) die französische Résistance. Ich fand dafür John F. Sweets' *Choices in Vichy France* (1994) und Matthew Cobbs *The Resistance* (2009) besonders erhellend.

In meinem Roman sind die Vereinigten Staaten neutral und im Friedenszustand mit Japan, und ich glaube, das wäre auch der Fall gewesen, wenn Großbritannien 1940 besiegt worden wäre oder sich ergeben hätte. Diese Lage wäre der überwiegend republikanisch orientierten Abschottungspolitik in Amerika entgegengekommen, was wiederum zu Roosevelts Niederlage bei der Präsidentenwahl 1940 hätte führen können. Wäre, wie in meinem Buch angenommen, 1952 endlich wieder ein Demokrat an die Macht gekommen, so wäre der wahrscheinlichste Kandidat jener Mann gewesen, der 1952 und 1956 gegen Eisenhower verloren hatte, nämlich Adlai Stevenson. Porter McKeevers Biografie *Adlai Stevenson* (1989) erzählt die Geschichte eines knappen Verlierers, der in meinem Buch zum Gewinner wird.

Es war unvermeidlich, dass ich für *Dominion* viel über Deutschland während der Nazizeit lesen musste. Meiner Meinung nach ist die beste neuere Studie über das Regime Richard Evens' dreibändiges Werk *The Coming of the Third Reich* (2003), *The Third Reich in Power* (2005) und *The Third Reich at War* (2008). Toby Thackers *Joseph Goebbels; Life and Death* (2010) war sehr aufschlussreich bezüglich des Mannes, der in meinem Buch Hitlers Nachfolger wird, sowie der generellen Politik des Regimes. Mark Mazowers *Hitler's Empire: Nazi Rule in Occupied Europe* ist eine ausgezeichnete Studie, nicht zuletzt hinsichtlich der vielen wahnsinnigen und mörderischen Pläne der Nazis bezüglich der Zukunft Russlands. James Taylor und Warren Shaws *Dictionary of the Third Reich* (1987) war für mich unentbehrlich. Warren Shaws Sohn, mein Freund William Shaw, war einer derjenigen, die mein Buch als Manuskript gelesen haben; deshalb hat *Dominion* zwei Generationen dieser Familie etwas zu verdanken.

Russia's War (1997) von Richard Overy, das sowohl durch seinen hohen wissenschaftlichen Gehalt als auch durch seine gute Lesbarkeit überzeugt, halte ich für den besten kurz gefassten Bericht über Deutschlands aussichtslosen Krieg gegen die Sowjetunion. Roderic Braithwaites *Moscow 1941: a City and Its People at War* (2006) ist eine fesselnde Darstellung von Deutschlands erster Niederlage in der Schlacht um Moskau. In meiner alternativen Welt sind deutsche Streitkräfte in der Lage – da Großbritannien nicht mehr im Spiel ist –, ihre Offensive gegen Russland schon früher und mit mehr Truppen zu starten und Moskau einzunehmen; dann verzetteln sie sich aber in der unermesslichen Weite Russlands, was ich für unvermeidlich halte. Lizzie Collinghams *The Taste of War: World War II and the Battle for Food* (2011) ist eine fesselnde und wichtige Darstellung dessen, wie stark Gewinn oder Verlust im Zweiten Weltkrieg von der Versorgung mit Nahrungsmitteln abhingen, nicht zuletzt auch in Russland.

Wenn es um die Entwicklung von Nuklearwaffen und Raketen ging, waren Michael Neufelds *Von Braun: Dreamer of Space, Engineer of War* (2007) und James P. Delgados *Nuclear Dawn: the Atomic Bomb from the Manhattan Project to the Cold War* (2009) für mich als Laien eine große Hilfe. C.P. Snows *The New Men* (1954) ist ein faszinierender Roman, geschrieben von einem Staatsbeamten und Insider, über Großbritanniens Bestrebungen, eine Atombombe zu entwickeln.

John Cornwells *Hitler's Pope* (1999) ist die beste von allzu zahlreichen Schilderungen, wie der Vatikan unter Papst Pius XII. mit dem Naziregime und seinen Marionetten kooperiert und nichts getan hat, um in den katholischen Ländern den Holocaust zu verhindern, trotz der Bemühungen einiger mutiger Katholiken. Ich fand die Haltung in der Hierarchie der katholischen Kirche gegenüber dem Massenmord, den Nazis und Faschisten im Spanischen Bürgerkrieg begingen, schon schockierend genug; im Zweiten Weltkrieg jedoch wird dies zu einem unauslöschlichen Schandfleck.

Womit ich schließlich zu der tragischen Geschichte der Slowakei im Holocaust komme. Die Ereignisse, die Natalia gegenüber David schildert, passierten tatsächlich in der Slowakei, sowohl in der tatsächlichen als auch in meiner alternativen Welt. Ein kollaborierendes, nationalistisches, antisemitisches Regime unter einem katholischen Priester, Pater Tiso, und seinem Stellvertreter, dem mörderischen Faschisten Vojtech Tuka, benutzte seine eigene paramilitärische Organisation, die Hlinka-Garde, um slowakische Juden in Züge zu verladen, die sie im Zuge der ersten großen Deportationen in die Todeslager brachten. Ebenso schickten sie Truppen nach Russland, um dort zu kämpfen. Es gab slowakische Katholiken, die diese Deportationen begrüßten, andere jedoch protestierten so vehement dagegen, dass die Deportationen ausgesetzt wurden – zu spät für die meisten. Es gibt gute Literatur zu diesem Thema. Karen Hendersons *Slovakia: the Escape from Invisibility* (2002) bildet eine nützliche Einführung in die moderne Geschichte des Landes. Mark W. Axworthys *Axis Slovakia: Hitler's Slavic Wedge 1938-45* (2002) schildert die Geschichte von Tisos Regime. Kathryn Winters Buch *Katarina* (1998), Gerta Vrbovás *Trust and Deceit: a Tale of Survival in Slo-*

vakia and Hungary 1939-1945 (2006) und das Buch ihres Mannes Rudolf Vrba *I Escaped from Auschwitz* (2006) schildern die Geschichte aus der Sicht slowakischer Juden. Vrbas Geschichte stellt eine der bemerkenswertesten schriftlich ausgearbeiteten Erinnerungen aus der Zeit des Zweiten Weltkrieges dar. Schließlich sind die Beiträge in *Racial Violence Past and Present* (Slowakisches Nationalmuseum und Museum für Jüdische Kultur, Bratislava 2003) eine an das gegenwärtige Europa gerichtete Warnung der Geschichte.

Ganz zum Schluss eine etwas heiterere Referenz: Ich kann nicht schließen, ohne Robert Harris' *Vaterland* (1992) zu erwähnen – für mich die beste Alternativweltgeschichte in Romanform, die je geschrieben wurde.

Historische Anmerkungen

Ich bin 1952 geboren, in jenem Jahr, in dem Dominion *spielt. Meine Eltern lernten sich durch die Versetzung meines Vaters als Angehöriger der Navy kennen. Er stammte aus den Midlands und kam nun nach Schottland, der Heimat meiner Mutter. Also bin ich, wie so viele Briten meiner Generation, ein Kind der kriegsbedingten Mobilität der Menschen.*

Als ich geboren wurde, war Winston Churchill Premierminister, hochverehrt während meiner gesamten Kindheit. Als ich Anfang der Siebzigerjahre ein politisches Bewusstsein entwickelte und zur Erheiterung, aber auch zum Erstaunen meiner Eltern entgegen ihrer konservativen Einstellung Sympathien mit der Linken zeigte, die ich auch seither nicht wieder aufgegeben habe, entdeckte ich in den Kreisen, in denen ich mich daraufhin bewegte, ein ganz anderes Bild von Churchill. Viele sahen in ihm einen Kriegstreiber, einen grausamen Imperialisten, der alle Bemühungen Indiens um Unabhängigkeit ablehnte, ein fanatischer Anti-Sozialist, der die Arbeiter im Generalstreik 1926 geißelte und Truppen schickte, die 1910 bei Tonypandy Bergarbeiter erschossen. All diese Anklagen sind berechtigt, bis auf die letzte, die sich merkwürdigerweise am längsten gehalten hat.

Ich glaube, es hat mehrere Churchills gegeben – kein Wunder bei einem Mann, dessen politische Karriere vierundsechzig Jahre umspannte und der sein Leben lang höchst unkonventionelle Ideen verfolgte, manche verrückt, manche brillant. Zunächst erscheint er als der radikale Liberale, der in den Jahren vor 1914 links von seiner Partei stand.

Später, während und nach dem Großen Krieg, sehen wir den zweiten Churchill, den grimmigen, antisozialistischen und antikommu-

nistischen Konservativen, eiserner Gegner eines politischen Emporkommens Indiens, ein Thema, bei dem er selbst in seiner eigenen Partei als reaktionär galt. Doch nach 1935 tritt ein dritter Churchill in Erscheinung, der Anti-Nazi, der erkannte, dass Hitler Krieg bedeutete und Appeasement (Beschwichtigungspolitik) in einer Katastrophe enden würde. Er hasste den fanatischen Nationalismus und Antisemitismus der Nazis, was für ihn gleichbedeutend mit dem Auslöschen der Demokratie war. Dieser Churchill erschien auf Anti-Appeasement-Plattformen gemeinsam mit Mitgliedern der Labour-Partei und Gewerkschaftsvorsitzenden wie Ernest Bevin, und 1940 schloss er sich gegen den Willen vieler aus seiner eigenen Partei mit Labour zusammen, entschlossen, die Nation beim Kampf bis zum Letzten hinter sich zu versammeln, und seine Reden, seine Persönlichkeit und sein menschliches Geschick inspirierte Politiker und die breite Bevölkerung, genau dafür zu kämpfen. Im Alter, während seiner zweiten Amtszeit als Premier von 1951–55, entwickelte sich ein vierter Churchill, dessen Politik gemäßigt und auf Konsens ausgerichtet war und der schon 1949 Jawaharlal Nehru gegenüber zugeben musste, dass er ihm großes Unrecht angetan hatte.

Unbestritten ist natürlich, dass Churchill sein ganzes Leben lang ein traditionsbewusster britischer Imperialist war und seine Überzeugung von Großbritanniens Einzigartigkeit in seinen Reden während des Krieges gedanklich immer im Vordergrund stand. Deshalb mag es seltsam erscheinen, dass in diesem Buch, dessen allumfassendes Thema die Gefahren und Übel einer Politik sind, die von Nationalismus und Rassenideologie bestimmt ist, Churchill als Heldenfigur dargestellt wird. Doch man darf nicht vergessen, dass Churchill nie ein engstirniger Nationalist war und 1940–45 Großbritannien stets im Kontext des größeren Kampfes innerhalb Europas und der ganzen Welt sah. Dies kommt in seiner Rede vom Juni 1940 zum Ausdruck, der ich den Sinnspruch für dieses Buch entnommen habe; mit großer Klarheit sah er die Finsternis, die sich mit dem Nationalsozialismus über Europa gesenkt hatte und die sich weiter verbreiten würde, wenn man die Nazis nicht aufhielt.

Mich hat die Idee alternativer Geschichte immer fasziniert – wie die Welt ausgesehen hätte, wenn irgendeine Schlüsselbegebenheit anders verlaufen wäre. Und manchmal, wie im Mai 1940, scheint die Geschichte der Welt wirklich eine Kehrtwende zu vollführen. Natürlich sind die Ereignisse, die hier erzählt werden, nachdem Churchill nicht Premierminister wird, nur eine von verschiedenen möglichen Alternativen und nicht die Alternative, denn so etwas kann es nicht geben. Jede gedachte Veränderung der Geschichte, jeder fiktive Weg, der nicht eingeschlagen wurde, eröffnet dem Historiker neue Möglichkeiten und Wahrscheinlichkeiten, aber niemals Gewissheiten. Ich glaube allerdings, Churchill hatte recht mit seiner Überzeugung, dass Großbritannien, wenn es die Friedensangebote von 1940 akzeptiert hätte, unweigerlich von Nazideutschland dominiert worden wäre. Die Welt, wie ich sie hier geschaffen habe, ist nur eine Möglichkeit für das, was hätte folgen können, allerdings halte ich sie für wahrscheinlich.

Wenden wir uns nun diesem entscheidenden Moment in der Geschichte der realen Welt zu, als Churchill statt Lord Halifax Premierminister wurde. Zwischen 1935, als die faschistische Aggression in Europa mit Mussolinis Invasion in Äthiopien begann, und März 1939, als Hitler schließlich die Tschechoslowakei zerschlug, wurde die Appeasement-Politik von der Mehrheit der nationalen britischen Regierung unterstützt, die aus einer Koalition mit großer Mehrheit bestand und seit 1931 regierte. Sie war überwiegend konservativ, enthielt daneben aber auch eine kleinere Anzahl namhafter Überläufer von Labour und den Liberalen.

Appeasement war damals kein unanständiges Wort – es bedeutete, im weitesten Sinne, das Bestreben nach Frieden, indem man internationale Probleme durch Verhandeln über friedliche Lösungen beilegte. Menschen zählten sich aus sehr verschiedenen Gründen zu den Appeasement-Anhängern. Man sollte nie unterschätzen, welche Rolle dabei die Erinnerung an das Grauen des Ersten Weltkrieges spielte, zusammen mit der sehr realistischen Befürchtung, dass aufgrund einer weiterentwickelten Technik, besonders in der Luftfahrt, ein zweiter europäischer Krieg noch weitaus verheerender ausfallen könnte, weil auch Zivilisten unter Bomben und Giftgas zu leiden hätten. Stanley Baldwin hatte recht, als er 1932 sagte: »Der Bomber wird sich immer durchsetzen.«

Dann gab es jene, die den Versailler Vertrag als unfair betrachteten, weil durch ihn deutsche Gebiete vom Reich abgetrennt wurden, für das normalerweise das Prinzip der nationalen Selbstverwaltung entscheidend war. Und es gab viele, besonders Konservative, die zwar das Naziregime ablehnten und ihre Spitzenpolitiker für ordinär und brutal hielten, es andererseits aber nicht für angemessen hielten, sich in die inneren Angelegenheiten Deutschlands einzumischen und die Nazis darüber hinaus als ein Bollwerk gegen die Bedrohung durch den Kommunismus sahen. Kurz vor seinem Besuch 1937 als Außenminister bei Hitler schrieb Lord Halifax: »Nationalismus und Rassismus sind eine starke Macht, und ich kann sie weder für unnatürlich noch unmoralisch halten!«, und fügte kurz danach den Kommentar hinzu: »Ich zweifle nicht daran, dass diese Leute echte Feinde des Kommunismus sind.«

Heute wissen wir besser als die Menschen in den Dreißigerjahren, wie brutal und grausam das mörderische Regime Lenins und Stalins war, aber eine militärische Bedrohung für den Westen stellte es nicht dar. Die große Angst der britischen Rechten, der Kommunismus könnte sich im eigenen Land ausbreiten, war ein Hirngespinst.

Darüber hinaus gab es jene, die den Nationalsozialismus bewunderten. Auch Lloyd George, Premierminister während des Ersten Weltkrieges, nannte Hitler »einen zweifellos großen Führer« und »den größten Deutschen dieses Zeitalters«. Es gab Oswald Mosleys Schwarzhemden, die eine Zeit lang von Lord Rothermeres Zeitung Daily Mail unterstützt wurden, außerdem hatte Hitler einflussreiche Bewunderer in der Wirtschaft und unter den rechtsgerichteten wohlhabenden Aristokraten. Es gab sehr wenige Labour-Politiker, die etwas Positives über die Nazis äußerten, aber immerhin einen oder zwei, allen voran Ben Greene, der in den Dreißigern für eine Weile eine wichtige Rolle spielte. In Dominion wird er Vorsitzender von Labour innerhalb der Koalition, die das Abkommen befürwortet.

Dann gab es die Pazifisten, die Krieg in jeder Form konsequent ablehnten, selbst nachdem der Zweite Weltkrieg schon begonnen hatte. In der Labourpartei war der Pazifismus Anfang der Dreißigerjahre sehr stark verbreitet, ging aber zurück, als die Aggressivität der Faschisten zunahm, besonders im Spanischen Bürgerkrieg. Pazifismus blieb aber eine Kraft, sowohl innerhalb der Labourpartei als auch außerhalb. Die Haltung, die Menschen wie Vera Brittain und eine Minderheit von etwa zwanzig Labour-Abgeordneten einnahmen, welche die Parliamentary Peace Aims Group (Gruppe für Parlamentarische Friedensbestrebungen) gründeten, war angesichts der politischen Atmosphäre sehr mutig, aber die Peace Aims Group hätte 1940 zweifellos für das Abkommen gestimmt, es hinterher aber bedauert – wofür ihnen vielleicht nicht mehr viel Zeit geblieben wäre.

1938 glaubte Chamberlain in München, wenn man Hitler die überwiegend deutschsprachigen Gebiete der Tschechoslowakei überließe, hätte man damit die letzten Ansprüche des Führers erfüllt. Doch als im folgenden Frühjahr Hitler auch das restliche Tschechien besetzte und aus der Slowakei einen Marionettenstaat machte, merkte Chamberlain, dass er getäuscht worden war. Als Hitler im September 1939 Polen überfiel, erklärte Chamberlain ihm den Krieg, doch er war ein unwilliger, zögerlicher und wirkungsloser Regierungschef. Seine lang gehegte Hoffnung auf Frieden war zunichte, und er wurde zu einer tragischen Gestalt. Als Churchill im Frühjahr 1940 meinte, Hitler habe für eine Frühjahrsoffensive »den Anschluss verpasst«, worauf die Deutschen prompt in Dänemark und Norwegen einmarschierten und der britische Militäreinsatz in Norwegen in einer Katastrophe endete, war Chamberlains Position als Premierminister gefährdet. In der Norwegen-Debatte im Mai 1940 stimmte eine große Minderheit konservativer Abgeordneter gegen die Regierung oder enthielt sich der Stimme. Chamberlain wandte sich an die Spitzenpolitiker von Labour und bot eine Koalition an; sie stimmten zu, jedoch nur unter einem neuen konservativen Premier. Chamberlain sah ein, dass sein Rücktritt unvermeidbar war.

So folgte das schicksalhafte Treffen vom 9. Mai 1940 mit Chamber-
lain, dem konservativen Chief Whip David Margesson und den zwei
führenden Kandidaten für die Nachfolge, Halifax und Churchill. Jeder
Teilnehmer hinterließ einen Bericht darüber, was bei dem Treffen ge-
schah; die Berichte unterscheiden sich in den Details erheblich, nicht
aber, was das Wesentliche anbelangt. Edward Wood, Lord Halifax,
Chamberlains Außenminister, hätte sich nur um den Posten des Pre-
mierministers zu bewerben brauchen, er hätte ihn sofort bekommen. Er
war ein Adliger, erfahren, zuverlässig und genoss das Vertrauen und
den Respekt aller, obwohl er ein führender Appeaser gewesen war und
sich manchmal merkwürdig passiv verhielt. Er wurde von der Mehrheit
der Konservativen unterstützt, ebenso wie von Chamberlain und dem
König. Sein Staatssekretär, Rab Butler, hatte den Abend vor dem Tref-
fen damit verbracht, ihn inständig zu drängen, die Rolle des Premiers
zu übernehmen. Labour hielt sich mit einem Urteil zurück, welcher
Kandidat ihnen lieber wäre. Churchill andererseits, der ins Kabinett
zurückgekehrt war, als England den Krieg erklärte, war zäh, kämpfe-
risch, von genialer Kreativität und beliebt in der Öffentlichkeit, stand
aber bei den Konservativen im Ruf, gelegentlich illoyal zu sein; er war
ein ehemaliger Liberaler, ein unzuverlässiger Abenteurer, der (was tat-
sächlich der Fall war) einige fragwürdige Freundschaften pflegte.

Doch Halifax bemühte sich nicht um das Amt und erklärte sich
bereit, unter Churchill zu dienen. Es schien ihm bewusst geworden zu
sein, dass er für den gigantischen Kampf, der bevorstand, nicht das
Format hatte; am nächsten Tag marschierten die Deutschen in Frank-
reich und den Niederlanden ein. Außerdem litt er in Krisenzeiten un-
ter schweren – möglicherweise psychosomatischen – Magenschmerzen.
Es gereicht ihm zur Ehre, dass er verzichtete. Churchill wurde Premier-
minister und zog unter lautem Jubel von den Labour-Bänken – auf der
Seite der Konservativen war es deutlich leiser – ins Unterhaus ein. Es
sollte lange dauern, bis sie schließlich gelernt hatten, ihn zu lieben.

Churchill ernannte unverzüglich ein neues Kriegskabinett, einen
Kern von Ministern, die den Krieg führen sollten. Außer ihm selbst
blieben von den Konservativen Halifax und Chamberlain – andere

führende Appeaser wurden abgesetzt (Sir Samuel Hoare fand sich plötzlich in der Rolle als Botschafter in Francos Spanien wieder) –, und Churchill ernannte zwei Mitglieder von Labour, den Vorsitzenden Clement Attlee und seinen Stellvertreter Arthur Greenwood. Streng genommen war dies mehr, als Labour aufgrund ihrer parlamentarischen Sitze eigentlich zustand, aber es war ein kluger Schachzug – Churchill war nicht umsonst vierzig Jahre lang in der Politik gewesen –, denn beide waren Anti-Appeaser, bei denen man sich darauf verlassen konnte, dass sie ihn in seinen kriegswichtigen Entscheidungen nach Kräften unterstützen würden. Es verschaffte ihm die Mehrheit im Kriegskabinett, und auch Chamberlain, der inzwischen todkrank war, zeigte neue Entschlossenheit.

Die war auch nötig. Ende Mai hatten die britischen und französischen Streitkräfte den Rückzug angetreten, die britischen nach Dünkirchen. In diesem Moment machte Deutschland Friedensangebote, wie auch später im Jahr 1940 wieder, deren Kern darin bestand, dass Hitler, der nie einen Krieg gegen ein ebenbürtiges arisches Volk beabsichtigt hatte, das britische Empire in Frieden lassen wollte, falls man ihm freie Hand im restlichen Europa gewährte. Halifax war dafür, dieses Angebot weiterzuverfolgen; denn offensichtlich war der Krieg im Westen verloren, und vielleicht war es jetzt an der Zeit, sich zu einigen und weiteres Blutvergießen zu vermeiden. Churchill allerdings argumentierte, ein Friedensabkommen würde unausweichlich zu einer deutschen Dominanz Großbritannien gegenüber führen, und man sollte mithilfe der britischen Air Force und der Navy, unterstützt von den Streitkräften aus dem Empire (wenn auch nicht immer mit ganzem Herzen) und unter dem Schutz durch den Ärmelkanal weiterkämpfen sowie, falls notwendig, es sogar auf eine Invasion ankommen lassen. Churchill setzte sich durch, mit Unterstützung des gesamten Kabinetts. Der Rest ist Geschichte.

Wäre Halifax Premierminister geworden, wäre die Geschichte ganz anders verlaufen. Er hätte ein anderes Kriegskabinett gebildet, mit anderer Gewichtung. Vielleicht hätte man Friedensverhandlungen aufgenommen, als Frankreich kapitulierte. Wäre das passiert, glaube ich, dass sowohl Labour als auch die konservative Partei sich gespalten hätten und sich eine Minderheit von Labour mit den meisten Konservativen zu einer Koalition zusammengeschlossen und ein Friedensabkommen mit Deutschland geschlossen hätte. Ich glaube, König George VI. wäre geblieben – aufgrund der Verfassung hätte er die Entscheidung seiner Regierung unterstützen müssen – und hätte als König weiterregiert, wenn auch widerwillig unter einem immer härter agierenden Regime. Ich habe nie daran geglaubt, dass die Deutschen, wenn Großbritannien kapituliert hätte oder besiegt worden wäre, Edward VIII. zurückgebracht hätten, obwohl die Nazis mit diesem Gedanken gespielt hatten. Zwar war Edward für die Nazis, aber viele Menschen in Großbritannien verübelten ihm seine Abdankung; außerdem war er ein so unkluger und verantwortungsloser Mensch, dass er als König für jede Regierung ein Problem dargestellt hätte.

Es war schwer abzuschätzen, wer in den folgenden Jahren die verantwortlichen Politiker Großbritanniens gewesen wären. Selbst wenn jemand schon lange tot ist, zögert man, ihm Unrecht zu tun. In Anbetracht dessen, was dieses Abkommen für die Geschichte in diesem Buch angerichtet hat, glaube ich, dass Halifax vor Verzweiflung und aus Schuldgefühl zurückgetreten wäre. Chamberlain starb Ende 1940, und was den anderen führenden Kandidaten für die Nachfolge von Halifax anbelangt, Sir Samuel Hoare, so bin ich überzeugt, dass seine Erfahrungen mit dem Faschismus in Spanien ihn zu einem überzeugten Antifaschisten gemacht hatten. Ich habe Herbert Morrison geschildert, einen Antifaschisten, der die Labour-Minderheit für ein Abkommen anführte, sich selbst aber als Realist betrachtete und gleichzeitig von Machtgier erfüllt war. Auch er ist, wie Halifax, später vor Hilflosigkeit verzweifelt zurückgetreten. Lloyd George allerdings hätte eine späte Rückkehr an die Macht genossen, an seiner Sympathie für Hitler besteht kein Zweifel.

Hinsichtlich des Mannes, der in Dominion Lloyd George nachfolgt, eines machtgierigen Appeasers, der sich fanatisch ein Vereinigtes Königreich vorstellt, das dem Rest der Welt Zölle abverlangt, eines Mannes, der hoffnungslos korrupt und skrupellos ist (er verließ seine Heimat Kanada unter dunklen Verdachtswolken wegen der Art und Weise, wie er als Geschäftsmann an sein Vermögen gelangt war), landet man unvermeidlich bei Max Aitken, Lord Beaverbrook. Clement Attlee, der in dieser Beziehung eher zurückhaltend war, bezeichnete ihn als den einzigen bösartigen Menschen, den er je kennengelernt habe, ein Urteil, das er mit anderen teilte, obwohl Churchill hin und wieder ein freundschaftliches Verhältnis zu ihm pflegte. Um fair zu sein: Beaverbrook war nie ein aktiver Antisemit, hegte aber andererseits auch keine Sympathie für Juden; dieses Thema war ihm nicht besonders wichtig. Seit dem Ersten Weltkrieg bis Anfang der Dreißigerjahre war er der Inbegriff des Zeitungsmagnaten, der erfolgreich in der Politik mitmischt, bis Stanley Baldwin ihn mutig zurückstutzte, als er über Zeitungsbesitzer sagte, sie hätten »Macht ohne Verantwortung, in der Geschichte immer das Privileg der Hure«. Kein Zeitungsbesitzer hatte je wieder eine derartige Macht, bis zu den Jahren nach Margaret Thatchers Wahlsieg 1979, als sie, ebenso wie Tony Blair nach ihr (und Alex Salmond von der SNP) Rupert Murdoch immer mehr Einfluss einräumte.

Enoch Powell war der fanatischste unter den britischen Nationalisten, und trotzdem wurde er in den Sechzigerjahren zum ultimativen britischen Isolationisten, während er noch Ende der Vierziger ein leidenschaftlicher Imperialist war. 1946 schickte er Churchill, der damals an der Spitze der Opposition stand, einen Appell, in dem er zur militärischen Rückeroberung Indiens aufrief, worauf Churchill an Powells Geisteszustand zweifelte, bis es Rab Butler gelang, ihn zu beruhigen. Powell scheint mir der offensichtliche Kandidat als Minister für Indien. Rab Butler wurde später zu einem führenden gemäßigten Konservativen, doch vor 1939 war er einer der leidenschaftlichsten Appeaser, was ihm die dauerhafte Feindschaft mit Harold Macmillan einbrachte, der den Faschismus hasste.

Die Schottische Nationalistische Partei entstand 1934 durch den Zusammenschluss zweier kleiner Parteien, die rechte Scottish Party

und die linke National Party of Scotland. Die neue Partei, die ziem-
lich klein blieb, enthielt Gruppen, die mit dem Faschismus sympathi-
sierten, vertrat aber, was die akuten Probleme anbelangte – Massen-
arbeitslosigkeit, die anhaltende Depression und die sich verdunkelnde
internationale Szene –, keine gemeinsame Politik, außer dem Traum,
den alle nationalistischen und faschistischen Parteien Europas hatten,
nämlich die Vorstellung, dass eine »nationale Identität« einen mys-
tischen »nationalen Geist« entfesseln würde, mit dem alle Probleme
irgendwie gelöst werden könnten. Der Kampf gegen den Faschismus
war für sie kein wichtiges Thema; auf dem Parteitag von 1939 stimm-
ten sie gegen die Wehrpflicht. Ihr Vorsitzender, Douglas Young, erhielt
für seine Wehrpflichtverweigerung eine Gefängnisstrafe mit der Be-
gründung, es gebe keine schottische Regierung, die darüber zu ent-
scheiden habe. Der Beschluss von 1939 und die Reaktion danach zei-
gen, wie unwichtig der Kampf gegen den Faschismus für diese Partei
war, während der Rest der britischen Bevölkerung, wie auch meine
schottische Mutter und mein englischer Vater, an der Heimatfront
oder beim Militär mit aller Kraft gegen die größte Bedrohung der zivi-
lisierten Welt kämpften.

In meiner alternativen Welt spaltet sich die SNP, mit einem rech-
ten Flügel, der die Regierung Beaverbrooks unterstützt, wofür er mit
der Rückgabe nationaler Symbole wie dem Stone of Scone belohnt
wird, neben vagen Versprechen über Autonomie oder Unabhängigkeit.
Wie Gunther im Roman sagt, war von der Bretagne bis Kroatien die
Kooperation einheimischer Nationalisten ein wichtiges Element der
Nazipolitik in Europa.

In den Achtzigerjahren bildete sich eine neue Lehrmeinung, die
Churchills Entscheidung kritisierte, den Krieg mit allen Mitteln zu
führen. Diesmal kam sie von der politischen Rechten. 1993 schrieb
der Historiker John Charmley das Buch Churchill: the End of Glory,
das Alan Clark, den als kontrovers bekannten Abgeordneten der Konservativen, veranlasste, in einem Artikel in der Times zu fragen, ob es
für Großbritannien nicht besser gewesen wäre, 1940 mit Hitler Frie-

den zu schließen. *Seine Ausführungen überzeichnen Charmleys Position, aber nichtsdestoweniger hinterfragt auch er Churchills Politik, den Krieg durchzustehen, koste es, was es wolle:* »*In internationalen Angelegenheiten waren es die Sowjets und die Amerikaner, die die Welt unter sich aufteilten; in der Innenpolitik waren es die Sozialisten, die von den Anstrengungen der Großen Koalition (1940–45) profitierten.*«

Den letzten Punkt zuerst. Die Regierung Attlee von 1945–51 war nicht von Churchill, sondern vom Volk gewählt worden. Ob die Gründung eines Wohlfahrtsstaates, die Vollbeschäftigung und die Verstaatlichung von Teilen der Wirtschaft gut oder schlecht waren, ist Ansichtssache. (Ich habe in meinem Buch geschildert, wie ich mir unter einer Regierung, die diese Dinge ablehnt, das Leben einfacher Leute vorgestellt habe.) Aber Frieden mit Hitler – was für Großbritannien mit Sicherheit bedeutet hätte, sich der deutschen Außenpolitik in Europa anzupassen – hätte mit großer Wahrscheinlichkeit für Großbritannien das Ende der Demokratie bedeutet, von Ruhm und Ehre ganz zu schweigen. Was, zum Beispiel, wäre passiert (wie es in meinem Buch bei den Wahlen von 1950 möglich erscheint), wenn eine Partei oder eine Gruppierung gewählt worden wäre, die einen solchen Friedensvertrag abgelehnt hätte?

Charmley akzeptiert, dass das Empire 1939, und besonders Indien, auf Dauer schwer zu halten gewesen wäre, und er gibt Churchill die Schuld, dass er die Tatsachen nicht realisiert hat. Das ist in Ordnung. Jedoch wäre eine Regierung, die 1940 die Bedingungen für einen Frieden akzeptiert hätte, wirtschaftlich stark vom Empire abhängig gewesen. Die Unruhen in Indien hätten noch weiter zugenommen, wenn Großbritannien sich an die Nazis gebunden hätte, deshalb wäre ein Auseinanderbrechen des »alten« Commonwealth eine sehr reale Möglichkeit gewesen. Besonders die Bewohner Neuseelands hätten eine Verbindung mit den Nazis vehement abgelehnt.

Es ist richtig (und das stärkste Argument derer, die nicht einverstanden sind, dass der Zweite Weltkrieg ein »guter Krieg« war), dass durch Stalins Sieg die Sowjetunion zur zweitstärksten Macht der Welt wurde und Kontrolle über die osteuropäischen Länder erhielt, die von der Sowjetregierung in den Nachkriegsjahren mörderische Unterdrückung und wirtschaftliche Ausbeutung erdulden mussten. Dennoch: Hätte man Hitler in Osteuropa und Russland freie Hand gelassen, wäre das Schicksal dieser Länder noch schlimmer ausgefallen.

Es bedurfte der Anstrengungen Großbritanniens, Russlands und der USA, um 1945 den Krieg in Europa zu Ende zu führen. Vorher hatte es den Holocaust gegeben, außerdem waren zwanzig Millionen Sowjetbürger, darunter viele Zivilisten, sowie zwei Millionen Polen und unzählige weitere Osteuropäer dem Krieg zum Opfer gefallen. Wäre der Kampf im Osten weitergegangen und hätte Russland allein gegen Hitler gekämpft, hätte der Krieg noch Jahre angedauert, und das Blutvergießen wäre noch unendlich viel größer gewesen. Hitler hatte geplant, die gesamte Bevölkerung Leningrads und Moskaus auszulöschen, rund sieben Millionen Menschen, sowie alle Russen und Polen, die keine arische Abstammung nachweisen konnten, entweder zu ermorden oder zu Sklaven zu machen.

Der Krieg in Russland wäre meiner Meinung nach militärisch nicht zu gewinnen gewesen; das Land war einfach zu groß und die gesamte Bevölkerung feindlich gesinnt. Der Grund dafür war nicht die Liebe der Russen zu Stalin, sondern weil sie wussten, dass Hitler sie alle ermorden oder versklaven wollte. Also kämpften sie ganz einfach um ihr Leben, genau wie die Polen, die sich ebenfalls entschlossen zur Wehr setzten, als man versuchte, einen Teil ihres Landes mit Deutschen zu besiedeln. Ich glaube, die Folge wäre gewesen, wie ich es in meinem Buch schildere: Europa östlich von Deutschland wäre ein riesiges Schlachthaus geworden, konventionelle Kriegsführung und daneben ein endloser Guerillakrieg; ähnlich wie Vietnam, nur in ungleich größerem Maßstab. Die Behauptung, dass der Fortbestand einer vermeintlich großartigen britisch-imperialen Herrschaft dies gerechtfertigt hätte, ist eine Ansicht, die ich nicht teilen kann.

Eine andere Frage ist, welche Auswirkung eine britische Kapitulation für Amerika gehabt hätte. In diesem Fall hätte Amerika in Europa keinen Fuß mehr in der Tür gehabt, unserem Kontinent womöglich den Rücken gekehrt und einen Vertrag mit Japan ausgehandelt. Das hätte wiederum den japanisch-chinesischen Krieg, der in Größe und Grausamkeit dem deutsch-sowjetischen Krieg vergleichbar war, noch weiter in die Länge gezogen.

Darum, und trotz der Gräuel, die Stalins Regierung nach dem Sieg Russlands für die Sowjetunion und Osteuropa bedeutete, glaube ich, dass eine britische Kapitulation die Verhältnisse auf der Welt noch weiter verschlechtert hätte, ganz zu schweigen von der Fortdauer einer faschistischen Herrschaft in Westeuropa.

Hitler glaubte an ein Tausendjähriges Reich. Doch das war eine Illusion. Er führte sein Regime absichtlich auf der Basis mehrerer rivalisierender Organisationen, mit sich selbst an der Spitze. Auch von der körperlichen Konstitution war es unwahrscheinlich, dass er lange gelebt hätte – die meisten Historiker sind sich darin einig, dass er in seinem letzten Lebensjahr Symptome einer frühen, rasch voranschreitenden Parkinson-Erkrankung zeigte. In meinem Buch hat die Krankheit bis 1952 ein kritisches Stadium erreicht. Wäre Hitler gestorben oder handlungsunfähig geworden, wäre es zwischen den rivalisierenden Kräften des Regimes, vor allem Militär und SS, zu einem Machtkampf gekommen. In der realen Welt versuchten Teile der Wehrmacht 1944, Hitler zu ermorden; zu diesem Zeitpunkt war der Krieg offensichtlich verloren. Das Attentat von 1944 schlug fehl. Hätte es Erfolg gehabt, wäre wahrscheinlich ein Bürgerkrieg zwischen Armee und SS die Folge gewesen. Und noch wahrscheinlicher wäre er gewesen, wenn Hitler erst 1952 gestorben wäre. Dabei bin ich von einem verstärkten Widerstand innerhalb der Wehrmacht gegenüber 1944 ausgegangen, da der aussichtslose Krieg in Russland bereits weitere acht Jahre gedauert hätte.

Entgegen seinem eigenen Mythos war das Naziregime im Inneren nie wirklich stabil. Genauso wenig wie Stalins Diktatur. Nach seinem Tod veränderte sich das Sowjetregime erheblich und verhielt sich weniger grausam, obwohl es die kommunistische Wirtschaftsordnung beibehielt und brutal gegen jeden Genossen und jedes Land vorging, die aus der Reihe tanzten.

Deshalb komme ich zu dem Schluss, dass der Zweite Weltkrieg trotz allem ein »guter Krieg« war. Westeuropa befand sich danach tatsächlich über viele Jahre auf den »weiten, sonnigen Höhen«, die Churchill vorhergesehen hatte. Doch nichts währt ewig, und im August 2012, während dieses Buch geschrieben wird, steht Europa vor einer politischen und wirtschaftlichen Krise. Und auf dem Kontinent breiten sich abermals Nationalismus und Fremdenfeindlichkeit aus. Mit Ausnahme von Russland war die europäische Geschichte in der ersten Hälfte des zwanzigsten Jahrhunderts eine Geschichte des auftrumpfenden Nationalismus. Die nationalen Rivalitäten unter den großen Staaten gipfelten im Ersten Weltkrieg, und es waren nationalistische Ideen, die diesen Krieg befeuerten, trotz des beispiellosen Blutvergießens. Mutige Männer, wie Lord Lansdowne in Großbritannien, die von einer Einigung sprachen, wurden zur Seite gefegt, wenn ihnen nicht noch Schlimmeres passierte. Nach dem Ersten Weltkrieg kam dann der Versailler Vertrag, der den Nationalismus kleinerer Staaten beförderte. Neue Staaten entstanden aus den Ruinen alter Imperien, und die meisten von ihnen fingen sofort an, die Minderheiten innerhalb ihrer eigenen Grenzen zu diskriminieren, nicht zuletzt die Juden, und entwickelten sich zu nationalistisch-diktatorischen Regimen. Und sowohl in kleinen als auch in großen europäischen Ländern gebar der Nationalismus seine monströsen Kinder, den Faschismus, der auf der organisierten Verherrlichung der Nation basierte, und den Nationalsozialismus, der nicht nur die Nation verherrlichte, sondern auch die Rasse.

Jedoch war der Nationalismus nach dem Zweiten Weltkrieg noch längst nicht ausgestorben. Als Beispiel sei nur an de Gaulles Frankreich erinnert oder an die antikommunistischen Bewegungen in Osteuropa, obwohl sie sich meist als weitaus weniger grausam und weniger fremdenfeindlich zeigten. Heute ist er in seiner reinsten Form wieder zurück, überall in Europa, in Frankreich, Ungarn, Griechen-

land, Finnland, selbst in Holland und, vielleicht besonders besorg-niserregend, in Russland, entschlossen, nationalistisch, einwanderer-feindlich. Zum Teil sind offen faschistische, nationalistische Parteien wieder an der Regierung beteiligt. Die schrecklichen Ereignisse in Jugoslawien in den 1990er-Jahren erinnern uns daran, wie grausam der europäische Nationalismus immer noch wirken kann.

Es bricht mir das Herz – was ruhig wörtlich zu nehmen ist –, dass mein eigenes Heimatland, Großbritannien, das zwischen den Kriegen so viel weniger anfällig für nationalistischen Extremismus war als die meisten anderen Länder, jetzt zunehmend zum Opfer der Ideologien nationalistischer Parteien wird. Die größeren von ihnen sind nicht rassistisch, aber sie teilen die Ansicht, dass nationale Identität das fundamentale, vorrangige Thema für die Politik ist; es ist die atavistische Idee, dass nationale Identität die Menschen irgendwie von Unterdrückung befreien – Nationalismus definiert sich immer gegenüber einem fremden »Anderen« – und alle Probleme lösen kann. UKIP verspricht eine Zukunft, die irgendwie auf wunderbare Art und Weise golden sein wird, vorausgesetzt, Großbritannien trennt sich von der Europäischen Union. (Wohin dann? Handel mit wem?) Immerhin sind sie ehrlich genug, um zuzugeben, dass sie sich eine bestimmte Art politisch beeinflusster Wirtschaft vorstellen, auf Basis eines anderen modernen Dogmas, das so oft und so katastrophal gescheitert ist – nicht zuletzt in Russland –, dass »lupenreine« freie Märkte wirtschaftliche Probleme lösen können.

Weitaus größer und gefährlicher ist die Bedrohung für ganz Großbritannien durch die Scottish National Party, die jetzt in der dezentralisierten Regierung in Edinburgh an der Macht ist. Wie eh und je ist die SNP eine Partei ohne eine Politik im üblichen Sinn. Sie ist bereit, sich der politischen Rechten (wie in den Siebzigerjahren) oder der Linken (wie in den Achtzigern und Neunzigern) oder der Mitte (wie im Moment) anzuschließen, wenn sie glauben, damit der Unabhängigkeit näher zu kommen. In ihrem Machtstreben versprechen sie jedem alles. Sie sind raffinierte politische Manipulatoren. In der Re-

gierung zeigen sie sich als kompetente, fortschrittliche Demokraten (was viele unter ihnen auch sind), aber dahinter liegt, wie immer, der Appell an die mystische Verherrlichung der Unabhängigkeit, die schon immer das Ziel dieser Partei war. Sollten sie erst einen unabhängigen Staat regieren, werden sie nicht einfach wieder zu verdrängen sein. Wie Menschen, die sich als fortschrittlich betrachten, eine Partei unterstützen können, deren größte Sponsoren die rechtsradikale Familie Souter ist, die Eigentümer von Stagecoach, ebenso Rupert Murdoch, ist mir unverständlich. Wie alle, die glauben, dass der Nationalismus die bessere Alternative ist, werden sie bald merken, dass sie sich geirrt haben.

Die SNP bezieht keine eindeutige Position in den wirtschaftspolitischen Fragen, die das tägliche Leben der Menschen betreffen, und hat nie eine bezogen; ihre ganze Basis war immer der alte Mythos, dass ein befreites Nationalgefühl irgendwie dafür sorgt, dass alles gut wird. Sie versprechen ein vereinfachtes, niedriges Unternehmenssteuergesetz, um die Rechte zu befriedigen, und ein starkes Wohlfahrtssystem, um die Linke zu beruhigen. Die schwindenden Ölreserven werden das Problem nicht lösen, dass, wie alle Berechnungen zeigen, Schottland seine Unabhängigkeit mit einem Schuldenberg beginnen würde.

Ein flüchtiger Blick auf die Geschichte der SNP genügt, um zu beweisen, dass diese Partei nie ein wirkliches Interesse an den praktischen Konsequenzen einer Unabhängigkeit hatte. Ihnen ist das Ideal einer eigenen Nation wichtiger als die Menschen, die darin leben. Sie ignorieren oder fälschen wichtige Fakten bezüglich der Wirtschaft und der EU-Mitgliedschaft. In letzter Zeit, vor der Eurokrise, sprachen sie unbekümmert über ein unabhängiges Schottland, das der Eurozone beitreten würde (wobei sie die große Frage verdrängen, ob ein unabhängiges Schottland sowie auch das übrige UK sich erneut um eine EU-Mitgliedschaft bewerben müsste, ein politisch gefährliches Terrain). Vor 2008 sprachen sie ausgerechnet vom Bankwesen als dem Herzen einer schottischen Unabhängigkeit und prophezeiten eine schottische Zukunft, ähnlich wie der Irlands und Islands, beides Länder, die kurz darauf katastrophal pleitegingen. Jetzt sprechen sie davon, das Pfund beizubehalten, allerdings im Rahmen einer unabhängigen Wirtschaftspolitik. (Wie sollte das funktionieren? Warum sollte der Rest des Vereinigten Königreiches sich bereit erklären, effektiv einen Blankoscheck auszustellen? Wie könnte das mit Unabhängigkeit zusammenpassen?) Aber die praktischen Probleme der realen Welt waren noch nie von Interesse für Parteien, die auf Nationalismus setzen. Im Gegenteil: Populistische Politiker wie Alex Salmond erwarten, dass die Menschen reale und soziale Fragen ignorieren und sich mit einer romantischen Vergangenheit und der gemeinsam ertragenen – und oft eingebildeten – Misere trösten. An nationalen Problemen sind immer andere schuld. Das Auseinanderdividieren der gemeinsamen britischen Wirtschaft und britischer Verbindlichkeiten nach dreihundert Jahren engster Verbundenheit ist mit irgendwelchen mathematischen Formeln nicht zu schaffen. Streit führt bereits jetzt zu Verbitterung und nationalistischen Feindseligkeiten auf beiden Seiten der Grenze. Das ist die Folge von Nationalismus, und davon lebt er. Und dabei sind all die Streitigkeiten und das viele böse Blut völlig überflüssig.

Währenddessen versucht die SNP, das Referendum zur Unabhängigkeit zu manipulieren, um sich die größtmögliche Stimmenzahl zu sichern, indem sie es im Jubiläumsjahr der Schlacht von Bannockburn stattfinden lässt und das Alter der Wahlberechtigten gesenkt hat, um Sechzehn- und Siebzehnjährige einzuschließen, denn Meinungsumfragen haben gezeigt, dass diese Altersgruppe am ehesten für sie stimmt. Das sieht verdächtig nach Wahlmanipulation einer regierenden Partei aus, die im Amt bleiben und ihre Macht ausweiten will, wovon wir in der modernen europäischen Geschichte weiß Gott genug erlebt haben. Vor einiger Zeit schrieb John Gray, dass, während es unwahrscheinlich ist, dass die Diktaturen der 1930er zurückkehren, »giftige Demokratien, auf Nationalismus und Fremdenfeindlichkeit basierend«, in einer Anzahl von Ländern entstehen und sich lange an der Macht halten könnten. Die Schotten sind mit Recht stolz darauf, ihr Land im europäischen Kontext zu sehen. Denn dies ist der Kontext von heute.

Schottland und England sind politisch und wirtschaftlich seit mehr als drei Jahrhunderten vereinigt. Sie haben seit dem sechzehnten Jahrhundert keinen Krieg mehr gegeneinander geführt. Die Bürgerkriege des siebzehnten und die Jakobitenkriege des achtzehnten Jahrhunderts hatten zwar auch starke nationalistische Elemente, doch ging es in erster Linie um die Monarchien und ihre Beziehung zu Parlament, Gesellschaft und Religion der Völker auf den britischen Inseln. Natürlich ist dies keine historische Darstellung, der die SNP beipflichten würde. Sie streben ein Volk an, das benebelt ist von historischen Legenden und reichlich versorgt mit Mythen und nationalen Heiligtümern (wie Bannockburn). Dies ist das tote, leere Herz des Nationalismus, in jedem Land angeblich einmalig, aber auf monotone Art immer gleich. Die Briten haben Wohl und Wehe immer miteinander geteilt, sie haben die industrielle Revolution gemeinsam durchlebt, den Aufstieg und Niedergang des britischen Empire erfahren und zwei Weltkriege durchgestanden. Einen wirtschaftlichen Unterschied in Großbritannien gibt es seit den Dreißigerjahren nicht zwischen Schottland und England, sondern eher zwischen dem Südosten Englands und dem Rest. Wahrscheinlich gibt es Millionen von englisch-schottischen Briten wie ich, die dies auch bleiben möchten.

Vorurteile zwischen Schotten und Engländern hat es in der jüngsten Vergangenheit selten gegeben. Meiner Ansicht nach haben Schotten und Engländer ein großes Talent, sich gegenseitig die Ecken und Kanten ihrer nationalen Kultur abzuschleifen. Doch unter der hohlen populistischen Jovialität Alex Salmonds entsteht durch den angestrebten Zerfall Großbritanniens auf beiden Seiten der Grenze bereits ein neues Klima der Feindschaft und Verbitterung. Ich hoffe von ganzem Herzen, dass Schottland sich entscheidet, weiterhin zu Großbritannien zu gehören, weil dann zumindest ein nationalistisches Schreckgespenst, das zu meiner Lebenszeit entstanden ist, aus Europa gebannt ist. Wenn dieses Buch auch nur einen Menschen von der Gefahr einer nationalistischen Politik, sowohl in Schottland als auch im restlichen Europa, überzeugen kann, war es die Mühe wert. Die Bilanz der anderen schottischen Parteien ist nicht besonders gut; das ist jedoch kein

Grund, etwas noch Schlimmeres zu wählen, das nicht ungeschehen gemacht werden kann; und eine Partei wie die SNP, die von ihren Mitgliedern oft als »nationale Bewegung« bezeichnet wird, sollte allen einen kalten Schauer über den Rücken jagen, die sich daran erinnern, welche Bedeutung diese Worte in Europa schon so oft hatten.

Über den Autor

Nach einer beruflichen Laufbahn als Rechtsanwalt ist C.J. Sansom jetzt hauptberuflich Schriftsteller. Er hat fünf Matthew-Shardlake-Romane geschrieben, darunter *Dissolution*, den P.D. James im *Wall Street Journal* zu einem ihrer fünf liebsten Kriminalromane erklärte; *Dark Fire*, der den von CW Ellis Peters ausgesetzten Historical-Dagger-Preis gewonnen hat; *Sovereign; Revelation*, 2009 in *USA Today* zum Besten Buch des Jahres gekürt; und den internationalen Nr.-1-Bestseller *Heartstone*, einen Roman, von dem die *Washington Post* schrieb, dass er »zusammen mit Ian Pears' *An Instance of the Fingerpost* (1998) zu den besten neuen historischen Thrillern zählt.« Sansom ist außerdem der Verfasser von *Winter in Madrid*, einem Roman, der die Nachwirkungen des Spanischen Bürgerkrieges schildert. Seine Bücher werden in fünfundzwanzig Ländern verkauft. Sansom lebt in Brighton, England.

C.J. Sansom

»Mit ›Winter in Madrid‹ ist C. J. Sansom
ein Meisterstück gelungen ... brillant
recherchiert und grandios erzählt!« *Spectator*

978-3-453-43943-6

HEYNE ‹